AGATHA CHRISTIE

MISTÉRIOS DOS ANOS 20

Estes títulos estão publicados também na Coleção **L&PM** POCKET

O adversário secreto
Título original: *The Secret Adversary*
Tradução: Renato Marques de Oliveira

O homem do terno marrom
Título original: *The Man in the Brown Suit*
Tradução: Petrucia Finkler

O segredo de Chimneys
Título original: *The Secret of Chimneys*
Tradução: Bruno Alexander

O mistério dos sete relógios
Título original: *The Seven Dials Mystery*
Tradução: Otavio Albuquerque

AGATHA CHRISTIE

MISTÉRIOS DOS ANOS 20

O adversário secreto

O homem do terno marrom

O segredo de Chimneys

O mistério dos sete relógios

L&PM
EDITORES

Texto de acordo com a nova ortografia

Título original: *Agatha Christie – 1920s Omnibus*

Capa: HarperCollins 2005. *Ilustrações*: mulher com chapéu de seda Agnès © Condé Nast Archive / Corbis; sombra da mão segurando uma faca © Getty Images.
Foto da autora: © Christie Archive Trust
Revisão: L&PM Editores

CIP-Brasil. Catalogação na publicação
Sindicato Nacional dos Editores de Livros, RJ.

C479a

Christie, Agatha, 1890-1976
　　Agatha Christie: Mistérios dos anos 20 / Agatha Christie; tradução Renato Marques de Oliveira ... [et al.]. - 1. ed. - Porto Alegre [RS]: L&PM, 2020.
　　784 p. ; 23 cm.

　　Tradução de: *Agatha Christie – 1920s omnibus*
　　Conteúdo: *O adversário secreto*; tradução Renato Marques de Oliveira / *O homem do terno marrom*; tradução Petrucia Finkler. / *O segredo de Chimneys*; tradução Bruno Alexander. / *O mistério dos sete relógios*; tradução Otavio Albuquerque.
　　ISBN 978-85-254-3922-2

　　1. Ficção inglesa. I. Oliveira, Renato Marques de. II. Título. III. Título: O adversário secreto. IV. Título: O homem do terno marrom; V. Título: O segredo de Chimneys; VI. Título: O mistério dos sete relógios;

19-61665　　　　　CDD: 823
　　　　　　　　　CDU: 82-3(410.1)

Leandra Felix da Cruz - Bibliotecária - CRB-7/6135

The Secret Adversary Copyright © 1922 Agatha Christie Limited. All rights reserved. AGATHA CHRISTIE, TOMMY AND TUPPENCE and the Agatha Christie Signature are registered trade marks of Agatha Christie Limited in the UK and elsewhere.
The Man in the Brown Suit Copyright © 1924 Agatha Christie Limited. All rights reserved.
The Secret of Chimneys Copyright © 1925 Agatha Christie Limited. All rights reserved.
The Seven Dials Mystery Copyright © 1929 Agatha Christie Limited. All rights reserved.
AGATHA CHRISTIE and the Agatha Christie Signature are registered trade marks of Agatha Christie Limited in the UK and elsewhere. All rights reserved.
www.agathachristie.com

Todos os direitos desta edição reservados a L&PM Editores
Rua Comendador Coruja, 314, loja 9 – Floresta – 90.220-180
Porto Alegre – RS – Brasil / Fone: 51.3225.5777

Pedidos & Depto. Comercial: vendas@lpm.com.br
Fale conosco: info@lpm.com.br
www.lpm.com.br

Impresso no Brasil – Verão de 2020

SUMÁRIO

O adversário secreto | 7
O homem do terno marrom | 221
O segredo de Chimneys | 407
O mistério dos sete relógios | 599

Sobre a autora | 779

O adversário secreto

Tradução de Renato Marques de Oliveira

Para todos aqueles que levam uma vida monótona, na esperança de que possam viver em segunda mão os prazeres e perigos da aventura.

Agatha Christie

PRÓLOGO

Eram duas da tarde do dia 7 de maio de 1915. O Lusitania tinha sido atingido por dois torpedos seguidos e afundava rapidamente, enquanto os botes salva-vidas iam sendo descidos com a maior velocidade possível. Organizadas em fila, as mulheres e as crianças aguardavam sua vez. Algumas ainda se agarravam, desesperadas, aos maridos e aos pais; as mães apertavam os filhos contra o peito. Um pouco afastada da aglomeração, uma moça estava sozinha. Era muito jovem, não devia ter mais de dezoito anos. Não parecia estar com medo e olhava fixamente para a frente, com expressão séria e imperturbável.

– Com licença...

Ao ouvir a voz masculina ao seu lado, a moça teve um sobressalto e se virou. Ela já tinha reparado mais de uma vez no dono da voz em meio aos passageiros da primeira classe. Pairava sobre esse homem uma sugestão de mistério que instigara sua imaginação. Ele nunca falava com ninguém. Se alguém lhe dirigia a palavra, ele logo recusava o convite para entabular conversa. Além disso, tinha uma maneira nervosa de espiar por cima do ombro, com um golpe de vista rápido e desconfiado.

A moça percebeu que agora o homem em questão estava extremamente agitado. Havia pingos de suor em sua testa. Era evidente que estava dominado por um pânico esmagador. Entretanto, ela não achou que parecia o tipo de homem que temeria um encontro com a morte.

– Pois não. – De modo inquiridor, os olhos sérios dela encontraram os dele.

Ele sustentou o olhar, numa espécie de indecisão desesperada.

– Tem de ser! – o homem murmurou para si mesmo. – Sim! É o único jeito. – Ato contínuo, levantando a voz, perguntou abruptamente: – A senhorita é norte-americana?

– Sou.

– É patriota?

A moça corou.

– Acho que o senhor não tem o direito de me perguntar uma coisa dessas! É claro que sou!

– Não se ofenda. A senhorita não se ofenderia se soubesse quanta coisa está em jogo. Mas eu preciso confiar em alguém – e tem de ser uma mulher.

– Por quê?

– Por causa do "mulheres e crianças primeiro". – O homem olhou ao redor e baixou a voz: – Estou em posse de alguns papéis – documentos de extrema importância – que podem fazer toda a diferença para os Aliados na guerra. A senhorita compreende? Estes papéis *têm* de ser salvos! Com a senhorita, as chances serão maiores. Aceita ficar com eles?

A moça estendeu a mão.

– Espere, devo alertá-la. Talvez a senhorita esteja em perigo, caso eu tenha sido seguido. Não creio que tenha sido, mas nunca se sabe. Se me seguiram, a senhorita corre risco. Tem a coragem para se incumbir dessa tarefa?

A moça sorriu.

– Sou perfeitamente capaz de cumprir essa missão. E estou orgulhosa de ter sido a escolhida! E depois, o que devo fazer com os documentos?

– Leia com atenção os jornais! Vou publicar um anúncio na seção de anúncios pessoais do *The Times* com o título "Companheiro de viagem". Se depois de três dias não sair nada, bem, aí a senhorita saberá que estou liquidado. Leve o pacote à embaixada norte-americana e entregue pessoalmente ao embaixador. Em mãos. Entendeu?

– Entendi perfeitamente.

– Então se prepare, despeço-me aqui – ele apertou a mão da moça. – Adeus. Boa sorte – o homem disse, levantando um pouco a voz.

A moça fechou os dedos em volta do pacote de lona que o homem depositara na palma de sua mão.

O *Lusitania* ia a pique, agora ainda mais inclinado para estibordo. Obedecendo a uma ordem sucinta de um oficial do navio, a moça deu alguns passos à frente a fim de ocupar seu lugar no bote salva-vidas.

CAPÍTULO 1

Jovens Aventureiros Ltda.

– Tommy, meu velho!

– Tuppence, minha velha amiga!

Os dois jovens cumprimentaram-se com um abraço carinhoso e por alguns instantes bloquearam a saída da estação de Dover Street. O adjetivo "velho" era enganoso. Somadas, sem dúvida as idades dos dois jovens não chegariam a 45 anos.

– Simplesmente faz séculos que não vejo você – disse o rapaz. – Para onde está indo? Venha comer alguma coisa comigo. Já estamos começando a atrair olhares tortos aqui, atrapalhando o caminho desse jeito. Vamos embora.

A moça concordou, e a dupla começou a descer a Dover Street em direção a Piccadilly.

– Bem, e agora? Para onde iremos? – perguntou Tommy.

A leve ansiedade disfarçada na sua voz não escapou aos ouvidos astutos da srta. Prudence Cowley, que por alguma razão misteriosa era chamada pelos amigos íntimos de "Tuppence".* Sem rodeios, ela logo disparou:

– Tommy, você está falido!

– Nada disso – ele se defendeu, de maneira pouco convincente. – Estou nadando em dinheiro.

– Você sempre foi um péssimo mentiroso – respondeu Tuppence com severidade na voz –, embora certa vez tenha conseguido convencer a irmã Greenbank de que o médico lhe havia receitado cerveja como tônico, mas tinha se esquecido de preencher a receita. Lembra?

Tommy tentou abafar uma risada.

– Acho que sim! A velha ficou furiosa quando descobriu, não é? Não que ela fosse má pessoa, a boa e velha freira Greenbank! Ótimo hospital aquele; deve ter sido desmobilizado, como tudo mais, não?

Tuppence suspirou.

– Sim. Você também?

Tommy fez que sim com a cabeça.

– Há dois meses.

– E a gratificação? – insinuou Tuppence.

– Já gastei.

– Ah, Tommy!

– Não, minha querida, não foi em farras nem em libertinagens! Não tive tanta sorte! Hoje em dia levar a vida, até mesmo a mais comum e medíocre, é, eu lhe asseguro, se é que você ainda não sabe...

– Minha querida criança – interrompeu Tuppence –, não há nada que eu *não* saiba a respeito do custo de vida. Aqui estamos nós na Lyons', e cada um pagará a sua parte da conta. Assunto encerrado! – Tuppence tomou a dianteira e começou a subir as escadas.

O lugar estava lotado, e a dupla zanzou a esmo à procura de uma mesa; enquanto caminhavam de um lado para o outro, os dois amigos iam escutando trechos e fragmentos de conversas.

"E aí – imagine você, ela se sentou e *chorou* quando eu disse que ela não poderia de jeito nenhum ficar com o apartamento."

---

* Tuppence é uma variante de *twopence*, literalmente, "dois pence", ou seja, dois centavos de libra esterlina. A palavra figura em expressões como *they don't care a twopence for it*, "eles não dão a mínima para isso". (N.T.)

"Era simplesmente uma *pechincha*, minha cara! Igualzinho àquele que Mabel Lewis trouxe de Paris..."

– A gente ouve sem querer cada coisa engraçada – murmurou Tommy. – Hoje na rua passei por dois sujeitos que estavam falando sobre uma mulher chamada Jane Finn. Já ouviu falar nesse nome?

Porém, como nesse exato momento duas senhoras idosas levantaram-se e recolheram seus pacotes, Tuppence habilmente aboletou-se numa das cadeiras vagas.

Tommy pediu chá e pãezinhos doces. Tuppence pediu chá e torradas com manteiga.

– E, por favor, tenha o cuidado de trazer o chá em bules separados – ela acrescentou ao garçom, em tom severo.

Tommy sentou-se de frente para a amiga. A cabeça descoberta do rapaz revelava uma cabeleira ruiva primorosamente alisada para trás. Seu rosto era de uma feiura agradável – indefinível, ainda que sem sombra de dúvida tivesse as feições de um cavalheiro e um esportista. Vestia um terno marrom bem cortado, mas que parecia estar, perigosamente, a ponto de desfiar.

Ali sentados, os dois amigos formavam essencialmente um casal de aparência moderna. Tuppence não tinha a pretensão de ser uma beldade, mas havia personalidade e charme nos traços pueris de seu rosto pequenino, com o queixo resoluto e olhos grandes, cinzentos, enevoados e bem separados um do outro, sob sobrancelhas retas e negras. Sobre os cabelos curtos e pretos ela usava um chapeuzinho verde-vivo de copa arredondada e sem aba, e sua saia extremamente curta e bastante surrada deixava entrever um par de belos e delicados tornozelos fora do comum. A aparência de Tuppence evidenciava um destemido esforço em nome da elegância.

Por fim chegou o chá; e despertando de um instante de meditação, Tuppence serviu-o na xícara.

– Bem, agora – disse Tommy, abocanhando um grande naco de pãozinho doce – vamos colocar as novidades em dia. Lembre-se de que não vejo você desde aquela ocasião no hospital, em 1916.

– Muito bem – Tuppence serviu-se de uma torrada com uma generosa porção de manteiga. – Biografia resumida da srta. Prudence Cowley, a quinta filha do arquidiácono Cowley de Little Missendell, Suffolk. Srta. Cowley abandonou as delícias (e a enfadonha labuta) de sua vida doméstica logo no começo da guerra e rumou para Londres, onde foi trabalhar num hospital para oficiais. Primeiro mês: lavou 648 pratos por dia. Segundo mês: promovida, passou a secar os supracitados pratos. Terceiro mês: novamente promovida, agora para descascar batatas. Quarto mês: promovida para fatiar os pães e passar manteiga. Quinto mês: promovida para o andar de cima, onde cuidou dos afazeres de criada da enfermaria, munida de esfregão e balde. Sexto mês: promovida para servir à mesa. Sétimo mês: graças à sua boa aparência e por conta de suas maneiras extraordinariamente refinadas, ganha a promoção para servir as irmãs! Oitavo mês: pequeno retrocesso na carreira: a irmã Bond comeu o ovo da irmã Westhaven! Tremendo alvoroço! É evidente que a culpa é da criada da enfermaria! Nunca é demais repreender com rigor a desatenção em assuntos de tamanha importância. Esfregão e balde outra vez! Como caem os poderosos! Nono mês: promovida para varrer as alas da enfermaria, onde encontra um amigo de infância, o tenente Thomas Beresford (faça uma reverência, Tommy!), a quem não encontrava havia cinco longos anos. O encontro foi comovente! Décimo mês: repreendida pela enfermeira-chefe por ir ao cinema na companhia de um dos doentes, a saber, o anteriormente mencionado tenente Thomas Beresford. Décimo primeiro e décimo segundo meses: reintegrada às funções de copeira, com sucesso absoluto. No fim do ano deixa o hospital no fulgor da glória. Depois disso, a talentosa srta. Cowley dirigiu uma caminhonete de entrega de mercadorias e um caminhão e fez as vezes de motorista para um general. O último foi o mais agradável. Era um general tão jovem!

– Quem era esse sujeitinho inconveniente? – perguntou Tommy. – Absolutamente repugnante a maneira como esses militares de alta patente iam de carro do Gabinete de Guerra para o Savoy e do Savoy para o Gabinete de Guerra!

– Agora já me esqueci do nome dele – confessou Tuppence. – Retomando o assunto, esse período foi, em certo sentido, o ápice da minha carreira. Depois ingressei numa repartição do Governo. Lá dávamos inúmeras festas e agradáveis chás. Eu pretendia me tornar lavradora, motorista de ônibus e funcionária dos Correios e encerrar satisfatoriamente a minha carreira, mas aí veio o Armistício! Por meses a fio eu me aferrei com unhas e dentes ao emprego na repartição, mas, infelizmente, no fim das contas fui dispensada. Desde então estou procurando emprego. É isso – agora é a sua vez.

– Na minha história não há tantas promoções, e há muito menos variedade – disse Tommy, pesaroso. – Como você sabe, voltei para a França. Depois me mandaram para a Mesopotâmia, fui ferido pela segunda vez e hospitalizado lá mesmo. A seguir fiquei empacado no Egito até o Armistício; passei um bom tempo lá à toa e, como lhe disse, retornei à vida civil. Já faz dez longos e cansativos meses que venho procurando trabalho! Não há emprego algum! E mesmo se houvesse, quem me contrataria? De que eu sirvo? O que eu entendo de negócios? Nada.

Tuppence meneou a cabeça, tristemente.

– E quanto às colônias? – ela sugeriu.

Tommy balançou a cabeça.

— Creio que eu não gostaria das colônias — e tenho certeza absoluta de que elas não gostariam de mim!

— Tem parentes ricos?

Mais uma vez Tommy sacudiu a cabeça.

— Ah, Tommy, mas nem uma tia-avó?

— Tenho um velho tio que é mais ou menos endinheirado, mas de nada me adianta.

— Por que não?

— Uma vez ele quis me adotar. Recusei.

— Acho que me lembro de ter ouvido algo a respeito — disse Tuppence, pausadamente. — Você recusou por causa de sua mãe...

Tommy enrubesceu.

— Sim, teria sido uma deslealdade, uma brutal indelicadeza. Como você sabe, eu era tudo que ela tinha. O velho a odiava e queria me separar dela. Por puro rancor.

— Sua mãe já morreu, não? — indagou Tuppence, em tom suave.

Tommy fez que sim com a cabeça.

Os grandes olhos cinzentos de Tuppence pareciam ter ficado marejados.

— Você é um bom sujeito, Tommy. Eu sempre soube disso.

— Bobagem! — Tommy apressou-se em retrucar. — Bem, esta é a minha situação. Estou à beira do desespero.

— Eu também! Já aguentei o máximo que pude. Bati em muitas portas. Respondi a anúncios. Tentei todo tipo de coisa. Apertei o cinto e economizei e cortei gastos! Mas de nada adiantou. Vou voltar para a casa do meu pai!

— E você quer voltar?

— Claro que não quero! De que adianta ser sentimental? Gosto muito do meu pai, a quem sou tremendamente ligada, mas você não faz ideia da fonte de aborrecimento que sou para ele! Ele tem aquela encantadora e antiquada visão de mundo vitoriana em que usar saias curtas e fumar são coisas imorais. Você pode imaginar a pedra no sapato que eu sou para ele. Meu pai deu um suspiro de alívio quando a guerra me tirou de lá. Veja bem, somos sete em casa. É terrível! Todo o serviço doméstico e as reuniões da mamãe! Sempre fui a ovelha negra. Não, não quero voltar, mas, ah, Tommy, o que mais posso fazer?

Tommy meneou a cabeça, abatido. Houve uma pausa, e depois Tuppence vociferou:

— Dinheiro, dinheiro, dinheiro! Penso em dinheiro de manhã, à tarde e à noite! Talvez eu tenha um quê de mercenária, mas é a pura verdade!

– Comigo é a mesma coisa – concordou Tommy, amuado.

– Também já pensei em todas as maneiras imagináveis de obter dinheiro – continuou Tuppence. – Só existem três: herdar uma bela fortuna, casar com alguém podre de rico ou ganhar dinheiro. A primeira está fora de cogitação. Não tenho parentes velhos e ricos. Todos os parentes que tenho são velhotas recolhidas em asilos para senhoras distintas e decadentes. Pelo sim pelo não, costumo sempre ajudar as idosas a atravessar a rua e os cavalheiros anciãos a carregar suas compras, na esperança de descobrir que um deles é um milionário excêntrico. Mas até hoje nenhum deles perguntou meu nome – e muitos nem sequer disseram "Obrigado".

Houve uma pausa.

– É claro – prosseguiu Tuppence – que o casamento é a minha melhor chance. Quando eu era jovem, tomei a decisão de me casar por dinheiro. Qualquer garota capaz de pensar teria feito o mesmo plano! Não sou sentimental, você sabe – ela fez uma pausa. – Ora, você não pode dizer que sou sentimental – ela acrescentou, prontamente.

– Com certeza não posso – Tommy apressou-se em concordar. – Ninguém em sã consciência pensaria em associar você ao sentimentalismo.

– Não é muito gentil da sua parte – devolveu Tuppence. – Mas sem dúvida sua intenção foi boa. Bem, é isso! Estou pronta e disposta, mas nunca encontrei um ricaço. Todos os rapazes que conheço são mais ou menos tão pés-rapados quanto eu!

– E o tal general? – indagou Tommy.

– Creio que em tempos de paz ele é dono de uma loja de bicicletas – explicou Tuppence. – Não, nada disso! Ora, *você*, sim, poderia se casar com uma moça endinheirada.

– Estou no mesmo barco que você. Não conheço nenhuma.

– Isso não importa. Você sempre pode acabar conhecendo. Já eu, se vejo um homem de casaco de pele saindo do Ritz, não posso correr até ele e dizer: "Escute aqui, o senhor é rico. Eu gostaria de conhecê-lo".

– Você está sugerindo que eu faça isso com toda mulher igualmente emperiquitada?

– Não seja bobo. Você pode pisar de leve no pé dela, ou pegar o lenço dela do chão ou qualquer coisa parecida. Se ela perceber que você quer conhecê-la, ficará lisonjeada e aí tudo estará encaminhado.

– Você superestima os meus encantos masculinos – murmurou Tommy.

– Por outro lado – prosseguiu Tuppence –, o meu milionário provavelmente sairia correndo de mim! Não, o casamento é repleto de dificuldades. Resta-me apenas uma opção: *ganhar* dinheiro.

– Já tentamos fazer isso. E fracassamos – lembrou Tommy.

– Sim, tentamos todos os métodos ortodoxos. Mas imagine que agora experimentemos métodos não convencionais. Tommy, sejamos aventureiros!

– Claro – respondeu Tommy, animado. – Por onde a gente começa?

– Aí é que está a complicação. Se conseguíssemos algum renome, as pessoas nos contratariam para praticar crimes no lugar delas.

– Que maravilha – comentou Tommy. – Especialmente vindo da filha de um clérigo!

– A culpa moral seria de quem contratou o serviço, não nossa – observou Tuppence. – Você tem de admitir que existe uma diferença entre roubar um colar de diamantes para si mesmo e ser contratado por alguém para roubá-lo.

– Não haveria a menor diferença se você fosse presa!

– Talvez não. Mas eu não seria presa. Sou esperta demais.

– A modéstia sempre foi o seu pecado mais recorrente – observou Tommy.

– Não me critique. Olhe aqui, Tommy, falando sério: vamos arregaçar as mangas? Vamos formar uma parceria comercial?

– Fundar uma empresa de roubos de colares de diamantes?

– Isso foi só um exemplo. Vamos abrir uma... qual é a palavra que se usa na contabilidade?

– Não sei. Nunca trabalhei na contabilidade, tampouco tive um contador.

– Eu já tive alguma experiência na área, mas sempre enfiava os pés pelas mãos e anotava os lançamentos do "crédito" na coluna do "débito" e vice-versa. Por isso me mandaram para o olho da rua. Ah, já sei: uma *joint venture*, uma empresa conjunta! Parece-me uma expressão romântica a ser encontrada em meio a figuras mofadas e obsoletas. Tem um toque elisabetano: fará as pessoas pensarem em galeões e dobrões espanhóis. Uma aventura em conjunto!

– Fazer negócios sob o nome de Jovens Aventureiros Ltda.? É essa a sua ideia, Tuppence?

– Você tem o direito de rir à vontade, mas a minha impressão é de que pode valer a pena.

– Como você pretende entrar em contato com os seus supostos clientes?

– Anúncios – respondeu Tuppence prontamente. – Você tem um pedaço de papel e um lápis? Parece-me que todos os homens sempre carregam essas coisas. Assim como nós, mulheres, temos sempre à mão grampos de cabelo e esponjas para aplicar pó de arroz.

Tommy entregou-lhe uma surrada caderneta verde, e Tuppence começou a escrever freneticamente.

— Para começar: "Jovem oficial, duas vezes ferido na guerra...".
— Claro que não.
— Ah, tudo bem, meu caro amigo. Mas eu lhe asseguro que esse tipo de coisa poderia amolecer o coração de alguma velhota solteirona, que talvez decidisse adotá-lo, e então você nem sequer teria a necessidade de ser um jovem aventureiro.
— Não quero ser adotado.
— Eu me esqueci que você tem preconceito contra isso. Estava só pregando uma peça em você! Os jornais andam cheios até a borda desse tipo de coisa. Agora, ouça: que tal isto aqui? "Dois jovens aventureiros oferecem seus serviços. Dispostos a fazer qualquer coisa, prontos para ir de bom grado a qualquer lugar. A remuneração deve ser boa" (É melhor deixarmos isso bem claro desde o começo). Depois podemos acrescentar: "Nenhuma proposta sensata será recusada" – como nos anúncios de apartamentos e de mobília.
— Creio que qualquer proposta que nos oferecerem será bastante *insensata*!
— Tommy! Você é um gênio! Assim é muito mais chique: "Nenhuma proposta insensata será recusada – se a remuneração for boa". Que tal?
— Eu não mencionaria o pagamento. Parece ansiedade ou ganância...
— Na situação em que me encontro, um anúncio seria incapaz de traduzir o grau da minha ansiedade! Mas talvez você tenha razão. Agora vou ler tudo: "Dois jovens aventureiros oferecem seus serviços. Dispostos a fazer qualquer coisa, prontos para ir de bom grado a qualquer lugar. A remuneração deve ser boa. Nenhuma proposta insensata será recusada". O que você pensaria se lesse um anúncio desses no jornal?
— Que se trata de um embuste, ou de uma brincadeira de mau gosto escrita por um lunático.
— Não é nem de longe tão insano quanto o que li esta manhã, que começava com o título de "Petúnia" e era assinado por um certo "Garotão". – Ela arrancou a página da caderneta e entregou-a a Tommy. – Aqui está. *The Times*, creio eu. Respostas para a Caixa Postal número tal e tal. Calculo que vai custar cinco xelins. Tome aqui, meia coroa para cobrir a minha parte.

Pensativo, Tommy segurou nas mãos o pedaço de papel. Seu rosto estava afoguedo, de um vermelho mais intenso.
— A coisa é séria? Vamos tentar de verdade? – ele perguntou, por fim. – Hein, Tuppence? Só pela diversão?
— Tommy, você é um bom companheiro, tem espírito esportivo! Eu sabia que você toparia. Vamos fazer um brinde ao nosso sucesso. – Ela serviu o resto de chá frio nas duas xícaras.
— À nossa aventura conjunta, e que prospere!

– À "Jovens Aventureiros Ltda."! – brindou Tommy.

Pousaram as xícaras sobre a mesa e riram, hesitantes. Tuppence levantou-se.

– Tenho de voltar à minha suntuosa suíte na pensão.

– Talvez seja uma boa hora para eu passear perto do Ritz – disse Tommy, com um sorrisinho malicioso. – Onde nos encontraremos? E quando?

– Amanhã ao meio-dia. Na estação de metrô Piccadilly. O horário é adequado para você?

– Sou senhor do meu próprio tempo – respondeu o sr. Beresford, pomposamente.

– Até mais, então.

– Até mais, minha querida.

Os dois jovens partiram em rumos opostos. A pensão de Tuppence situava-se numa área benevolamente chamada de Southern Belgravia. Para economizar, ela não quis pegar o ônibus.

Quando a moça estava a meio caminho, cruzando o parque St. James, uma voz de homem atrás dela provocou-lhe um sobressalto.

– Com licença – disse o homem. – Posso conversar um instante com a senhorita?

CAPÍTULO 2

A oferta do sr. Whittington

Tuppence virou-se rapidamente, mas as palavras que pairavam na ponta de sua língua foram contidas, porque a aparência e as maneiras do homem não confirmavam sua primeira e mais natural suposição. Ela hesitou. Como se lesse os pensamentos da moça, o homem apressou-se em dizer:

– Posso assegurar que não tenho a intenção de desrespeitá-la.

Tuppence acreditou nele. Ainda que, guiada pelo instinto, desconfiasse e antipatizasse com o homem, ela estava inclinada a eximi-lo do propósito particular que a princípio lhe atribuíra. Fitou-o da cabeça aos pés. Era um homem grandalhão, sem barba, com um queixo pesado. Tinha olhos pequenos e astutos, que teimavam em fugir do olhar direto de Tuppence.

– Bem, o que o senhor deseja? – perguntou ela.

O homem sorriu.

– Ouvi por acaso parte da sua conversa com aquele jovem cavalheiro na Lyons'.

— Muito bem. E daí?

— Nada, a não ser pelo fato de que estou convencido de que talvez possa ser-lhe útil.

Outra conclusão abriu caminho à força na mente de Tuppence.

— O senhor me seguiu até aqui?

— Tomei essa liberdade.

— E de que maneira o senhor julga que possa ser útil para mim?

Com uma mesura, o homem tirou um cartão do bolso e passou-o às mãos da moça.

Tuppence segurou o cartão e examinou-o cuidadosamente. Leu a inscrição: "Sr. Edward Whittington". Abaixo do nome, as palavras "Estônia, Companhia de Artigos de Vidro" e o endereço de um escritório na cidade. O sr. Whittington retomou a palavra:

— Se a senhorita puder me fazer uma visita amanhã às onze horas da manhã, explicarei os detalhes da minha proposta.

— Às onze horas? – perguntou Tuppence, indecisa.

— Às onze horas.

Tuppence se decidiu.

— Muito bem. Estarei lá.

— Obrigado. Boa noite.

Com um floreio, o homem ergueu o chapéu, virou as costas e se afastou. Durante alguns minutos Tuppence ficou lá parada, fitando-o demoradamente. Depois deu de ombros com um movimento curioso, como o de um cãozinho *terrier* se sacudindo.

"As aventuras começaram", ela murmurou para si mesma. "O que será que esse homem quer que eu faça? Sr. Whittington, há no senhor algo que não me agrada. Mas, por outro lado, não tenho medo algum do senhor. E como eu já disse antes, e sem dúvida voltarei a dizer, a pequena Tuppence sabe muito bem cuidar de si, obrigada!"

E, com um breve e ágil meneio de cabeça, Tuppence retomou seu caminho com passadas largas e vigorosas. Entretanto, como resultado de novas reflexões, desviou de rota e entrou numa agência dos correios. Lá dentro ponderou por alguns instantes, segurando na mão um formulário de telegrama. O pensamento de possíveis cinco xelins gastos desnecessariamente impeliu-a à ação e ela resolveu correr o risco de desperdiçar nove pence.

Desprezando a caneta pontuda e a tinta preta parecida com melaço fornecida por um Governo caridoso, Tuppence sacou o lápis de Tommy, que tinha ficado com ela, e rapidamente rabiscou: "Não publique o anúncio. Explicarei amanhã". Endereçou o telegrama para Tommy ao clube de que ele era sócio, e do qual dentro de um mês seria obrigado a se desligar a menos que um afortunado golpe de sorte lhe permitisse pagar o que devia e ficar em dia com a tesouraria.

– Talvez o telegrama chegue a tempo – murmurou Tuppence. – Em todo caso, vale a pena tentar.

Depois de entregar o telegrama ao funcionário do outro lado do balcão, ela se dirigiu às pressas para casa, parando apenas numa padaria para gastar três *pence* em pãezinhos.

Mais tarde, em seu minúsculo cubículo no pavimento superior da pensão, Tuppence mastigava os pãezinhos e refletia sobre o futuro. O que seria a tal "Estônia, Companhia de Artigos de Vidro", e por que diabos necessitaria dos seus serviços? Um agradável arrepio de emoção fez Tuppence formigar. Em todo caso, a paróquia rural tinha mais uma vez ficado em segundo plano. O amanhã estava pleno de possibilidades.

Nessa noite, Tuppence demorou a pegar no sono e, horas depois, quando por fim conseguiu dormir, sonhou que o sr. Whittington a instruía a lavar uma pilha de peças de vidro da marca "Estônia", que eram inexplicavelmente parecidas com pratos de hospital!

Faltavam cinco minutos para as onze quando Tuppence chegou ao conjunto de edifícios em que se situavam os escritórios da Estônia, Companhia de Artigos de Vidro. Chegar antes da hora marcada teria parecido excesso de ansiedade. Por isso Tuppence resolveu caminhar até o fim da rua e voltar. E assim fez. Às onze em ponto, irrompeu no edifício. A "Estônia" ficava no último andar. Havia um elevador, mas Tuppence preferiu subir as escadas.

Já quase sem fôlego, parou diante de uma porta de vidro com um letreiro pintado: "Estônia, Companhia de Artigos de Vidro".

Tuppence bateu. Obedecendo a uma voz vinda de dentro, ela girou a maçaneta e adentrou uma antessala pequena e bastante suja.

Um senhor de meia-idade levantou-se de um banco alto atrás de uma escrivaninha perto da janela e caminhou com expressão curiosa na direção de Tuppence.

– Tenho uma reunião marcada com o sr. Whittington – disse Tuppence.

– Venha por aqui, por favor. – Ele se dirigiu até uma porta divisória com a inscrição "Particular", bateu, depois abriu a porta e se pôs de lado, abrindo caminho para que a moça passasse.

O sr. Whittington estava sentado atrás de uma mesa enorme e abarrotada de papéis. Tuppence sentiu que sua primeira impressão acerca do homem se confirmava. Havia algo de errado no sr. Whittington. A combinação de sua vistosa prosperidade e seus olhos volúveis não era nada agradável.

Ele levantou os olhos e meneou a cabeça.

– Então a senhorita resolveu vir? Que bom. Sente-se, por favor.

Tuppence instalou-se numa cadeira de frente para ele. Nessa manhã ela parecia especialmente pequena e acanhada. Sentou-se numa postura humilde, de olhos baixos, enquanto o sr. Whittington não parava de remexer e fuçar seus papéis. Por fim ele colocou-os de lado e inclinou-se sobre a escrivaninha.

– Agora, minha cara, vamos falar de negócios. – Seu rosto grande alargou-se num sorriso. – A senhorita quer trabalhar? Bem, tenho um trabalho para lhe oferecer. O que me diz de receber agora cem libras de adiantamento, além de todas as despesas pagas? – O sr. Whittington recostou-se na cadeira e enfiou os polegares nas cavas do colete.

Tuppence encarou-o cautelosamente.

– Qual é a natureza do serviço? – ela quis saber.

– Trivial, puramente trivial. Uma viagem agradável, só isso.

– Para onde?

O sr. Whittington abriu outro sorriso.

– Paris.

– Oh! – exclamou Tuppence, pensativa. Ela disse para si mesma: "É claro que se meu pai ouvisse isso teria um ataque do coração! Mas de qualquer maneira não vejo o sr. Whittington no papel de um impostor".

– Sim – continuou Whittington. – O que poderia ser mais aprazível? Fazer o relógio voltar no tempo alguns anos, não muitos, estou certo, e voltar a estudar num daqueles encantadores *pensionnats de jeunes filles* que existem em abundância em Paris...

Tuppence o interrompeu.

– Um *pensionnat*?

– Exatamente. O de madame Colombier, na Avenue de Neuilly.

Tuppence conhecia muito bem aquele nome. Nada poderia ser mais distinto e seleto. Ela tinha diversas amigas norte-americanas matriculadas naquele internato. Tuppence nunca havia estado tão intrigada.

– O senhor quer que eu me matricule no colégio interno de madame Colombier? Por quanto tempo?

– Isso depende. Três meses, talvez.

– E isso é tudo? Não há outras condições?

– Absolutamente nenhuma outra. É claro que a senhorita iria para lá no papel de minha pupila e não poderia manter qualquer tipo de comunicação com as suas amigas. Devo pedir sigilo total durante esse período. A propósito, a senhorita é inglesa, não é?

– Sim.

– Mas fala com um ligeiro sotaque norte-americano?

– A minha melhor amiga no hospital era norte-americana. Creio que peguei dela esse sotaque. Mas logo posso me livrar dele.

– Pelo contrário, talvez seja mais simples a senhorita passar por norte-americana. O mais difícil será elaborar os detalhes da sua vida pregressa na Inglaterra. Sim, estou convicto de que isso seria muito melhor. Depois...

– Um momento, sr. Whittington! O senhor parece estar convencido de que já aceitei sem pestanejar a sua proposta.

Whittington pareceu ter ficado surpreso.

– Certamente a senhorita não está pensando em recusar, está? Posso assegurar que o internato de madame Colombier é um estabelecimento tradicionalíssimo, de primeira qualidade. E os termos são os mais generosos.

– Exatamente – concordou Tuppence. – É por isso mesmo. Os termos são quase generosos demais, sr. Whittington. Não consigo entender por que razão valeria a pena gastar tanto dinheiro comigo.

– Não? – perguntou Whittington, com voz suave. – Bem, eu lhe direi. Eu poderia, sem dúvida, conseguir outra pessoa por muito menos. Mas estou disposto a pagar pelos serviços de uma moça com inteligência e presença de espírito suficientes para desempenhar bem o seu papel, e que também seja discreta o bastante para não fazer muitas perguntas.

Tuppence esboçou um sorriso. Sentiu que Whittington apresentara um argumento irrefutável.

– Há outra coisa. Até agora o senhor não fez menção alguma ao sr. Beresford. Onde é que ele entra?

– O sr. Beresford?

– Meu sócio – explicou Tuppence, com dignidade. – O senhor nos viu juntos ontem.

– Ah, sim. Lamento, mas infelizmente não precisaremos dos serviços dele.

– Então, assunto encerrado! – Tuppence levantou-se. – Ou somos nós dois ou nenhum dos dois. Sinto muito, mas é assim que as coisas funcionam. Tenha um bom dia, sr. Whittington.

– Espere um momento. Vamos ver se é possível chegarmos a um acordo. Sente-se, senhorita... – fez uma pausa, olhando-a com ar interrogativo.

Tuppence sentiu uma pontada de remorso ao se lembrar do arquidiácono. Precipitadamente, agarrou o primeiro nome que lhe passou pela cabeça.

– Jane Finn – ela respondeu às pressas; depois ficou em silêncio, boquiaberta com o efeito dessas duas simples palavras.

Toda a simpatia havia sumido do rosto de Whittington, que agora estava vermelho de fúria, as veias da testa saltadas. E por trás disso tudo havia, à espreita, uma espécie de desalento incrédulo. Ele se debruçou sobre a mesa e sibilou, encolerizado:

– Então esse é o seu joguinho?

Embora visivelmente perplexa, Tuppence não perdeu a cabeça. Ainda que não fizesse a menor ideia do que Whittington queria dizer com aquilo, ela era uma moça naturalmente perspicaz e julgou ser imprescindível "segurar as pontas", como ela mesma costumava dizer.

Whittington prosseguiu:

– A senhorita estava brincando comigo o tempo todo, feito gato e rato? Sabia desde o começo o que eu queria que a senhorita fizesse, mas mesmo assim levou adiante a comédia. É isso, não é? – Whittington já estava se acalmando. A vermelhidão desbotava e sumia do seu rosto. Com olhar penetrante, ele encarou a moça. – Quem é que andou dando com a língua nos dentes? Rita?

Tuppence fez que não com a cabeça. Não sabia ao certo até que ponto seria capaz de sustentar aquela ilusão, mas percebeu a importância de não arrastar para a história uma Rita desconhecida.

– Não – ela respondeu com a verdade pura e simples. – Rita não sabe coisa alguma a meu respeito.

Os olhinhos de Whittington ainda fuzilavam Tuppence.

– O quanto a senhorita sabe? – ele disparou.

– Sei muito pouco – respondeu Tuppence, contente por notar que a inquietação de Whittington tinha aumentado em vez de diminuir. Gabar-se de saber muita coisa talvez tivesse suscitado dúvidas na mente dele.

– Mesmo assim – rosnou Whittington –, a senhorita sabia o bastante para vir aqui e soltar esse nome.

– Talvez seja o meu nome verdadeiro – alegou Tuppence.

– Qual é a probabilidade de que existam duas jovens com um nome como esse?

– Ou pode ser que eu tenha encontrado esse nome por acaso – continuou Tuppence, inebriada com o sucesso de dizer a verdade.

O sr. Whittington deu um violento soco na mesa.

– Pare de brincadeiras! O quanto a senhorita sabe? E quanto dinheiro a senhorita quer?

As seis últimas palavras mexeram muitíssimo com a imaginação de Tuppence, especialmente depois do magro café da manhã e do jantar à base de pãezinhos da noite da véspera. No momento ela fazia o papel de aventureira autônoma e independente e não de aventureira contratada a serviço das ordens alheias, mas não negava que essa era uma possibilidade. Empertigou-se na cadeira e sorriu com ar de quem tinha a situação sob controle.

– Meu caro sr. Whittington, vamos colocar todas as cartas na mesa. E, por favor, não se enfureça tanto. Ontem o senhor me ouviu dizer que eu tinha a intenção de viver da minha sagacidade. Parece-me que agora acabo de provar que possuo alguma sagacidade às custas da qual posso viver! Admito ter conhecimento de um certo nome, mas talvez o meu conhecimento termine aí.

— Sim, e talvez não — vociferou Whittington.

— O senhor insiste em me julgar mal — disse Tuppence, com um leve suspiro.

— Como eu disse antes, pare de brincadeiras e vamos direto ao assunto! — berrou Whittington, furioso. — A senhorita não pode bancar a inocente comigo. Sabe muito mais do que está disposta a admitir.

Por um momento Tuppence ficou em silêncio, a fim de admirar a própria astúcia; depois falou com voz suave:

— Eu não gostaria de contradizê-lo, sr. Whittington.

— Voltamos à mesma pergunta de sempre: quanto?

Tuppence estava num dilema. Até aqui havia conseguido enganar Whittington com pleno êxito; contudo, mencionar uma soma evidentemente impossível poderia levantar suspeitas. Uma ideia passou como um raio por seu cérebro.

— O que o senhor acha de me pagar um pequeno adiantamento agora, e mais tarde voltamos a discutir o assunto?

Whittington cravou nela um olhar medonho.

— Ah, chantagem, é?

Tuppence abriu o mais doce sorriso.

— Oh, não! É melhor dizermos "pagamento adiantado por serviços prestados", não é?

Whittington grunhiu.

— Veja bem — explicou Tuppence, com doçura. — Não sou tão louca assim por dinheiro!

— A senhorita quase passa dos limites, isso sim — resmungou Whittington, com uma espécie de admiração involuntária. — A senhorita me enganou completamente. Julguei que não passava de uma criancinha humilde e submissa, cuja inteligência mal daria conta de servir aos meus planos.

— A vida é cheia de surpresas — filosofou Tuppence, em tom moralizante.

— Mesmo assim — continuou Whittington —, alguém andou falando mais do que devia. A senhorita diz que não foi Rita. Então foi...? Sim, entre!

Depois de bater discretamente à porta, o funcionário entrou na sala e colocou sobre a mesa do patrão uma folha de papel.

— Um recado telefônico acaba de chegar para o senhor.

Whittington agarrou o papel e leu. Sua testa se enrugou.

— Tudo bem, Brown. Você pode ir.

O funcionário saiu, fechando a porta atrás de si. Whittington virou-se para Tuppence.

— Volte aqui amanhã no mesmo horário. Estou ocupado agora. Tome cinquenta libras para continuarmos.

Rapidamente Whittington separou e contou algumas notas e entregou-as a Tuppence por cima da mesa; depois se levantou, dando a entender que estava impaciente para que ela fosse embora.

A moça contou as cédulas, à maneira de um homem de negócios, guardou-as dentro da bolsa e se levantou.

— Tenha um bom dia, sr. Whittington — ela despediu-se polidamente. — De qualquer forma, creio que é melhor dizer *Au revoir*.

— Exatamente. *Au revoir*! — Whittington parecia quase amável de novo, transformação que suscitou em Tuppence um vago pressentimento. — *Au revoir*, minha esperta e encantadora amiga!

Dominada por uma frenética empolgação, Tuppence desceu rápida e alegremente as escadas. De acordo com um relógio das vizinhanças, faltavam cinco minutos para o meio-dia.

— Vou fazer uma surpresa a Tommy! — murmurou Tuppence, e fez sinal para chamar um táxi.

O carro estacionou junto à entrada da estação do metrô, onde Tommy a esperava. De olhos arregalados, o rapaz correu para ajudar Tuppence a descer. Ela abriu um sorriso carinhoso e comentou, com uma ligeira afetação na voz:

— Pague o taxista, por favor, meu velho amigo! A menor nota que tenho é de cinco libras!

CAPÍTULO 3

Um revés

O momento não foi triunfal como deveria ter sido. Para começar, os recursos disponíveis nos bolsos de Tommy eram um tanto limitados. No fim das contas a corrida foi paga: a dama contribuiu com dois *pence*; o taxista, ainda segurando nas mãos a sortida variedade de moedas, foi convencido a seguir seu caminho depois de perguntar bruscamente ao cavalheiro quanto ele achava que lhe estava dando.

— Creio que você deu dinheiro demais a ele, Tommy — comentou Tuppence, com tom inocente. — Acho que ele quer devolver um pouco...

Talvez tenha sido essa última observação que levou o motorista a ir embora.

— Bem — disse o sr. Beresford, aliviado por finalmente poder dar expansão aos seus sentimentos —, por que diabos você pegou um táxi?

— Fiquei com medo de me atrasar e deixar você esperando — respondeu Tuppence, com doçura na voz.

— Ficou... com... medo... de... se... atrasar! Oh, meu Deus, eu desisto! — exclamou o sr. Beresford.

— E é a mais pura verdade — continuou Tuppence, arregalando os olhos — que a menor nota que eu tenho é de cinco libras.

— Você atuou muito bem, minha velha amiga, mas mesmo assim o sujeito não se deixou enganar nem por um momento!

— Não — concordou Tuppence, pensativa —, ele não acreditou. Essa é a parte curiosa de dizer a verdade. Ninguém acredita. Foi o que descobri esta manhã. Agora, vamos almoçar. Que tal o Savoy?

Tommy sorriu de modo malicioso.

— Que tal o Ritz?

— Pensando bem, prefiro o Piccadilly. É mais perto. Não teremos de pegar outro táxi. Vamos.

— Por acaso isso é uma nova modalidade de humor? Ou seu cérebro está fora dos eixos? — perguntou Tommy.

— A sua última suposição é a correta. Arranjei dinheiro, e o choque foi demais para mim! Para esse tipo específico de perturbação mental, um médico eminente recomenda porções ilimitadas de *hors d'oeuvre*, lagosta *à l'américaine*, frango à Newburg e *pêche Melba*! Vamos lá fazer a festa!

— Tuppence, minha menina, falando sério, o que realmente aconteceu com você?

— Ah, como você é incrédulo! — Tuppence escancarou a bolsa. — Olhe aqui, e aqui, e aqui!

— Minha cara, não sacuda no ar essas notas de uma libra!

— Não são notas de uma libra. São cinco vezes melhor, e esta aqui é dez vezes melhor!

Tommy gemeu.

— Devo estar bêbado sem saber! Estou sonhando, Tuppence, ou estou realmente vendo uma enorme quantidade de cédulas de cinco libras sendo agitadas de um lado para o outro de maneira perigosa?

— Sim, ó, rei! *Agora*, você vem almoçar comigo?

— Irei para onde você quiser. Mas o que você andou fazendo? Assaltou algum banco?

– Calma, tudo a seu tempo. Que lugar horroroso é Piccadilly Circus! Há um ônibus enorme vindo na nossa direção. Seria terrível se ele matasse atropeladas as notas de cinco libras!

– Que tal o salão de grelhados? – perguntou Tommy quando chegaram, sãos e salvos, à calçada do outro lado da rua.

– O outro é mais caro – objetou Tuppence.

– Isso é uma mera extravagância, uma perversidade desenfreada. Vamos descer.

– Tem certeza de que lá poderei pedir tudo que quero?

– Mas que cardápio insalubre você está planejando agora? É claro que pode, desde que seja saudável para você, pelo menos.

– E agora me conte – disse Tommy, incapaz de segurar por mais tempo sua curiosidade represada, assim que se sentaram majestosamente rodeados pelos muitos *hors d'oeuvres* dos sonhos de Tuppence.

A srta. Cowley relatou tudo.

– E a parte curiosa – ela concluiu – é que eu realmente inventei o nome Jane Finn! Não quis dar o meu verdadeiro nome por causa do meu pobre pai, caso eu me envolva em alguma coisa duvidosa.

– Talvez – disse Tommy, lentamente. – Mas você não inventou o nome.

– O quê?

– Não. Fui *eu* quem falou desse nome. Não se lembra de que ontem eu disse que tinha ouvido dois sujeitos conversando sobre uma mulher chamada Jane Finn? Foi por isso que o nome lhe ocorreu assim de pronto. Estava na ponta da sua língua.

– É verdade. Agora me lembro. Que extraordinário! – Tuppence ficou em silêncio. De repente, despertou. – Tommy!

– Sim?

– Como eram os dois homens que você encontrou?

Tommy franziu a testa, num esforço para se lembrar da aparência dos sujeitos.

– Um deles era gordo e grande. Rosto sem barba. Acho. Era moreno.

– É ele – berrou Tuppence, num grito estridente e nada elegante. – É Whittington! E como era o outro homem?

– Não me lembro. Não reparei muito nele. Na verdade foi a estranheza do nome que me chamou a atenção.

– E as pessoas dizem que coincidências não acontecem! – Feliz da vida, Tuppence atacou seu *pêche Melba*.

Mas Tommy tinha ficado sisudo.

– Tuppence, minha amiga, aonde isso vai nos levar?

– A mais dinheiro – respondeu a moça.

— Disso eu sei. Você tem uma ideia fixa na cabeça. O que estou querendo dizer é, qual é o próximo passo? Como você vai levar adiante essa brincadeira?

— Oh! — Tuppence pousou a colher. — Você está certo, Tommy, é uma situação um tanto embaraçosa.

— Afinal de contas, você não poderá enganá-lo para sempre. Mais cedo ou mais tarde vai acabar dando um passo em falso. E, de qualquer maneira, não tenho tanta certeza de que sua conduta não seja suscetível de uma ação judicial: é chantagem, você sabe.

— Besteira. Chantagem é quando você ameaça contar o que sabe a menos que receba dinheiro. Ora, eu nada poderia contar porque na verdade não sei de coisa alguma.

Tommy fez um muxoxo com ar indeciso.

— Bem, seja lá como for, *o que* nós vamos fazer? Hoje de manhã Whittington teve pressa de se livrar de você, mas da próxima vez vai querer saber algo mais antes de distribuir dinheiro. Ele vai querer saber o quanto você sabe, onde você obteve suas informações e muitas outras coisas que você não terá condições de dissimular. O que você vai fazer a respeito?

Tuppence enrugou a testa e ficou séria.

— Temos de pensar. Peça um pouco de café turco, Tommy. Estimula o cérebro. Ah, meu caro, comi demais!

— Você se empanturrou, comeu como um bispo! Eu também, mas creio que a minha escolha dos pratos foi mais sensata que a sua. — E para o garçom: — Dois cafés, um turco e um francês.

Tuppence bebericou o café com um ar de profunda reflexão; Tommy tentou dirigir-lhe a palavra, mas levou uma bronca.

— Quieto. Estou pensando.

— Valha-me Deus! — exclamou Tommy, e mergulhou no silêncio.

— Já sei! — disse Tuppence, por fim. — Tenho um plano. Obviamente o que temos de fazer é descobrir mais a respeito da coisa toda.

Tommy aplaudiu.

— Não zombe. Nossa única fonte de informações é Whittington. Precisamos saber onde ele mora, o que ele faz. Investigá-lo, literalmente! Mas não posso fazer isso porque ele me conhece, mas viu você apenas por um minuto ou dois na Lyons'. É pouco provável que o reconheça. Afinal, os rapazes são muito parecidos uns com os outros.

— Repudio completamente esse comentário. Tenho certeza de que graças às minhas feições agradáveis e à minha aparência eu me destacaria no meio de qualquer multidão.

Tuppence prosseguiu, calmamente:

— O meu plano é o seguinte: irei sozinha, amanhã. Vou enganá-lo de novo, assim como fiz hoje. Não importa que não consiga mais dinheiro. Essas cinquenta libras devem durar alguns dias.

— Ou até mais!

— Você me espera do lado de fora, fica zanzando por ali. Por precaução, quando eu sair não vou falar com você, caso ele esteja de olho. Mas depois eu paro em algum lugar das proximidades e fico de tocaia; quando ele sair do edifício, deixo cair um lenço ou outro objeto, e aí é sua vez de entrar em ação.

— E eu entro em ação fazendo o quê?

— Você segue Whittington, é claro, tolinho! O que acha da ideia?

— É o tipo de coisa que se lê em livros. A meu ver, na vida real um sujeito faz papel de ridículo lá parado na rua durante horas a fio, à toa. As pessoas vão começar a se perguntar quais são as minhas intenções.

— Não no centro da cidade. Lá todo mundo está sempre muito apressado. O mais provável é que ninguém note a sua presença.

— É a segunda vez que você faz esse tipo de comentário. Tudo bem, eu perdoo você. De qualquer forma, vai ser divertido. O que pretende fazer esta tarde?

— Bem – respondeu Tuppence depois de refletir um pouco. – Eu *tinha pensado* em chapéus! Ou talvez meias de seda! Ou talvez...

— Contenha-se – advertiu Tommy. – As cinquenta libras têm limite! Mas aconteça o que acontecer, esta noite vamos jantar juntos e iremos ao teatro.

— Com certeza.

O dia transcorreu de modo agradável. A noite, mais ainda. De maneira irrecuperável, duas das notas de cinco libras agora tinham chegado ao fim de sua existência.

Conforme o combinado, na manhã seguinte a dupla se encontrou e se dirigiu ao centro da cidade. Tommy plantou-se na calçada do outro lado da rua enquanto Tuppence entrou no edifício.

A passos lentos, Tommy caminhou até o fim da rua e voltou. Quando estava quase de frente para o edifício, Tuppence atravessou correndo a rua.

— Tommy!

— O que houve?

— O lugar está fechado. Ninguém atende.

— Que estranho.

— Não é? Venha comigo, vamos tentar mais uma vez.

Tommy seguiu a amiga. Quando passaram pelo terceiro andar, um jovem funcionário saiu de um dos escritórios. O rapaz hesitou um momento, depois se dirigiu a Tuppence.

— Estão procurando a Companhia Estônia?
— Sim, por favor.
— Está fechada. Desde ontem à tarde. Pelo que disseram a empresa faliu. Eu mesmo nunca tinha ouvido nada a respeito. Mas em todo caso a sala do escritório está para alugar.
— Obr-brigada — gaguejou Tuppence. — Suponho que o senhor não saiba o endereço do sr. Whittington.
— Infelizmente não sei. Eles saíram às pressas.
— Muito obrigado — agradeceu Tommy. — Vamos, Tuppence.

Mais uma vez desceram para a rua, onde se entreolharam com expressão vazia, sem saber o que dizer.

— Essa novidade arruinou nosso plano — disse Tommy, por fim.
— E eu não desconfiei de nada — lamentou-se Tuppence.
— Ânimo, minha amiga, não havia nada que você pudesse fazer.
— Mas não pode ser! — Tuppence ergueu o pequeno queixo, numa pose provocadora. — Você pensa que isso é o fim? Se pensa, está enganado. É apenas o começo!
— O começo do quê?
— Da nossa aventura! Tommy, você não percebe? Se eles estão com tanto medo a ponto de fugir desse jeito, é prova de que há muita coisa por trás dessa história de Jane Finn! Bem, vamos investigar a coisa a fundo. Vamos persegui-los e pegá-los! Seremos detetives para valer!
— Sim, mas não há ninguém a ser perseguido.
— Não. Razão pela qual teremos de começar tudo de novo, do zero. Empreste-me aquele toco de lápis. Obrigada. Espere um minuto... não me interrompa. Pronto! — Tuppence devolveu o lápis e examinou, com olhar de satisfação, o pedaço de papel em que tinha rabiscado algumas palavras.
— O que é isso?
— Um anúncio.
— Ainda se interessa por isso depois do que houve?
— Não, agora é diferente — entregou-lhe o pedaço de papel.

Tommy leu em voz alta:

"Precisa-se de qualquer informação a respeito de Jane Finn. Encaminhar correspondência à J. A."

CAPÍTULO 4

Quem é Jane Finn?

O dia seguinte transcorreu devagar. Era necessário cortar gastos. Desde que poupadas com cuidado, quarenta libras durariam muito. Por sorte o tempo estava bom e "andar a pé é barato", disse Tuppence. Um cinema afastado do centro proporcionou-lhes divertimento à noite.

O dia da decepção tinha sido uma quarta-feira. Na quinta o anúncio foi devidamente publicado. Na sexta as cartas deveriam começar a chegar ao endereço de Tommy.

Ele tinha dado sua palavra de honra de que não abriria a correspondência que por acaso chegasse; o combinado era que se dirigisse à National Gallery, onde a sua colega o encontraria às dez em ponto.

Na hora marcada, Tuppence foi a primeira a chegar. Aboletou-se numa poltrona de veludo vermelho e contemplou com olhar vago as telas de Turner até que viu a silhueta familiar entrar na sala.

– E então?

– E então tudo bem – respondeu o sr. Beresford, espicaçando a amiga.

– Qual é o seu quadro favorito?

– Não seja perverso. Veio *alguma* resposta?

Tommy balançou a cabeça com uma melancolia profunda e um tanto exagerada.

– Eu não queria decepcioná-la, minha boa amiga, dizendo logo de cara. É uma pena. Dinheiro jogado fora – ele suspirou. – Entretanto, é isso mesmo. O anúncio saiu e... chegaram apenas duas respostas!

– Tommy, você é cruel! – exclamou Tuppence, quase berrando. – Dê-me aqui as cartas. Como você pode ser tão malvado?!

– Cuidado com a sua linguagem, Tuppence, cuidado com a sua linguagem! Aqui na National Gallery eles são muito melindrosos. Este lugar é do Governo, você sabe. E, como eu já disse antes, lembre-se de que sendo a filha de um clérigo...

– Eu deveria estar no palco! – concluiu Tuppence, brusca e mordaz.

– Não era isso que eu pretendia dizer. Mas se você tem certeza de que já saboreou ao máximo a sensação de alegria após o desespero que eu benevolamente lhe proporcionei de graça, vamos colocar nossas cartas na mesa, por assim dizer.

Sem cerimônia, Tuppence arrancou das mãos dele os dois preciosos envelopes e examinou-os com a maior atenção.

— Esta aqui é de papel espesso. Parece coisa de gente rica. Vamos deixar por último e abrir primeiro o outro.

— Você tem razão. Um, dois, três, já!

O pequeno polegar de Tuppence rasgou o envelope e ela retirou o conteúdo.

Prezado senhor,
Com referência ao seu anúncio no jornal matutino de hoje, creio que posso ser de alguma valia. Talvez o senhor possa visitar-me amanhã no endereço acima indicado, às onze horas da manhã.

Atenciosamente,
A. Carter

— Carshalton Terrace, 27 – leu Tuppence, mencionando o endereço. – É pela Gloucester Road. Se pegarmos o metrô, temos tempo de sobra para chegar lá.

— O plano de ação é o seguinte – Tommy tomou a palavra. – É a minha vez de assumir a ofensiva. Conduzido à presença do sr. Carter, ele e eu trocaremos cumprimentos, como manda o figurino. Depois ele dirá "Sente-se, por favor, sr...?", ao que eu responderei prontamente e com firmeza: "Edward Whittington!". Depois disso, o sr. Carter, a essa altura arquejante e com o rosto afogueado, perguntará: "Quanto?". Enfiando no bolso as habituais cinquenta libras de nossos honorários, eu me reencontrarei com você na rua, marcharemos para o endereço seguinte e repetiremos a cena.

— Não seja absurdo, Tommy! Agora, a outra carta. Oh, esta é do Ritz!

— Cem libras em vez de cinquenta!

— Vou ler.

Prezado senhor,
Com referência ao seu anúncio, eu gostaria muito que me fizesse uma visita, por volta da hora do almoço.

Atenciosamente,
Julius P. Hersheimmer

— Rá! – exclamou Tommy. – Será que ele é um "chucrute"? Ou apenas um milionário norte-americano de ascendência infeliz? Em todo caso, nós o visitaremos na hora do almoço. É um bom horário, quase sempre resulta em almoço grátis.

Tuppence concordou com um meneio de cabeça.

— Agora vamos ver o sr. Carter. Temos de nos apressar.

Os dois amigos constataram que Carshalton Terrace era uma irrepreensível fileira do que Tuppence chamou de "casas com aparência de senhorinhas refinadas". Tocaram a campainha no número 27, e uma criada impecável atendeu a porta. A mulher tinha um ar tão respeitável que Tuppence sentiu um aperto no coração. Assim que Tommy perguntou pelo sr. Carter a mulher os conduziu até um pequeno gabinete do andar térreo, onde os deixou a sós. Menos de um minuto depois, entretanto, uma porta se abriu e um homem alto, com aparência cansada e um rosto magro de falcão entrou na saleta.

– Senhor e senhorita J. A.? – ele disse, com um sorriso inegavelmente cativante. – Sentem-se, por favor.

Eles obedeceram. O homem sentou-se numa cadeira de frente para Tuppence e olhou-a com um sorriso encorajador, em que havia qualquer coisa que desarmou a moça e fez com que seu habitual desembaraço a abandonasse.

Uma vez que o anfitrião não parecia inclinado a iniciar a conversa, Tuppence foi obrigada a começar.

– Nós queríamos saber, isto é, o senhor teria a bondade de nos contar o que sabe sobre Jane Finn?

– Jane Finn? Ah! – o sr. Carter pareceu refletir. – Bem, a questão é o que o senhor e a senhorita sabem sobre Jane Finn?

Tuppence endireitou-se na cadeira.

– Não consigo ver o que uma coisa tem a ver com a outra.

– Não? Mas tem, pode acreditar que tem, sim – abriu mais uma vez um sorriso cansado e continuou, em tom pensativo. – E isso nos traz de volta à pergunta: o que o senhor e a senhorita sabem sobre Jane Finn?

Já que Tuppence se mantinha em silêncio, ele prosseguiu:

– Ora, *alguma coisa* devem saber, ou não teriam publicado o anúncio, certo? – o sr. Carter inclinou-se um pouco para a frente e sua voz exausta ganhou um matiz persuasivo. – Suponhamos que a senhorita me conte...

Havia na personalidade do sr. Carter algo de bastante magnético, atração da qual com algum esforço Tuppence parecia ter conseguido se desvencilhar quando disse:

– Não podemos fazer isso, não é, Tommy?

Contudo, para sua surpresa, seu amigo não confirmou essa declaração. Ele estava fitando atentamente o sr. Carter, e quando abriu a boca para falar usou um tom respeitoso que não lhe era habitual.

– Eu suponho que o pouco que sabemos de nada lhe servirá, senhor. Mas, mesmo assim, contaremos de bom grado.

– Tommy! – gritou Tuppence, surpresa.

O sr. Carter girou bruscamente na cadeira. Com os olhos, fez uma pergunta silenciosa.

Tommy fez que sim com a cabeça.

– Sim, senhor, eu o reconheci de imediato. Vi-o na França, quando atuava para o Serviço de Inteligência. Assim que o senhor entrou nesta sala, eu soube...

O sr. Carter ergueu a mão.

– Nada de nomes, por favor. Aqui sou conhecido como sr. Carter. Aliás, esta é a casa da minha prima. Ela se dispõe a me emprestá-la nas ocasiões em que se trata de questões estritamente extraoficiais. Muito bem, e agora – olhou para o rapaz e depois para a moça –, qual dos dois vai me contar a história?

– Desembuche, Tuppence – ordenou Tommy. – A lorota é sua.

– Sim, mocinha, vamos lá, abra o jogo.

Tuppence obedeceu e contou a história toda, da criação da "Jovens Aventureiros Ltda." em diante.

Retomando seu aspecto cansado, o sr. Carter ouviu em silêncio. Vez ou outra passava a mão pelos lábios, como se quisesse esconder um sorriso. Quando a moça terminou seu relato, ele balançou a cabeça num gesto solene.

– Não é muito. Mas é sugestivo. Bastante sugestivo. Desculpem-me dizer isto, mas vejo diante de mim uma duplinha curiosa. Não sei, talvez o senhor e a senhorita se saiam melhor do que os outros e sejam bem-sucedidos onde outros fracassaram... Acredito na sorte, sabem, sempre acreditei...

Fez uma breve pausa, depois continuou:

– Bem, o que dizer? O senhor e a senhorita estão em busca de aventuras. Gostariam de trabalhar para mim? Tudo absolutamente extraoficial, claro. Todas as despesas pagas e um modesto salário fixo. Que tal?

Com a boca entreaberta e os olhos cada vez mais arregalados, Tuppence encarou o homem.

– E o que teríamos de fazer? – ela perguntou esbaforida.

O sr. Carter sorriu.

– Simplesmente dar continuidade ao estão fazendo agora. *Encontrar Jane Finn.*

– Sim, mas... quem *é* Jane Finn?

O sr. Carter meneou a cabeça, muito sério.

– Sim, agora creio que têm o direito de saber.

Ele recostou-se na cadeira, cruzou as pernas, juntou as pontas dos dedos e começou a falar num tom de voz baixo e monótono:

– A diplomacia secreta (que, aliás, é quase sempre a pior saída diplomática) não lhes interessa e não é da sua alçada. Basta dizer que no início de

1915 apareceu um certo documento. Era a minuta de um acordo secreto, um tratado, se preferirem. O documento fora redigido nos Estados Unidos, que à época era um país neutro, e estava pronto para receber a assinatura de vários representantes, por isso foi despachado para a Inglaterra por um emissário especial, selecionado exclusivamente para essa tarefa, um jovem chamado Danvers. Esperava-se que a missão fosse mantida no mais absoluto sigilo, de modo que informação alguma vazasse. Geralmente esse tipo de esperança termina em decepção. Há sempre alguém que dá com a língua nos dentes!

"Danvers viajou para a Inglaterra a bordo do *Lusitania*, carregando consigo os preciosos papéis num pequeno pacote de lona que trazia junto à própria pele. Nessa viagem o *Lusitania* foi torpedeado e afundou. O nome de Danvers estava incluído na lista dos passageiros desaparecidos. Por fim o seu cadáver apareceu na praia e sua identidade foi atestada de forma inequívoca. Mas o pacote de lona tinha desaparecido!

"A questão é a seguinte: alguém tirou os papéis de Danvers ou ele próprio os repassou a outra pessoa? Houve alguns incidentes que reforçaram a possibilidade desta última teoria. Depois que o torpedo atingiu o navio, nos breves momentos enquanto os botes iam sendo baixados, Danvers foi visto em conversa com uma moça norte-americana. Ninguém chegou a vê-lo efetivamente entregando o que quer que fosse à moça, mas é possível que tenha feito isso. Parece-me bastante provável que Danvers tenha confiado os papéis a essa jovem por acreditar que, por ser mulher, ela teria melhores chances de desembarcar com os documentos em segurança e garantir que escapassem sãos e salvos.

"Mas se isso de fato aconteceu, onde foi parar a moça e que fim ela deu aos papéis? Graças a informações recebidas dos Estados Unidos, parece bastante provável que Danvers foi seguido durante a viagem. Será que essa tal moça estava mancomunada com os inimigos? Ou será que ela mesma foi perseguida, caiu numa armadilha e acabou se vendo forçada a abrir mão do precioso pacote?

"Demos início a um trabalho de investigação para descobrir o paradeiro da moça, o que se mostrou inesperadamente complicado. O nome dela era Jane Finn e constava da lista dos sobreviventes, mas a moça propriamente dita parecia haver sumido da face da Terra. As averiguações sobre seus antecedentes em quase nada ajudaram. Ela era órfã e tinha trabalhado como professora primária numa pequena escola do Oeste. Em seu passaporte constava que estava indo para Paris, onde trabalharia num hospital. Ela tinha oferecido seus serviços de voluntária e, após uma troca de correspondências, acabou sendo aceita. Ao ver o nome de Jane Finn na lista dos sobreviventes do *Lusitania*, o estafe do hospital ficou muito surpreso, naturalmente, já que ela não deu as caras a fim de assumir o seu posto e tampouco enviou qualquer tipo de notícia.

"Bem, fizemos todos os esforços ao nosso alcance para encontrar a moça – mas tudo em vão. Seguimos o rastro dela até a Irlanda, mas Jane Finn não deu mais sinal de vida depois que pôs os pés na Inglaterra. Ninguém se utilizou da minuta do tratado – o que poderia ter sido feito com a maior facilidade –, e por causa disso chegamos à conclusão de que, no fim das contas, Danvers havia destruído a papelada. A guerra entrou em outra fase, consequentemente o aspecto diplomático também se modificou e o tratado jamais foi reescrito. Os boatos sobre a existência do documento foram enfaticamente negados. O desaparecimento de Jane Finn foi deixado de lado e a história toda caiu no esquecimento."

O sr. Carter fez uma pausa e Tuppence aproveitou a brecha para perguntar, impaciente:

– Mas por que essa história voltou de novo à tona? A guerra já terminou.

O sr. Carter reagiu retesando o corpo em sinal de alerta.

– Porque parece que os papéis não foram destruídos, e pode ser que ressuscitem hoje com um novo e letal significado.

Tuppence fitou-o com olhos fixos. O sr. Carter meneou a cabeça.

– Sim, há cinco anos o tratado era uma arma em nossas mãos; hoje é uma arma contra nós. Foi um gigantesco erro. Se os termos do acordo viessem a público, seria um desastre... Possivelmente provocaria uma nova guerra – mas não contra a Alemanha desta vez! É uma possibilidade bastante remota, e eu mesmo não acredito que seja plausível, mas o fato é que não resta dúvida de que aquele documento compromete de maneira cabal alguns dos nossos estadistas, que no momento não podem dar-se ao luxo de cair no descrédito da opinião pública. Seria um prato cheio para as aspirações políticas dos trabalhistas, e na atual conjuntura um governo trabalhista desestabilizaria gravemente o comércio britânico; mas essa é a minha opinião, e isso não representa coisa alguma diante do *verdadeiro* perigo."

O homem fez uma pausa no próprio discurso e depois retomou a palavra dizendo em voz baixa:

– Talvez o senhor e a senhorita tenham ouvido ou lido que por trás da inquietação trabalhista há uma influência bolchevique em ação?

Tuppence fez que sim com a cabeça.

– A verdade é a seguinte: o ouro bolchevique está sendo distribuído neste país com o propósito específico de fomentar uma revolução. E existe um homem, um homem cujo nome verdadeiro ainda nos é desconhecido, que vem agindo nas sombras para atingir os seus próprios objetivos.

Os bolcheviques estão por trás da agitação dos trabalhistas, mas esse homem está *por trás dos bolcheviques*. Quem é ele? Não sabemos. Em todas as referências a ele usa-se o despretensioso título de "sr. Brown". Mas uma coisa é certa: ele é o maior criminoso da nossa época. Controla uma organização extraordinária. A maior parte da propaganda pacifista durante a guerra foi criada e financiada por ele. Tem espiões por toda parte.

– É um alemão naturalizado? – perguntou Tommy.

– Pelo contrário, tenho razões para acreditar que é um cidadão inglês. Ele era partidário dos alemães, como teria sido pró-bôer.* Ainda não sabemos o que ele pretende obter – talvez o poder supremo para si mesmo, de uma forma sem precedentes na história. Não temos pista alguma sobre sua verdadeira personalidade. Dizem que até mesmo os seus seguidores ignoram sua identidade. Todas as vezes que encontramos algum indício sobre ele, alguma pegada, constatamos sempre que teve uma atuação secundária. Alguma outra pessoa assumia o papel principal. E depois acabamos descobrindo que havia sempre algum reles subalterno, um criado ou um funcionário, agindo sorrateiramente em segundo plano, despercebido, e também que o esquivo sr. Brown nos escapara mais uma vez.

– Oh! – Tuppence deu um pulo. – Será que...

– Sim?

– Eu me lembrei de que no escritório do sr. Whittington havia um funcionário – ele chamou-o de Brown. O senhor por acaso acredita que...

O sr. Carter concordou com a cabeça, absorto.

– É muito provável. Um detalhe curioso é que geralmente o nome é mencionado. Uma idiossincrasia de temperamento. A senhorita é capaz de descrevê-lo?

– Na verdade não prestei muita atenção. Ele era um homem bastante comum, igual a qualquer outro.

O sr. Carter deu um suspiro fatigado.

– Essa é a descrição invariável do sr. Brown! Foi transmitir um recado telefônico ao tal Whittington, não foi? A senhorita viu algum telefone na antessala?

Tuppence pensou:

– Não, acho que não vi.

– Exatamente. Essa "mensagem" foi a maneira que o sr. Brown encontrou para comunicar uma ordem ao seu subordinado. Ele escutou

---

* Pró-bôer é uma denominação controversa dada aos opositores da política do governo britânico de combater na guerra dos Bôeres, que durou de 1899 a 1902. Alguns opositores eram realmente simpatizantes dos inimigos da Inglaterra, mas a maioria era ou de liberais à moda antiga ou de socialistas. (N.E.)

secretamente toda a conversa, é claro. Foi depois disso que Whittington lhe entregou o dinheiro e pediu que a senhorita voltasse no dia seguinte?

Tuppence confirmou com um meneio de cabeça.

– Sim, sem dúvida percebe-se aí o dedo do sr. Brown! – o sr. Carter calou-se. – Bem, é isso, estão vendo quem vão enfrentar? Talvez o cérebro criminoso mais astuto da nossa época. Não gosto nem um pouco disso, fiquem sabendo. O senhor e a senhorita são muito jovens. Não quero que nada lhes aconteça.

– Nada acontecerá – garantiu Tuppence, categórica.

– Eu cuidarei dela, senhor – anunciou Tommy.

– E *eu* cuidarei de você – retrucou Tuppence, ofendida com aquela manifestação de masculinidade.

– Bem, então cuidem um do outro – disse o sr. Carter, sorrindo. – Agora vamos voltar aos negócios. Há nessa minuta de tratado algo de misterioso que ainda não conseguimos compreender. Fomos ameaçados com o documento – em termos diretos e inequívocos. Os elementos revolucionários declararam com todas as letras que o papel está em poder deles e que num determinado momento pretendem divulgá-lo. Por outro lado, é mais do que evidente que eles estão confusos e intrigados com relação a muitas das cláusulas do tratado. O Governo considera que não passa de um blefe da parte deles e, de maneira acertada ou equivocada, resolveu aferrar-se à política de negar tudo veementemente. Eu não tenho tanta certeza. Aqui e ali pipocaram indícios, alusões indiscretas, que parecem indicar que a ameaça é real. A situação é a seguinte: é como se eles tivessem se apoderado de um documento incriminador, cujo conteúdo, no entanto, não eram capazes de decifrar por estar criptografado – mas sabemos que a minuta do tratado não foi escrita em linguagem cifrada –, portanto os papéis não colariam e de nada serviriam. Mas há *alguma coisa*. É claro que até onde sabemos Jane Finn talvez esteja morta – embora não acredite nisso. O curioso é *que eles estão tentando obter de nós informações sobre a moça!*

– O quê?

– Sim. Apareceram uma ou duas coisinhas nesse sentido. E a sua história, cara senhorita, confirma a minha ideia. Eles sabem que estamos à procura de Jane Finn. Ora, eles vão apresentar uma Jane Finn inventada por eles mesmos – num *colégio interno* de Paris, por exemplo. – Tuppence arquejou e o sr. Carter sorriu. – Ninguém faz a menor ideia de qual é a aparência física da moça, então tudo bem. Ela está munida de uma história fictícia e a verdadeira tarefa dela é arrancar de nós o máximo possível de informações. Entendeu a ideia?

– Então o senhor acredita – Tuppence fez uma pausa para compreender por completo a suposição – que *era* como Jane Finn que eles queriam que eu fosse a Paris?

O sr. Carter abriu um sorriso mais exausto que nunca.

– Eu acredito em coincidências, sabe? – ele respondeu.

CAPÍTULO 5

Sr. Julius P. Hersheimmer

– Bem – disse Tuppence, recobrando-se –, parece que não há outro jeito, é assim que as coisas estão fadadas a acontecer.

Carter concordou.

– Entendo o que a senhorita quer dizer. Sou supersticioso. Acredito na sorte, todo esse tipo de coisa. O destino parece tê-la escolhido para se envolver nessa história.

Tommy não conseguiu conter uma risadinha.

– Puxa vida! Não é de admirar que Whittington tenha ficado tão empolgado quando Tuppence mencionou aquele nome! Eu teria tido a mesma reação. Mas veja bem, sr. Carter, estamos roubando uma quantidade enorme do seu precioso tempo. O senhor tem alguma informação confidencial para nos fornecer antes que demos o fora daqui?

– Creio que não. Os meus especialistas, trabalhando com os seus métodos convencionais, fracassaram. O senhor e a senhorita são capazes de realizar essa tarefa com uma boa dose de imaginação e mente aberta. Não desanimem se mesmo assim não obtiverem bons resultados. Em primeiro lugar, é provável que as coisas se acelerem.

Tuppence franziu a testa, como se não tivesse compreendido.

– Quando a senhorita se encontrou com Whittington, eles tinham bastante tempo pela frente. Obtive informações de que o grande *coup* estava planejado para o início do próximo ano. Mas o Governo está cogitando uma ação legislativa para lidar de maneira eficaz com a ameaça de greve. Logo eles ficarão sabendo disso, se é que já não tomaram conhecimento, e é possível que precipitem as coisas e cheguem logo ao momento decisivo. É o que espero. Quanto menos tempo eles tiverem para amadurecer e burilar seus planos, melhor. Quero apenas alertá-los, meus jovens, de que não dispõem de muito tempo, e que não há motivo para ficarem abatidos se fracassarem. Em todo caso, não é uma missão fácil. Isso é tudo.

Tuppence levantou-se.

— Acho que devemos tratar dos aspectos práticos. Em que exatamente podemos contar com o senhor, sr. Carter?

Os lábios do sr. Carter crisparam-se ligeiramente, mas ele respondeu de modo sucinto:

— Recursos financeiros dentro dos limites da sensatez, informações detalhadas sobre qualquer questão e nenhum *reconhecimento oficial*. Em outras palavras, o que estou dizendo é que, caso se metam em alguma encrenca com a polícia, não poderei oficialmente livrá-los da enrascada. O senhor e a senhorita agirão por conta própria.

Com ar solene, Tuppence meneou a cabeça.

— Isso eu posso entender. Assim que eu tiver tempo para pensar, redigirei uma lista das coisas que preciso saber. Agora, quanto ao dinheiro...

— Sim, srta. Tuppence. A senhorita quer saber quanto?

— Não exatamente. Já temos o suficiente para começar, mas quando precisarmos de mais...

— O dinheiro estará à sua espera.

— Sim, contudo... sem dúvida não tenho a intenção de ser desrespeitosa para com o Governo, já que o senhor faz parte dele, mas o senhor sabe que é um inferno e um desperdício de tempo lidar com a burocracia das repartições! E se tivermos de preencher e enviar um formulário azul apenas para, três meses depois, recebermos de volta um formulário verde, e assim por diante, bem, isso seria um atraso de vida, não é mesmo?

O sr. Carter riu às gargalhadas.

— Não se preocupe, srta. Tuppence. A senhorita encaminhará um pedido pessoal a mim, aqui, e o dinheiro, em espécie, será remetido por via postal. Quanto ao salário, o que me diz de trezentas libras por ano? E uma soma igual para o sr. Beresford, é claro.

Tuppence ficou radiante.

— Que maravilha. O senhor é muito generoso. Adoro dinheiro! Farei um minucioso relatório das nossas despesas: o débito e o crédito, o saldo no lado direito e uma linha vermelha traçada na lateral, com os totais embaixo. Na verdade eu sei fazer tudo isso direitinho.

— Tenho certeza de que sabe. Muito bem, adeus e boa sorte para ambos.

Um minuto depois de apertarem as mãos do sr. Carter, o rapaz e a moça desceram correndo as escadas do nº 27 da Carshalton Terrace, com a cabeça rodopiando.

— Tommy! Diga-me imediatamente, quem é "o sr. Carter"?

Tommy murmurou um nome no ouvido da amiga.

— Oh! — exclamou Tuppence, impressionada.

— E posso assegurar, minha velha amiga, que é ele mesmo!

— Oh! – repetiu Tuppence e a seguir acrescentou, pensativa: – Gostei dele, você também gostou? Na superfície ele parece tão cansado e enfastiado, mas dá para sentir que por baixo dessa aparência ele é igualzinho ao aço, com uma inteligência penetrante cujo brilho chega a ofuscar. Oh! – ela deu um pulo. – Belisque-me, Tommy, belisque-me. Mal posso acreditar que isso seja real!

O sr. Beresford atendeu ao pedido.

— Ai! Já chega! Sim, não estamos sonhando! Temos um emprego!

— E que emprego! A aventura começou para valer.

— É mais respeitável do que eu pensei que seria – disse Tuppence, pensativa.

— Por sorte eu não sinto o mesmo desejo ardente por crimes que você! Que horas são? Vamos almoçar, oh!

Os dois tiveram o mesmo pensamento no mesmo instante. Tommy foi o primeiro a manifestar:

— Julius P. Hersheimmer!

— Não dissemos uma palavra ao sr. Carter a respeito dele.

— Sim, mas é que não havia muita coisa para dizer, pelo menos não até vermos pessoalmente o homem. Vamos, é melhor pegarmos um táxi.

— Agora quem é que está sendo extravagante?

— Todas as despesas pagas, lembre-se disso. Entre.

— De qualquer forma, causaremos maior impacto chegando de táxi – disse Tuppence, recostando-se luxuosamente no banco do carro. – Tenho certeza de que chantagistas nunca chegam de ônibus!

— Já deixamos de ser chantagistas – observou Tommy.

— Não estou muito convencida de que eu tenha deixado de ser – rebateu Tuppence, com certa melancolia.

Chegando ao devido hotel, Tuppence e Tommy perguntaram pelo sr. Hersheimmer e foram imediatamente levados à suíte. Uma voz impaciente gritou "Entre!" em resposta às batidas do mensageiro, e o rapaz se pôs de lado a fim de abrir caminho para a dupla.

O sr. Julius P. Hersheimmer era bem mais jovem do que Tommy e Tuppence haviam imaginado. Tuppence julgou que ele tinha uns 35 anos. Era de altura mediana e de uma compleição quadrada que combinava com o queixo. Seu rosto era belicoso, mas simpático. Não havia como lhe atribuir qualquer outra nacionalidade a não ser a norte-americana, embora seu sotaque fosse bastante leve.

— Receberam meu bilhete? Sentem-se e me contem tudo o que sabem sobre a minha prima.

– Sua prima?
– Sim. Jane Finn.
– Ela é sua prima?
– Meu pai era irmão da mãe dela – explicou meticulosamente o sr. Hersheimmer.
– Oh! – exclamou Tuppence. – Então o senhor sabe onde ela está?
– Não! – o sr. Hersheimmer deu um violento e estrondoso soco na mesa. – Diabos me carreguem se eu sei! A senhorita sabe?
– Publicamos o anúncio para receber informações, não para dar informações – respondeu Tuppence, em tom severo.
– Acho que percebi isso. Eu sei ler. Mas pensei que talvez estivessem interessados na história pregressa dela e que soubessem onde ela está agora.
– Bem, não nos importaríamos de conhecer o passado dela – esclareceu Tuppence, medindo as palavras, cautelosa.
Mas de repente o sr. Hersheimmer pareceu ter ficado bastante desconfiado.
– Escutem uma coisa. Aqui não é a Sicília! Não quero saber de exigências de resgate e não me venham com ameaças de cortar as orelhas da menina se eu me recusar a pagar. Estamos nas Ilhas Britânicas, por isso vamos parar com gracinhas, caso contrário gritarei chamando aquele belo e forte policial britânico que estou vendo ali fora, em Piccadilly.
Tommy apressou-se em explicar.
– Nós não sequestramos a sua prima. Pelo contrário, estamos tentando encontrá-la. Fomos contratados para isso.
O sr. Hersheimmer recostou-se em sua cadeira.
– Coloquem-me a par de tudo – ele exigiu, sucinto.
Tommy acatou a exigência e fez um relato cauteloso do desaparecimento de Jane Finn, deixando bem clara a possibilidade de que a jovem, sem querer, houvesse se envolvido "em algum drama político". Aludiu a Tuppence e a si próprio como uma dupla de "investigadores particulares" contratados para descobrir o paradeiro da moça, e acrescentou que, portanto, ficariam muito contentes com qualquer detalhe que o sr. Hersheimmer pudesse fornecer.
O cavalheiro meneou a cabeça em sinal aprovação.
– Acho que está tudo muito correto. Fui apenas um bocadinho precipitado. Mas acontece que Londres me deixa furioso! Conheço apenas a minha pequena, boa e velha Nova York. Então façam as perguntas e eu as responderei.
Por um instante essa declaração deixou os Jovens Aventureiros paralisados, mas Tuppence logo se refez e, corajosamente, mergulhou de cabeça em sua tarefa, lançando mão de uma reminiscência recolhida das histórias policiais.

— Quando o senhor viu pela última vez a falec... a sua prima, quero dizer?

— Eu nunca a vi na vida — respondeu o sr. Hersheimmer.

— O quê? — indagou Tommy, perplexo.

Hersheimmer virou-se para o rapaz.

— Não, senhor. Como eu já disse, meu pai era irmão da mãe dela, assim como o senhor e esta moça podem ser irmãos — Tommy não corrigiu a teoria do homem sobre o seu relacionamento com Tuppence —, mas nem sempre se deram bem. E quando minha tia decidiu se casar com Amos Finn, um pobre professor nos cafundós do Oeste, meu pai ficou louco da vida! Jurou que se conseguisse fazer fortuna — e ele parecia ter boas perspectivas de êxito —, a irmã não veria um centavo de seu dinheiro. Bem, no final das contas a tia Jane foi para o Oeste e nunca mais tivemos notícias dela.

"O velho *fez* dinheiro. Mexeu com petróleo, fez negócios com aço, lidou um pouco com ferrovias, e posso afirmar que deixou Wall Street de orelha em pé! — ele fez uma pausa. — Por fim ele faleceu, no outono passado, e eu fiquei rico. Pois bem, acreditam que fiquei com a consciência pesada? Pois é, ela ficava martelando minha cabeça e perguntando: 'E a sua tia Jane, lá no Oeste?'. Isso me deixou um bocado preocupado. Vejam, imaginei que Amos Finn não tinha se dado bem na vida. Ele não era esse tipo de homem. No fim das contas acabei contratando um sujeito para descobrir o paradeiro da minha tia. Resultado: ela já tinha morrido, Amos Finn tinha morrido, mas deixaram uma filha, Jane, que estava a bordo do *Lusitania*, navio que foi torpedeado a caminho de Paris. Ela se salvou, mas aparentemente deste lado do oceano ninguém teve notícias dela. Julguei que aqui ninguém estava sendo muito diligente nem se esforçando tanto assim para descobrir informações, por isso pensei em vir pessoalmente para acelerar as coisas. Minha primeira providência foi telefonar para a Scotland Yard e para o Almirantado. O Almirantado nem me deixou terminar de falar, foi tão brusco que quase me fez desistir, mas na Scotland Yard foram gentis, prometeram que realizariam investigações e inclusive mandaram um homem hoje de manhã para buscar uma fotografia de Jane. Vou a Paris amanhã, apenas para ver o que a prefeitura está fazendo. Acho que se eu infernizá-los bastante, vão acabar fazendo alguma coisa!"

A energia do sr. Hersheimmer era tremenda. Tommy e Tuppence curvaram-se diante dela.

— Mas agora me digam — ele concluiu —, estão atrás dela por algum motivo específico? Desacato à autoridade ou a qualquer outra coisa britânica? Para uma jovem norte-americana altiva as regras e regulamentos do seu país em tempo de guerra podem parecer bastante enfadonhos, e pode ser que ela tenha se rebelado. Se for este o caso, e se neste país existe suborno, eu pago para livrá-la da enrascada.

Tuppence tranquilizou-o.

– Tudo bem. Então podemos trabalhar juntos. Que tal almoçarmos? Vamos comer aqui no quarto ou descemos ao restaurante?

Tuppence expressou sua preferência pela última opção e Julius acatou a decisão.

Assim que as ostras deram lugar ao linguado à Colbert, trouxeram um cartão de visita a Hersheimmer.

– Inspetor Japp, do DIC, Departamento de Investigações Criminais. De novo a Scotland Yard. Mas é outro homem dessa vez. O que ele espera que eu conte que já não tenha dito para o outro sujeito? Tomara que não tenham perdido a fotografia. A casa daquele fotógrafo do Oeste pegou fogo e todos os negativos foram destruídos – é a única cópia existente. Eu a consegui com a diretora do colégio de lá.

Um temor silencioso invadiu Tuppence.

– O senhor... o senhor sabe o nome do homem que veio procurá-lo esta manhã?

– Sim, sei. Não, não sei. Um momento. Estava no cartão dele. Oh, sei, sim! Inspetor Brown. Um sujeito calmo e despretensioso.

CAPÍTULO 6

Um plano de campanha

Seria melhor encobrir os eventos da meia hora seguinte. Basta dizer que na Scotland Yard ninguém conhecia o tal "inspetor Brown". A fotografia de Jane Finn, que teria sido de valor inestimável para a polícia na procura da moça desaparecida, perdera-se para sempre, de maneira irrecuperável. Mais uma vez "o sr. Brown" havia triunfado.

O resultado imediato desse revés foi estabelecer um *rapprochement* entre Julius Hersheimmer e os Jovens Aventureiros. Todas as barreiras vieram abaixo com estrondo, e Tommy e Tuppence tiveram a sensação de que já conheciam aquele rapaz norte-americano por toda a vida. Abandonaram a reticência discreta do epíteto "investigadores particulares" e revelaram a história completa da empresa conjunta de aventuras, ao que o rapaz declarou que estava "morrendo de rir".

Após o término da narrativa, Hersheimmer voltou-se para Tuppence.

– A ideia que sempre tive das moças inglesas era a de que não passavam de umas antiquadas. Retrógradas, emboloradas mas encantadoras, sabe, com medo de dar um passo na rua sem a companhia de um lacaio ou de uma tia velha e solteirona. Acho que eu é que estou um pouco atrasado!

O desfecho dessas confidências foi que Tommy e Tuppence se transferiram de mala e cuia para o Ritz, a fim de, como definiu Tuppence, manter contato com o único parente vivo de Jane Finn.

– E numa situação dessas – ela acrescentou em tom confidencial a Tommy –, ninguém hesita em gastar dinheiro!

E ninguém hesitou, o que foi ótimo.

– E agora – disse a moça na manhã seguinte à mudança para o Ritz –, ao trabalho!

O sr. Beresford pôs de lado o *Daily Mail*, que estava lendo, e aplaudiu a amiga com vigor um tanto desnecessário. Com toda a polidez do mundo, Tuppence pediu que ele deixasse de ser um imbecil.

– Com mil diabos, Tommy, nós *temos* de fazer alguma coisa para merecer o dinheiro.

Tommy suspirou.

– Sim, creio que nem mesmo o bom e velho Governo vai querer nos sustentar no Ritz em eterna ociosidade.

– Portanto, como eu já disse antes, temos de *fazer* alguma coisa.

– Tudo bem – concordou Tommy, abrindo novamente o *Daily Mail* –, vá em frente e *faça*. Não impedirei você.

– Sabe de uma coisa – continuou Tuppence –, estive pensando...

Ela foi interrompida por uma nova salva de palmas.

– Combina muito bem com você esse papel de ficar aí sentado bancando o engraçadinho, Tommy, mas creio que não faria mal algum se você colocasse seu minúsculo cérebro para trabalhar também.

– Meu sindicato, Tuppence, meu sindicato! Não permite que eu trabalhe antes das onze da manhã.

– Tommy, quer que eu atire alguma coisa em você? É absolutamente essencial que elaboremos sem demora um plano de campanha.

– Concordo, concordo!

– Então, mãos à obra!

Tommy finalmente abandonou o jornal.

– Tuppence, você tem algo da simplicidade dos intelectos verdadeiramente grandiosos. Pode falar. Sou todo ouvidos.

– Para começo de conversa – disse Tuppence –, o que temos como base, como ponto de partida?

– Nada, absolutamente nada – respondeu Tommy, todo alegre.

— Errado! – Tuppence sacudiu energicamente um dedo no ar. – Temos duas pistas distintas.

— Quais são elas?

— Primeira pista: conhecemos um membro da quadrilha.

— Whittington?

— Sim. Eu o reconheceria em qualquer lugar.

— Hum – fez Tommy, com ar de dúvida. – Eu não chamaria isso de pista. Você não sabe onde procurá-lo, e a chance de encontrá-lo por acaso é de uma em mil.

— Não tenho tanta certeza disso – rebateu Tuppence, pensativa. – Já reparei que quando as coincidências começam a acontecer elas continuam acontecendo da maneira mais extraordinária. Suponho que deve ser alguma lei da natureza que ainda não foi descoberta. Contudo, como você disse, não podemos nos fiar nisso. Mas o fato é que *há* lugares em Londres onde simplesmente todo mundo aparece, mais cedo ou mais tarde. Piccadilly Circus, por exemplo. Uma das minhas ideias é me posicionar lá o dia inteiro, todos os dias, munida de um tabuleiro de vendedora de bandeirinhas.

— E quanto às refeições? – indagou o prático Tommy.

— Homens! O que é que comida tem a ver com isso?

— Tem muito a ver. Você acabou de tomar um formidável café da manhã. Ninguém tem um apetite melhor que o seu, Tuppence, e quando chegasse a hora do chá você começaria a comer as bandeirinhas, com alfinetes e tudo. Mas, para ser sincero, não boto muita fé nessa sua ideia. Talvez Whittington nem esteja mais em Londres.

— Você tem razão. De todo modo, creio que a pista nº 2 é mais promissora.

— Vamos ouvi-la.

— Não é grande coisa. Apenas um nome: Rita. Whittington mencionou-o naquele dia.

— Você tem a intenção de publicar um terceiro anúncio: "Procura-se trapaceira que atende pelo nome de Rita"?

— Não. A minha intenção é raciocinar de maneira lógica. Aquele homem, Danvers, foi seguido durante toda a viagem, não foi? E é mais provável que o espião tenha sido uma mulher e não um homem...

— Não sei por quê.

— Tenho certeza absoluta de que foi uma mulher, e uma mulher bonita – afirmou Tuppence, calmamente.

— Em questões técnicas como essa, acato a sua decisão – murmurou o sr. Beresford.

— Ora, e é óbvio que essa mulher, seja ela quem for, se salvou.

– Como você chegou a essa conclusão?
– Se ela não sobreviveu, como é que saberiam que Jane Finn ficou com os papéis?
– Correto. Prossiga, Sherlock!
– Bem, há uma pequena chance, e admito que é uma probabilidade remota, de que a tal mulher seja Rita.
– E se for?
– Se for, temos de caçar os sobreviventes do *Lusitania* até a encontrarmos.
– Então a primeira coisa a fazer é arranjar uma lista dos sobreviventes.
– Já tenho uma. Escrevi uma longa lista das coisas que eu queria saber e enviei-a ao sr. Carter. Recebi a resposta hoje de manhã, e entre outras informações veio a relação oficial dos passageiros salvos do *Lusitania*. O que me diz da inteligência da pequena Tuppence?
– Nota dez pela esperteza, nota zero pela modéstia. Mas a questão principal é a seguinte: há alguma Rita na lista?
– É exatamente isso que eu não sei – confessou Tuppence.
– Não sabe?
– Pois é, olhe aqui – os dois se inclinaram sobre a lista.
– Viu só, não há quase nenhum primeiro nome. Quase todos são sobrenomes precedidos de "sra." ou "srta.".
Tommy concordou com um meneio de cabeça e murmurou, pensativo:
– Isso complica as coisas.
Tuppence encolheu os ombros, na sua característica sacudidela de cachorrinho *terrier*.
– Bem, temos de investigar a coisa a fundo, é isso. Começaremos com a área de Londres. Enquanto ponho o chapéu, anote os endereços de todas as mulheres que residem em Londres e arredores.
Cinco minutos mais tarde a dupla de jovens chegou a Piccadilly; segundos depois foram de táxi até "Os Loureiros", no número 7 da Glendower Road, residência da sra. Edgar Keith, senhora cujo nome figurava no topo da lista de sete pessoas que Tommy havia anotado em sua caderneta de apontamentos.
Os Loureiros era uma casa em frangalhos, afastada da rua, com alguns poucos arbustos encardidos de fuligem que tentavam alimentar a fantasia de que ali havia um jardim. Tommy pagou o táxi e acompanhou Tuppence até a porta. Quando ela estava prestes a apertar o botão da campainha, ele segurou seu braço.
– O que você vai dizer?
– O que vou dizer? Ora, vou dizer... Ah, meu caro, sei lá! Isso é muito esquisito.

— Foi o que pensei — disse Tommy com satisfação. — Típico de uma mulher! São incapazes de prever as coisas! Agora abra espaço e fique aí no canto vendo como os homens lidam com a situação — e tocou a campainha.
Tuppence se afastou e ficou observando à distância.

Uma criada de aparência desleixada, com o rosto extremamente sujo e um par de olhos desalinhados, atendeu.

Tommy já tinha sacado do bolso a caderneta de anotações e um lápis.

— Bom dia! — ele cumprimentou a criada com vivacidade e voz animada. — Sou do Conselho do Distrito de Hampstead. O novo registro de eleitores. A sra. Edgar Keith mora aqui, não?

— Mora sim sinhô — respondeu a criada.

— Qual é o primeiro nome dela? — perguntou Tommy, com o lápis a postos.

— Da patroa minha? Eleanor Jane.

— E-l-e-a-n-o-r — soletrou Tommy. — Ela tem filhos ou filhas maiores de 21 anos?

— Num tem não sinhô.

— Obrigado — Tommy fechou a caderneta com um rápido estalo. — Tenha um bom dia.

— Pensei que o sinhô tinha vindo por causa do gás — a criada declarou, enigmaticamente, e fechou a porta.

Tommy reuniu-se à sua cúmplice.

— Viu só, Tuppence? — ele comentou. — É uma brincadeira de criança para a mente masculina.

— Não me incomodo em admitir isso, já que você se saiu muito bem. Eu jamais teria pensado em lançar mão de uma estratégia como essa.

— Foi uma boa piada, não? E podemos repeti-la *ad lib*, quantas vezes quisermos.

Na hora do almoço o jovem par atacou com avidez seus pratos de bife com batatas fritas numa obscura hospedaria. Tinham encontrado uma Gladys Mary e uma tal Marjorie, ficaram frustrados com uma mudança de endereço e se viram obrigados a ouvir uma demorada palestra sobre o sufrágio universal, feita por uma exuberante senhora norte-americana cujo primeiro nome era Sadie.

— Ah! — soltou Tommy, sorvendo um longo gole de cerveja. — Já estou me sentindo melhor. Quais são os próximos endereços?

A caderneta estava sobre a mesa, entre ele e a moça. Tuppence abriu-a e leu:

— Sra. Vandemeyer, South Audley Mansions, nº 20. Srta. Wheeler, Clapington Road, nº 43, Battersea. Pelo que me lembro ela é uma dama de companhia, então provavelmente não estará em casa, e de qualquer modo parece difícil que seja quem procuramos.

— Então está claro que a dama de Mayfair deve ser nossa primeira escala.

— Tommy, estou desanimando.

— Força, minha amiguinha. Sempre soubemos que era uma possibilidade remota. E, verdade seja dita, estamos apenas começando. Se dermos com os burros n'água em Londres, temos à nossa frente uma bela viagem pela Inglaterra, Irlanda e Escócia.

— É verdade — concordou Tuppence, sentindo que seu ânimo abatido se reavivava. — E com todas as despesas pagas! Mas, ah, Tommy, eu gosto mesmo quando as coisas acontecem rapidamente. Até agora tinha sido uma aventura após a outra, mas esta manhã foi uma chateação atrás da outra!

— Você precisa sufocar essa sua ânsia por sensações vulgares, Tuppence. Lembre-se de que se o sr. Brown for tudo aquilo que dizem por aí, é de espantar que até agora não nos tenha mandado para a mansão dos mortos. Esta frase é boa, tem um sabor evidentemente literário.

— A verdade é que você é mais presunçoso do que eu, e com menos justificativa para tanto! Ahã! Mas sem dúvida é estranho que o sr. Brown ainda não tenha lançado contra nós sua ira tenaz e funesta. Viu só?, eu também sei formular uma frase literária. Trilhamos, ilesos, o nosso caminho.

— Talvez ele nos considere tão insignificantes que nem vale a pena se incomodar conosco — sugeriu o rapaz com simplicidade, comentário que Tuppence recebeu com grande desagrado.

— Você é horroroso, Tommy. Fala como se fôssemos zeros à esquerda.

— Desculpe, Tuppence. O que eu quis dizer é que nós trabalhamos como toupeiras no escuro, e que por isso ele nem sequer desconfia dos nossos planos abomináveis. Ha, ha!

— Ha, ha! — ecoou Tuppence, com uma gargalhada de aprovação, enquanto se levantava.

South Audley Mansions era um imponente edifício de apartamentos próximo à Park Lane. O nº 20 ficava no segundo andar.

A essa altura Tommy já estava versado no assunto e, demonstrando a desenvoltura nascida da prática, repetiu de memória a fórmula para a velhota, mais parecida com uma governanta do que uma criada, que abriu a porta.

— Primeiro nome?

— Margaret.

Tommy soletrou-o, mas a mulher o interrompeu.

— Não, é *g-u-e*.

— Ah, sim. Marguerite. À francesa, entendi — ele fez uma pausa e depois emendou, ousadamente: — Em nosso registro constava o nome Rita Vandemeyer, mas creio que deve estar errado.

– É como a maioria das pessoas costuma chamá-la, senhor, mas o nome dela é Marguerite.
– Muito obrigado. É só isso. Tenha um bom dia.
Mal conseguindo conter sua empolgação, Tommy desceu voando os degraus. Tuppence o esperava ao pé da escada.
– Você ouviu?
– Sim. Oh, *Tommy*!
Tommy apertou o braço de Tuppence, num gesto de quem compreendia os sentimentos da amiga.
– Eu sei, minha querida. Estou sentindo a mesma coisa.
– É... é tão fascinante quando imaginamos as coisas, e depois elas realmente acontecem! – exclamou Tuppence, entusiasmadíssima.
Ainda de mãos dadas, Tommy e Tuppence chegaram ao saguão da entrada. Ouviram passos na escada acima deles, e vozes.
De repente, para a completa surpresa de Tommy, Tuppence arrastou-o para o pequeno nicho ao lado do elevador, onde a sombra era mais densa.
– Mas o quê...
– Shhhh!
Dois homens desceram a escada e saíram porta afora. A mão de Tuppence apertou com mais força o braço de Tommy.
– Depressa, siga-os! Eu não me atrevo. Talvez ele me reconheça. Não sei quem é o outro homem, mas o mais alto é Whittington.

CAPÍTULO 7

A casa no Soho

Whittington e o seu companheiro caminhavam num bom ritmo. Tommy iniciou imediatamente sua perseguição, a tempo de vê-los dobrar a esquina da rua. Com passadas vigorosas, logo conseguiu aproximar-se deles, e quando chegou à esquina a distância já se encurtara sensivelmente. As ruas estreitas de Mayfair estavam relativamente desertas, e Tommy julgou prudente contentar-se em mantê-los ao alcance da vista.

Era um esporte novo para Tommy. Embora estivesse familiarizado com os aspectos técnicos da leitura de um romance, jamais tinha tentado "seguir" alguém, procedimento que na prática logo lhe pareceu repleto de dificuldades. Suponha-se, por exemplo, que os dois homens pegassem um táxi. Nos livros, o perseguidor simplesmente entrava em outro táxi, prometia ao taxista um soberano* – ou seu equivalente moderno – e tudo bem. Na vida real, Tommy anteviu que muito provavelmente não haveria um segundo táxi. Portanto, teria de correr. O que aconteceria a um jovem correndo de maneira incessante e persistente pelas ruas de Londres? Numa rua principal e movimentada ele até poderia alimentar a esperança de dar a impressão de que estava meramente tentando pegar o ônibus. Entretanto, naquelas obscuras e aristocráticas ruelas secundárias ele não tinha como evitar a sensação de que a qualquer momento algum policial intrometido poderia pará-lo a fim de pedir explicações.

Nesse momento os pensamentos de Tommy foram interrompidos pela visão de um táxi livre que acabava de virar a esquina da rua à frente. O rapaz prendeu a respiração. Será que os dois homens acenariam para chamar o táxi?

Tommy deixou escapar um suspiro de alívio quando os sujeitos deixaram o táxi passar. Eles seguiam uma trajetória em zigue-zague, cujo intuito era levá-los o mais rápido possível à Oxford Street. Quando por fim chegaram a essa rua, prosseguiram no sentido leste. Tommy acelerou o passo. Aos poucos foi se acercando dos homens. Na calçada abarrotada de gente era mínima a chance de que notassem sua aproximação, e o rapaz estava ansioso para ouvir uma ou duas palavras da conversa. Mas essa intenção frustrou-se por completo: os homens falavam em voz baixa e os ruídos do tráfego engoliam totalmente seu diálogo.

Pouco antes da estação de metrô da Bond Street os homens atravessaram a rua; despercebido e obstinado, Tommy seguia no encalço; por fim entraram na grande Lyons'. Subiram ao primeiro andar e sentaram-se a uma mesinha junto à janela. Era tarde, e o lugar já não estava cheio. Tommy ocupou uma mesa ao lado da dos homens, sentando-se exatamente atrás de Whittington de modo a não ser reconhecido. Por outro lado, tinha plena visão do segundo homem e analisou-o com atenção. Era um sujeito louro, com um rosto magro e nada agradável; Tommy deduziu que devia ser russo ou polonês. Provavelmente tinha cinquenta anos de idade, encolhia de leve os ombros ao falar e seus olhos, pequenos e astutos, eram irrequietos.

Tommy tinha comido muito bem no almoço e contentou-se em pedir uma torrada com queijo derretido e uma xícara de café. Whittington pediu um almoço substancial para si mesmo e para o seu companheiro; depois, quando a garçonete se afastou, moveu a cadeira para mais perto da mesa e começou a falar em tom sério e em voz baixa. O outro homem escutava com atenção. Por mais que aguçasse os ouvidos, Tommy conseguia entender apenas uma ou outra palavra; mas em sua essência a conversa parecia ser uma série de instruções ou ordens que o grandalhão transmitia ao companheiro

---

* Moeda de ouro inglesa equivalente a uma libra esterlina. (N.T.)

e das quais ocasionalmente o homem louro parecia discordar. Whittington dirigia-se ao outro pelo nome de Bóris.

Tommy captou diversas vezes a palavra "Irlanda" e também "propaganda", mas nenhuma menção a Jane Finn. De súbito, durante um instante de calmaria no burburinho do restaurante, o rapaz ouviu uma frase inteira. Era Whittington quem falava.

– Ah, mas você não conhece Flossie. Ela é uma maravilha. Até um arcebispo juraria que ela era sua própria mãe. Ela sempre acerta na voz e no fundo isso é o principal.

Tommy não ouviu a resposta de Bóris, mas Whittington parece ter falado: "É claro, somente numa emergência...".

Depois Tommy perdeu de novo o fio da conversa. Mas logo depois as frases tornaram-se nítidas mais uma vez, e o jovem aventureiro não sabia ao certo se era porque os homens tinham erguido a voz ou se porque seus próprios ouvidos estavam ficando mais apurados. Mas sem dúvida duas palavras, proferidas por Bóris, foram as que exerceram o efeito mais estimulante sobre o ouvinte: "sr. Brown".

Whittington pareceu protestar contra o companheiro, que apenas riu.

– Por que não, meu amigo? É um nome bastante respeitável. E muito comum. Não foi por esse motivo que ele o escolheu? Ah, eu gostaria de me encontrar com ele, com o sr. Brown.

Whittington respondeu com uma voz em que se percebia um timbre metálico, de aço:

– Quem sabe? Talvez você já o tenha encontrado.

– Bobagem! – retrucou o outro. – Isso é uma historinha de criança, uma fábula para a polícia. Sabe o que digo a mim mesmo às vezes? Que ele é uma fábula inventada pelo Círculo Interno dos Chefões, um fantasma para nos amedrontar. Talvez seja isso.

– E talvez não seja.

– Eu fico pensando com meus botões... será possível que ele esteja conosco e entre nós, desconhecido de todos com exceção de uns poucos escolhidos? Se for isso, ele guarda muito bem o seu segredo. E a ideia é muito boa, sim. Nunca sabemos. Nós nos entreolhamos, *e um de nós é o sr. Brown*, mas quem? Ele dá ordens, mas também as obedece. Entre nós, no meio de nós. E ninguém sabe qual de nós é ele...

Com algum esforço o russo se livrou dos caprichos de sua fantasia. Consultou o relógio de pulso.

– Sim – disse Whittington. – É melhor irmos embora.

Chamou a garçonete e pediu a conta. Tommy fez o mesmo, e poucos minutos depois estava seguindo os dois homens escada abaixo.

Na rua, Whittington fez sinal a um táxi e instruiu o motorista a levá-los à estação de Waterloo.

Havia táxis em abundância, e antes mesmo que o carro de Whittington se pusesse em movimento, outro já encostava ao meio-fio, obedecendo ao aceno peremptório de Tommy.

— Siga aquele táxi — ordenou o rapaz ao taxista. — Não o perca de vista.

O velho motorista não mostrou o menor interesse. Limitou-se a soltar um grunhido e a abaixar a bandeirinha com o sinal de livre. Durante o trajeto não houve incidentes. O táxi de Tommy parou junto à plataforma de embarque da estação pouco depois do carro de Whittington. Tommy ficou atrás de Whittington na fila da bilheteria. O homem comprou uma passagem individual de primeira classe para Bournemouth, e Tommy fez o mesmo. Assim que Whittington saiu da fila, Bóris olhou de relance para o relógio da estação e disse:

— Ainda é cedo. Você ainda tem quase meia hora.

As palavras de Bóris suscitaram outra linha de raciocínio na mente de Tommy. Estava claro que Whittington viajaria só, enquanto o outro permaneceria em Londres. Portanto cabia ao rapaz escolher qual dos dois seguiria. Obviamente não era possível seguir a ambos, a não ser que... Como Bóris, Tommy consultou o relógio da estação e depois o quadro de horários dos trens. O trem para Bournemouth partiria às três e meia. Agora eram três e dez. Whittington e Bóris zanzavam de um lado para o outro em frente ao quiosque de venda de livros. Tommy lançou-lhes um olhar indeciso, depois entrou às pressas numa cabine telefônica adjacente. Não ousou perder tempo na tentativa de localizar Tuppence. Era provável que ela ainda se encontrasse nas imediações de South Audley Mansions. Mas restava outro aliado. Ligou para o Ritz e pediu para falar com Julius Hersheimmer. Escutou um clique e um zumbido. Ah, se pelo menos o jovem norte-americano estivesse no quarto! Depois de mais um clique, ouviu do outro lado da linha um "Alôu!" num sotaque inconfundível.

— É você, Hersheimmer? Beresford falando. Estou na estação de Waterloo. Segui Whittington e outro homem até aqui. Não há tempo para explicações. Whittington está partindo para Bournemouth agora às três e meia. Você consegue chegar aqui até essa hora?

A resposta foi tranquilizadora.

— Claro. Vou me apressar.

Com um suspiro de alívio, Tommy desligou e devolveu o fone ao gancho. Confiava na energia e no poder de ação de Julius. Sentiu instintivamente que o norte-americano chegaria a tempo.

Whittington e Bóris ainda estavam no mesmo lugar em que ele os havia deixado. Se Bóris ficasse para assistir à partida do amigo, tudo bem. Pensativo, Tommy enfiou os dedos nos bolsos. Apesar de ter carta branca, ainda não adquirira o hábito de sair por aí carregando uma soma considerável de dinheiro. A compra da passagem de primeira classe para Bournemouth o havia deixado com apenas alguns xelins no bolso. Esperava que Julius viesse mais bem provido.

Enquanto isso, os minutos foram passando: três e quinze, três e vinte, três e vinte e sete. Já acreditava que Julius não chegaria a tempo. Três e vinte e nove... Portas batiam. Tommy sentia que ondas geladas de desespero percorriam seu corpo. Até que uma mão pousou sobre seu ombro.

— Aqui estou eu, rapaz. O tráfego britânico é indescritível! Mostre-me imediatamente os dois pilantras.

— Aquele ali é Whittington, o que está embarcando agora, aquele moreno alto. O outro, com quem ele está conversando, é o tal estrangeiro.

— Já estou de olho neles. Qual dos dois é o meu alvo?

Tommy já havia pensando nisso.

— Tem algum dinheiro com você?

Julius balançou a cabeça negativamente, e o rosto de Tommy perdeu a cor.

— Creio que não devo ter mais do que trezentos ou quatrocentos dólares comigo neste momento – explicou o norte-americano.

Tommy soltou uma ligeira interjeição de alívio.

— Ah, meu Deus, vocês, milionários! Não falam a mesma língua das pessoas normais! Embarque no trem. Aqui está a sua passagem. Você cuida de Whittington.

— Deixe o patife comigo! – disse Julius em tom sombrio. O trem já começava a se movimentar quando ele deu um salto e se pendurou num dos vagões de passageiros. – Até mais, Tommy. – O trem deslizou estação afora.

Tommy respirou fundo. O tal Bóris vinha caminhando ao longo da plataforma, na direção dele. Tommy abriu passagem e depois retomou mais uma vez a perseguição.

Da estação de Waterloo, Bóris foi de metrô até Piccadilly Circus. De lá subiu a pé a Shaftesbury Avenue e por fim enveredou no labirinto de ruelas sórdidas dos arredores do Soho. Tommy seguiu-o a uma distância prudente.

Finalmente chegaram a uma pequena praça em ruínas, onde as casas tinham um aspecto sinistro em meio à imundície e à decadência do entorno. Bóris olhou ao redor e Tommy buscou abrigo escondendo-se num pórtico bastante oportuno. O lugar estava quase deserto. Era um beco sem saída, e consequentemente nenhum veículo transitava por ali. A maneira furtiva como o estrangeiro tinha olhado ao redor estimulou a imaginação de Tommy. Do refúgio no vão da porta ele viu Bóris subir os degraus de uma casa de aspecto particularmente tenebroso e bater à porta repetidas vezes, com um ritmo peculiar. A porta foi aberta prontamente, o homem disse uma ou duas palavras para o porteiro e entrou. A porta foi fechada de novo.

Nesse momento Tommy perdeu a cabeça. O que ele deveria ter feito, o que qualquer homem em sã consciência teria feito, era permanecer pacientemente onde estava e aguardar até que o homem saísse de novo. Mas o que ele fez contrariou totalmente o sereno bom senso que, via de regra, constituía a principal característica de sua personalidade. Mais tarde ele diria que teve a impressão de que alguma coisa parecia ter estalado em seu cérebro. Sem um instante sequer de reflexão, Tommy também subiu a escada, estacou diante da porta e reproduziu da melhor maneira que pôde as batidas peculiares.

Alguém escancarou a porta com a mesma presteza de antes. Um homem com cara de patife e cabelo cortado muito rente surgiu no vão da porta.

– Pois não? – ele rosnou.

Somente nesse instante Tommy começou a se dar conta da loucura que estava cometendo. Mas não hesitou. Agarrou-se às primeiras palavras que lhe vieram à mente.

– Sr. Brown?

Para sua surpresa, o homem com cara de vilão se pôs de lado.

– Lá em cima – ele disse, sacudindo o polegar por cima do ombro –, no segundo andar, à esquerda.

CAPÍTULO 8

As aventuras de Tommy

Embora perplexo com as palavras do homem, Tommy não hesitou. Se sua audácia o havia levado com sucesso até ali, era de esperar que o levasse ainda mais longe. Em silêncio ele entrou na casa e começou a subir os degraus da escada em vias de desmoronar. No interior do recinto tudo era uma imundície só, uma sujeira impossível de descrever. O papel de parede encardido, cujo desenho agora ninguém seria capaz de distinguir, pendia em grinaldas frouxas. Em todos os cantos havia massas cinzentas de teias de aranha.

Tommy avançou vagarosamente. Quando chegou a uma curva da escada, ouviu que o homem lá embaixo desaparecia num quarto dos fundos. Era evidente que o sujeito não havia desconfiado de nada. Ir até a casa e perguntar pelo sr. Brown parecia um procedimento normal e natural.

No alto da escadaria Tommy estacou para refletir sobre seu passo seguinte. À sua frente havia um corredor estreito, com portas que se abriam dos dois lados. Da porta mais próxima à esquerda vinha um murmúrio abafado de vozes. Era o cômodo em que o homem o instruíra a entrar. Mas o que fascinou o olhar de Tommy foi um pequeno nicho imediatamente à sua direita, em parte oculto por uma cortina de veludo rasgada. O recanto ficava diretamente de frente para a porta da esquerda e, devido ao seu ângulo, também propiciava uma boa visão da parte superior da escada. Esse recuo era ideal como esconderijo para um ou, em caso de emergência, dois homens, pois media cerca de sessenta centímetros de profundidade por noventa centímetros de largura. O nicho exerceu uma poderosa atração sobre Tommy. Com a sua maneira habitual de raciocinar, lenta e firme, Tommy ponderou sobre as coisas e concluiu que a menção ao "sr. Brown" não era uma referência a um indivíduo específico, mas provavelmente uma espécie de senha usada pela quadrilha. Graças ao emprego fortuito dessa expressão, Tommy tivera sorte e conseguira entrar na casa. Até agora ele não havia despertado suspeitas. Mas precisava decidir rapidamente o que fazer a seguir.

O rapaz cogitou a ideia de entrar com a cara e a coragem na sala à esquerda do corredor. Será que o mero fato de ter conseguido acesso ao interior da casa era suficiente? Talvez exigissem uma nova senha ou até mesmo alguma prova de identidade. Era evidente que o porteiro não conhecia pessoalmente todos os membros da quadrilha, mas ali em cima podia ser diferente. Tommy tinha a impressão de que até aquele momento a sorte o havia ajudado bastante, mas era bom não confiar demais em coincidências felizes nem abusar da ocasião. Entrar naquele cômodo era um perigo colossal. Não era sensato acreditar que ele seria capaz de bancar indefinidamente seu disfarce; mais cedo ou mais tarde acabaria se traindo e, por conta de uma mera tolice, desperdiçaria uma oportunidade insubstituível.

Lá embaixo alguém repetiu as batidas na porta; Tommy, que a essa altura já tinha decidido o que fazer, deslizou rapidamente para dentro do recanto e, com cautela, correu de fora a fora a cortina, que o escondeu por completo. O pano velho estava salpicado de rasgos, fendas e furos, que lhe propiciaram uma boa visibilidade. Ele observaria o desenrolar dos acontecimentos e, no momento que julgasse oportuno, poderia reunir-se ao grupo, baseando sua conduta no comportamento do homem recém-chegado.

Tommy desconhecia por completo o sujeito que subiu a escada a passos leves e furtivos. Obviamente fazia parte da escória da sociedade. A testa saliente, o queixo de criminoso, a bestialidade do semblante como um todo eram uma novidade para o rapaz, embora se tratasse de um tipo que a Scotland Yard reconheceria de imediato, só de olhar.

O homem passou rente ao nicho, respirando pesadamente. Estacou na porta defronte e repetiu o sinal das batidas. Lá de dentro uma voz berrou alguma coisa, e ato contínuo o homem abriu a porta e entrou, permitindo a Tommy uma visão momentânea do interior da sala. Calculou que devia haver quatro ou cinco indivíduos sentados em torno de uma comprida mesa que ocupava a maior parte do espaço, mas a sua atenção se fixou num homem alto, de cabelo cortado bem rente e uma barba curta e pontuda como a de um marinheiro, sentado à cabeceira da mesa e tendo diante de si uns papéis espalhados. Assim que o recém-chegado entrou esse homem olhou-o de relance e, com uma pronúncia correta mas curiosamente acurada que chamou a atenção de Tommy, perguntou:

– O seu número, camarada?
– Catorze, chefe – respondeu o outro, com voz rouca.
– Correto.

A porta se fechou de novo.

– Se esse sujeito não é um "chucrute", então eu sou holandês! – disse Tommy para si mesmo. – E, maldito seja, ele comanda sistematicamente o espetáculo também. Como sempre. Por sorte não entrei na sala. Eu teria dado um número errado e aí seria uma encrenca dos diabos! Não, o meu lugar é aqui mesmo. Opa, mais batidas na porta.

O novo visitante era um tipo totalmente diferente do último. Tommy reconheceu nele um membro do Sinn Fein, o partido nacionalista irlandês. Sem dúvida a organização do sr. Brown tinha um vasto raio de ação. O criminoso comum, o bem-nascido cavalheiro irlandês, o russo pálido e o eficiente mestre de cerimônias alemão! Realmente um grupo estranho e sinistro! Quem era o homem que segurava nas mãos os elos dessa desconhecida e bizarramente multifacetada corrente?

Com o novo visitante repetiu-se exatamente o mesmo procedimento. A batida na porta, a exigência de um número e a resposta "Correto".

Na porta lá embaixo, duas pancadas se repetiram em rápida sucessão. O primeiro homem que entrou era totalmente desconhecido de Tommy, que julgou tratar-se de um funcionário de escritório. Era um sujeito silencioso e com ar inteligente, embora maltrapilho. O segundo homem era da classe operária, e Tommy teve a impressão de que seu rosto era vagamente familiar.

Três minutos depois chegou outro homem, de aspecto imponente e autoritário, trajando roupas requintadas, evidentemente nascido em berço esplêndido. Mais uma vez Tommy julgou que aquele rosto não era desconhecido, mas no momento não conseguiu associar um nome ao sujeito.

Depois da chegada desse último indivíduo houve uma longa espera. Concluindo que a reunião estava completa, Tommy já estava prestes a sair com toda a cautela de seu esconderijo quando novas pancadas à porta o fizeram voltar às pressas para o refúgio.

O último recém-chegado subiu as escadas em silêncio, com tanta discrição que Tommy só se deu conta da presença do homem quando ele já estava quase ao seu lado.

Era um homem pequeno, muito pálido, com um ar delicado e quase feminino. O ângulo das maçãs do rosto denunciava sua ascendência eslava, mas fora isso não havia qualquer outro sinal que indicasse sua nacionalidade. Quando passou pelo refúgio de Tommy, o homem virou lentamente a cabeça. Seus olhos tinham um brilho estranho e pareciam queimar a cortina; Tommy mal podia acreditar que o homem não tinha notado sua presença ali e, sem conseguir evitar, estremeceu. Não era o mais imaginativo dos rapazes ingleses, porém foi inevitável a impressão de que daquele homem emanava uma força extraordinária. A criatura tinha um quê de serpente venenosa.

Um instante depois essa impressão se confirmou. O recém-chegado bateu à porta, da mesma maneira que todos os outros haviam feito, mas sua recepção foi muito diferente. O homem de barba levantou-se, gesto que foi imitado por todos os demais. O alemão deu um passo à frente para apertar a mão do homem. E bateu os calcanhares, ao modo militar.

– É uma honra para nós – ele disse. – Uma tremenda honra. Eu temia que isso fosse impossível.

O outro respondeu numa voz baixa, que tinha algo de sibilante:

– Houve dificuldades. Creio que não será mais possível. Mas uma reunião é essencial para definir a minha diretriz política. Nada posso fazer sem... O sr. Brown. Ele está aqui?

O alemão respondeu com uma ligeira hesitação, e era perceptível a alteração no timbre de sua voz:

– Recebemos uma mensagem. É impossível que ele esteja presente em pessoa – e se calou, dando a curiosa impressão de que havia deixado a frase incompleta.

Um lentíssimo sorriso se espalhou pelo rosto do outro homem, que fitou o círculo de semblantes inquietos.

– Ah! Compreendo. Li sobre os métodos dele. Ele age nas sombras e não confia em ninguém. Mas, mesmo assim, é possível que ele esteja entre nós, agora... – olhou ao redor mais uma vez, e uma vez mais aquela expressão de medo se alastrou pelo rosto dos homens. Cada membro do grupo parecia encarar o vizinho com desconfiança.

O russo deu um tapinha de leve no rosto.

– Assim seja. Continuemos.

Aparentemente refeito, o alemão indicou o lugar que até então ele vinha ocupando na cabeceira da mesa. O russo apresentou objeções a essa ideia, mas o outro insistiu.

– É o único lugar possível para o Número Um. O Número Catorze pode, por favor, fechar a porta?

Um instante depois Tommy se viu mais uma vez encarando os painéis de madeira nua, e as vozes no interior da sala tinham voltado a ser um mero murmúrio indistinto. Tommy ficou inquieto. A conversa que ele entreouvira havia instigado sua curiosidade. Ele sabia que teria de dar um jeito de ouvir mais.

Da porta do andar térreo já não vinha ruído algum, e não parecia provável que o porteiro fosse subir a escada. Depois de escutar atentamente por um ou dois minutos, Tommy pôs a cabeça para fora da cortina. O corredor estava deserto. O rapaz se agachou e tirou os sapatos; deixando-os atrás da cortina, caminhou de meias, devagar, ajoelhou-se junto à porta fechada e encostou o ouvido. Para seu tremendo desgosto, não conseguiu escutar quase nada; apenas uma palavra ao acaso aqui e ali, quando alguém levantava a voz, o que serviu apenas para aguçar ainda mais a sua curiosidade.

Hesitante, olhou para a maçaneta da porta. Será que era capaz de girá-la aos poucos, de maneira tão suave e imperceptível que os homens reunidos lá dentro nada notassem? O rapaz se convenceu de que isso seria possível, sim, desde que ele tivesse muito cuidado. Lentamente, Tommy começou girar a maçaneta, uma fração de milímetro de cada vez, contendo a respiração e com a mais extrema cautela. Um pouco mais – mais um pouquinho – isso nunca chega ao fim? Ah! Finalmente o giro está completo.

Segurando a maçaneta, Tommy manteve-se imóvel por um ou dois minutos, depois respirou fundo e fez uma leve pressão forçando a porta para dentro a fim de abrir uma fresta. A porta não saiu do lugar. Tommy ficou desnorteado. Se forçasse demais, era quase certo que a porta rangeria. Esperou até que o murmúrio das vozes ficasse mais intenso e arriscou uma nova tentativa. Nada aconteceu. Ele aumentou a pressão. Será que a porcaria da porta estava emperrada? Por fim, desesperado, empurrou-a com toda a força. Mas a porta permaneceu imóvel, e ele finalmente se deu conta da verdade. Estava trancada ou aferrolhada por dentro.

Por um ou dois segundos a indignação tomou conta de Tommy.

– Maldição! Que golpe baixo!

Assim que sua fúria se amainou, Tommy preparou-se para encarar a situação. Claro que a primeira coisa a fazer era devolver a maçaneta à posição original. Se ele a soltasse de repente os homens dentro do quarto certamente perceberiam; assim, com a mesma penosa paciência, inverteu sua tática anterior. Tudo correu bem, e com um suspiro de alívio o rapaz pôs-se de pé. Havia no caráter de Tommy certa obstinação de buldogue, graças à qual ele demorava a admitir a derrota. Apesar do xeque-mate momentâneo, estava longe de abandonar o combate. Ainda pretendia escutar o que estava sendo discutido na sala fechada. Se um plano tinha fracassado, ele tinha de encontrar outro.

Olhou ao redor. Num ponto mais adiante do corredor havia outra porta à esquerda. Com passos silenciosos, ele deslizou até lá. Aguçou os ouvidos por um ou dois instantes, depois tentou girar a maçaneta. A porta cedeu e ele entrou furtivamente.

No cômodo, que estava desocupado, havia mobília de quarto de dormir. Como tudo mais naquela casa, os móveis estavam caindo aos pedaços e a sujeira ali era ainda mais ostensiva.

Mas o que interessou Tommy foi justamente o que ele esperava encontrar ali: uma porta de comunicação entre os dois aposentos, à esquerda, junto à janela. Com todo cuidado, fechou a porta do corredor atrás de si, atravessou o cômodo até a outra porta e examinou-a atentamente. Estava trancada com um ferrolho bastante enferrujado, o que indicava claramente que não já era usada havia um bom tempo. Com movimentos suaves para um lado e para o outro, Tommy conseguiu puxar o ferrolho sem produzir muito ruído. Depois repetiu as manobras de antes com a maçaneta – dessa vez com pleno êxito. Abriu a porta – apenas uma ínfima fresta, mas o suficiente para ouvir o que se passava lá dentro. Do lado interno da porta havia uma cortina de veludo que o impedia de ver a cena, mas ele conseguia reconhecer as vozes com uma razoável dose de precisão.

Quem estava com a palavra era o partidário do Sinn Fein. A sua melodiosa pronúncia irlandesa era inconfundível.

– Está tudo muito bem. Mas é essencial que haja mais dinheiro. Sem dinheiro, sem resultados!

Outra voz, que Tommy julgou ser a de Bóris, retrucou:

– Você garante que *haverá* resultados?

– No prazo de um mês, um pouco mais, ou pouco menos, como quiserem, eu asseguro que na Irlanda haverá uma onda de terror tão medonha que vai abalar os alicerces do Império Britânico.

Seguiu-se uma pausa e depois Tommy ouviu o sotaque suave e sibilante do "Número Um":

– Bom! Você terá o dinheiro. Bóris, cuide disso.

Bóris fez uma pergunta:

– Por intermédio dos irlandeses-americanos e do sr. Potter, como de costume?

— Creio que vai dar tudo certo! – disse outra voz, com entonação transatlântica. – Mas eu gostaria de observar, aqui e agora, que as coisas estão ficando um pouco difíceis. Já não há a mesma simpatia de antes e cresce a disposição de deixar que os irlandeses resolvam os seus próprios assuntos sem interferência dos Estados Unidos.

Tommy teve a sensação de que Bóris encolheu os ombros ao responder:

— Que diferença isso faz, uma vez que o dinheiro vem dos Estados Unidos apenas nominalmente?

— A maior dificuldade é o desembarque da munição – respondeu o partidário do Sinn Fein. – O dinheiro é transportado com bastante facilidade, graças ao nosso colega aqui.

Outra voz, que Tommy imaginou ser a do homem alto com ar autoritário e cujo rosto lhe parecera familiar, disse:

— Pense nos sentimentos de Belfast, se eles pudessem escutá-lo!

— Então isso está resolvido – disse a voz de tom sibilante. – Agora, quanto à questão do empréstimo a um jornal inglês, você cuidou de todos os detalhes a contento, Bóris?

— Creio que sim.

— Que bom. Se necessário, Moscou fará um desmentido oficial.

Houve uma pausa, e depois a voz cristalina do alemão rompeu o silêncio:

— Recebi instruções do sr. Brown para apresentar a vocês os resumos dos informes dos diversos sindicatos. O dos mineiros é bastante satisfatório. Temos de atravancar as ferrovias. Talvez haja complicações com a A.S.E.

Houve um longo silêncio, interrompido apenas pelo farfalhar dos papéis e uma ocasional palavra de explicação do alemão. Então Tommy ouviu leves pancadinhas de dedos tamborilando na mesa.

— E a data, meu amigo? – perguntou o Número Um.

— Dia 29.

O russo pareceu ponderar.

— É muito cedo.

— Eu sei. Mas foi decidido pelos principais líderes trabalhistas, e não podemos dar a impressão de que interferimos demais. Eles devem acreditar que o show é só deles.

O russo soltou uma leve gargalhada, como se tivesse achado divertido.

— Sim, sim – ele disse. – Isso é verdade. Eles não devem ter a menor noção de que nós os estamos utilizando para atingir os nossos próprios objetivos. São homens honestos, e esse é o seu maior valor para nós. É curioso, mas não se pode fazer uma revolução sem homens honestos. O instinto do populacho é infalível – fez uma pausa, e depois repetiu, como se a frase agradasse seus ouvidos: – Toda revolução tem seus homens honestos. Depois eles são logo descartados.

Havia em sua voz uma inflexão sinistra.

O alemão retomou a palavra.

– Clymes deve sair de cena. Ele é perspicaz e enxerga longe demais. O Número Catorze cuidará disso.

Seguiu-se um murmúrio rouco.

– Tudo bem, chefe. – E depois de alguns instantes: – E se me pegarem?

– Você contará com os advogados mais talentosos para atuar na sua defesa – respondeu calmamente o alemão. – Mas, por via das dúvidas, você usará luvas preparadas com as impressões digitais de um famoso arrombador de residências. Não há motivo para ter medo.

– Ora, não estou com medo, chefe. Tudo em nome da causa. As ruas vão ficar cheias de sangue, é o que dizem. – E arrematou com um repugnante prazer na voz: – Às vezes eu até sonho com isso. Um punhado de diamantes e pérolas rolando nas sarjetas para quem quiser pegar!

Tommy ouviu o arrastar de uma cadeira. E o Número Um falou:

– Então, está tudo combinado. Podemos ter a certeza do sucesso?

– Eu... creio que sim – mas o alemão falou com uma confiança menos evidente do que era costume.

De repente a voz do Número Um adquiriu uma entonação perigosa:

– Há algo de errado?

– Nada, mas...

– Mas o quê?

– Os líderes trabalhistas. Sem eles, como o senhor diz, nada podemos fazer. Se eles não declararem a greve geral no dia 29...

– E por que não fariam isso?

– Como o senhor disse, eles são honestos. E, apesar de tudo o que fizemos para desacreditar o Governo aos olhos deles, não estou certo de que no fundo eles ainda não insistam em ter fé e confiança nos governantes.

– Mas...

– Eu sei. O Governo não para de abusar deles. Mas de maneira geral a opinião pública pende para o lado do Governo. Os trabalhadores não se rebelam contra isso.

Mais uma vez os dedos do russo tamborilaram na mesa.

– Direto ao ponto, meu amigo. Recebi a informação de que existe um certo documento cuja existência nos garantiria o êxito.

– É verdade. Se esse documento fosse apresentado aos líderes, o resultado seria imediato. Eles o divulgariam por toda a Inglaterra e conclamariam a revolução sem hesitação. O Governo seria finalmente derrubado, de uma vez por todas.

– Então o que mais você quer?
– O documento – respondeu o alemão, curto e grosso.
– Ah! Não está em seu poder? Mas você sabe onde se encontra?
– Não.
– Alguém sabe?
– Talvez uma única pessoa. E nem disso temos certeza.
– Quem é essa pessoa?
– Uma moça.
Tommy prendeu a respiração.
– Uma moça? – a voz do russo adquiriu um tom de desprezo. – E vocês não a obrigaram a falar? Na Rússia a gente sabe como fazer uma mulher abrir o bico.
– Esse caso é diferente – disse o alemão em tom sombrio.
– Diferente como? – calou-se por um momento, depois perguntou: – Onde ela está agora?
– A moça?
– Sim.
– Ela está...
Mas Tommy não ouviu mais coisa alguma. Levou uma violenta pancada na cabeça, e tudo mergulhou na escuridão.

CAPÍTULO 9

Tuppence vai trabalhar como criada

Quando Tommy partiu no encalço dos dois homens, Tuppence precisou apelar para toda a sua capacidade de autodomínio a fim de se refrear e não o acompanhar. Ela se conteve da melhor maneira que pôde, consolando-se com a reflexão de que os acontecimentos haviam confirmado o seu raciocínio. Sem dúvida os homens haviam saído do apartamento do segundo andar, e aquela frágil pista do nome "Rita" colocara mais uma vez os Jovens Aventureiros no rastro dos sequestradores de Jane Finn.

A pergunta era: o que fazer a seguir? Tuppence detestava a inação. Tommy estava bastante ocupado; e impossibilitada de se juntar a ele, a moça sentia-se incompleta, sem ter o que fazer. Ela refez seus passos e voltou ao saguão da entrada do edifício de apartamentos. Lá encontrou o menino que trabalhava como ascensorista, ocupado em polir utensílios de bronze e assoviando melodias da moda com uma boa dose vigor e precisão.

Assim que Tuppence entrou, o garoto olhou-a de relance. A moça conservava certa qualidade pueril e travessa, razão pela qual sempre se dava bem com meninos jovens. Era como se um vínculo de simpatia se formasse instantaneamente. Ela ponderou que um aliado no campo do inimigo, por assim dizer, não era coisa para se desprezar.

– Oi, William – ela disse alegremente, com todo o bom humor do mundo. – Está tudo ficando brilhante, hein?

O menino sorriu.

– Albert, senhorita – ele corrigiu.

– Albert, então – disse Tuppence. – Ela olhou ao redor com ar de mistério, numa atitude propositalmente exagerada, calculada para que Albert não deixasse de notar. Inclinou-se para o garoto e falou em voz baixa: – Preciso conversar com você, Albert.

Albert interrompeu o polimento dos utensílios e abriu um pouco a boca.

– Veja! Você sabe o que é isto? – em um gesto dramático ela abriu a aba esquerda do casaco e exibiu uma pequena insígnia esmaltada. Era muito pouco provável que Albert tivesse algum conhecimento do que significava aquilo; se ele soubesse, teria sido fatal para os planos de Tuppence, já que a insígnia em questão não passava do distintivo de uma unidade militar local de treinamento criada pelo arquidiácono nos primeiros dias da guerra. A sua presença no casaco de Tuppence devia-se ao fato de que um ou dois dias antes ela a utilizara para prender flores. Mas Tuppence tinha olhos aguçados e notara que num dos bolsos de Albert havia uma novela policial barata, e o fato de que os olhos do menino imediatamente se arregalaram acabou por convencê-la de que sua tática tinha dado certo e que o peixe mordera a isca.

– Força Norte-Americana de Detetives! – ela sibilou.

Albert caiu direitinho.

– Meu Deus do céu! – ele murmurou, em êxtase.

Tuppence meneou a cabeça com ar de quem havia estabelecido um entendimento perfeito.

– Sabe quem estou procurando? – ela perguntou com a maior cordialidade.

Ainda deslumbrado, Albert respondeu, ansioso:

– Alguém dos apartamentos?

Tuppence fez que sim com a cabeça e apontou o polegar para as escadas.

– Número 20. Chama-se Vandemeyer. Vandemeyer! Ha! Ha!

Albert enfiou a mão no bolso.

– Uma criminosa? – ele perguntou, esbaforido.

– Uma criminosa? Eu diria que sim. Rita Rapina, é assim que ela é chamada nos Estados Unidos.

— Rita Rapina — repetiu Albert, em delírio. — Oh, é igualzinho nos filmes! Era mesmo. Tuppence era uma frequentadora assídua do cinema.

— Annie sempre disse que ela não vale nada — continuou o menino.

— Quem é Annie? — perguntou Tuppence.

— A criada. Ela vai embora hoje. Muitas vezes Annie me disse: "Preste atenção no que eu digo, Albert, eu não me surpreenderia se qualquer dia destes a polícia aparecesse aqui atrás dela". Como está acontecendo agora. Mas ela é uma lindeza, não é mesmo?

— Sim, ela é bonita — admitiu Tuppence, cautelosamente. — Isso serve muito bem para os planos dela, pode apostar. A propósito, ela tem usado umas esmeraldas?

— Esmeraldas? São umas pedras verdes, não é?

Tuppence concordou com a cabeça.

— É por isso que estamos atrás dela. Você conhece o velho Rysdale? Albert balançou cabeça.

— Peter B. Rysdale, o rei do petróleo?

— Esse nome me parece meio familiar.

— As pedras eram dele. A mais refinada coleção de esmeraldas do mundo. Vale um milhão de dólares!

— Caramba! — Albert exclamou em êxtase. — Cada vez se parece mais com os filmes.

Tuppence sorriu, contente com o êxito dos seus esforços.

— Ainda não conseguimos provar para valer. Mas estamos atrás dela — ela piscou demoradamente. — Agora acho que ela não vai conseguir escapar.

Albert soltou outra exclamação de deleite.

— Tome cuidado, meu filho, não diga uma palavra sobre esse assunto — disse Tuppence subitamente. — Não sei se eu devia contar essas coisas a você, mas nos Estados Unidos a gente conhece um rapaz esperto só de olhar.

— Não vou dizer uma sílaba — prometeu Albert, ofegante. — Há alguma coisa que eu possa fazer? Espiar um pouco, quem sabe, coisas do tipo?

Tuppence fingiu refletir sobre o assunto, depois balançou a cabeça.

— No momento, não, mas não me esquecerei de você, filho. E que história é essa que você me contou da moça que está indo embora?

— A Annie? Com essa patroa é um entra e sai de criadas. Como Annie disse, hoje em dia as criadas são gente e têm de ser tratadas de acordo. E como ela está espalhando a má fama da patroa, não será fácil arranjar outra criada.

— Não? — disse Tuppence, pensativa. — E se...

Uma ideia estava surgindo na mente de Tuppence. Ela pensou durante um ou dois minutos, depois bateu de leve no ombro de Albert.

– Olhe só, meu filho, tenho um plano. E se você mencionasse que tem uma jovem prima ou amiga que talvez possa ocupar o lugar? Sacou?

– Claro! – respondeu Albert no mesmo instante. – Deixe isso por minha conta, senhorita, vou armar o esquema em dois tempos!

– Que garoto! – comentou Tuppence com um meneio de cabeça de aprovação. – Você pode dizer que a sua jovem prima está pronta para vir imediatamente. Avise-me e, se der tudo certo, chegarei amanhã às onze em ponto.

– Onde devo avisar a senhorita?

– No Ritz – respondeu Tuppence, lacônica. – Pelo nome de Cowley.

Albert olhou-a com inveja.

– Esse emprego de detetive deve ser bom.

– Claro que é – confirmou Tuppence com a voz arrastada –, especialmente quando o velho Rysdale é quem paga as despesas. Mas não fique triste, filho. Se essa história terminar bem, você já terá dado o primeiro passo para entrar no ramo.

Com essa promessa ela se despediu do seu novo aliado e se afastou a passos largos de South Audley Mansions, bastante contente com o trabalho da manhã.

Mas não havia tempo a perder. Tuppence voltou imediatamente ao Ritz e escreveu algumas breves palavras ao sr. Carter. Despachou o bilhete, e uma vez que Tommy ainda tinha não regressado – o que não a surpreendia –, saiu para fazer compras, o que, com um intervalo para chá e bolinhos cremosos sortidos, a manteve ocupada até muito depois das seis horas, quando retornou ao hotel, esgotada mas satisfeita com as suas aquisições. Ela havia começado numa loja de roupas baratas, depois passou por um ou dois brechós e terminou o dia num famoso cabeleireiro. Agora, na reclusão de seu quarto, a moça desembrulhou sua última compra do dia. Cinco minutos depois, sorriu de contentamento diante de sua própria imagem refletida no espelho. Com um lápis de olhos ela tinha alterado ligeiramente a linha das sobrancelhas, e isso, em conjunto com a nova e luxuriante cabeleira no alto da cabeça, transformou de tal maneira sua fisionomia que ela se sentiu confiante de que nem mesmo se ficasse frente a frente com Whittington ele seria capaz de reconhecê-la. Ela usaria sapatos com saltos altos, e a touca e o avental seriam disfarces ainda mais valiosos. Por conta de sua experiência no hospital ela sabia que os pacientes quase nunca reconheciam uma enfermeira sem o uniforme.

– Sim – disse Tuppence, meneando a cabeça diante do próprio reflexo no espelho. – Isso vai dar conta do recado direitinho – depois ela retomou sua aparência habitual.

O jantar foi uma refeição solitária. Agora Tuppence estava bastante surpresa com a demora de Tommy. Julius também se ausentara – o que, na mente da moça, era mais fácil de explicar. As frenéticas "atividades de busca" do norte-americano não se limitavam a Londres, e seus abruptos sumiços e aparições eram plenamente aceitos pelos Jovens Aventureiros como parte do trabalho diário. Era líquido e certo que Julius P. Hersheimmer partiria para Constantinopla num piscar de olhos se imaginasse que lá encontraria alguma pista do paradeiro da prima desaparecida. O vigoroso rapaz já conseguira infernizar a vida de diversos homens da Scotland Yard, e a essa altura as telefonistas do Almirantado já tinham aprendido a reconhecer e temer o seu familiar "Alôu!". O homem cheio de energia passara três horas em Paris importunando a prefeitura e voltara imbuído da ideia, possivelmente inspirada por algum cansado oficial francês, de que a verdadeira pista do mistério seria encontrada na Irlanda.

"Suponho que ele agora tenha partido às pressas para lá", pensou Tuppence. "Tudo bem, mas *para mim* isso é uma chatice! Aqui estou eu transbordando de novidades e absolutamente ninguém para contar! Tommy podia ter mandado um telegrama. Onde será que ele foi parar? De qualquer forma, certamente não 'perdeu a pista', como dizem. Isso me faz lembrar...". E a srta. Cowley interrompeu as suas meditações e chamou um mensageiro do hotel.

Dez minutos depois a dama estava confortavelmente refestelada na cama, fumando cigarros e absorta na leitura atenta de *Garnaby Williams, o menino detetive,* livro que, como outras novelas baratas de ficção sensacionalistas e melodramáticas, tinha mandado comprar. Ela julgava, e com razão, que antes de tentar estreitar relações com Albert o melhor a fazer era se abastecer com uma boa provisão de cor local.

Pela manhã, recebeu um bilhete do sr. Carter:

Prezada srta. Tuppence,
A senhorita começou de maneira esplêndida, e eu a parabenizo. Creio, contudo, que devo mais uma vez apontar os riscos a que a senhorita está se expondo, em especial se prosseguir no caminho que indicou. Essas pessoas estão absolutamente desesperadas e são incapazes de misericórdia ou piedade. Parece-me que a senhorita provavelmente subestima o perigo, portanto mais uma vez devo alertá-la de que não posso lhe prometer proteção. A senhorita já nos proporcionou informações valiosas, e se preferir retirar-se do caso agora ninguém poderá censurá-la. De qualquer modo, pense muito bem antes de se decidir.
Se, a despeito das minhas advertências, a senhorita resolver levar a investigação adiante, encontrará tudo arranjado. A senhorita morou dois anos

com a srta. Dufferin, da mansão The Parsonage, em Llanelly, a quem a sra. Vandemeyer pode pedir referências.
Permite-me uma ou duas palavras à guisa de conselho? Mantenha-se próxima da verdade tanto quanto possível – isso minimizará o perigo de deslizes. Sugiro que se apresente como aquilo que a senhorita de fato é, uma ex-voluntária do VAD*, que atuou na guerra e escolheu os serviços domésticos como profissão. Há muitas mulheres em idêntica situação no presente momento. Isso explicará quaisquer incongruências na sua voz ou suas maneiras, o que, de outro modo, despertaria suspeitas.
Qualquer que seja a sua decisão, boa sorte.

Seu amigo sincero,
sr. CARTER

Tuppence ficou empolgadíssima. Ela ignorou as advertências do sr. Carter. Confiava demais em si mesma para dar ouvidos a conselhos.

Contudo, com alguma relutância, ela abandonou o plano de representar o interessante papel que tinha inventado para si mesma. Embora não duvidasse de sua capacidade de encarnar por tempo indefinido uma personagem, dispunha de bom senso em dose suficiente para reconhecer a força dos argumentos do sr. Carter.

Ainda não havia chegado recado algum de Tommy; mas de manhã o carteiro trouxera um cartão-postal bastante sujo contendo três palavras rabiscadas: "Está tudo bem".

Às dez e meia Tuppence examinou com orgulho um baú de folha de flandres meio surrado e amarrado com uma corda num arranjo artístico contendo os seus novos pertences. Com um leve rubor ela tocou a campainha e pediu que colocassem o baú num táxi. Foi até a estação de Paddington e deixou-o no guarda-volumes. Depois, munida de uma maleta de mão, encaminhou-se para a fortaleza do toalete feminino. Dez minutos depois, uma Tuppence metamorfoseada saiu caminhando com gravidade afetada da estação e pegou um ônibus.

Passava um pouco das onze horas quando Tuppence entrou mais uma vez no saguão do South Audley Mansions. Albert estava de vigia, cumprindo as suas obrigações de forma um pouco errática. Não reconheceu Tuppence de imediato. Quando percebeu quem era, não conteve seu espanto.

– Macacos me mordam se eu a reconheci! Sua roupa é supimpa!

---

* O Voluntary Aid Detachment (VAD – ou Destacamento de Ajuda Voluntária) era uma organização voluntária de prestação de serviços de enfermagem de campo, em especial em hospitais, no Reino Unido e vários países do Império Britânico, e cuja atuação se deu principalmente durante a Primeira e a Segunda Guerras Mundiais. (N.T.)

— Fico feliz que você tenha gostado — respondeu Tuppence com modéstia. — A propósito, sou sua prima ou não sou?

— A sua voz também! — berrou o fascinado rapazinho. — Muito inglesa! Não, eu disse que um amigo meu conhecia uma moça. A Annie não gostou muito. Resolveu ficar aqui hoje. Diz ela que era pra *fazer um favor*, mas na verdade é pra falar mal da casa e da patroa pra senhorita.

— Que boa menina — disse Tuppence.

Albert não percebeu a ironia.

— Ela é toda estilosa e deixa a prataria lustrosa que é uma beleza. Mas, cá entre nós, tem um mau gênio dos diabos. A senhorita vai subir agora? Entre no elevador. Número 20, é isso? — e o garoto deu uma piscadela.

Tuppence repreendeu-o com um olhar severo e entrou no elevador.

Ao tocar a campainha no número 20 ela notou que os olhos de Albert tinham descido abaixo do nível do chão.

Uma moça de ar esperto abriu a porta.

— Vim para tratar do emprego — disse Tuppence.

— É um emprego detestável — disse a moça sem hesitação. — A bruxa velha é uma rancorosa, vive implicando com tudo. Ela me acusou de xeretar as cartas dela. Eu! Mas depois retirou a ofensa. Nunca mais deixou nenhum papel no cesto de lixo, ela queima tudo. Ela é uma falsa, isso sim. Usa boas roupas, mas não tem classe. A cozinheira sabe alguma coisa a respeito dela, mas não abre o bico, morre de medo dela. E como é desconfiada! Quando flagra uma criada conversando com alguém, fica em cima feito carrapato! Posso assegurar que...

Mas o que quer que fosse que Annie pretendia contar, Tuppence não estava destinada a saber, pois nesse momento uma voz nítida, com um estranho timbre metálico, chamou: — Annie!

A espevitada moça pulou como se tivesse tomado um tiro.

— Sim, senhora.

— Com quem você está falando?

— É a moça que veio tratar do emprego, senhora.

— Então traga a moça aqui. Imediatamente.

— Sim, patroa.

Tuppence foi conduzida a uma sala à direita do longo corredor. Uma mulher estava de pé junto à lareira. Já não era jovem, e a beleza que inegavelmente possuía havia agora endurecido e se tornado grosseira. Outrora, na mocidade, a mulher devia ter sido deslumbrante. Graças à contribuição de um artifício de beleza, o cabelo ouro-pálido descia-lhe em caracóis até o pescoço; os olhos, de um azul penetrante, pareciam ter a capacidade de perfurar a própria alma da pessoa que ela fitava. A extraordinária delicadeza de sua figura era realçada pelo maravilhoso vestido azul-escuro de cetim. Entretanto, apesar da graciosidade hipnótica e da beleza quase etérea do seu rosto, o interlocutor sentia instintivamente a presença de algo opressivo e ameaçador, uma espécie de força metálica que encontrava expressão no tom de sua voz e na qualidade perfurante de seus olhos.

Pela primeira vez Tuppence sentiu medo. Não sentira temor algum na presença de Whittington, mas com aquela mulher era diferente. Como se estivesse hipnotizada, ela fitava a longa e cruel linha da boca vermelha e curvilínea, e mais uma vez foi invadida por uma sensação de pânico. Sua habitual autoconfiança a abandonou. Vagamente, sentiu que ludibriar aquela mulher seria muito diferente de enganar Whittington. Lembrou-se da advertência do sr. Carter. De fato, aqui não poderia esperar misericórdia.

Lutando para dominar a sensação de pânico que insistia que ela desse meia-volta e fugisse sem demora, Tuppence sustentou o olhar da dama, de maneira firme e respeitosa.

Satisfeita com o primeiro e minucioso exame a que submeteu a moça, a sra. Vandemeyer indicou uma cadeira.

– Você pode se sentar. Como ficou sabendo que eu estava precisando de uma criada?

– Por intermédio de um amigo que conhece o ascensorista deste prédio. Ele achou que o emprego poderia ser adequado para mim.

Mais uma vez o olhar de réptil da mulher pareceu trespassá-la.

– Você fala como uma moça de boa educação.

Com bastante eloquência, Tuppence discorreu sobre a sua carreira imaginária, de acordo com as linhas gerais sugeridas pelo sr. Carter. Enquanto fazia seu relato, teve a impressão de que a tensão da sra. Vandemeyer ia relaxando.

– Compreendo – comentou por fim a mulher. – Há alguém a quem eu possa escrever pedindo referências?

– A última patroa com quem morei foi a srta. Dufferin, da mansão The Parsonage, em Llanelly. Fiquei com ela por dois anos.

– Então suponho que você tenha pensado em vir para Londres com a intenção de ganhar mais dinheiro? Bem, isso não me importa. Pagarei cinquenta ou sessenta libras, quanto você quiser. Pode começar imediatamente?

– Hoje mesmo, se a senhora quiser. O meu baú está na estação de Paddington.

– Vá de táxi buscá-lo, então. O trabalho aqui é fácil. Passo boa parte do tempo fora de casa. A propósito, qual é o seu nome?

– Prudence Cooper.

– Muito bem, Prudence. Vá buscar a sua bagagem. Sairei para almoçar. A cozinheira lhe mostrará tudo.

– Obrigada, patroa.

Tuppence retirou-se. A esperta Annie já não estava à vista. No saguão lá embaixo, um magnífico porteiro havia relegado Albert ao segundo plano. Tuppence saiu do prédio com toda a humildade do mundo e nem sequer olhou de relance para o menino.

A aventura tinha começado, mas ela se sentia menos entusiasmada do que pela manhã. Passou por sua mente a ideia de que se a desconhecida Jane Finn tinha caído nas mãos da sra. Vandemeyer, provavelmente sofreu um bocado.

CAPÍTULO 10

Entra em cena sir James Peel Edgerton

Tuppence não se mostrou nem um pouco desajeitada nos seus novos deveres. As filhas do arquidiácono eram peritas em tarefas domésticas. E também eram especialistas na arte de treinar uma "menina verde", e o resultado inevitável era que, depois de devidamente treinada, a menina inexperiente em questão ia embora para algum lugar onde, graças ao seu recém-adquirido conhecimento, podia exigir uma remuneração mais substancial do que permitia a magra bolsa do arquidiácono.

Portanto, Tuppence não tinha motivo para recear que a considerassem ineficiente. A cozinheira da sra. Vandemeyer a deixou intrigada. Era evidente que a mulher tinha pavor da patroa. Tuppence especulou que talvez a mulher a dominasse de alguma maneira, exercesse sobre ela alguma forma de controle. De resto, ela cozinhava como um chef, fato que Tuppence teve a oportunidade de julgar naquela noite. A sra. Vandemeyer esperava um convidado para o jantar e a nova criada preparou a elegante mesa para dois. Já fazia alguma ideia de quem poderia ser o visitante. Havia uma grande probabilidade de que fosse Whittington. Embora se sentisse bastante confiante de que ele não a reconheceria, ficaria mais contente se o convidado fosse um completo estranho. Contudo, não lhe restava outra coisa a não ser esperar que tudo desse certo.

Pouco depois das oito da noite soou a campainha da porta da frente e Tuppence, no íntimo um pouco inquieta, foi atender. Ficou aliviada ao constatar que o visitante era o segundo dos dois homens que Tommy tinha se incumbido de seguir.

O homem se apresentou como conde Stepanov. Tuppence o anunciou e a sra. Vandemeyer soltou um ligeiro murmúrio de satisfação ao se erguer do divã em que estava sentada.

– É um prazer vê-lo, Bóris Ivánovitch! – ela disse.

– O prazer é meu, madame! – inclinou o corpo para beijar a mão da dama.

Tuppence voltou para a cozinha.

– Um tal de conde Stepanov, ou coisa parecida – ela comentou e, fingindo uma curiosidade franca e ingênua, perguntou –, quem é ele?

– Um cavalheiro russo, creio.

– Ele vem aqui com frequência?

– De vez em quando. Por que você quer saber?

– Imaginei que talvez ele estivesse apaixonado pela patroa, só isso – explicou Tuppence, acrescentando, com mau humor também fingido: – Nossa, como você está nervosa!

– Não estou muito tranquila com relação ao suflê – justificou a cozinheira.

"Você sabe de alguma coisa", Tuppence pensou consigo mesma, mas em voz alta disse apenas:

– Ponho no prato agora? Prontinho.

Enquanto servia à mesa, Tuppence tentou ouvir atentamente tudo que era dito. Ela se lembrava de que aquele homem era um dos que Tommy estava seguindo da última vez que vira o amigo. Agora, embora não quisesse admitir, já estava começando a ficar preocupada com o sócio. Onde estava ele? Por que ela não havia recebido um recado sequer? Antes de sair do Ritz, Tuppence deixara instruções para que enviassem por um mensageiro especial todas as cartas ou mensagens a uma papelaria das redondezas, aonde Albert ia com frequência. Sim, era verdade que fazia apenas um dia que ela havia se separado de Tommy – desde a manhã da véspera –, e agora tentava se convencer de que qualquer ansiedade com relação ao amigo era absurda. Contudo, era estranho que ele não lhe mandasse nem uma palavra.

Por mais que aguçasse os ouvidos, a conversa não apresentava pista alguma. Bóris e a sra. Vandemeyer falavam sobre assuntos absolutamente banais: as peças de teatro a que tinham assistido, novas danças e as últimas fofocas da sociedade. Após o jantar dirigiram-se para o minúsculo boudoir onde a sra. Vandemeyer, estirada no divã, pareceu mais perversamente linda que nunca. Tuppence entrou levando café e licores e se retirou. Ao sair, ouviu Bóris perguntar:

– Ela é nova aqui, não?

– Começou hoje. A outra era um demônio. Essa parece ser cumpridora de suas obrigações.

Tuppence demorou-se um pouco mais junto à porta que, propositalmente, deixara entreaberta, e ouviu o homem dizer:

— Tem certeza de que ela não oferece perigo?

— Francamente, Bóris, suas desconfianças são absurdas. Creio que ela é prima do porteiro do edifício, ou coisa que o valha. E ninguém sequer sonha que eu tenha alguma ligação com o nosso... *amigo* comum, o sr. Brown.

— Pelo amor de Deus, tome cuidado, Rita. Aquela porta não está fechada.

— Ora, feche-a, então — gargalhou a mulher.

Tuppence saiu dali às pressas.

Ela não ousou se afastar mais da parte dos fundos da casa, mas tirou a mesa e lavou a louça com a zelosa rapidez adquirida no hospital. Depois, furtivamente, deslizou de novo para a porta do boudoir. A cozinheira, agora mais relaxada, ainda estava ocupada na cozinha e, se é que deu pela ausência da outra, supôs que a criada estava arrumando as camas.

Que pena! A conversa no interior do aposento agora se mantinha num tom baixo demais para permitir que ela ouvisse algo. Tuppence não se atreveu a reabrir a porta, nem mesmo com toda a delicadeza. A sra. Vandemeyer estava sentada quase de frente para a porta, e Tuppence respeitava o poder de observação dos olhos de lince da patroa.

Entretanto, Tuppence sentia que seria um bom negócio ouvir o diálogo. Se algum imprevisto tinha ocorrido, talvez ela pudesse ter notícias de Tommy. Por alguns instantes ela refletiu desesperadamente; depois o seu rosto se iluminou. Avançando a passos rápidos pelo corredor, foi até o quarto da sra. Vandemeyer, que tinha janelões que se abriam para uma sacada que se estendia por todo o comprimento do apartamento. Tuppence passou pelo janelão e, sem fazer um ruído, arrastou-se até a janela do boudoir — que, como ela já tinha previsto, estava entreaberta; dali era possível ouvir claramente as vozes de dentro do aposento.

Tuppence aguçou os ouvidos, mas não houve menção alguma que pudesse ter relação com Tommy. A sra. Vandemeyer e o russo pareciam divergir sobre alguma questão, e por fim o conde exclamou amargamente:

— Com os seus constantes descuidos, você acabará arruinando a todos nós!

— Bobagem! — riu a mulher. — A má fama do tipo certo é o melhor meio de desarmar as suspeitas. Qualquer dia desses você vai acabar compreendendo isso, talvez mais cedo do que você pensa!

— Enquanto isso, você zanza para baixo e para cima com Peel Edgerton. Que é talvez não somente o mais famoso advogado da Inglaterra, mas um conselheiro real que tem como passatempo predileto a criminologia! Isso é uma loucura!

– Sei que a eloquência dele vem salvando muita gente da forca – alegou a sra. Vandemeyer, calmamente. – O que me diz disso? Talvez um dia eu também necessite dos serviços dele. Se isso acontecer, que sorte contar com um amigo desses na corte, ou talvez seja melhor ir direto ao ponto e dizer *no tribunal.*

Bóris levantou-se e começou a andar a passos largos de um lado para o outro. Estava muito agitado.

– Você é uma mulher inteligente, Rita; mas também é uma tola! Deixe-se guiar por mim, esqueça Peel Edgerton.

A sra. Vandemeyer balançou suavemente a cabeça.

– Creio que não.

– Você se recusa? – havia na voz do russo um tom sinistro.

– Sim.

– Então, por Deus – rosnou o russo. – Veremos.

Mas a sra. Vandemeyer também se pôs de pé, com os olhos chamejantes.

– Você se esquece, Bóris – disse ela –, de que não preciso prestar contas a ninguém. Só recebo ordens do sr. Brown.

Desesperado, o russo agitou os braços no ar.

– Você é impossível – ele murmurou. – Impossível! Talvez já seja tarde demais. Dizem que Peel Edgerton é capaz de descobrir um criminoso *pelo cheiro!* Como vamos saber o que há por trás do repentino interesse dele por você? Talvez ele já desconfie de alguma coisa. Ele suspeita...

A sra. Vandemeyer olhou-o com desprezo.

– Fique tranquilo, meu querido Bóris. Ele não desconfia de coisa alguma. Onde está o seu habitual cavalheirismo? Você parece esquecer que sou considerada uma mulher bonita. Posso assegurar que isso é tudo o que interessa a Peel Edgerton.

Com ar de dúvida, Bóris balançou a cabeça.

– Ele estudou criminalística como nenhum outro homem neste país. Você acha que é capaz de enganá-lo?

A sra. Vandemeyer apertou os olhos.

– Se ele é tudo isso que você diz, será divertido experimentar!

– Deus do céu, Rita...

– Além disso – acrescentou a sra. Vandemeyer –, ele é podre de rico. Não sou das que desprezam dinheiro. Os "nervos da guerra"*, como você sabe, Bóris!

---

* Do inglês, *sinews of war*. *Sinew* é "tendão, nervo, força, energia"; a expressão *sinews of war* refere-se especificamente ao dinheiro necessário para adquirir armas e provisões em uma guerra. (N.T.)

– Dinheiro, dinheiro! Esse é sempre o perigo com você, Rita. Acho que você venderia até a alma por dinheiro. Acredito... – interrompeu a frase e depois, com voz baixa e sinistra, declarou lentamente – às vezes eu acredito que você *nos* venderia!

A sra. Vandemeyer sorriu e encolheu os ombros.

– O preço, em todo caso, teria que ser enorme – ela gracejou. – Ninguém, a não ser um milionário, teria recursos suficientes para me pagar.

– Ah! – rosnou o russo. – Viu só? Eu tinha razão.

– Meu caro Bóris, você não entende uma piada?

– Era piada?

– É claro.

– Então tudo que posso dizer é que o seu senso de humor é bastante peculiar, minha cara Rita.

A sra. Vandemeyer sorriu.

– Chega de discussão, Bóris. Toque a campainha. Vamos beber alguma coisa.

Tuppence bateu em retirada. Parou um momento para se olhar no enorme espelho da sra. Vandemeyer e certificar-se de que tudo estava em ordem na sua aparência. Depois, fingindo solenidade, atendeu ao chamado.

Apesar de interessante, a conversa que ela ouvira tinha comprovado de maneira irrefutável a cumplicidade de Rita e Bóris, mas lançava pouca luz sobre as preocupações do momento. O nome de Jane Finn não havia sido sequer mencionado.

Na manhã seguinte, Tuppence trocou breves palavras com Albert e soube que não havia mensagens para ela na papelaria. Parecia inacreditável que Tommy, se é que estava tudo bem com ele, não lhe mandara um recado sequer. Ela sentiu que uma mão fria como gelo apertava seu coração... Será que...? Com toda a coragem, sufocou seus temores. De nada adiantava se preocupar. Em vez disso, agarrou a oportunidade oferecida pela sra. Vandemeyer.

– Qual costuma ser o seu dia de folga, Prudence?

– Geralmente a sexta-feira é meu dia livre, senhora.

A sra. Vandemeyer ergueu as sobrancelhas.

– E hoje é sexta-feira! Mas imagino que você não pretenda sair hoje, já que começou ainda ontem.

– Eu estava pensando em pedir-lhe para sair, patroa.

A sra. Vandemeyer fitou-a por um momento e depois sorriu.

– Eu gostaria que o conde Stepanov pudesse ouvir você. Ontem à noite ele fez uma insinuação a seu respeito – o sorriso dela ficou mais largo, felino. – O seu pedido é bastante... típico. Estou satisfeita. Você não entende nada disso, mas pode sair hoje. Para mim não faz diferença, porque não jantarei em casa.

– Muito obrigada, senhora.

Tuppence sentiu um alívio quando se viu livre da presença da mulher. Mais uma vez admitiu que sentia medo, um terrível pavor, da bela mulher de olhos cruéis.

Tuppence estava polindo aleatoriamente a prataria quando foi interrompida pelo som da campainha da porta da frente. Dessa vez o visitante não era Whittington nem Bóris, mas um homem de aparência impressionante.

Embora apenas um pouco mais alto do que o normal, ele dava a impressão de ser um homenzarrão. No rosto bem barbeado e primorosamente versátil estava estampada uma expressão de poder e força muito acima do comum. O homem parecia irradiar magnetismo.

Por alguns instantes Tuppence hesitou, sem saber se o homem era um ator ou um advogado, mas suas dúvidas logo se dissiparam assim que ele anunciou seu nome: sir James Peel Edgerton.

Agora ela o contemplou com renovado interesse. Então ali estava o famoso advogado e conselheiro do rei para assuntos de justiça, cujo nome era conhecido em toda a Inglaterra! Ela tinha ouvido falar que um dia ele talvez se tornasse primeiro-ministro. Era público e notório que ele já havia recusado cargos em nome de sua profissão, preferindo continuar na condição de simples membro de um distrito eleitoral escocês.

Pensativa, Tuppence voltou para a copa. O grande homem tinha causado nela uma forte impressão. Ela compreendeu a agitação de Bóris. Peel Edgerton não seria um homem fácil de enganar.

Cerca de quinze minutos depois a campainha tilintou e Tuppence foi ao vestíbulo a fim de acompanhar o visitante até a saída. Antes ela fora alvo de um olhar perscrutador da parte dele. Agora, quando lhe passou às mãos o chapéu e a bengala, Tuppence percebeu que o homem a examinava da cabeça aos pés. Quando ela abriu a porta e se pôs de lado para deixar o homem passar, ele estacou no vão da porta.

– Não faz muito tempo que a senhorita trabalha como criada, faz?

Atônita, Tuppence levantou os olhos. No olhar do homem ela viu que havia bondade e alguma outra coisa, mais difícil de decifrar.

Ele meneou a cabeça como se Tuppence tivesse respondido.

– Ex-voluntária do DAV e em apuros financeiros, eu suponho?

– Foi a sra. Vandemeyer quem lhe contou isso? – perguntou Tuppence, desconfiada.

– Não, minha criança. O seu olhar me contou. O emprego aqui é bom?

– Muito bom, obrigada, senhor.

– Ah, mas hoje em dia há muitos empregos bons. Às vezes uma mudança não faz mal a ninguém.

– O senhor está querendo dizer...? – Tuppence iniciou uma frase, mas sir James já estava na escada. Ele olhou para trás com uma expressão bondosa e perspicaz.

– É apenas uma sugestão – ele disse. – Só isso.

Tuppence voltou para a copa, mais pensativa do que nunca.

CAPÍTULO 11

Julius conta uma história

Vestida apropriadamente, na hora marcada Tuppence saiu para aproveitar a sua "tarde de folga". Uma vez que Albert não estava de serviço, a moça foi pessoalmente à papelaria a fim de verificar se havia chegado algum recado para ela. Cumprida essa tarefa, rumou para o Ritz, onde fez perguntas e descobriu que Tommy ainda não havia retornado. Era a resposta que ela já esperava, mas nem por isso deixou de ser mais um prego no caixão das suas esperanças. Tuppence resolveu apelar para o sr. Carter: contou-lhe onde e quando Tommy iniciara as suas buscas e pediu-lhe para fazer alguma coisa no sentido de encontrar seu amigo. A perspectiva de contar com a ajuda do sr. Carter restituiu o ânimo de Tuppence, que depois perguntou por Julius Hersheimmer. Foi informada de que o norte-americano tinha regressado ao hotel cerca de meia hora antes, mas saíra imediatamente depois.

Tuppence sentiu que suas forças se reavivavam ainda mais. Ver Julius já seria alguma coisa. Talvez ele pudesse formular um plano para descobrirem juntos o que havia acontecido com Tommy. Ela escreveu o bilhete ao sr. Carter enquanto estava sentada na sala de estar de Julius, e já estava anotando o endereço no envelope quando a porta se abriu de chofre.

– Mas que diabos! – praguejou Julius, mas conteve-se abruptamente. – Perdão, srta. Tuppence. Aqueles idiotas lá da recepção disseram que Beresford não está mais aqui, que não dá as caras desde quarta-feira. Isso é verdade?

Tuppence fez que sim com a cabeça.

– Você não sabe onde ele está? – ela perguntou, num fiapo de voz.

– Eu? E como eu saberia? Maldição, não recebi uma única palavra dele, embora tenha mandado um telegrama para o rapaz ontem de manhã.

– Creio que o seu telegrama está lá na recepção, intacto.

– Mas cadê Tommy?

– Não sei. Minha esperança era que você soubesse.

– Acabei de dizer que não recebi uma só palavra dele, desde que nos separamos na estação ferroviária na quarta-feira.

– Qual estação?

– Waterloo. Ferrovia London and Southwestern.

– Waterloo? – Tuppence franziu a testa.

– Sim, ué. Ele não lhe contou nada?

– Não o vi mais – explicou Tuppence, impaciente. – Fale mais sobre a estação. O que vocês foram fazer lá?

– Ele me telefonou. Pediu que eu fosse para lá o mais rápido possível. Disse que estava no encalço de dois patifes.

– Oh! – exclamou Tuppence, arregalando os olhos. – Sei. Continue.

– Saí daqui às pressas. Beresford estava lá. Mostrou-me os dois pilantras. Fiquei encarregado de seguir o grandalhão, o sujeito que você enganou. Tommy me entregou uma passagem e me mandou embarcar num trem. Ele investigaria o outro canalha – Julius fez uma pausa. – Eu achava que você sabia de tudo isso.

– Julius – disse Tuppence, com firmeza. – Pare de andar de um lado para o outro. Estou ficando tonta. Sente-se naquela poltrona e conte-me a história inteira com o mínimo possível de rodeios e de palavras.

O sr. Hersheimmer obedeceu.

– Claro – disse ele. – Por onde devo começar?

– De onde você partiu. Waterloo.

– Bem – Julius iniciou seu relato. – Entrei num dos seus lindos e antiquados vagões de primeira classe britânicos. O trem já estava em movimento. Quando dei por mim um guarda veio me informar, com a maior polidez, que eu não estava no compartimento de fumantes. Ofereci meio dólar a ele e as coisas se arranjaram. Saí vasculhando o corredor e dei uma espiada no vagão seguinte. Whittington estava lá. Quando vi o canalha, com a sua cara gorda e lisa, e pensei na pobrezinha da Jane nas suas garras, fiquei furioso e lamentei não estar com um revólver na mão. Teria dado um jeito nele.

"Chegamos a Bournemouth. Whittington tomou um táxi e deu o nome de um hotel. Fiz a mesma coisa e chegamos ao endereço com três minutos de diferença um do outro. Ele reservou um quarto e eu, outro. Até agora estava tudo uma moleza, sem problemas. Whittington não tinha a mínima noção de que havia alguém na cola dele. Bem, ele ficou lá sentado no saguão do hotel, lendo jornais e tal, até a hora do jantar. Parecia não ter um pingo de pressa.

"Comecei a pensar que ele não estava planejando nada de mais, que viajara apenas por motivos de saúde, mas me lembrei que o homem ainda não tinha trocado de roupa para o jantar, embora fosse um hotel de primeira, por isso parecia bastante provável que mais tarde ele acabaria saindo para tratar do seu verdadeiro assunto.

"Dito e feito. Por volta das nove da noite ele saiu. Atravessou a cidade num táxi – aliás, que lugar lindo; assim que eu encontrar Jane acho que vou levá-la comigo para passar uma temporada lá –, depois pagou a corrida e saiu caminhando ao longo dos pinheiros no topo do penhasco. Obviamente eu fui atrás, certo? Caminhamos, talvez, por uma meia hora. Ao longo do caminho há uma porção de casas de campo, mas aos poucos elas foram rareando, e no fim chegamos a uma que parecia ser a última de todas. Um casarão, rodeado de pinhais.

"A noite estava muito escura e a trilha que levava até a casa era um breu só. Eu podia ouvir o homem à minha frente, mas não podia vê-lo. Tive de caminhar com a maior cautela a fim de evitar que ele percebesse que estava sendo seguido. Dobrei uma curva a tempo de vê-lo tocar a campainha e receber permissão para entrar na casa. Parei onde eu estava. Começou a chover e não demorou muito para que eu ficasse ensopado. Além disso, fazia um frio de rachar.

"Whittington não saiu da casa, e com o passar do tempo fui ficando inquieto e comecei a perambular pelas redondezas. Todas as janelas do andar térreo estavam trancadas, mas no andar superior – a casa era um sobrado – notei uma janela iluminada, cujas cortinas não estavam fechadas.

"Bem, defronte a essa janela havia uma árvore, talvez a uns nove metros de distância da casa, e acabei tendo uma ideia: se eu subisse na árvore, teria boas chances de enxergar o interior do cômodo iluminado. É claro que eu não tinha motivo para acreditar que Whittington se encontrasse justamente naquele cômodo e não em algum outro – aliás, se tivesse de apostar, diria que ele estava numa das salas de visitas do térreo. Mas acho que eu já estava entediado de ficar tanto tempo debaixo de chuva, e qualquer coisa parecia melhor do que ficar lá à toa. Por isso comecei a subir.

"Ah, mas não foi nada fácil! Por causa da chuva, os galhos estavam bastante escorregadios, e eu mal conseguia firmar o pé. Mas de pouquinho em pouquinho fui conseguindo avançar até que, por fim, cheguei ao nível da janela.

"Mas aí fiquei desapontado. Eu estava muito à esquerda. Só conseguia olhar de esguelha para o cômodo. Um pedaço de cortina e um pouquinho do papel de parede era tudo que eu enxergava. Bem, isso de nada me servia, e eu já estava prestes a entregar os pontos e descer vergonhosamente quando alguém se moveu no interior da sala e lançou sua sombra no trechinho de parede ao alcance dos meus olhos – e, por Deus, era Whittington!

"Depois disso o meu sangue ferveu. Eu simplesmente *tinha* de olhar dentro daquele cômodo. Cabia a mim descobrir como. Notei que havia um galho comprido que se desprendia da árvore e se projetava na direção certa, à direita. Se eu conseguisse me arrastar até a metade dele, problema resolvido. Mas eu tinha lá minhas dúvidas se o galho resistiria ao meu peso. Decidi me arriscar. Com cautela, centímetro por centímetro, rastejei ao longo do galho, que estalou e balançou de um jeito nada agradável, e até imaginei como seria a queda, mas consegui chegar são e salvo ao ponto onde eu queria estar.

"A sala era razoavelmente espaçosa, mobiliada de maneira frugal. No meio do cômodo havia uma mesa com uma luminária; Whittington estava sentado à mesa, de frente para mim. Conversava com uma mulher que usava um uniforme de enfermeira, por sua vez sentada de costas para mim, por isso não pude ver o rosto dela. Embora as persianas estivessem levantadas, os vidros da janela estavam fechados, de modo que eu não conseguia ouvir uma só palavra do que diziam. Aparentemente apenas Whittington falava e a enfermeira limitava-se a escutar. De vez em quando ela concordava ou balançava a cabeça, como se estivesse respondendo 'sim' ou 'não' às perguntas que ele fazia. Whittington parecia muito enfático – uma ou duas vezes bateu com o punho na mesa. A essa altura a chuva já tinha parado e o céu começava a clarear repentinamente.

"Pouco depois tive a impressão de que Whittington já tinha acabado de dizer tudo o que queria dizer e a conversa chegou ao fim. Ele se levantou, e a mulher também. Ele olhou na direção da janela e perguntou alguma coisa à enfermeira – creio que indagou se ainda estava chovendo. Ela chegou junto da janela e olhou para fora. Nesse exato momento a lua surgiu detrás das nuvens. Temi que a mulher me avistasse, pois o luar me iluminava em cheio. Tentei recuar um pouco. O solavanco que dei foi muito forte para aquele galho velho e podre. Com um tremendo estrondo o galho foi abaixo, e com ele a pessoa de Julius P. Hersheimmer!"

– Oh, Julius! – exclamou Tuppence. – Que emocionante! Continue.

– Bem, para a minha sorte aterrissei num providencial canteiro de terra macia, mas é claro que fiquei fora de ação. Depois disso, acordei e me vi numa cama de hospital, ladeado por uma enfermeira, não aquela de Whittington, e um homenzinho de barba preta e óculos de aros de ouro, com cara de médico. Quando eu o encarei ele esfregou as mãos, ergueu as sobrancelhas e disse: "Ah! O nosso amiguinho está acordando. Excelente. Excelente".

"Apliquei o velho truque e perguntei: 'O que aconteceu? Onde estou?', mas eu sabia muito bem a resposta para esta última pergunta. Ainda não tenho nenhum parafuso solto. 'Acho que por enquanto isso é tudo', disse o homenzinho dispensando a enfermeira, que saiu rapidamente do quarto, no passo ligeiro e bem treinado típico das enfermeiras. Mas percebi que ao transpor a porta ela me lançou um olhar de intensa curiosidade.

"Aquele olhar dela me deu uma ideia. 'E então, doutor?', eu disse, e tentei me sentar na cama, mas quando fiz isso senti uma tremenda pontada no pé direito. 'Uma pequena torção', explicou o médico. 'Nada de grave. Em alguns dias o senhor estará novinho em folha.'"

– Notei que você está mancando – interrompeu-o Tuppence.

Julius concordou com a cabeça e continuou:

– "Como isso aconteceu?", perguntei de novo. Ele respondeu secamente: "O senhor caiu, juntamente com uma considerável porção de uma das minhas árvores, sobre um dos meus canteiros de flores, que eu tinha acabado de plantar".

"Gostei do homem. Ele parecia ter senso de humor. Tive certeza de que pelo menos era um sujeito absolutamente honesto e decente. 'Certo, doutor', eu disse, 'lamento muito pela árvore, e é claro que os bulbos novos para o seu canteiro de flores são por minha conta. Mas talvez o senhor queira saber o que eu estava fazendo no seu jardim'. 'Creio que os fatos exigem uma explicação', ele respondeu. 'Bem, para começar, eu não estava querendo roubar nada'.

"Ele sorriu. 'Foi a minha primeira teoria. Mas logo mudei de ideia. Uma coisa: o senhor é norte-americano, não é?' Eu disse o meu nome. 'E o senhor?' 'Meu nome é dr. Hall e, como o senhor sabe, estamos na minha clínica particular.'

"Eu não sabia, mas não deixei que ele percebesse. Simplesmente fiquei agradecido pela informação. Gostei do sujeito e senti que ele era boa gente, um sujeito honesto, mas não ia contar de mão beijada a história inteira. Para começo de conversa, se eu fizesse isso ele não teria acreditado.

"Numa fração de segundo, inventei uma conversa fiada. 'Bem, doutor, estou me sentindo um tremendo bobalhão, mas preciso que o senhor saiba que eu não quis dar uma de Bill Sikes.'* Depois continuei falando e resmunguei alguma lorota a respeito de uma mulher. Coloquei no meio da minha história um tutor severo, salpiquei um esgotamento nervoso da suposta namorada e por fim expliquei que eu imaginava ter visto a tal moça dos meus amores entre os pacientes do sanatório, daí as minhas aventuras noturnas.

"Creio que era justamente a espécie de história que ele estava esperando. 'Um romance e tanto', ele disse em tom amável assim que concluí meu fantasioso relato. 'Agora, doutor', continuei, 'o senhor vai ser franco comigo? Está internada aqui no seu sanatório, ou o senhor já teve entre seus pacientes

---

* Referência ao personagem do romance *Oliver Twist* (1838), de Charles Dickens; Sikes é um violento ladrão. (N.T.)

em algum momento, uma jovem chamada Jane Finn?' Absorto, ele repetiu o nome: 'Jane Finn? Não'.

"Fiquei desolado, e acho que demonstrei meu desgosto. 'Tem certeza?', insisti. 'Certeza absoluta, sr. Hersheimmer. É um nome incomum, e provavelmente eu não me esqueceria.'

"Bem, o médico foi categórico. Por alguns momentos fiquei sem saber o que fazer. Minha busca parecia ter chegado ao fim. 'Bem, então é isso', eu disse, por fim. 'Mas agora há outra questão. Quando eu estava abraçado àquele maldito galho, julguei ter reconhecido um velho amigo meu conversando com uma das suas enfermeiras.' Deliberadamente não mencionei nome algum, porque é óbvio que talvez Whittington pudesse usar outro nome lá, mas o médico respondeu prontamente: 'o sr. Whittington, talvez?' 'O próprio', devolvi. 'O que ele está fazendo aqui? Não me diga que *ele* também está com os nervos fora dos eixos!'

"O dr. Hall riu. 'Não. Ele veio visitar uma das minhas enfermeiras, a enfermeira Edith, que é sobrinha dele.' 'Ora, imagine só!', exclamei. 'Ele ainda está aqui?', 'Não, voltou para a cidade quase que imediatamente', 'Que pena!', lamentei. 'Mas quem sabe eu possa falar com a sobrinha dele – a enfermeira Edith, o senhor disse que é esse o nome dela?'

"Mas o médico balançou a cabeça. 'Isso também será impossível. A enfermeira Edith foi embora com uma paciente esta noite.' 'Parece que estou mesmo numa maré de azar', comentei. 'O senhor tem o endereço do sr. Whittington na cidade? Creio que eu gostaria de visitá-lo quando voltar.' 'Não sei qual é o endereço dele. Posso escrever à enfermeira Edith perguntando, se o senhor quiser.' Eu o agradeci. 'Mas não diga quem está interessado em saber o endereço. Eu gostaria de fazer uma surpresinha para meu amigo.'

"Era tudo o que eu podia fazer naquele momento. É claro que se a jovem era realmente sobrinha de Whittington, talvez fosse inteligente demais para cair na armadilha, mas valia a pena tentar. A primeira providência que tomei a seguir foi despachar um telegrama para Beresford informando-o da minha localização, contando que estava de cama com um pé torcido e pedindo que fosse até lá, caso não estivesse ocupado demais. Tive de ser cauteloso e escolher com cuidado as palavras. Contudo, não recebi notícias dele, e meu pé logo sarou. Foi apenas um mau jeito, e não uma torção de verdade; assim, hoje me despedi do bom doutorzinho, pedi que ele me avise tão logo receba notícias da enfermeira Edith, e voltei imediatamente para a cidade. Mas o que foi, srta. Tuppence? A senhorita está tão pálida!

– É por causa de Tommy – respondeu Tuppence. – O que será que aconteceu com ele?

— Ânimo! Ele deve estar bem. Por que não estaria? Veja só, ele estava atrás de um sujeito estrangeiro. Talvez tenha viajado para algum outro país – a Polônia, por exemplo.

Tuppence balançou a cabeça.

— Ele não teria como fazer isso sem passaporte e coisas do tipo. Além do mais, depois disso eu vi o homem, o tal Bóris sei lá das quantas. Ele jantou ontem com a sra. Vandemeyer.

— Sra. quem?

— Eu me esqueci. É claro que você nada sabe sobre isso.

— Sou todo ouvidos – disse Julius, e lançou mão de sua expressão favorita. – Ponha-me a par de tudo.

Ato contínuo, Tuppence obedeceu e relatou os acontecimentos dos últimos dois dias. Julius reagiu com assombro e admiração desmedidos.

— Bravo! Muito bem! Essa é boa! Estou imaginando você como criada. Você me mata de rir! – depois acrescentou, com seriedade: – Mas não estou gostando disso nem um pouco, srta. Tuppence, com certeza não. Não existe pessoa mais destemida que você, mas eu gostaria de vê-la longe dessa gente. Esses canalhas contra quem estamos lutando são capazes de matar, homem ou mulher, para eles tanto faz.

— Acha que tenho medo? – perguntou Tuppence, indignada e corajosamente sufocando a lembrança do brilho de aço do olhar da sra. Vandemeyer.

— Eu acabei de dizer que você é destemida como o diabo. Mas isso não altera os fatos.

— Oh, *não me aborreça!* – disse Tuppence, com impaciência. – Vamos pensar no que pode ter acontecido com Tommy. Escrevi ao sr. Carter a esse respeito – ela acrescentou, e a seguir relatou o conteúdo da carta.

Julius meneou a cabeça num gesto circunspecto.

— Acho que foi uma boa ideia. Mas agora é hora de agir, de fazer alguma coisa.

— O que podemos fazer? – perguntou Tuppence, recobrando o ânimo.

— Creio que a melhor estratégia é seguir o rastro de Bóris. Você disse que ele apareceu no apartamento da sua patroa. Será que há chance de o patife voltar lá?

— Talvez. Para dizer a verdade, não sei.

— Entendo. Bem, acho que posso colocar em prática o seguinte plano: compro um carro, dos mais chiques, disfarço-me de chofer e fico de tocaia lá perto do prédio. Se Bóris der as caras você me faz um sinal e eu sigo atrás dele. O que me diz?

— Esplêndido, mas talvez ele demore semanas para aparecer.

– Teremos de arriscar. Fico feliz que você tenha gostado do plano – Julius se levantou.

– Aonde você vai?

– Comprar o carro, ué – respondeu Julius, surpreso. – Qual é o modelo que você prefere? Creio que antes do final dessa história você terá a oportunidade de dar uma voltinha nele.

– Oh! – Tuppence soltou uma tímida exclamação. – Eu *gosto* de Rolls-Royce, mas...

– Tudo bem – concordou Julius. – Seu pedido é uma ordem. Vou comprar um.

– Mas você não vai conseguir um assim na hora – alertou Tuppence. – Às vezes as pessoas precisam esperar séculos.

– O pequeno Julius aqui não precisa esperar – afirmou o sr. Hersheimmer. – Não se preocupe. Voltarei com o carro daqui a meia hora.

Tuppence se levantou.

– Você é impressionante, Julius. Mas não posso evitar a sensação de que esse plano é uma falsa esperança. Para falar a verdade, estou depositando a minha fé no sr. Carter.

– Eu não faria isso.

– Por quê?

– É apenas uma ideia minha.

– Ah, mas ele tem de fazer alguma coisa. Não há mais ninguém a quem possamos recorrer. A propósito, eu me esqueci de contar sobre um caso estranho que aconteceu comigo esta manhã.

E então ela narrou o encontro com sir James Peel Edgerton. Julius ficou interessado.

– O que você acha que esse sujeito quis dizer? – ele perguntou.

– Não sei ao certo – respondeu Tuppence, meditativa. – Mas creio que, de uma maneira ambígua, legal, advocatícia, ele estava tentando me alertar.

– E por que ele faria isso?

– Não sei – confessou Tuppence. – Mas ele me pareceu um homem bondoso e de uma inteligência simplesmente impressionante. Eu bem que poderia procurá-lo e contar-lhe tudo.

Para surpresa de Tuppence, Julius opôs-se veementemente a essa ideia.

– Veja bem – disse ele –, não queremos advogados metidos nessa história. Esse sujeito não pode nos ajudar em nada.

– Pois eu acredito que ele pode, sim – rebateu Tuppence com certa teimosia.

– Nem pense nisso. Até logo. Voltarei em meia hora.

Trinta e cinco minutos depois, Julius voltou. Pegou Tuppence pelo braço e levou-a até a janela.

– Lá está ele!

– Oh! – exclamou Tuppence com uma nota de reverência na voz, ao contemplar o enorme automóvel.

– Ele anda que é uma beleza, posso lhe assegurar – disse Julius, desejoso de agradá-la.

– Como foi que você conseguiu? – perguntou Tuppence, ofegante.

– O carro estava sendo despachado para a casa de algum figurão.

– E então?

– E então fui até a casa do tal figurão – explicou Julius. – Eu disse a ele que pelos meus cálculos um carro destes devia valer uns vinte mil dólares. Depois eu disse que se ele abrisse mão do carro eu estava disposto a pagar cinquenta mil dólares.

– E então? – disse Tuppence, inebriada.

– E então – respondeu Julius – ele abriu mão do carro, ora. Só isso.

CAPÍTULO 12

Um amigo em apuros

A sexta-feira e o sábado passaram sem qualquer novidade. O apelo que Tuppence fizera ao sr. Carter recebeu uma resposta breve, em que ele alegava que os Jovens Aventureiros haviam aceitado o trabalho por sua conta e risco, e que não faltaram avisos e advertências quanto aos perigos envolvidos. Se alguma coisa tinha acontecido a Tommy, ele lamentava profundamente, mas nada podia fazer.

Que frieza de consolo. De qualquer maneira, sem Tommy a aventura perdia a graça, e pela primeira vez Tuppence duvidou do triunfo. Enquanto os amigos estiveram juntos ela jamais levantou qualquer suspeita com relação ao infalível sucesso da missão. Embora estivesse acostumada a tomar as rédeas da situação, e por mais que se orgulhasse de sua própria perspicácia, na realidade Tuppence confiava em Tommy e contava com ele mais do que ela própria imaginava. Sem a sensatez e a visão lúcida de Tommy, sem a segurança de seu bom senso e a firmeza de sua capacidade de julgamento, ela se sentia como um navio à deriva. Era curioso que Julius, sem dúvida muito mais inteligente que Tommy, não lhe propiciasse a mesma sensação de esteio. Ela tinha acusado Tommy de ser pessimista, e é claro que ele sempre via as desvantagens e dificuldades que ela, uma inveterada otimista, fazia questão de ignorar, mas mesmo assim Tuppence fiava-se nas opiniões e no equilíbrio do amigo. Tommy podia ser lento, mas era um porto seguro.

Era como se, pela primeira vez, Tuppence percebesse a natureza sinistra da missão em que ela e o amigo haviam se engajado de maneira tão alegre e despreocupada. Tudo começara como uma página de romance. Agora que não havia mais glamour, a aventura se transformava numa terrível realidade. Tommy – era a única coisa que importava. Muitas vezes durante o dia Tuppence sufocara resolutamente as lágrimas. "Sua tola", ela dizia a si mesma, "não lamente, é claro que você gosta dele, você o conhece desde sempre, a vida inteira. Mas não há necessidade de sentimentalismos."

Nesse meio-tempo Bóris não voltou a dar sinal de vida. Não retornou ao apartamento, e Julius e o automóvel esperavam em vão. Tuppence entregou-se a novas reflexões. Mesmo admitindo a verdade das objeções de Julius, ela não tinha desistido inteiramente da ideia de apelar para sir James Peel Edgerton. Na verdade, já chegara inclusive a procurar o endereço do advogado no catálogo telefônico. Será que naquele dia ele tivera a intenção de alertá-la? Em caso afirmativo, por quê? Sem dúvida ela tinha no mínimo o direito de pedir uma explicação. O homem a olhara com tanta benevolência! Talvez pudesse dizer algo acerca da sra. Vandemeyer que conduzisse a uma pista sobre o paradeiro de Tommy.

Por fim Tuppence decidiu, com sua habitual sacudidela de ombros, que valia a pena tentar, e ela tentaria. Na tarde de domingo ela estaria de folga. Encontraria Julius, convenceria o norte-americano a acatar seu ponto de vista e juntos enfrentariam o leão em sua própria caverna.

Quando chegou o dia, foi preciso recorrer a uma considerável quantidade de argumentos para persuadir Julius, mas Tuppence se manteve irredutível.

– Mal não vai fazer – ela repetiu inúmeras vezes.

Por fim Julius cedeu e ambos seguiram no carro para Carlton House Terrace.

A porta foi aberta por um mordomo impecável. Tuppence estava um pouco nervosa. Afinal de contas, talvez *fosse* um descaramento colossal de sua parte. Decidiu não perguntar se sir James estava "em casa", mas adotou uma atitude mais pessoal.

– Por favor, tenha a fineza de perguntar a sir James se posso falar com ele por alguns instantes. Trago-lhe uma importante mensagem.

O mordomo entrou e voltou pouco depois.

– Sir James a receberá. Queiram acompanhar-me. O mordomo conduziu-os a uma sala nos fundos da casa que fazia as vezes de biblioteca. A coleção de livros era magnífica, e Tuppence notou que uma parede inteira era forrada de obras sobre crime e criminologia. Havia várias poltronas de couro macio e uma lareira antiquada. Junto à janela, o dono da casa estava sentado a uma enorme escrivaninha com tampo corrediço, abarrotada de papéis.

Ele se levantou quando os visitantes entraram.

– Tem uma mensagem para mim? Ah! – ele reconheceu Tuppence e abriu um sorriso. – É a senhorita? Imagino que traga um recado da sra. Vandemeyer.

– Não exatamente – disse Tuppence. – Para falar a verdade, mencionei a mensagem apenas para me certificar de que seria recebida. Oh, por falar nisso, este é o sr. Hersheimmer, sir James Peel Edgerton.

– Muito prazer em conhecê-lo – disse o norte-americano, estendendo a mão.

– Sentem-se, por favor – pediu sir James, e arrastou duas cadeiras para perto da escrivaninha.

– Sir James – disse Tuppence, indo audaciosamente direto ao assunto –, creio que o senhor julgará que é um terrível atrevimento aparecer aqui desta forma. Porque a bem da verdade trata-se de algo que nada tem a ver com o senhor; além disso, o senhor é uma pessoa muito importante, ao passo que Tommy e eu somos gente sem importância – ela fez uma pausa para recobrar o fôlego.

– Tommy? – indagou sir James, olhando para o norte-americano.

– Não, este é Julius – explicou Tuppence. – Estou bastante nervosa, e isso atrapalha o meu relato. O que eu realmente quero saber é o que o senhor quis dizer com as palavras que me dirigiu dias atrás. O senhor quis me alertar contra a sra. Vandemeyer, é isso?

– Minha prezada jovem, pelo que me lembro eu apenas mencionei o fato de que existem empregos igualmente bons em outros lugares.

– Sim, eu sei. Mas foi uma indireta, não foi?

– Talvez – admitiu sir James, em tom solene.

– Bem, eu quero saber mais. Quero saber *por que razão* o senhor fez tal insinuação.

A seriedade da moça fez sir James rir.

– E se a sua patroa mover um processo contra mim por calúnia e difamação?

– Claro – disse Tuppence. – Sei que os advogados são sempre muito cautelosos. Mas não podemos falar primeiro "sem juízo por antecipação" e depois dizer o que queremos?

– Bem – disse sir James, ainda sorrindo –, "sem juízo por antecipação" eu afirmo que se tivesse uma irmã jovem, obrigada a trabalhar para ganhar a vida, eu não gostaria de vê-la a serviço da sra. Vandemeyer. Julguei que era minha incumbência dar a entender essa minha opinião. Lá não é lugar para uma menina jovem e inexperiente. Isso é tudo o que posso lhe dizer.

– Compreendo – disse Tuppence, pensativa. – Muito obrigada. Mas o fato é que *na realidade* eu não sou inexperiente, sabe? Eu sabia muito bem que ela não era uma boa pessoa quando fui para lá, e, a bem da verdade, é justamente *por isso* que fui – ela interrompeu-se ao notar o espanto e a confusão no rosto do advogado, e prosseguiu: – Creio que talvez seja melhor contar-lhe toda a história, sir James. Tenho a sensação de que se eu não lhe dissesse a verdade o senhor saberia num instante. Portanto, é melhor que saiba de tudo desde o início. O que você acha, Julius?

– Já que você está decidida, vá logo aos fatos – respondeu o norte-americano, que até então se mantivera em silêncio.

– Sim, conte-me tudo – pediu sir James. – Quero saber quem é Tommy.

Encorajada, Tuppence desfiou sua história, que o advogado escutou com profunda atenção.

Assim que a jovem terminou, ele disse:

– Muito interessante. Grande parte do que a senhorita está me contando, minha filha, eu já sabia. Eu mesmo formulei algumas teorias a respeito de Jane Finn. Até agora a senhorita e seus amigos saíram-se extraordinariamente bem, mas é uma pena que o sr. Carter – é assim que o conhecem – tenha envolvido dois jovens tão despreparados num caso desse tipo. Aliás, onde exatamente entra o sr. Hersheimmer na história? A senhorita não esclareceu esse ponto.

Julius respondeu por si mesmo.

– Sou primo de Jane em primeiro grau – ele explicou, encarando sem se abalar o olhar penetrante do jurista.

– Ah!

– Oh, sir James – irrompeu Tuppence –, o que o senhor acha que aconteceu a Tommy?

– Hum – o advogado se levantou da cadeira e começou a andar lentamente de um lado para o outro. – Quando a senhorita chegou eu estava fazendo a mala. Pegaria o trem noturno rumo à Escócia para passar alguns dias pescando. Entretanto, há diversos tipos de pescaria. Estou inclinado a ficar e ver se conseguimos encontrar o paradeiro do seu jovem amigo.

– Oh! – Tuppence uniu as mãos, em êxtase.

– Ainda assim, como eu já disse, é lamentável que... que Carter tenha envolvido duas crianças num caso desses. Ah, não se ofenda, senhorita... hã...?

– Cowley. Prudence Cowley. Mas os meus amigos me chamam de Tuppence.

– Pois bem, vou chamá-la de srta. Tuppence, então, já que estou certo de que serei seu amigo. Não se ofenda comigo por achar que a senhorita é muito jovem. A juventude é um defeito do qual é bastante fácil se livrar. Agora, no que diz respeito ao seu amigo Tommy...

– Sim – Tuppence esfregava as mãos.

– Francamente, o cenário não me parece nada bom para ele. Ele andou enfiando o nariz onde não foi chamado. Disso não tenho dúvida. Mas não perca a esperança.

– E o senhor vai mesmo nos ajudar? Viu só, Julius? Ele não queria que eu viesse – ela acrescentou, à guisa de explicação.

– Hum – o advogado soltou um muxoxo, fuzilando Julius com outro olhar afiado. – E por que razão?

– Imaginei que não valia a pena incomodá-lo com uma historinha tão insignificante como essa.

– Sei – calou-se por um momento. – Essa historinha insignificante, como o senhor diz, tem ligações diretas com uma história de grandes proporções, muito maior talvez do que o senhor ou a srta. Tuppence podem imaginar. Se o rapaz está vivo, talvez tenha informações muito valiosas para nos dar. Portanto, precisamos encontrá-lo.

– Sim, mas como? – perguntou Tuppence. – Já tentei pensar em tudo...

Sir James sorriu.

– Entretanto, há uma pessoa muito próxima, ao alcance da mão, que provavelmente sabe onde ele está ou, em todo caso, onde é provável que ele esteja.

– Quem? – perguntou Tuppence, intrigada.

– A sra. Vandemeyer.

– Sim, mas ela nunca nos diria.

– Ah, é aí que eu entro em cena. Creio que tenho condições de fazer com que a sra. Vandemeyer me diga tudo que eu quero saber.

– Como? – quis saber Tuppence, arregalando os olhos.

– Oh, simplesmente fazendo perguntas – explicou sir James, com voz branda. – É assim que se faz, sabe?

O advogado tamborilou os dedos na mesa e mais uma vez Tuppence sentiu o intenso poder que irradiava dele.

– E se ela não disser? – perguntou Julius, de repente.

– Creio que dirá. Tenho uma ou duas cartas na manga. Mesmo assim, no pior dos casos há sempre a possibilidade de apelar para o suborno.

– Claro! E é aí que *eu* entro em cena! – berrou Julius, dando um estrondoso murro na mesa. – O senhor pode contar comigo, se necessário, para pagar a ela um milhão de dólares! Sim, senhor, um milhão de dólares!

Sir James sentou-se e submeteu Julius a um minucioso escrutínio. Por fim, declarou:

– Sr. Hersheimmer, é uma soma e tanto.

– Mas creio que terá de ser. Para esse tipo de gente não se pode oferecer uma ninharia.

– Pela taxa de câmbio atual, o valor que o senhor está sugerindo ultrapassa 250 mil libras.

– Isso mesmo. Talvez o senhor pense que estou exagerando, mas posso garantir esse dinheiro, e ainda tenho de sobra para pagar os seus honorários.

Sir James enrubesceu um pouco.

– Não há honorários, sr. Hersheimmer. Não sou um detetive particular.

– Desculpe. Creio que me precipitei um pouco, mas essa questão do dinheiro vem me incomodando. Dias atrás eu quis oferecer uma polpuda recompensa a quem tivesse informações sobre Jane, mas a sua antiquada Scotland Yard me desaconselhou a fazer isso. Disseram que era inconveniente e perigoso.

– E provavelmente estavam certos – comentou sir James, secamente.

– Mas não se preocupe com Julius – alegou Tuppence. – Ele não está brincando. É que simplesmente tem dinheiro que não acaba mais.

– O meu velho fez uma bela fortuna – explicou Julius. – Agora, vamos ao que interessa. Qual é a sua ideia?

Sir James refletiu por alguns instantes.

– Não temos tempo a perder. Quanto mais cedo nos lançarmos ao ataque, melhor – ele virou-se para Tuppence. – Sabe se a sra. Vandemeyer vai jantar fora hoje?

– Sim, acho que sim, mas não deve voltar muito tarde. Caso contrário teria levado a chave do cadeado.

– Bom. Irei visitá-la às dez horas. A que horas a senhorita voltará?

– Entre nove e meia e dez horas, mas posso voltar mais cedo.

– Não por minha causa. Se a senhorita não permanecer fora até o horário habitual, isso talvez desperte suspeitas. Volte às nove e meia. Chegarei às dez. O sr. Hersheimmer poderá esperar embaixo, talvez num táxi.

– Ele comprou um Rolls-Royce novinho – disse Tuppence, com orgulho por tabela.

– Melhor ainda. Se eu conseguir arrancar dela o endereço, poderemos ir imediatamente, levando a sra. Vandemeyer conosco, se necessário. Entenderam?

– Sim – Tuppence deu um pulinho de alegria. – Oh, estou me sentindo muito melhor!

– Não crie expectativas demais, srta. Tuppence. Calma.

Julius voltou-se para o advogado.

– Então posso vir buscá-lo de carro por volta das nove e meia. Certo?

– Talvez seja o melhor plano. Assim não precisaremos de dois carros esperando. Agora, srta. Tuppence, meu conselho para a senhorita é que vá saborear um bom jantar, um jantar *suntuoso*, entendeu? E tente não pensar demais nos acontecimentos futuros.

O advogado apertou a mão dos visitantes, que no instante seguinte foram embora.

– Ele não é um amor? – perguntou Tuppence, extasiada, enquanto descia, aos pulinhos, a escadaria. – Oh, Julius, ele não é simplesmente um amor?

– Bem, admito que ele parece, sim, boa gente. E eu estava errado quando disse que seria inútil procurá-lo. Mas me diga, vamos voltar direto para o Ritz?

– Quero andar um pouco. Estou muito entusiasmada. Deixe-me no parque, por favor. A não ser que você queira vir comigo também.

Julius balançou a cabeça.

– Tenho de abastecer o carro e enviar um ou dois telegramas.

– Tudo bem. Encontro você no Ritz, às sete. Teremos de jantar lá em cima. Não posso ser vista nestes "trajes de festa".

– Certo. Vou pedir ao Felix que me ajude a escolher o cardápio. Um maître e tanto, aquele sujeito. Até logo.

Tuppence caminhou a passos vigorosos na direção do lago Serpentine e consultou o relógio. Eram quase seis horas. Lembrou-se de que não tinha tomado chá, mas estava agitada demais para ter consciência da fome. Caminhou até Kensington Gardens e depois refez o mesmo caminho, devagar, sentindo-se infinitamente melhor graças ao ar fresco e o exercício. Não era tão fácil seguir o conselho de sir James e tirar da mente os possíveis eventos da noite. À medida que se aproximava cada vez mais da esquina do Hyde Park, a tentação de retornar a South Audley Mansions foi ficando quase irresistível.

Em todo caso, Tuppence concluiu, não faria nenhum mal ir até lá e apenas *olhar* o edifício. Talvez assim ela conseguisse se resignar à necessidade de esperar com paciência até as dez horas.

South Audley Mansions estava exatamente como sempre esteve, igualzinho. Tuppence não fazia a menor ideia do que ela esperava encontrar, mas a visão da solidez de tijolos vermelhos do edifício amenizou um pouco a inquietação que tomava conta dela. Já estava prestes a dar meia-volta quando ouviu um agudo assovio e viu o fiel Albert sair correndo do prédio na direção dela.

Tuppence franziu a testa. Não estava nos planos chamar a atenção para a sua presença nas vizinhanças, mas Albert chegou com o rosto afogueado de tanto entusiasmo sufocado.

– Senhorita, ela vai embora!

– Quem? –perguntou Tuppence, incisiva.
– A criminosa. Rita Rapina. Sra. Vandemeyer. Ela está fazendo as malas, e acabou de me mandar chamar um táxi.
– O quê? – Tuppence agarrou o braço do menino.
– É verdade, senhorita. Achei que a senhorita não soubesse de nada disso.
– Albert, você é formidável! – berrou Tuppence. – Se não fosse você, ela teria escapado de nós!
O elogio fez Albert enrubescer de alegria.
– Não há tempo a perder – disse Tuppence, atravessando a rua. – Tenho de detê-la. Custe o que custar, preciso dar um jeito de segurá-la aqui até... – interrompeu a própria frase e perguntou: – Albert, há um telefone aqui, não?
O garoto balançou a cabeça.
– Quase todos os apartamentos têm o seu próprio telefone, senhorita. Mas há uma cabine na esquina.
– Corra imediatamente até lá, então, e ligue para o Hotel Ritz. Peça para falar com o sr. Hersheimmer e, quando ele atender, diga-lhe para buscar sir James e virem imediatamente, porque a sra. Vandemeyer está tentando dar no pé. Se você não conseguir falar com o sr. Hersheimmer, ligue para sir James Peel Edgerton – o número está na lista telefônica – e conte o que está acontecendo. Você não vai esquecer os nomes, vai?
Albert repetiu os nomes, com facilidade.
– Confie em mim, senhorita, vai dar tudo certo. Mas e a senhorita? Não tem medo de enfrentar sozinha a sra. Vandemeyer?
– Não, não, tudo bem. *Agora vá lá e telefone.* Rápido.
Respirando fundo, Tuppence entrou no edifício e subiu correndo até a porta do número 20. Ainda não sabia como deter a sra. Vandemeyer até a chegada dos dois homens, mas tinha de dar um jeito e seria obrigada a realizar sozinha essa tarefa. O que teria ocasionado essa partida precipitada? Será que a sra. Vandemeyer estava desconfiada dela?
Era inútil fazer especulações. Tuppence apertou com firmeza o botão da campainha. Talvez descobrisse alguma coisa com a cozinheira.
Nada aconteceu, e depois de alguns minutos de espera Tuppence apertou de novo a campainha, dessa vez segurando o dedo no botão. Por fim ela ouviu ruídos de passos dentro do apartamento, e um instante depois a própria sra. Vandemeyer abriu a porta. Ao ver a jovem a mulher ergueu as sobrancelhas.
– Você?

— Tive uma dor de dente — esclareceu Tuppence, com desenvoltura. — Por isso achei melhor voltar para casa e passar a noite descansando.

A sra. Vandemeyer nada disse, mas abriu caminho para que Tuppence entrasse no corredor.

— Que azar o seu — a mulher disse, com frieza. — É melhor ir para a cama.

— Ah, na cozinha estarei bem, senhora. A cozinheira...

— A cozinheira saiu — disse a sra. Vandemeyer, num tom furibundo. — Mandei-a sair. Assim, creio que você entende que é melhor ir para a cama.

De súbito, Tuppence sentiu medo. Não gostou nada do tom de voz da sra. Vandemeyer. Além disso, aos poucos a mulher foi encurralando a jovem no corredor. Tuppence estava em apuros.

— Eu não quero...

Então, num piscar de olhos Tuppence sentiu a borda de um cano de aço frio tocar sua têmpora, e a voz da sra. Vandemeyer ergueu-se, gélida e ameaçadora:

— Sua maldita idiotazinha! Acha que eu não sei? Não, não responda. Se você lutar ou gritar, atiro em você como num cão!

A mulher pressionou com mais força o cano de aço contra a têmpora da menina.

— Agora ande, vamos — ordenou a sra. Vandemeyer. — Por aqui, entre no meu quarto. Daqui a um minuto, depois que eu tiver acabado com você, você vai para a cama, como eu mandei. E você dormirá... oh, sim, minha pequena espiã, você vai dormir direitinho!

Nessas últimas palavras havia uma espécie de horrenda amabilidade, coisa que em nada agradou Tuppence. No momento ela nada podia fazer, por isso caminhou obedientemente para dentro do quarto da sra. Vandemeyer, que o tempo todo manteve a pistola colada à testa da jovem. O quarto estava uma bagunça, um caos de roupas espalhadas por toda parte, uma mala cheia até a metade e uma caixa de chapéus aberta no chão.

Com esforço, Tuppence se recompôs. Embora com a voz trêmula, falou com coragem.

— Ora, vamos! Isso é ridículo. A senhora não pode atirar em mim. Todos no edifício ouviriam o barulho.

— Eu correrei o risco — respondeu alegremente a sra. Vandemeyer. — Enquanto você não tentar gritar por socorro, garanto que se mantém viva... e não acho que você vá fazer besteira. Você é uma moça inteligente. Enganou-me direitinho. Eu não desconfiava nem um pouco de você! Por isso não tenho dúvidas de que você compreende perfeitamente bem que na atual situação eu estou por cima e você está por baixo. Agora, sente-se na cama. Ponha as mãos sobre a cabeça e, se você tem amor à vida, não se mexa.

Tuppence obedeceu passivamente. Seu bom senso lhe dizia que nada mais restava fazer a não ser aceitar a situação. Se gritasse pedindo socorro, era mínima a probabilidade de que alguém a ouvisse, mas era enorme a chance de que a sra. Vandemeyer atirasse nela à queima-roupa. Enquanto isso, cada minuto que ela conseguisse ganhar seria valioso.

A sra. Vandemeyer colocou o revólver na borda do lavatório, ao alcance da mão; ainda fitando Tuppence com olhos de lince para o caso de a jovem tentar alguma coisa, pegou um pequeno frasco de cujo conteúdo despejou um pouco num copo e encheu-o de água.

– O que é isso? – perguntou Tuppence, de chofre.

– Uma coisa para fazer você dormir profundamente.

Tuppence empalideceu um pouco.

– Você vai me envenenar? – ela perguntou, num fiapo de voz.

– Talvez – respondeu a sra. Vandemeyer, sorrindo com prazer.

– Então não vou beber – declarou Tuppence com firmeza. – Prefiro levar um tiro. Nesse caso, talvez alguém escute o estampido. Mas não quero morrer em silêncio, como um cordeiro.

A sra. Vandemeyer bateu os pés no chão.

– Não seja tola! Acha mesmo que eu quero ser acusada de assassinato e atrair o clamor público por justiça? Se você tem alguma inteligência, compreenderá que envenenar você não me é conveniente. Isto aqui é um sonífero, nada mais. Você acordará amanhã de manhã sem problemas. Eu simplesmente não quero me dar ao trabalho de ter de amarrar e amordaçar você. Essa é a alternativa, e você não ia gostar nem um pouco, posso garantir! Sou bastante violenta quando quero. Assim, seja uma boa menina, beba isto e não sofrerá mal algum.

Em seu íntimo, Tuppence acreditou. Os argumentos que a mulher apresentou pareciam verdadeiros. O sonífero era um método simples e seguro de tirá-la momentaneamente do caminho. Contudo, a jovem não aceitou de bom grado a ideia de se deixar adormecer mansamente sem ao menos tentar se libertar. Ela tinha a sensação de que se a sra. Vandemeyer conseguisse escapar, sua última esperança de encontrar Tommy estaria perdida para sempre.

Os processos mentais de Tuppence eram agora um turbilhão. Todas essas reflexões passaram como um raio por sua mente e, quando ela viu que tinha uma chance, bastante problemática, resolveu arriscar tudo num esforço supremo.

Tuppence colocou em prática seu plano: de repente, desabou da cama e caiu ajoelhada aos pés da sra. Vandemeyer e, em desvario, agarrou a barra da saia da mulher.

– Eu não acredito – ela gemeu. – É veneno, sei que é veneno. Oh, não me faça beber veneno – sua voz era agora um grito agudo –, não me obrigue a beber veneno!

Com o copo na mão, a sra. Vandemeyer franziu os lábios e olhou-a com menosprezo diante daquele súbito ataque de desatino.

– Levante-se, sua imbecil! Pare de dizer tolices. Não sei como teve coragem para desempenhar esse papel. Levante-se, eu já disse.

Mas Tuppence continuou agarrada à mulher, gemendo e suspirando, e entremeava seus soluços com incoerentes apelos por misericórdia. Cada minuto ganho era uma vantagem. Além disso, enquanto rastejava pelo chão, a jovem foi imperceptivelmente chegando mais perto do seu objetivo.

A sra. Vandemeyer soltou uma violenta exclamação de impaciência e, com um puxão, colocou Tuppence de joelhos.

– Beba logo de uma vez! – com brutalidade, apertou o copo contra os lábios da jovem.

Tuppence soltou um último gemido de desespero.

– A senhora jura que isso não vai me fazer mal? – ela tentou ganhar tempo.

– É claro que não fará mal nenhum. Não seja tola.

– A senhora jura?

– Sim, sim – disse a mulher, impaciente. – Juro.

Tuppence ergueu a mão esquerda, trêmula, para o copo.

– Tudo bem, então – abriu a boca, submissa.

A sra. Vandemeyer deu um suspiro de alívio e, por um segundo, baixou a guarda. Ato contínuo, rápida como um raio, Tuppence arremessou o copo para cima, com toda a força. O líquido se esparramou pelo rosto da sra. Vandemeyer, e, aproveitando o momentâneo apuro da mulher, Tuppence estendeu a mão direita e agarrou o revólver da borda do lavatório. Um momento depois ela já tinha dado um salto para trás e apontava o revólver diretamente para o peito da sra. Vandemeyer; a mão que empunhava a arma não dava o menor sinal de falta de firmeza.

Nesse momento de vitória, Tuppence não conteve uma nada cavalheiresca demonstração de arrogância.

– Agora quem é que está por cima e quem está por baixo? – ela se vangloriou, exultante.

O rosto da sra. Vandemeyer se contraía de fúria. Por um minuto Tuppence chegou a pensar que a mulher saltaria por cima dela, o que teria colocado a jovem num desagradável dilema, já que ela tinha se decidido a disparar o revólver se necessário. Todavia, com esforço a sra. Vandemeyer se controlou, e por fim um sorriso lento e perverso insinuou-se em seu rosto.

– No fim das contas você nada tem de tola! Você se saiu bem, menina! Mas vai pagar por isso. Ah, sim, vai pagar por isso! Tenho boa memória!

– Estou surpresa que a senhora tenha se deixado enganar com tanta facilidade – disse Tuppence, com desdém. – Achou mesmo que sou o tipo de garota que rola no chão e choraminga pedindo misericórdia?

– Talvez você tenha de fazer isso... um dia! – respondeu a outra, incisiva.

A maneira fria e malévola da mulher causou um arrepio na espinha de Tuppence, mas a jovem não se deixou abalar.

– Que tal se nós duas nos sentássemos? – ela sugeriu, com simpatia. – Esse nosso comportamento está um pouco melodramático. Não, na cama, não. Puxe uma cadeira ali na mesa, isso mesmo. Agora eu vou me sentar de frente para a senhora, com o revolver à minha frente, para evitar acidentes. Esplêndido. Agora, vamos conversar.

– Sobre o quê? – quis saber a sra. Vandemeyer, com azedume.

Por um minuto Tuppence fitou, pensativa, a mulher. Lembrou-se de várias coisas. As palavras de Bóris – "Às vezes eu acredito que você *nos* venderia!" – e a resposta dela – "O preço, em todo caso, teria que ser enorme" –, proferida em tom de brincadeira, é verdade, mas será que não tinha um substrato de verdade? Muito antes, Whittington tinha perguntado: "Quem é que andou dando com a língua nos dentes? Rita?". Seria Rita o ponto vulnerável na armadura do sr. Brown?

Encarando com firmeza o olhar da mulher, Tuppence respondeu calmamente:

– Dinheiro...

A sra. Vandemeyer teve um sobressalto. Ficou evidente que essa resposta foi inesperada.

– O que você quer dizer?

– Vou explicar. A senhora acabou de dizer que tem boa memória. Uma boa memória não é tão útil quanto uma bolsa cheia de dinheiro! Acredito que a senhora deva sentir um enorme prazer imaginando mil e uma coisas terríveis para fazer comigo, mas será que isso é *prático*? A vingança é algo que sempre deixa a desejar. É o que todos dizem. Mas o dinheiro – Tuppence recorreu ao seu preceito preferido –, bem, o dinheiro é sempre satisfatório, certo?

– Você acha que sou o tipo de mulher que vende os amigos? – rebateu a sra. Vandemeyer, com desprezo.

– Sim – Tuppence respondeu prontamente –, se o preço for muito bom.

– Algumas insignificantes centenas de libras, mais ou menos!

— Não – rebateu Tuppence. – Eu diria: cem mil libras!

Seu espírito econômico não permitiu que ela mencionasse os milhões de dólares sugeridos por Julius.

O rosto da sra. Vandemeyer foi tomado por um jorro de rubor.

— O que você disse? – perguntou a mulher, cujos dedos mexiam com nervosismo num broche sobre um dos seios. Nesse instante Tuppence soube que o peixe tinha mordido a isca, e pela primeira vez ela sentiu horror do amor que ela própria sentia pelo dinheiro, o que lhe deu uma terrível sensação de afinidade com a mulher à sua frente.

— Cem mil libras – repetiu Tuppence.

Os olhos da sra. Vandemeyer perderam o brilho. Ela recostou-se na cadeira.

— Besteira! Você não tem esse dinheiro.

— Não – admitiu Tuppence. – Eu não tenho. Mas conheço alguém que tem.

— Quem é?

— Um amigo meu.

— Deve ser um milionário – observou a sra. Vandemeyer, incrédula.

— Para dizer a verdade, é um milionário, sim. Um norte-americano. Ele pagará essa dinheirama sem pestanejar. Acredite que estou fazendo uma proposta perfeitamente genuína.

A sra. Vandemeyer endireitou-se na cadeira.

— Estou inclinada a acreditar em você – declarou a mulher, pausadamente.

Durante alguns instantes as duas mulheres ficaram em silêncio, até que a sra. Vandemeyer ergueu os olhos.

— E o que ele deseja saber, esse seu amigo?

Tuppence titubeou um pouco, mas era o dinheiro de Julius, e os interesses dele deveriam vir em primeiro lugar.

— Ele quer saber onde está Jane Finn – ela respondeu com ousadia.

A sra. Vandemeyer não deixou transparecer o menor sinal de surpresa.

— Não sei ao certo onde ela está no presente momento – respondeu.

— Mas teria como descobrir?

— Ah, sim – afirmou a sra. Vandemeyer em tom despreocupado. – Quanto a isso não haveria dificuldade alguma.

— E há também – a voz de Tuppence estava um pouco trêmula – um rapaz, um amigo meu. Receio que alguma coisa tenha acontecido com ele, e que isso seja obra do seu amigo Bóris.

— Qual é o nome dele?

— Tommy Beresford.

– Nunca ouvi falar. Mas perguntarei a Bóris. Ele me dirá tudo que souber.

– Obrigada – Tuppence sentiu-se tremendamente animada, e sua empolgação instigou-a a arriscar manobras mais audaciosas. – Há mais uma coisa.

– O que é?

Tuppence inclinou-se para a frente e baixou o tom de voz:

– Quem é o sr. Brown?

Os olhos irrequietos de Tuppence perceberam que de súbito o belo rosto da sra. Vandemeyer empalideceu. Com esforço a mulher se controlou e tentou retomar sua pose anterior, mas a tentativa resultou numa mera paródia.

Ela encolheu os ombros.

– Você não sabe muita coisa a nosso respeito se ignora o fato de que *ninguém sabe quem é o sr. Brown...*

– A senhora sabe – retrucou Tuppence calmamente.

Mais uma vez o rosto da mulher perdeu a cor.

– E você diz isso com base em quê?

– Não sei – disse a jovem, com toda sinceridade. – Mas tenho certeza.

Durante um bom tempo a sra. Vandemeyer ficou em silêncio, encarando Tuppence.

– Sim – por fim ela disse, com voz rouca. – *Eu* sei. Eu era bonita, sabe? Muito bonita.

– Ainda é – disse Tuppence, com admiração.

A sra. Vandemeyer balançou a cabeça. De seus olhos de um azul elétrico irradiava um brilho estranho.

– Mas não bonita o bastante – ela disse, numa voz suave e perigosa. – Mas não... bonita... o bastante! E às vezes, nos últimos tempos, tenho sentido medo... É perigoso saber demais! – inclinou o corpo e estendeu os braços sobre a mesa. – Jure que o meu nome não será envolvido, que ninguém nunca ficará sabendo.

– Eu juro. E, depois que ele for preso, a senhora estará livre de perigo.

Um olhar aterrorizado brilhou no rosto da sra. Vandemeyer.

– Estarei? Estarei algum dia? – ela agarrou o braço de Tuppence. – Tem certeza quanto ao dinheiro?

– Certeza absoluta.

– Quando o receberei? Não pode haver demora.

– O meu amigo chegará daqui a pouco. Talvez ele tenha de enviar telegramas ou coisa do tipo. Mas será rápido, ele é cheio de energia, com ele é tiro e queda.

Agora a sra. Vandemeyer tinha um olhar resoluto.

– Eu aceito. É uma grande soma em dinheiro, e além disso – ela abriu um sorriso curioso – não é inteligente abandonar uma mulher como eu!

Por algum tempo ela continuou sorrindo, tamborilando de leve os dedos na mesa. De repente, teve um sobressalto, seu rosto ficou pálido.

– O que foi isso?

– Não ouvi nada.

A sra. Vandemeyer olhou atentamente ao redor, apavorada.

– E se alguém estava escutando...

– Bobagem. Quem poderia estar aqui?

– Às vezes até as paredes têm ouvidos – sussurrou a mulher. – Estou com muito medo. Você não o conhece!

– Pense nas cem mil libras – Tuppence tentou acalmá-la, com voz doce.

A sra. Vandemeyer passou a língua pelos lábios secos.

– Você não o conhece – ela repetiu com voz rouca. – Ele é... ah!

Com um grito agudo de terror, ela ergueu-se de um salto. Sua mão estendida apontava por cima da cabeça de Tuppence. Depois ela cambaleou e desabou no chão, desmaiada.

Tuppence virou-se para ver o que havia assustado a mulher.

No vão da porta estavam sir James Peel Edgerton e Julius Hersheimmer.

CAPÍTULO 13

A vigília

Sir James passou às pressas por Julius e agachou-se para acudir a mulher desfalecida.

– É o coração – decretou, contundente. – Ela deve ter levado um choque ao nos ver assim de supetão. Conhaque, e rápido, caso contrário vamos perdê-la.

Julius correu até o lavatório.

– Aí não – disse Tuppence por cima do ombro. – Na cristaleira da sala de jantar, segunda porta do corredor.

Sir James e Tuppence ergueram a sra. Vandemeyer e carregaram a mulher para a cama. Derramaram água no rosto dela, mas sem resultado. O advogado mediu seu pulso.

– Fraco e errático – murmurou. – Espero que o rapaz traga logo o conhaque.

Nesse momento Julius entrou de novo no quarto munido de um copo meio cheio da bebida e passou-o às mãos de sir James. Tuppence ergueu a cabeça da mulher enquanto o advogado tentou introduzir à força um pouco do conhaque entre os lábios fechados dela. Por fim ela entreabriu os olhos. Tuppence levou o copo à boca da mulher.

– Beba isto.

A sra. Vandemeyer aquiesceu. O conhaque devolveu a cor às lívidas maçãs de seu rosto e restituiu suas forças de modo maravilhoso. Ela tentou se sentar, mas caiu para trás com um gemido, a mão pendente.

– É o meu coração – ela murmurou. – É melhor eu não falar.

Deitou-se de costas, com os olhos fechados.

Sir James continuou medindo o pulso da mulher por mais um minuto, depois soltou a mão e meneou a cabeça.

– Tudo bem, agora. Ela vai viver.

Os três se afastaram e ficaram conversando em voz baixa. Todos tinham a consciência de certa sensação de anticlímax. Era evidente que qualquer plano de interrogar a dama naquelas condições estava fora de cogitação. No momento estavam perplexos e nada podiam fazer.

Tuppence relatou que a sra. Vandemeyer tinha declarado sua disposição de desvendar a identidade do sr. Brown, e que também consentira em descobrir e revelar a eles o paradeiro de Jane Finn. Julius parabenizou a jovem.

– Que beleza, srta. Tuppence. Esplêndido! Creio que amanhã cedo essa senhora estará tão interessada nas cem mil libras quanto estava hoje. Não há motivo para preocupação. De qualquer modo, ela não falaria antes de ter o dinheiro na mão!

Claro que havia certa dose de bom senso nessas palavras, e Tuppence sentiu-se mais confortada.

– O que o senhor diz é verdade – concordou sir James, pensativo. – No entanto, devo confessar que algo não me sai da cabeça: como eu gostaria que não tivéssemos chegado e interrompido justamente naquele momento! Contudo, agora já não há remédio, é apenas questão de esperar até o amanhecer.

Fitou a figura inerte sobre a cama. A sra. Vandemeyer estava deitada em atitude de completa passividade, com os olhos fechados. O advogado balançou a cabeça.

– Bem – disse Tuppence numa tentativa de parecer animada e melhorar o clima –, teremos de esperar até amanhã de manhã, só isso. Mas creio que é melhor não sairmos do apartamento.

– E se colocássemos de guarda o tal menino inteligente de que você nos falou?

– Albert? Mas e se ela voltar a si e tentar fugir? Albert não conseguiria detê-la.

– A meu ver ela não vai querer fugir dos dólares prometidos.

– Talvez queira. Ela me pareceu apavorada com o tal "sr. Brown".
– O quê? Será que tem mesmo tanto medo dele?
– Sim. Ela olhou ao redor e chegou a dizer que até as paredes têm ouvidos.
– Talvez ela estivesse falando de um ditafone – disse Julius, com interesse.
– A srta. Tuppence tem razão – disse sir James calmamente. – Não devemos sair do apartamento, e não apenas por causa da sra. Vandemeyer.

Julius encarou o advogado.
– O senhor acha que ele viria atrás dela? Em algum momento entre agora e amanhã de manhã? Mas como ele poderia saber?
– Está esquecendo a hipótese que o senhor mesmo sugeriu: um ditafone – respondeu sir James secamente. – Estamos diante de um adversário terrível. Acredito que se agirmos com toda cautela há uma chance muito boa de que ele caia direto em nossas mãos. Mas não podemos negligenciar nenhuma precaução. Temos uma testemunha importante, mas ela deve ser salvaguardada. Sugiro que a srta. Tuppence vá para a cama e que o senhor e eu, sr. Hersheimmer, nos revezemos na vigília.

Tuppence estava prestes a protestar, mas acabou olhando de relance para a cama e viu a sra. Vandemeyer de olhos semiabertos, com uma expressão no rosto que era um misto de temor e malevolência. A jovem ficou sem palavras.

Por um momento Tuppence se perguntou se o desmaio e o ataque de coração não teriam sido um gigantesco embuste, mas lembrou-se da palidez mortal, o que praticamente anulava sua suposição. Quando olhou de novo, a expressão desaparecera como que num passe de mágica, e a sra. Vandemeyer jazia inerte e imóvel como antes. Por um momento a moça imaginou que devia ter sonhado. Mesmo assim, decidiu ficar alerta.
– Bem, creio que é melhor sairmos daqui – propôs Julius.

Os outros acataram a sugestão. Mais uma vez sir James mediu o pulso da sra. Vandemeyer.
– Perfeitamente satisfatório – ele disse em voz baixa para Tuppence. – Depois de uma boa noite de repouso ela ficará boa.

A moça hesitou um momento ao lado da cama. Estava profundamente abalada pela intensidade da expressão que havia flagrado no rosto da mulher. A sra. Vandemeyer ergueu as pálpebras. Parecia fazer um grande esforço para falar. Tuppence curvou-se sobre ela.
– Não saia – aparentemente sem forças para continuar, ela murmurou algo que aos ouvidos de Tuppence soou como "com sono". Depois disso ela fez uma nova tentativa.

Tuppence chegou ainda mais perto da boca da mulher, cuja voz não passava de um sopro.
– O sr... Brown... – a voz emudeceu.
Mas seus olhos semicerrados pareciam ainda enviar uma mensagem angustiada.
Movida por um impulso repentino, a moça apressou-se em dizer:
– Não sairei do apartamento. Ficarei aqui de vigília a noite inteira.
Um lampejo de alívio foi visível antes que as pálpebras se fechassem mais uma vez. Aparentemente a sra. Vandemeyer estava dormindo. Mas suas palavras suscitaram um novo desassossego em Tuppence. O que ela quis dizer com aquele ínfimo murmúrio "o sr. Brown"? Tuppence se flagrou olhando nervosamente por cima do ombro. O enorme guarda-roupa avultava-se com aspecto sinistro diante dos seus olhos. Dentro dele havia espaço de sobra para um homem se esconder... Um pouco envergonhada de si mesma, Tuppence abriu o móvel e inspecionou seu interior. Ninguém – é óbvio! Agachou-se e olhou debaixo da cama. Não havia outro esconderijo possível.
Tuppence deu sua característica sacudidela de ombros. Era absurdo sucumbir assim aos nervos! Saiu devagar do quarto. Julius e sir James estavam conversando em voz baixa. O jurista voltou-se para ela.
– Tranque a porta por fora, por favor, srta. Tuppence, e tire a chave. Ninguém deve ter a possibilidade de entrar nesse quarto.
A seriedade dessas palavras impressionou Tuppence e Julius, e a moça se sentiu menos envergonhada de seu "ataque de nervos".
De repente, Julius disse:
– Tuppence, aquele seu menino inteligente ainda está lá embaixo. Acho melhor eu descer e tranquilizá-lo. Um garoto e tanto, Tuppence.
– A propósito, como entraram aqui? – indagou Tuppence de supetão. – Eu me esqueci de perguntar.
– Bem, Albert contou-me tudo por telefone. Fui buscar sir James e viemos para cá imediatamente. O menino estava de tocaia, à nossa espera, e um bocado preocupado com o que poderia ter acontecido com você. Ele tinha tentado colar a orelha à porta do apartamento, mas não conseguiu ouvir nada. E sugeriu que subíssemos pelo elevador de serviço em vez de tocar a campainha. Descemos, entramos na copa e encontramos você no quarto. Albert ainda está lá embaixo, e deve estar maluco de ansiedade – dizendo isso, Julius saiu abruptamente.
– Agora, srta. Tuppence – disse sir James –, a senhorita conhece esta casa melhor que eu. Onde sugere que improvisemos nosso alojamento?
Tuppence pensou por alguns instantes.

— Creio que o boudoir da sra. Vandemeyer seria o cômodo mais confortável — ela disse, por fim.

Sir James olhou ao redor, aprovando a sugestão.

— É perfeito; e agora, minha cara jovem, vá para a cama e durma um pouco.

Tuppence balançou a cabeça, resoluta.

— Eu não conseguiria dormir, sir James. Sonharia a noite inteira com o sr. Brown!

— Mas a senhorita ficará cansada demais, minha filha.

— Não, não vou. Prefiro ficar acordada — falo sério.

O advogado não insistiu.

Julius reapareceu logo em seguida, depois de tranquilizar Albert e recompensá-lo generosamente por seus serviços. Também tentou e não conseguiu convencer Tuppence a ir dormir, até que, por fim, disse com ar decidido:

— Em todo caso, você precisa comer alguma coisa imediatamente. Onde fica a despensa?

Tuppence ensinou-lhe o caminho, e minutos depois o norte-americano voltou trazendo uma torta fria e três pratos. Depois da refeição substanciosa, a moça sentiu-se inclinada a desprezar suas fantasias de meia hora antes. A força da sedução do dinheiro não tinha como falhar.

— E agora, srta. Tuppence — disse sir James —, queremos ouvir as suas aventuras.

— Isso mesmo — concordou Julius.

Tuppence narrou as suas aventuras com um pouco de complacência. De tempos em tempos Julius soltava interjeições de admiração: "Excelente!". Sir James ouviu em silêncio até o final do relato e então soltou um sossegado "Muito bem, srta. Tuppence", elogio que fez a jovem aventureira corar de satisfação.

— Há uma coisa que não ficou clara para mim — disse Julius. — Por que motivo ela queria dar o fora?

— Não sei — confessou Tuppence.

Sir James afagou o queixo, pensativo.

— O quarto estava uma bagunça. Isso dá a entender que ela não premeditou sua partida. É quase como se ela tivesse recebido um aviso repentino de alguém.

— Do sr. Brown, suponho — opinou Julius, em tom de zombaria.

O olhar do advogado se deteve sobre Julius por um ou dois minutos.

— Por que não? Lembre-se de que o senhor mesmo foi derrotado categoricamente por ele uma vez.

Julius corou, irritado.

— Fico doido de raiva quando penso em como entreguei feito um cordeirinho a fotografia de Jane. Deus meu, se um dia eu conseguir pôr as mãos de novo naquele retrato, vou me agarrar a ele... como o diabo!

— É bastante remota a probabilidade de que isso venha a acontecer — disse secamente o advogado.

— Acho que o senhor tem razão — respondeu Julius com franqueza. — E, de qualquer modo, é a Jane original que eu estou procurando. Onde acredita que ela possa estar, sir James?

O advogado balançou a cabeça.

— Impossível dizer. Mas tenho uma ideia muito boa de onde ela *esteve*.

— Tem? Onde?

Sir James sorriu.

— No cenário das suas aventuras noturnas, o sanatório de Bournemouth.

— Lá? Impossível. Eu perguntei.

— Não, meu caro, o senhor perguntou se uma pessoa chamada Jane Finn tinha estado lá. Ora, se a moça foi de fato internada naquela clínica, é quase certo que teria usado um nome falso.

— Bravo! Essa foi boa! — exclamou Julius. — Eu não tinha pensado nisso!

— Mas é bastante óbvio — declarou o outro.

— Talvez o médico também esteja metido na história — sugeriu Tuppence.

Julius indicou que não com a cabeça.

— Não creio nisso. Gostei dele logo de cara. Não... tenho certeza absoluta de que o dr. Hall é um sujeito honesto.

— Hall, o senhor disse? — perguntou sir James. — Isso é curioso, realmente muito curioso.

— Por quê? — quis saber Tuppence.

— Porque hoje de manhã eu o encontrei por acaso. Eu o conheço há alguns anos e já estivemos juntos em algumas ocasiões sociais, e hoje pela manhã topei com ele na rua. Estava hospedado no Metrópole, foi o que me disse — ele virou-se para Julius. — Ele comentou com o senhor que estava vindo para a cidade?

Julius fez um sinal afirmativo com a cabeça.

— É curioso — refletiu sir James. — O senhor não mencionou o nome dele esta tarde, ou eu teria sugerido que fosse procurá-lo a fim de obter mais informações, levando consigo um cartão meu à guisa de apresentação.

— Acho que sou uma besta quadrada — admitiu Julius com humildade fora do comum. — Eu deveria ter pensado no truque do nome falso.

— Como você teria condição de pensar no que quer que fosse depois de desabar daquela árvore? — disse Tuppence. — Estou certa de que qualquer outra pessoa teria morrido na hora.

– Bem, creio que agora isso não importa – disse Julius. – Temos a sra. Vandemeyer presa e sob nosso controle, e isso é tudo de que precisamos.

– Sim – disse Tuppence, mas sem muita convicção na voz.

O pequeno grupo ficou em silêncio. Aos poucos a magia da noite começou a tomar conta dos três. Ouviam-se repentinos estalos nos móveis, imperceptíveis sussurros nas cortinas. De repente Tuppence deu um pulo e se pôs de pé, com um grito.

– Não posso evitar! Sei que o sr. Brown está em algum lugar no apartamento. Posso *senti-lo* aqui.

– Ora, Tuppence, como ele poderia estar aqui? Esta porta dá para o vestíbulo. Ninguém poderia entrar pela porta da frente sem que víssemos ou ouvíssemos.

– Não posso fazer nada. *Sinto* que ele está aqui!

Ela lançou um olhar suplicante para sir James, que respondeu em tom sisudo:

– Com todo o respeito e a devida consideração por seus sentimentos, srta. Tuppence, e também pelos meus, diga-se, não compreendo como possa ser humanamente possível que alguém esteja neste apartamento sem o nosso conhecimento.

A moça se sentiu um pouco mais reconfortada com essas palavras.

– Ficar sem dormir sempre me causa apreensão – ela confessou.

– Sim – disse sir James. – Estamos na mesma situação das pessoas reunidas numa sessão espírita. Se houvesse um médium presente aqui, talvez conseguíssemos resultados admiráveis.

– O senhor acredita em espiritismo? – perguntou Tuppence, arregalando os olhos.

O advogado encolheu os ombros.

– A doutrina tem alguma verdade, sem dúvida. Mas a maior parte das evidências e testemunhos não serviria num tribunal.

As horas foram escoando. Com os primeiros e fracos clarões do alvorecer, sir James abriu as cortinas. Contemplaram o que poucos londrinos veem, a lenta ascensão do sol sobre a cidade adormecida. De certa maneira, com a chegada da luz os temores e fantasias da noite anterior pareciam absurdos. O ânimo de Tuppence voltou ao normal.

– Viva! – ela disse. – Vai ser um dia lindo. E encontraremos Tommy. E Jane Finn. E tudo será maravilhoso. Perguntarei ao sr. Carter se há como eu ganhar o título de *dame* do Império.

Às sete horas Tuppence se ofereceu para preparar um pouco de chá. Voltou com uma bandeja contendo um bule e quatro xícaras.

– Para quem é a outra xícara? – perguntou Julius.

– Para a prisioneira, é claro. Acho que podemos chamá-la assim?

– Servir chá para ela parece uma espécie de anticlímax da noite passada – disse Julius, pensativo.

– Sim, é mesmo – admitiu Tuppence. – Mas lá vou eu. Acho melhor vocês virem comigo, para o caso de a sra. Vandemeyer me atacar ou coisa do tipo. Não sei com que humor ela vai despertar.

Sir James e Julius acompanharam Tuppence até a porta.

– Onde está a chave? Ah, é claro, está comigo.

Tuppence enfiou a chave na fechadura, girou-a e depois estacou.

– E se no fim das contas ela tiver fugido? – murmurou.

– Totalmente impossível – respondeu Julius, tentando tranquilizá-la.

Sir James nada disse.

Tuppence respirou fundo e entrou. Com um suspiro de alívio, viu que a sra. Vandemeyer estava deitada na cama.

– Bom dia – disse a moça alegremente. – Trouxe um pouco de chá para a senhora.

A sra. Vandemeyer não respondeu. Tuppence pousou a xícara sobre a mesinha de cabeceira e atravessou o quarto para abrir as cortinas. Quando voltou, a sra. Vandemeyer continuava deitada, imóvel. Com um repentino aperto no coração, Tuppence correu para a cama. Levantou uma das mãos da mulher e sentiu que estava fria feito gelo... Agora a sra. Vandemeyer nunca mais falaria...

O grito de Tuppence atraiu os dois homens. Bastaram poucos instantes. A sra. Vandemeyer estava morta – já devia fazer algumas horas. Evidentemente ela morrera em pleno sono.

– Que azar! Uma crueldade! – urrou Julius, desesperado.

O advogado estava mais calmo, mas em seus olhos havia um estranho brilho.

– Se é que foi azar – ele comentou.

– O senhor não acha... mas, digamos, não, isso é totalmente impossível... ninguém poderia ter entrado aqui.

– Não – admitiu o advogado. – Não vejo como alguém poderia ter entrado. E, no entanto, ela está a ponto de trair o sr. Brown e morre de repente. Será mero acaso?

– Mas como...

– Sim, *como*? É isso que temos de descobrir. – Sir James ficou lá de pé, em silêncio, afagando delicadamente o queixo. – Temos de descobrir – repetiu, em voz baixa, e Tuppence pensou que, se ela fosse o sr. Brown, não gostaria do tom daquelas simples palavras.

Julius olhou de relance para a janela.

– A janela está aberta – reparou. – Acham que...

Tuppence balançou a cabeça.

– A sacada se estende apenas até o boudoir. Nós estávamos lá.

– Ele pode ter passado despercebido – sugeriu Julius.

Sir James, porém, o interrompeu.

– Os métodos do sr. Brown não são tão grosseiros. Devemos chamar um médico, mas antes: há neste quarto alguma coisa que possa ser útil para nós?

Às pressas, revistaram o quarto. Um amontoado de restos chamuscados na grade da lareira indicava que na véspera da fuga a sra. Vandemeyer havia queimado papéis. Embora tenham feito uma busca também nos demais aposentos da casa, não sobrara nada de importância.

– Há aquilo ali – disse Tuppence de súbito, apontando para um cofre pequeno e antigo embutido na parede. – É para guardar as joias, creio eu, mas pode ser que contenha mais alguma coisa.

A chave estava na fechadura; Julius abriu a porta do cofre e examinou seu interior, tarefa em que se demorou um bom tempo.

– E então? – perguntou Tuppence, impaciente.

Houve um instante de silêncio antes que Julius respondesse; ele retirou a cabeça do interior do cofre e fechou a porta.

– Nada – disse o norte-americano.

Em cinco minutos chegou um médico jovem e diligente, convocado com urgência. Reconheceu sir James e tratou-o de forma respeitosa.

– Insuficiência cardíaca ou, possivelmente, uma overdose de algum soporífero. – Aspirou o ar. – Ainda há no ambiente um forte cheiro de cloral.

Tuppence lembrou-se do copo que ela tinha derrubado. E outro pensamento fez com que se precipitasse para o lavatório. Encontrou o pequeno frasco do qual a sra. Vandemeyer tirara algumas gotas.

Antes o frasco ainda tinha dois terços do conteúdo. E agora – *estava vazio*.

CAPÍTULO 14

Uma consulta

Para Tuppence nada foi mais surpreendente e desconcertante do que o desembaraço e a simplicidade com que toda a situação se arranjou, graças à atuação habilidosa de sir James. O médico aceitou sem contestar a teoria de que a sra. Vandemeyer havia tomado acidentalmente uma dose excessiva de cloral. E duvidou da necessidade de uma investigação policial. Caso houvesse um inquérito, ele avisaria sir James. O médico ouviu o relato de que a sra. Vandemeyer estava de partida para o exterior e já dispensara os criados. Sir James e os seus jovens amigos tinham ido visitá-la, ela foi acometida de um mal súbito e eles então resolveram passar a noite no apartamento, pois estavam receosos de deixá-la sozinha. Sabiam se ela tinha algum parente? Não, mas sir James fez alusão ao procurador da sra. Vandemeyer.

Pouco depois chegou uma enfermeira para se encarregar das providências, e os outros foram embora daquele edifício de mau agouro.

– E agora? – perguntou Julius, com um gesto de desespero. – Acho que estamos liquidados de vez.

Absorto, sir James afagou o queixo.

– Não – ele respondeu, calmamente. – Ainda há a possibilidade de que o dr. Hall possa nos dizer alguma coisa.

– Meu Deus! Eu tinha me esquecido dele.

– A possibilidade é mínima, mas nem por isso devemos desprezá-la. Creio que eu já disse que ele está hospedado no Metrópole. Sugiro que lhe façamos uma visita o mais rápido possível. Que tal depois de um banho e um café da manhã?

Combinaram que Tuppence e Julius voltariam ao Ritz e depois buscariam de carro sir James. O planejamento foi seguido à risca, e pouco depois das onze horas o carro com os três estacionou em frente ao Metrópole. Perguntaram pelo dr. Hall e um mensageiro foi buscar o hóspede. Minutos depois o doutorzinho surgiu, caminhando a passos apressados na direção do grupo.

– Pode nos conceder alguns minutos do seu tempo, dr. Hall? – perguntou sir James com toda simpatia. – Permita-me apresentá-lo à srta. Cowley. Creio que o sr. Hersheimmer o senhor já conhece.

Um brilho zombeteiro faiscou nos olhos do médico quando apertou a mão de Julius.

– Ah, sim, o meu jovem amigo do episódio da árvore! O tornozelo já está bom, é?

– Creio que está curado graças ao seu habilidoso tratamento, doutor.

– E o problema com o coração? Ha, ha!

– Ainda procurando – respondeu Julius, curto e grosso.

– Indo direto ao ponto, podemos conversar com o senhor em particular? – perguntou sir James.

– Claro. Creio que há aqui uma sala onde não seremos incomodados.

O médico foi à frente e os outros o seguiram. Sentaram-se e o doutor fitou sir James com olhar inquiridor.

– Dr. Hall, estou muito ansioso para encontrar uma certa moça, com o propósito de obter dela um depoimento. Tenho razões para supor que ela já esteve, em algum momento, internada numa casa de saúde em Bournemouth. Espero não estar transgredindo a ética profissional ao lhe fazer perguntas sobre uma paciente.

– Suponho que se trate de um depoimento para fins judiciais...

Sir James hesitou um momento, depois respondeu:

– Sim.

– Ficarei contente em fornecer qualquer informação que esteja ao meu alcance. Qual é o nome dela? O sr. Hersheimmer já me perguntou sobre ela, eu me lembro... – voltou-se para Julius.

– O nome – disse sir James, bruscamente – é irrelevante. É quase certo que ela foi mandada para a sua instituição sob um nome falso. Mas eu gostaria de saber se o senhor tem alguma relação pessoal com uma mulher chamada sra. Vandemeyer.

– Sra. Vandemeyer, do South Audley Mansions, 20? Eu a conheço vagamente.

– O senhor não está informado sobre o que aconteceu?

– A que se refere?

– O senhor não sabe que a sra. Vandemeyer morreu?

– Meu Deus, eu não tinha a menor ideia! Quando isso aconteceu?

– Ela tomou uma overdose de cloral a noite passada.

– De propósito?

– Acidentalmente, supõe-se. Eu não posso afirmar com certeza. Seja como for, ela foi encontrada morta esta manhã.

– Muito triste. Uma mulher de beleza extraordinária. Imagino que era sua amiga, uma vez que o senhor está a par de todos esses pormenores.

– Sei de todos os pormenores porque, bem, fui eu quem a encontrou morta.

– É mesmo? – o médico teve um sobressalto.

– Sim – respondeu sir James e, pensativo, alisou o queixo.

– São notícias bem tristes, mas perdoe-me por dizer que ainda não entendi qual é a relação desse fato com a tal moça que o senhor está procurando.

– A relação é a seguinte: não é verdade que a sra. Vandemeyer confiou aos cuidados do senhor uma jovem parente?

Julius inclinou-se para a frente, ansioso.

– Sim, é verdade – respondeu o médico calmamente.

– Sob o nome de...?

– Janet Vandemeyer. Pelo que sei, era sobrinha da sra. Vandemeyer.

– E quando ela foi internada?

— Se bem me lembro, em junho ou julho de 1915.

— Era um caso de problema mental?

— A moça está em seu juízo perfeito, se é a isso que o senhor se refere. A sra. Vandemeyer disse-me que a sobrinha estava a bordo do *Lusitania* quando o malfadado navio naufragou, e em decorrência disso sofreu um severo abalo emocional.

— Estamos no caminho certo, não? — sir James buscou o olhar dos companheiros.

— Como eu já disse, sou uma besta quadrada! — disse Julius.

O médico fitou os três com uma expressão de curiosidade.

— O senhor manifestou a intenção de ouvir uma declaração da moça. E se ela não tiver condições de prestar um depoimento?

— O quê? O senhor acabou de dizer que ela está em seu juízo perfeito.

— E está. Entretanto, se o senhor deseja um depoimento acerca de qualquer acontecimento anterior a 7 de maio de 1915, ela não será capaz de ajudá-lo.

Perplexos, os três olharam fixamente para o homenzinho, que meneou a cabeça, todo contente.

— É uma pena — declarou o médico. — É mesmo uma pena, especialmente porque, pelo que pude deduzir, o assunto é de grande importância. Mas a verdade é que ela não será capaz de dizer coisa alguma.

— Mas por quê, homem? Maldição, por quê?

O homenzinho lançou um olhar benevolente ao agitado rapaz norte-americano.

— Porque Janet Vandemeyer sofre de uma perda total da memória.

— *O quê?*

— Isso mesmo. Um caso interessante, um caso *muito* interessante. Mas não tão incomum como os senhores poderiam pensar. Há inúmeros paralelos, todos muito conhecidos. É o primeiro caso do tipo que tive sob meus cuidados, e devo admitir que o considerei absolutamente fascinante. — Havia algo de macabro na satisfação do homenzinho.

— E ela não se lembra de nada? — disse sir James pausadamente.

— Nada anterior a 7 de maio de 1915. Depois dessa data a memória da moça é tão boa como a sua ou a minha.

— Qual é, então, a primeira coisa de que ela se lembra?

— Ter desembarcado com os sobreviventes. Tudo que aconteceu antes disso é um vazio, um espaço em branco. Ela não sabia o próprio nome, de onde tinha vindo ou onde estava. Ela não era capaz sequer de falar sua própria língua materna.

— Mas certamente algo assim é raro? — interveio Julius.

— Não, meu caro senhor. É absolutamente normal nas circunstâncias em que ocorreu. Um violento choque no sistema nervoso. A perda da memória é um sintoma que se manifesta quase sempre de maneira muito semelhante. É óbvio que sugeri um especialista. Há em Paris um colega muito bom que estuda casos dessa natureza, mas a sra. Vandemeyer se opôs à ideia, por temer que gerasse muita publicidade.

— Posso imaginar — disse sir James, de cara amarrada.

— Concordei com a opinião dela. Esses casos *sempre* adquirem certa notoriedade. E a moça era muito jovem, dezenove anos, creio. Seria lamentável que a sua enfermidade se transformasse em alvo de comentários e tema de fofocas. Isso talvez arruinasse seu futuro. Além disso, não existe um tratamento especial para esses casos. Tudo é apenas uma questão de esperar.

— Esperar?

— Sim. Mais cedo ou mais tarde a memória dela voltará, de maneira tão repentina como se perdeu. Mas provavelmente a moça esquecerá por completo o período intermediário e retomará a vida a partir do ponto em que parou: no naufrágio do *Lusitania*.

— E quando o senhor acredita que isso vai acontecer?

O médico encolheu os ombros.

— Ah, isso não sei dizer. Às vezes é uma questão de meses, mas há relatos de casos que levaram vinte anos! Às vezes o remédio é o paciente levar outro choque. Um restaura o que o outro destruiu.

— Outro choque, é? — perguntou Julius, pensativo.

— Sim. Houve um caso no Colorado... — o homenzinho começou a tagarelar numa voz fluente e um tanto entusiasmada.

Julius parecia não estar escutando. Agora franzia a testa, absorto nos seus próprios pensamentos. De repente, emergiu de seu devaneio e deu um soco na mesa, com um estrondo tão violento que fez todos pularem, o médico mais que todos.

— Já sei! Doutor, eu gostaria de ouvir a sua opinião profissional sobre o plano que vou expor. Suponhamos que Jane cruze mais uma vez o oceano e que aconteçam as mesmas coisas. O submarino, o naufrágio do navio, todo mundo correndo para os botes salva-vidas, e assim por diante. Isso daria conta de provocar o choque da cura? Não seria um baque e tanto no seu subconsciente, ou seja lá qual for o nome técnico, e esse solavanco não faria na mesma hora tudo voltar ao funcionamento normal?

— Uma especulação muito interessante, sr. Hersheimmer. Na minha opinião o procedimento teria pleno êxito. É pena que não haja possibilidade de que essas condições se repitam como o senhor sugere.

– Talvez não por meios naturais, doutor. Mas estou falando de artifício.
– Artifício?
– Sim, ora. Qual é a dificuldade? Alugamos um navio de linha regular...
– Um navio de linha regular! – murmurou o médico, num fiapo de voz.
– Contratamos alguns passageiros, alugamos um submarino; essa deve ser a única dificuldade, creio eu. Os governos tendem a ser um pouco mesquinhos quando se trata de suas máquinas de guerra. Não vendem ao primeiro interessado que aparece. Mesmo assim, acho que se pode dar um jeito. Já ouviu falar da palavra "suborno", senhor? Pois bem, o suborno sempre dá conta do recado! Acredito que não haverá necessidade de disparar um torpedo de verdade. Se todos os nossos passageiros correrem de um lado para o outro, acotovelando-se e berrando a plenos pulmões que o navio está indo a pique, isso deve ser o suficiente para uma jovem inocente como Jane. No momento em que colocarem nela uma boia salva-vidas e a empurrarem para dentro de um bote, enquanto um punhado de bem ensaiados atores e atrizes fingem ataques histéricos no convés, ora, isso deve fazer com que ela volte ao exato ponto em que se encontrava em maio de 1915. O que acham das linhas gerais do plano?

O dr. Hall olhou para Julius. Em seu olhar era eloquente tudo o que ele era incapaz de expressar em palavras naquele momento.

– Não – disse Julius, em resposta ao olhar do médico. – Não estou louco. A coisa é perfeitamente possível. Nos Estados Unidos fazem isso todo dia na produção de filmes. Nunca viram colisões de trens na tela? Qual é a diferença entre comprar um trem e comprar um navio? É apenas uma questão de adquirir os acessórios necessários, e mãos à obra!

O dr. Hall recuperou a voz.

– Mas e as despesas, meu caro senhor! – levantou a voz. – As despesas! Seriam *colossais*!

– Dinheiro não me preocupa nem um pouco – explicou Julius, sem afetação.

O dr. Hall dirigiu um olhar de apelo a sir James, que esboçou um sorriso.

– O sr. Hersheimmer é muito rico, muito rico, mesmo.

O olhar de relance do médico voltou-se para Julius, agora com uma qualidade nova e sutil. Já não o encarava como um rapaz excêntrico com o hábito de despencar das árvores. Nos olhos do doutor via-se agora a atitude respeitosa concedida aos homens verdadeiramente abastados.

– O plano é extraordinário. Absolutamente extraordinário – ele murmurou. – O cinema, os filmes, é claro! Muito interessante. Receio apenas que aqui na Inglaterra ainda estejamos um pouco atrasados nos nossos métodos cinematográficos. E o senhor pretende realmente levar a cabo o seu notável plano?

— Pode apostar até o seu último dólar que sim.

O médico acreditou nele – o que era uma homenagem à nacionalidade do rapaz. Se fosse um inglês que tivesse sugerido coisa semelhante, o doutor teria sérias dúvidas em relação à sanidade mental do seu interlocutor.

— Não posso garantir que isso vá curar a moça – ele declarou. – Talvez seja melhor deixar isso bem claro.

— Sim, tudo bem – disse Julius. – Apenas mostre-me Jane e deixe o resto por minha conta.

— Jane?

— Srta. Janet Vandemeyer, então. Podemos fazer um telefonema interurbano para o sanatório pedindo que a mandem imediatamente para cá; ou é melhor que eu pegue meu carro e vá buscá-la?

O médico encarou-o com os olhos fixos de espanto.

— Desculpe, sr. Hersheimmer. Pensei que o senhor tivesse entendido.

— Entendido o quê?

— Que a srta. Vandemeyer já não está mais sob os meus cuidados.

CAPÍTULO 15

Tuppence é pedida em casamento

Julius deu um pulo da cadeira.

— O quê?

— Pensei que o senhor tivesse compreendido...

— Quando ela partiu?

— Vejamos. Hoje é segunda-feira, não? Deve ter sido na quarta-feira passada... hum, com certeza, sim, foi na mesma noite em que o senhor... hã... caiu da minha árvore.

— Naquela noite? Antes ou depois?

— Deixe-me ver... oh, sim, depois. Recebemos uma mensagem urgentíssima da sra. Vandemeyer. A moça e a enfermeira que cuidava dela partiram no trem noturno.

Julius afundou na cadeira.

— A enfermeira Edith foi embora com uma paciente, eu me lembro – ele murmurou. – Meu Deus, estive tão perto dela!

O dr. Hall parecia desnorteado.

— Não compreendo. A moça não está com a tia dela, então?

Tuppence balançou a cabeça. Ia abrir a boca para falar quando um olhar de advertência de sir James fez com que mordesse a língua. O advogado se levantou.

– Fico muito agradecido ao senhor, dr. Hall. Muito obrigado por tudo o que o senhor nos contou. Infelizmente estamos de novo na posição de seguir o rastro da srta. Vandemeyer. E a enfermeira que a acompanhou? Acaso o senhor sabe onde ela se encontra?

O médico fez que não com a cabeça.

– Na verdade não recebemos notícias da enfermeira Edith. Eu acreditava que ela ficaria com a srta. Vandemeyer por algum tempo. Mas o que pode ter acontecido? Por certo a moça não foi raptada, foi?

– Isso ainda não se sabe – disse sir James, extremamente sério.

O médico hesitou.

– O senhor acha que devo procurar a polícia?

– Não, não. O mais provável é que a moça esteja com outros parentes.

O médico não ficou muito satisfeito, mas viu que sir James estava determinado a não dizer mais nada e compreendeu que tentar obter maiores informações do famoso advogado e Conselheiro Real seria mera perda de tempo. Portanto, despediu-se dos visitantes e desejou-lhes tudo de bom. Os três deixaram o hotel e, poucos minutos depois, pararam junto ao carro para conversar.

– É de enlouquecer! – exclamou Tuppence. – Pensar que Julius chegou a estar com ela sob o mesmo teto, por algumas horas.

– Sou um maldito idiota – murmurou Julius, abatido.

– Você não tinha como saber – consolou-o Tuppence. – Tinha? – Ela apelou para sir James.

– Meu conselho é que a senhorita não se preocupe – disse o advogado, com toda gentileza. – Não adianta chorar sobre o leite derramado, como a senhorita bem sabe.

– A grande questão é: o que faremos agora? – acrescentou a prática Tuppence.

Sir James encolheu os ombros.

– Podemos publicar um anúncio à procura da enfermeira que acompanhou a moça. É a única tática que posso sugerir, e devo confessar que não espero que resulte em grande coisa. De resto, nada mais podemos fazer.

– Nada? – perguntou Tuppence, desanimada. – E Tommy?

– Resta torcer pelo melhor – disse sir James.

– Oh, devemos manter a esperança.

Entretanto, por cima da cabeça abaixada da moça os olhos do advogado encontraram os de Julius e sir James balançou a cabeça de modo quase imperceptível. Julius compreendeu. Para o advogado, tratava-se de um caso perdido. O rapaz norte-americano fechou a cara. Sir James segurou a mão de Tuppence.

– A senhorita deve me avisar se surgir qualquer fato novo. As cartas serão sempre encaminhadas para onde eu estiver.

Tuppence encarou-o, confusa.

– O senhor vai viajar?

– Eu já disse. Não se lembra? Para a Escócia.

– Sim, mas eu pensei que... Hesitou.

Sir James encolheu os ombros.

– Minha cara jovem, nada mais posso fazer, infelizmente. Todas as nossas pistas se desmancharam no ar. Dou-lhe a minha palavra de que nada mais se pode fazer. Se surgir alguma novidade, ficarei muito feliz de lhe oferecer meus conselhos.

Essas palavras causaram em Tuppence uma sensação de extraordinária desolação.

– Acho que o senhor tem razão. De qualquer modo, agradeço-lhe muito por tentar nos ajudar. Adeus!

Julius estava encostado no carro. Uma compaixão momentânea se estampou nos olhos perspicazes de sir James quando contemplou o rosto desolado da moça.

– Não fique tão desconsolada, srta. Tuppence – ele disse em voz baixa. – Lembre-se de que as férias nem sempre são apenas divertimento. Às vezes servem também para trabalhar um pouco.

Alguma coisa no tom de voz do advogado fez com que Tuppence levantasse repentinamente os olhos. Sir James meneou a cabeça e abriu um sorriso.

– Não, não direi mais nada. Falar demais é um grave erro. Lembre-se disso. Nunca diga tudo o que sabe, nem mesmo à pessoa que a senhorita melhor conhece. Compreende? Adeus!

E se afastou a passos largos. Tuppence ficou parada contemplando o advogado. Estava começando a compreender os métodos de sir James. Antes ele já tinha feito uma insinuação, da mesma maneira despreocupada e fortuita. Será que agora também tinha sido uma indireta? Qual seria exatamente o sentido por trás daquelas breves palavras? Será que ele queria dar a entender que, no final das contas, não abandonara o caso, que, em segredo, continuaria trabalhando na investigação enquanto...

As reflexões de Tuppence foram interrompidas por Julius, que usou a expressão "sobe aí" para pedir que ela entrasse no carro.

– Você está me parecendo muito pensativa – observou o rapaz, dando partida no automóvel. – O velho disse mais alguma coisa?

Tuppence abriu impulsivamente a boca para falar, mas depois tornou a fechá-la. As palavras de sir James ecoaram em seus ouvidos: "Nunca diga tudo o que sabe, nem mesmo à pessoa que a senhorita melhor conhece". E, num átimo, como um relâmpago, ocorreu-lhe outra lembrança: Julius diante do cofre no apartamento, a pergunta dela e o silêncio do rapaz antes de responder: "Nada". Será que realmente não havia nada? Ou será que ele tinha encontrado alguma coisa que quis guardar para si? Se ele podia permitir-se tal reserva, ela também.

– Nada de mais – respondeu.

Ela sentiu, mais do que viu, Julius lançar-lhe um olhar de soslaio.

– O que me diz de darmos uma volta no parque?

– Se você quiser.

Durante alguns minutos Tuppence e Julius ficaram em silêncio enquanto o carro deslizava sob as árvores. Fazia um dia bonito. Pairava no ar uma intensa vibração, que encheu Tuppence de uma renovada euforia.

– Diga-me, srta. Tuppence, acha que algum dia encontrarei Jane? – perguntou Julius, com uma voz desanimada.

Era tão estranho ver nele uma atitude de abatimento que Tuppence se virou e encarou-o, surpresa. Ele meneou a cabeça.

– Pois é. Estou ficando desalentado em relação ao caso. Hoje sir James não me ofereceu a menor esperança, isso deu para perceber; eu não gosto dele, nem sempre as nossas opiniões coincidem, mas ele é um bocado esperto, e acho que não entregaria os pontos se ainda houvesse alguma possibilidade de êxito, não acha?

Tuppence se sentiu bastante desconfortável, mas, aferrando-se à convicção de que Julius havia escondido dela alguma coisa, manteve-se firme.

– Ele sugeriu o anúncio para encontrarmos a enfermeira – ela lembrou.

– Sim, mas com um tom de "esperança vã" na voz! Não. Já estou farto. Estou quase decidido a voltar imediatamente para os Estados Unidos.

– Oh, não! – exclamou Tuppence. – Temos de encontrar Tommy.

– Pois é, eu me esqueci de Beresford – disse Julius, arrependido. – É verdade. Temos de encontrá-lo. Mas depois... bem, desde que comecei esta viagem eu tenho sonhado acordado... esses sonhos são uma fria. Vou largar mão deles. Escute, srta. Tuppence, há uma coisa que eu gostaria de lhe perguntar.

– Sim?

– Você e Beresford. Que há entre vocês dois?

– Não estou entendendo – retrucou Tuppence com dignidade, acrescentando de modo muito incoerente: – E, em todo caso, você está enganado!

– Vocês não têm algum tipo de sentimento afetuoso um pelo outro?

– Claro que não – alegou Tuppence com ternura. – Tommy e eu somos amigos, nada mais.

– Mas acho que todos os casaizinhos de namorados já disseram isso em algum momento – observou Julius.

– Tolice! – vociferou Tuppence. – Pareço o tipo de garota que sai por aí se apaixonando por todos os homens que encontra?

– Não. Você parece o tipo de garota por quem um punhado de homens se apaixona!

– Oh! – exclamou Tuppence, bastante perplexa. – Isso foi um elogio?

– Claro. Agora vamos direto ao ponto. Suponha que a gente nunca encontre Beresford e... e...

– Tudo bem, diga! Eu consigo encarar os fatos. Vamos supor que ele... tenha morrido! E daí?

– E depois que essa história toda terminar. O que você vai fazer?

– Não sei – respondeu Tuppence, desolada.

– Você ficaria numa solidão danada, tadinha de você.

– Ficarei muito bem – exclamou Tuppence, com a sua habitual indignação diante de qualquer espécie de piedade.

– E quanto ao casamento? – perguntou Julius. – Qual é a sua opinião sobre o assunto?

– Um dia pretendo me casar, é claro – replicou Tuppence. – Isto é, se... – ela se calou, identificou um momentâneo desejo de voltar atrás, e depois, com bravura, se manteve fiel aos seus princípios: – Se eu conseguir encontrar um homem que seja rico o bastante para fazer valer a pena. É franqueza demais da minha parte, não acha? Acho que agora você me despreza por isso.

– Jamais desprezo o instinto comercial – esclareceu Julius. – Que tipo específico você tem em mente?

– Tipo? – perguntou Tuppence, intrigada. – Você quer dizer alto ou baixo?

– Não. Tipo de salário, renda.

– Ah, eu ainda não pensei nisso.

– E quanto a mim?

– *Você?*

– É claro.

– Oh, eu não poderia!

– Por que não?

– Estou dizendo, eu não poderia.

– Mais uma vez: por quê?

– Pareceria muito injusto.

– Não vejo injustiça alguma. Estou apenas pedindo que você coloque as cartas na mesa, só isso. Admiro você imensamente, srta. Tuppence, mais do que qualquer outra garota que eu já tenha conhecido na vida. Você é danada de corajosa. Eu simplesmente adoraria proporcionar a você uma vida agradável e de primeira. Diga que "sim" e a gente dá meia-volta no carro e vai daqui mesmo a uma joalheria chique resolver a questão do anel.

– Não posso – arquejou Tuppence.

– Por causa de Beresford?

– Não, não, *não*!

– Então, por quê?

Tuppence limitou-se a balançar violentamente a cabeça.

– Não é possível que em sã consciência você espere alguém com mais dólares do que eu.

– Ah, não é isso – ofegou Tuppence, com uma risada quase histérica. – Faço questão de lhe agradecer muito, mas acho melhor dizer "não".

– Eu ficaria muito grato se você me fizesse o favor de pensar no assunto até amanhã.

– É inútil.

– Mesmo assim, por ora vamos deixar as coisas no pé em que estão.

– Muito bem – disse Tuppence de um modo meigo.

Ambos ficaram em silêncio até chegarem ao Ritz.

Tuppence subiu para o seu quarto. Sentia-se moralmente esgotada depois do conflito com a vigorosa personalidade de Julius. Sentada diante do espelho, durante alguns minutos fitou o próprio reflexo.

– Tola – Tuppence sussurrou por fim, fazendo uma careta. – Tolinha. Tudo que você quer, tudo com que você sempre sonhou, e você solta um "não" feito um cordeirinho idiota. É a sua única chance. Por que você não aproveita a oportunidade? Agarra? Arrebata e não solta nunca mais? O que mais você quer?

Como em resposta às suas próprias perguntas, os olhos de Tuppence pousaram sobre uma pequena fotografia de Tommy numa surrada moldura sobre a penteadeira. Por um momento ela pelejou para manter o autocontrole, mas depois, abandonando todas as veleidades, apertou o retrato contra os lábios e irrompeu num ataque de choro convulsivo.

– Ah, Tommy, Tommy! – ela soluçava. – Eu o amo tanto, e talvez nunca mais o veja...

Depois de cinco minutos Tuppence sentou-se, assoou o nariz e puxou os cabelos para trás.

– Então é isso – ela observou, com firmeza. – Vamos encarar os fatos. Parece que me apaixonei... por um rapaz idiota que provavelmente não dá a mínima para mim – aqui ela fez uma pausa. – De qualquer maneira – ela retomou seu discurso, como se estivesse argumentando com um oponente invisível –, *não sei* o que ele sente por mim. Ele nunca ousou dizer com todas as letras. E eu sempre rechacei os sentimentos... e aqui estou eu, sendo a pessoa mais sentimental do mundo. Como as mulheres são idiotas! Sempre pensei assim. Acho que vou dormir com a fotografia dele debaixo do travesseiro e sonhar com ele a noite inteira. É horrível quando a gente sente que foi desleal com nossos próprios princípios.

Tuppence balançou a cabeça com tristeza ao pensar no seu retrocesso.

– Não sei o que dizer a Julius, sinceramente. Ah, que idiota eu sou! Terei que dizer *alguma coisa*. Ele é tão norte-americano e certinho, vai insistir que tem razão. Eu me pergunto se ele encontrou mesmo alguma coisa naquele cofre...

As reflexões de Tuppence se desviaram para outro rumo. Cuidadosa e persistentemente, ela revisou os acontecimentos da noite anterior. De certo modo, pareciam ter estreita ligação com as enigmáticas palavras de sir James...

De repente ela teve um violento sobressalto – seu rosto perdeu a cor. Fascinados e de pupilas dilatadas, seus olhos miravam no espelho sua própria imagem.

– Impossível! – ela murmurou. – Impossível! Devo estar ficando louca só de pensar numa coisa dessas...

Monstruoso, mas explicaria tudo...

Depois de alguns momentos de reflexão, Tuppence se sentou e escreveu um bilhete, ponderando cada palavra. Por fim meneou a cabeça em sinal de satisfação e enfiou o papel num envelope, que endereçou a Julius. Enveredou-se corredor afora, foi até a sala de estar da suíte do norte-americano e bateu à porta. Como ela já esperava, não havia ninguém. Deixou o envelope em cima da mesa.

Quando voltou, um mensageiro do hotel a aguardava junto à porta do seu quarto.

– Telegrama para a senhorita.

Tuppence pegou o telegrama da bandeja e abriu-o com cuidado. Depois soltou um grito. O telegrama era de Tommy!

CAPÍTULO 16

Novas aventuras de Tommy

De uma escuridão salpicada de punhaladas latejantes de fogo, Tommy fez força para recuperar os sentidos e aos poucos voltou para a vida. Quando por fim abriu os olhos, não tinha consciência de coisa alguma a não ser de uma dor lancinante fustigando suas têmporas. Percebeu vagamente que se encontrava num ambiente desconhecido. Onde estava? O que tinha acontecido? Piscou os olhos, sem forças. Aquele não era o seu quarto no Ritz. E por que diabos sua cabeça doía tanto?

– Maldição! – praguejou Tommy, tentando se sentar. Lembrou-se. Estava naquela casa sinistra no Soho. Soltou um gemido e caiu para trás. Através das pálpebras semicerradas, efetuou um cuidadoso reconhecimento do ambiente.

– Ele está voltando a si – observou uma voz muito perto do ouvido de Tommy. De imediato ele a identificou como a voz do barbudo e eficiente alemão e se manteve inerte, em atitude fingida. Compreendeu que seria lamentável recuperar cedo demais os sentidos; e que enquanto a dor na cabeça não se tornasse menos aguda ele não teria a menor condição de coordenar as ideias. Penosamente, tentou entender o que tinha acontecido. Era óbvio que enquanto Tommy estava à escuta atrás da porta alguém devia ter se esgueirado por trás dele e o pusera a nocaute com uma pancada na cabeça. Agora que sabiam que ele era um espião, Tommy seria tratado com violência, e depois acabariam com ele sem muitas delongas. Sem sombra de dúvida, estava em apuros. Ninguém sabia de seu paradeiro, portanto de nada adiantava contar com auxílio exterior; agora dependia unicamente de sua própria sagacidade.

– Bom, lá vamos nós – murmurou Tommy para si mesmo, e repetiu a imprecação anterior: – Maldição! – Dessa vez conseguiu se sentar.

Um minuto depois o alemão deu um passo à frente, colocou um copo nos lábios de Tommy e deu uma ordem sucinta: – Beba. – Tommy obedeceu e bebeu um gole tão potente que acabou se engasgando, mas ao menos desanuviou seu cérebro de forma maravilhosa.

Ele estava deitado num sofá na sala onde se realizara a reunião. De um lado viu o alemão e do outro, o porteiro mal-encarado que o deixara entrar. Os outros estavam reunidos a uma pequena distância. Mas Tommy notou a falta de um rosto. O homem conhecido como Número Um já não estava entre o bando.

– Sente-se melhor? – perguntou o alemão ao retirar o copo vazio.
– Sim, obrigado – respondeu Tommy, animado.

– Ah, meu jovem amigo, sorte sua ter um crânio tão duro. O bom Conrad aqui bateu com força. – Com um meneio de cabeça, indicou o porteiro carrancudo.

O homem sorriu de modo malicioso.

Tommy fez força para virar a cabeça.

– Ah, então seu nome é Conrad, é? Acho que a dureza do meu crânio foi uma sorte para você também. Quando olho para a sua cara, quase lamento não ter contribuído para que você fosse bater um papo com o carrasco.

O homem rosnou e o barbudo, com toda a calma do mundo, disse:

– Ele não correria o mínimo risco disso.

– Como quiser – rebateu Tommy. – Sei que é moda menosprezar a polícia. Eu mesmo pouco acredito nela.

O rapaz se mostrava imperturbável e aparentava o mais alto grau de despreocupação. Tommy Beresford era um desses jovens ingleses que não se distinguem por nenhuma habilidade intelectual em especial, mas que mostram o melhor de si e se saem muito bem quando se veem em apuros. Neles caem como uma luva a desconfiança e a cautela inatas. Tommy tinha plena consciência de que a sua única esperança de fuga dependia única e exclusivamente da sua esperteza e, por trás da atitude indiferente, seu cérebro funcionava a todo vapor.

Com seu tom de voz glacial o alemão recomeçou a conversa:

– Tem alguma coisa a dizer antes que nós matemos você como merece um espião?

– Tenho um monte de coisas a dizer – respondeu Tommy, com a mesma civilidade de antes.

– Você nega que estava escutando atrás da porta?

– Não. Na verdade, devo até pedir desculpas, mas é que a conversa de vocês estava tão interessante que sobrepujou os meus escrúpulos.

– Como foi que você entrou aqui?

– Graças ao prezado Conrad. – Tommy sorriu com ar de zombaria para o homem. – Hesito em sugerir que vocês mandem para a aposentadoria um empregado fiel, mas a verdade é que vocês precisam de um cão de guarda melhor.

Impotente, Conrad resmungou, emburrado; quando o barbudo se virou para ele, defendeu-se alegando:

– Ele disse a senha. Como é que eu ia saber?

– Sim – Tommy se intrometeu. – Como ele poderia saber? Não bote a culpa no coitado. O ato precipitado dele me proporcionou o prazer de ver todos vocês cara a cara.

Tommy esperava que suas palavras causassem alguma perturbação no grupo, mas o atento alemão acalmou, com um aceno de mão, seus comparsas.

— Os mortos não contam histórias – ele disse, calmamente.
— Ah! – rebateu Tommy. – Mas eu ainda não estou morto!
— Logo estará, meu jovem amigo – anunciou o alemão.
Do grupo brotou um murmúrio de assentimento.
O coração de Tommy bateu mais rápido, mas sua displicente tranquilidade não deu sinais de esmorecimento.
— Creio que não – o rapaz declarou, com firmeza. – Eu me oponho veementemente à ideia de morrer.
Tommy tinha conseguido deixar a todos intrigados, o que ficou evidente pelo olhar que ele flagrou no rosto do seu captor.
— Pode nos dar uma razão para não matarmos você? – perguntou o alemão.
— Muitas – respondeu Tommy. – Escute aqui. Você está me fazendo uma porção de perguntas. Só para variar, permita que eu faça uma a você. Por que não me mataram antes que eu recuperasse os sentidos?
O alemão hesitou, e Tommy tirou proveito da vantagem obtida.
— Porque vocês não sabiam qual é a extensão do meu conhecimento sobre vocês e onde obtive esse conhecimento. Se me matarem agora, jamais saberão.
Mas nesse ponto Bóris não conseguiu mais conter suas emoções. Deu um passo à frente, agitando os braços no ar.
— Seu espião do inferno! – ele berrou. – Não teremos misericórdia de você! Matem-no! Matem-no!
O grupo aplaudiu ruidosamente.
— Está ouvindo? – perguntou o alemão, com os olhos fixos em Tommy. – O que tem a dizer sobre isso?
— O que eu tenho a dizer? – Tommy deu de ombros. – Bando de imbecis. Eles que se façam algumas perguntinhas. Como foi que entrei aqui? Lembre-se do que disse o bom e velho Conrad: entrei com *a própria senha de vocês*, não foi? Como é que descobri essa senha? Ora, você não acha que subi a escada por acaso e fui dizendo a primeira palavra que me passou pela cabeça, certo?
Tommy ficou contente com as palavras que encerraram sua fala. Lamentava apenas que Tuppence não estivesse presente para apreciar o sabor de seu discurso.
— Isso é verdade – disse de repente o operário. – Camaradas, fomos traídos!
Houve um terrível burburinho. Tommy abriu um sorriso de incentivo para os homens.

– Assim é melhor. Como vocês podem fazer direito seu trabalho se não usam a cabeça?

– Você vai dizer quem é que nos traiu – declarou o alemão. – Mas isso não vai salvar sua pele, ah, não! Você vai nos contar tudo o que sabe. O Bóris aqui conhece uns métodos excelentes para fazer as pessoas falarem!

– Ora! – desdenhou Tommy, lutando para dominar uma sensação tremendamente desagradável na boca do estômago. – Vocês não vão me torturar e tampouco vão me matar.

– E por que não? – quis saber Bóris.

– Porque matariam a galinha dos ovos de ouro – respondeu Tommy, tranquilo.

Houve um momento de silêncio. Parecia que a persistente serenidade de Tommy começava a triunfar. Os homens já não estavam tão autoconfiantes. O homem maltrapilho encarava Tommy com olhos penetrantes.

– Ele está blefando, Bóris – disse o homem esfarrapado, placidamente.

Tommy sentiu ódio dele. Será que ele tinha percebido tudo e não se deixou enganar?

O alemão voltou-se com brutalidade para Tommy.

– O que você quer dizer com isso?

– O que você acha que eu quero dizer? – esquivou-se Tommy, enquanto, desesperado, escarafunchava a mente à procura do que dizer.

De repente Bóris deu um passo à frente e brandiu o punho no rosto de Tommy.

– Fale, seu porco inglês. Fale!

– Não se exalte tanto, meu bom amigo – disse Tommy, calmamente. – Essa é a pior coisa em vocês, estrangeiros. São incapazes de manter a calma. Agora eu pergunto: pareço estar preocupado com a mínima probabilidade de vocês me matarem?

Esbanjando confiança, Tommy olhou ao redor, feliz pelo fato de que aqueles homens não podiam ouvir as insistentes batidas do seu coração, que desmentiam suas palavras.

– Não – admitiu Bóris por fim, zangado. – Não parece.

"Graças a Deus ele não consegue ler meu pensamento", pensou Tommy. Em voz alta, continuou aproveitando sua vantagem:

– E por que estou tão confiante? Porque sei de algo que me coloca em posição de propor uma troca.

– Uma troca? – o homem barbudo olhou-o com toda atenção.

– Sim, uma troca. A minha vida e minha liberdade por... – fez uma pausa.

– O quê?

O grupo avançou. O silêncio era tão grande que seria possível ouvir o som da queda de um alfinete no chão. Tommy falou pausadamente.

– Os papéis que Danvers trouxe dos Estados Unidos no *Lusitania*.

Essas palavras tiveram o mesmo efeito de uma descarga elétrica. Todos se levantaram. Com um gesto da mão o alemão obrigou-os a recuar. Com o rosto vermelho de irritação, inclinou-se sobre Tommy.

– *Himmel*! Você está em poder dos papéis, então?

Com majestosa calma, Tommy balançou a cabeça.

– Sabe onde eles estão? – insistiu o alemão.

Mais uma vez Tommy abanou a cabeça.

– Não tenho a menor ideia.

– Então... então... – furioso e perplexo, o alemão não encontrou palavras.

Tommy olhou ao seu redor. Viu fúria e espanto em todos os rostos, mas a sua calma e autoconfiança haviam dado resultado: ninguém duvidava de que por trás de suas palavras havia algo escondido.

– Não sei onde estão os papéis, mas creio que posso encontrá-los. Tenho uma teoria.

– Besteira!

Tommy ergueu a mão e silenciou os brados de desgosto.

– Chamo de teoria, mas tenho plena convicção dos fatos... fatos que ninguém além de mim conhece. Em todo caso, o que vocês têm a perder? Se eu entregar a vocês os papéis, em troca vocês devolvem a minha vida e a minha liberdade. Trato feito?

– E se recusarmos? – perguntou calmamente o alemão.

Tommy reclinou-se no sofá.

– O dia 29 – ele disse, pensativo – é daqui a menos de uma quinzena.

Por um momento o alemão hesitou. Depois, fez um sinal a Conrad.

– Leve-o para a outra sala.

Durante cinco minutos Tommy ficou sentado na cama do imundo quarto ao lado. Seu coração pulsava violentamente. Tinha arriscado tudo naquela jogada. O que eles decidiriam?

Nesse ínterim, mesmo enquanto essa pergunta torturante corroía seu íntimo, Tommy falou com Conrad em tom petulante, enfurecendo o rabugento porteiro a ponto de levá-lo a ter ataques de loucura homicida.

Por fim a porta se abriu e o alemão, em tom autoritário, ordenou que Conrad voltasse.

– Só espero que o juiz não tenha posto o barrete preto – comentou Tommy, com frivolidade. – Tudo bem, Conrad, pode me levar. O prisioneiro está no tribunal, cavalheiros.

O alemão estava mais uma vez sentado atrás da mesa. Fez um sinal a Tommy para se sentar à sua frente.

– Nós aceitamos – ele disse asperamente –, mas com algumas condições. Primeiro você nos entrega os papéis, depois está livre para ir embora.

– Idiota! – exclamou Tommy, com candura. – Como você pensa que posso procurá-los se me mantém aqui amarrado pela perna?

– O que você quer, então?

– Preciso da minha liberdade para cuidar das coisas do meu jeito.

O alemão riu.

– Acha que somos criancinhas para permitir que você saia daqui deixando apenas uma linda história cheia de promessas?

– Não – disse Tommy, pensativo. – Ainda que infinitamente mais simples para mim, não acreditei que vocês fossem concordar com esse plano. Pois bem, temos de assumir um compromisso. Que tal se vocês encarregarem Conrad de me vigiar? Ele é um sujeito leal, e tem punhos bastante rápidos.

– Preferimos que você permaneça aqui – alegou o alemão, com frieza. – Um dos nossos homens cumprirá meticulosamente as suas instruções. Se as ações forem complicadas, ele voltará aqui e fará um relatório e então você poderá lhe dar novas instruções.

– Você está me deixando de mãos atadas – queixou-se Tommy. – É um assunto muito delicado, e o outro sujeito provavelmente vai acabar fazendo besteira, e aí o que será de mim? Não acredito que algum de vocês tenha um pingo de discernimento.

O alemão bateu na mesa.

– Essas são as condições. Caso contrário, a morte!

Tommy reclinou-se na cadeira, exausto e aborrecido.

– Gosto do seu estilo. Rude, mas atraente. Que assim seja, então. Mas uma coisa é essencial: faço questão de ver a moça.

– Que moça?

– Jane Finn, é claro.

O alemão fitou-o com curiosidade por alguns minutos; depois, pausadamente, como se escolhesse cada palavra com o maior cuidado, perguntou:

– Você não sabe que ela não tem condições de lhe dizer coisa alguma?

Os batimentos cardíacos de Tommy aceleraram. Será que conseguiria ficar frente a frente com a moça que estava procurando?

– Não vou pedir a ela que me diga coisa alguma – alegou Tommy, serenamente. – Quero dizer, não com todas as letras.

– Então para que quer vê-la?

Tommy não respondeu de imediato, mas por fim disse:

– Para observar o rosto dela quando eu lhe fizer uma pergunta.

Mais uma vez o alemão encarou-o com um olhar que Tommy não compreendeu direito.

– Ela não poderá responder à sua pergunta.

– Isso não importa. Terei visto o rosto dela quando fizer minha pergunta.

– E acha que isso vai dizer a você alguma coisa? – Soltou uma risadinha desagradável. Mais do que nunca, Tommy sentiu que havia algum fator que ele não compreendia. O alemão fitava-o com um olhar perscrutador. – Eu me pergunto se, no fim das contas, você sabe tanto quanto a gente imagina! – declarou, com uma voz suave.

Tommy sentiu que a sua autoridade já não tinha a mesma firmeza de momentos antes. Seu domínio da situação tinha afrouxado um pouco. Mas estava intrigado. Teria dito algo de errado? Deixou-se falar livremente e sem medo, seguindo o impulso do momento.

– Talvez haja coisas de que vocês sabem e eu não. Nunca pretendi estar a par de todos os detalhes do seu negócio. Do mesmo modo, também tenho algumas cartas na manga que *vocês* ignoram. É isso que pretendo usar a meu favor. Danvers era um homem danado de esperto... – calou-se, como se houvesse falado demais.

Mas o rosto do alemão tinha se iluminado um pouco.

– Danvers – ele murmurou. – Sei. Ficou em silêncio por alguns instantes, depois fez um sinal acionando Conrad.

– Leve-o. Lá para cima... você sabe.

– Espere um pouco – protestou Tommy. – E quanto à moça?

– Isso talvez se possa arranjar.

– É fundamental.

– Vamos ver. Somente uma pessoa pode decidir isso.

– Quem? – perguntou Tommy. Mas sabia a resposta.

– O sr. Brown...

– Poderei vê-lo?

– Talvez.

– Vamos! – ordenou Conrad, com aspereza.

Tommy levantou-se, obediente. Assim que saíram da sala, seu carcereiro fez sinal ordenando que ele subisse as escadas e seguiu-o de perto. No andar de cima Conrad abriu uma porta e Tommy entrou num pequeno cômodo. Conrad acendeu um bico de gás e saiu. Tommy ouviu o som da chave sendo girada na fechadura.

O jovem se pôs a examinar seu cárcere. A cela era menor que a sala do andar de baixo, e em sua atmosfera havia algo singularmente abafadiço. Tommy se deu conta de que não existiam janelas. Caminhou pela cela. Nas paredes, imundas como o resto da casa, viu pendurados quatro quadros tortos, representando cenas do Fausto. Margarida com o estojo de joias, a cena da igreja, Siebel e suas flores e Fausto e Mefistófeles. Este último fez com que o sr. Brown voltasse à mente de Tommy. Naquele quarto cerrado e lacrado, com a porta pesada e bloqueada, ele se sentiu apartado do mundo, e o poder sinistro do arquicriminoso pareceu mais real. Por mais que Tommy gritasse, ninguém o ouviria. Aquele lugar era um túmulo...

Com esforço, Tommy se recompôs. Afundou-se na cama e entregou-se à reflexão. Sua cabeça doía terrivelmente; além disso, estava com fome. O silêncio do lugar era desalentador.

— De qualquer maneira — disse Tommy para si mesmo, tentando se reanimar — verei o chefão, o misterioso sr. Brown, e com um pouco de sorte no blefe, verei também a misteriosa Jane Finn. Depois disso...

Depois disso Tommy foi obrigado a admitir que as perspectivas eram sombrias.

CAPÍTULO 17

Annette

Os problemas do futuro, porém, logo empalideceram diante dos problemas do presente, dos quais o mais imediato e urgente era a fome. Tommy tinha um apetite sadio e vigoroso. O prato de bife com batatas que ele havia comido no almoço agora parecia pertencer a outra década. Com pesar, admitiu o fato de que não seria bem-sucedido numa greve de fome.

Zanzou a esmo pela cela. Uma ou duas vezes abriu mão da dignidade e esmurrou a porta. Mas ninguém atendeu aos seus chamados.

— Vão para o inferno! — vociferou Tommy, indignado. — Não é possível que queiram me matar de fome — passou por sua mente um novo temor, de que aquele talvez fosse um dos "métodos excelentes" de fazer um prisioneiro falar atribuídos a Bóris. Mas, refletindo melhor, descartou a ideia:

— Isso é coisa daquele brutamontes mal-encarado do Conrad — concluiu. — Está aí um sujeitinho com quem eu adoraria acertar as contas qualquer dia desses. Isso é ressentimento da parte dele. Tenho certeza.

Meditações subsequentes produziram em Tommy a sensação de que seria extremamente agradável acertar uma pancada bem dada na cabeça de ovo de Conrad e arrebentá-la. O rapaz afagou com delicadeza a própria cabeça e se deixou levar pelo prazer da imaginação. Por fim, teve uma ideia brilhante.

Por que não converter a imaginação em realidade? Sem dúvida Conrad era o morador da casa. Os outros, com a possível exceção do alemão barbudo, apenas usavam o endereço como ponto de encontro e local de reunião. Portanto, por que não armar uma emboscada para Conrad? Tommy ficaria à espreita atrás da porta e, quando ele entrasse, bastava desferir-lhe um potente golpe na cabeça, usando a cadeira ou um dos quadros decrépitos. É claro que tomaria cuidado para não bater forte demais. E depois... depois era simplesmente dar no pé! Se encontrasse alguém no andar de baixo, bem... Tommy animou-se com o pensamento de um combate com os próprios punhos. Uma situação como essas combinava muito mais com ele do que o combate verbal travado daquela tarde. Inebriado por seu plano, Tommy desenganchou delicadamente da parede o quadro do Diabo e Fausto e colocou-se em posição. Sentia grandes esperanças. O plano parecia-lhe simples mas excelente.

O tempo ia passando, mas Conrad não aparecia. Naquela cela de prisão não havia diferença entre dia e noite, mas o relógio de pulso de Tommy, dotado de certo grau de precisão, informou-o de que eram nove da noite. Acabrunhado, Tommy refletiu que se o jantar não chegasse depressa ele teria que esperar pelo café da manhã. Às dez horas, perdeu as esperanças e se aboletou na cama para procurar consolo no sono. Cinco minutos depois já esquecera os inimigos.

Acordou com o ruído da chave girando na fechadura. Não pertencendo à categoria de heróis famosos por despertarem na plena posse das suas faculdades, Tommy apenas mirou o teto e piscou enquanto tentava adivinhar vagamente onde estava. Logo em seguida lembrou-se e consultou o relógio. Eram oito horas.

– Ou é um chá matutino ou é o café da manhã – deduziu o rapaz –, e rezo a Deus para que seja a última opção!

A porta se escancarou. Tommy lembrou-se tarde demais de seu estratagema para se livrar do antipático e feioso Conrad. Um momento depois ficou contente por seu esquecimento, pois não foi Conrad quem entrou, mas uma moça, carregando uma bandeja que pousou sobre a mesa.

Sob a fraca luz do bico de gás, Tommy fitou a moça e se surpreendeu. De imediato concluiu que era uma das mulheres mais belas que ele já vira. Seus cabelos abundantes eram de um castanho vistoso e brilhante, com inesperados reflexos de ouro, como se em suas profundezas houvesse raios de sol aprisionados lutando para se libertar. Em seu rosto via-se algo de uma rosa silvestre. Os olhos, bem separados, eram castanho-claros, de um castanho dourado que também lembrava raios de sol.

Um pensamento delirante passou feito uma flecha pela mente de Tommy.

– Você é Jane Finn? – ele perguntou, ansioso.

A moça abanou a cabeça, espantada.

– O nome meu é Annette, monsieur.

Sua voz era suave, e ela falava em inglês trôpego.

– Oh! – exclamou Tommy, bastante perplexo. – *Française?* – ele arriscou.

– *Oui, monsieur. Monsieur parle français?*

– Não mais do que uma ou duas frases. O que é isto? Meu café da manhã?

A moça respondeu que sim com a cabeça. Tommy desceu da cama e foi inspecionar o conteúdo da bandeja. Consistia num pão inteiro, um pouco de margarina e um bule de café.

– A vida aqui não é como no Ritz – ele comentou, com um suspiro. – Mas por todos estes alimentos que de Vossa Bondade vou receber, o Senhor me torna verdadeiramente grato. Amém.

Puxou uma cadeira, e a moça se encaminhou para a porta.

– Espere um momento – gritou Tommy. – Há uma porção de coisas que quero perguntar a você, Annette. O que você está fazendo nesta casa? Não me diga que é sobrinha ou filha de Conrad, ou outra coisa semelhante, porque não dá para acreditar.

– Eu faço *serviço*, monsieur. Não sou parente de ninguém.

– Sei. Você sabe o que acabei de perguntar ainda há pouco? Já ouviu aquele nome?

– Ouvi gente falar em Jane Finn, eu acho.

– Você sabe onde ela está?

Annette balançou a cabeça.

– Ela não está nesta casa, por exemplo?

– Oh, não, monsieur. Tenho de ir agora, eles estão esperando.

E saiu, às pressas. A chave girou na fechadura.

– Fico pensando com meus botões quem são "eles" – ruminou Tommy, enquanto continuava fazendo incursões sobre o pão. – Com um pouco de sorte, talvez essa garota me ajude a sair daqui. Ela não parece ser da quadrilha.

À uma da tarde Annette reapareceu com outra bandeja, mas dessa vez veio acompanhada de Conrad.

– Boa tarde – cumprimentou-o Tommy, com a maior cortesia. – Vejo que você *não* usou sabonete.

Conrad resmungou em tom ameaçador.

– Não tem nenhuma resposta espirituosa, meu amiguinho? Ora, ora, nem sempre se pode ter talento e beleza ao mesmo tempo. O que temos para o almoço? Ensopado? Como é que eu sei? Elementar, meu caro Watson: o cheiro das cebolas é inconfundível.

– Vá falando – grunhiu Conrad. – Talvez você não tenha muito tempo de vida pela frente para conversas fiadas.

Essa insinuação não foi nada agradável, mas Tommy a ignorou. Sentou-se à mesa.

– Retira-te, serviçal – disse o rapaz, com um gesto pomposo. – A loquacidade não é o teu melhor atributo.

Nessa noite Tommy sentou-se na cama e refletiu profundamente. Será que Annette voltaria acompanhada de Conrad? E se a moça viesse sozinha, valia a pena correr o risco na tentativa de fazer dela uma aliada? Concluiu que devia tentar de tudo, mover céus e terras. Sua situação era de desespero.

Às oito em ponto o ruído familiar da chave fez com que ele se pusesse de pé. A moça entrou sozinha.

– Feche a porta – ordenou. – Preciso falar com você.

Ela obedeceu.

– Escute, Annette, quero que você me ajude a sair daqui.

Ela balançou a cabeça.

– Impossível. Há três deles lá embaixo.

– Oh! – No fundo Tommy ficou grato pela informação. – Mas você me ajudaria se pudesse?

– Não, monsieur.

– Por quê?

A moça hesitou.

– Eu acho... eles são minha gente. O senhor veio espiar eles. Eles têm razão de prender o senhor aqui.

– Essas pessoas são más, Annette. Se você me ajudar, levo você embora daqui e livro você desse bando. E provavelmente você receberá um bom dinheiro.

Mas a moça limitou-se a sacudir a cabeça.

– Eu não me atrevo, monsieur. Tenho medo deles. – Ela virou as costas.

– Você nada faria para ajudar outra moça? – berrou Tommy. – Ela tem mais ou menos a sua idade. Não quer salvá-la das garras desses homens?

– O senhor está falando de Jane Finn?

– Sim.

– Veio aqui procurar ela? Sim?

A moça olhou direto nos olhos dele, depois passou a mão na testa.

– Jane Finn. Sempre ouvi esse nome. Estou acostumada com ele.

Tommy deu um passo à frente, ansioso.

– Você deve saber *alguma coisa* a respeito dela, não?

Mas a jovem se afastou abruptamente.

– Não sei nada, só o nome – e caminhou na direção da porta.

De repente, soltou um grito. Tommy olhou. Annette tinha visto o quadro que ele deixara encostado à parede na noite anterior. Por um momento ele percebeu um brilho de terror nos olhos da moça. Inexplicavelmente, o olhar aterrorizado deu lugar a uma expressão de alívio. A seguir ela saiu às pressas do quarto. Tommy ficou sem entender. Será que a moça tinha imaginado que ele pretendia atacá-la com o quadro? Claro que não. Pensativo, pendurou de novo o quadro na parede.

Mais três dias se passaram numa enfadonha inação. Tommy sentia a tensão que transparecia nos seus nervos. Não via ninguém a não ser Conrad e Annette, e agora a moça entrava muda e saía calada. Quando falava, era somente por monossílabos. Nos olhos dela ardia uma espécie de desconfiança sombria. Tommy se deu conta de que se o seu solitário confinamento se prolongasse por mais tempo, acabaria enlouquecendo. Por intermédio de Conrad, soube que os homens estavam aguardando ordens do sr. Brown. Talvez, pensou Tommy, ele estivesse fora do país e a quadrilha era obrigada a aguardar o seu retorno.

Mas na noite do terceiro dia Tommy foi acordado de maneira violenta.

Pouco antes das sete horas, ouviu o rumor de passos pesados e firmes no corredor. Momentos depois a porta se abriu de supetão. Conrad entrou, acompanhado do Número Catorze, sujeito de aparência diabólica. Ao ver os dois homens, Tommy sentiu um aperto no coração.

– Boa noite, chefe – saudou-o o homem, com um olhar de esguelha carregado de maldade. – Trouxe as cordas, camarada?

O silencioso Conrad sacou um comprido pedaço de corda fina. Instantes depois as mãos do Número Catorze, tremendamente hábeis, enrolaram a corda ao redor dos braços e pernas do rapaz, enquanto Conrad segurava o prisioneiro.

– Mas que diabos? – tentou falar Tommy.

Mas o sorrisinho lento e mudo do silencioso Conrad sufocou as palavras nos lábios do rapaz.

Com primorosa destreza, o "Número Catorze" continuou sua tarefa. Um minuto depois, Tommy não passava de um simples fardo indefeso. Foi a vez de Conrad falar:

– Achou que tinha enganado a gente, foi? Com aquele papo-furado sobre o que você sabia e o que não sabia. Propondo tratos e trocas! Tudo um blefe! Conversa mole! Você sabe menos que um gatinho! Mas agora chegou sua hora de sofrer, seu... porco de uma figa!

Tommy ficou em silêncio. Não havia o que dizer. Ele tinha fracassado. De uma maneira ou de outra o onipotente sr. Brown não se deixara enganar e percebera suas pretensões. De súbito Tommy teve uma ideia.

– Que belo discurso, Conrad – disse o rapaz, em tom de aprovação. – Mas por que as cordas e correntes? Por que não deixar este bondoso cavalheiro aqui cortar a minha garganta sem mais delongas?

– Deixe de lenga-lenga! – disse inesperadamente o Número Catorze. – Pensa que somos trouxas de matar você aqui pra depois a polícia vir xeretar? De jeito nenhum. Já providenciamos uma carruagem pra buscar Vossa Alteza amanhã de manhã, mas enquanto isso não podemos correr riscos, certo?

– Nada – retrucou Tommy – poderia ser mais banal do que as suas palavras, a não ser a sua própria cara.

– Chega! – exigiu o Número Catorze.

– Com prazer – obedeceu Tommy. – Vocês estão cometendo um triste engano, mas quem vai sair perdendo são vocês.

– Você não vai enganar a gente de novo desse jeito – disse o Número Catorze. – Fala como se ainda estivesse no deslumbrante Ritz, não?

Tommy não respondeu. Estava concentrado tentando imaginar como o sr. Brown descobrira a sua identidade. Concluiu que Tuppence, num ataque de ansiedade, tinha ido procurar a polícia; e assim que seu desaparecimento se tornou público, a quadrilha não demorou a somar os fatos e deduzir a verdade.

Os dois homens saíram, batendo a porta com estrondo. Tommy ficou entregue às suas meditações. Aqueles homens não estavam para brincadeira. O rapaz já sentia cãibras e rigidez nos braços e nas pernas. Estava totalmente desamparado e impotente, não via nem sombra de esperança.

Cerca de meia hora havia se passado quando ele ouviu a chave girando suavemente, e a porta se abriu. Era Annette. O coração de Tommy bateu mais rápido. Ele tinha se esquecido da moça. Seria possível que ela estivesse ali para ajudá-lo? De repente, ouviu a voz de Conrad:

– Saia daí, Annette. Esta noite ele não precisa de jantar.

– *Oui, oui, je sais bien.* Mas tenho de levar a outra bandeja. Necessito estes objetos.

– Bem, então ande depressa – resmungou Conrad.

Sem olhar para Tommy a jovem foi até a mesa e pegou a bandeja. Ergueu uma mão e apagou a luz.

– Maldição! – Conrad chegou à porta. – Por que você fez isso?

– Apagar sempre a luz. O senhor que deu a ordem. Quer que eu acenda de novo, monsieur Conrad?

– Não, saia logo daí.

– *Le beau petit monsieur* – berrou Annette, que estacou ao lado da cama, na escuridão. – O senhor amarrou bem ele, hein? Parece frango embrulhado!

O rapaz achou desagradável o tom sinceramente galhofeiro da moça, mas no mesmo instante, para seu espanto, sentiu a mão de Annette deslizar de leve ao longo das cordas que o prendiam e, por fim, comprimir contra a palma da mão dele alguma coisa pequena e fria.
– Venha, Annette.
– *Mais me voilà.*
A porta se fechou. Tommy ouviu Conrad dizer:
– Tranque e me dê a chave.
O som dos passos desapareceu ao longe. Tommy estava petrificado de assombro. O objeto que Annette tinha enfiado na mão dele era um pequeno canivete, com a lâmina aberta. Pelo modo com que ela tinha cuidadosamente evitado fitá-lo, além de sua manobra com a luz, Tommy chegou à conclusão de que o quarto estava sendo vigiado. Em algum lugar da parede devia haver um buraco, usado como orifício de observação. Recordando as maneiras sempre tão reservadas da moça, Tommy compreendeu que provavelmente estivera sob vigilância durante todo o tempo.

Será que ele havia dito alguma coisa que o denunciara? Bastante improvável. Tinha revelado o desejo de fugir e a intenção de encontrar Jane Finn, mas nada que pudesse dar alguma pista da sua identidade. Na verdade, a pergunta que fizera a Annette provava que ele não conhecia pessoalmente Jane Finn, mas Tommy jamais simulara o contrário. A questão agora era: Annette realmente sabia de mais alguma coisa? As suas negativas de antes tinham a intenção de enganar quem estivesse à escuta? Sobre esse ponto Tommy não conseguiu chegar à conclusão alguma.

Mas havia uma questão mais urgente, que expulsava para longe todas as demais: amarrado como estava, Tommy seria capaz de cortar as cordas que o prendiam? Com cuidado, tentou friccionar a lâmina aberta, para cima e para baixo, na corda que prendia seus pulsos. A manobra era desajeitada e ele soltou um abafado "ai!" de dor quando a navalha cortou sua pele. Porém, de maneira lenta e obstinada, Tommy continuou o movimento de vaivém, corda acima e corda abaixo. A lâmina fez um medonho rasgo em sua pele, mas por fim ele sentiu a corda afrouxar. Com as mãos livres, o resto foi fácil. Cinco minutos depois ele se pôs de pé, com alguma dificuldade por causa das cãibras nas pernas. Sua primeira providência foi atar o pulso ensanguentado. Depois sentou-se na beira da cama para pensar. Conrad tinha levado a chave da porta, portanto nem adiantava contar com nova ajuda de Annette. A única saída do quarto era a porta, consequentemente ele seria obrigado a esperar até que os dois homens voltassem para buscá-lo. Mas quando voltassem... Tommy sorriu! Movendo-se com infinita cautela na escuridão do quarto, encontrou e tirou do prego o famoso quadro. Sentiu um prazer contido de que seu plano não seria desperdiçado. Por enquanto não havia o que fazer a não ser esperar. Ele esperou.

A noite passou vagarosamente. Tommy enfrentou uma eternidade de horas, mas por fim ouviu passos. Ficou de pé, respirou fundo e segurou com firmeza o quadro.

A porta se abriu, derramando quarto adentro uma tênue claridade. Conrad avançou direto para o bico de gás a fim de acendê-lo. Tommy lamentou profundamente que ele tivesse sido o primeiro a entrar. Teria sido mais prazeroso acertar as contas com Conrad. O Número Catorze veio logo atrás. Assim que ele cruzou a soleira da porta, Tommy sentou-lhe o quadro na cabeça, com força descomunal. O Número Catorze desabou em meio a um estupendo estrépito de estilhaços de vidro. Num átimo Tommy deslizou para fora do quarto e fechou a porta. A chave estava na fechadura. Ele a girou e a retirou no instante em que, pelo lado de dentro, Conrad se arremessou contra a porta, com uma saraivada de palavrões.

Por um momento Tommy hesitou. Ouviu uma barulheira no andar de baixo. Depois a voz do alemão chegou escada acima:

– *Gott im Himmel!* Conrad, que é isso?

Tommy sentiu uma mão pequena empurrar a sua. Ao seu lado estava Annette. Ela apontou para uma cambaleante escadinha, que aparentemente levava ao sótão.

– Depressa! Suba aqui! – arrastou-o escada acima. Instantes depois chegavam a um empoeirado sótão atulhado de móveis velhos e cacarecos. Tommy olhou ao redor.

– Não serve. É uma armadilha perfeita. Não há saída.

– Psiu! Espere – a moça levou o dedo aos lábios. Rastejou até o topo da escadinha e apurou os ouvidos.

As pancadas e batidas na porta eram aterrorizantes. O alemão e mais alguém estavam tentando arrombar a porta. Numa voz sussurrada, Annette explicou:

– Vão achar que senhor ainda está lá dentro. Eles não podem ouvir o que Conrad está dizendo. A porta é muito grossa.

– Achei que era possível ouvir o que se passa no interior do quarto.

– Tem um orifício no quarto ao lado. O senhor foi inteligente. Mas agora eles não pensam nisso. Estão ansiosos pra entrar.

– Sim, mas...

– Deixe comigo – Annette curvou-se. Para o espanto de Tommy, a moça amarrou cuidadosamente a ponta de um comprido pedaço de barbante à asa de uma enorme jarra rachada. Ao terminar, virou-se para Tommy.

– O senhor tem a chave da porta?

– Sim.
– Dê pra mim.
Ele obedeceu.
– Vou descer. O senhor acha que consegue vir comigo até o meio dos degraus e depois pular *atrás* da escada, pra não verem senhor?
Tommy fez que sim com a cabeça.
– Tem um armário grande na sombra do patamar. O senhor fica por trás dele. Segure na mão a ponta deste barbante. Quando eu deixar os homens sair... o senhor *puxa*!
Antes que Tommy tivesse chance de perguntar mais alguma coisa, ela voou rapidamente escada abaixo e foi parar no meio do grupo, aos berros de:
– *Mon Dieu! Mon Dieu! Qu'est-ce qu'il y-a?*
O alemão voltou-se para ela com uma praga.
– Não se meta. Vá pro seu quarto!
Com a maior cautela, Tommy jogou o corpo para trás da escadinha do sótão. Enquanto os homens não resolvessem dar meia-volta, tudo estaria bem. Agachou-se atrás do armário. Os homens ainda estavam entre ele e a escada do térreo.
– Ah! – Annette fingiu tropeçar em alguma coisa. Abaixou-se.
– *Mon Dieu, voilà la clef!*
O alemão arrancou a chave das mãos dela. Abriu a porta. Conrad saiu aos tropeções, berrando palavrões.
– Cadê o desgraçado? Pegaram?
– Não vimos ninguém – alegou o alemão, categórico. Seu rosto empalideceu. – Do que você está falando?
Conrad soltou outra praga.
– Ele fugiu.
– Impossível. Teria passado por nós.
Nesse momento, com um sorriso de êxtase, Tommy puxou o barbante. No sótão ouviu-se um estrondo de louça de barro se espatifando. Num abrir e fechar de olhos os homens se acotovelaram na raquítica escadinha e desapareceram na escuridão lá de cima.
Rápido feito um raio, Tommy saltou de seu esconderijo e se lançou escada abaixo, arrastando Annette consigo. Não havia ninguém no vestíbulo. Ele fuçou os ferrolhos e a corrente, que por fim cederam e a porta se escancarou. Quando Tommy se virou, Annette tinha desaparecido.
O rapaz ficou estarrecido. Será que ela subira de novo as escadas? Que loucura havia levado Annette a fazer aquilo? Tommy teve um acesso de fúria e impaciência, mas ficou parado no mesmo lugar. Não iria embora sem ela.

E de repente ouviu um grito, uma exclamação do alemão e depois a voz de Annette, em alto e bom som:

– *Ma foi*, ele fugiu! E tão rápido! Quem poderia imaginar?

Tommy continuou plantado no mesmo lugar. Teria sido uma ordem para ele ir embora? Imaginou que sim.

Depois, num berro ainda mais alto, as palavras flutuaram até ele:

– Esta casa é terrível. Quero voltar para Marguerite. Para Marguerite. *Para Marguerite!*

Tommy subiu correndo a escada. Será que ela queria que ele fosse embora e a deixasse para trás? Mas por quê? Tommy tinha de tentar a todo custo levá-la junto. De repente, sentiu seu coração desfalecer: ao vê-lo, Conrad começou a descer a escada aos saltos, com um grito selvagem. Atrás dele vinham os outros.

Tommy deteve o ímpeto de Conrad com um murro em cheio. Seu punho golpeou a ponta do queixo do homem, que desabou feito um saco de batatas. O segundo bandido tropeçou no corpo de Conrad e desmoronou. No topo da escadaria cintilou um clarão e uma bala passou de raspão pela orelha de Tommy. Ele se deu conta de que seria muito bom para a sua saúde dar o fora daquela casa o mais rápido possível. Com relação a Annette, nada podia fazer. Ele tinha acertado as contas com Conrad, o que o deixou satisfeito. Seu soco tinha sido dos bons.

Correu aos pulos até a porta, fechando-a com força atrás de si. A praça estava deserta. Em frente à casa viu uma caminhonete de padeiro. Evidentemente ela serviria para levá-lo para fora de Londres, e seu cadáver seria encontrado a muitos quilômetros de distância da casa do Soho. O motorista saltou e tentou barrar o caminho de Tommy. Mais uma vez o punho do rapaz entrou em ação, e o motorista caiu esparramado na calçada.

Tommy saiu correndo – já não era sem tempo. A porta da frente da casa se abriu e o rapaz tornou-se o alvo de uma rajada de balas. Felizmente, nenhuma o acertou. Ele dobrou a esquina.

"Bem, uma coisa é certa", Tommy pensou, "eles não podem continuar atirando. Se fizerem isso a polícia virá atrás deles. Acho que não vão se atrever."

Tommy ouviu os passos dos perseguidores no seu encalço e acelerou a marcha. Assim que conseguisse sair daqueles becos e ruelas, estaria a salvo. Em algum lugar haveria um policial – não que ele quisesse invocar a ajuda da polícia, se pudesse passar sem ela. Recorrer à polícia significava dar explicações e constrangimento geral. Segundos depois, teve motivo para bendizer sua sorte. Tropeçou num corpo deitado na calçada: o homem se ergueu sobressaltado e, berrando de susto, precipitou-se em desabalada fuga rua abaixo. Tommy esgueirou-se para um vão de porta. Um minuto depois teve o prazer de ver dois de seus perseguidores, um deles o alemão, empenhados em seguir a pista falsa do pobre homem!

Tommy sentou-se calmamente no degrau da porta e deixou que se passassem alguns minutos enquanto recuperava o fôlego. Depois, tranquilo, saiu caminhando na direção oposta. Olhou de relance para seu relógio. Cinco e pouco da manhã. A claridade do novo dia avançava rapidamente. Na primeira esquina, passou por um policial, que o olhou com expressão desconfiada. Tommy sentiu-se um tanto ofendido. Em seguida, levou a mão ao rosto e riu. Fazia três dias que não tomava banho nem se barbeava! Devia estar com uma aparência formidável.

Sem demora, dirigiu-se a um banho turco das imediações, estabelecimento que, ele sabia, ficava aberto a noite inteira. Saiu de lá renovado, já em plena luz do dia, com a sensação de que voltara a ser ele mesmo: um homem capaz de elaborar grandes planos.

Antes de mais nada, Tommy precisava de uma refeição completa. Não comia nada desde o meio-dia da véspera. Entrou numa loja A.B.C.* e pediu ovos, bacon e café. Enquanto comia, leu um jornal matutino aberto à sua frente. De repente, empertigou-se. Deu de cara com um longo artigo a respeito de Kramenin, descrito como o "homem por trás do bolchevismo" na Rússia, e que tinha acabado de chegar a Londres – alguns julgavam que na condição de enviado extraoficial. O autor do artigo fazia um breve resumo da carreira de Kramenin e afirmava categoricamente que ele, e não os testas de ferro, fora o responsável pela Revolução Russa.

No centro da página estava estampado o retrato do homem.

– Então este é o Número Um – disse Tommy em voz alta, com a boca cheia de nacos de ovos e bacon. – Disso não resta dúvida. Devo seguir em frente.

Pagou a conta do café da manhã e encaminhou-se para Whitehall. Anunciou seu nome e acrescentou que se tratava de um assunto urgente. Poucos minutos depois se viu na presença do homem que ali não atendia pelo nome de "sr. Carter", e que o recebeu com a testa franzida.

– Escute uma coisa, o senhor não tem o direito de vir aqui perguntar por mim dessa maneira. Pensei que essa ressalva tinha ficado bem clara.

– E ficou, senhor. Mas julguei importante não perder tempo.

E da maneira mais breve e sucinta de que era capaz, Tommy detalhou os acontecimentos dos últimos dias.

No meio do relato, o sr. Carter o interrompeu para dar algumas ordens enigmáticas por telefone. A essa altura todos os vestígios de descontentamento

---

* A célebre rede de lojas A.B.C. (Aerated Bread Company), misto de padaria, restaurante e casa de chá, foi fundada no Reino Unido em 1862 por John Dauglish. (N.T.)

tinham sumido de seu rosto. Quando Tommy terminou, o sr. Carter balançou freneticamente a cabeça.

– Muito bem. Cada minuto é precioso. Meu medo é que cheguemos tarde demais. Por certo eles não perderão tempo. Fugirão imediatamente. Ainda assim, talvez deixem para trás algo que sirva de pista. O senhor está me dizendo que reconheceu Kramenin como o Número Um? Isso é importante. Precisamos urgentemente de alguma coisa contra ele para evitar que o Governo seja derrubado. E quanto aos outros? Dois rostos eram familiares? Acha que um deles é homem dos trabalhistas? Examine estas fotografias e veja se consegue identificá-lo.

Um minuto depois Tommy ergueu uma das fotos. O sr. Carter demonstrou certa surpresa.

– Ah, Westway! Eu jamais pensaria. Faz pose de moderado. Quanto ao outro sujeito, creio que posso adivinhar quem é. – Entregou outra fotografia a Tommy e sorriu ao ver a exclamação do rapaz. – Estou certo, então. Quem é ele? Irlandês. Eminente parlamentar sindicalista. Tudo fachada, é claro. Já suspeitávamos, mas não tínhamos provas. Sim, o senhor fez um belo trabalho, meu jovem! O senhor me diz que a data é dia 29. Isso nos dá bem pouco tempo – muito pouco tempo, de fato.

– Mas... – Tommy hesitou.

O sr. Carter leu seus pensamentos.

– Com a ameaça de greve geral nós podemos lidar, creio eu. É um imprevisível jogo de cara e coroa, cinquenta por cento a favor, cinquenta por cento contra, mas temos possibilidade de êxito! Porém, se a minuta do tratado vier à tona, aí estaremos liquidados. A Inglaterra mergulhará na anarquia. Ah, o que é aquilo? O carro. Venha, Beresford, vamos dar uma olhada nessa sua tal casa.

Dois policiais estavam de guarda em frente à casa no Soho. Um inspetor forneceu informações ao sr. Carter em voz baixa. O outro falou com Tommy.

– Os sujeitos fugiram, como já esperávamos. É melhor revistarmos o lugar.

Enquanto percorria a casa deserta, Tommy se sentia dentro de um sonho. Tudo estava exatamente como ele havia deixado. O quarto-prisão com os quadros tortos na parede, a jarra quebrada no sótão, a sala de reuniões com a mesa comprida. Mas em lugar algum foram encontrados vestígios de papéis. Todo tipo de documento havia sido destruído ou levado embora. E nem sinal de Annette.

– O que o senhor me contou sobre a moça é intrigante – disse o sr. Carter. – Acredita que ela tenha voltado deliberadamente?

– Foi o que pareceu, senhor. Subiu correndo as escadas, enquanto eu tentava abrir a porta.

– Hum, então ela deve fazer parte do bando; mas, sendo mulher, não gostaria de ser cúmplice do assassinato de um rapaz bem-apessoado. Mas é evidente que ela está do lado deles, ou não teria voltado.

– A bem da verdade não acredito que ela seja como eles, senhor. Ela me pareceu tão diferente...

– Bonita, suponho? – perguntou o sr. Carter com um sorriso que fez Tommy corar até a raiz dos cabelos.

Envergonhado, admitiu a beleza de Annette.

– A propósito – comentou o sr. Carter –, o senhor já deu notícias a srta. Tuppence? Ela tem me bombardeado com cartas a seu respeito.

– Tuppence? Eu receava mesmo que ela ficasse um pouco desnorteada. Ela foi à polícia?

O sr. Carter fez que não com a cabeça.

– Mas então como é que eles me identificaram?

O sr. Carter fitou-o interrogativamente e Tommy explicou o ocorrido. O homem meneou a cabeça, pensativo.

– Realmente, é um ponto bastante curioso. A não ser que a menção ao Ritz tenha sido um comentário acidental.

– Pode ser que sim, senhor. Mas de alguma maneira devem ter feito alguma descoberta repentina a meu respeito.

– Bom – disse o sr. Carter, olhando ao redor –, nosso trabalho terminou aqui. O que me diz de almoçar comigo?

– Fico imensamente agradecido, senhor. Mas acho que é melhor eu voltar e encontrar Tuppence.

– É claro. Envie a ela meus cumprimentos e diga que da próxima vez não acredite tão rápido que o senhor morreu.

Tommy sorriu.

– É difícil me matar, senhor.

– Estou vendo – disse o sr. Carter, secamente. – Bem, adeus. Não esqueça que agora o senhor é um homem marcado, e tome cuidado.

– Obrigado, senhor.

Tommy acenou para um táxi e entrou com agilidade no carro. A caminho do Ritz, saboreou a agradável antecipação de surpreender Tuppence.

"O que será que ela está fazendo? Seguindo o rastro de Rita, provavelmente. Aliás, suponho que seja a essa mulher que Annette se referiu como 'Marguerite'. Na hora isso não me ocorreu." O pensamento entristeceu Tommy um pouco, pois parecia provar que a sra. Vandemeyer e a moça tinham relações estreitas.

O táxi chegou ao Ritz. Tommy irrompeu os portais sagrados, mas seu entusiasmo sofreu um abalo. Foi informado de que a srta. Cowley saíra fazia um quarto de hora.

CAPÍTULO 18

O telegrama

Desnorteado por um momento, Tommy rumou para o restaurante e pediu uma refeição principesca. Seu encarceramento de quatro dias ensinara-o mais uma vez a dar valor à boa comida.

Quando levava à boca uma generosa porção de linguado *à la Jeannette*, parou o garfo no meio do caminho ao bater os olhos em Julius, que entrava no salão. Tommy sacudiu no ar o cardápio, e seu animado gesto conseguiu atrair a atenção do norte-americano. Quando avistou Tommy, os olhos de Julius deram a impressão de que saltariam das órbitas. Com passadas largas, atravessou o salão e sacudiu e apertou a mão de Tommy com força, de uma maneira que Beresford julgou desnecessariamente vigorosa.

– Macacos me mordam! – exclamou. – É você mesmo?

– Claro que sou eu. Por que não seria?

– Por que não? Homem, você não sabe que foi dado como morto? Acho que daqui a alguns dias mandaríamos rezar uma missa fúnebre em sua homenagem.

– Quem achou que eu estava morto? – Tommy quis saber.

– Tuppence.

– Creio que ela se lembrou daquele provérbio: "Os bons morrem cedo". Deve haver certa dose de pecado original em mim para eu ter sobrevivido. Onde está Tuppence, a propósito?

– Não está aqui?

– Não. Na portaria me disseram que ela tinha acabado de sair.

– Foi fazer compras, acho. Eu a trouxe de carro há cerca de uma hora. Mas me diga uma coisa: você não pode pôr de lado essa sua calma britânica e ir direto ao assunto? O que diabos você andou fazendo esse tempo todo?

– Se você vai comer aqui, é melhor fazer seu pedido agora – sugeriu Tommy. – É uma longa história.

Julius puxou uma cadeira e se sentou de frente para Tommy, chamou um garçom que estava por perto e pediu o que queria. Depois voltou-se para Tommy.

— Desembuche. Acho que você se meteu numas boas aventuras.

— Algumas — respondeu Tommy com modéstia, e iniciou sua história.

Julius escutou tudo, tão fascinado que se esqueceu de comer. Metade dos pratos estava à sua frente, intocada. Por fim, soltou um longo suspiro.

— Rapaz, que beleza! Parece um romance barato.

— E agora quero notícias do que aconteceu aqui, no front doméstico — disse Tommy, estendendo a mão para pegar um pêssego.

— Bom... — disse Julius, pausadamente. — Não vou negar que também tivemos a nossa cota de aventuras.

E assumiu, por sua vez, o papel de narrador. Começando pela malsucedida missão de reconhecimento em Bournemouth, passou a narrar o seu regresso a Londres, a compra do carro, as preocupações cada vez mais angustiadas de Tuppence, a visita a sir James e os sensacionais eventos da noite anterior.

— Mas quem matou a mulher? — perguntou Tommy. — Não entendi direito.

— O médico se enganou ao pensar que ela ingeriu o sonífero por conta própria — respondeu Julius, secamente.

— E sir James? O que ele acha?

— Assim como ele é um luminar do direito, é também uma ostra humana — respondeu Julius. — Deve ter uma "opinião reservada". — E prosseguiu seu relato, agora narrando os acontecimentos da manhã.

— Ela perdeu a memória, é? — disse Tommy, interessado. — Meu Deus, isso explica por que eles me olharam de um jeito tão estranho quando falei em interrogá-la. Que lapso da minha parte! Mas não era o tipo de coisa que um sujeito teria condição de supor.

— Eles não deram nenhum tipo de pista sobre o paradeiro de Jane?

Pesaroso, Tommy balançou a cabeça.

— Nem uma palavra. Sou um pouco estúpido, como você sabe. Devia ter dado um jeito de arrancar mais alguma coisa deles.

— Acho que no fim das contas você tem sorte de estar aqui. Aquele seu blefe foi muito bom. Fico besta de ver como na hora H você consegue ter umas ideias tão apropriadas, que vêm sempre a calhar!

— Eu estava com tanto medo que tive de pensar em alguma coisa — alegou Tommy com simplicidade.

Houve um momento de silêncio, depois Tommy voltou a falar na morte da sra. Vandemeyer.

— Não há dúvida de que era cloral?

— Creio que não. Pelo menos declararam como causa da morte insuficiência cardíaca provocada por uma overdose de cloral. Tudo bem.

Não queremos ser incomodados com um inquérito policial. Mas acho que Tuppence e eu, e até mesmo o erudito sir James, temos a mesma opinião.

– O sr. Brown? – arriscou Tommy.

– É isso aí.

Tommy balançou a cabeça.

– Mesmo assim – continuou, pensativo –, o sr. Brown não tem asas. Não entendo como ele pode ter entrado e saído.

– E o que me diz da hipótese de que tenha sido alguma proeza de transmissão de pensamento? Alguma sofisticada influência magnética que, com uma força irresistível, impeliu a sra. Vandemeyer a se suicidar?

Tommy encarou-o com ar respeitoso.

– Boa teoria, Julius. Definitivamente boa. Em especial a fraseologia. Mas não me entusiasma. Eu anseio por um sr. Brown real, de carne e osso. Sou da opinião de que detetives jovens e talentosos devem arregaçar as mangas e trabalhar com afinco, examinar entradas e saídas e dar tapas na cabeça até descobrirem a solução do mistério. Vamos à cena do crime. Como eu gostaria de encontrar Tuppence. O Ritz testemunharia o espetáculo de uma alegre reunião.

Indagações na portaria revelaram que Tuppence ainda não tinha voltado.

– Ainda assim, acho melhor eu dar uma olhada lá em cima – disse Julius. – Talvez ela esteja na minha sala de estar – e desapareceu.

De repente um garoto mirrado, um dos mensageiros do hotel, falou na altura do cotovelo de Tommy:

– A senhorita, acho que ela foi pegar o trem, senhor – ele disse, timidamente.

– O quê? – Tommy virou-se para o menino, que ficou mais corado do que antes.

– O táxi, senhor. Eu ouvi a senhorita dizer ao motorista: "Charing Cross" e "depressa".

Com os olhos arregalados de surpresa, Tommy encarou o menino. Encorajado, o garoto continuou:

– Foi o que eu pensei, porque ela me pediu uma tabela de horários de trens e um guia ferroviário.

Tommy o interrompeu:

– Quando ela pediu a tabela e o guia?

– Quando eu levei o telegrama, senhor.

– Telegrama?

– Sim, senhor.

– A que horas foi isso?

– Meio-dia e meia, senhor.

– Conte-me exatamente o que aconteceu.

O rapaz respirou fundo.

– Levei um telegrama ao quarto 891. A senhorita estava lá. Ela abriu, leu, ficou ofegante e depois disse, muito alegre: "Traga-me uma tabela de horários dos trens e um guia ferroviário. E depressa, Henry". O meu nome não é Henry, mas...

– O seu nome não importa – cortou Tommy, impaciente. – Continue.

– Sim, senhor. Levei o que ela pediu e aí ela me mandou esperar enquanto procurava alguma coisa, e então depois ela olhou pro relógio e disse: "Depressa. Mande chamar um táxi", e aí ela começou a ajeitar o chapéu na frente do espelho e desceu em dois tempos, logo atrás de mim, e aí eu vi quando ela saiu e entrou no táxi e escutei quando ela deu o endereço ao taxista.

O garoto parou de falar e encheu os pulmões. Tommy continuou olhando fixamente para ele. Nesse momento, Julius voltou. Trazia na mão uma carta aberta.

– Uma novidade, Hersheimmer – Tommy voltou-se para o norte-americano. – Tuppence partiu para fazer investigações por conta própria.

– Ora bolas!

– Pois é. Ela tomou um táxi para a estação de Charing Cross logo depois de ter recebido um telegrama. – Os olhos dele pousaram sobre a carta na mão de Julius. – Ah, ela deixou um bilhete para você. Muito bem. Para onde foi?

Quase inconscientemente, estendeu a mão para a carta, mas Julius dobrou a folha de papel e enfiou-a no bolso. Parecia um pouco constrangido.

– Acho que a carta não tem nada a ver com isso. É sobre outro assunto, algo que perguntei a ela e que ela ficou de me dar a resposta.

– Ah! – Tommy ficou intrigado e admirado, e aparentemente esperava maiores esclarecimentos.

– Escute – disse Julius, de supetão. – É melhor que eu conte tudo a você. Pedi a srta. Tuppence em casamento hoje de manhã.

– Oh – exclamou Tommy, maquinalmente. Sentiu-se confuso. As palavras de Julius eram totalmente inesperadas e, por um momento, entorpeceram seu cérebro.

– Eu gostaria de lhe dizer – continuou Julius – que, antes de fazer minha proposta à srta. Tuppence, deixei bem claro que não queria me intrometer de forma alguma entre você e ela...

Tommy foi arrancado de seu torpor.

– Está tudo bem – ele se apressou em dizer. – Tuppence e eu somos amigos há muitos anos. Nada mais do que isso. – Acendeu um cigarro com a mão um pouco trêmula. – Está tudo bem. Tuppence sempre dizia que estava à procura de...

Calou-se abruptamente, com o rosto afogueado, mas Julius se manteve imperturbável.

– Ah, creio que você queria falar da questão do dinheiro. A srta. Tuppence mencionou sem rodeios essa questão. Com ela não há mal-entendidos. Eu e ela vamos nos entender muito bem.

Por um minuto Tommy fitou-o com um olhar curioso e abriu a boca para falar, mas mudou de ideia e ficou em silêncio. Tuppence e Julius! Bem, por que não? Ela não tinha lamentado o fato de que não conhecia homens ricos? Não havia declarado com todas as letras sua intenção de dar o golpe do baú se encontrasse a oportunidade? O encontro com o jovem milionário norte-americano propiciava essa oportunidade – e era pouco provável que ela não a aproveitasse. Tuppence era louca por dinheiro, segundo ela própria fazia questão de declarar. Por que razão censurá-la, já que estava apenas se mantendo fiel aos seus princípios?

Entretanto, Tommy a censurava. Foi invadido por um ressentimento passional e absolutamente ilógico. Tudo bem *dizer* coisas assim – mas uma mulher *de verdade* jamais se casaria por dinheiro. Tuppence era absolutamente fria, insensível e egoísta, e ele ficaria feliz da vida se nunca mais a visse! E o mundo era uma porcaria!

A voz de Julius interrompeu essas reflexões.

– Sim, nós vamos nos entender muito bem. Ouvi dizer que uma mulher sempre diz "não" da primeira vez... essa recusa inicial é uma espécie de convenção.

Tommy agarrou o braço dele.

– Recusa? Você disse *recusa*?

– Claro! Não contei? Ela soltou um "não", e nem sequer apresentou uma razão para isso. O "eterno feminino", dizem os chucrutes, foi o que ouvi dizer. Mas ela vai mudar de ideia, com certeza vai sim, talvez eu tenha forçado a...

Deixando de lado o decoro, Tommy o interrompeu:

– O que ela disse naquele bilhete? – indagou, ferozmente.

O prestativo Julius cedeu e entregou-lhe o papel.

– Não há nele a menor pista do paradeiro dela – assegurou –, mas se você não acredita em mim, pode ler por si mesmo.

No bilhete, escrito com a famosa caligrafia infantil de Tuppence, lia-se:

Caro Julius,
É sempre melhor pôr o preto no branco. Não sinto que sou capaz de pensar em casamento enquanto Tommy não for encontrado. Deixemos isso para depois.

Afetuosamente,
Tuppence

Os olhos de Tommy se iluminaram e ele devolveu o papel. Seus sentimentos tinham sido submetidos a uma violenta reação. Agora julgava que Tuppence era absolutamente nobre e abnegada. Ela não havia recusado Julius sem hesitar? Sim, verdade que o bilhete exprimia sinais de fraqueza, mas isso ele podia desculpar. Parecia quase um suborno para estimular Julius a continuar empreendendo esforços para encontrá-lo, mas Tommy supunha que essa não tinha sido a intenção da moça. Querida Tuppence, nenhuma garota do mundo chegava aos pés dela! Quando a visse de novo... seus pensamentos foram interrompidos com um súbito solavanco.

– Como você disse – comentou Tommy, voltando a si –, não há aqui a mínima indicação do paradeiro dela. Ei, Henry!

Obediente, o menino atendeu ao chamado. Tommy tirou cinco xelins do bolso.

– Mais uma coisa. Você se lembra do que a senhorita fez com o telegrama?

Henry ofegou e respondeu:

– Amassou até virar uma bola e jogou na grade da lareira e soltou uma espécie de grito assim "Viva!", senhor.

– Muito expressivo, Henry – disse Tommy. – Aqui estão cinco xelins. Vamos, Julius. Temos de encontrar aquele telegrama.

Às pressas, subiram as escadas. Tuppence tinha deixado a chave na porta. O quarto estava como ela o deixara. Na lareira havia uma bola amarrotada de papel, alaranjada e branca. Tommy desamassou e alisou o telegrama.

Venha imediatamente, Moat House, Ebury, Yorkshire, grandes novidades
TOMMY.

Os dois homens entreolharam-se, estupefatos. Julius foi o primeiro a falar:

– Não foi *você* quem mandou isso?

– Claro que não. O que significa esta mensagem?

– Coisa boa não é – declarou Julius com calma. – Pegaram Tuppence.

– *O quê?*

– Sim! Assinaram o seu nome e ela caiu como um patinho na armadilha.

– Meu Deus! O que vamos fazer?

– Vamos arregaçar as mangas e sair atrás dela! Agora! Não há tempo a perder. Foi uma sorte danada ela não ter levado o telegrama. Se tivesse feito isso, é provável que nunca mais conseguíssemos localizá-la. Mas precisamos agir! Onde está essa tal tabela de horários dos trens?

A energia de Julius era contagiosa. Se estivesse sozinho, Tommy provavelmente teria se sentado e perderia meia hora pensando e repensando em tudo antes de decidir seu plano de ação. Mas com Julius Hersheimmer por perto, a correria era inevitável.

Depois de resmungar algumas imprecações, ele entregou a tabela a Tommy, que era mais versado nas escalas dos trens. Tommy preferiu examinar o guia ferroviário.

– Aqui está. Ebury, Yorkshire. Partidas de King's Cross. Ou St. Pancras... o menino deve ter se enganado. Era King's Cross, não *Charing* Cross. Ela pegou o trem das 12h50; o das 14h10 já foi; o próximo é o das 15h20 – e é lento demais.

– E se fôssemos de carro?

Tommy balançou a cabeça.

– Mande levarem o carro para lá, se quiser, mas é melhor irmos de trem. O negócio é manter a calma.

Julius resmungou.

– É verdade. Mas fico furioso de pensar que aquela menina inocente está em perigo!

Tommy inclinou a cabeça, absorto. Estava pensando. Alguns momentos depois, perguntou:

– Julius, diga-me uma coisa: com que intenção eles raptaram Tuppence?

– Hã? Não entendi.

– O que quero dizer é que não acho que eles estejam dispostos a fazer mal a Tuppence – explicou Tommy, cuja testa estava enrugada por causa do extenuante esforço mental. – Ela é uma refém, só isso. Não está correndo risco imediato, porque se tentarmos alguma ação contra o bando, Tuppence será muito útil para eles. Enquanto ela estiver em poder da quadrilha, nossas mãos continuarão atadas. A vantagem é toda deles. Compreendeu?

– Claro – respondeu Julius, pensativo. – É isso mesmo.

– Além disso – Tommy fez um adendo –, tenho muita fé em Tuppence.

A viagem foi cansativa e enfadonha, com muitas paradas e vagões lotados. Tiveram de fazer duas baldeações, uma em Doncaster e outra num pequeno entroncamento. Ebury era uma estação deserta, com um solitário carregador de bagagens, a quem Tommy se dirigiu:

– Pode me dizer qual é o caminho para Moat House?

– Moat House? É pertinho daqui. O casarão de frente para o mar, não é?

Tommy assentiu, descaradamente. Depois de escutar as meticulosas mas desconcertantes instruções do carregador, prepararam-se para deixar a estação. Estava começando a chover, e os dois homens levantaram a gola do casaco e avançaram com dificuldade pela estradinha lamacenta.

De repente, Tommy estacou.

— Espere um momento — e voltou correndo à estação para falar de novo com o carregador.

— Escute uma coisa, você se lembra de uma jovem que chegou mais cedo, no trem que partiu de Londres no horário de 12h10? Talvez ela tenha perguntado o caminho para Moat House.

Descreveu Tuppence da melhor maneira que pôde, mas o carregador balançou a cabeça. Muita gente tinha chegado no trem em questão. Ele não era capaz de se lembrar de uma moça em particular. Mas tinha certeza absoluta de que ninguém perguntara qual o caminho para Moat House.

Tommy alcançou Julius e explicou tudo. O desânimo desabou sobre ele como um peso de chumbo. Estava convencido de que a busca seria infrutífera. O inimigo tinha três horas de vantagem. Três horas era tempo mais que suficiente para o sr. Brown, que não ignoraria a possibilidade de o telegrama ter sido encontrado.

A estradinha parecia não ter fim. A certa altura pegaram um atalho errado, o que resultou num desvio de rumo de oitocentos metros. Passava das sete horas quando um menino informou à dupla de que Moat House ficava logo depois da primeira esquina.

Um portão enferrujado rangia sinistramente nos gonzos. A trilha que levava até a casa estava coberta por uma espessa e fofa camada de folhas. Pairava no ambiente algo que gelou o coração dos dois homens. Subiram a alameda deserta. As folhas mortas abafavam o ruído dos passos. A luz do dia chegava ao fim. Era como caminhar num mundo de fantasmas. Acima de suas cabeças os galhos das árvores balançavam e sussurravam, numa nota musical lamurienta. Vez ou outra uma folha úmida deslizava em silêncio ao sabor do vento e pousava com um toque gelado sobre o rosto dos dois homens, que se amedrontavam.

Depois de uma curva na alameda, avistaram a casa, que também parecia vazia e abandonada. As janelas estavam fechadas, os degraus da porta, cobertos de musgo. Tuppence teria mesmo sido atraída para aquele lugar desolado? Parecia difícil acreditar que algum ser humano houvesse colocado os pés ali nos últimos meses.

Julius puxou a corda da enferrujada campainha. Soou um badalar estridente e desafinado, que ecoou pelo vazio do interior da casa. Ninguém atendeu. Acionaram a campainha inúmeras vezes, mas nem sinal de vida. Então contornaram a casa. Por toda a parte reinava o silêncio e viam-se apenas janelas fechadas. A julgar por aquilo que seus olhos viam, não havia vivalma na casa.

— Não há nada aqui — disse Julius.

Caminhando a passos lentos, refizeram o caminho de volta até o portão.

— Deve haver um vilarejo aqui perto — continuou o jovem norte-americano. — É melhor perguntar por lá. Os moradores vão saber alguma coisa sobre a casa e se alguém apareceu por aqui nos últimos tempos.

— Sim, não é má ideia.

Avançaram pela estrada e logo chegaram a uma pequena vila, em cujas cercanias encontraram um operário munido de sua caixa de ferramentas; Tommy deteve o homem para fazer uma pergunta.

— Moat House? Está vazia. Ninguém mora lá faz muitos anos. A sra. Sweeney tem a chave, se os senhores quiserem dar uma olhada na casa. É ali, passando o correio.

Tommy agradeceu. Não demoraram a achar a agência do correio, que também fazia as vezes de confeitaria e loja de enfeites, e bateram à porta da pequena casa ao lado. Quem atendeu foi uma senhora asseada, de aparência saudável. Ela prontamente buscou a chave de Moat House.

— Mas duvido que seja o tipo de lugar adequado para os senhores. Está num lamentável estado de conservação. Infiltrações no teto e tudo mais. Seria preciso gastar muito dinheiro na reforma.

— Obrigado — agradeceu Tommy, todo alegre. — Acho que vai ser uma decepção, mas hoje em dia as casas andam escassas.

— Isso é verdade — concordou a mulher, entusiasmada. — Minha filha e meu genro estão procurando uma casinha decente já faz nem sei quanto tempo. É por causa da guerra. Bagunçou tudo. Mas, se me permite dizer, senhor, está muito escuro para olhar a casa hoje. Os senhores não vão conseguir ver muita coisa. Não é melhor esperar até amanhã?

— A senhora está certa. Em todo caso, vamos dar só uma olhada rápida ainda hoje. Era para termos chegado mais cedo, mas acabamos nos perdendo no caminho. Qual o melhor lugar para se passar a noite por essas bandas?

A sra. Sweeney ficou na dúvida.

— Há a Yorkshire Arms, mas não é um lugar à altura de cavalheiros distintos como os senhores.

— Ah, vai servir muito bem. Muito obrigado. E mais uma coisa: não veio hoje aqui uma moça pedindo a chave?

A senhora balançou a cabeça.

— Faz muito tempo que ninguém vem olhar a casa.

— Muito obrigado.

Voltaram pelo mesmo caminho para Moat House. Assim que a porta da frente cedeu, rangendo nos gonzos e protestando com estrépito, Julius riscou um fósforo e examinou cuidadosamente o assoalho. Depois balançou a cabeça.

— Sou capaz de jurar que ninguém passou por aqui. Olhe só a poeira. Grossa. Nem sinal de pegadas.

Zanzaram pela casa deserta. Por toda parte, o mesmo cenário. Espessas camadas de pó, aparentemente intocadas.

– Isso me dá nos nervos – disse Julius. – Não acredito que Tuppence tenha estado nesta casa.

– Ela deve ter estado.

Julius balançou a cabeça, sem responder.

– Amanhã faremos uma busca completa – disse Tommy. – Com a luz do dia pode ser que a gente consiga descobrir alguma coisa.

No dia seguinte vasculharam de novo a casa e, ainda que relutantes, foram obrigados a concluir que ninguém entrava ali havia um bom tempo. E teriam inclusive ido embora do vilarejo não fosse por uma feliz descoberta de Tommy. Quando já se encaminhavam para o portão, o rapaz soltou um grito inesperado e se abaixou para pegar alguma coisa em meio às folhas; ergueu o achado e mostrou-o a Julius. Era um pequenino broche de ouro.

– Isto aqui é de Tuppence!

– Tem certeza?

– Absoluta. Já a vi usando muitas vezes.

Julius respirou fundo.

– Creio que isso liquida o assunto. Ela chegou até aqui, de qualquer modo. Vamos transformar aquela hospedaria no nosso quartel-general e pintar o diabo aqui até encontrá-la. Alguém *deve* ter visto Tuppence.

No mesmo instante a campanha de guerra teve início. Tommy e Julius trabalhavam separados e juntos, mas o resultado era sempre o mesmo. Nenhuma pessoa correspondendo à descrição de Tuppence tinha sido vista nas vizinhanças. Os dois estavam aturdidos, mas não desanimaram. Por fim, mudaram de tática. Certamente Tuppence não tinha ficado muito tempo nas imediações de Moat House. Isso indicava que alguém a subjugara e a levara de carro. Tommy e Julius empreenderam uma nova rodada de investigações. Será que ninguém tinha visto um carro parado nas proximidades de Moat House naquele dia? Mais uma vez, não obtiveram resultado.

Julius telegrafou para a cidade pedindo que mandassem seu carro; sem esmorecer, a dupla usou o veículo para explorar as redondezas, com todo cuidado do mundo. Depositaram grandes esperanças numa limusine cinza que acabou sendo localizada na cidade de Harrogate, mas no final das contas descobriram que pertencia a uma respeitável velhota solteirona!

Dia após dia os dois empenhavam-se em novas pesquisas. Julius parecia um cão na correia. Perseguia toda e qualquer pista, por mais insignificante. Rastrearam todos os carros que haviam passado pelo vilarejo no dia fatídico. Invadiam propriedades rurais e submetiam os donos de automóveis a exaustivos interrogatórios. Depois se desmanchavam em pedidos de desculpas tão pormenorizados e minuciosos quanto seus métodos de investigação, e quase sempre conseguiam desarmar a indignação de suas vítimas; porém, os dias foram passando e nada de pistas sobre o paradeiro de Tuppence. O sequestro tinha sido tão bem planejado que a jovem parecia ter desaparecido no ar.

E outra preocupação assolava a mente de Tommy.

– Sabe há quanto tempo estamos aqui? – ele perguntou certo dia a Julius enquanto tomavam o café da manhã. – Uma semana! E não chegamos nem perto de encontrar Tuppence, *e domingo que vem é dia 29!*

– Caramba! – exclamou Julius, pensativo. – Eu já tinha quase me esquecido do dia 29. Não tenho pensado em mais nada a não ser em Tuppence.

– Eu também. Pelo menos não esqueci o dia 29, mas isso nem se compara com a importância de encontrar Tuppence. Mas hoje é 23 e o tempo está acabando. Se é que vamos conseguir encontrá-la, tem de ser antes do dia 29; depois disso a vida dela vai estar por um fio. Eles vão se cansar desse jogo de manter uma refém. Estou começando a achar que cometemos um erro. Perdemos tempo e não fizemos avanço algum.

– Concordo com você. Fomos um par de idiotas, quisemos dar um passo maior do que as pernas. Vou parar de bancar o imbecil, e é já!

– Como assim?

– Eu explico. Vou fazer o que já deveríamos ter feito uma semana atrás. Seguirei direto para Londres e colocarei o caso nas mãos da polícia britânica. A gente quis fazer papel de detetives. Detetives! Que bela estupidez! Para mim chega! Quero a Scotland Yard!

– Você tem razão – disse Tommy pausadamente. – Meu Deus, a gente devia ter ido à polícia logo no início.

– Antes tarde do que nunca. Parecemos uma dupla de criancinhas brincando de pega-pega e esconde-esconde. Agora vou bater à porta da Scotland Yard e pedir que me peguem pela mão e me digam direitinho o que fazer. Acho que o profissional é sempre melhor que o amador. Você vem comigo?

Tommy balançou a cabeça.

– De que adianta? Um de nós é suficiente. Acho melhor ficar por aqui e xeretar por mais algum tempo. *Talvez* aconteça alguma coisa. Nunca se sabe.

– Sim... Tudo bem. Então, até mais. Vou num pé e volto no outro, trazendo comigo alguns inspetores da polícia. Vou pedir para selecionarem os melhores e mais experientes.

Mas as coisas não saíram como Julius planejara. Mais tarde, naquele mesmo dia, Tommy recebeu um telegrama:

Encontre-se comigo no Midland Hotel de Manchester. Notícias importantes

JULIUS.

Às sete e meia da noite Tommy desembarcou de um vagaroso trem, cuja linha cortava o país de uma ponta à outra. Julius já estava na plataforma.

– Achei mesmo que, se você não tivesse saído e lesse o meu telegrama assim que o recebesse, viria neste trem.

Tommy agarrou-o pelo braço.

– O que aconteceu? Encontraram Tuppence?

Julius balançou a cabeça de um lado para o outro.

– Não. Mas encontrei isto aqui me esperando em Londres. Tinha acabado de chegar.

Entregou o telegrama a Tommy, que leu e arregalou os olhos:

Jane Finn encontrada. Venha imediatamente ao Midland Hotel em Manchester

– Peel Edgerton.

Julius pegou de novo o telegrama e dobrou-o.

– Estranho – disse o norte-americano, absorto. – Achei que aquele advogado tinha abandonado o caso!

CAPÍTULO 19

Jane Finn

– O meu trem chegou há meia hora – explicou Julius enquanto saíam da estação. – Achei que você viria neste mesmo, e antes de partir de Londres telegrafei a sir James avisando-o. Ele já reservou quartos para nós e virá jantar conosco às oito.

– O que fez você pensar que ele tinha perdido o interesse pelo caso? – perguntou Tommy, com curiosidade.

– O que ele mesmo disse – respondeu Julius secamente. – O velho é fechado como uma ostra! Como todos os malditos advogados, ele não ia se comprometer enquanto não tivesse certeza de que daria conta do recado.

– Estou aqui pensando com meus botões – disse Tommy com ar meditativo.

Julius virou-se para ele.

– Pensando em quê?

– Se esse foi o verdadeiro motivo dele.

– Claro que sim. Pode apostar sua vida.

Tommy balançou a cabeça, sem se convencer.

Sir James chegou pontualmente às oito horas e Julius apresentou-o a Tommy. Sir James apertou com entusiasmo a mão do rapaz.

– Muito prazer em conhecê-lo pessoalmente, sr. Beresford. A srta. Tuppence falou tantas vezes a seu respeito – sorriu involuntariamente – que tenho a impressão de que já o conheço bem.

– Obrigado, senhor – respondeu Tommy, com o seu sorrisinho simpático. Com olhar perscrutador, examinou o advogado de alto a baixo. Como Tuppence, sentiu o magnetismo da personalidade do homem. Lembrou-se do sr. Carter. Embora fossem totalmente diferentes na aparência física, ambos causavam no interlocutor a mesma impressão. Por trás do semblante cansado de um e sob a discrição profissional do outro, o mesmo tipo de intelecto, afiado como uma espada.

Por sua vez, Tommy percebeu que também era alvo do escrutínio de sir James, que o observava atentamente com um olhar penetrante. Quando o advogado baixou os olhos, o rapaz teve a impressão de que seu íntimo havia sido lido como um livro aberto da primeira à última página. Tommy podia apenas imaginar qual tinha sido o juízo formulado pelo advogado, mas era ínfima a chance de que viesse a descobrir. Sir James absorvia tudo, mas soltava apenas o que queria. Segundos depois ocorreu uma prova disso.

Imediatamente após os primeiros cumprimentos, Julius desatou a disparar uma enxurrada de perguntas ansiosas. Como sir James conseguira encontrar a jovem desaparecida? Por que não avisou que continuava trabalhando no caso? E assim por diante.

Sir James alisava o queixo e sorria. Por fim, disse:

– Certo! Certo! Bem, a jovem foi encontrada. E isso é o principal, não é? Então! Diga, não é o mais importante?

– Claro. Mas como o senhor descobriu a pista certa? A srta. Tuppence e eu pensamos que o senhor tinha abandonado de vez o caso.

– Ah! – o advogado fuzilou com os olhos o norte-americano e retomou os afagos no queixo. – O senhor pensou isso, foi? Pensou mesmo? Hum, puxa!

– Mas acho que posso concluir que estávamos enganados – prosseguiu Julius.

– Bem, não sei se eu iria tão longe a ponto de afirmar isso com todas as letras. Mas com certeza é uma tremenda sorte para todos os interessados que tenhamos conseguido encontrar a jovem.

– Mas onde está ela? – quis saber Julius, desviando para outro rumo seus pensamentos. – Pensei que o senhor faria questão de trazê-la consigo.

– Isso dificilmente seria possível – justificou sir James, com o semblante carregado.

– Por quê?

— Porque a jovem se envolveu num acidente de trânsito: foi atropelada e teve ferimentos leves na cabeça. Foi levada a uma enfermaria e, quando recobrou a consciência, disse que se chamava Jane Finn. Quando... ah!... tive conhecimento dessa notícia, tomei providências para que ela fosse transferida para a clínica de um médico, um amigo meu, e imediatamente enviei o telegrama ao senhor. Ela teve uma recaída e voltou a ficar inconsciente; desde então, não falou mais.

— Os ferimentos são graves?

— Ah, apenas um hematoma e um ou dois arranhões; a bem da verdade, do ponto de vista médico é absurdo que ferimentos tão leves tenham produzido esses sintomas. O mais provável é que o estado dela seja atribuído ao choque mental consequente da recuperação da memória.

— A memória dela voltou? — perguntou Julius, com um berro eufórico.

Sir James bateu na mesa, com evidente impaciência.

— Sem dúvida, sr. Hersheimmer, já que ela soube dizer o nome verdadeiro. Julguei que o senhor tivesse prestado atenção a esse ponto.

— E, por um feliz acaso, o senhor estava no local certo — comentou Tommy. — Parece um conto de fadas.

Mas sir James era precavido demais para morder a isca da insinuação.

— Coincidências são coisas curiosas — rebateu, secamente.

Contudo, agora Tommy tinha certeza do que antes apenas suspeitara. A presença de sir James em Manchester não era acidental. Longe de ter abandonado o caso, conforme Julius supusera, o velho saiu por conta própria ao encalço da jovem desaparecida e foi bem-sucedido na missão de localizá-la. A única coisa que intrigava Tommy era o motivo de tanto sigilo. Concluiu que era um defeito dos homens que têm uma "mente jurídica".

Julius continuava falando.

— Depois do jantar — anunciou —, sairei imediatamente daqui para ver Jane.

— Isso será impossível, creio eu — disse sir James. — É muito pouco provável que ela tenha permissão para receber visitas a esta hora da noite. Sugiro que o senhor vá amanhã, por volta de dez da manhã.

Julius corou. Havia em sir James alguma coisa que sempre o instigava ao antagonismo. Era um conflito de duas personalidades um tanto ativas e prepotentes.

— Mesmo assim, acho que a visitarei esta noite, e verei se consigo dar um jeitinho de convencê-los a me poupar desses regulamentos imbecis.

— Será totalmente inútil, sr. Hersheimmer.

Essas palavras saíram da boca do advogado como um estampido de revólver; Tommy ergueu os olhos, sobressaltado. Julius estava nervoso e agitado. A mão com que levou o copo aos lábios tremia um pouco, mas os seus olhos enfrentaram os de sir James numa expressão desconfiada, de desafio. Por um momento a hostilidade entre os dois homens parecia fadada a explodir e se converter em chamas, mas por fim Julius baixou os olhos, derrotado.

– Por ora, acho que o senhor é que manda.

– Obrigado – respondeu sir James. – Estamos combinados então, às dez da manhã? – Com a mais perfeita naturalidade de gestos, o jurista voltou-se para Tommy. – Devo confessar, sr. Beresford, que para mim foi uma surpresa vê-lo aqui esta noite. A última vez que ouvi falar no senhor, os seus amigos estavam por demais angustiados por sua causa. Havia dias que não recebiam notícias suas, e a srta. Tuppence parecia inclinada a acreditar que o senhor estava metido em sérias dificuldades.

– E estava mesmo! – Tommy sorriu ao se lembrar dos eventos do passado recente. – Nunca na minha vida me vi numa enrascada tão grande.

Com a ajuda das perguntas de sir James, o rapaz fez um relato abreviado das suas aventuras. Quando chegou ao fim da narrativa, o advogado fitou-o com renovado interesse.

– O senhor se livrou muito bem do aperto – disse o jurista, extremamente sério. – Meus parabéns. Demonstrou uma boa dose de inteligência e desempenhou muito bem o seu papel.

Com o elogio, Tommy enrubesceu e seu rosto adquiriu um matiz avermelhado semelhante à cor do camarão.

– Eu jamais teria escapado se não fosse pela moça, senhor.

– Não – Sir James esboçou um sorriso. – Foi sorte sua que ela tenha acabado... há... simpatizando com a sua pessoa. – Tommy quis protestar, mas sir James continuou. – Não resta dúvida de que ela faz parte da quadrilha, estou certo?

– Creio que não, senhor. Pensei que talvez o bando a mantivesse lá à força, mas o comportamento dela não está de acordo com essa hipótese. Como o senhor já sabe, ela voltou para junto deles quando teve a chance de escapar!

Sir James meneou a cabeça, pensativo.

– O que ela disse? Alguma coisa sobre querer voltar para junto de Marguerite?

– Sim. Creio que ela se referia à sra. Vandemeyer.

– Que sempre assinava como Rita Vandemeyer. Todos os amigos a chamavam de Rita. Mas suponho que talvez a moça tivesse o hábito de chamá-la pelo nome inteiro. E no momento em que ela exigia ser levada para junto de Marguerite, a sra. Vandemeyer estava morta ou à beira da morte! Curioso! Há um ou dois pontos que para mim ainda são obscuros, por exemplo, a repentina mudança de atitude da moça com relação ao senhor. A propósito, a polícia revistou a casa, não?

– Sim, senhor, mas o bando já tinha fugido.

– É claro – disse sir James, curto e grosso.

– E não deixaram pista alguma.

– Não me admiro... – o advogado tamborilou a mesa, distraído com os próprios pensamentos.

Algo no tom da sua voz fez Tommy encará-lo. Seria possível que os olhos daquele homem tinham visto um vislumbre de luz quando os dele estiveram cegos? De maneira irrefletida, declarou:

– Eu gostaria que o senhor tivesse estado lá para revistar a casa!

– Eu também gostaria – respondeu sir James serenamente. Ficou em silêncio por um momento. Depois ergueu os olhos. – E desde então? O que o senhor tem feito?

Tommy fitou-o por um momento. Então se deu conta de que obviamente o advogado ainda não sabia.

– Eu me esqueci que o senhor não sabe a respeito de Tuppence – argumentou o rapaz, pausadamente. Mais uma vez foi tomado pela mesma dolorosa ansiedade, por algum tempo esquecida na euforia de saber que Jane Finn fora por fim encontrada.

Com um movimento brusco, o advogado largou a faca e o garfo.

– Aconteceu alguma coisa com a srta. Tuppence? – A sua voz era como um gume afiado.

– Ela desapareceu – disse Julius.

– Quando?

– Há uma semana.

– Como?

Sir James disparou uma batelada de perguntas. No intervalo entre uma e outra, Tommy e Julius narraram a história da última semana e as suas investigações inúteis.

Sir James foi imediatamente ao cerne da questão.

– Um telegrama assinado com o seu nome? Para lançarem mão desse ardil eles tinham de saber muita coisa a respeito da sua relação com a srta. Tuppence. Não estavam tão certos de quanto o senhor descobrira naquela casa. O sequestro da srta. Tuppence é o contragolpe à sua fuga. Meu jovem, se necessário eles calarão a sua boca usando a ameaça do que pode acontecer à srta. Tuppence.

Tommy assentiu.

– É exatamente o que eu penso, senhor.

Sir James fitou-o com olhar penetrante.

— *O senhor* já tinha chegado a essa mesma conclusão, não? Nada mal, nada mal mesmo. O curioso é que quando o fizeram prisioneiro eles por certo nada sabiam a seu respeito. O senhor tem realmente certeza de que não acabou, de alguma maneira, revelando a sua identidade?

Tommy balançou a cabeça.

— Isso mesmo — concordou Julius, assentindo. — Portanto, sou da opinião de que alguém abriu o bico e avisou a quadrilha... e não antes de domingo à tarde.

— Sim, mas quem?

— O tal do todo-poderoso e onisciente sr. Brown, é claro!

Na voz do norte-americano havia uma leve nota de zombaria, o que levou sir James a erguer os olhos rispidamente.

— O senhor não acredita no sr. Brown, sr. Hersheimmer?

— Não, senhor, não acredito — retrucou Julius enfaticamente. — Não como os senhores imaginam, quero dizer. A meu ver ele é um testa de ferro, uma lenda, apenas um nome de fantasma para assustar crianças. O verdadeiro cabeça desse negócio é aquele sujeito russo, Kramenin. Acho que, se ele quiser, é bem capaz de comandar revoluções em três países ao mesmo tempo! O tal Whittington talvez seja o chefão da sucursal inglesa.

— Discordo do senhor — rebateu sir James, lacônico. — O sr. Brown existe. — Voltou-se para Tommy. — Por acaso o senhor observou de onde o telegrama foi passado?

— Não, senhor. Infelizmente não.

— Hum. Ele está com o senhor?

— Está lá em cima, na minha mala.

— Eu gostaria de dar uma olhada no telegrama. Não há pressa. Os senhores já desperdiçaram uma semana — Tommy baixou a cabeça —, então um dia a mais não faz diferença. Primeiro trataremos da questão da srta. Jane Finn. Depois tentaremos resgatar a srta. Tuppence do cativeiro. A meu ver ela não corre perigo imediato. Isto é, pelo menos enquanto eles ignorarem que estamos com Jane Finn e que ela recuperou a memória. Precisamos manter essa informação em sigilo a todo custo. Os senhores compreendem?

Os outros dois concordaram; e depois de acertar os detalhes do encontro do dia seguinte, o formidável advogado se despediu.

Às dez horas em ponto os dois rapazes estavam no lugar marcado. Sir James encontrou-os nos degraus da porta de entrada. O jurista era o único que parecia estar calmo. Apresentou-os ao médico.

— Sr. Hersheimmer, sr. Beresford, dr. Roylance. Como está a paciente?

— Passa bem. Evidentemente ela não tem noção da passagem do tempo. Hoje de manhã perguntou quantos passageiros do *Lusitania* foram salvos. E se a notícia já tinha saído nos jornais. Isso era de se esperar, é claro. Contudo, ela parece preocupada com alguma coisa.

– Acho que podemos aliviar a ansiedade dela. Temos permissão para subir?

– É claro.

O coração de Tommy começou a pulsar perceptivelmente mais rápido enquanto o pequeno grupo seguia o médico escada acima. Jane Finn, afinal! A tão procurada, a misteriosa, a esquiva Jane Finn! Até então, encontrá-la parecia uma façanha absurdamente improvável! E ali naquela clínica, com a memória recuperada quase que por milagre, estava a moça que tinha nas mãos o futuro da Inglaterra. Tommy não conseguiu evitar que uma espécie de gemido irrompesse de seus lábios. Se ao menos Tuppence pudesse estar ao seu lado para compartilhar o triunfante desfecho do empreendimento de aventuras que a dupla havia idealizado! Depois, decidido, deixou de lado a lembrança de Tuppence. Sua confiança em sir James tinha aumentado. Ali estava um homem que com toda certeza não se cansaria de escarafunchar até descobrir o paradeiro de Tuppence. Nesse meio-tempo, Jane Finn! Mas, de repente, uma sensação de pavor oprimiu seu coração. Parecia fácil demais... E se a encontrassem morta... fulminada pela mão do sr. Brown?

Um minuto depois ele estava rindo dessas fantasias melodramáticas. O médico abriu e segurou a porta de um dos quartos e eles entraram. Na cama branca, com a cabeça envolta em ataduras, estava a jovem. Em certo sentido a cena toda parecia irreal. Tudo correspondia com tanta exatidão ao que era de se esperar que o efeito resultante dava a impressão de ser uma bela encenação.

Com olhos bem abertos de admiração, a moça fitou um por um. Sir James foi o primeiro a falar.

– Srta. Finn, este é seu primo, o sr. Julius P. Hersheimmer.

Um ligeiro rubor passeou pelo rosto da jovem quando Julius avançou e segurou sua mão.

– Como está, prima Jane? – ele perguntou, em tom alegre. Mas Tommy detectou um tremor na voz do norte-americano.

– Você é mesmo o filho do tio Hiram? – perguntou a jovem, surpresa.

A voz dela, com algo da calorosa simpatia do sotaque do Oeste, tinha uma qualidade quase emocionante. Tommy teve a sensação de que a voz era vagamente familiar, mas julgou impossível e descartou a impressão.

– Com certeza.

– Costumávamos ler sobre tio Hiram nos jornais – continuou a jovem, com sua voz suave. – Mas nunca pensei que um dia conheceria você. A mamãe dizia que o tio Hiram nunca a perdoaria, nunca deixaria de sentir rancor dela.

– O velho era assim – admitiu Julius. – Mas acho que a geração nova é um tanto diferente. Rixas de família não servem de nada. Assim que a guerra terminou, a primeira coisa em que pensei foi vir para cá e procurar você.

Uma sombra passou pelo rosto da moça.

– Eles me contaram coisas... coisas pavorosas... que eu perdi minha memória, que nunca vou conseguir me lembrar de certos anos, anos perdidos da minha vida.

– E você não se deu conta disso?

A moça arregalou os olhos.

– Não. Para mim parece que foi ontem que nos empurraram dentro daqueles botes salva-vidas. Ainda agora posso ver tudo! – Fechou os olhos, num estremecimento de medo.

Julius olhou para sir James, que meneou a cabeça.

– Não precisa se preocupar. Não vale a pena. Agora escute, srta. Jane. Há uma coisa que desejamos saber. A bordo daquele navio havia um homem portando papéis muito importantes, e pessoas influentes deste país foram informadas de que esses papéis foram entregues à senhorita. É verdade?

A jovem hesitou, olhando de relance para os dois outros homens. Julius compreendeu.

– O sr. Beresford foi contratado pelo governo britânico para recuperar aqueles documentos. Sir James Peel Edgerton é membro do Parlamento e, se quisesse, poderia ser uma figura de destaque do Governo. Foi graças a ele que finalmente conseguimos encontrar você. Por isso, pode ficar tranquila, e conte-nos toda a história. Danvers entregou os papéis à senhorita?

– Sim. Ele disse que comigo os documentos teriam melhores chances, porque no navio as mulheres e as crianças seriam salvas primeiro.

– Exatamente como pensamos – disse sir James.

– Ele disse que eram muito importantes, que poderiam fazer toda a diferença para os Aliados. Mas, se isso já foi há tanto tempo, e se a guerra já terminou, de que isso importa agora?

– Creio que a história se repete, Jane. Primeiro houve um estardalhaço por causa desses papéis, depois a coisa esfriou, agora o alvoroço recomeçou de novo... por motivos muito diferentes. A senhorita pode então nos entregar imediatamente os documentos?

– Não posso.

– O quê?

– Não estão comigo.

– Não estão... com... a senhorita? – Julius pontuou as palavras com pequenas pausas.

– Não. Eu os escondi.

– *Escondeu?*

– Sim. Fiquei apreensiva. Parecia que eu estava sendo vigiada. Fiquei com medo, muito medo – ela levou a mão à cabeça. – É quase a última coisa de que me lembro antes de acordar no hospital...

– Continue – pediu sir James, com a sua voz calma e penetrante. – De que a senhorita se lembra?

Ela virou-se para ele, obedientemente.

– Eu estava em Holyhead. Tomei aquele caminho, não me lembro por quê...

– Isso não importa. Continue.

– Na confusão do cais eu me esgueirei e saí de fininho. Ninguém me viu. Peguei um táxi. Pedi ao motorista que me levasse para fora da cidade. Quando chegamos à estrada, fiquei atenta. Nenhum outro automóvel nos seguia. Vi uma trilha ao lado da estrada. Pedi ao taxista que parasse e me esperasse.

Fez uma pausa, depois continuou.

– A trilha levava a um penhasco e de lá desembocava no mar, em meio a uma porção de tojos amarelos... arbustos que pareciam chamas douradas. Olhei ao redor. Não havia vivalma à vista. Na pedra, bem na altura da minha cabeça, notei um buraco. Era bem pequeno, mal consegui enfiar a minha mão, mas vi que era bastante fundo. Desatei do pescoço o pacotinho de lona e empurrei-o buraco adentro, o mais longe que eu pude. Depois arranquei uns pedaços de tojos... minha nossa, como eram pontiagudos!, e com eles tapei o buraco, de modo que ninguém conseguiria perceber que havia uma fenda ali. Depois observei atentamente o lugar e gravei-o na mente, para assim poder encontrá-lo de novo. Naquele exato ponto da trilha havia uma pedra arredondada e esquisita, muito parecida com um cachorro de pé sobre duas patas, em posição de expectativa. Voltei para a estrada. O carro estava me esperando e voltamos para a cidade. Entrei no trem. Senti um pouco de vergonha por achar que talvez estivesse imaginando coisas, mas logo depois reparei que o homem sentado à minha frente piscava para a mulher ao meu lado, e mais uma vez fiquei apavorada, mas contente por ter deixado os papéis a salvo. Saí ao corredor para tomar um pouco de ar. Pensei em mudar de vagão, mas a mulher me chamou e me avisou que eu tinha deixado cair alguma coisa no chão, e quando me abaixei para ver, alguém me acertou uma pancada, aqui – colocou a mão na parte de trás da cabeça. – Não me lembro de mais nada, até que acordei no hospital.

Silêncio.

– Muito obrigado, srta. Finn – foi sir James quem falou. – Espero que não tenhamos feito a senhorita se cansar.

— Oh, não, tudo bem. A minha cabeça está doendo um pouco, mas de resto sinto-me bem.

Julius deu um passo à frente e mais uma vez segurou a mão da moça.

— Até breve, prima Jane. Estarei ocupado procurando esses papéis, mas voltarei em dois tempos e prometo levar você comigo para Londres, e garanto que você vai se divertir como nunca na vida; depois vamos voltar de vez para os Estados Unidos. Estou falando sério. Por isso trate de ficar boa bem depressa.

CAPÍTULO 20

Tarde demais

Na rua, os três homens realizaram um conselho de guerra informal. Sir James tirou o relógio do bolso.

— O trem até os barcos de Holyhead para em Chester às 12h14. Se os senhores se puserem a caminho imediatamente, conseguirão pegar a baldeação.

Tommy encarou-o, intrigado.

— Para que tanta pressa, senhor? Hoje ainda é dia 24.

— Sou da opinião que é sempre uma boa coisa acordar bem cedo – intrometeu-se Julius, antes que o advogado tivesse tempo de responder.

— Vamos correndo para a estação.

Um pequeno vinco surgiu na testa de sir James.

— Eu adoraria acompanhá-los. Mas tenho uma reunião às duas horas. Infelizmente.

Era mais que evidente o tom de relutância da sua voz. Por outro lado, Julius pareceu bastante inclinado a suportar com a maior tranquilidade do mundo a ausência do advogado.

— Acho que essa história não tem complicação alguma – ele comentou. – É apenas uma brincadeira de esconde-esconde, nada mais.

— Espero que sim – disse sir James.

— Claro que é. O que mais poderia ser?

— O senhor ainda é jovem, sr. Hersheimmer. Quando chegar à minha idade, talvez já tenha aprendido uma lição: "Nunca subestime seu adversário".

O tom solene da sua voz impressionou Tommy, mas não teve o menor efeito sobre Julius.

— O senhor pensa que o sr. Brown é capaz de aparecer? Se ele der as caras, estou prontinho para ele! – deu uma palmada no bolso. – Eu ando com uma arma. O meu Pequeno Willie* aqui me acompanha aonde quer que eu vá – ele sacou do bolso uma automática de aparência mortífera e deu nela tapinhas afetuosos antes de guardá-la de novo. – Mas nesta viagem não vou precisar usá-la. Não há como alguém avisar o sr. Brown.

O advogado encolheu os ombros.

– Ninguém poderia ter informado o sr. Brown do fato de que a sra. Vandemeyer tinha a intenção de traí-lo. Contudo, *a sra. Vandemeyer morreu sem falar.*

Pela primeira vez, Julius se calou; com voz mais branda, sir James acrescentou:

– Quero apenas prevenir os senhores. Adeus e boa sorte. Depois que estiverem de posse dos papéis, não corram riscos desnecessários. Se tiverem algum motivo para acreditar que estão sendo seguidos, destruam imediatamente os documentos. Boa sorte. Agora o resultado do jogo depende dos senhores.

– Apertou a mão dos rapazes.

Dez minutos depois os dois jovens estavam sentados no vagão da primeira classe, *en route* para Chester.

Durante um longo tempo nenhum deles falou. Quando por fim Julius interrompeu o silêncio, fez um comentário totalmente inesperado.

– Diga-me uma coisa, você nunca fez papel de idiota por causa de um rosto de mulher? – perguntou, absorto.

Após um momento de espanto, Tommy vasculhou a mente.

– Acho que não – respondeu por fim. – Não que eu me lembre. Por quê?

– Porque nos últimos dois meses venho bancando o pateta sentimental por causa de Jane! No primeiro instante em que pus os olhos no retrato dela, o meu coração aprontou todas as estripulias que se lê nos romances. Tenho um pouco de vergonha de confessar isto, mas vim para cá determinado a encontrá-la, consertar as coisas e levá-la de volta como sra. Julius P. Hersheimmer!

– Oh! – exclamou Tommy, pasmo.

Julius descruzou bruscamente as pernas e continuou:

– Isso mostra como um homem pode fazer papel de bobo! Bastou botar meus olhos nela em pessoa, e fiquei curado!

Cada vez mais sem palavras, Tommy soltou outro "Oh!".

– Não que eu esteja desfazendo de Jane, veja bem – continuou o norte-americano. – Ela é uma garota muito bacana e não faltarão homens que se apaixonem por ela.

– Achei ela muito bonita – disse Tommy, readquirindo a fala.

---

* Referência a "Little Willie", o primeiro protótipo de tanque de guerra testado pelos ingleses em 1915, durante a Primeira Guerra Mundial. (N.T.)

— Claro que é. Mas nem um pouco parecida com a foto, nem de longe. Quer dizer, acho que em certo sentido ela é um pouco parecida, deve ser, porque a reconheci logo de cara. Se eu a visse no meio de uma multidão, eu diria "conheço o rosto daquela garota", na mesma hora e sem qualquer hesitação. Mas havia alguma coisa naquele retrato – Julius balançou a cabeça e soltou um suspiro. – Acho que casos de amor são uma coisa muito esquisita!

— Devem ser – rebateu Tommy com frieza –, se você vem para cá apaixonado por uma garota e quinze dias depois pede outra em casamento.

Julius teve a dignidade de se mostrar desconcertado.

— Veja bem, tive a enfadonha sensação de que nunca encontraria Jane... e de qualquer modo aquilo foi pura tolice da minha parte. E, depois... bem, os franceses, por exemplo, são muito mais sensatos na maneira de encarar as coisas. Para eles, casos de amor e casamento são diferentes.

Tommy corou.

— Raios me partam! Quer dizer então...

Julius se apressou em interrompê-lo.

— Calma, não tire conclusões precipitadas. Eu não quero dizer o que você pensa que eu quero dizer. Acho inclusive que os norte-americanos são mais moralistas do que vocês. O que eu quis dizer é que os franceses encaram o casamento como um negócio, uma transação comercial... duas pessoas adequadas uma para a outra se encontram, acertam a questão financeira e resolvem tudo em termos práticos, com espírito mercantil.

— Na minha opinião – disse Tommy –, hoje em dia todos nós somos mercantis até demais. Estamos sempre perguntando, "quanto isso vai me render?". Os homens já são terríveis nesse quesito, e as mulheres ainda piores!

— Esfrie a cabeça, rapaz. Não se exalte.

— Eu me sinto exaltado – rebateu Tommy.

Julius fitou o interlocutor e julgou melhor não dizer mais nada.

Entretanto, Tommy teve tempo de sobra para se acalmar até chegarem a Holyhead, e o alegre sorriso já tinha voltado ao seu rosto quando desembarcaram em seu destino.

Depois de pedirem informações e consultarem um mapa rodoviário, os dois rapazes já tinham uma boa ideia do caminho a seguir; sem mais demora, pegaram um táxi e rumaram para a estrada que levava a Treaddur Bay. Instruíram o taxista a ir bem devagar e observaram minuciosamente toda a área, a fim de que a trilha mencionada por Jane não passasse despercebida. Não muito tempo depois de terem saído da cidade, chegaram ao local que correspondia à descrição. Tommy imediatamente pediu ao motorista que parasse o carro e, num tom informal, perguntou se aquela vereda levava ao mar. O taxista respondeu que sim, e Tommy pagou a corrida com uma generosa gorjeta.

Momentos depois o táxi deu meia-volta e retornou vagarosamente para Holyhead. Tommy e Julius esperaram até que o carro sumisse de vista e depois se encaminharam para a estreita trilha.

– Será que esta é a certa? – perguntou Tommy com ar de dúvida. – Simplesmente deve haver milhares destas por aqui.

– Claro que é. Olhe o tojo. Lembra-se do que Jane disse?

Tommy fitou as densas sebes cobertas de flores amarelo-douradas que margeavam a trilha de ambos os lados e se convenceu.

Desceram um atrás do outro, Julius à frente. Por duas vezes Tommy olhou por cima dos ombros, inquieto. Julius se virou.

– O que há?

– Não sei. Por algum motivo, fiquei com medo. Fico imaginando que há alguém seguindo a gente.

– Impossível – disse Julius, categórico. – Teríamos visto.

Tommy teve de admitir que isso era verdade. Contudo, sua sensação de desassossego foi ficando cada vez maior. Mesmo a contragosto, acreditava na onisciência do inimigo.

– Eu bem que queria que o tal sujeito aparecesse – disse Julius, batendo no bolso. – O meu Pequeno William aqui está doido para fazer um pouco de exercício!

– Você sempre leva... seu canhão... a toda parte? – perguntou Tommy, com inflamada curiosidade.

– Quase sempre. Acho que a gente nunca sabe o que pode acontecer.

Tommy se manteve em respeitoso silêncio. Estava impressionado com o Pequeno William. A arma parecia afastar para longe a ameaça do sr. Brown.

Agora a trilha costeava a borda do despenhadeiro, paralela ao mar. De repente Julius estacou, de maneira tão inesperada que Tommy tropeçou nele.

– O que foi? – Tommy quis saber.

– Olhe. É ou não é de fazer o coração bater mais depressa?

Tommy olhou. Sobressaindo na paisagem e obstruindo quase por completo a trilha havia uma enorme pedra arredondada, sem dúvida com uma singular semelhança com um cãozinho de pé sobre duas patas, "querendo atenção".

– Bem – comentou Tommy, recusando-se a compartilhar da emoção de Julius –, é o que esperávamos encontrar, não é?

Julius fitou-o com tristeza e balançou a cabeça.

– Fleuma britânica! Sim, é o que esperávamos, mas mesmo assim me deixa aturdido ver a pedra paradinha ali, exatamente onde prevíamos!

Tommy, cuja calma talvez fosse mais fingida que natural, avançou com impaciência.

— Vamos em frente. Cadê o buraco?

Esquadrinharam palmo a palmo a superfície do rochedo. Tommy ouviu-se dizer estupidamente:

— Depois de todos esses anos, os arbustos já não devem estar no mesmo lugar de antes.

Ao que Julius respondeu num tom solene:

— Acho que você tem razão.

De repente Tommy apontou, com a mão trêmula.

— E aquela fenda ali?

Julius respondeu com voz apavorada:

— É ali, com certeza.

Os dois entreolharam-se.

Uma recordação passou pela mente de Tommy:

— Quando eu estava na França, toda vez que por um ou outro motivo o meu bagageiro não conseguia me ver a fim de prestar serviços, mais tarde sempre me dizia que tinha experimentado uma sensação esquisita. Nunca acreditei muito naquele praça. Mas se era ou não verdade, essa sensação *existe*. Estou sentindo-a agora. E intensamente!

Tommy contemplou a rocha com uma espécie de paixão agônica.

— Com mil diabos! — gritou. — É impossível! Cinco anos! Pense nisso! Garotos procurando ninhos de pássaros, piqueniques, milhares de pessoas passando nesta área! Não pode estar aí! A probabilidade é de um em cem. É ilógico, contrário à razão!

De fato ele julgava ser impossível — mais ainda, talvez, porque não era capaz de acreditar no seu próprio êxito onde tantos outros haviam fracassado. A coisa parecia fácil demais, portanto não podia ser verdade. O buraco estaria vazio.

Julius fitou Tommy com um largo sorriso.

— Agora acho que você está aturdido — declarou alegremente. — Bom, lá vamos nós! — Enfiou a mão fenda adentro e fez uma ligeira careta. — É estreito. A mão de Jane deve ser bem menor do que a minha. Não estou sentindo nada... não... espere aí, o que é isto? Meu Deus do céu! — e, com um gesto ágil, agitou no ar um pequeno pacote desbotado. — São os papéis. Costurados num invólucro de lona. Segure-o enquanto pego o meu canivete.

O inacreditável tinha acontecido. Tommy segurou com ternura o precioso pacotinho entre as mãos. Haviam triunfado!

— É esquisito — murmurou —, mas era de se pensar que as costuras já tivessem apodrecido. Estas parecem novas em folha.

Com cuidado, cortaram e arrancaram a lona. Dentro havia uma pequena folha de papel dobrada. Com dedos trêmulos, eles a abriram. A folha de papel estava em branco! Os dois rapazes entreolharam-se mutuamente, atônitos.

— Uma farsa! — arriscou Julius. — Danvers era apenas uma isca?

Tommy balançou a cabeça. Essa solução não o satisfazia. De repente, a sua fisionomia iluminou-se.

— Já sei! *Tinta invisível!*

— Você acha?

— Em todo caso, vale a pena tentar. Geralmente o calor dá conta do recado. Junte uns gravetos. Vamos acender o fogo.

Em poucos minutos a pequena fogueira de gravetos e folhas ardia alegremente. Tommy aproximou da chama a folha de papel. Com o calor o papel enrugou um pouco. Nada mais.

De repente Julius agarrou o braço do companheiro e indicou o ponto em que começavam a aparecer letras numa pálida cor marrom.

— Meu Deus do céu! Você tinha razão! Vou dizer uma coisa, sua ideia foi genial! Eu nunca teria pensado nisso.

Tommy manteve o papel na mesma posição por mais alguns minutos até que julgou que o calor já tinha feito seu trabalho. E então o retirou. Um momento depois, soltou um grito.

Na folha de papel, em nítidas letras de imprensa marrons, liam-se as palavras:

Com os cumprimentos do sr. Brown.

CAPÍTULO 21

Tommy faz uma descoberta

Por alguns instantes os dois ficaram imóveis, entreolhando-se com expressão embasbacada, confusos com o choque. De algum modo, inexplicavelmente, o sr. Brown tinha se antecipado a eles. Tommy aceitou a derrota em silêncio. Julius, não:

— Mas como diabos ele chegou aqui primeiro? É isso que eu queria saber!

Tommy balançou a cabeça e, com tristeza, disse:

— Isso explica por que as costuras pareciam recentes. Devíamos ter deduzido...

— Esqueça as malditas costuras! Como foi que ele tomou a dianteira? Viemos às pressas. Era absolutamente impossível alguém chegar aqui mais rápido que nós. E, afinal de contas, como é que ele soube? Você acha que havia um ditafone no quarto de Jane? Devia haver.

Mas o bom senso de Tommy apresentou objeções.

– Ninguém poderia saber de antemão que ela estaria naquela clínica, e muito menos naquele quarto específico.

– Pois é – concordou Julius. – Então uma das enfermeiras era uma criminosa e escutou à porta. O que você acha?

– Em todo caso, agora isso já não importa – disse Tommy, impaciente. – Talvez ele tenha descoberto meses atrás, veio aqui, tirou os papéis, e depois... Não, por Deus, isso não cola! Eles teriam divulgado imediatamente o documento.

– Claro! Não, alguém chegou aqui antes de nós hoje, com uma vantagem de uma hora ou mais. Mas o que me dá nos nervos é como conseguiram fazer isso.

– Eu gostaria que aquele Peel Edgerton tivesse vindo conosco – disse Tommy, pensativo.

– Por quê? – Julius encarou-o. – A brincadeira de mau gosto foi feita enquanto estávamos a caminho daqui.

– Sim... – Tommy hesitou. Não sabia explicar os seus próprios sentimentos: a ideia ilógica de que a presença do advogado poderia de alguma maneira ter evitado a catástrofe. Retomou o seu ponto de vista anterior: – De nada adianta discutir sobre como isso aconteceu. O jogo acabou. Fracassamos. Só me resta uma coisa a fazer.

– O que é?

– Voltar a Londres o quanto antes. O sr. Carter deve ser avisado. Agora é uma questão de poucas horas até a bomba explodir. Mas, em todo caso, ele precisa receber a péssima notícia.

Era uma tarefa bastante desagradável, mas Tommy não tinha a intenção de se esquivar ao dever. Devia informar o sr. Carter de seu fracasso. Depois disso a sua missão estaria terminada. Pegou o trem-postal da meia-noite para Londres. Julius preferiu passar a noite em Holyhead.

Meia hora depois de desembarcar, exausto, faminto e pálido, Tommy apresentou-se ao seu chefe.

– Vim prestar contas, senhor. Fracassei, fracassei retumbantemente.

O sr. Carter encarou-o com olhar penetrante.

– Quer dizer que o tratado...

– Está nas mãos do sr. Brown, senhor.

– Ah! – o sr. Carter parecia calmo e a expressão do seu rosto não se alterou, mas Tommy percebeu nos olhos dele um bruxuleio de desespero. Isso, mais do que qualquer outra coisa, convenceu o rapaz de que a situação era desoladora.

– Bem – disse o sr. Carter após um ou dois minutos –, fico satisfeito que agora tenhamos confirmado essa hipótese. Não devemos fraquejar, cair de joelhos, creio eu. Precisamos fazer o que estiver ao nosso alcance.

Pela mente de Tommy faiscou a seguinte certeza: "Não há esperanças, e ele sabe que não há esperanças!".

O sr. Carter fitou o jovem.

– Não leve isso a sério demais – ele disse, com toda bondade. – O senhor fez o que pôde. Enfrentou um dos intelectos mais brilhantes do século. E chegou muito perto da vitória. Lembre-se disso.

– Obrigado, senhor. É muita bondade da sua parte.

– Culpo a mim mesmo. Tenho culpado a mim mesmo desde que recebi esta outra notícia.

Algo no tom de voz do sr. Carter atraiu a atenção de Tommy. Um novo receio afligiu seu coração.

– Há... mais alguma coisa, senhor?

– Creio que sim – respondeu o sr. Carter, solene. Estendeu a mão para pegar uma folha de papel sobre a mesa.

– Tuppence? – gaguejou Tommy.

– Leia o senhor mesmo.

As palavras datilografadas dançaram diante dos seus olhos. Era a descrição de um chapéu verde e um casaco contendo no bolso um lenço marcado com as iniciais P.L.C. A expressão angustiada do olhar de Tommy lançou uma pergunta ao sr. Carter, que respondeu:

– Apareceram na praia na costa de Yorkshire, perto de Ebury. Receio que... parece uma patifaria das mais repugnantes.

– Meu Deus! – exclamou Tommy, ofegante. – *Tuppence*! Aqueles demônios! Não descansarei enquanto não acertar as contas com eles! Vou caçar um por um! Vou...

A compaixão no rosto do sr. Carter deteve a explosão de Tommy.

– Sei como se sente, meu pobre rapaz. Mas de nada adianta. O senhor gastará inutilmente as suas forças. Pode parecer grosseria da minha parte, mas o meu conselho é: tire isso da cabeça. O tempo é misericordioso. O senhor esquecerá.

– Esquecer Tuppence? Nunca!

O sr. Carter balançou a cabeça.

– É o que o senhor pensa agora. Bem, será insuportável pensar naquela... jovem tão corajosa! Sinto muito por essa história toda, lamento terrivelmente.

Tommy voltou a si, num sobressalto.

– Estou tomando o seu tempo, senhor – ele disse, com esforço. – O senhor não precisa se culpar. Creio que eu e ela fomos um par de jovens tolos por termos aceitado essa missão. O senhor nos advertiu mais de uma vez. Mas juro por Deus que eu preferia que *eu*, e não ela, acabasse pagando o pato. Adeus, senhor.

De volta ao Ritz, Tommy colocou na mala as suas coisas, maquinalmente, com o pensamento distante. Ainda se sentia desnorteado pela introdução da tragédia na sua existência alegre e banal. Como haviam se divertido juntos, ele e Tuppence! E agora... ah, ele mal podia acreditar – não podia ser verdade! *Tuppence morta!* A pequena Tuppence, transbordante de vida! Era um sonho, um sonho horrível. Nada mais.

Trouxeram-lhe um bilhete, algumas bondosas palavras de solidariedade enviadas por Peel Edgerton, que tinha lido a notícia nos jornais. Publicou-se uma manchete em letras garrafais: ex-voluntária de guerra teria morrido afogada. O bilhete terminava com uma oferta de emprego numa fazenda na Argentina, onde sir James tinha negócios.

– Sujeito generoso! – murmurou Tommy, jogando o papel para o lado.

A porta se abriu e Julius entrou com a sua habitual violência. Trazia na mão um jornal.

– Escute aqui, que história é esta? Parece que tiveram uma ideia louca a respeito de Tuppence.

– É a verdade – murmurou Tommy.

– Está me dizendo que deram cabo dela?

Tommy fez que sim com a cabeça.

– Minha teoria é a seguinte: assim que encontraram o tratado, Tuppence deixou de ter utilidade para eles e ficaram com medo de libertá-la.

– Malditos sejam! – exclamou Julius. – A pequena pobre Tuppence! Era a garota mais corajosa...

Mas de repente alguma coisa pareceu estalar no cérebro de Tommy. Ele se pôs de pé.

– Ora, não me venha com essa! O fato é que você não dá a mínima, vá se danar! Você a pediu em casamento desse seu jeito frio e nojento, mas eu a *amava*. Eu daria a minha alma para impedir que ela sofresse. Eu me resignaria, não diria uma só palavra e deixaria que ela se casasse com você, porque você poderia dar a Tuppence o tipo de vida que ela merecia ter, enquanto eu não passo de um pobre coitado sem um tostão no bolso. Mas eu jamais ficaria indiferente!

– Escute uma coisa – pediu Julius, comedido.

– Ora, vá para o diabo que o carregue! Não aguento mais ouvir você falando da "pequena Tuppence". Vá cuidar da sua prima. Tuppence é a minha garota! Eu sempre a amei, desde que brincávamos juntos quando crianças. Crescemos e tudo continuou igual. Nunca me esquecerei de quando eu estava no hospital e ela entrou com aquela touca e avental ridículos. Foi como um milagre ver a garota que eu amava aparecer num uniforme de enfermeira...

Mas Julius o interrompeu.

– Uniforme de enfermeira! Minha nossa! Devo estar perdendo o juízo! Eu poderia jurar que também vi Jane com uma touca de enfermeira. E isso é absolutamente impossível! Não, por Deus, já sei! Foi ela que eu vi conversando com Whittington naquela clínica em Bournemouth. Ela não era uma paciente lá! Era enfermeira!

– Pois eu acho – disse Tommy, furioso – que provavelmente ela está do lado deles desde o início. Para começo de conversa, não me espantaria se foi ela quem roubou os papéis de Danvers...

– Diabos me carreguem se ela fez uma coisa dessas! – gritou Julius. – Ela é minha prima e é a garota mais patriota que existe!

– Não dou a mínima para o que ou quem ela é, mas suma já daqui! – rebateu Tommy, em altos brados.

Os dois rapazes estavam a ponto de trocar socos. Mas, de repente, de forma abrupta e quase mágica, antes que chegassem às vias de fato, o furor de Julius amainou.

– Tudo bem, meu caro – ele disse, com calma. – Vou embora. Não culpo você por essas coisas que está dizendo. Sorte minha que você as tenha dito. Fui o maior imbecil e estúpido que se possa imaginar. Acalme-se – Tommy tinha feito um gesto de impaciência. – Já estou indo, e ao sair daqui vou para a estação da ferrovia London and North Western, se quiser saber.

– Pouco me interessa para onde você vai – vociferou Tommy.

Quando a porta se fechou atrás de Julius, Tommy retomou a arrumação de sua bagagem.

– Tudo pronto – murmurou e tocou a campainha.

– Leve a minha bagagem para baixo.

– Sim, senhor. Está indo embora, senhor?

– Estou indo para o diabo que me carregue – rosnou Tommy, sem consideração pelos sentimentos do mensageiro do hotel.

Contudo, apesar da grosseria, o funcionário limitou-se a responder respeitosamente:

– Sim, senhor. Quer que eu chame um táxi?

Tommy fez que sim com a cabeça.

Para onde iria? Não fazia a menor ideia. Além de uma determinação fixa de ajustar as contas com o sr. Brown, não tinha plano algum. Releu a carta de sir James e balançou a cabeça. Precisava vingar Tuppence. Contudo, fora bondade do velho.

– Acho que é melhor responder – ele foi até a escrivaninha. Com a habitual frieza dos quartos de hotel, em meio ao material de correspondência disponível encontrou numerosos envelopes, mas nenhuma folha de papel. Tocou a campainha. Ninguém veio. Tommy ficou furioso com a demora. Depois se lembrou de que no quarto de Julius havia uma boa quantidade de papel de carta. O norte-americano anunciara sua partida imediata. Não haveria perigo de encontrá-lo. Além disso, não se importaria se o encontrasse. Estava começando a sentir vergonha do que dissera. O bom Julius até que tinha encarado tudo na esportiva. Se o encontrasse lá, pediria desculpas.

Mas o quarto estava deserto. Tommy foi até a escrivaninha e abriu a gaveta do meio. Uma fotografia, ali enfiada com o rosto descuidadamente voltado para cima, chamou sua atenção. Por um momento, ficou plantado no mesmo lugar. Depois pegou a fotografia, fechou a gaveta, caminhou vagarosamente até uma poltrona e se sentou, olhando fixamente para o retrato em sua mão.

O que diabos uma fotografia de Annette, a jovem francesa, estava fazendo na escrivaninha de Julius P. Hersheimmer?

CAPÍTULO 22

Na Downing Street

Com dedos nervosos, o primeiro-ministro tamborilou a mesa à sua frente. Sua fisionomia estava cansada e aflita. Recomeçou a conversa com o sr. Carter no ponto em que a interrompera.

– Não entendo – ele disse. – Quer dizer então que o estado de coisas não é tão desesperador, apesar de tudo?

– É o que este rapaz parece pensar.

– Deixe-me dar uma olhada nessa carta outra vez.

O sr. Carter entregou-lhe a folha de papel, coberta por uma esparramada caligrafia infantil.

Caro sr. Carter,
Ocorreu algo que me deixou chocado. É claro que posso estar simplesmente cometendo uma ridícula asneira, mas creio que não. Se as minhas conclusões estiverem corretas, aquela jovem de Manchester não passa de um embuste. A coisa toda foi arranjada de antemão, o pacote falso e tudo

mais, com o objetivo de nos fazer pensar que o caso estava liquidado – portanto, julgo que estávamos na pista certa.
Acho que sei quem é a verdadeira Jane Finn, e tenho inclusive uma boa ideia sobre o paradeiro dos papéis. Quanto aos documentos, trata-se apenas de uma hipótese, mas de certo modo sinto que no fim das contas minha teoria se provará correta. De qualquer forma, pelo sim pelo não, incluo em anexo um envelope fechado contendo as explicações. Peço que não seja aberto até o último momento, até a meia-noite do dia 28, para ser exato. Em um minuto o senhor compreenderá o porquê. Cheguei à conclusão de que aquela história sobre Tuppence também é uma farsa, e ela não morreu afogada coisa nenhuma. Meu raciocínio é o seguinte: como último recurso, eles deixarão Jane Finn escapar, na esperança de que ela esteja apenas fingindo a perda da memória e que, assim que ganhar a liberdade, volte diretamente ao esconderijo. É evidente que estão correndo um tremendo risco, porque ela sabe tudo a respeito deles, mas o fato é que estão absolutamente desesperados para pôr as mãos naquele tratado. Mas se souberem que nós recuperamos os papéis, as duas jovens não terão muito tempo de vida. Preciso fazer de tudo para libertar Tuppence antes da fuga de Jane.
Preciso de uma cópia do telegrama que foi enviado a Tuppence no Ritz. Sir James Peel Edgerton disse que o senhor pode conseguir isso. Ele é de uma inteligência espantosa.
Uma última coisa: por favor, certifique-se de aquela casa no Soho seja mantida sob vigilância dia e noite.

Atenciosamente etc.
Thomas Beresford

O primeiro-ministro ergueu os olhos:
– E o envelope?
O sr. Carter esboçou um sorrisinho seco.
– Nos cofres do Banco. Não quero correr riscos.
– Não acha – o primeiro-ministro hesitou – que seria melhor abri-lo agora? Claro que imediatamente teríamos de guardar em segurança o documento, isto é, contanto que a suposição do rapaz esteja correta. Podemos manter a coisa em sigilo absoluto.
– Podemos mesmo? Não tenho tanta certeza. Estamos rodeados de espiões por todos os lados. Assim que o segredo se tornasse conhecido, eu não daria isto aqui – estalou os dedos – pela vida das duas jovens. Não, o rapaz confiou em mim e não pretendo decepcioná-lo.

— Tudo bem, tudo bem, deixemos o segredo nos cofres, então. E o rapaz, o que me diz dele?

— Exteriormente, é o tipo comum dos jovens ingleses, de boa compleição física e cabeça-dura. É lento nos processos mentais. Por outro lado, é absolutamente impossível tirá-lo do rumo por meio da imaginação. Não tem imaginação alguma... por isso é difícil enganá-lo. Ele é lento para resolver problemas e, quando enfia algo na cabeça, não arreda pé e nunca muda de opinião. A moça é bem diferente. Mais intuição e menos bom senso. Trabalhando juntos, formam um belo par. Cadência e vigor.

— Ele parece confiante — comentou o primeiro-ministro.

— Sim, e é isso que me dá esperança. Ele é o tipo de rapaz desconfiado que só se arrisca a emitir uma opinião quando está *muito* seguro.

Um ligeiro sorriso apareceu nos lábios do primeiro-ministro.

— E é esse menino que vai derrotar a mente criminosa mais brilhante de nossa época?

— Esse menino, como o senhor diz! Mas às vezes imagino ver uma sombra por trás dele.

— Como assim?

— Peel Edgerton.

— Peel Edgerton? — disse o primeiro-ministro, perplexo.

— Sim. Vejo a mão dele *nisto* — mostrou a carta aberta. — Ele está lá, trabalhando na sombra, em silêncio, discretamente. Sempre tive a impressão de que se alguém perseguir o rastro do sr. Brown até o fim, encontrará Peel Edgerton. Escute o que eu digo: ele está no caso agora, mas não quer que ninguém saiba. A propósito, outro dia recebi um estranho pedido da parte dele.

— Qual?

— Ele me enviou o recorte de um jornal norte-americano, com uma notícia sobre o cadáver de um homem encontrado perto das docas de Nova York há cerca de três semanas. E me pediu para recolher toda e qualquer informação possível sobre o caso.

— E?

Carter deu de ombros.

— Não consegui muita coisa. Era um jovem de uns 35 anos, malvestido, rosto terrivelmente desfigurado. Não foi possível identificá-lo.

— E o senhor acredita que os dois casos têm algum tipo de ligação?

— De certo modo acredito, sim. Posso estar enganado, é claro.

Os dois homens ficaram em silêncio, depois o sr. Carter continuou:

— Pedi a Peel Edgerton que venha aqui. Não que conseguiremos arrancar dele qualquer informação que ele não queira nos dar. Os seus instintos de jurista são fortes demais. Mas não há dúvida de que ele pode lançar alguma luz sobre alguns pontos obscuros da carta de Beresford. Ah, ele acaba de chegar!

Os dois homens se levantaram para cumprimentar o recém-chegado. Um pensamento extravagante passou como um raio pela mente do premiê: "Meu sucessor, talvez!".

– Recebemos uma carta do jovem Beresford – disse o sr. Carter, indo diretamente ao assunto. – O senhor o viu, suponho.

– O senhor supõe errado – respondeu o advogado.

– Ah! – o sr. Carter ficou um pouco confuso.

Sir James sorriu, afagou o queixo e disse de bom grado:

– Ele me telefonou.

– O senhor teria alguma objeção em nos contar exatamente o que se passou entre os dois?

– Não, absolutamente não. Ele agradeceu-me por uma certa carta que eu lhe enviara, na qual, a bem da verdade, ofereci-lhe um emprego. Então ele me lembrou de algo que eu tinha dito em Manchester a respeito daquele telegrama falso que serviu de isca no rapto da srta. Cowley. Perguntei-lhe se havia acontecido alguma coisa desagradável. Ele respondeu que sim, que numa gaveta do quarto do sr. Hersheimmer ele encontrara uma fotografia – o advogado fez uma pausa, depois prosseguiu: – Perguntei se na fotografia havia o nome e o endereço de um fotógrafo da Califórnia. Ele respondeu: "Acertou na mosca, senhor. Há". Depois ele me disse algo que eu *não* sabia. Quem aparece na fotografia é a jovem francesa, Annette, que salvou a vida dele.

– O quê?

– Exatamente. Movido por certa curiosidade, perguntei ao rapaz o que ele tinha feito com a fotografia. Ele respondeu que a colocou de novo no mesmo lugar onde a encontrara – o advogado fez nova pausa. – Foi uma boa manobra, como os senhores podem ver, definitivamente uma decisão muito boa. Aquele rapaz sabe usar o cérebro. Eu o parabenizei. A descoberta foi providencial. Claro que, desde o momento em que se comprovou que a jovem de Manchester é uma farsa, tudo se alterou. O jovem Beresford chegou a essa conclusão por conta própria, sem que eu precisasse lhe dizer. Mas ele sentiu que não podia confiar no seu juízo referente ao tema srta. Cowley. Perguntou-me se eu achava que ela estava viva. Ponderando sobre todas as evidências, respondi que havia uma boa possibilidade disso. O que nos levou de volta à questão do telegrama.

– Sim?

– Aconselhei-o a pedir ao senhor uma cópia do telegrama original. Ocorreu-me que era provável que, depois que a srta. Cowley jogou o telegrama no chão, certas palavras talvez pudessem ter sido apagadas e alteradas, com a intenção expressa de colocar numa pista falsa quem eventualmente investigasse o paradeiro da jovem.

O sr. Carter concordou com um meneio de cabeça. Ato contínuo, tirou do bolso uma folha de papel e leu em voz alta:

Venha imediatamente, Astley Priors, Gatehouse, Kent. Grandes novidades
— Tommy.

— Muito simples — disse sir James — e muito engenhoso. Bastou alterarem algumas palavras e a cilada estava armada. Mas a pista mais importante eles deixaram passar.

— Qual?

— A informação fornecida pelo menino, o mensageiro do hotel, de que a srta. Cowley rumou para Charing Cross. Eles estavam tão seguros de si que deram como favas contadas que o garoto cometeu um equívoco.

— Então o jovem Beresford encontra-se agora...?

— Em Gatehouse, Kent, a não ser que eu esteja muito enganado.

O sr. Carter fitou-o com expressão de curiosidade.

— Muito me espanta que o senhor também não esteja lá, Peel Edgerton.

— Ah, estou muito atarefado com uma causa judicial.

— O senhor não estava de férias?

— Oh, eu não estava sabendo disso. Talvez fosse mais correto dizer que estou preparando uma causa. O senhor tem mais alguma informação para mim sobre aquele norte-americano?

— Infelizmente não. É importante descobrir quem ele era?

— Ah, eu sei quem ele era — esclareceu sir James pausadamente. — Ainda não posso provar. Mas sei.

Os outros dois homens não fizeram perguntas. Instintivamente julgaram que seria pura perda de tempo.

— Mas o que eu não compreendo — disse subitamente o primeiro-ministro — é como essa fotografia foi parar na gaveta do sr. Hersheimmer.

— Talvez ela nunca tenha saído de lá — sugeriu calmamente o advogado.

— Mas e o falso inspetor? O inspetor Brown?

— Ah! — exclamou sir James, absorto. Ergueu-se. — Não quero roubar o tempo dos senhores. Continuem tratando dos problemas da nação. Devo voltar à minha causa.

Dois dias depois, Julius Hersheimmer retornou de Manchester. Sobre a mesa de seu quarto havia um bilhete de Tommy:

Meu caro Hersheimmer,
Sinto muito por ter perdido a calma. Caso eu não volte a vê-lo, fica aqui o meu adeus. Recebi uma oferta de emprego na Argentina, e acho que é melhor aceitá-la.

Seu amigo,
Tommy Beresford

Um estranho sorriso demorou-se um momento no rosto de Julius. Ele arremessou o bilhete dentro da cesta de papéis.
– Aquele tolo irritante! – murmurou.

CAPÍTULO 23

Uma corrida contra o tempo

Depois de telefonar a sir James, o passo seguinte de Tommy foi fazer uma visita a South Audley Mansions. Encontrou Albert em pleno exercício dos seus deveres profissionais e, sem delongas, apresentou-se como amigo de Tuppence. Imediatamente Albert ficou à vontade.
– Nos últimos tempos tudo tem andado muito calmo – disse o garoto, pensativo. – Espero que a senhorita esteja bem, senhor.
– Essa é justamente a questão, Albert. Ela desapareceu.
– Não me diga que ela caiu nas garras dos bandidos?
– Sim.
– E agora ela está nos subterrâneos do submundo?
– Não, com mil diabos! Do que está falando?
– É só uma expressão – explicou Albert. – Nos filmes os bandidos, essa gente do submundo, sempre têm algum esconderijo subterrâneo, um porão. Será que mataram a senhorita?
– Espero que não. Por falar nisso, por acaso você não tem alguma tia velha, uma prima ou uma avó, ou qualquer outra parente do tipo que você possa alegar que esteja prestes a bater as botas?
Um leve risinho espalhou-se lentamente pelo rosto de Albert.
– Sim, senhor. A minha pobre tia que mora no campo está à beira da morte faz muito tempo, e pediu pra me ver antes de exalar o último suspiro.
Tommy inclinou a cabeça em sinal de aprovação.
– Você pode comunicar isso ao seu patrão e me encontrar na Charing Cross daqui a uma hora?

– Estarei lá, senhor. Pode contar comigo.

Como Tommy tinha imaginado, o fiel Albert revelou-se um aliado valioso. Os dois alojaram-se numa hospedaria de Gatehouse. Albert foi incumbido da tarefa de coletar informações. O que não foi nada difícil.

Astley Priors era a propriedade de um certo dr. Adams. O dono da hospedaria acreditava que o médico já não exercia mais a medicina, havia se aposentado, mas atendia alguns pacientes particulares – aqui o bom homem deu pancadinhas com o dedo na testa, num gesto de quem sabe das coisas: "Gente com um parafuso a menos! Você compreende, não?". O médico era uma figura popular no vilarejo, sempre contribuía com generosas quantias em dinheiro para apoiar os esportes locais – "um cavalheiro muito simpático e afável". Morava ali havia muito tempo? Ah, coisa de uns dez anos, talvez até mais. O cavalheiro era um cientista. Professores e outras pessoas sempre vinham da cidade para vê-lo. De qualquer modo, era uma casa alegre, sempre cheia de visitas.

Diante de toda essa volubilidade, Tommy teve dúvidas. Seria possível que aquela figura amável, sorridente, tão conhecida, na verdade fosse um perigoso criminoso? A vida do homem parecia um livro aberto, um exemplo de honestidade. Nenhum indício de ações sinistras. E se tudo não passasse de um gigantesco engano? Esse pensamento provocou um arrepio gelado em Tommy.

Depois ele se lembrou dos pacientes particulares – "gente com um parafuso a menos". Com toda cautela, perguntou se entre eles havia uma moça, e descreveu Tuppence. Mas quase nada se sabia sobre os enfermos, que raramente eram vistos do lado de fora da propriedade. E nem mesmo com uma cuidadosa descrição de Annette o dono da hospedaria deu sinais de tê-la reconhecido.

Astley Priors era um belo edifício de tijolos vermelhos, rodeado por um terreno bastante arborizado que protegia a casa e servia como um eficiente escudo contra a observação de quem passasse pela estrada.

Na primeira noite Tommy, acompanhado de Albert, explorou a área. Por causa da insistência do menino, rastejaram dolorosamente de barriga no chão, produzindo muito mais ruído do que se tivessem caminhado de pé. Em todo caso, essas precauções eram totalmente desnecessárias. A propriedade – como de resto todas as outras casas particulares após o cair da noite – parecia desabitada. Tommy tinha imaginado um possível encontro com o mais feroz cão de guarda. Na fantasia de Albert, haveria um puma ou uma serpente domesticada. Mas os dois chegaram ilesos e tranquilos a uma densa moita de arbustos perto da casa.

As cortinas da janela da sala de jantar estavam abertas. Ao redor da mesa estava reunido um numeroso grupo. O vinho do Porto passava de mão em mão. Parecia uma reunião festiva, comum e agradável. Pela janela aberta, fragmentos desconexos da conversa flutuavam desconjuntadamente e sumiam no ar da noite. Era uma acalorada discussão sobre o torneio de críquete do condado!

Mais uma vez Tommy sentiu aquele arrepio gelado da incerteza. Parecia impossível crer que aquelas pessoas não eram o que aparentavam ser. Será que mais uma vez ele tinha sido enganado? O cavalheiro de barba loura e de óculos sentado à cabeceira da mesa tinha um semblante extraordinariamente honesto e normal.

Nessa noite Tommy dormiu mal. Na manhã seguinte o incansável Albert, após firmar uma aliança com o filho do verdureiro, tomou o lugar deste e caiu nas graças da cozinheira da casa. Voltou com a informação de que ela sem dúvida era uma "dos bandidos", mas Tommy desconfiou da vivacidade da imaginação do garoto, que, quando questionado, não foi capaz de apresentar nenhum argumento que corroborasse sua afirmativa, a não ser a sua opinião pessoal de que havia na mulher algo fora do comum. Algo que se percebia logo no primeiro olhar.

Repetindo a substituição na manhã seguinte (com grandes vantagens pecuniárias para o verdadeiro filho do quitandeiro), Albert voltou com a primeira notícia auspiciosa. *Havia* uma senhorita francesa hospedada na casa. Tommy deixou de lado suas dúvidas. Ali estava a confirmação da sua teoria. Mas o tempo urgia. Já era dia 27. O dia 29 seria o alardeado "Dia dos Trabalhadores", sobre o qual crescia uma farta onda de comentários e boatos de toda espécie. Os jornais estavam ficando agitados. Insinuações sobre um *coup d'état* dos trabalhistas corriam livremente de boca em boca. O Governo nada dizia. Sabia e estava preparado. Circulavam rumores de divergências entre os líderes sindicalistas, entre os quais não havia consenso. Os mais previdentes compreendiam que aquilo que se propunham a fazer poderia resultar num golpe mortal para a Inglaterra, que no fundo eles amavam. Tinham pavor da fome e da penúria que uma greve geral acarretaria e estavam dispostos a chegar a um acordo com o Governo. Mas por trás deles estavam em ação forças sutis, insistentes, que incitavam a greve trazendo à tona lembranças de erros passados, protestando contra a fraqueza das meias-medidas, fomentando a discórdia.

Graças ao sr. Carter, Tommy julgava entender claramente a situação. Com o documento fatal nas mãos do sr. Brown, a opinião pública penderia para o lado dos revolucionários extremistas e dos líderes trabalhistas radicais. Se isso fracassasse, a batalha seria travada em condições de igualdade e haveria cinquenta por cento de chance de vitória para cada lado. Contando com um exército leal e com a força policial, o Governo talvez saísse vitorioso, mas à custa de grande sofrimento. Tommy, porém, acalentava outro sonho, absurdo. Se o sr. Brown fosse desmascarado e capturado, o rapaz acreditava, com ou sem razão, que toda a organização se esfacelaria, de maneira instantânea e vergonhosa. A estranha e profunda influência do chefe invisível é que os mantinha unidos. Sem ele, Tommy acreditava que o pânico se instalaria; abandonados à própria sorte, os homens honestos encontrariam um modo de arquitetar uma reconciliação de última hora.

– Isso é obra de um só homem – disse Tommy para si mesmo. – É preciso capturar esse homem.

Foi em parte para proteger esse ambicioso propósito que Tommy pedira ao sr. Carter que não abrisse o envelope fechado. A minuta do tratado era a isca de Tommy. De vez em quando ele se espantava com sua própria presunção. Como se atrevia a pensar que descobrira o que tantos homens mais sábios e inteligentes tinham deixado passar em brancas nuvens? Contudo, aferrou-se obstinadamente à sua ideia.

Nessa noite, ele e Albert foram mais uma vez sondar o terreno de Astley Priors. A ambição de Tommy era conseguir, de alguma maneira, acesso ao interior da casa. Quando os dois se aproximavam com toda cautela, Tommy soltou um repentino arquejo.

No segundo andar havia uma pessoa de pé entre a janela e a luz da sala, o que projetava uma silhueta na cortina. Era alguém que Tommy reconheceria em qualquer lugar! Tuppence estava naquela casa!

Segurou o ombro de Albert.

– Fique aqui! Quando eu começar a cantar, olhe para aquela janela.

Retirou-se às pressas para um ponto da alameda que levava à entrada principal da casa e, num rugido gutural e dando passos instáveis, entoou a seguinte cançoneta:

Sou um soldado,
Um alegre soldado inglês,
Pelos meus pés dá pra ver que sou soldado...

Tocada no gramofone, tinha sido uma das canções preferidas de Tuppence no tempo em ela trabalhava no hospital. Tommy não tinha dúvidas de que ela a reconheceria e chegaria a suas próprias conclusões. Tommy não sabia cantar, sua voz nada tinha de musical, mas seus pulmões eram excelentes. A barulheira que ele produziu foi medonha.

No mesmo instante um impecável mordomo, acompanhado de um criado igualmente irrepreensível, saiu pela porta da frente da casa. O mordomo reclamou da barulhenta cantoria. Tommy continuou cantando e dirigiu-se afetuosamente ao mordomo como "meu querido senhor costeletas". O criado segurou o rapaz por um braço, o mordomo por outro. E depois encaminharam Tommy alameda abaixo e portão afora. O mordomo ameaçou chamar a polícia se ele voltasse a invadir a propriedade. Foi um belo trabalho – executado com sobriedade e perfeito decoro. Qualquer pessoa teria jurado que o mordomo era um mordomo de verdade e o criado, um criado de verdade – o único senão é que o mordomo era Whittington!

Tommy voltou para a hospedaria e esperou o regresso de Albert. Por fim o valoroso garoto apareceu.

– E então? – perguntou Tommy, com um berro ansioso.

– Tudo bem. Enquanto eles enxotavam o senhor pra rua, a janela se abriu e alguém jogou alguma coisa – ele entregou a Tommy um pedaço de papel. – Estava enrolado num peso de papel.

Tommy leu as palavras rabiscadas: "Amanhã – mesma hora".

– Bom garoto! – exclamou Tommy. – Estamos começando a progredir.

– E eu escrevi um bilhete num pedaço de papel, enrolei numa pedra redonda e joguei janela adentro – continuou Albert, esbaforido.

Tommy resmungou.

– O seu entusiasmo será a nossa ruína, Albert. O que você escreveu?

– Eu disse que a gente estava na hospedaria. E que, se ela conseguir escapar, é pra vir até aqui e coaxar feito uma rã.

– Ela vai saber que é você – disse Tommy, com um suspiro de alívio. – A sua imaginação levou a melhor sobre você, sabia, Albert? Ora, você não reconheceria uma rã coaxando se ouvisse uma.

Albert ficou um pouco abatido.

– Ânimo – disse Tommy. – Não há problema algum. O mordomo é um velho amigo meu... aposto que ele me reconheceu, embora não tenha demonstrado. O jogo deles é não levantar suspeitas. Foi por isso que tivemos tanta facilidade. Mas eles também não querem me desencorajar de vez. Por outro lado, também não querem facilitar demais as coisas. Sou um peão no tabuleiro de xadrez deles, Albert, é isso que eu sou. Você compreende, se a aranha deixa a mosca escapar com demasiada facilidade, a mosca desconfia que é alguma maquinação. Daí a utilidade deste jovem promissor aqui, o sr. T. Beresford, que cometeu uma asneira no momento mais oportuno para eles. Mas depois o sr. T. Beresford ficou mais precavido!

Nessa noite Tommy foi dormir num estado de grande entusiasmo. Já tinha elaborado um cuidadoso plano para a noite seguinte. Tinha certeza de que os residentes de Astley Priors não interfeririam em suas ações até certo ponto. Com base nessa suposição, Tommy pretendia fazer-lhes uma surpresinha.

Mais ou menos ao meio-dia, entretanto, sua calma sofreu um abrupto abalo. O rapaz foi informado de que um homem queria falar com ele no bar. Era um carroceiro de aspecto rude, coberto de lama.

– Então, meu bom sujeito, do que se trata? – perguntou Tommy.

– Isto é para o senhor. – O carroceiro entregou-lhe um bilhete dobrado, bastante sujo, em cuja parte de fora estava escrito: "Leve isto ao cavalheiro da hospedaria perto de Astley Priors. Ele lhe dará dez xelins".

A letra era de Tuppence. Tommy ficou grato pela perspicácia da amiga ao deduzir que ele talvez estivesse na hospedaria com nome falso. Agarrou o bilhete.

– Tudo bem.

O homem não largou o papel.

– E os meus dez xelins?

Tommy apressou-se em entregar ao carroceiro uma nota de dez xelins e o homem cedeu. Tommy desdobrou o papel.

Querido Tommy,
Eu soube que era você ontem. Não venha esta noite. Eles estarão à sua espera. Estão nos levando embora daqui agora de manhã. Ouvi algo sobre o País de Gales – Holyhead, acho. Vou jogar este bilhete na estrada se tiver chance. Annette me contou sobre como você escapou. Ânimo!

TWOPENCE

Antes mesmo de terminar de ler atentamente a carta típica de Tuppence, Tommy chamou Albert, aos berros.

– Ponha minhas coisas na mala! Vamos embora!

– Sim, senhor – o garoto subiu as escadas e suas botinas fizeram estrépito.

Holyhead? Isso queria dizer que, no fim das contas... Tommy ficou intrigado. Leu de novo, mais devagar.

As botinas de Albert continuavam a pleno vapor no andar de cima.

De repente Tommy soltou um segundo grito:

– Albert! Sou um completo idiota! Tire as coisas dessa mala!

– Sim, senhor.

Tommy alisou o papel, pensativo.

– Sim, sou um completo idiota – ele repetiu, calmamente. – Mas há outra pessoa que também é! E finalmente sei de quem se trata!

CAPÍTULO 24

Julius dá uma mãozinha

Reclinado num sofá em sua suíte no Claridge's, Kramenin ditava ao seu secretário em russo sibilante.

Pouco depois o telefone junto ao cotovelo do secretário tocou; o homem tirou o fone do gancho, falou por um ou dois minutos e depois passou o telefone para o patrão.

– Há alguém lá embaixo perguntando pelo senhor.
– Quem é?
– Deu o nome de Julius P. Hersheimmer.
– Hersheimmer – repetiu Kramenin, pensativo. – Já ouvi esse nome antes.
– O pai dele foi um dos reis do aço nos Estados Unidos – explicou o secretário, cuja tarefa era saber tudo. – Esse rapaz deve ser multimilionário ao cubo.

Os olhos de Kramenin se estreitaram, em sinal de que ele estava refletindo sobre a questão.

– É melhor você descer e falar com ele, Ivan. Descubra o que ele quer.

O secretário obedeceu e fechou a porta, sem ruído, atrás de si. Voltou minutos depois.

– Ele se recusa a dizer a que veio... alega que se trata de um assunto inteiramente pessoal e particular e que precisa muito falar com o senhor.

– Um multimilionário ao cubo – murmurou Kramenin. – Mande-o subir, meu caro Ivan.

Mais uma vez o secretário saiu do quarto e voltou acompanhado de Julius.

– Monsieur Kramenin? – disse o norte-americano, abruptamente.

Com seus olhos pálidos e peçonhentos estudando atentamente a fisionomia do rapaz, o russo fez uma mesura.

– Muito prazer em conhecê-lo – disse o norte-americano. – Tenho um assunto muito importante que eu gostaria de discutir com o senhor, de preferência a sós – ele fuzilou com o olhar o outro homem.

– Não tenho segredos para o meu secretário, o monsieur Grieber.

– Pode ser, mas eu tenho – rebateu Julius, secamente. – Por isso eu ficaria agradecido se o senhor o mandasse sair depressinha daqui.

– Ivan – pediu o russo com voz calma –, talvez você não se importe de ir para a sala ao lado...

– A sala ao lado não serve – interrompeu Julius. – Conheço essas suítes ducais, e quero esta aqui completamente vazia, sem outra pessoa a não ser o senhor e eu. Mande-o dar uma volta e comprar um pacote de amendoim.

Embora não gostasse nem um pouco da maneira sem-cerimoniosa de falar do norte-americano, Kramenin estava sendo devorado pela curiosidade.

– O assunto que o traz aqui requer tempo?

– Talvez o senhor demore a noite inteira para compreender.

– Muito bem, Ivan. Não precisarei de seus serviços esta noite. Vá ao teatro, tire a noite de folga.

– Obrigado, Excelência.

O secretário inclinou a cabeça em sinal de respeito e partiu.

Julius ficou parado junto à porta, observando de perto a saída do homem. Por fim, com um suspiro de satisfação, fechou a porta e retomou sua posição no centro da sala.

– Agora, sr. Hersheimmer, talvez o senhor queira ter a bondade de ir direto ao assunto?

– Creio que isso demorará um minuto – disse Julius, arrastando as palavras. Ato contínuo, com uma súbita mudança de atitude: – Mãos para o alto, ou eu atiro!

Por um momento Kramenin encarou, desconcertado, a enorme pistola automática; depois, com uma pressa quase cômica, jogou os braços acima da cabeça. Nesse instante Julius avaliou o caráter do russo. O homem com quem tinha de lidar era uma criatura de abjeta covardia física – o resto seria fácil.

– Isto é um ultraje! – berrou o russo, numa voz histérica e aguda. – Um ultraje! O senhor pretende me matar?

– Não se o senhor falar em voz baixa. Pode ir parando de se mover na direção daquela campainha. Assim é melhor.

– O que o senhor quer? Não cometa nenhuma imprudência. Lembre-se de que a minha vida é de extremo valor para o meu país. Talvez eu tenha sido vítima de calúnias...

– Na minha opinião o homem que der cabo do senhor fará um grande favor à humanidade. Mas não precisa se preocupar. Não pretendo matá-lo desta vez, isto é, se o senhor tiver alguma sensatez.

O russo tremeu diante da ríspida ameaça nos olhos de Julius. Passou a língua pelos lábios secos.

– O que o senhor quer? Dinheiro?

– Não. Quero Jane Finn.

– Jane Finn? Eu... nunca ouvi falar dela!

– O senhor é um maldito mentiroso! Sabe perfeitamente de quem estou falando.

– Estou dizendo que jamais ouvi falar nela.

– E eu afirmo – retrucou Julius – que o meu pequeno canhão aqui está louco para ser disparado!

O russo murchou a olhos vistos.

– O senhor não teria coragem...

– Ah, teria sim, meu filho!

Kramenin deve ter reconhecido na voz do rapaz algum indício de decisão, porque disse em tom taciturno:

– Bem, supondo que eu saiba de quem o senhor está falando. E daí?

– O senhor vai me dizer, aqui e agora, onde ela está.

Kramenin balançou a cabeça.

– Não me atrevo.

– Por que não?

– Não me atrevo. O que o senhor me pede é impossível.

– Está com medo, é? De quem? Do sr. Brown? Ah, isso perturba o senhor! Existe essa pessoa, então? Eu duvidava. E a simples menção dele deixa o senhor morrendo de pavor!

– Eu o vi – disse pausadamente o russo. – Falei com ele cara a cara. Mas só mais tarde eu soube. Ele era um rosto na multidão. Eu jamais o reconheceria de novo. Quem é ele na realidade? Não sei. Mas sei disto: ele é um homem que deve ser temido.

– Ele nunca saberá – alegou Julius.

– Ele sabe tudo, e a vingança dele é imediata. Mesmo eu, Kramenin, não seria poupado!

– Então o senhor não fará o que estou pedindo?

– O senhor me pede uma impossibilidade.

– Sem dúvida, é uma pena para o senhor – disse Julius, alegremente. – Mas o mundo inteiro sairá ganhando – e ergueu o revólver.

– Pare! – guinchou o russo. – Não é possível que o senhor pretenda de fato me matar!

– É claro que pretendo. Sempre ouvi dizer que os revolucionários dão pouco valor à vida, mas parece que há uma diferença quando é a vida deles que está correndo perigo. Estou dando ao senhor uma única oportunidade de salvar a sua pele imunda, e o senhor se recusa!

– Eles me matariam!

– Bom – rebateu Julius com voz alegre –, a decisão é sua. Mas digo apenas uma coisa: o meu Pequeno Willie aqui é tiro e queda, e se eu fosse o senhor me arriscaria com o sr. Brown!

– Se atirar em mim o senhor será enforcado – murmurou o russo, indeciso.

– Não, forasteiro, é aí que o senhor se engana. Está esquecendo o poder dos dólares. Uma multidão de advogados colocará mãos à obra, e arranjarei uns médicos sabichões que no final das contas vão provar que meu cérebro estava fora dos eixos. Passarei alguns meses num sanatório tranquilo, a minha sanidade mental vai melhorar, e os médicos vão declarar que meu juízo voltou, e tudo terminará bem para o pequeno Julius. Creio que posso suportar um recolhimento de alguns meses para livrar o mundo do senhor, mas não se engane achando que vão me enforcar por isso!

Kramenin acreditou nele. Uma vez que o russo era ele próprio um corrupto, implicitamente acreditava no poder do dinheiro. Tinha lido sobre casos de assassinato nos Estados Unidos cujo desfecho nos tribunais seguira o roteiro descrito por Julius. Ele próprio já tinha comprado a justiça. Aquele viril rapaz norte-americano, com a sua voz arrastada e expressiva, o havia dominado.

– Vou contar até cinco – continuou Julius –, e creio que, se o senhor me deixar passar do quatro, não precisará mais se preocupar com o sr. Brown. Talvez ele envie flores para o funeral, mas *o senhor* não vai nem sentir o cheiro delas! Está pronto? Vou começar. Um, dois, três, quatro...

O russo o interrompeu com um grito agudo.

– Não atire! Farei tudo que o senhor desejar!

Julius baixou a arma.

– Achei mesmo que o senhor teria bom senso. Onde está a garota?

– Em Gatehouse, em Kent. Chamam o lugar de Astley Priors.

– Ela é prisioneira lá?

– Ela não tem permissão para sair da casa, embora esteja em perfeita segurança lá. A pobrezinha perdeu a memória, coitada!

– Imagino que isso seja um aborrecimento para o senhor e os seus amigos. O que me diz da outra jovem, aquela que caiu numa armadilha há uma semana?

– Ela está lá também – respondeu o russo, carrancudo.

– Que bom – disse Julius. – As coisas estão indo bem, não estão? E que noite agradável para um passeio!

– Que passeio? – quis saber o russo, arregalando os olhos.

– Até Gatehouse, é claro. Espero que o senhor goste de andar de carro!

– Como assim? Eu me recuso a ir.

– Ora, não perca as estribeiras. O senhor deve entender que não sou criança para deixá-lo aqui. Assim que eu virasse as costas, a primeira coisa que o senhor faria seria passar a mão no telefone e chamar seus amigos. Ah! – ele percebeu a decepção no rosto do russo. – Viu só, o senhor já tinha pensado em tudo. Não, o senhor vem comigo. Esta é a porta do seu quarto? Entre aí. O Pequeno Willie e eu vamos logo atrás. Vista um casaco bem grosso, isso mesmo. Forro de pele? E o senhor é um socialista! Agora estamos prontos. Vamos descer a escada e sair pelo saguão, meu carro está esperando. E não se esqueça de que está na minha mira. Posso muito bem atirar com a pistola no bolso do casaco. Basta uma palavra, um olhar de relance que seja para um daqueles criados, e juro que o mandarei para o fogo do inferno!

Juntos os dois homens desceram as escadas e se dirigiram para o automóvel que os aguardava. O russo tremia de ódio. Estavam rodeados por criados do hotel. Um grito se insinuou entre os lábios de Kramenin, mas no último minuto faltou-lhe coragem. O norte-americano era um homem de palavra. Quando chegaram ao carro, Julius soltou um suspiro de alívio, pois a zona de perigo tinha sido vencida. O medo conseguira hipnotizar o homem ao seu lado.

– Entre – ele ordenou. Depois, ao flagrar uma olhadela de lado do russo, disse: – Não, o motorista não ajudará o senhor em nada. Ele é um homem da Marinha. Estava num submarino na Rússia quando a revolução foi deflagrada. Um irmão dele foi assassinado por sua gente. George!

– Senhor! – O motorista virou a cabeça.

– Este cavalheiro é um bolchevique russo. Não queremos dar um tiro nele, mas talvez seja necessário. Você compreende?

– Perfeitamente, senhor!

– Quero ir a Gatehouse, em Kent. Conhece a estrada?

– Sim, senhor, fica a uma hora e meia de viagem.

– Chegue lá em uma hora. Estou com pressa.

– Farei o meu melhor, senhor. – O carro saiu em disparada.

Julius acomodou-se confortavelmente ao lado de sua vítima.

Manteve a mão dentro do bolso do casaco, mas as suas maneiras eram absolutamente corteses.

– Certa vez atirei num homem no Arizona – ele começou a narrar, alegremente.

Depois de uma hora de viagem o infeliz Kramenin estava mais morto do que vivo. Após a narrativa do homem do Arizona seguiram-se uma rusga com um valentão de Frisco e um episódio nas Rochosas. O estilo narrativo de Julius não tinha muita exatidão, mas era bastante pitoresco!

Diminuindo a marcha, o motorista avisou por cima do ombro que estavam entrando em Gatehouse. Julius ordenou ao russo que apontasse o caminho. Seu plano era seguir diretamente para a casa. Lá Kramenin mandaria chamar as duas moças. Julius explicou que o Pequeno Willie no seu bolso não toleraria falhas. A essa altura Kramenin era uma massa de modelar nas mãos de Julius. A tremenda velocidade com que fizeram a viagem serviu para intimidá-lo ainda mais. O russo já tinha perdido as esperanças e se considerava um homem morto.

O automóvel subiu a alameda que levava até a casa e parou junto à varanda. O motorista aguardou instruções.

– Vire o carro primeiro, George. Depois toque a campainha e volte para o seu lugar. Mantenha o motor ligado e prepare-se para sair cantando pneus quando eu mandar.

– Muito bem, senhor.

A porta da frente foi aberta por um mordomo. Kramenin sentia o cano da arma contra suas costelas.

– Agora – sibilou Julius. – E tenha cuidado.

O russo fez que sim com um meneio de cabeça. Seus lábios estavam brancos e sua voz não era tão firme:

– Sou eu, Kramenin! Tragam imediatamente a moça! Não há tempo a perder!

Whittington desceu os degraus da escada. Ao ver o russo, soltou uma exclamação de espanto.

– Você! O que houve? Sem dúvida sabe que o plano...

Kramenin interrompeu-o, usando palavras que criaram muito pânico desnecessário:

– Fomos traídos! Os planos devem ser abandonados. Devemos salvar nossa própria pele. A garota! Imediatamente! É a nossa única chance.

Whittington hesitou, mas apenas por uma fração de segundo.

– Você recebeu ordens *dele*?

– Naturalmente que sim! Caso contrário eu estaria aqui? Depressa! Não há tempo a perder. É melhor que aquela outra tolinha venha também.

Whittington girou sobre os calcanhares e entrou correndo na casa. Passaram-se minutos de agonia. Até que dois vultos de mulher envoltos às pressas em mantos surgiram nos degraus da porta e foram empurrados carro adentro. A menor das duas moças mostrou-se disposta a resistir, mas foi violentamente impulsionada por Whittington. Julius inclinou-se para a frente, e nesse instante a luz da porta aberta banhou o seu rosto. Outro homem, que estava nos degraus atrás de Whittington, soltou uma exclamação de espanto. O segredo tinha sido descoberto.

– Pé na tábua, George! – gritou Julius.

O motorista engatou a embreagem e, com um solavanco, o carro arrancou.

O homem nos degraus soltou um palavrão. Enfiou a mão no bolso. Viu-se um clarão e ouviu-se um estampido. Por questão de centímetros a bala não acertou a moça mais alta.

– Abaixe-se, Jane! – gritou Julius.

— No chão do carro! — empurrou a moça para a frente, depois se ergueu e atirou.

— Acertou? — perguntou Tuppence, com um berro.

— Claro — respondeu Julius. — Mas ele não morreu. Não é nada fácil matar patifes como esses. Você está bem, Tuppence?

— Claro que estou! Onde está Tommy? E quem é este? — Apontou para o trêmulo Kramenin.

— Tommy zarpou para a Argentina. Acho que ele pensou que você tinha batido as botas. Arrebente o portão, George! Isso mesmo. Eles vão levar pelo menos uns cinco minutos para saírem em nosso encalço. Suponho que vão usar o telefone, então cuidado com armadilhas à frente, e não pegue a rota direta. Você perguntou quem é este, Tuppence? Permita-me apresentar-lhe monsieur Kramenin. Convenci-o a me acompanhar nesta viagem para o bem da própria saúde dele. O russo se manteve em silêncio, ainda lívido de terror.

— Mas o que convenceu o bando a nos deixar sair da casa? — quis saber Tuppence, desconfiada.

— Creio que monsieur Kramenin aqui pediu com tanta delicadeza que eles simplesmente não tinham como recusar!

Isso foi demais para o russo, que explodiu, furibundo:

— Maldito, maldito! Agora eles sabem que os traí. Minha vida não vai durar nem mais uma hora neste país.

— O senhor tem razão — concordou Julius. — Eu o aconselho a partir sem demora para a Rússia.

— Deixe-me ir, então — exigiu Kramenin aos berros. — Fiz o que me pediu. Por que ainda me retém aqui?

— Não é pelo prazer da sua companhia. Creio que o senhor pode descer do carro agora, se quiser. Achei que o senhor preferia que eu o levasse de volta a Londres.

— Talvez o senhor jamais chegue a Londres — rosnou o russo. — Deixe-me descer aqui e agora.

— Claro. Pare o carro, George. O cavalheiro não quer fazer a viagem de regresso. Se algum dia eu for à Rússia, monsieur Kramenin, espero uma recepção estrondosa e...

Mas antes que Julius pudesse terminar seu discurso, e antes mesmo que o automóvel parasse por completo, o russo atirou-se carro afora e desapareceu na noite.

— Estava um pouco impaciente para nos deixar — comentou Julius. — E nem se deu ao trabalho de se despedir de maneira educada das damas. Jane, você pode se sentar no banco agora. Pela primeira vez a moça falou.

– Como foi que você o "convenceu"? – ela perguntou.

Julius deu tapinhas na arma.

– O crédito fica todo com o Pequeno Willie aqui!

– Esplêndido! – exclamou a jovem, que fitou Julius com olhos admirados e o rosto afogueado.

– Annette e eu não sabíamos o que ia acontecer com a gente – disse Tuppence. – Aquele Whittington nos arrancou de lá às pressas. Pensamos que éramos ovelhas sendo levadas para o matadouro.

– Annette – disse Julius. – Foi assim que você a chamou? – A mente dele parecia estar se adaptando a uma nova ideia.

– É o nome dela – disse Tuppence, arregalando os olhos.

– Caramba! – exclamou Julius. – Talvez ela acredite que esse seja o nome dela porque perdeu a memória, tadinha. Mas é a Jane Finn verdadeira e original que temos aqui.

– O quê? – berrou Tuppence.

Mas ela foi interrompida. Num jato impetuoso, uma bala penetrou a almofada do carro, pouco atrás da cabeça de Tuppence.

– Abaixem-se! – gritou Julius. – É uma emboscada. Aqueles sujeitos não perderam tempo em nos perseguir. Acelere um pouco, George.

O carro ganhou velocidade. Ouviram-se mais três tiros, mas por sorte as balas passaram longe do alvo. De pé, Julius inclinou-se sobre a traseira do automóvel.

– Não há no que atirar – ele anunciou, com tristeza. – Mas acho que a coisa não vai parar por aqui.

Levou a mão à maçã do rosto.

– Você está ferido? – perguntou Annette.

– Apenas um arranhão.

Com um salto, a moça se pôs de pé.

– Deixem-me sair! Deixem-me sair, estou pedindo! Pare o carro. É a mim que eles querem. Só a mim. Vocês não devem perder a vida por minha causa. Deixem-me ir – ela remexia no trinco da porta.

Julius agarrou-a pelos dois braços e fitou-a. Ela tinha falado sem o menor vestígio de sotaque estrangeiro.

– Sente-se, menina – ele disse gentilmente. – Creio que não há nada de errado com a sua memória. Conseguiu enganá-los esse tempo todo, hein?

A garota olhou para ele e fez que sim com a cabeça; depois, subitamente, irrompeu em lágrimas. Julius afagou seu ombro.

– Calma, calma, tudo bem, fique sentadinha. Não deixaremos você sair daqui.

Por entre os soluços, a jovem disse nitidamente:

– Você é da minha terra. Posso perceber por sua voz. Isso me deixa com saudade de casa.

– É claro que sou da sua terra. Sou seu primo, Julius Hersheimmer. Vim à Europa apenas para encontrar você, e você me colocou numa bela enrascada.

O carro diminuiu a velocidade. George falou por cima do ombro:

– Uma encruzilhada aqui, senhor. Não sei ao certo o caminho.

O carro foi desacelerando até quase parar. Nesse momento, um vulto empoleirou-se de repente no estribo e enfiou a cabeça no meio dos ocupantes do automóvel.

– Desculpem – disse Tommy, soltando-se.

O rapaz foi saudado por uma mixórdia de exclamações confusas. E respondeu a cada uma separadamente:

– Eu estava nos arbustos junto à alameda. Pendurei-me atrás do carro. Por causa da velocidade em que vocês iam, não tive chance de me revelar. Tudo o que pude fazer foi segurar as pontas agarrado ao carro. Agora desçam, meninas!

– Descer?

– Sim. Há uma estação ali adiante, estrada acima. O trem chega daqui a três minutos. Se vocês se apressarem, vão conseguir pegá-lo.

– Mas de que diabos você está falando? – perguntou Julius. – Acha que vamos enganá-los saindo do carro?

– Você e eu não sairemos do carro. Apenas as garotas.

– Você está louco, Beresford. Louco varrido! Não pode deixar as moças partirem sozinhas. Se você fizer isso, será o fim da picada.

Tommy voltou-se para Tuppence.

– Tuppence, desça do carro de uma vez. Leve-a com você, e faça exatamente o que eu digo. Ninguém vai fazer mal a vocês. Vocês estão a salvo. Tomem o trem para Londres. Sigam diretamente para a casa de sir James Peel Edgerton. O sr. Carter reside fora da cidade, mas com o advogado vocês estarão seguras.

– Maldito seja! – berrou Julius. – Você está louco. Jane, fique onde está.

Com um movimento brusco, Tommy tomou a pistola da mão de Julius e apontou-a para o norte-americano.

– Agora vocês acreditam que estou falando sério? Saiam daqui, vocês duas, e façam o que digo – senão eu atiro!

Tuppence saltou do carro, arrastando atrás de si a relutante Jane.

– Vamos, está tudo bem. Se Tommy tem certeza, ele tem certeza. Rápido. Vamos perder o trem.

As duas começaram a correr.

O furor contido de Julius explodiu.
— Mas que diabos...
Tommy interrompeu-o.
— Cale a boca! Quero ter uma conversinha com você, sr. Julius Hersheimmer.

CAPÍTULO 25

A história de Jane

Com o braço grudado no braço de Jane, arrastando-a pelo caminho, Tuppence chegou à estação. Seus ouvidos atentos perceberam o som do trem que se aproximava.
— Depressa! – ela arquejou –, ou vamos perder o trem.
Chegaram à plataforma no exato momento em que o trem parava. Tuppence abriu a porta de um compartimento vazio de primeira classe e as duas desabaram, sem fôlego, sobre os assentos acolchoados.
Um homem espiou o compartimento, depois seguiu em frente para o vagão seguinte. Jane ficou nervosa e teve um sobressalto. Seus olhos dilataram-se de terror. Fitou Tuppence com expressão interrogativa.
— Acha que é um deles? – murmurou.
Tuppence balançou a cabeça.
— Não, não. Está tudo bem – segurou a mão de Jane. – Tommy não teria nos mandado fazer isso a menos que tivesse certeza de que não correríamos perigo.
— Mas ele não os conhece como eu conheço! – a moça tremia. – Você não pode entender. Cinco anos! Cinco longos anos! Às vezes eu achava que ia enlouquecer.
— Deixe para lá. Tudo isso já passou.
— Já?
Agora o trem se movia, rasgando a noite a uma velocidade cada vez maior. De repente, Jane se assustou:
— O que foi isso? Acho que vi um rosto espreitando pela janela.
— Não, não há nada. Olhe – Tuppence foi até a janela e abaixou a cortina.
— Tem certeza?
— Absoluta.
A outra pareceu achar que era necessário formular uma desculpa:

– Acho que estou agindo como um coelho assustado, mas é que não consigo evitar. Se eles me pegassem agora, eles... – arregalou os olhos, que estavam pasmados.

– Não! – implorou Tuppence. – Encoste a cabeça, e *não pense*. Esteja certa de que Tommy não teria dito que estamos seguras se de fato não estivéssemos.

– O meu primo não pensava assim. Ele não queria que fizéssemos isso.

– Não – admitiu Tuppence, um pouco desconcertada.

– Em que você está pensando? – perguntou Jane, de repente.

– Por quê?

– A sua voz parecia tão... esquisita!

– Eu *estava* pensando numa coisa – confessou Tuppence. – Mas não quero dizer o que era, não agora. Posso estar errada, mas creio que não estou. É apenas uma ideia que me apareceu na cabeça faz muito tempo. Tommy também pensou na mesma coisa, disso eu tenho quase certeza. Mas *você* não tem com que se preocupar, teremos tempo de sobra para tratar disso mais tarde. E talvez nem seja verdade! Faça o que estou dizendo: encoste a cabeça aí no banco e não pense em coisa alguma.

– Vou tentar – os longos cílios caíram, cobrindo os olhos cor de avelã.

Tuppence, por sua vez, sentou-se com a espinha reta – numa postura parecida com um atento cão de guarda. A contragosto, estava nervosa. Seus olhos moviam-se como flechas de uma janela para a outra. Ela reparou na posição exata do cordão de emergência. Teria sido difícil expressar em palavras o que ela temia. Mas em sua mente Tuppence estava bem longe de sentir a confiança exibida em suas palavras. Não que ela não acreditasse em Tommy, mas de vez em quando era assolada por dúvidas de que uma pessoa tão simples e honesta como ele pudesse ser páreo para a sutileza diabólica do arquicriminoso.

Se conseguissem chegar em segurança à casa de sir James Peel Edgerton, tudo ficaria bem. Mas será que conseguiriam? As silenciosas forças do sr. Brown já não estariam mobilizadas contra elas? Mesmo a última imagem de Tommy, com a arma em punho, era incapaz de confortá-la. A essa altura ele já poderia ter sido subjugado, sobrepujado pela pura superioridade numérica dos adversários... Tuppence traçou seu plano de ação.

Quando por fim o trem foi parando lentamente em Charing Cross, Jane arrumou-se no banco, sobressaltada.

– Chegamos? Nunca achei que conseguiríamos!

– Ah, já eu achei que chegaríamos sãs e salvas a Londres sem problemas. Se é que vai haver alguma diversão, vai começar agora. Depressa, desça. Vamos pegar um táxi.

Um minuto depois passaram pela catraca, pagaram as passagens e entraram num táxi.

– King's Cross – Tuppence instruiu o motorista. Ato contínuo, deu um pulo no banco. No exato instante em que o carro se pôs em movimento, um homem enfiou a cabeça janela adentro. Ela tinha quase certeza de que era o mesmo homem que havia entrado no trem logo atrás delas. Teve a horrível sensação de estar sendo lentamente cercada por todos os lados.

– Veja – ela explicou a Jane –, se eles acham que estamos indo para a casa de sir James, isso vai desviá-los da nossa pista. Aí vão imaginar que estamos indo falar com o sr. Carter. A casa de campo dele fica em algum lugar no norte de Londres.

No cruzamento de Holborn havia um obstáculo na rua e o táxi foi obrigado a parar. Era o que Tuppence estava esperando.

– Depressa – sussurrou. – Abra a porta da direita!

As duas moças desceram no meio do tráfego. Dois minutos depois estavam sentadas dentro de outro táxi, voltando pelo mesmo caminho, dessa vez na direção de Carlton House Terrace.

– Pronto – disse Tuppence, com grande satisfação. – Isso vai dar um jeito neles. Não consigo evitar o pensamento de que sou mesmo um bocado inteligente! Imagino como aquele taxista vai xingar! Mas tomei nota do número do carro dele e amanhã mandarei um vale-postal, para que ele não saia prejudicado se for um homem honesto. Mas que guinada é esta? Oh!

Ouviu-se um ruído áspero e estridente e um baque. Outro táxi colidira com o delas.

Num átimo Tuppence saiu do carro para a calçada. Um policial vinha se aproximando. Antes que ele chegasse, Tuppence entregou cinco xelins ao motorista e em seguida ela e Jane misturaram-se à multidão.

– Fica a coisa de um ou dois passos daqui – disse Tuppence, ofegante. – O acidente ocorreu em Trafalgar Square.

– Você acha que a colisão foi um acidente ou foi de propósito?

– Não sei. Pode ter sido uma coisa ou outra.

De mãos dadas, as duas jovens caminharam às pressas.

– Talvez seja a minha imaginação – disse Tuppence de repente –, mas sinto que há alguém atrás de nós.

– Depressa! – murmurou a outra. – Oh, depressa!

Elas estavam agora na esquina de Carlton House Terrace, e ficaram mais aliviadas. Subitamente um homenzarrão, que parecia estar bêbado, barrou a passagem.

– Boa noite, senhoritas – soluçou ele. – Pra onde vão com tanta pressa?

– Deixe-nos passar, por favor – exigiu Tuppence, categórica.

— Quero apenas bater um papo com a sua linda amiguinha aqui – ele estendeu uma mão trêmula e agarrou o ombro de Jane. Tuppence ouviu passos atrás de si. Não perdeu tempo sequer para averiguar se quem se aproximava era amigo ou inimigo. Abaixando a cabeça, repetiu uma manobra dos tempos de infância e acertou uma cabeçada na volumosa barriga do homem. O sucesso dessa tática tão pouco cavalheiresca foi imediato. O homem caiu estatelado na calçada. Tuppence e Jane chisparam. A casa que procuravam ficava a poucos metros dali. Quando chegaram à porta de sir James, estavam quase sem fôlego, mal conseguiam respirar. Tuppence agarrou a campainha e Jane, a aldraba.

O homem que havia impedido a passagem chegou ao pé da escada. Por um momento ele hesitou, e nesse instante a porta se abriu. Aos tropeções as moças entraram juntas no vestíbulo. Sir James surgiu, saindo da biblioteca.

— Olá! Que é isto?

Ele avançou e amparou Jane, cujo corpo cambaleava de um lado para o outro. Praticamente carregou-a para a biblioteca e a acomodou no sofá de couro. De um licoreiro sobre a mesa despejou algumas gotas de conhaque num copo e obrigou a moça a beber. Com um suspiro, ela endireitou o corpo, ainda de olhos ansiosos e amedrontados.

— Está tudo bem. Não tenha medo, minha filha. Aqui a senhorita está em segurança.

A moça começou a respirar de modo mais normal e seu rosto recuperou a cor. Sir James fitou Tuppence com um olhar zombeteiro.

— Então a senhorita não está morta, srta. Tuppence, assim como aquele seu rapaz, Tommy, também não estava!

— Não é fácil dar cabo dos Jovens Aventureiros – gabou-se Tuppence.

— É o que parece – disse sir James, secamente. – Estou certo de que o seu empreendimento de aventuras chegou a um final feliz e de que esta moça aqui – voltou-se para o sofá – é a srta. Jane Finn...

Jane sentou-se reta.

— Sim – ela respondeu calmamente. – Sou Jane Finn. Tenho muito para contar.

— Quando a senhorita estiver mais forte...

—Não... Agora! – ela ergueu um pouco a voz. – Depois que eu contar tudo, me sentirei fora de perigo.

— Como a senhorita quiser – concordou o advogado.

Sir James sentou-se numa das grandes poltronas de frente para o sofá. Num fiapo de voz, Jane começou a narrar sua história.

— Embarquei no *Lusitania* para assumir um emprego em Paris. Eu estava tremendamente arrebatada pela guerra e disposta a ajudar de uma maneira ou outra. Eu fazia aulas de francês, e o meu professor me disse que estavam precisando de auxiliares num hospital de Paris, então escrevi oferecendo os meus serviços e fui aceita. Eu não tinha parente nenhum, assim esse foi o jeito mais fácil de arranjar as coisas.

"Quando o *Lusitania* foi torpedeado, um homem veio falar comigo. Eu já tinha reparado nele antes e já tinha percebido que ele estava com medo de alguém ou de alguma coisa. Ele me perguntou se eu era uma norte-americana patriota e me disse que transportava papéis capazes de decidir a vida ou a morte para os Aliados. E me pediu para tomar conta deles. Eu devia ficar atenta a um anúncio que seria publicado no *The Times*. Se o anúncio não saísse eu deveria levar os documentos ao embaixador dos Estados Unidos.

"A maior parte do que aconteceu a seguir ainda me parece um pesadelo. Às vezes vejo nos meus sonhos... Vou passar rápido por essa parte. O sr. Danvers havia me dito para ficar alerta. Ele devia estar sendo seguido desde Nova York, mas achava que não. A princípio não tive desconfiança alguma, mas no barco para Holyhead comecei a ficar inquieta. Havia uma mulher que sempre fazia questão de me procurar a bordo para conversar comigo e em geral era muito simpática, uma tal sra. Vandemeyer. No começo eu me senti bastante grata a ela por me tratar com tanta bondade; mas o tempo todo eu sentia que havia nela alguma coisa de que eu não gostava, e no barco irlandês eu a vi conversando com homens de aspecto estranho, e pela maneira com que me lançavam olhares deduzi que estavam falando de mim. Eu me lembrei que ela estava bem perto de mim no *Lusitania* quando o sr. Danvers me entregou o pacote, e de que, antes disso, ela tinha tentado conversar com ele em uma ou duas ocasiões. Comecei a ficar apavorada, mas não sabia o que fazer.

"Tive a ideia maluca de descer em Holyhead e não seguir para Londres naquele dia, mas logo vi que isso seria uma tremenda tolice. A única coisa que eu podia fazer era agir como se não houvesse notado coisa alguma, e torcer pelo melhor. A meu ver não conseguiriam me pegar contanto que eu não baixasse a guarda. Uma coisa eu já tinha feito como precaução, rasguei o pacote de lona, substituindo os documentos por papéis em branco, depois costurei de novo. Assim, se alguém conseguisse me roubar, não teria importância.

"Minha preocupação agora era o que fazer com o documento verdadeiro. Por fim, desdobrei os papéis, eram apenas duas folhas, e coloquei-os entre duas páginas de anúncios de uma revista. Juntei e colei as duas extremidades usando um pouco da goma de um envelope. Enrolei e enfiei a revista no bolso do sobretudo e saí andando despreocupadamente.

"Em Holyhead, tentei embarcar num vagão com pessoas que não me inspirassem medo, mas estranhamente parecia haver sempre uma multidão ao meu redor empurrando-me e forçando-me justamente na direção para onde eu não queria ir. Havia nisso algo de sobrenatural e assustador. No fim das contas me vi no mesmo vagão em que viajava a sra. Vandemeyer. Saí para o corredor, mas todos os carros estavam lotados, por isso tive de voltar e me sentar. Eu me consolei com o pensamento de que havia outras pessoas no vagão, inclusive um homem bastante bonito e sua esposa, sentados bem à minha frente. Então eu me senti quase feliz até o trem chegar nos arredores de Londres. Eu tinha me recostado e fechei os olhos. Acho que eles devem ter pensado que eu estava dormindo, mas os meus olhos não estavam exatamente fechados por completo, e de repente vi o homem bonito retirar alguma coisa de dentro de sua maleta e entregá-la à sra. Vandemeyer, e, quando ele fez isso, *piscou para mim*...

"Não sou capaz de dizer como essa piscadela de certo modo me deixou congelada dos pés à cabeça. O meu único pensamento foi escapar corredor afora o mais rápido possível. Eu me levantei, pelejando para aparentar naturalidade e calma. Talvez eles tenham visto alguma coisa, eu não sei, mas de repente a sra. Vandemeyer gritou 'Agora!' e jogou alguma coisa no meu nariz e na minha boca quando tentei gritar. No mesmo instante senti uma violenta pancada na parte de trás da cabeça..."

Jane estremeceu. Sir James murmurou algumas palavras de solidariedade. Depois de alguns minutos ela continuou:

– Não sei quanto tempo fiquei desacordada até recobrar a consciência. Eu me sentia doente e nauseada. Eu me vi deitada numa cama imunda, ladeada por um biombo, mas ouvi duas pessoas conversando no quarto. Uma delas era a sra. Vandemeyer. Tentei escutar o que diziam, mas a princípio não consegui entender quase nada. Quando por fim comecei a me dar conta do que estava acontecendo, fiquei aterrorizada! Não sei como não soltei um berro ali mesmo.

"Eles não tinham encontrado os papéis. Acharam o pacote de lona com as folhas em branco e simplesmente ficaram loucos da vida! Não sabiam se *eu* tinha trocado os papéis ou se Danvers estava carregando uma mensagem falsa enquanto a verdadeira era enviada de outra maneira. Eles falaram em – ela fechou os olhos – me torturar para descobrir!

"Até então eu nunca soube o que era o medo, o verdadeiro pânico! A certa altura eles vieram me ver. Fechei os olhos e fingi que ainda estava ainda inconsciente, mas temia que eles ouvissem as batidas do meu coração. Porém, foram embora de novo. Comecei a pensar feito doida. O que eu poderia fazer? Se me submetessem à tortura, eu sabia que não seria capaz de resistir por muito tempo.

"De repente pensei na ideia da perda da memória. O assunto sempre me interessou e eu já tinha lido muita coisa a respeito. A coisa toda estava ao alcance das minhas mãos. Se eu conseguisse levar adiante o fingimento, talvez me salvasse. Fiz uma oração e respirei fundo. Depois abri os olhos e comecei a balbuciar em *francês*!

"Na mesma hora a sra. Vandemeyer apareceu detrás do biombo. O rosto dela era tão maligno que quase morri, mas esbocei um sorriso hesitante e perguntei, em francês, onde é que eu estava.

"Dava para ver que ela ficou intrigada. Ela chamou o homem com quem eu a vira conversando. Ele parou junto ao biombo, com o rosto na sombra. Falou comigo em francês. A sua voz era bastante comum e calma, mas por alguma razão, não sei por que, ele me assustou mais do que a mulher. Parecia que ele enxergava através de mim, mas segui em frente e continuei encenando meu papel. Perguntei mais uma vez onde eu estava, e disse também que havia algo de que eu *tinha* de me lembrar, *tinha* de me lembrar, mas *no momento* a coisa tinha sumido completamente da minha cabeça. Fiz força para me mostrar cada vez mais aflita. Ele perguntou o meu nome. Eu disse que não sabia, que não conseguia me lembrar de coisa alguma.

"De repente ele agarrou meu pulso e começou a torcê-lo. A dor era tremenda. Gritei. Ele continuou. Gritei e berrei, mas consegui emitir guinchos em francês. Não sabia quanto tempo eu seria capaz de aguentar, mas por sorte desmaiei. A última coisa que ouvi foi a voz dele dizendo: 'Isto não é um embuste! De todo modo, uma menina da idade dela não teria como saber tanto assim'. Ele esqueceu que as moças norte-americanas são mais maduras para a sua idade do que as inglesas e que se interessam mais por assuntos científicos.

"Quando recobrei os sentidos, a sra. Vandemeyer estava doce como mel e me tratou muito bem. Acho que deve ter recebido ordens. Falou comigo em francês, disse que eu tinha sofrido um abalo e estava muito doente. Mas que em breve estaria melhor. Fingi estar bastante confusa, murmurei alguma coisa a respeito do 'médico' que havia machucado meu pulso. Ela pareceu aliviada quando eu disse isso.

"Logo depois ela saiu do quarto. Eu ainda estava desconfiada e por um bom tempo fiquei deitada em silêncio. No fim das contas, porém, eu me pus de pé e caminhei pelo quarto, examinando o lugar. Pensei que mesmo que alguém *estivesse* me vigiando de algum lugar, o que eu estava fazendo pareceria bastante natural sob aquelas circunstâncias. Era um quarto esquálido e imundo. Não havia janelas, o que parecia estranho. Supus que a porta estava trancada, mas não tentei abri-la. Nas paredes havia alguns quadros bastante velhos e danificados, representando cenas do *Fausto*."

Os dois ouvintes do relato de Jane soltaram um "Ah!" em uníssono. A jovem meneou a cabeça.

– Sim, era a casa no Soho onde o sr. Beresford foi aprisionado. É claro que naquele momento eu nem sequer sabia que estava em Londres. Uma coisa me afligia de maneira pavorosa, mas o meu coração palpitou de alívio quando vi meu sobretudo atirado displicentemente sobre o espaldar de uma cadeira. *E a revista ainda estava enrolada dentro do bolso!*

"Se ao menos eu pudesse ter certeza de que não estava sendo vigiada! Examinei minuciosamente as paredes. Não parecia haver nenhum tipo de orifício por onde pudessem me espiar... mesmo assim eu estava quase certa de que devia haver alguém de olho em mim. De repente me sentei na borda da mesa, escondi o rosto entre as mãos e solucei: 'Mon Dieu! Mon Dieu!'. Tenho a audição muito apurada. Ouvi nitidamente o roçar de um vestido e um leve rangido. Isso foi o suficiente para mim. Eu estava sendo vigiada!

"Eu me deitei de novo na cama, e logo depois a sra. Vandemeyer apareceu trazendo uma refeição. Ela continuava um doce comigo. Acho que havia sido instruída a ganhar minha confiança. A seguir ela me mostrou o pacote de lona e, fitando-me com olhos de lince, perguntou se eu reconhecia aquilo.

"Peguei o pacote, virei-o de um lado para o outro, simulando estar intrigada. Depois balancei a cabeça. Eu disse que a minha sensação era a de que eu *devia* me lembrar de alguma coisa referente ao pacote, que era como se tudo estivesse voltando, e depois, num piscar de olhos, antes que eu pudesse recordar qualquer fato, a coisa me fugia de novo. Então ela disse que eu era sobrinha dela e deveria chamá-la de 'Tia Rita'. Obedeci, e ela me disse que eu não precisava me preocupar, minha memória voltaria em breve.

"Essa noite foi horrível. Enquanto esperava por ela, elaborei o meu plano. Até aquele momento os papéis estavam a salvo, mas eu não podia me arriscar a deixá-los ali por mais tempo. A qualquer minuto poderiam jogar fora a revista. Fiquei deitada na cama de olhos abertos, de vigília, até que julguei que já eram duas horas da manhã. Então eu me levantei sem fazer ruído e, devagarinho, pé ante pé, tateei na escuridão a parede da esquerda. Com a maior delicadeza possível, desenganchei um dos quadros, *Margarida com o estojo de joias*. Rastejei até o sobretudo e peguei a revista e alguns envelopes que eu tinha enfiado entre as páginas. Depois fui até a pia e umedeci bem o papel pardo da parte de trás do quadro. Não demorou muito até que eu conseguisse arrancá-lo. Eu já havia destacado da revista as duas páginas coladas e as coloquei, com o seu precioso anexo, entre o quadro e sua camada traseira de papel pardo. Um pouco de goma dos envelopes ajudou-me a colar de novo o papel. Ninguém sonharia que o quadro havia sido manipulado. Pendurei-o novamente, coloquei a revista de volta no bolso do casaco e voltei para a cama. Estava satisfeita com o esconderijo que eu havia improvisado. Eles jamais pensariam em despedaçar um de seus próprios quadros. Minha esperança era que chegassem à conclusão de que Danvers estivera o tempo todo carregando documentos falsos, e que no fim me deixassem ir embora.

"A bem da verdade, creio que no começo foi isso que eles pensaram, e que em certo sentido isso era perigoso para mim. Depois eu soube que estiveram na iminência de acabar comigo ali mesmo, não havia muita esperança de 'me deixarem ir embora', mas o primeiro homem, que era o chefe, preferiu me manter viva, por pensar que talvez eu tivesse escondido os papéis e pudesse dizer onde estavam se recuperasse a memória. Durante semanas fui submetida a uma vigilância constante. Às vezes me faziam perguntas de hora em hora, pareciam saber tudo a respeito de interrogatórios exaustivos, mas de alguma maneira, não sei como, consegui segurar as pontas. Porém, a tensão era terrível...

"Levaram-me de volta para a Irlanda, refazendo passo a passo o trajeto, para o caso de eu haver escondido os documentos em algum lugar *en route*. A sra. Vandemeyer e outra mulher não desgrudaram de mim um só momento. Falavam de mim como uma jovem parente da sra. Vandemeyer cuja mente fora afetada pelo abalo sofrido com o naufrágio do *Lusitania*. Não havia ninguém a quem eu pudesse pedir ajuda sem que me denunciasse a *eles*, e se eu me arriscasse e fracassasse... e a sra. Vandemeyer parecia tão rica, vestida com tanta elegância, que me convenci de que seria a minha palavra contra a deles, e que alegariam que era parte da minha perturbação mental achar que estava sendo 'perseguida'. Eu tinha a sensação de que os horrores à minha espera seriam terríveis demais tão logo descobrissem que eu estivera apenas fingindo."

Sir James meneou a cabeça, demonstrando compreensão.

– A sra. Vandemeyer era uma mulher de personalidade poderosa. Com isso e a posição social de que ela desfrutava, teria pouca dificuldade em fazer valer os pontos de vista dela contra os seus, srta. Jane. Suas acusações espetaculares contra ela não teriam crédito.

– Foi o que pensei. Acabaram me mandando para um sanatório em Bournemouth. No começo eu não consegui saber se aquilo era uma farsa ou se era de verdade. Uma enfermeira foi incumbida de cuidar de mim. Eu era uma doente especial. Ela parecia tão bondosa e normal que no fim das contas resolvi confiar nela. Uma providência misericordiosa salvou-me a tempo de cair na armadilha. Numa ocasião a porta do meu quarto ficou entreaberta e eu a ouvi conversando com alguém no corredor. *Ela era da quadrilha!* Eles ainda imaginavam que podia ser uma fraude da minha parte, e ela fora encarregada de tomar conta de mim para descobrir! Depois disso, perdi completamente as forças. Não ousava confiar em ninguém.

"Acho que entrei em um estado de hipnose. Depois de algum tempo, quase esqueci que eu era Jane Finn. Estava tão determinada a fazer o papel de

Janet Vandemeyer que os meus nervos começaram a pregar peças em mim. Adoeci de verdade... durante meses mergulhei numa espécie de estupor. Tinha certeza de que em pouco tempo eu morreria, e nada mais me importava. Uma pessoa sã trancafiada num manicômio acaba invariavelmente ficando louca, é o que dizem. Acho que eu estava nessa situação. Representar meu papel tinha se tornado uma segunda natureza para mim. No fim eu já não estava nem mesmo infeliz, apenas apática. Nada mais parecia ter importância. E os anos foram passando.

"E então, de repente pareceu que as coisas começaram a mudar. A sra. Vandemeyer veio de Londres. Ela e o médico me fizeram perguntas, testaram diversos tratamentos. Ouvi conversas sobre me mandarem a um especialista em Paris, mas no fim não ousaram correr o risco. Ouvi algo que parecia mostrar que outras pessoas, amigos, estavam à minha procura. Mais tarde eu soube que a enfermeira que cuidara de mim tinha ido a Paris a fim de se consultar com o especialista e se apresentou ao doutor fingindo ser eu mesma. Ele a submeteu a exames minuciosos e constatou que a perda de memória por ela alegada era fraudulenta; mas ela tomou nota dos métodos do especialista e os reproduziu comigo. Creio que eu não teria conseguido enganar esse médico nem por uma fração de segundo, um homem que dedica toda a sua vida ao estudo de uma única coisa não tem paralelo, porém, mais uma vez consegui ludibriar aquela gente. O fato de que eu mesma já não me considerava Jane Finn facilitou as coisas.

"Certa noite fui levada às pressas para Londres, novamente para a casa no Soho. Assim que me vi fora do sanatório eu me senti diferente, como se alguma coisa sepultada havia muito tempo dentro de mim estivesse despertando.

"Mandaram-me para lá com o propósito de que eu servisse o sr. Beresford (é claro que naquela ocasião eu não sabia o nome dele). Fiquei desconfiada, achei que se tratava de outra armadilha. Mas ele parecia ser um homem tão honesto que eu mal podia acreditar nas minhas próprias suspeitas. Porém, mantive a cautela em tudo que eu dizia, pois sabia que poderiam estar à escuta. Havia um pequeno orifício no alto da parede.

"Mas numa tarde de domingo alguém apareceu na casa trazendo uma mensagem. Todos ficaram agitados. Sem que percebessem, escutei. Era uma ordem para matar o sr. Beresford. Não preciso contar a parte do que aconteceu a seguir, porque já sabem. Achei que teria tempo para correr lá em cima e tirar os papéis do esconderijo, mas me agarraram. Gritei que ele estava fugindo e que eu queria voltar para junto de Marguerite. Berrei o nome três vezes, com toda a força dos pulmões. Eu sabia que os outros pensariam que eu estava falando da sra. Vandemeyer, mas tinha a esperança de que o sr.

Beresford pensasse no quadro. No primeiro dia lá ele tinha tirado o quadro da parede, foi o que me fez hesitar em confiar nele."

Fez uma pausa no relato.

– Então os papéis – disse sir James, pausadamente – ainda estão nas costas do quadro, naquele quarto.

– Sim – a jovem tinha afundado no sofá, exausta com o esforço da longa história.

Sir James se pôs de pé. Consultou o relógio.

– Venham – ele disse. – Devemos sair imediatamente.

– Hoje? – indagou Tuppence, surpresa.

– Amanhã talvez seja tarde demais – alegou sir James, em tom solene. – Além disso, se formos agora à noite temos uma chance de capturar o grande homem e supercriminoso, sr. Brown!

Seguiu-se um silêncio funesto e sir James continuou:

– As senhoritas foram seguidas até aqui, disso não há dúvida. Quando sairmos seremos seguidos novamente, mas ninguém nos molestará, pois *o plano do sr. Brown é que o guiemos*. Mas a casa no Soho está sob vigilância policial noite e dia. Há vários homens de guarda lá. Assim que entrarmos na casa, o sr. Brown não recuará, arriscará tudo diante da possibilidade de obter a faísca para fazer explodir a sua dinamite. E ele imagina que o risco não será dos maiores, pois entrará disfarçado de amigo!

Tuppence corou; depois abriu a boca impulsivamente.

– Mas há uma coisa de que o senhor não sabe, algo que não contamos ao senhor – perplexos, os olhos dela pousaram sobre Jane.

– O que é? – perguntou o advogado rispidamente. – Nada de hesitações, srta. Tuppence. Precisamos estar seguros dos nossos atos.

Mas Tuppence, pela primeira vez, parecia estar de língua atada.

– É tão difícil, o senhor compreende, se eu estiver enganada, ah, seria horrível! – fez uma careta ao olhar para a adormecida Jane. – Eu nunca me perdoaria – ela comentou, de maneira enigmática.

– A senhorita quer que eu a ajude?

– Sim, por favor. *O senhor* sabe quem é o sr. Brown, não sabe?

– Sim – respondeu sir James, muito sério. – Finalmente eu sei.

– Finalmente? – indagou Tuppence, em tom de dúvida. – Oh, mas eu pensei... – e se calou.

– A senhorita pensou corretamente, srta. Tuppence. Já faz algum tempo que tenho certeza absoluta quanto à identidade dele, desde a noite da morte misteriosa da sra. Vandemeyer.

– Ah! – exclamou Tuppence, ofegante.

— Porque estamos diante da lógica dos fatos. Só há duas soluções. Ou ela serviu a si mesma o cloral, teoria que rejeito peremptoriamente, ou então...

— Sim?

— Ou então a droga foi ministrada no conhaque que a senhorita deu a ela. Apenas três pessoas tocaram naquele conhaque: a senhorita, srta. Tuppence, eu, e... o sr. Julius Hersheimmer!

Jane Finn se remexeu, despertou e endireitou o corpo no sofá, fitando o advogado com olhos arregalados de espanto.

— A princípio a coisa parecia absolutamente impossível. O sr. Hersheimmer, filho de um milionário proeminente, é uma figura muito conhecida nos Estados Unidos. Aparentemente seria absurdo supor que ele e o sr. Brown fossem a mesma pessoa. Mas não se pode escapar à lógica dos fatos. Já que é assim, é preciso aceitar. Lembre-se da súbita e inexplicável agitação da sra. Vandemeyer. Outra prova, se é que havia necessidade de provas.

"Aproveitei a primeira oportunidade que tive para lhe fazer uma indireta a esse respeito, srta. Tuppence. Por conta de algumas palavras do sr. Hersheimmer em Manchester, concluí que a senhorita havia entendido minha insinuação e já começara a agir. Depois pus mãos à obra para provar que o impossível era possível. O sr. Beresford telefonou-me e me contou algo de que eu já suspeitava, que na realidade a fotografia da srta. Jane Finn jamais saíra do poder do sr. Hersheimmer..."

Mas a garota o interrompeu. Dando um salto do sofá, ela berrou, furiosa:

— Do que o senhor está falando? O que está tentando sugerir? Que o sr. Brown é *Julius*? Julius, o meu próprio primo!

— Não, srta. Finn — negou sir James, inesperadamente. — Não é seu primo. O homem que diz se chamar Julius Hersheimmer não tem parentesco algum com a senhorita.

CAPÍTULO 26

Sr. Brown

As palavras de sir James tiveram o efeito de uma bomba. As duas moças pareciam igualmente perplexas. O advogado caminhou até a sua escrivaninha e voltou com um pequeno recorte de jornal, que entregou a Jane. Tuppence leu-o por cima do ombro da outra moça. O sr. Carter teria reconhecido o recorte. Era uma notícia referente ao misterioso homem encontrado morto em Nova York.

– Como eu estava dizendo para a srta. Tuppence – o advogado reiniciou sua fala –, pus mãos à obra no sentido de provar que o impossível era possível. O grande obstáculo era o fato inegável de que Julius Hersheimmer não era um nome falso. Quando me deparei com esta notícia no jornal, o problema estava resolvido. Julius Hersheimmer estava disposto a descobrir o que tinha acontecido com sua prima. Foi ao Oeste, onde obteve notícias da parente e uma fotografia dela para ajudá-lo em suas buscas. Na véspera da sua partida de Nova York, foi violentamente atacado e assassinado. Seu cadáver foi vestido com roupas esfarrapadas e seu rosto foi desfigurado para evitar a identificação. O sr. Brown tomou o lugar dele. Embarcou imediatamente para a Inglaterra. Nenhum amigo íntimo do verdadeiro Hersheimmer o viu antes de o navio zarpar, a bem da verdade pouco importaria se alguém tivesse visto, pois a personificação era perfeita. Desde então ele acompanha bem de perto os passos daqueles que juraram persegui-lo até capturá-lo. Sabe todos os segredos dos adversários. Somente numa ocasião esteve perto do desastre. A sra. Vandemeyer conhecia o segredo dele. Não fazia parte dos planos do sr. Brown que aquele vultoso suborno fosse oferecido à mulher. Não tivesse sido a feliz alteração nos planos da srta. Tuppence, a mulher já estaria longe do apartamento quando lá chegássemos. O sr. Brown encarou de perto o fim da fraude. Tomou uma medida desesperada, confiando na sua identidade falsa para evitar suspeitas. Quase obteve êxito, mas não exatamente.

– Não posso acreditar – murmurou Jane. – Ele parecia tão esplêndido!

– O verdadeiro Julius Hersheimmer *era* um sujeito esplêndido! E o sr. Brown é um perfeito ator. Mas pergunte à srta. Tuppence se ela também não tinha as suas próprias desconfianças.

Muda, Jane virou-se para Tuppence, que meneou a cabeça.

– Eu não queria dizer, Jane, sabia que você ficaria magoada. E, afinal de contas, eu não tinha certeza. Ainda não compreendo uma coisa: se ele é o sr. Brown, por que nos salvou?

– Foi Julius Hersheimmer quem as ajudou a escapar?

Tuppence narrou a sir James os emocionantes eventos da noite e concluiu:

– Mas não consigo entender o porquê!

– Não consegue? Eu consigo. E o jovem Beresford também consegue, a julgar pelas ações dele. Como última esperança, decidiram deixar Jane Finn fugir, e a fuga deveria ser orquestrada de forma que ela não levantasse a menor suspeita de que se tratava de um ardil. Eles nada fariam para evitar a presença de Beresford nas vizinhanças e, se necessário, permitiriam inclusive que ele se comunicasse com a senhorita, srta. Tuppence. Somente na hora certa tomariam alguma medida para tirá-lo do caminho. Então Julius Hersheimmer surge do nada e salva as duas em um estilo verdadeiramente melodramático. Tiros são disparados, mas ninguém é atingido. O que teria acontecido depois? As senhoritas rumariam diretamente para a casa no Soho a fim de reaver o documento, que a srta. Finn provavelmente entregaria aos cuidados do primo. Ou, se ele próprio empreendesse a busca, fingiria que o esconderijo já havia sido saqueado. Ele teria uma dúzia de maneiras para resolver a situação, mas o resultado seria o mesmo. E imagino que depois disso algum acidente aconteceria com a senhorita, srta. Tuppence, e também com a srta. Jane. Ambas sabem demais, entendem? Isso seria inconveniente para ele. Enfim, esse é apenas um esboço grosseiro. Admito que as senhoritas me pegaram desprevenido; mas há alguém que não estava desprevenido.

– Tommy – murmurou Tuppence.

– Sim. Evidentemente, quando chegou a hora de se livrar dele, o sr. Beresford mostrou que era esperto demais para o bando. Mesmo assim, não estou muito tranquilo a respeito daquele rapaz.

– Por quê?

– Porque Julius Hersheimmer é o sr. Brown – respondeu sir James, secamente. – E é preciso mais do que um homem e um revólver para deter o sr. Brown...

Tuppence empalideceu um pouco.

– O que podemos fazer?

– Nada enquanto não formos à casa no Soho. Se Beresford ainda estiver no controle da situação, não há o que temer. Caso contrário, o inimigo virá atrás de nós, e não nos encontrará despreparados! – de uma gaveta da escrivaninha o advogado tirou um revólver do Exército e colocou-o no bolso do casaco.

– Agora, estamos prontos. Aposto que é melhor nem sugerir que eu vá sem a senhorita, srta. Tuppence...

– Sim, de fato é melhor!

– Mas sugiro que a srta. Finn fique aqui. Ela estará em perfeita segurança, e creio que deve estar se sentindo absolutamente exausta depois de tudo por que passou.

Mas, para a surpresa de Tuppence, Jane balançou a cabeça.

– Não. Acho que eu também vou. Aqueles papéis foram confiados a mim. Devo ir até o fim com a minha incumbência. De todo modo, estou mil vezes melhor agora.

Sir James mandou trazerem o carro. Durante o curto trajeto, o coração de Tuppence batia violentamente. Apesar dos momentâneos e súbitos acessos de inquietação acerca de Tommy, era inevitável que se sentisse exultante. Eles venceriam!

O carro estacionou na esquina da praça e os três desceram. Sir James foi falar com um detetive que estava de serviço diante da casa juntamente com vários outros policiais à paisana também de guarda. Depois se reuniu de novo às duas moças.

– Até agora ninguém entrou na casa. Há guardas nos fundos também, por isso eles têm absoluta certeza disso. Qualquer pessoa que tentar entrar atrás de nós será presa imediatamente. Vamos lá?

Um dos policiais sacou uma chave. Todos eles conheciam sir James muito bem. Também haviam recebido ordens a respeito de Tuppence. Somente o terceiro membro do grupo era uma desconhecida para eles. Os três entraram na casa, fechando a porta atrás de si. Subiram devagar os raquíticos degraus da escada. No topo estava a cortina esfarrapada que ocultava o nicho onde Tommy se esconderá naquele dia. Tuppence tinha ouvido a história da própria Jane (ainda em seu personagem "Annette"). Fitou com interesse o veludo em pedaços. Mesmo agora ela quase poderia jurar que o pano se movia, como se *alguém* estivesse ali atrás. A ilusão foi tão forte que ela quase imaginou ser capaz de distinguir o contorno de uma forma humana... E se o sr. Brown, Julius, estivesse ali esperando...?

Impossível, é claro! Mesmo assim ela quase voltou para afastar a cortina de lado, apenas para ter certeza...

Agora estavam entrando no quarto-prisão. Ali não havia lugar onde alguém pudesse se esconder, pensou Tuppence com um suspiro de alívio, enquanto repreendia a si mesma, indignada. Ela não podia se entregar a fantasias tolas – aquela curiosa e insistente sensação de que *o sr. Brown estava na casa*... Atenção! O que foi isso? Passos furtivos na escada? *Havia* alguém na casa! Absurdo! Ela estava ficando histérica.

Jane tinha ido imediatamente ao quadro de Margarida. Com mão firme, tirou-o do prego. Entre o quadro e a parede havia uma espessa camada de poeira e uma guirlanda de teias de aranha. Sir James entregou à moça um canivete e ela cortou o papel pardo da parte de trás... A página de um dos anúncios de revista caiu. Jane a pegou. Separando as esgarçadas margens coladas, retirou duas finas folhas de papel cobertas de texto!

Nada de documentos falsos desta vez! A coisa verdadeira!

– Conseguimos! – disse Tuppence. – Finalmente...

O momento era de tanta emoção que os três quase ficaram fora de si. Agora estavam esquecidos os leves rangidos, os ruídos imaginados de um minuto atrás. Nenhum deles tinha olhos para outra coisa que não fosse o que Jane segurava nas mãos.

Sir James tomou os papéis entre as mãos e examinou-os atenciosamente.

– Sim – ele disse, sossegado. – É a malfadada minuta do tratado!

– Tivemos êxito – disse Tuppence. Em sua voz havia medo e uma incredulidade quase espantada.

Sir James ecoou as palavras dela enquanto dobrou com cuidado os papéis e guardou-os em sua caderneta de anotações. Depois fitou com curiosidade o quarto esquálido.

– Então foi aqui que o seu jovem amigo ficou confinado por tanto tempo, não? – ele perguntou. – Um quarto verdadeiramente sinistro. Repare na ausência de janelas e na espessura desta porta sem frestas. O que acontecesse aqui jamais seria ouvido pelo mundo exterior.

Tuppence estremeceu. Essas palavras despertaram nela um vago sobressalto. E se alguém *estivesse* mesmo escondido na casa? Alguém que poderia trancar aquela porta por fora e abandoná-los à própria sorte, deixá-los para morrer ali dentro como ratos numa ratoeira? Imediatamente ela se deu conta do absurdo de seu pensamento. A casa estava cercada por policiais, que, caso eles não reaparecessem, não hesitariam em invadir e fazer uma busca meticulosa. Ela sorriu da sua própria tolice, depois ergueu os olhos e levou um susto ao perceber que sir James a fitava fixamente. O advogado meneou enfaticamente a cabeça.

– Muito bem, srta. Tuppence. A senhorita pressente o perigo. Eu também. E a srta. Finn também.

– Sim – admitiu Jane. – É absurdo, mas não posso evitar.

Sir James meneou novamente a cabeça.

– A senhorita sente, como todos nós sentimos, *a presença do sr. Brown.* Sim – Tuppence fez um movimento –, não há dúvida: o sr. Brown está aqui...

– Nesta casa?

– Neste quarto... A senhorita não compreende? Eu sou o sr. Brown...

Estupefatas, incrédulas, as duas jovens encararam o advogado. A própria fisionomia do homem havia se alterado. Era uma pessoa diferente que agora estava ali de pé diante delas. Ele abriu um sorriso lento e cruel.

– Nenhuma das duas sairá viva deste quarto! A senhorita acabou de dizer que nós vencemos. *Eu* venci! A minuta do tratado é minha – alargando ainda mais o sorriso, encarou Tuppence. – Devo dizer o que vai acontecer? Mais cedo ou mais tarde a polícia entrará na casa e encontrará três vítimas do sr. Brown, três, não duas, entenda bem, mas felizmente a terceira não estará morta, apenas ferida, e terá condições de descrever o ataque com riqueza de detalhes! O tratado? Está nas mãos do sr. Brown. Assim, ninguém pensará em revistar os bolsos de sir James Peel Edgerton!

O advogado voltou-se para Jane.

– A senhorita foi mais esperta do que eu. Reconheço. Mas isso nunca mais voltará a acontecer.

Ouviu-se um leve ruído por trás do homem; porém, inebriado pelo triunfo, ele nem sequer virou a cabeça para olhar.

Enfiou a mão no bolso.

– Xeque-mate nos Jovens Aventureiros – ele anunciou, e lentamente ergueu a enorme arma automática.

Mas nesse exato momento sentiu que dois pares de pulsos de ferro o agarravam por trás. O revólver foi arrancado de sua mão, e ouviu-se a voz arrastada de Julius Hersheimmer:

– Parece que o senhor foi pego em flagrante, com a boca na botija.

O rosto do Conselheiro Real ficou afogueado, mas seu autocontrole era admirável, e ele se limitou a fitar os dois homens que o detiveram. Seu olhar demorou-se mais em Tommy.

– O senhor – ele murmurou entredentes. – *O senhor*! Eu já devia saber.

Vendo que sir James não parecia disposto a oferecer resistência, Tommy e Julius afrouxaram o aperto. Rápido como um raio, o advogado levou aos lábios a mão esquerda, a mão com o anel de sinete...

– *Ave, Caesar! te morituri salutant** – ele disse, ainda fitando Tommy.

Depois seu rosto se alterou e, com um longo tremor convulsivo, seu corpo tombou para a frente e caiu amontoado, enquanto um odor de amêndoas amargas impregnava o ar.

CAPÍTULO 27

Um jantar no Savoy

O jantar oferecido pelo sr. Julius Hersheimmer a um pequeno grupo de amigos no dia 30 será eternamente lembrado nos círculos gastronômicos. O evento foi realizado num salão privativo e as ordens do sr. Hersheimmer foram sucintas e enérgicas. Ele deu carta branca – e quando um milionário dá carta branca, geralmente consegue o que quer!

No jantar serviu-se todo tipo de iguarias e gulodices. Os garçons andavam de um lado para o outro carregando com cuidado e carinho garrafas de vinhos esplêndidos e clássicos. A decoração floral desafiava as estações e, como que por milagre, frutos colhidos em meses tão distantes como maio e novembro figuravam lado a lado. A lista de seletos convidados era pequena. O embaixador norte-americano e o sr. Carter, que – palavras dele – tomou

---

* "Salve César, aqueles que morrerão saúdam-te", tradicional frase latina que os gladiadores dirigiam ao imperador antes dos combates na arena. (N.T.)

a liberdade de levar consigo um velho amigo, sir William Beresford; o arquidiácono Cowley, o dr. Hall, os dois jovens aventureiros, a srta. Prudence Cowley e o sr. Thomas Beresford; e, por último, como convidada de honra, a srta. Jane Finn.

Julius não havia poupado esforços para que o aparecimento de Jane Finn fosse um sucesso. Uma batida misteriosa levara Tuppence à porta do apartamento que ela estava dividindo com a jovem norte-americana. Era Julius, em cujas mãos havia um cheque.

– Escute, Tuppence, você me faria um favor? Tome isto aqui e se encarregue de embelezar Jane com roupas chiques para hoje à noite. Vocês todos virão jantar comigo no Savoy. Certo? Não economize. Entendeu?

– Com certeza – Tuppence arremedou o norte-americano. – Vamos nos divertir! Será um prazer cuidar da roupa de Jane. Ela é a coisinha mais linda que eu já vi.

– Ela é mesmo – concordou o sr. Hersheimmer, entusiasticamente.

Tamanho fervor fez com que os olhos de Tuppence cintilassem por um momento.

– A propósito, Julius – ela comentou com seriedade fingida –, eu ainda não dei a minha resposta a você.

– Resposta? – repetiu Julius, com o rosto pálido.

– Você sabe... quando você me pediu em... em casamento – balbuciou Tuppence, hesitante, tropeçando nas palavras e olhando para os próprios pés, à maneira de uma legítima heroína vitoriana – e disse que não aceitaria "não" como resposta. Pensei muito no assunto...

– E então? – quis saber Julius, em cuja testa brotaram gotas de suor.

De súbito, Tuppence cedeu.

– Seu grande idiota! – ela exclamou. – Mas por que cargas d'água você teve a ideia de fazer aquilo? Na hora pude ver que você não dava a mínima para mim!

– Não é verdade. Sempre tive, e ainda tenho, por você os mais elevados sentimentos de estima e respeito... e admiração...

– Ahã! – zombou Tuppence. – Esse é o tipo de sentimento que logo vai para o brejo quando entra em cena um outro sentimento! Não é verdade, meu velho?

– Não sei do que você está falando – Julius se defendeu com veemência, mas a essa altura seu rosto estava tomado por uma vasta mancha de rubor.

– Ora bolas! – rebateu Tuppence. Ela gargalhou e bateu a porta, reabrindo-a para acrescentar, com ar de dignidade: – Do ponto de vista moral, para sempre hei de considerar que você me deu um fora.

– Quem era? – perguntou Jane assim que Tuppence foi falar com ela.
– Julius.
– O que ele queria?
– Na verdade, acho que queria ver você, mas não deixei. Só hoje à noite, quando você fizer uma entrada triunfal e deslumbrante como rei Salomão em toda a sua glória... Venha! *Vamos* às *compras!*

Para a maioria das pessoas, o dia 29, o tão alardeado "Dia dos Trabalhadores", passou como outro dia qualquer. Houve discursos no Hyde Park e em Trafalgar Square. Passeatas esparsas, entoando a *Bandeira Vermelha*, zanzaram a esmo pelas ruas, de maneira mais ou menos vaga. Os jornais que haviam insinuado uma greve geral e a instauração de um reinado de terror foram obrigados a esconder suas cabeças, envergonhados. Os mais ousados e mais astutos entre eles tentaram provar que a paz só fora obtida porque seus conselhos haviam sido seguidos. Nos jornais de domingo tinha sido publicada uma notinha sobre a morte repentina de sir James Peel Edgerton, o famoso advogado e conselheiro do rei para assuntos de Justiça. Os periódicos da segunda-feira enalteceram o falecido e rasgaram elogios à sua carreira nas leis. As circunstâncias exatas da morte repentina de sir James jamais vieram a público.

As previsões de Tommy acerca da situação se confirmaram. Tudo tinha sido obra de um só homem. Privada do chefe, a organização desmoronou. Kramenin voltou às pressas para a Rússia, partindo da Inglaterra ainda na manhã de domingo. A quadrilha fugiu em pânico de Astley Priors e, na afobação, deixou para trás diversos documentos que os comprometiam de maneira cabal e indefensável. Munidos dessas provas de conspiração, além de uma pequena caderneta marrom encontrada no bolso do morto e que continha um detalhado e condenatório sumário de toda a trama, o Governo convocara uma reunião de última hora. Os líderes trabalhistas se viram forçados a reconhecer que tinham sido usados como fantoches. O Governo fez certas concessões, avidamente aceitas. Haveria a Paz e não a Guerra!

Mas o Conselho de Ministros sabia muito bem que só escapara do completo desastre por um triz. E na mente do sr. Carter estava marcada a fogo a estranha cena ocorrida na noite da véspera naquela casa no Soho.

Ele tinha entrado no quarto imundo para encontrar ali o grande homem, o amigo de toda uma vida, morto – traído por suas próprias palavras. Do bolso do falecido ele retirou a malfadada minuta do tratado que, ali mesmo, na presença dos outros três, foi reduzida a cinzas... A Inglaterra estava salva!

E agora, na noite seguinte, dia 30, num salão reservado do Savoy, o sr. Julius P. Hersheimmer recebia seus convidados.

O sr. Carter foi o primeiro a chegar. Com ele vinha um cavalheiro de aspecto colérico; ao avistá-lo, Tommy enrubesceu até a raiz dos cabelos e caminhou ao encontro dos dois senhores.

– Ah! – disse o velho cavalheiro, examinando o rapaz dos pés à cabeça com um olhar apoplético. – Então você é o meu sobrinho, não? Não parece grande coisa, mas fez um belo trabalho, pelo que ouvi. Sua mãe deve tê-lo criado bem, apesar dos pesares. O passado deve ficar para trás, não é mesmo? Você é meu herdeiro, fique sabendo; e de agora em diante eu me proponho a pagar a você uma mesada, e pode considerar Chalmer Park como a sua casa.

– Obrigado, senhor, é muito digno da sua parte.

– Onde está essa moça de quem tanto tenho ouvido falar?

Tommy apresentou Tuppence.

– Ah! – exclamou sir William, fitando a moça. – As garotas já não são como eram na minha juventude.

– São, sim – rebateu Tuppence. – As roupas são diferentes, talvez, mas elas são iguaizinhas.

– Bem, talvez a senhorita tenha razão. Espertas naquele tempo, espertas agora!

– É isso aí – concordou Tuppence. – Eu mesma sou uma tremenda espertalhona.

– Eu acredito – disse o velho cavalheiro, soltando uma gargalhada, e, num gesto bem-humorado, beliscou a orelha da moça. Em sua maioria as jovens ficavam apavoradas diante daquele "urso velho", como o chamavam. Mas o atrevimento de Tuppence deixou encantado o velho misógino.

A seguir chegou o tímido arquidiácono, um pouco desnorteado pela companhia em meio a qual se encontrava, contente por julgarem que sua filha havia feito algo notável, mas, tomado de nervosa apreensão, era incapaz de conter a necessidade de olhar para ela de relance de tempos em tempos. Tuppence, porém, comportou-se de maneira admirável. Não cruzou as pernas, controlou a própria língua e se recusou com firmeza a fumar.

O dr. Hall chegou depois, seguido do embaixador norte-americano.

– Já podemos nos sentar – disse Julius, depois de apresentar os convidados uns aos outros. – Tuppence, você...

Com um gesto da mão, indicou o lugar de honra.

Mas Tuppence balançou a cabeça.

– Não, esse é o lugar de Jane! Levando-se em conta tudo que ela suportou durante todos estes anos, nada mais justo que fazer dela a rainha da festa hoje à noite.

Julius lançou um olhar de gratidão a Tuppence; timidamente, Jane encaminhou-se para o lugar designado. Se antes ela já parecia ser uma moça bonita, sua beleza anterior tornava-se insignificante se comparada ao encanto agora realçado por sua vistosa roupa e seus lindos adornos. Tuppence tinha desempenhado diligentemente sua tarefa. O modelo do vestido, obra de uma famosa costureira, chamava-se "Lírio-tigrino". Era todo em matizes de ouro e vermelho e marrom, e dele emergiam a pura coluna grega que era o pescoço alvo da moça, e as volumosas ondas castanhas da cabeleira que coroava sua formosa cabeça. Quando Jane se sentou, havia admiração em todos os olhares.

Logo o suntuoso jantar estava a pleno vapor, e por exigência unânime Tommy foi convocado a apresentar explicações completas e minuciosas.

– Você tem se mantido muito reservado sobre essa história toda – acusou-o Julius. – Enganou-me direitinho fingindo que ia partir para a Argentina, embora eu admita que você tivesse razões para isso. A ideia de que você e Tuppence achavam que eu era o sr. Brown me matou de rir!

– Originalmente a ideia não partiu deles – interveio o sr. Carter, em tom solene. – Foi sugerida, e o veneno foi cuidadosamente instilado por um antigo mestre nessa arte. A notícia do jornal de Nova York propiciou ao sr. Brown o mote para o plano, e por meio dela o vilão teceu uma teia na qual o senhor quase foi enredado de maneira fatal.

– Nunca gostei dele – disse Julius. – Desde o primeiro momento senti que havia alguma coisa errada com o sujeito, e sempre suspeitei que ele é quem havia silenciado a sra. Vandemeyer de modo tão conveniente. Mas só comecei a me convencer do fato de que ele era o chefão depois que soube que a ordem para a execução de Tommy veio logo após a nossa entrevista com ele naquele domingo.

– Eu nunca suspeitei de nada – lamentou Tuppence. – Sempre me achei muito mais inteligente do que Tommy, mas sem dúvida ele se saiu bem melhor do que eu, e com vantagem de sobra.

Julius concordou.

– Tommy foi o maioral nessa aventura! E em vez de ficar aí sentado, mudo feito uma porta, deixe a vergonha de lado e conte-nos tudo.

– Aprovado! Aprovado!

– Não há nada a contar – alegou Tommy, visivelmente constrangido. – Fui uma besta quadrada até o momento em que encontrei aquela fotografia de Annette e me dei conta de que ela era Jane Finn. Então me lembrei de como ela havia gritado com persistência a palavra "Marguerite", e pensei nos quadros, e, bem, é isso. Depois é claro que revisei cuidadosamente a coisa toda, a fim de ver onde eu tinha feito papel de idiota.

– Continue – pediu o sr. Carter, pois Tommy dava sinais de que voltaria a se refugiar no silêncio.

— Quando Julius me contou o que tinha acontecido com a sra. Vandemeyer, fiquei preocupado e confuso. Diante dos fatos, parecia que o culpado pelo envenenamento era ou ele ou sir James. Mas eu não sabia qual dos dois. Ao encontrar aquela fotografia na gaveta, depois da história de como ela tinha ido parar nas mãos do inspetor Brown, suspeitei de Julius. Aí me lembrei de que fora sir James quem descobrira a falsa Jane Finn. No fim das contas eu não conseguia me decidir, e resolvi não me arriscar culpando um ou outro. Escrevi um bilhete para Julius, para o caso de ele ser o sr. Brown, dizendo que eu estava de partida para a Argentina, e deixei sobre a escrivaninha a carta de sir James com a proposta de emprego, para que ele visse que eu estava dizendo a verdade. Depois escrevi minha carta ao sr. Carter e telefonei a sir James. Ganhar a confiança dele seria o melhor caminho, por isso contei-lhe tudo, exceto o local onde eu acreditava que estavam escondidos os papéis. A maneira como ele me ajudou a achar a pista de Tuppence e Annette quase me desarmou, mas não por completo. As minhas suspeitas continuavam recaindo entre um dos dois. E por fim recebi um bilhete falso de Tuppence, e aí eu soube a verdade!

— Mas como?

Tommy tirou do bolso o bilhete em questão e passou-o às mãos dos convidados.

— É a letra dela, sem dúvida, mas constatei que não era genuíno por causa da assinatura. Ela jamais assinaria "Twopence". Sei que essa palavra tem a mesma pronúncia de "Tuppence" e que qualquer pessoa que nunca tivesse visto o nome por escrito poderia cometer esse equívoco. Julius *já tinha* visto, uma vez ele me mostrou um bilhete dela, mas *sir James, não!* Depois disso tudo foi bem fácil. Mandei o menino Albert entregar uma carta urgente ao sr. Carter. Fingi que fui embora, mas voltei. Quando Julius entrou impetuosamente em cena com o seu carro, tive o palpite de que isso não fazia parte do plano do sr. Brown, e que provavelmente haveria encrenca. A menos que sir James fosse pego em flagrante, com a mão na massa, por assim dizer, eu sabia que o sr. Carter jamais levaria a sério o que eu dissesse contra o advogado, nunca acreditaria nas minhas meras palavras...

— E não acreditei — interrompeu o sr. Carter, pesaroso.

— Foi por isso que mandei as duas moças para a casa de sir James. Eu tinha a convicção de que mais cedo ou mais tarde eles apareceriam na casa do Soho. Ameacei Julius com o revólver porque eu queria que Tuppence contasse esse fato a sir James, para que ele não se preocupasse conosco. Assim que as garotas saíram da nossa vista, instruí Julius a dirigir feito um louco rumo a Londres, e ao longo do caminho eu o pus a par da história toda. Chegamos à casa no Soho com bastante tempo de antecedência e encontramos o sr.

Carter do lado de fora. Depois de combinar as coisas com ele, entramos e nos escondemos atrás da cortina no nicho. Os policiais receberam a seguinte ordem: se alguém perguntasse, deveriam dizer que ninguém havia entrado na casa. Isso é tudo.

Tommy calou-se abruptamente.

Durante alguns momentos a mesa ficou em silêncio.

— A propósito — anunciou Julius de repente —, vocês estão todos enganados com relação à fotografia de Jane. Ela *foi* roubada de mim, mas eu a encontrei de novo.

— Onde? — gritou Tuppence.

— Naquele pequeno cofre embutido na parede do quarto da sra. Vandemeyer.

— Eu sabia que você tinha encontrado alguma coisa — disse Tuppence, em tom de reprovação. — Para falar a verdade, foi isso que me fez começar a suspeitar de você. Por que não me disse nada?

— Acho que eu também estava um bocado desconfiado. A fotografia já tinha sido tomada de mim uma vez, e decidi não revelar que a encontrara até que um fotógrafo tivesse feito uma dúzia de cópias!

— Todos nós escondemos uma coisa ou outra — disse Tuppence, pensativa. — Acho que trabalhar para o serviço secreto faz isso com a gente!

Na pausa que se seguiu, o sr. Carter tirou do bolso uma pequena e surrada caderneta de capa marrom.

— Beresford acabou de dizer que eu não acreditaria na culpa de sir James Peel Edgerton a menos que ele fosse pego com a mão na massa, por assim dizer. É verdade. De fato, foi só depois de ler as anotações neste caderninho que pude me convencer a dar pleno crédito à espantosa verdade. Esta caderneta será entregue à Scotland Yard, mas jamais será exibida publicamente. Por conta da longa associação de sir James com a lei isso seria indesejável. Mas para os senhores e senhoritas aqui presentes, que conhecem a verdade, proponho que sejam lidas certas passagens, que lançarão alguma luz sobre a extraordinária mentalidade desse grande homem.

Abriu a caderneta e virou as finas páginas.

[...] É loucura guardar esta caderneta. Sei disso. É uma prova documental contra mim. Mas nunca me furtei a correr riscos. E sinto uma urgente necessidade de autoexpressão... Este caderninho só será tirado de mim se o arrancarem do meu cadáver...

Desde a mais tenra idade compreendi que era dotado de aptidões excepcionais. Somente um tolo subestima suas habilidades. Minha capacidade cerebral era muito acima da média. Eu sabia que havia nascido

para ter êxito. Meu único senão era minha aparência. Eu era silencioso e insignificante – absolutamente comum e desinteressante...
Quando menino, assisti ao julgamento de um famoso caso de assassinato. Fiquei profundamente impressionado pelo vigor e eloquência do advogado de defesa. Pela primeira vez cogitei a ideia de levar meus talentos para essa área de atuação específica... Então examinei o criminoso no banco dos réus... O homem era um imbecil – havia cometido uma estupidez ridícula, inacreditável. Nem mesmo a oratória do advogado poderia salvá-lo... Senti por ele um incomensurável desprezo... Depois ocorreu-me que o tipo padrão dos criminosos era de homens vulgares, vis. Quem descambava para o mundo do crime eram os vagabundos, os fracassados, a escória, a ralé geral da civilização... É estranho que os homens inteligentes nunca tenham se dado conta das extraordinárias oportunidades... Brinquei com a ideia... Que campo magnífico – que possibilidades ilimitadas! O meu cérebro se agitou intensamente...
[...] Li as obras clássicas sobre crimes e criminosos. Todas confirmaram a minha opinião. Degenerescência, doença – nunca um homem perspicaz que abraçava deliberadamente uma carreira. Então ponderei. E se as minhas maiores ambições se concretizassem – se eu fosse aprovado no exame da Ordem e admitido como advogado no foro, e chegasse ao ponto mais alto da minha profissão? Se eu ingressasse na carreira política – digamos até que eu me tornasse primeiro-ministro da Inglaterra? E daí? Isso seria poder? Atrapalhado a cada passo pelos meus colegas, estorvado pelo sistema democrático do qual eu seria um mero títere, uma figura ornamental! – Não – o poder com que eu sonhava era absoluto! Um autocrata! Um ditador! E esse tipo de poder só poderia ser obtido se eu atuasse às margens da lei. Jogar com as fraquezas da natureza humana, depois com a fraqueza das nações – construir e controlar uma vasta organização, e por fim destruir a ordem vigente, e dominar! Esse pensamento me inebriava...
Vi que eu devia levar uma vida dupla. Um homem como eu está fadado a atrair as atenções. Era preciso ter uma carreira bem-sucedida, com a qual eu poderia mascarar as minhas verdadeiras atividades... Além disso, eu também devia cultivar uma personalidade. Usei como modelo um famoso advogado e Conselheiro Real. Imitei seus maneirismos, reproduzi seu magnetismo. Se eu tivesse escolhido a carreira de ator, teria sido o maior ator do mundo! Nada de disfarces – nada de maquiagem, nada de barbas postiças! Personalidade! Eu a vestia como uma luva! Quando a tirava, voltava a ser eu mesmo, um homem

comedido, discreto, um homem como qualquer outro. Eu me chamava sr. Brown. Há centenas de homens com esse nome, Brown – há centenas de homens iguais a mim.
[...] Triunfei na minha falsa carreira. Eu estava fadado ao sucesso. E também teria êxito na outra carreira. Um homem como eu não tem como fracassar...
[...] Andei lendo a biografia de Napoleão. Ele e eu temos muita coisa em comum...
[...] Habituei-me a defender criminosos. Um homem deve cuidar da sua gente...
[...] Numa ou duas ocasiões tive medo. A primeira vez foi na Itália. Fui a um jantar. O professor D., o grande alienista, estava presente. A conversa passou a girar em torno da insanidade. Ele disse: 'Muitos homens notáveis são loucos, e ninguém sabe. Nem eles mesmos sabem'. Não compreendo por que razão ele olhou de soslaio para mim quando disse isso. Seu olhar era estranho... Não gostei...
[...] A guerra me deixou inquieto. Julguei que favoreceria os meus planos. Os alemães são tão eficientes. O sistema de espionagem germânico também era excelente. As ruas estão repletas desses soldados de uniforme cáqui. Todos eles uns jovens imbecis de cabeça oca... Mas não sei... Eles ganharam a guerra... Isso me perturba...
Meus planos estão indo muito bem... Uma moça se intrometeu – a bem da verdade não creio que ela saiba de coisa alguma... Mas precisamos abandonar a "Estônia"... Nada de correr riscos agora...
[...] Tudo corre bem. Essa tal perda de memória é irritante. Não pode ser uma farsa. Nenhuma moça seria capaz de *me* enganar!...
[...] O dia 29... Próximo demais...

O sr. Carter parou de ler.
– Não lerei os detalhes do *coup* que foi planejado. Mas há duas anotações que fazem menção a três das pessoas aqui presentes. À luz do que aconteceu, são interessantes:

[...] Ao induzir a moça a me procurar por sua própria iniciativa, obtive êxito em desarmá-la. Mas ela tem lampejos intuitivos que podem se tornar perigosos... É preciso tirá-la do meu caminho... Nada posso fazer com o norte-americano. Ele desconfia de mim e não gosta de mim. Mas ele não tem como saber. Creio que a minha armadura é inexpugnável... Às vezes receio ter subestimado o outro rapaz. Ele não é inteligente, mas é difícil fazer com que feche os olhos para os fatos...

O sr. Carter fechou o caderno.

– Um grande homem – ele disse. – Gênio ou loucura, quem é capaz de dizer?

Silêncio.

Depois o sr. Carter se pôs de pé.

– Proponho um brinde. A Jovens Aventureiros, cuja iniciativa se justificou amplamente pelo enorme sucesso obtido!

Todos beberam, entre vivas.

– Há mais uma coisa que queremos ouvir – continuou o sr. Carter, que olhou para o embaixador norte-americano. – Sei que falo também em seu nome. Pediremos à srta. Jane Finn que nos conte a história que, até agora, somente a srta. Tuppence ouviu, mas antes disso faremos um brinde à saúde dela. Beberemos à saúde da mais corajosa filha dos Estados Unidos, a quem são devidos o agradecimento e a gratidão de dois grandes países!

CAPÍTULO 28

E depois

— Aquele foi um brinde e tanto, Jane – disse o sr. Hersheimmer dentro do Rolls-Royce, enquanto era levado junto com a prima de volta ao Ritz.

– O que ergueram a Jovens Aventureiros?

– Não, o que ergueram em homenagem a você. Não existe no mundo inteiro outra garota capaz de fazer o que você fez. Você foi simplesmente maravilhosa!

Jane balançou a cabeça.

– Não me sinto maravilhosa. No fundo eu me sinto cansada e solitária, e com saudade da minha terra.

– Isso me leva ao que eu queria falar. Ouvi o embaixador dizer que a esposa dele espera que você vá imediatamente se instalar na embaixada com eles. É uma boa ideia, mas tenho outro plano. Jane, eu quero que você se case comigo! Não se assuste nem me responda "não" de imediato. É claro que você não tem como me amar assim tão de repente, é impossível. Mas amo você desde o momento em que pus os olhos na sua foto, e agora que a vi em pessoa estou simplesmente louco por você! Se você se casar comigo, prometo que não lhe causarei aborrecimento algum... você poderá fazer o que quiser, na hora que quiser. Talvez você nunca me ame, e se isso acontecer deixarei você ir embora. Mas quero ter o direito de cuidar de você, de tomar conta de você.

– É justamente o que eu quero – disse Jane, com grande ansiedade. – Alguém que seja bom para mim. Oh, você não imagina como me sinto sozinha!

– Com certeza serei bom para você. Então acho que está tudo resolvido e combinado, e amanhã de manhã mesmo procurarei o arcebispo para obter uma licença especial.

– Ah, Julius!

– Bem, não quero apressar as coisas nem forçar a barra, Jane, mas não faz sentido algum esperar. Não se assuste, não espero que você me ame logo assim de imediato.

Mas uma mão pequenina segurou a mão do rapaz.

– Já amo você agora, Julius – disse Jane Finn. – Amo você desde aquele primeiro momento no carro, quando a bala roçou seu rosto...

Cinco minutos depois, Jane murmurou suavemente:

– Não conheço Londres muito bem, Julius, mas a distância entre o Savoy e o Ritz é tão grande assim?

– Depende do caminho que o motorista faz – explicou Julius, descaradamente. – Estamos indo pelo Regent's Park!

– Oh, Julius, o que o motorista vai pensar?

– Com o salário que pago a ele, meu motorista sabe que é melhor não ter muitas opiniões próprias. Sabe, Jane, o único motivo para eu ter oferecido o jantar no Savoy era poder levar você embora de carro. Não vi outra maneira de ficar a sós com você. Você e Tuppence não desgrudam uma da outra, parecem irmãs siamesas. Acho que se essa situação perdurasse por mais um dia, Beresford e eu ficaríamos feito dois loucos varridos!

– Oh. Ele está...?

– Claro que está! Está perdidamente apaixonado.

– Foi o que achei mesmo – disse Jane, pensativa.

– Por quê?

– Por todas as coisas que Tuppence não disse!

– Agora você me pegou direitinho. Não faço ideia do que você está falando – disse o sr. Hersheimmer.

Mas Jane apenas riu.

Enquanto isso, os Jovens Aventureiros estavam sentados com as costas retas, muito rígidos e cerimoniosos, dentro de um táxi que, com uma tremenda falta de originalidade, também fazia o caminho de volta para o Ritz via Regent's Park.

Um terrível constrangimento parecia ter se instalado entre eles. Sem que soubessem o que tinha acontecido, aparentemente tudo se modificara. Estavam ambos mudos, paralisados. Toda a velha *camaraderie* havia desaparecido.

Tuppence não conseguia pensar no que dizer.

Tommy estava igualmente aflito.

Ambos estavam sentados muito aprumados e evitavam olhar um para o outro.

Por fim Tuppence fez um esforço desesperado.

– Muito divertido, não foi?

– Muito.

Outro silêncio.

– Gosto de Julius – disse Tuppence, mais uma vez tentando puxar assunto.

De repente, como se tivesse recebido uma descarga elétrica, Tommy voltou à vida.

– Você não vai se casar com ele, está me ouvindo? – bradou em tom ditatorial. – Proíbo você.

– Oh! – exclamou Tuppence, humildemente.

– De maneira alguma, entendeu?

– Ele não quer se casar comigo; na verdade ele só me pediu em casamento por um gesto de bondade.

– Isso não é muito provável – zombou Tommy.

– É verdade. Ele está caidinho de amor por Jane. Creio que neste exato momento ele está se declarando para ela.

– Ela combina perfeitamente com ele – disse Tommy, em tom desdenhoso.

– Você não acha que ela é a criatura mais linda que você já viu?

– Ah, talvez.

– Mas suponho que você prefira as inglesas da gema – disse Tuppence, fingindo modéstia e seriedade.

– Eu... ah, com mil diabos, Tuppence, você sabe!

– Gostei de seu tio, Tommy – disse Tuppence, tentando, às pressas, mudar o rumo da conversa. – E me diga uma coisa: o que você vai fazer, aceitar o emprego no Governo oferecido pelo sr. Carter ou o convite de Julius para um cargo bem remunerado no rancho dele nos Estados Unidos?

– Ficarei na minha velha terra, embora a proposta de Hersheimmer seja muito boa. Mas creio que você se sentiria mais em casa em Londres mesmo.

– Não sei o que uma coisa tem a ver com outra.

– Mas eu sei – rebateu Tommy, categórico.

Tuppence fitou-o de soslaio.

– E há a questão do dinheiro também – ela comentou, pensativa.

– Que dinheiro?

– Vamos receber um cheque cada um. O sr. Carter me disse.

– Você perguntou qual é o valor? – quis saber Tommy, sarcástico.

— Sim — disse Tuppence, triunfante. — Mas não direi a você.
— Tuppence, você é inacreditável!
— Foi divertido, não foi, Tommy? Espero que tenhamos muitas outras aventuras.
— Você é insaciável, Tuppence. Já tive minha cota suficiente de aventuras para o momento.
— Bem, fazer compras é quase tão bom quanto — disse Tuppence, em tom sonhador. — Estou pensando em comprar móveis antigos, tapetes formidáveis, cortinas de seda futuristas, uma lustrosa mesa de jantar e um divã com pilhas de almofadas.
— Alto lá! — disse Tommy. — Para que tudo isso?
— Para uma casa, talvez, mas creio que um apartamento.
— Apartamento de quem?
— Você acha que me importo de dizer, mas não me importo nem um pouco! *Nosso*, pronto!
— Minha querida! — exclamou Tommy, abraçando-a com força. — Eu estava determinado a fazer você dizer. Eu precisava ficar quites com você, por causa da maneira implacável como você me esmagava toda vez que eu tentava ser sentimental.

Tuppence colou o rosto ao dele. O táxi continuava seu trajeto pelo lado norte do Regent's Park.

— Você ainda não formulou um pedido de casamento — observou Tuppence. — Pelo menos não à moda antiga, da maneira que as nossas avós chamariam de pedido de casamento. Mas depois de ter ouvido aquela detestável proposta de Julius, estou inclinada a deixar você passar impune.
— Você não vai conseguir escapar de casar comigo, então nem pense nisso.
— Vai ser muito divertido — respondeu Tuppence. — O casamento recebe todo tipo de definição: um abrigo, um refúgio, a suprema glória, uma condição de escravidão, e diversas outras. Mas sabe o que eu acho que o casamento é?
— O quê?
— Um divertimento!
— E um divertimento danado de bom — emendou Tommy.

O homem do terno marrom

Tradução de Petrucia Finkler

Para E.A.B.
Em memória de uma viagem, algumas histórias de leões e seu pedido de que um dia eu escrevesse o "Mistério da Casa do Moinho".

PRÓLOGO

Nadina, a dançarina russa que conquistara Paris, balançou ao som dos aplausos e curvou-se, agradecendo uma e outra vez. Seus olhos negros e estreitos se afilaram ainda mais, o longo desenho da boca escarlate subiu levemente nos cantos. Franceses entusiasmados continuavam a bater os pés no chão, demonstrando seu apreço, enquanto caía o pano da cortina, ocultando os vermelhos, azuis e magentas da bizarra decoração. Em um rodopio de panos azuis e laranja, a bailarina deixou o palco. Um senhor barbudo a acolheu com entusiasmo em seus braços. Era o gerente.

– Magnífico, *petite*, magnífico – exclamou ele. – Esta noite você se superou – e beijou-a, galante, em ambas as bochechas, de um jeito um tanto prosaico.

Madame Nadina aceitou a homenagem com a tranquilidade de um antigo hábito e passou para seu camarim, onde havia montes de buquês distribuídos por todo lado e figurinos maravilhosos de design futurista pendurados em ganchos, e o ar estava quente e adocicado com o aroma da aglomeração de flores e os perfumes e essências mais sofisticados. Jeanne, a camareira, atendeu sua senhora, falando sem parar e se derramando em uma torrente de exagerados elogios.

Uma batida à porta interrompeu o momento. Jeanne foi atender e retornou com um cartão.

– Madame pode receber?

– Deixe-me ver.

A bailarina estendeu a mão lânguida, mas ao ver o nome no cartão, "Conde Sergius Paulovitch", um súbito interesse brilhou em seus olhos.

– Vou atendê-lo. O penhoar amarelo-claro, Jeanne, e rápido. E pode sair assim que o conde entrar.

– *Bien, madame.*

Jeanne entregou o penhoar, um fiapo sofisticado feito de seda e arminho cor de milho. Nadina o vestiu e sentou-se, sorrindo sozinha, enquanto a mão pálida e comprida tamborilava devagar sobre o vidro da penteadeira.

O conde logo se valeu do privilégio que lhe fora concedido – um homem de altura mediana, muito magro, muito elegante, muito pálido e extraordinariamente fatigado. Em termos de aparência, era pouco marcante, um homem que seria difícil de reconhecer em outra ocasião sem levar em conta seus maneirismos. Curvou-se sobre a mão da bailarina com exagerado preciosismo.

– Madame, é um grande prazer.

Esse foi o tanto que Jeanne escutou antes de sair da sala, fechando a porta atrás de si. Sozinha com o visitante, uma sutil alteração ocorreu no sorriso de Nadina.

– Mesmo sendo compatriotas, acho melhor não falarmos russo – observou.

– Já que nenhum de nós entende uma palavra do idioma, por mim tudo bem – concordou o visitante.

De comum acordo, passaram ao inglês, e ninguém, agora que os maneirismos do conde o haviam abandonado, poderia duvidar de que essa fosse sua língua nativa. Ele havia, de fato, começado a vida como artista de teatro de variedades em Londres.

– Essa noite foi um sucesso imenso – assinalou. – Meus parabéns.

– Mesmo assim – disse a mulher –, estou apreensiva. – Minha situação não é mais o que era. As suspeitas que surgiram durante a guerra nunca foram totalmente esquecidas. Sou continuamente vigiada e espionada.

– Mas nenhuma acusação de espionagem foi feita contra a senhorita?

– Nosso comandante é cuidadoso demais em seu planejamento para chegar a tanto.

– Vida longa ao "Coronel" – disse o conde, sorrindo. – Uma notícia assombrosa, não é mesmo, que ele queira se aposentar? Aposentar! Como se fosse um médico, ou um açougueiro, ou um encanador...

– Ou um executivo qualquer – completou Nadina. – Não deveria nos surpreender. É isso que o "Coronel" sempre foi, um excelente homem de negócios. Organizou o crime como outro homem teria organizado uma fábrica de botinas. Sem se comprometer, planejou e dirigiu uma série de golpes estupendos, abarcando cada um dos ramos do que poderíamos chamar de sua "profissão". Roubos de joias, falsificações, espionagem (esta última muito rentável em épocas de guerra), sabotagem, assassinatos discretos, praticamente não há algo que tenha ficado de fora. E o mais sábio de tudo: ele sabe quando parar. O jogo tornou-se perigoso? Ele se aposenta com total elegância e uma enorme fortuna!

– Hmm! – resmungou o conde com dúvidas. – É um tanto... perturbador para todos nós. Como se ficássemos à deriva.

– Mas estão nos recompensando financeiramente, em uma escala generosíssima!

Alguma coisa, um tom subjacente de ironia na voz dela, fez com que o homem se virasse bruscamente para fitá-la. Ela sorria para si, e a qualidade do sorriso despertou sua curiosidade. Porém, ele prosseguiu com diplomacia:

– Sim, o "Coronel" sempre foi um ótimo tesoureiro. Atribuo a isso grande parte de seu sucesso e também a seu plano invariável de providenciar bons bodes expiatórios. Um grande cérebro, sem dúvida, um grande cérebro! E um apóstolo da máxima: "Se deseja que algo seja feito com segurança, não o faça você mesmo". Cá estamos, todos nós, incriminados até o pescoço e totalmente à mercê de seu poder, e ninguém tem qualquer prova contra ele.

Fez uma pausa, quase esperando que ela fosse discordar, mas ela permaneceu em silêncio, sorrindo sozinha como antes.

– Nenhum de nós – ele ponderou. – Ainda assim, sabe, é supersticioso, o velho. Anos atrás, creio, foi consultar uma dessas pessoas que leem a sorte. Ela profetizou uma vida inteira de sucesso, mas declarou que sua ruína viria pelas mãos de uma mulher.

Com isso, despertara o interesse da bailarina. Ela ergueu o olhar com ansiedade.

– Isso é estranho, muito estranho! Pelas mãos de uma mulher, você disse?

Ele sorriu e deu de ombros.

– Não resta dúvida, agora que ele se... aposentou, vai se casar. Alguma jovem bonita da sociedade, que vai gastar os milhões em muito menos tempo do que ele levou para acumulá-los.

Nadina meneou a cabeça.

– Não, não, não é assim. Escute, meu amigo, amanhã vou para Londres.

– Mas e seu contrato aqui?

– Vou me afastar por apenas uma noite. E vou disfarçada, como faz a realeza. Ninguém jamais vai saber que deixei a França. E por que acha que estou indo?

– É difícil que vá a lazer nesta época do ano. Janeiro é um mês detestável e enevoado! Deve ser a trabalho então?

– Exato – ela levantou e parou diante dele, cada um dos traços delicados do rosto tomado de orgulho e arrogância. – Acabou de dizer que nenhum de nós tem algo contra o comandante. Estava enganado. Eu tenho. Eu, uma mulher, tive a inteligência e, sim, a coragem, pois é preciso coragem para fazer um jogo duplo com ele. Lembra-se dos diamantes da De Beer?

– Sim, lembro. Em Kimberley, logo antes de estourar a guerra? Não tive nada a ver com isso e nunca soube dos detalhes, o caso foi abafado por algum motivo, não foi? Um roubo e tanto, também.

– Cem mil libras esterlinas em pedras. Dois de nós fizemos o serviço, sob ordens do "Coronel", claro. E foi então que vi minha oportunidade. Entenda, o plano era usar alguns dos diamantes da De Beer para substituir algumas amostras de diamantes trazidas da América do Sul por dois garimpeiros que estavam em Kimberley na mesma época. As suspeitas, portanto, estavam fadadas a recair sobre eles.

– Muito inteligente – interpolou o conde, com aprovação.

– O "Coronel" sempre é inteligente. Bem, fiz minha parte, mas também fiz uma coisa que o "Coronel" não havia previsto. Guardei algumas das pedras sul-americanas, uma ou duas são muito especiais, e seria fácil provar que jamais passaram pelas mãos da De Beer. Com esses diamantes, sou eu quem segura o chicote do meu estimado comandante. Uma vez que os dois rapazes forem liberados, a participação dele na questão passa a ficar sob suspeita. Nunca mencionei ao longo desses anos, estava contente em saber que contava com essa contra-artilharia, mas agora as coisas mudaram. Tenho meu preço... e vai ser alto, diria até que um valor atordoante.

– Extraordinário – disse o conde. – E sem dúvida carrega esses diamantes consigo para onde for?

Seus olhos passearam suavemente por toda a sala desarrumada.

Nadina riu baixinho.

– Não deve supor nada do tipo. Não sou tola. Os diamantes estão em um lugar seguro, onde ninguém vai sonhar em procurá-los.

– Nunca a tomei por tola, minha digníssima dama, mas permita-me ousar sugerir que é um tanto audaciosa. O "Coronel" não é o tipo do homem que aceita bem ser chantageado, você sabe.

– Não tenho medo dele – riu. – Só há um homem de quem eu sentia medo, e ele está morto.

O homem olhou para ela com curiosidade.

– Vamos torcer para que não volte à vida, então – falou, jocoso.

– Que quer dizer? – exclamou a bailarina, ríspida.

O conde demonstrou leve surpresa.

– Apenas quis dizer que uma ressureição complicaria as coisas – explicou. – Uma piada boba.

Ela suspirou aliviada.

– Ah, não, ele está bem morto. Morreu na guerra. Foi um homem que um dia... me amou.

– Na África do Sul? – perguntou o conde, com ar negligente.

– Sim, já que perguntou, na África do Sul.

– É seu país de origem, não é?

Ela assentiu. Seu visitante levantou-se e recolheu o chapéu.

– Bem – assinalou –, entende melhor do que ninguém sobre seus assuntos, mas, se eu fosse você, teria muito mais medo do "Coronel" do que de um amante desiludido. É um homem a quem é bem fácil de se subestimar.

Ela riu com desdém.

– Como se eu não o conhecesse depois de todos esses anos!

– Eu me pergunto se o conhece – falou baixinho. – Eu me pergunto mesmo se a senhorita de fato o conhece.

– Ah, não sou idiota! E não estou sozinha nisso. O barco-correio sul-africano atraca em Southampton amanhã, e a bordo está um homem que veio especialmente da África a pedido meu, executando certas ordens minhas. O "Coronel" não terá que lidar com apenas um de nós, mas dois.

– E isso é sensato?

– É necessário.

– Confia nesse homem?

Um sorriso muito peculiar surgiu na expressão da bailarina.

– Confio muito nele. É ineficaz, mas perfeitamente confiável – fez uma pausa e acrescentou com outro tom de voz: – Na verdade, é meu marido.

CAPÍTULO 1

Estavam todos me pressionando, a torto e a direito, para escrever esta história, desde grandes personalidades (representadas por Lord Nasby) até pessoas simples (representadas pela nossa antiga faz tudo, Emily, com quem me encontrei na última vez em que estive na Inglaterra. "Meu Deus, dona, que livro lindo pode sair disso daí, igualzinho nos filmes!").

Admito que tenha certas qualificações para a tarefa. Estive envolvida no caso desde o princípio, estava bem no meio de tudo e presenciei, triunfante, "o instante derradeiro". Felizmente, também, as lacunas que sou incapaz de preencher por conhecimento próprio são amplamente abordadas no diário de Sir Eustace Pedler, de cujo material ele gentilmente me implorou que fizesse uso.

Então aqui vai. Anne Beddingfeld dá início à narrativa de suas aventuras.

Sempre desejei viver aventuras. Entenda, minha vida era de uma mesmice aterradora. Meu pai, professor Beddingfeld, era uma das maiores autoridades vivas da Inglaterra sobre o Homem Primitivo. Era realmente um gênio – todos dizem. A mente dele vivia na época do Paleolítico, e a inconveniência da vida para ele era que seu corpo habitava o mundo moderno. Papai não se importava com o homem moderno – até o Homem Neolítico ele desprezava, como se fosse um mero pastor de rebanhos, e nada o entusiasmava até chegar ao período musteriense.

Infelizmente, não é possível dispensar por inteiro o homem moderno, somos forçados a fazer algum contato com açougueiros, padeiros, leiteiros e verdureiros. Logo, com papai imerso no passado e mamãe tendo morrido quando eu ainda era bebê, coube a mim dar conta do lado prático da vida. Para ser franca, odeio o Homem Paleolítico, seja ele aurinhaciense, musteriense, cheliano, ou qualquer outro, e, embora eu tenha datilografado e revisado boa parte de O Neandertal e seus ancestrais, de autoria de meu pai, o homem de Neandertal em si me enche de asco, e sempre reflito sobre as afortunadas circunstâncias que levaram à sua extinção em priscas eras.

Não sei se papai suspeitava de meus sentimentos sobre o assunto, é provável que não, e de todo modo não estaria interessado. A opinião dos outros nunca lhe despertou o menor interesse. Acho que era de fato um sinal de sua grandeza. Da mesma forma, vivia bastante desapegado das necessidades da vida diária. Comia o que lhe servissem de forma exemplar, mas parecia levemente agoniado quando lhe chegava a solicitação de que pagasse por aquilo. Nunca parecíamos ter qualquer dinheiro. A celebridade dele não era do tipo que trazia dinheiro para casa. Embora fosse membro de quase todas as sociedades importantes e tivesse fileiras de letras de títulos depois do seu nome, o público em geral mal sabia de sua existência, e seus longos e aculturados livros, embora sem dúvida acrescentassem ao total da soma do conhecimento humano, não eram atraentes para as grandes massas. Apenas em uma ocasião ele saltou para o olhar público. Havia apresentado um trabalho em alguma sociedade sobre os filhotes dos chimpanzés. Os filhotes da raça humana demonstram algumas características antropoides, enquanto os filhotes do chimpanzé se aproximam mais dos humanos do que o chimpanzé adulto. Isso parece demonstrar que, enquanto nossos ancestrais eram mais símios do que nós, os chimpanzés eram de um naipe mais evoluído do que a espécie atual – em outras palavras, o chimpanzé é um degenerado. Aquele jornal muito empreendedor, o Daily Budget, precisando de um assunto apimentado, de imediato lançou manchetes imensas. "Nós não somos descendentes de macacos, mas será que os macacos descendem de nós? Um eminente estudioso afirma que os chimpanzés são humanos decadentes." Em seguida, um repórter veio falar com o papai e se empenhou em convencê-lo a escrever uma série de artigos populares sobre a teoria. Em poucas ocasiões vi meu pai tão furioso. Expulsou o repórter de casa sem fazer cerimônia, para minha secreta tristeza, já que estávamos particularmente mal de dinheiro naquele momento. Na verdade, por um instante cogitei correr atrás do rapaz para informá-lo de que meu pai havia mudado de ideia e enviaria os artigos em questão. Eu poderia facilmente tê-los escrito eu mesma, e era grande a probabilidade de que papai jamais descobrisse a transação, já que não era leitor do *Daily Budget*. Entretanto, rejeitei essa opção por ser muito arriscada, então apenas vesti meu melhor chapéu e fui toda cabisbaixa até o vilarejo para conversar com nosso verdureiro, que estava furioso com toda a razão.

O repórter do *Daily Budget* foi o único rapaz a pisar na nossa casa. Havia horas em que sentia inveja de Emily, nossa criada, que "dava no pé" sempre que surgia a oportunidade com um marinheiro grandalhão a quem fora prometida. No meio-tempo, para "não perder o jeito", como ela expressou certa vez, saía com o filho do verdureiro e o assistente do farmacêutico. Eu pensava entristecida que não tinha ninguém com quem pudesse "não perder o jeito". Todos os amigos de papai eram professores de idade, em geral com longas barbas. É verdade que o professor Peterson uma vez me agarrou afetuosamente, disse que eu tinha um "tesouro de cinturinha" e então tentou me beijar. Só a frase que usou já entregava a idade do homem. Desde os tempos em que eu usava fraldas, nenhuma fêmea que se dê ao respeito tem um "tesouro de cinturinha".

Eu tinha sede de aventuras, de amor, de romance, e parecia condenada a uma existência de monótona utilidade.

O vilarejo tinha uma biblioteca, cheia de obras de ficção já esfarrapadas, e eu me divertia com perigos e namoros em segunda mão, me deitava para dormir sonhando com rodesianos calados e austeros e homens fortes que sempre "derrubavam o oponente com um único golpe". Não havia ninguém no vilarejo que sequer parecesse capaz de "derrubar" um oponente, fosse com um único golpe ou vários.

Havia o cinema também, com um episódio semanal de *Os perigos de Pamela*. Pamela era uma jovem magnífica. Nada a intimidava. Caía de aviões, aventurava-se em submarinos, escalava arranha-céus e se esgueirava pelo submundo sem desmanchar o penteado. Não era muito inteligente, o chefe criminoso do submundo a apanhava todas as vezes, mas, como ele parecia adorar acertar a cabeça dela de um jeito bobo e condená-la a morrer em uma câmara de gás ou por algum método inovador e admirável, o herói sempre conseguia resgatá-la no começo do episódio da semana seguinte. Eu saía de lá com a cabeça rodopiando em delírios – para então chegar em casa e encontrar uma notificação da companhia de gás ameaçando cortar o fornecimento pela conta que não fora paga!

E ainda assim, embora eu nem desconfiasse, a cada instante a aventura se aproximava mais e mais de mim.

É possível que existam muitas pessoas no mundo que nunca ouviram falar da descoberta de um antigo crânio na mina de Broken Hill na Rodésia do Norte. Desci um dia de manhã e encontrei o papai animadíssimo, quase apoplético. Ele me contou a história toda.

– Está entendendo, Anne? Não restam dúvidas de que existem certas semelhanças com o crânio de Java, mas superficiais, apenas superficiais. Não, temos aqui aquilo que sempre defendi: a forma ancestral da raça neandertal. Acha que o crânio de Gibraltar é o mais primitivo dentre os neandertais encontrados? Por quê? O berço da raça foi na África. Passaram para a Europa...

– Não passe geleia no arenque, papai – falei apressada, detendo a mão distraída do meu pai. – Sim, o senhor estava dizendo?

– Eles passaram para a Europa...

E então ele foi acometido de um ataque de engasgo, resultado de uma boca cheia de espinhos de arenque.

– Mas devemos partir de imediato – declarou ao levantar-se ao final da refeição. – Não há tempo a perder. Precisamos estar no local, há sem dúvida descobertas incalculáveis a serem feitas naquela região. Meu interesse está em observar se os implementos são típicos do período musteriense, deve haver resquícios de gado primitivo, diria, mas não dos rinocerontes lanudos. Sim, um pequeno exército vai se deslocar para lá em breve. Precisamos nos adiantar. Pode escrever para a agência Cook's hoje, Anne?

– E o dinheiro, papai? – sugeri com delicadeza.

Ele me respondeu com um olhar de reprovação.

– Seu ponto de vista sempre me deprime, minha filha. Não devemos ser sórdidos. Não, não, em nome da ciência não devemos ser sórdidos.

– Tenho a sensação de que a agência de viagens pode ser sórdida.

Papai pareceu angustiado.

– Minha cara Anne, vai pagá-los em dinheiro vivo.

– Não tenho dinheiro vivo.

Papai ficou muito irritado.

– Minha filha, não posso ser incomodado com esses detalhes monetários vulgares. O banco... eu recebi algo do gerente ontem dizendo que eu tinha 27 libras.

– Deve ser no negativo, imagino.

– Ah, já sei! Escreva para meus editores.

Aquiesci, mas com dúvidas, já que os livros de papai geravam mais glória do que dinheiro. Eu gostava imensamente da ideia de ir à Rodésia. "Homens austeros e calados", murmurei para mim mesma em êxtase. Então, algo na aparência do meu pai me chamou a atenção.

– Está usando uma bota diferente em cada pé, papai – falei. – Tire a marrom e vista a outra preta. E não esqueça do cachecol, está um dia muito frio.

Em poucos minutos, papai saiu de casa, corretamente calçado com botas e bem agasalhado.

Retornou tarde naquela noite e, para meu desânimo, vi que o cachecol e o sobretudo estavam faltando.

– Minha nossa, Anne, tem toda razão. Tirei-os para entrar na caverna. A gente se suja tanto lá dentro.

Assenti, compreensiva, lembrando de uma vez em que papai voltara literalmente rebocado da pesada argila do Pleistoceno dos pés à cabeça.

Nosso principal motivo para escolher morar em Little Hampsley fora a proximidade com a Caverna Hampsley, uma caverna subterrânea rica em depósitos da cultura aurinhaciense. Tínhamos um museu pequenino no vilarejo, e o curador e o papai passavam a maior parte dos dias remexendo no subsolo e trazendo à luz pedaços de rinocerontes lanudos e ursos das cavernas.

Papai tossiu muito a noite inteira e, na manhã seguinte, vi que estava com febre e mandei chamar o médico.

Pobre papai, não teve a menor chance. Foi pneumonia dupla. Morreu quatro dias depois.

CAPÍTULO 2

Todos foram muito gentis comigo. Atordoada como estava, fiquei muito agradecida. Não fui tomada de uma tristeza avassaladora. Papai nunca me amara. Eu sabia bem disso. Se amasse, eu poderia tê-lo amado de volta. Não, não havia amor entre nós, mas fazia sentido estarmos juntos, e eu cuidara dele enquanto secretamente admirava sua cultura e sua invariável devoção à ciência. E me doeu que tenha morrido justamente quando o interesse pela vida estava no auge para ele. Teria ficado mais feliz se pudesse tê-lo enterrado em uma caverna, com pinturas de renas e ferramentas de pedra lascada, mas a força da opinião pública me constrangeu a um jazigo limpo (com lápide de mármore) em nosso horrendo cemitério da igreja local. A consolação oferecida pelo vigário, embora bem intencionada, não me consolou em nada.

Demorei um tempo para atinar que aquilo que eu sempre desejara – a liberdade – enfim me pertencia. Eu era uma órfã, sem praticamente um centavo no bolso, mas estava livre. Ao mesmo tempo, percebia a gentileza extraordinária de todas aquelas pessoas boas. O vigário fez o melhor que pôde para me convencer de que a esposa estava precisando urgentemente de uma criada de companhia. Nossa pequena biblioteca de repente decidiu que queria uma bibliotecária assistente. Por fim, o médico foi me fazer uma visita, depois de várias desculpas ridículas para explicar por que não havia mandado a conta, enrolou um bocado, titubeou, e de repente sugeriu que eu me casasse com ele.

Fiquei abismada. O doutor estava mais para os quarenta do que para os trinta e era um homem redondo e baixinho. Não se parecia em nada com o herói de *Os perigos de Pamela*, e muito menos com a figura do austero e calado rodesiano. Refleti por um minuto e então perguntei por que queria se casar comigo. A pergunta pareceu enervá-lo bastante, e resmungou que uma esposa era uma grande ajuda para um clínico geral. A posição pareceu ainda menos romântica que antes, mas, mesmo assim, algo em mim me instava a aceitá-la. Segurança, era isso que estavam me oferecendo. Segurança e uma casa confortável. Repensando tudo agora, acredito que cometi uma injustiça com o homenzinho. Estava honestamente apaixonado por mim, mas um pudor equivocado o impedia de me cortejar nesses termos. Enfim, meu afã pelo romance rebelou-se.

– É de extrema gentileza sua – respondi. – Mas é impossível. Jamais poderia me casar com um homem a menos que o amasse loucamente.

– Não acha que...?

– Não, não acho – falei com firmeza.

Ele suspirou.

– Mas, minha menina, o que está pensando em fazer?

– Viver aventuras e conhecer o mundo – respondi, sem qualquer hesitação.

– Senhorita Anne, ainda é praticamente uma criança. Não entende...

– As dificuldades práticas? Sim, entendo, doutor. Não sou uma jovem estudante sentimental; sou uma megera mercenária e cabeça-dura! Saberia disso caso se casasse comigo!

– Gostaria que reconsiderasse...

– Não posso.

Ele suspirou de novo.

– Tenho outra proposta para lhe fazer. Uma tia minha que mora no País de Gales está precisando de uma moça para ajudá-la. Que tal lhe parece essa ideia?

– Não, doutor, vou para Londres. Se há algum lugar onde as coisas acontecem, esse lugar é Londres. Vou ficar de olhos bem abertos e, vai ver só, algo vai aparecer! Vai ter notícias minhas da China ou Tombuctu.

Meu visitante seguinte foi o sr. Flemming, o advogado de papai em Londres. Viajou especialmente da capital para me ver. Ele próprio um ardente antropólogo, era um grande admirador do trabalho de papai. Era um homem alto, reservado, com o rosto fino e cabelos grisalhos. Levantou para me cumprimentar quando entrei na sala e, segurando ambas as minhas mãos, acolheu-as com palmadinhas carinhosas.

– Minha pobre menina – disse. – Pobre, pobre criança.

Sem qualquer hipocrisia consciente, me peguei fazendo o papel da órfã abandonada. Ele me hipnotizou. Era paternal, benevolente e gentil. E, sem a menor dúvida, enxergou em mim a tonta perfeita, à deriva para enfrentar um mundo cruel. Desde o começo senti que era inútil tentar convencê-lo do contrário. Do jeito que as coisas se deram, talvez tenha sido melhor eu não ter tentado.

– Minha querida menina, acha que consegue me ouvir enquanto tento esclarecer algumas coisas?

– Oh, sim.

– Seu pai, como sabe, era um grande homem. A posteridade será generosa com ele. Mas não era um bom homem de negócios.

Eu sabia disso muito bem, se não melhor que o sr. Flemming, mas me contive para não falar. Ele prosseguiu:

– Não suponho que entenda muito dessas coisas. Vou tentar explicar da melhor forma possível.

Explicou da forma mais longa possível. A conclusão parecia ser a de que me fora deixada, para enfrentar a vida, a soma de 87 libras, dezessete xelins e quatro centavos. Parecia uma quantia estranhamente nada satisfatória. Aguardei com certa palpitação pelo que viria a seguir. Temia que o sr. Flemming na certa teria uma tia na Escócia que estava precisando de uma companhia jovem e inteligente. Ao que tudo indicava, no entanto, não tinha.

– A questão é – continuou – o futuro. Entendo que não tenha qualquer parente vivo?

– Estou sozinha no mundo – falei, e me surpreendi com o quanto eu me assemelhava a uma heroína de filme.

– Tem amigos?

– Todos têm sido muito gentis comigo – falei, agradecida.

– E quem não seria gentil com alguém tão jovem e encantadora? – disparou o sr. Flemming, todo galante. – Bem, bem, minha querida, precisamos ver o que se pode fazer. – Hesitou um minuto, e então disse: – Suponhamos... que tal se viesse passar um tempo conosco?

Eu me agarrei à oportunidade. Londres! O lugar onde as coisas acontecem.

– É de uma gentileza imensa de sua parte – falei. – Posso mesmo? Apenas enquanto procuro por algo. Preciso começar a ganhar a vida, entende?

– Sim, sim, minha querida. Entendo bem. Vamos procurar por algo... adequado.

Minha intuição dizia que as ideias do sr. Flemming sobre "algo adequado" e as minhas eram provavelmente muitíssimo diferentes, mas aquele com certeza não era o momento de expor o que eu pensava.

– Está combinado, então. Por que já não retorna comigo hoje?
– Oh, obrigada, mas será que a sra. Flemming...
– Minha esposa vai adorar recebê-la.

Eu me pergunto se os maridos conhecem as esposas tanto quanto pensam que conhecem. Se eu tivesse um marido, odiaria que trouxesse órfãs para casa sem me consultar primeiro.

– Vamos enviar um telegrama para ela da estação – continuou o advogado.

Meus poucos pertences pessoais logo estavam empacotados. Contemplei meu chapéu com tristeza antes de vesti-lo. Originalmente era o que eu chamo de um chapéu de "Maria", o tipo de chapéu que uma empregada doméstica usaria no seu dia de folga, mas não usa! Uma coisa mole de palha preta com a aba caída. Com uma inspiração genial, um dia chutei, soquei o chapéu, amassei a coroa e prendi nele uma coisa que seria o sonho cubista de uma cenoura decorativa. O resultado ficara nitidamente chique. A cenoura eu já havia removido e então passei a desfazer o restante de meu árduo trabalho. O chapéu "Maria" retomou seu status anterior, com uma aparência ainda mais surrada, o que o deixou ainda mais deprimente do que antes. Era bom me encaixar o melhor possível no conceito mais popular do que vem a ser uma órfã. Estava apenas um pouco nervosa com a receptividade da sra. Flemming, mas esperava que minha aparência tivesse um efeito suficientemente apaziguante.

O sr. Flemming também estava nervoso. Percebi isso ao subirmos as escadas da casa alta na tranquila Kensington Square. A sra. Flemming me saudou de forma bastante agradável. Era uma mulher robusta, plácida, do tipo "boa mãe e esposa". Levou-me para um quarto limpíssimo de tecidos coloridos, esperava que eu encontrasse tudo que precisasse, me informou que o chá ficaria pronto em mais ou menos quinze minutos e me deixou sozinha ali.

Escutei a voz dela um pouco mais alta, quando entrou na sala no piso inferior.

– Bem, Henry, que diabos... – perdi o restante, mas o azedume do tom era evidente. E alguns minutos depois, outra frase subiu flutuando até mim, em uma voz ainda mais ácida: – Concordo com você! Ela é com certeza *muito* bonita.

A vida é mesmo difícil. Os homens não vão tratá-la bem se você não for bonita, e as mulheres não vão tratá-la bem se você o for.

Com um suspiro profundo, passei a fazer coisas com o meu cabelo. Tenho um cabelo bom. É preto, preto de verdade, não castanho-escuro, cresce bem para trás da minha testa e desce sobre as orelhas. Com uma mão impiedosa, puxei-o para cima. Quanto às orelhas, as minhas são corretas, mas não há dúvida, orelhas hoje são tão *démodé*. Estão na mesma situação delicada das "pernas da Rainha da Espanha" nos tempos de juventude do professor Peterson. Quando terminei, era quase inacreditável, mas parecia com o tipo de órfã que anda em fila com uma boina e capa vermelha.

Reparei, ao descer, que o olhar da sra. Flemming repousou sobre minhas orelhas expostas com uma expressão bastante bondosa. O sr. Flemming parecia perplexo. Não tenho dúvidas de que se perguntava: "O que essa criança fez consigo mesma?".

No geral, o restante do dia passou bem. Ficou acordado que eu começaria de imediato a procurar algo para fazer.

Quando fui me deitar, fitei com cuidado meu rosto no espelho. Seria mesmo bonita? Honestamente, não saberia dizer se concordava! Não tinha um nariz reto grego, ou uma boca em forma de botão de rosa, ou qualquer outra coisa que se deva ter. É verdade que um pároco uma vez me disse que meus olhos eram como "raios de sol aprisionados em uma madeira muito, muito escura", mas os párocos sempre sabem tantas citações e lançam mão delas a seu bel prazer. Preferiria ter os olhos azuis irlandeses em vez dos verde-escuros com pintinhas amarelas! Ainda assim, verde é uma boa cor para aventureiras.

Enrolei um tecido preto bem firme no corpo, deixando os braços e ombros de fora. Então escovei os cabelos para trás e puxei-os para cima das orelhas de novo. Enchi a cara de pó de arroz, para que a pele parecesse ainda mais pálida que de costume. Remexi até encontrar um unguento para boca e apliquei litros daquilo nos lábios. Então pintei olheiras com rolha queimada. Por fim, joguei uma fita vermelha sobre os ombros, enfiei uma pena escarlate no cabelo e pendurei um cigarro no canto da boca. O resultado me agradou muitíssimo.

– Anna, a aventureira – falei em voz alta, assentindo para meu reflexo. – Anna, a aventureira. Episódio 1: "A casa em Kensington"!

As meninas são tão bobas.

CAPÍTULO 3

Nas semanas que se sucederam, fiquei bastante entediada. A sra. Flemming e suas amigas me pareciam desinteressantes ao extremo. Por horas a fio, falavam de si mesmas e dos filhos, das dificuldades de se conseguir um leite bom para as crianças e do que dizer para o leiteiro quando o leite não estava bom. Então passavam a falar da criadagem e das dificuldades de se conseguir bons criados e sobre o que disseram para a mulher na agência de empregos, e o que a mulher da agência lhes disse. Jamais pareciam ler jornais ou dar importância ao que acontecia no mundo. Não gostavam de viajar, tudo era tão diferente da Inglaterra. A Riviera era boa, claro, pois lá se encontravam com todos os amigos.

Eu escutava e me continha com dificuldade. A maioria dessas mulheres era rica. O mundo inteirinho era delas para visitar, mas deliberadamente ficavam na suja e enfadonha Londres falando de leiteiros e criados! Agora acho, olhando em retrospecto, que eu era talvez um tiquinho intolerante. Mas elas eram *burras*, burras até mesmo na profissão escolhida: a maioria organizava as contas domésticas de maneira confusa e extraordinariamente inadequada.

Meus assuntos não progrediam com muita agilidade. A casa e a mobília foram vendidas, e a quantia arrecadada dera apenas para quitar as dívidas. Até aquele momento, eu não tivera sucesso na busca de emprego. Não que de fato quisesse um! Tinha a sólida convicção de que, se saísse em busca de aventura, a aventura me encontraria no meio do caminho. É uma teoria que tenho, a de que a gente sempre consegue aquilo que quer.

Minha teoria estava prestes a ser provada na prática.

Era o começo de janeiro, dia oito, para ser exata. Estava voltando de uma entrevista infeliz com uma senhora que dizia querer uma dama de companhia e secretária, mas na verdade parecia precisar de uma servente bem forte que pudesse trabalhar doze horas por dia por 25 libras por ano. Tendo nos despedido com descortesias mútuas e veladas, caminhei por Edgware Road (a entrevista tivera lugar em uma casa em St. John's Wood) e atravessei o Hyde Park até o St. George's Hospital. Ali entrei na estação de metrô de Hyde Park Corner e comprei um bilhete até Gloucester Road.

Uma vez na plataforma, caminhei até a ponta. Minha mente inquisidora queria satisfazer a curiosidade sobre se de fato *existiam* pontos e uma abertura entre os dois túneis logo além da estação na direção de Down Street. Fiquei boba de tão contente em descobrir que estava certa. Não havia muita gente na plataforma, e, na ponta, estávamos apenas eu e um homem. Ao passar por ele, farejei, hesitante. Se há um cheiro que não suporto é o de bolas de naftalina! O sobretudo pesado desse homem simplesmente fedia a naftalina. E, no entanto, a maioria dos homens começa a usar seus casacos de inverno antes de janeiro, por consequência, nesta época do ano, o cheiro já deveria ter passado. O homem estava além de mim, parado bem perto da boca do túnel. Parecia perdido em pensamentos, e pude observá-lo sem parecer grosseira.

Era um homem pequeno e magro, muito bronzeado no rosto, com olhos azuis claros e uma pequena barba escura.

"Acaba de chegar do exterior", deduzi. "É por isso que o sobretudo cheira assim. Veio da Índia. Não é um oficial, ou não teria a barba. Talvez um produtor de chá."

Naquele momento, o homem virou-se como se fosse voltar pela plataforma. Olhou para mim, mas então seu olhar se deslocou para algo atrás de mim, e sua expressão se transformou. Ficou distorcida de medo, quase em pânico. Ele deu um passo para trás, como quem involuntariamente recua diante de algum perigo, esquecendo-se de que estava na beirada da plataforma e despencando para trás. Houve um clarão vívido vindo dos trilhos e o som de um estalido. Dei um grito agudo. As pessoas vieram correndo. Dois oficiais da estação pareceram se materializar do nada e assumir o comando da situação.

Permaneci onde estava, enraizada no lugar, tomada de uma espécie de fascínio horroroso. Parte de mim estava chocada com o súbito desastre, e outra parte demonstrava um interesse frio e desapaixonado pelos métodos empregados para retirar o homem dos trilhos eletrificados e de volta à plataforma.

– Deixem-me passar. Sou médico.

Um homem alto com barba castanha se espremeu ao passar por mim e debruçou-se sobre o corpo inerte.

Ao examiná-lo, uma curiosa sensação de irrealidade pareceu se apossar de mim. Aquilo não era real, não podia ser. Por fim, o doutor pôs-se de pé e balançou a cabeça.

– Morto como uma porta. Não há nada a fazer.

Havíamos todos nos aglomerado mais perto, e um encarregado injuriado levantou a voz.

– Oras, afastem-se um pouco, quem sabe? Que sentido faz ficar todo mundo amontoado?

Senti uma náusea súbita, me virei sem olhar e corri, subindo as escadas em direção ao elevador. Achei que era tudo horrível demais. Precisava tomar um ar fresco. O doutor que examinara o corpo estava logo à frente. O elevador estava prestes a subir, outro descera, e ele disparou a correr. Ao fazê-lo, deixou cair um pedaço de papel.

Parei, apanhei o papel e corri atrás dele. Mas os portões do elevador se fecharam na minha cara e fiquei ali, segurando o papel na mão. Até o segundo elevador chegar ao nível da rua, não havia mais sinal do meu alvo. Esperava que não fosse nada importante aquilo que ele perdera e, pela primeira vez, examinei o que era. Era a metade de uma folha simples de papel com alguns algarismos e palavras rabiscados a lápis. Eis uma cópia do conteúdo:

17·1·22 Kilmorden Castle

À primeira impressão, com certeza não parecia ser nada importante. Ainda assim, hesitei em jogar fora. Enquanto estava ali parada, segurando aquilo, involuntariamente torci o nariz em desgosto. Naftalina de novo! Segurei o papel com toda a delicadeza contra o nariz. Sim, cheirava a naftalina. Mas então...

Dobrei o papel com cuidado e o coloquei na bolsa. Caminhei com calma até em casa e pensei muito.

Expliquei à sra. Flemming que presenciara um acidente grotesco no metrô, que estava bastante chateada e subiria ao quarto para me deitar. A gentil senhora insistiu para que eu tomasse uma xícara de chá. Depois, fui deixada a sós e passei a executar um plano que havia formulado na caminhada para casa. Queria saber o que havia produzido aquela curiosa sensação de irrealidade enquanto eu observava o doutor examinando o corpo. Primeiro me deito no chão, em atitude de cadáver, então ponho um almofadão no meu lugar, e me ponho a replicar, até onde lembrava, cada movimento e gesto do médico. Ao terminar, consegui o que procurava. Sentei-me sobre os calcanhares e franzi o cenho, olhando para as paredes.

Havia uma breve notícia nos jornais vespertinos de que um homem morrera no metrô, expressando a dúvida sobre se o caso fora suicídio ou acidente. Aquilo pareceu esclarecer o meu dever e, quando o sr. Flemming escutou minha história, concordou comigo.

– Sem dúvida sua presença será requisitada no inquérito. Está dizendo que não havia ninguém mais próximo para ver o que ocorreu?

– Tive a sensação de que alguém estava chegando por trás de mim, mas não tenho certeza; e, de todo modo, não estaria tão próximo quanto eu.

O inquérito foi conduzido. O sr. Flemming organizou tudo e me levou com ele. Parecia temer que aquilo fosse um suplício para mim, e tive de esconder dele a minha completa tranquilidade.

O falecido fora identificado como L.B. Carton. Nada fora encontrado em seus bolsos, exceto uma autorização de um agente imobiliário para visitar uma casa no rio perto de Marlow. Estava no nome de L.B. Carton, Russell Hotel. O recepcionista do hotel identificou o homem como tendo chegado no dia anterior e reservado um quarto usando aquele nome. Havia se registrado como L.B. Carton, Kimberley, África do Sul. Era evidente que chegara direto do vapor.

Eu era a única pessoa que havia presenciado qualquer coisa do caso.

– Acredita que foi um acidente? – o magistrado me perguntou.

– Estou segura disso. Algo o deixou alarmado, e ele deu uns passos para trás sem ver para onde e sem pensar no que estava fazendo.

– Mas o que pode tê-lo alarmado?

– Isso não sei. Mas havia algo. Ele estava com uma expressão de pânico.

Um jurado impassível sugeriu que alguns homens ficam aterrorizados por causa de gatos. O homem poderia ter avistado um gato. Não achei que a sugestão fosse muito brilhante, mas pareceu ser acatada pelo júri, que estava obviamente impaciente para voltar para casa e bastante feliz por poder emitir um veredito de acidente em vez de suicídio.

– Parece extraordinário – disse o magistrado – que o médico que primeiro examinou o corpo não tenha se pronunciado. Seu nome e endereço deveriam ter sido anotados na hora. Foi muito irregular falharem com esse procedimento.

Sorri para comigo. Tinha minha própria teoria no que dizia respeito ao tal médico. Para dar seguimento, me determinei a visitar a Scotland Yard em breve.

Porém, a manhã seguinte trouxe uma surpresa. Os Flemming compraram um exemplar do *Daily Budget*, e o *Daily Budget* estava tendo um dia de glória.

CONTINUAÇÃO EXTRAORDINÁRIA PARA O ACIDENTE DO METRÔ

MULHER ENCONTRADA ESTRANGULADA EM CASA VAZIA

Li com ansiedade.

"Uma descoberta sensacional foi feita ontem na Casa do Moinho, em Marlow. A Casa do Moinho, que é de propriedade de Sir Eustace Pedler, do ministério público, está para alugar sem mobília, e uma ordem para visitar a dita propriedade foi encontrada no bolso do homem que de início pensava-se haver cometido suicídio ao se atirar sobre os trilhos eletrificados na estação de metrô de Hyde Park Corner. Em um dos quartos superiores da Casa do Moinho, o corpo de uma bela jovem foi descoberto ontem, estrangulado. Acredita-se que seja estrangeira, mas até agora não foi identificada. A polícia reportou ter uma pista. Sir Eustace Pedler, o proprietário da Casa do Moinho, está passando o inverno na Riviera."

CAPÍTULO 4

Ninguém se pronunciou para identificar a morta. A investigação levantou os seguintes fatos.

Pouco depois da uma hora da tarde no dia oito de janeiro, uma mulher bem vestida com leve sotaque estrangeiro entrara no escritório de Messrs Butler and Park, agentes imobiliários, em Knightsbridge. Explicou que gostaria de alugar ou comprar uma casa no Tâmisa com facilidade de acesso a Londres. Os detalhes de várias propriedades lhe foram passados, inclusive as informações sobre a Casa do Moinho. Ela informou o nome da sra. De Castina e seu endereço no Ritz, mas descobriu-se que ninguém com aquele nome estava hospedado lá, e o pessoal do hotel não conseguiu identificar o corpo.

A sra. James, esposa do jardineiro de Sir Eustace Pedler, que era zeladora da Casa do Moinho e morava em um pequeno alojamento que dava para a estrada principal, deu seu depoimento. Por volta das três da tarde daquele dia, uma senhora veio conhecer a casa. Apresentou uma autorização emitida pelos agentes imobiliários, e, como era de costume, a sra. James lhe deu as chaves da casa. Estava situada a certa distância do alojamento, e ela não tinha o hábito de acompanhar os candidatos a inquilinos. Poucos minutos depois, um rapaz chegou. A sra. James o descreveu como alto e de ombros largos, com rosto bronzeado e olhos cinza-claro. Estava bem barbeado e vestia um terno marrom. Explicou à sra. James que era amigo da senhora que viera dar uma olhada na casa, mas parara nos correios para enviar um telegrama. Ela o direcionou para a casa e não pensou mais no assunto.

Cinco minutos depois, ele reapareceu, devolveu as chaves e explicou recear que a casa não se encaixasse no que estavam procurando. A sra. James não viu a mulher, mas pensou que ela já havia partido. O que ela reparou foi como o rapaz parecia bastante incomodado com algo: "Parecia ter visto um fantasma. Pensei que estivesse adoentado".

No dia seguinte, outra dama e outro cavalheiro foram visitar a propriedade e descobriram o corpo estendido no chão em um dos quartos do andar de cima. A sra. James identificou-o como sendo da senhora que viera no dia anterior. Os agentes imobiliários também reconheceram o corpo como sendo da "sra. De Castina". O médico da polícia emitiu parecer de que a mulher estava morta havia cerca de 24 horas. O *Daily Budget* já saíra concluindo que o homem do metrô havia assassinado a mulher e depois cometido suicídio. Entretanto, a vítima do metrô estava morta às duas da tarde, e a mulher estava bem viva às três, a única conclusão lógica a se chegar era de que as duas ocorrências nada tinham a ver uma com a outra, e que a autorização para visitar a casa em Marlow encontrada no bolso do morto era apenas uma dessas coincidências que de vez em quando acontecem na vida.

O veredito de "homicídio doloso contra pessoa ou pessoas desconhecidas" foi apresentado, e a polícia (e o *Daily Budget*) ficou de procurar pelo "homem do terno marrom". Como a sra. James tinha certeza de que não havia mais ninguém na casa quando aquela senhora chegou, e de que ninguém, à exceção do rapaz em questão, entrara lá até a tarde do dia seguinte, parecia lógico concluir que ele era o assassino da infeliz sra. De Castina. Ela havia sido estrangulada com um pedaço de barbante preto e grosso, e era evidente que fora pega de surpresa, sem ter tempo de gritar. A bolsa de mão de seda preta que carregava continha uma carteira bem recheada e algumas moedas soltas, um lenço de renda fina, sem monograma, e o bilhete de primeira classe de volta para Londres. Não havia muito em que se basear.

Tais foram os detalhes publicados e difundidos pelo *Daily Budget*, e "Encontre o homem do terno marrom" era seu grito de guerra diário. Em média, cerca de quinhentas pessoas escreviam para eles todos os dias para anunciar seu sucesso na busca, enquanto jovens altos de rostos bronzeados amaldiçoavam o dia em que seus alfaiates os convenceram a fazer um terno marrom. O acidente no metrô, descartado como uma coincidência, foi apagando-se da cabeça do público.

Fora coincidência? Eu não tinha tanta certeza. Sem dúvida estava tendenciosa – aquele incidente era meu mistério de estimação –, mas certamente me parecia haver algum tipo de conexão entre as duas fatalidades. Em cada uma delas havia um homem de rosto bronzeado, evidentemente um inglês que morava no estrangeiro, além de outras coisas. Foi a consideração dessas outras coisas que enfim me impulsionou a dar aquilo que considero um passo arrojado. Apresentei-me à Scotland Yard e exigi falar com o responsável pelo caso da Casa do Moinho.

Meu pedido demorou a ser compreendido, pois sem querer eu entrara no departamento de guarda-chuvas perdidos, mas finalmente me encaminharam a uma salinha e me apresentaram ao inspetor detetive Meadows.

O inspetor Meadows era um homem pequeno com cabelo ruivo e, na minha opinião, trejeitos especialmente irritantes. Um subordinado, também à paisana, estava sentado de forma discreta no canto.

– Bom dia – falei, nervosa.

– Bom dia. Queira se sentar. Entendo que tem algo a dizer que crê ser útil para nós.

O tom dele parecia indicar que tal coisa era de uma improbabilidade extrema. Senti meu sangue começando a ferver.

— Claro que sabe sobre o homem que foi morto no metrô? O que tinha no bolso uma autorização para visitar a mesma casa em Marlow?

— Ah! – exclamou o inspetor. – É a srta. Beddingfeld que deu seu depoimento no inquérito. Com certeza o homem tinha uma autorização no bolso. Várias outras pessoas também devem ter uma, com a única diferença de que não morreram.

Respirei fundo.

— Não acha estranho que esse homem não tivesse um bilhete no bolso?

— É a coisa mais fácil do mundo deixar cair um bilhete. Já me aconteceu.

— E não tinha dinheiro

— Tinha alguma coisa em moedas no bolso traseiro da calça.

— Mas não tinha carteira.

— Alguns homens não carregam uma carteira ou pasta de nenhum tipo.

Tentei por outra via.

— Não acha esquisito que o médico jamais tenha se apresentado?

— Um médico ocupado muitas vezes não lê o jornal. É provável que tenha se esquecido por completo do acidente.

— Na verdade, inspetor, o senhor está decidido a não achar nada de estranho em nada – falei com doçura.

— Bem, estou inclinado a pensar que a senhorita gosta um pouco demais dessa palavra, srta. Beddingfeld. As mocinhas são românticas, eu sei... adoram mistérios e coisas assim. Mas sou um homem ocupado...

Entendi a indireta e fui me levantando.

O homem no canto levantou sua voz branda.

— Quem sabe se a moça pudesse nos contar, rapidamente, quais são as ideias dela sobre o assunto, inspetor?

O inspetor aceitou a sugestão de pronto.

— Sim, vamos lá, srta. Beddingfeld, não se ofenda. Fez algumas perguntas e insinuou coisas. Sendo mais direta, no que é que está pensando?

Hesitei entre a dignidade injuriada e o desejo esmagador de expressar minhas teorias. Às favas com a dignidade injuriada.

— Afirmou no inquérito ter certeza de que não foi suicídio?

— Sim, tenho certeza disso. O homem estava assustado. O que o assustou? Não fui eu. Mas alguém poderia estar vindo na nossa direção na plataforma, alguém que ele reconheceu.

— A senhorita não viu ninguém?

— Não – confessei. – Não me virei para trás. Então, logo que o corpo foi recuperado da linha do trem, um homem abriu caminho para examiná-lo dizendo ser médico.

— Nada de incomum nisso – disse o inspetor, seco.
— Mas ele não era médico.
— Como?
— Não era médico – repeti.
— Como sabe disso, srta. Beddingfeld?
— É difícil de explicar exatamente. Trabalhei em hospitais durante a guerra e via os médicos manuseando os corpos. Há uma espécie de insensibilidade habilidosa e profissional que esse homem não demonstrou. Além disso, um médico em geral não apalpa para sentir o coração do paciente no lado direito do corpo.
— Ele fez isso?
— Fez, não percebi com clareza na hora, exceto por suspeitar que havia algo errado. Mas entendi o que foi quando cheguei em casa, e então vi por que a coisa toda tinha me parecido tão estranha naquele momento.
— Hmmm – murmurou o inspetor. Estava agora pegando devagar um papel e uma caneta.
— Ao passar as mãos sobre a parte superior do corpo, teria uma ótima oportunidade de levar o que quisesse dos bolsos.
— Não me parece provável – disse o inspetor. – Mas, bem, pode descrevê-lo, ao menos?
— Era alto e tinha ombros largos, vestia um sobretudo escuro e botas pretas, um chapéu coco. Tinha uma barba escura e pontuda e óculos de aro dourado.
— Tire o sobretudo, a barba e os óculos, e não resta muito para reconhecê-lo – rosnou o inspetor. – Poderia mudar de aparência com facilidade em cinco minutos se quisesse, o que faria caso seja o hábil batedor de carteiras que está sugerindo.

Não fora minha intenção sugerir nada do tipo. Mas a partir dali perdi as esperanças com o inspetor.

— Não há mais nada que possa nos dizer sobre ele? – exigiu, enquanto eu me preparava para partir.
— Sim – afirmei. Aproveitei a chance de disparar um último tiro. – A cabeça dele era marcadamente braquicéfala. Isso não vai ser fácil de alterar.

Observei com prazer a caneta do inspetor Meadows hesitar. Era óbvio que ele não sabia escrever braquicéfalo.

CAPÍTULO 5

No calor da indignação, meu próximo passo foi de uma facilidade inesperada. Tinha um plano mal-acabado na cabeça quando fui até a Scotland Yard. Um plano que poderia executar se minha entrevista com eles fosse insatisfatória (e foi profundamente insatisfatória). Isto é, se eu tivesse coragem de levá-lo a cabo.

Coisas que a gente se recusaria a arriscar em condições normais são facilmente empreendidas em um ataque de raiva. Sem me dar o tempo de pensar melhor, fui direto até a casa de Lord Nasby.

Lord Nasby era o milionário proprietário do *Daily Budget*. Ele possuía outros jornais também, vários deles, mas o *Daily Budget* era sua menina dos olhos. Como dono do *Daily Budget*, ele era conhecido por todas as famílias do Reino Unido. Devido ao fato de que um itinerário dos hábitos diários daquele grande homem acabara de ser publicado, eu sabia exatamente onde encontrá-lo naquela hora. Era a hora em que ditava para a secretária dentro de sua própria casa.

Eu não supunha, claro, que qualquer jovem que escolhesse aparecer pedindo para falar com ele fosse ser admitida de imediato a tal augusta presença. Mas havia cuidado dessa parte da equação. Na bandeja de cartões no corredor da casa dos Flemming, observei o cartão do Marquês de Loamsley, o mais famoso atleta da nobreza inglesa. Removi o cartão, limpei-o com cuidado usando migalhas de pão e escrevi as palavras: "Por favor, dê alguns minutos do seu tempo à srta. Beddingfeld". Aventureiras não podem ser escrupulosas demais com seus métodos.

A ideia funcionou. Um lacaio empoado recebeu o cartão e o levou. Na sequência, um secretário pálido surgiu. Consegui responder a tudo de forma bem vaga. Ele se retirou derrotado. Reapareceu e implorou que eu o acompanhasse. Assim o fiz. Entrei em uma sala grande, uma taquígrafa com cara de assustada passou correndo por mim como se fosse uma visitante do mundo dos espíritos. Então a porta se fechou e fiquei cara a cara com Lord Nasby.

Um homem grande. Cabeça grande. Cara grande. Bigode grande. Barriga grande. Eu me recompus. Não havia ido até lá para comentar sobre a barriga de Lord Nasby. Ele já estava rugindo para mim.

– Bem, o que é? O que quer o Loamsley? É secretária dele? Do que se trata?

– Para começar – falei com toda a tranquilidade de que fui capaz –, não conheço Lord Loamsley, e ele com certeza não sabe nada a meu respeito. Peguei o cartão dele de uma bandeja na casa das pessoas onde estou hospedada e escrevi as palavras eu mesma. Era muito importante que falasse com o senhor.

Por um momento, não dava para saber se Lord Nasby tinha ou não apoplexia. No fim, ele engoliu duas vezes e recuperou os sentidos.

– Admiro sua frieza, mocinha. Bem, está falando comigo! Se me interessar, vai continuar a falar comigo por exatos dois minutos a mais.

– Será o bastante – respondi. – E vou lhe interessar. É sobre o mistério da Casa do Moinho.

– Se encontrou "O homem do terno marrom", escreva para o editor – interrompeu apressado.

– Se o senhor vai me interromper, vou demorar mais do que dois minutos – falei com austeridade. – Não encontrei o "homem do terno marrom", mas é bem provável que o encontre.

Em poucas palavras apresentei os fatos do acidente do metrô e as conclusões que tirara delas. Quando terminei, ele perguntou de forma inesperada:

– O que sabe sobre crânios braquicéfalos?

Mencionei meu pai.

– O homem dos macacos? Hein? Bem, parece ter uma cabeça acima do pescoço, mocinha. Mas é tudo muito frágil, entende. Não há muito em que se basear. E não serve para nós do jeito que está.

– Tenho plena consciência disso.

– O que quer, então?

– Quero um emprego no jornal para investigar esse assunto.

– Não posso fazer isso. Já temos nosso repórter especial no caso.

– E eu tenho meu conhecimento especial.

– Isso que me contou, é?

– Oh, não, Lord Nasby. Ainda tenho um trunfo na manga.

– Ah, tem, é? Parece do tipo inteligente. Bem, e o que é?

– Quando esse dito médico entrou no elevador, deixou cair um pedaço de papel. Apanhei-o e o cheirei. Fedia a naftalina. Igual ao morto. O doutor não fedia. Então, logo vi que o médico devia ter tirado o papel do corpo. Tinha duas palavras escritas e alguns algarismos.

– Vamos ver.

Lord Nasby estendeu uma mão descuidada.

– Acho que não – falei sorridente. – É um achado meu, entenda.

– Tenho razão. Você *é* uma menina esperta. Faz bem em guardar para si. Não teve escrúpulos por não tê-lo entregado à polícia?

– Fui lá para isso esta manhã. Insistiram em ver a coisa toda como não tendo relação alguma com o caso em Marlow, então pensei que as circunstâncias justificavam que eu guardasse o papel. Além do mais, o inspetor me deixou irritada.

– Um homem sem visão. Bem, minha querida menina, eis o que posso fazer por você. Siga trabalhando nessa linha investigativa. Se conseguir alguma coisa, qualquer coisa que seja publicável, mande pra mim e terá sua chance. Sempre temos espaço para talentos verdadeiros no *Daily Budget*. Mas precisa dar uma prova primeiro. Entendeu?

Agradeci muito e pedi desculpas por meus métodos.

– Não se preocupe. Eu até gosto de descaramento, quando é de parte de uma moça bonita. A propósito, disse que levaria dois minutos e levou três, sem contar as interrupções. Para uma mulher, isso é muito impressionante! Deve ser seu treinamento científico.

Estava na rua de novo, ofegante, como se tivesse corrido. Lord Nasby revelou-se um novo conhecido bastante exaustivo.

CAPÍTULO 6

Fui para casa exultante. Minha estratégia dera mais certo do que eu poderia ter imaginado. Lord Nasby fora definitivamente genial. Cabia a mim agora "dar uma prova", como ele expressara. Assim que me tranquei no quarto, puxei meu precioso pedaço de papel e o estudei com atenção. Ali estava a pista do mistério.

Para começar, o que significavam aqueles algarismos? Havia cinco deles e um ponto logo depois dos dois primeiros.

– Dezessete, cento e vinte e dois – murmurei.

Aquilo não parecia levar a lugar algum.

A seguir, somei tudo. Em geral é assim que fazem nas histórias de ficção, levando a deduções surpreendentes.

– Um mais sete dá oito, com mais um, é nove e, com dois, onze, com mais dois, dá treze!

Treze! Um número do destino! Seria uma advertência para que eu deixasse aquilo quieto? Era bem possível. De todo modo, exceto como uma advertência, parecia ser de uma inutilidade singular. Descartei a hipótese de que algum conspirador escolheria aquele jeito de escrever treze na vida real. Se quisesse dizer treze, teria escrito treze. Assim: "13".

Havia um espaço entre o um e o dois. Por conseguinte, subtraí 22 de 171. O resultado foi 159. Fiz de novo e deu 149. Esses exercícios de aritmética eram sem dúvida uma prática excelente, mas, quanto a oferecerem uma solução para o mistério, pareciam totalmente ineficazes. Deixei a matemática de lado, sem me atrever a qualquer divisão ou multiplicação complicada, e passei para as palavras.

Kilmorden Castle. Isso era algo bem definido. Um lugar. Provavelmente, o berço de uma família aristocrática. (Um herdeiro desaparecido? Alguém peticionando o título?) Ou quem sabe uma ruína pitoresca. (Tesouro enterrado?)

Sim, de modo geral pendi para a teoria do tesouro enterrado. Números sempre acompanham tesouros enterrados. Um passo para a direita, sete passos para a esquerda, cave por trinta centímetros, desça 22 degraus. Esse tipo de ideia. Poderia decifrar isso depois. O negócio era chegar a Kilmorden Castle o mais rápido possível.

Dei uma saída estratégica do quarto e retornei carregada de livros de referência. *Quem é quem*, um almanaque Whitaker, um dicionário geográfico, a história de antigas casas escocesas e um guia de moradores das ilhas britânicas.

O tempo passou. Pesquisei diligentemente, mas com crescente irritação. Por fim, fechei o último livro com um estrondo. Não parecia existir um lugar chamado Kilmorden Castle.

Ali estava um revés inesperado. *Precisava* existir esse lugar. Por que alguém inventaria um nome como esse e o escreveria num pedaço de papel? Era absurdo!

Outra ideia me ocorreu. Era possível que fosse uma abominação acastelada em algum subúrbio, com um nome imponente inventado pelo dono. Mas, se fosse isso, seria dificílimo de achar. Sentei-me sorumbática sobre meus calcanhares (sempre me sento no chão para fazer algo realmente importante) e fiquei pensando em por onde diabos poderia começar.

Haveria alguma outra linha de raciocínio que eu poderia seguir? Refleti com seriedade e então me pus de pé toda animada. É claro! Deveria visitar a "cena do crime". Sempre é isso que os melhores detetives fazem! E não importa quanto tempo tenha se passado, sempre encontram algo que a polícia deixou escapar. Minha ação era clara. Precisava ir até Marlow.

Mas como entraria na casa? Descartei vários métodos aventureiros e optei pela sóbria simplicidade. A casa estava para alugar, presumia-se que continuava assim. Eu seria uma inquilina potencial.

Também decidi investir nas imobiliárias menores, com menos casas em seu portfólio.

Ali, no entanto, eu não contava com minha recepção. Um atendente agradável apresentou os detalhes de meia dúzia de propriedades desejáveis. Precisei de toda a minha engenhosidade para encontrar objeções a cada uma delas. No fim, temia ter caído em um vazio.

– E não tem mesmo nada além disso? – perguntei, olhando com ar patético dentro de seus olhos. – Alguma coisa à beira do rio, e com um belo espaço de jardim e um pequeno alojamento – acrescentei, resumindo os pontos principais da Casa do Moinho, conforme eu lera nos jornais.

– Bem, claro, temos a propriedade de Sir Eustace Pedler – disse o homem, cheio de dúvidas. – A Casa do Moinho, sabe.

– Não foi... não foi onde... – gaguejei. (Francamente, gaguejar está se tornando meu ponto forte.)

– A própria! Onde aconteceu o assassinato. Mas talvez não fosse gostar de...

– Ah, não creio que eu vá me importar – falei, dando a impressão de estar recobrando minhas forças. Senti que minha boa-fé estava bem estabelecida. – E talvez eu consiga ainda alugar por menos, dadas as circunstâncias.

Um toque de mestre, pensei.

– Bem, é possível. Não vou fazer de conta que vai ser fácil de alugar agora, para a criadagem e tudo o mais, entende. Se gostar do lugar durante a visita, recomendo que faça uma oferta. Devo providenciar sua autorização?

– Por gentileza.

Quinze minutos depois, eu estava no alojamento da Casa do Moinho. Em resposta a minha batida, a porta se escancarou e uma mulher alta de meia-idade literalmente deu um salto para fora.

– Ninguém pode entrar na casa, estão entendendo? Estou cansada de vocês repórteres, estou sim. As ordens de Sir Eustace são de...

– Entendi que a casa estava para alugar – falei, gélida, estendendo a minha autorização de visita. – Claro, se já estiver ocupada...

– Oh, peço seu perdão, senhorita. Venho sendo bastante importunada por esse pessoal dos jornais. Não tenho um minuto de paz. Não, a casa não está alugada... não é provável que venha a ser agora.

– O encanamento tem problemas? – perguntei num sussurro ansioso.

– Oh, por Deus, senhorita, os *canos* estão funcionando! Mas é certo que soube da senhora estrangeira que mataram aqui?

– Creio ter lido algo sobre isso nos jornais – falei de modo descuidado.

Minha indiferença despertou a curiosidade da mulher. Se houvesse demonstrado meu interesse, ela teria se fechado como uma ostra. Mas, dessa forma, se controlou.

– Diria que sim, senhorita! Está em todos os jornais. O *Daily Budget* está decidido a apanhar o culpado. Parece, segundo o jornal, que a nossa polícia não está adiantando para nada. Bem, espero que o peguem – embora fosse um homem bem bonito, não se engane. Tinha um tipo meio militar, ah, bem, diria que foi ferido na guerra, e às vezes ficam meio esquisitos depois disso; o filho da minha irmã passou por isso. Talvez ela o tenha feito sofrer, não prestam essas estrangeiras. Embora fosse uma mulher fina. Ficou parada bem aí onde está agora.

– Era loira ou morena? – me atrevi. – Não dá para saber por essas fotos do jornal.

– Cabelo escuro e o rosto muito pálido, muito mais branco que o natural, achei... tinha os lábios pintados de um vermelho cruel. Não gosto nem de ver essa cor... mas um pouco de pó no rosto de vez em quando já é outra história.

Estávamos conversando como velhas amigas. Fiz outra pergunta.

– Ela parecia nervosa ou incomodada?

– Nem um pouco. Estava rindo sozinha, mas em silêncio, como se estivesse se divertindo com alguma coisa. Por isso poderiam me derrubar com uma pena quando na tarde do dia seguinte aquelas pessoas saíram correndo, chamando a polícia e dizendo que ocorrera um assassinato. Nunca vou me recuperar disso, e quanto a pôr os pés naquela casa depois de escurecer, não faria isso nem que fosse preciso. Ora, não teria nem mesmo ficado aqui no alojamento se Sir Eustace não tivesse me pedido de joelhos.

– Pensei que Sir Eustace Pedler estivesse em Cannes?

– Estava, senhorita. Voltou para a Inglaterra quando soube da notícia, e quanto a ficar de joelhos foi uma figura de linguagem, o secretário dele, sr. Pagett, me ofereceu o dobro para permanecer aqui e, como diz o meu John, dinheiro é dinheiro.

Concordei por completo com o comentário nada original de John.

– O rapaz, no entanto – disse a sra. James, retomando de repente um ponto anterior da conversa. – *Esse* estava incomodado. Seus olhos, olhos claros, estavam, eu percebi bem, estavam brilhantes. Empolgado, foi o que *eu* pensei. Mas nunca pensei que algo estivesse errado. Nem mesmo quando ele saiu de lá com uma cara toda estranha.

– Quanto tempo ele ficou na casa?

– Ah, não foi muito, questão de uns cinco minutos, talvez.

– Que altura ele tinha, você sabe? Por volta de um metro e oitenta?

– Diria que sim, talvez.

– Não tinha barba, você disse?

– Sim, senhorita, não tinha nem um daqueles bigodes de escovinha.

– E o queixo dele estava reluzente? – perguntei, com súbito impulso.

A sra. James me olhou espantada.

– Bem, agora que está dizendo, estava *mesmo*. Como sabia?

– É algo curioso, mas os assassinos em geral têm queixos reluzentes – expliquei inventando uma loucura.

A sra. James aceitou a declaração em boa-fé.
– É mesmo, nossa, senhorita. Nunca tinha ouvido falar disso.
– Não percebeu o tipo de cabeça que ele tinha, imagino?
– Do tipo bem comum, senhorita. Vou apanhar as chaves, posso?

Aceitei e segui meu caminho até a Casa do Moinho. Minha reconstrução até o momento me parecia boa. O tempo todo eu entendera que as diferenças entre o homem que a sra. James descrevera e o meu "médico" do metrô eram em coisas não essenciais. Um sobretudo, uma barba, óculos de aro dourado. O "doutor" aparentara ser de meia-idade, mas lembro de haver se reclinado sobre o corpo de um jeito que parecia de um homem mais jovial. Tinha uma flexibilidade que denotava juntas mais jovens.

A vítima do acidente (o homem da naftalina, como eu o chamava) e a mulher estrangeira, a sra. De Castina, ou qualquer que fosse seu nome verdadeiro, tinham um encontro marcado na Casa do Moinho. Foi assim que juntei os dois. Seja porque temiam estar sendo observados ou por algum outro motivo, escolheram esse método bastante inventivo de obterem uma autorização para visitar a mesma casa. Assim o encontro dos dois poderia ter se passado por mero acaso.

Que o homem da naftalina tenha de repente avistado o "doutor", e que esse encontro fora totalmente inesperado e alarmante para ele, era outro fato do qual eu tinha bastante certeza. O que aconteceu depois? O "doutor" removeu seu disfarce e seguiu a mulher até Marlow. Mas era possível, se houvesse removido tudo de forma muito apressada, que traços do adesivo usado pudessem ter ficado no queixo. Por isso minha pergunta para a sra. James.

Ocupada com meus pensamentos, cheguei até a porta baixa à moda antiga da Casa do Moinho. Girei a chave e entrei. O hall tinha o pé-direito baixo e era escuro, o lugar cheirava a abandono e mofo. Mesmo não querendo, eu tremia. Será que a mulher que estivera ali há poucos dias "sorrindo sozinha" não tivera um calafrio ou uma premonição ao entrar na casa? Era o que eu me perguntava. Será que o sorriso se esvaiu dos lábios e um terror inominável se acercou de seu coração? Ou ela subira as escadas ainda sorridente, inconsciente da destruição que logo a alcançaria? Meu coração bateu um pouco mais rápido. Será que a casa estava vazia? Será que a destruição também me aguardava ali? Pela primeira vez eu entendi o significado daquela palavra tão utilizada, "atmosfera". Havia uma atmosfera naquela casa, uma atmosfera de crueldade, de ameaça, de maldade.

CAPÍTULO 7

Desvencilhando-me das sensações opressoras, subi rapidamente os degraus. Não tive dificuldade para encontrar a sala da tragédia. No dia em que o corpo fora descoberto chovera muito, e botas enormes e enlameadas pisotearam o assoalho sem carpete em todas as direções. Perguntei-me se o assassino havia deixado pegadas no dia anterior. Era provável que a polícia ficasse reticente sobre o assunto se fosse o caso, mas, pensando melhor, decidi que não era muito provável. O tempo estava firme e seco.

Não havia nada de interessante no quarto. Era quase quadrado com duas grandes janelas salientes, paredes lisas e brancas e um piso limpo, as tábuas manchadas nas bordas onde um carpete um dia terminava. Procurei com cuidado, mas não havia nem um alfinete caído em lugar algum. A talentosa e jovem detetive não parecia ter muita chance de descobrir uma pista negligenciada.

Levara comigo um lápis e um caderno. Não parecia haver muito que anotar, mas devidamente desenhei um rápido esboço do quarto para encobrir minha decepção com o fracasso da minha busca. Quando estava para devolver o lápis a minha bolsa, ele escorregou dos meus dedos e rolou pelo chão.

A Casa do Moinho era muito velha, e os pisos eram bastante tortos. O lápis rolou de forma uniforme e foi ganhando velocidade, até que parou abaixo de uma das janelas. No recesso de cada uma, havia um amplo assento com um armário embaixo. Meu lápis havia parado junto à porta. O armário estava fechado, mas me ocorreu que, se estivesse aberto, o lápis teria entrado ali. Abri a porta, e o lápis rolou para dentro e se abrigou, modesto, no canto do fundo. Resgatei o lápis, percebendo ao fazer isso que, devido à falta de luz e ao formato peculiar do armário, não conseguia vê-lo, mas precisava tatear. Fora o meu lápis, o armário estava vazio, mas como eu era minuciosa por natureza tentei o outro armário sob a janela ao lado.

À primeira vista, parecia também estar vazio, mas fui apalpando com perseverança e acabei recompensada ao sentir minha mão se fechar em um cilindro duro de papel alojado numa espécie de calha ou depressão no canto do fundo. Assim que o peguei na mão, já sabia o que era. Um rolo de filme Kodak. Era um achado!

Sabia, claro, que poderia muito bem ser um rolo velho que pertencia a Sir Eustace Pedler, rolara para lá e não fora encontrado quando esvaziaram o armário. Mas não era o que eu pensava. O papel vermelho tinha um aspecto muito recente. Estava empoeirado apenas como se estivesse parado ali por dois ou três dias, ou seja, desde o assassinato. Se estivesse lá por mais tempo, estaria com uma camada bem mais grossa de poeira.

Quem o deixara cair? A mulher ou o homem? Lembrei que o conteúdo da bolsa dela parecera ter sido deixado intacto. Se houvesse sido aberta durante uma briga e o rolo de filmes caísse, é certo que alguns trocados também estariam espalhados pelo quarto. Não, não fora a mulher quem deixara cair os filmes.

De repente, senti um cheiro e fiquei desconfiada. Será que estava ficando obcecada pelo cheiro de naftalina? Podia jurar que o rolo cheirava àquilo também. Segurei sob o nariz. Tinha, como é normal, um cheiro forte próprio dele. Mas, fora isso, podia claramente detectar o odor que eu tanto detestava. Logo descobri a causa. Um pedaço minúsculo de tecido havia ficado preso em um canto áspero da madeira central, e aquele retalho estava fortemente impregnado de naftalina. Em algum momento os filmes foram carregados no bolso do casaco do homem que fora morto no metrô. Será que ele deixara os filmes ali? Acho difícil. Os movimentos dele haviam sido todos registrados.

Não, era o outro, o "doutor". Ele pegara os filmes junto com o papel. Fora ele o responsável por deixar cair os filmes ao lutar com a mulher.

Conseguira minha pista! Revelaria o filme e então teria mais informações em que me basear.

Muito eufórica, saí da casa, devolvi as chaves para a sra. James e fui o mais rápido que pude para a estação. No caminho de volta à cidade, peguei o papel e estudei-o de novo. De repente, os algarismos tomaram um novo significado. Suponhamos que sejam uma data? 17 1 22. Dia 17 de janeiro de 1922. Deve ser isso! Como fui idiota de não pensar nisso antes. Mas, neste caso, eu *precisava* descobrir a localização de Kilmorden Castle, pois já era na verdade o dia 14. Três dias. Pouco tempo, quase impossível quando a gente não faz ideia de onde procurar!

Era tarde demais para entregar meu rolo no laboratório. Tinha de me apressar para voltar a Kensington sem me atrasar para o jantar. Ocorreu-me que havia um jeito fácil de verificar se algumas de minhas conclusões estavam corretas. Perguntei ao sr. Flemming se havia uma câmera entre os pertences do morto. Sabia que ele ficara interessado no caso e conhecia todos os detalhes.

Para minha surpresa e irritação, respondeu que não havia câmera alguma. Todos os pertences de Carton foram examinados com muito cuidado na esperança de encontrar algo sobre seu estado mental. Tinha certeza de que não havia aparato fotográfico de nenhum tipo.

Foi um golpe para minha teoria. Se ele não tinha câmera, por que estaria carregando um rolo de filmes?

Saí cedo na manhã seguinte para levar meu precioso rolo para ser revelado. Estava tão nervosa que fui até Regent Street, na loja grande da Kodak.

Entreguei-o e pedi uma cópia de cada fotograma. O homem terminou de empilhar um monte de filmes enlatados em cilindros amarelos usados para os trópicos e pegou meu rolo.

Olhou para mim.

– Cometeu um engano, acho – disse ele sorrindo.

– Oh, não – falei. – Tenho certeza de que não me enganei.

– A senhorita me deu o rolo errado. Este é um filme que não foi *exposto*.

Saí dali com toda a dignidade que consegui. Diria que é positivo de vez em quando percebermos o quanto podemos ser idiotas! Mas ninguém aprecia esse processo.

E então, bem quando estava passando por um dos grandes escritórios de transporte marítimo, parei de repente. Na vitrine estava uma linda maquete de um dos barcos da empresa com o nome "Kenilworth Castle". Uma ideia louca me passou pela cabeça. Empurrei a porta e entrei. Fui até o balcão e, com a voz hesitante (desta vez, genuína!), murmurei:

– Kilmorden Castle?

– Dia 17, de Southampton. Cidade do Cabo? Primeira ou segunda classe?

– Quanto é?

– Na primeira, 87 libras...

Eu o interrompi. A coincidência foi demais para mim. Era exatamente o valor da minha herança! Colocaria todos os ovos em uma só cesta.

– Primeira classe – falei.

Estava agora definitivamente comprometida com a aventura.

CAPÍTULO 8

(Compêndio do diário de Sir Eustace Pedler)

É extraordinário como parece que nunca consigo um momento de paz. Sou um homem que aprecia uma vida tranquila. Gosto do meu clube, do carteado, uma comida bem-feita, um vinho decente. Gosto da Inglaterra no verão e da Riviera no inverno. Não tenho vontade de participar de acontecimentos sensacionais. Às vezes, diante de uma boa lareira, não me oponho a ler sobre eles no jornal. Mas meu envolvimento termina por aí. Meu objetivo na vida é estar completamente confortável. Dediquei certa quantidade de pensamentos e uma quantia considerável de dinheiro para esse fim. Mas não posso dizer que sempre consiga. Se as coisas não acontecem diretamente comigo, acontecem no meu entorno e, com frequência, mesmo não querendo, acabo me envolvendo. Detesto me envolver.

Tudo isso porque Guy Pagett entrou no meu quarto esta manhã com um telegrama na mão e uma cara comprida e muda de enterro.

Guy Pagett é meu secretário, um camarada dedicado, meticuloso, trabalhador, admirável em todos os aspectos. Não conheço alguém que me incomode mais do que ele. Faz muito tempo que quebro a cabeça para achar um jeito de me livrar dele. Mas não se pode sair demitindo um secretário porque ele prefere trabalhar a se divertir, gosta de acordar cedo de manhã e não tem absolutamente vício algum. A única coisa divertida no sujeito é a cara dele. Tem cara de um envenenador do século XIV, do tipo que os Bórgia usavam para fazer o trabalho sujo deles.

Não me importaria tanto se Pagett não me fizesse trabalhar também. Minha ideia de trabalho é algo que deveria ser feito com leveza e despreocupadamente; que não deveria ser levado a sério, na verdade! Duvido que Guy Pagett algum dia tenha deixado de levar alguma coisa a sério na vida dele. Ele trata tudo com seriedade. É isso que torna tão difícil conviver com ele.

Semana passada tive a brilhante ideia de mandá-lo para Florença. Ele falava de Florença e do quanto sonhava em conhecer o lugar.

— Meu caro amigo — gritei. — Partirá amanhã. Pagarei todas as suas despesas.

Janeiro não é a época mais comum de se visitar Florença, mas seria indiferente para Pagett. Já o imaginava passeando com o guia de turismo em mãos, religiosamente visitando todos os museus de arte. E uma semana de liberdade estava me saindo barato por aquele preço.

Foi uma semana deliciosa. Fiz tudo o que quis e nada do que não quis. Mas quando pisquei e dei de cara com Pagett parado entre mim e a luz matinal hoje às nove horas percebi que minha liberdade acabara.

— Meu caro amigo — disparei —, o funeral já aconteceu ou será mais tarde esta manhã?

Pagett não gostava de ironias. Ficou parado me olhando.

— Então já está sabendo, Sir Eustace?

— Sabendo de quê? — perguntei aborrecido. — Pela expressão no seu rosto subentendi que um dos seus parentes queridos estava para ser enterrado esta manhã.

Pagett ignorou a piada o que pôde.

— Achei que não estaria sabendo disto — deu um tapinha no telegrama. — Sei que detesta acordar cedo, mas são nove horas — Pagett insiste em *considerar as nove da manhã como se fosse o meio do dia –, e achei que dadas as circunstâncias – bateu de novo no telegrama.*

– O que é? – perguntei.

– É um telegrama da polícia de Marlow. Uma mulher foi assassinada na sua casa.

Aquilo me acordou de verdade.

– Mas que descaramento colossal – exclamei. – Por que na minha casa? Quem a matou?

– Não diz. Suponho que devamos retornar para a Inglaterra de imediato, Sir Eustace?

– Não deve supor nada do tipo. Por que retornar?

– A polícia...

– E que tenho eu a ver com a polícia?

– Bem, é sua casa.

– Isso – falei – parece mais uma questão de azar do que de culpa.

Guy Pagett meneou a cabeça com ar melancólico.

– Terá um efeito muito infeliz no eleitorado – assinalou com tom lúgubre.

Não vejo por que motivo e, no entanto, tenho a sensação que nessas questões a intuição de Pagett está sempre certa. À primeira vista, um membro do parlamento não seria nem um pouco menos eficiente porque uma jovem perdida veio a ser assassinada em uma casa vazia que pertence a ele; mas não há como prever a opinião que o respeitável público britânico formará sobre um assunto.

– Ela é estrangeira também, o que é ainda pior – continuou Pagett em sua melancolia.

Mais uma vez, acredito que ele tenha razão. Se é vergonhoso que uma mulher seja assassinada na sua casa, fica ainda mais vergonhoso se ela for estrangeira. Outra ideia me ocorreu.

– Minha nossa – exclamei –, espero que isso não aborreça Caroline.

Caroline é a senhora que cozinha para mim. Aliás, é esposa do meu jardineiro. Que tipo de esposa ela é, não sei, mas é uma excelente cozinheira. James, por outro lado, não é um bom jardineiro, mas eu o sustento em sua ociosidade e lhe ofereço um teto para viver apenas por conta da comida de Caroline.

– Não imagino que ela vá ficar depois disso – disse Pagett.

– Você é sempre um sujeito tão alegre – comentei.

Imagino que precise voltar à Inglaterra. Pagett claramente tenciona que eu faça isso. E preciso apaziguar Caroline.

Três dias depois.

É incrível que alguém podendo escapar do inverno inglês não o faça. É um clima abominável. Todo esse incômodo é muito irritante. Os agentes imobiliários dizem que será quase impossível alugar a Casa do Moinho depois de toda essa publicidade. Caroline foi apaziguada com um salário dobrado. Podíamos ter enviado um telegrama com a proposta para ela lá de Cannes. Na verdade, como eu repeti o tempo todo, não há um propósito sensato para nossa vinda. Vou voltar para a costa amanhã.

Um dia depois.

Várias coisas surpreendentes aconteceram. Para começar, conheci Augustus Milray, o exemplo mais perfeito de um velho jumento produzido pelo governo atual. Sua atitude exalava segredos diplomáticos quando me puxou de lado no clube. Falou bastante. Falou da África do Sul e da situação industrial por lá. Sobre os crescentes rumores de uma greve no Rand. Das forças secretas orquestrando tal greve. Escutei com toda a paciência. Enfim, ele baixou a voz a praticamente um sussurro e explicou que alguns dos documentos que vieram à tona deveriam ser colocados nas mãos do general Smuts.

— Não duvido que tenha razão – falei, reprimindo um bocejo.

— Mas como vamos entregá-los para ele? Nossa posição na questão é delicada... muito delicada.

— Que tem de errado com o correio? – falei animado. – Ponha um selo de dois centavos e jogue na caixa de correio mais próxima.

Ele pareceu bastante chocado com a sugestão.

— Meu caro Pedler! Ora, o correio comum!

Sempre foi um mistério para mim o motivo de governos usarem mensageiros reais e chamar tanta atenção para seus documentos confidenciais.

— Se não gosta do correio, envie um de seus funcionários. Ele vai apreciar a viagem.

— Impossível – disse Milray, abanando a cabeça com ar de sensatez. – Há motivos, meu caro Pedler, asseguro-lhe que há motivos.

— Bom – falei enquanto me levantava –, tudo isso é muito interessante, mas estou de saída...

— Um minuto, meu caro Pedler, um minuto, eu lhe imploro. Agora, me diga, não é verdade que tem a intenção de visitar a África do Sul em breve? Tem grandes interesses na Rodésia, eu sei, e a questão da Rodésia entrar na União é uma na qual tem interesse vital.

— Bem, havia pensado em viajar daqui a um mês.

— Não poderia, quem sabe, antecipar? Este mês? Esta semana, na verdade?

— Poderia — respondi, observando o homem com interesse. — Mas não sei se gostaria.

— Estaria prestando um grande serviço ao governo, um imenso serviço. Não depararia com... hã... falta de gratidão.

— Está dizendo que quer que eu faça as vezes de carteiro?

— Exato. Sua posição não é oficial, sua viagem é comprovada. Tudo seria eminentemente satisfatório.

— Bom — respondi devagar —, não me importaria de viajar. A única coisa que estou ansioso para fazer é sair da Inglaterra de novo assim que possível.

— Vai achar o clima da África do Sul uma delícia, realmente agradável.

— Meu querido, sei bem do clima. Estive lá pouco antes da guerra.

— Fico muitíssimo agradecido, Pedler. Vou lhe enviar o pacote por um mensageiro. Para ser entregue em mãos ao general Smuts, entende? O *Kilmorden Castle* levanta âncora no sábado, é um barco excelente.

Caminhei com ele um trecho da Pall Mall antes de nos despedirmos. Apertou minha mão de um jeito caloroso e me agradeceu efusivamente mais uma vez. Andei até em casa refletindo sobre os atalhos curiosos da política governamental.

Foi na noite seguinte que Jarvis, meu mordomo, me informou que um cavalheiro desejava me falar em particular, mas recusou-se a dizer seu nome. Sempre fico apreensivo com aliciamento por seguradoras, então pedi a Jarvis que dissesse que eu não poderia recebê-lo. Guy Pagett, infelizmente, quando um dia poderia me ter sido realmente útil, estava acamado com um ataque de bile. Esses jovens honestos e trabalhadores com estômago fraco estão sempre sujeitos a ataques de bile.

Jarvis retornou.

— O cavalheiro me pediu para lhe informar, Sir Eustace, que ele vem de parte do sr. Milray.

Aquilo alterou a situação toda. Poucos minutos depois, estava diante de meu visitante na biblioteca. Era um camarada jovem bem reforçado, com o rosto de um bronzeado profundo. Uma cicatriz percorria a diagonal do canto do olho até a mandíbula, desfigurando o que teria, não fosse isso, sido um semblante belo embora um pouco irresponsável.

— Bem — falei —, o que foi?

— O Sr. Milray me mandou, Sir Eustace. Vou acompanhá-lo até a África do Sul como seu secretário.

– Meu camarada – falei –, já tenho um secretário. Não quero outro.
– Creio que quer, Sir Eustace. Onde está seu secretário agora?
– Está acamado com um ataque de bile – expliquei.
– Tem certeza de que é apenas um ataque de bile?
– Claro que sim. Ele é dado a isso.
Meu visitante sorriu.
– Pode ou não ser um ataque de bile. O tempo dirá. Mas posso lhe dizer uma coisa, Sir Eustace, o sr. Milray não ficaria surpreso se houvesse uma tentativa de tirar seu secretário do caminho. Ah, não precisa temer – suponho que um alarme momentâneo tenha se manifestado em minha expressão –, não está ameaçado. Com seu secretário fora do caminho, o acesso ao senhor ficaria mais fácil. Em todo caso, o sr. Milray deseja que eu o acompanhe. O dinheiro da passagem será por nossa conta, claro, mas o senhor cuidaria dos detalhes necessários para o passaporte, como se houvesse decidido que precisaria dos serviços de um segundo secretário.

Parecia um rapaz determinado. Ficamos nos encarando, e ele me olhou de cima a baixo.

– Muito bem – falei, com a voz débil.
– Não vai contar para ninguém que vou acompanhá-lo.
– Muito bem – repeti.

Afinal, talvez fosse melhor ter esse camarada comigo, mas tinha uma premonição de que estava me metendo em águas profundas. Logo no momento em que pensava estar conquistando a minha paz!

Parei meu visitante quando ele virou-se para partir.

– Poderia ser bom eu saber o nome do meu novo secretário – observei, com sarcasmo.

Ele pensou por um minuto.

– Harry Rayburn parece um nome bastante adequado – ele observou.

Era um jeito curioso de falar.

– Muito bem – falei pela terceira vez.

CAPÍTULO 9

(Retomada da narrativa de Anne)

É muito indigno para uma heroína ficar mareada. Nos livros, quanto mais o mar se agita e joga, mais ela gosta. Quando todo o restante das pessoas está enjoado, ela cambaleia sozinha pelo convés, enfrentando o mau tempo e regozijando-se com a tempestade. Lamento dizer que, na primeira manobra do *Kilmorden*, fiquei pálida e desci correndo. Uma comissária simpática me recebeu. Ela sugeriu uma torrada seca e refrigerante de gengibre.

Permaneci gemendo na cabine por três dias. Esqueci da minha missão. Não tinha mais interesse algum em resolver mistérios. Era uma Anne totalmente diferente daquela que voltara correndo para Kensington Square em júbilo após sair da agência de transporte.

Sorri ao lembrar da minha entrada abrupta na sala íntima. A sra. Flemming estava sozinha. Ela virou-se quando entrei.

– É você, Anne, querida? Há algo que quero conversar com você.

– Pois não? – falei, contendo minha impaciência.

– A srta. Emery está nos deixando – srta. Emery era a governanta. – Como ainda não conseguiu encontrar nada, estava pensando se gostaria... seria tão bom se ficasse conosco.

Fiquei comovida. Não me queria, eu sabia disso. Foi a mais pura caridade cristã que a levou a fazer a oferta. Senti remorso por criticá-la em segredo. Levantando, corri num impulso em sua direção e joguei meus braços ao redor de seu pescoço.

– A senhora é um amor – falei. – Um amor, um amor, um amor! E muito obrigada mesmo. Mas está tudo bem. Vou partir para a África do Sul no sábado.

Minha investida abrupta havia assustado a boa senhora. Não estava habituada a demonstrações súbitas de afeto. Minhas palavras a assustaram ainda mais.

– Para a África do Sul? Minha querida Anne. Teríamos de avaliar tudo com muito cuidado.

Essa era a última coisa que eu queria. Expliquei que já havia comprado a passagem e que ao chegar me propunha a assumir um emprego como arrumadeira. Foi única coisa que me ocorreu na hora. Havia, falei, uma grande demanda por arrumadeiras na África do Sul. Assegurei-lhe de que tinha condições de me cuidar e, no fim, com um suspiro aliviado por se livrar de mim, aceitou o projeto sem maiores perguntas. Na despedida, ela pôs um envelope na minha mão. Dentro, encontrei cinco notas novinhas de cinco libras com as palavras: "Espero que não se ofenda e aceite isso em sinal de carinho". Era uma mulher muito boa e gentil. Não poderia ter seguido morando na mesma casa que ela, mas reconhecia seu valor intrínseco.

Então lá estava eu, com 25 libras no bolso, diante do mundo e em busca de aventura.

Foi no quarto dia que a comissária enfim me incitou a subir para o convés. Com a impressão de que morreria mais rápido lá embaixo, eu havia me recusado firmemente a deixar meu beliche. Ela então me tentou com o advento da Ilha da Madeira. A esperança se acendeu em meu peito, poderia abandonar o barco, descer à praia e ser uma arrumadeira lá. Qualquer coisa por uma terra firme.

Entrouxada de casacos e panos, e com as pernas bambas feito um filhote de gato, fui rebocada para cima e depositada, como uma massa inerte, sobre uma cadeira do convés. Fiquei lá de olhos fechados, odiando a vida. O chefe de cabine, um rapaz de cabelos claros com rosto redondo de menino, foi se sentar ao meu lado.

– Olá! Sentindo pena de si mesma, é?
– Sim – respondi, odiando-o.
– Ah, não vai se reconhecer em mais um ou dois dias. Tomamos uma sova complicada na baía, mas há tempo firme pela frente. Amanhã, vou desafiá-la a uma partida de chiquilho.

Não respondi.

– Acha que nunca vai se recuperar, é? Mas já vi gente em pior estado que, dois dias mais tarde, era o arroz de festa do navio. Vai ser o mesmo com você.

Não me sentia belicosa o suficiente para dizer com todas as palavras que ele era um mentiroso. Meu esforço foi para transmitir a ideia pelo olhar. Conversou agradavelmente por mais alguns minutos e então, por misericórdia, foi embora. Pessoas passavam e voltavam a passar, casais em passo rápido "fazendo exercício", crianças saltitantes, jovens rindo. Alguns outros sofredores pálidos estavam deitados, como eu, nas cadeiras.

O ar estava ameno, agradável, não frio demais, e o sol brilhava com força. Inconscientemente, me senti mais animada. Comecei a observar as pessoas. Uma mulher em especial me atraiu. Tinha cerca de trinta anos, altura média e pele muito clara com um rosto redondo com covinhas e olhos muito azuis. Suas roupas, embora bastante comuns, tinham aquele ar indefinível de serem "bem cortadas", o que sugeria Paris. Também, de um jeito ao mesmo tempo agradável e cheia de si, ela parecia ser dona do navio!

Comissários do convés corriam de um lado a outro obedecendo seus comandos. Ela tinha uma cadeira especial e aparentemente um estoque inesgotável de almofadas. Mudou de ideia três vezes sobre onde gostaria que fossem colocadas. Em nenhum momento deixava de ser atraente e encantadora. Parecia ser uma dessas raras pessoas no mundo que sabem o que querem, garantem que vão conseguir e fazem tudo sem serem ofensivas. Decidi que, se um dia eu me recuperasse, o que, óbvio, não aconteceria, me divertiria conversando com ela.

Chegamos à ilha da Madeira perto do meio-dia. Ainda estava inerte demais para me mover, mas apreciei a imagem pitoresca dos vendedores que vieram a bordo mostrar suas mercadorias no convés. Havia flores também, enterrei o nariz em um enorme buquê de violetas doces e molhadas e me senti melhor. Na verdade, cheguei a pensar que talvez me fosse possível resistir até o final da viagem. Quando minha comissária falou dos atrativos de um pouco de caldo de galinha, protestei sem muita convicção. Quando chegou, desfrutei dele.

Minha amiga atraente estivera na ilha. Voltou acompanhada de um homem alto, com porte de soldado, cabelos escuros e rosto bronzeado, que eu havia percebido caminhando de um lado a outro do convés mais cedo. Já o havia classificado como um dos homens fortes e silenciosos da Rodésia. Devia ter uns quarenta anos, com um toque de grisalho nas têmporas, e era o homem mais bonito a bordo.

Quando a comissária me trouxe mais um cobertor, perguntei se sabia quem era aquela mulher atraente.

– É uma conhecida senhora da sociedade, a honorável sra. Clarence Blair. Deve ter lido sobre ela nos jornais.

Assenti, olhando para ela com mais interesse. A sra. Blair era muito conhecida, de fato, como uma das mulheres mais elegantes do momento. Observei, achando certa graça, que ela era o centro de muitas atenções. Várias pessoas tentavam se aproximar e fazer amizade com a informalidade agradável que um navio permite. Admirei a forma educada com que a sra. Blair os esnobava. Parecia ter adotado o homem forte e calado como seu mascote especial, e ele parecia devidamente sensibilizado com o privilégio que lhe fora concedido.

Na manhã seguinte, para minha surpresa, depois de dar algumas voltas no convés com seu companheiro atraente, a sra. Blair parou em frente a minha cadeira.

– Está se sentindo melhor esta manhã?

Agradeci e falei que me sentia um pouco mais próxima de um ser humano normal.

– Parecia estar passando muito mal ontem. O coronel Race e eu concluímos que teríamos um emocionante funeral ao mar, mas você nos desapontou.

Ri.

– Tomar ar está me fazendo bem.

– Nada como o ar fresco – comentou o coronel Race, sorrindo.

– Ficar trancafiado naquelas cabines sufocantes mataria qualquer um – declarou a sra. Blair, sentando-se em uma cadeira ao meu lado e dispensando seu companheiro com um leve aceno de cabeça. – Tem uma com abertura externa, espero?

Fiz que não.

– Mas menina! Por que não troca? Há espaço de sobra. Muita gente desceu na Madeira, e o barco está bem vazio. Fale com o chefe de cabine sobre isso. É um bom menino, me transferiu para uma muito linda porque eu não gostara da que tinham me designado. Fale com ele no almoço quando descer.

Estremeci.

– Não vou conseguir me mexer.

– Não seja boba. Venha dar uma volta comigo agora.

Abriu um sorriso para me encorajar. Senti uma fraqueza nas pernas no começo, mas, ao caminharmos com mais vigor de um lado a outro, comecei a me sentir mais alerta e melhor.

Depois de uma ou duas voltas, o coronel Race juntou-se a nós novamente.

– Dá para avistar o Pico Grande de Tenerife pelo outro lado.

– Podemos? Você acha que eu posso fotografar?

– Acho que não, mas isso não vai impedi-la de tentar bater a foto.

A sra. Blair riu.

– Que falta de gentileza. Algumas de minhas fotos são muito boas.

– Diria que apenas três por cento de eficácia.

Todos demos a volta para o outro lado do deque. Lá, reluzente em branco e rosado, envolvido por uma névoa delicada em tons de rosa, se erguia o cintilante pináculo. Balbuciei uma interjeição de alegria. A sra. Blair correu para buscar a câmera.

Sem se deixar abalar pelos comentários irônicos do coronel Race, bateu uma foto atrás da outra:

– Pronto, terminou o filme. Ah... – o tom foi de decepção –, estava com o obturador aberto o tempo todo.

– Adoro ver uma criança com seu brinquedo novo – murmurou o coronel.

– Como você é terrível... mas tenho outro rolo.

Tirou o rolo do bolso do suéter e o apresentou com ar triunfal. Uma balançada repentina do navio tirou-lhe o equilíbrio e, quando segurou no parapeito para se firmar, o rolo de filme voou sobre a balaustrada.

– Oh! – exclamou a sra. Blair, com um desalento cômico. Ela se debruçou. – Acha que caiu no mar?

– Não, pode ter tido a sorte de ter acertado a cabeça de um comissário azarado no segundo convés.

Um rapazinho que chegara atrás de nós sem ninguém perceber soprou um cornetim com um toque ensurdecedor.

– Almoço – declarou a sra. Blair, extasiada. – Não comi nada desde o café da manhã, a não ser por duas xícaras de caldo de carne. Almoço, srta. Beddingfeld?

– Bom – falei indecisa. – Sim, *estou* com muita fome.

– Esplêndido. Está sentada à mesa do atendente, já sei disso. Converse com ele sobre a cabine.

Encontrei o caminho até o salão, comecei a comer com todo o cuidado e terminei consumindo uma refeição imensa. Meu amigo do dia anterior me parabenizou pela minha recuperação. Todos estavam trocando de cabines naquele dia, me disse, e prometeu que minhas coisas seriam passadas para uma com área externa sem demora.

Havia apenas quatro pessoas em nossa mesa. Eu, duas senhoras de mais idade e um missionário que falava muito sobre os nossos "pobres irmãos negros".

Observei as outras mesas. A sra. Blair estava na mesa do capitão. O coronel Race estava ao lado dela. Do outro lado do capitão estava um homem muito distinto, grisalho. Muita gente eu já havia reparado no navio, mas eis um homem que não havia aparecido anteriormente. Se o tivesse feito, não teria deixado de percebê-lo. Era alto e moreno e tinha um jeito peculiar e sinistro na expressão dele que me deixou bastante assombrada. Perguntei ao chefe de cabine, com certa curiosidade, de quem se tratava.

– Aquele homem? Ah, é o secretário de Sir Eustace Pedler. Tem estado muito mareado, pobre sujeito, e não apareceu antes. Sir Eustace está viajando acompanhado de dois secretários e o mar parece estar sendo demais para ambos. O outro camarada não apareceu ainda. O nome desse é Pagett.

Então Sir Eustace Pedler, o proprietário da Casa do Moinho, estava a bordo. Provavelmente apenas uma coincidência, e no entanto...

– Aquele é Sir Eustace – prosseguiu meu informante –, sentado junto do capitão. Um velho cheio de pompa.

Quanto mais eu examinava o rosto do secretário, menos gostava dele. Sua palidez uniforme, os olhos dissimulados de pálpebras pesadas, a cabeça curiosamente achatada, tudo aquilo me dava uma sensação de desgosto, de apreensão.

Saí do salão ao mesmo tempo que ele e estava bem atrás do sujeito quando subiu até o convés. Falava com Sir Eustace, e acabei escutando alguns fragmentos da conversa.

–Vou ver sobre a cabine imediatamente, então, devo fazer isso? É impossível trabalhar na sua com toda a sua bagagem.

– Meu camarada – respondeu Sir Eustace. – Minha cabine é feita para (*a*) eu dormir e (*b*) tentar me vestir nela. Jamais tive qualquer intenção de permitir que se esparramasse por todo lado fazendo aquele barulho infernal ao bater na sua máquina de escrever.

— É o que digo, Sir Eustace, precisamos ter algum lugar para trabalhar...

Ali me separei deles e desci para ver se minha mudança estava acontecendo. Encontrei meu comissário ocupado com a tarefa.

— Uma ótima cabine, senhorita. No convés D. Número 13.

— Ai, não! – gritei. – Não a *treze*.

Treze é a única superstição que tenho. Era uma boa cabine e tudo. Inspecionei, fiquei hesitante, mas uma superstição boba prevaleceu. Supliquei quase chorando para o comissário.

— Existe alguma outra em que eu possa ficar?

O comissário refletiu.

— Bom, temos a 17, a estibordo. Estava vazia esta manhã, mas imagino que tenha sido destinada a alguém. Porém, como as coisas do cavalheiro não estão lá ainda, e como os homens não são tão supersticiosos como as mulheres, arrisco dizer que ele não se importaria com a troca.

Recebi a proposta com gratidão e o comissário partiu para obter a permissão do chefe de cabine. Ele retornou sorridente.

— Está tudo certo, senhorita. Podemos passar para lá.

Ele mostrou o caminho até a 17. Não era tão grande quanto a 13, mas achei eminentemente satisfatória.

— Vou buscar suas coisas pra já, senhorita – disse o comissário.

Mas, naquele momento, o homem da expressão sinistra (assim eu o apelidara) apareceu na porta.

— Com licença – falou –, mas esta cabine está reservada para uso de Sir Eustace Pedler.

— Está tudo certo, senhor – explicou o comissário. – Estamos preparando a cabine 13 em vez desta.

— Não, era para eu ficar com a 17.

— Não. A 13 é uma cabine melhor, senhor, é maior.

— Eu escolhi especificamente a 17, e o chefe de cabine disse que eu poderia ficar com ela.

— Sinto muito – falei com frieza –, mas a de número 17 foi designada para mim.

— Não posso concordar com isso.

O comissário fincou o pé.

— A outra cabine é igual, só que melhor.

— Quero a 17.

— O que está acontecendo? – exigiu uma nova voz. – Comissário, ponha minhas coisas aqui, esta é a minha cabine.

Era meu vizinho do almoço, o reverendo Edward Chichester.

— O senhor me desculpe – falei. – Esta cabine é minha.

— Está reservada para Sir Eustace Pedler – insistiu o sr. Pagett. Estávamos ficando todos esquentados.

— Sinto ter de discordar – disse Chichester com um sorriso manso que não conseguia acobertar sua determinação em conseguir o que queria. Os homens mansos são sempre obstinados, já reparei.

Ele se enfiou de lado, entrando pela porta.

— O senhor ficará com a 28, a bombordo – disse o comissário. – Uma cabine muito boa, sir.

— Receio que precise insistir. A dezessete foi a cabine que me prometeram.

Chegáramos a um impasse. Todos determinados a não abrir mão. A rigor, eu, de todo modo, deveria ter me retirado da disputa e facilitado as coisas me oferecendo para aceitar a cabine 28. Contanto que não ficasse com a 13, tanto fazia o número da outra cabine. Mas meu sangue subiu. Não tinha a menor intenção de ser a primeira a abrir mão. E eu não gostava de Chichester. Ele usava dentaduras que faziam barulho quando comia. Muitos homens já foram odiados por menos do que isso.

Todos ficávamos repetindo a mesma coisa. O comissário nos assegurou, ainda com mais firmeza, que ambas as outras cabines eram melhores. Nenhum de nós dava atenção a ele.

Pagett começou a perder a paciência. Chichester manteve a dele com serenidade. Com esforço, consegui manter a minha. E ninguém estava disposto a ceder um só centímetro.

Uma piscadela e uma palavra cochichada do comissário foram minha deixa. Saí de cena sem ser percebida. Tive sorte de encontrar o chefe de cabine quase que imediatamente.

— Ah, por favor – pedi –, o senhor disse que eu podia ficar com a 17? E os outros não querem sair de lá. O sr. Chichester e o sr. Pagett. O senhor *vai* me deixar ficar com ela, não vai?

Sempre digo que não há como os marinheiros em sua simpatia pelas mulheres. O chefinho foi esplêndido. Entrou em cena, informou os concorrentes que a 17 era a minha cabine e que eles ficariam com a 13 e a 28, respectivamente, ou que ficassem onde já estavam instalados, a escolha era deles.

Permiti que meus olhos transmitissem o quanto eu o via como um herói e então me instalei em meus novos domínios. O encontro fizera maravilhas por mim. O mar estava suave, o tempo esquentando dia após dia. Os enjoos eram coisa do passado!

Subi até o convés e fui iniciada nos mistérios do jogo de chinquilho. Inscrevi meu nome em várias competições. O chá foi servido no convés, e comi com vontade. Depois do chá, joguei uma partida de botão com alguns rapazes muito agradáveis. Eles me trataram com extraordinária simpatia. Sentia que a vida estava satisfatória e deliciosa.

O toque da corneta da hora de nos vestirmos para o jantar me pegou de surpresa e me apressei para chegar a minha nova cabine. A comissária me aguardava com uma expressão preocupada.

– Há um odor horrível na sua cabine, senhorita. Não consigo saber do que se trata, mas duvido que vá conseguir dormir aqui. Há uma cabine que dá para o convés C. Pode se mudar para lá, ao menos por esta noite.

O cheiro realmente era bem ruim... bem enjoativo. Falei para a comissária que pensaria no assunto da mudança enquanto me vestia. Fiz apressada minha toalete, fungando com nojo enquanto me arrumava.

Que fedor era *aquele*? Um rato morto? Não, era pior e bem diferente. Porém, eu sabia o que era! Era algo que eu já sentira antes. Algo... Ah! Eu sabia. Assa-fétida! Eu trabalhara em um dispensário de hospital durante a guerra por um breve período e me familiarizara com vários medicamentos nauseantes.

Assa-fétida, era isso. Mas como...

Afundei-me no sofá, de repente entendendo a história. Alguém pusera um punhadinho de assa-fétida na minha cabine. Por quê? Para que eu a desocupasse? Por que estavam tão ansiosos para me arrancar de lá? Repensei a cena daquela tarde sob outro ponto de vista. O que tinha a cabine 17 que deixava tanta gente ansiosa para ficar com ela? As outras duas eram melhores; por que ambos os homens queriam tanto a 17?

17. Que insistência nesse número! Fora no dia 17 que eu viajara de Southampton. Era um 17 que... parei, com um arquejo súbito. Destranquei na hora minha mala e puxei meu precioso papel, que estava escondido entre minhas meias.

17 1 22 – Eu entendera aquilo como uma data, a data da partida do *Kilmorden Castle*. Supondo que estivesse enganada. Pensando melhor, alguém escrevendo a data consideraria importante anotar o ano assim como o mês? Supondo que 17 quisesse dizer *cabine* 17? E um? O horário, uma hora. Então 22 poderia ser a data. Olhei no meu calendário.

O dia seguinte seria o 22!

CAPÍTULO 10

Fiquei numa animação violenta. Tinha certeza de que finalmente entendera a pista. Uma coisa era certa: não poderia sair da minha cabine. Teria de suportar a assa-fétida. Examinei mais uma vez os fatos.

O dia seguinte seria o 22, e, à uma da manhã ou à uma da tarde, algo aconteceria. Decidi que seria à uma da manhã. Agora eram 19h. Em seis horas, eu saberia.

Não sei como consegui passar a noite. Retirei-me bastante cedo para minha cabine. Avisei a comissária que estava resfriada e não me importava com o cheiro. Ela ainda parecia incomodada, mas fui firme.

A noite parecia interminável. Fui me deitar como de costume, mas, em vista de emergências, me cobri com uma grossa camisola de flanela e pus os chinelos. Assim vestida, sentia que poderia saltar da cama e participar de forma ativa em qualquer coisa que acontecesse.

O que esperava que fosse acontecer? Eu mal sabia. Umas fantasias vagas, a maioria loucamente improvável, me passavam pela cabeça. Mas de uma coisa eu estava convencida: quando o relógio desse uma hora da madrugada, *algo* aconteceria.

Em vários momentos, escutei os outros passageiros indo se deitar. Pedaços de conversas, risadas de boa noite entravam pela ventarola. Então, silêncio. A maior parte das luzes foi apagada. Havia ainda uma acesa no corredor, e, portanto, havia um tanto de luz dentro da minha cabine. Ouvi oito badaladas. A hora que se seguiu parecia a mais longa da minha vida. Consultava o relógio furtivamente para me certificar de que não passara da hora.

Se minhas deduções estivessem erradas, se nada acontecesse à uma hora, teria feito papel de boba e gastado todo o dinheiro que eu tinha no mundo buscando chifre em cabeça de cavalo. Meu coração batia de forma dolorosa.

Duas badaladas soaram. Uma da manhã! E nada. Espere... o que foi isso? Escutei passos leves que corriam... corriam pelo corredor.

Então, com o mesmo efeito surpresa de uma bomba, a porta da minha cabine se abriu e um homem quase caiu para dentro.

– Me salve – pediu com voz rouca. – Estão atrás de mim.

Não era um momento para discussões ou explicações. Eu podia ouvir passos do lado de fora. Tinha cerca de quarenta segundos para agir. Saltei da cama e fiquei de frente para o estranho no meio da cabine.

Uma cabine não tem uma abundância de esconderijos para um homem de um metro e oitenta. Com um braço, puxei o baú. Ele se escondeu atrás, embaixo da cama. Levantei a tampa. Com a outra mão, puxei a bacia de me lavar. Bastou um movimento habilidoso e meu cabelo estava amarrado em um coque no topo da cabeça. Em termos de aparência, não era nada artístico, visto por outro ângulo, era supremo. Uma dama, com os cabelos amarrados em um nó mal feito e pegando um sabonete na bagagem, com o qual, tudo indicava, lavaria seu pescoço, não poderia ser suspeita de esconder um fugitivo.

Houve uma batida na porta, e, sem esperar pelo meu "pode entrar", a porta foi aberta.

Não sei o que eu esperava. Acho que tinha uma ideia vaga de ver o sr. Pagett brandindo um revólver ou meu amigo missionário com uma saca de areia ou outra arma mortífera. Era certo que não esperava ver a comissária da noite com uma expressão inquisitiva e total aparência de respeitabilidade.

– Sinto muito, senhorita, pensei que havia me chamado.

– Não – falei –, não chamei.

– Desculpe interromper.

– Tudo bem – disse. – Não estava conseguindo dormir. Achei que me lavar ajudaria – aquilo soava como se fosse uma ideia de momento, não algo que eu normalmente fizesse.

– Sinto muito, senhorita – ela repetiu –, mas há um cavalheiro por aí que está bastante embriagado, e estamos receosos de que entre em uma das cabines femininas e acabe assustando alguma passageira.

– Que horror – falei, com cara de assustada. – Ele não vai entrar aqui, vai?

– Oh, acho que não, senhorita. Toque a campainha se ele entrar. Boa noite.

– Boa noite.

Abri a porta e espiei pelo corredor. Exceto pela silhueta da comissária se afastando, não havia ninguém à vista.

Bêbado! Então essa era a explicação. Meus talentos histriônicos foram desperdiçados. Puxei o baú mais para fora e falei:

– Saia de uma vez, por favor – em um tom de voz ácido.

Não houve resposta. Espiei embaixo do beliche. Meu visitante estava imóvel. Parecia adormecido. Puxei-o pelo ombro. Não se moveu.

– Podre de bêbado – pensei irritada. – O que é que eu *faço*?

Então vi algo que me fez prender a respiração: uma mancha escarlate no chão.

Usando toda a minha força, consegui arrastar o homem até o meio da cabine. A palidez mortal de seu rosto demonstrava que ele havia desmaiado. Encontrei logo a causa. Ele fora apunhalado sob o ombro esquerdo... um ferimento feio e profundo. Removi seu casaco e passei a cuidar do corte.

Com a ardência causada pela água fria, estremeceu, então sentou-se.

– Fique quieto, por favor – falei.

Era do tipo de rapaz que recobra os sentidos com facilidade. Logo se pôs de pé e ficou parado balançando um pouco.

– Obrigado, não preciso que faça nada por mim.

Sua atitude era desafiadora, quase agressiva. Nenhuma menção de agradecimento... nem mesmo uma pitada de gratidão!

– É um corte bem feio. Precisa deixar que eu faça um curativo.
– Não fará nada disso.

Jogou as palavras na minha cara como se eu estivesse implorando por um favor. Meu humor, que nunca era plácido, começou a piorar.

– Não posso parabenizá-lo pelos seus bons modos – falei, fria.
– Posso ao menos aliviá-la de minha presença – foi em direção à porta, mas cambaleou ao fazê-lo. Com um movimento brusco, empurrei-o para o sofá.

– Não seja tolo – falei sem cerimônia. – Não vai querer sangrar pelo navio inteiro, vai?

Pareceu ver algum sentido naquilo, pois sentou-se quieto enquanto eu fazia o curativo o melhor que podia.

– Pronto – falei, dando um tapinha no meu belo trabalho –, é o que temos para o momento. Está com um humor melhor agora e sente-se inclinado a me explicar o que está acontecendo?

– Sinto não poder satisfazer sua curiosidade natural.
– Por que não? – perguntei, inconformada.

Deu um sorriso maldoso.

– Se quiser que algo seja espalhado aos quatro ventos, conte para uma mulher. Do contrário, feche a boca.

– Acha que eu não seria capaz de guardar um segredo?
– Não acho, eu sei.

Levantou-se.

– De todo modo – falei, vingativa –, eu poderia bradar alguma coisa sobre os eventos desta noite.

– Não duvido que vá fazer isso – comentou, indiferente.
– Como ousa! – gritei, furiosa.

Estávamos de frente um para o outro, nos encarando com ódio, com a ferocidade de inimigos mortais. Pela primeira vez, registrei os detalhes de sua aparência, o cabelo curto e escuro, o queixo desenhado, a cicatriz na bochecha bronzeada, os olhos curiosos cinza-claro que olhavam dentro dos meus com uma espécie de deboche irresponsável difícil de descrever. Havia algo perigoso nele.

– Ainda não me agradeceu por ter salvo a sua vida! – falei com falsa doçura.

Ali, eu o acertei. Vi que recuou, claramente. Por intuição, soube que ele odiava acima de tudo ser lembrado que devia sua vida a mim. Eu não me importava. Queria magoá-lo. Nunca quisera tanto ferir alguém.

– Juro por Deus que preferia que não tivesse – falou, explodindo. – Estaria melhor morto e fora de tudo isso.

– Fico feliz que reconheça sua dívida. Não pode sair fora de tudo isso. Salvei sua vida e estou esperando que diga: "Muito obrigado".

Se um olhar matasse, acho que ele teria desejado me matar ali mesmo. Empurrou-me ao passar por mim. Na porta, virou-se e falou sobre o ombro:

– Não vou lhe agradecer, nem agora nem nunca. Mas reconheço a dívida. Um dia eu lhe pago.

E foi embora, me deixando com os punhos cerrados e o coração batendo como uma calha de moinho.

CAPÍTULO 11

Não houve mais nenhum outro momento de grandes emoções naquela noite. Tomei café na cama e me levantei tarde na manhã seguinte. A sra. Blair acenou para mim quando cheguei ao convés.

– Bom dia, ciganinha. Venha sentar-se perto de mim. Parece não ter dormido muito bem.

– Por que me chamou assim? – perguntei ao me sentar, obediente.

– Você se incomoda? Acho que combina. Sempre chamei você dessa forma na minha cabeça. É o elemento cigano que a torna tão diferente de todo mundo. Decidi que você e o coronel Race seriam os únicos a bordo que não me matariam de tédio ao conversar.

– Que engraçado – falei. – Pensei o mesmo sobre a senhora, só que é mais compreensível no seu caso. Pois é um... um produto de um acabamento tão impecável.

– Nada mal colocar assim – disse a sra. Blair, assentindo. – Me fale de você, ciganinha. Por que está a caminho da África do Sul?

Contei um pouco sobre o trabalho do meu pai.

– Então é filha de Charles Beddingfeld? Achei mesmo que não fosse apenas uma moça provinciana! Vai até Broken Hill para buscar mais crânios?

– Pode ser – falei, com cautela. – Tenho outros planos também.

– Que danadinha misteriosa. Mas está com a expressão cansada esta manhã. Não dormiu bem? Não consigo ficar acordada quando estou em um barco. Dizem que os tolos precisam de dez horas de sono! E eu adoraria vinte! – bocejou, com cara de gata sonolenta. – Um comissário idiota me acordou no meio da noite para devolver aquele rolo de filmes que eu havia deixado cair ontem. E o fez da forma mais melodramática possível, enfiando o braço pela ventarola e arremessando o filme na minha barriga. Por um instante, achei que fosse uma bomba!

— Aqui está seu coronel — falei quando a figura soldadesca do coronel Race apareceu no convés.

— Ele não é particularmente o meu coronel. Na verdade, ele admira muito *você*, ciganinha. Então não fuja.

— Quero enrolar alguma coisa na cabeça. Acho que será mais confortável do que um chapéu.

Escapei dali rapidinho. Por algum motivo, não me sentia confortável com o coronel Race. Era uma das poucas pessoas capazes de me fazer ficar sem graça.

Desci até a cabine e comecei a procurar por algo para amarrar minhas madeixas rebeldes. Sou uma pessoa organizada. Gosto de guardar minhas coisas sempre ajeitadas de uma certa forma e as mantenho assim. Logo que abri a gaveta, percebi que alguém andara bagunçando meus pertences. Tudo estava revirado e espalhado. Examinei as outras e também o pequeno armarinho de parede. Tudo denunciava a mesma história. Era como se alguém houvesse empreendido uma busca apressada e ineficiente por algo.

Sentei-me na borda do beliche com uma expressão séria. Quem andara revirando minha cabine e o que estaria procurando? Seria a meia folha de papel com os números e palavras rabiscados? Meneei a cabeça, nada satisfeita. Com certeza aquilo agora eram águas passadas. Mas o que mais poderia ser?

Queria pensar. Os eventos da noite anterior, embora excitantes, não ajudaram em nada a elucidar as questões. Quem era o rapaz que invadira minha cabine de forma tão abrupta? Não o vira a bordo antes disso, seja no convés ou no salão. Era algum funcionário ou passageiro? Quem o esfaqueara? Por que o atacaram? E por que, por tudo que é mais sagrado, a cabine 17 figurava de forma tão proeminente? Era tudo um mistério, mas não havia dúvida de que algumas ocorrências muito peculiares estavam se passando no *Kilmorden Castle*.

Contei nos dedos as pessoas em quem convinha ficar de olho.

Fora meu visitante da noite anterior, mas ao mesmo tempo me prometendo que o encontraria a bordo antes do final do dia, selecionei as seguintes pessoas que seriam dignas de minha atenção:

Sir Eustace Pedler. Era o proprietário da Casa do Moinho, e sua presença no *Kilmorden Castle* parecia uma coincidência e tanto.

Sr. Pagett, o secretário de aparência sinistra, cuja ansiedade para ficar com a cabine 17 fora tão marcante. Obs. Descobrir se ele acompanhara Sir Eustace até Cannes.

O reverendo Edward Chichester. Só o que eu tinha contra ele era sua obsessão pela cabine 17, e isso poderia ser apenas por conta de seu temperamento peculiar. A obstinação pode ser algo fantástico.

Porém, decidi que uma conversa breve com o sr. Chichester não seria má ideia. Amarrando, apressada, um lenço em volta do cabelo, subi outra vez ao convés, cheia de propósito, e dei sorte. Minha presa estava reclinada contra o parapeito, tomando caldo. Fui até lá.

– Espero que tenha me perdoado por causa da cabine 17 – falei, com meu melhor sorriso.

– Não é algo cristão guardar ressentimento – respondeu o sr. Chichester, frio. – Mas o chefe de cabine me havia prometido aquela, especificamente.

– Os chefes de cabine são homens tão ocupados, não é mesmo? – falei em tom vago. – Imagino que devam esquecer algumas coisas vez ou outra.

O sr. Chichester não respondeu.

– É sua primeira visita à África do Sul? – inquiri, puxando assunto.

– Para a África do Sul, sim. Mas trabalhei nos últimos dois anos entre as tribos canibais no interior da África oriental.

– Que emocionante! Teve muitas fugas perigosas?

– Fugas?

– Para não ser devorado, digo?

– Não deveria tratar assuntos sacros com tamanha leviandade, srta. Beddingfeld.

– Não sabia que o canibalismo era um assunto sacro – retruquei, ofendida.

Assim que as palavras deixaram meus lábios, outra ideia me ocorreu. Se o sr. Chichester passara de fato os dois últimos anos no interior da África, como é que não estava mais queimado de sol? A pela dele era rosada e branquinha como a de um bebê. É certo que havia algo capcioso ali. Porém, seus trejeitos e sua voz eram *precisos*. Até demais, talvez. Será que... ele não lembrava demais o *personagem* de um pastor de peça de teatro?

Tentei me lembrar dos párocos que havia conhecido em Little Hampsley. De alguns eu gostara, de outros não, mas com certeza nenhum era muito parecido com o sr. Chichester. Eram humanos... já ele era do tipo glorificado.

Estava debatendo isso internamente quando Sir Eustace Pedler passou pelo convés. Assim que ficou lado a lado com o sr. Chichester, parou e apanhou um pedaço de papel, que entregou ao outro assinalando:

– Deixou cair algo.

Passou sem parar, portanto é provável que não tenha reparado na agitação do sr. Chichester. Mas eu reparei. O que quer que ele tenha deixado cair, sua recuperação o deixou consideravelmente agitado. Ficou verde de enjoo e amassou a folha de papel formando uma bola. Minhas suspeitas se multiplicaram cem vezes.

Percebeu meu olhar e se apressou em explicar.

– Um... um... fragmento de um sermão que estava preparando – disse, com o sorriso amarelo.

– É mesmo? – retorqui com educação.

O fragmento de um sermão, ora essa! Não mesmo, sr. Chichester... que pretexto fraco!

Ele logo me deixou, resmungando uma desculpa. Desejei, ah, como desejei ter apanhado aquele papel em vez de Sir Eustace Pedler! Uma coisa ficou clara: o sr. Chichester não poderia ser eliminado da minha lista de suspeitos. Estava inclinada a colocá-lo em primeiro lugar.

Depois do almoço, quando subi até o bar para tomar um café, notei que Sir Eustace e Pagett estavam sentados com a sra. Blair e o coronel Race. A sra. Blair me recebeu com um sorriso, então fui me juntar a eles. Estavam falando da Itália.

– Mas *é* confuso – insistia a sra. Blair. – *Aqua calda* com certeza *deveria* ser água fria, não quente.

– Não é uma estudiosa de latim – disse Sir Eustace, sorrindo.

– Os homens são tão superiores quanto ao latim deles – disse a sra. Blair. – Mas mesmo assim reparei que, quando a gente pede que traduzam inscrições nas igrejas antigas, nunca conseguem! Ficam enrolando e dão um jeito de escapar.

– É isso mesmo – admitiu o coronel Race. – Eu sempre escapo.

– Mas adoro os italianos – continuou a sra. Blair. – São tão gentis, embora até isso tenha um lado embaraçoso. Quando pedimos indicações de como chegar a algum lugar, em vez de dizerem "primeira à direita, segunda à esquerda" ou algo que alguém possa seguir, despejam uma cachoeira de indicações na maior das boas vontades e, quando olhamos pra eles, aturdidas, nos tomam gentilmente pelo braço e caminham junto para nos levar até o local.

– Foi essa a sua experiência em Florença, Pagett? – perguntou Sir Eustace, virando-se com um sorriso para seu secretário.

Por algum motivo, a pergunta pareceu deixar o sr. Pagett desconcertado. Ele balbuciou e ficou vermelho.

– Oh, foi, sim, isso... bem assim.

Então, resmungando uma desculpa, levantou-se e saiu da mesa.

– Estou começando a desconfiar que Guy Pagett fez algo de muito errado em Florença – comentou Sir Eustace, observando a figura de seu secretário se distanciar. – Sempre que Florença ou a Itália são mencionadas, ele muda de assunto ou dá no pé de forma precipitada.

– Quem sabe matou alguém lá – disse a sra. Blair, esperançosa. – Ele parece, espero não estar magoando seus sentimentos, Sir Eustace, mas ele tem cara de quem poderia assassinar alguém.

— Sim, um quinhentista sem tirar nem pôr! Eu me divirto às vezes, ainda mais quando alguém sabe tão bem como eu o camarada respeitável e cumpridor das leis que ele de fato é.

— Faz algum tempo que trabalha para o senhor, não é, Sir Eustace? – perguntou o coronel Race.

— Seis anos – respondeu ele, com um suspiro profundo.

— Deve ter um valor incalculável para o senhor – disse a sra. Blair.

— Ah, incalculável! Absolutamente inestimável – o pobre homem soava ainda mais deprimido, como se o valor incalculável do sr. Pagett fosse uma aflição secreta para ele. Então acrescentou, mais animado: – Mas a expressão dele devia lhe inspirar mais confiança, minha cara senhora. Nenhum assassino que se preze jamais concordaria em aparentá-lo. Crippen, por exemplo, creio, era um dos sujeitos mais agradáveis que se pode imaginar.

— Foi preso em um navio, não foi? – murmurou a sra. Blair.

Ouviu-se um ruído logo atrás de nós. Virei-me rapidamente. O sr. Chichester havia deixado cair sua xícara de café.

Nosso grupo logo se desfez; a sra. Blair desceu para dormir e fui até o convés. O coronel Race veio atrás.

— É muito esquiva, srta. Beddingfeld. Procurei pela senhorita em todo lugar ontem à noite, no baile.

— Fui me deitar cedo – expliquei.

— Vai fugir esta noite também? Ou vai dançar comigo?

— Ficarei muito feliz em dançar com o senhor – murmurei, tímida. – Mas a sra. Blair...

— Nossa amiga, a sra. Blair, não gosta de dançar.

— E o senhor?

— Eu gostaria de dançar com você.

— Oh! – exclamei, nervosa.

Tinha um pouco de medo do coronel. No entanto, estava me divertindo. Isso era melhor do que discutir crânios fossilizados com professores velhos e empolados! O coronel Race era na verdade exatamente o meu ideal de um rodesiano calado e sisudo. Era possível que acabasse me casando com ele! Não pedira minha mão, é verdade, mas, como dizem os escoteiros: "Sempre alerta!". E todas as mulheres, mesmo sem querer, consideram cada um dos homens que conhecem como um possível marido para si ou para a melhor amiga.

Dancei várias vezes com ele naquela noite. Ele dançava bem. Quando o baile terminou, e eu estava pensando em me retirar para dormir, ele sugeriu uma volta no convés. Demos três voltas e, por fim, nos acomodamos em duas espreguiçadeiras. Não havia ninguém mais à vista. Jogamos conversa fora por um tempo.

– Sabe, srta. Beddingfeld, que cheguei a conhecer seu pai? Um homem muito interessante na sua própria área, e é um tema que guarda um fascínio especial para mim. De uma forma mais modesta, eu mesmo trabalhei um pouco nessa linha. Ora, quando estive na região da Dordonha...

Nossa conversa tornou-se técnica. O coronel Race não se vangloriou à toa. Ele sabia muito. Ao mesmo tempo, cometeu um ou dois equívocos curiosos... atos falhos, como primeiro pensei. Mas foi ágil em captar os erros pela minha reação e acobertou-os. Em dado momento falou do período musteriense como sendo depois do aurinhaciense, um erro absurdo para alguém com qualquer conhecimento do assunto.

Era meia-noite quando voltei para minha cabine. Estava ainda perplexa com aquelas discrepâncias. Seria possível que ele tivesse "estudado o assunto inteiro" para aquela ocasião... que de fato não soubesse nada de arqueologia? Meneei a cabeça, um pouco insatisfeita com essa solução.

Quando estava quase pegando no sono, sentei-me na cama com um susto quando outra ideia me ocorreu. Será que ele estivera *me* sondando? Seriam aquelas leves incorreções apenas testes para ver se *eu* de fato sabia do que estava falando? Em outras palavras, ele suspeitava de que eu não fosse a verdadeira Anne Beddingfeld.

Por quê?

CAPÍTULO 12

(Compêndio do diário de Sir Eustace Pedler)

Uma coisa é certa sobre a vida a bordo de um navio: é tranquila. Meus cabelos brancos felizmente me eximem das indignidades de ficar pescando maçãs com a boca, correndo de um lado a outro do convés com batatas e ovos e também dos outros jogos mais dolorosos de cabo de guerra ou pau de sebo. Que diversão as pessoas conseguem encontrar nesses procedimentos dolorosos sempre foi um mistério para mim. Mas há muitos tolos no mundo. A gente agradece a Deus pela existência deles e mantém a distância.

Felizmente, sou um excelente marinheiro. Pagett, pobre criatura, não é. Começou a ficar verde assim que saímos do estreito de Solent. Presumo que meu outro assim chamado secretário também esteja mareado. De todo modo, ainda não apareceu. Mas talvez não seja enjoo marítimo, mas sim alta diplomacia. O melhor é que eu não precisei me preocupar com ele.

No todo, as pessoas a bordo são um grupo sarnento. Há apenas dois jogadores decentes de bridge e uma mulher de aparência decente, a sra. Clarence Blair. Eu a conheci na cidade, claro. É uma das únicas mulheres que conheço que pode se dizer dotada de um senso de humor. Gosto de conversar com ela e gostaria muito mais não fosse por um jumento taciturno de pernas longas que se grudou nela feito uma lapa. Não posso acreditar que esse tal de coronel Race de fato a divirta. É bonito, do jeito dele, mas totalmente sem sal. Um desses homens fortes e calados que encantam as novelistas e as mocinhas.

Guy Pagett esforçou-se para chegar ao convés depois de partirmos da Madeira e começou a balbuciar sobre trabalho com sua voz oca. Que diabos alguém quer fazer com assuntos de trabalho a bordo de um navio? É verdade que prometi a meus editores as minhas "memórias" no começo do verão, mas e daí? Quem de fato lê memórias? As velhas senhoras do interior. E no que consistiriam minhas reminiscências? Conheci um certo número de gente famosa na minha vida. Com a ajuda de Pagett, inventei anedotas insípidas sobre elas. E a verdade é que Pagett é honesto demais para esse trabalho. Não me permite inventar anedotas sobre as pessoas que eu poderia ter conhecido, mas não conheci.

Tentei usar de gentileza com ele:

– Ainda está com cara de acabado, meu caro companheiro – falei. – O que precisa é de uma cadeira ao sol. Não... nem mais uma palavra. O trabalho deve esperar.

E em seguida fico sabendo que estava preocupado em conseguir uma cabine a mais:

– Não há lugar para trabalhar na sua cabine, Sir Eustace. Está tomada de baús.

Pelo tom de voz, poderia ter pensado que os baús eram besouros pretos, algo que não deveria estar naquele espaço.

Expliquei que, embora ele talvez não estivesse ciente do fato, era costume levar uma muda de roupas quando se viaja. Ele me respondeu com o mesmo sorriso amarelo que sempre utiliza para saudar minhas tentativas de fazer piada e então voltou ao assunto em questão.

– E não temos como trabalhar no meu cubículo.

Conheço bem os "cubículos" de Pagett – ele em geral tem a melhor cabine do navio.

– Sinto muito que o capitão não tenha resolvido seu problema desta vez – falei em tom sarcástico. – Quem sabe gostaria de largar um pouco da sua bagagem extra na minha cabine?

O sarcasmo é um perigo com um homem como Pagett. O rosto dele se iluminou na hora.

— Bom, se eu pudesse me livrar da máquina de escrever e do baú de material de escritório...

O baú com material de escritório pesa várias toneladas. Causa um incômodo sem fim aos carregadores, e o objetivo da vida de Pagett é impingir essa coisa em mim. É uma briga constante entre nós dois. Ele parece ver aquilo como minha propriedade especial e particular. Eu, por outro lado, vejo que encarregar-se do baú é a única coisa de útil mesmo que um secretário pode fazer.

— Vamos conseguir uma cabine extra — falei apressado.

Parecia bem simples, mas Pagett é uma pessoa que adora fazer mistério. Ele chegou no dia seguinte com uma cara de conspirador renascentista.

— Lembra que me pediu que conseguisse a cabine 17 para usar de escritório?

— Sim, o que tem? O baú com a papelada está emperrado na porta?

— As portas têm todas o mesmo tamanho em todas as cabines — respondeu, todo sério. — Mas lhe digo, sir Eustace, há algo muito estranho com essa cabine.

Memórias de ter lido "The Upper Berth*" flutuaram na minha cabeça.

— Se quer dizer que está assombrado — falei —, não vamos dormir lá, então não vejo por que isso importaria. Fantasmas não afetam máquinas de escrever.

Pagett disse que não era um fantasma e que, no fim das contas, não conseguira a cabine 17. Ele contou uma história longa e enrolada. Aparentemente, ele e um tal sr. Chichester e uma menina chamada Beddingfeld quase chegaram aos socos por causa da cabine. Nem preciso dizer que a menina ganhara, e Pagett, ao que parece, estava chateado com a questão.

— Tanto a 13 quanto a 28 são cabines melhores, mas eles não queriam nem saber de considerá-las — reiterou.

— Bem — falei, reprimindo um bocejo —, o mesmo vale para você, meu caro Pagett.

Ele me lançou um olhar de reprovação.

— O senhor me mandou pegar a cabine dezessete.

Há um quê de "faça o que o mestre mandar" em Pagett.

— Meu camarada — falei, irritado —, mencionei a número 17 por haver observado que estava vaga. Mas não quis dizer que deveria morrer por ela, a 13 ou a 28 teriam resolvido da mesma forma.

Ele parecia magoado.

---

* Conto de terror do americano Francis Marion Crawford, escrito em 1885. (N.T.)

— Porém, há algo mais — insistiu. — A srta. Beddingfeld conseguiu a cabine, mas, esta manhã, vi Chichester saindo de lá com ar muito furtivo.

Olhei para ele com severidade.

— Se está tentando armar algum escândalo sujo para cima de Chichester, que é um missionário embora seja uma pessoa perfeitamente venenosa, com aquela menina bonita, Anne Beddingfeld, não vou acreditar em uma só palavra — falei com frieza. — Anne Beddingfeld é uma moça extremamente simpática, com pernas de uma beleza singular. Diria que ela tem, de longe, as pernas mais bonitas do navio.

Pagett não gostou de minha referência às pernas de Anne Beddingfeld. É o tipo do homem que jamais repara em pernas — ou, se o faz, preferiria morrer a admitir o fato. Também ele acha frívola minha apreciação por tais coisas. Gosto de incomodar Pagett, então prossegui, malicioso:

— Já que a conheceu, deve convidá-la a jantar na nossa mesa amanhã. É o baile de máscaras. A propósito, seria melhor descer até o barbeiro e escolher uma fantasia para mim.

— Não está me dizendo que vai à fantasia? — disse Pagett, horrorizado.

Dava para ver que era bem incompatível com a ideia dele a respeito da minha dignidade. Parecia chocado e aflito. Eu não tinha a menor intenção de vestir uma fantasia, mas o desconforto de Pagett era uma tentação grande demais para resistir.

— Como assim? — perguntei. — Claro que vou usar fantasia. E você também vai.

Pagett estremeceu.

— Então, vá até o barbeiro e cuide disso — concluí.

— Não acho que ele tenha tamanhos grandes — resmungou Pagett, calculando meu tamanho a olho.

Sem querer, Pagett consegue ser extremamente ofensivo em certas ocasiões.

— E peça uma mesa para seis no salão — falei. — Vamos chamar o capitão, a menina com pernas bonitas, a sra. Blair...

— Não vai conseguir a sra. Blair sem o coronel Race — Pagett interrompeu. — Ele pediu para ela jantar com ele, já sei disso.

Pagett sempre sabe de tudo. Fiquei irritado com razão.

— Quem é esse Race? — perguntei, frustrado.

Como eu já disse, Pagett sempre sabe de tudo... ou acha que sabe. Fez ar de mistério outra vez.

— Dizem que é um sujeito do serviço secreto, Sir Eustace. Um belo atirador também. Mas, claro, não tenho certeza.

— Isso não é ligado ao governo? — exclamei. — Eis um homem a bordo cujo trabalho é portar documentos secretos, e eles saem distribuindo esses papéis para um mero cidadão que só quer que o deixem em paz.

Pagett fez um ar ainda mais misterioso. Deu um passo à frente e baixou a voz.

— Se quer minha opinião, a coisa toda é muito esquisita, Sir Eustace. Veja essa minha doença antes de partirmos...

— Meu camarada — interrompi com brutalidade —, foi um ataque de bile. Está sempre tendo ataques de bile.

Pagett se contorceu um pouco.

— Não era o meu tipo normal de ataque bilioso. Desta vez...

— Pelo amor de Deus, não entre em detalhes sobre sua condição, Pagett. Não quero saber.

— Pois bem, Sir Eustace. Mas acredito que eu tenha sido deliberadamente envenenado!

— Ah! — falei. — Andou conversando com Rayburn.

Não negou.

— De todo modo, Sir Eustace, ele acha que sim... e ele teria posição para saber.

— Aliás, onde anda o sujeito? — perguntei. — Não botei os olhos nele desde que embarcamos.

— Diz que está doente e fica na cabine, Sir Eustace. — a voz de Pagett baixou de novo. — Mas isso é camuflagem, tenho certeza. Para que possa vigiar melhor.

— Vigiar?

— Cuidar da sua segurança, Sir Eustace. Caso um ataque seja armado contra o senhor.

— Você é um camarada tão positivo, Pagett — falei. — Sua imaginação voa longe. Se eu fosse você, iria ao baile vestido de morte ou como um carrasco. Vai cair bem com seu estilo enlutado de beleza.

Aquilo o calou para o momento. Fui para o convés. A menina Beddingfeld estava numa conversa séria com o pastor missionário Chichester. As mulheres sempre ficam dando voltas em torno dos pastores.

Um homem com minha silhueta detesta se abaixar, mas fiz a cortesia de juntar um pedacinho de papel que estava rodopiando aos pés do pastor.

Não recebi nem um muito obrigado pelo meu esforço. Na verdade, não pude evitar enxergar o que estava escrito no papel. Havia apenas uma frase.

"Não tente agir sozinho ou será pior para você."

Que coisa boa para um pastor receber aquilo. Quem é esse sujeito Chichester, eu me pergunto? Ele parece brando como um leite morno. Mas aparências enganam. Preciso perguntar a Pagett sobre ele. Pagett sempre sabe de tudo.

Enterrei-me de maneira graciosa em minha espreguiçadeira ao lado da sra. Blair, assim interrompendo seu tête-à-tête com Race, e assinalei não saber o que estava acontecendo com o clero hoje em dia.

Então a convidei para jantar comigo na noite do baile de máscaras. De algum jeito, Race conseguiu ser incluído no convite.

Depois do almoço, a moça Beddingfeld veio se sentar conosco para tomar café. Eu estava certo sobre as pernas dela. São as melhores do navio. Vou com certeza convidá-la para jantar também.

Queria tanto saber o que foi que Pagett aprontou em Florença. Sempre que alguém fala na Itália ele desmorona. Se eu não soubesse o quão intenso ele é em sua respeitabilidade... desconfiaria de algum affair vergonhoso...

Será? Até mesmo os homens mais respeitáveis... Isso me alegraria enormemente se fosse verdade.

Pagett – com um pecadilho secreto! Esplêndido!

CAPÍTULO 13

Foi uma noite curiosa.

A única fantasia que me serviu no empório do barbeiro foi a de um urso de pelúcia. Não me importo de brincar de urso com algumas mocinhas simpáticas em uma noite de inverno na Inglaterra – mas dificilmente é uma boa fantasia para a linha do Equador. No entanto, alegrei o ambiente e ganhei o primeiro prêmio de melhor item "trazido a bordo" – um termo absurdo para uma fantasia alugada para uma noite. Enfim, ninguém parecia fazer ideia se elas haviam sido feitas ou trazidas, não fazia diferença.

A sra. Blair recusou-se a usar fantasia. Aparentemente, ela e Pagett estão afinados na questão. O coronel Race seguiu o exemplo dela. Anne Beddingfeld inventara uma fantasia de cigana e ficou extraordinária. Pagett disse que sentia dor de cabeça e não apareceu. Para substituí-lo, chamei um camarada baixinho e excêntrico chamado Reeves. É um membro proeminente do partido dos trabalhadores da África do Sul. Um homenzinho horrível, mas quero me entender com ele, já que me dá informações de que preciso. Quero compreender esse negócio do Rand por ambos os lados.

A dança foi um assunto e tanto. Dancei duas vezes com Anne Beddingfeld, e ela precisou fingir que estava gostando. Dancei uma vez com a sra. Blair, que não se esforçou para aparentar nada, e fiz de vítimas várias outras donzelas cuja aparência me fosse favorável.

Então, descemos para a ceia. Eu pedira champanhe; o comissário sugeriu Clicquot 1911 como sendo o melhor que havia a bordo e aceitei a sugestão. Pareceu que eu havia acertado a única coisa que soltaria a língua do coronel Race. Longe de ser taciturno, o homem ficou na verdade tagarela. Por um tempo, me diverti, então me ocorreu que o coronel Race, e não eu, estava se tornando o centro das atenções. Ele me importunou muito sobre o fato de eu manter um diário.

– Um dia desses vai revelar todas as suas indiscrições, Pedler.

– Meu caro Race – falei –, arrisco-me a sugerir que não sou tão tolo quanto pensa. Posso cometer indiscrições, mas não as registro preto no branco. Depois da minha morte, os executores do inventário saberão minha opinião sobre uma variedade enorme de pessoas, mas duvido que encontrem algo que vá melhorar ou depreciar a opinião que alguém tem de mim. Um diário é útil para registrar as idiossincrasias alheias, mas não as próprias.

– Existe uma coisa chamada revelação inconsciente.

– Aos olhos do psicanalista, todas as coisas são vis – respondi, sentencioso.

– Deve ter tido uma vida muito interessante, coronel Race! – disse a srta. Beddingfeld, admirando-o com olhos arregalados.

É assim que fazem, essas moças! Otelo encantou Desdêmona contando histórias, mas, ah, será que não foi Desdêmona quem encantou Otelo pelo jeito como escutava tudo?

Enfim, a moça deu corda para Race a noite toda. Ele começou a contar histórias de leões. Um homem que atirou em grandes quantidades de leões tem uma vantagem injusta sobre outros homens. Pareceu-me que era hora de eu também contar uma história de leões. Uma de caráter mais vivaz.

– A propósito – observei –, isso me lembra uma história muito emocionante que ouvi de um amigo meu que estava em uma caçada em algum lugar da África Oriental. Uma noite, ele saiu da barraca por algum motivo e se assustou com um rosnado grave. Virou-se rapidamente e viu um leão pronto para saltar. Ele deixara o rifle na barraca. Pensou rápido, se abaixou, e o leão saltou por cima da cabeça dele. Irritado por sua presa ter escapado, o animal rugiu e se preparou para saltar de novo. De novo ele se abaixou, e, mais uma vez, o leão saltou por cima. Isso aconteceu uma

terceira vez, mas então ele já estava mais perto da entrada da barraca, correu para dentro e apanhou o rifle. Quando emergiu, de rifle em punho, o leão havia desaparecido. Aquilo o deixou muito confuso. Esgueirou-se, dando a volta na barraca, para onde havia uma clareira. Ali, claro, encontrou o leão ocupado, praticando saltos mais baixos.

A história foi recebida com uma salva de palmas. Bebi mais champanhe.

– Noutra ocasião – observei –, esse meu amigo teve uma segunda experiência curiosa. Estava fazendo uma trilha atravessando o país e, ansioso para chegar a seu destino antes do calor intenso do dia, pediu a seus assistentes que atrelassem os animais antes do amanhecer. Tiveram dificuldade para fazê-lo, já que as mulas estavam indóceis, mas por fim conseguiram e partiram. As mulas correram como o vento e, quando o sol nasceu, eles viram por quê. No escuro, haviam atrelado um leão no cabresto.

Essa também fora bem recebida, uma onda de alegria perpassou a mesa, mas não sei se a melhor homenagem não veio do meu amigo do partido dos trabalhadores, que permanecia pálido e sério.

– Meu Deus! – exclamou ansioso. – E quem desatrelou as mulas?

– Preciso conhecer a Rodésia – disse a sra. Blair. – Depois do que nos contou, coronel Race, simplesmente preciso. É, porém, uma jornada horrível, cinco dias de trem.

– Deve me acompanhar em meu carro particular – falei, todo galante.

– Oh, Sir Eustace, que gentileza a sua! Está falando sério?

– Se estou falando sério! – exclamei, com ar reprovador, e tomei outra taça de champanhe.

– Mais uma semana e chegaremos à África do Sul – suspirou a sra. Blair.

– Ah, África do Sul – falei com sentimentalidade e comecei a citar um discurso recente que fiz no Instituto Colonial. – O que tem a África do Sul para mostrar ao mundo? O que, de fato? Seus frutos e fazendas, sua lã e vimes, rebanhos e peles, minas de ouro e diamantes...

Estava me apressando pois sabia que, assim que fizesse uma pausa, Reeves se intrometeria para me informar que as peles eram inúteis pois os animais se enroscavam em arame farpado ou algo do tipo, azedaria todo o resto e terminaria listando as agruras dos mineiros no Rand. E eu não estava disposto a ser abusado como capitalista. Entretanto, a interrupção veio de outra fonte com a palavra mágica diamantes.

– Diamantes! – disse a sra. Blair, em êxtase.
– Diamantes! – suspirou a srta. Beddingfeld.
As duas se voltaram para o coronel Race.

– *Suponho que esteve em Kimberley?*

Estive em Kimberley também, mas não consegui mencionar a tempo. Race estava sendo inundado de perguntas. Como eram as minas? Era verdade que os nativos ficavam encerrados em barracões? E assim por diante.

Race respondia às perguntas e demonstrava um bom conhecimento do assunto. Descreveu os métodos de acomodação dos nativos, as buscas instituídas e as várias precauções adotadas por De Beers.

– Então é praticamente impossível roubar um diamante? – perguntou a sra. Blair, a expressão tão decepcionada como se estivesse viajando para lá com esse propósito específico.

– Nada é impossível, sra. Blair. Furtos acontecem, como no caso que lhe contei em que aquele cafre escondeu a pedra num ferimento.

– Sim, mas e em grande escala?

– Uma vez, não faz muitos anos. Logo antes da Guerra, na verdade. Deve lembrar do caso, Pedler. Estava na África do Sul na época?

Assenti.

– Conte para nós – implorou a srta. Beddingfeld. – Oh, conte para nós! Race sorriu.

– Muito bem, vão ouvir a história toda. Suponho que a maioria de vocês já tenha ouvido falar de Sir Laurence Eardsley, o grande magnata da mineração sul-africana? Suas minas eram de ouro, mas ele entra na história por causa de seu filho. Devem lembrar que, logo antes da guerra, havia rumores de que uma nova Kimberley em potencial se escondia em algum lugar no solo pedregoso das selvas da Guiana britânica. Dois jovens exploradores, assim contavam, haviam retornado daquela parte da América do Sul trazendo consigo uma coleção notável de diamantes brutos, alguns de tamanho considerável. Diamantes de pequenas dimensões haviam sido encontrados anteriormente nas redondezas dos rios Essequibo e Mazarumi, porém esses dois jovens, John Eardsley e seu amigo Lucas, alegavam haver descoberto leitos de grandes depósitos de carbono na cabeceira de dois riachos. Os diamantes eram de todas as cores, rosa, azuis, amarelos, verdes, pretos e do mais puro branco. Eardsley e Lucas chegaram a Kimberley, onde deveriam submeter suas gemas para inspeção. Ao mesmo tempo, um roubo sensacional foi descoberto na De Beers. Quando os diamantes são enviados para a Inglaterra, são colocados em um pacote. Este fica no grande cofre, cujas duas únicas chaves são guardadas por dois homens diferentes, enquanto um terceiro sabe a combinação. O pacote é entregue ao banco, e o banco o envia para a Inglaterra. Cada pacote vale, por alto, cerca de 100 mil libras.

"Naquela ocasião, o banco reparou em algo um pouco incomum no lacre do pacote. Foi aberto e descobriram que continha pedras de açúcar!

"Exatamente como a suspeita foi recair sobre John Eardsley, eu não sei. Lembravam que ele tivera um comportamento muito irresponsável em Cambridge, e que seu pai pagara as dívidas do filho mais de uma vez. Enfim, logo se espalhou que essa história dos diamantes dos campos sul-americanos era tudo fantasia. John Eardsley foi preso. Encontraram com ele uma parte dos diamantes da De Beers.

"Mas o caso nunca chegou ao tribunal. Sir Laurence Eardsley pagou uma soma igual a dos diamantes que faltavam, e a De Beers não entrou com o processo. Como exatamente o roubo foi cometido ninguém nunca descobriu. Mas saber que o filho era ladrão destruiu o coração do velho. Teve um enfarto logo em seguida. Quanto a John, seu destino foi de certo modo piedoso. Ele se alistou, foi para a Guerra, lutou bravamente e foi morto, assim limpando a mácula de seu nome. Sir Laurence mesmo teve um terceiro enfarto e morreu cerca de um mês atrás. Morreu sem deixar testamento, e sua vasta fortuna passou para o próximo na linha de herdeiros, um homem que ele mal conhecia."

O coronel fez uma pausa. Uma babel de interjeições e perguntas irrompeu. Algo pareceu atrair a atenção da srta. Beddingfeld, quando ela se virou na cadeira. Com o susto que levou, eu também me virei.

Meu novo secretário, Rayburn, estava parado na porta. Sob o bronzeado, o rosto mostrava a palidez de alguém que havia acabado de ver um fantasma. Era evidente que a história de Race o comovera profundamente.

De repente, ciente de estarmos todos olhando para ele, virou-se de forma abrupta e desapareceu.

– Sabem quem era aquela pessoa? – perguntou Anne Beddingfeld, de maneira brusca.

– É meu outro secretário – expliquei. – Sr. Rayburn. Estava passando mal até agora.

Ela brincou com o pão que estava no prato.

– Faz tempo que é seu secretário?

– Não muito – falei, cauteloso.

Mas a cautela é inútil diante de uma mulher: quanto mais escondemos, mais elas pressionam. Anne Beddingfeld nem tentou disfarçar.

– Há quanto tempo? – perguntou, sem rodeios.

– Bem... hã... contratei-o logo antes de partirmos. Um velho amigo o recomendou.

Ela não disse mais nada, mas recaiu em um silêncio pensativo. Virei-me para Race, com a sensação de que era a minha vez de demonstrar interesse na história dele.

– Quem é esse herdeiro de Sir Laurence, Race? Você o conhece?

– Deveria conhecer – respondeu sorrindo. – Sou eu.

CAPÍTULO 14

(Retomada da narrativa de Anne)

Foi na noite do Baile de Máscaras que decidi ter chegado a hora de me abrir com alguém. Até então, havia agido sozinha e até estava gostando. Então, de repente, tudo mudou. Desconfiei de meu próprio julgamento e, pela primeira vez, um sentimento de solidão e desolação foi tomando conta de mim.

Sentei-me na borda do meu beliche, ainda com a roupa de cigana, e considerei a situação. Pensei primeiro no coronel Race. Parecia gostar de mim. Seria gentil, disso eu tinha certeza. E não era bobo. No entanto, ao refletir bem, hesitei. Era um homem de personalidade autoritária. Tiraria a coisa toda das minhas mãos. E era o *meu* mistério! Havia outras razões também, que eu mesma mal podia reconhecer, mas que tornavam desaconselhável confiar no coronel Race.

Então pensei na sra. Blair. Ela também fora gentil comigo. Não me iludi imaginando que aquilo de fato significava alguma coisa. Era provavelmente um mero capricho momentâneo. Mesmo assim, eu tinha o poder de ser interessante para ela. Era uma mulher que havia vivenciado a maioria das sensações ordinárias da vida. Eu me propunha a fornecer uma extraordinária! E eu gostava dela, gostava do seu jeito tranquilo, sua falta de sentimentalismo, sua liberdade de qualquer tipo de afetação.

Minha decisão estava tomada. Decidi procurá-la na mesma hora. Era difícil que já estivesse na cama.

Então lembrei que não sabia o número de sua cabine. Minha amiga, a comissária da noite, provavelmente saberia.

Toquei a sineta. Depois de certo atraso, fui atendida por um homem. Ele me passou a informação que eu desejava. A cabine da sra. Blair era a de número 71. Pediu desculpas pela demora ao atender a sineta, mas explicou que tinha que cuidar de todas as cabines.

– Onde está a comissária, então? – perguntei.

– A folga deles começa às dez horas da noite.

– Não... estou me referindo à comissária da noite.

– Não há comissário noturno algum, senhorita.

– Mas... mas uma comissária veio aqui outra noite... era por volta da uma hora.

– Deve ter sonhado, senhorita. Não há qualquer comissário em serviço depois das dez.

Ele se retirou, e fiquei digerindo essa parcela de informação. Quem era a mulher que viera até minha cabine na noite do dia 22? Minha expressão foi ficando mais séria ao perceber a audácia e a esperteza de meus desconhecidos antagonistas. Então, me recompondo, saí da cabine e procurei a da sra. Blair. Bati à porta.

– Quem é? – perguntou uma voz lá dentro.
– Sou eu... Anne Beddingfeld.
– Ah, entre, ciganinha.

Entrei. Uma porção de roupas estava espalhada por toda parte, e a sra. Blair estava enrolada em um dos quimonos mais adoráveis que já vi na vida. Era todo laranja com dourado e preto e cheguei a salivar só de olhar para ele.

– Sra. Blair – disparei, de forma brusca –, quero lhe contar a história da minha vida, quer dizer, se não for muito tarde e a senhora não for se aborrecer.

– Nem um pouco. Detesto me deitar – disse a sra. Blair, com o rosto se contraindo em sorrisos de um jeito delicioso. – E adoraria escutar a história da sua vida. É uma criatura muito incomum, ciganinha. Ninguém mais pensaria em irromper na minha cabine à uma da manhã para me contar a história da sua vida. Especialmente depois de esnobar minha curiosidade natural durante semanas como você fez! Não estou acostumada a ser esnobada. É uma novidade bastante agradável. Sente-se no sofá e desafogue sua alma.

Contei a história toda. Levou um tempo, porque fui metódica em todos os detalhes. Deu um suspiro profundo quando terminei, mas não disse nada do que eu esperava que fosse dizer. Em vez disso, me olhou, riu um pouco e falou:

– Sabe, Anne, que você é uma moça muito incomum? Não sofre com dilemas?

– Dilemas? – perguntei perplexa.

– Sim, dilemas, dilemas, dilemas! Saindo por aí sozinha sem praticamente dinheiro algum. O que vai fazer quando chegar a um país estranho sem um tostão no bolso?

– Não adianta me preocupar com isso antes da hora, tenho ainda bastante dinheiro. As 25 libras que a sra. Flemming me deu estão praticamente intactas, e ainda ganhei o concurso ontem. São mais quinze libras. Ora, tenho *rios* de dinheiro. Quarenta libras!

– Rios de dinheiro! Por Deus! – murmurou a sra. Blair. – Eu não conseguiria, Anne, e ao meu modo, sou bem audaciosa. Não poderia me lançar toda faceira com alguns tostões no bolso e sem nenhuma ideia do que estava fazendo ou de para onde estava indo.

– Mas essa é a parte divertida – gritei, toda animada. – Dá uma sensação tão esplêndida de aventura.

Ela me olhou, assentiu uma ou duas vezes e sorriu.

— Anne, sua sortuda! Não há muita gente no mundo que pensaria como você.

— Bom — falei impaciente —, e o que acha de tudo isso, sra. Blair?

— Acho que é a coisa mais emocionante que já ouvi! Porém, para começo de conversa, vai parar de me chamar de sra. Blair. Suzanne vai ficar muito melhor. Estamos combinadas?

— Vou adorar, Suzanne.

— Boa menina. Agora, direto ao assunto. Está dizendo que reconheceu o secretário de Sir Eustace, não aquele carrancudo do Pagett, o outro, como o homem que foi esfaqueado e apareceu na sua cabine buscando abrigo?

Assenti.

— Isso nos dá duas conexões de Sir Eustace com o rolo todo. A mulher foi assassinada na casa *dele*, e é o secretário *dele* que é apunhalado na hora mística da uma da madrugada. Não desconfio do próprio Sir Eustace, mas não pode ser tudo coincidência. Há uma ligação em algum lugar, mesmo que o próprio não esteja ciente disso.

— Então tem o assunto esquisito sobre a comissária — ela prosseguiu pensativa. — Como era ela?

— Mal reparei. Estava tão excitada e nervosa, e uma comissária parecia um anticlímax tão grande. Mas... sim... achei que o rosto dela era familiar. Claro que seria, se já a tivesse visto pelo navio.

— O rosto dela parecia familiar para você — disse Suzanne. — Tem certeza de que não era um homem?

— Era muito alta — concordei.

— Hmm. Não poderia ser Sir Eustace, acho, nem o sr. Pagett... Espere!

Ela puxou um pedaço de papel e começou a desenhar com fervor. Inspecionou o resultado com a cabeça inclinada para um dos lados.

— É uma boa representação do reverendo Edward Chichester. Agora para os detalhes extras — ela passou o papel para mim. — É essa a sua comissária?

— Sim, era — exclamei. — Suzanne, como você é esperta!

Desdenhou o elogio com um gesto delicado.

— Sempre desconfiei daquela criatura do Chichester. Lembra de como ele derrubou a xícara de café e ficou verde de passar mal quando falávamos de Crippen outro dia?

— E ele tentou pegar a cabine 17!

— Sim, tudo se encaixa até aqui. Mas o que *significa* tudo isso? O que era para ter acontecido de fato à uma da manhã na cabine 17? Não poderia ter sido a punhalada no secretário. Não haveria sentido em organizar isso para uma hora especial em um dia e lugar especiais. Não, deve ter sido algum tipo de encontro, e ele estava a caminho para cumprir com o combinado quando alguém o esfaqueou. Mas com quem seria? Certamente não com você. Poderia ter sido com Chichester. Ou poderia ter sido com Pagett.

– Parece pouco provável – foi minha objeção –, eles podem se encontrar a qualquer hora.

Ambas ficamos em silêncio por um ou dois minutos, então Suzanne seguiu uma outra linha.

– Poderia haver algo escondido na cabine?

– Isso parece mais provável – concordei. – Explicaria as minhas coisas terem sido vasculhadas na manhã seguinte. Mas não havia nada escondido lá, tenho certeza.

– O rapaz não poderia ter deixado algo dentro de alguma gaveta na noite anterior?

Balancei a cabeça.

– Eu teria visto.

– Poderiam estar procurando por seu precioso papelzinho, quem sabe?

– Poderiam, mas seria bem sem sentido. Só dizia uma hora e data, e as duas já haviam passado.

Suzanne assentiu.

– Isso é mesmo, claro. Não, não era o papel. A propósito, tem ele consigo? Gostaria de ver.

Eu trouxera o papel como uma das provas e entreguei-o para ela. Examinou-o, franzindo a testa.

– Tem um ponto depois do 17. Por que não tem um ponto depois do 1 também?

– Tem um espaço – assinalei.

-- Sim, tem um espaço, mas...

De repente, levantou e espiou o papel, segurando o mais perto possível da luz. Havia uma animação reprimida no jeito dela.

– Anne, não é um ponto! É uma falha no papel! Uma falha no papel entende? Então deve ignorar isso e se guiar apenas pelos espaços, os espaços!

Eu me levantara e estava de pé ao lado dela. Li os números conforme agora os via: "1 71 22".

– Está vendo – disse Suzanne. – É o mesmo, mas não igual. Ainda é à uma hora, e no dia 22, mas é na cabine 71! A *minha* cabine, Anne!

Ficamos paradas olhando uma para a cara da outra, tão agradadas com nossa nova descoberta e tão tomadas pela emoção que parecia que havíamos resolvido o mistério todo. Então voltei para a realidade com um solavanco.

– Mas, Suzanne, nada aconteceu aqui à uma da manhã do dia 22?

A expressão dela também desabou.

– Não... não aconteceu.

Outra ideia me ocorreu.

– Esta não é sua própria cabine, é, Suzanne? Digo, não é a que você reservou originalmente?

– Não, o encarregado me trocou para cá.

– Será que estava reservada antes de partir para alguém... alguém que não apareceu. Suponho que a gente possa descobrir.

– Não precisamos descobrir, ciganinha – exclamou Suzanne. – Eu já sei! O chefe de cabines me contou tudo. A cabine estava reservada no nome da sra. Grey, mas parece que sra. Grey era um mero pseudônimo para a famosa Madame Nadina. Ela é uma celebridade do balé russo, sabe. Nunca se apresentou em Londres, mas Paris tinha loucuras por ela. Foi um sucesso tremendo lá durante toda a guerra. Totalmente pervertida, creio, mas muito atraente. O chefe expressou da forma mais sincera seu lamento por ela não estar a bordo quando me passou a cabine, e então o coronel Race me contou muita coisa sobre ela. Parece que havia rumores bem estranhos por Paris. Era suspeita de espionagem, mas não conseguiram provar nada. Chego a imaginar que o coronel Race andou por lá por conta disso. Ele me contou algumas coisas muito interessantes. Havia uma gangue organizada, não tinha origem alemã. Na verdade, o cabeça, um homem a quem sempre se referem como "Coronel", pensava-se ser inglês, mas nunca conseguiram nenhuma pista da identidade dele. Mas não há dúvida de que controlava uma organização internacional considerável de trapaceiros. Roubos, espionagem, assaltos, ele era responsável por tudo, e em geral conseguia um bode expiatório inocente para pagar as penas. De uma inteligência diabólica, esse homem deve ter sido! Essa mulher supostamente era um de seus agentes, mas não conseguiram nada como provas. Sim, Anne, estamos na pista certa. Nadina é bem o tipo de mulher para estar enrolada nesse negócio. O encontro da madrugada do dia 22 era com ela, nesta cabine. Mas onde está ela? Por que não embarcou?

Uma luz se acendeu.

– Ela pretendia embarcar – falei devagar.

– Então por que não veio?

– *Porque está morta.* Suzanne, Nadina é a mulher que foi assassinada em Marlow!

Minha cabeça voltou para aquele quarto sem nada na casa vazia e fui tomada de novo pela sensação indefinível de ameaça e maldade. Com isso, voltou a memória do lápis caindo e a descoberta do rolo de filmes. Um rolo de filmes... isso me lembrou de algo mais recente. Onde foi que eu ouvira algo sobre um rolo de filmes? E por que eu conectara esse pensamento com a sra. Blair?

De repente, me atirei sobre ela e quase a chacoalhei de tanta emoção.

— Seus filmes! Aqueles que lhe entregaram pelo ventilador? Isso não aconteceu no dia 22?

— Aqueles que perdi?

— Como sabe que eram os próprios? Por que alguém lhe devolveria os rolos daquele jeito... no meio da noite? É uma ideia louca. Não... eles eram uma mensagem, os filmes foram retirados do estojo de lata amarelo e outra coisa foi posta no lugar. Ainda está com eles?

— Pode ser que tenha usado. Não, aqui estão. Lembro-me de ter jogado na estante do lado da cama.

Entregou para mim.

Era um cilindro comum de latão, igual à embalagem usada nos filmes para levar aos trópicos. Recebi com a mão trêmula, mas, assim que o segurei, meu coração deu um pulo. Era claramente mais pesado do que devia ser.

Com os dedos tremendo, descasquei a massinha adesiva que mantinha a lata a vácuo. Puxei a tampa, e uma sucessão de pedrinhas de vidro fosco rolaram sobre a cama.

— Pedrinhas – falei, muito desapontada.

— Pedrinhas? – exclamou Suzanne.

Algo na voz dela me animou.

— Pedrinhas? Não, Anne, não são pedrinhas! São *diamantes*!

CAPÍTULO 15

Diamantes!

Fitei, fascinada, o montinho de vidro sobre a cama. Apanhei um que, pelo peso, poderia ser um fragmento de uma garrafa quebrada.

— Tem certeza, Suzanne?

— Ah, sim, minha querida. Já vi muitos diamantes brutos para ter qualquer dúvida. São umas belezinhas também, Anne – e alguns deles são muito raros, eu diria. Tem uma história por trás deles.

— A história que ouvimos esta noite – exclamei.

— Está dizendo...

— A história do coronel Race. Não pode ser coincidência. Ele contou por algum motivo.

— Para ver o efeito, é isso?

Assenti.

— O efeito em Sir Eustace?

— Sim.

Mas enquanto eu dizia isso uma dúvida me assolou. Sir Eustace *foi* mesmo submetido a um teste ou a história teria sido contada por *minha* causa? Lembrei-me da impressão que tivera na noite anterior de ter sido "provocada" de propósito. Por algum motivo, o coronel Race estava desconfiado. Mas onde é que ele entrava? Que conexão possível teria com o caso?

– Quem *é* o coronel Race? – perguntei.

– É uma pergunta e tanto – disse Suzanne. – É bastante conhecido como um caçador de grandes presas e, como ouviu dele esta noite, era um primo distante de Sir Laurence Eardsley. Nunca o havia visto pessoalmente antes dessa viagem. Ele viaja bastante para a África. Há uma ideia generalizada de que trabalha para o serviço secreto. Não sei se é verdade. Ele é com certeza uma criatura um tanto misteriosa.

– Suponho que tenha herdado muito dinheiro de Sir Laurence Eardsley?

– Minha cara Anne, ele deve estar *rolando* em dinheiro. Sabe, seria um par esplêndido para você.

– Não consigo uma chance com ele com você a bordo do navio – falei, rindo. – Ai, essas mulheres casadas!

– Nós temos um magnetismo – sussurrou Suzanne, complacente. – E todo mundo sabe que sou absolutamente devotada ao Clarence, meu marido, entende. É tão seguro e agradável cortejar uma mulher casada.

– Deve ser muito bom para Clarence ser casado com alguém como você.

– Bom, sou cansativa de conviver! Ainda assim, ele sempre pode fugir para o Ministério do Exterior, onde prende o monóculo no olho e vai dormir na sua poltrona grande. Podemos mandar um telegrama para que nos conte tudo o que sabe sobre Race. Adoro mandar telegramas. E eles incomodam tanto ao Clarence. Ele sempre diz que uma carta teria resolvido do mesmo modo. No entanto, duvido que nos contasse algo. É tão terrivelmente discreto. É isso que o torna tão difícil de conviver por longos períodos. Mas vamos proceder com nosso plano casamenteiro. Tenho certeza de que o coronel Race se sente atraído por você, Anne. Lance alguns olhares desses seus olhos marotos e está feito. Todo mundo fica noivo a bordo de um navio. Não há nada mais para fazer.

– Não quero me casar.

– Não quer? – disse Suzanne. – Por que não? Eu adoro ser casada, até mesmo com o Clarence!

Desdenhei de sua superficialidade.

– O que desejo saber é – falei com determinação – o que o coronel Race tem a ver com isso? Ele está envolvido de algum jeito.

– Não acha que seja mero acaso ele ter relatado a história?

– Não, não acho – falei com ar decidido. – Estava nos observando muito de perto. Lembra, *alguns* dos diamantes foram recuperados, não todos. Talvez sejam esses os que faltam... ou talvez...

– Talvez o quê?

Não respondi de maneira direta.

– Gostaria de saber – falei – que fim levou aquele outro rapaz. Não o Eardsley, mas... como era o nome dele? ...Lucas!

– Estamos chegando a algum lugar, de todo modo. É dos diamantes que toda essa gente está atrás. Deve ter sido para tomar posse dos diamantes que "O homem do terno marrom" matou Nadina.

– Ele não a matou – falei, ríspida.

– Claro que matou. Quem mais poderia ter sido?

– Não sei. Mas tenho certeza de que ele não a matou.

– Ele entrou na casa três minutos depois dela e saiu branco feito um lençol.

– Porque a encontrou morta.

– Mas ninguém mais entrou.

– Então o criminoso já estava na casa, ou entrou de outra maneira. Não há necessidade de passar pelo alojamento, pode ter pulado o muro.

Suzanne me lançou um olhar repentino.

– O homem do terno marrom – refletiu. – Quem era ele, eu me pergunto? Enfim, era idêntico ao "doutor" no metrô. Teria tido tempo de remover a maquiagem e seguir a mulher até Marlow. Ela e Carton combinaram de se encontrar lá, ambos tinham uma autorização para visitar a mesma casa, e se ambos tomaram tantas precauções elaboradas para fazer com que o encontro parecesse acidental devem ter suspeitado de que estavam sendo seguidos. Mesmo assim, Carton *não* sabia que quem estava no seu encalço era o "Homem do terno marrom". Quando o reconheceu, o choque foi tão grande que perdeu a cabeça completamente e caiu nos trilhos. Isso tudo parece bastante claro, não acha, Anne?

Não respondi.

– Sim, foi o que aconteceu. Ele pegou o papel do morto e, na pressa para fugir, o deixou cair. Então seguiu a mulher até Marlow. O que fez quando saiu de lá, depois de matá-la, ou, segundo você, encontrá-la morta? Para onde foi?

Eu seguia sem dizer nada.

– Agora me pergunto – disse Suzanne, refletindo. – Seria possível que ele tivesse induzido Sir Eustace Pedler a trazê-lo a bordo como seu secretário? Seria uma chance única de conseguir escapar de maneira segura da Inglaterra e se esquivar do clamor público. Mas como chegou a Sir Eustace? É como se tivesse algum poder sobre ele?

— Ou sobre Pagett — sugeri, sem conseguir me conter.

— Não parece gostar muito de Pagett, Anne. Sir Eustace diz que ele é um rapaz muito capaz e esforçado. E, de fato, até onde sabemos, pode estar contra ele. Bom, para continuar com minhas suposições, Rayburn é "o homem do terno marrom". Leu o papel que deixou cair. Portanto, confuso por conta do ponto, como você, tentou chegar à cabine 17 à uma hora no dia 22, tendo previamente tentado obter a cabine através de Pagett. No caminho, alguém o apunhala...

— Quem? — interrompi.

— Chichester. Sim, tudo se encaixa. Mande um telegrama para Lord Nasby avisando que encontrou o homem do terno marrom e sua sorte está ganha, Anne!

— Há muitas coisas que está esquecendo.

— Que coisas? Rayburn tem uma cicatriz, eu sei, mas uma cicatriz pode ser fabricada com facilidade. Tem a altura certa e o tipo físico. Qual era a descrição da cabeça que você pulverizou na Scotland Yard?

Eu tremi. Suzanne era uma mulher bem educada e culta, mas rezei para que não fosse familiarizada com termos técnicos de antropologia.

— Dolicocéfalo — falei de qualquer jeito.

Suzanne pareceu ter dúvidas.

— Era isso mesmo?

— Sim. Uma cabeça alongada, sabe. Uma cabeça cuja largura é menor que 75 por cento do comprimento — expliquei com fluência.

Houve uma pausa. Estava recém começando a respirar livremente quando Suzanne disse de repente:

— E o contrário?

— Como assim, o contrário?

— Bom, deve haver um contrário. Como se chama uma cabeça cuja largura é mais do que 75 por cento do comprimento?

— Braquicéfalo — murmurei a contragosto.

— É isso. Pensei ter sido isso o que você disse.

— Foi, é? Foi um ato falho, eu quis dizer dolicocéfalo — falei, com toda a segurança que consegui angariar.

Suzanne me olhou com ar inquisidor. Então riu.

— Mente muito bem, ciganinha. Mas vou lhe economizar tempo e esforços agora se me contar tudo que sabe.

— Não há nada para contar — falei, a contragosto.

— Não há? — perguntou Suzanne, delicada.

— Suponho que eu precise lhe contar — falei devagar. — Não me envergonho. Não podemos nos envergonhar de algo que simplesmente acontece com a gente. Foi isso que ele fez. Ele foi detestável, rude e mal agradecido, mas isso acho que entendo. É como um cachorro que ficou preso ou foi maltratado, vai morder qualquer um. Foi assim que ele se comportou, amargo e rosnando. Não sei por que me importo, mas me importo. Estou gostando dele demais. Só de vê-lo, minha vida virou de ponta cabeça. Eu o amo. Eu o desejo. Vou atravessar a África de pés descalços até encontrá-lo e vou fazer com que goste de mim. Morreria por ele. Trabalharia para ele, seria escrava dele, roubaria para ele, até pediria esmolas ou empréstimos por ele! Aí está... agora sabe de tudo!

Suzanne me olhou por um bom tempo.

– Você não é nada inglesa, ciganinha – falou por fim. – Não há um fiapo de sentimentalidade em você. Nunca conheci alguém que fosse ao mesmo tempo tão prática e tão apaixonada. Jamais vou gostar de alguém desse jeito, um alívio para mim, e, no entanto, no entanto... eu a invejo, ciganinha. É algo ter essa capacidade de gostar. A maioria das pessoas não consegue. Mas quanta bondade para com esse seu doutorzinho que não tenha se casado com ele. Não parece em nada o tipo de indivíduo que apreciaria ter explosivos dentro de casa! Então, não vai haver telegrama algum para Lord Nasby?

Fiz que não com a cabeça.

– E no entanto acredita que ele seja inocente?

– Também acredito que inocentes podem acabar enforcados.

– Hmm, sim! Mas, Anne, querida, pode encarar os fatos, encare-os já. Apesar de tudo o que diz, ele pode ter matado aquela mulher.

– Não – afirmei. – Não matou.

– Isso é romantismo.

– Não, não é. Ele poderia ter matado. Poderia até mesmo tê-la seguido com essa ideia em mente. Mas não pegaria um pedacinho de barbante preto e a estrangularia com aquilo. Se fosse ele, teria estrangulado com suas próprias mãos.

Suzanne teve um calafrio. Seus olhos se apertaram apreciando a questão.

– Hmmm! Anne, estou começando a ver por que acha esse seu rapaz tão atraente!

CAPÍTULO 16

Tive a oportunidade de abordar o coronel Race na manhã seguinte. A entrega dos prêmios acabara de ser concluída, e caminhamos juntos no deck de um lado a outro.

– Como vai a cigana esta manhã? Desejosa de seu chão e de sua caravana?
Meneei a cabeça.

– Agora que o mar está se comportando tão bem, sinto que gostaria de ficar aqui para todo o sempre.

– Quanto entusiasmo!

– Bem, não está lindo esta manhã?

Nós nos debruçamos sobre a balaustrada. Estava de uma placidez vítrea. O mar parecia ungido. Havia grandes manchas de cor azul, verde pálido, esmeralda, roxo e laranja profundo, como uma pintura cubista. Havia o ocasional clarão prateado que revelava os peixes voadores. O ar estava úmido e calmo, quase pegajoso. A brisa era como uma carícia perfumada.

– Que história interessante essa que nos contou ontem à noite – falei, rompendo o silêncio.

– Qual delas?

– Aquela dos diamantes.

– Creio que as mulheres estão sempre interessadas em diamantes.

– Claro que estamos. Aliás, que fim levou o outro rapaz? Disse que eram dois.

– O jovem Lucas? Bem, claro que não podiam julgar um sem o outro, então ele saiu sem ser punido também.

– E o que aconteceu com ele? ...depois, digo. Alguém sabe?

O coronel Race olhou ao longe no mar. Seu rosto era isento de expressão como uma máscara, mas fiquei com a ideia de que ele não gostava das minhas perguntas. Contudo, respondeu em seguida.

– Foi para a Guerra e se redimiu bravamente. Foi dado como desaparecido e ferido, acredita-se que tenha morrido.

Aquilo me informou o que eu queria saber. Não perguntei mais nada. Porém, mais do que nunca, fiquei imaginando o quanto o coronel Race sabia. O papel que ele tinha nisso tudo me confundia.

Fiz mais uma coisa. Entrevistei o comissário da noite. Com um pequeno encorajamento financeiro, logo consegui que falasse.

– A senhora não ficou assustada, ficou? Parecia uma brincadeira sem maldade. Uma aposta, ou ao menos foi assim que entendi.

Arranquei a história toda dele, pouco a pouco. Na viagem da Cidade do Cabo para a Inglaterra, um dos passageiros havia entregado a ele um rolo de filme com instruções de que deveria ser jogado na cama da cabine 71 à uma hora da manhã do dia 22 de janeiro na viagem de volta. Uma senhora estaria ocupando a cabine, e o caso fora descrito como uma aposta. Entendi que o comissário fora muito bem pago por seu papel nessa transação. O nome da dama não fora mencionado. Claro, como a sra. Blair foi direto para a Cabine 71 assim que falou com o chefe de cabine quando subiu a bordo, nunca ocorreu ao comissário que ela não fosse a dama em questão. O nome do passageiro que organizara a transação era Carton, e sua descrição batia exatamente com aquela do homem morto no metrô.

Então um mistério, de todos os eventos, fora esclarecido, e os diamantes eram, óbvio, a chave de toda a situação.

Aqueles últimos dias a bordo do *Kilmorden* pareceram passar bem depressa. Ao nos aproximarmos da Cidade do Cabo, fui forçada a considerar com atenção meus planos futuros. Havia tantas pessoas em quem gostaria de ficar de olho. Sr. Chichester, Sir Eustace e seu secretário, e... sim, o coronel Race! O que deveria fazer? Naturalmente, era de Chichester o primeiro lugar na minha lista de atenção. De fato, estava a ponto de dispensar, relutantemente, Sir Eustace e o sr. Pagett de suas posições como personagens suspeitos quando uma conversa ao acaso despertou dúvidas novas na minha mente.

Eu havia esquecido da emoção incompreensível do sr. Pagett quando Florença era mencionada. Na última noite a bordo, estávamos todos sentados no convés quando Sir Eustace fez uma pergunta totalmente inocente ao secretário. Não lembro exatamente o que foi, tinha algo a ver com atrasos nos trens da Itália, mas logo percebi que o sr. Pagett demonstrava o mesmo desconforto que chamara minha atenção antes. Quando Sir Eustace puxou a sra. Blair para uma dança, me apressei em trocar para a cadeira junto ao secretário. Estava determinada a chegar ao cerne da questão.

– Sempre tive vontade de conhecer a Itália – comentei. – Especialmente Florença. O senhor não gostou muito de lá?

– Gostei, sim, srta. Beddingfeld. Se puder me desculpar, há algumas correspondências de Sir Eustace que eu...

Segurei-o firme pela manga do casaco.

– Oh, não fuja de mim! – exclamei, imitando o jeito leviano de uma viúva idosa. – Tenho certeza de que Sir Eustace não gostaria que me deixasse sozinha sem ter ninguém com quem conversar. Parece sempre evitar falar sobre Florença. Oh, sr. Pagett, acho que o senhor guarda algum segredo embaraçoso!

Eu seguia com minha mão no braço dele e pude sentir o susto que levou.

– De modo algum, srta. Beddingfeld, de modo algum – falou com sinceridade. – Adoraria contar-lhe tudo, mas de fato há alguns telegramas...

– Oh, sr. Pagett, que desculpa esfarrapada! Vou contar para Sir Eustace...

Nem continuei. Ele deu outro pulo. Os nervos daquele homem pareciam estar em um estado lamentável.

– O que quer saber?

O tom de martírio resignado de sua voz me fez sorrir por dentro.

– Oh, tudo! As pinturas, as oliveiras...

Fiz uma pausa, meio perdida.

– Suponho que fale italiano? – continuei.

– Nem uma palavra, infelizmente. Mas, claro, com os porteiros e... hã... os guias.

– Exato – me apressei em responder. – E qual foi seu quadro favorito?

– Oh, hã... a madona.. hã, de Rafael, sabe.

– Querida Florença – murmurei toda sentimental. – Tão pitoresca às margens do Arno. Um rio lindo. E o Duomo, lembra do Duomo?

– Claro, claro.

– Outro rio lindíssimo, não é mesmo? – arrisquei. – Quase mais bonito do que o Arno?

– Decididamente, eu diria.

Encorajada pelo sucesso de minha pequena armadilha, fui além. Mas havia pouca margem para dúvida. O sr. Pagett se entregava em minhas mãos a cada palavra pronunciada. O homem nunca na vida pusera os pés em Florença.

Mas, se não fora a Florença, então onde estivera? Na Inglaterra? De fato na Inglaterra durante o período do mistério da Casa do Moinho? Decidi por uma jogada ousada.

– O mais curioso é que – falei – achei que havia lhe visto em algum lugar antes. Mas devo ter me enganado, já que estava em Florença na época. Mas ainda assim...

Eu o estudei com atenção. Havia uma expressão assustada em seus olhos. Passou a língua nos lábios secos.

– Onde... hã... onde...

– ...foi que achei tê-lo visto? – terminei a frase para ele. – Em Marlow. Sabe Marlow? Ora, claro, que besteira minha, Sir Eustace tem uma casa lá!

E com uma desculpa balbuciada e incoerente, minha vítima se levantou e fugiu.

Naquela noite, invadi a cabine de Suzanne, acesa com tantas emoções.

– Está vendo, Suzanne – incitei ao terminar minha história –, ele estava na Inglaterra, em Marlow, na época do assassinato. Tem ainda tanta certeza de que o "homem do terno marrom" é o culpado?

– Tenho certeza de uma coisa – Suzanne disse, com os olhos brilhando subitamente.

– Do quê?

– De que "o homem do terno marrom" é mais bonito que o pobre sr. Pagett. Não, Anne, não fique brava. Estava só lhe provocando. Sente-se aqui. Brincadeiras à parte, acho que fez uma descoberta muito importante. Até agora, estávamos considerando que Pagett tinha um álibi. Agora sabemos que não tem.

– Exato – afirmei. – Precisamos ficar de olho nele.

– Bem como em todos os outros – ela disse, pesarosa. – Bem, essa é uma das coisas que eu queria conversar com você. Isso... e finanças. Não levante o nariz desse jeito. Sei que é absurdamente orgulhosa e independente, mas precisa ouvir alguns conselhos sensatos. Somos parceiras... não lhe ofereceria nem um centavo por gostar de você ou por ser uma moça sem amizades... o que busco são fortes emoções, e estou preparada a pagar o preço. Vamos entrar nessa juntas apesar dos custos financeiros. Para começar, vai me acompanhar ao Mount Nelson Hotel, por minha conta, e vamos planejar nossa campanha.

Debatemos o assunto. No final, eu cedi. Mas não gostei. Queria fazer o negócio sozinha.

– Está decidido – disse Suzanne por fim, levantando e se espreguiçando com um grande bocejo. – Estou exausta com minha eloquência. Então, vamos discutir nossas vítimas. O sr. Chichester vai para Durban. Sir Eustace vai para o Mount Nelson Hotel na Cidade do Cabo e depois até a Rodésia. Vai contar com um vagão particular no trem e, num momento muito efusivo, depois de seu quarto cálice de champanhe na outra noite, me ofereceu um lugar no vagão. Diria que ele não estava falando sério, mas, mesmo assim, não pode se esquivar se cobrarmos a promessa dele.

– Boa – aprovei. – Fique de olho em Sir Eustace e no sr. Pagett, e eu fico com Chichester. Mas e o coronel Race?

Suzanne me olhou de um jeito estranho.

– Anne, não é possível que suspeite...

– Suspeito. Desconfio de todo mundo. Estou seguindo a ideia de olhar ao redor e procurar pela pessoa menos provável.

– O coronel Race vai para a Rodésia também – disse Suzanne, pensativa. – Se pudéssemos arranjar um jeito de Sir Eustace convidá-lo...

– Você consegue. Consegue qualquer coisa.

– Adoro adulação – ronronou Suzanne.

Nós nos despedimos com o entendimento de que Suzanne usaria seus talentos para o melhor benefício possível.

Estava excitada demais para ir dormir de imediato. Era minha última noite a bordo. Cedo no dia seguinte estaríamos na Baía da Mesa.

Dei uma escapada para o convés. A brisa estava fresca e agradável. O barco ondulava um pouco no mar agitado. Os vários conveses estavam escuros e desertos. Passava da meia-noite.

Inclinei meu corpo sobre a balaustrada, observando a trilha fosforescente de espuma. Adiante estava a África, nos movíamos em sua direção pelas águas escuras. Senti-me sozinha em um mundo maravilhoso. Envolvida por uma paz estranha, fiquei lá, sem sentir o tempo passar, perdida em um sonho.

De repente, tive uma premonição íntima e curiosa de perigo. Não escutara nada, mas dei meia-volta por instinto. Uma sombra se esgueirara atrás de mim. Quando virei, deu o bote. Uma das mãos agarrou meu pescoço, abafando qualquer grito que eu pudesse emitir. Lutei com desespero, mas não tive chance. Estava quase me engasgando com a pressão na minha garganta, mas mordi e me agarrei e arranhei da forma feminina mais aceitável. O homem estava debilitado por ter de fazer força para evitar que eu gritasse. Se ele tivesse conseguido me pegar desprevenida, teria sido muito fácil me jogar ao mar com um empurrão de nada. Os tubarões cuidariam do resto.

Por mais que lutasse, me senti enfraquecendo. Meu agressor também percebeu isso. Investiu toda a sua força. Então, correndo em passadas rápidas e silenciosas, outra sombra se juntou a nós. Com um golpe de seu punho, enviou meu oponente ao chão do convés de cabeça. Liberta, recostei-me no balaústre, enjoada e trêmula.

Meu salvador voltou-se para mim com um movimento rápido.

– Está ferida!

Havia algo selvagem em seu tom... uma ameaça contra a pessoa que ousara me machucar. Até mesmo antes de falar, eu o reconhecera. Era meu homem... o homem da cicatriz.

Mas aquele instante em que a atenção dele fora desviada para mim foi o suficiente para o inimigo caído. Rápido como um raio, colocou-se de pé e saiu em disparada pelo convés. Praguejando, Rayburn correu no encalço dele.

Sempre detestei ficar de fora dos acontecimentos. Fui me juntar à perseguição – uma escolha inútil. Dando a volta no convés, fomos para estibordo. Lá, ao lado da porta do salão, estava o homem caído num montinho. Rayburn estava debruçado sobre ele.

– Acertou ele de novo? – chamei ofegante.

– Não foi preciso – respondeu austero. – Encontrei-o caído contra a porta. Ou então não conseguiu abrir e está fingindo. Logo vamos descobrir. E vamos ver quem ele é também.

Com o coração disparado, me aproximei. Percebi logo que meu agressor era um homem maior do que Chichester. De todo modo, Chichester era uma criatura lânguida que poderia usar uma faca sem pensar duas vezes, mas não teria força com suas próprias mãos.

Rayburn riscou um fósforo. Nós dois exclamamos juntos. O homem era Guy Pagett.

Rayburn parecia absolutamente estupefato pela descoberta.

– Pagett – murmurou. – Meu deus, Pagett.

Senti uma leve sensação de superioridade.

– Parece surpreso.

– Estou – falou com voz pesada. – Jamais desconfiei... – ele girou na minha direção de repente. – E você? Não está? Você o reconheceu, suponho, quando a atacou?

– Não, não reconheci. Mesmo assim, não estou tão surpresa.

Ele me olhou com desconfiança.

– Onde é que você entra, é o que me pergunto? E quanto sabe?

Sorri.

– Um monte, sr... hã... Lucas!

Ele agarrou meu braço, e a força inconsciente de sua mão me fez retrair.

– De onde tirou esse nome? – perguntou, grosseiro.

– Não é o seu? – perguntei com doçura. – Ou prefere ser chamado de "o homem do terno marrom"?

Aquilo o fez perder o equilíbrio. Soltou meu braço e deu um ou dois passos para trás.

– É uma moça ou uma bruxa? – respirou.

– Sou uma amiga – avancei um passo na direção dele. – Já lhe ofereci minha ajuda uma vez e a ofereço de novo. Aceita?

A ferocidade da resposta dele me assustou.

– Não. Não quero tratativa alguma com você ou qualquer outra mulher. Faça o que quiser.

Como antes, minha ira começou a borbulhar.

– Talvez – falei – não tenha percebido o quanto está em meu poder? Basta uma palavra com o capitão...

– Diga – rosnou, antes de avançar com um passo rápido à frente: – E já que está entendendo as coisas, minha querida menina, sabe que está em *meu* poder neste minuto? Eu poderia pegá-la pelo pescoço assim – com um gesto preciso, a ação seguiu a palavra. Senti suas duas mãos agarrarem meu pescoço e o apertarem... só um pouquinho. – Desse jeito... e espremer-lhe a vida! E então... como nosso amigo inconsciente aí, mas com mais sucesso, jogar seu cadáver aos tubarões. O que me diz disso?

Não falei nada. Eu ri. E no entanto sabia que o perigo era real. Bem naquele instante ele me odiava. Mas eu sabia que amava o perigo, amava a sensação das mãos dele no meu pescoço. Não trocaria aquele momento por qualquer outro na minha vida.

Com uma risada curta, me largou.

– Como se chama? – perguntou, brusco.

– Anne Beddingfeld.

– Não tem medo de nada, Anne Beddingfeld?

— Ah, sim — respondi, com uma calma disfarçada que eu estava longe de sentir. — Vespas, mulheres sarcásticas, meninos muito novos, baratas e balconistas de loja que se acham superiores.

Ele deu a mesma risada curta de antes. Então, mexeu na silhueta inconsciente de Pagett com seus pés.

— O que vamos fazer com esse lixo? Jogar ao mar? — perguntou como quem não quer nada.

— Se quiser — respondi com a mesma calma.

— Admiro seus instintos verdadeiros e sanguinários, srta. Beddingfeld. Mas vamos deixar que se recupere no seu tempo. Não está seriamente machucado.

— Está acovardado diante de um segundo assassinato, entendo — falei, doce.

— Um segundo assassinato?

Demonstrou uma perplexidade genuína.

— A mulher em Marlow — lembrei-o, observando de perto o efeito de minhas palavras.

Uma expressão feia e ensimesmada acomodou-se em seu rosto. Pareceu ter esquecido minha presença.

— Eu poderia tê-la matado — falou. — Às vezes acredito que eu tive a intenção de fazer isso...

Uma torrente selvagem de sensações, de ódio pela morta perpassou meu corpo. *Eu* poderia ter matado a mulher naquele momento se estivesse na minha frente... Pois ele deve ter sentido amor por ela um dia... deve... deve, sim... para sentir isso dessa forma!

Recobrei o controle sobre mim e falei em meu tom de voz normal:

— Parece que dissemos tudo que havia para ser dito, exceto boa noite.

— Boa noite e adeus, srta. Beddingfeld.

— *Au revoir*, sr. Lucas.

De novo ele estremeceu ao ouvir o nome. Aproximou-se.

— Por que fala isso, *au revoir*, digo?

— Por ter um palpite de que vamos nos encontrar novamente.

— Não se eu puder evitar!

Mesmo o tom enfático não me ofendeu. Pelo contrário, me abracei em secreta satisfação. Não sou tão tola.

— Ainda assim — falei com muita seriedade —, acho que vamos.

— Por quê?

Balancei a cabeça, incapaz de explicar o sentimento que acionara minhas palavras.

— Não quero nunca mais ver você de novo — falou de repente e com violência.

Era uma coisa muito rude de se dizer, mas eu apenas ri baixinho e sumi na escuridão.

Escutei-o começar a vir atrás de mim e então parar, e uma palavra chegou flutuando pelo convés. Acho que era "bruxa"!

CAPÍTULO 17

(Compêndio do diário de Sir Eustace Pedler)

Hotel Mount Nelson, Cidade do Cabo.

É mesmo o maior alívio sair do Kilmorden. O tempo inteiro em que estive a bordo estava ciente de estar cercado por uma rede de intrigas. Para coroar tudo, Guy Pagett deve ter se envolvido em uma briga de bar na noite passada. Tudo bem inventar explicações, mas no fim é isso mesmo. O que mais se pensaria de um homem que aparece com um galo do tamanho de um ovo no lado da cabeça e um olho colorido com todos os tons do arco-íris?

Claro que Pagett insistiria em tentar fazer mistério sobre a história. De acordo com ele, imaginar-se-ia que o olho roxo é resultado direto de sua devoção aos meus interesses. Sua história era extraordinariamente vaga e desconexa, e demorei um bom tempo até conseguir entender alguma coisa.

Para começar, parece ter visto um homem se comportando de maneira suspeita. Essas foram as palavras de Pagett. Tirou-as direto das páginas de alguma história alemã de espionagem. O que ele quis dizer com um homem se comportando de maneira suspeita, nem ele sabe. Falei isso para ele.

– Estava se esgueirando de modo muito furtivo, e era no meio da noite, Sir Eustace.

– Bom, e quanto a você então? Por que não estava na cama dormindo, como um bom cristão? – perguntei irritado.

– Estava codificando aqueles seus telegramas, Sir Eustace, e datilografando a atualização do diário.

Pode apostar que Pagett vai sempre ter razão e fazer papel de mártir!

– E?

– Pensei em dar uma volta antes de me retirar, Sir Eustace. Um homem estava descendo no corredor vindo da sua cabine. Pensei logo que havia algo errado com o jeito como agia. Ele se esgueirou subindo as escadas junto do salão, fui atrás.

— Meu caro Pagett – falei –, por que o pobre não pode ir até o convés sem ter alguém no seu encalço? Um monte de gente até dorme no convés, muito desconfortável, sempre achei. Os marinheiros lavam a gente com o resto da superfície às cinco da manhã – estremeci só de pensar.

— Enfim – continuei –, se acabou preocupando algum pobre diabo que sofria de insônia, não me admira que tenha levado uma bordoada.

Pagett me olhou com ar paciente.

— Se pudesse me escutar, Sir Eustace. Estava convencido de que o homem andava espreitando perto da sua cabine, onde ele não tinha nada para fazer. As únicas duas cabines naquele corredor são a sua e a do coronel Race.

— Race – falei, acendendo um charuto com cuidado – sabe se cuidar sem sua assistência, Pagett – e acrescentei depois de refletir: – E eu também.

Pagett aproximou-se e respirou profundamente, como sempre fazia antes de contar um segredo.

— Veja bem, Sir Eustace, eu pensei, e agora de fato tenho certeza, que era Rayburn.

— Rayburn?

— Isso, Sir Eustace.

Balancei a cabeça.

— Rayburn é sensato demais para tentar me acordar no meio da noite.

— Isso mesmo, Sir Eustace, acho que foi visitar o coronel Race. Um encontro secreto... para receber ordens!

— Não esbraveje comigo, Pagett – reclamei, me encolhendo um pouco –, e controle sua respiração. Sua ideia é absurda. Por que teriam uma reunião secreta no meio da noite? Se tivessem algo para falar um com o outro, poderiam tratar disso tomando o caldo de carne de maneira perfeitamente casual e natural.

Pude ver que Pagett não estava nada convencido.

— Algo estava acontecendo ontem à noite, Sir Eustace – incitou –, ou por que Rayburn me atacaria de forma tão brutal?

— Está seguro de que era Rayburn?

Pagett pareceu perfeitamente convencido daquilo. Era a única parte da história sobre a qual ele não estava sendo elusivo.

— Há algo muito esquisito em tudo isso – afirmou. – Para começar, onde está Rayburn?

É bem verdade que não havíamos visto o sujeito desde que desembarcamos. Não veio para o hotel conosco. Entretanto, me recuso a acreditar que ele esteja com medo de Pagett.

Em suma, a história toda é muito irritante. Um dos meus secretários tomou chá de sumiço, e o outro parece um pugilista infame. Não pode me acompanhar por aí em sua presente condição. Serei motivo de piada na Cidade do Cabo. Tenho um encontro marcado para mais tarde para entregar a missiva amorosa do velho Milray, mas não vou levar Pagett comigo. Vou enganar o sujeito em suas perambulações.

Porém, estou decididamente de mau humor. Tive um café da manhã venenoso com gente venenosa. Garçonetes holandesas de canelas grossas que levaram meia hora para me trazer um pedacinho ruim de peixe. E essa farsa de levantar às cinco da manhã ao chegar no porto para passar por um doutor e levantar as mãos acima da cabeça simplesmente me cansa.

Mais tarde.

Algo muito sério aconteceu. Fui ao meu encontro marcado com o primeiro-ministro, levando a carta selada de Milray. Não parecia ter sido adulterada, mas dentro do envelope estava uma folha em branco!

Agora, suponho que esteja metido em uma confusão terrível. Por que permiti que aquele velho tonto e balante do Milray me enrolasse nesse imbróglio, não sei dizer.

Pagett é notável por conseguir piorar as coisas ao consolar alguém. Exibe uma certa satisfação sombria que me enlouquece. Também, tirara vantagem da minha perturbação para me empurrar o baú de material de escritório. Ele que tome cuidado, ou o próximo funeral que ele for será o dele.

Entretanto, no fim, precisei escutá-lo.

— Suponhamos, Sir Eustace, que Rayburn tenha ficado sabendo de algo sobre sua conversa com o sr. Milray na rua? Lembre-se de que não recebeu recomendação alguma por escrito do sr. Milray. Aceitou Rayburn baseado nas coisas que ele disse.

— Acha que Rayburn é um vigarista, então? – perguntei devagar.

Pagett achava. O quanto essa posição fora influenciada pelo ressentimento por conta do olho roxo, não sei. Ele argumentou muito bem contra Rayburn. E o surgimento deste último contou contra ele próprio. Minha ideia era não tomar atitude alguma. Um homem que se permitiu fazer de trouxa não está ansioso para divulgar o fato.

Porém, Pagett, com sua energia intacta apesar de seus recentes infortúnios, queria tomar medidas vigorosas. Conseguiu, é claro. Foi num atropelo até a delegacia, enviou inúmeros telegramas e trouxe um rebanho de oficiais ingleses e holandeses para tomar uísque e soda as minhas custas.

Recebemos a resposta de Milray naquela noite. Ele não sabia nada a respeito do meu último secretário! Havia apenas um toque de conforto que poderia ser extraído da situação.

– De todo modo – *falei para Pagett* –, você não foi envenenado. Teve apenas um de seus ataques biliosos normais.

Vi que ele estremeceu. Foi o único gol que marquei.

Mais tarde.

Pagett está à vontade. Seu cérebro cintila com ideias brilhantes. Agora encasquetou que Rayburn não é ninguém menos do que o famoso "homem do terno marrom". Diria que está certo. Em geral está. Mas tudo isso está ficando desagradável. Quanto antes eu partir para a Rodésia, melhor. Expliquei a Pagett que ele não vai me acompanhar.

– Entenda, meu caro companheiro – *disse* –, precisa permanecer aqui. Pode ser chamado a identificar Rayburn a qualquer momento. E, além disso, tenho minha dignidade como membro do parlamento britânico para defender. Não posso sair por aí com um secretário que aparenta ter andado metido em brigas vulgares de rua.

Pagett se contorceu. É um sujeito tão respeitável que sua aparência causa dor e tribulações a ele.

– Mas como vai fazer com sua correspondência e as anotações dos seus discursos, Sir Eustace?

– Darei um jeito – *falei, desinteressado.*

– Seu vagão particular será anexado ao trem das onze horas amanhã, quarta-feira pela manhã – *continuou Pagett*. – Deixei tudo acertado. A sra. Blair vai levar alguma camareira consigo?

– A sra. Blair? – *engasguei.*

– Ela me disse que o senhor ofereceu a ela um lugar.

E fiz isso mesmo, pensando bem. Na noite do Baile de Máscaras. Até mesmo insisti para que fosse comigo. Mas nunca pensei que aceitaria. Por mais encantadora que seja, não sei se quero socializar com a sra. Blair no percurso inteiro de ida e volta até a Rodésia. As mulheres exigem tanta atenção. E elas, sem dúvida, atrapalham às vezes.

– Convidei mais alguém? – *perguntei, nervoso. A gente faz essas coisas em momentos efusivos.*

– A sra. Blair pareceu ter entendido que o senhor convidou o coronel Race também.

Gemi.

– Devia estar muito bêbado se cheguei a convidar Race. Muito bêbado mesmo. Aceite meu conselho, Pagett, e deixe que seu olho roxo lhe sirva de aviso: não saia fazendo bobagem de novo.

– Como sabe, sou abstêmio, Sir Eustace.
– Muito mais sábio assumir esse compromisso quando se tem uma fraqueza dessas. Não chamei mais ninguém, chamei, Pagett?
– Não que eu saiba, Sir Eustace.
Dei um forte suspiro de alívio.
– Há a srta. Beddingfeld – falei, pensativo. – Ela quer viajar para a Rodésia para escavar alguns ossos, creio. Posso muito bem oferecer a ela um trabalho temporário como secretária. Ela sabe datilografar, sei disso porque me contou.
Para minha surpresa, Pagett se opôs veementemente à ideia. Ele não gosta de Anne Beddingfeld. Desde aquela noite do olho roxo, demonstra uma emoção incontrolável sempre que o nome dela é mencionado. Pagett está cheio de mistérios por esses dias.
Só para aborrecê-lo, vou convidar a moça. Como já mencionei antes, ela tem pernas lindíssimas.

CAPÍTULO 18

(Retomada da narrativa de Anne)

Não imagino que, enquanto eu viver, conseguirei esquecer o momento em que avistei pela primeira vez a Montanha da Mesa. Levantei terrivelmente cedo e fui para o convés. Subi até a plataforma mais alta, o que acredito ser uma ofensa hedionda, mas decidi arriscar algo em nome da solidão. Estávamos entrando na Baía da Mesa. Havia nuvens de um branco aveludado pairando sobre a Montanha da Mesa, e, aninhada na encosta abaixo, descendo até chegar ao mar, estava a cidade adormecida, dourada e encantada pelo sol da manhã.

Aquilo me fez perder o fôlego e sentir aquela dor faminta interior que nos arrebata quando deparamos com algo que é extraordinário de tão lindo. Não sou muito boa em expressar essas coisas, mas sabia muito bem que encontrara, ainda que por um breve momento, aquilo por que estivera procurando desde que saí de Little Hampsley. Algo novo, algo até então não imaginado, algo que satisfazia minha dolorosa ânsia por romance.

Em perfeito silêncio, ou assim parecia, o *Kilmorden* deslizava, chegando cada vez mais perto. A sensação ainda era de sonho. Como todos os sonhadores, entretanto, não poderia deixar meu sonho quieto. Nós, pobres humanos, ficamos tão ansiosos para não deixar escapar um só detalhe.

— Esta é a África do Sul — eu ficava repetindo sem parar. — África do Sul, África do Sul. Você está conhecendo o mundo. Este é o mundo. Você está viajando. Pense nisso, Anne Beddingfeld, sua desmiolada. Está conhecendo o mundo.

Pensara que teria o convés só para mim, mas agora observava outra figura debruçada sobre a proteção, absorta como eu estivera com a imagem da cidade que se aproximava com rapidez. Mesmo antes de virar a cabeça, sabia quem ele era. A cena da última noite parecia irreal e melodramática naquele sol calmo da manhã. O que ele deve ter pensado de mim? Fiquei vermelha ao me dar conta das coisas que eu dissera. E não tivera a intenção... ou tivera?

Virei o pescoço para o outro lado, decidida, e fitei a Montanha da Mesa. Se Rayburn subira até ali para ficar sozinho, ao menos não precisava perturbá-lo anunciando minha presença.

Mas, para minha intensa surpresa, ouvi uma passada leve no convés atrás de mim e então sua voz, agradável e normal.

— Srta. Beddingfeld.

— Pois não?

Virei-me.

— Preciso lhe pedir desculpas. Eu me comportei como um grosseirão ontem à noite.

— Foi... foi uma noite peculiar — me apressei em dizer.

Não foi um comentário muito lúcido, mas só o que me ocorreu dizer.

— Pode me perdoar?

Estendi a mão sem dizer uma palavra. Ele tomou-a.

— Há mais uma coisa que preciso dizer — sua austeridade ficou ainda mais grave. — Srta. Beddingfeld, pode não saber disso, mas está metida em um negócio bastante perigoso.

— Já entendi — respondi.

— Não, não entende. Não é possível que saiba. Quero avisá-la. Deixe essa história para lá. Não lhe diz respeito, na verdade. Não permita que sua curiosidade a leve a se meter nos assuntos de outras pessoas. Não, por favor, não fique enraivecida de novo. Não estou falando por mim. Não faz ideia do que pode acabar enfrentando; esses homens não serão detidos por nada. São absolutamente cruéis. Já está em perigo agora... olhe o que houve na noite passada. Eles imaginam que saiba de algo. Sua única chance é persuadi-los de que estão enganados. Mas tome cuidado, esteja sempre alerta a qualquer perigo e, olhe aqui, se em qualquer momento cair nas mãos deles, não tente ser esperta, conte toda a verdade; é sua única chance.

— Está me deixando arrepiada, sr. Rayburn — falei, com certa verdade. — Por que está se dando o trabalho de me alertar?

Não respondeu por alguns minutos, então falou em voz baixa:
— Pode ser a última coisa que faço pela senhorita. Uma vez no porto, vou ficar bem, mas pode ser que não chegue ao porto.
— Como? — gritei.
— Entenda, temo que não seja a única pessoa a bordo a saber que sou "o homem do terno marrom".
— Se pensa que contei para alguém... — falei irritada.
Ele me reassegurou com um sorriso.
— Não duvido da senhorita, srta. Beddingfeld. Se algum dia falei isso, era mentira. Não, mas há uma pessoa a bordo que sabia o tempo todo. Basta ele falar e estou acabado. Mesmo assim, estou apostando que não vai abrir a boca.
— Por quê?
— Por ser um homem que gosta de agir sozinho. E se a polícia me prender deixo de ter utilidade para ele. Livre, posso ter alguma! Bem, dentro de uma hora saberemos.
Ele riu, de um jeito bem debochado, mas vi sua expressão endurecer. Se desafiara o destino, era um bom jogador. Sabia perder e sorrir.
— Em todo caso — falou com leveza —, não creio que nos vejamos de novo.
— Não — falei devagar. — Creio que não.
— Então... adeus.
— Adeus.
Ele apertou minha mão com força, apenas por um minuto seus olhos claros e curiosos pareceram queimar os meus, então virou-se de repente e me deixou. Ouvi seus passos ecoarem pelo convés. Ecoaram e ecoaram, e senti que os ouviria para sempre. Passos... saindo da minha vida.
Posso admitir com franqueza que não gostei das duas horas que se seguiram. Só depois de chegar ao cais, tendo concluído as formalidades mais ridículas que a burocracia exige, voltei a respirar livremente. Nenhuma prisão fora feita, e percebi que era um dia celestial e que eu estava com uma fome absurda. Fui me juntar a Suzanne, já que estaria passando a noite com ela no hotel. O barco só seguiria até Porto Elizabeth e Durban na manhã seguinte. Pegamos um táxi e fomos até o Mount Nelson.
Estava tudo um paraíso. O sol, o ar, as flores! Quando lembrei-me de Little Hampsley em janeiro, a lama que chegava aos joelhos e a chuva que com certeza estava caindo, me abracei de felicidade. Suzanne não estava nem de perto tão entusiasmada. Já viajara muito, claro. Além disso, não é do tipo que se anima antes do café da manhã. Ela me esnobou com severidade quando dei um gritinho de felicidade ao avistar uma corriola azul gigante.
Aliás, gostaria de esclarecer aqui e agora que esta história não será sobre a África do Sul. Não garanto nenhuma cor local genuína — sabe aquele

tipo de coisa –, meia dúzia de palavras em itálico em cada página. Admiro muito quem o faz, mas eu não consigo. Nas ilhas do Pacífico Sul, fazem uma referência imediata a *bêche-de-mer*. Não sei o que é *bêche-de-mer*, nunca soube e provavelmente jamais saberei. Já tentei adivinhar uma ou duas vezes e adivinhei errado. Na África do Sul, sei que logo começam a falar sobre o *stoep* – eu sei o que um é *stoep* – é aquela coisa ao redor de uma casa, e a gente senta ali. Em várias outras partes do mundo chama-se aquilo de varanda, de piazza e ha-ha. E então temos os *pawpaws*. Li bastante sobre os *pawpaws*. Descobri logo do que se trata porque tinha um servido na minha frente para o desjejum. Primeiro achei que fosse um melão estragado. A garçonete holandesa me iluminou e convenceu a usar suco de limão e açúcar e tentar provar mais uma vez. Fiquei muito feliz em conhecer um *pawpaw*. Sempre havia feito uma vaga associação da fruta com a *hula-hula*, o que creio, embora possa estar enganada, ser um tipo de saia de palha que as moças havaianas vestem para dançar. Não, acho que estou enganada – aquilo é uma *lava-lava*.

De todo modo, todas essas coisas são muito reconfortantes comparadas à Inglaterra. Não consigo deixar de imaginar que alegraria nossa fria vida na ilha se a gente pudesse comer *bacon-bacon* no café da manhã e então sair vestido com um *pulôver-pulôver* para cuidar da contabilidade.

Suzanne estava um pouco mais mansa depois de comer. Haviam me dado um quarto ao lado do dela com uma vista adorável sobre a Baía da Mesa. Eu desfrutava da vista enquanto Suzanne procurava por alguma loção especial para o rosto. Quando a encontrou, começou a aplicá-la em seguida e então foi capaz de me escutar.

– Encontrou-se com Sir Eustace? – perguntei. – Estava saindo do salão do café quando estávamos entrando. Comeu algum peixe ruim ou algo do tipo e estava explicando para o maître o que ele pensava do assunto quando decidiu jogar um pêssego no chão para mostrar o quanto era duro, só que a fruta não estava tão firme quanto ele pensava, e o pêssego se espatifou.

Suzanne sorriu.

– Sir Eustace, assim como eu, também não gosta de acordar cedo. Mas, Anne, falou com o sr. Pagett? Passei por ele no corredor. Está com um olho roxo. O que será que ele andou fazendo?

– Apenas tentou me derrubar do navio – respondi como quem não quer nada.

Foi um ponto certeiro para mim. Suzanne deixou o rosto meio lambuzado e me pressionou para saber detalhes. Contei tudo.

– Vai ficando mais e mais misterioso – exclamou. – Pensei que teria o trabalho mais fácil me grudando em Sir Eustace, e que você ficaria com toda a diversão com o reverendo Edward Chichester, mas agora não tenho tanta certeza. Espero que Pagett não me empurre do trem em alguma noite escura.

– Acho que ainda está acima de qualquer suspeita, Suzanne. Mas, se o pior acontecer, eu mandaria avisar Clarence.

– Isso me lembra... me passe um formulário de telegrama. Deixe-me ver, o que eu digo? "Envolvida em um mistério deveras emocionante por favor enviar mil libras Suzanne."

Peguei o formulário dela e assinalei que podia eliminar o "um", o "por" e, se não estivesse preocupada em manter a educação, o "favor". Suzanne, no entanto, parece ser perfeitamente descuidada em questões financeiras. Em vez de atender às minhas sugestões econômicas ela acrescentou mais três palavras: "me divertindo imensamente".

Suzanne tinha um almoço marcado com amigos que chegaram ao hotel por volta das onze para apanhá-la. Fui deixada por minha própria conta. Passei pelos jardins do hotel, cruzei as linhas de bonde e segui por uma avenida fresca e sombreada até chegar à avenida principal. Passeei, visitando os pontos turísticos, desfrutando da luz do sol e dos vendedores de flores e frutas com pele negra. Também descobri um lugar onde serviam uma vaca-preta deliciosíssima. Por fim, comprei uma cesta de pêssegos e refiz o caminho de volta ao hotel.

Para minha surpresa e alegria encontrei um bilhete à minha espera. Era do curador do Museu. Havia lido sobre minha chegada com o *Kilmorden*, onde fui descrita como a filha do falecido professor Beddingfeld. Ele conhecera meu pai brevemente e tinha grande admiração por ele. Prosseguiu dizendo que sua esposa adoraria se eu pudesse tomar chá com eles naquela tarde em sua Villa em Muizenberg e me passou instruções de como chegar lá.

Era agradável pensar no pobre do papai sendo ainda lembrado e considerado. Imaginei que teria de ser acompanhada pessoalmente em uma visita ao museu antes de deixar a Cidade do Cabo, mas arrisquei mesmo assim. Para a maior parte das pessoas teria sido um grande presente, mas coisas boas podem se tornar desagradáveis quando a gente cresce imerso naquilo da manhã até a noite.

Coloquei meu melhor chapéu (um dos de que Suzanne se desfez), meu linho branco menos amassado e saí depois do almoço. Peguei um trem expresso para Muizenberg e cheguei em meia hora. Foi uma viagem boa. Contornamos devagar a base da Montanha da Mesa, e algumas das flores estavam lindas. Como minha geografia era fraca, nunca havia me dado conta de que a Cidade do Cabo fica em uma península, por consequência, fiquei muito surpresa de descer do trem e de novo me deparar com o mar. O banho de mar ali era hipnotizante. As pessoas usavam umas pranchas curtas e curvas e desciam as ondas flutuando nelas. Era ainda muito cedo para tomar chá. Decidi me dirigir ao pavilhão de banho e, quando perguntaram se queria uma prancha de surfe, respondi que "Sim, por favor." Surfar parece algo bastante fácil. *Não é.* Não digo mais nada. Fiquei muito brava e joguei a prancha longe. Ainda assim, me determinei a voltar e tentar de novo. Não me daria por derrotada. Sem querer, então, consegui uma boa experiência com minha prancha e saí delirante de felicidade. Surfar é assim. Ou a gente prageja com toda a força ou então fica todo bobo de tão contente.

Encontrei a Villa Medgee depois de alguma dificuldade. Ficava junto da encosta da montanha, isolada das outras casas e mansões. Toquei a campainha, e um garoto cafre sorridente atendeu.

– A sra. Raffini? – perguntei.

Ele me acompanhou, andando a minha frente no corredor, e abriu a porta. Quando estava prestes a entrar, hesitei. Senti que algo estava errado. Passei do batente, e a porta se fechou com força atrás de mim.

Um homem levantou da cadeira atrás da mesa e adiantou-se com a mão estendida.

– Fico feliz que a tenhamos persuadido a nos visitar, srta. Beddingfeld – falou.

Era um homem alto, obviamente holandês, com uma barba laranja flamejante. Não se parecia em nada com o curador de um museu. Na verdade, percebi na hora que havia feito papel de idiota.

Estava nas mãos do inimigo.

CAPÍTULO 19

Aquilo me lembrou forçosamente do Episódio III em "Os perigos de Pamela". Com que frequência eu não sentara nos assentos de seis centavos, comendo uma barra de chocolate de dois centavos e desejando que coisas daquele tipo acontecessem comigo! Bem, elas aconteceram com ferocidade. E, de certo modo, não era nem de perto tão divertido como eu imaginara. Está tudo muito bem na tela, temos o conhecimento confortável de que vai existir um Episódio IV. Mas, na vida real, não há garantia alguma de que Anna, a aventureira, não vá acabar de forma brusca ao final de qualquer um dos episódios.

Sim, estava num aperto. Todas as coisas que Rayburn dissera naquela manhã me voltaram com uma clareza antipática. Conte a verdade, foi o que ele me disse. Bem, eu sempre podia fazer isso, mas será que ajudaria? Para começar, será que acreditariam na minha história? Considerariam provável ou possível que eu tivesse entrado nessa brincadeira louca apenas baseada em um pedaço de papel que cheirava a naftalina? Isso soava como uma história absurda e inacreditável. Naquele momento de fria sanidade, amaldiçoei a mim mesma me chamando de idiota melodramática e sonhei com a calmaria entediante de Little Hampsley.

Tudo isso passou pela minha cabeça em menos tempo do que leva para contar. Meu primeiro movimento instintivo foi dar um passo para trás e tentar pegar a maçaneta da porta. Meu captor apenas abriu um sorriso.

– Aqui está e aqui fica – afirmou com ar gozador.

Fiz o melhor que pude para manter uma expressão de coragem.

– Fui convidada a vir aqui pelo curador do museu da Cidade do Cabo. Se cometi algum engano...

– Um engano? Ah, sim, um tremendo engano!

Riu de um jeito abrutalhado.

– Que direito tem de me deter? Vou informar à polícia...

– Au au au, parece um cachorrinho de brinquedo – riu.

Sentei-me na cadeira.

– Só me resta concluir que é um louco perigoso – falei com frieza.

– Ah, é?

– Gostaria de assinalar que meus amigos têm perfeita ciência de onde estou e que, se não estiver de volta até a noite, virão me procurar. Está entendendo?

– Então seus amigos sabem onde está, sabem? Qual deles?

Assim desafiada, fiz um cálculo relâmpago das minhas chances. Deveria mencionar Sir Eustace? Era um homem muito conhecido, e seu nome poderia ter peso. Mas se estivessem em contato com Pagett poderiam saber que eu estava mentindo. Melhor não mencionar Sir Eustace.

– A senhora Blair, por exemplo – falei, sem dar muita importância. – Uma amiga com quem estou ficando.

– Acho que não – disse o captor, balançando a cabeça laranja com ar espertalhão. – Não a vê desde as onze horas da manhã. E recebeu nosso bilhete, chamando-a até aqui, na hora do almoço.

Suas palavras me mostraram o quão de perto meus movimentos haviam sido seguidos, mas não me entregaria sem lutar.

– É muito esperto – falei. – Talvez tenha ouvido falar daquela invenção muito útil chamada telefone? A sra. Blair me ligou quando estava descansando no meu quarto depois do almoço. Contei aonde estava indo esta tarde.

Para minha grande satisfação, vi uma sombra de dúvida se abater sobre a face dele. Era óbvio que não contara com a possibilidade de que Suzanne fosse me telefonar. Queria tanto que ela houvesse mesmo telefonado!

– Chega disso – falou com rispidez, levantando-se.

– O que vai fazer comigo? – perguntei, ainda me esforçando para manter a compostura.

– Vou colocá-la onde não vai causar estragos caso seus amigos venham atrás de você.

Por um momento meu sangue gelou, mas suas palavras seguintes me reasseguraram.

– Amanhã vai responder a algumas perguntas e, depois de respondê-las, vamos decidir o que fazer com você. Posso dizer, mocinha, que temos várias técnicas para fazer com que tolinhos obstinados falem.

Não era consolador, mas era ao menos um respiro. Eu tinha até o dia seguinte. Esse homem era um subalterno obedecendo ordens de um superior. Seria esse superior, por acaso, Pagett?

Chamou e dois cafres apareceram. Fui levada ao andar de cima. Apesar de meus esforços, fui amordaçada e então tive os pés e as mãos amarrados. A sala para onde me levaram era uma espécie de sótão logo abaixo do telhado. Estava empoeirado e tinha poucos sinais de haver sido ocupado. O holandês fez uma reverência debochada e se retirou, fechando a porta.

Fiquei bastante indefesa. Por mais que me virasse e me retorcesse, não conseguia afrouxar nem um pouquinho as minhas amarras, e a mordaça me impedia de gritar. Se, por qualquer chance possível, alguém viesse até a casa, eu não poderia fazer nada para atrair sua atenção. Lá embaixo, escutei o ruído de uma porta se fechando. Era evidente que o holandês estava de saída.

Era enlouquecedor não conseguir fazer nada. Forcei de novo as amarras, mas os nós se mantinham firmes. Por fim, desisti, e desmaiei ou adormeci. Quando despertei, sentia só dor. Estava bem escuro e julguei que a noite devia estar avançada, pois a lua alta brilhava pela claraboia empoeirada. A mordaça estava quase me sufocando, e a rigidez e a dor eram insuportáveis.

Foi então que meu olhar recaiu sobre um pedacinho de vidro quebrado caído em um canto. Um raio de luar batia em ângulo direto sobre ele, e seu brilho chamou minha atenção. Enquanto olhava para aquilo, uma ideia me ocorreu.

Meus braços e pernas estavam imobilizados, mas certamente eu ainda conseguia *rolar*. Devagar e bem sem jeito, me coloquei em movimento. Não foi fácil. Além da dor extrema, já que não podia proteger meu rosto com minhas mãos, também era dificílimo manter qualquer direção específica.

Tendia a rolar para todos os lados, exceto para onde queria ir. No final, entretanto, cheguei junto de meu objetivo. Quase toquei nele com minhas mãos atadas.

Mesmo então, não foi fácil. Levou uma infinidade de tempo antes que eu conseguisse ajeitar o vidro em uma posição, apoiado contra a parede, que me permitiria friccionar para cima e para baixo nas amarras. Foi um processo longo e desolador, e quase me desesperei, mas no final tive sucesso em serrar as cordas que amarravam meus pulsos. O resto foi uma questão de tempo. Uma vez que a circulação retornara às minhas mãos ao esfregar os pulsos vigorosamente, consegui desfazer a mordaça. Uma ou duas respirações profundas me ajudaram muito.

Logo eu havia desfeito o último nó, mesmo que ainda precisasse de algum tempo até poder ficar de pé, mas finalmente estava ereta, balançando os braços para frente e para trás para restaurar a circulação e desejando, acima de tudo, encontrar algo para comer.

Esperei por volta de um quarto de hora, para me certificar de minha força recobrada. Então fui pé ante pé, sem fazer barulho, até a porta. Como eu esperava, não estava trancada, apenas travada. Destravei e espiei para fora com todo o cuidado.

Tudo estava quieto. O luar entrava pela janela e me mostrava a escada empoeirada e sem carpete. Com toda a cautela, desci me esgueirando. Seguia sem escutar ruído algum – mas, quando cheguei no patamar da escada, um distante murmúrio de vozes chegou até mim. Parei na hora e fiquei dura ali por algum tempo. Um relógio na parede registrava o fato de que passava da meia-noite.

Estava completamente ciente dos riscos que corria se descesse mais, porém minha curiosidade era mais forte do que eu. Com precauções infinitas, preparei-me para explorar. Desci com toda a suavidade o último lance de escadas e parei no hall quadrado. Olhei ao redor... e então arquejei de susto. O menino cafre estava sentado junto à porta do hall. Não me vira, na verdade, e logo percebi por sua respiração que estava adormecido.

Deveria recuar ou proceder? As vozes vinham da sala onde me receberam quando cheguei. Uma delas era de meu amigo holandês, a outra não consegui reconhecer na hora, embora parecesse vagamente familiar.

No final, decidi que era minha obrigação escutar tudo que pudesse. Arriscaria que o menino cafre acordasse. Cruzei o corredor sem fazer barulho e ajoelhei-me junto à porta da biblioteca. Por um ou dois momentos, não consegui ouvir nada com mais clareza. As vozes estavam mais altas, mas não conseguia distinguir o que diziam.

Coloquei o olho no buraco da fechadura em vez do ouvido. Como eu adivinhara, um dos interlocutores era o holandês grandalhão. O outro estava sentado fora do meu campo restrito de visão.

De repente, levantou-se para pegar uma bebida. Suas costas, vestidas de preto e decorosas, se revelaram. Mesmo antes de se virar, eu sabia quem era.

Sr. Chichester!

Então, comecei a compreender as palavras.

– Ainda assim é perigoso. Suponha que os amigos venham atrás dela?

Era o grandalhão falando. Chichester respondeu. Ele abandonara por completo seu tom clerical. Não admira que eu não houvesse reconhecido.

– Tudo blefe. Não fazem a menor ideia de onde ela está.

– Ela falou de modo muito afirmativo.

– Não duvido. Examinei a questão, e não temos nada a temer. Enfim, são ordens do "Coronel". Não vai querer contrariá-las, imagino?

O holandês exclamou algo em sua própria língua. Julguei que fosse uma rápida reclamação.

– Mas por que não bater na cabeça dela? – rosnou. – Seria simples. O barco está pronto. Seria levada para o mar.

– Sim – disse Chichester com ar meditativo. – É o que eu faria. Ela sabe demais, isso é certo. Mas o "Coronel" é um homem que gosta de agir sozinho, embora ninguém mais deva fazer o mesmo – algo em suas palavras parecia despertar uma memória que o incomodava. – Quer algum tipo de informação dessa moça.

Fez uma pausa antes da palavra "informação", e o holandês captou na hora.

– Informação?

– Algo do tipo.

"Diamantes", pensei comigo.

– E agora – continuou Chichester – me passe as listas.

Por um longo tempo a conversa deles foi bastante incompreensível para mim. Pareciam lidar com grandes quantidades de vegetais. Mencionaram datas, preços e vários nomes de lugares que eu desconhecia. Demorou uma boa meia hora até terminarem toda a conferência e contagem.

– Bom – disse Chichester, com um ruído como se estivesse empurrando a cadeira para trás. – Vou levar essas comigo para o "Coronel" ver.

– Quando vai partir?

– Amanhã às dez da manhã será bom.

– Quer ver a garota antes de partir?

– Não. Há ordens severas de que ninguém deve vê-la até que o "Coronel" venha. Ela está bem?

– Dei uma olhada quando cheguei para jantar. Estava adormecida, acho. E comida?

– Passar um tanto de fome não fará mal. O "Coronel" virá em algum momento amanhã. Ela vai responder melhor às perguntas se estiver faminta. Ninguém deve chegar perto dela até então. Está bem amarrada?

O holandês riu.

– O que acha?

Os dois riram. E eu também, internamente. Então, quando os ruídos pareciam denotar que estavam prestes a sair da sala, bati em retirada. Foi bem na hora. Assim que cheguei no topo da escada, escutei a porta abrindo e, na mesma hora, o cafre se remexeu. Minha fuga pela porta do hall estava fora de questão. Retirei-me com prudência para o sótão, juntei minhas amarras ao meu redor e deitei no chão, caso encasquetassem de vir me ver.

Não o fizeram. Depois de uma hora, desci as escadas, mas o cafre na porta estava acordado e cantarolando sozinho. Estava ansiosa para fugir da casa, mas não via muito jeito de fazer isso.

No fim, fui forçada a me retirar para o sótão de novo. O cafre estava claramente de guarda para a noite. Fiquei lá, pacientemente, durante todos os sons da preparação matinal. Os homens tomaram café no hall, pude escutar claramente as vozes que chegavam flutuando pelas escadas. Estava ficando muito tensa. Como diabos eu sairia da casa?

Aconselhei a mim mesma a ser paciente. Um movimento precipitado poderia estragar tudo. Depois do café, chegaram os sons da partida de Chichester. Para meu intenso alívio, o holandês o acompanhou.

Esperei sem fôlego. O café estava sendo retirado e o trabalho da casa, feito. Enfim as várias atividades pareceram esmorecer. Escapei de minha toca mais uma vez. Com muito cuidado, esgueirei-me pelas escadas. O hall estava vazio. Como um raio, cruzei o espaço, abri a porta e estava do lado de fora, à luz do sol. Corri pelo jardim da entrada como se estivesse possuída.

Uma vez na rua, retomei minha caminhada normal. As pessoas me olhavam com curiosidade e não me admira. Meu rosto e minhas roupas deviam estar cobertos de poeira de rolar no sótão. Enfim cheguei a uma garagem. Entrei.

– Sofri um acidente – expliquei. – Preciso de um carro que me leve imediatamente até a Cidade do Cabo. Preciso pegar um barco para Durban.

Não precisei esperar muito. Dez minutos depois estava me dirigindo para a Cidade do Cabo em alta velocidade. Precisava saber se Chichester estava no navio. Se eu mesma viajaria nele, não sabia determinar, mas no fim decidi que faria isso. Chichester não saberia que eu o vira na Villa em Muizenberg. Ele sem dúvida armaria outras armadilhas para mim, mas eu estava avisada. E ele era o homem a quem eu perseguiria, o homem que buscava os diamantes em nome daquele misterioso "Coronel"!

Uma pena para os meus planos! Ao chegar às docas, o *Kilmorden Castle* estava soltando vapor rumo ao mar. E eu não tinha como saber se Chichester partira nele ou não!

CAPÍTULO 20

Fui de carro até o hotel. Não havia ninguém no lobby que eu conhecesse. Subi correndo e bati à porta de Suzanne. A voz dela me convidou a entrar. Ao ver quem era, literalmente se pendurou no meu pescoço.

– Anne, querida, por onde andou? Estava morta de tanta preocupação. O que andou fazendo?

– Vivendo aventuras – respondi. – Episódio III de "Os perigos de Pamela".

Contei a história toda. Deixou escapar um suspiro profundo quando terminei.

– Por que essas coisas sempre acontecem com você? – perguntou, queixosa. – Por que ninguém me amordaça e ata meus pés e mãos?

– Não gostaria se fizessem isso – assegurei. – Para falar a verdade, não estou mais tão desejosa de viver aventuras como antes. Um pouco disso já foi o suficiente.

Suzanne não parecia convencida. Uma ou duas horas amordaçada e imobilizada teriam mudado a visão dela com muita rapidez. Suzanne gosta de emoções fortes, mas odeia ficar desconfortável.

– E o que vamos fazer agora? – perguntou.

– Não sei bem – falei pensativa. – Você ainda segue para a Rodésia, claro, para ficar de olho em Pagett...

– E você?

Aquela era minha dificuldade. Chichester embarcara ou não no *Kilmorden*? Tinha a intenção de levar adiante seu plano original de seguir para Durban? A hora de sua partida de Muizenberg parecia apontar para uma resposta afirmativa a essas duas perguntas. Nesse caso, poderia ir a Durban de trem. Imaginava que poderia chegar lá antes do navio. Por outro lado, se a notícia de minha fuga fosse enviada por telegrama a Chichester, junto com a informação de que saí da Cidade do Cabo para ir a Durban, nada seria mais simples do que ele descer do barco, seja em Porto Elizabeth ou East London, e me despistar completamente.

Era um problema bem complicado.

– Vamos perguntar sobre os trens para Durban mesmo assim – falei.

– E não está tarde demais para um chá matinal – disse Suzanne. – Vamos tomar um no lobby.

O trem para Durban partia às 20h15, segundo o que me informaram no escritório. Para o momento, adiei a decisão e me juntei a Suzanne para um chá das onze atrasado.

– Acha que reconheceria Chichester de novo... usando algum outro disfarce, digo? – perguntou Suzanne.

Balancei a cabeça, pesarosa.

– A verdade é que não o reconheci como a comissária e jamais teria percebido se não fosse por seu desenho.

– O homem é um ator profissional, tenho certeza – disse Suzanne, pensativa. – A maquiagem é maravilhosa de tão perfeita. Pode descer do barco vestido de operário, ou algo assim, e jamais o reconheceria.

– Você me anima tanto – falei.

Naquele minuto, o coronel Race entrou pela porta e veio se juntar a nós.

– O que Sir Eustace está fazendo? – perguntou Suzanne. – Não o vi por aí hoje.

Uma expressão bastante esquisita passou pelo rosto do coronel.

– Tem alguns probleminhas pessoais para cuidar que o estão mantendo ocupado.

– Conte-nos tudo.

– Não posso cometer indiscrições.

– Conte alguma coisa, mesmo que tenha que inventar para nos satisfazer.

– Bem, o que diriam se o famoso "homem do terno marrom" houvesse viajado conosco?

– Quê?

Senti a cor se esvair do meu rosto e então retornar. Felizmente, o coronel Race não estava olhando para mim.

– É fato, creio. Todos os portos procuravam por ele, e enganou Pedler para que o trouxesse como seu secretário.

– Não é o sr. Pagett?

– Oh, não Pagett, o outro camarada. Rayburn era como se chamava.

– Já o prenderam? – perguntou Suzanne. Embaixo da mesa, deu um aperto confortador na minha mão. Esperei pela resposta sem respirar.

– Parece ter desaparecido em pleno ar.

– Como Sir Eustace está levando isso?

– Vê como um insulto pessoal oferecido pelo Destino.

Uma oportunidade de ouvir as opiniões de Sir Eustace sobre o assunto se apresentou mais tarde. Fomos acordadas de uma soneca vespertina revigorante por um pajem trazendo um bilhete. Em termos comoventes, pedia o prazer de nossa companhia para o chá em seu apartamento.

O pobre homem estava de fato em um estado lamentável. Desabafou seus problemas conosco, encorajado pelos murmúrios compreensivos de Suzanne. (Ela faz esse tipo de coisa muito bem.)

– Primeiro, uma estranha tem a impertinência de ser assassinada na minha casa – de propósito, para me incomodar, acredito eu. Por que a minha casa? Ora, de todas as casas na Grã-Bretanha, escolher a Casa do Moinho? Que mal um dia fiz a essa mulher para que ela precisasse ser assassinada lá?

Suzanne fez de novo um de seus ruídos compreensivos, e Sir Eustace continuou em um tom ainda mais ofendido:

— E, como se não bastasse, o camarada que a matou tem a petulância, a petulância colossal, de viajar comigo como meu secretário. Meu secretário, faça-me o favor! Estou cansado de secretários, não quero mais secretário algum. Ou são assassinos disfarçados ou bêbados brigões. Já viram o olho roxo de Pagett? Mas claro que viram. Como é possível sair por aí com um secretário nessas condições? E seu rosto tem um tom tão nojento de amarelo também... um tom de pele que não combina com um olho roxo. E estou farto de secretários... a menos que seja uma moça. Uma moça boazinha, com olhar afável, que possa segurar minha mão quando eu me sentir bravo. Que tal a senhorita, srta. Anne? Aceitaria o trabalho?

— Com que frequência vou precisar segurar sua mão? – perguntei rindo.

— O dia inteiro – respondeu Sir Eustace todo galante.

— Desse jeito não vou conseguir datilografar muita coisa – lembrei-o.

— Isso não importa. Todo o trabalho é ideia de Pagett. Ele me exaure até a morte. Mal posso esperar para deixá-lo na Cidade do Cabo.

— Ele vai ficar para trás?

— Sim, vai se divertir muitíssimo farejando pistas de Rayburn. É o tipo de coisa que combina em tudo com Pagett. Ele adora intrigas. Mas minha oferta é séria. Você nos acompanha? A sra. Blair aqui é uma cicerone competente, e você poderia tirar uma folga de vez em quando para escavar ossos.

— Muito obrigada mesmo, Sir Eustace – falei cautelosa –, mas creio que vou partir para Durban esta noite.

— Ora, não seja uma moça obstinada. Lembre-se, há montes de leões na Rodésia. Vai gostar de leões. Todas as garotas gostam.

— Será que vão praticar saltos baixos? – perguntei rindo. – Não, muito obrigada, mas preciso ir a Durban.

Sir Eustace olhou para mim e suspirou profundamente, então abriu a porta da sala adjacente e chamou Pagett.

— Se tiver terminado sua sesta, meu caro companheiro, quem sabe trabalha um pouco para variar.

Guy Pagett apareceu à porta. Fez uma reverência para nós duas, tomando um leve susto ao me ver, e respondeu em tom melancólico:

— Estava datilografando aquele memorando durante a tarde inteira, Sir Eustace.

— Bom, pare de datilografar, então. Desça até o escritório do Comissariado do Comércio ou o Conselho de Agricultura ou a Câmara das Minas, um desses lugares, e peça que me emprestem alguma mulher para levar à Rodésia. Precisa ter um olhar afável e não se incomodar em segurar minha mão.

– Pois não, Sir Eustace. Vou pedir uma taquígrafa competente.

– Pagett é um sujeito malicioso – disse Sir Eustace, depois que o secretário saiu. – Poderia apostar que ele vai escolher uma criatura com cara de porta, de propósito, só para me irritar. Precisa ter pés bonitos também, esqueci de mencionar isso.

Agarrei a mão de Suzanne toda emocionada e quase a arrastei até seu quarto.

– Então Suzanne – falei –, precisamos planejar... e logo. Pagett está ficando aqui, você escutou isso?

– Sim, suponho que isso signifique que eu não vá poder viajar para a Rodésia, o que é muito irritante, porque eu *quero* viajar para a Rodésia. Que incômodo.

– Alegre-se – falei. – Vai viajar, sim. Não vejo como poderia se esquivar no último minuto sem que isso parecesse terrivelmente suspeito. E, além do mais, Pagett pode ser chamado de repente por Sir Eustace e seria mais difícil você se juntar a ele na jornada para o norte.

– Não seria nem respeitável – alegou Suzanne, sorrindo com uma covinha na bochecha. – Teria de fingir uma paixão fatal pelo homem para usar como desculpa.

– Por outro lado, se estivesse lá quando ele chegasse, seria tudo perfeitamente simples e natural. Além do mais, não acho que deveríamos perder os outros dois de vista por completo.

– Oh, Anne, não pode estar desconfiando do coronel Race ou de Sir Eustace?

– Desconfio de todo mundo – falei, com ar sombrio –, e se já leu alguma história de detetive, Suzanne, deve saber que o vilão é sempre a pessoa mais improvável. Muitos criminosos foram homens gordos e simpáticos como Sir Eustace.

– O coronel Race não é particularmente gordo... tampouco particularmente simpático.

– Às vezes são esbeltos e saturninos – retruquei. – Não estou dizendo que desconfie seriamente de nenhum dos dois, mas, afinal, a mulher foi morta na casa de Sir Eustace...

– Sim, sim... não precisamos falar de novo sobre isso. Vou vigiá-lo para você, Anne, e se ele engordar mais e ficar ainda mais simpático, lhe enviarei um telegrama na mesma hora. "Inchaço de Sir E. altamente suspeito. Venha logo."

– Sério, Suzanne – exclamei –, parece achar que tudo isso não passa de uma brincadeira!

– Sei que penso assim – declarou Suzanne, imperturbável. – É o que parece. É culpa sua, Anne. Fiquei imbuída do seu espírito de "Vamos viver uma aventura". Não parece nem um pouco real. Minha nossa, se Clarence soubesse que estou correndo pela África atrás de criminosos perigosos, teria uma síncope.

– Por que não manda um telegrama? – perguntei, sarcástica.

O senso de humor de Suzanne sempre falha quando o assunto é telegrama. Ela considerou minha sugestão com total boa-fé.

– Pode ser. Teria de ser um bem longo – seus olhos brilharam com a perspectiva. – Mas acho que seria melhor não. Os maridos sempre querem interferir nos divertimentos mais inofensivos.

– Bem – falei –, resumindo a situação, você fica de olho em Sir Eustace e no coronel Race...

– Sei porque coube a mim vigiar Sir Eustace – interrompeu Suzanne –, por conta de sua figura e de suas conversas bem-humoradas. Mas acho que é levar um pouco longe demais suspeitar do coronel Race; acho mesmo. Ora, ele tem alguma ligação com o Serviço Secreto. Sabe, Anne, acho que o melhor que poderíamos fazer seria confiar nele e contar a história toda.

Eu me opus com todas as forças àquela proposta nada engraçada. Reconheci nela os efeitos desastrosos do matrimônio. Quantas vezes não escutei uma mulher perfeitamente inteligente dizer, com o tom de alguém que encerra uma discussão, "*Edgar diz que...*". E o tempo todo você sabe muito bem que Edgar é um perfeito imbecil. Suzanne, devido ao seu estado civil, estava ansiosa para se apoiar em algum homem.

Entretanto, me jurou de pés juntos que não diria uma palavra ao coronel Race, e prosseguimos com nosso planejamento.

– Está claro que preciso ficar e vigiar Pagett, e esse é o melhor jeito de fazê-lo. Preciso fingir que parti para Durban esta noite, sair daqui com minha bagagem e assim por diante, mas, na verdade, ir para algum hotel pequeno na cidade. Posso alterar um pouco minha aparência, usar uma peruca loira e um daqueles véus grossos de renda branca, devo melhorar as minhas chances de saber o que ele está de fato aprontando caso se sinta seguro comigo fora do caminho.

Suzanne aprovou o plano com convicção. Cuidamos com toda a pompa dos preparativos, perguntando mais uma vez sobre a partida do trem no escritório e arrumando minha bagagem.

Jantamos juntas no restaurante. Coronel Race não apareceu, mas Sir Eustace e Pagett estavam em sua mesa junto à janela. Pagett saiu da mesa na metade do jantar, o que me incomodou, já que planejara me despedir dele. No entanto, sem dúvida Sir Eustace serviria também. Fui até ele quando terminei.

– Adeus, Sir Eustace – falei. – Estou de partida para Durban esta noite.

Sir Eustace suspirou com pesar.

– Fiquei sabendo. Não gostaria que a acompanhasse, gostaria?

– Adoraria.

– Boa menina. Tem certeza de que não vai mudar de ideia e vir olhar os leões na Rodésia?

– Certeza absoluta.

– Deve ser um camarada muito bonitão – disse Sir Eustace, queixoso. – Algum frangote em Durban, imagino, que obscurece por completo meus encantos da maturidade. A propósito, Pagett vai até o vagão daqui alguns minutos. Ele poderia levá-la até a estação.

– Oh, não, obrigada – me apressei em dizer. – A sra. Blair e eu já pedimos nosso táxi.

Ir até a estação com Pagett era a última coisa que eu queria! Sir Eustace me examinou com toda a atenção.

– Não acho que goste de Pagett. E não a culpo. Além de ser um jumento obsequioso e intrometido, ainda anda por aí com ar de mártir e fazendo tudo que pode para me incomodar e irritar!

– O que foi que ele fez agora? – perguntei com certa curiosidade.

– Arranjou uma secretária para mim. Uma mulher como nunca se viu! Quarenta, se não tiver mais, usa pincenê e botas confortáveis, com um ar de rápida eficiência que vai acabar me matando. Uma mulher comum com cara de porta.

– E ela não vai segurar sua mão?

– Espero por tudo que é mais sagrado que não faça isso! – exclamou. – Era só o que me faltava. Bem, adeus, olhos afáveis. Se eu abater um leão, não vou presenteá-la com a pele depois do jeito vil com que me desertou.

Apertou minha mão com afeto, e nos despedimos. Suzanne me esperava no hall. Havia descido para me acompanhar.

– Vamos partir logo – falei, apressada, e fiz menção para o homem me conseguir um táxi.

Então uma voz atrás de mim me assustou.

– Com licença, srta. Beddingfeld, mas estou saindo de carro. Posso dar uma carona para a senhorita e a sra. Blair até a estação.

– Oh, obrigada – me apressei em dizer. – Mas não há necessidade de importuná-lo. Eu...

– Não é incômodo algum, eu lhe garanto. Ponha a bagagem no carro, rapaz.

Estava perdida. Poderia ter protestado mais, porém uma leve cutucada de advertência de Suzanne me impeliu a ficar na defensiva.

– Obrigada, sr. Pagett – respondi, fria.

Todos entramos no carro. Enquanto corríamos pela via até a cidade, quebrei a cabeça para encontrar algo a dizer. No final, o próprio Pagett rompeu o silêncio.

– Consegui uma secretária muito capacitada para Sir Eustace – observou. – A srta. Pettigrew.

– Ele não estava falando muito bem dela ainda agora – assinalei.

Pagett me fitou com frieza.

– É uma taquígrafa proficiente – falou com ar repressivo.

Encostamos na estação. Estávamos certas de que nos deixaria ali. Virei-me para ele estendendo a mão, mas nada disso.

– Vou acompanhar vocês. Já são oito horas, e o trem parte em quinze minutos.

Deu ordens eficientes aos carregadores. Fiquei parada, impotente, sem me atrever a olhar para Suzanne. O homem desconfiava. Estava determinado a se certificar de que eu embarcaria no trem. E o que eu poderia fazer? Nada. Já me vislumbrava, dentro de quinze minutos, partindo da estação dentro do trem, com Pagett plantado na plataforma me abanando um adeusinho. Ele virara a mesa com muita habilidade. Sua atitude para comigo havia mudado além de tudo. Estava repleta de uma jovialidade desconfortável que não combinava com ele e que me nauseava. O homem era um hipócrita escorregadio. Primeiro tentara me matar, e agora me dava elogios! Será que imaginava por um minuto sequer que eu não o reconhecera naquela noite no barco? Não, era uma pose, uma pose que me forçava a aquiescer, e ele usando de ironia o tempo todo.

Indefesa como uma ovelha, me movi seguindo seus comandos de especialista. Minha bagagem fora empilhada em meu compartimento de dormir, tinha uma cabine com duas camas só para mim. Passavam doze minutos das oito. Em três minutos o trem partiria.

Mas Pagett não contava com Suzanne.

– Vai ser uma viagem terrivelmente quente, Anne – ela disse de repente. – Ainda mais passando por Karoo amanhã. Tem na bolsa alguma água de colônia ou de lavanda, não tem?

Minha deixa era clara.

– Ai, minha nossa – exclamei. – Deixei minha água de colônia na penteadeira do hotel.

O costume de comandar de Suzanne lhe serviu bem. Voltou-se imperiosa para Pagett.

— Sr. Pagett. Rápido. O senhor não tem muito tempo. Há um boticário quase em frente à estação. Anne precisa de um pouco de água de colônia.

Ele hesitou, mas o ar imperativo de Suzanne era demais para ele. É uma autocrata nata. Ele foi. Suzanne o seguiu com os olhos até que desaparecesse.

— Rápido, Anne, saia pelo outro lado, caso ele não tenha ido de verdade, mas parado para nos observar do final da plataforma. Esqueça sua bagagem. Pode mandar pedir por telégrafo amanhã. Oh, tomara que o trem parta na hora exata!

Abri a porta do lado oposto da plataforma e desci. Ninguém estava me observando. Podia ver Suzanne onde eu a deixara, olhando para o trem e aparentemente conversando comigo pela janela. Soprou um apito, o trem começou a se retirar. Então ouvi passos correndo furiosamente pela plataforma. Fui me esconder na sombra de uma banca de jornais amigável e observei.

Suzanne virou-se depois de abanar o lenço em direção ao trem que partia.

— Tarde demais, sr. Pagett — falou, com alegria. — Ela se foi. É a água-de-colônia? Que pena que não lembramos disso antes!

Não passaram longe de mim ao saírem da estação. Guy Pagett estava muito vermelho. Era evidente que havia corrido até a farmácia e de volta.

— Vejo um táxi para a senhora, sra. Blair?

Suzanne não fraquejou em seu papel.

— Sim, por favor. Não posso lhe dar uma carona de volta? Tem tanto assim a resolver para Sir Eustace? Minha nossa, queria que Anne Beddingfeld estivesse indo conosco amanhã. Não gosto da ideia de uma mocinha viajando para Durban absolutamente sozinha. Mas ela estava decidida. Algum interesse romântico lá, imagino...

Então não consegui mais escutá-los. Esperta essa Suzanne. Ela me salvara.

Deixei passar alguns minutos e então também saí da estação, quase colidindo com um homem — um homem de aparência desagradável com um nariz desproporcionalmente grande para o rosto.

CAPÍTULO 21

Não tive maiores dificuldades em dar seguimento aos meus planos. Encontrei um hotelzinho em uma rua menor, consegui um quarto, paguei o depósito, já que não tinha bagagem comigo, e fui dormir placidamente.

Na manhã seguinte, levantei cedo e fui à cidade para comprar um guarda-roupas modesto. Minha ideia era não tomar qualquer atitude antes da partida do trem das onze para a Rodésia, com a maioria do grupo a bordo. Não era provável que Pagett fosse se envolver em atividades nefastas até se ver livre deles. Sendo assim, peguei um trem que saía da cidade e fui aproveitar uma caminhada no campo. Estava relativamente fresco, e fiquei feliz em esticar as pernas depois da longa viagem e meu confinamento em Muizenberg.

Muita coisa parece depender de certos detalhes. Meu cadarço se desamarrou, e parei para atá-lo. A estrada fazia uma curva, e, enquanto eu me abaixava sobre o sapato problemático, um homem estava vindo e quase trombou comigo. Levantou o chapéu, murmurando uma desculpa, e seguiu adiante. Na hora, tive a impressão de que seu rosto era vagamente familiar, mas naquele momento não pensei muito no assunto. Consultei meu relógio de pulso. A hora estava avançando. Dei meia-volta em direção à Cidade do Cabo.

Havia um bonde no ponto de saída, e tive de correr para apanhá-lo; escutei passos correndo atrás de mim. Consegui me alçar para dentro, e o outro corredor também. Reconheci o homem na hora. Era o mesmo que havia passado por mim na estrada quando meu sapato se desamarrou e, em um flash, lembrei porque seu rosto me era familiar. Era o homenzinho com o nariz grande com quem eu trombara ao sair da estação na noite anterior.

A coincidência era bastante assustadora. Seria possível que o homem estivesse me seguindo de propósito? Resolvi testar isso assim que possível. Toquei a campainha e desci na parada seguinte. O homem não desceu. Fiquei escondida na sombra da entrada de uma loja e observei. Ele desceu no ponto adiante e caminhou na minha direção.

O caso era bastante claro. Eu estava sendo seguida. Havia cantado vitória antes do tempo. Minha vitória sobre Guy Pagett tomou outra proporção. Acenei para o próximo bonde e, como esperava, meu perseguidor também entrou. Entreguei-me a uma séria reflexão.

Estava perfeitamente claro que eu tropeçara em algo muito maior do que imaginava. O assassinato na casa em Marlow não se tratava de um incidente isolado cometido por um indivíduo solitário. Eu estava lidando com uma gangue e, graças às revelações do coronel Race a Suzanne somadas ao que eu escutara na casa em Muizenberg, estava começando a compreender algumas de suas múltiplas atividades. Crime organizado, comandado pelo homem conhecido por seus seguidores como o "Coronel"! Lembrei de parte da conversa que escutara no navio, sobre a greve do Rand e as causas subjacentes, e a crença de que uma organização secreta estava por trás daquilo, fomentando a rebelião. Aquilo era obra do "Coronel", seus emissários estavam agindo de acordo com os planos. Ele não participava das ações, sempre ouvi dizer, pois se limitava a dirigir e coordenar. O trabalho cerebral, não a parte perigosa, era o que lhe cabia. Mas ainda assim poderia ser que ele mesmo estivesse no local, coordenando os negócios de uma posição aparentemente impecável.

Aquele então era o significado da presença do coronel Race no *Kilmorden Castle*. Estava atrás de um arquicriminoso. Tudo se encaixava com essa suposição. Era alguém de alto escalão no Serviço Secreto, cuja missão era apanhar esse "Coronel".

Balancei a cabeça, assentindo sozinha, as coisas estavam ficando muito claras. E que dizer de minha parte na história? Onde é que eu entrava? Era só dos diamantes que eles estavam atrás? Balancei a cabeça. Por mais valor que tivessem, não podiam ser responsabilizados pelas tentativas desesperadas que haviam sido feitas de me tirar do caminho. Não, eu representava mais do que isso. De algum modo, desconhecido para mim, eu era uma ameaça, um perigo! Algum conhecimento que eu tinha, ou que pensavam que eu tivesse, os deixava ansiosos para se livrarem de mim a qualquer custo... e esse conhecimento estava de alguma forma relacionado aos diamantes. Havia uma pessoa, eu tinha certeza, que poderia me esclarecer... se quisesse! "O homem do terno marrom"... Harry Rayburn. Ele sabia da outra metade da história. Mas desaparecera na escuridão, era uma criatura sendo caçada fugindo da perseguição. A probabilidade era de que jamais nos encontrássemos novamente...

Puxei-me de volta à realidade do momento à força. Não era bom pensar em Harry Rayburn com sentimentalismo. Ele demonstrara a maior antipatia por mim desde o começo. Ou pelo menos... Lá estava eu de novo... sonhando! O problema de fato era o que fazer *naquela hora*!

Eu, me orgulhando de meu papel de vigilante, acabara me tornando a vigiada. E estava com medo! Pela primeira vez, comecei a perder a coragem. Eu era um farelo de cascalho que estava impedindo o funcionamento suave de uma grande engrenagem... e imaginava que a engrenagem não daria chance aos farelinhos de pedra. Uma vez Harry Rayburn me salvara, uma vez eu mesma me salvara... mas de repente senti que a minha chance era mínima. Meus inimigos estavam por perto, em todas as direções, fechando o cerco. Se eu continuasse a agir sozinha, estava condenada.

Esforcei-me para me animar. Afinal, o que poderiam fazer? Eu estava em uma cidade civilizada... com policiais a cada poucos metros. Estaria atenta no futuro. Não me enganariam de novo como fizeram em Muizenberg.

Ao chegar a esse ponto em minhas meditações, o bonde parou na rua Adderley. Desci. Indecisa sobre o que fazer, caminhei devagar pela calçada da esquerda. Não me dei o trabalho de olhar se meu seguidor estava atrás. Sabia que sim. Entrei na Cartwright e pedi dois cafés com sorvete... para acalmar meus nervos. Um homem, suponho, tomaria uma bebida pesada, mas moças preferem vacas-pretas. Dediquei-me à ponta do canudo com afinco. O líquido gelado descia pela minha garganta do jeito mais agradável possível. Empurrei para o lado meu primeiro copo vazio.

Estava sentada em um dos banquinhos diante do balcão. Pelo canto do olho, vi meu perseguidor entrar e sentar-se sem chamar a atenção em uma mesinha perto da porta. Terminei minha segunda vaca-preta de café e pedi uma de seiva de plátano. Posso beber praticamente uma quantidade ilimitada de vacas-pretas.

De repente, o homem na porta se levantou e saiu. Aquilo me surpreendeu. Se esperaria lá fora, por que não ficara lá desde o princípio? Deslizei do meu banco e fui até a porta com cuidado. Escondi-me rapidamente na sombra. O homem estava falando com Guy Pagett.

Se um dia eu tivera qualquer dúvida, aquilo resolvia o caso. Pagett estava com o relógio na mão. Trocaram poucas e breves palavras e o secretário virou-se, descendo a rua rumo à estação. Era evidente que havia dado suas ordens. Mas quais seriam?

De repente, meu coração saltou pela boca. O homem que me seguira atravessou até o meio da rua e falou com um policial. Falou por um bom tempo, gesticulando em direção à Cartwright, e claro, explicando algo. Logo entendi o plano. Era para me prenderem sob alguma acusação, talvez como batedora de carteiras. Seria fácil para a gangue inventar algo assim simples. De que serviria protestar minha inocência? Cuidariam de todos os detalhes. Há muito tempo fizeram com que a acusação do roubo da De Beers recaísse sobre Harry Rayburn, e ele não conseguira provar nada em contrário, embora eu tivesse poucas dúvidas de que ele fosse totalmente inocente. Que chance eu tinha contra uma "armação" como essas que o "Coronel" organizava?

Olhei para o relógio na parede em um gesto quase mecânico e, de imediato, outro aspecto do caso me chamou a atenção. Fez sentido o fato de Guy Pagett consultar seu relógio. Eram quase onze horas, e às onze o trem-correio partiria para a Rodésia levando consigo os amigos influentes que, não fosse isso, viriam me socorrer. Esse era o motivo da minha imunidade até aquele instante. Desde a noite passada até as onze horas de hoje eu estivera a salvo, mas agora a rede apertava o cerco sobre mim.

Mais que depressa, abri a bolsa e paguei pelas bebidas e, ao fazer isso, meu coração quase parou, *pois dentro havia uma carteira masculina cheia de notas de dinheiro!* Deve ser sido introduzida ali com muita habilidade quando desci do bonde.

Perdi a cabeça. Saí correndo da Cartwright. O homenzinho narigudo e o policial estavam atravessando a rua. Eles me viram, e o homenzinho me apontou todo nervoso para o policial. Dei no pé e saí em disparada. Julguei que o policial era meio devagar. Eu conseguiria uma vantagem. Mas não tinha plano algum. Corri para salvar a pele descendo a rua Adderley. As pessoas começaram a reparar em mim. Senti como se em poucos segundos alguém fosse me parar.

Uma ideia me veio à cabeça;

– A estação? – perguntei em um arquejo ofegante.

– Logo adiante à direita.

Acelerei. É permitido alguém correr para apanhar um trem. Entrei na estação, mas em seguida escutei passos logo atrás de mim. O homenzinho narigudo era um corredor e tanto. Antevi que seria detida antes de chegar à plataforma que procurava. Olhei para o relógio – faltava um minuto para as onze. Bastava, se meu plano desse certo.

Entrei na estação pela entrada principal na rua Adderley. Disparando, saí pela porta lateral. Do outro lado, ficava a entrada lateral para o correio, cuja entrada principal ficava na rua Adderley.

Conforme esperado, meu perseguidor, em vez de me seguir até lá dentro, correu pela rua para me interceptar quando eu emergisse pela saída principal, ou para avisar o policial para fazer isso.

Num instante, atravessei a rua de volta e retornei à estação. Corria como louca. O relógio bateu onze horas. O longo comboio estava se movimentando quando apareci na plataforma. Um carregador tentou me parar, mas me desvencilhei de suas mãos e saltei no estribo. Subi os dois degraus e abri o portão. Estava salva! O trem estava pegando velocidade.

Passamos por um homem parado sozinho no final da plataforma. Eu acenei para ele.

– Adeus, sr. Pagett – gritei.

Nunca antes eu vira um homem mais assustado. Parecia ter visto um fantasma.

Em poucos minutos eu estava encrencada com o condutor. Mas usei um tom de voz altivo.

– Sou a secretária de Sir Eustace Pedler – falei, com ar superior. – Por favor, leve-me até o vagão particular dele.

Suzanne e o coronel Race estavam parados na plataforma de observação dos fundos. Ambos emitiram uma exclamação de total surpresa ao me verem.

– Olá, srta. Anne – gritou o coronel –, de onde a senhorita saiu? Pensei que havia viajado para Durban. Que pessoa inesperada!

Suzanne não disse nada, mas seus olhos continham centenas de perguntas.

– Preciso me apresentar ao meu chefe – expressei acanhada. – Onde ele está?

— No escritório, no compartimento do meio, ditando em uma velocidade inacreditável para a infeliz srta. Pettigrew.

— Esse entusiasmo pelo trabalho é novidade – comentei.

— Hmm! – murmurou o coronel Race. – Sua ideia, acho, é a de enchê-la com tanto trabalho que fique presa à máquina de escrever em sua própria cabine pelo resto do dia.

Eu ri. Então, seguida pelos dois, procurei por Sir Eustace. Estava andando de um lado a outro do espaço circunscrito, vomitando uma torrente de palavras à secretária infeliz, com quem eu me deparava pela primeira vez. Uma mulher alta, reta em roupas enfadonhas, com um pincenê e ar eficiente. Julguei que estivesse encontrando dificuldades em acompanhar Sir Eustace, pois seu lápis voava, e sua testa franzia de um jeito horrível.

Entrei no compartimento.

— Embarcada, sir – falei, impertinente.

Sir Eustace ficou paralisado no meio de uma frase complicada sobre a situação da força trabalhista e fixou o olhar em mim. A srta. Pettigrew deve ser uma criatura nervosa, apesar de seu ar eficiente, pois deu um salto como se houvesse levado um tiro.

— Que Deus tenha piedade! – exclamou Sir Eustace. – E como fica o rapaz em Durban?

— Prefiro o senhor – falei, doce.

— Minha querida – disse Sir Eustace. – Pode começar a segurar minha mão desde já.

A srta. Pettigrew pigarreou, e Sir Eustace rapidamente retirou a mão estendida.

— Ah, sim – falou. – Deixe-me ver, onde estávamos? Sim. Tylman Roos, em seu discurso no... Qual é o problema? Por que não está anotando?

— Eu acho – disse o coronel Race, com suavidade – que a ponta do lápis da srta. Pettigrew quebrou.

Tirou o lápis dela e apontou-o. Sir Eustace ficou olhando, e eu também. Havia algo no tom do coronel Race que eu não cheguei a compreender.

CAPÍTULO 22

(Compêndio do diário de Sir Eustace Pedler)

Estou considerando abandonar minhas reminiscências. Em vez disso, vou escrever um artigo curto intitulado "Os secretários que tive". No quesito secretários, parece que vivo sob uma influência perniciosa. Num minuto, não tenho ninguém, no seguinte, tenho secretários demais. No momento, estou viajando para Rodésia com um bando de mulheres. Race se dá bem com as duas mais bonitas, claro, e me deixa com o traste. Isso sempre acontece comigo... e, afinal, este é meu vagão particular, não de Race.

Até Anne Beddingfeld está me acompanhando até a Rodésia com a desculpa de ser minha secretária temporária. Mas passou a tarde inteira na plataforma de observação com Race exclamando sobre a beleza do desfiladeiro do Rio Hex. É verdade que lhe falei que seu principal compromisso seria segurar minha mão. Mas ela não está sequer fazendo isso. Talvez tenha medo da srta. Pettigrew. Não a culpo por isso. Não há nada atraente na srta. Pettigrew... é uma mulher repulsiva, com pés grandes, que parecem mais de um homem do que de uma mulher.

Há algo muito misterioso em Anne Beddingfeld. Pulou a bordo do trem no último minuto, bufando como um motor a vapor, podia jurar que estivesse correndo uma maratona... e, no entanto, Pagett me disse que se despedira dela na partida para Durban ontem à noite! Ou Pagett esteve bebendo de novo, ou essa moça deve ter um corpo astral.

E ela nunca explica. Ninguém explica coisa alguma. Sim, "Os secretários que tive". Número um, um assassino fugido da Justiça. Número dois, um que bebe escondido e se mete em intrigas desonrosas na Itália. Número três, uma moça linda que possui a útil capacidade de estar em dois lugares ao mesmo tempo. Número quatro, srta. Pettigrew, que, não tenho dúvida, é de fato um vigarista particularmente perigoso disfarçado! É provável que seja um dos amigos italianos que Pagett repassou para mim. Não me admira se o mundo um dia descobrir que foi grosseiramente enganado por Pagett. De forma geral, acho que Rayburn era o melhor do time. Nunca me causou preocupação ou se atravessou no meu caminho. Guy Pagett tem a impertinência de mandar colocar o baú de material de escritório aqui. Ninguém consegue se mexer sem cair por cima dele.

Fui até a plataforma de observação ainda agora, esperando que minha aparição fosse saudada com expressões de alegria. Ambas as mulheres estavam escutando, enfeitiçadas, uma das histórias de viagem de Race. Deveriam etiquetar este vagão não como "Sir Eustace Pedler e companhia", mas "Coronel Race e seu harém".

Então a sra. Blair precisa sair tirando umas fotografias bobas. Toda vez que passávamos por alguma curva especialmente apavorante ao subirmos cada vez mais alto, ela batia fotos da locomotiva.

– Entende o porquê – gritava, toda feliz. – Deve ser uma curva e tanto se você consegue fotografar a parte da frente do trem quando estamos viajando na parte de trás, e com as montanhas como pano de fundo vai parecer algo terrivelmente perigoso.

Salientei a ela que ninguém conseguiria entender que aquilo fora tirado da parte de trás do trem. Ela me olhou com pena.

– Vou escrever embaixo: "Tirada a bordo do trem. A locomotiva fazendo uma curva".

– Pode escrever isso embaixo de qualquer foto tirada de um trem – falei. As mulheres nunca pensam nessas singelezas.

– Fico feliz que estejamos subindo aqui com a luz do dia – exclamou Anne Beddingfeld. – Não teria visto este cenário se houvesse partido para Durban ontem à noite, teria?

– Não – respondeu o coronel Race, sorrindo. – Teria acordado amanhã de manhã em Karoo, um deserto quente, de pedras e rochedos empoeirados.

– Fico feliz de ter mudado de ideia – disse Anne, suspirando contente e olhando ao redor.

Era uma vista maravilhosa. Grandes montanhas por todo lado, em meio às quais dávamos voltas e nos contorcíamos, num esforço para chegar cada vez mais alto.

– Este é o melhor horário do dia para apanhar um trem para a Rodésia? – perguntou Anne Beddingfeld.

– Do dia? – riu Race. – Ora, minha querida srta. Anne, há apenas três trens por semana. Segundas, quartas e sábados. Compreende que só vai chegar nas Cataratas Vitória no próximo sábado?

– E como estaremos íntimos uns dos outros quando chegarmos lá! – disse a sra. Blair, maliciosa. – Quanto tempo vai permanecer nas cataratas, Sir Eustace?

– Depende – respondi com cautela.

– De quê?

– De como as coisas se derem em Joanesburgo. Minha ideia original era ficar uns dois dias nas Cataratas, que ainda não conheço, embora esta seja minha terceira visita à África, e então partir para Joanesburgo, estudar as condições das coisas no Rand. Em casa, sabe, eu poso de autoridade em política sul-africana. Mas, por tudo que ando escutando, Joanesburgo vai ser um local especialmente desagradável de se visitar daqui a mais ou menos uma semana. Não quero estudar as condições em meio a uma revolução enfurecida.

Race sorriu com um ar bastante superior:

– Acho que seus medos são exagerados, Sir Eustace. Não vai haver grande perigo em Joanesburgo.

As mulheres imediatamente olharam para ele com aquele jeito "Que herói tão corajoso você é". Aquilo me irritou intensamente. Sou tão corajoso quanto Race, mas não tenho aquela forma física. Esses homens altos, magros e bronzeados conseguem tudo o que querem.

– Imagino que vá estar lá – falei com frieza.

– É bem possível. Pode ser que viajemos juntos.

– Não estou certo de que não vá ficar um pouco mais nas Cataratas – respondi com jeito descomprometido. Por que Race está tão ansioso que eu vá a Joanesburgo? Está de olho em Anne, acho eu. – Quais seus planos, srta. Anne?

– Depende – respondeu, acanhada, me copiando.

– Pensei que fosse minha secretária – reclamei.

– Ah, mas fui dispensada. Esteve segurando a mão da srta. Pettigrew a tarde toda.

– O que quer que eu estivesse fazendo, posso jurar que isso eu não fiz – lhe garanti.

Quinta-feira à noite

Acabamos de sair de Kimberley. Fizeram Race contar a história do roubo de diamantes inteira de novo. Por que as mulheres ficam tão excitadas com qualquer coisa que tenha a ver com diamantes?

Por fim, Anne Beddingfeld abandonou seu véu de mistério. Parece que é correspondente de um jornal. Enviou um telegrama imenso de De Aar esta manhã. A julgar pela tagarelice que durou quase a noite inteira na cabine da sra. Blair, ela deve ter lido em voz alta todas as suas reportagens especiais para os próximos anos.

Parece que todo esse tempo ela esteve na pista do "homem do terno marrom". Aparentemente, não o avistara no Kilmorden; na verdade, ela mal teve a chance, mas agora está muito ocupada se comunicando com Londres: "Como eu viajei com um assassino", e inventando histórias altamente fictícias sobre "O que ele me disse" etc. Sei como fazem essas coisas. Eu mesmo as faço nas minhas reminiscências quando Pagett me deixa. E, claro, um dos funcionários eficientes de Nasby vai abrilhantar os detalhes ainda mais, então, quando publicarem no Daily Budget, Rayburn nem vai se reconhecer.

A menina, no entanto, é inteligente. Ao que tudo indica, investigou sozinha a identidade da mulher que foi assassinada na minha casa. Era uma bailarina russa chamada Nadina. Perguntei a Anne Beddingfeld se tinha certeza disso. Respondeu que era uma mera dedução, à moda Sherlock Holmes. Entretanto, acho que enviou o telegrama para Nasby como se fosse um fato provado. As mulheres têm essas intuições... não duvido que Anne Beddingfeld esteja correta em seu palpite... mas chamar isso de dedução é absurdo.

Como ela conseguiu uma colocação no time do jornal Daily Budget, nem consigo imaginar. Mas é o tipo de moça que faz essas coisas. É impossível resistir. Ela é cheia de truques de persuasão que mascaram uma determinação invencível. Vejam como ela veio parar no meu vagão particular!

Estou começando a ter uma pista do porquê. Race disse algo sobre a polícia suspeitar de que Rayburn fugiria para a Rodésia. Pode ter partido no trem da segunda à noite. Eles telegrafaram ao longo do trajeto, presumo, e ninguém com a descrição dele foi encontrado, mas isso não quer dizer muito. É um rapaz astuto e conhece a África. Está provavelmente bem disfarçado como uma velha cafre... e a polícia, burra, continua procurando por um rapaz bonitão com uma cicatriz, vestido no auge da moda europeia. Nunca cheguei a engolir aquela cicatriz.

Enfim, Anne Beddingfeld está na pista dele. Quer a glória de descobri-lo sozinha para o Daily Budget. As moças de hoje têm muito sangue-frio. Insinuei que aquilo era uma ação pouco feminina. Ela riu de mim. Garantiu que, se conseguisse apanhá-lo, sua fortuna estava ganha. Race também não gosta nada disso, dá para perceber. Quem sabe Rayburn está neste trem. Se for verdade, podemos todos ser mortos enquanto dormimos. Falei para a sra. Blair... mas ela parece gostar da ideia e observou que, se eu fosse assassinado, seria um furo de reportagem para Anne! Um furo para Anne, essa é boa!

Amanhã passaremos por Bechuanaland. A poeira será atroz. E também em cada estação as crianças cafre chegam vendendo uns animais de madeira que elas fazem. Também tigelas de mealie* e cestos. Temo que a sra. Blair se descontrole. Há um charme primitivo nesses brinquedos que creio que ela vá achar atraente.

Sexta-feira à noite.

Como eu temia. A sra. Blair e Anne compraram 49 animais de madeira!

---

* Milho típico da África do Sul. (N.T.)

CAPÍTULO 23

(Retomada da narrativa de Anne)

Aproveitei do início ao fim a viagem até a Rodésia. Havia algo novo e emocionante para ver todos os dias. Primeiro o cenário maravilhoso do vale do rio Hex, então a grandiosidade solitária de Karoo e, por fim, o trecho maravilhoso em linha reta em Bechuanaland, além dos brinquedos completamente adoráveis que os nativos estavam vendendo. Suzanne e eu quase ficávamos para trás em cada uma das estações, se é que se poderia chamar aquilo de estações. Parecia que o trem simplesmente parava quando dava na telha, e bastava parar para uma horda de nativos se materializar no cenário desabitado, segurando tigelas de milho, cana-de-açúcar e tapetes de pele de animal e animais adoráveis esculpidos em madeira. Suzanne começou logo a colecionar estes últimos. Segui seu exemplo, a maioria deles custava um *tiki* (três centavos) e eram todos diferentes entre si. Havia girafas, tigres, cobras, antílopes com ar melancólico e guerreiros negros absurdos de tão pequenos. Nós nos divertimos imensamente.

Sir Eustace tentou nos conter, mas foi em vão. Acho que foi um milagre não terem nos esquecido em algum oásis no caminho. Os trens sul-africanos não apitam ou bufam quando estão prestes a arrancar de novo. Apenas começam a deslizar silenciosamente, e você levanta o pescoço em meio a uma compra e corre para não ser deixado para trás.

Pode-se imaginar o assombro de Suzanne ao me ver entrar no trem na Cidade do Cabo. Fizemos um exame minucioso da situação na primeira noite da viagem. Falamos por meia madrugada.

Havia ficado claro para mim que era necessário adotar tanto medidas táticas defensivas quanto algumas ofensivas. Viajando com Sir Eustace Pedler e seu grupo, eu estava relativamente segura. Tanto ele quanto o coronel Race eram protetores poderosos, e julguei que meus inimigos não desejariam mexer num vespeiro pelo *meu* pescoço. Também enquanto estivesse próxima de Sir Eustace estaria mais ou menos em contato com Guy Pagett, e Guy Pagett era o coração do mistério. Perguntei a Suzanne se na opinião dela seria possível que o próprio Guy Pagett fosse o misterioso "Coronel". Sua posição subordinada era, claro, contrária a essa suposição, mas me ocorrera uma ou duas vezes que, apesar de seus modos autocráticos, Sir Eustace era de fato muito influenciado por seu secretário. Era um homem maleável, a quem um secretário astuto poderia ser capaz de enrolar e comandar. A obscuridade relativa de sua posição poderia na realidade lhe ser útil, já que estaria ansioso para evitar a berlinda.

Suzanne, no entanto, vetou essas ideias com firmeza. Recusava-se a acreditar que Guy Pagett fosse o espírito comandante. O cabeça de verdade – o "Coronel" – estava em algum lugar em segundo plano e já devia estar na África no momento de nossa chegada.

Concordei que aquela posição dela fazia bastante sentido, mas não fiquei satisfeita por completo, pois em cada instância suspeita Pagett demonstrara ser o gênio diretor. Era verdade que sua personalidade parecia faltar em termos da autoconfiança e assertividade que seriam esperadas de um mestre criminoso, mas, no fim das contas, segundo o coronel Race, era apenas o trabalho cerebral que esse líder misterioso fornecia, e o gênio criativo é em geral aliado a uma constituição fraca e receosa.

– Eis a fala da filha do professor – interrompeu Suzanne, quando eu chegara a esse ponto em minha argumentação.

– Mesmo assim, é verdade. Por outro lado, Pagett pode ser o Grão Vizir, digamos, do Alto Escalão – fiquei quieta por um ou dois minutos, e então prossegui, reflexiva: – Queria saber como é que Sir Eustace ganha dinheiro!

– Desconfiando dele de novo?

– Suzanne, estou naquele estado em que não consigo evitar desconfiar de alguém! Não desconfio dele de fato, mas, afinal, ele é o *patrão* de Pagett, e ele é o *proprietário* da Casa do Moinho.

– Sempre ouvi dizer que ganhava seu dinheiro de algum jeito do qual se esquivava de comentar – disse Suzanne, pensativa. – Mas isso não quer necessariamente dizer algo criminoso... pode ser tachinhas de metal ou restaurador capilar!

Concordei, pesarosa.

– Será – falou Suzanne, hesitante – que não estamos acusando a pessoa errada? Sendo desencaminhadas por completo, digo, ao supor a cumplicidade de Pagett? Suponhamos que, não obstante, ele seja um homem honesto?

Considerei aquilo por alguns instantes, então chacoalhei a cabeça.

– Não posso acreditar nisso.

– Afinal, ele tinha explicações para tudo.

– Sim, mas não eram muito convincentes. Por exemplo, na noite em que tentou me jogar do *Kilmorden*, disse que estava seguindo Rayburn no convés e que Rayburn se voltou contra ele e o nocauteou. Sabemos que não é verdade.

– Não – disse Suzanne contrariada. – Mas só ouvimos a história de segunda mão, por Sir Eustace. Se escutássemos a versão do próprio Pagett, poderia ter sido diferente. Sabe como as pessoas sempre distorcem um pouco uma história quando a repetem.

Fiquei remoendo aquilo na minha cabeça.

— Não — falei por fim —, não vejo outra saída. Pagett é culpado. Não podemos negar o fato de que tentou me jogar no mar e todo o resto se encaixa. Por que está tão persistente nessa sua nova ideia?

— Por causa do rosto dele.

— Do rosto? Mas...

— Sim, sei o que vai dizer. É um rosto sinistro. É isso. Nenhum homem com aquela cara poderia ser sinistro de fato. Deve ser uma piada colossal da natureza.

Não acreditei muito no argumento de Suzanne. Conheço muito da natureza nas eras passadas e, se ela tem senso de humor, não costuma demonstrá-lo muito. Suzanne é o tipo de pessoa que vestiria a natureza com todos os seus próprios atributos.

Passamos a debater nossos planos imediatos. Estava claro que eu deveria tomar algum tipo de posição. Não poderia evitar dar explicações para todo o sempre. A solução das minhas dificuldades estava pronta e à mão, embora eu não tenha percebido por um bom tempo. O *Daily Budget*! Meu silêncio ou minhas falas não poderiam mais afetar Harry Rayburn. Estava marcado como "o homem do terno marrom", e não fora por culpa minha. Poderia ajudá-lo mais ao parecer estar me colocando contra ele. O "Coronel" e sua gangue não poderiam suspeitar da existência de sentimentos amigáveis entre mim e o homem que elegeram como bode expiatório do assassinato em Marlow. Até onde eu sabia, a mulher morta seguia não identificada. Enviaria um telegrama a Lord Nasby sugerindo que ela não era ninguém menos do que a famosa bailarina russa, Nadina, que estivera deleitando os parisienses por tanto tempo. Parecia incrível para mim que ela ainda não houvesse sido identificada, mas, quando entendi mais do caso, muito tempo depois, vi o quanto aquilo era de fato natural.

Nadina nunca havia pisado na Inglaterra durante sua carreira de sucesso em Paris. Era desconhecida do público inglês. As fotos nos jornais da vítima em Marlow estavam tão borradas e irreconhecíveis que não admirava que ninguém a houvesse identificado. E, por outro lado, Nadina mantivera em segredo profundo sua intenção de visitar a Inglaterra. No dia após o assassinato, seu empresário recebera uma carta alegando ser da bailarina, na qual dizia estar retornando à Rússia para tratar de assuntos pessoais urgentes e que ele deveria resolver o rompimento do contrato dela da melhor maneira possível.

Tudo isso, claro, eu só soube mais tarde. Com a aprovação total de Suzanne, enviei um longo telegrama de De Aar. Foi entregue em um momento propício (isso, mais uma vez, claro, só soube mais tarde). O *Daily Budget* estava seco por uma nova sensação. Meu palpite foi verificado e provou estar correto, e o *Daily Budget* teve o furo de sua existência. "Vítima do assassinato na Casa do Moinho identificada por nossa repórter especial." E por aí vai. "Nossa repórter viaja com o assassino. O homem do terno marrom. Como ele é na verdade."

Os principais fatos eram, claro, telegrafados para os jornais sul-africanos, mas eu só fui ler meus longos artigos em uma data muito posterior! Recebi aprovação e instruções completas por telegrama em Bulawayo. Integrava a equipe do *Daily Budget* e recebera uma mensagem de felicitações particular do próprio Lord Nasby. Recebera credenciais definitivas para caçar o assassino, e eu, e apenas eu, sabia que o assassino não era Harry Rayburn! Mas deixe o mundo pensar que foi ele... é o melhor no momento.

CAPÍTULO 24

Chegamos a Bulawayo cedo no sábado de manhã. Fiquei decepcionada com o lugar. Fazia muito calor, e odiei o hotel. Também Sir Eustace estava num estado que só posso descrever como totalmente amuado. Acho que foram nossos animais de madeira que o aborreceram... ainda mais a girafa grande. Era uma girafa colossal, com um pescoço inacreditável, um olhar suave e uma cauda caída. Tinha personalidade. Tinha charme. Uma polêmica já estava surgindo sobre quem era a dona, eu ou Suzanne. Cada uma havia dado um *tiki* para a compra. Suzanne fez alegações de senioridade e estado civil, eu batia pé que havia sido a primeira a perceber a beleza da peça.

Nesse meio tempo, devo admitir, ela ocupava um bocado do nosso espaço tridimensional. Transportar 49 animais de madeira, todos de formatos desengonçados e de madeira extremamente quebradiça é um pouco problemático. Dois carregadores receberam um punhado de animais para levar, e um deles prontamente derrubou um grupo encantador de avestruzes, quebrando-lhes o pescoço. Advertidas pelo ocorrido, Suzanne e eu carregamos o que podíamos, o coronel Race ajudava, e empurrei a girafa grande para os braços de Sir Eustace. Nem a correta srta. Pettigrew escapou: um grande hipopótamo e dois guerreiros negros foram sua participação. Tinha a sensação de que a srta. Pettigrew não gostava de mim. Talvez me considerasse uma audaciosa petulante. Enfim, me evitava o que podia. E o mais engraçado era que seu rosto me parecia vagamente familiar, mas não conseguia descobrir quem ela me lembrava.

Repousamos boa parte da manhã e, à tarde, fomos até Matopos, para ver a tumba de Rhodes. Melhor dizendo, era para termos feito isso, mas, no último segundo, Sir Eustace deu para trás. Estava quase com o mesmo mau humor da manhã em que chegamos à Cidade do Cabo, quando jogou os pêssegos no chão e eles se destroçaram! Era evidente que chegar de manhã cedo aos lugares fazia mal para seu temperamento. Praguejou contra os carregadores, amaldiçoou o garçom do café da manhã, amaldiçoou o gerenciamento inteiro do hotel e, sem dúvida, teria gostado de amaldiçoar a srta. Pettigrew, que ficava rondando com seu bloco de papel e lápis, mas acho que nem mesmo Sir Eustace teria ousado amaldiçoar a srta. Pettigrew. Ela é igual às secretárias eficientes dos livros. Consegui proteger nossa querida girafa a tempo. Senti que Sir Eustace teria adorado jogá-la no chão.

Voltando à nossa expedição, depois que Sir Eustace desistiu, a srta. Pettigrew disse que ficaria no hotel caso alguém fosse precisar dela. E, no último minuto, Suzanne enviou uma mensagem de que estava com dor de cabeça. Então, o coronel Race e eu fomos sozinhos.

É um homem estranho. Não se percebe muito isso em grupo. Mas, quando se está sozinho com ele, a impressão que se tem de sua personalidade chega a ser quase avassaladora. Ele se torna mais taciturno, e no entanto seu silêncio parece falar mais do que as palavras.

Foi assim no dia em que fomos de carro até Matopos, passando pela vegetação de moitas macias e amareladas. Tudo parecia estranhamente silencioso, exceto pelo carro, que diria ser um dos primeiros Ford da humanidade! Os estofados estavam rasgados em tiras e, embora não entendesse nada de motores, até eu podia adivinhar que não estava tudo no lugar lá dentro.

Aos poucos, as características do terreno foram mudando. Grandes rochedos surgiram, empilhados em formas fantásticas. Senti de repente que voltara a uma era primitiva. Por um instante, os homens de neandertal pareciam tão reais para mim como eram para meu pai. Virei-me para o coronel.

– Deve ter havido gigantes um dia – falei, sonhadora. – E seus filhos eram iguais às crianças de hoje... brincavam com pedrinhas, empilhando e derrubando e, quanto melhor conseguiam equilibrá-las, mais ficavam felizes. Se fosse dar um nome a este lugar, chamaria de O Território das Crianças Gigantes.

– Talvez esteja mais próxima da verdade do que imagina – disse o coronel, com ar sério. – Simples, primitiva, grande... esta é a África.

Assenti, apreciativa.

– Adora este lugar, não é mesmo? – perguntei.

– Sim. Mas viver aqui muito tempo... bem... nos torna, digamos, cruéis. Passamos a considerar a vida e a morte sem muita distinção.

– Sim – falei, pensando em Harry Rayburn. Ele também fora assim. – Mas não cruel com quem é frágil?

– As opiniões variam sobre o que é ou não "frágil", srta. Anne.

Havia uma nota de seriedade no tom dele que quase me assustou. Senti que sabia pouquíssimo de fato sobre o homem ao meu lado.

– Estava me referindo a crianças e cachorros, acho.

– Posso afirmar sinceramente que jamais fui cruel com crianças e cachorros. Então não classifica as mulheres como "coisas fracas"?

Considerei.

– Não, acho que não as classifico, embora sejam, imagino. Quer dizer, hoje são. Mas meu pai sempre dizia que, no princípio, homens e mulheres vagavam juntos pelo mundo, iguais em força, como leões e tigres...

– E girafas? – interrompeu o coronel, com malícia.

Ri. Todo mundo acha graça daquela girafa.

– E as girafas. Eram nômades, sabe. Só depois de se assentarem em comunidades, com as mulheres fazendo um tipo de trabalho e os homens outro, foi que as mulheres enfraqueceram. E claro, por baixo, ainda somos iguais... nos sentimos iguais, digo... e é por isso que as mulheres cultuam a força física nos homens; é algo que tiveram e perderam.

– Quase como um culto ancestral, na verdade?

– Algo do tipo.

– E acha que isso é verdade? Que as mulheres cultuam a força, digo?

– Acho que é bem verdade... se formos honestas. Pensamos que admiramos as qualidades morais, mas, quando nos apaixonamos, revertemos ao mais primitivo, onde o físico é tudo o que conta. Mas não acho que seja o objetivo; se vivêssemos em condições primitivas seria tranquilo, mas não vivemos... e então, no fim, a outra coisa acaba vencendo. São as coisas aparentemente conquistadas que sempre vencem, não é? Elas vencem do único modo que conta. Como aquilo que a Bíblia diz sobre perder sua vida e encontrá-la.

– No fim – disse o coronel Race, pensativo –, você se apaixona... e se desapaixona, é isso que quer dizer?

– Não exatamente, mas pode dizer dessa forma, se quiser.

– Mas não acho que um dia tenha se desapaixonado, srta. Anne!

– Não, não passei por isso – admiti, sendo franca.

– Ou se apaixonado também?

Não respondi.

O carro se aproximou de nosso destino, e a conversa foi encerrada. Descemos e começamos a lenta subida até World's View. Não era a primeira vez que sentia um leve desconforto na companhia do coronel Race. Escondia tão bem seus pensamentos atrás daqueles olhos negros impenetráveis que me atemorizava um pouco. Sempre me atemorizou. Nunca sabia onde estava pisando com ele.

Subimos em silêncio até chegarmos ao local onde Rhodes está enterrado, protegido por pedras gigantes. Um lugar estranho e fantasmagórico, longe da presença dos homens, que entoa um hino incessante de áspera beleza.

Sentamos lá por um tempo em silêncio. Então descemos de novo, mas saímos um pouco do caminho. Por vezes era um trecho acidentado, e em dado momento chegamos a um declive acentuado ou rochedo que era quase vertical.

O coronel Race foi primeiro, então se virou para me ajudar.

– Melhor pegá-la no colo – falou de repente, arrancando-me do chão com um gesto rápido.

Senti sua força quando me pôs no chão e me soltei de seus braços. Um homem de ferro, com músculos de aço retesado. E de novo me senti com medo, especialmente quando ele não abriu espaço para eu passar, mas ficou parado bem na minha frente, encarando meu rosto.

– O que está de fato fazendo aqui, Anne Beddingfeld? – perguntou, de forma brusca.

– Sou uma cigana conhecendo o mundo.

– Sim, isso é bem verdade. Ser correspondente do jornal é só uma desculpa. Não tem alma de jornalista. Decidiu se lançar no mundo sozinha... arrebatando a vida. Mas isso não é tudo.

O que estaria me forçando a revelar? Tive medo... medo. Encarei-o de frente. Meus olhos não conseguem guardar segredos como os dele, mas podem levar a guerra ao território inimigo.

– O que é que *o senhor* está de fato fazendo aqui, coronel Race? – perguntei, deliberadamente.

Por um momento, pensei que não fosse responder. No entanto, ficou surpreso, isso era claro. Por fim falou, e suas palavras pareciam lhe oferecer uma diversão austera.

– Perseguindo ambições – falou. – Só isso, perseguindo ambições. Deve lembrar, srta. Beddingfeld, que "por esse pecado, caíram os anjos" etc.

– Dizem – falei devagar – que é na verdade ligado ao governo, que está no Serviço Secreto. Isso é verdade?

Foi imaginação ou ele hesitou por uma fração de segundo antes de responder?

– Posso lhe garantir, srta. Beddingfeld, que estou por aqui estritamente como um simples cidadão viajando a lazer.

Lembrando dessa resposta mais tarde, me ocorreu que era um pouco ambígua. Talvez essa fosse a intenção.

Voltamos ao carro em silêncio. Na metade do caminho para Bulawayo, paramos para tomar chá em uma estrutura um tanto primitiva encostada na estrada. O proprietário estava cavoucando o jardim e pareceu aborrecer-se ao ser perturbado. Mas prometeu com muita educação que veria o que poderia fazer. Depois de uma espera interminável, trouxe alguns bolos ressecados e chá morno. Então desapareceu de volta em sua horta.

Logo que saiu, fomos cercados de gatos, seis, todos miando copiosamente ao mesmo tempo. O clamor era ensurdecedor. Ofereci a eles uns farelos de bolo. Devoraram vorazmente. Servi todo o leite que havia em um pires, e brigaram entre si para beber.

– Oh – gritei, indignada –, estão famintos! Que maldade. Por favor, por favor, peça mais leite e outro prato de bolo.

O coronel Race partiu em silêncio para fazer o que pedi. Os gatos começaram a miar de novo. Ele retornou com uma grande jarra de leite e os gatos tomaram tudo.

Levantei com uma expressão determinada no rosto.

– Vou levar esses gatos conosco, não posso deixá-los aqui.

– Minha menina, não diga absurdos. Não pode carregar seis gatos e mais cinquenta animais de madeira para todo lado.

– Esqueça os animais de madeira. Esses gatos estão vivos. Vou levá-los embora comigo.

– Não fará nada disso – eu o olhei com ressentimento, mas ele continuou: – Acha que sou cruel, mas não podemos passar a vida sendo sentimentais com coisas assim. Não é bom chamar atenção... não vou permitir que leve os bichos. É um país primitivo, sabe, e sou mais forte que você.

Sempre sei quando sofro uma derrota. Voltei para o carro com lágrimas nos olhos.

– É provável que esteja faltando comida para eles só hoje – explicou, me consolando. – A esposa daquele homem foi fazer compras em Bulawayo. Então vai ficar tudo bem. E enfim, sabe, o mundo está cheio de gatos famintos.

– Não... não... – falei, feroz.

– Estou ensinando-a a entender a vida como ela é. Estou ensinando-a a ser dura e impiedosa... como eu. Esse é o segredo da força... e o segredo do sucesso.

– Prefiro morrer a endurecer – falei, com forte emoção.

Entramos no carro e demos a partida. Eu me recompus devagar. De repente, para meu intenso espanto, ele pegou minha mão.

– Anne – ele disse, doce. – Eu a quero. Você se casaria comigo?

Fiquei completamente atônita.

– Oh, não – gaguejei. – Não posso.

– Por que não?

– Não gosto de você desse jeito. Nunca pensei em você assim.

– Entendo. É esse o único motivo?

Precisava ser honesta. Devia isso a ele.

– Não – falei –, não é. Entenda... eu... gosto de outra pessoa.

– Entendo – repetiu. – E isso já era verdade desde o começo... Quando a vi pela primeira vez no *Kilmorden*?

– Não – sussurrei. – Foi depois.

– Entendo – falou pela terceira vez, mas agora havia um eco cheio de determinação na voz que me fez virar e olhar para ele. Sua expressão estava mais sinistra do que nunca.

– O que... o que quer dizer? – esmoreci.

Ele me olhou, inescrutável, dominador.

– Apenas que agora sei o que devo fazer.

Suas palavras me causaram um arrepio. Havia uma determinação por trás delas que não compreendi e que me assustou.

Nenhum de nós disse mais nada até retornarmos ao hotel. Fui direto falar com Suzanne. Estava deitada na cama, lendo, e não parecia ter nem uma pontinha de dor de cabeça.

– Aqui repousa a perfeita chá de pera – assinalou. – Conhecida como a acompanhante diplomática. Ora, Anne querida, qual é o problema?

Pois eu irrompera em um mar de lágrimas.

Contei dos gatos... sentia que não era justo contar sobre o coronel Race. Mas Suzanne é muito esperta. Acho que viu que havia algo mais.

– Não pegou uma friagem, pegou, Anne? Parece absurdo até sugerir coisas assim neste calor, mas não para de tremer.

– Não é nada – falei. – Nervos... ou a morte que passou por perto. Sigo sentindo que algo terrível vai acontecer.

– Não seja boba – disse Suzanne, com firmeza. – Vamos falar de algo interessante, Anne, sobre aqueles diamantes...

– O que tem eles?

– Não estou certa de que estejam seguros comigo. Estava tudo bem antes, ninguém pensaria que estariam entre as minhas coisas. Mas agora que todo mundo sabe que somos tão amigas, você e eu, vou ficar sob suspeita também.

– Ninguém sabe que estão em um rolo de filmes – argumentei. – É um esconderijo esplêndido, e não creio que possamos inventar algo melhor.

Ela concordou, embora hesitante, mas disse que falaríamos de novo quando chegássemos às Cataratas.

Nosso trem partia às nove horas. O humor de Sir Eustace ainda estava longe de melhorar, e a srta. Pettigrew parecia ter se dado por vencida. O coronel Race estava como sempre. Parecia que eu havia sonhado aquela conversa inteira do caminho de volta.

Dormi um sono pesado naquela noite em meu beliche duro, lutando contra sonhos mal definidos e ameaçadores. Acordei com uma dor de cabeça e saí para a plataforma de observação do vagão. Estava fresco e lindo, e por toda parte até onde a vista alcançava havia morros ondulantes com florestas. Adorei... adorei aquilo mais do que qualquer outro lugar que conhecia. Desejei poder ter uma cabaninha em algum lugar no meio da mata e morar lá para sempre... para sempre...

Um pouco antes das duas e meia, o coronel Race me chamou do "escritório" e apontou para uma névoa branca em forma de buquê que pairava sobre parte da mata.

– O borrifo das Cataratas – avisou. – Estamos quase lá.

Ainda estava envolvida por aquele estranho desvario de exaltação que sucedera minha noite agitada. Implantada em mim, estava a forte sensação de que voltara para casa... Casa! E no entanto eu nunca estivera lá antes... ou será que sim, nos meus sonhos?

Caminhamos do trem até o hotel, um prédio grande e branco todo telado contra mosquitos. Não havia ruas nem casas. Saímos no terraço e arquejei de susto. Ali, a oitocentos metros de nós, estavam as Cataratas. Eu nunca havia visto nada mais grandioso e lindo... e nunca verei.

– Anne, você está etérea – disse Suzanne quando nos sentamos para almoçar. – Nunca a vi desse jeito antes.

Ela me examinou com curiosidade.

– Estou? – ri, mas senti que meu riso não foi natural. – É só que estou adorando tudo.

– É mais do que isso.

A testa dela se franziu de leve – um sinal de apreensão.

Sim, eu estava feliz, mas além disso tinha a curiosa sensação de que estava esperando por algo, algo que aconteceria muito em breve. Estava excitada, inquieta.

Depois do chá, saímos para passear. Subi no carrinho e fomos transportadas por negros sorridentes descendo pelos pequenos trilhos até a ponte.

Era uma visão maravilhosa, o grande abismo e as corredeiras abaixo, com o véu de névoa e água pulverizada diante de nós que se abria de vez em quando por um breve instante para revelar as quedas d'água e então se fechava de novo em seu mistério impenetrável. Aquele, na minha cabeça, sempre havia sido o fascínio das Cataratas... sua qualidade elusiva. Sempre pensamos que vamos enxergá-las, mas nunca as vemos.

Cruzamos a ponte e caminhamos devagar pela trilha demarcada com pedras brancas de ambos os lados que levava pelo contorno da beira do desfiladeiro. Enfim chegamos em uma grande clareira onde, à esquerda, uma trilha conduzia a uma descida na garganta.

– A ravina da palmeira – explicou o coronel Race. – Vamos descer? Ou deixamos para fazer isso amanhã? Vai levar um tempo, e a subida de volta é longa.

– Vamos deixar para amanhã – disse Sir Eustace, decidido. Não era muito fã de exercícios físicos extenuantes, já percebera.

Ele liderou o trajeto de volta. Ao caminharmos, passamos por um belo nativo que andava por lá. Atrás dele, vinha uma mulher que parecia ter todos os pertences de uma casa inteira empilhados na cabeça! A coleção incluía uma frigideira.

– Nunca estou com minha máquina fotográfica quando preciso – rosnou Suzanne.

– É uma oportunidade que vai se repetir bastante, sra. Blair – disse o coronel. – Portanto, não lamente.

Chegamos de volta à ponte.

– Vamos entrar na floresta do arco-íris? – ele continuou. – Ou têm medo de se molhar?

Suzanne e eu o acompanhamos. Sir Eustace voltou ao hotel. Fiquei bastante desapontada com a floresta do arco-íris. Não havia tantos arco-íris assim, e ficamos ensopadas até os ossos, mas aos poucos conseguíamos vislumbrar as Cataratas do lado oposto e perceber o quanto eram extensas. Ai, minhas queridas, queridas Cataratas, como eu as amo e adoro e sempre vou idolatrá-las!

Voltamos ao hotel bem na hora para trocarmos de roupa para o jantar. Sir Eustace parecia ter adquirido uma declarada antipatia pelo coronel Race. Suzanne e eu o sondamos com delicadeza, mas não obtivemos respostas satisfatórias.

Depois do jantar, ele se retirou para sua saleta, arrastando consigo a srta. Pettigrew. Suzanne e eu conversamos um bom tempo com o coronel Race, e então ela anunciou com um imenso bocejo que estava indo deitar. Não queria ficar a sós com ele, então também me levantei e fui para meu quarto.

Mas estava elétrica demais para dormir. Sequer tirei a roupa. Reclinei-me em uma cadeira e me entreguei a desvarios. E todo o tempo eu estava consciente de algo que chegava cada vez mais perto...

Houve uma batida à porta, e levei um susto. Levantei e fui atender. Um menininho negro me entregou um bilhete. Estava endereçado a mim, mas não reconheci a letra. Aceitei-o e entrei no quarto. Fiquei parada segurando o bilhete e, por fim, abri-o. E era bem curto!

"Preciso encontrá-la. Não ouso ir até o hotel. Pode vir até a clareira junto à ravina da palmeira? Em memória da cabine 17, por favor, venha. O homem que você conheceu como Harry Rayburn."

Meu coração bateu forte até me sufocar. Ele estava aqui então! Ah, eu sabia... eu sabia o tempo todo! Sentira-o perto de mim. Totalmente sem querer, eu fora até seu refúgio.

Enrolei uma echarpe na cabeça e corri para a porta. Precisava ser cuidadosa. Era um homem caçado. Ninguém poderia testemunhar nosso encontro. Corri para o quarto de Suzanne. Ela estava em um sono profundo. Dava para ouvir sua respiração.

Sir Eustace? Parei do lado de fora da porta de sua saleta. Sim, estava ditando para a srta. Pettigrew, dava para ouvir sua voz monótona repetindo: "Eu, por conseguinte, arrisco a sugestão, que, ao abordarmos o problema do trabalho das pessoas de cor...". Ela fez uma pausa para que ele continuasse, e eu o escutei resmungar algo com raiva.

Segui me movendo na calada da noite. O quarto do coronel Race estava vazio. Não o vi no bar. E era o homem a quem eu mais temia! Ainda assim, não poderia mais perder tempo. Fugi apressada do hotel e peguei o caminho até a ponte.

Cruzei-a e fiquei lá parada, nas sombras, esperando. Se alguém houvesse me seguido, eu o veria atravessar a ponte. Mas os minutos se passaram e ninguém veio. Eu não fora seguida. Virei e tomei o caminho até a clareira. Dei uns seis passos e parei. Algo se movera atrás de mim. Não poderia ser alguém que me seguira. Era alguém que já estava lá, à espera.

E de imediato, sem motivo algum, mas com a certeza do instinto, sabia que estava sob ameaça. Era a mesma sensação que sentira no *Kilmorden* naquela noite... um instinto certeiro me avisando do perigo.

Espiei sobre o ombro. Silêncio. Andei mais um ou dois passos. De novo, ouvi o barulho. Ainda caminhando, espiei de novo sobre o ombro. A figura de um homem saiu da escuridão. Ele viu que o enxerguei e saltou para a frente, rápido no meu encalço.

Estava escuro demais para reconhecer qualquer um. Tudo o que podia ver era que se tratava de um homem alto e europeu, não era nativo. Acelerei o passo e saí em disparada. Pude ouvir suas passadas pesadas atrás de mim. Corri mais rápido, com o olhar fixo nas pedras brancas que me mostravam onde podia pisar, pois não havia lua naquela noite.

E, de repente, meu pé sentiu um vazio. Escutei o homem atrás de mim gargalhar, uma gargalhada malévola, sinistra. Ecoou nos meus ouvidos enquanto eu caía de cabeça – descendo – descendo – descendo para minha destruição lá embaixo.

CAPÍTULO 25

Voltei a mim devagar e dolorosamente. Estava consciente da cabeça que doía e de uma pontada que descia pelo braço esquerdo quando eu tentava me mover. Tudo parecia ter uma qualidade de sonho e irrealidade. Visões de pesadelo flutuavam a minha frente. Sentia como se caísse, e caísse de novo. Em um dado momento, o rosto de Harry Rayburn pareceu sair da névoa. Quase imaginei que fosse real. Então flutuou para longe, debochando de mim. Em outro momento, lembro, alguém tocou um copo nos meus lábios e me fez beber. Um rosto negro sorriu para mim... a face do demônio, pensei, e gritei. Então mais sonhos... sonhos longos e agitados nos quais em vão eu buscava Harry Rayburn para alertá-lo... alertá-lo... de quê? Eu mesma não sabia, mas havia algum perigo, algum grande perigo... e somente eu poderia salvá-lo. Então de novo a escuridão, a escuridão misericordiosa e um sono de verdade.

Enfim acordei me sentindo eu mesma. O longo pesadelo acabara. Lembrava com perfeição de tudo o que acontecera: minha fuga apressada do hotel para me encontrar com Harry, o homem nas sombras e o último momento terrível da queda...

Foi um milagre eu não ter morrido. Estava contundida, dolorida e muito fraca, mas estava viva. Mas onde estava? Movendo a cabeça com dificuldade, olhei ao redor. Estava em um pequeno quarto com paredes rústicas de madeira. Sobre elas, peles imensas de animais e várias presas de marfim. Estava deitada em um sofá duro, também coberto de peles, e meu braço esquerdo estava enfaixado, rígido e desconfortável. Primeiro pensei que estivesse sozinha, e então vi a figura de um homem sentado entre mim e a luz, sua cabeça virada para a janela. Estava tão imóvel que poderia ser uma escultura em madeira. Algo na cabeça escura de cabelos curtos me era familiar, mas não ousei deixar minha imaginação ganhar asas. De repente, ele se virou e perdi o fôlego. Era Harry Rayburn. Harry Rayburn em carne e osso.

Levantou-se e veio até mim.

– Sente-se melhor? – perguntou um pouco desajeitado.

Não consegui responder. As lágrimas rolavam pela minha face. Ainda estava fraca, mas segurei sua mão entre as minhas. Se ao menos eu pudesse morrer assim, enquanto ele me observava com aquele novo olhar.

– Não chore, Anne. Por favor, não chore. Está segura agora. Ninguém vai machucá-la.

Foi buscar uma xícara e trouxe-a até mim.

– Beba um pouco deste leite.

Bebi, obediente. Ele seguiu falando, em um tom baixo, de adulação, como usaria com uma criança.

– Não me faça mais perguntas agora. Volte a dormir. Vai ficar mais forte aos poucos. Posso ir embora, se quiser.

– Não – falei com urgência. – Não, não.

– Então eu fico.

Levou um banquinho para perto de mim e ali se sentou. Colocou a mão sobre a minha, me consolou e acalmou, e caí no sono mais uma vez.

Devia ser noite então, mas, quando acordei, o sol estava alto no céu. Estava sozinha na cabana, mas, assim que me movi, uma velha nativa entrou correndo. Era feia como o diabo, mas sorriu para mim com ar encorajador. Trouxe água em uma bacia e me ajudou a lavar o rosto e as mãos. Então me trouxe uma grande tigela de sopa, e bebi cada gota! Perguntei várias coisas, mas ela apenas sorria e assentia e falava comigo em uma língua gutural, então compreendi que não entendia inglês.

De repente, ficou de pé e se afastou respeitosamente quando Harry Rayburn entrou. Ele dispensou-a com um gesto de cabeça e ela saiu, nos deixando a sós. Ele sorriu para mim.

– Bem melhor hoje!

– Sim, de fato, mas ainda muito aturdida. Onde estou?

– Em uma pequena ilha no Zambezi, a uns seis quilômetros das Cataratas.

– Meus... amigos sabem que estou aqui?

Ele fez que não.

– Preciso mandar avisá-los.

– Como quiser, claro, mas, se fosse você, esperaria até ficar um pouco mais fortalecida.

– Por quê?

Não respondeu logo, então continuei.

– Há quanto tempo estou aqui?

Sua resposta me deixou pasma.

– Quase um mês.

– Oh! – exclamei. – Preciso avisar Suzanne. Ela deve estar numa ansiedade terrível.

– Quem é Suzanne?

– A sra. Blair. Estava com ela, Sir Eustace e o coronel Race no hotel, mas isso você sabia, claro?

Ele balançou a cabeça.

– Não sei de nada, exceto que a encontrei presa na forquilha de uma árvore, inconsciente e com o braço muito deslocado.

– Onde era essa árvore?

– Na encosta da ravina. Se não fosse suas roupas se prenderem nos galhos, teria sido certamente despedaçada.

Estremeci. Então um pensamento me ocorreu.
– Diz que não sabia que eu estava lá. E o bilhete, então?
– Que bilhete?
– O bilhete que me enviou, pedindo que fosse encontrá-lo na clareira?
Ele me olhou fixo.
– Não enviei bilhete algum.
Senti que ruborizava até as raízes do cabelo. Felizmente ele não pareceu notar.
– Como foi que chegou ao local dessa forma tão maravilhosa? – perguntei, do jeito mais despretensioso que consegui. – E o que está fazendo nesta parte do mundo?
– Moro aqui – respondeu sem pestanejar.
– Nesta ilha?
– Sim, vim para cá depois da guerra. Às vezes levo grupos do hotel para saídas de barco, mas me custa muito pouco viver aqui, e em geral faço o que quero.
– Mora aqui sozinho?
– Não estou desejoso de companhia, posso lhe garantir – respondeu com frieza.
– Sinto muito em ter lhe imposto a minha – retruquei –, mas não parece que tive muita escolha em relação a isso.
Para minha surpresa, seus olhos brilharam um pouco.
– Não teve mesmo. Joguei você sobre o ombro, como um saco de carvão, e a carreguei até o barco. Igual a um homem primitivo da Idade da Pedra.
– Mas por um motivo diferente – intervim.
Desta vez, *ele* enrubesceu, um rubor ardido e profundo. O bronzeado do rosto foi inundado.
– Mas ainda não me contou como foi que acabou perambulando por lá de maneira tão conveniente para mim? – apressei-me em dizer, para acobertar sua confusão.
– Não conseguia dormir, estava inquieto, perturbado, tinha a sensação de que algo estava para acontecer. No fim, peguei o barco, atraquei e saí andando até as Cataratas. Acabara de chegar à cabeceira da ravina da palmeira quando escutei você gritando.
– Por que não foi buscar ajuda no hotel em vez de me arrastar até aqui? – indaguei.
De novo, ele corou.
– Talvez pareça uma licença imperdoável, mas não creio que ainda agora perceba o perigo! Acha que eu deveria ter informado seus amigos? Que belos amigos permitiram que fosse atrás de um chamariz para sua própria

morte. Não, jurei para mim mesmo que cuidaria melhor de você do que qualquer outra pessoa. Nem uma viva alma vem até esta ilha, chamei a velha Batani, a quem uma vez curei de uma febre, para vir aqui cuidar de você. Ela é leal. Jamais vai dizer uma palavra. Eu poderia manter você aqui por meses e ninguém jamais saberia.

Eu poderia manter você aqui por meses e ninguém jamais saberia. Como certas palavras podem ser tão agradáveis!

– Fez muito bem – falei baixinho. – E não vou mandar avisar ninguém. Um dia ou mais de ansiedade não farão muita diferença. Não é como se fossem minha família. São apenas conhecidos, na verdade... até Suzanne. E quem quer que tenha escrito o bilhete sabia... de muita coisa! Não foi obra de alguém estranho.

Consegui mencionar o bilhete desta vez sem ficar ruborizada.

– Se aceitasse minha orientação – falou, hesitante.

– Não imagino que vá aceitar – respondi, candidamente. – Mas não faz mal escutar seu conselho.

– Sempre faz o que bem entende, srta. Beddingfeld?

– Em geral – respondi, com cautela. Para qualquer outra pessoa, eu teria dito: "Sempre".

– Tenho pena de seu marido – falou, de maneira inesperada.

– Não precisa – devolvi. – Não sonharia em me casar a menos que estivesse enlouquecida de amor por ele. E, claro, não há nada de que uma mulher goste mais do que fazer todas as coisas que ela não gosta quando é por alguém que *ela* gosta. E quanto mais voluntariosa ela for, mais ela gosta disso.

– Receio ter de discordar. Não é assim que a banda toca, via de regra – falou com leve sarcasmo.

– Exato – exclamei, animada. – E é por isso que há tantos casamentos infelizes. É tudo culpa dos homens. Ou eles dão razão à mulher... e então as mulheres os desprezam... ou então são absolutamente egoístas, insistindo no jeito deles e nunca dizendo nem um "muito obrigado". Maridos de sucesso fazem com que as esposas façam o que eles querem, e então fazem um estardalhaço porque elas o fizeram. As mulheres gostam de ser comandadas, mas odeiam que seus esforços não sejam apreciados. Por outro lado, os homens não gostam de fato das mulheres que são boazinhas com eles o tempo todo. Quando me casar, vou ser um demônio na maioria das vezes, mas de vez em quando, quando o marido menos esperar, vou mostrar para ele o anjo que sou capaz de ser.

Harry deu uma gargalhada.

– Vai levar uma vida feito cão e gato!

— Os amantes sempre brigam — eu lhe assegurei. — Porque não se entendem. E quando começam a se entender já não se amam mais.

— E o inverso também é verdade? Pessoas que brigam se tornam amantes?

— Eu... eu não sei — disse, confusa por um momento.

Voltou-se para a lareira.

— Quer mais sopa? — perguntou num tom casual.

— Sim, por favor. Tenho tanta fome que comeria um hipopótamo.

— Isso é bom.

Ele se ocupou com o fogo, e fiquei observando.

— Quando eu conseguir levantar do sofá, vou cozinhar para você — prometi.

— Não creio que entenda de cozinha.

— Posso esquentar enlatados tão bem quanto você — retorqui, sinalizando para uma fileira de enlatados sobre a lareira.

— *Touché* — falou e riu.

Seu rosto se transformava quando ele ria. Ficava mais moleque, feliz... uma personalidade diferente.

Degustei a minha sopa. Enquanto comia, lembrei-o de que não havia, no fim das contas, me dado seus conselhos.

— Ah, sim, o que queria dizer era o seguinte. Se fosse você, ficaria silenciosamente *perdu* por aqui até que recobrasse bem suas forças. Seus inimigos vão acreditar que está morta. Não ficarão muito surpresos se ninguém achar o corpo. Teria sido despedaçado nas rochas e levado pela corrente.

Estremeci.

— Uma vez que esteja restabelecida por completo em sua saúde, pode viajar discretamente para Beira e pegar um navio de volta à Inglaterra.

— Isso seria monótono demais — me opus com ar de zombaria.

— Eis o pensamento de uma aluninha tola.

— Não sou uma aluninha tola — gritei, indignada. — Sou uma mulher.

Ele me olhou com uma expressão que não pude entender quando me sentei, toda enrubescida e empolgada.

— Que deus me ajude, você é mesmo — resmungou e saiu de repente.

Minha recuperação foi rápida. As duas lesões que sofri foram uma pancada na cabeça e um braço bastante deslocado. Esta última era a mais grave e, para começar, meu salvador havia achado que o braço estava quebrado. Um exame minucioso, no entanto, o convenceu de que não estava e, embora fosse muito dolorido, estava recuperando o uso do membro com certa agilidade.

Foi um período estranho. Estávamos isolados do mundo, sozinhos e juntos, como Adão e Eva devem ter vivido... embora com que diferença! A velha Batani ficava rondando, mais parecia um cachorro. Insisti em cozinhar, ou pelo menos o tanto que conseguia com um só braço. Harry ficava fora boa parte do tempo, mas passávamos muitas horas juntos deitados à sombra das palmeiras, falando e discutindo... debatendo todas as coisas debaixo do céu, discutindo e fazendo as pazes. Nós nos bicávamos bastante mesmo, mas cresceu entre nós uma camaradagem verdadeira e duradoura como eu nunca sonhara possível. Isso e... algo mais.

A hora se aproximava, eu sabia, em que estaria bem o suficiente para partir, e entendi isso com um peso no coração. Será que me deixaria partir? Sem dizer uma palavra? Sem um sinal? Ele tinha ataques de silêncio, longos intervalos mal-humorados, momentos em que saltava e saía porta afora sozinho. Uma noite, a crise veio. Termináramos nossa refeição singela e estávamos sentados na soleira da porta da cabana. O sol se punha.

Grampos eram uma necessidade que Harry não conseguira providenciar para mim e meu cabelo, liso e preto, caía nos meus joelhos. Estava sentada, apoiando o queixo nas mãos, perdida em reflexões. Não vi, mas senti que Harry olhava para mim.

– Parece uma bruxa, Anne – falou por fim, e havia algo no tom que nunca havia estado lá antes.

Estendeu a mão e tocou meu cabelo. Estremeci. De repente, ele deu um salto e praguejou.

– Deve ir embora amanhã, está me ouvindo? – gritou. – Eu... não suporto mais. Sou só um homem. Precisa ir embora, Anne. Precisa. Você não é boba. Sabe muito bem que isso não pode continuar.

– Imagino que não – falei devagar. – Mas... estamos vivendo momentos felizes, não é?

– Felizes? É o inferno!

– Tão ruim assim!

– Por que me atormenta? Por que debocha de mim? Por que diz isso... rindo e se escondendo atrás do cabelo?

– Não estava rindo. E não estou debochando. Se quer que eu vá, eu vou. Mas se quiser que eu fique... eu fico.

– Isso não! – gritou com veemência. – Isso não. Não me tente, Anne. Percebe quem eu sou? Duplamente criminoso. Um homem foragido. Aqui me conhecem como Harry Parker... acham que me afastei para fazer uma trilha no norte, mas qualquer dia vão somar dois e dois; e então vem o golpe. Você é tão jovem, Anne, e tão linda... com o tipo de beleza que enlouquece os homens. O mundo inteiro está diante de você: o amor, a vida, tudo. O meu ficou para trás, chamuscado, estragado, com sabor de cinzas amargas.

– Se não me quer...

– Sabe que quero. Sabe que daria minha alma para erguê-la nos meus braços e guardar você aqui, escondida do mundo, para todo o sempre. E está me tentando, Anne. Você com esses longos cabelos de feiticeira e os olhos dourados e castanhos e verdes e sem nunca parar de rir mesmo quando sua boca está séria. Mas vou salvá-la de si mesma e de mim. Vai partir esta noite. Vai para Beira...

– Não vou para Beira – interrompi.

– Vai, sim. Vai para Beira nem que eu mesmo tenha que levá-la lá e enfiar você no navio. Acha que sou feito de quê? Acha que vou passar minhas noites temeroso de que tenham apanhado você? Não dá para seguir contando com milagres. Precisa voltar para a Inglaterra, Anne... e... e se casar e ser feliz.

– Com um homem direito que vai me dar uma casa boa!

– Melhor isso do que... um desastre completo.

– E você?

Sua expressão ficou rígida e cruel.

– Tenho meu trabalho me esperando. Não me pergunte o que é. Pode adivinhar, diria. Mas vou lhe contar isso... vou limpar meu nome ou morrer tentando, e vou estrangular o patife que fez o que pôde para matar você na outra noite.

– Precisamos ser justos – falei. – Ele não chegou a me empurrar de verdade,

– Não precisava. Seu plano foi mais inteligente. Subi depois pelo caminho. Tudo parecia certo, mas, pelas marcas no chão, vi que as pedras que marcam a trilha haviam sido retiradas e recolocadas em um lugar um pouquinho diferente. Há uns arbustos altos crescendo junto da beira da ravina. Ele equilibrou as pedras externas neles, para que pensasse que ainda estava no caminho, quando na realidade pisava no vazio. Que Deus ajude esse bandido quando eu colocar minhas mãos nele!

Parou por um instante e então disse, em um tom totalmente diferente:

– Nunca falamos dessas coisas, Anne, falamos? Mas chegou a hora. Quero que escute a história toda, desde o começo.

– Se lhe dói falar do passado, não me conte – falei baixinho.

– Mas quero que saiba. Nunca pensei que falaria dessa parte da minha vida com alguém. Engraçado, não é, os truques do destino?

Ficou em silêncio por um ou dois minutos. O sol havia se posto, e a escuridão aveludada da noite africana nos envolvia como um manto.

– Uma parte eu sei – falei com delicadeza.

– O que você sabe?

– Sei que seu nome verdadeiro é Harry Lucas.

Ainda assim ele hesitou, sem olhar para mim, mas mirando fixo um ponto à frente. Não podia suspeitar do que se passava na cabeça dele, mas por fim baixou a cabeça, como se aquiescendo em alguma decisão interna sua, e começou a história.

CAPÍTULO 26

— Tem razão. Meu nome verdadeiro é Harry Lucas. Meu pai era um soldado aposentado que veio para cá cultivar terras na Rodésia. Morreu quando eu estava no meu segundo ano em Cambridge.

– Gostava dele? – perguntei, subitamente.

– Eu... não sei.

Então corou e prosseguiu, com súbita veemência.

– Por que falei desse modo? Eu amava *sim* o meu pai. Falamos coisas duras um para o outro na última vez em que nos vimos e tivemos muitas brigas sobre minha inconsequência e minhas dívidas, mas eu me importava com o velho. Agora sei o quanto... quando já é tarde demais – continuou, com a voz mais baixa. – Foi em Cambridge que conheci o outro sujeito...

– O jovem Eardsley?

– Sim... o jovem Eardsley. Seu pai, como sabe, era um dos homens mais proeminentes da África do Sul. Nos acertamos de cara, meu amigo e eu. Tínhamos nosso amor pela África do Sul em comum e ambos tínhamos um gosto pelos lugares inexplorados do mundo. Depois que saiu de Cambridge, Eardsley teve uma discussão derradeira com seu pai. O velho pagara as dívidas do filho por duas vezes e se recusava a fazer isso de novo. Houve uma situação dolorosa entre eles. Sir Laurence declarou que sua paciência chegara ao fim, não faria mais nada pelo filho. Precisava se sustentar sobre as próprias pernas por um tempo. O resultado foi, como sabe, que aqueles dois jovenzinhos se mandaram juntos para a América do Sul, prospectando diamantes. Não vou entrar nisso agora, mas nos divertimos muito por lá. Dificuldades abundam, entende, mas era uma vida boa, uma subsistência precária longe dos lugares mais conhecidos... e, meu Deus, aquele é um lugar para se conhecer de verdade uma pessoa. Há um vínculo que se forjou entre nós dois lá que só a morte poderia romper. Bem, como o coronel Race lhe contou, nossos esforços foram coroados com sucesso. Encontramos uma segunda Kimberley no coração da selva da Guiana britânica. Não consigo descrever nossa emoção. Não era nem tanto o valor real em dinheiro dessa descoberta, veja bem, Eardsley estava acostumado com dinheiro e sabia que quando seu pai morresse ele seria milionário, e Lucas sempre fora pobre e estava habituado a isso. Não, foi o puro prazer da descoberta.

Ele parou e então acrescentou, quase que se desculpando.

– Não se importa que eu conte dessa forma, se importa? Como se eu não fizesse parte da história. É assim que parece quando olho para trás e vejo aqueles dois rapazes. Quase esqueço que um deles era... Harry Rayburn!

– Conte da forma que quiser – falei, e ele continuou.

– Chegamos a Kimberley muito presunçosos com nossa descoberta. Trouxemos uma seleção magnífica de diamantes conosco para apresentar aos especialistas. E então... no hotel em Kimberley... nós a conhecemos...

Enrijeci um pouco, e a mão que repousava no batente da porta contraiu-se involuntariamente.

– Anita Gründberg, esse era seu nome. Era atriz. Bastante jovem e muito bonita. Nascera na África do Sul, mas a mãe era húngara, creio, mantinha um ar de mistério e isso, claro, intensificou a atração dela sobre dois rapazes que voltavam de aventuras. Deve ter sido muito fácil para ela. Nós dois nos apaixonamos na hora, e ambos sofremos igual. Foi a primeira sombra que se interpôs entre nós... mas mesmo então isso não enfraqueceu nossa amizade. Ambos, acredito piamente, estavam dispostos a se colocar de lado para abrir caminho para o outro. Mas esse não era o jogo dela. Algumas vezes, tempos mais tarde, me perguntei por que não, pois o único filho de Sir Laurence Eardsley era um partido e tanto. Mas a verdade é que era casada... com um selecionador da De Beers, embora ninguém soubesse disso. Fingiu um interesse enorme pela nossa descoberta, contamos tudo para ela e até mostramos os diamantes. Dalila... esse é o nome que ela merecia... e fez seu papel direitinho!

"O roubo na De Beers foi descoberto, e, como um trovão, a polícia voou sobre nós. Apreenderam nossos diamantes. Primeiro, apenas rimos... a coisa toda era tão absurda. E então os diamantes foram apresentados no tribunal e sem dúvida eram as pedras roubadas da De Beers. Anita Gründberg desaparecera. Ela efetuara a substituição com muita habilidade, e nossa história de que essas pedras não eram as que originalmente estavam em nossa posse foi ridicularizada.

"Sir Laurence Eardsley tinha uma influência imensa. Conseguiu que o caso fosse arquivado, mas deixou dois rapazes arruinados e desgraçados para enfrentar o mundo com o estigma de ladrão ligado a seus nomes, e isso praticamente partiu o coração do velho. Teve uma conversa difícil com o filho na qual jogou nele todas as repreensões imagináveis. Fizera todo o possível para salvar o nome da família, mas, daquele dia em diante, seu filho não era mais seu filho. Ele o deserdou, simplesmente. E o rapaz, como todo jovem orgulhoso, ficou quieto, desdenhando a chance de protestar sua inocência diante da descrença paterna. Saiu furioso da conversa, e seu amigo o esperava. Uma semana mais tarde, a guerra foi declarada. Os dois se alistaram juntos. Sabe o que aconteceu. O melhor amigo que um homem poderia ter foi morto, em parte devido a sua própria louca inconsequência de se atirar em um perigo desnecessário. Morreu com seu nome manchado...

"Juro para você, Anne, que foi principalmente por conta disso que estava tão amargurado com aquela mulher. Fora ainda mais sério com ele do que comigo. Eu ficara louco de paixão por ela naquele momento, acho até que a assustei algumas vezes, mas, com ele, era um sentimento mais quieto e mais profundo. Ela fora o centro de seu universo, e a traição arrebentou as raízes da existência dele. O golpe o deixou atordoado e paralisado."

Harry interrompeu o relato. Depois de um minuto ou dois, recomeçou.

– Como sabe, fui reportado como "Desaparecido, dado como morto". Nunca me dei o trabalho de corrigir o erro. Mudei meu nome para Parker e vim para esta ilha, que já conhecia havia tempo. No começo da Guerra, eu tinha esperanças ambiciosas de provar minha inocência, mas então todo aquele espírito parecia morto. Só o que pensava era: "De que adianta?". Meu amigo estava morto, nem ele nem eu tínhamos parentes vivos que se importariam. Era para eu estar morto também; deixe que fique assim. Vivi uma existência pacífica aqui, nem feliz nem infeliz... com todas as emoções anestesiadas. Agora vejo, embora não percebesse na época, que era em parte o efeito da Guerra.

"E então, um dia, algo aconteceu que me despertou de novo. Ao levar um grupo de pessoas no meu barco em uma viagem rio acima, estava parado na plataforma, ajudando as pessoas a embarcarem, quando um dos homens emitiu uma exclamação de susto. Isso chamou minha atenção. Era um homem pequeno, magro, com uma barba, e me olhava como se eu fosse um fantasma. Foi tão poderosa a emoção dele que despertou minha curiosidade. Fiz perguntas sobre quem ele era no hotel e descobri que seu nome era Carton, que viera de Kimberley e que era o selecionador de diamantes empregado pela De Beers. Em um instante toda aquela noção de injustiça se apossou de mim de novo. Deixei a ilha e fui para Kimberley.

"No entanto, não pude descobrir muita coisa mais sobre ele. No fim, decidi que deveria forçar uma conversa. Levei meu revólver comigo. No breve vislumbre que tive dele, percebi que fisicamente era um covarde. Assim que ficamos cara a cara, logo reconheci que tinha medo de mim. Em seguida, forcei-o a me contar tudo que sabia. Havia engendrado a parte do roubo, e Anita Gründberg era sua esposa. Um dia chegara a ver nós dois quando estávamos jantando com ela no hotel e, como havia lido que eu morrera, minha aparição em carne e osso nas Cataratas o assustara muito. Ele e Anita se casaram muito jovens, mas ela logo se afastou dele. Havia se envolvido com uma turma ruim, ele contou... e foi então que, pela primeira vez, ouvi falar do 'Coronel'. O próprio Carton nunca se envolvera com nada exceto nesse caso, assim solenemente me assegurou, e estava inclinado a acreditar nele. Era muito evidente o quanto ele não fazia o tipo criminoso.

"Eu seguia com a sensação de que ele estava escondendo algo. Como teste, ameacei atirar nele ali mesmo, declarando que me importava muito pouco com o que seria de mim dali em diante. Em um frenesi de terror, despejou uma outra história. Parecia que Anita Gründberg não confiava muito no 'Coronel'. Enquanto fingiu entregar as pedras que roubara do hotel, guardara algumas para si. Carton a aconselhou com seu conhecimento técnico sobre quais deveria guardar. Se, em qualquer momento, essas pedras fossem reveladas, eram de tal cor e característica que seriam prontamente identificáveis, e os especialistas da De Beers admitiram de imediato que essas pedras jamais haviam passado por suas mãos. Dessa forma, minha história de uma substituição teria fundamento, meu nome seria limpo, e a desconfiança recairia no destino apropriado. Entendi que, contrário a sua prática usual, o próprio 'Coronel' estivera envolvido neste caso, portanto, Anita sentia-se satisfeita em ter algo contra ele, caso precisasse. Carton então propôs que eu fizesse um acordo com Anita Gründberg, ou Nadina, como agora ela se chamava. Por uma certa quantia em dinheiro, ele achava que ela estaria disposta a entregar os diamantes e trair seu antigo empregador. Ele enviaria um telegrama imediatamente.

"Seguia desconfiado de Carton. Era um homem fácil de assustar, mas que, de puro medo, era capaz de contar tantas mentiras que tentar identificar o que era verdade em meio àquilo tudo não seria um trabalho fácil. Voltei para o hotel e esperei. Na noite seguinte, julguei que teria recebido uma resposta ao telegrama. Telefonei para a casa dele e me disseram que o sr. Carton não estava, mas retornaria de manhã. Na hora, fiquei desconfiado. Nesse meio tempo, descobri que, na realidade, ele viajaria para a Inglaterra no *Kilmorden Castle*, que partiria da Cidade do Cabo em dois dias. Eu tinha o tempo exato para viajar até o sul e apanhar o mesmo navio.

"Não tinha a intenção de alarmar Carton revelando minha presença a bordo. Eu fizera muitas aulas de teatro durante meu tempo em Cambridge, e era relativamente fácil me transformar em um cavalheiro sisudo e barbudo de meia-idade. Fui cuidadoso em evitar Carton a bordo do navio, me resguardando em minha cabine o maior tempo possível, fingindo estar adoentado.

"Não tive dificuldade em rastreá-lo quando chegamos a Londres. Foi direto ao hotel e não saiu até o dia seguinte. Deixou o hotel logo depois da uma hora. Eu estava bem atrás. Foi direto para uma imobiliária em Knightsbridge. Lá pediu detalhes de casas para alugar junto ao rio.

"Sentei-me à mesa ao lado também perguntando sobre casas. Então, de repente, entra no lugar Anita Gründberg, Nadina, ou como queira chamá-la. Soberba, insolente e quase mais linda do que nunca. Deus! Como eu a odiava. Lá estava a mulher que arruinara minha vida e que também arruinara uma vida mais valiosa do que a minha. Naquele minuto, poderia ter colocado minhas mãos no pescoço dela e estrangulado-a até lhe tirar a vida, centímetro por centímetro! Por alguns instantes, fui tomado pela ira. Mal absorvi o que o agente estava dizendo. Foi a voz dela que ouvi depois, fina e límpida, com um exagerado sotaque estrangeiro. 'A Casa do Moinho, em Marlow. Propriedade de Sir Eustace Pedler. Essa parece ser perfeita para mim. De todo modo, quero vê-la.'

"O homem preencheu o pedido de visitação, e ela saiu com seu jeito suntuoso e insolente. Não dirigiu palavra ou deu sinal de haver reconhecido Carton, no entanto, eu tinha certeza de que o encontro deles lá era um plano preconcebido. Então, comecei a tirar conclusões. Sem saber que Sir Eustace estava em Cannes, pensei que essa história de alugar casas era um mero pretexto para se encontrarem com ele na Casa do Moinho. Sabia que ele estivera na África do Sul na época do roubo e, sem nunca ter conhecido o homem, imediatamente concluí que ele próprio era o misterioso 'Coronel' de quem eu tanto ouvira falar.

"Segui meus dois suspeitos ao longo de Knightsbridge. Nadina foi para o Hyde Park Hotel. Apressei o passo e entrei lá também. Ela foi direto para o restaurante e decidi que não arriscaria que me reconhecesse naquele momento, mas continuaria a seguir Carton. Tinha grandes esperanças de que ele obteria os diamantes, e que ao aparecer subitamente e fazer com que me reconhecesse quando menos esperava, eu conseguiria levá-lo a me revelar a verdade. Eu o segui até a estação de metrô em Hyde Park Corner. Estava parado sozinho ao final da plataforma. Havia uma garota parada por ali, mas ninguém mais. Decidi que o abordaria ali mesmo. Sabe o que aconteceu. Com o choque repentino de ver um homem que imaginava estar muito longe na África do Sul, perdeu a cabeça e caiu na linha do trem. Sempre fora um covarde. Sob o pretexto de ser médico, consegui vasculhar seus bolsos. Havia uma carteira com algumas notas de dinheiro e uma ou duas cartas desimportantes, havia um rolo de filme, que eu devo ter deixado cair em algum lugar mais tarde, e havia um pedaço de papel com uma anotação para o dia 22 no *Kilmorden Castle*. Em minha pressa para escapar antes que alguém me prendesse, deixei esse bilhete cair também, mas, felizmente, me lembrava dos números.

"Corri para o toalete mais próximo e, apressadamente, removi minha maquiagem. Não queria ser perseguido por bater a carteira de um morto. Então refiz meu caminho até o Hyde Park Hotel. Nadina ainda estava almoçando. Não preciso descrever em detalhes como a segui até Marlow. Ela entrou na casa, e falei com a mulher no alojamento, fingindo que era acompanhante dela. Então eu também consegui entrar."

Parou. Houve um silêncio tenso.

— Vai acreditar em mim, Anne, não vai? Juro por Deus que o que vou contar é verdade. Entrei na casa atrás da mulher com uma vontade no meu peito de matá-la... mas ela já estava morta! Encontrei-a naquele quarto do primeiro andar... Deus! Foi horrível. Morta... e eu não me demorara mais do que três minutos para entrar atrás dela. E não havia sinal de ninguém mais na casa! Claro que percebi logo a terrível posição em que me encontrava. Com um golpe de mestre, o chantageado havia se livrado do chantageador e, ao mesmo tempo, obtivera a vítima a quem o crime seria atribuído. O toque do "Coronel" era muito evidente. Pela segunda vez, fui sua vítima. Tolo que fui em cair tão facilmente em sua armadilha!

"Mal sei dizer o que fiz depois. Consegui sair dali aparentando certa normalidade, mas sabia que não demoraria muito para que o crime fosse descoberto e a descrição da minha aparência telegrafada para todo o país.

"Fiquei escondido por alguns dias, sem me atrever a jogada alguma. No fim, a sorte me ajudou. Escutei uma conversa entre dois cavalheiros de meia-idade na rua, um deles vindo a ser Sir Eustace Pedler. Na hora concebi a ideia de me juntar a ele como seu secretário. O fragmento da conversa que eu escutara me dera a dica. Eu então não tinha mais tanta certeza de que Sir Eustace era o 'Coronel'. Sua casa pode ter sido escolhida como ponto de encontro por acidente, ou por algum motivo obscuro que eu não imaginava."

— Sabe — interrompi — que Guy Pagett esteve em Marlow no dia do assassinato?

— Isso explica, então. Achava que estivesse em Cannes com Sir Eustace.

— Era para ele estar em Florença, mas é certo que *nunca* pisou lá. Estou bastante segura de que esteve mesmo em Marlow, mas, claro, não posso provar.

— E pensar que jamais suspeitei de Pagett nem por um minuto até aquela noite em que tentou jogá-la do navio. O homem é um ator maravilhoso.

— É, não é mesmo?

— Isso explica por que a Casa do Moinho foi escolhida. Pagett poderia então entrar e sair sem ser observado. Claro que não manifestou qualquer objeção a que eu acompanhasse sir Eustace no navio. Não queria que eu fosse preso tão de imediato. Veja bem, é evidente que Nadina não levara as pedras preciosas com ela para o encontro, conforme ele apostara que ela fizesse. Imagino que Carton estivesse de posse delas e as tenha escondido em algum lugar do *Kilmorden Castle*, foi nesse navio que ele viajou. Esperavam que eu pudesse ter alguma pista sobre onde estariam escondidas. Enquanto o "Coronel" não recuperasse os diamantes, ele continuava correndo risco, por isso a ansiedade para encontrar as pedras a qualquer custo. Onde diabos Carton as escondeu... se é que as escondeu... eu não sei.

– Essa é outra história – indiquei. – A minha história. E vou contar para você agora.

CAPÍTULO 27

Harry escutou com atenção enquanto eu recontava todos os eventos narrados nestas páginas. A coisa que mais o aturdiu e surpreendeu foi descobrir que esse tempo todo os diamantes estiveram comigo – ou melhor, com Suzanne. Era um fato de que jamais suspeitara. Claro, depois de escutar sua história entendi o sentido do plano de Carton, ou melhor, de Nadina, já que não tinha dúvida de que fora o cérebro dela que concebera a ideia. Nenhuma tática de surpresa que fosse usada contra ela ou o marido poderia resultar na apreensão dos diamantes. O segredo estava trancafiado em seu cérebro, e o "Coronel" não tinha muita chance de adivinhar que eles haviam sido confiados à guarda de um camareiro de bordo!

A vingança de Harry em relação à antiga acusação de roubo parecia assegurada. Era a outra acusação, mais grave, que paralisava nossas atividades. Pois, do jeito que estavam as coisas, ele não poderia aparecer abertamente para provar seu caso.

O outro ponto a que sempre voltávamos era a identidade do "Coronel". Era ou não era Guy Pagett?

– Diria que sim, não fosse por uma coisa – afirmou Harry. – Parece que com toda certeza foi Pagett quem matou Anita Gründberg em Marlow – e isso certamente reforça a suposição de que seja de fato o "Coronel", já que o assunto com Anita não era de natureza que pudesse ser discutida com um subordinado. Não... a única coisa que joga contra essa teoria é a tentativa de tirá-la do caminho na noite de sua chegada aqui. Viu Pagett ficar para trás na Cidade do Cabo, não havia qualquer possibilidade de ter chegado aqui antes da quarta-feira posterior. É pouco provável que tenha emissários nesta parte do mundo, e todos os seus planos foram organizados para lidar com você na Cidade do Cabo. Pode, claro, ter telegrafado instruções para algum de seus tenentes em Joanesburgo, que teria pego o trem para a Rodésia em Mafeking, mas suas instruções teriam de conter detalhes de ordem muito particular para que aquele bilhete fosse escrito.

Ficamos sentados em silêncio por um momento, então Harry prosseguiu, devagar:

– Afirma que a sra. Blair estava dormindo quando você saiu do hotel e que escutou Sir Eustace ditando para a srta. Pettigrew? Onde estava o coronel Race?

– Não consegui encontrá-lo em lugar algum.

– Ele não teria motivos para acreditar que... você e eu fôssemos simpáticos um ao outro?

– Pode ter tido – respondi, pensativa, lembrando de nossa conversa no retorno de Matopos. – Tem uma personalidade muito forte – continuei –, mas não se encaixa na ideia que faço do tal "Coronel". E, de todo modo, tal ideia seria absurda. Ele faz parte do Serviço Secreto.

– Como sabe que faz? É a coisa mais fácil do mundo dar a entender uma coisa dessas. Ninguém vai contradizer, e o boato se espalha até que todo mundo acredite nisso como se fosse uma verdade bíblica. Oferece uma boa desculpa para todo tipo de atividade duvidosa. Anne, gosta de Race?

– Gosto... e não gosto. Ele me repugna e, ao mesmo tempo, me fascina; mas sei de uma coisa, estou sempre com um pouco de medo dele.

– Estava na África do Sul, sabe, na época do roubo em Kimberley – Harry explicou devagar.

– Mas foi ele quem contou a Suzanne sobre o "Coronel" e como ele estivera em Paris tentando encontrar uma pista dele.

– *Camouflage*, e uma bastante inteligente.

– Mas onde entra Pagett? Está na folha de pagamento de Race?

– Talvez – falou devagar – ele não entre em lugar algum.

– Como?

– Reflita bem, Anne. Alguma vez ouviu a versão de Pagett sobre aquela noite no *Kilmorden*?

– Sim... por Sir Eustace.

Repeti a história. Harry escutou com total atenção.

– Viu um homem vindo da direção da cabine de Sir Eustace e o seguiu até o convés. É isso que ele diz? Agora, quem estava na cabine de frente para a de Sir Eustace? O coronel Race. Vamos supor que o coronel Race tenha se esgueirado até o convés e, frustrado no ataque a você, fugiu dando a volta no convés e deu de cara com Pagett passando pela porta do salão. Ele o derruba e pula para dentro, fechando a porta. Nós damos a volta e encontramos Pagett jogado lá. Que tal?

— Esquece que ele declara com toda a certeza que foi você quem o nocauteou.

— Bom, suponhamos que, assim que ele recupera a consciência, me vê desaparecer ao longe? Não pensaria logo que fora eu seu agressor? Especialmente se achasse que era a mim que estivera seguindo o tempo todo?

— É possível, sim – falei, devagar. – Mas altera todas as nossas ideias. E há outras coisas.

— A maioria delas está aberta a diferentes explicações. O homem que a seguiu na Cidade do Cabo falou com Pagett, e Pagett consultou o relógio de pulso. O homem pode ter simplesmente perguntado a hora para ele.

— Foi coincidência, quer dizer?

— Não exatamente. Há um método operando em tudo isso, ligando Pagett com o caso. Por que escolheram a Casa do Moinho para o assassinato? Foi porque Pagett estivera em Kimberley quando os diamantes foram roubados? Teria sido *ele* o bode expiatório se eu não tivesse aparecido de maneira tão providencial na cena?

— Então acha que ele pode ser totalmente inocente?

— Parece que sim, mas, se for o caso, precisamos descobrir o que estivera fazendo em Marlow. Se tem uma explicação razoável disso, estamos na pista certa.

Levantou-se.

— Passa da meia-noite. Vá se deitar, Anne, e durma um pouco. Logo antes de amanhecer vou levá-la de barco. Precisa pegar o trem em Livingstone. Tenho um amigo lá que vai escondê-la até a partida do trem. Vai para Bulawayo e lá toma o trem para Beira. Posso descobrir com esse amigo o que está acontecendo no hotel e onde seus amigos estão agora.

— Beira – falei, com ar meditativo.

— Sim, Anne, é para Beira que você vai. Isso é um trabalho para homens. Deixe comigo.

Tivemos uma trégua momentânea de nossas emoções enquanto discutimos a situação, mas elas retornaram mais uma vez. Nem sequer olhávamos um para o outro.

— Muito bem – falei, e entrei na cabana.

Deitei no sofá coberto de pele de animal, mas não dormi e, lá fora, podia escutar Harry Rayburn andando de um lado para o outro, para lá e para cá durante as longas horas escuras. Por fim, me chamou.

— Venha, Anne, está na hora.

Levantei e sai, obediente. Ainda estava bastante escuro, mas sabia que não demoraria a amanhecer.

— Vamos pegar a canoa, não o barco a motor — Harry começou, quando de repente congelou e ergueu a mão.

— Quieta! O que foi isso?

Escutei, mas não ouvi nada. Seus ouvidos eram mais treinados que os meus, eram ouvidos de um homem que viveu por muito tempo em lugares selvagens. Em seguida, também escutei... o suave espanar de remos na água vindo da direção da margem direita do rio e se aproximando rapidamente de nossa pequena plataforma.

Forçamos a vista na escuridão e enxergamos um borrão escuro na superfície da água. Era um barco. Então uma chama flamejou por um instante. Alguém riscara um fósforo. Por sua luz, reconheci uma figura, o holandês de barba ruiva da Villa de Muizenberg. Os outros eram nativos.

— Rápido, de volta para a cabana.

Harry me arrastou de volta com ele. Baixou um par de rifles e um revólver da parede.

— Sabe carregar um rifle?

— Nunca fiz isso. Me mostre.

Entendi bem as instruções. Fechamos a porta, e Harry ficou junto da janela que avistava a plataforma. O barco estava prestes a atracar ali.

— Quem vem lá? — gritou Harry, em uma voz ecoante.

Qualquer dúvida quanto à intenção de nossos visitantes foi resolvida prontamente, uma chuva de balas ricocheteou ao nosso redor. Felizmente, ninguém foi atingido. Harry levantou o rifle. A arma cuspiu com vontade assassina, de novo e de novo. Escutei dois gemidos e um tombo na água.

— Isso lhes deu algo para pensar — resmungou, tenso, enquanto alcançava o segundo rifle. — Fique bem para trás, Anne, pelo amor de Deus. E carregue logo a arma.

Mais balas. Uma passou raspando pela bochecha de Harry. Seu fogo de resposta foi mais mortífero que o deles. O rifle já estava recarregado quando ele se virou para pegá-lo. Ele me puxou com seu braço esquerdo e me beijou com um ardor selvagem antes de voltar mais uma vez para a janela. De repente, deu um grito.

— Estão indo embora — bastou para eles. Estão muito vulneráveis ali na água e não conseguem ver em quantos estamos aqui. Foram repelidos por enquanto, mas voltam. Precisamos nos preparar.

Ele baixou o rifle e se virou para mim.

— Anne! Sua linda! Maravilhosa! Sua rainhazinha! Corajosa como uma leoa. Minha bruxa de cabelos pretos!

Ele me apanhou nos braços. Beijou meu cabelo, meus olhos, minha boca.

— E agora ao que interessa — disse, de repente me soltando. — Pegue aquelas latas de parafina.

Fiz como mandou. Estava ocupado dentro da cabana. Em seguida o vi no telhado, rastejando com algo nos braços. Voltou a me encontrar alguns minutos depois.

— Desça até o barco. Vamos ter que carregá-lo até o outro lado da ilha.

Apanhou a parafina enquanto eu desapareci.

— Estão voltando — falei baixinho. Tinha visto o borrão se movimentando da margem oposta.

Ele correu para mim.

— Bem na hora. Ora... onde diabos está o barco?

Ambos haviam sido cortados e soltos na corrente. Harry deu um assobio baixinho.

— Estamos em dificuldade, querida. Você se importa?

— Não estando junto a você.

— Ah, mas morrer junto não é tão divertido. Vamos ter de nos sair melhor do que isso. Veja... estão vindo com dois barcos cheios desta vez. Vão desembarcar em dois pontos distintos. Agora, vamos ao meu pequeno efeito cênico.

Quase ao mesmo tempo em que falava, uma longa chama disparou da cabana. Sua luz iluminou duas figuras acocoradas emboladas sobre o telhado.

— Minhas roupas velhas... estofadas com panos, mas não vão perceber o truque por um tempo. Venha, Anne, temos de fazer tentativas desesperadas.

De mãos dadas, corremos atravessando a ilha. Só um canal estreito de água a dividia da margem do outro lado.

— Precisamos nadar. Sabe nadar, Anne? Não que isso importe. Consigo levá-la para o outro lado. É o lado errado para um barco, tem pedras demais, mas o lado certo para nadar, e o lado certo para Livingstone.

— Sei nadar um pouco, até mais que isso. Qual o perigo, Harry? — pois eu vira a expressão de preocupação em seu rosto. — Tubarões?

— Não, sua bobinha. Tubarões vivem no mar. Mas você captou a ideia, Anne. Crocodilos, esse é o problema.

— Crocodilos?

— É, não pense neles... ou faça suas orações, o que preferir.

Nós nos jogamos na água. Minhas preces devem ter sido eficientes, pois chegamos à outra margem sem peripécias e nos erguemos molhados e escorrendo água na ribanceira.

— Agora, vamos para Livingstone. É um caminho difícil, receio, e roupas molhadas não vão facilitar em nada. Mas precisa ser feito.

Aquela caminhada foi um pesadelo. Minha saia molhada batia nas pernas e minhas meias logo foram rasgadas pelos espinhos. Por fim, parei, completamente exaurida. Harry veio até mim.

– Aguente firme, benzinho. Vou carregá-la um pouco.

E foi assim que entrei em Livingstone, jogada sobre o ombro dele como um saco de carvão. Como foi que ele fez aquilo por todo aquele trecho, eu não sei. O primeiro raio do amanhecer rompia a escuridão. O amigo de Harry era um rapaz de vinte anos que tinha uma loja de artefatos nativos. Seu nome era Ned – talvez tivesse outro, mas nunca fiquei sabendo. Não parecia nem um pouco surpreso em ver Harry entrar na loja, encharcado, segurando a mão de uma mulher igualmente encharcada. Os homens são tão maravilhosos.

Ele nos deu comida e café quente e secou nossas roupas enquanto nos enrolamos em cobertores de cores espalhafatosas. Na pequeníssima peça dos fundos da cabana, estávamos a salvo de olhares, enquanto ele partira para fazer as devidas perguntas sobre que fim levara o grupo de Sir Eustace e se algum deles ainda estava no hotel.

Foi então que informei a Harry de que nada me convenceria a ir para Beira. Eu nunca quisera, de todo jeito, mas agora qualquer motivo para tal procedimento havia desaparecido. A ideia original era a de que meus inimigos acreditassem que eu estava morta. Mas, agora que sabiam que eu não estava, minha ida para Beira não adiantava nada. Poderiam facilmente me seguir até lá e me matar com total discrição. Eu não teria ninguém para me proteger. Ficou enfim decidido que eu me juntaria a Suzanne, onde quer que ela estivesse, e devotaria todas as minhas energias para cuidar de mim. De modo algum era para eu buscar aventuras ou tentar dar um xeque-mate no "Coronel".

Era para eu ficar quieta junto com ela e aguardar instruções de Harry. Os diamantes seriam depositados no banco em Kimberley sob o nome Parker.

– Há uma coisa – falei, pensativa –, precisamos ter algum tipo de código. Não queremos ser ludibriados mais uma vez por mensagens supostamente de um para o outro.

– Isso é fácil. Qualquer mensagem que venha *genuinamente* de mim, terá a palavra "e" riscada.

– Sem a marca registrada, não é genuína – murmurei. – E telegramas?

– Todas as minhas mensagens serão assinadas "Andy".

– O trem não demora a chegar, Harry – avisou Ned, esticando o pescoço e se retirando em seguida.

Fiquei de pé.

– E devo me casar com um homem bom e confiável se encontrar um? – perguntei, acanhada.

Harry aproximou-se de mim.

– Meu Deus! Anne, se casar com qualquer um, vou torcer o pescoço do sujeito. E quanto a você...

– Sim – falei, com uma empolgação deliciosa.

– Vou carregá-la para longe e bater em você até ficar roxa!

– Que marido adorável escolhi para mim! – falei, ironizando. – E não é que ele muda de ideia da noite para o dia!

CAPÍTULO 28

(Compêndio do diário de Sir Eustace Pedler)

Como já observei antes, sou em essência um homem pacífico. Desejo uma vida tranquila, e é justamente isso que não pareço ser capaz de obter. Estou sempre em meio a tempestades e alardes. O alívio de escapar de Pagett com sua incessante rede de intrigas foi enorme, e a srta. Pettigrew é com certeza uma criatura útil. Embora não haja nada virginal em sua aparência, uma ou duas de suas qualidades são de grande valia. É verdade que passei mal do fígado em Bulawayo e me comportei como um animal por consequência, mas tivera uma noite ruim no trem. Às três da manhã um rapazote muito bem-vestido parecendo um herói de comédia musical do Velho Oeste entrou no meu compartimento e perguntou para onde eu estava indo. Desconsiderando meu primeiro murmúrio de "Chá, e pelo amor de Deus não ponha açúcar", ele repetiu a pergunta, enfatizando o fato de que não era um atendente, mas um oficial de imigração. Finalmente consegui convencê-lo de que não estava sofrendo de qualquer doença infecciosa, de que eu estava visitando a Rodésia pelo mais puro dos motivos e além disso o gratifiquei com meu nome completo de batismo e meu lugar de nascimento. Então me esforcei para conseguir dormir um pouco, mas algum asno inoportuno me acordou às cinco e meia com uma xícara de açúcar líquido que ele chamou de chá. Não creio que tenha atirado a xícara nele, mas sei que era isso que desejava ter feito. Ele me trouxe chá sem açúcar, um gelo de frio, às seis da manhã, e então eu dormi, exausto, para acordar logo nos arredores de Bulawayo e descarregarem uma girafa bestial de madeira em cima de mim, que era só pernas e pescoço!

Exceto por esses pequenos contratempos, tudo estava transcorrendo de maneira suave. E então, uma nova calamidade.
Foi na noite de nossa chegada às Cataratas. Eu estava ditando uma carta para a srta. Pettigrew em minha saleta quando, de repente, a sra. Blair irrompe sem pedir licença alguma e usando um traje dos mais comprometedores.

– Onde está Anne? – gritou.

Uma boa pergunta. Como se eu fosse responsável pela menina. O que ela esperava que a srta. Pettigrew fosse pensar? Que eu tinha o hábito de tirar Anne Beddingfeld do bolso por volta da meia-noite? Muito comprometedor para um homem da minha posição.

– Presumo – falei com total frieza – que esteja na cama dela.

Limpei a garganta e olhei para a srta. Pettigrew, sinalizando estar pronto para retomar o trabalho. Esperava que srta. Blair fosse entender a dica. Não entendeu nada. Pelo contrário, se afundou em uma poltrona chacoalhando o pé e abanando seu chinelinho de maneira agitada.

– Não está no quarto. Já estive lá. Tive um sonho, um sonho terrível, de que ela estava passando por algum perigo terrível. Levantei e fui até o quarto dela, apenas para me reassegurar, sabe. Ela não estava lá, e sua cama não fora desfeita.

Olhou para mim com olhar de súplica.

– O que devo fazer, Sir Eustace?

Reprimindo o desejo de responder: "Vá se deitar e não se preocupe por bobagem. Uma jovem mulher, forte e competente como Anne Beddingfeld, é perfeitamente capaz de cuidar de si", limitei-me a franzir o cenho com seriedade.

– O que Race disse?

Por que Race sempre leva a melhor em tudo? Deixe que ele lide com algumas das desvantagens além das vantagens das companhias femininas.

– Não consigo encontrá-lo em lugar algum.

Ela tirara a noite para se dedicar àquele assunto. Suspirei e sentei-me em uma poltrona.

– Não vejo motivo para seu nervosismo – falei, paciente.

– Meu sonho...

– Foi o curry que comemos no jantar!

– Ai, Sir Eustace!

A mulher estava bastante indignada. No entanto, todo mundo sabe que pesadelos são resultado direto de refeições imprudentes.

– Afinal – *continuei, persuasivo* –, por que não poderiam Anne Beddingfeld e Race sair para um pequeno passeio sem ter o hotel inteiro em alas por conta disso?

— Acha que eles apenas saíram para dar uma volta juntos? Mas passa da meia-noite!

— A gente faz besteiras assim quando é jovem — murmurei —, embora é certo que Race tenha idade suficiente para agir de forma mais sensata.

— Acha mesmo isso?

— Diria que eles fugiram para namorar — continuei, consolador, ainda que totalmente ciente de estar fazendo uma sugestão idiota. Pois, afinal, em um lugar como aquele, para onde alguém fugiria?

Não sei por quanto tempo mais eu teria aguentado repetir esses comentários débeis, mas, naquele momento, o próprio Race entrou na sala. De todo modo, eu estava parcialmente certo: ele saíra para dar uma volta, mas não levara Anne consigo. Entretanto, eu estivera bastante equivocado na forma de lidar com a situação. Logo isso me foi demonstrado. Race revirou o hotel inteiro de ponta-cabeça em três minutos. Nunca vi um homem mais preocupado.

A coisa é muito extraordinária. Para onde fora a menina? Saíra do hotel, totalmente vestida, por volta das 23h10, e não fora mais vista. A ideia de suicídio parecia impossível. Era uma dessas mocinhas cheias de energia, apaixonada pela vida e sem a menor intenção de desistir dela. Não havia trem para lugar algum antes do meio-dia do dia seguinte, então não podia ter saído da cidade. Onde raios se metera?

Race estava quase fora de si, pobre sujeito. Não deixou escapar nem um centímetro nas buscas. Todos os detetives, ou como quer que se chamem esses guardas, por centenas de quilômetros devem ter sido colocados em serviço. Os rastreadores nativos se espalharam e rastejaram por tudo. Tudo que poderia ser feito estava sendo feito... mas nem sinal de Anne Beddingfeld. A teoria aceita é a de que ela era sonâmbula. Havia sinais no caminho próximo à ponte de que a moça caminhara de propósito rumo ao abismo. Se fora isso, claro, deve ter se despedaçado inteira nos rochedos lá embaixo. Infelizmente, a maior parte das pegadas foram apagadas por um grupo de turistas que decidiu caminhar por ali bem cedo na segunda-feira de manhã.

Não sei se essa teoria é muito satisfatória. Em meus dias de juventude, sempre me disseram que sonâmbulos não se machucavam, que seu sexto sentido cuidava bem deles. Não acho que essa teoria satisfaça também a sra. Blair.

Não consigo entender essa mulher. A atitude toda dela em relação a Race se transformou. Ela agora o observa feito gato e rato e faz esforços evidentes para conseguir tratá-lo com um mínimo de civilidade. E eram tão amigos. No conjunto, ela não parece ser a mesma, está nervosa, histérica, dando saltos e pulos ao menor ruído. Estou começando a achar que está mais do que na hora de ir para Joanesburgo.

Um boato surgiu ontem sobre uma ilha misteriosa em algum lugar rio acima, com um homem e uma moça. Race ficou muito emocionado. Acabou que era tudo fogo de palha. O homem vivia lá havia anos e é bem conhecido do gerente do hotel. Ele leva grupos subindo e descendo o rio durante a estação e mostra os crocodilos e os hipopótamos para eles. Acredito que tenha um domesticado, treinado para morder o barco em certas ocasiões. Então ele o espanta com um gancho, e o grupo de turistas acha que realmente teve uma experiência autêntica. Por quanto tempo a garota está lá não se sabe com certeza, mas parece bastante claro que não pode ser Anne, e é algo delicado interferir nos assuntos dos outros. Se eu fosse esse jovem camarada, com certeza chutaria Race da ilha se ele viesse fazer perguntas sobre meus casos amorosos.

Mais tarde.

Está decidido que vou para Joanesburgo amanhã. Race está me incitando a fazer isso. As coisas estão ficando muito desagradáveis por lá, por tudo que escuto, mas é melhor partir antes que piorem. Diria que poderia levar um tiro de um grevista. A sra. Blair me acompanharia, mas, no último minuto, mudou de ideia e decidiu ficar nas Cataratas. Parece que não pode tirar os olhos de Race. Veio falar comigo esta noite e disse, com certa hesitação, que tinha um favor para me pedir. Se eu poderia cuidar das lembrancinhas dela.

— Não está falando dos animais? — perguntei, muito alarmado. Sempre achei que aqueles animais bestiais acabariam sobrando para mim, mais cedo ou mais tarde.

No fim, acertamos um meio-termo. Eu me responsabilizei por duas caixas pequenas de madeira contendo artigos frágeis. Os animais serão empacotados pela loja local em amplos caixotes e enviados para a Cidade do Cabo de trem, onde Pagett vai tratar da armazenagem.

As pessoas que estão empacotando os bichos explicam que eles têm formatos particularmente desajeitados (!) e que precisarão confeccionar embalagens especiais. Assinalei para a sra. Blair que até desembarcarem na casa dela já terão lhe custado uma libra cada um!

Pagett está forçando a barra para se juntar a mim em Joanesburgo. Vou usar as caixas da sra. Blair como desculpa para mantê-lo na Cidade do Cabo. Já escrevi avisando que ele precisa receber os pacotes e cuidar para que sejam armazenados de forma segura, já que contêm raridades de imenso valor.

Então está tudo acertado, e eu e a srta. Pettigrew partiremos juntos para longe. E qualquer um que tenha visto a srta. Pettigrew concordaria que isso é perfeitamente respeitável.

CAPÍTULO 29

Joanesburgo, 6 de março.

Há algo no estado das coisas aqui que não está muito saudável. Para usar uma frase bem conhecida que tantas vezes li, estamos todos vivendo às margens de um vulcão. Bandos de grevistas, ou ditos grevistas, patrulham as ruas e fazem cara feia com ares assassinos para a gente. Estão selecionando os capitalistas envaidecidos para quando os massacres começarem, suponho. Não se pode andar de táxi. Se fizer isso, os grevistas o arrancam dali. E os hotéis dão a entender, de maneira educada, que quando a comida acabar vão jogar você no meio-fio!

Encontrei Reeves, meu amigo do partido trabalhador do Kilmorden, ontem à noite. Perdeu a coragem de uma forma nunca vista. É como todo o resto dessa gente; fazem imensos discursos inflamados, apenas para propósitos políticos, mas depois desejam não tê-los feito. Está ocupado agora andando por aí dizendo que não fez nada disso. Quando o encontrei, estava de partida para a Cidade do Cabo, onde pensa escrever um discurso de três dias em holandês, justificando-se e assinalando que as coisas que afirmou na verdade queriam dizer algo completamente diferente. Sou grato por não precisar sentar-me na Assembleia Legislativa da África do sul. A Câmara dos Comuns já é ruim que chega, mas pelo menos temos apenas um idioma e alguma leve restrição à duração dos discursos. Quando fui à Assembleia antes de deixar a Cidade do Cabo, escutei um cavalheiro grisalho com um bigode caído que se parecia exatamente como a tartaruga de Alice no país das maravilhas. Ele enunciava as palavras uma a uma, de um modo particularmente melancólico. De vez em quando, se reanimava para melhorar seus esforços ao exclamar algo que soava como "Platt Skeet", executado em fortíssimo, e em marcante contraste com o resto de sua fala. Quando o fazia, metade da audiência gritava "whoof, whoof!", que é possível que seja um equivalente holandês para "Atenção, atenção", e a outra metade acordava com um susto da doce soneca que estavam tirando. Fui aos poucos entendendo que o cavalheiro estivera falando por pelo menos três dias. Devem ter muita paciência na África do Sul.

Inventei trabalhos infindáveis para manter Pagett na Cidade do Cabo, mas enfim a fertilidade de minha imaginação se exauriu e ele está vindo ao meu encontro amanhã, ao estilo do cachorro fiel que vem morrer ao lado de seu dono. E eu que estava me saindo tão bem com minhas Reminiscências! Inventara algumas coisas extraordinárias e bem humoradas que os líderes grevistas teriam dito para mim e eu teria respondido para eles.

Esta manhã fui entrevistado por um oficial do governo. Ele era cortês, persuasivo e misterioso sucessivamente. Para começar, aludiu a minha importância e posição exaltada e sugeriu que eu me retirasse para Pretória ou seria removido por ele.

— Está esperando dificuldades, então? – perguntei.

Sua resposta foi elaborada de forma a não conter significado algum, então compreendi que estavam antecipando sérios problemas. Sugeri que seu governo estava deixando as coisas irem longe demais.

— Existe um método que trata de dar a um homem corda suficiente para deixar que se enforque sozinho, Sir Eustace.

— Ah, sim, isso existe.

— Não são os grevistas em si que causam problemas. Há uma organização trabalhando por trás deles. Armas e explosivos estão aparecendo de todo lugar, e descobrimos certos documentos que esclarecem um bocado sobre os métodos adotados para importar esses itens. Há um código regular. Batatas significam "detonadores", couve-flor, "rifles", outros vegetais se traduzem por explosivos variados.

— Isso é muito interessante,

— Mais do que isso, Sir Eustace, temos motivos para crer que o homem que coordena o show inteiro, o gênio diretor desta obra, está neste minuto em Joanesburgo.

Ele me fitou com tanta firmeza que comecei a temer que suspeitasse que eu fosse o tal homem. Suei frio só de pensar nessa possibilidade e comecei a me arrepender da ideia de inspecionar uma revolução em miniatura pessoalmente.

— Nenhum trem está saindo de Joanesburgo para Pretória – continuou. – Mas posso providenciar para enviá-lo até lá em um carro particular. Caso seja parado no caminho, posso lhe dar dois passes distintos, um emitido pelo Governo da União, outro dizendo que é um visitante inglês que nada tem a ver com a União.

— Um para o seu pessoal e outro para os grevistas, hein?

— Exato.

O projeto não me agradou, sei o que acontece em casos desse tipo. A gente fica nervoso e confunde tudo. Eu entregaria o passe errado à pessoa errada e terminaria sumariamente executado, seja por um rebelde sanguinário ou por um dos apoiadores da lei e da ordem, que, segundo reparei, guardam as ruas usando chapéus-coco e fumando cachimbos, com rifles enfiados de qualquer jeito embaixo do braço. Além disso, o que eu faria em Pretória? Admirar a arquitetura das construções governistas e escutar os ecos dos tiros de Joanesburgo? Ficaria preso na cidade por Deus sabe lá quanto tempo. Já explodiram a linha férrea, ouvi dizer. E não é nem possível conseguir alguma coisa para beber por lá. Baixaram uma lei marcial no lugar dois dias atrás.

— Meu camarada — falei —, não parece perceber que estou estudando as condições do cerco ao Rand. Como é que vou estudá-las de Pretória? Aprecio sua preocupação com minha segurança, mas não se preocupe comigo, vou ficar bem.

— Estou lhe avisando, Sir Eustace, que a questão da comida já está séria.

— Um pouco de jejum vai melhorar minha silhueta — falei, suspirando.

Fomos interrompidos por um telegrama que me foi entregue. Li-o com admiração.

"Anne está segura. Está comigo em Kimberley. Suzanne Blair."

Não creio que tenha chegado a acreditar na aniquilação de Anne. Há algo peculiarmente indestrutível naquela moça; é como uma daquelas bolas de couro que a gente joga para os cães terriers. Tem uma aptidão extraordinária para ressurgir sorridente. Ainda não vejo por que foi necessário que sumisse do hotel no meio da noite para chegar a Kimberley. De todo jeito, não havia trem algum. Deve ter vestido um par de asas de anjo e alçado voo. E não imagino que um dia ela vá explicar. Ninguém explica nada... para mim. Sempre tenho de adivinhar. Fica monótono depois de um tempo. As exigências do jornalismo estão por trás disso, suponho. "Como me sumi nas corredeiras", por nossa Correspondente Especial.

Dobrei o telegrama e me livrei de meu amigo governamental. Não gosto da perspectiva de passar fome, mas não estou alarmado por minha segurança pessoal. Smuts é perfeitamente capaz de lidar com a revolução. Mas eu daria uma considerável soma em dinheiro por um drinque! Será que Pagett vai se atinar de trazer uma garrafa de uísque quando chegar amanhã?

Vesti o chapéu e saí com a intenção de comprar algumas lembrancinhas. As lojas de presentes típicos em Joanesburgo são bastante agradáveis. Estava examinando uma vitrine repleta de vestimentas de pele imponentes quando um homem, saindo da loja, trombou comigo. Para minha surpresa, era Race.

Não vou me enganar achando que ele ficou feliz em me ver. Para dizer a verdade, parecia claramente incomodado, mas insisti para que me acompanhasse de volta ao hotel. Fico cansado de não ter alguém exceto a srta. Pettigrew para conversar.

– Não fazia ideia de que estava em Joanesburgo – falei, para puxar conversa. – Quando chegou?

– Ontem à noite.

– Onde está hospedado?

– Com amigos.

Estava disposto a se manter extraordinariamente taciturno e parecia constrangido com minhas perguntas.

– Espero que tenham galinhas – assinalei. – Uma dieta de ovos frescos e o abatimento ocasional de um galo velho vai parecer muito desejável em breve, pelo que ouvi dizer.

– A propósito – falei quando já estávamos no hotel –, ficou sabendo que a srta. Beddingfeld está vivinha da silva?

Assentiu.

– Nos deu um susto e tanto – falei com ar despretensioso. – Onde diabos ela se meteu naquela noite, isso é o que eu gostaria de saber.

– Estava na ilha o tempo todo.

– Qual ilha? Não aquela em que o rapaz mora?

– Essa.

– Que indecência – falei. – Pagett vai ficar bastante chocado. Sempre desaprovou Anne Beddingfeld. Suponho que seja esse o rapaz que ela originalmente desejava encontrar em Durban?

– Não creio que seja.

– Não me conte nada, se não quiser – falei, de modo a encorajá-lo.

– Penso que este é um rapaz em que todos ficaríamos muito aliviados de pôr as mãos.

– Não é...? – gritei, em uma empolgação crescente.

Ele assentiu.

– Harry Rayburn, codinome Harry Lucas, este é seu nome verdadeiro, sabe. Escapou de nós mais uma vez, mas é certo que em breve vamos apanhá-lo.

– Minha nossa, minha nossa – murmurei.

– Não suspeitamos que a moça seja cúmplice. Da parte dela é apenas... um caso amoroso.

Sempre achei que Race fosse apaixonado por Anne. O jeito com que ele dissera aquelas últimas palavras me fez ter certeza.

– Ela foi para Beira – apressou-se em acrescentar.

— É mesmo? – falei, olhando para ele. – Como sabe?

— Ela me escreveu de Bulawayo, contando que voltaria para casa por lá. É o melhor que tem a fazer, pobre criança.

— Por algum motivo, não acho que esteja em Beira – falei, pensativo.

— Estava de partida quando me escreveu.

Fiquei perplexo. Alguém estava claramente mentindo. Sem parar para considerar que Anne poderia ter excelentes motivos para suas declarações enganosas, entreguei-me ao prazer de estar mais bem informado do que Race. Ele é sempre tão convencido. Tirei o telegrama do bolso e entreguei-o para ele.

— Então, como explica isso? – perguntei como quem não quer nada.

Parecia estupefato.

— Ela disse que estava de partida para Beira – afirmou, em uma voz aturdida.

Sei que Race supostamente deveria ser inteligente. É, na minha opinião, um homem bastante burro. Nunca parecia lhe ocorrer que as moças nem sempre falam a verdade.

— E em Kimberley. O que estão fazendo lá? – resmungou.

— É, isso me surpreendeu. Pensaria que a srta. Anne estaria no meio da ação, escrevendo suas reportagens para o Daily Budget.

— Kimberley – repetiu. O lugar parecia incomodá-lo. – Não há nada para se ver... as minas não estão em atividade.

— Sabe como são as mulheres – falei com ar vago.

Meneou a cabeça e saiu. Era evidente que eu lhe dera algo para pensar.

Assim que partiu, meu oficial do governo reapareceu.

— Espero que me perdoe por incomodá-lo novamente, Sir Eustace – desculpou-se. – Mas há uma ou duas perguntas que preciso lhe fazer.

— Certamente, meu camarada – falei com alegria. – Pode perguntar.

— Diz respeito a quem o senhor emprega...

— Não sei nada sobre ele – apressei-me em dizer. – Ele se impingiu sobre a minha pessoa em Londres, roubou documento valiosos, pelos quais vou comer o pão que o diabo amassou, e desapareceu como num passe de mágica na Cidade do Cabo. É verdade que estive nas Cataratas ao mesmo tempo que ele, mas fiquei no hotel e ele estava em uma ilha. Posso lhe assegurar que não pus os olhos nele todo o tempo que estive lá.

Fiz uma pausa para respirar.

— O senhor me entendeu mal. Era à outra pessoa que me referia.

— Quem? Pagett? – exclamei de puro espanto. – Está comigo há oito anos, é um sujeito dos mais confiáveis.

Meu interlocutor sorriu.
– Ainda não conseguimos nos entender. Estou falando da senhora.
– A srta. Pettigrew? – exclamei.
– Sim. Tem sido vista saindo da loja Agrasato's Native Curio-shop.
– Que Deus tenha piedade! – interrompi. – Eu mesmo estava para visitar o local esta tarde. O senhor poderia ter me apanhado saindo de lá!

Não parecia haver nada inocente que a gente pudesse fazer em Joanesburgo sem levantar alguma suspeita.
– Ah! Mas ela foi vista lá mais de uma vez... e em circunstâncias muito duvidosas. Posso muito bem lhe dizer, em segredo, Sir Eustace, que o lugar é suspeito de ser um ponto de encontro muito conhecido da organização secreta por trás desta revolução. É por isso que gostaria de saber tudo que puder me contar sobre essa senhora. Onde e como foi que a contratou?
– Ela me foi enviada – respondi com frieza – pelo seu próprio governo.
O homem desmoronou.

CAPÍTULO 30

(Retomada da narrativa de Anne)

I

Assim que cheguei a Kimberley, avisei Suzanne. Ela foi até lá me encontrar com a maior rapidez, anunciando sua chegada com telegramas enviados no trajeto. Fiquei muitíssimo surpresa ao descobrir que ela gostava tanto de mim; pensava que eu fosse apenas uma novidade, mas ela se atracou no meu pescoço e chorou quando nos reencontramos.

Quando nos recuperamos um pouco da emoção, sentei-me na cama e contei toda a história de A a Z.

– Você sempre desconfiou do coronel Race – disse, pensativa, quando terminei. – Eu nunca, até a noite em que você desapareceu. Gostava tanto dele o tempo todo e pensei que seria um marido tão bom para você. Oh, Anne querida, não se zangue, mas como sabe que esse seu rapaz está falando a verdade? Acredita em tudo que ele diz?

– Claro que sim – bradei, indignada.

– Mas o que é que ele tem que a atrai tanto assim? Não vejo nada nele exceto uma aparência bonita, e bastante descuidada, e sua maneira moderna de namorar, que parece uma mistura de xeque do deserto com homem das cavernas.

Despejei litros de minha ira sobre Suzanne por alguns minutos.

– Só porque está confortavelmente casada e engordando esqueceu-se de que existe uma coisa chamada romance – finalizei.

– Oh, não estou engordando, Anne. Toda a preocupação que passei com você nos últimos tempos me deixou um fiapo.

– Parece bastante bem nutrida – falei, fria. – Diria que deve ter ganhado uns quilinhos.

– E também não sei se sou tão bem casada – continuou Suzanne, com um tom melancólico. – Ando recebendo os piores telegramas de Clarence, me mandando voltar já para casa. Pelo menos não os respondi, e agora faz quinze dias que não recebo notícias.

Receio não ter levado os problemas matrimoniais de Suzanne muito a sério. Ela vai conseguir convencer Clarence direitinho quando for a hora. Passei para o assunto dos diamantes.

Suzanne me olhou de queixo caído.

– Preciso explicar, Anne. Entenda, assim que comecei a suspeitar do coronel Race fiquei muito incomodada com os diamantes. Queria ficar nas Cataratas caso ele houvesse sequestrado você para algum lugar próximo, mas não sabia o que fazer com os diamantes. Tinha medo de seguir guardando as pedras...

Suzanne olhou ao redor muito desconfortável, como se temesse que as paredes tivessem ouvidos, e então sussurrou veementemente no meu ouvido.

– Uma ideia muito boa – aprovei. – Naquela hora, digamos. Fica um pouco complicado agora. O que foi que Sir Eustace fez com aquelas caixas?

– As grandes foram enviadas para a Cidade do Cabo. Pagett enviou notícias antes de eu deixar as Cataratas e incluíra o recibo para a armazenagem. Está saindo hoje da Cidade do Cabo para se juntar a Sir Eustace em Joanesburgo.

– Entendo – falei pensativa. – E as pequenas, onde estão?

– Acredito que estejam com Sir Eustace.

Fiquei remoendo o assunto na minha cabeça.

– Bem – por fim falei –, é complicado, mas é bem seguro. Melhor não fazermos nada por enquanto.

Suzanne me olhou com um sorrisinho.

– Não gosta de não fazer nada, não é, Anne?

– Não muito – respondi, sendo honesta.

A única coisa que poderia fazer era conseguir uma tabela de horários para ver a que horas o trem de Guy Pagett passaria por Kimberley. Descobri que chegaria às 17h40 na tarde seguinte e partiria de novo às 18h. Queria falar com Pagett assim que possível, e aquela me pareceu uma boa oportunidade. A situação no Rand estava se agravando, e poderia demorar muito até que eu conseguisse outra oportunidade.

A única coisa que animou o dia foi um telegrama enviado de Joanesburgo. Soava bastante inocente.

"Cheguei bem. Tudo bem. Eric aqui, também Eustace, mas não Guy. Fique onde está por agora. Andy."

II

Eric era o nosso pseudônimo para Race. Escolhi por ser um nome pelo qual nutro um desgosto excessivo. Não havia claramente nada a fazer até falar com Pagett. Suzanne se ocupou de enviar um longo e acalentador telegrama para o longínquo Clarence. Ficou bastante sentimental em relação ao marido. Do jeito dela, que, claro, é bastante diferente do meu e de Harry, ela gosta de verdade de Clarence.

– Queria tanto que ele estivesse aqui, Anne – engoliu em seco. – Faz tanto tempo que não o vejo.

– Pegue um pouco de loção para o rosto – falei, acalmando-a.

Suzanne esfregou um pouco na ponta de seu charmoso nariz.

– Vou querer comprar mais loção em breve também – comentou –, e este tipo só se consegue em Paris – suspirou: – Paris!

– Suzanne – falei –, muito em breve você vai estar cheia da África do Sul e de aventuras.

– Gostaria de um chapéu bem bonito – admitiu desejosa. – Posso acompanhar você no encontro com Guy Pagett amanhã?

– Prefiro ir sozinha, ele vai ficar mais tímido em falar diante de nós duas.

Então aconteceu que eu estava parada na porta do hotel na tarde do dia seguinte, lutando com uma sombrinha recalcitrante que se recusava a abrir, enquanto Suzanne deitava-se placidamente na cama com um livro e uma cesta de frutas.

Segundo o porteiro do hotel, o trem estava se comportando bem naquele dia e chegaria quase no horário, embora tivesse dúvidas extremas sobre se chegaria até Joanesburgo. Explodiram a via férrea, foi solene ao me garantir. Soava tão animador!

O trem encostou com dez minutos de atraso, todos desceram na plataforma e começaram a andar de um lado a outro fervorosamente. Não tive dificuldade em avistar Pagett. Abordei-o com ansiedade. Deu seu tradicional pulo nervoso ao me ver, um pouco mais acentuado desta vez.

– Minha nossa, srta. Beddingfeld, achei que havia desaparecido.

– Já reapareci – anunciei com solenidade. – E como vai o senhor, sr. Pagett?

– Muito bem, obrigado, ansioso em retomar meu trabalho com Sir Eustace.

– Sr. Pagett – comecei –, há algo que quero lhe perguntar. Espero que não se ofenda, mas muita coisa depende disso, mais do que possa imaginar. Quero saber o que estava fazendo em Marlow no último dia oito de janeiro?

Ele levou um susto violento.

– Francamente, srta. Beddingfeld... eu... de fato...

– *Esteve* lá, não esteve?

– Eu... por motivos particulares estava nas redondezas. Sim.

– Não vai me contar quais eram esses motivos?

– Sir Eustace já não lhe falou?

– Sir Eustace? Ele sabe?

– Estou quase certo de que sabe. Esperava que ele não houvesse me reconhecido, mas, pelas pistas que andou deixando e os comentários que vem fazendo, temo que seja uma certeza. Em todo caso, queria deixar tudo em pratos limpos e oferecer minha resignação. Ele é um homem peculiar, srta. Beddingfeld, com um senso anormal de humor. Parece se divertir em me deixar sempre em suspense. O tempo todo, eu diria, ele estava perfeitamente ciente dos fatos. É possível que saiba de tudo há anos.

Esperava que mais cedo ou mais tarde eu fosse conseguir compreender do que Pagett estava falando. Ele prosseguiu de forma fluente:

– É difícil para um homem da posição de Sir Eustace se colocar na minha situação. Sei que estava errado, mas me pareceu uma mentira inocente. Achei que teria sido de mais bom gosto da parte dele ter me enfrentado abertamente em vez de se divertir com piadinhas dissimuladas as minhas custas.

Um apito soou, e as pessoas começaram a voltar para o trem.

– Sim, sr. Pagett – interrompi. – Creio que concorde com o que está dizendo sobre Sir Eustace. Mas *por que o senhor foi a Marlow?*

– Foi errado da minha parte, mas natural dadas as circunstâncias... sim, ainda sinto que foi natural dadas as circunstâncias.

– Que circunstâncias? – gritei, desesperada.

Pela primeira vez, Pagett pareceu reconhecer que eu estava lhe fazendo uma pergunta. Sua mente se desapegou das peculiaridades de Sir Eustace e de sua própria justificativa e foi repousar em mim.

– Sinto muito, srta. Beddingfeld – falou, enrijecido –, mas não consigo ver qual seu interesse na questão.

Estava de volta ao trem, curvando-se para falar comigo. Eu me desesperei. O que se podia fazer com um homem daqueles?

– Claro, se é tão terrível que possa se envergonhar de falar do assunto comigo – comecei, maldosa.

Por fim, eu encontrara o ponto certo. Pagett ficou rígido e corou.

– Terrível? Envergonhado? Não a entendo.

– Então me conte.

Em três frases curtas, ele me contou. Enfim eu sabia o segredo de Pagett! Não era nada do que eu pensava.

Voltei andando devagar até o hotel. Lá me entregaram um telegrama. Abri-o. Continha instruções completas e detalhadas para que eu seguisse adiante para Joanesburgo ou, melhor dizendo, para uma estação do lado de cá, antes de Joanesburgo, onde eu seria recebida por um carro. Estava assinado não como Andy, mas como Harry.

Sentei em uma cadeira para pensar bem seriamente.

CAPÍTULO 31

(Compêndio do diário de Sir Eustace Pedler)

Joanesburgo, 7 de março.

Pagett chegou. Está numa depressão horrorosa. Foi logo sugerindo que deveríamos ir para Pretória. Então, quando informei-o, com toda delicadeza mas firme, de que permaneceríamos aqui, foi para o outro extremo: desejou ter seu rifle consigo e começou a papaguear sobre alguma ponte que ele protegeu durante a Grande Guerra. Uma ponte de estrada de ferro no cruzamento de Little Puddecombe ou algo parecido.

Logo o interrompi, pedindo que desempacotasse a máquina de escrever grande. Pensei que aquilo o manteria ocupado por algum tempo, pois era certo que a máquina devia estar emperrada – sempre acontecia – e ele teria de levá-la para algum lugar para o conserto. Mas eu me esquecera dos poderes de Pagett em ter sempre razão.

– Já desfiz todas as malas, Sir Eustace. A máquina está em perfeitas condições.

– O que quer dizer com todas as malas?

– As duas pequenas também.

– Gostaria que não fosse tão prestativo, Pagett. Aquelas maletas pequenas não eram assunto seu. Pertencem à sra. Blair.

Pagett pareceu cabisbaixo. Detesta cometer erros.

— Então, pode voltar a guardar tudo direitinho dentro das duas — continuei. — Depois pode sair para dar uma volta. Joanesburgo vai provavelmente estar uma montanha de ruínas fumegantes amanhã, então esta pode ser sua última chance de ver a cidade.

Achei que aquilo funcionaria para me livrar dele, durante a manhã pelo menos.

— Há algo que gostaria de lhe dizer quando tiver um tempo livre, Sir Eustace.

— Agora é que não tenho — falei logo. — Neste minuto, não tenho absolutamente tempo livre algum.

Pagett se retirou.

— A propósito — gritei atrás dele —, o que havia dentro daquelas maletas da sra. Blair?

— Alguns tapetes de pelo e um par de chapéus... acho.

— É isso mesmo — assenti. — Ela os comprou no trem. São mesmo chapéus... mas de um tipo meio... não me admira você não ter identificado. Diria que ela vai aparecer com um deles no hipódromo de Ascot. O que mais havia lá?

— Alguns rolos de filme e cestos... montes de cestos...

— Só podia — assegurei. — A sra. Blair é o tipo de mulher que nunca compra menos de uma dúzia que seja de qualquer coisa.

— Acho que isso é tudo, Sir Eustace, exceto por alguns itens variados aqui e ali, um véu de amarrar os cabelos e algumas luvas estranhas, esse tipo de coisa.

— Se não houvesse nascido idiota, Pagett, teria visto desde o início que aquelas coisas não poderiam ser minhas de jeito algum.

— Pensei que algumas coisas pertencessem à srta. Pettigrew.

— Ah, isso me lembra... O que estava pensando quando me arranjou uma pessoa de caráter tão duvidoso como secretária?

E contei a ele sobre o interrogatório investigativo que eu sofrera. Imediatamente me arrependi ao ver um brilho no olhar dele que conheço bem demais. Apressei-me em mudar de assunto. Mas era tarde demais. Pagett já disparara seu canhão.

Então passou a me entediar com uma história longa e sem sentido sobre o Kilmorden. Era sobre um rolo de filmes e uma aposta. O rolo de filmes sendo jogado pela ventarola de uma cabine no meio da noite por algum comissário que deveria ter mais noção das coisas. Detesto trotes. Falei isso para Pagett, e ele começou a me contar a história toda de novo. Ele conta as histórias extremamente mal, de todo jeito. Demorou um bom tempo para que eu pudesse entender alguma coisa desta última.

Não o vi até a hora do almoço. Então entrou radiante de empolgação, como um perdigueiro que achou um rastro. Nunca gostei de perdigueiros. O lado positivo de tudo isso é que ele vira Rayburn.

– Como? – exclamei, assustado.

Sim, ele vira de relance alguém que jurava ser Rayburn cruzando a rua. Pagett o seguiu.

– E com quem você acha que eu o vi parar e trocar algumas palavras? A srta. Pettigrew!

– Como?

– Pois é, Sir Eustace. E isso não é tudo. Andei fazendo perguntas a respeito dela...

– Espere um pouco. O que aconteceu com Rayburn?

– Ele e a srta. Pettigrew entraram naquela loja de raridades da esquina...

Disparei uma exclamação involuntária. Pagett parou e me olhou com ar de indagação.

– Nada – falei. – Continue.

– Esperei do lado de fora por horas... mas eles não saíam. Por fim, entrei. Sir Eustace, não havia ninguém na loja! Deve haver outra porta de saída.

Olhei fixo para ele.

– Como eu dizia, voltei para o hotel e fiz perguntas sobre a srta. Pettigrew – Pagett baixou a voz e respirou bem fundo, como sempre fazia quando queria fazer ares confidenciais. – Sir Eustace, um homem foi visto saindo do quarto dela ontem à noite.

Arregalei os olhos.

– E eu sempre a tomei por uma senhora de eminente respeitabilidade – murmurei.

Pagett prosseguiu sem dar atenção.

– Subi direto e revistei o quarto dela. Sabe o que eu achei?

Meneei a cabeça.

– Isto!

Pagett exibiu uma lâmina e uma barra de sabão de barbear.

– Para que uma mulher usaria essas coisas?

Não imagino que Pagett leia os anúncios nos jornais das senhoras da sociedade. Eu leio. Assim como não me propunha a debater o assunto com ele, me recuso a aceitar a presença de uma lâmina de barbear como uma prova positiva do sexo da srta. Pettigrew. O atraso de Pagett em relação aos novos tempos é incorrigível. Não ficaria nada surpreso se ele me apresentasse uma cigarreira para fundamentar sua teoria. No entanto, Pagett tem seus limites.

– Não está convencido, Sir Eustace. O que me diz disso?
Inspecionei o artigo que ele balançava com ar triunfal.
– É cabelo. Acho que isso é o que chamam de peruca.
– Realmente – comentei.
– Agora está convencido de que a mulher Pettigrew é um homem disfarçado?
– Francamente, meu caro Pagett, acho que estou. Deveria ter percebido pelo tamanho do pé dela.
– Então é isso. E agora, Sir Eustace, quero lhe falar sobre meus assuntos privados. Não tenho como duvidar, por conta de suas insinuações e suas contínuas alusões ao período em que estive em Florença, de que o senhor descobriu tudo.

Enfim o mistério do que Pagett foi fazer em Florença será revelado!
– Abra seu coração, meu camarada – falei com tom gentil. – É o melhor caminho.
– Obrigado, Sir Eustace.
– É o marido dela? Esses sujeitos irritantes, os maridos. Sempre aparecendo quando menos se espera.
– Não estou conseguindo entendê-lo, Sir Eustace. Marido de quem?
– O marido da dama.
– Que dama?
– Deus tenha piedade, Pagett, a dama que você conheceu em Florença. Deve ter havido uma dama. Não me diga que apenas roubou alguma igreja ou esfaqueou um italiano nas costas porque não foi com a cara dele.
– Não posso compreendê-lo, Sir Eustace. Imagino que esteja brincando.
– Sou um sujeito brincalhão às vezes, quando me esforço para isso, mas posso lhe garantir que não estou tentando ser engraçado neste momento.
– Esperava que, como me encontrava a uma boa distância, o senhor não tivesse me reconhecido, Sir Eustace.
– Reconhecido onde?
– Em Marlow, Sir Eustace?
– Em Marlow? Que diabos estava fazendo em Marlow?
– Pensei que o senhor entendera que...
– Estou começando a entender cada vez menos. Volte para o início da história e comece tudo de novo. Você viajou para Florença...
– Então, no fim das contas, o senhor não sabe... e não me reconheceu!

– Até onde posso julgar, parece ter se entregado sem haver necessidade... sua consciência pesada transformou-o num covarde. Mas poderei entender melhor quando escutar a história inteira. Agora, então, respire fundo e comece outra vez. Você viajou para Florença...

– Mas não fui para Florença. Essa é a questão.

– Bom, então foi para onde?

– Fui para casa; para Marlow.

– Por que diabos queria ir para Marlow?

– Queria ver minha esposa. Ela estava com a saúde debilitada e grávida...

– Sua esposa? Mas não sabia que você era casado!

– Não, Sir Eustace, é justamente isso o que estou lhe dizendo. Eu enganei o senhor.

– Há quanto tempo está casado?

– Pouco mais de oito anos. Estava casado havia seis meses quando me tornei seu secretário. Não queria perder o emprego. Um secretário residente não deve ter esposa, então omiti o fato.

– É de tirar o fôlego – comentei. – E onde ela esteve todos esses anos?

– Temos um pequeno bangalô no rio em Marlow, bem próximo da Casa do Moinho, há mais de cinco anos.

– Que Deus tenha piedade – resmunguei. – Filhos?

– Quatro filhos, Sir Eustace.

Eu o mirei com uma espécie de estupor. Deveria ter sabido disso, de que um homem como Pagett é incapaz de um segredo escandaloso. A respeitabilidade daquele homem sempre fora minha desgraça. Esse é bem o tipo de segredo que ele teria: uma esposa e quatro filhos.

– Contou isso para mais alguém? – enfim exigi, depois de observá-lo com fascinado interesse por um bom tempo.

– Apenas para a srta. Beddingfeld. Ela veio até a estação em Kimberley.

Continuei olhando fixo para ele. Ele se agitou sob meu olhar.

– Espero, Sir Eustace, que não esteja seriamente aborrecido.

– Meu caro – falei –, não vou negar aqui e agora que passou muito dos limites!

Saí seriamente incomodado. Ao passar pela lojinha de raridades da esquina, fui tomado por uma súbita e irresistível tentação e entrei. O proprietário se aproximou, obsequioso, esfregando as mãos.

– Posso lhe mostrar alguma coisa? Peles? Alguma raridade?

– Quero algo bastante fora do normal – falei. – É para uma ocasião especial. Pode me mostrar o que vocês têm?

— Quem sabe se me acompanha até a sala ao fundo? Temos muitas especialidades lá.

Foi aí que cometi um erro. E pensava ser tão inteligente. Eu o segui e passei pelas portières.

CAPÍTULO 32

(Retomada da narrativa de Anne)

Tive muita dificuldade com Suzanne. Ela argumentou, implorou, chegou até a chorar antes de me deixar seguir adiante com meu plano. Mas, no final, consegui fazer do meu jeito. Prometeu seguir minhas instruções ao pé da letra e foi até a estação para uma despedida lacrimosa.

Cheguei ao meu destino bem cedo na manhã seguinte. Fui recebida por um holandês baixinho de barba preta que eu nunca vira antes. Havia um carro esperando, e seguimos nele. Ouvia-se um estranho retumbar ao longe, e perguntei do que se tratava. "Armas", foi a resposta lacônica. Então havia luta armada acontecendo em Joanesburgo!

Entendi que nosso objetivo era um ponto em algum local nos subúrbios da cidade. Fizemos curvas e retornos e vários desvios para chegar lá, e, a cada minuto, os tiros ficavam mais perto. Foi emocionante. Enfim paramos diante de uma construção um tanto decrépita. A porta foi aberta por um menino cafre. Meu guia fez sinal para que eu entrasse. Fiquei parada, indecisa, no esquálido hall de entrada quadrado. O homem passou por mim e abriu uma porta.

— A mocinha que veio ver o sr. Harry Rayburn – falou e riu.

Anunciada dessa forma, entrei. A sala era parcamente mobiliada e cheirava a fumo barato. Atrás da mesa, um homem estava sentado escrevendo. Levantou o pescoço e arregalou os olhos.

— Minha nossa – ele disse –, se não é a srta. Beddingfeld!

— Devo estar enxergando tudo em dobro – me desculpei. – É o sr. Chichester ou a srta. Pettigrew? Tem uma semelhança extraordinária com os dois.

— Ambos os personagens estão suspensos por enquanto. Abandonei minhas anáguas e também minha batina. Não quer se sentar?

Aceitei uma cadeira com muita compostura.

— Está parecendo – comentei – que vim para o endereço errado.

— Do seu ponto de vista, receio que tenha mesmo. Francamente, srta. Beddingfeld, cair na mesma armadilha duas vezes!

– Não foi muito inteligente da minha parte – admiti, dócil.

Algo em minha atitude pareceu deixá-lo confuso.

– Não parece muito incomodada com a ocorrência – assinalou, com a voz seca.

– Se eu me der a heroísmos, isso terá algum efeito? – perguntei.

– Certamente não.

– Minha tia-avó Jane sempre dizia que uma verdadeira dama não ficava nem chocada nem surpresa com nada que pudesse acontecer – murmurei, sonhadora. – Eu me esforço para seguir esses preceitos.

Li a opinião do sr. Chichester-Pettigrew tão evidente estampada em seu rosto que me apressei em seguir falando.

– É, de fato, positivamente maravilhoso com maquiagem – falei, sendo generosa. – O tempo todo que fez papel de srta. Pettigrew não cheguei a reconhecê-lo; nem mesmo quando quebrou seu lápis com o choque de me ver entrar no trem na Cidade do Cabo.

Bateu na mesa com o lápis que segurava na mão naquele momento.

– Está tudo muito bem, mas precisamos tratar de negócios. Talvez, srta. Beddingfeld, possa adivinhar por que pedimos sua presença aqui?

– Vai me desculpar – falei –, mas só trato de negócios com os dirigentes.

Eu lera a frase ou algo parecido em alguma circular de empréstimo consignado e gostara muito dela. É certo que teve um efeito devastador no sr. Chichester-Pettigrew. Abriu a boca, mas fechou-a de novo. Eu estava radiante.

– A máxima do meu tio-avô George – acrescentei, como uma lembrança momentânea. – O marido da tia-avó Jane, sabe. Ele fabricava os castões para camas de bronze.

Duvido que Chichester-Pettigrew tenha um dia sido alvo de chacota. Não gostou nem um pouco.

– Acho que seria inteligente alterar seu tom, mocinha.

Não respondi, mas bocejei; um pequeno bocejo delicado que insinuava um tédio intenso.

– Que diabos – começou, forçoso.

Interrompi.

– Posso lhe garantir que não adianta gritar comigo. Estamos só perdendo tempo aqui. Não tenho qualquer intenção de falar com subalternos. Vai economizar um bocado de tempo e incômodo se me levar direto a Sir Eustace Pedler.

– Até...

Ele pareceu estupefato.

– Sim – falei. – Sir Eustace Pedler.

– Eu... eu... com licença...

Saltou para fora da sala feito um coelho. Tirei vantagem dessa trégua para abrir a bolsa e passar um bom pó de arroz no nariz. Também ajeitei o chapéu em um ângulo mais elegante. Então me pus a esperar com paciência pelo retorno de meu inimigo.

Reapareceu com uma atitude sutilmente moderada.

– Pode me acompanhar, srta. Beddingfeld?

Subi as escadas atrás dele. Bateu à porta de uma sala, um ríspido "Pode entrar" ecoou lá de dentro, abriu a porta e fez menção para que eu passasse.

Sir Eustace Pedler saltou para me cumprimentar, simpático e sorridente.

– Ora, ora, srta. Anne – apertou calorosamente minha mão. – Estou felicíssimo em vê-la. Entre e sente-se. Não está cansada da viagem? Isso é bom.

Sentou-se diante de mim, ainda com o sorriso largo. Aquilo me deixou um pouco perdida. Seu jeito era tão completamente natural.

– Fez muito bem em insistir em ser trazida direto até mim – prosseguiu. – Minks é um tolo. Um ator esperto, mas um tolo. Foi com Minks que falou lá embaixo.

– Ah, é mesmo – falei, com voz débil.

– E agora – disse Sir Eustace, alegre –, vamos aos fatos. Há quanto tempo sabia que eu era o "Coronel"?

– Desde que o sr. Pagett me contou tê-lo visto em Marlow quando deveria estar em Cannes.

Sir Eustace assentiu, pesaroso.

– Sim, falei para o imbecil que ele havia arruinado tudo. Ele não entendeu, claro. Na cabeça dele, só se preocupava em saber se eu havia ou não reconhecido a *ele*... Nunca lhe ocorreu pensar no que *eu* estava fazendo por lá. Um detalhe muito azarado esse. Organizei tudo tão bem, mandando ele em viagem para Florença, dizendo ao hotel que eu estava indo passar uma, talvez duas noites em Nice. Então, até o assassinato ser descoberto, eu já estaria de volta a Cannes sem ninguém sonhar que eu sequer deixara a Riviera.

Ele seguia falando com total naturalidade e falta de afetação. Precisei me beliscar para entender que era tudo real, que o homem diante de mim era na verdade aquele criminoso tão absoluto, o "Coronel". Fui organizando as coisas na minha cabeça.

– Então foi você quem tentou me jogar do navio no *Kilmorden* – falei devagar. – Foi o senhor que Pagett seguiu no convés aquela noite?

Deu de ombros.

– Sinto muito, minha filha, sinto mesmo. Sempre gostei de você, mas estava interferindo de modo desconcertante. Não podia ter meus planos arrasados por uma pirralha.

— Acho que seu plano nas Cataratas foi de fato o mais esperto de todos — falei, me esforçando para analisar a coisa de modo desapegado. — Poderia jurar que estava no hotel quando saí. Ver é acreditar no futuro.

— É, Minks teve um de seus grandes momentos como srta. Pettigrew, e ele sabe imitar minha voz de maneira muito crível.

— Tem algo que eu gostaria de saber.

— Pois não?

— Como induziu Pagett a contratá-la?

— Oh, aquilo foi muito simples. Conheceu Pagett na porta do escritório do Comissariado do Comércio ou na Câmara da Mineração ou onde quer que ele tenha andado; falou que eu havia telefonado com muita pressa e que ela fora selecionada pelo departamento do governo em questão. Pagett engoliu como um carneirinho.

— É muito franco — falei, examinando-o.

— Não há nenhum motivo sensato para não sê-lo.

Não gostei do som daquilo. Apressei-me em interpretar ao meu modo.

— Acredita no sucesso desta revolução? Queimou seus cartuchos.

— Para uma jovem no geral inteligente, esse é um comentário excepcionalmente ignorante. Não, minha criança, não acredito nesta revolução. Dou mais uns dois dias e ela vai esfriar de forma vergonhosa.

— Não é um de seus sucessos, então? — falei, com maldade.

— Como todas as mulheres, não entende de negócios. O trabalho que aceitei foi o de entregar certos explosivos e armas extremamente bem pagos, fomentar sentimentos generalizados e incriminar certas pessoas até o pescoço. Cumpri meu contrato com absoluto sucesso e fui cuidadoso ao pedir pagamento adiantado. Dei a tudo uma atenção especial, já que pretendia que fosse meu último contrato antes de me aposentar. Quanto a queimar meus cartuchos, como disse, simplesmente não sei do que está falando. Não sou o chefe rebelde nem nada do gênero — sou um distinto visitante inglês que teve a infelicidade de se intrometer em uma certa loja de artigos raros, viu um pouco mais do que deveria e então o pobre camarada foi sequestrado. Amanhã ou depois, quando as circunstâncias permitirem, serei encontrado amarrado em algum lugar em um lastimável estado de terror e fome.

— Ah! — falei, devagar. — Mas e eu?

— Essa é a questão — falou, com voz suave. — E quanto a você? Está em meu poder, não quero esfregar na sua cara, mas você está aqui bem bonitinha. A questão é o que vou fazer com você? O jeito mais simples de resolver seu caso... e devo acrescentar, o mais agradável para mim, é o casamento. As esposas não podem acusar os maridos, sabe, e gostaria muito de ter uma esposa novinha e bonita para segurar minha mão e olhar para mim com olhos afáveis, não os pisque assim para mim desse modo! Você me assusta muito. Vejo que esse plano não é do seu agrado?

– Não é.

Sir Eustace suspirou.

– Que pena! Mas não sou charmoso como um vilão de melodrama. O problema habitual, suponho. Você ama outro, como dizem.

– Amo outro.

– Foi o que pensei, primeiro achava que fosse aquele pernalonga pomposo, Race, mas suponho que seja o jovem herói que a salvou das Cataratas naquela noite. As mulheres têm muito mau gosto. Nenhum dos dois tem metade do meu cérebro. Sou uma pessoa tão fácil de subestimar.

Acho que ele tinha razão sobre isso. Embora soubesse bem o tipo de homem que era, não conseguia me forçar a compreender isso. Tentara me matar em mais de uma ocasião, de fato matara outra mulher e era responsável por outras ações sem fim das quais eu nada sabia, e, ainda assim, eu era incapaz de me colocar numa posição de apreciar as obras dele do jeito como mereciam. Não conseguia vê-lo sem ser como nosso companheiro de viagem divertido e simpático. Não conseguia nem mesmo ter medo dele e, no entanto, sabia que era capaz de me matar a sangue frio se considerasse isso necessário. O único paralelo que lembro é do carismático Long John Silver de *A ilha do tesouro*. Deve ter sido um homem de estilo muito similar.

– Bem, bem – falou essa pessoa extraordinária, reclinando-se na cadeira. – É uma pena que a ideia de se tornar Lady Pedler não a atraia. As outras alternativas são um tanto brutas.

Senti uma coisa horrível subir e descer a minha espinha. Claro que sabia o tempo todo que estava assumindo um grande risco, mas o prêmio parecia compensar. Será que as coisas se dariam como eu calculara ou não?

– O fato é – Sir Eustace continuou – que tenho uma fraqueza por você. Não quero de fato chegar a um extremo. Suponhamos que você me conte a história toda desde o começo, e vamos ver o que entendo disso. Mas nada de romancear, entenda, quero a verdade.

Eu não cometeria erro algum ali. Tinha imenso respeito pela inteligência de Sir Eustace. Era o momento da verdade, toda a verdade e nada mais do que a verdade. Contei a história toda, sem omitir detalhe algum, até o momento de meu resgate por Harry. Quando terminei, balançou o queixo em aprovação.

– Garota esperta. Tudo em pratos limpos. E deixe-me dizer que a teria logo apanhado se não fosse assim. Muita gente não acreditaria na sua história de todo jeito, especialmente o começo, mas eu, sim. É do tipo de moça que poderia começar desse jeito, num piscar de olhos, com o menor dos motivos.

Teve uma sorte incrível, claro, mas mais cedo ou mais tarde o amador dá de cara com o profissional, e o resultado é previsível. Sou o profissional. Comecei nesse negócio quando era bem jovenzinho. De maneira geral, me parecia um bom jeito de enriquecer rapidamente. Sempre conseguia resolver as coisas e inventar esquemas geniais e nunca cometia o erro de eu mesmo me envolver nos planos. Sempre contrate o especialista, esse é meu lema. A única vez que fugi à regra acabou em tristeza... mas não podia confiar em ninguém para fazer isso por mim. Nadina sabia demais. Sou um homem fácil de lidar, de bom coração e bom temperamento, contanto que não seja contrariado. Nadina me contrariou e me ameaçou logo quando eu estava no ápice de uma carreira de sucesso. Uma vez que estivesse morta e os diamantes estivessem comigo, estaria seguro. Cheguei à conclusão agora de que fiz mal o trabalho. Aquele idiota do Pagett, com sua esposa e família! É minha culpa... mexia com meu senso de humor empregar o sujeito, com aquela cara de envenenador quinhentista e a alma vitoriana. Uma máxima para você, querida Anne. Não se deixe levar por seu senso de humor. Há anos meu instinto me dizia que seria melhor me livrar de Pagett, mas o sujeito era tão esforçado e prestativo que honestamente não conseguia encontrar um motivo para demiti-lo. Então deixei as coisas se arrastarem.

"Mas estamos fugindo do assunto. A questão é o que fazer com você. Sua narrativa foi admirável em sua clareza, mas uma coisa ainda me escapa. Onde estão os diamantes agora?"

– Com Harry Rayburn – falei, observando sua reação.

Sua expressão não mudou, manteve o ar bem-humorado e sardônico.

– Hmm. Quero esses diamantes.

– Não vejo muita chance de o senhor consegui-los – respondi.

– Não vê? Pois eu vejo. Não quero ser desagradável, mas gostaria que refletisse que uma moça morta encontrada nesta parte da cidade não causará surpresa. Há um homem lá embaixo que faz esse tipo de trabalho com muita habilidade. Ora, é uma jovem sensata. O que proponho é o seguinte: vai sentar-se e escrever para Harry Rayburn, pedindo que se junte a você aqui e traga os diamantes...

– Não vou fazer nada do tipo.

– Não interrompa os mais velhos. Proponho que façamos um acordo. Os diamantes em troca da sua vida. E não se engane de jeito algum, sua vida está absolutamente nas minhas mãos.

– E Harry?

– Tenho o coração mole demais para separar dois amantes. Ele também ficará livre, com a condição, claro, de que nenhum de vocês volte a interferir nos meus assuntos futuros.

— E que garantia tenho de que vai manter seu lado do acordo?
— Nenhuma mesmo, minha menina. Vai ter de confiar em mim e ficar na torcida. Claro, se estiver com uma disposição para heroísmos e preferir a aniquilação, bom, aí a questão é outra.

Era aquilo mesmo que eu esperava. Fui cautelosa para não ir com sede demais ao pote. Aos poucos, fui me deixando ser convencida e persuadida a ceder. Escrevi tal e qual Sir Eustace ditou:

"*Querido Harry.*
Acho que vejo uma oportunidade de estabelecer sua inocência além de qualquer dúvida possível. Por favor, siga minhas instruções detalhadamente. Vá até a loja de raridades Agrasato. Peça para ver algo 'fora do comum', 'para uma ocasião especial'. O homem então vai lhe convidar a acompanhá-lo até 'a sala dos fundos'. Siga-o. Vai encontrar um mensageiro que o trará até mim. Faça exatamente o que ele disser. Traga os diamantes sem falta. Não comente isso com ninguém."

Sir Eustace parou.
— Vou deixar os toques delicados para sua própria imaginação – assinalou. – Mas tome cuidado para não tentar me enganar.
— "Sua para todo o sempre, Anne" é o suficiente – comentei.
Escrevi as palavras. Sir Eustace estendeu a mão para pegar a carta e a leu por inteiro.
— Aparentemente, tudo certo. Agora, o endereço.
Passei para ele. Era o de uma lojinha que recebia cartas e telegramas por uma pequena soma.
Tocou a campainha da mesa com a mão. Chichester-Pettigrew, codinome Minks, atendeu ao chamado.
— Esta carta deve ser entregue imediatamente, pela rota usual.
— Muito bem, coronel.
Leu o nome no envelope. Sir Eustace o observou com total atenção.
— Amigou seu, creio?
— Meu? – o homem pareceu se assustar.
— Teve uma longa conversa com ele em Joanesburgo ontem.
— Um homem veio me questionar sobre os seus movimentos e os do coronel Race. Passei para ele informações enganosas.
— Excelente, meu camarada, excelente – disse Sir Eustace, animado. – Engano meu.
Consegui olhar para Chichester-Pettigrew quando ele saiu da sala. Perdera a cor dos lábios, como se em um pânico mortal. Assim que saiu, Sir

Eustace pegou o tubo acústico que estava junto ao seu cotovelo e falou: "É você, Schwart? Fique de olho no Minks. Não deve sair da casa sem minhas ordens.".

Baixou o tubo e franziu a testa, tamborilando de leve na mesa.

— Posso lhe fazer algumas perguntas, Sir Eustace? — falei, depois de alguns minutos de silêncio.

— Certamente. Que nervos de aço você tem, Anne! É capaz de demonstrar um interesse inteligente pelas coisas quando a maioria das meninas estaria choramingando e torcendo as mãos.

— Por que aceitou Harry como seu secretário em vez de entregá-lo para a polícia?

— Queria aqueles malditos diamantes. Nadina, aquela diabinha, estava usando o seu Harry contra mim. A menos que eu desse a ela o valor que queria, ameaçava vender as pedras para ele. Aquele foi outro erro que cometi: pensei que os teria com ela naquele dia. Mas era esperta demais. Carton, o marido, estava morto também, eu não fazia nenhuma ideia de onde os diamantes estavam escondidos. Então consegui uma cópia da mensagem de telegrama enviada para Nadina por alguém a bordo do *Kilmorden* — Carton ou Rayburn, eu não sabia dizer qual. Era uma cópia daquele pedaço de papel que você apanhou. "Dezessete um vinte e dois", dizia. Entendi que fosse um encontro com Rayburn e, quando ele se mostrou tão desesperado para embarcar no *Kilmorden*, me convenci de que estava certo. Então fingi ter engolido suas alegações e o deixei vir. Fiquei de olho em cada movimento dele e esperava que fosse descobrir mais. Então peguei Minks tentando armar alguma coisa sozinho e se interpondo a mim. Logo dei um jeito. Ele se comportou dali em diante. Foi chato não conseguir a cabine 17, e estava preocupado em não conseguir encaixar você. Era a mocinha inocente que parecia ser, ou não? Quando Rayburn saiu para o encontro marcado naquela noite, Minks foi enviado para interceptá-lo. Minks falhou, claro.

— Mas por que a mensagem dizia "dezessete" em vez de "71"?

— Refleti sobre o assunto. Carton deve ter dado para o operador de telégrafo seu próprio memorando para copiar em um formulário e nunca revisou a mensagem. O operador cometeu o mesmo erro que todos nós e leu como 17.1.22 em vez de 1.71.22. O que eu não entendi foi como Minks se interessou pela cabine 17. Deve ter sido puro instinto.

— E a mensagem para o general Smuts? Quem a adulterou?

— Minha cara Anne, não imagina que eu entregaria boa parte dos meus planos sem fazer um esforço para salvá-los? Com um assassino em fuga como secretário, não hesitei em substituí-la. Ninguém pensaria em desconfiar do pobre velho Pedler.

— E o coronel Race?

– É, aquilo foi um aperto complicado. Quando Pagett me contou que era funcionário do Serviço Secreto, senti uma sensação desagradável me descendo a espinha. Lembrei que ele andara farejando acerca de Nadina em Paris durante a Guerra e tive uma terrível desconfiança de que estaria atrás de *mim*! Não gosto do jeito como grudou em mim desde então. É um daqueles homens fortes e silenciosos que sempre tem algum truque na manga.

Soou um apito. Sir Eustace apanhou o tubo, escutou por alguns instantes, então respondeu:

– Pois bem, vou recebê-lo agora.

– Negócios – assinalou. – Srta. Anne, deixe-me mostrar seus aposentos.

Ele me levou a um apartamento pequeno e em mau estado, um menino cafre levou minha malinha, e Sir Eustace, depois de me impelir a pedir por qualquer coisa que precisasse, se retirou, era o retrato do anfitrião cortês. Uma lata de água quente estava no lavatório, e comecei a tirar da mala algumas necessidades. Algo duro e desconhecido na minha nécessaire me deixou perplexa. Desamarrei a bolsinha e olhei dentro.

Para meu total assombro, retirei um revólver pequeno de cabo perolado. Não estava lá quando parti de Kimberley. Examinei o objeto com todo cuidado. Parecia estar carregado.

Manuseei-o com uma sensação confortável. Era algo útil de se ter em uma casa como aquela. Mas roupas modernas não são muito adequadas para se carregar armas de fogo. No fim, enfiei-o delicadamente na minha meia sete oitavos. Fazia bastante volume, e o tempo todo eu ficava achando que fosse disparar e me acertar na perna, mas parecia ser o único lugar.

CAPÍTULO 33

Só fui chamada à presença de Sir Eustace no final da tarde. O chá das onze e um almoço reforçado me foram servidos no quarto e me sentia fortalecida para conflitos vindouros.

Sir Eustace estava só. Caminhava de um lado a outro da sala, havia um brilho em seu olhar e uma inquietação em seus trejeitos que não pude deixar de perceber. Estava exultante com algo. Houve uma sutil mudança na forma como me tratou.

– Tenho novidades. Seu rapazote está a caminho. Vai chegar em poucos minutos. Contenha suas emoções; tenho algo mais a dizer. Tentou me enganar esta manhã. Eu avisei que seria inteligente ater-se à verdade, e, até certo ponto, me obedeceu. Então, saiu dos trilhos. Tentou me fazer acreditar que os diamantes estavam com Harry Rayburn. Na hora, aceitei sua afirmação porque facilitava minha tarefa, a de induzi-la a atrair Harry Rayburn para cá. Mas, minha cara Anne, os diamantes estão comigo desde que deixei as Cataratas, embora eu tenha descoberto o fato só ontem.

– Então sabe! – fiquei sem ar.

– Pode interessá-la saber que foi Pagett quem entregou o jogo. Insistiu em me aborrecer com uma longa história sem fim sobre uma aposta e uma lata de filme. Não demorei muito a somar dois e dois; a falta de confiança entre a sra. Blair e o coronel Race, a agitação dela, sua súplica para que eu cuidasse de seus suvenires. O excelente Pagett já havia desfeito as malas por seu excesso de zelo. Antes de sair do hotel, simplesmente transferi todos os rolos de filme para o meu bolso. Estão ali no canto. Admito que não tive tempo de examiná-los ainda, mas reparei que um deles tem um peso totalmente diferente dos outros, chacoalha com um ruído peculiar e foi, evidente, colado com adesivo, o que vai exigir o uso de um abridor. O caso parece claro, não é? E agora, veja bem, estou com vocês dois, bem bonitinhos na minha armadilha... É uma pena que não tenha gostado muito da ideia de se tornar Lady Pedler.

Não respondi. Fiquei parada olhando para ele.

Ouviu-se o som de passos nas escadas, a porta se abriu e Harry Rayburn foi arrastado entre dois homens. Sir Eustace lançou-me um olhar triunfal.

– Tudo conforme o planejado – falou baixinho. – Os amadores serão *derrotados* pelos profissionais.

– O que significa isso? – gritou Harry, com a voz rouca.

– Significa que você entrou no meu salão, disse a aranha para a mosca – Sir Eustace falou com ar brincalhão. – Meu caro Rayburn, o senhor tem um azar extraordinário.

– Disse que era seguro eu vir, Anne.

– Não a repreenda, meu camarada. Aquele bilhete foi ditado por mim, e a dama estava indefesa. Teria sido mais inteligente não escrever nada, mas não foi o que eu disse para ela no momento. Você seguiu as instruções, foi até a loja de raridades, foi levado pela passagem secreta dos fundos e veio parar nas mãos de seus inimigos!

Harry olhou para mim. Entendi o olhar e me aproximei de Sir Eustace.

– Sim – murmurou este último –, decididamente não tem sorte! Este é... deixe-me ver, nosso terceiro encontro.

– Tem razão – disse Harry. – É nosso terceiro encontro. Duas vezes você levou a melhor, nunca ouviu dizer que na terceira vez a sorte muda? Chegou minha vez, pegue-o, Anne.

Eu estava pronta. Em um instante, arranquei a pistola da meia e apontei a arma contra a cabeça dele. Os dois homens que seguravam Harry saltaram para a frente, mas a voz dele os impediu.

– Mais um passo e ele morre. Se eles se aproximarem, Anne, puxe o gatilho, não hesite.

– Não vou hesitar – respondi, animada. – Estou até com medo de puxar o gatilho sem querer.

Acho que Sir Eustace sentia o mesmo medo. Tremia feito gelatina.

– Fiquem onde estão – comandou, e os dois homens pararam, obedientes.

– Diga para saírem da sala – mandou Harry.

Sir Eustace deu a ordem. Os homens saíram, e Harry fechou a tranca atrás deles.

– Agora podemos falar – observou pesaroso e, cruzando a sala, tirou o revólver da minha mão.

Sir Eustace deu um suspiro aliviado e secou a testa com o lenço.

– É chocante como estou fora de forma – observou. – Acho que devo ter o coração fraco. Fico feliz que o revólver esteja em mãos competentes. Não confiava na srta. Anne com ele. Bem, meu jovem amigo, como disse, agora podemos conversar. Estou disposto a admitir que por essa eu não esperava. De onde diabos veio esse revólver eu não sei. Mandei revistar a bagagem da garota quando ela chegou. E de onde foi que a tirou agora? Não estava com ele um minuto atrás?

– Sim, estava – respondi. – Na minha meia.

– Não conheço muito bem as mulheres. Deveria tê-las estudado mais – disse Sir Eustace com ar tristonho. – Será que Pagett saberia de uma coisa dessas?

Harry bateu forte na mesa.

– Não se faça de tolo. Se não fosse por seus cabelos brancos, eu o jogaria pela janela. Seu bandido maldito! Com ou sem cabelos brancos, eu vou...

Avançou um ou dois passos, e Sir Eustace saltou com agilidade para trás da mesa.

– Os jovens são sempre tão violentos – falou com ar reprovador. – Incapazes de usar o cérebro, confiam apenas nos músculos. Vamos falar como duas pessoas sensatas. Por enquanto vocês têm a vantagem. Mas esse estado das coisas não pode continuar. A casa está repleta de capangas meus. Vocês são dois e eles são muitos, não há esperança. Sua ascendência momentânea foi obtida por acidente...

– Foi mesmo?

Algo no tom de Harry, uma zombaria ameaçadora, pareceu chamar a atenção de Sir Eustace. Ele o fitou.

– Foi mesmo? – repetiu Harry. – Sente-se, Sir Eustace, e escute o que eu tenho a dizer – ainda com o revólver apontado para ele, continuou: – As cartas estão contra o senhor desta vez. Para começar, escute *isso*!

Isso era uma batida surda na porta abaixo. Houve gritos, xingamentos, e então o som de armas disparando. Sir Eustace empalideceu.

– O que foi isso?

– Race e o pessoal dele. Não sabia, não é, Sir Eustace, que Anne e eu havíamos combinado um código para sabermos se as mensagens de um para o outro eram genuínas? Telegramas seriam assinados como "Andy", cartas deveriam ter a palavra "e" riscada em algum ponto. Anne sabia que seu telegrama era forjado. Veio aqui por livre e espontânea vontade, entrou de propósito na armadilha, com a esperança de conseguir apanhá-lo em sua própria cilada. Antes de partir de Kimberley, ela mandou avisar a mim e a Race. A sra. Blair estava se comunicando conosco desde então. Recebi a carta escrita conforme o senhor ditou, o que era bem o que eu esperava. Já havia discutido as probabilidades de uma passagem secreta que fornecia uma saída da loja de raridades com Race, e ele descobrira o local onde a saída se situava.

Ouviram-se gritos, um ruído violento e uma explosão pesada que balançou a sala.

– Estão bombardeando esta parte da cidade. Preciso tirar você daqui, Anne.

Uma luz brilhante faiscou. A casa em frente estava em chamas. Sir Eustace levantara-se e estava andando de um lado a outro. Harry mantinha o revólver apontado para ele.

– Então, como vê, Sir Eustace, o jogo acabou. Foi o senhor mesmo quem, muito gentilmente, forneceu a pista de seu paradeiro. Os homens de Race estavam vigiando a saída da passagem secreta. Apesar das precauções que tomou, conseguiram com sucesso me seguir até aqui.

Sir Eustace voltou-se bruscamente.

– Muito esperto. Muito digno. Mas ainda me resta uma palavra. Perdi a batalha, e você também. Jamais vai conseguir colocar em mim a culpa pelo assassinato de Nadina. Estive em Marlow naquele dia, isso é tudo que vocês têm contra mim. Ninguém pode provar que eu sequer conhecia a mulher, você, sim, tinha motivos para matá-la, e seu histórico conta contra você. É um ladrão, lembre-se, um ladrão. E há algo que talvez não saiba. Os diamantes estão *comigo*. E lá vão eles...

Com um movimento incrivelmente rápido, abaixou-se, balançou o braço e arremessou. Ouviu-se o ruído de um vidro quebrando quando o objeto atravessou a vidraça e desapareceu na massa flamejante do terreno em frente.

— Aí se foi sua única esperança de estabelecer sua inocência no caso de Kimberley. E agora vamos conversar. Vou lhe oferecer um acordo. Vocês me encurralaram. Race vai encontrar tudo de que precisa nesta casa. Tenho ainda uma chance se conseguir escapar. Estou frito se ficar, mas você também, rapaz! Há uma claraboia na sala ao lado. Com alguns minutos de vantagem, conseguirei ficar bem. Tenho alguns detalhes já pré-arranjados. Vocês me deixam sair e me dão uma pequena vantagem... e eu deixo uma confissão assinada de que matei Nadina.

— *Isso*, Harry — gritei. — Sim, sim, sim!

Ele me olhou com uma expressão severa.

— Não, Anne, mil vezes não. Não sabe o que está dizendo.

— Sei, sim. Isso resolve tudo.

— Jamais vou conseguir olhar nos olhos de Race de novo. Vou arriscar, mas estou condenado se deixar essa raposa velha escorregadia escapar. Não adianta, Anne. Não farei isso.

Sir Eustace deu uma risadinha. Aceitava a derrota sem a menor emoção.

— Bem, bem — assinalou. — Parece ter encontrado seu amo, Anne. Mas posso lhes assegurar que a retidão moral nem sempre vale a pena.

Ouviu-se o estrondo de madeira se partindo e passos subindo a escada. Harry tirou a tranca da porta. O coronel Race foi o primeiro a entrar. Seu rosto se iluminou ao nos ver.

— Está segura, Anne. Tive receio... — virou-se para Sir Eustace. — Estou atrás de você há muito tempo, Pedler, e enfim o peguei.

— Todos parecem ter enlouquecido por completo — declarou Sir Eustace, despreocupado. — Esses dois jovens estão me ameaçando com revólveres e me acusando das coisas mais chocantes. Não estou entendendo do que se trata.

— Ah, não? Significa que descobri quem é o "Coronel". Significa que no último dia oito de janeiro não esteve em Cannes, mas em Marlow. Significa que quando seu joguete, Madame Nadina, se voltou contra o senhor, planejou acabar com ela... e enfim conseguiremos provar sua culpa no crime.

— É mesmo? E com quem conseguiram todas essas informações interessantes? Com o homem que ainda está sendo perseguido pela polícia? O testemunho dele será mesmo de grande valia.

— Temos outras testemunhas. Há mais alguém que sabia que Nadina se encontraria com o senhor na Casa do Moinho.

Sir Eustace pareceu surpreso. O coronel Race fez um gesto com a mão. Arthur Minks, codinome Reverendo Edward Chichester codinome srta. Pettigrew deu um passo à frente. Estava pálido e nervoso, mas falou com bastante clareza.

— Falei com Nadina em Paris na noite anterior a sua viagem à Inglaterra. Na hora me fiz passar por um conde russo. Ela contou-me de seus propósitos. Eu a adverti, sabendo o tipo de homem com quem estava lidando, mas ela não aceitou meu conselho. Havia uma mensagem telegrafada na mesa. Eu a li. Depois, pensei que tentaria eu mesmo pegar os diamantes. Em Joanesburgo, o sr. Rayburn me abordou. Ele me persuadiu a passar para o lado dele.

Sir Eustace olhou para o homem. Não disse nada, mas Minks pareceu murchar visivelmente.

– Os ratos sempre abandonam um navio que está afundando – observou Sir Eustace. – Não gosto de ratos. Mais cedo ou mais tarde, destruo todas as pragas.

– Há apenas uma coisa que gostaria de lhe dizer, Sir Eustace – observei. – Aquela lata que jogou para fora da janela não continha os diamantes. Havia pedrinhas comuns nela. Os diamantes estão em um lugar perfeitamente seguro. Para dizer a verdade, estão na barriga da grande girafa. Suzanne escavou a escultura, pôs os diamantes lá dentro com algodão, para que não chacoalhassem, e tampou-a de novo.

Sir Eustace olhou fixo para mim por um tempo. Sua resposta foi característica:

– Sempre odiei aquela girafa idiota – falou. – Deve ter sido intuição.

CAPÍTULO 34

Não pudemos retornar a Joanesburgo naquela noite. As bombas estavam descendo com muita velocidade, e entendi que estávamos mais ou menos isolados devido ao fato de os rebeldes terem tomado o controle de uma nova parte dos subúrbios.

Nosso local de refúgio foi uma fazenda a uns trinta quilômetros de Joanesburgo, logo nas imediações da savana. Estava caindo de cansaço. Toda aquela agitação e a ansiedade dos últimos dois dias haviam me deixado praticamente um farrapo.

Eu ficava repetindo para mim mesma, sem ser de fato capaz de acreditar, que nossos problemas haviam acabado. Harry e eu estávamos juntos e não seríamos mais separados. Porém, o tempo todo estava ciente de alguma barreira entre nós, um constrangimento da parte dele cujo motivo eu não podia imaginar.

Sir Eustace fora levado para a direção oposta, acompanhado de um guarda bem forte. Acenou com a mão para se despedir.

Fui para o *stoep* logo cedo na manhã seguinte e olhei para além da savana na direção de Joanesburgo. Podia ver os grandes depósitos de munição reluzentes no sol pálido da manhã, e dava para ouvir o ecoar distante dos tiros. A Revolução ainda não acabara.

A esposa do fazendeiro saiu e me chamou para tomar café. Era uma alma gentil e maternal, e eu já gostava muito dela. Harry saíra ao amanhecer e ainda não voltara, foi o que ela me informou. Mais uma vez senti um toque de desconforto. O que seria esse fantasma que eu tanto sentia entre nós?

Depois do café, sentei-me no *stoep* com um livro na mão que acabei não lendo. Estava tão perdida em meus pensamentos que nem vi o coronel Race chegar a cavalo e apear. Só quando ele disse "Bom dia, Anne" é que atentei para sua presença.

– Oh – falei, um pouco sem graça –, é você.

– Sim. Posso me sentar?

Puxou uma cadeira para perto. Era a primeira vez que ficávamos a sós desde aquele dia em Matopos. Como sempre, senti a curiosa mistura de fascínio e medo que ele sempre inspirava em mim.

– Quais as novidades? – perguntei.

– Smuts chega a Joanesburgo amanhã. Dou mais três dias para essa insurreição, depois ela desmorona por completo. Nesse meio-tempo, a luta segue.

– Queria – falei – que houvesse um meio de a gente se certificar de que as pessoas certas acabassem mortas. Digo, as que queriam lutar, não só toda a população carente que por acaso mora nas áreas onde as batalhas estão acontecendo.

Assentiu.

– Entendo o que diz, Anne. É a injustiça da guerra. Mas tenho outras notícias para você.

– Pois não?

– Uma confissão de incompetência de minha parte. Pedler conseguiu escapar.

– Como?

– É. Ninguém sabe como conseguiu. Foi trancafiado com total segurança para a noite, em um quarto superior em uma das construções das fazendas que foram tomadas pelos militares, mas, esta manhã, o quarto estava vazio e o passarinho batera asas.

Em segredo, fiquei bem contente. Até hoje, nunca fui capaz de me livrar de uma ternura furtiva por Sir Eustace. Sei que é repreensível, mas é o que é. Eu o admirava. Era um vilão completo, diria, mas era agradável. Nunca mais conheci alguém nem de longe tão divertido.

Disfarcei meus sentimentos, claro. Naturalmente, o coronel Race se sentia muito diferente a respeito do assunto. Queria Sir Eustace entregue à justiça. Não havia nada de muito surpreendente em sua fuga, pensando bem. Por toda Joanesburgo ele devia ter inúmeros espiões e agentes. E não importa o que pensasse o coronel Race, eu tinha muitas dúvidas de que um dia o apanhariam. Era provável que tivesse uma rota de fuga muito bem planejada. De fato, ele nos dissera exatamente isso.

Expressei-me de acordo com as circunstâncias, embora sem entusiasmo, e a conversa minguou. Então o coronel perguntou de repente por Harry. Falei que saíra ao amanhecer e que não o vira durante a manhã.

– Entende, não é, Anne, que, fora as formalidades, ele está totalmente inocentado? Que há aspectos técnicos, claro, mas a culpa de Sir Eustace está bem garantida. Não há nada que possa separar vocês dois.

Falou aquilo sem olhar para mim, com um tom lento e seco.

– Entendo – respondi, grata.

– E não há motivo para que ele não retome de imediato seu nome verdadeiro.

– Não, claro que não.

– Sabe o nome verdadeiro dele?

A pergunta me surpreendeu.

– Claro que sim, Harry Lucas.

Não respondeu, e algo na qualidade daquele silêncio me pareceu peculiar.

– Anne, lembra que, ao retornarmos de Matopos naquele dia, falei que eu sabia o que deveria fazer?

– Claro que lembro.

– Acho que posso dizer com justiça que consegui. O homem que você ama foi inocentado.

– Era a isso que se referia?

– Claro.

Baixei a cabeça, acabrunhada pela desconfiança sem fundamento que eu entretivera. Voltou a falar com um tom cheio de consideração:

– Quando eu era bem jovem, fui apaixonado por uma moça que me rejeitou. Depois daquilo, me concentrei só no meu trabalho. Minha carreira era tudo para mim. Então conheci você, Anne, e tudo aquilo parecia não valer nada. Mas a juventude gosta da juventude... e eu ainda tenho meu trabalho.

Fiquei quieta. Acredito que não seja possível mesmo amar dois homens ao mesmo tempo, mas podemos sentir algo assim. O magnetismo daquele homem era enorme. Virei-me para ele de repente.

– Acho que vai muito longe – falei com ar sonhador. – Acho que tem uma carreira grandiosa a sua frente. Será um dos grandes homens do mundo.

Senti como se estivesse enunciando uma profecia.

– Porém, estarei solitário.
– Todas as pessoas que fazem coisas grandiosas estão.
– Acha mesmo?
– Tenho certeza.
Tomou minha mão e falou com a voz baixa:
– Preferiria viver... a outra opção.
Então Harry chegou cavalgando, dando a volta na casa. O coronel Race levantou-se.
– Bom dia... Lucas – ele disse.
Por algum motivo, Harry corou até a raiz dos cabelos.
– Sim – falei, toda alegre –, agora deve ser chamado por seu nome verdadeiro.
Mas Harry ainda fitava o coronel Race.
– Então sabe, sir – enfim, falou.
– Jamais esqueço de um rosto. Eu o vi uma vez quando era menino.
– O que está acontecendo? – perguntei, perplexa, olhando de um para o outro.
Parecia haver um conflito de interesse entre eles. Race venceu. Harry virou-se de costas.
– Suponho que tenha razão, sir. Diga a ela meu nome verdadeiro.
– Anne, este não é Harry Lucas. Harry Lucas foi morto na Guerra. Este é John Harold Eardsley.

CAPÍTULO 35

Com as últimas palavras, o coronel Race se afastou, nos deixando a sós. Fiquei parada olhando em direção ao coronel. A voz de Harry me chamou de volta.
– Anne, me perdoe, diga que me perdoa.
Tomou minha mão na sua e, de forma quase mecânica, puxei-a de volta.
– Por que me enganou?
– Não sei se vou conseguir fazer com que compreenda. Temia todo esse tipo de coisa, o poder e o fascínio da riqueza. Queria que gostasse de mim por quem eu sou, pelo homem que eu era, sem ornamentos e pompa.
– Está dizendo que não confiava em mim?
– Pode colocar dessa forma, se preferir, mas não é bem a verdade. Eu me tornara amargurado, desconfiado, sempre pronto a buscar motivos ocultos... e foi tão maravilhoso ser apreciado do jeito que você me apreciou.
– Entendo – falei devagar. Estava repassando na minha cabeça a história que ele me contara. Pela primeira vez reparei em disparidades que havia

desconsiderado; uma segurança financeira, o poder de comprar de volta os diamantes de Nadina, o jeito com que preferira falar dos dois homens do ponto de vista de um terceiro. E quando falou em "meu amigo", não se referia a Eardsley, mas Lucas. Era Lucas o camarada calado que amara Nadina com tamanha paixão.

– Como foi que aconteceu? – perguntei.

– Éramos dois inconsequentes, ansiosos por morrer. Uma noite, trocamos nossas placas de identificação... para dar sorte! Lucas foi morto no dia seguinte, explodido em pedaços.

Estremeci.

– Mas por que não me contou agora? Esta manhã? Não poderia duvidar de meu amor por você a esta altura?

– Anne, não quis estragar tudo. Queria levar você de volta para a ilha. De que serve o dinheiro? Não se pode comprar felicidade. Seríamos felizes na ilha. Digo que teria medo dessa outra vida; quase me apodreceu por inteiro no passado.

– Sir Eustace sabia quem você era de verdade?

– Ah, sim.

– E Carton?

– Não. Viu nós dois com Nadina em Kimberley uma noite, mas não sabia quem era quem. Aceitou minha declaração de que eu era Lucas, e Nadina foi enganada pela mensagem dele. Ela nunca tivera medo de Lucas. Era um sujeito calado, muito profundo. Mas eu sempre tivera um temperamento digno do demônio. Ela teria temido por sua vida se soubesse que eu retornara dos mortos.

– Harry, se o coronel Race não houvesse me contado, o que pretendia fazer?

– Não dizer nada. Seguir como Lucas.

– E os milhões do seu pai?

– Race pode ficar com eles. De todo modo, ele faria melhor uso dos milhões do que eu. Anne, no que está pensando? Está enrugando a testa de um jeito.

– Estou pensando – respondi devagar – que eu quase gostaria que o coronel Race não houvesse feito você me contar.

– Não. Ele está certo. Eu lhe devia a verdade.

Fez uma pausa, então disse de repente:

– Sabe, Anne, tenho ciúmes de Race. Ele também a ama, e é um homem bem mais nobre do que eu poderei ser.

Voltei-me para ele, rindo.

– Harry, seu bobo. É você que eu quero, e isso é tudo que importa.

Assim que foi possível, partimos para a Cidade do Cabo. Lá, Suzanne esperava para me receber e estripamos juntas a girafa. Quando a Revolução foi enfim subjugada, o coronel Race desceu até a Cidade do Cabo e, por sugestão sua, o grande casarão de Muizenberg que pertencera a Sir Laurence Eardsley foi reaberto e todos nos instalamos lá.

Lá, organizamos nossos planos. Eu retornaria à Inglaterra com Suzanne e me casaria na casa dela em Londres. E o enxoval seria comprado em Paris! Suzanne adorou enormemente planejar todos esses detalhes. E eu também. E, no entanto, o futuro parecia de uma irrealidade curiosa. Às vezes, sem saber por que, eu me sentia absolutamente sufocada, como se não pudesse respirar.

Era a véspera de nossa partida. Não conseguia dormir. Estava sofrendo e não sabia o porquê. Detestava ter de deixar a África. Quando retornasse, seria a mesma coisa? Será que um dia seria a mesma coisa?

E então levei um susto com uma batida autoritária na veneziana. Saltei da cama. Harry estava na varanda.

— Vista-se, Anne, e saia. Quero falar com você.

Vesti qualquer coisa e saí no ar fresco da noite... calmo e aromático com sua sensação aveludada. Harry me chamou para longe da casa, para que ninguém nos ouvisse. Sua expressão era pálida e determinada, e seus olhos estavam em chamas.

— Anne, lembra-se de uma vez haver dito que as mulheres tinham prazer em fazer coisas que desgostavam se fosse por alguém de quem elas gostavam?

— Sim — respondi, me perguntando o que estava por vir.

Prendeu-me em seus braços.

— Anne, venha embora comigo, agora... esta noite. De volta para a Rodésia, de volta à ilha. Não aguento toda essa tolice. Não consigo esperar mais nem um minuto por você.

Desprendi-me por um instante.

— E como ficam meus vestidos franceses? — lamentei, debochando.

Até hoje, Harry nunca sabe diferenciar quando falo sério e quando estou apenas brincando com ele.

— Danem-se seus vestidos franceses. Acha que quero colocar vestidos em você? É bem mais provável que eu vá querer arrancá-los de você. Não vou deixar que se vá, está entendendo? É minha mulher. Se deixar que vá embora, posso perdê-la. Nunca tenho certeza de nada com você. Virá comigo agora, esta noite, e azar de todo mundo.

Segurou-me contra o corpo, me beijando tanto que eu mal podia respirar.

— Não consigo mais viver sem você, Anne. Não consigo mesmo. Odeio esse dinheiro. Deixe que Race fique com ele. Venha, vamos embora.

— Minha escova de dentes? — relutei.
— Pode comprar uma. Sei que sou um lunático, mas pelo amor de Deus, *venha*!

Disparou num ritmo furioso. Eu o segui, tão mansa quanto a mulher barotsi que eu observara nas Cataratas. A diferença é que eu não carregava uma frigideira na cabeça.

Andou tão rápido que foi muito difícil acompanhá-lo.

— Harry — falei enfim, com a voz branda —, vamos a pé até a Rodésia?

Virou-se de repente e, com uma gargalhada bem alta, me levantou do chão em seus braços.

— Sou maluco, meu benzinho, sei disso. Mas a amo tanto.

— Somos uma dupla de loucos. E, ah, Harry, não chegou a me perguntar, mas não estou fazendo sacrifício algum! Eu *queria* vir.

CAPÍTULO 36

Isso foi há dois anos. Ainda moramos na ilha. Diante de mim, na madeira rústica da mesa, está a carta que Suzanne escreveu.

> *Queridas crianças da floresta — Queridos loucos apaixonados,*
> *Não estou surpresa, nem um pouco. Toda vez que falávamos em Paris e vestidos, eu sentia que não era algo real, que vocês desapareceriam no nada um belo dia para se casarem às escondidas no bom e velho costume cigano. Mas são um casal de loucos! Essa ideia de renunciar a uma vasta fortuna é absurda. O coronel Race quis argumentar a questão, mas eu o persuadi a dar tempo ao tempo. Ele pode administrar os bens de Harry, e não há alguém melhor para fazer isso. Porque, afinal, a lua de mel não dura para sempre — não está aqui, Anne, então posso dizer isso em segurança, sem que você me ataque como uma fera selvagem. O amor na selva vai perdurar um bom tempo, mas um dia, vai subitamente começar a sonhar com casas em Park Lane, peles suntuosas, vestidos parisienses, o maior carro possível e a última novidade em carrinhos de bebê, empregadas francesas e babás formadas pela Norland! Ah, sim, vai mesmo!*
> *Mas aproveitem a lua de mel, queridos loucos, e que seja bem longa. E lembrem-se de mim de vez em quando, confortavelmente ganhando peso em meio à fartura!*
>
> *De sua querida amiga,*
> *Suzanne Blair.*

> P.S. *Estou enviando uma coleção de frigideiras como presente de casamento, e uma imensa terrine de patê de foie gras para que se lembrem de mim.*

Há outra carta que por vezes leio. Chegou um bom tempo depois dessa última e veio acompanhada de um pacote volumoso. Parecia ter sido enviada de algum lugar da Bolívia.

> *Minha cara Anne Beddingfeld,*
> *Não resisto escrever-lhe, não tanto pelo prazer de escrever, mas pelo enorme prazer que sei que sentirá ao receber notícias minhas. Nosso amigo Race não era assim tão esperto quanto pensava, não é?*
> *Acho que vou designá-la como minha representante literária. Estou lhe enviando meu diário. Não há nada nele que possa interessar a Race e sua turma, mas imagino que há passagens que podem diverti-la. Faça uso desse material como quiser. Sugiro um artigo no* Daily Budget, *"Criminosos que conheci". Minha única exigência é que eu seja a figura central.*
> *A esta altura, não tenho dúvidas de que não seja mais Anne Beddingfeld, mas Lady Eardsley, soberana de Park Lane. Gostaria apenas de dizer que não guardo qualquer rancor. É duro, claro, ter de começar tudo de novo nessa altura da vida, mas, cá entre nós, eu tinha um pequeno fundo de reserva cuidadosamente guardado para tal contingência. Vem sendo de grande utilidade e estou angariando algumas singelas conexões. Aliás, se encontrar aquele seu amigo engraçado, Arthur Minks, diga que não o esqueci, está bem? Isso vai lhe dar uma boa sacudida.*
> *De maneira geral, acho que venho demonstrando um espírito muitíssimo cristão e dado a perdoar. Até mesmo a Pagett. Soube por acaso que ele — melhor dizendo, a sra. Pagett — colocou no mundo uma sexta criança esses dias. A Inglaterra será totalmente povoada de Pagetts em breve. Mandei uma caneca de prata de presente para a criança e, num postal, declarei minha disposição em me tornar padrinho. Posso imaginar Pagett levando ambos, a caneca e o postal, direto para a Scotland Yard, sem nem ao menos o esboço de um sorriso no rosto!*
> *Deus a abençoe, olhos afáveis. Um dia vai perceber o erro que cometeu ao não se casar comigo.*
> *Para sempre seu,*
> *Eustace Pedler*

Harry ficou furioso. Esse é um ponto em que a gente não concorda. Para ele, Sir Eustace era o homem que tentara me matar e a quem ele vê como responsável pela morte de seu amigo. Os atentados de Sir Eustace contra a minha vida sempre me deixaram perplexa. Não computam, digamos. Pois estou certa de que ele sempre tivera um sentimento genuíno de bondade para comigo.

Então, por que tentou me tirar a vida duas vezes? Harry diz que é "porque é um bandido maldito", e parece achar que isso resolve a questão. Suzanne é mais judiciosa. Conversei bastante com ela, e atribui as atitudes a um "complexo de medo". Suzanne já vai mais na linha psicanalítica. Mostrou para mim que a vida inteira de Sir Eustace foi impulsionada pelo desejo de sentir-se seguro e confortável. Tinha um aguçado senso de autopreservação. E o assassinato de Nadina removera certas inibições. Suas ações não representavam seus sentimentos em relação a mim, mas eram resultado de seu grave temor por sua própria segurança. Acho que Suzanne está certa. Quanto a Nadina, era o tipo de mulher que merecia morrer. Os homens fazem todo tipo de coisas questionáveis para enriquecer, mas as mulheres não deveriam fingir estarem apaixonadas quando não estão, por segundas intenções.

Posso perdoar Sir Eustace com facilidade, mas jamais perdoarei Nadina. Nunca, nunca, nunca!

Outro dia, estava desempacotando umas latas que estavam enroladas em pedaços de uma edição antiga do *Daily Budget* e, de repente, deparei com as palavras: "O homem do terno marrom". Parece que faz séculos! Eu havia, claro, rompido minha ligação com o *Daily Budget* há tempo – o rompimento da minha parte aconteceu antes do deles. MEU CASAMENTO ROMÂNTICO recebeu uma divulgação resplandecente.

Meu filho está deitado ao sol, mexendo as perninhas. Eis aí um "homem do terno marrom" se preferir. Está vestindo o mínimo possível, que é o melhor traje para a África, e está tão marrom quanto uma fruta madura. Está sempre cavoucando na terra. Acho que puxou ao meu pai. Vai ter aquela mesma mania por argila do pleistoceno.

Suzanne mandou um telegrama quando ele nasceu:

"Parabéns e amor ao recém-chegado à Ilha dos Loucos. A cabeça dele é dolicocéfala ou braquicéfala?"

Não poderia aguentar essa vindo de Suzanne. Respondi com uma única palavra, econômica e precisa:

"Platicéfala!"

O segredo de Chimneys

Tradução de Bruno Alexander

*Para meu sobrinho,
como lembrança de uma
inscrição no Compton Castle
e de um dia no zoológico.*

CAPÍTULO 1

Anthony Cade é contratado

— Cavalheiro Joe!
— Ora, ora, mas se não é o velho Jimmy McGrath!

Os turistas selecionados da Companhia Castle, representados por sete mulheres de aparência depressiva e três homens suados, observavam a cena com considerável interesse. Pelo visto, o sr. Cade encontrara um amigo antigo. Todos eles admiravam bastante o sr. Cade, sua figura alta, esbelta, o rosto bronzeado, a maneira despreocupada com que apaziguava discussões e instaurava o bom humor. E agora havia um amigo — um sujeito de aspecto curioso. Mais ou menos da mesma altura que o sr. Cade, porém corpulento e não tão belo. O tipo de homem sobre o qual se lê em livros, provavelmente dono de uma taberna. Interessante, de qualquer forma. Afinal, é para isso que se viaja ao exterior: para ver todas essas coisas pitorescas que se conhecem nos livros. Até o momento, tinham se entediado em Bulawayo. O sol era insuportavelmente quente, o hotel, desconfortável, e parecia não haver nenhum lugar especial aonde ir, até chegar a hora de embarcar para as Colinas de Matobo. Felizmente, o sr. Cade tinha sugerido cartões-postais. Havia uma boa quantidade de cartões-postais.

Anthony Cade e o amigo afastaram-se um pouco.

— O que é que você anda fazendo no meio de tantas mulheres? — perguntou McGrath. — Vai montar um harém?

— Não com esse grupo — brincou Anthony. — Você reparou bem nelas?

— Reparei. Achei que talvez você estivesse ficando com a vista fraca.

— Minha vista está perfeita. Não. Esta é uma excursão seleta da Companhia Castle. Eu sou o guia da Castle. O guia local, digo.

— O que o fez aceitar um emprego desses?

— A lamentável necessidade de dinheiro. Posso lhe garantir que o trabalho não tem nada a ver comigo.

Jimmy deu um sorriso galhofeiro.

— Você nunca gostou muito de trabalho fixo, não é?

Anthony ignorou a calúnia.

— Há de aparecer coisa melhor em breve — disse, esperançoso. — Sempre aparece.

Jimmy soltou uma risada.

– Onde há tumulto, lá estará Anthony Cade, mais cedo ou mais tarde – disse. – Você tem instinto para briga, *e* as sete vidas de um gato. Quando é que podemos bater um papo?

Anthony suspirou.

– Tenho que levar essas galinhas cacarejantes para ver o túmulo de Rodes.

– Por isso mesmo – disse Jimmy, em tom de aprovação. – Elas voltarão acabadas por conta dos trancos da estrada, implorando por uma cama para se recuperarem das sacudidelas. Então, teremos tempo para nos encontrar e colocar a conversa em dia.

– Certo. Até breve, Jimmy.

Anthony voltou para o rebanho. A srta. Taylor, a participante mais jovem e volúvel do grupo, atacou-o na mesma hora.

– Sr. Cade, aquele senhor é seu amigo?

– Era, srta. Taylor. Um dos amigos da minha irrepreensível juventude.

A srta. Taylor deu uma risadinha.

– Achei-o bem interessante.

– Pode deixar que eu conto para ele.

– Sr. Cade, o senhor está sendo muito indiscreto! Que ideia! Como foi que ele o chamou?

– Cavalheiro Joe?

– Sim. Seu nome é Joe?

– A senhorita não sabe que é Anthony, srta. Taylor?

– Só o senhor, mesmo! – exclamou a srta. Taylor, de modo alegre.

Anthony reassumira seus deveres. Além das providências necessárias para a viagem, os deveres incluíam acalmar senhores idosos irritáveis quando sua dignidade fosse abalada, propiciar às matronas oportunidades para a aquisição de cartões-postais e flertar com qualquer mulher abaixo de quarenta anos. Esta última tarefa se tornava ainda mais fácil graças à extrema presteza com que as moças em questão interpretavam suas mais inocentes observações como um sinal de carinho.

A srta. Taylor retomou o ataque.

– Então por que ele o chama de Joe?

– Justamente porque esse não é o meu nome.

– E por que "cavalheiro"?

– Pelo mesmo motivo.

– Sr. Cade! – protestou a srta. Taylor, quase ultrajada. – O senhor não deveria dizer isso. Ontem à noite mesmo meu pai estava comentando sobre seus modos de cavalheiro.

– Muita gentileza de seu pai, srta. Taylor.
– E todos nós concordamos que o senhor é um cavalheiro mesmo.
– Fico lisonjeado.
– De verdade.
– "Corações bondosos valem mais do que coroas" – disse Anthony, de maneira vaga, sem a mínima noção do que queria dizer com aquilo e desejando ardentemente que já fosse a hora do almoço.
– Sempre achei lindo esse poema.* Entende de poesia, sr. Cade?
– Poderia recitar "Casabianca", de Felicia Dorothea Hemans, em último caso. "O menino estava no convés em chamas, de onde todos haviam fugido, menos ele". Só sei essa parte, mas posso interpretar esse trecho com gestos, se a senhorita quiser. "O menino estava no convés em chamas", whoosh... whoosh... whoosh... São as chamas, entende? "De onde todos haviam fugido, menos ele." Aqui, eu corro de um lado para o outro, como um cachorro.

A srta. Taylor caiu na gargalhada.

– Olhem o sr. Cade, que hilário!
– Hora do chá matinal – cortou Anthony. – Venham por aqui. Há um excelente café na próxima rua.
– Presumo – disse a sra. Caldicott, com sua voz grave – que as despesas estejam incluídas na excursão.
– O chá da manhã, sra. Caldicott, é uma despesa extra – retrucou Anthony, assumindo sua postura profissional.
– Lamentável.
– A vida está cheia de provações, não é? – disse Anthony, animadamente.

Os olhos da sra. Caldicott brilharam, e ela falou como se estivesse detonando uma mina:

– Suspeitei disso e, por precaução, guardei um pouco de chá numa jarra hoje de manhã! Posso esquentar na espiriteira. Vamos, papai.

O sr. a sra. Caldicott saíram de modo triunfal para o hotel, ela cheia de si, por conta da premonição acertada.

– Meu Deus – murmurou Anthony. – Quanta gente esquisita é necessária para se fazer um mundo!

Guiou o restante do grupo em direção ao café. A srta. Taylor postou-se a seu lado e recomeçou a cantilena.

– Fazia muito tempo que o senhor não via seu amigo?
– Uns sete anos.
– Foi na África que o senhor o conheceu?

---

* "Lady Clara Vere de Vere", de Alfred Tennyson. (N.T.)

– Sim, mas não nesta região. Na primeira vez que vi Jimmy McGrath ele já estava pronto para ir para o caldeirão. Algumas tribos do interior são canibais. Chegamos na hora certa.
– O que aconteceu?
– Uma baguncinha legal. Jogamos alguns caras no caldeirão, e o resto saiu em disparada.
– Oh, sr. Cade, quantas aventuras o senhor deve ter vivido!
– Tive uma vida muito tranquila, acredite.
Mas é claro que a moça não acreditou.

Eram cerca de dez horas da noite quando Anthony Cade entrou na saleta onde Jimmy McGrath se entretinha manipulando diversas garrafas.
– Faça um bem forte, James – implorou. – Estou precisando.
– Deve estar mesmo. Eu não aceitaria seu emprego por nada neste mundo.
– É só me arranjar outro que eu deixo este na hora.
McGrath serviu sua própria bebida, agitou-a com prática e preparou uma segunda dose.
– Está falando sério, meu caro? – perguntou lentamente.
– Sobre o quê?
– Largar esse trabalho se conseguir outro.
– Por quê? Não me diga que tem um emprego dando sopa. Por que você mesmo não pega?
– Já peguei. Mas não me agrada muito. É por isso que estou tentando passar para você.
Anthony ficou desconfiado.
– Qual o problema? Não vai me dizer que o colocaram para trabalhar numa escola dominical.
– Você acha mesmo que alguém me escolheria para dar aulas numa escola dominical?
– É. Se o conhecessem bem, não escolheriam. De fato.
– O trabalho é ótimo. Não há nada de errado.
– Por acaso, não é na América do Sul, não? Estou de olho na América do Sul. Uma revolução muito bem organizada está prestes a estourar numa daquelas repúblicas.
McGrath achou graça.
– Você sempre adorou revoluções. Se há briga, você está dentro.
– Sinto que meus talentos poderiam ser valorizados lá. Olhe, Jimmy, posso ser muito útil numa revolução, tanto de um lado quanto de outro. É melhor do que ganhar a vida honestamente, dia a dia.

– Você já comentou a respeito disso, meu caro. O emprego não é na América do Sul. É na Inglaterra.

– Inglaterra? Retorno do herói a seu país de origem depois de tantos anos. Os credores não podem me importunar depois de sete anos, não é, Jimmy?

– Acho que não. Bom, gostaria de ouvir mais sobre o trabalho?

– Sim, gostaria. O que me preocupa é por que você mesmo não o quer.

– Vou lhe dizer. Estou atrás de ouro, Anthony, lá no interior.

Anthony assobiou e olhou para ele.

– Você sempre esteve atrás de ouro, Jimmy, desde que o conheço. É o seu ponto fraco. Seu hobby particular. Procurar ouro, seguindo os caminhos mais arriscados.

– E no fim encontrarei, você verá.

– Bem, todo mundo tem um hobby. O meu são as brigas, o seu é ouro.

– Vou lhe contar a história toda. Suponho que você saiba tudo sobre a Herzoslováquia.

Anthony ergueu o olhar.

– Herzoslováquia? – exclamou com um curioso acento na voz.

– Sim. Sabe alguma coisa a respeito?

Houve uma considerável pausa antes de Anthony responder.

– Só o que todo mundo sabe – disse ele, vagarosamente. – É um dos Estados balcânicos, não é? Rios principais: desconhecidos. Montanhas principais: também desconhecidas, embora sejam muitas. Capital: Ekarest. População: bandoleiros, sobretudo. Hobby: assassinar reis e fazer revoluções. Último rei: Nicholas IV, assassinado há uns sete anos. Desde então, tem sido uma república. De um modo geral, um lugar muito agradável. Você poderia ter dito antes que a Herzoslováquia fazia parte do assunto.

– Não faz, a não ser indiretamente.

Anthony olhou-o mais com pena do que com raiva.

– Você precisa tomar alguma providência em relação a isso, James – disse. – Faça um curso por correspondência ou alguma coisa assim. Se você contasse uma história desse jeito no velho Oriente, seria pendurado pelos tornozelos e chicoteado, na melhor das hipóteses.

Jimmy prosseguiu, indiferente às censuras.

– Já ouviu falar do conde Stylptitch?

– Agora estamos conversando – disse Anthony. – Muita gente que jamais ouviu falar da Herzoslováquia vibraria à simples menção do nome do conde Stylptitch. O grande senhor dos Bálcãs. O maior estadista dos tempos modernos. O vilão que escapou impune. A visão depende do jornal que se lê. Mas uma coisa é certa: você e eu já teremos virado pó, e o conde Stylptitch ainda será lembrado. Nos últimos vinte anos, toda medida e contramedida no Oriente Próximo tiveram o dedo do conde Stylptitch. Um ditador, um patriota, um estadista. Ninguém sabe muito bem o que ele foi. O rei da intriga, isso é certo. Mas o que ele tem a ver com o assunto?

– Ele foi primeiro-ministro da Herzoslováquia. Foi por isso que a mencionei antes.

– Você não tem senso de proporção, Jimmy. A Herzoslováquia não tem importância nenhuma em comparação a Stylptitch. Forneceu-lhe apenas um local de nascimento e um posto no escritório das Relações Exteriores. Mas achei que ele estivesse morto.

– Ele está morto. Morreu em Paris há uns dois meses. O que estou lhe contando aconteceu há alguns anos.

– A questão é: o que você está me contando?

Jimmy aceitou a repreensão e prosseguiu, sem demora.

– É o seguinte: eu estava em Paris, há quatro anos, para ser exato. Uma noite, lá ia eu, perambulando sozinho por um lugar meio deserto, quando vi meia dúzia de valentões franceses batendo num senhor idoso, de aparência respeitável. Como detesto covardia, entrei na briga e dei uma surra nos caras. Acho que eles nunca apanharam tanto na vida. Desmoronaram como sacos vazios.

– Bom para você, James – disse Anthony, tranquilamente. – Gostaria de ter visto a pancadaria.

– Não foi nada de mais – disse Jimmy, com modéstia. – Mas o velho ficou muito grato. Ele tinha bebido um pouco, sem dúvida, mas estava sóbrio o suficiente para anotar meu nome e endereço. Veio me agradecer no dia seguinte, em grande estilo. Foi aí que descobri que o senhor que eu tinha salvado era o conde Stylptitch. Ele tinha uma casa perto do Bois.

Anthony assentiu.

– Sim. Stylptitch foi morar em Paris após o assassinato do rei Nicholas. Queriam que ele voltasse para se tornar presidente mais tarde, mas ele não quis. Manteve-se fiel a seus princípios monárquicos, embora dissessem que ele andou metido em todas as confusões que ocorreram nos Bálcãs. Muito fiel, o último conde Stylptitch.

– Nicholas IV era o sujeito de gosto duvidoso em relação a esposas, não? – perguntou Jimmy, de repente.

– Sim – respondeu Anthony. – E isso lhe custou caro, coitado. Conheceu uma menina de rua, artista num teatro de variedades de Paris, que não servia nem para um casamento morganático. Mas Nicholas se apaixonou perdidamente por ela, e ela estava louca para ser rainha. Parece mentira, mas eles conseguiram. Chamaram-na de condessa Popoffsky, algo assim, e passaram a dizer que corria o sangue dos Romanoff em suas veias. Nicholas casou-se na catedral de Ekarest, perante um par de arcebispos relutantes, e ela foi coroada rainha Varaga. Nicholas liquidou seus ministros e achou que bastava. Mas se esqueceu do povão. As pessoas são muito aristocráticas e reacionárias na Herzoslováquia. Gostam de reis e rainhas genuínos. Em meio a cochichos e descontentamento, e apesar das duras repressões, fizeram uma rebelião no palácio, e o rei e a rainha foram assassinados, resultando na proclamação da república. Desde então, esse é o regime, mas as coisas ainda andam bastante agitadas por lá, pelo que ouvi dizer. Assassinaram um ou dois presidentes, só para não perder o hábito. Mas *revenons à nos moutons*, voltemos ao nosso assunto. Você estava dizendo que o conde Stylptitch o aclamava como seu salvador.

– Sim. Bem, esse foi o fim da história. Voltei para a África e não pensei mais nisso até umas duas semanas atrás, quando recebi um pacote estranho, que me seguiu por todos os lugares, só Deus sabe por quanto tempo. Eu tinha lido num jornal que o conde Stylptitch tinha morrido recentemente em Paris. Bem, esse pacote continha suas memórias, ou reminiscências, sei lá como chamam essas coisas. Havia um bilhete informando que, se eu entregasse o manuscrito a determinada editora em Londres até o dia 13 de outubro, eles me dariam mil libras.

– Mil libras? Foi isso mesmo o que eu ouvi, Jimmy?

– Sim, meu caro. Espero que não seja um trote. Não confie em príncipes ou políticos, dizem. Bem, é isso. Levando em consideração o caminho que o manuscrito percorreu para chegar a mim, não tenho tempo a perder. De qualquer maneira, é uma pena. Acabei de organizar uma viagem para o interior, e estava animado com a ideia de ir. Talvez não tenha outra oportunidade tão boa.

– Você é incurável, Jimmy. Mil libras na mão valem muito mais do que um ouro hipotético.

– E se for um trote? De qualquer forma, aqui estou eu, de passagem comprada e malas prontas, a caminho da Cidade do Cabo. E aí você aparece!

Anthony levantou-se a acendeu um cigarro.

– Já entendi seu jogo, James. Você vai atrás do ouro, conforme planejado, e eu pego as mil libras para você. Quanto ganho nisso?

– Que tal 25 por cento?

– Duzentos e cinquenta libras "no bolso", como dizem.

– Exato.

– Fechado. E, só para você se morder de raiva, saiba que eu teria aceitado até por cem libras! E digo mais: você não morrerá contando o dinheiro economizado.

— Fechado, então?

— Sim. Estou dentro. E dá-lhe confusão na excursão da Companhia Castle.

Bridaram solenemente.

CAPÍTULO 2

Uma moça em apuros

— Então está combinado – disse Anthony, esvaziando o copo e recolocando-o em cima da mesa. – Em que navio você ia embarcar?

— No *Granarth Castle*.

— A passagem está reservada no seu nome, imagino. Por isso, talvez seja melhor eu viajar como James McGrath. Superamos esse negócio de passaporte, não?

— Não há outro jeito. Somos totalmente diferentes, mas provavelmente nossa descrição coincida em algum ponto. Altura: um metro e oitenta. Cabelos castanhos, olhos azuis, nariz comum, queixo comum...

— Pare com essa história de "comum". Pois lhe digo que a Castle me escolheu entre diversos candidatos somente por causa da minha aparência agradável e minhas boas maneiras.

Jimmy sorriu.

— Reparei nas suas boas maneiras hoje de manhã – disse, irônico.

— Claro!

Anthony levantou-se e andou de um lado para o outro. Franzia a testa.

— Jimmy – falou depois de um tempo –, Stylptitch morreu em Paris. Qual o sentido de enviar um manuscrito de Paris a Londres via África?

Jimmy sacudiu a cabeça com desânimo.

— Não sei.

— Por que não fazer um embrulho bonito e mandar pelo correio?

— Concordo que seria muito mais sensato.

— Pois é – continuou Anthony. – Eu sei que os reis, as rainhas e os representantes do governo, por etiqueta mesmo, são impedidos de fazer as coisas de maneira simples e direta. Daí a necessidade dos mensageiros do rei e essa história toda. Nos tempos medievais, o sujeito recebia um anel com sinete, como uma espécie de "abre-te sésamo". "O anel do rei! Pode entrar, meu senhor!" E geralmente era o outro camarada que o havia roubado. Nunca entendi por que um rapaz inteligente nunca teve a ideia de copiar o anel.

Poderia fazer uma dúzia e vendê-los por cem ducados cada. Parece que na Idade Média eles não tinham muita iniciativa.

Jimmy bocejou.

– Pelo visto, minhas observações sobre a Idade Média não lhe interessam muito. Voltemos ao conde Stylptitch. Da França à Inglaterra via África parece-me um pouco estúpido, mesmo no caso de uma celebridade diplomática. Se ele quisesse que você recebesse mil libras, poderia ter deixado no testamento. Graças a Deus, nem você nem eu somos orgulhosos a ponto de recusar um legado! Stylptitch devia ser meio excêntrico.

– É a impressão que dá, não?

Anthony franziu o cenho e recomeçou a andar.

– Você já leu o troço? – perguntou subitamente.

– Que troço?

– O manuscrito.

– Claro que não. O que o faz pensar que eu iria querer ler um negócio desses?

Anthony sorriu.

– Estava só curioso. Um monte de problemas já foi causado em virtude de memórias. Revelações indiscretas, esse tipo de coisa. Pessoas fechadas como uma ostra a vida inteira parecem sentir prazer na ideia de criar alvoroço quando já estiverem confortavelmente enterradas. Devem gozar de uma alegria secreta. Jimmy, que espécie de homem era o conde Stylptitch? Você o conheceu pessoalmente, conversou com ele, e você é um bom juiz da crua natureza humana. Será que ele era um sujeito vingativo? O que você me diz?

– Difícil dizer – respondeu Jimmy, balançando a cabeça. – Na primeira noite ele estava visivelmente ébrio. No dia seguinte, o que vi foi um senhor elegante, muito educado, elogiando-me tanto que me deixou até sem graça.

– E ele não disse nada de interessante quando estava bêbado?

Jimmy franziu a testa, procurando recordar.

– Disse que sabia onde está o Koh-i-noor – respondeu, em tom de dúvida.

– Ora, todo mundo sabe isso – disse Anthony. – Eles guardam o diamante na torre, não? Atrás de um vidro espesso e grades de ferro, com um monte de homens uniformizados circulando por ali para ninguém meter a mão em nada.

– Isso mesmo.

– E Stylptitch falou mais alguma coisa desse tipo? Que ele sabia em que cidade ficava a Coleção Wallace, por exemplo?

Jimmy respondeu que não com a cabeça.

– Hum – fez Anthony.

Acendeu outro cigarro e recomeçou, mais uma vez, a andar de um lado para o outro da sala.

– Você deve ser um bárbaro que nunca lê jornal – disse em seguida.

– Não leio muito mesmo – admitiu McGrath com simplicidade. – De um modo geral, não há nada nos jornais que me interesse.

– Graças a Deus, sou mais civilizado. Os jornais têm feito diversas referências à Herzoslováquia ultimamente. Falam de uma possível restauração monárquica.

– Nicholas IV não teve filhos – observou Jimmy. – Mas não acredito que a dinastia Obolovitch vá se extinguir. Deve haver um monte de primos, de segundo e terceiro graus, afastados.

– Ou seja, não haveria nenhuma dificuldade em encontrar um rei.

– Nenhuma – disse Jimmy. – Não me espanta que eles estejam cansados das instituições republicanas. Um povo de raça pura e viril como esse deve achar para lá de enfadonho fabricar presidentes depois de se acostumar com reis. E, falando em reis, isso me lembra outra coisa que o velho Stylptitch deixou escapar aquela noite. Disse que conhecia a quadrilha que estava atrás dele. Era o pessoal do rei Victor.

– O quê? – exclamou Anthony, virando-se de repente.

Um sorriso malicioso abriu-se no rosto de McGrath.

– Ficou animado com a notícia, não, cavalheiro Joe? – perguntou.

– Não seja bobo, Jimmy. Você acabou de me dizer algo muito importante.

Anthony foi até a janela e ficou ali, olhando para fora.

– A propósito, quem é rei Victor? – indagou Jimmy. – Outro monarca balcânico?

– Não – respondeu Anthony lentamente. – Ele não é esse tipo de rei.

– O que ele é, então?

Depois de uma breve pausa, Anthony respondeu.

– Ele é um vigarista, Jimmy. O ladrão de joias mais famoso do mundo. Um sujeito fantástico, ousado, que não se deixa intimidar por nada. Rei Victor é o apelido pelo qual era conhecido em Paris. Paris é onde ficava o quartel-general de sua quadrilha. Conseguiram pegá-lo e detê-lo por sete anos, com base em acusações menores. Não tiveram como provar nada muito sério contra ele. Logo estará solto, se é que já não está.

– Você acha que o conde Stylptitch teve alguma coisa a ver com o fato de ele ter sido detido? Foi por isso que a quadrilha o perseguiu? Por vingança?

– Não sei – disse Anthony. – Não me parece provável. O rei Victor nunca roubou as joias da coroa da Herzoslováquia, até onde eu sei. Mas a coisa toda é um tanto quanto sugestiva, não acha? A morte de Stylptitch, as memórias, os boatos nos jornais... tudo muito vago, mas interessante. E estão dizendo por aí que encontraram petróleo na Herzoslováquia. Estou com o pressentimento, James, de que as pessoas começarão a se interessar por esse paisinho insignificante.

– Que tipo de pessoa?

– Financistas orientais em cargos públicos.

– Aonde você quer chegar com tudo isso?

– Estou tentando dificultar um trabalho fácil, só isso.

– Você não está me dizendo que haverá alguma dificuldade em entregar um simples manuscrito numa editora, não é?

– Não – respondeu Anthony com pesar. – Provavelmente não haverá dificuldade nenhuma quanto a isso. Mas vou lhe dizer uma coisa, James: sabe para onde pretendo ir com as minhas duzentas e cinquenta libras?

– Para a América do Sul?

– Não, meu caro. Para a Herzoslováquia. Acho que me juntarei à república. É bem provável que acabe me tornando presidente.

– Por que você não se anuncia como o principal descendente dos Obolovitch e se torna rei enquanto estiver por lá?

– Não, Jimmy. Os reis governam até o fim da vida. Os presidentes, apenas quatro anos, dependendo do caso. Seria muito mais agradável governar um reino como a Herzoslováquia por quatro anos.

– Parece-me que a média do tempo de governo dos reis é menor – interpolou Jimmy.

– Ficarei seriamente tentado a me apropriar de sua parte nas mil libras. Você não precisará dela. Voltará carregado de pepitas de ouro. Investirei sua parte em ações de petróleo na Herzoslováquia. Sabe, James, quanto mais penso a respeito, mais contente fico com essa sua ideia. Jamais teria pensado na Herzoslováquia se você não tivesse comentado. Passo um dia em Londres, para pegar o dinheiro, e de lá parto para a Herzoslováquia, com o expresso balcânico!

– Você não poderá ir embora tão rápido. Não comentei antes, mas tenho outra pequena incumbência para você.

Anthony afundou-se numa poltrona e encarou-o.

– Eu sabia desde o início que você estava escondendo alguma coisa. Lá vem bomba.

– Não é nada disso. É só algo que precisa ser feito para ajudar uma moça.

– De uma vez por todas, James, recuso-me a me envolver em seus casos de amor brutais.

– Não é um caso de amor. Eu nunca vi essa mulher. Vou lhe contar a história toda.

– Se eu tiver que ouvir mais uma de suas histórias longas e desconexas, precisarei de mais uma bebida.

O anfitrião aquiesceu ao pedido e deu início à narrativa.

– Foi quando eu estava em Uganda. Havia um gringo lá cuja vida eu tinha salvado...

– Se eu fosse você, Jimmy, escreveria um pequeno livro intitulado "Vidas que salvei". Já é a segunda história de salvação que eu ouço esta noite.

– Bom, dessa vez eu não fiz nada de mais. Só tirei o gringo do rio. Como todos os gringos, ele não sabia nadar.

– Espere um pouco. Essa história tem alguma coisa a ver com a outra, da Herzoslováquia?

– Não. Mas, por incrível que pareça, estou me lembrando agora, o homem era herzoslovaco. De qualquer maneira, nós sempre o chamamos de Pedro Holandês.

Anthony assentiu, demonstrando indiferença.

– Qualquer nome serve para um gringo – observou. – Continue contando sobre a boa ação, James.

– Bem, o sujeito ficou muito agradecido. Grudou em mim, como um cão fiel. Cerca de seis meses depois, morreu de febre. Eu estava do seu lado. Nos últimos momentos, quando ele já estava quase batendo as botas, ele me chamou e sussurrou um segredo: uma mina de ouro, parece. Entregou-me um pacote embrulhado em lona que sempre havia carregado junto do corpo. Bom, na hora não dei muita importância. Só uma semana depois é que fui abrir o pacote. Fiquei curioso, confesso. Não achei que Pedro Holandês tivesse a capacidade de encontrar e reconhecer uma mina de ouro. Mas sorte é sorte...

– E só de pensar em ouro seu coração disparou, como sempre – interrompeu Anthony.

– Nunca fiquei tão indignado na vida. Mina de ouro! Talvez fosse mina de ouro para ele, aquele cachorro safado. Sabe o que era? Cartas de mulher. Isso mesmo: cartas de mulher, uma mulher inglesa. O patife vinha chantageando a moça e teve a petulância de me passar seu cabedal de artimanhas.

– Entendo sua raiva, James, mas você precisa lembrar que um gringo sempre será um gringo. Ele não fez por mal. Você salvou a vida do sujeito e recebeu como herança uma lucrativa fonte de renda. Seus elevados ideais britânicos não estavam ao alcance dele.

– E para que eu ia querer aquelas coisas? "Vou queimar tudo", foi o meu primeiro pensamento. Mas aí me ocorreu que a coitada da moça, sem saber que as cartas tinham sido queimadas, viveria sempre com medo que o gringo voltasse a procurá-la um dia.

— Você tem mais imaginação do que eu acreditava, Jimmy — observou Anthony, acendendo um cigarro. — Reconheço que o caso apresentava mais dificuldades do que parecia num primeiro momento. Por que não lhe enviar as cartas por correio?

— Como toda mulher, ela não colocou nem data nem endereço na maioria das cartas. Encontrei uma espécie de endereço numa. Apenas uma palavra: Chimneys.

Anthony interrompeu o gesto de assoprar o fósforo e deixou-o cair com um movimento súbito de pulso no instante em que o fogo queimava-lhe os dedos.

— Chimneys? — exclamou. — Extraordinário.

— Por quê? Você conhece o lugar?

— É uma das maiores mansões da Inglaterra, meu caro James. O local onde reis e rainhas vão passar o fim de semana e diplomatas se reúnem para tratar de assuntos diplomáticos.

— Eis um dos motivos pelos quais estou tão feliz por você ir para a Inglaterra no meu lugar. Você sabe todas essas coisas — disse Jimmy com simplicidade. — Um néscio como eu, que vem lá dos cafundós do Canadá, só faria besteira. Mas alguém como você, que estudou na Eton e na Harrow...

— Só numa delas — corrigiu Anthony com modéstia.

— ...será capaz de desempenhar bem a missão. Por que não enviei as cartas para a moça, você me perguntou. Bom, achei perigoso. Pelo que pude deduzir, ela tinha um marido ciumento. Imagine se ele abrisse uma carta por engano. O que não aconteceria com a pobre coitada? Outra possibilidade é que ela estivesse morta. As cartas dão a impressão de terem sido escritas há algum tempo. Concluí que a única solução seria alguém ir até a Inglaterra e entregar as cartas pessoalmente.

Anthony jogou fora o cigarro e, aproximando-se do amigo, deu-lhe um tapinha nas costas.

— Você é um verdadeiro cavaleiro errante, Jimmy — disse. — E os cafundós do Canadá devem sentir orgulho de você. Não farei o trabalho melhor do que você faria.

— Então você aceita?

— Claro!

McGrath levantou-se, dirigiu-se a uma gaveta, tirou um maço de cartas de dentro e jogou-as na mesa.

— Aqui estão. É melhor você dar uma olhada.

— Sério? Preferiria não ter que olhar.

— Bom, pelo que você disse a respeito desse lugar, Chimneys, ela pode ter só se hospedado lá. É melhor darmos uma olhada para ver se encontramos alguma pista relacionada à verdadeira residência da moça.

– Tem razão.

Eles examinaram atentamente as cartas, mas não encontraram o que esperavam. Anthony juntou-as de novo, pensativo.

– Coitadinha – comentou. – Ela estava apavorada.

Jimmy assentiu.

– Você acha que consegue encontrá-la? – perguntou ansioso.

– Não saio da Inglaterra até achar essa moça. Você está muito preocupado com essa desconhecida, não, James?

Jimmy deslizou o dedo sobre a assinatura.

– Belo nome – disse, para não responder. – *Virginia Revel*.

CAPÍTULO 3

Ansiedade em alta

– Realmente, meu caro, realmente – disse lorde Caterham.

Já tinha utilizado as mesmas palavras três vezes, sempre na esperança de pôr um fim à conversa e poder escapar. Detestava ser forçado a permanecer em pé nos degraus do clube de credores privados a que pertencia, ouvindo a interminável eloquência do ilustre George Lomax.

Clement Edward Alistair Brent, o nono marquês de Caterham, era um sujeito baixo, malvestido, que desafiava a concepção popular de um marquês. Tinha olhos azul-claros, nariz fino, soturno, e um jeito meio distraído, porém cortês.

O principal infortúnio da vida de lorde Caterham era ter sucedido a seu irmão, o oitavo marquês, quatro anos antes, pois ele havia sido um homem de destaque, conhecido em toda a Inglaterra. Quando ministro das Relações Exteriores, tivera grande influência nas deliberações do império, e sua propriedade rural, Chimneys, era famosa pela hospitalidade. Sua esposa, uma das filhas do duque de Perth, o auxiliava, e assim se fazia e desfazia história nas reuniões informais de fins de semana em Chimneys, e não existia na Inglaterra, ou mesmo na Europa, alguém importante que não tivesse estado lá pelo menos uma vez.

Tudo corria bem. O novo marquês de Caterham tinha o máximo respeito e estima pela memória do irmão. Henry agira com grande habilidade nesse ponto. O que lorde Caterham objetava era a ideia de que Chimneys fosse um patrimônio nacional e não uma casa de campo particular. Não havia nada que aborrecesse mais lorde Caterham do que política. Só os políticos. Daí sua impaciência frente à infindável eloquência de George Lomax. Sujeito robusto, com leve tendência à obesidade, George Lomax tinha um rosto avermelhado, olhos protuberantes e uma noção exagerada da própria importância.

– Entendeu, Caterham? Não podemos, de jeito nenhum, permitir um escândalo dessa natureza, principalmente agora. A situação é bastante delicada.

– Sempre é – disse lorde Caterham com ironia.

– Meu caro, eu sei do que estou falando!

– Oh, realmente, realmente – disse lorde Caterham, voltando à linha de defesa anterior.

– Um pequeno deslize nesse negócio da Herzoslováquia e acabou-se. É fundamental que as concessões de petróleo sejam garantidas a uma empresa britânica. Compreende?

– Claro, claro.

– O príncipe Michael Obolovitch chega no fim de semana, e a coisa toda pode ser organizada em Chimneys, sob o pretexto de uma caçada.

– Eu estava pensando em viajar para o exterior esta semana – comentou lorde Caterham.

– De jeito nenhum, meu caro Caterham. Ninguém viaja para fora no início de outubro.

– Meu médico disse que não estou em boas condições físicas – disse lorde Caterham, cobiçando um táxi que passava por ali.

Não conseguia se livrar, contudo, pois Lomax tinha o desagradável hábito de segurar a pessoa com quem estivesse envolvido numa conversa séria – resultado, sem dúvida, de longa experiência. No caso presente, agarrava fortemente lorde Caterham pela lapela.

– Meu caro, é uma questão imperiosa. Num momento de crise nacional, como o que se avizinha com grande velocidade...

Lorde Caterham mexeu-se no lugar, impaciente. Sentiu, de repente, que preferia realizar quantas reuniões de fim de semana fossem necessárias a ouvir George Lomax citando suas próprias palavras. Sabia, por experiência, que Lomax era capaz de falar por vinte minutos seguidos, sem nenhuma pausa.

– Tudo bem – disse com pressa. – Eu topo. Você organizará tudo, não?

– Meu caro, não há nada a organizar. Chimneys, sem considerar suas associações históricas, está situada num lugar ideal. Estarei em Abbey, a menos de dez quilômetros de lá. Não seria conveniente, claro, que eu participasse da reunião.

– Claro – concordou lorde Caterham, sem entender por que e sem querer entender.

– Você não se opõe à participação de Bill Eversleigh, não é? Ele pode ser útil para transmitir recados.

– Maravilha – disse lorde Caterham, um pouco mais animado. – Bill é bom atirador, e Bundle gosta dele.

– A caçada, evidentemente, não é importante. É apenas o pretexto.

Lorde Caterham desanimou novamente.

– Combinado, então. O príncipe, sua comitiva, Bill Eversleigh, Herman Isaacstein...

– Quem?

– Herman Isaacstein. O representante do sindicato do qual lhe falei.

– A união dos sindicatos britânicos?

– Sim. Por quê?

– Nada, nada. Estava só pensando. Nomes curiosos essa gente tem.

– Deverá haver também uma ou duas pessoas de fora, só para despistar. Lady Eileen pode resolver isso. Gente jovem, sem noção de política, que não critica.

– Bundle também pode ajudar nisso.

– Estou pensando agora – disse Lomax. – Você se lembra do assunto de que acabei de falar?

– Você falou de tantas coisas...

– Não, não, estou me referindo àquele infeliz contratempo – baixou a voz –, as memórias – disse sussurrando –, as memórias do conde Stylptitch.

– Acho que você está errado quanto a isso – disse lorde Caterham contendo um bocejo. – As pessoas *adoram* um escândalo. Eu mesmo leio reminiscências e gosto bastante.

– A questão não é se as pessoas lerão as memórias ou não. É claro que todos lerão na hora. Mas a publicação dessas memórias na atual conjuntura poderia estragar tudo. Tudo. O povo da Herzoslováquia deseja restaurar a monarquia e está pronto para oferecer a coroa ao príncipe Michael, que tem o apoio e o estímulo do governo de Sua Majestade...

– E que está pronto para garantir concessões a Sr. Ikey Hermanstein and Co., em troca do empréstimo de um milhão para colocá-lo no trono...

– Caterham, Caterham – implorou Lomax num sussurro agoniado. – Um pouco de discrição, eu lhe peço. Acima de tudo, discrição.

– A questão – continuou lorde Caterham, com certo prazer, embora tivesse baixado a voz, atendendo ao pedido do outro – é que algumas reminiscências de Stylptitch podem estragar os planos. Tirania e má conduta da família Obolovitch de um modo geral, não? Inquirições feitas na Câmara. Por que substituir a atual forma de governo democrática e tolerante por um despotismo obsoleto? Política ditada por capitalistas sanguessugas. Abaixo o governo. Esse tipo de coisa, não é?

Lomax assentiu.

— E poderia haver coisa pior — murmurou. — Suponha, só a título de exemplo, que fosse feita alguma referência àquele infeliz desaparecimento, você sabe do que estou falando.

Lorde Caterham fitou-o.

— Não sei, não. Que desaparecimento?

— Você deve ter ouvido falar. Aconteceu quando eles estavam em Chimneys. Henry ficou profundamente abalado. O fato quase arruinou sua carreira.

— Estou interessadíssimo — disse lorde Caterham. — O que ou quem desapareceu?

Lomax curvou-se para a frente e colou os lábios no ouvido de lorde Caterham, que se afastou rapidamente

— Pelo amor de Deus, não assobie no meu ouvido.

— Você ouviu o que eu disse?

— Ouvi — respondeu lorde Caterham relutante. — Lembro-me de ficar sabendo algo a esse respeito na ocasião. Um caso muito curioso. Quem terá sido o responsável? Nunca reouveram o que desapareceu?

— Nunca. Claro que tivemos de tratar do assunto com a máxima discrição. Não podíamos deixar vazar nada sobre a perda. Mas Stylptitch estava lá na época, e ele sabia de alguma coisa. Não de tudo, mas de algo. Tivemos algumas desavenças aqui e ali sobre a questão da Turquia. Suponha que, por pura maldade, ele tenha decidido colocar a boca no trombone e registrado tudo em suas memórias para quem quisesse ler? Pense no escândalo, no alcance das consequências. Todo mundo se perguntaria: por que abafaram o caso?

— Claro — concordou lorde Caterham, com visível satisfação.

Lomax, que já esganiçava a voz, controlou-se.

— Preciso manter a calma — murmurou. — Preciso manter a calma. Mas eu lhe pergunto, meu caro: se ele não pretendia causar nenhum mal, por que enviou o manuscrito para Londres por uma via tão tortuosa?

— Realmente é estranho. Você tem certeza dos fatos?

— Absoluta. Tínhamos nossos agentes em Paris. As memórias foram enviadas secretamente algumas semanas antes de sua morte.

— Sim, nesse mato tem cachorro — disse lorde Caterham com a mesma satisfação exibida anteriormente.

— Descobrimos que elas foram mandadas para um sujeito chamado Jimmy ou James McGrath, um canadense que está atualmente na África.

— Um caso para lá de imperial, não? — comentou lorde Caterham jovialmente.

— James McGrath deve chegar no *Granarth Castle* amanhã, quinta-feira.

— E o que você pretende fazer?

– Entraremos imediatamente em contato com ele. Enfatizaremos as graves consequências que poderão advir e pediremos que ele adie a publicação das memórias por pelo menos um mês. De qualquer maneira, solicitaremos sua permissão para que as memórias sejam... criteriosamente editadas.

– Suponhamos que ele diga: "De jeito nenhum" ou "Por que vocês não vão para o inferno?". Alguma delicadeza do gênero.

– É o que receio – disse Lomax. – Por isso que me ocorreu que seria uma boa ideia convidá-lo para Chimneys também. Ele se sentirá lisonjeado por ser convidado para uma reunião em que o príncipe Michael estará presente, e lá será mais fácil manipulá-lo.

– Eu não farei isso – disse lorde Caterham. – Não me dou bem com canadenses, nunca me dei. Principalmente os que moram na África.

– Você verá que ele é um sujeito ótimo. Um diamante em estado bruto, sabe como é.

– Não, Lomax. Não me envolverei com isso. Peça para outra pessoa.

– Ocorreu-me – disse Lomax – que uma mulher poderia ser muito útil aqui. Saberia o suficiente, mas não demasiado. Uma mulher poderia resolver a coisa toda com tato e delicadeza, mostrar-lhe a situação tal como ela é, sem mexer com seus melindres. Não que eu aprove a presença das mulheres na política. St. Stephen está completamente arruinada hoje em dia. Mas uma mulher, à sua maneira, pode fazer maravilhas. Veja a mulher de Henry e o que ela fez por ele. Marcia foi magnífica, única. Uma perfeita anfitriã política.

– Você não está pensando em convidar Marcia para essa reunião, está? – perguntou lorde Caterham, empalidecendo um pouco à menção de sua temível cunhada.

– Não, não, você entendeu mal. Eu estava falando da influência feminina em geral. Estou pensando numa mulher jovem... bela, encantadora, inteligente.

– Não Bundle, certo? Bundle não serviria. Ela é uma socialista inflamada, por assim dizer, e morreria de rir com a proposta.

– Eu não estava pensando em lady Eileen. Sua filha, Caterham, é simplesmente encantadora, mas uma criança. Precisamos de alguém com *savoir faire*, equilíbrio, conhecimento de mundo... Ah, é claro, minha prima Virginia.

– A sra. Revel? – perguntou lorde Caterham, alegrando-se. Começou a sentir que talvez fosse se divertir na reunião. – Ótima ideia, Lomax. A mulher mais encantadora de Londres.

– Ela está bem a par dos assuntos da Herzoslováquia também. O marido dela trabalhou lá, na embaixada. E, como você disse, é uma mulher de grande fascínio.

– Uma criatura adorável – murmurou lorde Caterham.

– Então está fechado.

O sr. Lomax diminuiu a força com que segurava a lapela de lorde Caterham, e este último aproveitou imediatamente a oportunidade.

– Tchau, Lomax. Você organiza tudo, não?

Entrou num táxi. Lorde Caterham detestava o ilustre George Lomax tanto quanto é possível um homem íntegro detestar outro. Detestava seu rosto balofo avermelhado, a respiração pesada, os olhos azuis esbugalhados. Pensou no fim de semana seguinte e soltou um suspiro. Uma chatice total. Pensou, então, em Virginia Revel e alegrou-se um pouco.

– Uma criatura adorável – repetiu baixinho. – Uma criatura realmente adorável.

CAPÍTULO 4

Uma criatura realmente adorável

George Lomax voltou diretamente a Whitehall. Ao entrar no suntuoso ambiente no qual realizava os negócios do Estado, ouviu um ruído de pés se arrastando.

O sr. Bill Eversleigh ocupava-se em arquivar cartas, mas uma grande poltrona perto da janela ainda mantinha o calor do contato com um corpo humano.

Um jovem muito simpático, Bill Eversleigh. Cerca de 25 anos, alto e meio desajeitado nos movimentos, rosto feio, mas agradável, esplêndidos dentes brancos e olhos castanhos honestos.

– Richardson já mandou o relatório?

– Não, senhor. Peço para mandar?

– Não precisa. Alguém telefonou?

– A srta. Oscar está cuidando disso. O sr. Isaacstein quer saber se o senhor pode almoçar com ele amanhã, no Savoy.

– Peça para a srta. Oscar verificar na minha agenda. Se eu não tiver nenhum compromisso, ela pode ligar e marcar.

– Perfeito, senhor.

– A propósito, Eversleigh, poderia dar um telefonema para mim agora? Procure no catálogo. Sra. Revel, Pont Street, 487.

– Sim, senhor.

Bill pegou o catálogo telefônico, passou rapidamente a vista por uma coluna de "sra.", fechou o catálogo e foi para o telefone. Com a mão já no gancho, parou, como que movido por uma súbita lembrança.

– Oh, acabei de me lembrar, senhor. A linha está com defeito. A da sra. Revel, digo. Tentei ligar para ela agora há pouco.

George Lomax franziu a testa.

– Que droga – exclamou, tamborilando na mesa, sem saber o que fazer.

– Se for alguma coisa importante, senhor, talvez eu possa ir lá agora, de táxi. A esta hora da manhã, com certeza ela estará em casa.

George Lomax hesitou, pensando no assunto. Bill esperava, ansioso, pronto para sair, caso a resposta fosse favorável.

– Talvez seja a melhor solução – disse Lomax por fim. – Muito bem. Pegue um táxi e pergunte à sra. Revel se ela estará em casa às quatro da tarde, pois preciso muito falar com ela sobre um assunto importante.

– Certo, senhor.

Bill pegou o chapéu e saiu.

Dez minutos depois, um táxi o deixava na Pont Street 487. Tocou a campainha e bateu na porta com a aldrava. A porta foi aberta por um criado sério, a quem Bill cumprimentou com a intimidade de quem se conhece há muito tempo.

– Bom dia, Chilvers, a sra. Revel está em casa?

– Creio, senhor, que ela esteja de saída.

– É você, Bill? – ouviu-se uma voz do alto da escada. – Bem que eu reconheci a batida forte na porta. Suba.

Bill ergueu o olhar para o rosto que lhe sorria, e que o reduzia sempre – e não só ele – a um estado de balbuciante incoerência. Subiu os degraus, dois a dois, e apertou nas suas as mãos estendidas de Virginia Revel.

– Olá, Virginia!

– Olá, Bill!

O encanto é uma coisa muito curiosa. Centenas de mulheres jovens, algumas mais bonitas do que Virginia Revel, poderiam ter dito "Olá, Bill" exatamente com a mesma entonação, sem produzir nenhum efeito. Mas aquelas duas palavras simples, pronunciadas por Virginia, exerciam sobre Bill uma influência inebriante.

Virginia Revel tinha acabado de fazer 27 anos. Era alta, esbelta – esbelteza que merecia um poema, diga-se de passagem, de tão harmoniosa –, cabelo cor de bronze, com um brilho esverdeado. Queixo pequeno, nariz perfeito, olhos azuis oblíquos, que cintilavam como uma centáurea por entre as pálpebras semicerradas, e uma boca deliciosa e indescritível, curvada levemente num dos cantos, revelando o que costumam chamar de "a marca de Vênus". O rosto era profundamente expressivo, e ela possuía uma espécie de vitalidade radiante que distraía qualquer um. Seria praticamente impossível ignorar Virginia Revel.

Conduziu Bill a uma pequena sala de estar, toda em tonalidade malva, verde e amarela, como açafrão num prado.

– Bill, querido – disse Virginia –, o Ministério das Relações Exteriores não está sentindo a sua falta? Achei que eles não conseguissem fazer nada sem você.

– Venho lhe trazer um recado de Codders.

Dessa maneira irreverente Bill costumava referir-se ao chefe.

– Falando nisso, caso ele pergunte, lembre-se que seu telefone não estava funcionando hoje de manhã.

– Mas estava.

– Eu sei. Só que eu disse para ele que não.

– Por quê? Explique-me essa estratégia diplomática.

Bill lançou-lhe um olhar de reprovação.

– Para poder vê-la.

– Ah, Bill, meu querido, como sou boba. Você é um doce mesmo!

– Chilvers disse que você ia sair.

– Sim. Vou à Sloane Street. Há uma loja lá onde eles vendem uma cinta nova maravilhosa.

– Cinta?

– Sim, Bill. Cinta. C-I-N-T-A. Cinta. Para apertar os quadris. Usa-se embaixo da roupa.

– Assim eu fico sem graça, Virginia. Você não deveria descrever suas roupas íntimas para um jovem com quem não tem intimidade. Não é muito delicado.

– Mas Bill, meu querido, não há nada de indelicado nos quadris. Todo mundo tem quadril, embora nós, pobres mulheres, nos esforcemos para fingir que não temos. Essa cinta é feita de borracha vermelha e chega quase até os joelhos. É quase impossível andar com ela.

– Que horror! – disse Bill. – E por que você usa isso?

– Oh, porque nos dá uma sensação muito nobre de estar sofrendo pela própria silhueta. Mas chega de falar da minha cinta. Qual o recado de George?

– Ele quer saber se você estará em casa às quatro da tarde.

– Infelizmente não. Estarei em Ranelagh. Por que esse encontro tão formal? Você acha que ele pretende me pedir em casamento?

– Não me admiraria.

– Porque, se for isso, pode dizer para ele que prefiro homens movidos por impulso.

– Como eu?

– Com você não é impulso, Bill. É hábito.

– Virginia, você nunca...

– Não, não e não, Bill. Chega desse papo logo de manhã. Tente pensar em mim como uma criatura maternal, que está se aproximando da meia-idade e que quer o seu bem.

– Virginia, eu amo você.

– Eu sei, Bill, eu sei. E eu amo ser amada. Não é maldade da minha parte? Eu adoraria que todo homem legal do mundo estivesse apaixonado por mim.

– Acho que a maioria está – disse Bill, com tristeza.

– Espero que George não esteja. Aliás, ele não poderia estar. Casou-se com sua profissão. O que mais ele disse?

– Só que era muito importante.

– Bill, estou começando a ficar intrigada. George não considera muita coisa importante. Acho melhor cancelar Ranelagh. Afinal, posso ir a Ranelagh qualquer outro dia. Diga a George que o espero às quatro.

Bill consultou o relógio.

– Acho que não vale a pena eu voltar antes do almoço. Vamos sair para comer alguma coisa?

– Eu já ia mesmo sair para almoçar.

– Não importa. Tire o dia. Cancele tudo.

– Seria ótimo – disse Virginia, sorrindo para ele.

– Virginia, você é maravilhosa. Diga-me uma coisa: você gosta um pouco de mim, não gosta? Mais do que de outros.

– Bill, eu adoro você. Se eu tivesse que me casar com alguém, se fosse obrigada, ou seja, se estivesse escrito num livro e um mandarim perverso me dissesse: "Case-se com alguém ou você morrerá torturada", eu o escolheria sem pestanejar. De verdade. Diria: "Quero o meu querido Bill".

– Então.

– Sim, mas eu não preciso me casar com ninguém. Adoro ser a viúva malvada.

– Você poderia continuar fazendo tudo o que faz agora, sair etc. Você mal perceberia minha presença em casa.

– Bill, você não entende. Sou do tipo de pessoa que se casa por paixão. Isso quando casa.

Bill soltou um grunhido rouco.

– Um dia desses acabo dando um tiro em mim mesmo – murmurou, em tom melancólico.

– Você não fará isso, meu querido Bill. Você levará uma bela moça para jantar. Como fez anteontem à noite.

O sr. Eversleigh ficou momentaneamente confuso.

– Se você estiver se referindo a Dorothy Kirkpatrick, a protagonista de *Fechos e desfechos*, eu... Droga! Ela é uma boa moça. Não há mal nenhum nisso.

— Bill querido, é claro que não há. Gosto que você se divirta. Só não venha fingir que está morrendo de amor por mim.

O sr. Eversleigh recobrou a dignidade.

— Você não entende, Virginia — disse, com severidade. — Os homens...

— São polígamos! Eu sei disso. Às vezes desconfio que sou poliândrica. Se você me ama de verdade, Bill, leve-me logo para almoçar.

CAPÍTULO 5

Primeira noite em Londres

Os melhores planos têm sempre um ponto fraco. George Lomax cometera um único erro. Havia uma falha em seu planejamento. Essa falha era Bill.

Bill Eversleigh era um rapaz de boa índole. Bom jogador de críquete e razoável no golfe, possuía modos educados e bom humor, mas seu cargo no Ministério das Relações Exteriores não se devia à sua inteligência. Bill tinha contatos. Para o trabalho que realizava, bastava. Era como um cãozinho fiel de George. Não fazia nada que exigisse muito raciocínio ou responsabilidade. Sua função era estar sempre ao lado de George, entrevistar pessoas pouco importantes que George não queria ver, realizar tarefas administrativas na rua e ser útil naquilo que fosse necessário. Tudo isso Bill executava fielmente. Quando George se ausentava, Bill instalava-se confortavelmente na melhor poltrona e lia as notícias esportivas, cumprindo com a tradição consagrada.

Acostumado a mandar Bill revolver coisas na rua, George o enviara ao escritório da Union Castle para descobrir quando o *Granarth Castle* chegaria. Como a maioria dos jovens ingleses bem-educados, Bill tinha uma voz agradável, apesar de quase inaudível. Qualquer professor de dicção consideraria errada sua pronúncia da palavra "Granarth". Podia ser tudo, menos "Granarth". O funcionário entendeu "Carnfrae".

O *Carnfrae Castle* deveria chegar na quinta-feira seguinte. Foi o que ele disse. Bill agradeceu e saiu. George Lomax aceitou a informação e, de acordo com ela, traçou seus planos. Não sabia nada sobre os navios da Union Castle, e admitiu como certo que James McGrath chegaria na quinta-feira.

Por isso, no momento em que segurava lorde Caterham pela lapela nos degraus do clube de credores na quarta-feira de manhã, teria ficado extremamente surpreso de saber que o *Granarth Castle* aportara na tarde precedente. Às duas horas de terça, Anthony Cade, viajando sob o nome de Jimmy

McGrath, desembarcou em Waterloo, pegou um táxi e, após um momento de hesitação, pediu ao motorista que rumasse para o Hotel Blitz.

– A pessoa tem direito a um pouco de conforto – disse Anthony para si mesmo, olhando com interesse pelas janelas do táxi.

Fazia exatamente catorze anos desde que estivera em Londres pela última vez.

Chegou ao hotel, reservou um quarto e depois saiu para um passeio ao longo do rio Tâmisa. Como era agradável estar de volta a Londres! Evidentemente, estava tudo mudado. Havia um pequeno restaurante ali, logo depois da ponte Blackfriars, onde ele jantara diversas vezes em companhia de outros rapazes sérios. Era socialista na época e usava uma gravata vermelha. Ah, os tempos da juventude!

Atravessava a rua voltando para o hotel quando um sujeito lhe deu um encontrão que quase o derrubou. Os dois se recuperaram, e o homem murmurou um pedido de desculpa, examinando atentamente o rosto de Anthony. Era um homem baixo, corpulento, tipo operário, e parecia estrangeiro.

Anthony chegou ao Blitz perguntando-se o que teria motivado aquele olhar tão curioso. Não devia ser nada. A cor do seu rosto, mais bronzeado, talvez destoasse da palidez dos londrinos e tivesse chamado a atenção do indivíduo. Subiu para o quarto e, movido por um súbito impulso, aproximou-se do espelho e examinou a própria fisionomia. Dos amigos de antigamente, somente uns poucos escolhidos, será que algum o reconheceria agora se o encontrasse cara a cara? Sacudiu a cabeça lentamente.

Tinha ido embora de Londres com apenas dezoito anos. Na ocasião, era um belo rapaz, rechonchudinho, com uma expressão enganadoramente angelical no rosto. Seria pouco provável que aquele menino fosse reconhecido no homem esguio, moreno e enigmático de agora.

O telefone tocou na cabeceira da cama, e Anthony foi atendê-lo.

– Alô?

Respondeu-lhe a voz do recepcionista:

– Sr. James McGrath?

– É ele.

– Um senhor aqui embaixo gostaria de vê-lo.

Anthony espantou-se.

– Gostaria de *me* ver?

– Sim. Um senhor estrangeiro.

– Qual o nome dele?

Depois de uma breve pausa, o recepcionista disse:

– Mandarei um menino subir com o cartão dele.

Anthony colocou o fone no gancho e esperou. Em poucos minutos, bateram na porta. Era o menino, que trazia o cartão numa bandeja.

Anthony pegou o cartão e viu o seguinte nome gravado:

Barão Lolopretjzyl

Agora compreendia a pausa do recepcionista.
Examinou o cartão por um tempo e tomou uma decisão.
– Pode pedir para ele subir.
– Pois não, senhor.

Pouco tempo depois, o barão Lolopretjzyl entrou no quarto. Era um sujeito grandalhão, com uma enorme barba preta em formato de leque e imensa testa calva.

Bateu os calcanhares com ruído e curvou-se.
– Sr. McGrath – disse.

Anthony imitou seus movimentos da melhor maneira possível.
– Barão – disse, puxando uma cadeira para ele. – Por favor, queira sentar-se. Creio que ainda não havia tido o prazer de conhecê-lo.
– Realmente – concordou o barão, tomando assento. – Para minha tristeza – acrescentou, polidamente.
– Digo o mesmo – disse Anthony, no mesmo tom.
– Mas de negócios quero tratar – disse o barão. – Em Londres, o Partido Legalista da Herzoslováquia represento.
– Tenho certeza de que o seu partido está muito bem representado – murmurou Anthony.

O barão curvou-se em agradecimento.
– Muito gentil o senhor é – disse com firmeza. – Sr. McGrath, não vou do senhor nada esconder. É momento de restaurar a monarquia, em suspenso desde o martírio de Sua Majestade Nicholas IV, bendito seja.
– Amém – murmurou Anthony. – Quer dizer, sim, sim.
– No trono, vai ficar Sua Alteza, o príncipe Michael, que o apoio do governo britânico tem.
– Esplêndido – disse Anthony. – Muita bondade sua me contar tudo isso.
– Estava tudo organizado. Até que o senhor chegou, para causar uma confusão.

O barão encarou-o.
– Meu caro barão – protestou Anthony.
– Sim, sim. Sei do que estou falando. O senhor tem as memórias do falecido conde Stylptitch.

Olhava para Anthony de modo acusador.

– E se eu tiver? O que as memórias do conde Stylptitch têm a ver com o príncipe Michael?

– Vão causar escândalos.

– A maioria das memórias causa.

– De muitos segredos ele tinha conhecimento. Se revelasse um quarto deles, em guerra a Europa poderia terminar.

– Ora – disse Anthony –, não pode ser algo tão grave assim.

– Uma opinião desfavorável dos Obolovitch vai se espalhar no exterior. Assim o espírito inglês é: democrático.

– Acredito – disse Anthony – que os Obolovitch tenham sido um pouco arbitrários de vez em quando. Está no sangue. Mas o povo da Inglaterra já espera esse tipo de coisa dos Bálcãs. Não sei por quê, mas é assim.

– O senhor não compreende – disse o barão. – Não compreende mesmo. E meus lábios estão selados – suspirou.

– O que o senhor teme especificamente? – indagou Anthony.

– Enquanto não ler as memórias, não sei – explicou o barão, com simplicidade. – Mas com certeza alguma coisa há. Esses grandes diplomatas são sempre indiscretos. Os planos serão estragados, como se diz.

– Veja bem – disse Anthony, com amabilidade –, tenho certeza de que o senhor está tendo uma visão muito pessimista do assunto. Conheço bem os editores: sentam-se sobre os manuscritos e ficam chocando-os, como ovos. Até as memórias serem publicadas, levará pelo menos um ano.

– Ou muito enganador, ou muito ingênuo o senhor é. Está tudo organizado para as memórias no jornal de domingo serem publicadas.

– Oh! – exclamou Anthony, surpreso. – Mas o senhor pode negar tudo – disse, para animar o barão.

O barão não se animou.

– Não, não, o senhor não sabe o que fala. Agora, de negócios quero tratar. Mil libras vai receber o senhor, não? Viu como estou bem informado?

– Meus parabéns ao departamento de inteligência legalista.

– Então eu ofereço mil e quinhentos.

Anthony fitou-o, assombrado, e depois balançou a cabeça.

– Sinto muito, mas nada feito – disse com certa tristeza.

– Bem. Ao senhor ofereço dois mil libras.

– O senhor está me tentando, barão, de verdade. Mas continuo recusando.

– Diga seu preço, então.

– Acho que o senhor não entendeu a situação. Acredito piamente que o senhor esteja do lado dos anjos, e que essas memórias possam prejudicar sua causa. Não obstante, aceitei a missão e preciso ir até o fim. Entendeu? Não posso permitir que o outro lado me compre. Isso não se faz.

O barão ouviu com muita atenção. Ao final do discurso de Anthony, assentiu diversas vezes com a cabeça.

– Entendo. É seu honra de cavalheiro inglês.

– Bem, não é exatamente assim que colocamos a questão – disse Anthony. – Mas ouso afirmar, apesar da diferença de vocabulário, que estamos dizendo a mesma coisa.

O barão levantou-se.

– Pela honra inglesa tenho muito respeito – declarou. – Precisamos tentar de outro jeito. Desejo um bom dia ao senhor.

Bateu os calcanhares, curvou-se e saiu marchando ereto.

– O que será que ele queria com essa conversa toda? – perguntou-se Anthony. – Terá sido uma ameaça? Não que eu tenha medo do velho Lollipop. A propósito, eis um bom nome para ele. Vou chamá-lo de barão Lollipop.

Anthony andou de um lado para o outro no quarto, sem saber direito o que fazer. A data estipulada para a entrega do manuscrito era dali a uma semana, mais ou menos. Depois do dia 12 de outubro, então. Anthony não pretendia entregar o manuscrito até o último momento. Verdade seja dita, agora ele queria muito ler aquelas memórias. Havia tentado no navio, durante a viagem, mas ficou de cama, com febre, e não teve disposição nenhuma para decifrar a caligrafia ilegível do documento, pois não havia nenhuma página datilografada. Agora, mais do que nunca, estava decidido a verificar o motivo de todo aquele alvoroço.

Havia também a outra missão.

Movido por um impulso, pegou o catálogo telefônico e procurou o nome Revel. Havia seis Revel na lista: Edward Henry Revel, cirurgião, na Harley Street; James Revel & Co., seleiros; Lennox Revel, em Abbotbury Mansions, Hampstead; srta. Mary Revel, com um endereço em Ealing; sra. Timothy Revel, na Pont Street, 487; e sra. Willis Revel, na Cadogan Square, 42. Eliminando os seleiros e a srta. Mary Revel, sobravam-lhe quatro nomes para investigar; e não existia razão para supor que a moça em questão morasse mesmo em Londres. Fechou o catálogo, balançando de leve a cabeça.

– Por enquanto, vou deixar essa parte ao acaso – disse. – Geralmente acontece alguma coisa.

A sorte dos Anthony Cade deste mundo talvez seja proporcional à sua crença na sorte. Menos de meia hora depois, Anthony encontrou o que procurava, folheando as páginas de um tabloide qualquer. Tratava-se da notícia da representação de um quadro vivo, organizado pela duquesa de Perth. Embaixo da figura central, uma moça em trajes orientais, lia-se a legenda:

A ilustre sra. Timothy Revel como Cleópatra. Antes do casamento, a sra. Revel era Virginia Cawthron, filha do lorde Edgbaston.

Anthony ficou olhando a fotografia por algum tempo, franzindo lentamente os lábios como se fosse assobiar. Em seguida, arrancou a página inteira, dobrou-a e guardou-a no bolso. Subiu novamente para o quarto, destrancou a maleta e pegou o maço de cartas. Retirou do bolso a página dobrada e introduziu-a sob o barbante que prendia as cartas.

Nesse momento, ouviu um súbito barulho e virou-se bruscamente. Viu um homem parado no batente da porta, o tipo de homem que Anthony imaginava que só existia nos corais de ópera-bufa. Indivíduo de aspecto sinistro, cabeça grande e chata e boca arreganhada num sorriso macabro.

– Que diabos você está fazendo aqui? – perguntou Anthony. – E quem o deixou subir?

– Eu vou aonde eu quero – disse o desconhecido. Tinha uma voz gutural e sotaque estrangeiro, embora seu inglês fosse relativamente bom.

"Outro gringo", pensou Anthony.

– Melhor você sair, está ouvindo? – disse, em voz alta.

Os olhos do homem estavam fixos no pacote de cartas que Anthony segurava.

– Só vou sair quando você me entregar o que eu vim buscar.

– E do que se trata, posso saber?

O homem deu um passo adiante.

– As memórias do conde Stylptitch – sibilou.

– Impossível levá-lo a sério – disse Anthony. – Você é o perfeito vilão de uma peça. Gostei muito do figurino. Quem o mandou aqui? O barão Lollipop?

– O barão...? – o homem falou aquele nome impronunciável, cheio de consoantes no final.

– Ah, então é assim que se pronuncia? Uma mistura de gargarejo com latido de cachorro. Não creio que eu consiga. Minha garganta não se presta a isso. Terei que continuar a chamá-lo de Lollipop. Foi ele que o mandou?

O homem respondeu que não com tanta veemência que chegou a cuspir, de maneira bastante realista. Tirou do bolso uma folha de papel e jogou-a em cima da mesa.

– Veja – disse. – Veja e trema, maldito inglês.

Anthony olhou com algum interesse, sem obedecer à segunda parte da ordem. No papel, havia o desenho tosco de uma mão em vermelho.

– Parece uma mão – observou. – Mas, se você disser que é uma pintura cubista retratando um pôr do sol no polo norte, eu acredito.

— É a marca dos Camaradas da Mão Vermelha. Eu sou um deles.

— Não diga! — exclamou Anthony, observando-o com grande curiosidade. — Todos os outros são como você? Não sei o que a Sociedade Eugênica teria a dizer quanto a isso.

O homem rosnou furioso.

— Cachorro — disse ele. — Pior do que cachorro. Escravo assalariado de uma monarquia decadente. Entregue-me as memórias e sairá ileso. Eis a clemência da Confraria.

— É muita bondade deles — disse Anthony. — Mas creio que tanto eles como você estão laborando em engano. Minhas instruções são para entregar o manuscrito não para a sua amável sociedade, mas para uma determinada editora.

— Hahaha! — riu-se o outro. — Você acha que vão lhe permitir chegar vivo à editora? Chega de baboseira. Entregue-me os papéis, ou eu atiro.

Sacou um revólver do bolso e brandiu-o no ar.

Mas nesse ponto ele subestimou Anthony Cade. Não estava acostumado com homens capazes de agir tão rápido, ou pelo menos mais rápido do que imaginava. Anthony não esperou para ficar na mira do revólver. Assim que o outro sacou a arma do bolso, ele se jogou sobre seu corpo, fazendo a arma voar de sua mão. Com a força do golpe, o sujeito acabou girando e ficando de costas para Anthony.

A oportunidade era boa demais para ser perdida. Com um pontapé certeiro e vigoroso, Anthony arremessou o homem no corredor, fazendo-o tropeçar e cair no chão.

Anthony saiu atrás dele, mas o valente Camarada da Mão Vermelha já havia aprendido a lição. Levantou-se rapidamente e fugiu, correndo. Anthony não o perseguiu. Voltou para o quarto.

— Chega de Camaradas da Mão Vermelha — observou. — Aparência pitoresca, mas facilmente derrotados com um pouquinho de atitude. Como é que esse cara conseguiu entrar aqui? Uma coisa é certa: esta missão não será tão simples quanto eu pensava. Já entrei em conflito com o Partido Legalista e o Partido Revolucionário. Só faltam os Nacionalistas e os Liberais Independentes. Está decidido: hoje à noite vou começar a ler o manuscrito.

Consultando o relógio, Anthony verificou que eram quase nove horas da noite e resolveu jantar ali mesmo. Não esperava mais visitas-surpresa, mas chegou à conclusão de que devia tomar cuidado. Não queria que lhe roubassem a maleta enquanto ele estivesse no restaurante. Tocou a campainha, pediu o cardápio, escolheu alguns pratos e pediu uma garrafa de Chambertin. O garçom anotou o pedido e retirou-se.

Enquanto esperava a refeição chegar, pegou o manuscrito e colocou-o em cima da mesa, junto com as cartas.

Bateram na porta. Era o garçom, que entrou com uma pequena mesa e os acessórios da refeição. Anthony tinha se dirigido para perto da lareira. Ali, de costas para o quarto, estava bem em frente ao espelho e, olhando de maneira distraída, notou uma coisa curiosa.

Os olhos do garçom não desgrudavam do pacote que continha o manuscrito. Olhando de soslaio para as costas imóveis de Anthony, o garçom moveu-se suavemente ao redor da mesa. Suas mãos tremiam, e ele passava a língua pelos lábios secos. Anthony observou-o com mais atenção. Era um sujeito alto, obsequioso como todos os garçons, com o rosto bem barbeado e expressivo. Devia ser italiano, pensou Anthony, não francês.

No momento decisivo, Anthony virou-se bruscamente. O garçom assustou-se um pouco, mas fingiu estar ocupado com o saleiro.

– Qual o seu nome? – perguntou Anthony inesperadamente.

– Giuseppe, monsieur.

– Italiano, não é?

– Sim, monsieur.

Anthony falou com ele em italiano, e o homem respondia-lhe com fluência. Por fim, Anthony o dispensou com um movimento de cabeça e, enquanto comia a excelente refeição que Giuseppe lhe trouxera, pensava rapidamente.

Teria se enganado? Será que o interesse de Giuseppe pelo embrulho não era apenas curiosidade? Poderia ser, mas a avidez do italiano depunha contra essa hipótese. De qualquer maneira, era intrigante.

– Não pode ser que todo mundo esteja atrás desse manuscrito! – murmurou. – Devo estar imaginando coisas.

Terminado o jantar, Anthony dedicou-se à leitura atenta das cobiçadas memórias. Em virtude da péssima caligrafia do falecido conde, avançava lentamente, sem conseguir parar de bocejar. No final do quarto capítulo, desistiu.

Até onde leu, achou as memórias insuportavelmente monótonas, sem nenhuma indicação de escândalo.

Juntou as cartas e o invólucro do manuscrito que estavam em cima da mesa e trancou tudo na maleta. Em seguida, trancou a porta e, só por precaução, encostou uma cadeira ali. Sobre a cadeira, colocou uma garrafa de água que estava no banheiro.

Observando todos esses preparativos com certo orgulho, tirou a roupa e foi para a cama. Deu mais uma olhada nas memórias do conde, mas, sentindo as pálpebras pesadas, enfiou o manuscrito sob o travesseiro, apagou a luz e adormeceu quase que imediatamente.

Cerca de quatro horas depois, acordou sobressaltado. O que o despertou, ele não sabia. Talvez algum som, ou apenas a consciência de perigo, que, nos homens mais aventureiros, era extremamente desenvolvida.

Por um momento, permaneceu totalmente imóvel, tentando focar suas impressões. Ouviu, então, um ruído furtivo e percebeu uma escuridão mais densa entre ele e a janela, formando uma sombra no chão, perto da maleta.

Com um impulso súbito, Anthony pulou da cama e acendeu a luz. Um vulto, ajoelhado junto à maleta, saltou de onde estava.

Era o garçom, Giuseppe. Na mão direita, brilhava uma faca longa e fina. Lançou-se diretamente sobre Anthony, que, a essa altura, tinha plena consciência do perigo que corria. Estava sem arma, e Giuseppe, evidentemente, sabia muito bem usar a sua.

Anthony saltou para o lado, e Giuseppe errou o alvo. No instante seguinte, os dois homens estavam rolando no chão, agarrados um ao outro. Anthony concentrava-se exclusivamente em segurar com a máxima força a mão direita de Giuseppe, de modo que ele não pudesse fazer uso da faca. Curvava lentamente a mão para trás. Ao mesmo tempo, sentia a outra mão do italiano apertando-lhe a garganta, sufocando-o, tentando estrangulá-lo. Ainda assim, em desespero, conseguiu abaixar completamente a mão direita do homem.

A faca caiu no chão com um tinido. No mesmo momento, o italiano desvencilhou-se de Anthony com um movimento rápido. Anthony também se levantou, mas cometeu o erro de correr para a porta, a fim de evitar a saída do outro. Viu, demasiado tarde, que a cadeira e a garrafa estavam exatamente como ele as tinha colocado.

Giuseppe entrara pela janela, e por ela saiu. No breve instante de trégua que Anthony lhe dera ao se dirigir para a porta, o homem saltou para a varanda, pulou para a varanda contígua e desapareceu pela janela vizinha.

Anthony sabia muito bem que não adiantava ir atrás dele. Sua fuga já devia estar planejada. Para que se meter em mais problemas?

Anthony foi até a cama e enfiou a mão sob o travesseiro, de onde retirou as memórias. Ainda bem que as guardara ali e não na maleta. Foi até a maleta, para pegar as cartas.

Maldição.

As cartas não estavam mais lá.

CAPÍTULO 6

A nobre arte da chantagem

Eram exatamente cinco para as quatro quando Virginia Revel, pontual em virtude da curiosidade, voltou para casa, na Pont Street. Abriu a porta com a chave e entrou, sendo imediatamente abordada por Chilvers.

– Perdão, madame, mas... uma pessoa deseja vê-la.

No momento, Virginia não reparou na sutil fraseologia com que Chilvers encobriu o que queria dizer.

– O sr. Lomax? Onde ele está? Na sala de visitas?

– Oh, não, senhora. Não é o sr. Lomax – disse Chilvers ligeiramente contrariado. – Uma pessoa. Relutei em deixá-lo entrar, mas ele disse que era muito importante. Algo relacionado com o falecido capitão, pelo que eu entendi. Julgando, portanto, que a senhora talvez quisesse conversar com ele, mandei-o entrar. Ele está no escritório.

Virginia ficou parada, pensando. Já era viúva há alguns anos, e o fato de raramente falar do marido indicava para alguns que por trás da postura indiferente ainda ardia uma ferida. Para outros significava justamente o contrário: que Virginia jamais se importara com Tim Revel, e que considerava insincero demonstrar uma dor que não sentia.

– Deveria ter comentado, madame – continuou Chilvers –, que o homem parece ser estrangeiro.

Virginia ficou mais interessada. Seu marido trabalhara no serviço diplomático, e eles estiveram juntos na Herzoslováquia um pouco antes do inacreditável assassinato do rei e da rainha. O homem devia ser herzoslovaco, provavelmente algum antigo empregado passando dificuldade.

– Fez muito bem, Chilvers – disse Virginia assentindo com a cabeça. – Onde você disse que ele está? No escritório?

Virginia atravessou o hall com seu passo leve e alegre e abriu a porta da saleta que dava para a sala de jantar.

O visitante estava sentado numa poltrona perto da lareira. Levantou-se à sua entrada e ficou olhando para ela. Virginia tinha uma excelente memória para fisionomias, e soube na hora que jamais havia visto aquele homem. Ele era alto, moreno e aparentemente ágil. Sem dúvida, um estrangeiro, mas não parecia eslavo. Devia ser italiano ou talvez espanhol.

– Gostaria de falar comigo? – perguntou Virginia. – Eu sou a sra. Revel.

O homem não respondeu logo. Fitou-a por um tempo, como se estivesse avaliando-a. Havia em seus modos uma insolência velada que ela percebeu rapidamente.

— Poderia, por favor, me informar o motivo de sua visita? – pediu ela, com certa impaciência.
— É a sra. Revel? Sra. Timothy Revel?
— Sim. Acabei de lhe dizer isso.
— É verdade. Que bom que a senhora aceitou conversar comigo, sra. Revel. Caso contrário, conforme eu disse a seu mordomo, teria sido obrigado a tratar do assunto com o seu marido.

Virginia olhou para ele espantada, mas conseguiu segurar a resposta que lhe veio aos lábios. Limitou-se a comentar, secamente:
— O senhor teria encontrado alguma dificuldade em fazer isso.
— Acho que não. Sou muito persistente. Mas vou direto ao que interessa. Talvez a senhora reconheça isto.

Brandiu algo. Virginia olhava sem muito interesse.
— Pode me dizer o que é isto, madame?
— Parece uma carta – retorquiu Virginia, que, a essa altura, estava convencida de estar lidando com um homem mentalmente desequilibrado.
— E talvez a senhora tenha observado a quem é endereçada – disse o homem, mostrando-lhe o papel.
— Sei ler – informou Virginia, com delicadeza. – Está endereçada ao capitão O'Neill, Rue de Quenelles, número 15, Paris.

O homem parecia procurar algo no rosto dela que não conseguiu encontrar.
— Poderia ler, por favor?

Virginia pegou o envelope, tirou o papel lá de dentro e deu uma olhada. Na mesma hora, retesou-se e devolveu a carta para o homem.
— É uma carta particular. Certamente, não foi destinada aos meus olhos.

O homem riu com sarcasmo.
— Parabéns, sra. Revel, pela admirável representação. A senhora desempenha seu papel com perfeição. Mas creio que não poderá negar a assinatura.
— A assinatura?

Virginia ficou pasma ao virar a carta. A assinatura, escrita numa caligrafia caprichada, era de Virginia Revel. Engolindo a exclamação de espanto que lhe veio à garganta, voltou ao começa da carta e leu tudo. Permaneceu um tempo imersa em pensamentos. A natureza da carta evidenciava seu propósito.
— Então, madame – disse o homem –, é o seu nome, não?
— Oh, sim, é o meu nome – respondeu Virginia.

"Mas não a minha letra", poderia ter acrescentado.

Em vez disso, abriu um belo sorriso.
— Que tal se nos sentássemos para discutir o assunto? – propôs com doçura.

O homem ficou intrigado. Não esperava esse comportamento. Seu instinto dizia-lhe que ela não estava com medo dele.

– Antes de mais nada, gostaria de saber como o senhor me encontrou.

– Isso foi fácil.

Tirou do bolso uma página arrancada de um tabloide e entregou a ela. Anthony Cade a teria reconhecido.

Virginia devolveu-lhe o papel, de cenho franzido.

– Entendi – disse. – Realmente foi fácil.

– Evidentemente a senhora compreende, sra. Revel, que esta não é a única carta. Existem outras.

– Meu Deus! – exclamou Virginia. – Parece que fui terrivelmente indiscreta.

Novamente, ela percebeu que seu tom despreocupado intrigava o homem. A essa altura, já se divertia.

– De qualquer maneira – disse, sorrindo para ele –, é muita gentileza da sua parte me procurar para devolver as cartas.

Houve uma pausa enquanto ele limpava a garganta, pigarreando.

– Sou um homem pobre, sra. Revel – disse, por fim, em tom bastante significativo.

– Justamente por isso o senhor entrará no reino dos céus. Pelo menos foi o que sempre ouvi.

– Não posso permitir que a senhora fique com essas cartas a troco de nada.

– Creio que o senhor esteja equivocado. Essas cartas pertencem à pessoa que as escreveu.

– Talvez essa seja a lei, madame. Mas neste país há um ditado: "Achado não é roubado". E, de qualquer maneira, a senhora está disposta a invocar o auxílio da lei?

– A lei é severa para os chantagistas – lembrou Virginia.

– Ora, sra. Revel, não sou tão idiota. Eu li as cartas. Cartas de uma mulher para seu amante. Todas deixam transparecer o pavor de que o marido descubra. A senhora quer que eu as entregue para o seu marido?

– O senhor ignorou uma possibilidade. Essas cartas foram escritas há alguns anos. Suponha que nesse meio-tempo eu tenha me tornado viúva.

Ela sacudiu a cabeça, confiante.

– Nesse caso, a senhora não teria nada a temer e não estaria aqui sentada, negociando comigo.

Virginia sorriu.

– Qual é o seu preço? – ela perguntou de maneira profissional.

– Por mil libras, entrego todo o pacote para a senhora. Estou pedindo muito pouco, mas não gosto deste tipo de negócio, compreende?

– Não pago mil libras nem sonhando – retrucou Virginia, categórica.
– Madame, nunca pechincho. Mil libras, e as cartas são suas.

Virginia refletiu um instante.

– O senhor precisa me dar um tempo para pensar. Não será fácil conseguir essa quantia.

– Algumas libras de garantia. Cinquenta, digamos. E eu entro em contato novamente.

Virginia olhou o relógio. Eram quatro e cinco, e ela julgou ter ouvido a campainha.

– Tudo bem – disse com pressa. – Volte amanhã, só que mais tarde. Lá pelas seis horas.

Foi até uma escrivaninha encostada na parede, destrancou a gaveta e tirou de lá um maço de notas amarrotadas.

– Tem cerca de quarenta libras aqui. Tome.

Ele agarrou o dinheiro com ansiedade.

– E agora, por favor, retire-se – disse Virginia.

O homem saiu o escritório, obediente. Pela porta aberta, Virginia avistou George Lomax no hall, sendo conduzido para cima por Chilvers. Assim que a porta da frente se fechou, ela o chamou.

– Entre aqui, George. Chilvers, poderia nos trazer um chá?

Virginia abriu as janelas de par em par, e George Lomax, ao entrar na sala, encontrou-a de pé, com os cabelos esvoaçantes e olhar agitado.

– Já vou fechá-las, George. Mas é que o lugar precisava ser arejado. Você cruzou com o chantagista no hall?

– Com o quê?

– Chantagista, George. C-H-A-N-T-A-G-I-S-T-A. Chantagista. Aquele que faz chantagem.

– Virginia, minha querida, você não pode estar falando sério.

– O pior é que estou, George.

– Mas com quem ele veio fazer chantagem?

– Comigo, George.

– Mas Virginia, minha querida, o que você andou fazendo?

– Para variar, não andei fazendo nada. O bondoso cavalheiro me confundiu com outra pessoa.

– Avisou a polícia?

– Não. E você provavelmente acha que eu deveria ter avisado.

– Bem – disse George, ponderando a questão. – Não, não, talvez não. Talvez você tenha feito certo. Você poderia acabar envolvendo seu nome num caso comprometedor. Talvez tivesse que prestar depoimento...

— Até que eu gostaria – disse Virginia. – Adoraria ser intimada. Gostaria de ver se os juízes realmente fazem as pilhérias execráveis de que tanto se fala. Seria interessante. Estive na Vine Street outro dia, por conta de um broche de diamantes que eu tinha perdido, e lá eu encontrei o inspetor mais adorável, o homem mais agradável que já conheci.

George, como de costume, ignorou tudo o que era irrelevante ao assunto.

— Mas o que você fez com aquele patife?
— Bem, George, acho que acabei deixando-o fazer o que queria.
— O quê?
— Chantagem comigo.

O horror no rosto de George era tão pungente que Virginia mordeu os lábios.

— Será que entendi direito? Você está me dizendo que não desfez o equívoco em que ele estava se baseando?

Virginia Revel respondeu que não com a cabeça, olhando George de soslaio.

— Por Deus, Virginia! Você só pode estar louca.
— Imaginei que você fosse dizer isso.
— Mas por quê? Em nome de Deus, por quê?
— Por vários motivos. Para começar, ele estava fazendo o negócio tão bem feito... a chantagem, quero dizer. Detesto interromper um artista quando ele está se superando em sua arte. E depois, eu nunca tinha sido chantageada...
— Era o que eu esperava.
— E queria ver como era.
— Não consigo entendê-la, Virginia.
— Eu sabia que você não entenderia.
— Espero que você não tenha dado nenhum dinheiro.
— Dei. Mas foi pouco – disse Virginia, acuada.
— Quanto?
— Quarenta libras.
— Virginia!
— Meu caro George, é o que eu gasto com um vestido. E comprar uma nova experiência é tão excitante quanto comprar um vestido novo. Aliás, é mais.

George Lomax limitou-se a balançar a cabeça. Nesse momento, Chilvers apareceu com o chá, poupando-o da necessidade de expressar sua opinião. Virginia tocou novamente no assunto, enquanto seus dedos ágeis manipulavam o pesado bule de prata.

— Tive mais um motivo, George. Um motivo melhor, mais inteligente. Nós, mulheres, geralmente somos vistas como cobras, mas essa tarde pratiquei uma boa ação com outra mulher. Esse homem dificilmente procurará outra

Virginia Revel. Ele acha que encontrou a presa certa. Coitada. A mulher devia estar na pior quando escreveu aquela carta. Com ela, o sr. Chantagista teria feito o trabalho mais fácil da sua vida. Agora, sem saber, ele está numa posição complicada. Partindo da vantagem de ter tido uma vida irrepreensível, brincarei com ele até destruí-lo, como dizem nos livros. Isso é que é perspicácia, George.

George estava irredutível.

– Não gosto da ideia – disse. – Não gosto nem um pouco dessa ideia.

– Bom, não importa, meu caro George. Você não veio aqui para falar de chantagistas. Falando nisso, por que você veio aqui? Resposta certa: "Para ver *você*!" Acento em "você" e beijo delicado em minha mão, a não ser que você tenha comido muffins com muita manteiga. Nesse caso, tudo deve ser feito somente com os olhos.

– Eu realmente vim para ver você – disse George, sério. – E fico feliz de que esteja sozinha.

– "Oh, George, tudo é tão repentino", diz ela, engolindo uma groselha negra.

– Queria lhe pedir um favor. Sempre a considerei, Virginia, uma mulher fascinante.

– Oh, George!

– E também uma mulher inteligente!

– É mesmo? Como ele me conhece bem.

– Virginia, minha querida, amanhã chegará a Londres um jovem que eu gostaria que você conhecesse.

– Tudo bem, George, mas você comanda. Que isso fique bem claro.

– Tenho certeza de que você poderia, se quisesses, exercer seu enorme fascínio.

Virginia ergueu a cabeça um pouco de lado.

– Meu caro George, não exerço "fascínio" como profissão. O que acontece normalmente é que eu gosto das pessoas, e elas gostam de mim. Mas não acredito que pudesse, a sangue-frio, fascinar um desconhecido incauto. Esse tipo de coisa não se faz, George. De verdade. Existem sereias profissionais que trabalhariam muito melhor do que eu.

– Isso está fora de cogitação, Virginia. A propósito, esse jovem é um canadense chamado McGrath.

– "Um canadense de ascendência escocesa", diz ela, deduzindo com brilhantismo.

– Provavelmente não esteja habituado com as altas camadas da sociedade inglesa. Gostaria que ele apreciasse o charme e a distinção de uma verdadeira dama inglesa.

— Ou seja, eu.
— Exatamente.
— Por quê?
— Como?
— Eu perguntei por quê. Você não lança a verdadeira dama inglesa sobre todo canadense perdido que desembarca em nossa terra. Qual o plano, George? Como se diz vulgarmente, o que é que *você* ganha com isso?
— Não vejo por que lhe contar, Virginia.
— Eu não poderia sair à noite e exercer meu fascínio sem saber de todos os detalhes.
— Você tem uma forma bastante peculiar de considerar as coisas, Virginia. Qualquer pessoa pensaria...
— Não pensaria? Vamos, George, solte mais alguma informação.
— Virginia, minha querida, a situação está relativamente tensa num determinado país da Europa central. É importante, por razões secundárias, que esse senhor... que McGrath seja induzido a considerar a restauração da monarquia na Herzoslováquia como um imperativo à paz da Europa.
— A parte sobre a paz da Europa é bobagem — disse Virginia, calmamente —, mas sou sempre a favor da monarquia, principalmente no caso de um povo pitoresco como o da Herzoslováquia. Quer dizer que você está apoiando um rei na Herzoslováquia? Quem é ele?

George relutou em responder, mas não via como se livrar da pergunta. A conversa não estava saindo conforme planejado. George previra uma Virginia dócil, disposta a colaborar, recebendo suas instruções sem discutir e sem fazer perguntas indiscretas. Não era o caso. Virginia parecia determinada a saber tudo, e George, sempre desconfiado da discrição feminina, estava determinado a evitar isso a todo custo. Havia cometido um erro. Virginia não era a mulher adequada ao papel. Na verdade, poderia até causar sérios problemas. Seu relato sobre a conversa com o chantagista o preocupara bastante. Criatura extremamente irresponsável, sem a mínima noção de seriedade.

— O príncipe Michael Obolovitch — replicou George, já que Virginia obviamente esperava uma resposta à sua pergunta. — Mas, por favor, que isso não saia daqui.

— Não seja ingênuo, George. Os jornais já estão fazendo as mais diversas alusões ao caso, com artigos exaltando a dinastia Obolovitch e falando do rei assassinado, Nicholas IV, como se fosse uma mistura de santo e herói, e não um homenzinho estúpido embevecido por uma atriz de terceira classe.

George estremeceu. Estava mais convencido do que nunca de que havia cometido um erro ao procurar a ajuda de Virginia. Precisava afastá-la imediatamente.

— Tem razão, Virginia, minha querida – disse apressadamente, levantando-se para despedir-se dela. – Eu não deveria ter lhe pedido nada. Mas estamos ansiosos para que os domínios encarem da mesma forma que nós essa crise na Herzoslováquia, e acredito que McGrath tenha influência nos meios jornalísticos. Como monarquista ardente, e com o conhecimento que você tem do país, achei que seria uma boa ideia promover um encontro entre vocês dois.

— Então essa é a explicação?

— Sim, mas me atrevo a dizer que você não teria se interessaria por ele.

Virginia fitou-o por um instante e depois riu.

— George, você é um péssimo mentiroso.

— Virginia!

— Péssimo! Se eu tivesse a sua experiência, teria arranjado uma explicação melhor. Plausível, pelo menos. Mas deixa estar. Vou acabar descobrindo tudo, meu caro George. Fique certo disso. "O mistério do sr. McGrath". Não me admiraria nada se conseguisse obter alguma informação este fim de semana em Chimneys.

— Em Chimneys? Você vai a Chimneys?

George não conseguiu ocultar sua perturbação. Tentara falar com lorde Caterham a tempo para que o convite não fosse feito.

— Bundle ligou hoje de manhã e me convidou.

— Será uma reunião bastante monótona – disse George, numa última tentativa. – Você não vai gostar.

— Meu caro George, por que você não me conta a verdade e confia em mim? Ainda dá tempo.

George pegara sua mão, mas logo a soltou.

— Eu contei a verdade – disse friamente sem enrubescer.

— Assim está melhor – disse Virginia, em tom de aprovação. – Mas ainda não está bom o suficiente. Anime-se, George. Estarei em Chimneys sim, exercendo meu imenso fascínio, como você diz. De repente, a vida ganhou cor. Primeiro, um chantagista. Depois, George em dificuldades diplomáticas. Será que ele contará tudo à bela mulher que implora por sua confiança de maneira tão patética? Não, ele não revelará nada até o último capítulo. Adeus, George. Um último olhar de afeição antes de ir? Não? Oh, meu caro George, não fique tão zangado!

Virginia correu para o telefone assim que George saiu pela porta da frente, num passo grave.

Obteve o número desejado e pediu para falar com lady Eileen Brent.

— É você, Bundle? Só para confirmar que vou a Chimneys amanhã. O quê? Me entediar? Claro que não. Pois saiba, Bundle, que eu não perderia esse encontro por nada neste mundo!

CAPÍTULO 7

O sr. McGrath recusa um convite

As cartas não estavam mais lá!

Tendo plena consciência desse fato, não havia nada a fazer senão aceitá-lo. Anthony sabia perfeitamente que não podia perseguir Giuseppe pelos corredores do Hotel Blitz. Só iria chamar atenção, sem atingir seu objetivo.

Anthony chegou à conclusão de que Giuseppe havia confundido o pacote das cartas com o das memórias, por conta do invólucro. Era possível, portanto, que, ao descobrir o engano, fizesse nova tentativa de apoderar-se das memórias. Anthony pretendia estar bem preparado para isso.

Outro plano que lhe ocorreu foi colocar um anúncio discreto, solicitando a devolução das cartas. Supondo que Giuseppe fosse um emissário dos Camaradas da Mão Vermelha ou, o que era mais provável, um empregado do Partido Legalista, as cartas não teriam nenhum valor para seu líder, e Giuseppe dificilmente perderia a oportunidade de obter uma pequena quantia em dinheiro em troca das cartas.

Depois de tanto pensar, Anthony voltou para a cama e dormiu profundamente até a manhã seguinte. Não julgou que Giuseppe fosse querer um segundo encontro naquela noite.

Anthony levantou-se com seu plano de ataque traçado. Tomou um bom café da manhã, deu uma lida nos jornais, cheios de notícias a respeito das novas descobertas de petróleo na Herzoslováquia, e solicitou uma conversa com o gerente. Como sempre conseguia o que queria por meio da determinação, obteve o que desejava.

O gerente, um francês muito educado, recebeu-o em seu escritório particular.

– O senhor desejava falar comigo, sr. ... McGrath?

– Sim. Cheguei ao hotel ontem à tarde, e o jantar me foi servido no quarto por um garçom chamado Giuseppe.

Fez uma pausa.

– Sim, creio que temos um garçom com esse nome – assentiu o gerente, com indiferença.

– Fiquei um pouco desconfiado com seu comportamento, mas não dei muita importância na hora. Mais tarde, durante a noite, fui despertado pelo som de alguém se movendo sorrateiramente pelo quarto. Acendi a luz e flagrei esse mesmo Giuseppe roubando minha maleta de couro.

A indiferença do gerente desapareceu por completo nesse momento.

— Mas não ouvi nada a respeito disso — exclamou. — Por que não fui informado antes?

— O homem e eu tivemos uma pequena luta. A propósito, ele estava armado com uma faca. No final, ele acabou fugindo pela janela.

— E o que o senhor fez, sr. McGrath?

— Fui conferir o conteúdo da minha maleta.

— Faltava alguma coisa?

— Nada importante — respondeu Anthony lentamente.

O gerente recostou-se dando um suspiro.

— Que bom — disse. — Mas permita-me dizer-lhe, sr. McGrath, que não compreendo direito sua atitude no caso. O senhor não tentou chamar alguém do hotel? Não perseguiu o ladrão?

Anthony encolheu os ombros.

— Como eu lhe disse, ele não levou nada de valor. Sei que, a rigor, trata-se de um caso de polícia...

Fez uma pausa, e o gerente murmurou sem nenhum entusiasmo:

— De polícia... claro...

— De qualquer forma, eu tinha certeza de que o homem conseguiria escapar, e, como nada tinha sido levado, para que incomodar a polícia?

O gerente sorriu.

— Vejo que o senhor compreende, sr. McGrath, que não tenho nenhum interesse em chamar a polícia. A meu ver, é sempre um desastre. Se os jornais ficam sabendo de um acontecimento desses em relação a um hotel importante como este, fazem logo um estardalhaço, mesmo que o assunto seja insignificante.

— Exatamente — concordou Anthony. — Eu lhe falei que nada de valor foi roubado, o que é verdade, em certo sentido. Nada de valor para o ladrão, mas ele levou algo que tem um grande valor para mim.

— O quê?

— Cartas.

Uma discrição extrema, como somente um francês conseguiria expressar, estampou-se no rosto do gerente.

— Compreendo perfeitamente — murmurou. — De fato, não é um caso para a polícia.

— Estamos de acordo quanto a isso. Mas o senhor há de compreender que faço absoluta questão de reaver essas cartas. No lugar de onde eu venho, as pessoas estão acostumadas a fazer as coisas sozinhas. O que lhe peço, portanto, é que o senhor me dê o máximo de informações possível sobre esse garçom, Giuseppe.

– Não vejo nenhum problema nisso – disse o gerente depois de um tempo. – É claro que não tenho como lhe dar as informações agora, mas se o senhor quiser voltar em meia hora, terei tudo pronto.

– Muito obrigado. Perfeito.

Em meia hora, Anthony voltou ao escritório. O gerente havia cumprido com sua palavra. Anotados numa folha de papel estavam todos os fatos relevantes conhecidos sobre Giuseppe Manelli.

– Ele veio nos procurar há uns três meses. Garçom habilidoso e experiente. Satisfez todas as expectativas. Está na Inglaterra há cerca de cinco anos.

Juntos, os dois examinaram uma lista de hotéis e restaurantes onde o italiano havia trabalhado. Um fato chamou atenção de Anthony. Em dois hotéis da lista houvera sérios roubos durante o tempo em que Giuseppe trabalhara lá, embora nenhuma suspeita tivesse recaído sobre ele. De qualquer maneira, o fato era significativo.

Seria Giuseppe apenas um ladrão de hotéis? A busca na maleta de Anthony teria sido apenas parte de suas táticas profissionais? Talvez estivesse com o maço de cartas na mão no momento em que Anthony acendeu a luz, e, para manter as mãos livres, enfiou o pacote automaticamente no bolso. Nesse caso, tratava-se apenas de um furto simples e comum.

Por outro lado, era preciso levar em consideração a empolgação do homem na noite anterior ao ver os papéis em cima da mesa. Não havia nenhum objeto de valor ou dinheiro visível para atiçar-lhe a cobiça.

Não, Anthony estava convencido de que Giuseppe agira em nome de uma organização maior. Com as informações fornecidas pelo gerente, talvez fosse possível saber algo a respeito da vida privada de Giuseppe e finalmente encontrá-lo. Anthony pegou a folha de papel e levantou-se.

– Muito obrigado mesmo. A resposta deve ser óbvia, mas não custa perguntar: Giuseppe não está mais no hotel, está?

O gerente sorriu.

– Sua cama não foi desfeita, e ele deixou todas as suas coisas. Deve ter fugido logo após atacar o senhor. Não imagino que ele vá voltar.

– É. Bem, muito obrigado por tudo. Vou continuar aqui.

– Espero que o senhor consiga o que deseja, mas confesso que tenho minhas dúvidas.

– Sempre espero pelo melhor.

Um dos primeiros passos de Anthony foi interrogar outros garçons que trabalhavam com Giuseppe, mas não conseguiu muita coisa. Redigiu um anúncio, conforme planejado, e enviou-o a cinco dos jornais mais lidos. Já estava pronto para ir ao restaurante onde Giuseppe trabalhara anteriormente, quando o telefone tocou. Anthony atendeu.

— Alô?

— Estou falando com o sr. McGrath? — perguntou uma voz inexpressiva.

— Sim. Quem é?

— Aqui é da Balderson & Hodgkins. Um minuto, por favor. O sr. Balderson vai falar.

"Nossos estimados editores", pensou Anthony. "Devem estar preocupados também. À toa. Ainda falta uma semana."

— Alô? Sr. McGrath? — perguntou uma voz energética.

— É ele.

— Aqui quem fala é o sr. Balderson, da Balderson & Hodgkins. E aquele manuscrito, sr. McGrath?

— O que é que tem?

— Muita coisa. Pelo que eu soube, o senhor acabou de chegar da África. Assim sendo, não tem como entender a situação. Haverá confusão em relação a esse manuscrito, sr. McGrath, uma grande confusão. Às vezes chego a lamentar que tenhamos nos comprometido a editá-lo.

— É mesmo?

— Sim. No momento, estou ansioso para tê-lo comigo o mais rápido possível, para que possa fazer algumas cópias. Assim, se o original for destruído, não haverá problema.

— Meu Deus! — exclamou Anthony.

— Pois é. Imagino que o senhor esteja surpreso, sr. McGrath. Mas, como lhe disse, o senhor não tem como entender a situação. Estão fazendo de tudo para impedir que esse manuscrito chegue até nossa editora. Digo-lhe abertamente que, se o senhor tentar trazê-lo pessoalmente, a probabilidade de que consiga é quase nula.

— Duvido — disse Anthony. — Quando quero chegar a algum lugar, geralmente chego.

— O senhor está enfrentando um pessoal muito perigoso. Eu mesmo não acreditaria, um mês atrás. Olhe, sr. McGrath, já tentaram nos subornar, nos ameaçaram, quiseram nos enganar. Não sabemos mais o que fazer. Minha sugestão é que o senhor não tente trazer o manuscrito aqui. Um dos nossos funcionários o procurará no hotel e se encarregará de trazê-lo.

— E se a quadrilha for atrás dele? — perguntou Anthony.

— Nesse caso, a responsabilidade será nossa, não sua. O senhor teria entregado o manuscrito a um representante nosso e teria um recibo. O cheque de... mil libras que temos instruções de lhe entregar só estará disponível na próxima quarta-feira, conforme os termos de nosso acordo com os testamenteiros do falecido... autor, o senhor sabe a quem me refiro. Mas, se o senhor preferir, posso mandar pelo mensageiro um cheque meu nesse valor.

Anthony refletiu um pouco. Pretendia guardar as memórias até o último momento, porque estava ansioso para descobrir a causa de todo aquele imbróglio. Mas precisou se render aos argumentos do editor.

– Tudo bem – disse com um leve suspiro. – Como o senhor quiser. Pode mandar seu funcionário. Se não for incômodo, mande também o cheque. Gostaria de ter logo esse dinheiro, porque talvez viaje para fora da Inglaterra antes da próxima quarta.

– Certamente, sr. McGrath. Nosso representante o procurará amanhã de manhã cedo. Por precaução, não mandaremos ninguém diretamente aqui da editora. O sr. Holmes mora no sul de Londres. Ele passará aí antes de vir para cá e lhe dará um recibo quando pegar o pacote. Sugiro que o senhor guarde um pacote falso no cofre da gerência. Seus inimigos ficarão sabendo, e isso evitará que invadam seu quarto durante a noite.

– Perfeito. Farei como o senhor sugere.

Anthony desligou pensativo.

Prosseguiu, então, com o plano interrompido de obter informações sobre o desaparecido Giuseppe. Não conseguiu. Giuseppe trabalhara no restaurante em questão, mas aparentemente ninguém sabia nada sobre sua vida privada.

– Mas eu vou encontrá-lo, meu caro – murmurou Anthony. – Ainda vou encontrá-lo. É só uma questão de tempo.

Sua segunda noite em Londres foi totalmente tranquila.

Às nove horas da manhã seguinte, trouxeram o cartão do sr. Holmes, da Balderson & Hodgkins, e logo o sr. Holmes apareceu. Era um homem baixo, louro, de gestos comedidos. Anthony entregou-lhe o manuscrito e recebeu em troca um cheque de mil libras. O sr. Holmes guardou o pacote numa pequena sacola marrom que carregava, desejou bom dia a Anthony e foi embora. A coisa toda pareceu bastante sem graça.

– Mas talvez ele seja assassinado no caminho – murmurou Anthony, olhando, distraído, pela janela. – Será?

Colocou o cheque num envelope junto com um pequeno bilhete e fechou-o cuidadosamente. Jimmy, que tinha caixa na ocasião do encontro com Anthony em Bulawayo, adiantara-lhe uma substancial quantia em dinheiro, praticamente intacta até então.

– Um trabalho está feito, mas o outro não – disse Anthony baixinho. – Por enquanto, estou fracassando. Mas nunca perca as esperanças. Acho que vou dar uma passada no número 487 da Pont Street para dar uma olhada. Devidamente disfarçado, claro.

Anthony guardou seus pertences, desceu, pagou a conta e pediu que colocassem sua bagagem num táxi. Recompensando adequadamente aqueles que se postavam em seu caminho, embora a maioria nada tivesse feito para lhe proporcionar mais conforto, estava a ponto de sair quando um rapaz correu atrás dele com uma carta.

– Acabou de chegar para senhor.

Com um suspiro, Anthony tirou mais um xelim do bolso. O táxi seguiu adiante com um terrível ruído de engrenagem. Anthony abriu a carta.

Era um documento bastante curioso. Anthony teve que ler quatro vezes para entender do que se tratava. Falando em inglês claro (a carta não era em inglês claro, mas em inglês emaranhado, peculiar às missivas redigidas por funcionários do governo), o documento dizia que o sr. McGrath estava chegando à Inglaterra naquele dia, quinta-feira, vindo do sul da África. O texto referia-se indiretamente às memórias do conde Stylptitch e pedia que o sr. McGrath não tomasse nenhuma providência quanto a isso até que tivesse uma conversa confidencial com o sr. George Lomax e outras partes interessadas, cuja importância era vagamente sugerida. Havia também um convite, por parte de lorde Caterham, para que ele fosse a Chimneys no dia seguinte, sexta-feira.

Um comunicado misterioso e para lá de obscuro. Anthony adorou.

– A boa e velha Inglaterra – murmurou, satisfeito. – Com dois dias de atraso, como sempre. É uma pena. Não posso ir a Chimneys com uma identidade falsa. Mas deve haver alguma hospedaria por perto. O sr. Anthony Cade poderia ficar, sem que ninguém soubesse.

Curvou-se para a frente e deu novas instruções ao motorista, que bufou, mal-humorado.

O táxi parou em frente a uma das estalagens mais sombrias de Londres. A corrida, no entanto, foi paga de acordo com o ponto de partida.

Tendo reservado um quarto em nome de Anthony Cade, Anthony encaminhou-se para uma sala de leitura, tirou do bolso uma folha de papel timbrado do Hotel Blitz e escreveu rapidamente.

Explicava que tinha chegado na última terça-feira, que entregara o manuscrito à Balderson & Hodgkins e que lamentava recusar o amável convite de lorde Caterham, mas estava de partida da Inglaterra. Assinou: "Atenciosamente, James McGrath".

– E agora – disse Anthony, enquanto colava o selo no envelope –, mãos à obra. James McGrath sai de cena e entra Anthony Cade.

CAPÍTULO 8

Um homem morto

Naquela mesma tarde de quinta-feira, Virginia Revel foi jogar tênis em Ranelagh. Durante todo o caminho de volta à Pont Street, recostada em sua luxuosa limusine, ensaiava sua parte na próxima conversa com um sorriso nos lábios. Claro que havia a possibilidade de o chantagista não aparecer, mas ela tinha certeza de que isso não aconteceria. Aparentara ser uma presa fácil. Bem, desta vez não seria tão fácil como o sujeito imaginava!

Quando o carro parou em frente à casa, ela virou-se para falar com o motorista antes de subir a escada.

— Como vai sua esposa, Walton? Esqueci de perguntar.

— Creio que melhor, madame. O médico disse que iria vê-la mais ou menos às seis e meia. A senhora precisará do carro de novo?

Virginia pensou um instante.

— Vou passar o fim de semana fora. Sairei de Paddington às seis e quarenta, mas não preciso mais de você. Eu pego um táxi. Prefiro que você vá ao médico. Se ele achar que fará bem à sua esposa sair neste fim de semana, leve-a para algum lugar, Walton. As despesas ficam por minha conta.

Abreviando os agradecimentos do homem com um movimento impaciente de cabeça, Virginia subiu correndo a escada, enfiou a mão na bolsa à procura da chave, lembrou-se de que não a trouxera e tocou a campainha.

Não abriram logo a porta, e, enquanto Virginia esperava do lado de fora, um rapaz subiu os degraus da escada. Estava malvestido e tinha na mão uma pilha de folhetos. Fez menção de entregar um a Virginia, com uma inscrição claramente visível: "Por que servi à minha pátria?". Na mão esquerda, o jovem segurava uma caixa de esmolas.

— Não posso comprar dois desses poemas pavorosos no mesmo dia — argumentou Virginia. — Comprei um hoje de manhã. Comprei mesmo, palavra de honra.

O jovem jogou a cabeça para trás e riu. Virginia riu junto. Avaliando-o negligentemente, achou-o um tipo bem mais agradável do que a maioria dos desempregados de Londres. Gostou de seu rosto bronzeado e da firme esbelteza. Chegou a ponto de desejar arranjar-lhe um emprego.

Mas nesse momento a porta se abriu, e Virginia esqueceu-se imediatamente do problema do desempregado, porque, para seu grande espanto, quem veio recebê-la foi a criada Elise.

— Onde está Chilvers? — perguntou Virginia, entrando em casa.

— Ué, saiu, madame, com os outros.

– Que outros? Para onde?

– Ué, para Datchet, madame. Para o chalé, conforme dizia seu telegrama.

– Meu telegrama? – exclamou Virginia completamente desorientada.

– A senhora não mandou um telegrama? Chegou há uma hora.

– Não mandei telegrama nenhum. O que dizia?

– Acho que ainda está em cima da mesa, *là-bas*.

Elise retirou-se, pegou o telegrama e o trouxe, triunfante, para a patroa.

– *Voilà*, madame!

O telegrama era endereçado a Chilvers e dizia o seguinte:

Favor levar empregados ao chalé agora e preparar reunião de fim de semana. Pegar trem das 17h49.

Não havia nada de extraordinário. Era o tipo de mensagem que ela mesma enviava quando decidia, de uma hora para a outra, reunir os amigos em seu bangalô à beira do rio. Levava sempre todos os empregados, deixando somente uma senhora mais velha como vigia. Chilvers não teria visto nada de errado no telegrama e, como bom criado, obedecera fielmente às suas ordens.

– Eu fiquei – explicou Elise –, porque sabia que a senhora precisaria de mim para arrumar as malas.

– Foi um trote – exclamou Virginia furiosa, jogando o telegrama no chão. – Você sabe muito bem, Elise, que estou indo para Chimneys. Falei hoje de manhã.

– Pensei que a madame tivesse mudado de ideia. Às vezes isso acontece, não é, madame?

Virginia admitiu a verdade da acusação com um meio sorriso. Procurava uma razão para a brincadeira idiota. Elise apresentou uma hipótese.

– *Mon Dieu*! – exclamou apertando as mãos. – E se tiver sido coisa dos malfeitores, dos ladrões? Mandam um telegrama falso para que os *domestiques* saiam de casa e depois vêm roubar.

– Pode ser – disse Virginia, em tom de dúvida.

– Sim, sim, madame, é isso, com certeza. Todos os dias vemos esse tipo de coisa nos jornais. Melhor madame ligar logo para a polícia. Agora. Antes que eles venham e cortem nossa garganta.

– Não exagere, Elise. Eles não virão cortar nossa garganta às seis horas da tarde.

– Madame, eu lhe imploro, deixe-me sair para chamar logo um policial.

– Para quê? Não seja boba, Elise. Suba e arrume minhas coisas para Chimneys, se ainda não arrumou. O novo vestido de gala de Cailleaux, o branco de *crêpe marocain* e... sim, o preto de veludo. Veludo preto é tão político, não acha?

— A madame fica linda com o de cetim *eau de nil* — sugeriu Elise, reassumindo a postura profissional.

— Não, não levarei esse. Rápido, Elise, seja boazinha. Temos muito pouco tempo. Mandarei um telegrama para Chilvers em Datchet e, quando sairmos, pedirei ao policial que estiver fazendo ronda para ficar de olho. Não faça essa cara de novo, Elise. Se você fica tão assustada mesmo sem ter acontecido nada, imagine se um homem saltar de um canto escuro com uma faca apontada para você!

Elise deixou escapar uma exclamação e saiu correndo escada acima, lançando olhares nervosos por sobre os ombros.

Virginia fez uma careta para a criada que se afastava e foi até o pequeno escritório onde estava o telefone. A sugestão de Elise, de chamar a polícia, parecia-lhe boa, e era o que pretendia fazer sem mais delongas.

Abriu a porta do escritório e dirigiu-se ao telefone. Parou com a mão no gancho. Havia um homem sentado na poltrona grande, numa posição estranha, meio retraído. Em virtude das circunstâncias, esquecera-se totalmente do visitante aguardado. Pelo visto, ele tinha pegado no sono enquanto a esperava.

Virginia foi até a poltrona, com um sorriso travesso no rosto. De repente, o sorriso se desfez.

O homem não estava dormindo. *Estava morto.*

Ela soube na hora, instintivamente, antes mesmo que seus olhos se deparassem com o pequeno revólver brilhante jogado no chão, o minúsculo orifício rodeado por uma mancha escura um pouco acima do coração e a aterradora visão do queixo caído.

Ficou imóvel, as mãos espalmadas nas laterais do corpo. No silêncio, ouviu Elise descendo a escada correndo.

— Madame! Madame!

— O que foi?

Encaminhou-se rapidamente para a porta. Seu instinto lhe dizia para esconder de Elise o que havia acontecido, pelo menos por enquanto. A moça ficaria histérica, e agora ela precisava de muita calma e tranquilidade para pensar no que fazer.

— Madame, não seria melhor passar a corrente na porta? Esses malfeitores podem chegar a qualquer momento.

— Sim, faça o que quiser.

Ouviu o ruído da corrente e depois Elise subindo a escada novamente. Respirou aliviada.

Olhou para o homem na cadeira e em seguida para o telefone. Era evidente que devia chamar a polícia.

Mas não fez nada. Estava paralisada pelo horror e aturdida por pensamentos conflitantes. O telegrama falso! Será que tinha alguma coisa a ver com isso? E se Elise não tivesse ficado? Teria entrado com a própria chave – isto é, se estivesse com ela – e ficaria a sós com um homem assassinado dentro de casa, um homem que a chantageara anteriormente, com seu consentimento. É claro que tinha uma explicação para isso, mas sua consciência não estava tranquila. Lembrou-se de como George julgara a situação. As outras pessoas pensariam o mesmo? E aquelas cartas, agora... Evidentemente não foram escritas por ela, mas como provar que não?

– Preciso pensar – disse Virginia. – Preciso pensar.

Quem tinha deixado o homem entrar? Elise certamente não. Ela teria logo comentado. Quanto mais refletia, mais misterioso lhe parecia o caso. Só havia mesmo uma coisa a fazer: chamar a polícia.

Estendeu a mão para o telefone e de repente pensou em George. Um homem comum, equilibrado, que enxergasse as coisas em suas devidas proporções e lhe indicasse o melhor caminho a seguir. Era disso que precisava.

Mas sacudiu a cabeça. George não. A primeira coisa em que ele pensaria seria em sua própria posição. Detestaria se envolver nesse tipo de assunto. George não servia.

Seu rosto, então, adquiriu uma aparência tranquila. Bill, claro! Sem perder mais tempo, ligou para ele.

Foi informada de que ele tinha saído para Chimneys uma hora antes.

– Droga! – exclamou Virginia, batendo com o fone no gancho. Era horrível ficar trancada em casa com um cadáver e não ter com quem falar.

Nesse momento, a campainha tocou.

Virginia levou um susto. Pouco tempo depois, tocaram de novo. Elise estava lá em cima, fazendo as malas, e não ouviria.

Virginia foi até o hall, tirou a corrente e destrancou todos os ferrolhos que Elise fechara. Em seguida, com um suspiro profundo, abriu a porta. Na escada, encontrou o rapaz desempregado.

– Entre – disse ela. – Acho que tenho um trabalho para o senhor.

Conduziu-o à sala de jantar, puxou uma cadeira para ele e sentou-se à sua frente, fitando-o.

– Desculpe-me – disse –, mas o senhor vem de...

– De Eton e Oxford – respondeu o rapaz. – Era o que a senhora queria me perguntar, não?

– Algo assim – admitiu Virginia.

– Acabei decaindo devido à minha incapacidade de permanecer num emprego fixo. Espero que não seja um emprego fixo o que a senhora esteja me oferecendo.

Ela sorriu.

– Não. Não tem nada de fixo.

– Ótimo – disse o rapaz, em tom de satisfação.

Virginia reparou em seu rosto bronzeado e seu corpo longo e esguio, que lhe causaram boa impressão.

– Olhe, estou numa encrenca – explicou. – A maioria dos meus amigos está, bem, em posição de destaque. Todos têm algo a perder.

– Eu não tenho nada a perder. Pode continuar. O que está acontecendo?

– Há um homem morto na sala ao lado – informou Virginia. – Ele foi assassinado, e eu não sei o que fazer.

Pronunciou essas palavras com a simplicidade de uma criança. O rapaz subiu bastante em seu conceito pela forma como recebeu sua declaração. Talvez estivesse acostumado a ouvir coisas desse tipo todos os dias.

– Excelente – disse ele com certo entusiasmo. – Sempre quis trabalhar como detetive amador. Vamos lá ver o corpo, ou a senhora prefere me contar os fatos primeiro?

– Acho melhor lhe contar os fatos primeiro. – Fez uma pequena pausa. Como resumir a história? Falou, de maneira calma e concisa: – Esse homem veio à minha casa ontem pela primeira vez e pediu para falar comigo. Ele tinha algumas cartas. Cartas de amor, assinadas com meu nome...

– Mas que não foram escritas pela senhora – emendou o rapaz.

Virginia olhou para ele, perplexa.

– Como é que o senhor sabia?

– Ora, deduzi. Mas continue.

– Ele queria me chantagear e... Bem, não sei se o senhor vai entender, mas... eu deixei.

Olhou-o, súplice, e ele assentiu com a cabeça, de modo tranquilizador.

– É claro que eu entendo. A senhora queria sentir como era ser chantageada.

– Uau! Como o senhor é inteligente! Foi exatamente isso.

– Eu sou inteligente mesmo – disse o rapaz, com modéstia. – Mas, veja bem, pouquíssimas pessoas entenderiam esse ponto de vista. A maioria não tem imaginação.

– Pois é. Eu disse a esse homem para voltar hoje, às seis horas. Cheguei de Ranelagh e, por causa de um telegrama falso, nenhum empregado estava em casa, exceto minha criada particular. Fui até o escritório e encontrei o homem baleado.

– Quem o deixou entrar?
– Não sei. Se tivesse sido minha criada, ela teria comentado.
– Ela sabe o que aconteceu?
– Eu não lhe disse nada.

O rapaz fez que compreendia e levantou-se.

– Vamos ver o corpo – disse bruscamente. – Mas lhe digo uma coisa: de um modo geral, é sempre melhor falar a verdade. Uma mentira leva a outra, e ficar mentindo o tempo todo é muito monótono.

– O senhor me aconselha, então, a ligar para a polícia?
– Talvez sim. Mas vamos dar uma olhada no sujeito primeiro.

Virginia foi na frente. Na soleira da porta, parou e voltou-se para o rapaz.

– A propósito – disse –, o senhor ainda não me disse seu nome.
– Meu nome? Meu nome é Anthony Cade.

CAPÍTULO 9

Anthony livra-se de um corpo

Anthony seguiu Virginia para fora da sala, sorrindo por dentro. Os acontecimentos haviam tomado um rumo inesperado. Mas, ao curvar-se sobre o corpo que se encontrava na poltrona, ficou sério novamente.

– Ele ainda está quente – disse. – Foi morto há menos de meia hora.
– Um pouco antes de eu chegar?
– Exatamente.

Aprumou-se, franzindo o cenho. Em seguida, fez uma pergunta cujo sentido Virginia não compreendeu de imediato.

– Sua criada não esteve nesta sala, esteve?
– Não.
– Ela sabe que a senhora esteve aqui?
– Ora, sim. Fui até porta falar com ela.
– Depois de ter encontrado o corpo?
– Sim.
– E a senhora não disse nada?
– Teria sido melhor se eu tivesse dito? Achei que ela fosse ficar histérica. Ela é francesa e se abala facilmente. Eu queria refletir sobre o que deveria fazer.

Anthony assentiu com a cabeça, mas não disse nada.

– Pelo visto, o senhor acha que foi um erro.

— Foi um tanto infeliz, sra. Revel. Se a senhora e a criada tivessem descoberto o corpo juntas logo após o seu regresso, as coisas seriam bem mais simples. O homem teria sido baleado indiscutivelmente *antes* de a senhora chegar.

— Ao passo que agora podem dizer que ele foi baleado *depois*... Compreendo...

Anthony observou-a assimilando a ideia e confirmou a primeira impressão que tivera a seu respeito, quando conversaram na porta. Além de beleza, ela tinha coragem e inteligência.

Virginia estava tão absorta no enigma apresentado que nem se perguntou como o desconhecido sabia seu nome.

— E como é que Elise não ouviu o tiro? – murmurou ela.

Anthony apontou para a janela aberta, no momento em que se ouviu o estalo de um cano de escape de um carro que passava.

— Aí é que está. Londres não é um lugar onde se consiga ouvir um tiro de revólver.

Virginia voltou-se para o corpo na poltrona, sentindo um calafrio percorrer-lhe a espinha.

— Parece italiano – observou.

— Ele é italiano – afirmou Anthony. – Diria que trabalhava como garçom. Só fazia chantagens nas horas vagas. Seu nome possivelmente é Giuseppe.

— Meu Deus! – exclamou Virginia. – Sherlock Holmes?

— Não – disse Anthony, lamentando. – Acredito que seja uma simples fraude. Já lhe conto tudo a respeito. A senhora me disse que esse homem lhe mostrou algumas cartas e lhe pediu dinheiro em troca. A senhora deu?

— Sim.

— Quanto?

— Quarenta libras.

— Fez mal – disse Anthony, mas sem manifestar grandes surpresas. – Vamos dar uma olhada no telegrama.

Virginia pegou-o em cima da mesa e entregou a ele. Reparou que seu rosto ficou sério.

— O que houve?

Anthony mostrou o telegrama, apontando para o endereço do remetente.

— Barnes – disse. – E a senhora esteve em Ranelagh esta tarde. O que impediria que a senhora mesma o tivesse enviado?

Virginia estava fascinada com as palavras dele. Era como se uma rede se fechasse cada vez mais em torno dela. Ele a obrigava a ver tudo aquilo que ela sentia, remotamente, por dentro.

Anthony tirou um lenço do bolso e enrolou-o na mão. Em seguida, apanhou o revólver.

— Nós, criminosos, precisamos ter muito cuidado — explicou. — Impressões digitais, sabe?

De repente, ela viu que Anthony enrijeceu.

— Sra. Revel — disse ele, com a voz alterada —, a senhora conhece este revólver?

— Não — respondeu Virginia, admirada.

— Tem certeza?

— Absoluta.

— A senhora tem algum revólver?

— Não.

— Já teve?

— Não, nunca.

— Tem certeza?

— Absoluta.

Ele fitou-a por um tempo, e Virginia encarou-o de volta, completamente surpresa pelo seu tom de voz.

Até que, com um suspiro, ele relaxou.

— Estranho — disse. — Como explica isto?

Exibiu o revólver. Era um objeto pequeno, delicado, quase um brinquedo, capaz, porém, de realizar um trabalho mortal. Gravado na arma lia-se o nome "Virginia".

— Oh, é impossível! — exclamou Virginia.

Seu assombro era tão genuíno que Anthony não teve como não acreditar.

— Sente-se — disse ele calmamente. — Há mais coisa aí. Para começar, quais são as hipóteses? Há apenas duas hipóteses possíveis. Existe, é claro, a verdadeira Virginia, a mulher das cartas. Ela pode ter ido atrás do cara, atirado nele, largado o revólver, roubado as cartas e fugido. É bem possível, não?

— Imagino que sim — disse Virginia com relutância.

— A outra hipótese é bem mais interessante. A pessoa que desejava matar Giuseppe também queria incriminá-la. Aliás, talvez esse fosse o objetivo principal. O sujeito poderia ter atraído o italiano para onde quisesse, mas não poupou esforços em trazê-lo para *cá*, e, quem quer que seja, ele sabe tudo a seu respeito. Sabe do chalé em Datchet, de seus hábitos domésticos e que a senhora esteve em Ranelagh esta tarde. Parece uma pergunta absurda, mas a senhora tem inimigos, sra. Revel?

— Claro que não. Pelo menos, não desse tipo.

— A questão é a seguinte: o que faremos agora? Existem duas possibilidades. A: ligar para a polícia, contar a história toda e confiar em sua posição inexpugnável no mundo e em sua vida até então irreprochável. B: eu tentar me livrar do corpo. Confesso que tendo à alternativa B. Sempre desejei ver se conseguiria, com a astúcia necessária, ocultar um crime, mas tenho aversão a derramamento de sangue. No todo, creio que A seja a opção mais segura. Nesse caso, precisaremos realizar uma espécie de expurgo. Ligar para a polícia, sim, mas suprimir o revólver e as cartas da chantagem... isto é, se elas ainda estiverem com ele.

Anthony revistou rapidamente os bolsos do homem morto.

– Não sobrou nada – anunciou. – Ele foi totalmente depenado. Ainda haverá muita confusão por causa dessas cartas. Opa, o que é isso? Um buraco no forro! Alguma coisa estava presa aqui, foi puxada com violência e ficou um pedaço de papel.

Enquanto falava, Anthony pegou o papel e foi até a luz. Virginia aproximou-se.

– Pena que não tenhamos o resto – murmurou. – "Chimneys, quinta-feira, 23h45". Parece um compromisso.

– Chimneys? – exclamou Virginia. – Que coisa extraordinária!

– Por que extraordinário? Requintado demais para um sujeito vulgar como ele?

– Eu vou para Chimneys esta noite. Quer dizer, ia.

Anthony virou-se para ela.

– Como? Diga de novo.

– Eu ia para Chimneys esta noite – repetiu Virginia.

Anthony olhou-a, espantado.

– Estou começando a entender. Posso estar enganado, mas é uma ideia. Suponha que alguém quisesse muito impedir que a senhora fosse para Chimneys.

– Meu primo George Lomax queria – informou Virginia sorrindo. – Mas não tenho como suspeitar dele num caso de assassinato.

Anthony não sorriu. Estava imerso em pensamentos.

– Se a senhora chamar a polícia, pode dar adeus ao plano de ir para Chimneys hoje, ou até mesmo amanhã. E eu gostaria que a senhora fosse para Chimneys. Acho que desconcertaria nossos amigos desconhecidos. Sra. Revel, a senhora confia em mim?

– Então será o plano B?

– Sim, será o plano B. A primeira coisa a fazer é conseguir que essa sua criada saia de casa. A senhora pode arranjar isso?

– Facilmente.

Virginia foi até o hall e gritou para cima.

– Elise. Elise.

– Madame?

Anthony ouviu um rápido colóquio e, em seguida, a porta da frente ser aberta e fechada. Virginia voltou à sala.

– Ela saiu. Mandei-a comprar uma fragrância especial. Falei que a loja fica aberta até as oito. É claro que não fica. Ela deverá seguir no próximo trem, depois de mim, sem voltar aqui.

– Ótimo – disse Anthony. – Vamos tratar agora de nos livrar do corpo. É um método bastante conhecido, mas preciso saber primeiro se existe algum baú ou mala grande nesta casa.

– Claro. Vá ao porão e escolha à vontade.

Havia diversos modelos. Anthony escolheu uma mala sólida, grande o suficiente.

– Cuidarei desta parte – disse ele com bastante tato. – A senhora sobe e se arruma.

Virginia obedeceu. Tirou o uniforme de tênis, vestiu um costume de viagem marrom-claro, colocou um gracioso chapéu laranja e desceu. Encontrou Anthony esperando no hall, ao lado de uma enorme mala firmemente fechada.

– Gostaria de lhe contar a história da minha vida – disse ele –, mas a noite será agitada. O que a senhora tem que fazer é o seguinte: chame um táxi, mande colocar a bagagem no porta-malas, incluindo esta mala. Vá até Paddington. Quando chegar lá, mande guardar a mala no depósito de bagagens, que fica do lado esquerdo. Estarei na plataforma. Quando passar por mim, deixe cair o bilhete da bagagem. Abaixo e finjo devolvê-lo, mas, na verdade, ficarei com ele. Siga para Chimneys e deixe o resto comigo.

– É muita bondade sua – disse Virginia. – Que coisa terrível da minha parte encarregar um estranho de se livrar de um cadáver!

– Eu gosto disso – falou Anthony com indiferença. – Se um amigo meu, Jimmy McGrath, estivesse aqui, ele lhe diria que esse tipo de coisa é a minha cara.

Virginia o observava.

– Que nome você disse? Jimmy McGrath?

Anthony olhou para ela.

– Sim. Por quê? Já ouviu falar dele?

– Sim... e bem recentemente. – Parou, irresoluta. Depois continuou: – Sr. Cade, precisamos conversar. O senhor não pode ir a Chimneys?

– A senhora me verá em breve, sra. Revel. Fique tranquila. Agora, sai o conspirador A, furtivamente, pela porta de trás. E o conspirador B, em esplendor de glória, sai pela porta da frente para pegar um táxi.

O plano transcorreu sem grandes dificuldades. Anthony, depois de pegar um segundo táxi, chegou à plataforma a tempo e pegou o bilhete que

Virginia deixara cair. Em seguida, foi atrás do Morris Cowley de segunda mão (já bem rodado) que adquirira mais cedo, para o caso de precisar de um carro.

Voltando a Paddington nesse carro, entregou o bilhete da bagagem a um carregador, que retirou a mala do depósito e colocou-a de modo seguro no porta-malas. Anthony partiu.

Seu destino não era Londres. Atravessou Notting Hill, Shepherd's Bush, desceu a estrada de Goldhawk, passou por Brentford e Hounslow, até chegar a uma longa extensão de rodovia entre Hounslow e Staines. Era uma estrada de grande circulação, com veículos passando o tempo todo. Havia pouca probabilidade de identificar marcas de pneus ou pegadas. Anthony parou o carro, desceu e a primeira coisa que fez foi esconder o número da placa com lama. Em seguida, esperou até o momento em que não ouviu som de carro vindo de nenhuma das direções, abriu a mala, retirou o corpo de Giuseppe e estendeu-o cuidadosamente na beira da estrada, na parte interna da curva, de modo que os faróis dos carros não incidissem sobre ele.

Depois, entrou novamente do carro e partiu. O trabalho todo durou exatamente um minuto e meio. Pegou um desvio à direita, voltando a Londres por Burnham Beeches. Aí, parou mais uma vez o carro, escolheu uma faia gigante e subiu na árvore. Era uma verdadeira façanha, até mesmo para Anthony. Num dos ramos mais altos, prendeu um pequeno pacote embrulhado em papel marrom, escondendo-o num pequeno nicho perto do tronco.

– Uma forma bastante inteligente de se livrar de uma arma – disse Anthony para si mesmo, orgulhoso. – Todo mundo procura no chão e esvazia lagoas. Mas poucas pessoas da Inglaterra subiriam numa árvore.

Em seguida, voltou a Londres e dirigiu-se à estação de Paddington, onde deixou a mala, desta vez no outro depósito, do lado do desembarque. Pensou em comida. Ah, como seria bom comer um bom bife com batata frita! Mas sacudiu a cabeça com tristeza, consultando o relógio. Abasteceu o Morris e pegou novamente a estrada. Para o norte agora.

Um pouco depois das onze e meia, estacionou o carro na rua que margeava o parque de Chimneys. Saiu do carro, escalou o muro com facilidade e dirigiu-se para a casa. O caminho era mais longo do que ele imaginava, e ele começou a correr. Uma grande construção cinzenta surgiu na escuridão: o venerável edifício de Chimneys. Ao longe, um relógio bateu quinze para a meia-noite.

23h45, o horário mencionado no pedaço de papel. Anthony encontrava-se no terraço, observando a casa. Tudo escuro e silencioso.

– Esses políticos vão para a cama cedo – murmurou.

E de repente um som chegou a seus ouvidos, o som de um tiro. Anthony virou-se rapidamente. Tinha certeza de que o som viera de dentro da casa. Esperou um minuto, mas tudo permanecia em silêncio mortal. Anthony foi, então, até uma das longas janelas de batente de onde julgou ter partido o som que o assustara. Tentou o trinco. Estava trancado. Tentou outras janelas, escutando com atenção. Mas o silêncio era absoluto.

No final, Anthony chegou à conclusão de que devia ter sido imaginação sua, ou talvez o tiro tivesse sido disparado por um caçador embrenhado na floresta. Voltou por onde tinha vindo, atravessando o parque, insatisfeito e intranquilo.

Virou-se para olhar a casa, e, nesse momento, acendeu-se uma luz numa das janelas do primeiro andar. No instante seguinte, ela se apagou, e o lugar todo imergiu na escuridão outra vez.

CAPÍTULO 10

Chimneys

O inspetor Badgworthy, em seu escritório. Hora: 8h30. Homem alto, corpulento, metódico no andar e com tendência a respiração pesada nos momentos de tensão profissional. De serviço, o policial Constable Johnson, novato na força policial, de aparência imatura e implume como um franguinho.

O telefone em cima da mesa tocou alto, e o inspetor atendeu-o com sua habitual e portentosa gravidade.

– Sim. Posto policial de Market Basin, inspetor Badgworthy falando. O que houve?

Ligeira alteração nos modos do inspetor. Assim como ele é superior a Johnson, há outros acima dele.

– Sim, milorde. Perdão, milorde, não ouvi direito o que o senhor disse.

Pausa longa, durante a qual o inspetor ouve, e uma variedade de expressões passa-lhe pelo rosto normalmente impassível. Por fim, põe o fone no gancho, após um breve "agora mesmo, milorde".

Volta-se para Johnson, visivelmente inflamado de importância.

– De Sua Excelência... em Chimneys... assassinato.

– Assassinato – repetiu Johnson, convenientemente impressionado.

– Sim, assassinato – disse o inspetor, com grande satisfação.

– Ora, nunca houve um assassinato aqui. Não que eu saiba. Exceto aquela vez em que Tom Pearse atirou na namorada.

– E aquilo, de certa forma, não foi assassinato, mas bebedeira – disse o inspetor de modo depreciativo.

— Ele não foi enforcado — concordou Johnson melancolicamente. — Mas agora é assassinato mesmo, não é, senhor?

— Sim, Johnson. Um dos convidados de Sua Excelência, um estrangeiro. Foi encontrado morto. Baleado. Janela aberta e pegadas do lado de fora.

— Pena que tenha sido um estrangeiro — disse Johnson, com certo pesar.

Tornava o assassinato menos real. Estrangeiros estavam sempre sujeitos a serem baleados, dizia Johnson.

— Sua Excelência está bastante chocado — continuou o inspetor. — Pegaremos o dr. Cartwright e o levaremos conosco. Espero que ninguém tenha mexido nas pegadas.

Badgworthy estava no sétimo céu. Um assassinato! Em Chimneys! O inspetor Badgworthy encarregado do caso. A polícia tem uma pista. Prisão sensacional. Promoção e glória para o inspetor supracitado.

— Isso se a Scotland Yard não se meter — disse o inspetor Badgworthy para si mesmo.

Essa ideia abateu-o por um momento. Parecia extremamente provável que acontecesse naquelas circunstâncias.

Pararam para pegar o dr. Cartwright, e o médico, que era relativamente jovem em comparação, demonstrou bastante interesse. Sua atitude foi quase igual à de Johnson.

— Valha-me Deus! — exclamou. — Não tínhamos um assassinato aqui desde a época de Tom Pearse.

Os três entraram no pequeno carro do médico e partiram para Chimneys. Ao passarem pela hospedaria local, a Jolly Cricketers, o médico reparou num homem em pé junto ao batente da porta.

— É de fora — observou. — Boa pinta. Há quanto tempo será que está aqui? E o que ele estará fazendo hospedado na Cricketers? Ainda não o tinha visto. Deve ter chegado ontem à noite.

— Ele não veio de trem — afirmou Johnson.

O irmão de Johnson trabalhava na estação, e por isso estava sempre a par de todas as partidas e chegadas.

— Quem chegou ontem com destino a Chimneys? — perguntou o inspetor.

— Lady Eileen chegou às 15h40, acompanhada por dois homens, um americano e um jovem militar. Nenhum deles trazia criado. Sua Excelência chegou com um estrangeiro (provavelmente o que foi assassinado) e o criado dele, por volta das 17h40. O sr. Eversleigh veio no mesmo trem. A sra. Revel chegou às 19h25, e nesse mesmo trem chegou outro homem de aparência estrangeira, careca e de nariz adunco. A criada da sra. Revel chegou no trem das 20h56.

Johnson parou, sem fôlego.

– E ninguém foi para a Cricketers?

Johnson sacudiu a cabeça.

– Ele deve ter vindo de carro, então – disse o inspetor. – Johnson, tome nota para abrir inquérito na Cricketers no seu caminho de volta. Queremos saber tudo sobre qualquer pessoa de fora. Esse homem estava muito bronzeado. É muito provável que seja estrangeiro também.

O inspetor moveu a cabeça com grande sagacidade, como que indicando que tipo de homem alerta ele era. Jamais seria pego cochilando.

O carro passou pelos portões do parque de Chimneys. Descrições desse local histórico podem ser encontradas em qualquer guia turístico. Chimneys aparece também no volume 3 de *Mansões históricas da Inglaterra*. Às quintas-feiras, chegam ônibus de Middlingham trazendo pessoas para visitar as dependências da mansão, que são abertas ao público. Em vista de todas essas facilidades, seria supérfluo descrever Chimneys.

Eles foram recebidos à porta por um mordomo de cabeça branca, cuja conduta era perfeita.

"Não estamos habituados a ter assassinatos entre essas paredes", parecia dizer. "Mas estamos enfrentando dias difíceis. Vamos encarar a desgraça com toda a calma e fingir, até o fim, que nada de anormal ocorreu."

– Sua Excelência está esperando – disse o mordomo. – Por aqui, por favor.

Conduziu-os a uma sala pequena e aconchegante, que era o refúgio de lorde Caterham.

– A polícia, milorde, e o dr. Cartwright – anunciou.

Lorde Caterham andava de um lado para o outro, em visível estado de agitação.

– Ah, inspetor! Até que enfim o senhor apareceu. Muito obrigado por ter vindo. Como vai, Cartwright? Este negócio é o diabo. O diabo.

Passando as mãos pelos cabelos de maneira frenética até deixá-los eriçados em pequenos tufos, lorde Caterham parecia, menos do que normalmente, não fazer parte do reino.

– Onde está o corpo? – perguntou o médico, em tom incisivo e profissional.

Lorde Caterham virou-se para ele como se estivesse aliviado de poder responder a uma pergunta direta.

– Na Sala do Conselho. Exatamente como foi encontrado. Não deixei que tocassem nele. Julguei que fosse a coisa certa a fazer.

– Muito bem, milorde – disse o inspetor em tom de aprovação, tirando um caderninho e um lápis do bolso. – E quem descobriu o corpo? O senhor?

– Por Deus, não! – exclamou lorde Caterham. – O senhor acha que eu acordo a essa hora da matina? Não. Uma criada o encontrou. Parece que gritou bastante. Eu próprio não ouvi. Contaram-me depois, e, claro, desci para ver, e lá estava ele.

– O senhor reconheceu o corpo como sendo o de um de seus convidados?

– Sim, inspetor.

– Nome?

Esta pergunta, perfeitamente simples, pareceu perturbar lorde Caterham. Ele abriu a boca uma ou duas vezes, sem falar nada. Por fim, perguntou hesitante:

– O senhor quer dizer... qual era o nome dele?

– Sim, milorde.

– Bem – disse lorde Caterham, olhando lentamente ao redor da sala, como se buscasse inspiração. – O nome dele era... eu diria que era... sim, com certeza... era o conde Stanislaus.

Lorde Caterham se comportava de um jeito tão esquisito que o inspetor parou de fazer anotações e resolveu encará-lo. Mas nesse momento eles foram interrompidos, o que salvou o constrangido lorde.

A porta se abriu e uma moça entrou na sala. Era alta, esbelta e morena, com um rosto pueril e atraente e gestos decididos. Tratava-se de lady Eileen Brent, mais conhecida como Bundle, a filha mais velha de lorde Caterham. Fez um cumprimento com a cabeça aos presentes e foi direto falar com o pai.

– Peguei-o – anunciou.

Por um instante, o inspetor esteve a ponto de sair correndo, achando que a moça tivesse capturado o assassino em flagrante, mas logo percebeu que ela estava falando de outra coisa.

Lorde Caterham soltou um suspiro de alívio.

– Bom trabalho. O que ele disse?

– Está vindo imediatamente para cá. Disse que "precisamos usar da máxima discrição".

– É bem o tipo de coisa idiota que George Lomax diria – disse lorde Caterham, com um grunhido. – De qualquer maneira, quando ele chegar, lavo minhas mãos desse caso.

Pareceu alegrar-se diante da perspectiva.

– Então o nome da vítima era conde Stanislaus? – perguntou o médico.

Pai e filha cruzaram um rápido olhar, e então o primeiro respondeu com certa dignidade:

– Sim. Acabei de dizer isso.

— Perguntei de novo porque o senhor não parecia ter certeza antes — explicou Cartwright.

Seus olhos deixaram transparecer um breve lampejo, e lorde Caterham fitou o médico com ar de censura.

— Vou levá-lo à Sala do Conselho — disse de modo mais ríspido.

Seguiram-no, o inspetor na retaguarda e observando tudo ao redor enquanto caminhavam, como se esperasse encontrar uma pista em alguma moldura ou atrás de uma porta.

Lorde Caterham tirou uma chave do bolso, destrancou a porta e abriu-a. Entraram todos numa grande sala, revestida em carvalho, com três janelas de batente que davam para o terraço. Havia uma longa mesa de jantar, diversas arcas de carvalho e belas cadeiras antigas. Nas paredes, retratos de Caterham falecidos e outros.

Perto da parede esquerda, entre a porta e a janela, um homem jazia de costas, com os braços estendidos.

O dr. Cartwright agachou-se junto ao corpo. O inspetor foi até as janelas e examinou-as, uma por uma. A do meio estava fechada, mas sem trinco. Nos degraus de fora havia pegadas na direção da janela, e outras na direção contrária.

— Muito claro — disse o inspetor, com um movimento afirmativo de cabeça. — Mas deveria haver pegadas na parte de dentro também. Elas seriam bem visíveis neste chão encerado.

— Acho que posso explicar isso — interpôs-se Bundle. — A criada tinha encerado metade do assoalho hoje de manhã, antes de descobrir o corpo. Como estava escuro quando chegou, ela foi direto para as janelas, abriu as cortinas e começou a limpar o chão. Naturalmente, não viu o corpo, que está escondido deste lado da sala por causa da mesa. Não o viu até chegar bem perto dele.

O inspetor assentiu.

— Bem — disse lorde Caterham, ansioso para sair dali —, deixo-o aqui, inspetor. O senhor saberá onde me encontrar se precisar de mim. Mas o sr. George Lomax deve estar chegando em breve de Wyvern Abbey e poderá lhe contar muito mais do que eu. Na verdade, é o negócio dele. Não sei explicar, mas ele saberá quando estiver aqui.

Lorde Caterham bateu em retirada sem esperar resposta.

— Maldade de Lomax — queixou-se. — Meter-me numa encrenca dessas. O que houve, Tredwell?

O mordomo de cabelo branco rodeava-o com deferência.

— Tomei a liberdade, milorde, de antecipar o horário do café da manhã. Está tudo pronto na sala de jantar.

— Não consigo me imaginar comendo num momento desses – disse lorde Caterham, acabrunhado, encaminhando-se naquela direção. – Não mesmo.

Bundle passou o braço pelo braço dele, e eles entraram juntos na sala de jantar. No aparador havia um conjunto de travessas de prata, que eram mantidas quentes de forma engenhosa.

— Omelete – disse lorde Caterham, erguendo uma tampa de cada vez. – Ovos com bacon, rins, caça, peixe, presunto, faisão. Não gosto de nada disso, Tredwell. Peça para fazer um ovo *poché* para mim, sim?

— Claro, milorde.

Tredwell retirou-se. Lorde Caterham, distraído, serviu-se de uma boa quantidade de rins e bacon, encheu uma xícara de café e sentou-se à longa mesa. Bundle já se entretinha com um prato de ovos e bacon.

— Estou morrendo de fome – disse ela com a boca cheia. – Deve ser a emoção.

— Está tudo bem para você – objetou o pai. – Vocês, jovens, gostam de emoção. Mas eu me encontro num estado de saúde muito delicado. Evite qualquer tipo de aborrecimento, foi o que sir Abner Willis me disse. Evite qualquer tipo de aborrecimento. É muito fácil o sujeito dizer isso sentado confortavelmente em seu consultório na Harley Street. Como posso evitar aborrecimentos, quando esse idiota do Lomax larga uma coisa dessas em cima de mim? Eu deveria ter sido firme na ocasião. Deveria ter negado, sem discutir.

Sacudiu a cabeça com tristeza, levantou-se e foi pegar presunto.

— Codders realmente se superou dessa vez – observou Bundle alegremente. – Falou ao telefone de maneira quase incoerente. Daqui a pouco estará aqui, insistindo em discrição e silêncio.

— Com orgulho – acrescentou o pai. – São extremamente egoístas esses homens públicos. Fazem suas infelizes secretárias se levantarem nas horas mais impróprias para lhes ditar coisas sem sentido. Se aprovassem uma lei que os obrigasse a ficar na cama até as onze, que benefício traria para a nação! Eu não me importaria muito se eles não falassem tanta besteira. Lomax está sempre se referindo à minha "posição". Como seu eu tivesse uma posição. Quem vai querer ser um nobre hoje em dia?

— Ninguém – respondeu Bundle. – As pessoas preferem ter uma taberna próspera.

Tredwell reapareceu silenciosamente trazendo dois ovos *pochés* numa pequena travessa de prata, que pôs sobre a mesa, na frente de lorde Caterham.

— O que é isso, Tredwell? – perguntou o lorde, olhando para o prato com expressão de nojo.

– Ovos *pochés*, milorde.

– Eu odeio ovos *pochés* – disse lorde Caterham irritado. – São muito insípidos. Não gosto nem de olhar. Pode levar, Tredwell.

– Tudo bem, milorde.

Tredwell e os ovos *pochés* retiraram-se tão silenciosamente quanto haviam chegado.

– Graças a Deus ninguém se levanta cedo nesta casa – observou lorde Caterham. – Teremos que contar as novidades quando eles se levantarem.

Suspirou.

– Quem será o assassino? – falou Bundle. – E por quê?

– Graças a Deus, não temos nada com isso – disse lorde Caterham. – Compete à polícia descobrir. Não que Badgworthy vá descobrir alguma coisa. De um modo geral, eu preferia que tivesse sido aquele intrometido.

– Aquele intrometido?

– Da união dos sindicatos britânicos.

– Por que o sr. Isaacstein o assassinaria se veio aqui justamente para encontrá-lo?

– Questão de finanças – disse lorde Caterham de maneira vaga. – Falando nisso, eu não me surpreenderia se Isaacstein fosse um madrugador. Ele pode surgir a qualquer momento. É um hábito de quem trabalha na cidade. Por mais rico que seja, o cara sempre pega o trem das 9h17.

O som de um carro em alta velocidade fez-se ouvir através da janela aberta.

– Codders – exclamou Bundle.

Pai e filha debruçaram-se à janela e acenaram para o ocupante do carro quando este se aproximou da entrada.

– Aqui, meu caro, aqui – gritou lorde Caterham, engolindo apressadamente o presunto que tinha na boca.

Como George não pretendia escalar a parede e entrar pela janela, desapareceu pela porta da frente e reapareceu trazido por Tredwell, que se retirou imediatamente.

– Coma alguma coisa – disse lorde Caterham apertando-lhe a mão. – Que tal um rinzinho?

George rejeitou o rim com impaciência.

– É uma terrível calamidade. Terrível. Terrível.

– É mesmo. Quer um pouco de peixe? Hadoque.

– Não, não. Precisamos abafar o caso. A todo custo.

Conforme profetizado por Bundle, George começou com aquele papo.

– Entendo seus sentimentos – disse lorde Caterham, solidário. – Experimente ovos com bacon ou um pouco de peixe.

– Uma contingência totalmente imprevista... calamidade nacional... risco de perda de concessões...

– Deixe o tempo correr – disse lorde Caterham. – E coma alguma coisa. Você precisa é de comida, para se fortalecer. Ovos *pochés*? Havia alguns ovos *pochés* aqui alguns minutos atrás.

– Não quero comer nada – disse George. – Já tomei café da manhã. E mesmo que não tivesse tomado, não ia querer. Precisamos pensar no que fazer. Você já contou para alguém?

– Bem, Bundle e eu sabemos. E a polícia local. E Cartwright. E todos os empregados da casa, claro.

George rosnou.

– Tranquilize-se, meu caro – disse lorde Caterham, com delicadeza. – (Desejaria que você comesse um pouco.) Você parece não compreender que é impossível abafar o caso com um cadáver dentro de casa. O corpo precisa ser enterrado e todas essas coisas. Infelizmente é assim.

George acalmou-se de repente.

– Tem razão, Caterham. Você disse que chamou a polícia local? Não será suficiente. Precisamos de Battle.

– Battle? – perguntou lorde Caterham intrigado.

– O superintendente Battle, da Scotland Yard. Um exemplo de discrição. Ele trabalhou conosco naquele lamentável caso dos fundos do partido.

– Que caso? – perguntou lorde Caterham interessado.

George já ia responder, mas conteve-se, pela presença de Bundle, que estava sentada à janela. Levantou-se.

– Não podemos perder tempo. Preciso mandar alguns telegramas.

– Se você os redigir, Bundle pode mandá-los pelo telefone.

George pegou uma caneta e começou a escrever com incrível rapidez. Entregou o primeiro a Bundle, que o leu bastante interessada.

– Meu Deus! Que nome é esse? – exclamou. – Barão o quê?

– Barão Lolopretjzyl.

Bundle piscou o olho.

– Entendo. Mas vai levar um tempo para passar para os correios.

George continuou a escrever. Entregou um segundo papel a Bundle e dirigiu-se ao dono da casa.

– A melhor coisa que você tem a fazer, Caterham...

– Sim – disse lorde Caterham, apreensivo.

– ...é deixar tudo em minhas mãos.

– Claro – disse lorde Caterham, com jovialidade. – Exatamente o que eu estava pensando. Você encontrará a polícia e o dr. Cartwright na Sala do Conselho. Com... o corpo. Meu caro Lomax, Chimneys está ao seu dispor, sem reservas. Faça o que quiser.

— Obrigado — disse George. — Se eu quiser consultá-lo...

Mas lorde Caterham já estava se retirando pela porta mais afastada. Bundle observou a cena com um sorriso.

— Vou mandar os telegramas agora mesmo — disse. — Sabe chegar à Sala do Conselho?

— Sim. Obrigado, lady Eileen.

E George saiu correndo.

CAPÍTULO 11

Chega o superintendente Battle

Lorde Caterham estava tão receoso de ser procurado por George que passou a manhã toda do lado de fora, passeando pela propriedade. Só a fome foi capaz de trazê-lo de volta. A essa altura, também, o pior já teria passado.

Entrou furtivamente em casa por uma porta lateral. Dali, foi direto para seu escritório particular. Vangloriava-se de não ter sido visto, mas estava enganado. O vigilante Tredwell não deixava escapar nada. Apresentou-se à porta.

— Desculpe-me, milorde...

— O que houve, Tredwell?

— O sr. Lomax, milorde, está na biblioteca, ansioso para vê-lo assim que o senhor chegar.

Com esse delicado método Tredwell dava a entender que lorde Caterham ainda não havia regressado, a não ser que ele quisesse.

Lorde Caterham suspirou e levantou-se.

— Vou ter que chegar mais cedo ou mais tarde, não? Você disse na biblioteca?

— Sim, milorde.

Suspirando novamente, lorde Caterham atravessou as imensas distâncias de seu lar ancestral e chegou à porta da biblioteca, que estava trancada. Quando mexeu na maçaneta, a porta foi destrancada por dentro e entreaberta, revelando o rosto de George Lomax, que espiava desconfiado.

Sua expressão mudou quando ele viu quem era.

— Ah, Caterham, entre. Estávamos nos perguntando onde você se encontrava.

Murmurando algo vago sobre deveres em relação à propriedade e consertos para os locatários, lorde Caterham afastou-se para o lado, desculpando-se.

Havia mais dois homens na sala. Um era o coronel Melrose, comandante da polícia, e o outro, um senhor de meia-idade, de ombros largos e um semblante tão singularmente inexpressivo que chamava atenção.

– O superintendente Battle chegou há meia hora – explicou George. – Deu uma volta com o inspetor Badgworthy e conversou com o dr. Cartwright. Agora ele deseja informações nossas.

Sentaram-se todos, depois de lorde Caterham ter cumprimentado Melrose e ter sido apresentado ao superintendente Battle.

– Nem preciso lhe dizer, Battle – começou George –, que este é um caso no qual precisamos usar da máxima discrição.

O superintendente assentiu de modo pouco formal, o que agradou a lorde Caterham.

– Não se preocupe, sr. Lomax. Mas que não se esconda nada de nós. Segundo as informações que eu tenho, o cavalheiro morto chamava-se Stanislaus. Pelo menos, esse era o nome pelo qual os criados o conheciam. Era seu nome verdadeiro?

– Não.

– Qual era seu nome verdadeiro?

– Príncipe Michael, da Herzoslováquia.

Os olhos de Battle abriram-se um pouco. Fora isso, sua fisionomia não se alterou em nada.

– E, se me permite perguntar, qual era a finalidade de sua visita aqui? Diversão apenas?

– Havia um outro objetivo, Battle. Isso tudo no mais estrito sigilo, claro.

– Sim, sim, sr. Lomax.

– Coronel Melrose?

– Claro.

– Bem, o príncipe Michael estava aqui para encontrar-se com o sr. Herman Isaacstein. Os dois iam negociar um empréstimo, com base em determinadas condições.

– Que condições?

– Não sei muito bem os detalhes. Aliás, eles ainda não haviam chegado a um consenso. Mas, na eventualidade de subir ao trono, o príncipe Michael comprometia-se a garantir certas concessões de petróleo às empresas de interesse do sr. Isaacstein. O governo britânico apoiava o príncipe Michael, em vista de sua evidente simpatia pela Grã-Bretanha.

– Bem – disse o superintendente Battle –, não preciso de mais detalhes quanto a isso. O príncipe Michael queria o dinheiro, o sr. Isaacstein queria o petróleo e o governo britânico bancaria o protetor. Só uma pergunta: havia mais alguém atrás dessas concessões?

– Acho que um grupo de financistas americanos chegou a fazer uma proposta à Sua Alteza.

– E a proposta foi recusada, não?

George recusou-se a responder.

– A simpatia do príncipe Michael estava totalmente do lado britânico – repetiu.

O superintendente Battle não insistiu nesse ponto.

– Lorde Caterham, segundo as informações que tenho, o que aconteceu ontem foi o seguinte: o senhor se encontrou com o príncipe Michael na cidade e veio com ele para cá. O príncipe trouxe junto seu criado, um herzoslovaco chamado Boris Anchoukoff, mas seu cavalariço, o capitão Andrassy, ficou na cidade. O príncipe, assim que chegou, declarou que estava exausto e retirou-se para os aposentos que lhe haviam sido preparados. Jantou lá e não teve contato com as outras pessoas presentes na casa. Certo?

– Sim.

– Hoje de manhã, uma empregada encontrou o corpo, aproximadamente às 7h45. O dr. Cartwright examinou o cadáver e concluiu que a morte foi provocada por um tiro de revólver. Nenhum revólver foi encontrado, e ninguém na casa parece ter ouvido o disparo. Por outro lado, o relógio de pulso do morto quebrou-se na queda, vindo a indicar que o crime foi cometido exatamente às quinze para a meia-noite. A que horas vocês se retiraram para dormir ontem à noite?

– Cedo. Por algum motivo, a festa não "engrenava", se é que o senhor me entende. Subimos para o quarto mais ou menos às dez e meia.

– Obrigado. Agora, lorde Caterham, gostaria que o senhor me fizesse uma descrição de todas as pessoas presentes na casa.

– Desculpe-me, mas eu achava que o sujeito que cometeu o crime tivesse vindo de fora.

O superintendente Battle sorriu.

– Atrevo-me a dizer que sim. Que ele veio de fora, sim. Mas, de qualquer maneira, preciso saber quem se encontrava na casa. Pergunta de rotina, sabe como é.

– Bem, o príncipe Michael e seu criado, e o sr. Isaacstein. O senhor já sabe tudo sobre eles. Depois estava o sr. Eversleigh...

– Que trabalha no meu departamento – interrompeu George, de modo condescendente.

– E que sabia o verdadeiro motivo da presença do príncipe Michael aqui.

– Eu diria que não – retrucou George, em tom grave. – Sem dúvida, percebeu que havia algo no ar, mas não julguei necessário confidenciar-lhe tudo.

– Compreendo. Poderia continuar, lorde Caterham?

— Deixe-me ver... O sr. Hiram Fish.

— Quem é Hiram Fish?

— O sr. Fish é um americano. Trouxe uma carta de apresentação do sr. Lucius Gott. Já ouviu falar dele?

O superintendente Battle sorriu. Quem não tinha ouvido falar do multimilionário Lucius C. Gott?

— Ele estava ansioso para ver as minhas primeiras edições. A coleção do sr. Gott, evidentemente, é incomparável, mas eu também tenho os meus tesouros. Esse sr. Fish é um entusiasta. O sr. Lomax havia sugerido que eu convidasse mais uma ou duas pessoas para o fim de semana, para que a coisa ficasse mais natural. Aproveitei a oportunidade para chamar o sr. Fish. Isso quanto aos homens. Quanto às mulheres, havia somente a sra. Revel, e acho que ela trouxe uma criada também. Minha filha e, é claro, as crianças, as babás, governantas e todas as empregadas.

Lorde Caterham parou para tomar fôlego.

— Obrigado – disse o detetive. – Mera questão de rotina, mas necessária.

— Não existe dúvida quanto ao fato de o assassino ter entrado pela janela, certo? – perguntou George, de modo ponderado.

Battle fez uma breve pausa antes de responder.

— Havia pegadas indo para a janela e outras vindo da janela – disse lentamente. – Um carro estacionou perto do parque ontem à noite, às 23h40. À meia-noite, um rapaz chegou à Jolly Cricketers de carro e reservou um quarto. Deixou as botas do lado de fora para serem limpas, porque elas estavam molhadas e enlameadas, como se ele tivesse caminhado sobre a grama alta do parque.

George curvou-se para a frente, interessado.

— E as botas não podiam ser comparadas com as pegadas?

— Já foram.

— E?

— Correspondem exatamente.

— Isso explica tudo – exclamou George. – Já temos o assassino. Esse rapaz... A propósito, qual o nome dele?

— Na hospedaria ele deu o nome de Anthony Cade.

— Esse Anthony Cade precisa ser procurado e detido imediatamente.

— Não há necessidade de procurá-lo – disse o superintendente Battle.

— Por quê?

— Porque ele ainda está aqui.

— O quê?

— Curioso, não?

O coronel Melrose encarou-o.

– O que é que você está pensando, Battle? Fale logo.

– Só estou dizendo que é curioso. Um rapaz que deveria fugir, mas que não foge. Permanece onde está, facilitando a identificação das pegadas.

– E o que você acha disso?

– Não sei o que pensar. E esse é um estado de espírito muito perturbador.

– Você imagina... – começou o coronel Melrose, mas foi interrompido por uma batida discreta na porta.

George levantou-se e foi abrir. Tredwell, sofrendo interiormente por ter que bater à porta dessa maneira, permaneceu na soleira e dirigiu-se ao seu patrão.

– Desculpe-me, milorde, mas um homem gostaria de lhe falar com urgência a respeito de um assunto importante, ligado, pelo que entendi, à tragédia desta manhã.

– Qual o nome dele? – perguntou Battle, subitamente.

– O nome dele é Anthony Cade, mas ele disse que não significaria nada para ninguém.

Parecia significar muita coisa para os quatro homens presentes, que se empertigaram em diferentes níveis de espanto.

Lorde Caterham começou a rir.

– Estou começando a me divertir. Mande-o, entrar, Tredwell. Agora.

CAPÍTULO 12

Anthony conta sua história

– O sr. Anthony Cade – anunciou Tredwell.

– Entra o estranho suspeito da hospedaria – disse Anthony.

Caminhou em direção a lorde Caterham, com um instinto raro em estrangeiros. Ao mesmo tempo, identificou mentalmente os outros três homens presentes: 1. Scotland Yard. 2. Dignitário local, provavelmente comandante da polícia. 3. Sujeito perturbado, à beira da apoplexia, possivelmente ligado ao governo.

– Peço desculpas – continuou Anthony, ainda se dirigindo a lorde Caterham. – Pela minha intromissão, digo. Mas ouvi boatos na Jolly Dog, sei lá como se chama a estalagem, de que houve um assassinato aqui. Julguei que pudesse lançar alguma luz sobre o caso e decidi vir.

Durante um tempo, ninguém falou. O superintendente Battle, por se tratar de um homem de vasta experiência e saber que era melhor deixar todo mundo falar primeiro, se pudessem ser compelidos a tal. O coronel Melrose, por ser habitualmente taciturno. George, por estar acostumado a que lhe trouxessem notícias sobre o assunto em pauta. Lorde Caterham, por não ter a mínima ideia do que dizer. O silêncio dos outros três, contudo, e o fato de que Anthony tivesse se dirigido diretamente a ele obrigaram lorde Caterham a falar.

– Sim... Perfeitamente – disse ele, nervoso. – O senhor... não quer se sentar?

– Obrigado – disse Anthony.

George limpou a garganta, pigarreando.

– Pois bem. Quando o senhor diz que pode lançar luz sobre o caso, o que isso significa?

– Significa que eu invadi a propriedade de lorde Caterham (espero que ele me perdoe por isso) ontem à noite, por volta das 23h45, e ouvi o disparo. Ou seja, posso precisar a hora do crime para vocês.

Anthony olhou em volta para os outros três, pousando o olhar por mais tempo no superintendente Battle, cuja fisionomia impassível lhe agradava.

– Mas acho que isso não é novidade para vocês – acrescentou.

– Como assim, sr. Cade? – perguntou Battle.

– Ora. Hoje de manhã, quando me levantei, calcei sapatos. Mais tarde, quando quis usar botas, não pude. Um jovem comandante da polícia as havia confiscado. Liguei os pontos e vim correndo para cá, limpar minha ficha, se for possível.

– Muito sensato da sua parte – disse Battle de modo evasivo.

Os olhos de Anthony brilharam de prazer.

– Aprecio sua reticência, inspetor. É inspetor, certo?

Lorde Caterham interpôs-se. Começava a gostar do rapaz.

– Superintendente Battle, da Scotland Yard. Este é o coronel Melrose, nosso comandante da polícia. E este é o sr. Lomax.

Anthony olhou para George com interesse.

– Sr. George Lomax?

– Sim.

– Acho que tive o prazer de receber uma carta do senhor ontem mesmo – disse Anthony.

George fitou-o.

– Acho que não – disse friamente.

Desejou que a srta. Oscar estivesse ali naquele momento. Ela escrevia todas as suas correspondências e sempre se lembrava do assunto e do destinatário. Um homem importante como George não tinha tempo para se ater a esses detalhes insignificantes.

– É impressão minha – instigou George – ou o senhor ia nos explicar o que estava fazendo aqui ontem à noite, às 23h45? – Acrescentou, secamente: – Diga o que quiser, dificilmente acreditaremos.

– Sim, sr. Cade, o que o senhor estava fazendo? – interpelou lorde Caterham, curioso.

– Bem – disse Anthony –, a história é longa.

Tirou uma cigarreira do bolso.

– Posso?

Lorde Caterham respondeu que sim, e Anthony acendeu um cigarro, preparando-se para o suplício.

Sabia, melhor do que ninguém, do perigo em que se metia. No curto espaço de 24 horas, havia se envolvido em dois crimes isolados. Suas ações relacionadas ao primeiro crime não levariam a uma investigação de outro caso. Após livrar-se de um corpo (escapando, incólume, da mira da justiça), eis que ele chega à cena do segundo crime no exato momento em que ele estava sendo cometido. Para um jovem procurando problema, ele havia se excedido.

"A América do Sul", pensou Anthony, "simplesmente vai para o espaço com tudo isto!"

Já havia decidido o que fazer. Diria a verdade, com uma ligeira alteração e uma grave supressão.

– A história começa – disse Anthony – há cerca de três semanas, em Bulawayo. O sr. Lomax, claro, sabe onde fica... base estrangeira do império... "O que sabemos da Inglaterra que só os ingleses sabem", esse tipo de coisa. Eu estava conversando com um amigo meu, um sujeito chamado James McGrath...

Pronunciou o nome lentamente, de olho em George. George remexeu-se na cadeira, constrangido, contendo uma interjeição na garganta.

– Combinamos que eu viria à Inglaterra realizar um pequeno trabalho para o sr. McGrath, já que ele não podia vir pessoalmente. Como a passagem estava reservada em seu nome, viajei como James McGrath. Não sei que tipo de delito cometi. O superintendente poderá me dizer e talvez me prender por alguns meses, se for necessário.

– Continue com a história, por favor – pediu Battle, mas com certo orgulho nos olhos.

– Ao chegar a Londres, fui para o Hotel Blitz, ainda me apresentando como James McGrath. Minha incumbência em Londres era entregar determinado manuscrito a uma editora, mas logo fui procurado por representantes de dois partidos políticos de um país estrangeiro. Os métodos utilizados por um deles foram estritamente constitucionais, ao contrário dos do outro.

Lidei com cada um de acordo com a situação. Mas meus problemas não terminaram aí. Naquela noite, meu quarto foi invadido por um dos garçons do hotel, que tentou me roubar.

– Acho que a polícia não foi avisada, não é? – perguntou o superintendente Battle.

– O senhor tem razão. A polícia não foi avisada. A questão é que nada foi roubado. Mas relatei a ocorrência ao gerente do hotel, e ele poderá confirmar minha história. Dirá que o garçom em questão fugiu às pressas no meio da noite. No dia seguinte, os editores me ligaram, sugerindo que um de seus representantes viesse pegar o manuscrito comigo. Concordei, e tudo aconteceu conforme esperado. Como eu não soube mais nada a respeito, imagino que o manuscrito tenha chegado são e salvo a seu destino. Ontem, ainda como James McGrath, recebi uma carta do sr. Lomax...

Anthony fez uma pausa. Começava a se divertir. George parecia incomodado.

– Lembro – murmurou George. – É muita correspondência. Com o nome diferente, eu não tinha como saber. E eu posso dizer – George elevou a voz, ganhando força pela autoridade moral – que considero essa... essa... farsa de se fazer passar por outro homem bastante imprópria. Não tenho dúvidas de que o senhor incorreu em grave penalidade legal.

– Nessa carta – continuou Anthony sem se alterar –, o sr. Lomax fazia várias sugestões quanto ao manuscrito que estava comigo. Além disso, ele me convidava, em nome de lorde Caterham, para passar o fim de semana aqui.

– É um prazer recebê-lo, meu caro – disse o fidalgo. – Antes tarde do que nunca, não?

George encarou-o, de cenho franzido.

O superintendente Battle lançou um olhar inexpressivo a Anthony.

– E essa é a explicação de sua presença aqui ontem à noite? – perguntou.

– Claro que não – respondeu Anthony animado. – Quando sou convidado para me hospedar numa casa de campo, não costumo escalar muros a altas horas da noite, andar pelo parque e tentar abrir janelas. Estaciono o carro na frente da casa, toco a campainha e limpo os pés no capacho. Continuarei. Respondi ao sr. Lomax, explicando que o manuscrito não estava mais comigo e que, por isso, tinha de recusar o amável convite de lorde Caterham. Mas depois, lembrei-me de algo que até então tinha me escapado da memória. – Pausa. Chegara o momento crítico da revelação com a ligeira alteração. – Devo dizer-lhes que, durante minha luta com o garçom Giuseppe, acabei arrancando dele um pequeno pedaço de papel com algumas palavras escritas. Na hora, essas palavras não significaram nada para mim, mas ficaram na minha memória. À menção do nome "Chimneys", lembrei do papel. Fui conferir, e era exatamente como eu pensava. Eis aqui o papel, senhores. Podem ver. Está escrito: *"Chimneys, quinta-feira, 23h45"*.

Battle examinou o papel com atenção.

– É claro – prosseguiu Anthony – que a palavra Chimneys podia não ter nada a ver com esta casa. Por outro lado, talvez tivesse. E, sem dúvida, esse Giuseppe era um salafrário. Decidi vir até aqui de carro ontem à noite, para ver se tudo estava em ordem. Hospedei-me na estalagem. A ideia era falar com lorde Caterham hoje de manhã para alertá-lo de possíveis tramas durante o fim de semana.

– Perfeitamente – disse lorde Caterham encorajando-o. – Perfeitamente.

– Cheguei tarde aqui. Não calculei direito o tempo. Por isso, estacionei o carro, escalei o muro e atravessei o parque correndo. Quando cheguei ao terraço, a casa estava totalmente escura e silenciosa. Já estava voltando quando ouvi um tiro. Julguei que o disparo tivesse vindo de dentro da casa, e por isso corri de volta, atravessei o terraço e tentei abrir as janelas. Mas elas estavam trancadas, e não se ouvia mais nenhum som. Esperei um pouco, mas o silêncio era sepulcral. Em vista disso, cheguei à conclusão de que havia me enganado e que devia ter escutado o tiro de algum caçador perdido na floresta. Uma conclusão muito natural naquelas circunstâncias.

– Muito natural – disse o superintendente Battle, sempre inexpressivo.

– Fui para a estalagem, me hospedei lá, como lhes disse, e ouvi as notícias hoje de manhã. Evidentemente, imaginei que suspeitariam de mim, em virtude das circunstâncias. Por isso decidi vir aqui contar minha história, na esperança de evitar as algemas.

Pausa. O coronel Melrose olhou de soslaio para o superintendente Battle.

– A história parece muito clara – comentou.

– Sim – disse Battle. – Acho que hoje de manhã ninguém precisará de algemas.

– Alguma pergunta, Battle?

– Sim. Há uma coisa que eu gostaria de saber. Que manuscrito era esse?

Olhou para George, que respondeu, com certa má vontade:

– As memórias do finado conde Stylptitch.

– Não precisa dizer mais nada – falou Battle. – Já entendi tudo.

Virou-se para Anthony.

– O senhor sabe quem foi assassinado, sr. Cade?

– Na Jolly Dog disseram que foi um tal de conde Stanislaus.

– Diga-lhe – falou Battle, dirigindo-se laconicamente a George Lomax.

– O cavalheiro que estava hospedado aqui incógnito como conde Stanislaus era Sua Alteza, o príncipe Michael, da Herzoslováquia.

Anthony assobiou.

– Deve ser uma situação bastante inoportuna.

O superintendente Battle, que avaliava Anthony de perto, soltou uma ligeira exclamação de contentamento, levantando-se de repente.

– Gostaria de lhe fazer uma ou duas perguntas, sr. Cade – anunciou. – Vou levá-lo à Sala do Conselho, se me for permitido.

– Certamente, certamente – disse lorde Caterham. – Leve-o para onde quiser.

Anthony e o detetive saíram juntos.

O corpo já tinha sido removido da cena do crime. Havia uma mancha escura no chão, no lugar onde o morto estivera, mas, fora isso, nada indicava que ocorrera uma tragédia ali. O sol entrava pelas três janelas, inundando a sala de luz e fazendo sobressair o tom suave do velho madeiramento. Anthony olhou em volta, com admiração.

– Muito bonito – comentou. – Não há nada que se compare com antiga Inglaterra, não é?

– Pareceu-lhe, a princípio, que o tiro foi disparado nesta sala? – perguntou o superintendente, sem responder ao elogio de Anthony.

– Deixe-me ver.

Anthony abriu a janela e saiu ao terraço, olhando para a casa.

– Sim, foi nesta sala mesmo – afirmou. – Ela foi expandida e ocupa todo este lado. Se o tiro tivesse sido disparado em qualquer outro lugar, o som teria vindo da *esquerda*, mas o ouvi atrás de mim, ou, no máximo, da direita. Foi por isso que achei que tivesse sido um caçador. A sala está na extremidade dessa ala, como vê.

Afastou-se e perguntou, subitamente, como se uma ideia tivesse acabado de lhe ocorrer:

– Mas por que pergunta? O senhor sabe que o tiro foi disparado aqui, não sabe?

– Ah! – fez o superintendente. – Nunca sabemos tanto quanto gostaríamos de saber. Mas sim, ele foi baleado aqui mesmo. O senhor falou a respeito de ter tentado abrir as janelas, não?

– Sim. Elas estavam trancadas por dentro.

– Quantas o senhor tentou abrir?

– As três.

– Tem certeza?

– Normalmente tenho certeza do que digo. Por que pergunta?

– Engraçado – disse o superintendente.

– O que é engraçado?

– Quando o crime foi descoberto hoje de manhã, a janela do meio estava aberta. Isto é, não estava trancada.

– Uau! – exclamou Anthony, sentando-se no parapeito da janela e pegando a cigarreira. – Que bomba! Isso muda muita coisa. Deixa-nos duas alternativas: ou ele foi assassinado por alguém que se encontrava na casa, e esse alguém destrancou a janela depois que eu fui embora, para dar impressão de que o serviço foi feito por uma pessoa de fora (no caso, eu, como principal suspeito), ou, para dizer de maneira simples e direta, eu estou mentido. Atrevo-me a dizer que o senhor está mais inclinado para a segunda hipótese, mas, palavra de honra, o senhor está enganado.

– Ninguém sairá desta casa até eu descobrir quem foi – disse o superintendente Battle, sério.

Anthony olhou para ele, interessado.

– Há quanto tempo o senhor tem a ideia de que pode ter sido um serviço interno?

Battle sorriu.

– Sempre suspeitei disso. A pista deixada pelo senhor era... escancarada demais, por assim dizer. Quando suas botas confirmaram as pegadas, comecei a ter minhas dúvidas.

– Congratulo a Scotland Yard – disse Anthony, alegremente.

Mas nesse momento, em que Battle aparentemente admitia a completa ausência de cumplicidade de Anthony no crime, Anthony sentiu, mais do que nunca, a necessidade de ficar alerta. O superintendente Battle era um policial muito astuto. Não podia cometer nenhum deslize com ele por perto.

– Foi ali que aconteceu, não? – perguntou Anthony, indicando com a cabeça a mancha escura no assoalho.

– Sim.

– Com o que atiraram nele? Um revólver?

– Sim, mas só saberemos qual depois que retirarem a bala, na autópsia.

– Quer dizer que o revólver não foi encontrado?

– Não.

– Nenhuma pista?

– Bem, temos isto.

O superintendente Battle, à maneira de um ilusionista, exibiu meia folha de papel, observando Anthony atentamente.

Anthony reconheceu o desenho, sem nenhum sinal de alarme.

– A-há! Os Camaradas da Mão Vermelha de novo. Se eles pretendem espalhar essas coisas por aí, seria melhor que mandassem litografar. Deve ser chato fazer um por um. Onde esse papel foi encontrado?

– Debaixo do corpo. O senhor já tinha visto?

Anthony narrou, com detalhes, o breve encontro que tivera com aquela associação tão altruísta.

– Dá a impressão de que os Camaradas o mataram.

– O senhor acha provável?

– Bem, estaria de acordo com a propaganda deles. Mas sempre achei que quem fala muito de sangue jamais o viu correr. Eu não diria que os Camaradas têm coragem para tanto. Além disso, são indivíduos muito pitorescos. Não consigo imaginar um deles disfarçado de hóspede pacato de uma casa de campo. Mesmo assim, nunca se sabe.

– É verdade, sr. Cade. Nunca se sabe.

De repente, Anthony parecia estar se divertindo.

– Agora compreendo. Janela aberta, pegadas, um estranho suspeito na hospedaria da região. Mas posso lhe garantir, meu caro superintendente, que, quem quer que eu seja, o agente local da Mão Vermelha é que eu não sou.

O superintendente Battle sorriu, jogando sua última cartada:

– O senhor tem alguma objeção em ver o corpo? – perguntou subitamente.

– Nenhuma – replicou Anthony.

Battle tirou uma chave do bolso e, precedendo Anthony, atravessou o corredor, parou em frente a uma porta e a destrancou. Era uma das pequenas salas de estar. O corpo jazia sobre uma mesa, coberto com um lençol.

O superintendente Battle esperou que Anthony se aproximasse e puxou o lençol de repente.

Um vivo clarão iluminou seus olhos frente à interjeição que Anthony não conseguiu conter e ao sobressalto dele.

– Então, o senhor *o* reconhece, sr. Cade? – perguntou, esforçando-se para atenuar o tom de triunfo na voz.

– Sim, já o tinha visto – respondeu Anthony, recuperando-se da surpresa. – Mas não como o príncipe Michael Obolovitch. Ele disse que trabalhava na Balderson & Hodgkins e se chamava Holmes.

CAPÍTULO 13

O visitante americano

O superintendente Battle recolocou o lençol com o ar ligeiramente desalentado de alguém cujo maior trunfo tivesse falhado. Anthony estava com as mãos nos bolsos, perdido em pensamentos.

— Então era isso o que o velho Lollipop queria dizer com "outros meios" — murmurou.

— Como é?

— Nada, superintendente. Estava só pensando alto. Eu... quer, dizer, o meu amigo Jimmy McGrath foi enganado em troca de mil libras.

— Mil libras é um bom dinheiro — disse Battle.

— Não é tanto pelas mil libras — disse Anthony —, embora eu concorde que mil libras é uma boa quantia. O que me dá raiva é o jeito como a coisa aconteceu. Entreguei o manuscrito como um cordeirinho. Isso dói, superintendente. Dói muito.

O detetive não disse nada.

— Bem — continuou Anthony. — Não adianta se arrepender. E pode ser que nem tudo esteja perdido. Só preciso conseguir as reminiscências do velho conde Stylptitch até quarta-feira e tudo ficará bem.

— O senhor se incomoda de voltar à Sala do Conselho, sr. Cade? Queria lhe mostrar uma coisa.

De volta à Sala do Conselho, o detetive foi direto até a janela do meio.

— Estive pensando, sr. Cade. Esta janela específica é muito dura. Duríssima. Talvez o senhor tenha se enganado ao pensar que ela estivesse trancada. Ela poderia estar apenas emperrada. Tenho certeza... sim, tenho quase certeza de que o senhor se enganou.

Anthony encarou-o.

— E se eu disser que tenho certeza de que não me enganei?

— O senhor não acha que poderia ter se enganado? — perguntou Battle, olhando-o fixamente.

— Bem, só para o senhor não ficar chateado, sim, superintendente.

Battle sorriu, satisfeito.

— O senhor entende rápido as coisas. E não fará nenhuma objeção em afirmar isso, como quem não quer nada, no momento certo?

— Nenhuma objeção. Eu...

Anthony fez uma pausa quando Battle agarrou seu braço. O superintendente estava inclinado para a frente, escutando.

Com um gesto, ordenou silêncio para Anthony e caminhou na ponta dos pés até a porta, abrindo-a de repente.

No limiar estava um homem alto, de cabelo preto bem repartido no meio, olhos azuis inocentes e fisionomia plácida.

— Perdão, cavalheiros — disse numa voz lenta, com um forte sotaque transatlântico. — Mas é permitido inspecionar a cena do crime? Suponho que vocês sejam da Scotland Yard.

— Não tenho essa honra – disse Anthony. – Mas este é o superintendente Battle, da Scotland Yard.

— É mesmo? – disse o americano, aparentando grande interesse. – Muito prazer em conhecê-lo, senhor. Meu nome é Hiram P. Fish, de Nova York.

— O que o senhor deseja ver, sr. Fish? – perguntou o detetive.

O americano entrou na sala e olhou com muito interesse para a mancha escura no chão.

— Estou interessado no crime, sr. Battle. É um dos meus hobbies. Escrevi uma monografia para um dos nossos periódicos semanais sobre o tema "A degeneração e o criminoso".

Enquanto falava, observava o ambiente, reparando em tudo. Olhou mais tempo para a janela.

— O corpo foi removido – disse o superintendente Battle, afirmando um fato evidente.

— Claro – disse o sr. Fish, olhando para as paredes recobertas de madeira. – Estou vendo quadros incríveis nesta sala. Um Holbein, dois Van Dicks e, se não me engano, um Velásquez. Gosto muito de pintura e de edições originais. Foi para ver suas edições originais que lorde Caterham me convidou tão gentilmente para vir aqui.

Suspirou.

— Imagino que agora não seja mais possível. Parece-me, por questão de tato, que os convidados devem voltar imediatamente para a cidade, não?

— Receio que não, senhor – disse o superintendente Battle. – Ninguém tem permissão de sair da casa até terminar o inquérito.

— É mesmo? E quando é o inquérito?

— Talvez amanhã, talvez só na segunda-feira. Precisamos providenciar a autópsia e conversar com o médico-legista.

— Entendi – disse o sr. Fish. – Nestas circunstâncias, será uma reunião melancólica.

Battle foi até a porta.

— Melhor sairmos daqui – disse. – Estamos mantendo esta sala trancada ainda.

Esperou que os outros dois saíssem e trancou a porta, guardando a chave.

— O senhor deve estar procurando impressões digitais, não? – perguntou o sr. Fish.

— Talvez – respondeu o superintendente, de maneira lacônica.

— Eu diria também que, numa noite como a de ontem, um intruso deve ter deixado pegadas na madeira do assoalho.

— Nenhuma do lado de dentro, várias do lado de fora.

— Minhas — explicou Anthony, despreocupado.

Os olhos inocentes do sr. Fish voltaram-se para ele.

— Rapaz — disse —, o senhor me surpreende.

Chegaram a um amplo hall, com paredes revestidas de carvalho, como na Sala do Conselho, e uma enorme galeria. Duas outras pessoas apareceram do outro lado.

— Ah! — exclamou o sr. Fish. — Nosso afável anfitrião.

Era uma descrição tão ridícula de lorde Caterham que Anthony teve que virar a cabeça para esconder o riso.

— E, com ele — continuou o americano —, uma moça cujo nome não consegui entender direito ontem à noite. Mas ela é inteligente. Muito inteligente.

Com lorde Caterham estava Virginia Revel.

Anthony já previra esse encontro. Não sabia como agir. Deixaria com Virginia. Embora tivesse plena confiança em sua presença de espírito, não tinha a mínima ideia quanto à atitude que ela tomaria. Suas dúvidas não duraram muito tempo.

— Oh, o sr. Cade! — disse Virginia, estendendo-lhe as duas mãos. — Então, afinal achou que podia vir?

— Minha cara sra. Revel, não imaginava que o sr. Cade fosse seu amigo — disse lorde Caterham.

— Um amigo antigo — disse Virginia, sorrindo para Anthony com um brilho travesso no olhar. — Encontrei-o por acaso em Londres ontem, e ele me disse que viria para cá.

Anthony aproveitou a deixa.

— Expliquei à sra. Revel — disse ele — que havia sido obrigado a recusar seu amável convite em vista de ele ter sido feito a outro homem. E eu não poderia, sob falsa identidade, impingir-lhe um desconhecido.

— Muito bem, meu caro — disse lorde Caterham —, tudo isso já passou. Mandarei buscar sua bagagem na Cricketers.

— É muita gentileza sua, lorde Caterham, mas...

— Besteira. É claro que o senhor deve vir para Chimneys. Aquele lugar é horrível, a Cricketers. Para ficar hospedado, digo.

Anthony reparou na mudança do ambiente à sua volta. O que Virginia fizera foi suficiente. Ele já não era o desconhecido estranho. A postura dela era tão segura e inexpugnável que qualquer pessoa por quem se responsabilizasse seria naturalmente aceita. Anthony lembrou-se do revólver na árvore de Burnham Beeches e sorriu por dentro.

— Vou mandar buscar suas coisas — disse lorde Caterham para Anthony. — Nestas circunstâncias, imagino que não haverá caçada. Uma pena. Mas não dá. E não sei o que fazer com Isaacstein. Uma situação bastante delicada.

O nobre suspirou desalentado.

– Combinado, então – disse Virginia. – Pode começar a ser útil desde já, sr. Cade, levando-me para dar uma volta no lago. É um lugar muito tranquilo, longe de crimes e todas essas coisas. Não é uma desgraça para o pobre lorde Caterham que um assassinato tenha sido cometido em sua casa? Mas é a culpa é de George. Foi ele que organizou a reunião;

– Ah! – fez lorde Caterham. – Eu nunca deveria ter dado ouvidos a ele! Assumiu um ar de homem forte traído por uma única fraqueza.

– Impossível não dar ouvidos a George – disse Virginia. – Ele nos segura de tal maneira que não dá para escapar. Estou pensando em patentear uma lapela removível.

– Seria ótimo – disse o anfitrião rindo. – Fico feliz que o senhor tenha vindo, Cade. Preciso de apoio.

– Aprecio muito sua bondade, lorde Caterham – disse Anthony. – Ainda mais eu sendo uma pessoa suspeita. Mas minha presença aqui facilitará a tarefa de Battle.

– Em que sentido, senhor? – perguntou o superintendente.

– Não será difícil ficar de olho em mim – explicou Anthony, amavelmente.

Pela ligeira tremulação das pálpebras do superintendente, Anthony percebeu que havia atingido o alvo.

CAPÍTULO 14

Política e finanças, sobretudo

Exceto por aquela tremulação involuntária nas pálpebras, a impassividade do superintendente Battle era inigualável. Se havia ficado surpreso com o fato de Virginia conhecer Anthony, não o demonstrara. Ele e lorde Caterham permaneceram juntos, observando os dois saírem pela porta que dava para o jardim. O sr. Fish também observava.

– Rapaz simpático – disse lorde Caterham.

– A sra. Revel deve ter ficado feliz de reencontrar um velho amigo – murmurou o americano. – Será que eles se conhecem há muito tempo?

– Parece que sim – respondeu lorde Caterham. – Mas nunca a ouvi mencionar o nome dele. Ah, falando nisso, Battle, o sr. Lomax está querendo conversar com o senhor. Está na sala azul.

– Ótimo, lorde Caterham. Estou indo agora mesmo.

Battle encontrou o caminho para a sala azul sem nenhuma dificuldade. Já conhecia a geografia da casa.

– Ah, finalmente, Battle – disse Lomax.

Andava de um lado para o outro, impaciente. Havia outra pessoa na sala, um sujeito alto, sentado numa poltrona perto da lareira. Trajava-se com correta vestimenta inglesa de caçada, mas que, por algum motivo, não ficava bem no conjunto. Tinha um rosto rechonchudo e amarelado e olhos negros, impenetráveis como os de uma cobra. Seu nariz fazia uma curva acentuada, e as linhas quadrangulares do queixo enorme expressavam força.

– Entre, Battle – disse Lomax, irritado. – E feche a porta. Este é o sr. Herman Isaacstein.

Battle inclinou a cabeça, em sinal de respeito.

Sabia tudo sobre o sr. Herman Isaacstein, e, embora o grande financista permanecesse em silêncio enquanto Lomax andava de um lado para o outro, falando, ele sabia perfeitamente quem era a verdadeira autoridade ali.

– Podemos falar com mais liberdade agora – disse Lomax. – Na frente de lorde Caterham e do coronel Melrose tive o cuidado de não falar muito. Compreende, Battle? Certas coisas não devem vazar.

– Ah, mas o pior é que elas sempre vazam – disse Battle.

Por um segundo, o superintendente flagrou um indício fugaz de sorriso no rosto rechonchudo e amarelado do sr. Isaacstein.

– Então? O que é que você acha desse moço, esse Anthony Cade? – perguntou George. – Ainda acha que ele é inocente?

Battle encolheu os ombros, com discrição.

– Ele conta uma história plausível. Parte dela podemos verificar. Aparentemente, explica sua presença aqui ontem à noite. Vou telegrafar à África do Sul, é claro, para obter informações quanto a seus antecedentes.

– Então o senhor o considera isento de qualquer cumplicidade.

Battle ergueu a mão, grande e quadrada.

– Espere aí, senhor. Eu não disse isso.

– Qual a sua ideia sobre o crime, superintendente Battle? – perguntou Isaacstein, falando pela primeira vez.

Sua voz era profunda e sonora, com um certo tom persuasivo. Havia lhe ajudado muito nas reuniões de conselho, quando era mais jovem.

– É cedo demais para ter ideias, sr. Isaacstein. Ainda não passei da primeira pergunta.

– Qual pergunta?

– Ah, sempre a mesma. O motivo. Quem se beneficia com a morte do príncipe Michael? Primeiro precisamos responder a essa pergunta.

– O Partido Revolucionário da Herzoslováquia... – começou George.

O superintendente Battle desprezou sua opinião com um pouco menos de respeito do que de costume.

– Não foram os Camaradas da Mão Vermelha, se é isso o que o senhor está achando.

– Mas o papel... com a mão vermelha desenhada?

– Foi colocado lá para levar a essa conclusão óbvia.

– Realmente, Battle – disse George com a dignidade abalada –, não vejo como pode ter tanta certeza disso.

– Ora, Lomax, sabemos tudo a respeito dos Camaradas da Mão Vermelha. Acompanhamos seus movimentos desde que o príncipe Michael desembarcou na Inglaterra. Esse tipo de coisa é o serviço básico do departamento. Eles nunca conseguiriam se aproximar do príncipe. Mantínhamos um raio de segurança de mais ou menos um quilômetro e meio.

– Concordo com o superintendente Battle – disse Isaacstein. – Precisamos procurar em outro lugar.

– Como o senhor vê – disse Battle, encorajado pelo apoio –, sabemos alguma coisa sobre o caso. Se não sabemos quem se beneficia com a morte dele, pelo menos sabemos quem perde com ela.

– Como assim? – perguntou Isaacstein.

Seus olhos negros encararam o detetive. Mais do que nunca, Herman Isaacstein parecia uma cobra à espreita.

– O senhor e o sr. Lomax, sem falar no Partido Legalista da Herzoslováquia. Com o perdão da expressão, vocês se meteram numa boa enrascada.

– Francamente, Battle – interpôs-se George profundamente chocado.

– Continue, Battle – disse Isaacstein. – "Uma boa enrascada" descreve muito bem a situação. O senhor é um homem inteligente.

– Vocês precisam de um rei. Perderam o seu... assim! – disse, estalando os largos dedos. – Precisam encontrar outro às pressas, e isso não é um trabalho fácil. Não quero saber os detalhes do esquema. Bastam-me as linhas gerais. Mas imagino que seja um negócio bastante grande, não?

Isaacstein abaixou lentamente a cabeça.

– Sim, é um negócio bastante grande.

– Isso me leva à segunda pergunta: quem será o próximo herdeiro do trono da Herzoslováquia?

Isaacstein olhou para Lomax, que respondeu à pergunta com certa relutância e muita hesitação.

– Seria... eu diria... sim, muito provavelmente o príncipe Nicholas será o próximo herdeiro.

– Ah! – fez Battle. – E quem é príncipe Nicholas?

– Um primo de primeiro grau do príncipe Michael.

— Ah! Gostaria de saber tudo a respeito do príncipe Nicholas, principalmente onde ele se encontra no momento.

— Não se sabe muito sobre ele – disse Lomax. — Na juventude, tinha ideias bem peculiares. Era ligado aos socialistas e aos republicanos. Agia de forma extremamente inadequada à sua posição. Parece que foi expulso de Oxford por mau comportamento. Dois anos depois, correu o boato de que ele tinha morrido no Congo, mas era só um boato. Há alguns meses, quando começaram a divulgar notícias de uma reação dos monarquistas, ele apareceu.

— É mesmo? Onde?

— Na América.

— Na América!

Battle voltou-se para Isaacstein, de maneira lacônica.

— Petróleo?

O financista confirmou.

— Ele dizia que se os herzoslovacos fossem escolher um rei, haveriam de preferi-lo ao príncipe Michael, por conta de suas ideias modernas e de seu esclarecimento, chamando a atenção para suas visões democráticas da juventude e sua simpatia em relação aos ideais republicanos. Em troca de apoio financeiro, estava disposto a garantir concessões a um certo grupo de financistas americanos.

O superintendente Battle deixou para trás sua impassividade habitual e deu vazão a um prolongado assobio.

— Então é isso – murmurou. — Nesse meio-tempo, o Partido Legalista apoiava o príncipe Michael, e vocês tinham certeza de que venceriam. Até acontecer isto!

— Você não está pensando que... – começou George.

— Tratava-se de um grande negócio – disse Battle. — Assim diz o sr. Isaacstein. E eu diria que o que ele chama de grande negócio é um grande negócio mesmo.

— Há sempre instrumentos inescrupulosos a serem utilizados – disse Isaacstein tranquilamente. — No momento, quem ganha é Wall Street. Mas eles ainda não me venceram. Descubra quem matou o príncipe Michael, superintendente Battle, se quiser prestar um serviço ao seu país.

— Uma coisa me parece altamente suspeita – interrompeu George. — Por que o cavalariço, o capitão Andrassy, não veio com o príncipe ontem?

— Já investiguei isso – disse Battle. — Muito simples: ele ficou na cidade para negociar com uma determinada mulher, em nome do príncipe Michael, no próximo fim de semana. O barão reprovava esse tipo de coisa. Dizia que era uma insensatez nessa altura do campeonato. Por isso, Sua Alteza precisava agir de maneira velada. Ele era, por assim dizer, um jovem um tanto quanto... dissipado.

– Pois é – disse George, seriamente. – Receio que sim.

– Há um outro ponto que devemos levar em consideração, a meu ver – disse Battle, hesitante. – Parece que o rei Victor está na Inglaterra.

– Rei Victor?

Lomax franziu a testa, esforçando-se para lembrar.

– Conhecido vigarista francês, senhor. Recebemos um aviso da Sûreté de Paris.

– Claro! – disse George. – Lembrei. Ladrão de joias, não? Ora, foi ele...

Parou abruptamente. Isaacstein, que olhava distraído para a lareira, ergueu a vista tarde demais para flagrar o olhar do superintendente Battle para o outro. Mas como era um homem sensível a vibrações, percebeu uma certa tensão no ambiente.

– Não precisa mais de mim, não é, Lomax? – perguntou.

– Não. Obrigado, meu caro.

– Atrapalharia seus planos se eu voltasse para Londres, superintendente Battle?

– Infelizmente, sim – respondeu o superintendente com civilidade. – Se o senhor for, os outros também desejarão ir. E isso não seria possível.

– Certo.

O grande financista saiu da sala, fechando a porta atrás de si.

– Esplêndido sujeito esse Isaacstein – murmurou George Lomax de maneira mecânica.

– Personalidade bastante forte – concordou o superintendente Battle.

George recomeçou a andar de um lado para o outro.

– O que você me disse me deixou muito perturbado – falou. – O rei Victor! Achei que ele estivesse na prisão.

– Saiu há alguns meses. A polícia francesa pretendia ficar na sua cola, mas ele conseguiu despistá-la direitinho. Também pudera. É um dos sujeitos de maior sangue-frio que já existiram. Por algum motivo, a polícia acredita que ele esteja na Inglaterra, e nos avisou.

– Mas o que ele estaria fazendo na Inglaterra?

– Isso cabe ao senhor dizer – provocou Battle.

– Como assim? Você acha...? Conhece a história, claro. Ah, sim, vejo que conhece. Evidentemente, eu não estava no poder na época, mas ouvi a história toda da boca do falecido lorde Caterham. Uma catástrofe sem precedentes.

– O Koh-i-noor – disse Battle pensativo.

– Shh! – fez George, olhando ao redor desconfiado. – Por favor, não diga nomes. Melhor não. Se tiver que falar a respeito, diga K.

O superintendente recobrou a impassividade.

– Você não vê uma conexão deste crime com o rei Victor, vê, Battle?

— É apenas uma possibilidade, nada mais. Se o senhor puxar pela memória, há de lembrar-se de que havia quatro lugares onde um... certo visitante real poderia ter escondido a joia. Chimneys era um deles. O rei Victor foi preso em Paris três dias depois do desaparecimento do... K. Ficamos sempre na esperança de que ele nos levasse até a joia algum dia.

— Mas Chimneys já foi revirada de ponta-cabeça dezenas de vezes.

— Sim – disse Battle sabiamente. – Mas não adianta muito procurar quando não se sabe onde. Suponha que esse rei Victor tenha vindo em busca do "troço". Não esperava encontrar o príncipe Michael e acabou atirando nele.

— É possível – disse George. – Uma solução muito provável para o crime.

— Eu não diria isso. É uma possibilidade apenas.

— Por quê?

— Porque o rei Victor, segundo consta, nunca matou ninguém – respondeu Battle bastante sério.

— Ah, mas um homem desses... um bandido perigoso...

Battle sacudiu a cabeça, sem se deixar convencer.

— Os bandidos agem sempre de acordo com sua personalidade, sr. Lomax. É incrível. Mas...

— Sim?

— Gostaria de fazer algumas perguntas para o criado do príncipe. Deixei-o por último de propósito. Podemos chamá-lo aqui, se o senhor não se importar.

George assentiu com um gesto. O superintendente tocou a campainha. Tredwell apareceu e partiu com instruções.

Voltou pouco tempo depois, acompanhado de um homem alto, louro, com as maçãs do rosto proeminentes, profundos olhos azuis e uma impassividade quase comparável à de Battle.

— Boris Anchoukoff?

— Sim.

— Você era criado do príncipe Michael, não?

— Era criado de Sua Alteza, sim.

O homem falava bem inglês, embora tivesse um forte sotaque estrangeiro.

— Sabe que seu amo foi assassinado ontem à noite?

Um grunhido sonoro, como o de um animal selvagem, foi a única resposta do homem. George, alarmado, afastou-se prudentemente para perto da janela.

— Quando foi que você viu seu amo pela última vez?

— Sua Alteza foi para a cama às dez e meia. Eu dormi, como sempre, na antecâmara ao lado. Ele deve ter descido pela outra porta, a que dá para o corredor. Não o ouvi sair. Pode ser que eu estivesse entorpecido. Fui um criado infiel. Dormi enquanto meu amo estava acordado. Sou um maldito.

George olhou para ele, fascinado.

— Você adorava seu amo, não? — perguntou Battle, observando o homem atentamente.

O rosto de Boris contorceu-se de dor. Engoliu em seco duas vezes. Depois falou com a voz embargada:

— Vou lhe dizer uma coisa, policial inglês: eu daria a minha vida por ele! E como ele está morto, e eu ainda vivo, meus olhos não hão de dormir, nem meu coração terá descanso, enquanto eu não me vingar. Como um cão farejador, vou procurar o assassino, e quando o descobrir... Ah! — Seus olhos se acenderam. De repente, retirou de dentro do paletó uma enorme faca, que brandiu no ar. — Não vou matá-lo de uma vez só. Oh, não! Primeiro vou retalhar o nariz, cortar as orelhas e arrancar os olhos. Só depois, cravarei a faca no negro coração.

Guardou a faca rapidamente, virou-se e saiu da sala. George Lomax, com os olhos esbugalhados querendo saltar das órbitas, fitou a porta fechada.

— Típica educação herzoslovaca — murmurou. — Povo bárbaro. Raça de bandoleiros.

O superintendente Battle levantou-se com cautela.

— Ou esse homem é sincero — observou —, ou é o maior impostor que já conheci. E se ele estiver mesmo sendo sincero, Deus ajude o assassino do príncipe Michael quando esse cão farejador conseguir encontrá-lo.

CAPÍTULO 15

O francês desconhecido

Virginia e Anthony caminhavam, lado a lado, pelo caminho que conduzia ao lago. Por alguns minutos, permaneceram calados. Foi Virginia quem quebrou o silêncio com uma pequena risada.

— Oh, não é terrível? — disse ela. — Aqui estou eu, cheia de coisas para lhe contar, ansiosa para saber um monte de coisas, e nem sei por onde começar. Antes de mais nada — baixou a voz —, *o que você fez com o corpo?* Que horror! Jamais imaginei que fosse me envolver num crime.

— Deve ser uma sensação bem nova para você — concordou Anthony.

— E para você não?

— Bom, na verdade, nunca precisei me livrar de um cadáver antes.

– Conte-me como foi.

De maneira breve e sucinta, Anthony relatou o que fizera na noite anterior. Virginia escutava atentamente.

– Você foi muito sagaz – disse ela quando ele terminou. – Posso retirar a mala quando voltar a Paddington. A única dificuldade que poderia surgir é se lhe perguntassem onde você esteve ontem à noite.

– Não acredito que isso vá acontecer. O corpo não pode ter sido encontrado até tarde da noite, ou possivelmente esta manhã. Caso contrário, haveria alguma notícia nos jornais matutinos. E, apesar do que você possa imaginar com base na leitura de romances policiais, os médicos não são tão mágicos a ponto de afirmar há quanto tempo um homem foi morto. A hora exata da morte dele será bastante vaga. Um álibi para ontem à noite é mais do que suficiente.

– Eu sei. Lorde Caterham estava me contando a respeito. Mas o homem da Scotland Yard está convencido da sua inocência, não?

Anthony não respondeu logo.

– Ele não parece muito astuto – continuou Virginia.

– Quanto a isso, não sei – disse Anthony lentamente. – Tenho a impressão de que o superintendente Battle não é nenhum bobo. Ele parece convencido da minha inocência. Mas não tenho certeza. No momento, ele está desconcertado pela minha aparente falta de motivo.

– Aparente? – exclamou Virginia. – Mas que motivo você poderia ter para matar um conde estrangeiro desconhecido?

Anthony encarou-a.

– Você já esteve na Herzoslováquia, não? – perguntou.

– Sim. Estive lá com o meu marido, durante dois anos, na embaixada.

– Isso foi um pouco antes do assassinato do rei e da rainha. Encontrou-se alguma vez com o príncipe Michael Obolovitch?

– Michael? Claro que sim. Um desgraçado! Lembro que ele me sugeriu que nos casássemos. Casamento morganático.

– É mesmo? E o que ele sugeriu que você fizesse com seu marido?

– Oh, ele tinha um esquema tipo Davi e Urias já preparado.

– E como você reagiu a essa amável proposta?

– Bem – disse Virginia –, infelizmente temos que ser diplomáticos. Por isso, o infeliz não recebeu a resposta que merecia. Mas ficou magoado de qualquer maneira. Por que todo esse interesse por Michael?

– Uma coisa que estou pensando. Pelo que entendi, você não se encontrou com o homem assassinado.

– Não. Como dizem nos livros, "ele se retirou para seus aposentos imediatamente após a chegada".

— E, naturalmente, você não viu o corpo.

Virginia, fitando-o com interesse, sacudiu a cabeça.

— Acha que poderia vê-lo?

— Por meio de influência nas altas esferas, isto é, lorde Caterham, diria que sim. Por quê? É uma ordem?

— Por Deus, não — exclamou Anthony, horrorizado. — Tenho sido tão autoritário assim? Não, o negócio é o seguinte: o príncipe Michael da Herzoslováquia estava incógnito como conde Stanislaus.

Virginia arregalou os olhos.

— Compreendo. — De súbito, sua fisionomia mudou, com aquele seu fascinante sorriso lateral. — Espero que não esteja insinuando que Michael foi para o quarto só para me evitar.

— Algo assim — admitiu Anthony. — Se eu estiver certo quanto à ideia de que alguém quis impedir sua vinda a Chimneys, a razão parece residir no fato de você conhecer a Herzoslováquia. Já percebeu que você é a única pessoa aqui que conhecia o príncipe Michael pessoalmente?

— Quer dizer que o homem que foi assassinado é um impostor? — perguntou Virginia abruptamente.

— É a possibilidade que me passou pela cabeça. Se você conseguir que lorde Caterham lhe mostre o corpo, esclareceremos imediatamente esse ponto.

— Ele foi morto às 23h45 — disse Virginia pensativa. — O horário mencionado naquele pedaço de papel. O caso todo é bastante misterioso.

— Isso me lembra uma coisa. Aquela janela é a sua? A segunda da ponta, sobre a Sala do Conselho.

— Não, meu quarto fica na ala elisabetana, do outro lado. Por quê?

— Simplesmente porque eu estava aqui ontem à noite e enquanto me afastava, julgando ter ouvido um tiro, vi que acenderam a luz naquele quarto.

— Que estranho! Não sei quem está naquele quarto, mas posso descobrir perguntando a Bundle. Talvez eles tenham ouvido o tiro.

— Nesse caso, alguém teria avisado. Pelo que entendi conversando com Battle, ninguém na casa ouviu o disparo. É a única pista que eu tenho, e admito que seja fraca, mas pretendo segui-la de qualquer maneira.

— É realmente estranho — disse Virginia em tom reflexivo.

Tinham chegado ao ancoradouro, à beira do lago, apoiando-se no parapeito de madeira enquanto falavam.

— E agora, para conversarmos melhor — disse Anthony —, vamos pegar um barco e navegar suavemente pelo lago, longe dos ouvidos intrometidos da Scotland Yard, visitantes americanos e criados curiosos.

— Lorde Caterham me contou algo — disse Virginia. — Mas não o suficiente. Para começar, quem é você na verdade: Anthony Cade ou Jimmy McGrath?

Pela segunda vez naquela manhã, Anthony narrou a história das últimas seis semanas de sua vida, com a diferença de que, para Virginia, não precisou editar nada. Terminou contando do assombro de reconhecer o "sr. Holmes".

– A propósito, sra. Revel – concluiu –, nunca lhe agradeci pelo perigo em que se colocou ao dizer que eu era um velho amigo seu.

– É claro que você é um velho amigo – exclamou Virginia. – Eu não ia impingir-lhe um cadáver e depois fingir que éramos apenas conhecidos, não é? Não mesmo.

Fez uma pausa.

– Sabe o que me intriga nisso tudo? – continuou. – É que deve haver algum outro mistério sobre aquelas memórias que ainda não conseguimos compreender.

– Tem razão – concordou Anthony. – Há uma coisa que eu gostaria que você me dissesse.

– O quê?

– Por que você ficou tão surpresa quando mencionei o nome de Jimmy McGrath ontem na Pont Street? Você já tinha ouvido esse nome antes?

– Sim, Sherlock Holmes. George, meu primo George. Ele me procurou outro dia e me sugeriu um monte de coisas absurdas. Queria que eu viesse para cá, conquistasse esse tal de McGrath e conseguisse as memórias de qualquer forma. Ele não falou assim, claro. Disse um monte de besteiras sobre mulheres inglesas, coisas desse tipo, mas percebi logo o que ele queria. Típico de George. Como eu queria saber mais a respeito, ele me afastou com mentiras que não teriam enganado nem uma criança de dois anos.

– Bem, o plano dele parece ter dado certo, de alguma forma – observou Anthony. – Aqui estou, o James McGrath que ele imaginava, e aqui está você, sendo amável comigo.

– Mas sem as memórias para o pobre George! Agora eu tenho uma pergunta para você. Quando eu disse que não havia escrito aquelas cartas, você disse que já sabia disso. Você não tinha como saber uma coisa dessas!

– Ah, tinha sim – disse Anthony sorrindo. – Tenho bons conhecimentos práticos de psicologia.

– Você quer dizer que meu caráter moral era tão elevado que...

Anthony sacudiu a cabeça com força.

– Nada disso. Não sei nada a respeito do seu caráter moral. Você podia ter um amante e podia ter escrito para ele. Mas jamais se deixaria chantagear. A Virginia Revel daquelas cartas estava extremamente assustada. Você teria lutado.

– Fico imaginando quem será a verdadeira Virginia Revel. Onde estará, digo. Sinto como se tivesse uma sósia em algum lugar.

Anthony acendeu um cigarro.

– Sabia que uma das cartas foi escrita de Chimneys? – perguntou.

– O quê? – exclamou Virginia visivelmente surpresa. – Quando foi escrita?

– Não estava datada. Mas é estranho, não acha?

– Tenho certeza absoluta de que nenhuma outra Virginia Revel esteve em Chimneys. Bundle ou lorde Caterham teriam comentado alguma coisa sobre a coincidência dos nomes.

– Sim. É esquisito. Sabe, sra. Revel, que estou começando a desconfiar seriamente dessa outra Virginia Revel?

– Ela é muito esquiva – concordou Virginia.

– Até demais. Estou começando a achar que a pessoa que escreveu aquelas cartas resolveu usar seu nome de propósito.

– Mas por quê? – exclamou Virginia. – Por que fariam uma coisa dessas?

– Aí é que está. Ainda há muito a descobrir.

– Quem você acha que matou Michael? – perguntou Virginia de repente. – Os Camaradas da Mão Vermelha?

– Talvez – respondeu Anthony em tom insatisfeito. – Matar sem motivo seria bem característico deles.

– Vamos trabalhar – disse Virginia. – Estou vendo lorde Caterham e Bundle passeando juntos. A primeira coisa a fazer é descobrir se o morto é Michael ou não.

Anthony remou para a margem, e pouco tempo depois eles estavam com lorde Caterham e a filha.

– O almoço está atrasado – disse lorde Caterham com a voz desanimada.

– Battle deve ter ofendido a cozinheira.

– Este é um amigo meu, Bundle – disse Virginia. – Seja simpática com ele.

Bundle olhou fixamente para Anthony por alguns minutos e perguntou para Virginia, como se ele não estivesse ali:

– Onde você arranja esses homens bonitos, Virginia? "Como é que você faz?", pergunta ela com inveja.

– Você pode ficar com ele – respondeu Virginia, generosa. – Eu quero lorde Caterham.

Sorriu para os dois, enfiou o braço sob o dele e caminharam juntos.

– Você fala? – perguntou Bundle. – Ou é só forte e calado?

– Falar? – exclamou Anthony. – Eu murmuro. Balbucio. Borbulho, como as águas do riacho. Às vezes até faço perguntas.

– Por exemplo?

– Quem está ocupando o segundo quarto da esquerda?

Apontava.

— Que pergunta extraordinária! — disse Bundle. — Estou bastante intrigada. Deixe-me ver... Sim! É o quarto de mademoiselle Brun, a governanta francesa. Ela se esforça para educar minhas irmãs mais novas. Dulcie e Daisy, como na música. A próxima seria Dorothy May, imagino, mas minha mãe cansou de ter só meninas e morreu. Achou que alguma outra se incumbiria de fornecer um herdeiro.

— Mademoiselle Brun — repetiu Anthony pensativo. — Há quanto tempo ela está com vocês?

— Há dois meses. Veio trabalhar conosco quando estávamos na Escócia.

— Ah! — fez Anthony. — Estou sentindo cheiro de trapaça.

— Eu queria sentir cheiro de comida — disse Bundle. — Será que convido o homem da Scotland Yard para almoçar conosco, sr. Cade? O senhor é um homem experiente e conhece bem a etiqueta com relação a essas coisas. Nunca tivemos um assassinato em casa. Emocionante, não? Pena que seu caráter foi exposto completamente hoje de manhã. Sempre quis conhecer um assassino e ver, com meus próprios olhos, se eles são tão geniais e encantadores como dizem os jornais de domingo. Meu Deus! O que é aquilo?

"Aquilo" parecia ser um táxi aproximando-se da casa. Seus dois ocupantes eram um sujeito alto, careca, de barba preta, e um indivíduo mais baixo e mais jovem, de bigode preto. Anthony reconheceu o primeiro, e julgou que foi por causa dele, não do carro que o trazia, que sua companheira soltou aquela exclamação.

— Se não me engano — comentou Anthony —, é o meu velho amigo barão Lollipop.

— Barão o quê?

— Eu o chamo de Lollipop por conveniência. A pronúncia correta de seu nome endurece as artérias.

— Quase arrebentou o telefone hoje de manhã — observou Bundle. — Quer dizer que este é o barão. Já estou vendo que vão empurrá-lo para mim à tarde. E já aturei Isaacstein a manhã toda. George que se vire com suas encrencas. E que se dane a política! Desculpe-me por deixá-lo, sr. Cade, mas preciso ficar com o coitado do meu pai.

Bundle retirou-se rapidamente para casa.

Anthony ficou observando-a durante alguns minutos e depois, pensativo, acendeu um cigarro. Nesse momento, ouviu um som furtivo, bem próximo. Ele estava no ancoradouro, e o som parecia vir de trás. Teve a impressão de que era um homem tentando, em vão, segurar um espirro.

— Quem será que está aí? Quem será? — murmurou Anthony. — Acho melhor ver.

Unindo ação e palavra, jogou fora o fósforo que acabara de apagar e foi até o fundo do ancoradouro, sem fazer barulho.

Deparou-se com um homem que, evidentemente, estivera ajoelhado e, agora, esforçava para levantar-se. Era alto, vestia um casaco de cor suave, usava óculos e, de resto, tinha uma barba preta eriçada e maneiras ligeiramente afetadas. Devia ter entre trinta e quarenta anos, e sua aparência era muito respeitável.

– O que é que você está fazendo aqui? – perguntou Anthony.

Tinha certeza de que o homem não era um dos convidados de lorde Caterham.

– Perdão – disse o desconhecido, com um forte sotaque estrangeiro e um sorriso de quem tentava ser simpático –, é que desejo voltar à Jolly Cricketers e me perdi. O monsieur faria a bondade de me orientar?

– Claro – respondeu Anthony. – Mas não se vai para lá pela água.

– Como? – perguntou o desconhecido, sem entender direito.

– Eu disse – repetiu Anthony, lançando um olhar significativo para o ancoradouro – que não se vai pela água. Existe um caminho pelo parque. Não é tão perto daqui, mas tudo isto é propriedade particular. O senhor está invadindo propriedade privada.

– Sinto muito – disse o desconhecido. – Me perdi completamente. Pensei em vir aqui pedir informações.

Anthony conteve-se. Ia comentar que se ajoelhar atrás de um ancoradouro era uma forma meio estranha de pedir informações. Em vez disso, segurou o desconhecido delicadamente pelo braço.

– Vá por aqui – disse. – Dê a volta no lago e siga em frente. Não há como errar. Quando chegar ao caminho, vire à esquerda e siga reto até a vila. O senhor está hospedado na Cricketers?

– Sim, monsieur. Desde hoje de manhã. Muito obrigado por sua bondade em me orientar.

– Não precisa agradecer – disse Anthony. – Espero que não tenha se resfriado.

– Como? – perguntou o desconhecido.

– Por ter ficado ajoelhado no chão úmido – explicou Anthony. – Acho que o ouvi espirrar.

– Talvez eu tenha espirrado mesmo – admitiu o outro.

– Pois então – disse Anthony. – Mas não se deve segurar o espirro. Um dos médicos mais conhecidos disse isso outro dia. É perigosíssimo. Não me lembro exatamente o que acontece, se provoca entupimento ou endurece as artérias. Mas não devemos nunca prender o espirro. Bom dia.

– Bom dia. E obrigado, monsieur, por me ensinar o caminho certo.

— Segundo estranho suspeito da hospedaria — murmurou Anthony, observando o outro se afastar. — E alguém que não consigo identificar. Parece um comerciante francês. Não o vejo muito como um Camarada da Mão Vermelha. Será que ele representa um terceiro partido no tumultuado estado da Herzoslováquia? A governanta francesa está naquele quarto, da segunda janela da esquerda. Um francês misterioso é flagrado esgueirando-se pelo chão, ouvindo conversas que não se destinam a seus ouvidos. Aposto que aí tem coisa.

Anthony voltou para a casa, pensativo. No terraço, encontrou lorde Caterham, bastante cabisbaixo, e dois recém-chegados. Lorde Caterham alegrou-se um pouco ao ver Anthony.

— Ah, que bom que o senhor chegou — disse. — Deixe-me apresentá-lo ao barão... é... ao barão e ao capitão Andrassy. Sr. Cade.

O barão fitou Anthony, com desconfiança.

— Sr. Cade? Acho que não — disse convicto.

— Gostaria de falar a sós com o senhor, barão — disse Anthony. — Posso explicar tudo.

O barão assentiu, e os dois caminharam juntos pelo terraço.

— Barão — disse Anthony —, devo entregar-me à sua misericórdia. Abusei da honra de um cavalheiro inglês viajando para este país com um nome falso. Apresentei-me ao senhor como James McGrath, mas o logro foi mínimo, como o senhor mesmo pode verificar. O senhor deve conhecer as obras de Shakespeare e suas observações sobre a insignificância da nomenclatura das rosas. É o mesmo caso. O homem que o senhor desejava ver era aquele que tinha as memórias. Eu era esse homem. Como o senhor já sabe, claro, as memórias não estão mais comigo. Um engenhoso ardil, barão. Realmente engenhoso. Quem pensou nisso, o senhor ou seu chefe?

— De Sua Alteza foi a ideia. E ele não permitiu que ninguém a executasse, a não ser ele.

— E executou muito bem — comentou Anthony em tom de aprovação. — Tinha de ser um inglês.

— Foi de um cavalheiro inglês a educação que o príncipe recebeu — explicou o barão. — É o costume na Herzoslováquia.

— Nenhum profissional teria se apropriado desses papéis de maneira melhor — disse Anthony. — Posso saber, sem querer ser indiscreto, o que aconteceu com eles?

— Entre cavalheiros — começou o barão.

— É muita gentileza sua, barão — murmurou Anthony. — Jamais fui chamado tantas vezes de cavalheiro como nestas últimas 48 horas.

— Eu digo para o senhor: acredito que as memórias tenham sido queimadas.

— Acredita, mas não tem certeza. É isso?

— Sua Alteza guardou. Sua intenção era ler e depois queimar.

— Compreendo — disse Anthony. — De qualquer maneira, não é um texto leve, que se lê em meia hora.

— Entre os pertences de meu senhor martirizado elas não foram encontradas. Portanto, é claro que foram queimadas.

— Hum... — fez Anthony. — Será?

Ficou em silêncio por um ou dois minutos e continuou.

— Fiz-lhe essas perguntas, barão, porque, como o senhor já deve ter ouvido, eu mesmo estou envolvido no crime. Preciso de provas para que nenhuma suspeita recaia sobre mim.

— Claro — disse o barão. — Seu honra exige isso.

— Exatamente — disse Anthony. — O senhor disse tudo. Não tenho jeito para a coisa. Continuando, só vou ficar livre de suspeitas se descobrir o verdadeiro assassino, e para isso preciso de todos os fatos. Essa questão das memórias é muito importante. Parece-me possível que se apoderar delas seja a razão do crime. Diga-me, barão, estou muito enganado?

O barão hesitou por um instante.

— O senhor leu as memórias? — perguntou finalmente, com cautela.

— Acho que já obtive a resposta — disse Anthony. — Agora, só mais uma coisa, barão. Quero avisá-lo de que ainda pretendo entregar esse manuscrito aos editores na próxima quarta-feira, dia 13 de outubro.

O barão encarou-o.

— Mas o senhor não tem o manuscrito mais.

— Na próxima quarta-feira, eu disse. Hoje é sexta. Ou seja, tenho cinco dias para recuperá-lo.

— Mas e se o manuscrito estiver queimado?

— Não creio que esteja queimado. Tenho boas razões para acreditar nisso.

Enquanto Anthony falava, os dois contornaram o terraço. Um sujeito corpulento encaminhava-se na direção deles. Anthony, que ainda não tinha visto o grande sr. Herman Isaacstein, fitou-o com interesse.

— Ah, barão — disse Isaacstein, brandindo o imenso charuto negro que estava fumando —, a coisa está feia. Muito feia.

— Meu caro sr. Isaacstein, é verdade — concordou o barão. — Todo o nosso nobre edifício em ruínas está.

Anthony, com muito tato, deixou os dois entregues a seus lamentos e voltou por onde viera.

De repente, parou. Uma fina espiral de fumaça subia vindo aparentemente do centro da cerca viva.

"Deve ser vazio no meio", pensou Anthony. "Já ouvi falar nisso."

Olhou para os dois lados. Lorde Caterham e o capitão Andrassy encontravam-se na extremidade do terraço, de costas para ele. Anthony abaixou-se e conseguiu passar através do compacto arbusto.

Estava certo. A cerca viva era, na verdade, composta de duas fileiras de arbustos, com uma estreita passagem no meio. A entrada era do lado da casa. Nada de mais, porém, vendo a cerca viva de frente, ninguém pensaria nessa possibilidade.

Anthony observou o local. Pouco mais adiante, um homem estava reclinado numa poltrona de vime. Um charuto pela metade descansava no braço do assento, e o sujeito parecia estar dormindo.

– Hum – fez Anthony. – Pelo visto, o sr. Fish prefere sentar-se à sombra.

CAPÍTULO 16

Chá na sala de estudos

Anthony voltou ao terraço convencido de que o único lugar seguro para uma conversa particular era o meio do lago.

Ouviu-se o som retumbante de um gongo, e Tredwell, formal, surgiu de uma porta lateral.

– O almoço está servido, milorde.

– Ah! – exclamou lorde Caterham alegrando-se um pouco. – O almoço!

Nesse momento, duas crianças saíram correndo de casa. Duas meninas alegres, uma de doze e a outra de dez anos. Embora se chamassem Dulcie e Daisy, como Bundle afirmara, pareciam ser mais conhecidas como Guggle e Winkle. Realizavam uma espécie de dança de guerra, entremeada com gritos estridentes, até Bundle intervir.

– Onde está mademoiselle? – perguntou.

– Êca, êca, êca, ela está com enxaqueca – cantou Winkle.

– Urra! – completou Guggle.

Lorde Caterham tinha conseguido conduzir a maioria dos convidados para dentro de casa.

– Venha ao meu escritório – sussurrou para Anthony segurando-lhe pelo braço. – Tenho uma coisa especial lá.

Esgueirando-se pelo corredor, mais como um ladrão do que como o dono da casa, lorde Caterham abrigou-se em seu refúgio. Ali, destrancou um armário, de onde tirou diversas garrafas.

– Conversar com estrangeiros sempre me deixa morrendo de sede – explicou à guisa de desculpa. – Não sei por quê.

Ouviu-se uma batida na porta, e Virginia introduziu a cabeça pela fresta.

– Tem um coquetel especial para mim? – perguntou.

– Claro – respondeu lorde Caterham, hospitaleiro. – Entre.

Os minutos seguintes foram dedicados a um sério ritual.

– Eu precisava disso – falou lorde Caterham, suspirando ao apoiar o copo na mesa. – Como acabei de dizer, acho extremamente fatigante conversar com estrangeiros. Talvez seja porque eles são educados demais. Vamos. Vamos almoçar.

Conduziu-os à sala de jantar. Virginia pôs a mão sobre o braço de Anthony, puxando-o um pouco para trás.

– Já fiz minha boa ação do dia – sussurrou. – Consegui que lorde Caterham me levasse para ver o corpo.

– E? – perguntou Anthony, ansioso.

Sua teoria estava em jogo.

Virginia sacudiu a cabeça.

– Você estava enganado – murmurou. – É o príncipe Michael mesmo.

– Oh! – fez Anthony, profundamente decepcionado. – E a mademoiselle teve enxaqueca – acrescentou insatisfeito.

– O que uma coisa tem a ver com outra?

– Provavelmente nada, mas eu queria vê-la. Descobri que ela está no segundo quarto da esquerda. Aquele onde eu vi a luz se acender ontem à noite.

– Interessante.

– Talvez não signifique nada. De qualquer maneira, pretendo ver mademoiselle ainda hoje.

O almoço foi um martírio. Nem mesmo a alegre imparcialidade de Bundle conseguiu harmonizar a heterogênea reunião. O barão e Andrassy portavam-se de maneira correta, formal, cheia de etiquetas e tinham o ar de quem almoçava num mausoléu. Lorde Caterham estava letárgico e deprimido. Bill Eversleigh cobiçava Virginia com o olhar. George, muito atento à posição difícil em que se encontrava, conversava seriamente com o barão e o sr. Isaacstein. Guggle e Winkle, animadíssimas com o fato de ter havido um assassinato em casa, precisavam ser repreendidas o tempo todo, enquanto o sr. Hiram Fish mastigava lentamente sua comida, fazendo comentários secos em seu idioma próprio. O superintendente Battle havia desaparecido, e ninguém tinha notícia dele.

– Graças a Deus terminou – murmurou Bundle para Anthony, ao se levantarem da mesa. – E George levará o contingente estrangeiro a Abbey hoje à tarde para discutir segredos de Estado.

– Isso possivelmente aliviará o clima – disse Anthony.

– O americano não me incomoda tanto – continuou Bundle. – Ele e papai podem conversar alegremente sobre edições originais em algum lugar isolado. Sr. Fish – disse Bundle ao vê-lo aproximar-se –, estou planejando uma tarde tranquila para o senhor.

O americano curvou-se.

– É muita gentileza de sua parte, lady Eileen.

– Sr. Fish – disse Anthony – teve uma manhã bastante sossegada.

O sr. Fish lançou-lhe um rápido olhar.

– Ah, então o senhor me observou em meu refúgio? Há momentos em que se isolar da multidão caótica é a única saída do homem pacato.

Bundle havia se afastado. O americano e Anthony ficaram a sós.

– Na minha opinião – disse o americano em voz baixa –, há um certo mistério nessa confusão toda.

– Um grande mistério – disse Anthony.

– Aquele sujeito careca fazia parte das relações da família?

– Algo assim.

– Essas nações da Europa central não perdem tempo – declarou o sr. Fish. – Correu o boato de que o cavalheiro morto era uma alteza real. Sabe se é verdade?

– Ele estava aqui como conde Stanislaus – respondeu Anthony, de modo evasivo.

– Não me diga! – exclamou o sr. Fish de maneira um tanto quanto enigmática, calando-se.

– Esse capitão da polícia de vocês – observou depois de um tempo –, Battle, sei lá como se chama. Ele é competente mesmo?

– Segundo a Scotland Yard, sim – respondeu Anthony secamente.

– Pois ele me parece obstinadamente tacanho e conservador – comentou o sr. Fish. – Sem ambição. E essa ideia dele de não deixar ninguém sair da casa?

Olhou para Anthony.

– Todos têm de comparecer ao inquérito amanhã de manhã.

– É por isso? Só por isso? Os convidados de lorde Caterham não são suspeitos?

– Meu caro sr. Fish!

– Eu estava me sentindo meio intranquilo por ser estrangeiro neste país. Mas, claro, o serviço foi executado por alguém de fora, agora me lembro. A janela estava destrancada, não?

– Estava – Anthony respondeu olhando para a frente.

O sr. Fish soltou um suspiro.

– Meu jovem – disse depois de um tempo –, sabe como se extrai água de uma mina?

– Como?

– Bombeando. Mas é um trabalho árduo! Estou vendo que meu cordial anfitrião está deixando aquele grupo. Devo ir ao seu encontro.

O sr. Fish afastou-se, e Bundle aproximou-se de volta.

– Engraçado o sr. Fish, não? – observou ela.

– Sim.

– Não adianta procurar Virginia – disse Bundle bruscamente.

– Eu não estava procurando.

– Estava sim. Não sei como ela faz, nem o que ela diz. E também não acho que seja por sua aparência. Mas o fato é que ela sempre consegue! De qualquer maneira, agora ela está a serviço em algum outro lugar. Pediu-me que fosse amável com você, e serei amável, nem que seja à força.

– Você não precisará usar a força – garantiu Anthony. – Mas, se para você tanto faz, gostaria que fosse amável comigo num barco, no lago.

– Até que não é uma má ideia – disse Bundle pensativa.

Os dois caminharam até o lago.

– Só há uma pergunta que eu gostaria de lhe fazer – disse Anthony, enquanto remava suavemente para longe da margem – antes de voltarmos ao que interessa. Primeiro os negócios, depois a diversão.

– Sobre que quarto deseja saber agora? – perguntou Bundle sem paciência.

– Nenhum quarto, por enquanto. Mas eu gostaria de saber onde foi que você arrumou essa governanta francesa.

– O homem está enfeitiçado – disse Bundle. – Consegui através de uma agência. Pago-lhe cem libras por ano. Seu nome é Geneviève. Deseja saber mais alguma coisa?

– Em relação à agência. Quais são as referências?

– Ah, maravilhosas! Ela esteve dez anos com a condessa "não sei do quê".

– Condessa...

– A condessa de Breteuil, Château de Breteuil, Dinard.

– Você não conheceu a condessa pessoalmente. Foi tudo tratado por carta.

– Exatamente.

– Hum – fez Anthony.

– Você me intriga – disse Bundle. – E muito. É por amor ou pelo crime em si?

— Provavelmente pura idiotice da minha parte. Vamos esquecer tudo isso.

— "Vamos esquecer tudo isso", diz ele, de modo negligente, depois de conseguir todas as informações que desejava. Sr. Cade, de quem suspeita? Acho Virginia a pessoa menos provável. Ou talvez Bill.

— E você?

— Membro da aristocracia une-se secretamente aos Camaradas da Mão Vermelha. Seria sensacional!

Anthony riu. Gostava de Bundle, embora temesse um pouco a penetrante argúcia de seus olhos acinzentados.

— Você deve sentir orgulho de tudo isso — disse repentinamente, indicando a mansão ao longe.

— Sim. Significa alguma coisa. Mas nos acostumamos e deixamos de valorizar. De qualquer maneira, não ficamos muito tempo aqui. É monótono demais. Passamos todo o verão em Cowes e Deauville e depois fomos para a Escócia. Chimneys ficou coberta com lençóis durante cinco meses. Uma vez por semana, a capa dos móveis é retirada, e os turistas ficam boquiabertos, ouvindo as explicações de Tredwell: "À direita, o retrato da quarta marquesa de Caterham, pintado por sir Joshua Reynolds" etc. Um dos rapazes, o humorista do grupo, cutuca a namorada e diz: "Não é que eles têm quadros valiosos mesmo?". Aí, eles olham mais alguns quadros, bocejam, arrastando-se pelos cômodos, torcendo para chegar logo a hora de voltar para casa.

— Seja como for, aqui se fez história, mais de uma vez.

— Você ouve o George — disse Bundle, ríspida. — Esse é o tipo de coisa que ele vive falando.

Mas Anthony havia se aprumado, apoiando-se no cotovelo, e olhava fixamente para a margem.

— Será um terceiro suspeito aquele que estou vendo perto do ancoradouro, em postura desconsolada? Ou é um dos convidados?

Bundle ergueu a cabeça da almofada escarlate.

— É o Bill — disse ela.

— Parece que ele está procurando alguma coisa.

— Provavelmente está procurando por mim — disse Bundle sem entusiasmo.

— Vamos remar rapidamente na direção oposta?

— É a resposta certa, mas deveria ser dita com mais empolgação.

— Vou remar com o dobro de vigor depois dessa crítica.

— De jeito nenhum — disse Bundle. — Tenho meu orgulho. Leve-me para onde aquele pateta está me esperando. Alguém precisa cuidar dele. Virginia deve ter lhe dado o fora. Qualquer dia desses, por mais inconcebível que pareça, posso querer me casar com George. Por isso, é bom eu ir praticando ser "uma das nossas famosas anfitriãs políticas".

Anthony obedeceu e remou até a margem.

– E o que será de mim? – reclamou. – Recuso-me a ser o intruso rejeitado. São as meninas ali?

– Sim. Mas tome cuidado para não ser enrolado por elas.

– Eu gosto de crianças – declarou Anthony. – Posso ensinar-lhes algum jogo legal, de raciocínio.

– Bom, depois não diga que não avisei.

Deixando Bundle aos cuidados do desconsolado Bill, Anthony foi até o lugar onde gritos estridentes perturbavam a paz da tarde. Foi recebido com aclamações.

– Sabe brincar de índio pele-vermelha? – perguntou Guggle sem rodeios.

– Mais ou menos – respondeu Anthony. – Vocês precisam ouvir o barulho que eu faço quando estou sendo escalpelado. Assim – mostrou.

– Dá para o gasto – disse Winkle relutante. – Agora o grito do carrasco.

Anthony emitiu um som horripilante. Poucos minutos depois, a brincadeira de índio estava em plena ação.

Cerca de uma hora mais tarde, Anthony enxugou a testa e aventurou-se a perguntar sobre a enxaqueca de mademoiselle. Ficou feliz de ouvir que ela havia se recuperado totalmente. Anthony fez tanto sucesso com as crianças que foi insistentemente convidado para tomar chá na sala de estudos.

– Aí você pode contar para a gente sobre o homem que você viu enforcado – disse Guggle.

– Você disse que tem um pedaço da corda ainda? – perguntou Winkle.

– Na minha maleta – respondeu Anthony, em tom grave. – Darei um pedaço para cada uma.

Winkle soltou um uivo indígena de alegria.

– A gente precisa ir tomar banho – disse Guggle com tristeza. – Você vai vir para o chá, não é? Não esqueça!

Anthony jurou solenemente que nada no mundo o faria perder o compromisso. Satisfeitas, as duas saíram correndo para casa. Anthony ficou um tempo observando as meninas se afastarem e, nesse momento, notou um homem saindo do matagal, distanciando-se através do parque. Tinha quase certeza de que era o mesmo sujeito de barba preta que encontrara de manhã. Enquanto hesitava, sem saber se deveria ir atrás dele ou não, o sr. Hiram Fish surgiu por entre as árvores à sua frente. Estremeceu ao vê-lo.

– Tarde tranquila, não, sr. Fish? – perguntou Anthony.

– Sim. Obrigado.

Mas o sr. Fish não parecia tão tranquilo como de costume. O rosto estava corado, e ele ofegava, como se tivesse corrido. Consultou o relógio que tirou do bolso.

– Acho que está quase na hora do chá da tarde, a instituição britânica por excelência – disse.

Fechando o relógio com um pequeno ruído, o sr. Fish afastou-se calmamente em direção à casa.

Anthony permaneceu perdido em pensamentos, despertando, sobressaltado, ao notar o superintendente Battle ao seu lado. Battle havia chegado sem fazer barulho, como se tivesse se materializado do espaço.

– De onde o senhor surgiu? – perguntou Anthony irritado.

Com ligeiro movimento de cabeça, Battle indicou o pequeno bosque atrás deles.

– Parece ser um lugar bem popular esta tarde – observou Anthony.

– Estava perdido em pensamentos, sr. Cade?

– Estava. Sabe o que eu estava fazendo, Battle? Tentando somar dois mais um mais cinco mais três para ver se dava quatro. E é impossível, Battle, simplesmente impossível.

– Parece difícil – concordou o detetive.

– Mas o senhor é exatamente o homem que eu desejava ver. Battle, eu quero ir embora. É possível?

Como bom profissional, o superintendente Battle não demonstrou emoção nem surpresa. Sua resposta foi simples e objetiva.

– Depende para onde.

– Vou colocar as cartas na mesa. Quero ir a Dinard, ao castelo da condessa de Breteuil. É possível?

– Quando deseja ir, sr. Cade?

– Digamos amanhã, depois do inquérito. Posso estar de volta no domingo à noite.

– Sei – disse o superintendente com peculiar firmeza.

– E?

– Não tenho objeções, desde que o senhor vá para onde diz que vai e volte direto para cá.

– O senhor é mesmo único. Ou tem enorme simpatia por mim, ou é extremamente profundo. Qual é o caso?

O superintendente Battle sorriu um pouco, mas não respondeu.

– Bem – disse Anthony –, o senhor haverá de tomar suas precauções, imagino. Discretos oficiais seguirão meus passos suspeitos. Que seja. Mas eu adoraria saber de que tratavam.

– Não o entendo, sr. Cade.

– As memórias. Por que tanto alvoroço em torno delas? São apenas memórias? Ou o senhor está escondendo alguma coisa?

Battle sorriu novamente.

– Veja da seguinte forma: estou lhe fazendo um favor, porque tive uma boa impressão sua, sr. Cade. Gostaria que trabalhasse comigo neste caso. O amador e o profissional funcionam bem juntos. Um tem a intimidade, por assim dizer, e o outro, a experiência.

– Bem – disse Anthony lentamente –, não me importo de admitir que sempre desejei tentar desvendar um assassinato misterioso.

– E tem alguma ideia sobre este caso, sr. Cade?

– Muitas – respondeu Anthony. – Mas principalmente perguntas.

– Por exemplo?

– Quem calçará os sapatos do falecido Michael? Parece-me que isso é importante.

O superintendente Battle deu um sorriso maroto.

– Imaginei que o senhor fosse pensar nisso. O príncipe Nicholas Obolovitch, primo de primeiro grau dele, é o próximo herdeiro.

– E onde ele está neste exato momento? – indagou Anthony, virando-se para acender um cigarro. – Não me diga que não sabe, Battle, porque eu não vou acreditar.

– Temos razões para crer que ele está nos Estados Unidos. De qualquer maneira, esteve lá até recentemente. Arrecadando fundos para seu projeto.

Anthony assobiou, surpreso.

– Entendi – disse. – Michael tinha o respaldo da Inglaterra, Nicholas tem dos Estados Unidos. Em ambos os países existem grupos de financistas ansiosos para obter as concessões de petróleo. O Partido Legalista adotou Michael como candidato, e agora precisam procurar em outro lugar. Ranger de dentes da parte de Isaacstein, sr. George Lomax e companhia. Júbilo em Wall Street. Estou certo?

– Em termos – disse o superintendente Battle.

– Hum – fez Anthony. – Acho que sei o que senhor estava fazendo nesse bosque.

O detetive sorriu, mas não respondeu.

– A política internacional é um assunto fascinante – disse Anthony –, mas preciso ir. Tenho um compromisso na sala de estudos.

Dirigiu-se rapidamente para a casa. Informações fornecidas por Tredwell, sempre sério, indicaram-lhe o caminho. Bateu na porta e entrou, sendo recebido com gritos de alegria.

Guggle e Winkle foram correndo até ele e o levaram, triunfantes, para ser apresentado à mademoiselle.

Pela primeira vez, Anthony foi surpreendido. Mademoiselle Brun era uma mulher pequena, de meia-idade. Tinha o rosto amarelado, cabelos encanecidos e um bigodinho!

Onde estava a famosa aventureira estrangeira?

"Devo estar fazendo papel de idiota", pensou Anthony. "Mas não faz mal. Agora preciso ir até o fim."

Anthony foi extremamente simpático com a mademoiselle, e ela, por sua vez, estava evidentemente encantada de receber um jovem tão belo em sua sala de estudos. O chá foi maravilhoso.

Naquela noite, porém, a sós no agradável quarto que lhe deram, Anthony sacudia a cabeça.

– Estou enganado – disse para si mesmo. – Pela segunda vez, estou enganado. De qualquer maneira, não consigo entender o motivo.

Caminhava de um lado para o outro, mas parou de repente.

– Que diabo... – começou a dizer.

A porta estava sendo delicadamente aberta. Logo em seguida, um homem entrou no quarto, postando-se junto à porta.

Era um sujeito alto, louro, com maçãs do rosto salientes, do tipo eslavo, e olhos sonhadores.

– Quem é você? – perguntou Anthony, fitando-o.

– Sou Boris Anchoukoff – respondeu o homem em inglês perfeito.

– Criado do príncipe Michael, não?

– Exatamente. Servi a meu amo. Ele está morto. Agora sirvo ao senhor.

– É muita bondade sua – disse Anthony –, mas eu não preciso de um criado.

– O senhor é meu amo agora. Vou servir-lhe fielmente.

– Sim... mas... olhe, eu não preciso de um criado. Não tenho como pagar.

Boris Anchoukoff olhou para Anthony com certo desdém.

– Não estou pedindo dinheiro. Servi a meu amo, e assim servirei ao senhor: até a morte!

Dando rapidamente um passo à frente, Boris ajoelhou-se sobre uma perna, pegou a mão de Anthony e colocou-a na testa. Depois, levantou-se bruscamente e saiu do quarto de maneira tão repentina quanto havia entrado.

– Que coisa bizarra – murmurou Anthony, pasmo. – Uma espécie de cão fiel. Curioso o instinto que esses caras têm.

Empertigado, voltou a andar de um lado para o outro.

– De qualquer maneira, é esquisito. Esquisitíssimo. Pelo menos, agora.

CAPÍTULO 17

Uma aventura à meia-noite

O inquérito ocorreu na manhã seguinte. Foi bastante diferente dos sensacionais inquéritos da ficção. Em sua rígida supressão de todos os detalhes interessantes, satisfez até George Lomax. O superintendente Battle e o investigador de casos de homicídio, trabalhando juntos com o apoio do comandante da polícia, reduziram os procedimentos ao mínimo nível de tédio.

Logo após o inquérito, Anthony partiu, sem chamar atenção.

Sua partida foi a única alegria do dia para Bill Eversleigh. George Lomax, obcecado pelo temor de que algo prejudicial ao seu departamento pudesse acontecer, havia sido extremamente desagradável, exigindo a presença constante da srta. Oscar e de Bill. Tudo de útil e interessante fora feito pela srta. Oscar. Bill limitara-se a levar recados de um lado para o outro, decifrar telegramas e ouvir a ladainha repetitiva de George.

Foi um jovem totalmente exausto que se retirou para dormir na noite de sábado. Não tivera quase nenhuma oportunidade de conversar com Virginia durante o dia, em virtude das cobranças de George, e sentia-se injuriado e explorado. Felizmente, o camarada havia partido. Já tinha monopolizado demais a atenção de Virginia. E se George continuasse ridicularizando-o daquela forma... Com a mente cheia de ressentimentos, Bill adormeceu. Nos sonhos, veio o consolo. Bill sonhou com Virginia.

Foi um sonho heroico. No sonho, uma casa pegava fogo, e ele desempenhava o papel de salvador galante. Do andar mais alto, trouxe Virginia nos braços, inconsciente. Repousou-a sobre a grama e foi buscar um pacote de sanduíches. Era muito importante que encontrasse esse pacote de sanduíches. Estava com George, mas ele, em vez de entregá-lo a Bill, começou a ditar telegramas. Muda a cena, e os dois estão agora na sacristia de uma igreja, e a qualquer momento Virginia chegará para se casar com ele. Que horror! Bill está de pijama. Precisa ir para casa imediatamente trocar de roupa. Corre para o carro, mas o motor não pega. O carro está sem gasolina! Bill começa a ficar desesperado. De repente, chega um ônibus imenso, e Virginia aparece de braços dados com o barão careca. Está linda, vestida de cinza. Vem até ele e o sacode pelos ombros. "Bill", diz ela. "Oh, Bill". Sacode-o com mais força. "Acorde. Oh, acorde."

Ainda tonto, Bill acordou. Estava em seu quarto em Chimneys, mas parte do sonho continuava: Virginia estava inclinada sobre ele, repetindo as mesmas palavras, com variações.

– Acorde, Bill. Oh, acorde! Bill!

— Oi! – disse Bill, sentando-se na cama. – O que houve?

Virginia suspirou aliviada.

— Graças a Deus. Achei que você jamais fosse acordar. Fiquei sacudindo você. Está bem acordado agora?

— Acho que sim – disse Bill.

— Você é pesado, hein? Deu um trabalhão sacudi-lo. Meus braços estão até doendo.

— Dispenso o insulto – disse Bill com dignidade. – Olhe, Virginia, para dizer a verdade, não acho bom que você tenha vindo aqui. Não fica bem para uma jovem e decente viúva.

— Não seja idiota, Bill. Estão acontecendo coisas.

— Que tipo de coisas?

— Coisas estranhas. Na Sala do Conselho. Julguei ter ouvido uma porta batendo em algum lugar, e desci para ver o que era. Vi luz na Sala do Conselho e fui até lá, sem fazer barulho. Espiei pela fechadura. Não deu para ver muita coisa, mas o que vi foi tão extraordinário que eu quero ver mais. Senti, então, que precisava de um homem forte e bonito do meu lado. Como você era o homem mais forte e bonito de que eu lembrava, vim aqui tentar acordá-lo delicadamente. Mas fiquei séculos tentando.

— Compreendo – disse Bill. – E o que você quer que eu faça agora? Que me levante e pegue os assaltantes?

Virginia franziu o cenho.

— Não sei se são assaltantes. Bill, é muito estranho... Mas não vamos perder tempo conversando. Levante-se.

Bill obedeceu.

— Espere, vou colocar uma bota... a grande, com pregos. Por mais forte que eu seja, não vou sair por aí atacando bandidos perigosos descalço.

— Gostei do seu pijama – comentou Virginia. – Alegre, sem ser vulgar.

— Já que você tocou no assunto – disse Bill, pegando o segundo pé da bota –, gostei desse troço que você está usando. Gostei do tom de verde. Como é que se chama? Penhoar?

— Négligée – corrigiu Virginia. – Fico feliz de ver que você tem levado uma vida pura, Bill.

— Não tenho não – protestou Bill.

— Você acabou de se trair. Você é muito simpático, Bill, e eu gosto muito de você. Atrevo-me a dizer que amanhã de manhã... digamos às dez horas, uma boa hora para emoções fortes... eu poderia até beijá-lo.

— Sempre acho que essas coisas são melhores quando realizadas de maneira espontânea – sugeriu Bill.

— Agora temos que focar em outro assunto – disse Virginia. – Se você não pretende colocar uma máscara de gás e uma couraça, vamos começar?

– Estou pronto – disse Bill.

Vestiu um roupão de seda lúrido e pegou um atiçador.

– A arma conservadora – observou.

– Vamos – disse Virginia. – E não faça barulho.

Saíram para o corredor e desceram a larga escada dupla. Virginia franziu a testa quando chegaram ao fim da escada.

– Essas suas botas não são lá muito silenciosas, concorda?

– Prego é prego – disse Bill. – Estou fazendo o que posso.

– Você vai ter de tirá-las.

Bill resmungou.

– Pode levá-las na mão. Quero ver se você consegue descobrir o que está acontecendo na Sala do Conselho. Bill, é um mistério. Por que os assaltantes desmontariam uma armadura?

– Bem, imagino que eles não conseguiriam levá-la inteira. Desmontam e guardam as peças em sacolas.

Virginia sacudiu a cabeça, insatisfeita.

– Para que eles iam querer uma armadura velha e enferrujada? Existem tesouros valiosíssimos em Chimneys que são muito mais fáceis de carregar.

Bill balançou a cabeça.

– Quantas pessoas estão lá dentro? – perguntou, segurando firme o atiçador.

– Não consegui ver direito. Você sabe como é o buraco da fechadura. E eles estavam só com lanterna.

Bill sentou-se no último degrau da escada e tirou as botas. Depois, levando-as na mão, atravessou o corredor que conduzia à Sala do Conselho. Virginia foi atrás. Pararam em frente à maciça porta de carvalho. Estava silencioso do lado de dentro, mas, de repente, Virginia pressionou o braço de Bill, e ele assentiu com a cabeça. Pelo buraco da fechadura, surgiu uma claridade por alguns instantes.

Bill ajoelhou-se e olhou pelo orifício. O que ele viu era extremamente confuso. A cena do drama evidentemente se desenrolava à esquerda de seu campo de visão. Um tinido abafado de vez em quando parecia indicar que os assaltantes ainda estavam desmontando a armadura. Havia duas delas, lembrava-se Bill. Ficavam juntas, encostadas na parede, bem debaixo do quadro de Holbein. A luz da lanterna com certeza estava sendo direcionada para o local da ação, deixando o resto da sala no escuro. Um vulto passou rapidamente pelo campo de visão de Bill, mas não havia luz suficiente para distingui-lo. Poderia ser tanto um homem quanto uma mulher. Depois de um tempo, o vulto passou de novo, e ouviu-se o tinido abafado outra vez. Em seguida, outro barulho, leves batidas, como se estivessem sido executadas com os nós dos dedos sobre a madeira.

Bill sentou-se sobre os calcanhares.

– O que foi? – sussurrou Virginia.

– Nada. Assim não adianta. Não conseguimos ver nada, e não dá para adivinhar o que eles estão fazendo. Vou entrar e pegá-los no flagra.

Vestiu as botas e levantou-se.

– Agora, Virginia, preste atenção. Vamos abrir a porta bem devagar. Você sabe onde fica o interruptor?

– Sim. Ao lado da porta.

– Não acho que sejam mais de quatro pessoas. Talvez seja só uma. Vou entrar sem fazer barulho. Quando eu estiver no meio da sala e disser "pronto", você acende a luz. Entendeu?

– Perfeitamente.

– E não vá gritar, desmaiar, nem nada disso. Não deixarei ninguém machucá-la.

– Meu herói!

Bill olhou-a, desconfiado, na escuridão. Ouviu algo que tanto poderia ser um soluço quanto uma risada. Pegou, então, o atiçador com firmeza e ergueu-se. Sentia-se plenamente preparado para enfrentar a situação.

Com muito cuidado, girou a maçaneta da porta, que cedeu com facilidade e se abriu para dentro. Virginia ia colada nele. Juntos, eles entraram na sala, sem fazer barulho.

No outro lado, o foco da lanterna incidia sobre o quadro de Holbein. Contra a luz, via-se a silhueta de um homem em cima de uma cadeira, dando leves pancadas no madeiramento que cobria as paredes. Ele estava de costas, evidentemente, e produzia uma sombra monstruosa.

Não se pode dizer que eles viram mais alguma coisa, porque nesse momento os pregos das botas de Bill rangeram sobre o assoalho. O homem virou-se, dirigindo a poderosa lanterna para eles, ofuscando-os com o brilho repentino.

Bill não hesitou.

– Pronto! – gritou para Virginia e jogou-se sobre o homem, enquanto ela, de maneira obediente, pressionava o interruptor.

Virginia ouviu Bill praguejar. No minuto seguinte, a sala encheu-se de sons arquejantes. A lanterna havia sido derrubada no chão e apagara-se na queda. Ouvia-se o barulho de uma luta desesperada na escuridão, mas Virginia não tinha a menor ideia de quem estava vencendo, nem de quantas pessoas havia. Haveria mais alguém na sala, além do homem que estava batendo no madeiramento? Poderia haver. A visão que eles tiveram ao entrar havia sido momentânea.

Virginia ficou paralisada, sem saber o que fazer. Não ousava entrar na briga. Iria mais atrapalhar do que ajudar. A única ideia que teve foi ficar na porta, para impedir a passagem de quem tentasse escapar por ali. Ao mesmo tempo, desobedeceu às expressas instruções de Bill e gritou várias vezes por socorro.

Ouviu portas se abrindo lá em cima, produzindo um súbito clarão no corredor e na grande escadaria. Se ao menos Bill conseguisse segurar o homem até chegar ajuda...

Nesse momento, contudo, ocorreu uma terrível reviravolta final. Eles deviam ter esbarrado numa das armaduras, porque ela caiu no chão com um barulho ensurdecedor. Virginia viu, indistintamente, um vulto correndo para a janela e, ao mesmo tempo, ouviu Bill praguejando e desvencilhando-se de fragmentos da armadura.

Pela primeira vez, abandonou seu posto e atirou-se sobre o vulto que correra para a janela. Mas a janela já estava destrancada, e o intruso não precisou perder tempo com isso. Saltou e saiu correndo pelo terraço, até contornar a casa. Virginia foi atrás dele. Como era jovem e esportista, chegou à extremidade do terraço poucos segundos depois.

Aí, porém, mergulhou nos braços de um homem que acabara de sair por uma pequena porta lateral. Era o sr. Hiram P. Fish.

– Oh, é a senhora! – exclamou. – Perdão, sra. Revel. Confundi-a com um dos bandidos fugindo da justiça.

– Ele veio por aqui – disse Virginia sem fôlego. – Não podemos pegá-lo?

Mas ela sabia que era tarde demais. O homem já deveria ter chegado ao parque àquela altura, e a noite estava escura, sem lua. Virginia voltou à Sala do Conselho, o sr. Fish ao seu lado, discursando, em tom reconfortante, sobre os hábitos de assaltados em geral, assunto em que parecia ter muita experiência.

Lorde Caterham, Bundle e diversos criados assustados encontravam-se na porta da sala.

– O que aconteceu, meu Deus do céu? – perguntou Bundle. – Assaltantes? O que você e o sr. Fish estavam fazendo, Virginia? Passeando à meia-noite?

Virginia explicou o que havia acontecido.

– Que incrível! – exclamou Bundle. – Não é sempre que se tem um assassinato e um assalto no mesmo fim de semana. O que houve com as luzes aqui? Estão funcionando perfeitamente nos outros lugares.

O mistério foi logo explicado. As lâmpadas haviam sido simplesmente removidas e enfileiradas junto à parede. Montando numa escada, o majestoso Tredwell, formal até em roupas íntimas, restituiu a iluminação ao cômodo afetado.

– Pelo visto – disse lorde Caterham, com sua voz desanimada, enquanto olhava em volta –, esta sala foi o cenário de uma ação um tanto quanto violenta.

Sua observação fazia sentido. Tudo o que podia ter sido derrubado havia sido derrubado. O chão estava repleto de cadeiras despedaçadas, louça estilhaçada e fragmentos de armadura.

– Quantos eram? – perguntou Bundle. – Parece ter havido uma luta intensa.

– Acho que só um – respondeu Virginia, hesitante. Com certeza só uma pessoa, um homem, passara pela janela. Mas, ao correr atrás dele, Virginia tivera a vaga impressão de ouvir um ruído de passos muito perto. Nesse caso, o segundo ocupante da sala podia ter escapado pela porta. Mas talvez fosse só imaginação sua.

Bill apareceu de repente ofegante na janela.

– Maldito! – exclamou furioso. – Fugiu. Já procurei em todos os cantos. Nenhum sinal dele.

– Anime-se, Bill – disse Virginia. – Na próxima vez você terá mais sorte.

– Bem – disse lorde Caterham –, o que vocês acham que devemos fazer agora? Voltar para a cama? Não tenho como chamar Badgworthy a esta hora da noite. Tredwell, você sabe o que é necessário. Providencie tudo, sim?

– Perfeitamente, milorde.

Com um suspiro de alívio, lorde Caterham preparou-se para retirar-se.

– E Isaacstein dorme como um bebê – observou, com certa inveja. – Essa briga toda, e o sujeito nem desceu. – Olhou para o sr. Fish. – O senhor ainda teve tempo de se vestir – acrescentou.

– Sim. Enfiei alguma coisa – admitiu o americano.

– Muito sensato da sua parte – disse lorde Caterham. – Esses pijamas não esquentam nada.

Bocejou. Num clima geral de desânimo, todos voltaram para a cama.

CAPÍTULO 18

Segunda aventura à meia-noite

A primeira pessoa que Anthony viu ao descer do trem na tarde seguinte foi o superintendente Battle.

– Voltei, conforme combinado – disse sorrindo. – O senhor veio aqui certificar-se do fato?

Battle sacudiu a cabeça.

– Não estava preocupado com isso, sr. Cade. É que estou indo para Londres.

– O senhor é um homem confiável, Battle.
– Acha mesmo?
– Na verdade, acho o senhor profundo, muito profundo... Quer dizer que está indo para Londres?
– Sim, sr. Cade.
– Posso saber para quê?
O detetive não respondeu.
– O senhor é bastante loquaz – observou Anthony. – É isso o que eu gosto no senhor.
Um brilho distante apareceu nos olhos de Battle.
– E o que me conta sobre sua pequena missão, sr. Cade? – perguntou.
– Dei com os burros n'água, Battle. Pela segunda vez. Estava totalmente enganado. Irritante, não?
– Qual era sua ideia, se me permite a pergunta?
– Eu suspeitava da governanta francesa, Battle. A: baseando-me nos cânones da melhor ficção, porque ela era a pessoa menos provável. B: porque se acendeu uma luz em seu quarto na noite da tragédia.
– Não era muita coisa.
– O senhor tem razão. Não era. Mas eu descobri que ela estava aqui há pouco tempo, e encontrei um francês suspeito rondando o lugar. Suponho que saiba tudo sobre ele, não?
– O senhor se refere ao homem chamado Chelles, que está hospedado na Cricketers? É um caixeiro-viajante. Trabalha com seda.
– Isso mesmo. E aí? O que a Scotland Yard acha dele?
– Sua atitude é suspeita – disse o superintendente Battle, impassível.
– Muito suspeita, diria eu. Bem, liguei os pontos. A governanta francesa dentro da casa, o francês suspeito do lado de fora. Cheguei à conclusão de que eles estavam mancomunados, e fui entrevistar a senhora com quem mademoiselle Brun havia passado os últimos dez anos. Estava preparado para ouvir que essa senhora nunca tinha ouvido falar de mademoiselle Brun, mas me enganei, Battle. Mademoiselle é artigo genuíno.
Battle assentiu com a cabeça.
– Devo admitir – continuou Anthony – que, no momento em que conversei com mademoiselle, tive certeza de que estava no caminho errado. Ela é a perfeita governanta.
Battle assentiu novamente.
– De qualquer forma, sr. Cade, o senhor não pode se guiar por isso. As mulheres, sobretudo, fazem maravilhas com maquiagem. Já vi uma bela menina não ser reconhecida por nove pessoas, entre dez que já a tinham visto antes, após alterar a cor do cabelo, empalidecer a cútis, avermelhar as pálpebras

e, o principal, trajar roupas desalinhadas. Para os homens não existem tantos truques. Dá para modificar um pouco as sobrancelhas, e uma dentadura, evidentemente, altera bastante a fisionomia. Mas existem sempre as orelhas. Elas são muito expressivas, sr. Cade.

– Não olhe tanto para as minhas – protestou Anthony. – O senhor me deixa nervoso.

– Não estou falando de barbas falsas e maquiagem pesada – continuou o superintendente. – Isso existe só nos livros. Poucos homens conseguem se disfarçar tão bem a ponto de escapar impunes. Na verdade, conheço apenas um homem que é um gênio para se caracterizar: o rei Victor. Já ouviu falar no rei Victor, sr. Cade?

Havia algo tão brusco e súbito no modo como o detetive fez a pergunta que Anthony pensou duas vezes antes de falar.

– Rei Victor? – preferiu dizer, pensativo. – Acho que já ouvi esse nome em algum lugar.

– Um dos mais famosos ladrões de joias do mundo. Pai irlandês, mãe francesa. Fala pelo menos cinco línguas. Esteve preso, mas foi solto há poucos meses.

– É mesmo? E onde ele está agora?

– Bem, sr. Cade. isso é o que gostaríamos de saber.

– A coisa se complica – disse Anthony, levianamente. – Nenhuma chance de ele aparecer por aqui, não é? Suponho que ele não esteja interessado em memórias políticas, só em joias.

– Não se pode saber – disse o superintendente Battle. – Pode ser até que ele já esteja aqui.

– Disfarçado como lacaio? Maravilha. O senhor o reconhecerá pelas orelhas e ficará famoso.

– Muito engraçado. A propósito, qual a sua opinião sobre aquele negócio de Staines?

– Staines? – repetiu Anthony. – O que aconteceu em Staines?

– Saiu sábado nos jornais. Achei que tivesse lido. Encontraram o corpo de um homem baleado na beira da estrada. Um estrangeiro. Saiu hoje nos jornais de novo, claro.

– É, li alguma coisa a respeito – disse Anthony, sem cuidado. – Pelo visto, não foi suicídio, não é?

– Não. Não havia arma. Até agora, o homem não foi identificado.

– O senhor parece bastante interessado – disse Anthony sorrindo. – Alguma ligação com a morte do príncipe Michael?

Suas mãos estavam imóveis, assim com seu olhar. Seria impressão sua ou o superintendente Battle o fitava com peculiar atenção?

– Parece haver uma epidemia desse tipo de coisa – disse Battle. – Mas arrisco-me a dizer que não existe nenhuma ligação.

Virou-se, acenando para um carregador. O trem de Londres chegava à plataforma. Anthony soltou um leve suspiro de alívio.

Caminhou pelo parque, mais pensativo do que de costume. Tinha decidido voltar para a casa seguindo o mesmo trajeto que fizera na fatídica noite de quinta-feira, e, ao se aproximar, olhou para as janelas, quebrando a cabeça para se lembrar de onde tinha visto a luz. Será que tinha sido na segunda janela da esquerda mesmo?

Nesse momento, então, fez uma descoberta. Existia um ângulo na extremidade da casa no qual havia uma janela meio afastada. De acordo com o lugar em que se estivesse, contava-se essa janela como sendo a primeira, e a janela localizada acima da Sala do Conselho como a segunda. Afastando-se alguns metros para a direita, porém, a parte da construção sobre a Sala do Conselho parecia ser a extremidade da casa. A primeira janela ficava escondida, fora do campo de visão, e as duas janelas dos quartos sobre a Sala do Conselho pareciam ser a primeira e a segunda da esquerda. Onde será que ele estava exatamente no momento em que viu a luz do quarto se acender?

Anthony achou muito difícil precisar, e um metro, nesse caso, fazia toda diferença. Mas um ponto parecia bastante claro: era totalmente possível que ele tivesse se enganado ao julgar que tivessem acendido a luz do segundo quarto da esquerda. Poderia ter sido no *terceiro*.

Agora, quem ocupava esse terceiro quarto? Anthony decidiu averiguar o quanto antes. A sorte estava do seu lado. No hall, Tredwell havia acabado de colocar o pesado bule de prata sobre a bandeja, e estava sozinho.

– Oi, Tredwell – disse Anthony. – Gostaria de lhe fazer uma pergunta. Quem está no terceiro quarto da esquerda, na ala oeste da casa? O quarto sobre a Sala do Conselho, quero dizer.

Tredwell pensou por um instante.

– É o quarto daquele cavalheiro americano, senhor. O sr. Fish.

– Ah, é? Obrigado.

– Disponha, senhor.

Tredwell preparou-se para sair, mas resolveu ficar. O desejo de ser o primeiro a contar as novidades humaniza até os mordomos mais solenes.

– O senhor já deve ter ouvido sobre o que aconteceu ontem à noite.

– Não – disse Anthony. – O que aconteceu ontem à noite?

– Uma tentativa de roubo, senhor!

– Sério? E roubaram alguma coisa?

– Não, senhor. Os assaltantes estavam desmontando as armaduras da Sala do Conselho quando foram surpreendidos e obrigados a fugir. Infelizmente, eles conseguiram escapar.

– Que coisa espantosa! – exclamou Anthony. – A Sala do Conselho de novo. Entraram por lá mesmo?

– Supõe-se que eles tenham forçado a janela.

Satisfeito com o interesse despertado por sua informação, Tredwell estava retirando-se, mas parou no meio do caminho.

– Desculpe-me, senhor, não o ouvi entrar, e não sabia que o senhor estava atrás de mim.

O sr. Isaacstein, em que Tredwell havia esbarrado, fez um gesto amigável com a mão.

– Não foi nada, meu caro. Fique tranquilo.

Tredwell retirou-se, por fim, altivo. Isaacstein entrou e sentou-se numa poltrona.

– Oi, Cade, já voltou? Ficou sabendo do pequeno show de ontem à noite?

– Sim – respondeu Anthony. – Um fim de semana bem emocionante, não?

– Acho que o trabalho de ontem à noite foi realizado por gente local – disse Isaacstein. – Parece coisa de amador.

– Alguém aqui coleciona armaduras? – perguntou Anthony. – Coisa estranha para colecionar.

– Muita estranha – concordou o sr. Isaacstein. Fez uma pequena pausa e acrescentou: – A situação toda é bastante lamentável.

Havia algo quase que ameaçador em seu tom.

– Não entendo – disse Anthony.

– Por que estamos sendo mantidos aqui dessa forma? O inquérito terminou ontem. O corpo do príncipe será removido para Londres, onde já se espalhou que ele morreu de ataque cardíaco. E ninguém pode sair ainda. O sr. Lomax sabe tanto quanto eu. Diz para eu falar com o superintendente Battle.

– O superintendente Battle está escondendo alguma coisa – disse Anthony, pensativo. – Parece essencial ao seu plano que ninguém abandone a casa.

– Desculpe-me, sr. Cade, mas o senhor abandonou.

– Sim, só que com uma corda presa à perna. Tenho certeza de que fui seguido o tempo todo. Não teriam me dado a chance de jogar fora o revólver ou qualquer coisa do tipo.

– Ah, o revólver – disse Isaacstein, pensativo. – Ainda não foi encontrado, não é?

– Ainda não.

– Devem ter jogado no lago.

– É bem possível.

– Onde está o superintendente Battle? Não o vi hoje à tarde.
– Ele foi para Londres. Encontrei-o na estação.
– Foi para Londres? Sério? Ele disse quando voltava?
– Amanhã cedo, pelo que eu entendi.

Virginia apareceu com lorde Caterham e o sr. Fish. Deu um sorriso de boas-vindas a Anthony.

– Voltou, sr. Cade. Já soube da nossa aventura de ontem à noite?
– É verdade, sr. Cade – disse Hiram Fish. – Foi uma noite bem agitada. Contaram-lhe que confundi a sra. Revel com um dos assaltantes?
– E, nesse meio-tempo – disse Anthony –, o assaltante...
– Escapou – completou o sr. Fish, derrotado.
– Sirva o chá – disse lorde Caterham para Virginia. – Não sei onde está Bundle.

Virginia serviu. Em seguida, sentou-se perto de Anthony e lhe disse em voz baixa:

– Venha ao ancoradouro depois do chá. Bill e eu temos muita coisa para lhe contar.

Juntou-se, então, à conversa geral.

Os três se encontram conforme combinado.

Virginia e Bill, eufóricos com as notícias. Concordaram que um barco no meio do lago era o único lugar seguro para uma conversa confidencial. Tendo remado uma boa distância, toda a história da aventura na noite anterior foi relatada a Anthony. Bill estava de cara fechada. Não queria que Virginia tivesse envolvido aquele sujeito no assunto.

– Muito estranho – disse Anthony no final. – O que você acha disso tudo? – perguntou para Virginia.

– Acho que eles estavam procurando alguma coisa – respondeu ela, sem pestanejar. – A ideia de um assalto é absurda.

– Que eles tenham pensado que essa coisa, seja lá o que for, estivesse escondida dentro das armaduras está claro. Mas por que as pancadas no madeiramento? Mais parece que estavam procurando uma escada secreta ou algo assim.

– Sei que existe um esconderijo em Chimneys – disse Virginia. – E acho que há também uma escada secreta. Lorde Caterham pode nos informar a respeito. O que eu gostaria de saber é: o que eles estavam procurando?

– Não é possível que sejam as memórias – disse Anthony. – O pacote é volumoso. Tem que ser algo pequeno.

– George deve saber – disse Virginia. – Só preciso ver como arrancar isso dele. Desde o início, percebi que havia alguma coisa por trás de tudo isso.

— Você disse que era apenas um homem — prosseguiu Anthony —, mas que poderia haver outro, pois julgou ter ouvido alguém caminhando em direção à porta no momento em que correu para a janela.

— O som foi muito leve — disse Virginia. — Pode ter sido imaginação minha.

— Sim. Mas caso não tenha sido imaginação sua, a segunda pessoa tinha que ser alguém da casa. Estou pensando agora...

— Em quê? — perguntou Virginia.

— Na agilidade do sr. Hiram Fish, que consegue se vestir todo ao ouvir gritos de socorro no andar de baixo.

— Aí tem coisa — concordou Virginia. — E digo mais: acho muito suspeito o sr. Isaacstein não acordar com toda aquela confusão. Impossível.

— E aquele sujeito, Boris — sugeriu Bill. — Parece um perfeito rufião. Estou falando do criado de Michael.

— Chimneys está cheia de personagens suspeitos — disse Virginia. — Atrevo-me a dizer que os outros também devem suspeitar de nós. O superintendente Battle não deveria ter ido para Londres agora! Não foi muito inteligente da parte dele. A propósito, sr. Cade, vi uma ou duas vezes aquele francês estranho rondando o parque.

— Está tudo muito confuso — confessou Anthony. — Estive fora, numa busca infrutífera. Fui um idiota. Olhe, na minha opinião, a questão toda resume-se a: os homens encontraram o que estavam procurando ontem à noite?

— Suponhamos que não — disse Virginia. — Aliás, tenho quase certeza de que eles não encontraram.

— Então. Nesse caso, eles devem voltar. Já sabem, ou logo saberão, que Battle está em Londres. Correrão o risco e voltarão hoje à noite.

— Você acha?

— É uma possibilidade. Agora, nós três formaremos um pequeno sindicato. Eversleigh e eu nos esconderemos na Sala do Conselho, tomando as devidas precauções...

— E eu? — interrompeu Virginia. — Não pensem que vão me deixar fora disso.

— Olhe, Virginia — disse Bill —, isso é trabalho de homem...

— Não seja idiota, Bill. Estou dentro, fique sabendo. O sindicato montará guarda hoje à noite.

Ficou resolvido assim, e os detalhes do plano foram combinados. Depois de se retirar para a cama, cada membro do grupo, um após o outro, desceu furtivamente, munido de poderosa lanterna, e Anthony ainda trazia um revólver no bolso do casaco.

Anthony dissera que fariam nova tentativa para dar prosseguimento à busca. Não esperava, contudo, que essa tentativa partisse do lado de fora. Acreditava que Virginia estivesse certa ao julgar que alguém, na noite anterior, passara por ela no escuro. Por isso, escondido na sombra de um velho armário de carvalho, era em direção à porta, e não à janela, que Anthony olhava. Virginia estava agachada atrás de uma armadura na parede oposta, e Bill estava na janela.

Os minutos se passavam com interminável lentidão. O relógio deu uma hora, depois uma e meia, duas, duas e meia. Anthony, enrijecido e com cãibras, foi chegando à conclusão de que se enganara. Nenhuma tentativa seria feita essa noite.

Nesse momento, retesou-se, com todos os sentidos em alerta. Ouvira passos no terraço. Silêncio novamente, e depois um leve rangido na janela. De repente o barulho parou, e a janela abriu-se. Um homem saltou o peitoril e entrou na sala. Ficou imóvel por um instante, perscrutando ao redor como se procurasse ouvir. Depois de um ou dois minutos, aparentemente satisfeito, acendeu uma lanterna e iluminou todos os cantos da sala. Não viu nada fora do normal. Os três observadores prendiam a respiração.

O assaltante encaminhou-se para o mesmo local do madeiramento que examinara na noite anterior.

E, então, Bill fez uma terrível constatação: ele ia espirrar! A corrida desenfreada pelo parque úmido o deixara resfriado. Espirrara o dia inteiro. Agora sentia vontade de espirrar de novo, e nada seria capaz de mudar essa realidade.

Bill lançou mão de todos os recursos que lhe vieram à cabeça. Comprimiu o lábio de cima, engoliu com força, inclinou a cabeça para trás, olhando para o teto. Ainda segurou o nariz, fechando as narinas. Tudo inútil. Espirrou.

Foi um espirro fraco, abafado, mas que produziu um grande barulho no silêncio mortal do ambiente.

O estranho virou-se, e no mesmo instante Anthony entrou em ação. Acendeu a lanterna e pulou em cima do bandido. No momento seguinte, os dois já estavam no chão, atracados.

– Luz! – gritou Anthony.

Virginia foi rápida. Desta vez, a luz funcionou. Anthony estava em cima do homem. Bill abaixou-se para ajudá-lo.

– E agora – disse Anthony –, vamos ver quem você é, meu caro.

Virou a vítima. Era o desconhecido de barba preta, que estava hospedado na Cricketers.

– Muito bem – disse uma voz, em tom de aprovação.

Os três olharam espantados. A vultosa figura do superintendente Battle estava postada no batente da porta.

— Achei que o senhor estivesse em Londres, superintendente Battle — disse Anthony.

— Achou? — perguntou Battle, com um brilho de prazer nos olhos. — Bem, julguei que seria bom pensarem que eu estivesse lá.

— E foi — concordou Anthony, olhando para o inimigo prostrado.

Para sua surpresa, flagrou um ligeiro sorriso no rosto do desconhecido.

— Posso me levantar, cavalheiros? — perguntou. — São três contra um.

Anthony ajudou-o a levantar-se. O homem ajeitou o paletó, arrumou o colarinho e encarou Battle.

— Peço perdão — disse —, mas suponho que o senhor seja um representante da Scotland Yard.

— Exatamente — confirmou Battle.

— Então lhe apresentarei minhas credenciais — sorriu, vencido. — Teria sido mais sensato apresentar antes.

Tirou alguns papéis do bolso e entregou-os para o detetive. Ao mesmo tempo, virou a lapela do paletó e mostrou algo espetado ali.

Battle soltou uma exclamação de espanto. Verificou os papéis e devolveu-os com uma ligeira reverência.

— Lamento que tenha sido tratado dessa forma, monsieur — disse o superintendente Battle —, mas a culpa foi sua.

Sorriu ao perceber a expressão atônita no rosto dos outros.

— Este é um colega que estamos esperando há algum tempo — explicou. — Monsieur Lemoine, da Sûreté de Paris.

CAPÍTULO 19

História secreta

Todos encararam o detetive francês, que sorriu.

— Sim, é verdade — disse.

Houve uma pausa, para uma reorganização geral de ideias.

— Sabe o que eu acho, superintendente Battle? — disse Virginia.

— O quê, sra. Revel?

— Que chegou o momento de esclarecer algumas coisas.

— Esclarecer? Não entendo, sra. Revel.

— Superintendente Battle, o senhor entende perfeitamente. Imagino que o sr. Lomax o tenha cercado de recomendações de sigilo. Típico de George. Mas é melhor o senhor nos contar do que deixar que nós descubramos o segredo sozinhos e façamos besteira. Monsieur Lemoine, o senhor não concorda comigo?

– Concordo inteiramente, madame.

– Não se pode manter as coisas ocultas para sempre – disse Battle. – Falei para o sr. Lomax. O sr. Eversleigh é o secretário do sr. Lomax. Não vejo objeções em que ela saiba o que há para saber. Quanto ao sr. Cade, ele está envolvido na história, querendo ou não, e considero que ele tem direito de saber onde está pisando. Mas...

Battle fez uma pausa.

– Já sei – disse Virginia. – As mulheres são indiscretas demais! George costuma dizer isso.

Lemoine, que estivera observando Virginia atentamente, virou-se para o homem da Scotland Yard.

– O senhor chamou a madame de Revel?

– É o meu sobrenome – respondeu Virginia.

– Seu marido pertenceu ao serviço diplomático, não? E a senhora esteve com ele na Herzoslováquia um pouco antes do assassinato do rei e da rainha.

– Sim.

Lemoine virou-se novamente.

– Acho que a madame tem o direito de ouvir a história. Ela está indiretamente envolvida. Além disso – acrescentou, com um leve brilho nos olhos –, a reputação da madame em termos de discrição é bastante alta nos círculos diplomáticos.

– Fico feliz que me vejam assim – disse Virginia rindo. – E que eu não seja excluída.

– Que tal alguma coisa para beber ou comer? – propôs Anthony. – Onde será a reunião? Aqui?

– Sim, por favor – respondeu Battle. – Pretendo ficar nesta sala até de manhã. Entenderão por que quando ouvirem a história.

– Então vou lá pegar comida – disse Anthony.

Bill foi com ele. Voltaram com uma bandeja cheia de copos, água com gás e outras coisas básicas.

O sindicato ampliado instalou-se confortavelmente no canto perto da janela, agrupando-se ao redor de uma longa mesa de carvalho.

– É óbvio, claro – disse Battle –, que tudo o que dissermos aqui deverá ser mantido em absoluto sigilo. Sempre senti que isso viria à tona qualquer dia desses. Cavalheiros como o sr. Lomax, que desejam conservar tudo em segredo, correm mais riscos do que imaginam. Tudo começou há sete anos. Na época, havia muito do que eles chamam de "reconstrução", sobretudo no Oriente Próximo. Acontecia também na Inglaterra, em surdina, e quem comandava tudo era aquele senhor, o conde Stylptitch. Todos os países balcânicos estavam interessados, e havia muitos personagens da realeza na ocasião. Não vou entrar em detalhes, mas algo desapareceu, e desapareceu de maneira tão inacreditável que só se podia deduzir duas coisas: que o ladrão era da realeza e que o trabalho havia sido realizado por um profissional do mais alto nível. O monsieur Lemoine lhes contará como isso é possível.

O francês curvou-se, de modo cortês, e tomou a palavra.

– Talvez aqui na Inglaterra vocês nunca tenham ouvido falar do nosso famoso e fantástico rei Victor. Seu verdadeiro nome ninguém sabe, mas ele é um sujeito de coragem e ousadia singulares, fala cinco idiomas e é imbatível na arte do disfarce. Embora se saiba que o pai era inglês ou irlandês, ele atuou principalmente em Paris. Foi lá que, há quase oito anos, ele realizou uma série de assaltos, vivendo com o nome de capitão O'Neill.

Virginia deixou escapar uma interjeição de surpresa. Monsieur Lemoine lançou um olhar para ela.

– Acho que sei o que sobressalta a madame. Vocês entenderão em breve. Nós, da Sûreté, suspeitávamos que esse capitão O'Neill fosse nada mais nada menos do que o "rei Victor", mas não tínhamos as provas necessárias. Havia em Paris também na época, no Folies Bergères, uma jovem atriz, muito safa. Por um tempo, suspeitamos de que ela estivesse envolvida nas operações do rei Victor. Mas, novamente, não tínhamos como provar nada. Mais ou menos nessa época, Paris estava se preparando para a visita do jovem rei da Herzoslováquia, Nicholas IV. Na Sûreté, recebemos instruções especiais quanto ao método a ser adotado para garantir a segurança de Sua Majestade. Fomos avisados para vigiar as atividades de certa organização revolucionária que se intitulava Camaradas da Mão Vermelha. Segundo consta, os Camaradas abordaram Angèle Mory, oferecendo-lhe uma boa quantia em dinheiro se ela colaborasse com eles. Seu papel era seduzir o jovem rei e atraí-lo para um lugar previamente combinado. Angèle Mory aceitou o suborno e prometeu fazer a sua parte. Mas a moça era mais esperta e ambiciosa do que imaginavam aqueles que a contrataram. Conseguiu conquistar o rei, que se apaixonou cegamente por ela, enchendo-a de joias. Foi então que ela teve a ideia de se tornar não a amante do rei, mas a rainha! Como todo mundo sabe, ela concretizou a ideia. Foi apresentada na Herzoslováquia como a condessa Varaga Popoleffsky, descendente indireta dos Romanoff, e veio a se tornar a rainha Varaga da Herzoslováquia. Nada mau para uma pequena atriz parisiense! Sempre ouvi dizer que ela desempenhou o papel extremamente bem. Mas seu triunfo não durou muito tempo. Os Camaradas da Mão Vermelha, furiosos com a traição, atentaram duas vezes contra sua vida. No fim, levaram o país a um estado tão crítico que estourou uma revolução, e o rei e a rainha morreram. Os corpos, terrivelmente mutilados e quase irreconhecíveis, atestavam a fúria do povo contra uma rainha estrangeira de origem humilde. Mas, em tudo isso, a rainha Varaga, ao que tudo indica, continuava a manter contato com seu cúmplice, o rei Victor. É possível que o ousado plano tivesse partido dele. Sabe-se que, da corte da Herzoslováquia, ela continuava a se corresponder com ele num código secreto. Por questão de segurança, as cartas eram escritas em inglês e assinadas com o nome de uma senhora inglesa que trabalhava na embaixada. Se tivessem aberto um inquérito e a senhora em questão negasse a assinatura, é possível que não acreditassem nela, pois as cartas eram de uma mulher culpada para seu amante. Foi seu nome que ele usou, sra. Revel.

– Eu sei – disse Virginia. Sua cor ia e voltava, de maneira irregular. – Então essa é a verdade das cartas! Pensei muito e não consegui descobrir.

– Que truque vil! – exclamou o sr. Eversleigh indignado.

– As cartas eram endereçadas à residência do capitão O'Neill, em Paris, e seu principal propósito pode ser esclarecido por um curioso fato que veio à luz mais tarde. Depois do assassinato do rei e da rainha, grande parte das joias que caíram nas mãos da máfia, evidentemente, veio a ser encontrada em Paris, e descobriu-se que noventa por cento das pedras foram substituídas por pedras falsas. E, diga-se de passagem, havia algumas pedras muito famosas entre as joias da Herzoslováquia. Ou seja, mesmo rainha, Angèle Mory continuava exercendo suas atividades anteriores. Vejam agora aonde chegamos. Nicholas IV e a rainha Varaga vieram à Inglaterra como convidados do falecido marquês de Caterham, ministro das Relações Exteriores na época. A Herzoslováquia é um país pequeno, mas não podia ser ignorado. A rainha Varaga foi condignamente recebida. E aí temos uma personagem da realeza e, ao mesmo tempo, uma ladra experiente. Não restam dúvidas de que a joia falsa, tão perfeita que enganaria qualquer leigo, foi idealizada pelo rei Victor. Aliás, todo o plano, em sua audácia, apontava-o como o autor.

– O que aconteceu? – perguntou Virginia.

– O caso foi abafado – respondeu o superintendente Battle, de modo lacônico. – Até hoje nunca se fez menção pública disso. Fizemos todo o possível, em segredo. E, diga-se de passagem, foi muito mais do que vocês possam imaginar. Temos métodos próprios que surpreenderiam qualquer um. O que posso lhes dizer é que essa joia não saiu da Inglaterra com a rainha da Herzoslováquia. Não. Sua Majestade a escondeu em algum lugar, que até hoje não conseguimos descobrir. Mas eu não me espantaria – disse o superintendente Battle, olhando em volta – que ela estivesse aqui nesta sala.

Anthony levantou-se de repente.

– O quê? Depois de todos esses anos? – exclamou incrédulo. – Impossível.

— O senhor desconhece a circunstâncias peculiares, monsieur — disse o francês, rapidamente. — Apenas quinze dias depois, estourou a revolução na Herzoslováquia, e o rei e a rainha foram assassinados. Além disso, o capitão O'Neill foi preso em Paris e condenado a uma pena leve. Esperávamos encontrar o pacote de cartas codificadas em sua residência, mas parece que ele foi roubado por algum intermediário herzoslovaco. O homem esteve na Herzoslováquia um pouco antes da revolução e sumiu.

— Deve ter ido para o exterior — disse Anthony, pensativo. — Provavelmente para a África. E não devia se separar do pacote de cartas, que era como uma mina de ouro para ele. É curioso como as coisas acontecem. Parece que ele era chamado de Pedro Holandês, algo assim.

Percebeu o olhar impassível do superintendente Battle e sorriu.

— Por mais que pareça, não é clarividência, Battle — disse.

— Uma coisa não foi explicada — disse Virginia. — O que essa história toda tem a ver com as memórias? Deve haver alguma relação.

— A madame é muito sagaz — elogiou Lemoine. — Sim, há uma relação. O conde Stylptitch também estava hospedado em Chimneys na ocasião.

— Ou seja, talvez ele estivesse sabendo de tudo.

— *Parfaitement*.

— E, naturalmente — disse Battle —, se ele deixasse escapar algum segredo em suas preciosas memórias, a coisa ia pegar fogo. Sobretudo em vista de como o caso todo tinha sido abafado.

Anthony acendeu um cigarro.

— Não existe nenhuma indicação nas memórias quanto ao lugar em que a pedra foi escondida? — perguntou.

— É muito pouco provável que exista — afirmou Battle. — Ele não se dava muito bem com a rainha. Opôs-se terminantemente ao casamento. Dificilmente ela confiaria nele.

— Eu não me referia a isso — disse Anthony. — Mas, de qualquer maneira, ele era muito vivo. Mesmo sem ela saber, ele pode ter descoberto onde ela havia escondido a joia. Neste caso, o que o senhor acha que ele teria feito?

— Esperado — disse Battle, após um momento de reflexão.

— Concordo — disse o francês. — O momento era delicado. Devolver a pedra anonimamente teria apresentado enormes dificuldades. Além disso, saber onde ela estava escondida lhe dava grande poder. E o velho adorava poder. Tinha não só a rainha na palma da mão, como também uma poderosa arma de negociação. E não era o único segredo que guardava. Não mesmo! Ele colecionava segredos como algumas pessoas colecionam peças raras de porcelana. Contam que, uma ou duas vezes antes de morrer, ele se vangloriou das coisas que poderia noticiar se lhe desse na veneta. E, pelo menos uma vez, declarou que pretendia fazer algumas revelações bombásticas em suas memórias. Daí – disse o francês sorrindo de maneira seca – a ansiedade geral para tê-las nas mãos. Nossa própria polícia secreta estava atrás delas, mas o conde tomou a devida precaução de remetê-las ao exterior antes de sua morte.

– Mesmo assim, não há motivo para acreditar que ele tivesse conhecimento desse segredo específico – ponderou Battle.

– Perdão – disse Anthony tranquilamente. – Baseio-me em suas próprias palavras.

– Como assim?

Os dois detetives o encararam, como se não acreditassem no que estavam ouvindo.

– Quando o sr. McGrath me entregou o manuscrito a fim de que eu o trouxesse para a Inglaterra, ele me contou as circunstâncias de seu encontro com o conde Stylptitch. Foi em Paris. Correndo um risco considerável. O sr. McGrath salvou o conde de um bando de malfeitores. O conde estava, digamos... um pouco "alegre", e, nessas condições, fez duas observações bem interessantes. Uma delas é que ele sabia onde estava o Koh-i-noor, declaração à qual meu amigo deu pouca atenção. Além disso, o conde afirmou que a quadrilha em questão era formada por homens vinculados ao rei Victor. Em conjunto, as duas observações são bastante significativas.

– Meu Deus! – exclamou o superintendente Battle. – São mesmo! Até o assassinato do príncipe Michael assume outro aspecto.

– O rei Victor nunca matou ninguém – lembrou-lhe o francês.

– Suponhamos que ele tenha sido surpreendido quando procurava a joia.

– Então ele está na Inglaterra? – perguntou Anthony bruscamente. – O senhor disse que ele foi solto há alguns meses. Vocês não o seguiram?

– Nós tentamos, monsieur – disse o francês sorrindo sem graça. – Mas o homem é um demônio. Escapou-nos imediatamente. Imediatamente. Achamos, claro, que ele fosse vir direto para a Inglaterra. Mas não. Ele foi... Para onde o senhor acha que ele foi?

– Para onde? – perguntou Anthony.

Olhava fixamente para o francês, tamborilando, distraído, numa caixa de fósforos.

– Para a América. Para os Estados Unidos.

– O quê?

Anthony ficou surpreso.

– Sim. E como o senhor acha que ele se chamava lá? Que papel acha que ele representou? O papel de príncipe Nicholas da Herzoslováquia.

A caixa de fósforos caiu das mãos de Anthony. Seu espanto, contudo, era comparável ao de Battle.

– Impossível!

– Nem tanto, meu caro. O senhor verá as notícias amanhã de manhã. Foi um enorme blefe. Como sabe, correu o boato de que o príncipe Nicholas havia morrido no Congo há alguns anos. Nosso amigo, o rei Victor, aproveita-se disso, em vista da dificuldade de se provar uma morte dessa natureza. Ressuscita o príncipe Nicholas e maneja-o de tal forma que consegue fugir com uma boa quantidade de dólares, tudo por conta de supostas concessões de petróleo. Mas, por mero acaso, o "príncipe" é desmascarado e obrigado a abandonar o país às pressas. Dessa vez ele vai para a Inglaterra. E é por isso que aqui estou. Mais cedo ou mais tarde ele virá a Chimneys. Isto é, se já não estiver aqui.

– O senhor acha?

– Acho que ele esteve aqui na noite em que o príncipe Michael morreu, e ontem à noite de novo.

– Foi outra tentativa, não? – perguntou Battle.

– Sim, foi outra tentativa.

– O que estava me preocupando – continuou Battle – era não saber o que tinha acontecido com o monsieur Lemoine. Recebi aviso de Paris de que ele estava vindo trabalhar comigo, e não entendia por que ele não havia aparecido.

– Preciso pedir desculpas – disse Lemoine. – Cheguei na manhã após o assassinato. Ocorreu-me que seria melhor estudar as coisas de um ponto de vista não oficial, sem aparecer oficialmente como seu colega. Achei que haveria grandes possibilidades nesse sentido. Estava ciente, é claro, de que poderia me tornar objeto de suspeita, mas isso, de certo modo, convinha aos meus planos, já que não despertaria desconfiança nas pessoas que eu estava procurando. Posso lhes dizer que vi um monte de coisas interessantes nesses dois últimos dias.

– Mas, olhe aqui – disse Bill –, o que realmente aconteceu ontem à noite?

– Receio que o tenha submetido a um exercício um pouco puxado – respondeu Lemoine.

– Então foi o senhor que eu persegui?

– Sim. Contarei como foi. Vim aqui para investigar, convencido de que o segredo tinha a ver com esta sala, uma vez que o príncipe foi morto aqui. Fiquei do lado de fora, no terraço. Percebi, então, um movimento dentro da sala e uma luz de lanterna. Tentei a janela do meio, e ela estava destrancada. Não sei se o homem tinha entrado por ali mais cedo ou a deixara destrancada para ter uma saída caso fosse surpreendido. Com muito cuidado, abri a janela e entrei. Pé ante pé, procurei um lugar onde pudesse observar as coisas sem a chance de ser descoberto. O sujeito em si eu não conseguia ver direito. Ele estava de costas para mim, claro, e contra a luz da lanterna só dava para ver sua silhueta, mas seus movimentos me deixaram perplexo. Ele desmontava as armaduras, examinando peça por peça. Quando chegou à conclusão de que não encontraria o que estava procurando, começou a examinar o madeiramento da parede, embaixo daquele quadro. O que ele teria feito em seguida, não sei. Interromperam-no. *O senhor* entrou em cena – olhou para Bill.

– Nossa interferência, por mais bem-intencionada que tenha sido, acabou atrapalhando – disse Virginia, pensativa.

– De certa forma, sim, madame. O homem apagou a lanterna, e eu, que não queria ser obrigado a revelar minha identidade, corri para a janela. Esbarrei com os outros dois no escuro e caí. Levantei-me e saí por ali mesmo. O sr. Eversleigh, achando que eu fosse o assaltante, veio atrás de mim.

– Eu fui primeiro – disse Virginia. – Bill veio depois.

– E o outro sujeito teve a sagacidade de ficar imóvel e depois sair furtivamente pela porta. Não sei como ele não se encontrou com o pessoal que veio ajudar.

– Muito simples – disse Lemoine. – Bastava fingir que tinha vindo prestar auxílio antes de todo mundo.

– O senhor acha mesmo que esse Arsène Lupin esteja entre os moradores da casa agora? – perguntou Bill, com brilho nos olhos.

– Por que não? – disse Lemoine. – Poderia perfeitamente se fazer passar por um criado. Ao que tudo indica, talvez seja Boris Anchoukoff, o fiel servo do finado príncipe Michael.

– O sujeito é meio estranho mesmo – concordou Bill.

Mas Anthony estava sorrindo.

– Isso não é muito digno do senhor, monsieur Lemoine – disse delicadamente.

O francês também sorriu.

– O senhor agora o tomou como seu criado, não, sr. Cade? – perguntou o superintendente Battle.

– Battle, tiro-lhe o meu chapéu. O senhor sabe tudo. Mas, só para esclarecer, foi ele que me procurou, não eu.

– E por que isso?

– Não sei – respondeu Anthony, despreocupadamente. – É um gosto questionável, admito, mas talvez ele tenha simpatizado comigo. Ou talvez ache que assassinei seu amo e queira colocar-se numa posição estratégica para se vingar de mim.

Levantou-se, foi até as janelas e abriu as cortinas.

– Já está amanhecendo – disse. – Não haverá mais nenhuma emoção agora.

Lemoine levantou-se também.

– Estou indo – disse. – Talvez nos encontremos mais tarde, ao longo do dia.

Curvou-se reverentemente para Virginia e saiu pela janela.

– Cama – disse Virginia, bocejando. – Foi tudo ótimo. Vamos, Bill, vá para a cama como um bom menino. Acho que ninguém aqui vai tomar café da manhã hoje.

Anthony ficou na janela, observando monsieur Lemoine se afastar.

– O senhor não diria – disse Battle atrás dele –, mas esse homem é considerado o detetive mais inteligente da França.

– Não sei se não diria – falou Anthony pensativo. – Acho que diria, sim.

– Bem – continuou Battle –, o senhor tinha razão: terminaram as emoções desta noite. A propósito, lembra que lhe contei sobre aquele homem baleado que encontraram perto de Staines?

– Sim. Por quê?

– Nada. Identificaram o corpo. Parece que se chamava Giuseppe Manelli. Trabalhava como garçom no Blitz, em Londres. Curioso, não?

CAPÍTULO 20

Battle e Anthony confabulam

Anthony não disse nada. Ficou olhando fixo pela janela. O superintendente Battle fitou suas costas imóveis por um tempo.

– Bem. Boa noite, senhor – disse por fim, encaminhando-se para a porta.

Anthony virou-se.

– Espere um minuto, Battle.

O superintendente parou obedientemente. Anthony afastou-se da janela. Tirou um cigarro da cigarreira e acendeu-o. Então, entre duas baforadas, disse:

– O senhor parece muito interessado nesse caso de Staines.

– Não. É apenas fora do comum.

– O senhor acha que o homem levou o tiro no lugar onde foi encontrado ou acha que o mataram em algum outro lugar e o levaram para lá?

— Acho que ele foi morto em algum outro lugar e transportado para o local de carro.

— Também acho — disse Anthony.

Algo na ênfase de seu tom fez com que o detetive o encarasse, intrigado.

— Tem alguma ideia a respeito? Sabe quem o levou para lá?

— Sim. Eu — respondeu Anthony.

Ficou um pouco decepcionado com a absoluta calma do outro.

— Devo dizer que recebe muito bem esses choques, Battle — observou.

— "Nunca demonstrar emoções." Foi uma regra que me ensinaram uma vez e que me pareceu muito útil.

— Vê-se que o senhor aprendeu — disse Anthony. — Acho que nunca o vi perturbado. Bem, quer ouvir a história toda?

— Por favor, sr. Cade.

Anthony puxou duas cadeiras, os dois se sentaram e ele narrou os acontecimentos da noite da quinta-feira anterior.

Battle ouvia impassível. Havia certo brilho em seu olhar quando Anthony terminou.

— Um dia desses o senhor acabará se metendo em encrenca — disse o superintendente.

— Quer dizer que, pela segunda vez, não serei preso?

— Gostamos de dar bastante corda ao indivíduo — disse o superintendente Battle.

— Muito bem colocado — comentou Anthony. — Sem dar excessiva ênfase à parte final do provérbio.

— O que não consigo entender — disse Battle — é por que o senhor decidiu abordar este assunto agora.

— É um pouco difícil de explicar — disse Anthony. — Sabe, Battle, tenho uma opinião muito boa em relação à sua capacidade profissional. O senhor sempre está presente na hora certa. Veja esta noite. Ocorreu-me que, se eu lhe ocultasse essa informação, estaria dificultando seriamente seu trabalho. O senhor merece ter acesso a todos os fatos. Fiz o que pude, e até agora só criei confusão. Até esta noite, eu não podia falar, pelo bem da sra. Revel. Mas agora que ficou definitivamente provado que aquelas cartas não têm nada a ver com ela, qualquer insinuação de cumplicidade sua se torna absurda. Talvez eu tenha lhe dado um mau conselho, mas achei que uma confissão de sua parte, afirmando ter pagado para suprimir as cartas por mero capricho, seria difícil de acreditar.

— Talvez, no caso de um júri — concordou Battle. — As pessoas de um júri não têm muita imaginação.

– Mas o senhor aceita isso facilmente? – perguntou Anthony fitando-o com curiosidade.

– Veja bem, sr. Cade, a maior parte do meu trabalho é realizada em meio a essa gente. A chamada "classe alta", quero dizer. A maioria das pessoas vive preocupada com o que os outros vão pensar. Mas os vagabundos e os aristocratas não dão importância a isso. Fazem a primeira coisa que lhes vem à cabeça e não querem nem saber o que os outros vão dizer. Não me refiro somente aos ricos ociosos, aos que dão grandes festas etc. Refiro-me também àqueles que nascem e crescem ouvindo que a única opinião que importa é a própria. Sempre encontrei o mesmo nas classes altas: pessoas destemidas, sinceras e, às vezes, extremamente tolas.

– Um discurso muito interessante, Battle. Algum dia o senhor pode escrever suas memórias também. Darão um bom livro.

O detective recebeu a sugestão com um sorriso, mas não disse nada.

– Gostaria de lhe fazer uma pergunta – continuou Anthony. – O senhor desconfiava de mim em relação a esse caso de Staines? Pelo seu jeito, imaginei que sim.

– Desconfiava, mas não tinha nenhuma pista contundente. A propósito, o senhor se comportou muito bem. Nunca exagerou na despreocupação.

– Fico feliz em saber – disse Anthony. – Tive a impressão, desde que o encontrei, de que o senhor vinha armando pequenas armadilhas para mim. No geral, consegui contorná-las, mas a pressão foi forte.

Battle sorriu, com malícia.

– É assim que se pega um trapaceiro. Damos-lhe corda, deixamos que ele se mova à vontade, e, no fim, ele acaba se entregando.

– O senhor é um sujeito alegre, Battle. Quando me pegará?

– Bastante corda, senhor – citou o superintendente –, bastante corda.

– E nesse meio-tempo – disse Anthony –, continuo sendo o assistente amador?

– Exatamente.

– Watson trabalhando para Sherlock.

– As histórias policiais são conversa fiada – disse Battle com indiferença. – Mas agradam as pessoas – acrescentou depois de pensar melhor. – E são úteis às vezes.

– Em que sentido? – quis saber Anthony.

– Reforçam a ideia universal de que a polícia é estúpida. Quando temos um crime de amador, como um assassinato, isso é realmente muito útil.

Anthony fitou-o em silêncio por um tempo. Battle permaneceu sentado, imóvel, piscando os olhos, sem nenhuma expressão no rosto plácido. Levantou-se em seguida.

– Não adianta muito ir dormir agora – disse. – Assim que ele se levantar, gostaria de trocar uma palavrinha com lorde Caterham. Quem quiser sair da casa pode sair agora. Mas eu me sentiria muito grato se Sua Excelência fizesse um convite formal aos hóspedes para que permanecessem aqui. O senhor aceitará, eu lhe peço, e a sra. Revel também.

– Já encontrou o revólver? – perguntou Anthony de repente.

– O revólver que usaram para matar o príncipe Michael? Não, não encontrei. Mas deve estar na casa ou nos arredores. Com base na sua pergunta, mandarei alguns rapazes procurarem. Se eu conseguir encontrar o revólver, será realmente um grande avanço. O revólver e o pacote de cartas. O senhor disse que havia uma carta endereçada a "Chimneys", não? Tudo depende se essa foi a última escrita. As instruções para encontrar o diamante estão em código nessa carta.

– Qual sua teoria em relação à morte de Giuseppe? – perguntou Anthony.

– Eu diria que ele era um ladrão comum, e que foi contratado pelo rei Victor ou pelos Camaradas da Mão Vermelha. Aliás, não me surpreenderia nada se os Camaradas e o rei Victor estivessem trabalhando juntos. A organização tem muito poder e dinheiro, mas carece de pensamento estratégico. A missão de Giuseppe era roubar as memórias. Eles não tinham como saber que o senhor estava com as cartas. A propósito, é uma estranha coincidência.

– Eu sei – disse Anthony. – É incrível quando pensamos nisso.

– Giuseppe, em vez das memórias, pega as cartas. No início, fica arrasado. Depois, vê o recorte de jornal e tem a brilhante ideia de utilizá-las para chantagear a moça. Obviamente, não tem a mínima ideia de seu verdadeiro significado. Os Camaradas descobrem o que ele está fazendo e, sentindo-se traídos, decretam sua morte. Eles adoram executar traidores. Algum elemento pitoresco os atrai. O que não consigo entender direito é o revólver com o nome "Virginia" gravado. É demasiado requinte para os Camaradas da Mão Vermelha. Via de regra, eles imprimem o sinal da Mão Vermelha, de modo a infundir terror em outros possíveis traidores. Não. Isso me parece mais coisa do rei Victor. Mas não sei que motivo ele teria. Dá a impressão de ser uma tentativa deliberada de incriminar a sra. Revel, mas aparentemente não há nenhuma razão para isso.

– Eu tinha uma teoria – disse Anthony. – Mas não funcionou como eu imaginava.

Anthony contou a Battle que Virginia havia reconhecido Michael. Battle assentiu com a cabeça.

– Sim, não há dúvidas quanto à sua identidade. A propósito, aquele velho barão tem uma ótima visão do senhor. Chega a se entusiasmar falando a seu respeito.

– É muita bondade dele – disse Anthony. – Sobretudo depois que eu lhe disse que pretendia fazer o máximo para recuperar as memórias roubadas até a próxima quarta-feira.

– O senhor terá de penar para conseguir – disse Battle.

– Sim. O senhor acha? As cartas devem estar com o rei Victor e seus comparsas.

Battle concordou.

– Roubaram-nas de Giuseppe aquele dia na Pont Street. Um serviço muito bem executado. Sim, as cartas já estão com eles. Já foram decifradas, e agora eles sabem onde procurar.

Os dois homens estavam saindo da sala.

– Aqui? – perguntou Anthony virando a cabeça para trás.

– Exatamente. Aqui. Mas ainda não encontraram o que procuravam e correrão um bom risco tentando encontrar.

– Suponho que o senhor tenha algum plano nessa sua cabeça cheia de sutilezas.

Battle não disse nada. Parecia especialmente fleumático e estulto. Piscou o olho, lentamente.

– Quer minha ajuda? – perguntou Anthony.

– Quero. E vou precisar de mais uma pessoa.

– De quem?

– Da sra. Revel. Não sei se o senhor percebeu, sr. Cade, mas ela tem um jeito bastante sedutor.

– Percebi, sim – disse Anthony.

Consultou o relógio.

– Acho que concordo com o senhor quanto à ideia de ir para a cama agora, Battle. Um mergulho no lago e um farto café da manhã serão bem mais proveitosos agora.

Subiu alegremente a escada em direção ao quarto. Assobiando, despiu-se, pegou um roupão e uma toalha de banho.

Nesse momento, parou estarrecido diante da penteadeira, olhando fixo para um objeto que repousava modestamente em frente ao espelho.

Por um tempo, não conseguiu acreditar em seus olhos. Pegou o objeto, examinou-o com cuidado. Sim, não havia dúvida.

Era o pacote de cartas com a assinatura de Virginia. Estava intacto. Não faltava nenhuma carta.

Anthony caiu numa cadeira, com as cartas na mão.

– Meus miolos devem estar estourando – murmurou. – Não entendo quase nada do que está acontecendo nesta casa. Por que essas cartas reapareceram como um maldito passe de mágica? Quem será que as colocou aí? Para quê?

Não encontrou resposta satisfatória para perguntas tão pertinentes.

CAPÍTULO 21

A maleta do sr. Isaacstein

Às dez horas dessa mesma manhã, lorde Caterham e a filha tomavam café da manhã. Bundle parecia muito pensativa.

– Pai – disse depois de um tempo.

Lorde Caterham, distraído na leitura do *The Times*, não respondeu.

– Pai – repetiu Bundle com mais força.

Lorde Caterham, interrompendo a leitura da próxima venda de livros raros, ergueu o olhar.

– Hã? – fez ele. – Você falou alguma coisa?

– Sim. Quem já tomou café da manhã?

Indicou com a cabeça o lugar que havia sido recentemente ocupado. Os outros ainda estavam à espera.

– Como é mesmo o nome dele?

– Iky, o gorducho?

Bundle e o pai tinham afinidade suficiente para entender esse tipo de observação.

– Exatamente.

– Foi impressão minha ou você estava conversando com o detetive hoje mais cedo?

Lorde Caterham suspirou.

– Sim. Ele me segurou no corredor. Para mim, as horas anteriores ao café da manhã deveriam ser sagradas. Vou precisar viajar para fora. A tensão que eu sinto...

Bundle interrompeu-o sem cerimônia.

– O que ele disse?

– Disse que quem quisesse podia ir embora.

– Ótimo. Era o que você estava esperando.

– Sim. Mas ele não falou só isso. Disse que gostaria que eu pedisse a todo mundo para ficar.

– Não entendo – disse Bundle franzindo o cenho.

– Confuso e contraditório – resmungou lorde Caterham. – E, ainda por cima, antes do café da manhã.

– O que você disse?

– Ah, eu concordei, claro. Não adianta discutir com essa gente. Principalmente antes do café da manhã – continuou lorde Caterham, insistindo nessa tecla.

– Com quem você já falou?

– Com Cade. Ele se levantou muito cedo hoje de manhã. Ele vai ficar. Não me importo. Não o entendo muito bem, mas gosto dele. Gosto bastante dele.

– Assim como Virginia – disse Bundle, fazendo com o garfo um desenho na mesa.

– Hã?

– Assim como eu. Mas isso não importa.

– E falei com Isaacstein – prosseguiu lorde Caterham.

– E ele?

– Bem, felizmente ele precisa voltar à cidade. A propósito, não se esqueça de pedir o carro para as 10h50.

– Tudo bem.

– Se eu pudesse me livrar de Fish também... – disse lorde Caterham, mais animado.

– Pensei que você gostasse de conversar com ele sobre seus livros velhos e mofados.

– Eu gosto, eu gosto. Na verdade, gostava. É monótono quando só um dos dois fala. Fish é muito interessante, mas não emite opinião.

– Melhor do que ficar só ouvindo – disse Bundle. – Como acontece quando conversamos com George Lomax.

Lorde Caterham estremeceu à lembrança.

– George é muito bom em palanques – disse Bundle. – Eu mesma já o aplaudi, embora soubesse, claro, que era tudo papo-furado. Além disso, sou socialista...

– Eu sei, meu anjo, eu sei – disse lorde Caterham com pressa.

– Tudo bem. Não vou falar de política. É o que George faz: discurso público na vida privada. Isso deveria ser proibido por lei.

– Concordo plenamente – disse lorde Caterham.

– E Virginia? – perguntou Bundle. – Ela também será convidada a ficar?

– Battle disse todo mundo.

– E com firmeza! Você ainda não pediu a Virginia para ser minha madrasta?

– Acho que não adiantaria – disse lorde Caterham em tom de lamento. – Embora ela tenha me chamado de querido ontem à noite. Mas isso é o pior dessas jovens atraentes com disposições afetivas. Elas dizem um monte de coisa que não quer dizer nada.

– É – concordou Bundle. – Haveria muito mais esperanças se ela jogasse uma bota em você ou tentasse mordê-lo.

– Vocês, jovens modernos, têm umas ideias tão extravagantes sobre o amor! – exclamou lorde Caterham levemente irritado.

– Vem da leitura de *O sheik*, de Edith Maude Hull – disse Bundle. – Amor no deserto, violência etc.

– O que é *O sheik*? – perguntou lorde Caterham. – Um poema?

Bundle olhou para ele com pena. Levantou-se e lhe deu um beijo na cabeça.

– Meu velhinho querido – disse, saindo jovialmente.

Lorde Caterham voltou à página de anúncios.

Levou um susto quando foi abordado pelo sr. Hiram Fish, que havia entrado sem fazer barulho, como sempre.

– Bom dia, lorde Caterham.

– Ah, bom dia. Bom dia. Um belo dia.

– O tempo está maravilhoso – disse o sr. Fish.

Serviu-se de café. Para comer, pegou uma torrada.

– Soube que a interdição foi removida. É isso mesmo? – perguntou depois de um tempo. – Estamos todos livres para ir embora?

– Sim – respondeu lorde Caterham. – Na verdade, eu esperava, quer dizer, eu ficaria muito satisfeito – sua consciência o impeliu –, muito satisfeito se o senhor pudesse permanecer por mais algum tempo.

– Ora, lorde Caterham...

– Sei que foi uma estadia tenebrosa – interrompeu-o lorde Caterham. – Realmente. Não posso culpá-lo por querer ir embora.

– O senhor me interpreta mal, lorde Caterham. De fato, as circunstâncias não foram nada agradáveis, não há como negar. Mas a vida de campo da Inglaterra, como acontece nas mansões dos grandes, exerce sobre mim profunda atração. Estou interessado no estudo dessas condições. É algo que não temos nos Estados Unidos. Será um prazer aceitar seu amável convite. Conte comigo.

– Bem – disse lorde Caterham –, então é isso. O prazer é todo meu, meu caro. Todo meu.

Desculpando-se com maneiras falsamente joviais, lorde Caterham disse que precisava falar com seu administrador e escapou da sala.

No saguão, encontrou Virginia descendo a escada.

– Posso levá-la para tomar café da manhã? – perguntou ele docemente.

– Já tomei na cama, obrigada. Eu estava morrendo de sono hoje cedo.

Bocejou.

– Teve uma noite ruim?

– Não. Na verdade, até que foi uma noite bastante boa. Oh, lorde Caterham – passou a mão sob o braço dele, apertando-o de leve –, estou me divertindo muito. Você é um amor por ter me convidado para ficar.

– Você ficará um pouco então, não é? Battle desfez a interdição, mas faço questão de que você fique. Bundle também faz.

– É claro que eu vou ficar. Você é um doce por me convidar.

– Ah! – fez lorde Caterham suspirando.

– Qual a sua mágoa secreta? – perguntou Virginia. – Alguém o mordeu?

– Exatamente – disse lorde Caterham, com certa tristeza.

– Não sente vontade de jogar uma bota em mim? Não, estou vendo que não. Bem, não tem importância.

Lorde Caterham afastou-se, desconsolado, e Virginia saiu para o jardim por uma porta lateral.

Ficou lá por um tempo, respirando o ar fresco de outubro, que era infinitamente revigorante para alguém em seu estado de cansaço.

Sobressaltou-se ao ver o superintendente Battle a seu lado. O homem parecia ter a extraordinária capacidade de surgir do nada, sem aviso prévio.

– Bom dia, sra. Revel. Espero que não esteja cansada demais.

Virginia sacudiu a cabeça.

– Não. Foi uma noite muito emocionante – disse. – Valeu a pena perder algumas horas de sono. A única coisa é que agora o dia me parece um pouco monótono.

– Há um lugar agradável ali na sombra, embaixo daquele cedro – comentou o superintendente. – Quer que eu leve uma cadeira para a senhora?

– Se o senhor acha que é a melhor coisa que eu tenho a fazer... – disse Virginia, em tom solene.

– A senhora é muito rápida, sra. Revel. Na verdade, quero trocar umas palavras com a senhora.

Battle pegou uma longa cadeira de vime e levou-a para o gramado. Virginia seguiu-o com uma almofada debaixo do braço.

– Aquele terraço é um lugar muito perigoso – observou o detetive. – Isto é, para uma conversa particular.

– Estou ficando animada de novo, superintendente Battle.

– Ah, não é nada importante. – Tirou um grande relógio do bolso e verificou a hora. – São dez e meia. Daqui a dez minutos vou a Wyvern Abbey fazer um relatório para o sr. Lomax. Temos bastante tempo. Só queria saber se a senhora poderia me falar um pouco mais sobre o sr. Cade.

Virginia foi pega de surpresa.

– Sobre o sr. Cade?

– Sim. Quando o conheceu, há quanto tempo... Esse tipo de coisa.

Battle falava de maneira natural. Evitou até encarar Virginia, o que a deixou levemente constrangida.

– É mais difícil do que o senhor pensa – disse ela depois de um tempo. – Ele me prestou um grande serviço uma vez...

Battle interrompeu-a.

— Antes de a senhora continuar, sra. Revel, gostaria de lhe dizer uma coisa. Ontem à noite, depois que a senhora e o sr. Eversleigh foram se deitar, o sr. Cade me contou tudo a respeito das cartas e do homem que foi assassinado em sua casa.

— Contou? – perguntou Virginia, espantada.

— Sim. E foi muito prudente de sua parte, pois esclarece vários mal-entendidos. Só há uma coisa que ele não me disse: há quanto tempo conhecia a senhora. Mas eu tenho uma ideia a esse respeito. A senhora me dirá se estou certo ou errado. Acho que o dia em que ele foi à sua casa na Pont Street foi a primeira vez que a senhora o viu. Ah! Vejo que estou certo. Foi isso mesmo.

Virginia não disse nada. Pela primeira vez sentia medo do sujeito de rosto impassível à sua frente. Entendia agora o que Anthony quis dizer quando afirmou que o superintendente Battle não era nenhum néscio.

— Ele já lhe contou alguma vez sobre sua vida? – continuou o detetive. – Antes de ir para a África, digo. No Canadá. Ou, antes disso, no Sudão. Ou sobre a infância.

Virginia limitou-se a sacudir a cabeça.

— E, no entanto, aposto que ele tem coisas que merecem ser contadas. Está na cara. Dá para ver que ele teve uma vida cheia de aventuras. Ele poderia lhe contar histórias interessantíssimas, se quisesse.

— Se o senhor quer saber sobre o passado dele, por que não manda um telegrama para aquele seu amigo, o sr. McGrath? – perguntou Virginia.

— Já mandei. Mas parece que ele viajou para algum lugar no interior do país. De qualquer maneira, não há dúvidas de que o sr. Cade esteve em Bulawayo na ocasião em que afirma ter estado. Mas eu gostaria de saber o que ele fazia antes de ir para a África do Sul. Trabalhou naquela Companhia Castle apenas um mês. – Consultou o relógio novamente. – Preciso ir. O carro deve estar esperando.

Virginia observou-a afastar-se em direção à casa, mas não se moveu dali. Desejou que Anthony aparecesse. Em vez dele, chegou Bill Eversleigh, com um prodigioso bocejo.

— Graças a Deus, finalmente tenho uma oportunidade de falar com você, Virginia – queixou-se.

— Pois então fale comigo de maneira muito delicada, Bill querido, ou começo a chorar.

— Alguém a intimidou?

— Intimidar não é o termo exato. Entraram no meu cérebro e reviraram meus miolos. Sinto-me como se tivesse sido esmagada por um elefante.

— Battle?

— Sim, Battle. Ele é um homem terrível, na realidade.

— Não dê bola para ele. Eu amo você, Virginia, amo tanto...

— Esta manhã não, Bill. Não estou forte o suficiente. De qualquer maneira, sempre lhe disse que as pessoas dignas não propõem casamento antes do almoço.

— Pois eu poderia pedi-la em casamento até antes do café da manhã!

Virginia estremeceu.

— Bill, seja sensato e inteligente por um minuto. Quero lhe pedir um conselho.

— Se você se decidisse e aceitasse minha proposta de casamento, tenho certeza de que se sentiria muito melhor. Mais feliz, sabe, e mais sossegada.

— Ouça-me, Bill. Pedir-me em casamento é sua *idée fixe*. Os homens fazem propostas de casamento quando estão entediados e não sabem mais o que dizer. Lembre-se da minha idade e da minha condição de viúva, e vá se declarar para uma mocinha pura.

— Minha querida Virginia... Droga! Lá vem aquele francês idiota.

Tratava-se, realmente, de monsieur Lemoine, de barba preta e conduta correta como sempre.

— Bom dia, madame. Espero que não esteja cansada.

— Nem um pouco.

— Isso é ótimo. Bom dia, sr. Eversleigh. Que tal se fôssemos passear um pouco, nós três? – sugeriu o francês.

— O que você acha disso, Bill? – perguntou Virginia.

— Tudo bem – respondeu o jovem de má vontade.

Ele se ergueu da grama, e os três começaram a caminhar. Virginia, no meio dos dois homens, reparou que o francês estava um pouco agitado, mas não sabia por quê.

Logo, com a habilidade de sempre, conseguiu deixá-lo à vontade, fazendo perguntas e ouvindo as respostas. Lemoine começou a contar histórias do famoso rei Victor. Falava bem, apesar de uma certa amargura ao descrever como o departamento de investigações havia sido passado para trás.

O tempo todo, porém, embora Lemoine estivesse realmente envolvido na narrativa, Virginia teve a impressão de que o objetivo dele era outro. Percebeu que o francês, aproveitando a conversa, tomava um rumo determinado através do parque. Eles não estavam caminhando a esmo. Lemoine os conduzia deliberadamente numa determinada direção.

De repente, interrompeu a história e olhou em volta. Eles estavam justamente no ponto em que a estrada cortava o parque, fazendo uma curva abrupta logo adiante, perto de umas árvores. Lemoine observava um veículo que se aproximava, vindo da casa.

Virginia acompanhou seu olhar.

– É a carroça de bagagens – disse ela – levando as malas de Isaacstein e seu criado para a estação.

– É mesmo? – disse Lemoine. Consultou o relógio e falou apressado: – Mil desculpas. Fiquei mais tempo do que pretendia. A companhia é tão agradável... Acham que consigo uma carona até a vila?

Foi até a beira da estrada e fez sinal com o braço. A carroça parou e, após uma breve explicação, Lemoine subiu na parte de trás. Tirou cortesmente o chapéu para Virginia e seguiu viagem.

Os outros dois, intrigados, ficaram observando a carroça desaparecer. Assim que fez a curva, uma maleta caiu, mas a carroça não parou.

– Venha – disse Virginia. – Vamos ver algo interessante. Aquela maleta foi jogada da carroça.

– Ninguém percebeu – disse Bill.

Correram em direção à bagagem. Quando estavam a ponto de alcançá-la, apareceu Lemoine, a pé, suado por ter andado tão rápido.

– Fui obrigado a descer – disse, simpático. – Descobri que havia esquecido uma coisa.

– Isto? – perguntou Bill, apontando para a maleta.

Era uma elegante maleta de pele de porco, com as iniciais H.I. gravadas.

– Que pena! – disse Lemoine. – Deve ter caído. Vamos tirá-la do meio da estrada?

Sem esperar resposta, pegou a maleta e levou-a para perto da fileira de árvores. Parou ali, algo cintilou em sua mão, e a fechadura cedeu.

Lemoine falou, e sua voz estava totalmente diferente, rápida e autoritária.

– O carro chegará em alguns instantes – disse. – Já se pode vê-lo?

Virginia olhou em direção à casa.

– Não.

– Ótimo.

Com dedos hábeis, tirou as coisas de dentro da maleta. Uma garrafa de tampa dourada, pijamas de seda, algumas meias. De repente, retesou-se. Pegou o que parecia ser um pacote feito com roupas íntimas de cetim e desenrolou-o rapidamente.

Bill deixou escapar uma exclamação. No meio da roupa havia um pesado revólver.

– Estou ouvindo a buzina – disse Virginia.

Como um raio, Lemoine colocou tudo de volta na maleta. O revólver, envolveu em seu próprio lenço de seda e guardou no bolso. Trancou a maleta e voltou-se para Bill.

– Pegue-a. A madame vai com o senhor. Pare o carro e explique isto caiu da carroça de bagagens. Não mencione meu nome.

Bill dirigiu-se com rapidez para a beira da estrada no momento preciso em que a grande limusine Lanchester com Isaacstein dentro surgia na curva. O motorista diminuiu a velocidade, e Bill ergueu a maleta, mostrando-a.

– Caiu da carroça de bagagens – explicou. – Vimos por acaso.

Percebeu uma súbita expressão de sobressalto no rosto amarelado do financista quando ele o fitou, e o carro prosseguiu em sua marcha.

Voltaram para junto de Lemoine. Ele estava com o revólver na mão, e um olhar triunfante de satisfação em seu rosto.

– As chances eram mínimas – disse. – Mas deu certo.

CAPÍTULO 22

Sinal vermelho

O superintendente Battle estava na biblioteca de Wyvern Abbey.

George Lomax, sentado numa mesa cheia de papéis, franzia o cenho.

O superintendente Battle iniciara a reunião fazendo um breve e eficiente relatório do que ocorrera. Desde então, a conversa fora dominada por George. Battle limitava-se a responder de maneira sucinta, geralmente monossilábica, às perguntas do outro.

Na mesa, na frente de George, estava o maço de cartas que Anthony encontrara sobre a penteadeira do quarto.

– Não entendo nada – disse George, irritado, pegando as cartas. – Você diz que elas estão em código?

– Exatamente, sr. Lomax.

– E onde foi que ele disse que as encontrou? Sobre a penteadeira?

Battle repetiu, palavra por palavra, o relato de Anthony Cade de como as cartas tinham voltado para as suas mãos.

– E ele as entregou imediatamente para você? Fez muito bem. De verdade. Agora, quem será que colocou essas cartas no quarto dele?

Battle sacudiu a cabeça.

– Isso é coisa que você deveria saber – reclamou George. – Acho estranho. Muito estranho mesmo. Mas, de qualquer modo, o que sabemos a respeito desse Cade? Ele surge de maneira extremamente misteriosa, em circunstâncias bastante suspeitas, e não sabemos absolutamente nada a seu respeito. Posso lhe dizer que eu, pessoalmente, não gosto nem um pouco de seu jeito. Você deve ter alguma informação sobre ele, não?

O superintendente Battle deu um sorriso paciente.

— Telegrafamos imediatamente para a África do Sul, e sua história foi toda confirmada. Ele esteve em Bulawayo com o sr. McGrath na ocasião em que diz ter estado. Antes desse encontro, trabalhava na Castle, a agência de turismo.

— Exatamente o que eu esperava – disse George. – Ele tem aquela espécie de segurança barata que funciona em certos tipos de emprego. Mas, voltando às cartas, precisamos tomar alguma providência. Imediatamente.

O grande homem empertigava-se, inflado de importância.

O superintendente abriu a boca, mas George não o deixou falar.

— Não pode haver demora. Essas cartas devem ser decifradas o quanto antes. Deixe-me ver, quem é o homem? Há um homem ligado ao Museu Britânico. Ele sabe tudo sobre códigos. Dirigiu o departamento para nós durante a guerra. Onde está a srta. Oscar? Ela vai saber. O nome dele é algo assim como Win... Win...

— Professor Wynwood – disse Battle.

— Exatamente. Lembro-me perfeitamente agora. Precisamos mandar um telegrama para ele imediatamente.

— Já mandei, sr. Lomax, há uma hora. Ele chegará às 12h10.

— Ah, muito bom, muito bom. Graças a Deus, uma coisa a menos. Preciso ir à cidade hoje. Você se vira sem mim, não?

— Acho que sim, senhor.

— Bem, faça o possível, Battle, faça o possível. Estou terrivelmente atarefado no momento.

— Tudo bem, senhor.

— A propósito, por que o sr. Eversleigh não veio com você?

— Ele ainda estava dormindo. Ficamos a noite inteira acordados, como eu lhe contei.

— Ah, é verdade. Eu mesmo viro muitas noites. Para fazer o trabalho de 36 horas em 24 horas. Assim é a minha vida. Quando voltar, mande o sr. Eversleigh vir imediatamente, sim, Battle?

— Darei o recado, senhor.

— Obrigado, Battle. Entendo perfeitamente que você tenha tido que depositar certa confiança nele. Mas acha que era realmente necessário envolver minha prima, a sra. Revel, nessa história?

— Em vista do nome assinado nas cartas, acho que sim, sr. Lomax.

— Uma incrível audácia – murmurou George, franzindo o cenho ao olhar para o pacote de cartas. – Lembro-me do falecido rei da Herzoslováquia. Um sujeito carismático, mas fraco. Deploravelmente fraco. Um instrumento nas mãos de uma mulher inescrupulosa. Você tem alguma teoria a respeito de como essas cartas foram devolvidas ao sr. Cade?

— Na minha opinião, quando não se consegue de um jeito, tenta-se outro — disse Battle.

— Não entendi.

— Esse vigarista, o tal do rei Victor, já deve saber que a Sala do Conselho está sendo vigiada. Por isso, deixará que decifremos as cartas e encontremos o esconderijo. E aí, teremos complicações! Mas Lemoine e eu nos encarregaremos disso.

— Quer dizer que você tem um plano.

— Eu não diria "um plano", mas uma ideia. Às vezes é muito útil, uma ideia.

Dito isto, o superintendente Battle levantou-se e foi embora.

Não queria confidenciar mais nada a George.

No caminho de volta, cruzou com Anthony na estrada e parou.

— Vai me dar uma carona até a casa? — perguntou Anthony. — Que bom!

— Onde esteve, sr. Cade?

— Fui à estação pedir informações sobre trens.

Battle ergueu as sobrancelhas.

— Está pensando em nos deixar outra vez? — perguntou.

— No momento, não — riu Anthony. — A propósito, o que aconteceu com Isaacstein? Ele chegou de carro quando eu estava saindo, e parecia bastante aborrecido e chocado.

— O sr. Isaacstein?

— Sim.

— Não saberia dizer. Mas imagino que seja algo sério, para chocá-lo.

— Pois é — concordou Anthony. — Ele é um dos homens fortes e tranquilos do mundo das finanças.

De repente, Battle inclinou-se para a frente e tocou o motorista no ombro.

— Poderia dar uma parada, por favor? Espere-me aqui.

Saltou do carro, para grande surpresa de Anthony. Mas, pouco tempo depois, ele viu monsieur Lemoine aproximando-se do detetive inglês, e deduziu que havia sido um sinal deste que havia atraído a atenção de Battle.

Houve uma rápida conversa entre os dois, e então o superintendente voltou para o carro, ordenando que o motorista prosseguisse.

Sua expressão estava completamente mudada.

— Encontraram o revólver — anunciou, de maneira súbita.

— O quê?

Anthony encarou-o, perplexo.

— Onde?

— Na maleta de Isaacstein.

— Impossível!

— Nada é impossível — disse Battle. — Eu devia ter me lembrado disso. Ficou imóvel. Só as mãos davam pequenas batidas nos joelhos.

— Quem o encontrou?

Battle fez um movimento abrupto com a cabeça.

— Lemoine. Sujeito esperto. É muito bem-visto na Sûreté.

— Mas isso não subverte todas as suas ideias?

— Não — respondeu o superintendente Battle lentamente. — Não posso afirmar que subverta. No início, foi uma surpresa, admito. Mas se enquadra bem numa ideia que eu tenho.

— Qual?

O superintendente não respondeu, desviando-se para um assunto completamente diferente.

— O senhor se incomodaria de procurar o sr. Eversleigh para mim? Tenho um recado para ele, do sr. Lomax. Ele precisa ir a Abbey imediatamente.

— Tudo bem — disse Anthony. O carro acabara de chegar à porta principal. — Ele deve estar na cama ainda.

— Acho que não — disse o detetive. — Se o senhor olhar bem, verá que ele está passeando embaixo daquelas árvores com a sra. Revel.

— O senhor tem uma ótima visão, não é, Battle? — disse Anthony, afastando-se para transmitir o recado.

Bill não gostou.

— Droga — resmungou consigo mesmo, encaminhando-se para a casa. — Por que Codders não me deixa em paz de vez em quando? E por que esses malditos coloniais não ficam nas suas colônias? Por que vêm para cá e pegam nossas melhores meninas? Estou farto de tudo isso.

— Já soube do revólver? — perguntou Virginia, sem fôlego, quando Bill os deixou.

— Battle me contou. Espantoso, não? Isaacstein estava terrivelmente aflito ontem para ir embora, mas achei que fosse apenas tensão. É a única pessoa que eu julgaria acima de qualquer suspeita. Você consegue encontrar algum motivo para que ele quisesse se livrar do príncipe Michael?

— A coisa realmente não se encaixa — concordou Virginia pensativa.

— Nada se encaixa em lugar nenhum — disse Anthony desgostoso. — Pensei que pudesse começar como detetive amador, e tudo o que fiz até agora foi inocentar a governanta francesa, com muito trabalho e alguma despesa.

— Foi por isso que você viajou para a França? — perguntou Virginia.

— Sim. Fui a Dinard e conversei com a condessa de Breteuil, extremamente satisfeito com a minha própria inteligência e esperando que ela fosse me dizer que jamais tinha ouvido falar da tal mademoiselle Brun. Mas não.

Fui informado de que a moça em questão havia sido o esteio dos assuntos domésticos nos últimos sete anos. Portanto, a menos que a condessa também seja uma vigarista, a minha genial teoria cai por terra.

Virginia sacudiu a cabeça.

– A madame de Breteuil está fora de suspeita. Eu a conheço bem, e tenho a impressão de que já encontrei a mademoiselle lá no castelo. Seu rosto não me é estranho. Lembro-me vagamente dela, como nos lembramos de governantas, damas de companhia e pessoas que se sentam à nossa frente no trem. É incrível, mas eu nunca presto muita atenção nelas. E você?

– Só se forem excepcionalmente belas – confessou Anthony.

– Bom, nesse caso... – interrompeu o que estava dizendo. – O que houve?

Anthony olhava para um sujeito que saíra dos arbustos e postara-se ali, chamando atenção. Era o herzoslovaco, Boris.

– Com licença – disse Anthony para Virginia. – Preciso falar com meu cão por um instante.

Foi até onde se encontrava Boris.

– O que foi? O que você quer?

– Meu senhor – disse Boris, curvando-se.

– Sim, tudo bem, mas você não pode ficar me seguindo desse jeito. É estranho.

Em silêncio, Boris pegou um pedaço de papel manchado, evidentemente fragmento de uma carta, e entregou-o a Anthony.

– O que é isso? – perguntou Anthony.

Havia um endereço rabiscado no papel. Mais nada.

– Ele deixou cair – disse Boris. – Trago para o meu amo.

– Quem deixou cair?

– O cavalheiro estrangeiro.

– Mas por que trazer para mim?

Boris encarou-o com expressão de censura.

– Bom, de qualquer maneira, pode ir agora – disse Anthony. – Estou ocupado.

Boris fez uma saudação, virou-se bruscamente e partiu. Anthony voltou para perto de Virginia, enfiando o pedaço de papel no bolso.

– O que ele queria? – perguntou de curiosidade. – E por que você o chama de seu cão?

– Porque ele age como se fosse um – disse Anthony, respondendo primeiro à última pergunta. – Deve ter sido um *retriever* na vida passada. Entregou-me um pedaço de uma carta que, segundo ele, o cavalheiro estrangeiro deixou cair. Suponho que se refira a Lemoine.

– Sim – concordou Virginia.

– Ele está sempre me seguindo – continuou Anthony. – Como um cão. Não fala quase nada. Só fica me olhando, com aqueles olhos redondos enormes. Não entendo.

– Talvez ele tenha se referido a Isaacstein – sugeriu Virginia. – Isaacstein parece estrangeiro.

– Isaacstein – murmurou Anthony com impaciência. – Onde é que ele entra nisso tudo?

– E você, está arrependido de ter se envolvido nessa história? – perguntou Virginia subitamente.

– Arrependido? Claro que não. Estou adorando. Passei a maior parte da vida procurando encrencas. Talvez, agora, tenha encontrado um pouco mais do que esperava.

– Mas você está fora de perigo agora – disse Virginia, um pouco surpresa pela gravidade incomum da voz dele.

– Não totalmente.

Caminharam sem falar nada por um ou dois minutos.

– Algumas pessoas – disse Anthony quebrando o silêncio – não se conformam com sinais. Uma locomotiva comum diminui a marcha ou até para quando encontra o sinal vermelho. Talvez eu tenha nascido daltônico. Quando vejo um sinal vermelho, não consigo parar. E isso é sinônimo de desastre. Na certa. Esse tipo de coisa geralmente é prejudicial ao tráfego.

Anthony ainda falava com muita seriedade.

– Imagino que você tenha se exposto a muitos riscos na vida, não? – disse Virginia.

– Praticamente a todos. Menos casamento.

– A ironia é proposital?

– Não. O tipo de casamento a que me refiro seria a maior aventura de todas.

– Gosto disso – disse Virginia, corando.

– Só há um tipo de mulher com quem eu me casaria: uma mulher que tenha um estilo de vida completamente diferente do meu. E o que faríamos? Ela me seguiria ou eu seguiria o ritmo dela?

– Se ela o amasse...

– Sentimentalismo, sra. Revel. Sabe que é. O amor não é uma droga que tomamos para deixar de enxergar o mundo à nossa volta. Podemos fazer isso, sim, mas é uma pena. O amor pode ser muito mais do que isso. O que você acha que o rei e sua empregadinha pensaram da vida conjugal após um ou dois anos de casados? Será que ela não sentia falta de seus trapos, seus pés descalços e sua vida livre? Aposto que sim. Teria valido a pena ele renunciar à coroa por causa dela? Claro que não. Tenho certeza de que ele seria um péssimo mendigo. E nenhuma mulher respeita um homem quando ele faz algo malfeito.

– Você já se apaixonou por alguma empregadinha, sr. Cade? – perguntou Virginia suavemente.

– No meu caso é o contrário, mas o princípio é o mesmo.

– E não há saída?

– Sempre há uma saída – disse Anthony com certa tristeza. – Tenho a teoria de que sempre podemos conseguir o que desejamos, se estivermos dispostos a pagar o preço. E sabe qual é o preço em noventa por cento das vezes? Ceder. Uma coisa terrível, mas acontece quando nos aproximamos da meia-idade. Está acontecendo comigo agora. Para conseguir a mulher que eu quero, aceitaria até um emprego fixo.

Virginia riu.

– Fui educado para seguir uma profissão – continuou Anthony.

– E abandonou-a?

– Sim.

– Por quê?

– Uma questão de princípios.

– Ah!

– Você é uma mulher bastante fora do comum – disse Anthony de repente, virando-se e olhando para ela.

– Por quê?

– Você consegue não fazer perguntas.

– Isso porque não lhe perguntei qual era a sua profissão?

– Exatamente.

Mais uma vez, caminharam em silêncio. Aproximavam-se da casa, passando pelo roseiral, com sua fragrância adocicada.

– Você entende perfeitamente – disse Anthony. – Você sabe quando um homem está apaixonado por você. Não creio que se importe comigo ou com qualquer outro, mas, por Deus, como eu gostaria de fazer você se importar.

– Acha que seria capaz? – perguntou Virginia, em voz baixa.

– Talvez não, mas faria de tudo para tentar.

– Está arrependido de ter me conhecido? – perguntou de repente.

– Claro que não! É o sinal vermelho de novo. Quando a vi pela primeira vez, naquele dia na Pont Street, sabia que estava diante de algo que ia me atingir em cheio. Foi seu rosto, seu rosto apenas. Há magia em você da cabeça aos pés. Algumas mulheres são assim. Mas nunca conheci nenhuma que se comparasse a você. Você deverá se casar com um homem respeitável e próspero, e eu voltarei à minha vidinha infame, mas vou beijá-la antes de ir embora. Juro que vou.

— Agora não vai dar — disse Virginia com delicadeza. — O superintendente Battle está nos observando da janela da biblioteca.

Anthony encarou-a.

— Você é um demônio, Virginia — disse imparcialmente. — Mas um demônio encantador.

Acenou, então, para o superintendente Battle.

— Já pegou algum criminoso hoje de manhã, Battle?

— Ainda não, sr. Cade.

— Começou bem, então.

Battle, com uma agilidade surpreendente num homem tão estouvado, pulou a janela da biblioteca e juntou-se a eles no terraço.

— O professor Wynwood está aqui — anunciou sussurrando. — Acabou de chegar. Ele está decifrando as cartas agora. Gostariam de vê-lo trabalhar?

Seu tom parecia o de um empresário falando de sua atração preferida. Como os dois responderam que sim, Battle conduziu-os à janela para espiar dentro do aposento.

Sentado numa mesa, com as cartas espalhadas à sua frente e escrevendo bastante numa grande folha de papel, encontrava-se um pequeno homem ruivo de meia-idade. Resmungava sozinho enquanto escrevia e, de vez em quando, esfregava o nariz com violência, fazendo com que ele ficasse quase da cor do cabelo.

De repente, ele ergueu o olhar.

— É você, Battle? Por que me fez vir aqui? Até uma criança de colo seria capaz de decifrar esta tolice. Chamam isto de código? Isto salta aos olhos, homem.

— Fico feliz em saber, professor — disse Battle suavemente. — Mas não somos tão inteligentes quanto o senhor.

— Não é preciso ser inteligente — disse o professor. — Isto é trabalho de rotina. Quer que decifre todas as cartas? É bastante coisa. Requer diligência e a máxima atenção, mas zero inteligência. Já fiz aquela de "Chimneys", que o senhor disse que era importante. Posso levar o resto para Londres e entregar a um dos meus assistentes. Na verdade, não tenho tempo a perder. Estou vindo de um verdadeiro enigma, e quero voltar a ele.

Seus olhos brilharam.

— Tudo bem, professor — concordou Battle. — Sinto que nosso caso seja tão insignificante. Explicarei para o sr. Lomax. Tínhamos pressa somente em relação a essa carta específica. Creio que lorde Caterham espere que o senhor fique para o almoço.

— Eu nunca almoço — disse o professor. — Mau hábito, o almoço. Uma banana e um biscoito de água e sal é tudo o que um homem sensato e saudável precisa no meio do dia.

Pegou o sobretudo, que estava sobre o espaldar de uma cadeira. Battle deu a volta, dirigindo-se para a frente da casa, e poucos minutos depois Anthony e Virginia ouviram o barulho de um carro partindo.

Battle juntou-se a eles, trazendo nas mãos a meia folha de papel que o professor lhe entregara.

– Ele é sempre assim – disse Battle referindo-se ao professor. – Sempre com uma pressa danada. Sujeito inteligente. Bem, eis aqui o cerne da carta de Sua Majestade. Querem dar uma olhada?

Virginia estendeu a mão, e Anthony leu sobre seu ombro. Tratava-se, conforme ele lembrava, de uma longa epístola, expressando paixão e desespero. A genialidade do professor Wynwood transformara-a num comunicado essencialmente comercial.

Operações realizadas com sucesso, mas S nos traiu. Retirou a pedra do esconderijo. Não está em seu quarto. Já procurei. Encontrei o seguinte memorando, que deve se referir a ela: RICHMOND SETE EM LINHA RETA OITO À ESQUERDA TRÊS À DIREITA.

– S? – disse Anthony. – Stylptitch, claro. Velho esperto. Mudou o esconderijo.

– Richmond – disse Virginia pensativa. – Será que o diamante está escondido em algum lugar em Richmond?

– É o lugar preferido da realeza – concordou Anthony.

Battle sacudiu a cabeça.

– Ainda acho que seja uma referência a algo nesta casa.

– Já sei – exclamou Virginia de repente.

Os dois homens olharam para ela.

– O quadro de Holbein na Sala do Conselho. Estavam batendo na parede bem embaixo dele. E é um retrato do duque de Richmond!

– A senhora descobriu! – exclamou Battle com uma animação incomum, dando um tapinha na própria perna.

– Esse é o ponto de partida, o quadro, e os bandidos sabem tanto quanto nós a respeito dos números. Aquelas duas armaduras ficam exatamente embaixo do quadro, e eles acharam, portanto, que o diamante estava escondido em uma delas. As medidas podiam ser polegadas. Como não encontraram nada, tiveram a ideia de que poderia haver uma passagem secreta, uma escada ou um painel corrediço. Sabe alguma coisa a respeito, sra. Revel?

Virginia abanou a cabeça.

– Existe uma câmara oculta e pelo menos uma passagem secreta, que eu saiba. Acho que já me mostraram uma vez, mas não me lembro direito agora. Aí vem Bundle. Ela deve saber.

Bundle andava rapidamente pelo terraço, vindo em direção a eles.

– Estou indo de carro até a cidade depois do almoço – anunciou. – Alguém quer uma carona? Não gostaria de ir, sr. Cade? Voltaremos na hora do jantar.

– Não, obrigado – disse Anthony. – Estou bem feliz e ocupado aqui.

– O homem tem medo de mim – disse Bundle. – Será meu fascínio ou minha maneira de dirigir?

– A segunda opção – respondeu Anthony. – Sempre.

– Bundle, querida – disse Virginia –, existe alguma passagem secreta saindo da Sala do Conselho?

– Sim. Mas é uma passagem antiga. Diziam que ligava Chimneys a Wyvern Abbey. Assim faziam muito antigamente. Mas agora está bloqueada. Só dá para caminhar uns cem metros saindo da Sala do Conselho. A que existe lá em cima, na Galeria Branca, é muito mais interessante, e a câmara oculta não está tão acabada.

– Não as estamos considerando do ponto de vista artístico – explicou Virginia. – É um trabalho. Como é que se entra na passagem da Sala do Conselho?

– Painel articulado. Posso mostrar para vocês depois do almoço, se quiserem.

– Obrigado – disse o superintendente Battle. – Vamos marcar às 14h30?

Bundle olhou para ele com as sobrancelhas levantadas.

– Pilantragem? – perguntou.

Tredwell apareceu no terraço.

– O almoço está servido, senhora – anunciou.

CAPÍTULO 23

Encontro no roseiral

Às 14h30, um pequeno grupo se encontrou na Sala do Conselho: Bundle, Virginia, o superintendente Battle, monsieur Lemoine e Anthony Cade.

– Não adianta esperar até conseguirmos falar com o sr. Lomax – disse Battle. – Este é o tipo de coisa que é bom resolver logo.

– Se está pensando que o príncipe Michael foi assassinado por alguém que entrou por aqui, engana-se – afirmou Bundle. – É impossível. A outra entrada está completamente bloqueada.

– Não se trata disso, milady – disse Lemoine rapidamente. – Estamos numa busca muito diferente.

– Estão procurando alguma coisa? – perguntou Bundle. – Não é aquele histórico não sei o quê, por acaso?

Lemoine ficou intrigado.

– Explique melhor, Bundle – disse Virginia, em tom encorajador. – Você consegue.

– Aquele troço – disse Bundle. – O diamante histórico que foi roubado há séculos, antes que eu me entendesse por gente.

– Quem lhe contou isso, lady Eileen? – perguntou Battle.

– Eu sempre soube. Um dos lacaios me contou quando eu tinha doze anos.

– Um lacaio – disse Battle. – Meu Deus! Gostaria que o sr. Lomax tivesse ouvido essa!

– É um dos grandes segredos de George? – perguntou Bundle. – Que máximo! Jamais achei que fosse verdade. George sempre foi um idiota. Devia saber que os criados sabem de tudo.

Foi até o quadro de Holbein, tocou numa mola escondida em algum lugar ao lado do quadro, e, imediatamente, com um rangido, parte do painel girou para dentro, revelando uma passagem escura.

– *Entrez, messieurs et mesdames* – disse Bundle dramaticamente. – Vamos, podem entrar, meus caros. O melhor show da temporada, por um níquel apenas.

Lemoine e Battle estavam com lanterna. Foram os primeiros a entrar. Os outros seguiram atrás.

– O ar é fresco e agradável – observou Battle. – Deve haver ventilação em algum lugar.

Andava na frente. O chão era feito de pedras ásperas e desiguais, mas as paredes eram atijoladas. Como Bundle havia dito, a passagem estendia-se apenas por uns cem metros. Chegava, então, a um fim abrupto, terminando num muro de alvenaria. Battle verificou que não havia saída para o outro lado e falou por sobre o ombro:

– Vamos voltar. Só queria conhecer o território, por assim dizer.

Poucos minutos depois, eles estavam de volta na entrada.

– Começaremos daqui – disse Battle. – Sete em linha reta, oito para a esquerda, três para direita. Primeiro com passos.

Deu sete passos precisos e curvou-se para examinar o chão.

– Era o que eu imaginava. Em alguma ocasião, fizeram uma marca de giz aqui. Agora oito para a esquerda. Mas não podem ser passos, porque a passagem é estreita demais.

– Digamos que sejam tijolos – sugeriu Anthony.

— Perfeito, sr. Cade. Oito tijolos a contar de cima ou de baixo, no lado esquerdo. Tente de baixo para cima primeiro. É mais fácil.

Ele contou oito tijolos.

— Agora três para a direita. Um, dois, três. Opa, o que é isto?

— Vou gritar daqui a pouco – disse Bundle. – Sei que vou. O que é isto?

O superintendente Battle tentava remover o tijolo com a ponta de sua faca. Graças a seu olhar experiente, percebera logo que aquele tijolo específico era diferente do resto. Após alguns instantes, conseguiu tirá-lo. Atrás, havia uma pequena cavidade escura. Battle enfiou a mão.

Todos esperavam com ansiedade.

Battle retirou a mão.

Soltou uma exclamação de surpresa e raiva.

Os outros o cercaram, olhando, sem compreender, os três objetos que ele segurava. Por um momento, não acreditaram no que viam.

Um cartão com pequenos botões de pérolas, um retalho grosseiro de tricô e um pedaço de papel com uma série de letras E escritas em maiúsculo!

— Bem – disse Battle. – Danou-se. Qual o significado disso?

— *Mon Dieu* – murmurou o francês. – *Ça, c'est un peu trop fort!*

— Mas o que significa? – perguntou Virginia intrigada.

— O que significa? – repetiu Anthony. – Só pode significar uma coisa. O falecido conde Stylptitch devia ter muito senso de humor! Eis um exemplo. Confesso que não acho nem um pouco engraçado.

— Poderia explicar melhor o que o senhor quer dizer? – solicitou o superintendente Battle.

— Claro. Essa foi a pequena brincadeira do conde. Ele deve ter desconfiado que seu memorando tinha sido lido. Quando os ladrões viessem recuperar a joia, encontrariam este enigma extremamente inteligente. É o tipo de brincadeira que se faz em reuniões, quando as pessoas têm de adivinhar quem você é.

— Então tem um significado?

— Eu diria que sim. Se o conde quisesse somente ser ofensivo, teria posto um cartaz com a palavra "vendido", a fotografia de um burro ou algo assim.

— Um retalho de tricô, algumas letras E maiúsculas e um monte de botões – murmurou Battle desanimado.

— *C'est inouï* – disse Lemoine com raiva.

— Código número 2 – disse Anthony. – Será que o professor Wynwood saberá decifrar este?

— Quando esta passagem foi usada pela última vez, milady? – perguntou o francês para Bundle.

Bundle pensou.

— Acho que há uns dois anos. A câmara oculta é um ponto de interesse para americanos e turistas.

— Curioso — murmurou o francês.

— Por que curioso?

Lemoine inclinou-se e pegou um pequeno objeto no chão.

— Por causa disto — disse. — Esse palito de fósforo não está aqui há dois anos. Nem há dois dias. — E dirigindo-se ao grupo: — Algum dos senhores, por acaso, deixou cair isto?

Todos responderam que não.

— Bem, então — disse o superintendente Battle —, já vimos tudo o que tínhamos para ver. Podemos ir.

A proposta teve aceitação geral. O painel havia girado, mas Bundle mostrou que ele ficava trancado por dentro. Por isso, ela o destrancou e girou silenciosamente, fazendo-o abrir-se para a Sala do Conselho com um baque surdo.

— Droga! — exclamou lorde Caterham, saltando da poltrona onde aparentemente tinha tirado uma soneca.

— Coitadinho — disse Bundle. — Assustei-o?

— Não sei por que hoje em dia ninguém descansa um pouco depois da refeição — disse lorde Caterham. — É uma arte perdida. Só Deus sabe o quanto Chimneys é grande, mas mesmo assim não há um quarto onde eu possa ter um pouco de paz. Minha nossa! Quanta gente! Lembra-me os shows de mímica a que eu ia quando era criança, nos quais hordas de demônios saíam de alçapões.

— Demônio número 7 — disse Virginia, aproximando-se dele e passando a mão em sua cabeça. — Não se zangue. Estamos apenas explorando passagens secretas.

— Parece haver um enorme interesse por passagens secretas atualmente — resmungou lorde Caterham, ainda não totalmente calmo. — Esta manhã tive que mostrá-las para aquele tal de Fish.

— Quando foi isso? — perguntou Battle.

— Um pouco antes do almoço. Acho que ele ouviu falar desta aqui. Mostrei-a, e depois o levei à Galeria Branca. Terminamos com a câmara oculta. Mas ele foi perdendo o interesse. Parecia bastante entediado. De qualquer maneira, obriguei-o a ir até o fim — disse lorde Caterham, rindo ao lembrar-se disso.

Anthony segurou Lemoine pelo braço.

— Vamos lá fora — disse em voz baixa. — Quero falar com o senhor.

Os dois homens saíram juntos pela janela. Quando já se haviam distanciado o suficiente da casa, Anthony tirou do bolso o pedaço de papel que Boris lhe entregara de manhã.

– Veja – disse ele. – O senhor deixou cair isto?

Lemoine pegou o papel e examinou-o com curiosidade.

– Não – respondeu. – Nunca vi este papel antes. Por quê?

– Tem certeza?

– Absoluta, monsieur.

– Muito estranho.

Anthony contou a Lemoine o que Boris lhe dissera. O outro ouvia com atenção.

– Não, não deixei cair este papel. Foi encontrado naquele arbusto?

– Acho que sim, mas ele não disse.

– Pode ser que tenha caído da maleta de Isaacstein. Pergunte a Boris de novo. – Lemoine devolveu o papel a Anthony. Depois de um tempo, perguntou: – O que exatamente o senhor sabe a respeito desse tal de Boris?

Anthony encolheu os ombros.

– Pelo que entendi, ele era o servo fiel do falecido príncipe Michael.

– Pode ser que sim, mas procure verificar. Pergunte a alguém que saiba, como o barão de Lolopretjzyl. Talvez esse homem tenha se empregado há poucas semanas. A meu ver, ele é honesto. Mas nunca se sabe! O rei Victor é bem capaz de se fazer passar para um criado fiel se quiser.

– O senhor acha realmente...

Lemoine o interrompeu.

– Serei muito franco. O rei Victor tornou-se uma verdadeira obsessão para mim. Vejo-o em todos os lugares. Agora mesmo, chego a me perguntar: este homem que está conversando comigo, este sr. Cade, não será, talvez, o rei Victor?

– Meu Deus! – exclamou Anthony. – O senhor está mal mesmo.

– O que me importa o diamante? O que me importa descobrir o assassino do príncipe Michael? Deixo esses assuntos para o meu colega da Scotland Yard. Esse é o trabalho deles. Quanto a mim, estou na Inglaterra com uma única finalidade: capturar o rei Victor, e capturá-lo em flagrante. Nada mais me importa.

– O senhor acha que conseguirá? – perguntou Anthony, acendendo um cigarro.

– Como posso saber? – disse Lemoine, com súbito desânimo.

– Hum – fez Anthony.

Tinham voltado ao terraço. O superintendente Battle estava perto da janela, estático.

– Olhe o pobre Battle – disse Anthony. – Vamos alegrá-lo. – Fez uma pausa e disse: – Acho o senhor um pouco esquisito, sr. Lemoine.

– Em que sentido, sr. Cade?

— Bem, se eu estivesse no seu lugar, teria anotado esse endereço que lhe mostrei. Pode ser que não tenha nenhuma importância, o que é provável. Mas pode ser que tenha.

Lemoine encarou-o por um tempo. Então, com um ligeiro sorriso, arregaçou um pouco a manga esquerda do paletó. Escrito no punho branco da camisa, lia-se: "Hurstmere, Langly Road, Dover".

— Perdão – disse Anthony. – Retiro o que eu disse.

Aproximou-se do superintendente Battle.

— O senhor parece bem pensativo, Battle – comentou.

— Tenho muito em que pensar, sr. Cade.

— Imagino que sim.

— As peças não se encaixam.

— Sim, está complexo – disse Anthony, solidário. – Mas não se preocupe, Battle. Se a coisa piorar, o senhor ainda pode me prender. As minhas pegadas me incriminam.

Mas o superintendente não riu.

— Sabe se tem algum inimigo aqui, sr. Cade? – perguntou.

— Acho que o terceiro lacaio não vai muito com a minha cara – respondeu Anthony, com leveza. – Nunca me oferece as melhores verduras. Por quê?

— Tenho recebido cartas anônimas – disse o superintendente Battle. – Na verdade, uma carta anônima.

— Sobre mim?

Sem responder, Battle tirou do bolso uma folha comum de papel de carta e entregou-a para Anthony. Em caligrafia de iletrado, lia-se:

Cuidado com o sr. Cade. Ele não é o que parece.

Anthony devolveu o papel com um sorriso.

— Só isso? Anime-se, Battle. Na verdade, sou um rei disfarçado.

Entrou na casa, assobiando despreocupado. Mas, ao chegar a seu quarto e fechar a porta, seu rosto mudou. Anthony ficou sério. Sentou-se na beira da cama e olhou para o chão, preocupado.

— A coisa está ficando feia – disse baixinho. – Algo precisa ser feito.

Permaneceu sentado por um ou dois minutos e depois foi à janela. Ficou olhando para fora, com o olhar perdido, até que focalizou um determinado ponto. Seu rosto iluminou-se.

— Claro – disse. – O roseiral! É isso! O roseiral!

Desceu correndo e saiu para o jardim por uma porta lateral. Aproximou-se do roseiral por um caminho tortuoso. Em cada extremidade havia um portão. Entrou pelo mais afastado e andou até o relógio de sol, que ficava sobre um pequeno outeiro, bem no meio do roseiral.

Assim que chegou perto do relógio, estancou de repente. Havia outra pessoa ali. Os dois ficaram igualmente surpresos.

— Não sabia que se interessava por rosas, sr. Fish — disse Anthony, amavelmente.

— Interesso-me bastante por rosas — disse o sr. Fish.

Encararam-se com cautela, como antagonistas procurando medir a força do adversário.

— Eu também — mentiu Anthony.

— É mesmo?

— Na verdade, adoro rosas — disse Anthony alegremente.

O sr. Fish esboçou um sorriso. Anthony também sorria. A tensão parecia haver cedido.

— Olhe que beleza — disse o sr. Fish, inclinando-se para mostrar uma flor especialmente bela. — Madame Abel Chatenay, acho que se chama. Sim, é isso mesmo. Esta rosa branca, antes da guerra, era conhecida como Frau Carl Drusky. Rebatizaram-na, creio eu. Excesso de sensibilidade, talvez, mas verdadeiro patriotismo. A La France é sempre popular. Aprecia as rosas vermelhas, sr. Cade? Uma rosa escarlate...

A voz lenta e arrastada do sr. Fish foi interrompida. Bundle debruçava-se numa janela do primeiro andar.

— Quer uma carona para a cidade, sr. Fish? Estou saindo.

— Obrigado, lady Eileen, mas estou bem aqui.

— Tem certeza de que não vai mudar de ideia, sr. Cade?

Anthony riu e balançou a cabeça. Bundle desapareceu.

— Estou mais para dormir — disse Anthony, dando um bocejo demorado. — Tirar uma boa soneca depois do almoço! — Pegou um cigarro. — Por acaso, tem fogo?

O sr. Fish entregou-lhe uma caixa de fósforos. Anthony pegou um palito e devolveu a caixa, agradecendo.

— As rosas estão muito bonitas — disse Anthony —, mas não me sinto muito propenso à horticultura esta tarde.

Fez um alegre aceno de cabeça, sorrindo com brandura.

Nesse momento, ouviu-se um som atroador vindo da frente da casa.

— Motor potente esse que ela tem no carro, hein? — observou Anthony. — Lá vai ela.

Viram o carro passando velozmente.

Anthony bocejou de novo e dirigiu-se para a casa.

Passou pela porta e, uma vez lá dentro, transformou-se em azougue. Atravessou o hall, saltou uma das janelas da extremidade oposta e correu através do parque. Sabia que Bundle teria que dar uma volta grande, passando pelos portões da entrada e pela vila.

Anthony correu como um desesperado. Era uma luta contra o tempo. Chegou ao limite do parque no exato instante em que começou a ouvir o barulho do carro. Pulou para o meio da estrada.

– Oi! – exclamou.

Em seu aturdimento, Bundle acabou derrapando, mas conseguiu controlar o veículo, sem causar acidente. Anthony foi atrás do carro, abriu a porta e entrou.

– Vou para Londres com você – disse. – Estava pretendendo ir, desde o começo.

– Pessoa extraordinária – disse Bundle. – O que é que você tem na mão?

– É só um fósforo – respondeu Anthony.

Ficou olhando para o palito de fósforo, pensativo. Era rosa, com a cabeça amarela. Jogou fora o cigarro, que não chegara a acender, e guardou o fósforo cuidadosamente no bolso.

CAPÍTULO 24

A casa em Dover

— Você não se importa que eu dirija mais rápido, se importa? – perguntou Bundle depois de um tempo. – Saí mais tarde do que planejava.

Anthony achava que eles já estavam indo rápido demais, mas logo comprovou que aquilo não era nada comparado ao que Bundle conseguia fazer com um Panhard quando queria.

– Algumas pessoas ficam horrorizadas com a minha maneira de dirigir – disse Bundle, diminuindo momentaneamente a velocidade ao passar por um vilarejo. – Meu pai, por exemplo. Não anda nesta charanga comigo por nada neste mundo.

Intimamente, Anthony compreendia lorde Caterham. Sair de carro com Bundle não era um esporte para um senhor nervoso, de meia-idade.

– Mas você não parece nem um pouco nervoso – prosseguiu Bundle, em tom de aprovação, fazendo uma curva em duas rodas.

– Sou bem treinado – explicou Anthony. – Além disso, também estou com pressa.

– Quer que eu corra um pouco mais? – perguntou Bundle.

– Não precisa – respondeu Anthony. – Já estamos indo bastante rápido.

– Estou morrendo de curiosidade para saber o motivo dessa sua saída tão repentina – disse Bundle, após ensurdecer toda a vizinhança com a buzina. – Mas acho que não devo perguntar, não é? Você não está fugindo da justiça, está?

– Não tenho certeza – respondeu Anthony. – Logo saberei.

– Aquele homem da Scotland Yard não é tão ruim quanto eu achava – disse Bundle, pensativa.

– Battle é um bom sujeito – concordou Anthony.

– Você deveria ter trabalhado no meio diplomático – observou Bundle. – Não libera muita informação.

– Pois eu tinha a impressão de que estava sendo tagarela.

– Meu Deus, você não está fugindo com a mademoiselle Brun, não é?

– Claro que não! – respondeu Anthony com veemência.

Houve uma pausa de alguns minutos durante a qual Bundle ultrapassou três carros.

– Há quanto tempo você conhece Virginia? – perguntou subitamente.

– Uma pergunta difícil de responder – disse Anthony, falando a mais pura verdade. – Não me encontrei muito com ela, e, mesmo assim, parece que a conheço há muito tempo.

Bundle acenou que entendia com a cabeça.

– Virginia é inteligente – comentou ela. – Fala besteira, mas é esperta. Parece que foi incrível lá na Herzoslováquia. Se Tim Revel ainda fosse vivo, teria uma bela carreira, em grande parte graças a Virginia. Ela fazia tudo por ele. Lutava com unhas e dentes. E eu sei por quê.

– Porque gostava dele? – perguntou Anthony, olhando fixo para a frente.

– Não, porque não gostava. Você não entende? Ela não o amava. Nunca o amou, e por isso fazia de tudo para parecer que amava. Típico de Virginia. Mas não se engane. Virginia nunca amou Tim Revel.

– Você parece ter muita certeza disso – disse Anthony, virando-se para ela.

As pequenas mãos de Bundle seguravam firme no volante, e seu queixo estava projetado para a frente, numa postura de pessoa determinada.

– Sei de algumas coisas. Eu era só uma criança quando ela se casou, mas ouvi certas coisas. E, conhecendo Virginia, consigo ligar os pontos. Tim Revel estava fascinado por ela. Ele era irlandês, muito atraente, e se expressava como ninguém. Virginia era muito nova, tinha dezoito anos. Sempre que saía, encontrava Tim num estado deplorável, dizendo que ia se matar ou se entregar à bebida se ela não se casasse com ele. As meninas acreditam nessas coisas. Ou pelo menos acreditavam, pois avançamos muito nesses últimos oito anos. Virginia deixou-se levar pelo sentimento que julgou inspirar. Casou-se com ele, e sempre foi um anjo para o marido. Não teria sido nem a metade do que foi se realmente o amasse. Há muito de demoníaco em

Virginia. Mas uma coisa posso lhe garantir: Virginia dá muito valor à sua liberdade. Difícil tirar isso dela.

– Por que você está me contando tudo isso? – perguntou Anthony lentamente.

– É interessante saber sobre as pessoas, não acha? Quer dizer, sobre algumas pessoas.

– Eu desejava mesmo saber – admitiu ele.

– E você jamais teria ouvido isso de Virginia. Mas pode confiar no que lhe digo. Virginia é muito querida. Até as mulheres gostam dela, porque ela não é falsa. E, de qualquer maneira, precisamos levar tudo na esportiva, não é? – concluiu Bundle, um pouco obscura.

– Com certeza – concordou Anthony. Mas ele ainda estava intrigado. Não tinha a mínima ideia do que levara Bundle a lhe fornecer tanta informação não solicitada. Não que ele não estivesse feliz com aquilo.

– Aqui passam os bondes – disse Bundle suspirando. – Preciso dirigir com cuidado.

– Seria bom – disse Anthony.

Suas ideias quanto à direção segura não coincidiam com as de Bundle. Deixando transeuntes indignados para trás, finalmente saíram na Oxford Street.

– Nada mau, hein? – disse Bundle consultando o relógio de pulso.

Anthony assentiu.

– Onde você quer descer? – perguntou Bundle.

– Em qualquer lugar. Para onde você está indo?

– Para Knightsbridge.

– Ótimo. Deixe-me na esquina do Hyde Park.

– Tchau – disse Bundle, parando no lugar indicado. – E a volta?

– Eu me viro para voltar. Muito obrigado.

– Eu o assustei mesmo – observou Bundle.

– Eu não recomendaria a uma senhora idosa andar de carro com você, mas, pessoalmente, gostei muito. A última vez que corri perigo semelhante foi quando fui assaltado por uma manada de elefantes selvagens.

– Que exagero! Nem batemos hoje.

– Perdão se você teve que se controlar por minha causa.

– Acho que os homens não são mesmo muito corajosos.

– Isso é maldade – disse Anthony. – Retiro-me, humilhado.

Bundle seguiu viagem. Anthony fez sinal para um táxi.

– Victoria Station – disse para o taxista ao entrar.

Quando chegou à estação, pagou a corrida e pediu informações sobre o próximo trem para Dover. Infelizmente, acabara de perder um.

Resignado a esperar cerca de uma hora, Anthony ficou andando de um lado para o outro, de cenho franzido. De vez em quando, balançava a cabeça, com impaciência.

Na viagem para Dover, não aconteceu nada. Assim que chegou, Anthony saiu imediatamente da estação, mas logo voltou, como se tivesse lembrado de alguma coisa de repente. Esboçou um ligeiro sorriso ao perguntar como fazia para ir até Hurstmere, Langly Road.

A estrada em questão era longa, partindo diretamente da cidade. De acordo com as informações do carregador, Hurstmere era a última casa. Anthony caminhava com determinação. A pequena ruga reapareceu entre seus olhos, mas havia certo júbilo em sua expressão, como sempre acontecia quando se aproximava do perigo.

Hurstmere era, como o carregador dissera, a última casa da Langly Road. Situava-se bem no fundo de um terreno desigual e coberto de vegetação. O lugar devia estar abandonado há anos, concluiu Anthony. Um imenso portão de ferro rangia nas dobradiças, e o nome inscrito nele estava quase apagado.

– Um lugar isolado – murmurou Anthony. – Uma ótima escolha.

Hesitou um pouco, olhou de um lado para o outro da estrada, que estava completamente deserta, e passou furtivamente pelo portão barulhento, seguindo o caminho coberto de plantas. Andou um pouco e depois parou para ouvir. Encontrava-se ainda a alguma distância da casa. Silêncio absoluto. Algumas folhas amareladas desprenderam-se de uma das árvores e caíram, produzindo um ruído sinistro em meio àquela tranquilidade. Anthony levou um susto e depois achou graça.

– Nunca pensei que eu pudesse ficar tenso.

Continuou andando. Como o caminho fazia uma curva, ele se embrenhou nos arbustos e prosseguiu sem que pudesse ser visto. De repente parou, espiando por entre as folhas. Um cão latia à distância, mas o que lhe chamou atenção foi um som mais próximo.

Seu ouvido aguçado não o enganara. Um homem surgiu de trás da casa, um sujeito baixo, corpulento, com aparência de estrangeiro. Não parou. Contornou a casa e desapareceu novamente.

Anthony balançou a cabeça.

– Sentinela – murmurou. – Eles fazem a coisa bem feita.

Assim que o homem passou, Anthony continuou a andar, desviando-se para a esquerda e seguindo os passos do sentinela.

Caminhava sem fazer ruído.

Com as paredes da casa à sua direita, Anthony chegou até onde uma extensa mancha de luz incidia sobre o caminho de cascalho. O som de vozes de homens conversando tornou-se claramente audível.

– Meu Deus! Que grandessíssimos idiotas – murmurou Anthony. – Bem que eles mereciam levar um susto.

Foi com cuidado até a janela, abaixando-se para não ser visto. Ergueu a cabeça à altura do parapeito e espiou.

Seis homens estavam sentados em volta de uma mesa. Quatro deles eram parrudos, com maçãs do rosto salientes e olhos magiares, puxados. Os outros dois eram pequenos como camundongos, com gestos rápidos. A língua falada era o francês, mas os quatro grandalhões expressavam-se com insegurança e entonação gutural bastante áspera.

– E o chefe? – rosnou um deles. – Quando chegará?

Um dos homens pequenos encolheu os ombros.

– A qualquer momento.

– Já era hora – resmungou o primeiro. – Nunca vi esse chefe de vocês. Bem que poderíamos ter realizado um trabalho grande e glorioso nesses dias de espera à toa!

– Seu idiota – disse o outro homem pequeno. – Cair nas garras da polícia seria o único trabalho grande e glorioso que você e seu bando precioso de gorilas estabanados teriam realizado!

– Ah – bradou um dos outros sujeitos parrudos. – Está insultando os Camaradas? Vou deixar a marca da Mão Vermelha na sua garganta para ver se você gosta.

Já ia se levantar, encarando furiosamente o francês, mas um de seus companheiros o segurou.

– Nada de briga – grunhiu. – Devemos trabalhar juntos. Pelo que sei, esse tal de rei Victor não tolera desobediência.

No escuro, Anthony ouviu os passos do sentinela voltando em sua ronda, e foi para trás de um arbusto.

– Quem está aí? – perguntou um dos homens do lado de dentro.

– Carlo, fazendo a ronda.

– Ah. E o prisioneiro?

– Ele está bem. Voltando a si rapidamente. Recuperou-se bem da pancada que lhe demos na cabeça.

Anthony afastou-se furtivamente.

– Meu Deus! Que corja! – murmurou. – Discutem seus assuntos com a janela aberta, e esse idiota do Carlo faz a ronda com passadas de elefante e olhos de morcego. Como se não bastasse, os herzoslovacos e os franceses estão a ponto de se estapear a qualquer momento. O quartel-general do rei Victor está numa situação crítica. Como seria divertido lhe dar uma lição!

Ficou irresoluto por um momento, sorrindo sozinho.

Em algum lugar, sobre sua cabeça, ouviu um gemido abafado.

Anthony olhou para cima. Ouviu novamente o gemido.

Inspecionou em volta. Carlo ainda demoraria para aparecer de novo. Agarrou-se à hera e subiu agilmente até chegar ao peitoril de uma janela. A janela estava fechada, mas, com uma ferramenta que tirou do bolso, conseguiu forçar o trinco.

Parou um instante para ouvir e saltou para o interior do quarto, com habilidade. Havia uma cama na extremidade oposta, e nessa cama jazia um homem, cuja fisionomia não se distinguia na escuridão.

Anthony dirigiu-se à cama e iluminou o rosto do homem com sua lanterna. Era um rosto estrangeiro, pálido e macilento, a cabeça toda envolta em bandagens.

O homem estava com as mãos e os pés amarrados. Fitou Anthony com o olhar perdido, confuso.

Anthony inclinou-se sobre ele, mas, nesse momento, ouviu um barulho e virou-se, a mão movendo-se rápida para o bolso do paletó.

Uma dura ordem o deteve.

– Mãos ao alto, filhinho. Você não esperava me ver aqui, mas acontece que peguei o mesmo trem que você na Victoria Station.

Era o sr. Hiram Fish, em pé junto ao batente da porta. Sorria, empunhando uma grande pistola azulada.

CAPÍTULO 25

Terça à noite em Chimneys

Lorde Caterham, Virginia e Bundle estavam na biblioteca depois do jantar. Era a noite de terça-feira. Cerca de trinta horas haviam passado desde a partida um tanto dramática de Anthony.

Pela sétima vez, no mínimo, Bundle repetia as palavras com que Anthony se despedira na esquina do Hyde Park.

– "Eu me viro para voltar" – disse Virginia pensativa. – Não dá a impressão de ser tanto tempo assim. Além disso, ele deixou todas as suas coisas aqui.

– Ele não disse para onde estava indo?

– Não – respondeu Virginia, olhando fixo para a frente. – Não me disse nada.

Em seguida, houve silêncio por alguns instantes. Lorde Caterham foi o primeiro a quebrá-lo.

— De um modo geral — observou —, manter um hotel é mais vantajoso do que manter uma casa de campo.

— Em que sentido?

— Aquele pequeno aviso que eles afixam no quarto: os hóspedes que pretendem ir embora devem comunicar antes do meio-dia.

Virginia sorriu.

— Talvez eu seja antiquado e exagerado — continuou ele. — Sei que está na moda entrar e sair de uma casa como se ela fosse um hotel. Muita liberdade e nenhuma conta no fim!

— Você é um velho resmungão — disse Bundle. — Tem Virginia e tem a mim. O que mais você quer?

— Mais nada. Mais nada — disse lorde Caterham. — Não é isso. É o princípio da coisa, que deixa qualquer um intranquilo. Admito que foram 24 horas quase ideais. De paz. Perfeita paz. Sem assaltos, crimes, violência. Sem detetives, sem americanos. A única questão é que eu poderia ter aproveitado muito mais se me sentisse realmente seguro. Porque repetia o tempo todo para mim mesmo: "Um deles deve voltar a qualquer instante". E isso estragava tudo.

— Mas ninguém voltou — observou Bundle. — Fomos abandonados. É estranho como Fish desapareceu. Ele não disse nada?

— Nem uma palavra. A última vez em que o vi foi ontem à tarde, andando de um lado para o outro no roseiral, fumando um daqueles charutos desagradáveis dele. Depois disso, parece que se evaporou na paisagem.

— Alguém deve ter sequestrado o sr. Fish — sugeriu Bundle.

— Daqui a um ou dois dias, imagino a Scotland Yard esvaziando o lago para encontrar seu corpo — disse seu pai em tom lúgubre. — Bem feito para mim. No momento certo, deveria ter ido para o exterior cuidar da minha saúde. Dessa forma, não teria caído na armadilha dos planos arrojados de George Lomax. Eu...

Foi interrompido por Tredwell.

— O que foi agora? — perguntou lorde Caterham irritado.

— O detetive francês está aqui, milorde, e gostaria que o senhor lhe concedesse alguns minutos.

— O que foi que eu lhes disse? — falou lorde Caterham. — Sabia que era bom demais para ser verdade. Vai ver que encontraram o corpo de Fish no tanque dos peixes.

Tredwell, de maneira estritamente respeitosa, voltou à questão inicial.

— Devo dizer-lhe que o senhor o receberá, milorde?

— Sim, sim. Traga-o aqui.

Tredwell retirou-se. Voltou um ou dois minutos depois, anunciando em voz solene:

– Monsieur Lemoine.

O francês entrou com passo lépido. Seu modo de andar, mais do que sua expressão, demonstrava que ele estava empolgado com alguma coisa.

– Boa noite, Lemoine – disse lorde Caterham. – Aceita um drinque?

– Não, obrigado. – Curvou-se meticulosamente para as mulheres. – Finalmente estou progredindo. No ponto em que as coisas estão, achei que o senhor precisava ter conhecimento das descobertas, das importantes descobertas que fiz ao longo das últimas 24 horas.

– Julguei mesmo que algo importante estivesse acontecendo – disse lorde Caterham.

– Senhor, ontem à tarde um de seus hóspedes saiu desta casa de maneira estranha. Devo dizer-lhe que suspeitei desde o início. Um homem que vem da natureza selvagem. Dois meses atrás ele estava na África do Sul. Mas e antes disso?

Virginia respirou fundo. O francês fitou-a por alguns instantes, com olhar curioso. Depois, prosseguiu:

– E antes disso? Ninguém sabe. E ele é exatamente o homem que estou procurando: alegre, audacioso, despreocupado, ousado. Já mandei diversos telegramas, mas não consigo nenhuma informação sobre seu passado. Sabe-se que ele esteve no Canadá há dez anos, mas depois disso... silêncio. Minhas suspeitas crescem. Certo dia, então, vejo um pedaço de papel num lugar por onde ele havia passado. O papel tem um endereço: o endereço de uma casa em Dover. Mais tarde, como que por acaso, deixo cair esse mesmo pedaço de papel. De rabo de olho, vejo Boris, o herzoslovaco, pegar o papel e entregá-lo a seu amo. Desde o começo, tive certeza de que esse Boris era um emissário dos Camaradas da Mão Vermelha. Sabemos que os Camaradas estão trabalhando com o rei Victor neste caso. Se Boris reconhecesse em Anthony Cade seu chefe, não faria exatamente o que estava fazendo, ou seja, não transferiria sua fidelidade para ele? Senão, por que Boris teria se ligado a um estranho insignificante? Muito suspeito. Mas sou pego de surpresa, pois Anthony Cade me traz esse papel imediatamente e me pergunta se não o deixei cair. Como eu disse, sou pego de surpresa, mas não totalmente. Porque esse gesto pode significar que ele é inocente ou muitíssimo inteligente. Nego, claro, que o papel seja meu ou que eu o tenha deixado cair. Mas, nesse meio-tempo, dou início a uma investigação paralela. Só hoje recebo notícias. A casa em Dover foi precipitadamente abandonada, mas até ontem à tarde ela estava ocupada por um grupo de estrangeiros. Sem dúvida, ali se situava o quartel-general do rei Victor. Agora, prestem atenção no significado de tudo isto. Ontem à tarde, o sr. Cade desaparece daqui de repente. Desde o momento em que deixou aquele papel cair, ele deve saber que o jogo está prestes a terminar. Vai a Dover, e imediatamente a quadrilha debanda. Qual será o próximo movimento, não sei. Só sei que o sr. Anthony Cade não voltará aqui. Mas, conhecendo o rei Victor como eu conheço, tenho certeza de que ele não abandonará a partida sem fazer mais uma tentativa para conseguir a joia. E é aí que eu o pego!

Virginia levantou-se subitamente. Andou até a lareira e falou, num tom frio como aço:

– O senhor está deixando de considerar uma coisa, monsieur Lemoine. O sr. Cade não é o único hóspede que desapareceu misteriosamente ontem à tarde.

– O que a madame quer dizer?

– Que tudo o que o senhor disse se aplica igualmente a outra pessoa. E o sr. Hiram Fish?

– Ah, o sr. Fish!

– Sim, o sr. Fish. O senhor não nos disse, naquela primeira noite, que o rei Victor tinha vindo da América para a Inglaterra? O sr. Fish também veio da América para a Inglaterra. É verdade que ele trouxe uma carta de recomendação assinada por um homem muito conhecido, mas é claro que isso, para um sujeito como o rei Victor, seria simples de conseguir. Ele, com certeza, não é o que finge ser. Lorde Caterham comentou que quando o sr. Fish vinha aqui, supostamente para discutir sobre edições originais, o americano nunca falava, só ouvia. E há diversos fatos suspeitos contra ele. Havia uma luz em sua janela na noite do assassinato. E aquela outra noite na Sala do Conselho. Quando o encontrei no terraço, ele estava completamente vestido. Talvez tenha sido *ele* quem deixou cair o papel. O senhor não *viu* o sr. Cade fazendo isso. O sr. Cade foi a Dover somente com o intuito de investigar. Talvez tenha sido raptado lá. O que estou querendo dizer é que existem muito mais coisas suspeitas contra o sr. Fish do que contra o sr. Cade.

A voz do francês soou cortante:

– Do seu ponto de vista, pode ser, madame. Não discuto. E concordo que o sr. Fish não é o que aparenta ser.

– Então?

– Mas isso não faz diferença. *O sr. Fish, madame, é um detetive particular americano.*

– O quê? – exclamou lorde Caterham.

– Sim, lorde Caterham. Ele veio para cá atrás do rei Victor. O superintendente Battle e eu já sabíamos disso há algum tempo.

Virginia ficou muda. Voltou a sentar-se, lentamente. Com aquelas poucas palavras, a estrutura que erguera tão cuidadosamente desmoronava a seus pés.

– Compreendem? – continuou Lemoine. – Todos nós sabíamos que, em algum momento, o rei Victor viria para Chimneys. Era o único lugar seguro para pegá-lo.

Virginia ergueu o olhar, com um brilho estranho nos olhos.

– Mas ainda não pegaram – disse, rindo.

Lemoine encarou-a.

– Ainda não, madame. Mas pegarei.

– Parece que ele é muito famoso em enganar os outros, não?

– Desta vez será diferente – disse o francês, furioso.

– É um sujeito muito atraente – comentou lorde Caterham. – Muito atraente. Mas com certeza... Por que você disse que ele era um velho amigo seu, Virginia?

– Por isso mesmo – respondeu Virginia, calmamente. – Acho que monsieur Lemoine está cometendo um engano.

Encarou o detetive, que não pareceu se abalar.

– O tempo dirá, madame – disse ele.

– O senhor acha que foi ele quem atirou no príncipe Michael? – perguntou ela.

– Com certeza.

Virginia sacudiu a cabeça.

– Ah, não! – exclamou. – Disto estou certa: Anthony Cade não matou o príncipe Michael.

Lemoine observava-a com atenção.

– Existe a possibilidade de que a senhora esteja certa, madame – disse ele, lentamente. – Uma possibilidade, nada mais. Talvez o herzoslovaco, Boris, tenha se excedido no cumprimento das ordens e dado o tiro. É possível que o príncipe Michael tenha lhe causado algum dano, e ele tenha desejado se vingar.

– Ele tem mesmo cara de assassino – concordou lorde Caterham. – Dizem que as criadas gritam quando ele passa por elas nos corredores.

– Bem – disse Lemoine. – Preciso ir. Achei que o senhor devia saber em que pé andam as coisas.

– Muita gentileza sua – disse lorde Caterham. – Tem certeza de que não quer um drinque? Tudo bem. Boa noite.

– Odeio esse homem, com essa barbinha preta e esses óculos – disse Bundle, assim que a porta se fechou. – Espero que Anthony consiga escapar dele. Adoraria vê-lo mordendo-se de raiva. O que você acha disso tudo, Virginia?

– Não sei – respondeu Virginia. – Estou cansada. Vou dormir.

– Não é má ideia – disse lorde Caterham. – Já são onze e meia.

Quando estava atravessando o amplo vestíbulo, Virginia viu de relance um homem de costas largas, vagamente familiar, saindo discretamente por uma porta lateral.

– Superintendente Battle! – chamou ela convicta.

O superintendente, pois era ele mesmo, virou-se com certa má vontade.

– Sim, sra. Revel?

– Monsieur Lemoine esteve aqui. Ele disse... Diga-me: é verdade mesmo que o sr. Fish é um detetive americano?

– Sim – respondeu o superintendente Battle.

– O senhor já sabia disso o tempo todo?

O superintendente Battle respondeu que sim com a cabeça.

Virginia encaminhou-se para a escada.

– Ok – disse ela. – Obrigada.

Até aquele momento, ela recusava-se a acreditar.

E agora?

Sentada em seu quarto, em frente à penteadeira, encarava a questão de forma objetiva. Cada palavra que Anthony dissera voltava carregada de novo significado.

Seria esse o "ofício" do qual ele falara?

O ofício do qual ele desistira. Mas, nesse caso...

Um som diferente perturbou o curso natural de suas meditações. Virginia ergueu a cabeça, assustada. Seu pequeno relógio de ouro mostrava que já passava de uma hora da manhã. Há duas horas que ela estava ali, pensando.

O som se repetiu. Uma batida seca na vidraça. Virginia foi até a janela e abriu-a. Lá embaixo, na vereda, encontrava-se um sujeito alto, abaixando-se para pegar mais pedregulhos.

Por um momento, o coração de Virginia disparou, e então ela reconheceu a corpulência e o contorno anguloso do herzoslovaco Boris.

– Sim – disse ela em voz baixa. – O que houve?

Não lhe pareceu estranho, na ocasião, que Boris estivesse atirando pedregulhos em sua janela àquela hora da madrugada.

– O que houve? – repetiu ela, impaciente.

– Venho por ordem de meu amo – disse Boris em voz baixa, mas perfeitamente audível. – Mandou que eu viesse buscá-la – declarou com naturalidade.

– Buscar a mim?

– Sim. Devo levá-la até ele. Trago uma nota. Vou jogá-la para a senhora.

Virginia afastou-se um pouco, e um pedaço de papel, preso a uma pedra, caiu bem a seus pés. Ela o desdobrou e leu:

Minha cara (Anthony escrevera), estou em apuros, mas pretendo sair desta. Você confiará em mim e virá me ver?

Por cerca de dois minutos, Virginia ficou imóvel, paralisada, lendo e relendo aquelas poucas palavras.

Ergueu a cabeça, olhando o quarto luxuosamente equipado, como se enxergasse com novos olhos.

Debruçou-se, então, novamente na janela.

– O que eu devo fazer? – perguntou.

– Os detetives estão do outro lado da casa, do lado de fora da Sala do Conselho. Desça e saia pela porta lateral. Estarei lá. Tenho um carro esperando na estrada.

Virginia assentiu. Trocou o vestido por outro de tricô marrom e colocou um pequeno chapéu de couro, também marrom.

Sorrindo, escreveu um bilhete curto para Bundle e prendeu-o na alfineteira.

Desceu sorrateiramente e destrancou a porta lateral. Parou por um momento e, com um meneio de cabeça que denotava valentia, a mesma valentia com que seus ancestrais partiram para as Cruzadas, saiu.

CAPÍTULO 26

Dia 13 de outubro

Às dez horas da manhã de quarta-feira, dia 13 de outubro, Anthony Cade entrou no Harridge's Hotel e perguntou pelo barão Lolopretjzyl, que estava hospedado lá.

Após uma boa demora, Anthony foi conduzido ao apartamento em questão. O barão estava em pé sobre o tapete junto à lareira, em postura ereta e rígida. O pequeno capitão Andrassy, em posição igualmente correta, mas denotando certa hostilidade, também estava presente.

O encontro iniciou-se com as mesuras habituais, o bater de calcanhares e outras saudações formais próprias da etiqueta. Anthony, a essa altura, já estava totalmente familiarizado com essa rotina.

– Perdão pela visita assim tão cedo, barão – disse ele jovialmente, deixando o chapéu e a bengala em cima da mesa. – Na verdade, tenho um pequeno negócio para lhe propor.

– Ah, é mesmo? – disse o barão.

O capitão Andrassy, que jamais superara a desconfiança inicial em relação a Anthony, mostrou-se cabreiro.

– Todo negócio – disse Anthony – baseia-se na conhecida lei da oferta e da procura. Uma pessoa deseja alguma coisa que outra pessoa tem. Resta apenas estabelecer o preço.

O barão fitou-o, mas não disse nada.

– Entre um nobre herzoslovaco e um cavalheiro inglês os termos devem ser facilmente fixados – acrescentou Anthony, corando um pouco. Tais palavras não vêm com facilidade aos lábios de um inglês, mas ele observara, em outras ocasiões, o enorme efeito de tal fraseologia sobre a mentalidade do barão. Como era de se esperar, a estratégia funcionou.

– É verdade – disse o barão, satisfeito, assentindo com a cabeça. – A mais pura verdade.

Até o capitão Andrassy pareceu ficar mais à vontade, anuindo também.

– Muito bem – disse Anthony. – Chega de rodeios.

– Como assim "rodeios"? – interrompeu o barão. – Não compreendo.

– Mera figura de linguagem, barão. Para falar com mais clareza, *o senhor* quer a mercadoria, *nós* a temos! Tudo está bem no navio, mas falta-lhe a figura de comando. Por navio quero dizer o Partido Legalista da Herzoslováquia. No atual momento, o senhor carece do principal suporte de sua plataforma política. Falta-lhe um príncipe! Agora, suponha, apenas suponha, que eu pudesse lhe fornecer um príncipe.

O barão admirou-se.

– Não compreendo – declarou.

– Senhor – disse o capitão Andrassy, torcendo o bigode –, isto é um insulto!

– De forma alguma – disse Anthony. – Estou tentando ser útil. Oferta e procura. Tudo justo e transparente. Só será fornecido um príncipe genuíno, com marca registrada. Se chegarmos a um acordo, o senhor verificará que digo a verdade. Estou lhe oferecendo um artigo genuinamente real, tirado do fundo da gaveta.

– Continuo não compreendendo – disse o barão.

– Na verdade, não importa – disse Anthony amavelmente. – Só quero que o senhor se acostume com a ideia. Para dizer de maneira mais direta, tenho algo escondido na manga. Guarde apenas isto: o senhor quer um príncipe. Dependendo das condições, posso lhe fornecer um.

O barão e Andrassy ficaram olhando para ele, perplexos. Anthony pegou o chapéu e a bengala e preparou-se para ir embora.

– Pense a respeito. Outra coisa, barão. O senhor precisa vir a Chimneys hoje à noite. O capitão Andrassy também. Deverá acontecer muita coisa curiosa por lá. Combinado? Na Sala do Conselho, às nove horas? Obrigado, cavalheiros. Posso contar com os senhores?

O barão deu um passo à frente e fitou o rosto de Anthony de modo inquisitivo.

– Sr. Cade – disse com dignidade –, espero que o senhor não esteja de brincadeira comigo.

Anthony encarou-o de volta.

– Barão – disse com um tom estranho na voz –, quando esta noite terminar, o senhor deverá ser o primeiro a admitir a seriedade do negócio.

Curvando-se perante os dois homens, Anthony retirou-se.

Sua próxima parada foi no centro de Londres, onde enviou seu cartão para o sr. Herman Isaacstein.

Depois de um bom tempo, Anthony foi recebido por um subalterno pálido elegantemente vestido, de modos envolventes e título militar.

– Desejava ver o sr. Isaacstein, não? – perguntou o jovem. – O problema é que ele está muito ocupado hoje de manhã. Reunião do conselho e essas coisas. Posso ajudá-lo?

– Preciso falar com ele pessoalmente – explicou Anthony, acrescentando: – Acabei de chegar de Chimneys.

O jovem balançou à menção de Chimneys.

– Oh! – exclamou em tom de dúvida. – Vou ver o que posso fazer.

– Diga a ele que é importante.

– Algum recado de lorde Caterham? – perguntou o rapaz.

– Algo semelhante – respondeu Anthony –, mas é imprescindível que eu veja o sr. Isaacstein o quanto antes.

Dois minutos depois, Anthony foi conduzido a um suntuoso gabinete, onde o que o impressionou foi, sobretudo, o tamanho e a profundidade das poltronas de couro.

O sr. Isaacstein levantou-se para cumprimentá-lo.

– Perdão por procurá-lo desta maneira – disse Anthony. – Sei que o senhor é um homem ocupado, e não vou tomar muito seu tempo. Quero apenas lhe propor um negócio.

Isaacstein fitou-o por um tempo com seus olhos redondos e negros.

– Pegue um charuto – disse de modo inesperado, apresentando uma caixa aberta.

– Obrigado – disse Anthony. – Vou aceitar.

Anthony pegou o charuto.

– É sobre aquele negócio da Herzoslováquia – continuou Anthony, enquanto aceitava um fósforo. Notou um brilho momentâneo no olhar fixo do outro. – O assassinato do príncipe Michael deve ter atrapalhado um pouco os planos.

O sr. Isaacstein levantou uma sobrancelha, murmurou "Hã?" e olhou para o teto.

– Petróleo – disse Anthony, observando, pensativo, a superfície lustrada da mesa. – Que coisa maravilhosa o petróleo.

Percebeu o leve sobressalto do financista.

– O senhor se incomodaria de ir diretamente ao assunto, sr. Cade?

– Claro que não. Imagino, sr. Isaacstein, que se essas concessões de petróleo forem garantidas a outra companhia, o senhor não ficará muito satisfeito. Estou certo?

– Qual é a sua proposta? – perguntou o outro encarando-o.

– Um pretendente adequado ao trono, cheio de simpatia pela Inglaterra.

– Onde o encontrou?

– Isso é da minha conta.

Isaacstein recebeu a resposta com um breve sorriso. Seu olhar aguçou-se.

– Artigo genuíno? Não tenho tempo para brincadeiras.

– Totalmente genuíno.

– Correto?

– Correto.

– Confio em sua palavra.

– O senhor não precisa de muito argumento para se convencer – disse Anthony, olhando-o com curiosidade.

Herman Isaacstein sorriu.

– Eu não estaria onde estou agora se não tivesse aprendido a reconhecer quando um homem está falando a verdade ou não – retrucou ele com simplicidade. – Quais são os seus termos?

– O mesmo empréstimo oferecido ao príncipe Michael, com as mesmas condições.

– E quanto ao senhor?

– Por enquanto, nada. Só queria lhe pedir que viesse a Chimneys hoje à noite.

– Não – disse Isaacstein em tom peremptório. – Não posso fazer isso.

– Por quê?

– Vou jantar fora. Um jantar muito importante.

– Mesmo assim. Acho que o senhor terá que cancelar esse jantar. Pelo seu próprio bem.

– O que o senhor quer dizer com isso?

Anthony encarou-o em silêncio antes de responder:

– O senhor sabia que eles encontraram o revólver utilizado para matar Michael? Sabe onde o encontraram? Na sua maleta.

– O quê?

Isaacstein quase pulou da poltrona, em frenesi.
– O que está dizendo? Como assim?
– Vou lhe contar.

Muito gentilmente, Anthony narrou as ocorrências relacionadas à descoberta do revólver. Enquanto ele falava, o rosto do outro assumia uma tonalidade acinzentada de absoluto terror.

– Mas não é verdade – berrou Isaacstein quando Anthony terminou. – Nunca coloquei o revólver ali. Não sei nada sobre isso. É uma conspiração.

– Não fique nervoso – disse Anthony acalmando-o. – Se isso é verdade, o senhor poderá provar facilmente.

– Provar? Como?

– Se eu fosse o senhor – disse Anthony tranquilamente –, viria a Chimneys hoje à noite.

Isaacstein fitou-o, com expressão de dúvida.

– Acha que eu devo ir?

Anthony inclinou-se para a frente e segredou-lhe algo. O financista caiu para trás admirado.

– Quer dizer que...

– Venha e veja – disse Anthony.

CAPÍTULO 27

Dia 13 de outubro (continuação)

O relógio da Sala do Conselho deu nove horas.

– Bem – disse lorde Caterham, com um suspiro profundo. – Aqui estão todos de volta, abanado o rabo como carneirinhos.

Olhou tristemente em volta da sala.

– O tocador de realejo, com direito a macaco – murmurou, indicando o barão com o olhar. – O intrometido da Throgmorton Street...

– Acho que você está sendo indelicado com o barão – protestou Bundle, a quem essas confidências eram feitas. – Ele me disse que o considerava um exemplo de hospitalidade inglesa entre a *haute noblesse*.

– Imagino – disse lorde Caterham. – Ele sempre diz coisas desse tipo. Chega a ser cansativo conversar com ele. Mas lhe garanto que já não sou mais tão hospitaleiro quanto era. Assim que puder, passarei Chimneys a uma empresa americana e vou morar num hotel. Pelo menos ali, se alguma coisa nos incomodar, podemos pedir a conta e ir embora.

– Anime-se – disse Bundle. – Parece que perdemos o sr. Fish para sempre.

– Sempre o achei divertido – disse lorde Caterham, que apresentava um humor contraditório. – Quem me fez entrar nessa foi aquele seu jovem precioso. Por que esta reunião de conselho na minha casa? Por que ele não aluga The Larches, Elmhurst ou alguma vila residencial agradável, como as de Streatham, e não faz suas reuniões lá?

– Atmosfera inapropriada – disse Bundle.

– Espero que ninguém nos pregue uma peça – disse o pai, nervoso. – Não confio naquele francês, Lemoine. A polícia francesa é capaz de todo tipo de coisa. Põe faixas de borracha no braço das pessoas e reconstitui o crime, faz o sujeito pular e registra tudo num termômetro. Sei que quando eles perguntarem "quem matou o príncipe Michael?", minha contagem será de 122, ou algo assim terrível, e eles me prenderão na hora.

A porta se abriu e Tredwell anunciou:

– O sr. George Lomax e o sr. Eversleigh.

– Entra Codders, seguido de seu cão fiel – murmurou Bundle.

Bill foi direto a ela, enquanto George cumprimentou lorde Caterham da maneira cordial que assumia em público.

– Meu caro Caterham – disse George, apertando-lhe a mão –, recebi seu recado e vim imediatamente, claro.

– Fez muito bem, meu caro, fez muito bem. É um prazer tê-lo conosco. – A consciência de lorde Caterham levava-o sempre a um excesso de cordialidade quando ele sabia que não sentia nada. – O recado nem era meu, mas não importa.

Nesse meio-tempo, Bill interpelava Bundle em voz baixa.

– Para que tudo isso? Que história é essa de Virginia sair às pressas no meio da noite? Ela não foi sequestrada, foi?

– Oh, não – disse Bundle. – Ela deixou um bilhete na alfineteira, como se fazia antigamente.

– Ela não fugiu com ninguém, fugiu? Com aquele amigo colonial? Nunca gostei desse cara, e dizem as más línguas que ele é o famoso vigarista. Mas não vejo muito bem como possa ser.

– Por que não?

– Bem, esse tal de rei Victor é francês, e Cade é bastante inglês.

– Você nunca ouviu dizer que o rei Victor é um poliglota nato e tem ascendência irlandesa?

– Meu Deus! Foi por isso, então, que ele se manteve afastado, não é?

– Não sei se ele se manteve afastado. Ele desapareceu anteontem. Mas hoje de manhã recebemos um telegrama dele dizendo que estaria aqui às nove horas da noite e pedindo que convidássemos Codders. Todas essas pessoas vieram também a convite do sr. Cade.

– É uma reunião – disse Bill, olhando em volta. – Um detetive francês na janela, um detetive inglês perto da lareira. O elemento estrangeiro bem representado. Os Estados Unidos não enviaram seu representante?

Bundle sacudiu a cabeça.

– O sr. Fish tomou chá de sumiço. Virginia também não está aqui. Mas todos os outros estão reunidos, e eu tenho a impressão, Bill, de que estamos nos aproximando do momento em que alguém dirá "James, o mordomo", e tudo será esclarecido. Só estamos esperando Anthony Cade chegar.

– Ele jamais virá – disse Bill.

– Então por que teria convocado esta reunião de conselho, como diz o meu pai?

– Ah, existe alguma coisa por trás disso tudo. Vá saber. Talvez ele queira que estejamos todos juntos aqui, enquanto ele próprio vai a outro lugar. Esse tipo de coisa.

– Então acha que ele não virá?

– Não tem perigo. Acha que ele vai enfiar a cabeça na boca do leão? O lugar está cheio de detetives e autoridades.

– Você não conhece o rei Victor, se acha que isso o impediria. Pelo que dizem, este é o tipo de situação que ele adora, e ele sempre consegue sair por cima.

O sr. Eversleigh sacudiu a cabeça, não muito convencido.

– Seria uma verdadeira façanha, com o dado viciado contra ele. Ele jamais...

A porta se abriu de novo e Tredwell anunciou:

– O sr. Cade.

Anthony dirigiu-se diretamente ao anfitrião.

– Lorde Caterham – disse –, sei que estou lhe causando uma enorme dor de cabeça, e lamento muito por isso. Mas realmente acho que esta noite o mistério será esclarecido.

Lorde Caterham pareceu tranquilizar-se. Sempre tivera uma secreta preferência por Anthony.

– Dor de cabeça nenhuma – disse ele jovialmente.

– É muita gentileza sua – disse Anthony. – Pelo que vejo, estamos todos aqui. Podemos começar, então.

– Não entendo – disse George, sério. – Não entendo mais nada. Tudo isto é muito estranho. O sr. Cade não tem boa reputação, muito pelo contrário. A situação é bastante difícil e delicada. Sou da opinião...

O fluxo da eloquência de George foi interrompido. Movendo-se de maneira discreta para perto dele, o superintendente Battle sussurrou algumas palavras em seu ouvido. George ficou perplexo e desconcertado.

– Muito bem, nesse caso... – disse, com relutância. Depois, acrescentou em tom mais alto: – Tenho certeza de que todos queremos ouvir o que o sr. Cade tem a dizer.

Anthony ignorou a evidente condescendência no tom do outro.

– É apenas uma ideia que eu tive, nada mais – disse alegremente. – Provavelmente todos vocês já sabem que recebemos outro dia uma certa mensagem em código. Havia uma referência a Richmond e alguns números. – Pausa. – Bem, tivemos uma oportunidade de solucionar o caso e fracassamos. Porém, nas memórias do falecido conde Stylptitch (que eu acabei lendo), há uma referência a um determinado jantar, o "jantar das flores", em que cada participante deveria comparecer com um emblema representando uma flor. O conde usou uma réplica exata do modelo que encontramos na cavidade da passagem secreta. Representava uma rosa. Se estão lembrados, havia diversas coisas, em fileira: botões, letras E e retalhos de tricô. Agora, senhores, o que nesta casa está organizado em fileiras? Os livros, não? Acrescente-se a isso que no catálogo da biblioteca de lorde Caterham há um livro chamado *A vida do conde de Richmond*, e acho que teremos uma boa ideia do esconderijo. Partindo do livro em questão e usando os números como indicação de prateleiras e livros, deveremos descobrir que o objeto de nossa busca está escondido num livro falso, ou numa cavidade atrás de certo livro.

Anthony olhou em volta com modéstia, obviamente à espera de aplausos.

– Palavra de honra, muito engenhoso – disse lorde Caterham.

– Muito engenhoso – admitiu George em tom condescendente. – Mas falta verificar...

Anthony riu.

– Só acreditam vendo, não é? Pois deixem que eu resolvo a questão. – Levantou-se. – Vou à biblioteca...

Não foi muito longe. Monsieur Lemoine afastou-se da janela em sua direção.

– Só um momento, sr. Cade. Com sua permissão, lorde Caterham.

Foi até a escrivaninha e rabiscou algumas linhas. Fechou-as num envelope e tocou a campainha. Tredwell apareceu. Lemoine entregou-lhe o envelope.

– Faça com que seja enviado imediatamente, por favor.

– Perfeitamente, senhor – disse Tredwell.

Com seu jeito sempre majestoso, retirou-se.

Anthony, que estava de pé, irresoluto, sentou-se novamente.

– Qual a grande ideia, Lemoine? – perguntou, sem se alterar.

Todos sentiram uma súbita tensão no ar.
– Se a joia está mesmo onde o senhor diz que está, bem... já está lá há mais de sete anos. Quinze minutos a mais não fará diferença.
– Continue – disse Anthony. – Não era só isso que o senhor queria dizer.
– Não mesmo. Na atual conjuntura, não é prudente permitir que alguma pessoa saia da sala. Principalmente se essa pessoa tiver antecedentes duvidosos.
Anthony ergueu as sobrancelhas e acendeu um cigarro.
– Suponho que uma vida errante não seja mesmo muito respeitável – murmurou.
– Há dois meses, sr. Cade, o senhor esteve na África do Sul. Isso sabemos. Onde o senhor se encontrava antes disso?
Anthony recostou-se na cadeira, soltando anéis de fumaça, indolentemente.
– No Canadá. No deserto do noroeste.
– Tem certeza de que não estava na prisão? Uma prisão francesa?
O superintendente Battle, num gesto automático, aproximou-se da porta, para impedir que se fugisse por ali, mas Anthony não deu nenhum sinal de que tentaria algo dramático. Em vez disso, encarou o detetive francês e começou a rir.
– Meu pobre Lemoine. Que fixação! O senhor realmente vê o rei Victor em toda parte. Acha que eu sou ele?
– O senhor nega?
Anthony limpou a cinza que havia caído na manga de seu paletó.
– Jamais nego qualquer coisa que me divirta – respondeu levianamente. – Mas a acusação é, na verdade, demasiado absurda.
– Ah, o senhor acha? – O francês inclinou-se para a frente. Seu rosto contraía-se dolorosamente, e, ao mesmo tempo, ele parecia aturdido, como se algo na postura de Anthony o intrigasse. – E se eu lhe disser, monsieur, que desta vez, desta vez estou decidido a pegar o rei Victor e nada me impedirá?
– Muito louvável – comentou Anthony. – O senhor já havia decidido pegá-lo antes, não é, Lemoine? E ele levou a melhor. O senhor não tem medo de que isso aconteça de novo? Dizem que ele é um sujeito bastante resvaladiço.
A conversa transformara-se num duelo entre o detetive e Anthony. Todos os presentes sentiam a tensão do momento. Era uma luta decisiva entre o francês, em árdua determinação, e o homem que fumava com toda a calma do mundo e cujas palavras pareciam denotar que ele não se importava com nada.
– Se eu fosse você, Lemoine – continuou Anthony –, tomaria cuidado. Muito cuidado. Atenção com o vão entre o trem e a plataforma. Esse tipo de coisa.

— Desta vez não haverá erro – garantiu Lemoine.

— O senhor parece muito seguro – disse Anthony –, mas há uma coisa chamada prova.

Lemoine sorriu, e algo em seu sorriso atraiu a atenção de Anthony. Anthony apagou o cigarro, empertigando-se.

— Viu aquele recado que escrevi agora há pouco? – perguntou o detetive francês. – Era para o meu pessoal que está na estalagem. Recebi ontem da França as impressões digitais e as medidas antropométricas do rei Victor, também chamado de capitão O'Neill. Pedi que as mandassem para cá. Em alguns minutos, *saberemos* se o senhor é o homem que estamos procurando!

Anthony encarou-o e sorriu.

— O senhor é realmente muito esperto, Lemoine. Nunca pensei nisso. Os documentos chegarão, o senhor me obrigará a mergulhar os dedos na tinta, ou alguma coisa desagradável assim, medirá minhas orelhas e verificará meus sinais característicos. Se tudo corresponder...

— Se tudo corresponder... – repetiu Lemoine, incitando-o a completar a frase.

Anthony curvou-se para a frente.

— Se tudo corresponder – disse com tranquilidade –, e daí?

— "E daí"? – disse o detetive, espantado. – E daí que terei provado que o senhor é o rei Victor! – afirmou, deixando transparecer, porém, uma sombra de insegurança inédita em sua postura.

— O que lhe proporcionará, sem dúvida, uma grande satisfação – disse Anthony. – Mas não vejo muito bem como isso pode me atingir. Não estou admitindo nada, mas suponhamos, só a título de retórica, que eu seja o rei Victor. Posso estar arrependido, não?

— Arrependido?

— Pois é. Ponha-se no lugar do rei Victor, Lemoine. Use a imaginação. O senhor acabou de sair da prisão, e está vivendo relativamente bem. Perdeu o interesse pela vida de aventuras. Digamos, até, que encontrou uma bela moça e está pensando em se casar. Pretende morar o campo e cultivar hortaliças. Decide, daqui para a frente, levar uma vida irrepreensível. Coloque-se no lugar do rei Victor. Não consegue imaginar a sensação?

— Acho que eu não teria essa sensação – disse Lemoine com um sorriso sardônico.

— Talvez não – admitiu Anthony. – Mas o senhor não é o rei Victor, é? Não tem como saber o que ele sente.

— Mas não faz sentido tudo isso que o senhor está dizendo – cortou o francês.

— Faz sim. Ora, Lemoine, se sou eu o rei Victor, o que é que o senhor tem contra mim, afinal de contas? Lembre-se de que não conseguiu provar nada sobre o meu passado. Já cumpri minha sentença e pronto. Suponho que o senhor poderia me prender com base no que chamam de "vagabundagem com intenção de cometer crime", mas isso não lhe daria muita satisfação, concorda?

– O senhor está se esquecendo da América! – disse Lemoine. – E aquele negócio de obter dinheiro valendo-se de falsos pretextos, fazendo-se passar pelo príncipe Nicholas Obolovitch?

– Desista, Lemoine – disse Anthony. – Eu não estava nem perto da América nessa época. E posso provar facilmente. Se o rei Victor desempenhou o papel de príncipe Nicholas na América, então eu não sou o rei Victor. Tem certeza de que alguém se fez passar pelo príncipe? Será que aquele não era o próprio príncipe?

O superintendente Battle interpôs-se.

– O homem era um impostor, sr. Cade.

– Eu não me atreveria a contradizê-lo, Battle – disse Anthony. – O senhor costuma estar sempre certo. Tem certeza também de que o príncipe Nicholas morreu no Congo?

Battle fitou-o com curiosidade.

– Não coloco minha mão no fogo quanto a isso, mas é o que dizem.

– Cuidado, homem. Como é mesmo a sua estratégia? Dar bastante corda, não? Segui seu exemplo, e dei a monsieur Lemoine bastante corda. Não neguei as acusações dele. Mas receio que ele vá ficar desapontado. Sempre acreditei em trazer algo escondido na manga, sabe? Prevendo que poderiam surgir algumas situações desagradáveis aqui, tomei a precaução de trazer um trunfo. Está lá em cima.

– Lá em cima? – perguntou lorde Caterham interessadíssimo.

– Sim. O coitado tem passado por momentos bem difíceis ultimamente. Levou uma pancada na cabeça. Estive cuidado dele.

De repente, a voz grave do sr. Isaacstein se fez ouvir:

– Podemos adivinhar quem é?

– Se quiserem... – disse Anthony. – Mas...

Lemoine interrompeu, com repentina ferocidade:

– Tudo isso é absurdo. O senhor está querendo me enganar de novo. Pode ser verdade o que o senhor diz, que não esteve na América. O senhor é inteligente demais para afirmar algo que não seja verdade. Mas existe outra coisa: assassinato! Sim, assassinato. O assassinato do príncipe Michael. Ele o atrapalhou naquela noite em que o senhor estava procurando a joia.

– Lemoine, o senhor já ouviu dizer que o rei Victor tivesse cometido algum assassinato? – perguntou Anthony, com firmeza na voz. – O senhor sabe tão bem, ou melhor do que eu, que ele nunca derramou sangue.

– Quem, além do senhor, poderia ter matado o príncipe Michael? – berrou Lemoine. – Diga-me!

As últimas palavras morreram-lhe nos lábios quando se ouviu um assobio agudo no terraço. Anthony levantou-se, deixando de lado toda a sua aparente indiferença.

– O senhor me pergunta quem matou o príncipe Michael? – exclamou. – Não vou lhe dizer. Vou lhe *mostrar*. Esse assobio era o sinal que eu estava esperando. O assassino do príncipe Michael está na biblioteca agora.

Saltou pela janela, e os outros o seguiram, dando a volta pelo terraço até a janela da biblioteca. Anthony empurrou a esquadria, que cedeu.

Correu a pesada cortina para que pudessem olhar para dentro.

Em pé, junto à estante, encontrava-se uma figura sombria, tirando e recolocando os livros no lugar. Estava tão envolvida na tarefa que nem prestou atenção no barulho de fora.

E então, enquanto observavam, tentando reconhecer a figura, cuja silhueta se projetava vagamente contra a luz da lanterna que empunhava, alguém passou correndo por eles dando um grito que mais parecia o bramido de um animal selvagem.

A lanterna caiu no chão, apagou-se, e o som de uma terrível briga tomou conta do ambiente. Lorde Caterham foi tateando até o interruptor e acendeu a luz.

Duas pessoas engalfinhavam-se. Enquanto os outros olhavam, a luta terminou. Ouviu-se um estalido curto e seco de tiro, e a figura menor tombou. A outra virou-se para eles, encarando-os. Era Boris, com os olhos tomados de fúria.

– Ela matou meu amo – rosnou. – Agora tentava me matar. Eu teria arrancado o revólver de sua mão e dado um tiro nela, mas a arma disparou durante a luta. O santo Michael quis assim. A mulher perversa está morta.

– Uma mulher? – exclamou George Lomax, aproximando-se dela.

No chão, com o revólver ainda preso à mão e expressão de malignidade mortal no rosto, jazia mademoiselle Brun.

CAPÍTULO 28

Rei Victor

— Suspeitei dela desde o início – explicou Anthony. – Havia uma luz acesa em seu quarto na noite do assassinato. Depois, tive dúvidas. Perguntei sobre ela na Bretanha e voltei convencido de que ela era o que dizia ser. Fui um idiota. Como a condessa de Breteuil havia contratado uma mademoiselle Brun e falado muito bem dela, nunca me ocorreu que a verdadeira mademoiselle Brun pudesse ter sido raptada no caminho para o trabalho, e uma substituta fosse tomar o seu lugar. Em vez disso, desviei minhas suspeitas para o sr. Fish. Somente quando ele me seguiu até Dover e conversamos é que comecei a enxergar as coisas com maior clareza. No momento em que descobri que ele era um detetive americano na cola do rei Victor, minhas suspeitas voltaram-se ao objeto original. O que mais me intrigava era que a sra. Revel havia reconhecido a mulher. Mas aí me lembrei que foi somente depois de eu ter mencionado que ela tinha sido governanta de madame Breteuil. E ela só disse que o rosto da governanta lhe era familiar. O superintendente Battle poderá lhe contar que uma verdadeira trama foi organizada para impedir que a sra. Revel viesse a Chimneys. Estamos falando de um cadáver. E, embora o assassinato tenha sido obra dos Camaradas da Mão Vermelha, punindo suposta traição por parte da vítima, a encenação do crime e a ausência do sinal característico do grupo indicavam uma inteligência superior no comando das operações. Desde o início, suspeitei de uma ligação com a Herzoslováquia. A sra. Revel era a única pessoa da casa que já havia estado nesse país. Julguei, a princípio, que alguém estivesse representando o papel de príncipe Michael, mas vi depois que estava totalmente enganado. Quando admiti a possibilidade de mademoiselle Brun ser uma impostora, acrescendo-se o fato de que seu rosto era familiar à sra. Revel, a coisa começou a clarear. Evidentemente, era fundamental que ela não fosse reconhecida, e a sra. Revel era a única pessoa capaz de reconhecê-la.

– Mas quem era ela? – perguntou lorde Caterham. – Alguém que a sra. Revel conheceu na Herzoslováquia?

– Acho que o barão poderá nos dizer – respondeu Anthony.

– Eu? – O barão encarou-o. Em seguida, baixou o olhar para a figura imóvel no chão.

– Olhe bem – disse Anthony. – Não se deixe enganar pela maquiagem. Lembre-se de que ela já foi atriz.

O barão olhou novamente. De repente, teve um sobressalto.

– Meu Deus! Não é possível! – exclamou.

– O que não é possível? – perguntou George. – Quem é essa mulher? O senhor a reconhece, barão?

– Não, não, não é possível – continuava murmurando o barão. – Ela foi morta. Os dois foram mortos. Nos degraus do palácio. O corpo dela foi recuperado.

– Mutilado e irreconhecível – lembrou Anthony. – Ela conseguiu escapar, fingindo-se de morta. Acho que fugiu para a América, e ficou por lá muitos anos, dominada por um terror mortal dos Camaradas da Mão Vermelha.

Eles promoveram a revolução, lembre-se, e sempre lhe guardaram rancor. O rei Victor foi solto, e eles planejaram recuperar o diamante juntos. Ela procurava a joia naquela noite quando se deparou com o príncipe Michael, que a reconheceu. Ela nunca teve muito medo de encontrá-lo. Hóspedes da realeza não entram em contato com governantas, e ela poderia, em todo caso, retirar-se alegando enxaqueca, como fez no dia em que o barão chegou. Mas, quando menos esperava, viu-se cara a cara com príncipe Michael. O destino vinha desgraçá-la. Atirou no príncipe. Foi ela quem pôs o revólver na maleta de Isaacstein, para confundir as pistas, e foi ela quem devolveu as cartas.

Lemoine deu um passo à frente.

– O senhor está dizendo que ela estava procurando a joia aquela noite – disse ele. – Não estaria ela indo se encontrar com seu cúmplice, o rei Victor, que vinha pelo lado de fora? Hein? O que me diz quanto a isso?

Anthony suspirou.

– O senhor ainda insiste nisso, Lemoine? Como é persistente! Ainda não se deu conta de que tenho um trunfo na manga?

Mas George, cujo cérebro funcionava lentamente, interrompeu.

– Ainda não entendo nada. Quem era essa mulher, barão? Parece que o senhor a reconhece, não?

O barão afastou-se, empertigado.

– O senhor está enganado, sr. Lomax. Essa mulher eu nunca vi antes. Uma estranha completa é ela para mim.

– Mas...

George olhava para ele, intrigado.

O barão levou-o para um canto da sala e sussurrou algo em seu ouvido. Anthony divertia-se, observando o rosto de George ficar vermelho, os olhos arregalarem-se, todos os sintomas incipientes de apoplexia.

– Certamente... certamente... – murmurava George, com sua voz gutural. – Sem dúvida... não precisa... é complicado... máxima discrição.

– Ah! – Lemoine bateu na mesa. – Nada disso me importa! O assassinato do príncipe Michael não é assunto meu. Eu quero é o rei Victor.

Anthony sacudiu a cabeça.

– Sinto muito, Lemoine. O senhor é, de fato, um sujeito muito capaz. Mas, de qualquer maneira, vai perder o jogo. Chegou o momento de apresentar meu trunfo.

Anthony atravessou a sala e tocou a campainha. Tredwell apareceu.

– Um cavalheiro chegou comigo hoje à noite, Tredwell.

– Sim, senhor. Um cavalheiro estrangeiro.

– Exatamente. Poderia lhe pedir para vir até aqui o quanto antes?

– Claro, senhor.

Tredwell retirou-se.

— Entra em cena o trunfo, o misterioso monsieur X – disse Anthony. – *Quem será? Alguém adivinha?*

— Ligando os pontos – disse Herman Isaacstein –, considerando suas misteriosas insinuações desta manhã e sua atitude hoje à noite, eu diria que não restam dúvidas quanto a isso. De alguma forma, o senhor conseguiu trazer o príncipe Nicholas da Herzoslováquia.

— O senhor acha isso também, barão?

— Sim. A não ser que tenha trazido outro impostor. Mas não acredito. Comigo, o senhor foi muito correto.

— Obrigado, barão. Não me esquecerei dessas palavras. Então, estão todos de acordo?

Olhou em volta para o círculo de rostos ansiosos. Só Lemoine não respondeu. Manteve os olhos fixos na mesa, bastante sério.

Os ouvidos atentos de Anthony perceberam o som de passos do lado de fora.

— Sinto informar, porém, que vocês estão todos enganados – disse ele, com um sorriso estranho.

Encaminhou-se rapidamente para a porta e abriu-a.

Havia um sujeito no batente: um homem de barba preta, óculos, maneiras ligeiramente afetadas e a fisionomia um pouco desfigurada por uma bandagem na cabeça.

— Quero apresentar-lhes o verdadeiro monsieur Lemoine, da Sûreté.

Houve grande tumulto, e então ouviu-se a voz nasal e calma do sr. Hiram Fish tranquilizando-os da janela:

— Não, nada disso, filhinho. Por aqui, não. Fiquei a noite toda neste lugar com o único propósito de impedir sua fuga. Observe que você está bem na mira do meu revólver. Vim pegá-lo, e peguei. Mas você realmente não é fácil!

CAPÍTULO 29

Mais algumas explicações

— O senhor nos deve uma explicação, sr. Cade – disse Herman Isaacstein, um pouco mais tarde, na mesma noite.

— Não há muito o que explicar – disse Anthony modestamente. – Fui para Dover e Fish me seguiu, achando que eu era o rei Victor. Lá, encontramos um estranho misterioso que estava preso, e assim que ouvimos sua história entendemos o que havia acontecido. A mesma história de sempre. O homem verdadeiro raptado, e o falso, nesse caso o próprio rei Victor, no seu lugar. Battle, contudo, desconfiou desde o início desse seu colega francês e telegrafou para Paris solicitando suas impressões digitais e outros meios de identificação.

– Ah! – fez o barão. – As impressões digitais. As medidas antropométricas que aquele pilantra mencionou?

– Foi uma ideia muito inteligente – disse Anthony. – Admirei-a tanto que me vi obrigado a entrar no jogo. Além disso, meu modo de agir intrigou bastante o falso Lemoine. Assim que fiz menção às fileiras e à localização da joia, ele passou habilmente a informação para sua cúmplice, ao mesmo tempo em que nos manteve aqui nesta sala. O bilhete era para a mademoiselle Brun. Disse a Tredwell que o entregasse imediatamente, e Tredwell obedeceu, subindo para entregá-lo na sala de estudos. Lemoine me acusou de ser o rei Victor, desviando a atenção e impedindo que saíssemos da sala. No momento em que tudo se esclarecesse e fôssemos para a biblioteca procurar a joia, ela não estaria mais lá, para seu regozijo.

George limpou a garganta, pigarreando.

– Devo dizer, sr. Cade – falou com certa pompa –, que considero sua ação neste caso totalmente repreensível. Uma pequena falha nos seus planos, e uma das nossas principais propriedades nacionais teria desaparecido sem possibilidade de recuperação. Foi muita imprudência de sua parte, sr. Cade, uma imprudência para lá de censurável.

– Acho que o senhor não entendeu bem a coisa, sr. Lomax – disse o sr. Fish com a voz arrastada. – O diamante histórico jamais esteve atrás dos livros da biblioteca.

– Não?

– Não.

– O pequeno artifício de que se valeu o conde Stylptitch – explicou Anthony – representava o modelo original, ou seja, uma rosa. Quando descobri isso na segunda-feira à tarde, fui direto para o roseiral. O sr. Fish também tivera a mesma ideia. De costas para o relógio de sol, se você der sete passos para a frente, oito para a esquerda e três para a direita, chegará a um conjunto de arbustos com rosas brilhantes e vermelhas, chamadas Richmond. A casa foi revirada de cabeça para baixo na busca do esconderijo, mas ninguém pensou em procurar no jardim. Sugiro que façamos um mutirão de escavação amanhã de manhã.

– Então a história sobre os livros da biblioteca...

– Foi uma invenção minha para pegar a cúmplice. O sr. Fish montou guarda no terraço e assobiou no momento psicologicamente adequado. Posso dizer que o sr. Fish e eu estabelecemos lei marcial na casa de Dover e impedimos que os Camaradas da Mão Vermelha se comunicassem com o falso Lemoine. Ele lhes enviou uma ordem para evacuar o local e recebeu resposta de que isso tinha sido feito. Prosseguiu, portanto, com seus planos de denúncia contra mim.

— Muito bem — disse lorde Caterham, alegremente —, parece que tudo se esclareceu de forma bastante satisfatória.

— Tudo, menos uma coisa — disse o sr. Isaacstein.

— O quê?

O grande financista encarou Anthony.

— Para que o senhor me trouxe aqui? Só para assistir a uma cena dramática como espectador?

Anthony sacudiu a cabeça.

— Não, sr. Isaacstein. O senhor é um homem ocupado, e tempo é dinheiro. Qual era o motivo original de sua vinda para cá?

— A negociação de um empréstimo.

— Com quem?

— Com o príncipe Michael da Herzoslováquia.

— Exatamente. O príncipe Michael está morto. O senhor está disposto a oferecer o mesmo empréstimo, nas mesmas condições, a seu primo Nicholas?

— E como é que o senhor vai fazer? Achei que ele tivesse morrido no Congo.

— Ele morreu, sim. Eu o matei. Oh, não, não sou um assassino. Quando digo que o matei quero dizer que espalhei a notícia de sua morte. Prometo-lhe um príncipe, sr. Isaacstein. Serve *eu*?

— O senhor?

— Sim, eu mesmo. Nicholas Sergius Alexander Ferdinand Obolovitch. Um nome um pouco louco para o tipo de vida que decidi viver. Por isso, saí do Congo como Anthony Cade.

O pequeno capitão Andrassy levantou-se.

— Mas isso é incrível! Incrível! — exclamou. — Tenha cuidado com o que diz, senhor.

— Posso apresentar inúmeras provas — disse Anthony calmamente. — Acho que serei capaz de convencer o barão.

O barão ergueu a mão.

— Seus provas examinarei, sim. Mas para mim não é necessário. Seu palavra já é suficiente. Além disso, o senhor se parece muito com seu mãe inglesa. Eu sempre pensei: "Este rapaz, de um lado ou de outro, é muito bem-nascido".

— O senhor sempre confiou na minha palavra, barão — disse Anthony. — Garanto-lhe que jamais me esquecerei disso.

Olhou, então, para o superintendente Battle, cujo rosto permanecia completamente impassível.

– Os senhores hão de compreender – disse Anthony, sorrindo – que minha posição era extremamente precária. De todos os que estavam na casa, eu devia ser considerado como o que tinha a melhor razão para desejar a morte de Michael Obolovitch, uma vez que eu era o próximo herdeiro do trono. Durante todo o tempo, tive muito medo de Battle. Sempre senti que ele suspeitava de mim, mas que não podia agir por falta de provas.

– Jamais achei que o senhor tivesse atirado nele – declarou o superintendente Battle. – Temos uma intuição para esse tipo de assunto. Mas eu sabia que o senhor estava com medo de alguma coisa, e isso me intrigava. Se eu tivesse descoberto antes quem o senhor era, acho que teria me rendido à evidência e decidido prendê-lo.

– Fico satisfeito por ter conseguido esconder pelo menos um segredo comprometedor. O senhor conseguiu me arrancar todos os outros. O senhor é excelente em sua profissão, Battle. Sempre lembrarei da Scotland Yard com respeito.

– Inacreditável – murmurou George. – É a história mais incrível que já ouvi. Mal posso acreditar. O senhor está certo, barão, de que...

– Meu caro sr. Lomax – disse Anthony, com certa rispidez na voz –, não tenho intenção de pedir ao Ministério das Relações Interiores da Inglaterra que apoie minha reivindicação sem apresentar as mais convincentes provas documentais. Sugiro que terminemos agora, e que o senhor, o barão, o sr. Isaacstein e eu discutamos os termos do empréstimo proposto.

O barão levantou-se e bateu os calcanhares.

– Será o momento de maior orgulho de meu vida – disse ele solenemente – quando o senhor vai ser rei da Herzoslováquia.

– Ah, a propósito, barão – disse Anthony, despreocupado, dando-lhe o braço –, esqueci de lhe dizer: há um laço que me prende. Sou casado.

O barão recuou, com expressão desalentada.

– Alguma coisa errada eu sabia que haveria – soltou. – Meu Deus! Ele se casou com uma mulher negra em África!

– Calma, não exagere – disse Anthony rindo. – Ela é bem branca. Toda branca.

– Bom. Um relação morganático pode ser, então.

– Absolutamente. Ela será tão rainha quanto eu rei. Não adianta balançar a cabeça. Ela é totalmente qualificada para o posto. É a filha de um nobre inglês, cujo reino remonta à época do Conquistador. Está na moda agora as pessoas da realeza se casarem na aristocracia. E ela conhece um pouco da Herzoslováquia.

— Meu Deus! — exclamou George Lomax, ignorando a discrição de sempre. — Não vai me dizer que é Virginia Revel?

— Sim — respondeu Anthony. — É Virginia Revel.

— Meu caro amigo — disse lorde Caterham —, quer dizer, senhor. Felicito-o. Realmente. Ela é uma criatura adorável.

— Obrigado, lorde Caterham. Ela é tudo o que o senhor diz, e muito mais.

O sr. Isaacstein, porém, olhava-o com curiosidade.

— Desculpe-me a pergunta, Sua Alteza, mas quando foi essa casamento?

Anthony respondeu com um sorriso:

— Na verdade, casei-me com ela hoje de manhã.

CAPÍTULO 30

Anthony assume um novo trabalho

— Se quiserem, podem ir começando, cavalheiros. Eu vou dentro de alguns minutos — disse Anthony.

Esperou que os outros saíssem e virou-se para o superintendente Battle, que parecia entretido examinando o madeiramento da parede.

— Então, Battle? Quer me perguntar alguma coisa, não?

— Quero, sim. Como é que o senhor percebeu? Bom, sempre observei que o senhor entende rápido as coisas. Pelo que entendi, a mulher que morreu era a rainha Varaga, não?

— Exatamente, Battle. Espero que a notícia não se espalhe. Pode entender como me sinto em relação aos esqueletos da família.

— O sr. Lomax se incumbirá disso. Ninguém jamais saberá. Quer dizer, muitas pessoas saberão, mas o assunto não virará notícia.

— Era isso o que queria me perguntar?

— Não, senhor. Foi só uma pergunta casual. Na verdade, fiquei curioso para saber o que o fez trocar de nome. Desculpe-me a intromissão.

— Não é intromissão nenhuma. Vou lhe dizer. Matei a mim mesmo pelos motivos mais simples, Battle. Minha mãe era inglesa, fui educado na Inglaterra e estava muito mais interessado na Inglaterra do que na Herzoslováquia. Sentia-me ridículo andando por aí com um título de ópera-bufa atrelado a mim. Quando eu era muito novo, tinha ideias democráticas. Acreditava na pureza dos ideais e na igualdade dos homens. Não acreditava em reis e príncipes.

— E depois?

— Ah, depois viajei o mundo. Não existe muita igualdade. Veja bem, ainda acredito na democracia. Mas é preciso obrigá-la ao povo com mão forte, empurrá-la goela adentro. Os homens não querem ser irmãos. Talvez queiram algum dia, mas atualmente não é isso o que acontece. Minha crença na fraternidade humana morreu no dia em que cheguei a Londres, na semana passada, e vi as pessoas no metrô simplesmente se recusarem a se mover para dar lugar aos que entravam. Não transformaremos as pessoas em anjos apelando para sua boa índole, pelo menos por enquanto. Mas podemos coagi-las a um comportamento mais ou menos decente umas para com as outras. Ainda acredito na fraternidade humana, mas no futuro. Digamos, daqui a uns 10 mil anos. Não adianta ser impaciente. A evolução é um processo lento.

— Estou muito interessado nos seus pontos de vista, senhor — disse Battle com brilho nos olhos. — E, se me permite dizer, tenho certeza de que o senhor será um excelente rei.

— Obrigado, Battle — disse Anthony com um suspiro.

— O senhor não parece muito feliz com a ideia.

— É, não sei. Talvez seja divertido. Mas vou ter que me prender a um trabalho fixo. Sempre fugi disso.

— E, no entanto, sabe que é seu dever, e por isso aceita.

— Não! Nada disso. Que ideia! É por uma mulher. Sempre as mulheres. Por ela, eu faria mais do que ser rei.

— Tem razão.

— Organizei as coisas de modo que o barão e Isaacstein não possam desistir. Um quer um rei, o outro quer petróleo. Os dois terão o que desejam, e eu tenho... Oh, senhor! Já esteve apaixonado alguma vez, Battle?

— Sou muito apegado à sra. Battle, senhor.

— Muito apegado à sra... Ah, você não entendeu o que eu quis dizer. É totalmente diferente!

— Desculpe-me, senhor, aquele seu criado está esperando do lado de fora da janela.

— Boris? É mesmo. Um sujeito maravilhoso. Ainda bem que o revólver disparou durante a briga e matou a mulher. Caso contrário, Boris lhe teria torcido o pescoço, com certeza, e você ia querer enforcá-lo. Sua dedicação à dinastia Obolovitch é algo notável. O curioso é que, assim que Michael morreu, ele se apegou a mim. E ele não tinha como saber quem eu era.

— Instinto — disse Battle. — Como um cão.

— Instinto muito esquisito, pensei no momento. Tive receio que, por causa disso, você desconfiasse de alguma coisa. Acho melhor ir ver o que ele quer.

Anthony saiu pela janela. O superintendente Battle ficou só, olhando naquela direção. Depois disse, como se falasse com as paredes:

— Ele servirá.

Do lado de fora, Boris se explicava.

— Meu amo — disse e conduziu-o pelo terraço.

Anthony o seguiu, intrigado.

Boris parou e apontou com o indicador. Era noite de lua, e na frente deles havia um banco de pedra, onde estavam sentadas duas pessoas.

"Ele é realmente um cão", pensou Anthony. "E digo mais: é um *pointer*."

Caminhou para a frente. Boris desapareceu na escuridão.

As duas pessoas se levantaram e vieram a seu encontro. Uma era Virginia. A outra...

— Oi, Joe — disse uma voz muito familiar. — Essa sua garota é o máximo.

— Jimmy McGrath, que maravilha! — exclamou Anthony. — Como é que você veio parar aqui?

— Aquela minha viagem para o interior não deu certo. Em seguida, apareceram uns gringos para me importunar. Queriam comprar aquele manuscrito. Quando quase fui esfaqueado nas costas uma determinada noite, cheguei à conclusão de que o havia encarregado de um serviço maior do que eu imaginava. Considerando que você podia estar precisando de ajuda, vim logo atrás de você, no navio seguinte.

— Esplêndido, não? — disse Virginia, apertando o braço de Jimmy. — Por que é que você nunca me disse que ele era tão legal? Você é ótimo, Jimmy.

— Pelo visto, vocês dois estão se dando muito bem — disse Anthony.

— Claro! — disse Jimmy. — Eu estava procurando saber de você, quando encontrei essa moça. E ela não era nada do que eu imaginava... alguma dessas importantes damas da alta sociedade que metem medo na gente.

— Ele me contou sobre as cartas — disse Virginia. — E me senti envergonhada de não ter ficado em apuros por causa delas, quando ele foi esse incrível cavaleiro errante.

— Se eu soubesse que você era assim — disse Jimmy de modo galanteador —, não teria entregado as cartas para ele. Teria trazido pessoalmente. Como é, meu rapaz, a diversão acabou mesmo? Não há mais nada que eu possa fazer?

— Há, sim! — exclamou Anthony. — Espere um minuto.

Anthony entrou na casa. Pouco tempo depois, voltou com um pacote que jogou nos braços de Jimmy.

— Vá à garagem e pegue um carro bonito. Corra para Londres e entregue esta encomenda na Everdean Square, 17. É o endereço particular do sr. Balderson. Em troca, ele lhe dará mil libras.

— O quê? Não são as memórias, são? Pelo que eu soube, elas foram queimadas.

— Está me estranhando? – disse Anthony. – Achou que eu ia cair numa história dessas? Liguei imediatamente para os editores, descobri que o outro telefonema havia sido um trote, e agi de acordo. Fiz um pacote falso, conforme a orientação que recebi, coloquei o verdadeiro no cofre da gerência e entreguei o falso. As memórias jamais saíram das minhas mãos.

— Bravo, meu caro – disse Jimmy.

— Oh, Anthony! – exclamou Virginia. – Você não vai deixar que elas sejam publicadas, não é?

— Não tenho como evitar. Não posso decepcionar um companheiro como Jimmy. Mas você não precisa se preocupar. Tive tempo de lê-las, e agora entendo por que as pessoas dizem que os figurões não escrevem as próprias memórias, mas contratam alguém para escrever por eles. Como escritor, Stylptitch é chatíssimo. Fala de política e não conta nenhum caso interessante ou indiscreto. Sua paixão pelo sigilo manteve-se firme até o fim. Não há uma única palavra sequer nas memórias que possa melindrar algum político. Liguei para Balderson hoje e combinei de entregar o manuscrito hoje mesmo, até a meia-noite. Mas, agora que Jimmy está aqui, ele próprio pode fazer esse trabalho.

— Estou de saída – disse Jimmy. – Gosto da ideia das mil libras, sobretudo quando já as considerava fora de cogitação.

— Espere um segundo – disse Anthony. – Tenho uma confissão a fazer, Virginia. Uma coisa que todo mundo sabe, mas que ainda não lhe contei.

— Não me importa quantas mulheres estranhas você amou, contanto que você não me fale nada sobre elas.

— Mulheres! – exclamou Anthony com ar virtuoso. – Você acha mesmo? Pergunte aqui ao James com que tipo de mulheres eu estava na última vez que ele me viu.

— Velhas cafonas – disse Jimmy, solenemente. – Nenhuma tinha menos de 45 anos.

— Obrigado, Jimmy, você é um verdadeiro amigo – disse Anthony. – Não, é muito pior do que isso. Enganei-a quanto ao meu verdadeiro nome.

— E isso é assim tão horrível? – perguntou Virginia, com interesse. – Já sei. É um nome bizarro, como Pobbles. Imagine ser chamada de sra. Pobbles.

— Você sempre pensa o pior de mim.

— Admito que cheguei a pensar que você fosse o rei Victor, mas só por um minuto e meio.

— A propósito, Jimmy, tenho um trabalho para você: exploração de ouro nas regiões rochosas da Herzoslováquia.

– Tem ouro lá? – perguntou Jimmy, entusiasmado.
– Com certeza – respondeu Anthony. – É um país maravilhoso.
– Então você aceitou meu conselho e está indo para a Herzoslováquia?
– Sim – disse Anthony. – Seu conselho valia mais do que você imaginava. Agora, a confissão. Não fui trocado na maternidade, nem nada romântico assim. Mas sou o príncipe Nicholas Obolovitch, da Herzoslováquia.
– Oh, Anthony – exclamou Virginia. – Que maravilha! E eu me casei com você! E agora, o que vamos fazer?
– Vamos para a Herzoslováquia e fazemos de conta que somos rei e rainha. Jimmy McGrath disse uma vez que a média de vida de um rei ou rainha lá é de menos de quatro anos. Espero que você não se importe.
– Me importar? – exclamou Virginia. – Eu vou amar!
– Ela não é demais? – murmurou Jimmy.
Depois, discretamente, sumiu dentro da noite. Alguns minutos mais tarde, ouviu-se o barulho de um carro.
– Nada como deixar que um homem faça o seu próprio trabalho – disse Anthony, com satisfação. – Além disso, eu não sabia como me livrar dele. Desde que nos casamos, não ficamos nem um minuto sozinhos.
– Vamos nos divertir muito – disse Virginia. – Ensinar os bandoleiros a deixarem de ser bandoleiros, os assassinos a não assassinar, e elevar o nível moral do país.
– Gosto de ouvir esse idealismo puro – disse Anthony. – Sinto que meu sacrifício não foi em vão.
– Besteira – disse Virginia calmamente. – Você vai gostar de ser rei. Está no sangue. Você foi educado para isso, e tem aptidão natural para a coisa, assim como os encanadores entendem de encanamentos.
– Nunca achei que eles entendessem – disse Anthony. – Mas, ei, não vamos perder tempo falando de encanadores. Você sabia que neste exato momento eu deveria estar numa importante reunião com Isaacstein e o velho Lollipop? Eles querem conversar sobre petróleo. Petróleo, meu Deus! Eles que esperem. Virginia, você se lembra quando eu disse que tentaria de tudo para fazer com que você gostasse de mim?
– Lembro – respondeu Virginia suavemente. – Mas o superintendente Battle estava espiando pela janela.
– Sim. Mas agora ele não está – disse Anthony.
Puxou-a subitamente para si, beijando-lhe as pálpebras, os lábios, o cabelo dourado...
– Eu te amo, Virginia – sussurrou. – Te amo muito. Você me ama?
Baixou os olhos para ela, certo da resposta.

Ela descansou a cabeça em seu ombro e, com uma voz trêmula e doce, respondeu:

– Nem um pouco!

– Você não presta – brincou Anthony, beijando-a de novo. – Agora tenho certeza de que a amarei até que a morte nos separe...

CAPÍTULO 31

Detalhes diversos

Cena – Chimneys, quinta-feira, 11h.

Johnson, o policial, sem paletó, cavando.

No ar, atmosfera de funeral. Amigos e parentes em volta do túmulo que Johnson está cavando.

George Lomax parece ser o principal beneficiário do testamento do falecido. O superintendente Battle, impassível, mostra-se satisfeito que tudo tenha corrido bem. Como agente funerário, ele ganhou crédito. Lorde Caterham tem aquela postura solene e chocada que os ingleses assumem no decurso de uma cerimônia religiosa.

O sr. Fish não se enquadra tão bem na cena. Não é solene o bastante.

Johnson, curvado na missão, endireita-se de repente. Leve burburinho agita o ambiente.

– Está bom, filhinho – diz o sr. Fish. – Precisamos ter cuidado agora.

Percebe-se logo que ele é realmente o médico da família.

Johnson afasta-se. O sr. Fish, com a devida circunspecção, inclina-se sobre a escavação. O cirurgião está prestes a operar.

Traz um pequeno pacote embrulhado em lona. Com muita cerimônia, entrega-o ao superintendente Battle. Este último, por sua vez, entrega-o a George Lomax. A etiqueta exigida pela situação foi cuidadosamente cumprida.

George Lomax desembrulha o pacote, corta o oleado de dentro e mexe no conteúdo. Durante um tempo, segura algo na palma da mão e, ato contínuo, amortalha o objeto de volta em algodão.

Limpa a garganta.

– Neste momento auspicioso – começa, com a eloquência de um orador experiente.

Lorde Caterham retira-se precipitadamente. No terraço, encontra a filha.

– Bundle, aquele seu carro está em ordem?

– Sim. Por quê?

– Leve-me, então, para a cidade, imediatamente. Vou viajar para o exterior. Hoje mesmo.

– Mas pai...

– Não discuta comigo, Bundle. George Lomax me avisou, ao chegar hoje de manhã, que estava ansioso para ter uma conversa particular comigo, sobre um assunto bastante delicado. Acrescentou que o rei de Timbuktu chegará a Londres em breve. Não quero passar por tudo aquilo de novo. Bundle, está me ouvindo? Nem por cinquenta George Lomax! Se Chimneys é um lugar tão valioso para a nação, que a nação o compre. Caso contrário, eu o venderei a um sindicato, que poderá transformá-lo num hotel.

– Onde está Codders agora?

Bundle coloca-se à altura das circunstâncias.

– Neste exato momento – retruca lorde Caterham, consultando o relógio –, está servindo ao Império, pelo menos por quinze minutos.

Outro quadro.

O sr. Bill Eversleigh, que não foi convidado para a cerimônia fúnebre, ao telefone.

– Não, realmente. Quer dizer... Não se ofenda... Quer jantar comigo hoje à noite? Não, não estive. Estava trabalhando como um condenado. Você não imagina como é Codders... Dolly, você sabe muito bem o que eu acho de você... Sabia que eu nunca dei bola para ninguém? Só para você. Sim, vou ao espetáculo primeiro. Como está indo? *Fechos e desfechos...*

Sons horripilantes: o sr. Eversleigh tenta cantarolar o refrão da peça.

E a peroração de George chega ao fim nesse momento.

– ...a paz duradoura e a prosperidade do Império britânico!

– Puxa – disse o sr. Hiram Fish, em voz baixa para si mesmo e para quem quisesse ouvir –, esta foi uma semaninha e tanto.

O MISTÉRIO DOS SETE RELÓGIOS

Tradução de OTAVIO ALBUQUERQUE

CAPÍTULO 1

A importância de acordar cedo

O simpático jovem Jimmy Thesiger desceu correndo a imensa escadaria de Chimneys, saltando de dois em dois degraus. Tamanha era a pressa que quase esbarrou em Tredwell, o imponente mordomo, bem quando este cruzava o saguão trazendo um bule fresco de café quente. Graças à espetacular presença de espírito e à magistral agilidade de Tredwell, nada de mais ocorreu.

– Perdão – desculpou-se Jimmy. – Escute, Tredwell, fui o último a descer?

– Não, senhor. O sr. Wade ainda não desceu.

– Ótimo – disse Jimmy, entrando na sala de café da manhã.

O aposento estava vazio, a não ser pela dona da casa, e a cara de reprovação dela provocou em Jimmy o mesmo desconforto que sempre sentia ao ver o olho de um bacalhau morto exposto na banca de um peixeiro. Por outro lado, mas que diabos, por que aquela mulher estaria olhando assim para ele? Ninguém desce às nove e meia em ponto para tomar o café quando está passando um final de semana em uma casa de campo. Claro, agora já deviam ser mais de onze e quinze, o limite máximo aceitável, mas mesmo assim...

– Acho que me atrasei um pouco, lady Coote. Está tudo bem?

– Ah, tanto faz – disse lady Coote, com uma voz melancólica.

Na verdade, o atraso das pessoas para o café a incomodava muito. Durante os primeiros dez anos de sua vida de casada, sir Oswald Coote (na época apenas "senhor") sempre fez, para não poupar palavras, um escândalo dos infernos se sua refeição matinal saísse um minuto e meio sequer depois das oito. Lady Coote fora disciplinada para encarar a impontualidade como um pecado da mais imperdoável natureza. E é difícil livrar-se de hábitos antigos. Além disso, era uma mulher muito séria, e não conseguia deixar de se perguntar que futuro no mundo esses jovens poderiam ter sem conseguir acordar cedo. Como sir Oswald sempre dizia aos repórteres – e a qualquer um, na verdade: "Atribuo todo o meu sucesso ao costume de acordar cedo, viver de maneira frugal e ter hábitos metódicos".

Lady Coote era uma mulher corpulenta e de uma beleza um tanto trágica. Tinha olhos grandes escuros e melancólicos, e uma voz grossa. Um artista tentando retratar a cena bíblica de Raquel chorando por seus filhos teria encontrado em lady Coote a modelo perfeita. Ela também teria se saído muito bem como atriz dramática, cambaleando pela neve como a miserável mulher desenganada de algum vilão.

Parecia ter sofrido alguma grande tragédia secreta no passado, mas, na verdade, lady Coote nunca passara por turbulência alguma na vida, a não ser pela meteórica ascensão de sir Oswald à prosperidade. Quando jovem, sempre fora uma garota alegre e cheia de vida, muito apaixonada por Oswald Coote, o ambicioso rapaz da bicicletaria ao lado da loja de ferramentas do pai de lady Coote. Os dois levaram uma vida muito feliz, morando primeiro em alguns cômodos alugados, depois em uma casinha minúscula, então em outra maior e depois em casas cada vez mais grandiosas, ainda que sempre a uma distância razoável do "trabalho". No entanto, agora sir Oswald havia chegado a tamanha eminência que ele e seu "trabalho" já não dependiam mais um do outro, e ele pôde então, para o seu prazer, alugar a maior e mais magnífica mansão disponível em toda a Inglaterra. Chimneys era um lugar histórico e, ao alugá-lo por dois anos do marquês de Caterham, sir Oswald sentiu ter conquistado o ápice de sua ambição.

Lady Coote não estava nem de longe tão feliz assim. Era uma mulher solitária. Seu principal passatempo no início da vida de casada sempre fora conversar com "a moça da faxina" – e mesmo quando "a moça da faxina" foi multiplicada por três, falar com as empregadas da casa continuou sendo a principal distração dos dias de lady Coote. Agora, em meio a suas várias faxineiras, um mordomo que parecia um arcebispo, vários criados de proporções imponentes, um bando inteiro de empregadas de copa e cozinha sempre muito atarefadas, um assustador *chef* estrangeiro um tanto "temperamental" e uma imensa governanta que andava pela casa entre uma mistura de rangidos e farfalhares, lady Coote parecia se sentir perdida em uma ilha deserta.

Ela soltou um suspiro pesado e saiu pela porta aberta, para alívio de Jimmy Thesiger, que logo aproveitou a oportunidade para se servir de um prato de rins com bacon.

Lady Coote passou alguns instantes no terraço, com um ar trágico, e então criou ânimo para falar com MacDonald, o jardineiro-chefe, que inspecionava os domínios sob sua regência com um olhar autocrático. MacDonald era como um majestoso príncipe entre os jardineiros. Ele sabia o seu lugar – que era no comando. E sabia comandar – como um déspota.

Nervosa, lady Coote aproximou-se dele.

– Bom dia, MacDonald.

– Bom dia, milady.

Ele falava como um jardineiro-chefe deveria – com um tom pesaroso, mas digno, como um imperador em um funeral.

– Eu estava aqui pensando... Será que podemos pegar alguns cachos daquelas uvas para a sobremesa hoje à noite?

– Elas ainda não estão maduras – disse MacDonald, com uma voz gentil, mas firme.

– Ah! – balbuciou lady Coote. Ela criou coragem e então insistiu: – Mas passei ontem pela estufa dos fundos e experimentei uma que parecia já estar muito boa.

MacDonald olhou para lady Coote, que ficou vermelha, sentindo-se como se tivesse tomado uma liberdade imperdoável. Afinal, é claro que a finada marquesa de Caterham nunca cometeria tamanha deselegância tal como a de entrar em uma de suas próprias estufas para provar suas uvas.

– Se tivesse me pedido, eu teria mandado lhe trazerem um cacho – disse MacDonald, com ar severo.

– Ah, obrigada – disse lady Coote. – Sim, vou fazer isso da próxima vez.

– Mas elas não estão maduras ainda.

– Não – murmurou lady Coote. – Acho que não mesmo. É melhor esperar então.

MacDonald manteve seu imponente silêncio. Lady Coote criou coragem mais uma vez.

– Escute, eu estava para falar-lhe sobre aquele gramado lá atrás do jardim de rosas. Será que podemos usá-lo como um campo de boliche? Sir Oswald adora jogar boliche de grama.

"E por que não?", pensou lady Coote consigo mesma. Ela era versada em história inglesa. O próprio sir Francis Drake e seus nobres companheiros não estavam disputando uma partida de boliche de grama quando a armada espanhola foi avistada no horizonte? Era uma ideia tão nobre que nem MacDonald poderia contestar. Mas ela havia chegado a essa conclusão pensando sem o principal traço de personalidade de um bom jardineiro-chefe, que consiste em se opor a todo e qualquer tipo de sugestão que lhe seja feita.

– Sem dúvida, o espaço poderia ser usado para isso, sim – disse MacDonald, evasivo e dando um tom desencorajador às suas palavras, mas com a verdadeira intenção de atrair lady Coote para uma armadilha.

– Se ele fosse limpo e... hã... aparado... e... hã... esse tipo de coisa, não? – continuou ela, ansiosa.

– Sim – concordou MacDonald devagar. – É algo que poderia ser feito. Mas para isso eu precisaria tirar William da cerca dos fundos.

– Ah! – exclamou lady Coote confusa. As palavras "cerca dos fundos" não trouxeram nada à sua mente, a não ser uma vaga lembrança de uma canção escocesa, mas estava bem claro que, para MacDonald, elas representavam um obstáculo intransponível.

– O que não seria bom – disse MacDonald.

– Ah, sim, claro. Não *mesmo* – disse lady Coote, mas então ficou tentando entender por que havia concordado assim com tanta veemência.

MacDonald olhou-a com um ar muito severo.

– Mas claro... – disse ele. – Se essas forem suas *ordens,* milady...

Ele nem terminou, mas o tom ameaçador foi demais para lady Coote. Ela capitulou na mesma hora.

– Ah, não – disse ela. – Você tem razão, MacDonald. N-não... é melhor que William continue na cerca dos fundos.

– É essa a minha opinião, milady.

– Sim – disse lady Coote. – Sim, com certeza.

– Achei mesmo que iria concordar, milady – disse MacDonald.

– Ah, com certeza – repetiu lady Coote.

MacDonald deu uma puxada na aba de seu chapéu e se retirou.

Lady Coote soltou um suspiro infeliz ao vê-lo ir embora. Jimmy Thesiger, com um prato cheio de rins e bacon, chegou ao terraço ao seu lado e suspirou de um jeito muito diferente.

– Está uma linda manhã, não? – comentou.

– Está? – disse lady Coote, distraída. – Ah, sim, acho que sim. Nem tinha percebido.

– Onde estão os outros? Passeando de barco no lago?

– Imagino que sim. Digo, é o que seria de se esperar.

Lady Coote virou-se de repente e voltou para dentro. Tredwell estava examinando o bule de café.

– Ah, nossa – disse lady Coote. – O senhor... o senhor...

– Wade, minha senhora?

– Sim, o sr. Wade. Ele *ainda* não desceu?

– Não, milady.

– Já está muito tarde.

– Sim, milady.

– Ah, nossa. Será que ele *ainda* vai descer, Tredwell?

– Sem dúvida, milady. Já eram onze e meia quando o sr. Wade desceu ontem.

Lady Coote olhou para o relógio. Eram vinte para o meio-dia. Uma onda de compaixão a inundou.

– Sei que é muito trabalhoso para você, Tredwell. Ter que arrumar tudo assim tão tarde e depois pôr o almoço na mesa à uma.

– Estou acostumado com os hábitos dos jovens, milady – o tom de censura em suas palavras foi gentil, mas perceptível, como um príncipe da igreja reprovaria um turco ou um infiel que tivesse cometido por acidente uma gafe sem más intenções.

Lady Coote ficou vermelha pela segunda vez naquela manhã. Mas uma interrupção bem-vinda então aconteceu. A porta se abriu, e um jovem sério de óculos enfiou a cabeça sala adentro.

– Ah, aí está a senhora, lady Coote. Sir Oswald estava à sua procura.

– Ah, já vou lá falar com ele, sr. Bateman – disse ela, e então se retirou às pressas.

Rupert Bateman, o secretário particular de sir Oswald, seguiu na direção oposta e então saiu para o terraço, onde Jimmy Thesiger ainda estava comendo tranquilamente.

– Bom dia, Pongo – disse Jimmy. – Acho que é melhor eu ir lá me fazer de simpático para aquelas chatas. Você também vem?

Bateman balançou a cabeça e saiu às pressas pelo terraço em direção à biblioteca.

Jimmy sorriu enquanto observava as costas do amigo se afastarem. Ele e Bateman tinham estudado juntos, quando Bateman ainda era só um garoto sisudo de óculos, época em que ganhou o apelido de Pongo, sabe-se lá por quê.

Para Jimmy, Pongo continuava sendo até hoje o mesmo pateta de antes. As palavras do grande poeta Henry Wadsworth, "A vida é real, a vida é séria", poderiam muito bem ter sido escritas especialmente para ele.

Jimmy bocejou e então desceu sem pressa até o lago. As meninas estavam lá, as três – eram garotas comuns, duas morenas e uma loira. A que ria mais se chamava (ao que parecia) Helen, a outra era Nancy e a terceira, por algum motivo, se apresentava como Soquete. Junto a elas, estavam seus dois amigos, Bill Eversleigh e Ronny Devereux, que trabalhavam em cargos meramente ornamentais no Ministério de Relações Exteriores.

– Olá – disse Nancy (ou talvez Helen). – Jimmy chegou. Onde está aquele outro?

– Não me diga que Gerry Wade *ainda* não acordou – disse Bill Eversleigh. – Isso não pode ficar assim.

– Se ele não tomar prumo, ainda vai perder o café da manhã e dar de cara com o almoço ou o chá na mesa algum dia quando descer – disse Ronny Devereux.

– É uma pena – disse a menina chamada Soquete. – Isso deixa lady Coote muito mal. Ela está parecendo cada vez mais uma galinha que quer botar um ovo, mas não consegue. É uma coisa terrível.

– Vamos lá tirá-lo da cama – disse Bill. – Venha, Jimmy.

– Ah, não, precisa ser algo mais sutil! – disse a garota chamada Soquete, que parecia gostar muito da palavra sutil, já que a usava bastante.

– Eu não sou sutil – disse Jimmy. – Nem sei como ser assim.

– Vamos nos reunir para fazer alguma coisa amanhã cedo – sugeriu Ronny. – Acordá-lo lá pelas sete, sabe. Fazendo um belo estardalhaço mesmo. Tredwell pode fingir que tropeçou e derrubar o bule de chá, enquanto lady Coote grita e desmaia nos braços de Bill... que é o mais forte aqui. Sir Oswald pode soltar uns berros, dizendo que a cotação do aço disparou, enquanto Pongo, com um ar bem dramático, joga seus óculos no chão e pisa em cima.

– Você não conhece Gerry – disse Jimmy. – Acho que um balde de água fria *talvez* até possa acordá-lo, se usado do jeito certo, claro. Mas ainda assim ele só se viraria de lado para dormir de novo.

– Ah! Temos que pensar em alguma coisa mais sutil do que água fria – disse Soquete.

– Como o quê? – perguntou Ronny, seco. Mas ninguém tinha uma resposta pronta.

– Precisamos ter alguma ideia – disse Bill. – Quem é o mais inteligente aqui?

– Pongo – disse Jimmy. – E aqui está ele, apressado como sempre. Pongo sempre foi o mais inteligente. Esse é seu fardo desde a juventude. Vamos passar essa missão para ele.

Bateman ouviu com toda paciência a explicação um tanto desconexa do grupo com uma postura inquieta, como se quisesse ir embora logo. Ele ofereceu sua solução na mesma hora.

– Usem um despertador – disse, sem rodeios. – É o que eu mesmo faço para não perder a hora. Acho que só tomar um chá logo cedo, sem nenhum barulho, muitas vezes não me acorda como preciso.

Em seguida, ele se retirou apressadamente.

– Um despertador? – Ronny balançou a cabeça. – *Um* despertador? Acho que só uma dúzia deles conseguiria incomodar Gerry Wade.

– Bom, por que não? – Bill estava animado, falando sério. – Tive uma ideia. Vamos todos até Market Basing comprar um despertador cada um.

Seguiram-se risos e conversas. Bill e Ronny foram buscar os carros. Jimmy foi destacado para ir procurar o amigo no salão de café da manhã. Voltou logo depois.

– Ele agora já desceu, sim. E está recuperando o tempo perdido, devorando torradas com geleia. Como vamos fazer para sair sem que ele perceba?

Foi decidido que alguém precisaria falar com lady Coote para distraí-lo. Jimmy, Nancy e Helen cuidaram dessa tarefa. Lady Coote ficou confusa e apreensiva com a ideia.

– Uma brincadeira? Mas vocês vão tomar cuidado, não vão, meus queridos? Digo, vocês não vão quebrar os móveis, derrubar coisas nem usar muita água, não é? Temos que devolver a casa semana que vem, sabe. Não queria que lorde Caterham ficasse pensando que...

Bill, que havia voltado da garagem, tentou acalmá-la.

– Não se preocupe, lady Coote. Bundle Brent, a filha do lorde Caterham, é uma grande amiga minha. E ela nunca se incomodaria com nada... Absolutamente nada! Confie em mim. E, de um jeito ou de outro, não vamos causar estrago algum. Vai ser muito tranquilo.

– E sutil – disse a menina chamada Soquete.

Lady Coote chegou resignada ao terraço bem quando Gerald Wade estava saindo do salão de café da manhã. Jimmy Thesiger era um jovem bonito, de feições angelicais, e tudo o que se poderia dizer sobre Gerald Wade era que ele era ainda mais bonito e angelical. No entanto, seu ar abobado fazia Jimmy parecer muito mais inteligente, por contraste.

– Bom dia, lady Coote – disse Gerald Wade. – Onde estão os outros?

– Foram todos até Market Basing – disse lady Coote.

– Por quê?

– Para fazer alguma brincadeira – disse lady Coote, com sua voz grossa e melancólica.

– Está meio cedo para brincadeiras – comentou o sr. Wade.

– Não está tão cedo assim – rebateu lady Coote.

– Acho que me atrasei um pouco para descer – disse o sr. Wade, com um ar sincero e simpático. – É incrível, mas sempre que fico em algum lugar assim sou o último a acordar.

– É incrível mesmo – disse lady Coote.

– Não sei por que isso – disse o sr. Wade, pensativo. – Não consigo entender, é sério.

– Por que simplesmente não acorda mais cedo? – sugeriu lady Coote.

– Ah! – exclamou o sr. Wade. A simplicidade da solução pareceu surpreendê-lo.

Lady Coote continuou, com um tom sério.

– Sir Oswald vive dizendo que a melhor qualidade que um jovem pode ter para alcançar o sucesso na vida é ser pontual.

– Ah, eu sei – disse o sr. Wade. – E nem tenho opção quando estou na cidade. Preciso estar no bom e velho Ministério às onze da manhã em ponto todo dia. Não ache que sou sempre tão preguiçoso assim, lady Coote. Mas, enfim, que flores lindas a senhora tem lá perto da cerca dos fundos. Não me lembro de como elas se chamam, mas temos algumas delas em casa... Essas tais malvas não sei o quê. Minha irmã gosta muito de jardinagem.

Lady Coote deixou-se levar na mesma hora, sentindo seus equívocos se revirarem em suas entranhas.

– Como são seus jardineiros?

– Ah, eu só tenho um. É um velho bobo, a meu ver. Não faz muita coisa, mas faz o que eu mando. E isso é ótimo, não é?

Lady Coote concordou com uma intensidade emocional em sua voz que lhe seria inestimável para uma carreira como atriz dramática. Em seguida, começaram a falar sobre as perversidades dos jardineiros.

Enquanto isso, a expedição dos outros estava indo muito bem. O grupo havia chegado ao maior empório de Market Basing, e a repentina demanda por despertadores deixou o proprietário do local deveras intrigado.

– Queria que Bundle estivesse aqui – murmurou Bill. – Você a conhece, não conhece, Jimmy? Ah, você iria adorá-la. É uma garota fantástica, sempre divertida e, vou lhe falar, muito inteligente também. Você a conhece, Ronny? – perguntou ele. Ronny apenas balançou a cabeça. – Você não conhece Bundle? Por onde andou se escondendo? Ela é fantástica.

O sr. Murgatroyd, proprietário das Lojas Murgatroyd, desatou a falar com eloquência.

– Se me permite um conselho, senhorita, digo que não compensa levar esse mais barato. É um ótimo despertador, não nego, claro, mas eu a aconselharia a comprar este, que é um pouco mais caro. A diferença vale muito a pena. É por uma questão de durabilidade, entende? Eu não gostaria que a senhorita voltasse aqui depois reclamando que...

Ficou claro para todos que alguém precisaria fechar a boca do sr. Murgatroyd como a uma torneira.

– Não queremos um despertador durável – disse Nancy.

– Ele só precisa funcionar uma vez – disse Helen.

– E não queremos nada sutil – disse Soquete. – Queremos um que toque bem alto.

– Nós queremos... – começou a dizer Bill, mas nem conseguiu terminar, porque Jimmy, que tinha um dom para mexer com esse tipo de coisa, havia finalmente descoberto como acionar os aparelhos. Durante os cinco minutos seguintes, a loja foi invadida pelo alarido estridente de várias campainhas diferentes.

Ao final da procura, seis aparelhos excelentes foram escolhidos.

– E vamos fazer o seguinte... – disse Ronny, cheio de charme. – Vou levar um para Pongo. Foi ideia dele, então não seria justo ele ficar de fora. Assim ele estará representado.

– Claro – disse Bill. – E vou levar um para lady Coote também. Quanto mais, melhor. Afinal, ela está fazendo parte do trabalho sujo. Deve estar enrolando o velho Gerry agora mesmo.

De fato, naquele exato instante, lady Coote estava contando em detalhes uma longa história sobre MacDonald e um pêssego que ganhou um prêmio, e adorando cada segundo.

Os despertadores foram embrulhados e pagos.

Com um ar intrigado, o sr. Murgatroyd ficou observando os carros do grupo indo embora. Como são divertidos esses jovens das classes altas de hoje em dia, muito divertidos mesmo, mas também difíceis de entender. Em seguida, virou-se aliviado para atender a mulher do vigário, que queria um modelo novo de bule, com um bico antipingos.

CAPÍTULO 2

Os despertadores

— E agora, onde vamos colocá-los?

O jantar havia acabado. Lady Coote foi destacada então mais uma vez ao trabalho. Para surpresa geral, sir Oswald acabou resolvendo a questão, sugerindo uma partida de bridge – por mais que não tenha sido exatamente uma sugestão. Sir Oswald, como convinha a um dos "Nossos Capitães da Indústria" (nº 7 da série I), apenas expressou sua vontade e todos à sua volta se apressaram para se acomodar aos desejos do grande homem.

Rupert Bateman e sir Oswald formaram uma dupla contra lady Coote e Gerald Wade, o que pareceu uma combinação muito interessante. Sir Oswald jogava bridge, como qualquer outra coisa, aliás, extremamente bem e gostava de ter um parceiro à sua altura. Bateman era um jogador de bridge tão competente como era um bom secretário. Os dois limitaram-se cada um à sua mão de cartas, trocando apenas alguns murmúrios secos, "dois sem trunfos", "dobra", "três de espadas". Lady Coote e Gerald Wade, por sua vez, formaram uma dupla tranquila e falante, e o jovem nunca deixava de dizer, ao fim de cada mão, "Minha nossa, parceira, a senhora é mesmo esplêndida!", com um tom de sincera admiração que, para lady Coote, era ao mesmo tempo uma novidade e algo muito agradável. Eles também receberam ótimas cartas.

Os outros supostamente estariam dançando ao som do rádio no grande salão de festas. Na verdade, estavam reunidos à porta do quarto de Gerald Wade, inundando o ar com risadinhas abafadas e o alto tique-taque dos despertadores.

– Embaixo da cama, enfileirados – sugeriu Jimmy, em resposta à pergunta de Bill.

— E como vamos deixá-los? Para que horas, digo? Todos juntos, para fazer um alarido infernal, ou com intervalos?

A questão foi calorosamente debatida. Um grupo argumentou que, para um dorminhoco inveterado como Gerry Wade, seria necessário o toque combinado dos oito despertadores. Já outro grupo defendeu uma estratégia mais paulatina e insistente.

No final das contas, o segundo grupo venceu a disputa. Os despertadores foram ajustados para tocarem um após o outro, começando às seis e meia da manhã.

— E espero que isso o ensine uma lição — afirmou Bill, com um tom virtuoso.

— Apoiado — disse Soquete.

A preparação dos despertadores havia apenas começado quando eles de repente ouviram um barulho.

— Shhh! — exclamou Jimmy. — Tem alguém subindo a escada.

Houve pânico entre o grupo.

— Calma, está tudo bem — disse Jimmy. — É só Pongo.

Aproveitando sua rodada de morto no bridge, o sr. Bateman estava subindo até o quarto para pegar um lenço. Parou no meio do caminho e logo entendeu o que estava acontecendo. Em seguida, ele fez um comentário simples e pragmático.

— Ele vai ouvir os tique-taques quando se deitar.

Os conspiradores se entreolharam.

— O que foi que eu falei? — disse Jimmy, com uma voz reverente. — Pongo *sempre* foi o mais inteligente!

O astuto sujeito seguiu adiante.

— É verdade — admitiu Ronny Devereux, com a mão na cintura. — Oito despertadores tiquetaqueando ao mesmo tempo vão fazer um barulho dos infernos. Até o velho Gerry, mesmo sendo bobo daquele jeito, acabaria notando. Ele vai perceber que há algo de estranho.

— Será que ele é? — comentou Jimmy Thesiger.

— Será que ele é o quê?

— Tão bobo como a gente pensa.

Ronny olhou bem para ele.

— Todos nós conhecemos bem o velho Gerald.

— Será mesmo? — disse Jimmy. — Eu às vezes acho que... bom, que não é possível alguém ser tão bobo como o velho Gerry se faz parecer.

Todos ficaram olhando para ele. Ronny estava com um ar sério no rosto.

— Jimmy — disse Ronny. — Você é inteligente.

— Quase tanto quanto Pongo — concordou Bill.

— Bom, foi uma coisa que eu pensei, só isso – disse Jimmy, defendendo-se.

— Ah, chega de tanta sutileza! – exclamou Soquete. – O que vamos fazer com estes despertadores?

— Lá vem Pongo de novo. Vamos perguntar a ele – sugeriu Jimmy.

Pongo, solicitado a aplicar seu impecável raciocínio ao assunto, fez sua sugestão.

— Esperem até ele se deitar e cair no sono. Depois, entrem no quarto sem fazer barulho e deixem os despertadores no chão.

— O velho Pongo acertou de novo – disse Jimmy. – Guardem todos os despertadores e depois vamos descer, para dissipar qualquer suspeita.

O jogo de bridge continuava sendo disputado – com uma pequena diferença. Sir Oswald agora estava jogando com a esposa e apontando um a um os erros que ela cometera a cada mão. Lady Coote aceitava as reprimendas com bom humor e uma ausência absoluta de qualquer interesse genuíno. Ela chegou a dizer não uma, mas várias vezes:

— Entendi, querido. É muito gentil de sua parte me explicar.

E então voltava a cometer exatamente os mesmos erros.

De tempos em tempos, Gerald Wade dizia a Pongo:

— Boa jogada, parceiro, muito boa jogada.

Enquanto isso, Bill Eversleigh confabulava com Ronny Devereux.

— Se ele for dormir lá pela meia-noite, vamos esperar o quê... Uma hora?

Ele bocejou.

— É curioso... Em geral, eu encerro a noite às três da manhã, mas hoje, só por saber que precisamos esperar um pouco, faria tudo para dar uma de filhinho da mamãe e ir deitar agora mesmo.

Todos concordaram que estavam sentindo a mesma coisa.

— Querida Maria – ergueu-se a voz de sir Oswald, meio mal-humorada. – Eu já lhe disse várias e várias vezes para não hesitar quando estiver pensando em fazer uma finesse ou não. Todo mundo na mesa percebe.

Lady Coote até teria uma ótima resposta para isso – o fato de que, por ser o morto, sir Oswald não tinha nenhum direito de comentar as jogadas daquela mão. Mas ela não disse nada. Em vez disso, apenas abriu um sorriso gentil, debruçou seus fartos peitos sobre a mesa e olhou com firmeza para as cartas de Gerald Wade, à sua direita.

Com a ansiedade aplacada ao ver a rainha, ela jogou o valete, fez a vaza e começou a baixar suas cartas.

— Quatro vazas e a rodada, ainda por cima – anunciou ela. – Acho que tive muita sorte de fazer essas quatro vazas.

– Sorte – murmurou Gerald Wade, enquanto levantava-se da cadeira para se juntar aos outros ao lado da lareira. – Sorte, diz ela. Essa mulher diz cada coisa.

Lady Coote estava juntando as notas e moedas que tinha ganhado.

– Sei que não jogo muito bem – disse ela com um tom lastimoso, mas que ainda assim revelava um quê de alegria. – Mas tenho muita sorte no jogo.

– Você nunca vai aprender a jogar direito, Maria – disse sir Oswald.

– Não, querido – disse lady Coote. – Eu sei que não. Você vive me dizendo isso. Mas eu me esforço tanto.

– É verdade – disse Gerald Wade. – Isso não há como negar. Ela até deitaria a cabeça em cima do seu ombro se não conseguisse ver suas cartas de outro jeito.

– Sei que você se esforça – disse sir Oswald. – Você só não tem tino algum para as cartas.

– Eu sei, querido – disse lady Coote. – É isso o que você vive me dizendo. Aliás, você me deve outros dez xelins, Oswald.

– Sério? – sir Oswald pareceu surpreso.

– Sim. Mil e setecentos pontos... São oito libras e dez xelins. Você só me deu oito libras.

– Minha nossa – disse sir Oswald. – Perdão.

Lady Coote abriu um sorriso melancólico para ele e pegou a nota extra de dez xelins. Ela gostava muito do marido, mas não tinha a menor intenção de perdoar sua dívida.

Sir Oswald foi até uma mesa lateral e preparou um copo de uísque com soda. Já era meia-noite e meia quando todos se despediram para dormir.

Ronny Devereux, que estava ficando no quarto ao lado do de Gerald Wade, foi incumbido de chamar os outros. Às quinze para as duas ele saiu na ponta dos pés pelo corredor, batendo nas portas. O grupo de amigos, todos de pijamas e camisolas, se reuniu em meio a vários esbarrões, risadinhas e sussurros.

– Ele apagou a luz já faz uns vinte minutos – disse Ronny, com um sussurro rouco. – Eu já não estava mais aguentando esperar. Acabei de abrir a porta e dar uma espiada lá dentro, e ele parece ter apagado. E agora?

Mais uma vez, os despertadores foram reunidos. Em seguida, outra dificuldade surgiu.

– Não podemos entrar todos juntos lá assim, sem mais, nem menos. Só uma pessoa deve entrar, enquanto os outros passam os despertadores pela porta.

Uma acalorada discussão irrompeu para decidir quem seria o escolhido.

As três garotas foram descartadas porque certamente iriam dar risada. Bill Eversleigh foi descartado devido à sua altura, seu peso e sua passada barulhenta demais, e também por ser meio desajeitado em geral, argumento que ele rebateu com fervor. Jimmy Thesiger e Ronny Devereux foram considerados opções possíveis, mas, no final das contas, uma esmagadora maioria decidiu a favor de Rupert Bateman.

– Pongo é o nosso homem, então – concordou Jimmy. – Afinal, ele é silencioso como um gato, sempre foi. Além disso, caso Gerry acorde, Pongo vai conseguir inventar alguma coisa para dizer a ele. Alguma coisa plausível que vai acalmá-lo em vez de levantar qualquer suspeita, sabe?

– Alguma coisa sutil – sugeriu a jovem Soquete, com um ar pensativo.

– Exatamente – disse Jimmy.

Pongo foi muito habilidoso e eficiente. Depois de abrir com cuidado a porta, ele adentrou o quarto escuro levando consigo os dois despertadores maiores. Um ou dois minutos depois, voltou à soleira e recebeu outros dois aparelhos entregues a ele, e o processo então se repetiu mais duas vezes, até ele por fim sair do quarto. Todos prenderam a respiração e ficaram à escuta. Os roncos de Gerald Wade ainda podiam ser ouvidos, mas agora abafados e distantes, encobertos pelos triunfantes tique-taques mecânicos dos oito despertadores do sr. Murgatroyd.

CAPÍTULO 3

A brincadeira malsucedida

– Já é meio-dia – disse Soquete, entrando em desespero.

A brincadeira – como uma brincadeira – não tinha dado muito certo. Os despertadores, por outro lado, haviam feito sua parte. *Todos* eles dispararam – com vigor e ímpeto, criando um estardalhaço dificilmente superável que fez Ronny Devereux pular da cama em pânico como se o dia do juízo final tivesse chegado. Se o alarido foi assim no quarto ao lado, como teria sido então ainda mais de perto? Ronny saiu às pressas para o corredor e colou o ouvido à porta.

Ele esperava ouvir blasfêmias – como seria de se imaginar, é claro. Mas não ouviu nada. Ou melhor, não ouviu nada do que esperava. Os despertadores continuavam tiquetaqueando – com um tique-taque alto, insistente e exasperador. Em seguida, outro aparelho disparou, soltando um alarido violento e ensurdecedor que teria irritado profundamente até um surdo.

Não havia nenhuma dúvida: os despertadores haviam cumprido sua função à risca. Eles fizeram tudo e ainda um pouco mais do que o sr. Murgatroyd prometera. No entanto, pelo visto, não foram páreo para o sono de Gerald Wade.

O grupo reagiu com desânimo à situação.

– Esse sujeito não é humano – resmungou Jimmy Thesiger.

– Ele deve ter achado que era só o telefone tocando lá embaixo, virou de lado e voltou a dormir – sugeriu Helen (ou talvez Nancy).

– Mas não pode ser – disse Rupert Bateman, sério. – Acho que ele deveria até ir ao médico.

– Pode ser algum problema nos tímpanos – sugeriu Bill, esperançoso.

– Olha, quer saber? – disse Soquete – Acho que ele está apenas nos provocando. É claro que ele acordou com o barulho. Mas vai querer nos irritar, fingindo que não ouviu nada.

Todos olharam para Soquete com respeito e admiração.

– Pode ser mesmo – disse Bill.

– Ele é sutil, é só isso – disse Soquete. – Vocês vão ver, ele vai chegar bem tarde para o café hoje... Só para nos provocar.

Como o relógio já marcava alguns minutos após o meio-dia, a opinião geral entre o grupo era a de que a teoria de Soquete estava certa. Apenas Ronny Devereux discordou.

– Você só está se esquecendo de que eu estava bem em frente à porta quando o primeiro despertador tocou. Independente de seja lá o que o velho Gerry tenha decidido fazer depois, pelo menos esse primeiro deveria tê-lo pego de surpresa. Ele acabaria dizendo alguma coisa. Onde você o deixou, Pongo?

– Em uma mesinha de cabeceira, bem perto do ouvido dele – disse o sr. Bateman.

– Muito inteligente da sua parte, Pongo – disse Rony. – Agora, diga-me... – prosseguiu, virando-se para Bill. – Se uma sineta ensurdecedora começasse a tocar a poucos centímetros do seu ouvido às seis e meia da manhã, o que você diria?

– Ah, meu Deus – disse Bill. – Eu diria... – ele não terminou sua frase.

– Sim, é claro – disse Ronny. – Eu também faria o mesmo. Assim como qualquer um, aliás. O seu chamado "lado primitivo" afloraria. Só que isso não aconteceu. Então eu diria que Pongo está certo, como de costume, e que Gerry deve ter algum problema raro nos tímpanos.

– Já é meio-dia e vinte – disse uma das outras garotas, chateada.

– Veja bem... – disse Jimmy, devagar. – Já estamos passando um pouco da conta, não acham? Enfim, era para ser só uma brincadeira. Mas isso já está indo longe demais. Chega a ser um desrespeito com os Coote.

Bill olhou bem para ele.

– O que você está querendo dizer?

– Bom – disse Jimmy. – De um jeito ou de outro... Isso não tem a cara do velho Gerry.

Ele achou difícil expressar suas ideias em palavras. Não queria falar nenhuma besteira, mas... Jimmy viu que Ronny estava olhando para ele. Ronny agora parecia nervoso.

Foi então que Tredwell entrou na sala e olhou para os lados, hesitante.

– Achei que o sr. Bateman estivesse aqui – explicou, desculpando-se.

– Ele saiu agora mesmo – disse Ronny. – Posso ajudar?

Os olhos de Tredwell foram de Ronny para Jimmy Thesiger e depois voltaram para Ronny. Como se tivessem sido convocados, os dois jovens se retiraram da sala junto com ele. Tredwell fechou a porta do salão de jantar com cuidado depois que todos entraram.

– Bom... – disse Ronny. – O que houve?

– Como o sr. Wade ainda não havia descido, senhor, tomei a liberdade de mandar Williams até o quarto dele.

– E então?

– Williams acabou de descer em estado de choque, senhor – Tredwell fez uma pausa; uma pausa de preparação. – Bom, meu senhor, ao que parece aquele pobre cavalheiro morreu enquanto dormia.

Jimmy e Ronny olharam atônitos para ele.

– Imagine! – exclamou Ronny por fim. – Isso é... é impossível. Gerry... – seu rosto estava agitado. – Eu vou... vou subir lá para ver. Aquele idiota do Williams deve apenas ter se enganado.

Tredwell estendeu a mão para detê-lo. Tomado por uma sensação de indiferença estranha e anormal, Jimmy percebeu que o mordomo tinha toda a situação sob seu controle.

– Não, senhor, Williams não cometeu engano algum. Já chamei o dr. Cartwright e, nesse meio-tempo, tomei a liberdade de trancar a porta antes de informar sir Oswald do ocorrido. Mas agora preciso encontrar o sr. Bateman.

Tredwell saiu às pressas. Ronny ficou estático, desnorteado.

– Gerry... – murmurou ele, baixinho.

Jimmy pegou seu amigo pelo braço e o levou para fora pela porta lateral até uma parte mais reservada do terraço. Em seguida, fez com que se sentasse.

– Calma, meu amigo – disse, gentilmente. – Você já vai recuperar o fôlego.

Mas Jimmy ficou olhando para ele com um ar um tanto intrigado. Não tinha a menor ideia de que Ronny era tão amigo assim de Gerry Wade.

– Pobre Gerry – disse Jimmy, pensativo. – Ele parecia ser um sujeito tão saudável.

Ronny assentiu com a cabeça.

– Estou arrependido de toda a brincadeira dos despertadores agora – continuou Jimmy. – É estranho, não é? Por que a farsa se confunde tantas vezes com a tragédia?

Ele estava falando mais ou menos só por falar, dando a Ronny tempo para se recuperar. Ronny, por sua vez, não parava quieto na cadeira.

– Queria que esse médico chegasse logo. Eu quero saber...

– Saber o quê?

– Do que ele... morreu.

Jimmy juntou os lábios pensativo.

– Do coração? – arriscou ele.

Ronny bufou, soltando uma risada de desdém.

– É sério, Ronny – disse Jimmy.

– Ah, é?

Foi difícil para Jimmy dar sequência ao seu raciocínio.

– Você não quer dizer que... você não está achando... Digo, você não está com a ideia de que... Enfim, de que ele levou uma pancada na cabeça ou coisa assim? Só por Tredwell ter trancado a porta e tudo mais.

Para Jimmy, suas palavras mereciam uma resposta, mas Ronny continuou apenas olhando para o nada.

Jimmy balançou a cabeça e se calou. A seu ver, não restava mais nada a ser feito além de esperar. Então ele esperou.

Foi Tredwell quem rompeu o silêncio entre eles.

– Cavalheiros, o médico gostaria de falar com os senhores na biblioteca, por gentileza.

Ronny se levantou. Jimmy o seguiu.

O dr. Cartwright era um homem jovem, magro, ativo e com um ar inteligente. Recebeu os dois rapazes com um breve aceno de cabeça. Pongo, com uma expressão mais séria do que nunca por trás dos óculos, encarregou-se das apresentações.

– Soube que o sr. Wade era um grande amigo seu – disse o médico a Ronny.

– Meu melhor amigo.

– Hm... Bom, esse me parece um caso muito simples. Uma infelicidade. Ele parecia ser um jovem muito saudável. O senhor sabe se ele tinha o costume de tomar alguma coisa para ajudar dormir?

– *Ajudar* a dormir? – rebateu Ronny, surpreso. – Ele sempre dormiu feito uma pedra.

– Ele nunca reclamou de insônia para o senhor?

– Nunca.

– Bom, tudo me parece muito claro mesmo. Ainda assim, receio que será preciso fazer uma investigação.

– Como ele morreu?

– Não há muita dúvida. Eu diria que foi por uma overdose de cloral. Foi encontrado um frasco da substância ao lado da cama. E uma garrafa e um copo. Esses casos são muito tristes.

Foi Jimmy quem fez a pergunta que sentiu estar coçando nos lábios do amigo, embora este não tenha conseguido colocá-la para fora.

– Não há nenhuma suspeita de... crime?

O médico olhou bem para ele.

– Por que pergunta? Haveria algum motivo para isso?

Jimmy olhou para Ronny. Se Ronny sabia de alguma coisa, agora seria a hora de falar. Mas, para seu espanto, Ronny balançou a cabeça.

– Não, nenhum – disse ele, sem pestanejar.

– Nem para um suicídio?

– Certamente não.

Ronny foi enfático, mas o médico não pareceu muito convencido.

– O senhor sabe se ele tinha algum problema? Financeiro, talvez? Ou amoroso?

Ronny apenas balançou a cabeça de novo.

– Enfim, quanto aos parentes. Eles precisam ser avisados.

– Ele tem uma irmã... ou melhor, uma meia-irmã. Ela mora em Deane Priory. A uns trinta quilômetros daqui. Quando não estava na cidade, Gerry ficava com ela.

– Hm... – disse o médico. – Bom, ela precisa ser avisada.

– Eu cuido disso – disse Ronny. – É uma coisa terrível, mas que alguém precisa fazer – ele olhou para Jimmy. – Você a conhece, não?

– Um pouco. Já dancei com ela uma ou duas vezes.

– Então vamos com o seu carro. Você se importa? Acho que, sozinho, eu não aguento.

– Claro, tudo bem – disse Jimmy para confortá-lo. – Eu ia mesmo sugerir isso. Vou lá preparar o velho calhambeque.

Jimmy ficou feliz por ter algo para fazer.

O comportamento de Ronny o intrigou. Do que ele sabia ou suspeitava? E por que não comentou nada, se esse fosse o caso, com o médico?

Pouco depois, os dois amigos já estavam seguindo viagem no carro de Jimmy, alheios a coisas tão triviais como limites de velocidade.

– Jimmy – disse Ronny, por fim. – Acho que você é o meu melhor amigo... agora.

– Certo – disse Jimmy. – E daí?

Seu tom foi seco.

– Tem uma coisa que eu queria lhe contar. Uma coisa que você deveria saber.

– Sobre Gerry Wade?
– Sim, sobre Gerry Wade.
Jimmy ficou esperando.
– O que é? – perguntou, por fim.
– Não sei se devo dizer – disse Ronny.
– Por quê?
– Porque fiz uma espécie de juramento.
– Ah! Bom, então talvez seja melhor não dizer nada.
Seguiu-se um instante de silêncio.
– Ainda assim, eu queria... Sabe, Jimmy, sua cabeça é melhor do que a minha.
– Isso não é lá um grande elogio – rebateu Jimmy, seco.
– Não, eu não posso – disse Ronny de repente.
– Tudo bem – respondeu Jimmy. – Como você achar melhor.
Após um longo silêncio, Ronny por fim disse:
– Como ela é?
– Ela quem?
– Essa jovem. A irmã de Gerry.
Jimmy ficou calado durante alguns instantes e então respondeu com um tom de voz um tanto quanto diferente.
– É uma boa pessoa. Na verdade... Bem, é uma garota fantástica.
– Gerry gostava muito dela, eu sei. Vivia falando da menina.
– Ela gostava muito de Gerry também. Acho... acho que vai ser difícil para ela.
– Sim, não vai ser fácil.
Eles não disseram mais nada até chegarem a Deane Priory.
Chegando lá, a criada informou-os de que a srta. Loraine estava no jardim. Mas eles poderiam falar com a sra. Coker.
Jimmy foi enfático ao dizer que não queriam falar com a sra. Coker.
– Quem é a sra. Coker? – perguntou Ronny, enquanto caminhavam até o jardim da casa, que parecia um tanto negligenciado.
– A velha rabugenta que mora com Loraine.
Chegaram a uma trilha de pedras, ao fim da qual havia uma garota com dois *cocker spaniels* pretos. Era uma jovem pequena e muito bonita, com roupas velhas e surradas de lã. Não era nem de longe a garota que Ronny havia imaginado. Na verdade, não parecia fazer muito o tipo de Jimmy.
Segurando um dos cães pela coleira, ela veio pela trilha para recebê-los.
– Como estão? – disse ela. – Não liguem para Elizabeth. Ela acabou de dar cria e está muito desconfiada.

Abriu um sorriso com um ar muito natural, e o leve tom corado de rosas selvagens em suas bochechas se intensificou. Seus olhos eram de um azul muito escuro – como uma flor de centáurea.

De repente, eles se arregalaram – seria de espanto? Como se ela já imaginasse.

Jimmy apressou-se em falar.

– Este aqui é Ronny Devereux, srta. Wade. Gerry já deve ter falado sobre ele.

– Ah, sim – ela abriu um lindo sorriso caloroso e gentil. – Vocês dois estão passando uns dias em Chimneys, não? Por que não trouxeram Gerry com vocês?

– Nós... hã... não pudemos – disse Ronny, e então se calou.

Mais uma vez, Jimmy percebeu um olhar aflito no rosto da moça.

– Srta. Wade... – disse ele. – Receio que... Enfim, nós temos más notícias.

Ela entrou em alerta na mesma hora.

– Gerry?

– Sim... Gerry. Ele...

Ela bateu o pé no chão em um rompante de angústia.

– Ah! Fale logo... fale logo... – virou-se de repente para Ronny. – Fale *você*.

Jimmy sentiu uma pontada de ciúme, e só então teve certeza de uma coisa que até agora vinha hesitando em admitir para si mesmo. Ele sabia muito bem por que Helen, Nancy e Soquete eram apenas "garotas comuns" para ele, e nada mais.

Ele *quase* não ouviu a voz séria de Ronny dizendo:

– Sim, srta. Wade, eu explico. Gerry faleceu.

Ela foi muito forte. Ficou boquiaberta e cambaleou para trás, mas depois de um ou dois minutos, já estava recomposta, fazendo várias perguntas. Como? Quando?

Ronny respondeu da forma mais gentil que pôde.

– Com remédio para *dormir*? Gerry?

A incredulidade estava clara em sua voz.

Jimmy olhou de relance para ela. Foi quase um olhar de alerta. De repente, teve a sensação de que Loraine, em sua inocência, talvez pudesse falar demais.

Por sua vez, também da forma mais gentil possível, ele explicou a necessidade de que uma investigação fosse feita. Loraine estremeceu. Ela recusou a oferta dos rapazes para levá-la até Chimneys com eles, mas disse que iria até lá mais tarde. Tinha seu próprio carro.

— Mas eu quero... quero ficar sozinha um pouco, antes – disse ela, comovida.

— Entendo – disse Ronny.

— Sem problema – disse Jimmy.

Olharam para ela, desconcertados e impotentes.

— Mas muito obrigada por terem vindo me avisar.

Voltaram em silêncio no carro, como se houvesse algum obstáculo entre eles.

— Meu Deus! Como aquela menina é forte – disse Ronny certa hora.

Jimmy concordou.

— Gerry era meu amigo – disse Ronny. – É minha responsabilidade cuidar dela agora.

— Ah, sim, claro.

Quando voltaram a Chimneys, Jimmy foi abordado por lady Coote, em prantos.

— Pobre rapaz – repetia ela sem parar. – Pobre rapaz.

Jimmy fez todos os comentários adequados que conseguiu imaginar.

Lady Coote então contou a ele com intermináveis detalhes sobre a passagem de vários de seus amigos queridos. Jimmy ouviu com toda a compaixão que pôde até que, por fim, conseguiu desvencilhar-se dela sem nenhuma falta de tato aparente.

Subiu a escada a passos rápidos. Ronny estava acabando de sair do quarto de Gerald Wade. Pareceu espantado ao ver Jimmy.

— Eu só queria vê-lo – disse ele. – Você vai entrar?

— Acho melhor não – disse Jimmy, que era um jovem muito saudável com uma aversão natural a ser lembrado da morte.

— Acho que todos os amigos dele deveriam vê-lo, sim.

— Ah! É mesmo? – disse Jimmy, tendo a impressão de que Ronny Devereux estava reagindo de uma forma muito estranha àquilo tudo.

— Sim. É um sinal de respeito.

Jimmy soltou um suspiro, mas se rendeu.

— Bom, tudo bem – disse ele, e então entrou, rangendo um pouco os dentes.

A cama estava coberta de flores brancas, e o quarto havia sido limpo e arrumado.

Ansioso, Jimmy deu uma rápida olhada para o rosto inerte e pálido do amigo. Poderia mesmo aquele ser o Gerry Wade de rosto corado e angelical de antes? Aquela figura estática agora lhe parecia tão tranquila. Jimmy sentiu um calafrio.

Enquanto virava-se para sair, seus olhos passaram pela lareira, e Jimmy parou de repente, surpreso. Os despertadores haviam sido enfileirados sobre a prateleira logo acima.

Ele saiu às pressas. Ronny estava à sua espera.

– Ele está com uma expressão tão tranquila. Que azar ele deu – murmurou Jimmy, e então disse: – Escute, Ronny, quem enfileirou os despertadores na prateleira daquele jeito?

– Como vou saber? Uma das criadas, imagino.

– O engraçado é que só vi sete relógios, não oito – disse Jimmy. – Um deles sumiu. Você percebeu isso?

Ronny pareceu espantado.

– Sete em vez de oito – disse Jimmy, franzindo a testa. – Por que será?

CAPÍTULO 4

Uma carta

— Um desrespeitoso, é isso o que ele é – disse lorde Caterham, com uma voz tranquila e lastimosa, parecendo satisfeito com a escolha de palavras. – Sim, muito desrespeitoso. Em geral, esses homens que vêm do nada assim *são* muito desrespeitosos. É bem provável que seja por isso mesmo que consigam acumular tamanhas fortunas.

Ele olhou com pesar para a velha casa, da qual havia acabado de recuperar a posse.

Sua filha, lady Eileen Brent, conhecida pelos amigos e por quase todos em geral como "Bundle", deu risada.

– O senhor com certeza nunca acumulará fortuna alguma – comentou ela cheia de ironia. – Mas o senhor também não se saiu nada mal com o velho Coote, cobrando tão caro por este lugar. Como ele era? Apresentável?

– Um desses sujeitos grandalhões – disse lorde Caterham, estremecendo um pouco. – De rosto quadrado e vermelho, cabelos grisalhos. Imponente, sabe? De personalidade forte, como dizem. O equivalente humano a um rolo compressor.

– Meio chato, então? – sugeriu Bundle, compreensiva.

– Terrivelmente chato e cheio das mais deprimentes virtudes, como viver sóbrio e ser pontual. Não sei o que detesto mais, homens de personalidade forte ou políticos que se levam a sério. Gosto mesmo é dos simpáticos e incompetentes.

– Um homem simpático e incompetente nunca conseguiria pagar o preço que o senhor pediu por este velho mausoléu – lembrou Bundle.

Lorde Caterham pareceu incomodado.

– Por favor, não fale assim, Bundle. Ainda estamos tentando esquecer o assunto.

– Não entendo por que o senhor se incomoda tanto com isso – disse Bundle. – Afinal, as pessoas têm que morrer em algum lugar, ora.

– Mas não precisa ser na minha casa – disse lorde Caterham.

– Não vejo por que não. Muita gente já morreu aqui. Vários velhinhos mal-humorados, seus bisavôs e bisavós.

– Isso é diferente – disse lorde Caterham. – Eu já espero que meus parentes morram aqui, eles não contam. Mas não gosto quando isso acontece com estranhos. E gosto menos ainda de investigações. Isso ainda vai acabar virando um costume. Já é a segunda vez. Você se lembra de toda a confusão que tivemos aqui quatro anos atrás? O que para mim, aliás, foi tudo culpa de George Lomax.

– E agora o senhor acha que foi culpa do velho rolo compressor Coote? Estou certa de que ele está tão chateado quanto todo mundo com o caso.

– Foi muita desconsideração – insistiu lorde Caterham. – Pessoas capazes desse tipo de coisa nunca deveriam ser convidadas para ficar aqui. E diga o que você bem quiser, Bundle, mas não gosto de investigações. Nunca gostei, nunca vou gostar.

– Bem, é diferente do que houve da última vez – disse Bundle, tentando acalmá-lo. – Enfim, não foi um assassinato.

– Talvez tenha sido... Pelo alvoroço que o cabeça-dura daquele inspetor criou. Ele ainda não se conformou com a história de quatro anos atrás. Acha que toda morte que acontece aqui só pode ser um crime com grandes motivações políticas. Você não tem ideia do barulho que ele fez. Tredwell me contou tudo. Ele insistiu em procurar digitais no quarto todo. E só encontraram as do morto, é claro. É um caso muito simples... Agora, se foi suicídio ou acidente, isso já é outra história.

– Encontrei-me com Gerry Wade certa vez – disse Bundle. – Era amigo de Bill. Acho que o senhor teria gostado dele, papai, nunca conheci alguém mais simpático e incompetente do que ele.

– Não gosto de ninguém que venha morrer na minha casa só para me importunar a vida – disse lorde Caterham, obstinado.

– Mas não vejo por que alguém o mataria – continuou Bundle. – É uma ideia absurda.

– Sim, é óbvio – disse lorde Caterham. – Ou pelo menos deveria ser para qualquer um que não seja um idiota como o inspetor Raglan.

— Aposto que ele só procurou as digitais para se sentir importante – comentou Bundle, tentando acalmá-lo. – Enfim, chegaram à conclusão de que foi uma "morte acidental", não?

Lorde Caterham fez que sim com a cabeça.

— Precisavam mostrar alguma consideração pelos sentimentos da irmã do morto.

— Ele tinha uma irmã? Não sabia.

— Uma meia-irmã, na verdade. Era muito mais jovem. O velho Wade fugiu com a mãe dela... Ele vivia fazendo esse tipo de coisa. Nunca se interessava por mulher alguma que já não fosse comprometida.

— Ainda bem que esse é um mau costume que o senhor não tem – disse Bundle.

— Sempre levei uma vida muito correta e temente a Deus – disse lorde Caterham. – Não consigo entender por que não me deixam em paz, já que nunca faço mal a ninguém. Se pelo menos eu...

Ele parou de falar quando viu Bundle caminhando de repente até a janela.

— MacDonald! – disse Bundle, com uma voz clara e firme.

O imperador se aproximou. Algo que poderia até ser confundido com um sorriso de boas-vindas tentou manifestar-se em seu semblante, mas o ar circunspecto natural dos jardineiros logo prevaleceu em seu rosto.

— Pois não, milady? – disse MacDonald.

— Como vai? – perguntou Bundle.

— Sem grandes novidades – disse MacDonald.

— Queria falar com você sobre o campo de boliche. A grama está absurdamente alta lá. Peça para alguém cuidar disso, por favor.

MacDonald balançou a cabeça, hesitante.

— Para isso, eu precisaria tirar William da cerca dos fundos, milady.

— Dane-se a cerca dos fundos – disse Bundle. – Peça para ele começar o quanto antes. E MacDonald...

— Pois não, milady?

— Traga alguns cachos de uvas da estufa lá de trás. Sei que ainda não estão boas, porque, enfim, nunca estão, mas eu quero mesmo assim. Entendido?

Bundle voltou para a biblioteca.

— Desculpe, papai – disse ela. – Só quis aproveitar quando vi MacDonald passando. O senhor estava dizendo alguma coisa?

— Na verdade, estava – disse lorde Caterham. – Mas tanto faz. O que você queria com MacDonald?

— Tentar curá-lo do seu complexo de Deus todo-poderoso. Mas é impossível. Espero que os Coote o tenham maltratado bastante. Mas acho que

MacDonald não se intimidaria nem com o maior rolo compressor do mundo. Como era lady Coote?

Lorde Caterham pensou na pergunta.

– Ela me lembra muito aquela atriz, Sarah Siddons – disse ele, por fim. – Creio que se daria muito bem no teatro amador. Pelo que sei, ela ficou muito preocupada com a história dos despertadores.

– Que história dos despertadores?

– Tredwell acabou de me contar. Parece que os hóspedes estavam tramando algum tipo de brincadeira. Eles compraram vários despertadores e os esconderam no quarto do jovem Wade. E depois, é claro, o pobre rapaz apareceu morto. O que fez tudo parecer de muito mau gosto.

Bundle assentiu com a cabeça.

– Tredwell também me contou uma coisa muito curiosa sobre esses despertadores – continuou lorde Caterham, que agora aparentava estar se divertindo bastante. – Ao que parece, alguém pegou todos eles e os enfileirou sobre a lareira depois que o jovem foi encontrado morto.

– Bem, e o que isso tem de mais? – perguntou Bundle.

– Para mim, nada – disse lorde Caterham. – Mas, pelo visto, causou grande comoção. Porque ninguém sabe quem fez isso, entende? Todos os criados foram ouvidos e juraram não ter chegado nem perto dos tais despertadores. Na verdade, isso ficou sendo meio que um mistério. E, depois, o legista começou a fazer perguntas na hora da investigação, e você sabe como é difícil explicar as coisas para esse tipo de gente.

– É uma perda de tempo – concordou Bundle.

– Enfim, agora ficou muito difícil saber o que aconteceu, é claro – disse lorde Caterham. – Não consegui entender nem metade de tudo o que Tredwell me contou. Aliás, Bundle, o rapaz morreu no seu quarto.

Bundle fez uma careta.

– Por que as pessoas precisam morrer no meu quarto? – perguntou ela, indignada.

– Era isso que eu estava dizendo! – exclamou lorde Caterham, triunfante. – É muita desconsideração. As pessoas hoje em dia não têm a menor consideração.

– Não que eu me importe – disse Bundle, valente. – Não há por quê.

– Eu me importaria – disse seu pai. – Eu me importaria e muito. E acabaria tendo pesadelos, sabe... Vendo mãos espectrais e almas penadas arrastando correntes.

– Bem – disse Bundle. – A tia-avó Louisa morreu na *sua* cama. E aposto que o senhor nunca viu o espírito dela pairando pelo seu quarto.

— Às vezes vejo, sim — disse lorde Caterham, estremecendo. — Especialmente depois de comer uma lagosta.

— Bom, ainda bem que não sou supersticiosa — declarou Bundle.

Ainda assim, à noite, sentada em frente à lareira do quarto com seu corpo esguio já de pijama, ela não conseguia parar de pensar naquele jovem alegre e paspalhão, Gerry Wade. Parecia impossível crer que alguém com toda aquela alegria de viver teria se suicidado assim. Não, só podia ter sido um acidente. Ele certamente havia tomado uma overdose do remédio para dormir por mero descuido. *Isso* sim seria possível. Ela nunca tinha visto Gerry Wade como alguém lá muito inteligente mesmo.

Ela então olhou para a prateleira sobre a lareira e começou a pensar na história dos despertadores. Sua criada havia falado muito sobre o caso, depois de ter ouvido tudo de outra funcionária. Ela comentou sobre um detalhe que Tredwell pelo visto não havia achado digno de nota quando relatou o ocorrido ao lorde Caterham, mas que despertou a curiosidade de Bundle.

Sete relógios haviam sido enfileirados sobre a lareira; sendo que um último aparelho fora encontrado no jardim, do lado de fora da casa, obviamente jogado pela janela. Bundle ficou pensando no assunto. Não fazia o menor sentido. Podia até imaginar que uma das criadas tivesse arrumado os despertadores e depois, assustada com a investigação, acabasse negando o feito. Mas, com certeza, criada alguma teria jogado um dos despertadores no jardim.

Será que Gerry Wade teria feito isso quando o alarido do primeiro aparelho o despertou? Mas não, isso também seria impossível. Bundle lembrava-se de ter ouvido que a morte do jovem provavelmente ocorrera logo no começo da manhã, e ele deve ter ficado letárgico durante algum tempo antes disso.

Bundle franziu a testa. Essa história dos despertadores era estranha. Pensou em falar com Bill Eversleigh, pois sabia que ele estava na casa durante o ocorrido.

Para Bundle, pensar era agir. Ela se levantou e foi até sua escrivaninha, que era um móvel embutido com um tampo de correr por cima. Bundle sentou-se ali, pegou uma folha de anotações e então começou a escrever.

Caro Bill,

Bundle parou para puxar a parte de baixo da mesa, mas ela travou na metade do caminho, como sempre acontecia. Impaciente, Bundle tentou puxar de novo, mas a peça não se mexeu. Ela então se lembrou de que, uma vez, um envelope havia caído na parte de trás da mesa, emperrando o trilho. Pegou uma pequena faca de abrir cartas e a enfiou na fenda estreita. Logo depois, de fato, a pontinha de uma folha branca de papel apareceu. Bundle puxou-a para fora. Era a primeira página de uma carta, que estava meio amassada.

A data foi a primeira coisa que chamou a atenção de Bundle, com grandes letras floreadas que saltavam do papel: *Vinte e um de setembro*.

– Vinte e um de setembro? – disse Bundle devagar. – Nossa, isso foi...

Nem terminou a frase. Sim, ela tinha certeza. Foi no dia 22 que Gerry Wade fora encontrado morto. Então essa devia ser uma carta que ele estava escrevendo na mesma noite da tragédia.

Bundle alisou o papel e começou a ler. A carta estava pela metade.

Minha querida Loraine,
Devo chegar quarta-feira. Estou me sentindo muito bem e contente com a vida em geral. Será maravilhoso ver você. Mas, por favor, esqueça o que eu disse sobre aquela história de Seven Dials. Achei que seria só uma brincadeira... mas não é... longe disso. Peço desculpas por não ter comentado nada antes, mas é o tipo de coisa com a qual uma jovem como você não deveria se envolver. Então só deixe isso para lá, entendido?
Tinha outra coisa que eu queria lhe contar... mas estou com tanto sono que meus olhos estão até fechando.
Ah, sobre Lurcher, acho que...

A carta acabava ali. Bundle franziu a testa. Seven Dials. Onde era isso? Devia ser algum distrito pobre de Londres, imaginou ela. As palavras "Seven Dials" a lembraram de alguma outra coisa, mas no momento isso não lhe pareceu muito importante. Em vez disso, concentrou-se em duas frases. "Estou me sentindo muito bem..." e "Estou com tanto sono que meus olhos estão até fechando".

Isso não fazia sentido. Nenhum sentido, aliás. Pois havia sido naquela mesma noite que Gerry Wade tinha tomado uma dose tão grande de cloral que jamais conseguiria acordar de novo. E se o que ele havia escrito na carta era verdade, por que teria recorrido ao remédio?

Bundle balançou a cabeça, olhou para os lados pelo quarto e sentiu um leve arrepio, como se Gerry Wade estivesse a observando naquele instante, no quarto em que havia morrido...

Não ousou se mexer. O silêncio era total, a não ser pelo tique-taque do seu pequeno relógio de ouro, que agora parecia estranhamente alto e imponente.

Bundle olhou para cima da lareira. Uma imagem nítida se formou em sua mente. O rapaz morto, deitado na cama, e os sete relógios fazendo tique-taque na prateleira... um tique-taque alto e sinistro... tique, taque... tique, taque...

CAPÍTULO 5

O homem na estrada

— Papai – disse Bundle, abrindo a porta da saleta especial de lorde Caterham e pondo a cabeça para dentro. – Vou até a cidade de carro. Não estou mais aguentando a monotonia desta casa.

— Mas nós só chegamos ontem – rebateu lorde Caterham.

— Eu sei. Mas parece que já faz um século. Tinha me esquecido do quanto pode ser um tédio morar no campo.

— Não concordo com você – disse lorde Caterham. – Aqui é um lugar tranquilo, isso sim... Muito tranquilo. E extremamente confortável. Não tenho nem palavras para dizer o quanto estou feliz por ter Tredwell de volta. Aquele homem se preocupa com meu conforto mais do que qualquer um no mundo. Aliás, hoje cedo mesmo apareceu alguém querendo falar comigo para saber se poderia fazer uma reunião de escoteiras aqui...

— Uma convenção – interrompeu-o Bundle.

— Reunião, convenção, tanto faz. É só uma palavra boba que não quer dizer nada. Mas teria sido uma situação muito desconfortável para mim, ter que recusar. Aliás, acho que eu nem teria recusado. Mas Tredwell me salvou dessa. Não lembro direito o que ele disse... Mas foi uma desculpa muito engenhosa, que nunca magoaria ninguém, mas fez a pessoa desistir da ideia na mesma hora.

— Só conforto não basta para mim – disse Bundle. – Eu quero agitação.

Lorde Caterham estremeceu.

— Será que já não tivemos agitação o bastante com aquele caso de quatro anos atrás? – rebateu ele, incomodado.

— Bom, eu quero é mais – disse Bundle. – Não que eu esteja esperando encontrar isso na cidade. Mas pelo menos talvez lá eu não acabe deslocando a mandíbula de tanto bocejar.

— Pelo que sei da vida, quem procura confusão em geral acaba achando – disse lorde Caterham, e então bocejou. – Mas para falar a verdade... – complementou ele. – Acho que eu mesmo também gostaria de fazer uma visitinha à cidade.

— Bom, vamos lá então – disse Bundle. – Mas seja rápido, porque estou com pressa.

Lorde Caterham, que já tinha até começado a se levantar da cadeira, parou de repente.

— Você disse que está com pressa? – perguntou ele, desconfiado.

— Com uma pressa dos infernos – disse Bundle.

— Então deixe – disse lorde Caterham. – Não vou mais. Andar de carro com você assim com tanta pressa... Não, isso não é uma boa ideia para um senhor de idade. Vou ficar por aqui mesmo.

— Como quiser – disse Bundle, e se retirou.

Tredwell tomou então o lugar dela.

— Milord, o vigário está muito ansioso para falar com o senhor. Ao que parece, houve um infeliz problema com a situação do grupo de jovens.

Lorde Caterham soltou um grunhido.

— Bom, se não me engano, milord, ouvi o senhor comentar hoje durante o café que iria descer ao vilarejo esta manhã para discutir o assunto com o vigário.

— Você disse isso a ele? – perguntou lorde Caterham, ansioso.

— Não, milord. Eu só o dispensei, por assim dizer. Espero ter feito a coisa certa.

— É claro que fez, Tredwell. Como sempre, aliás. Você não conseguiria fazer o contrário, mesmo se quisesse.

Tredwell abriu um sorriso satisfeito e se retirou.

Enquanto isso, a impaciente Bundle buzinava em frente aos portões, até que uma criança pequena saiu correndo a toda velocidade da guarita ao lado, seguida pelas palavras de repreensão de sua mãe.

— Rápido, Katie! Deve ser milady, apressada como sempre.

De fato, a pressa era uma característica típica de Bundle, ainda mais quando estava de carro. Ela era muito habilidosa e fria, e boa motorista. Não fosse por isso, seu estilo de direção afobado já teria causado desastres em diversas ocasiões.

Estava fazendo um belo dia de outubro, com um céu azul e um sol maravilhoso. O cheiro penetrante do ar corou as bochechas de Bundle e a encheu com uma imensa vontade de viver.

Pela manhã, ela havia enviado a carta inacabada de Gerald Wade para Loraine, em Deane Priory, junto com algumas explicações. Agora, à luz do dia, o estranhamento causado pela missiva já havia sido um tanto diluído, mas ela ainda queria entender melhor a situação. Pretendia falar com Bill Eversleigh em breve para conseguir maiores detalhes sobre aquele final de semana que terminara de forma tão trágica. Mas, até lá, Bundle preferiu pensar no quanto estava se sentindo bem, naquela linda manhã e em seu belo carro Hispano que reluzia como em um sonho.

Bundle pisou no acelerador, e o carro disparou. Quilômetros e quilômetros foram ficando para trás, entre poucos carros aqui e ali, com a estrada livre à sua frente.

Em seguida, um homem de repente saiu do meio da cerca viva no acostamento e entrou na estrada bem na frente de seu carro. Parar a tempo seria impossível. Com toda a sua habilidade, Bundle agarrou o volante e desviou para a direita. Seu carro por pouco não caiu em uma vala – por pouco, mas não caiu. Foi uma manobra perigosa, mas bem-sucedida. Bundle tinha quase certeza de que havia desviado do homem.

Ela olhou para trás e sentiu um embrulho no estômago. O carro não havia passado por cima do homem, mas ainda assim parecia tê-lo atingido de alguma forma. Ele estava caído de bruços na estrada, sinistramente imóvel.

Bundle saltou para fora do carro e correu até o homem. Ela nunca havia atropelado nada mais importante do que uma galinha até então. O fato de não ter sido culpada pelo acidente não aliviou em nada sua angústia. O homem parecia bêbado, mas, bêbado ou não, ela o havia matado. Bundle agora teve total certeza disso. Seu coração batia em um ritmo atordoante, com pancadas violentas que ecoavam em seus ouvidos.

Ajoelhou-se ao lado do sujeito caído e virou-o de costas com todo o cuidado. Ele não fez barulho algum. Era jovem, ela percebeu, um rapaz muito bonito, bem-vestido e com um bigodinho aparado só embaixo do nariz.

Bundle não encontrou marca alguma de ferimentos à mostra, mas tinha certeza de que ele estava morto, ou ao menos quase. As pálpebras do homem estremeceram, e ele entreabriu os olhos. Eram comoventes, castanhos e angustiados, como os de um cãozinho. Ele parecia estar com dificuldade para falar. Bundle abaixou-se, chegando mais perto.

– Fale... – disse ela. – O que é?

Percebeu que ele estava querendo dizer alguma coisa. Querendo muito. Mas ela não podia ajudá-lo, não podia fazer nada.

Finalmente, algumas palavras saíram, como um mero suspiro:

– *Seven Dials... avise...*

– Sim, fale – repetiu Bundle. Era um nome o que ele estava tentando pôr para fora... Tentando com todas as suas agora poucas forças. – Fale! Avisar quem?

– *Avise... Jimmy Thesiger...* – por fim ele disse, e então, de repente, sua cabeça rolou para trás e seu corpo esmoreceu.

Bundle se acomodou sobre os calcanhares, tremendo dos pés à cabeça. Ela nunca havia imaginado que algo tão terrível pudesse acontecer. Ele estava morto – e ela o matara.

Tentou acalmar-se. O que fazer agora? Chamar um médico – essa foi sua primeira ideia. Seria possível, pelo menos possível, que aquele homem estivesse apenas desmaiado, e não morto. Seus instintos descartavam totalmente essa hipótese, mas ela se forçou a agir com base nisso. De um jeito ou de outro, precisava colocar aquele homem no carro e levá-lo até o médico mais próximo. Aquele trecho da estrada era deserto, e não havia ninguém ali para ajudá-la.

Apesar de magra, Bundle era forte. Tinha músculos de aço. Voltou com o Hispano até o mais perto que pôde do jovem e depois, usando todas as suas forças, arrastou e puxou seu corpo inanimado para dentro do carro. Foi uma tarefa angustiante, que ela fez rangendo os dentes, mas por fim conseguiu.

Em seguida, pulou de volta para dentro do carro e disparou. Após alguns quilômetros, chegou a uma cidadezinha e, depois de algumas perguntas, logo descobriu onde ficava a casa do médico local.

O dr. Cassell, um gentil senhor de meia-idade, ficou surpreso ao abrir a porta e deparar com uma jovem claramente à beira de um colapso nervoso.

Bundle desatou a falar.

– Acho... acho que matei um homem. Atropelado. Eu o trouxe no meu carro. Ele está lá fora agora. Eu... eu estava correndo demais, acho. Sempre corro demais.

O médico olhou-a com um ar experiente. Foi até um armário, serviu um líquido em um copo e o entregou a Bundle.

– Tome isso e já vai se sentir melhor – disse ele. – Você está em estado de choque.

Obediente, Bundle bebeu, e um pouco da cor voltou ao seu rosto pálido. Aprovando seu gesto, o médico acenou com a cabeça.

– Muito bem. Agora, quero que você espere aqui. Vou até seu carro para cuidar de tudo. Assim que eu me certificar de que não há mais nada mesmo a ser feito pelo pobre rapaz, voltarei e então poderemos conversar melhor.

Ele levou um bom tempo. Bundle ficou observando um relógio sobre a lareira. Cinco, dez, quinze, vinte minutos... Será que ele não iria mais voltar?

Em seguida, a porta se abriu, e o dr. Cassell voltou. Ele agora parecia diferente – Bundle reparou na mesma hora –, estava mais sério e, ao mesmo tempo, mais alerta. Havia também alguma outra coisa estranha na postura do médico que ela não conseguiu captar direito, como um leve quê de empolgação contida.

– Muito bem, minha jovem – disse ele. – Vamos lá. Você me disse que atropelou esse homem. Como foi exatamente que isso aconteceu?

Bundle explicou tudo da melhor forma que pôde. O médico seguiu a narrativa atento.

– Então o carro não passou por cima do corpo dele?

– Não. Na verdade, até achei que tinha conseguido desviar.

– Ele estava cambaleando, você disse?

– Sim, acho que estava bêbado.

— E ele veio da cerca viva no acostamento?

— Tinha um portão na cerca, eu acho. Ele deve ter saído pelo portão.

O médico acenou com a cabeça, acomodou-se melhor em sua cadeira e tirou seu pincenê.

— Não tenho a menor dúvida de que você é uma motorista muito imprudente e que ainda vai atropelar e matar algum pobre infeliz algum dia... – disse ele. – Mas não foi dessa vez.

— Mas...

— Seu carro não tocou nele. *Esse homem levou um tiro.*

CAPÍTULO 6

Seven Dials novamente

Bundle ficou olhando para o médico, atônita. E então, pouco a pouco, o mundo, que durante os últimos 45 minutos estivera virado de ponta-cabeça, começou a se acomodar de volta em seu devido lugar. Bundle ainda levou alguns instantes até conseguir falar, mas, quando por fim se manifestou, já não era mais aquela garota em pânico de antes, e sim a verdadeira Bundle, tranquila, pragmática e racional.

— Como ele pode ter levado um tiro? – perguntou ela.

— Como eu não sei – disse o médico, com frieza. – Só sei que levou. Foi um tiro de rifle, não há dúvida. Ele estava tendo uma hemorragia interna, por isso você não percebeu nada.

Bundle acenou com a cabeça.

— A questão agora é: quem atirou nele? – continuou o médico. – Você por acaso viu alguém por perto?

Bundle balançou a cabeça.

— É estranho – disse o médico. – Se foi um acidente, seria de se esperar que o culpado viesse correndo atrás para ajudá-lo... A não ser que talvez essa pessoa não saiba o que fez.

— Não tinha ninguém lá – disse Bundle. – Na estrada, digo.

— Ao que parece, o pobre rapaz devia estar correndo... E foi baleado assim que passou pelo portão, e depois veio cambaleando para a estrada. Você não ouviu tiro algum?

Bundle balançou a cabeça.

— Mas acho que eu nem teria como mesmo – disse ela. – Pelo barulho do carro.

— Pode ser. Ele não disse nada antes de morrer?

— Ele murmurou algumas palavras, sim.

— Algo que possa elucidar essa tragédia?

— Não. Ele queria avisar... não sei muito bem o quê... para algum amigo. E, ah, sim! Ele mencionou Seven Dials.

— Hm... – disse o dr. Cassel. – Não o tipo de lugar por onde alguém distinto como ele andaria. Talvez quem o atacou tenha vindo de lá. Enfim, não precisamos nos preocupar com isso agora. Pode deixar tudo comigo. Vou notificar a polícia. Mas, claro, deixe seu nome e endereço, a polícia com certeza vai querer interrogá-la. Na verdade, acho que seria melhor você ir à delegacia comigo agora mesmo. Talvez me digam que eu não deveria tê-la deixado ir embora.

Partiram então juntos no carro de Bundle. O inspetor de polícia era um homem de fala lenta, que ficou um tanto intimidado ao saber o nome e o endereço de Bundle e depois ouviu seu depoimento com muita atenção.

— Um moleque! – disse ele. – É isso o que foi. Um moleque praticando tiro! São uns desalmados idiotas, esses pestes. Vivem por aí, atirando em pássaros, sem a menor consideração por quem possa estar do outro lado de uma cerca viva daquelas.

O médico achou essa hipótese muito improvável, mas concluiu que o caso logo chegaria a mãos mais competentes, então não valeria a pena fazer qualquer objeção.

— Nome do falecido? – perguntou o sargento, umedecendo a ponta de seu lápis.

— Ele estava com uma carteira. Parece que se chamava Ronald Devereux e morava em Albany.

Bundle franziu a testa. O nome Ronald Devereux lhe pareceu familiar. Ela poderia jurar que já o tinha ouvido antes. Mas foi só quando já estava em seu carro, na metade do caminho de volta a Chimneys, que ela se lembrou. É claro! Ronny Devereux. O amigo de Bill do Ministério de Relações Exteriores. Eles eram amigos, ele, Bill e... sim... Gerald Wade.

Ao se dar conta disso, Bundle quase mergulhou no acostamento. Primeiro Gerald Wade... depois Ronny Devereux. A morte de Gerry Wade podia até ter sido natural... o resultado de um mero descuido... mas a de Ronny Devereux com certeza tinha uma explicação mais sinistra.

Em seguida, Bundle lembrou-se de outra coisa. Seven Dials! Quando o homem na estrada balbuciou suas últimas palavras, elas lhe soaram um tanto familiares. E agora ela sabia por quê. Gerald Wade havia mencionado Seven Dials na última carta escrita à irmã na véspera de sua morte. E isso também se encaixava com outra coisa que havia passado despercebida por ela.

Enquanto pensava em tudo isso, Bundle desacelerou, seguindo viagem a uma velocidade irreconhecível para seu estilo. Bundle entrou com o carro na garagem e foi à procura de seu pai.

Lorde Caterham estava contente em seu lugar, lendo um catálogo de livros raros, e ficou muito espantado ao ver Bundle.

– Nem você conseguiria ir até Londres e voltar tão rápido assim – ele disse.

– Eu nem cheguei até Londres – disse Bundle. – Atropelei um homem.

– Como é?

– Ou melhor, não atropelei. Ele foi baleado.

– Como foi isso?

– Não sei como, só sei que foi.

– Mas por que você atirou nele?

– *Eu* não atirei em ninguém.

– Você não devia atirar nos outros – disse lorde Caterham, em um leve tom de censura. – Não devia mesmo. Sei que certas pessoas até merecem... Mas, ainda assim, isso só vai lhe trazer problemas.

– Já falei, eu não atirei nele.

– Bem, quem foi, então?

– Não se sabe – disse Bundle.

– Mas que besteira – rebateu lorde Caterham. – Um homem não tem como levar um tiro e ser atropelado assim, sem mais nem menos.

– Ele não foi atropelado – disse Bundle.

– Você não disse que foi?

– Eu só achei que o tinha atropelado.

– Deve ter sido só um pneu estourando – disse lorde Caterham. – Parece um tiro. É o que dizem nas histórias de detetive, pelo menos.

– O senhor é difícil mesmo, papai. Nunca entende nada!

– É claro que não – disse lorde Caterham. – Você me aparece aqui com uma história maluca sobre um homem que foi atropelado e levou um tiro e não sei mais o quê e depois quer que eu entenda tudo num passe de mágica?

Bundle soltou um suspiro cansado.

– Só escute – disse ela. – Vou explicar tudo, palavra por palavra.

Depois de por fim relatar toda a história, ela disse:

– Pronto. Foi isso. Agora o senhor entendeu?

– Claro. Entendi tudo perfeitamente agora. Posso desculpá-la por estar um pouco fora do eixo, minha querida. Percebo que eu estava certo quando lhe disse hoje mesmo antes de você sair que quem procura confusão em geral acaba achando – disse lorde Caterham, e então completou, com um leve calafrio. – Ainda bem que decidi ficar em paz por aqui.

Ele pegou o catálogo de volta.

– Pai, onde fica Seven Dials?

– Em algum lugar em East End, imagino. Já vi muitos ônibus que vão para lá... Ou será que estou pensando em Seven Sisters? Nunca fui até lá, felizmente. Mas tanto faz, também, pois imagino que não seja o tipo de lugar que me agradaria muito. Ainda assim, por mais estranho que seja, acho que ouvi alguma coisa a respeito desse lugar há pouco tempo.

– O senhor não conhece nenhum Jimmy Thesiger, conhece?

Lorde Caterham agora já estava concentrado de volta em seu catálogo. Ele havia feito um certo esforço para comentar sobre Seven Dials. Mas, dessa vez, não se deu ao mesmo trabalho.

– Thesiger? – murmurou ele, distraído. – Thesiger. É um dos Thesiger de Yorkshire?

– É o que estou perguntando. Preste atenção, papai. Isso é importante.

Aflito, lorde Caterham fez um esforço para parecer concentrado sem na verdade focar sua mente no assunto.

– Bom, há *sim* uma família Thesiger em Yorkshire – disse ele, sério. – E se não estou enganado, outra em Devonshire também. Sua tia-avó Selina casou-se com um Thesiger.

– Do que isso me adianta? – resmungou Bundle.

Lorde Caterham deu risada.

– Não adiantou muito para ela também, se me lembro bem.

– O senhor é impossível – disse Bundle, ameaçando se levantar. – É melhor eu ir falar com Bill.

– Isso, querida – disse seu pai, distraído, enquanto virava uma página. – Com certeza. Fique à vontade. Boa sorte.

Bundle por fim se levantou, soltando um suspiro impaciente.

– Queria me lembrar do que dizia aquela carta – murmurou, mais para si mesma do que em voz alta. – Não a li com muito cuidado. Era algo sobre uma brincadeira, e que a história de Seven Dials não era nenhuma brincadeira.

Lorde Caterham emergiu de repente de seu catálogo.

– Seven Dials? – disse ele. – Mas é claro. Agora me lembrei.

– Lembrou-se do quê?

– De por que esse nome me pareceu tão familiar. George Lomax estava por lá. Tredwell finalmente acabou metendo os pés pelas mãos e o deixou entrar. Ele estava a caminho da cidade. Parece que vai fazer alguma espécie de evento político semana que vem em Wyvern Abbey e recebeu uma carta de alerta.

– Como assim, uma carta de alerta?

– Bom, não sei, na verdade. Ele não entrou em detalhes. Parece que ela dizia "cuidado", "há encrenca a caminho", esse tipo de coisa. Mas, enfim, ela veio de Seven Dials, eu me lembro com toda a clareza de ouvi-lo dizer isso. Ele estava indo à cidade para consultar a Scotland Yard a respeito do assunto. Você conhece George?

Bundle acenou com a cabeça. Ela conhecia muito bem o patriótico ministro George Lomax, subsecretário permanente de sua majestade no Ministério das Relações Exteriores, que era muito evitado nos círculos sociais pelo seu inveterado hábito de fazer discursos públicos em conversas particulares. Em alusão aos seus olhos sempre arregalados, era conhecido por muitos – e até por Bill Eversleigh, entre outros – como Olhudo.

– E o Olhudo por acaso se interessou pela morte de Gerald Wade? – perguntou ela.

– Não que eu saiba. Mas poderia ter se interessado, é claro.

Bundle passou alguns minutos em silêncio. Estava ocupada tentando lembrar-se das palavras exatas da carta que havia enviado a Loraine Wade e, ao mesmo tempo, tentando imaginar a moça que iria recebê-la. Que tipo de pessoa era a jovem de quem Gerald Wade parecia gostar tanto? Quanto mais ela pensava no assunto, mais parecia que aquela era uma carta muito estranha para vir de um irmão.

– O senhor me disse que a jovem Wade era meia-irmã de Gerry, certo? – perguntou ela de repente.

– Sim, claro, tecnicamente falando, acho que ela não é... ou não era... mesmo irmã dele.

– Mas ela era uma Wade?

– Na verdade, não. Ela não era filha do velho Wade. Como eu disse, ele fugiu com sua segunda esposa, que era casada com um belo pilantra. Pelo que sei, o tribunal deixou o canalha do marido com a custódia da criança, mas ele não deu muito valor ao privilégio, claro. O velho Wade acabou se afeiçoando muito à menina e insistiu para que ela ficasse com seu sobrenome.

– Entendi – disse Bundle. – Isso explica tudo.

– Tudo o quê?

– Uma coisa que tinha me intrigado naquela carta.

– Parece que ela é uma jovem muito bonita – disse lorde Caterham. – Ou pelo menos foi o que me disseram.

Bundle subiu as escadas, pensativa. Tinha vários assuntos para resolver. Primeiro, precisava encontrar esse tal de Jimmy Thesiger. Talvez Bill pudesse ajudá-la com isso. Em vida, Devereux havia sido amigo de Bill. Se Jimmy Thesiger e Ronny eram amigos, era bem provável que Bill também o conhecesse. E ainda havia a garota, Loraine Wade. Talvez ela pudesse ajudar com algum detalhe sobre a questão de Seven Dials. Estava claro que Gerry Wade havia lhe dito alguma coisa sobre isso. A insistência do rapaz para que ela se esquecesse do assunto trazia uma sinistra implicação.

CAPÍTULO 7

Bundle faz uma visita

Falar com Bill não foi tão simples. Bundle foi de carro até a cidade na manhã seguinte – desta vez, sem nenhum incidente no caminho – e ligou para ele. Bill atendeu com empolgação e fez vários convites a ela. Que tal um almoço? Um chá? Jantar? Ou sair para dançar? Sugestões que foram todas recusadas por Bundle.

– Daqui a alguns dias, talvez a gente possa fazer algo divertido assim, Bill. Mas agora estou ligando só para resolver um assunto.

– Ah – disse Bill. – Mas que chato.

– Não é nada assim – disse Bundle. – Isso é tudo, menos chato. Bill, você conhece um rapaz chamado Jimmy Thesiger?

– Claro. E você também.

– Não conheço, não – disse Bundle.

– Conhece, sim. Deve conhecer. Todo mundo conhece o velho Jimmy.

– Sinto muito – disse Bundle. – Para variar, parece que não sou igual a todo mundo.

– Ah, mas como você não conhece Jimmy? Ele parece ser meio tonto, mas na verdade é tão inteligente quanto eu.

– Não me diga! – exclamou Bundle. – Então ele deve ser um gênio!

– Você está sendo irônica, não está?

– Mais ou menos. O que ele faz?

– Como assim?

– Sabe, às vezes parece que trabalhar com relações exteriores impede você de entender sua própria língua.

– Ah, sim! Entendi! Você quer saber com o que ele trabalha? Ele não faz nada. Por que alguém iria trabalhar se não precisa?

– Então quer dizer que ele é mais rico do que inteligente?

– Não é bem assim. Eu só disse que ele é mais inteligente do que parece.

Bundle não disse nada. Esse rapaz endinheirado não parecia ter muito como ajudá-la. No entanto, o homem na estrada havia dito seu nome antes de morrer. De repente, Bill voltou a falar.

– Ronny sempre o achou muito inteligente. Ronny Devereux, conhece? Thesiger era seu melhor amigo.

– Ronny...

Confusa, Bundle parou. Bill claramente não sabia da morte de Ronald. Só então ela se deu conta do quanto era estranho os jornais daquela manhã não terem feito qualquer menção ao assunto. Isso só podia ter uma explicação: a polícia, por seus próprios motivos, estava mantendo o caso em segredo.

– Faz muito tempo que não vejo Ronny – continuou Bill. – Desde aquele final de semana na sua casa. Sabe? Quando o pobre Gerry Wade morreu – disse ele, e então passou um instante calado. – Foi muito desagradável, aliás. Imagino que você tenha ficado sabendo. Escute, Bundle... Você ainda está na linha?

– Sim, claro.

– Bom, é que você ficou tão quieta, achei que tinha desligado.

– Não, eu só estava pensando numa coisa.

Será que ela deveria contar a ele sobre a morte de Ronny? Decidiu que era melhor não – não era o tipo de notícia que se dá pelo telefone. Ela em breve iria encontrar-se com Bill. Mas até lá...

– Bill?

– Diga.

– Talvez a gente possa jantar amanhã à noite.

– Ótimo, e podemos ir dançar depois. Tenho muita coisa para conversar com você. Aliás, você não sabe, levei um belo de um golpe... Foi muito azar.

– Bem, amanhã você me conta – disse Bundle, cortando Bill sem muita delicadeza. – Mas, enquanto isso, você sabe onde Jimmy Thesiger mora?

– Jimmy Thesiger?

– Foi o que eu disse.

– Ele mora em Jermyn Street... Ou será que estou me confundindo?

– Ponha esse seu cérebro classe A para trabalhar.

– Sim, é em Jermyn Street mesmo. Espere só um segundo e já lhe passo o número.

Seguiu-se uma pausa.

– Ainda está aí?

– Como sempre.

– Bem, nunca se sabe com esses malditos telefones. O número é 103. Anotou?

– Certo, 103. Obrigada, Bill.

– Sim, mas escute... Por que tudo isso? Você me disse que nem o conhecia.

– Não mesmo, mas vou conhecê-lo em meia hora.

– Você vai até a casa dele?

– Acertou, Sherlock.

– Sim, mas escute... Bem, para começo de conversa, ele não vai estar acordado.

– Como assim?

– Acho que não. Enfim, quem acordaria cedo sem precisar? Pense por esse lado. Você não imagina o esforço que preciso fazer para chegar aqui às onze toda manhã, e isso porque o Olhudo faz um estardalhaço absurdo sempre que me atraso. É sério, Bundle, você não imagina que vida de cão é...

– Amanhã à noite você me conta tudo – disse Bundle, apressada.

Ela bateu o fone no gancho e avaliou a situação. Primeiro, olhou para o relógio. Eram 11h35. Apesar do que Bill havia dito sobre os hábitos do amigo, achou que o sr. Thesiger já devia estar em condições de receber uma visita. Então pegou um táxi até o número 103 da Jermyn Street.

A porta foi aberta pela imagem de um mordomo perfeito. Seu rosto, estoico e cortês, era do tipo que se encontrava às dezenas naquele distrito específico de Londres.

– Tenha a bondade de me acompanhar, madame.

Ele a levou até o andar de cima, onde havia uma sala de estar extremamente confortável, com imensas poltronas de couro.

Quase engolida por uma dessas monstruosidades, havia outra mulher, bem mais jovem do que Bundle. Era uma garota baixinha e bonita, vestida de preto.

– Como devo anunciá-la, madame?

– Não precisa dizer meu nome – explicou Bundle. – Diga apenas ao sr. Thesiger que preciso falar com ele sobre um assunto importante.

O circunspecto mordomo fez uma reverência e então se retirou, fechando a porta ao sair, sem fazer qualquer barulho. Seguiu-se um momento de silêncio.

– Está fazendo uma manhã bonita – disse a bela jovem, tímida.

– Está fazendo uma linda manhã – concordou Bundle.

Seguiu-se outro momento de silêncio.

– Vim de carro do interior hoje cedo – disse Bundle, voltando ao assunto. – Achei que iria encontrar um daqueles nevoeiros terríveis por aqui. Mas não.

– Pois é – disse a outra garota. – Não mesmo – e em seguida, completou: – Vim do interior também.

Bundle olhou-a com mais atenção. Havia ficado um pouco irritada por encontrá-la ali. Bundle era do tipo enérgico de pessoa que gostava de "ir logo ao assunto" e previu que aquela segunda visitante precisaria ser despachada antes que ela pudesse resolver suas próprias questões. Afinal, não era o tipo de coisa que ela poderia discutir na frente de uma estranha.

Mas agora, reparando melhor, uma ideia extraordinária veio à sua mente. Seria possível? Sim, aquela jovem estava em luto profundo; suas meias de seda preta mostravam isso. A chance era pequena, mas Bundle se convenceu de que estava certa. Ela respirou fundo e arriscou:

– Escute... – disse ela. – Você por acaso é Loraine Wade?

Os olhos de Loraine se arregalaram.

– Sou, sim. Como você sabe? Nós nos conhecemos?

Bundle balançou a cabeça.

– Não, mas escrevi para você ontem. Eu sou Bundle Brent.

– Foi muita gentileza ter me enviado a carta de Gerry – disse Loraine. – Respondi agradecendo. Mas nunca imaginei que iria encontrá-la aqui.

– Vou explicar por que estou aqui – disse Bundle. – Você conhece Ronny Devereux?

Loraine acenou com a cabeça.

– Ele esteve lá em casa no dia em que Gerry... enfim. E depois passou para me ver mais umas duas ou três vezes. Era um dos melhores amigos de Gerry.

– Eu sei. Bem... ele morreu.

Loraine abriu a boca, surpresa.

– *Morreu?* Mas ele parecia estar tão bem de saúde.

Bundle narrou os eventos do dia anterior da forma mais breve possível. Uma expressão de medo e horror tomou o rosto de Loraine.

– Então *é* verdade. É verdade *mesmo*.

– O que é verdade?

– O que eu pensei... O que venho pensando essas semanas todas. A morte de Gerry não foi natural. Ele foi assassinado.

– Você acha mesmo?

– Sim. Gerry nunca tomaria nada para dormir – ela soltou uma risada nervosa. – Ele dormia bem demais para precisar disso. Sempre achei muito estranha essa história. E *ele* também achava... Sei que achava.

– Ele quem?

– Ronny. E agora acontece isso. Agora, ele também foi morto – ela fez uma pausa e então continuou: – Por isso vim aqui hoje. Aquela carta de Gerry que você me mandou... Assim que eu a li, tentei falar com Ronny, mas me disseram que ele não estava. Então pensei em procurar Jimmy... Era outro grande amigo de Ronny. Achei que talvez ele pudesse me dar algum conselho sobre o que fazer.

– Você diz... – Bundle fez uma pausa. – Sobre Seven Dials, você diz?

Loraine acenou com a cabeça.

– O que acontece é que... – começou ela.

Mas, naquele instante, Jimmy Thesiger entrou na sala.

CAPÍTULO 8

Visitas para Jimmy

Agora, convém voltar cerca de vinte minutos no tempo, para o instante em que Jimmy Thesiger, ao despertar das brumas do sono, deu-se conta de uma voz familiar pronunciando palavras nada familiares.

Seu cérebro, ainda entorpecido, tentou por um instante se concentrar na situação, mas não conseguiu. Ele apenas bocejou e virou para o outro lado.

– Senhor, uma jovem está aqui à sua procura.

A voz era implacável. Parecia tão disposta a repetir aquelas palavras indefinidamente que Jimmy por fim resignou-se ao inevitável. Ele abriu os olhos e então os piscou, com surpresa.

– Como é, Stevens? – perguntou ele. – O que você disse?

– Uma jovem está aqui à sua procura, senhor.

– Ah! – Jimmy esforçou-se para entender a situação. – Por quê?

– Não sei dizer, senhor.

– Bem, sim, entendo – ele repensou o assunto. – Sim, entendo.

Stevens pegou uma bandeja que estava ao lado da cama.

– Vou trazer um chá fresco, senhor. Este já está frio.

– Será que devo me levantar e... hã... ir falar com essa moça?

Stevens não disse nada, mas endireitou bem suas costas, e Jimmy entendeu a mensagem.

– Ah! Bem, certo – disse ele. – Acho que é melhor mesmo. Ela não disse quem era?

– Não, senhor.

– Hm. Não é a tia Jemima, por acaso, é? Porque, se for ela, não vou sair da cama, não.

– Imagino que essa moça não tenha como ser tia de ninguém, senhor, a menos que seja a caçula de uma grande família.

– Ahá! – exclamou Jimmy. – Jovem e bonita. Ela é... Como ela é?

– Essa jovem, senhor, é sem dúvida alguma estritamente *comme il faut**, se me permite a expressão.

– Permito, é claro – disse Jimmy, gentilmente. – Devo dizer, sua pronúncia do francês é excelente, Stevens. Muito melhor do que a minha.

– Fico contente em ouvir isso, senhor. Venho fazendo um curso de francês por correspondência.

– Sério? Você é mesmo um sujeito fantástico, Stevens.

---

* "Como deveria ser." (N.T.)

Stevens abriu um sorriso satisfeito e deixou o quarto. Jimmy ficou na cama, tentando lembrar-se de qualquer moça jovem, bonita e estritamente *comme il faut* que poderia estar ali à sua procura.

Stevens voltou com chá fresco e, enquanto bebia, Jimmy sentiu uma deliciosa curiosidade.

– Stevens, você já ofereceu a ela o jornal e tudo mais, imagino – disse ele.

– Levei a ela o *Morning Post* e a *Punch*, senhor.

O toque da campainha o fez retirar-se. Poucos minutos depois, ele voltou.

– É outra jovem, senhor.

– O quê?

Jimmy pôs as mãos na cabeça.

– Outra jovem. Ela preferiu não se apresentar, mas disse que tem um assunto importante para tratar com o senhor.

Jimmy olhou bem para ele.

– Isso é estranho, Stevens. Muito estranho. Escute, a que horas eu voltei para casa ontem à noite?

– Lá pelas cinco da manhã, senhor.

– E eu estava... hã... como eu estava?

– Apenas um pouco alegre, senhor... Nada de mais. Cantando versos de "Rule, Britannia".*

– Mas que coisa extraordinária – disse Jimmy. – "Rule Britannia", é? Não consigo me imaginar cantando "Rule Britannia" sóbrio nunca. Acho que algum patriotismo latente meu deve ter aflorado graças ao estímulo de... hã... umas doses a mais. Eu estava me divertindo um pouco em um bar chamado Mostarda e Agrião, se me lembro bem. Mas não é um lugar tão inocente como parece, Stevens – ele fez uma pausa. – Bem, não sei se...

– Pois não, senhor?

– Não sei se sob esse tal estímulo eu por acaso não pus um anúncio no jornal, pedindo uma babá ou coisa assim.

Stevens deu uma tossida.

– *Duas* jovens aparecendo assim. É estranho. É melhor eu me abster de qualquer visita ao Mostarda e Agrião no futuro. Essa é uma bela palavra, Stevens... *abster*... Descobri-a num jogo de palavras cruzadas outro dia e me afeiçoei bastante a ela.

Enquanto falava, Jimmy vestiu-se rapidamente. Após dez minutos, estava pronto para receber suas visitantes misteriosas. Ao abrir a porta da sala de estar, a primeira pessoa com quem Jimmy deparou foi uma jovem magra

---

* Famosa canção patriótica britânica. (N.T.)

e morena que ele nunca vira antes. Ela estava de pé ao lado da lareira, apoiada na parede. Em seguida, seu olhar se desviou para uma das imensas poltronas de couro, e seu coração engasgou-se. Loraine!

Foi ela quem se levantou e falou primeiro, um pouco nervosa.

– Você deve estar muito surpreso em me ver. Mas tive que vir aqui. Vou explicar tudo. Esta aqui é lady Eileen Brent.

– Bundle... É como costumam me chamar. Você já deve ter ouvido falar de mim por Bill Eversleigh.

– Ah, sim, claro – disse Jimmy, tentando contornar a situação. – Por favor, sentem-se e vamos tomar um drinque ou alguma coisa assim.

No entanto, as duas jovens recusaram.

– Para falar a verdade, eu acabei de acordar – continuou Jimmy.

– Foi o que Bill me falou – disse Bundle. – Comentei com ele que viria aqui, e ele me disse que você não estaria acordado mesmo.

– Bom, mas agora já estou – disse Jimmy, para encorajá-la.

– Eu queria falar sobre Gerry – disse Loraine. – E agora sobre Ronny também...

– Como assim, "e agora sobre Ronny também"?

– Ele levou um tiro ontem.

– Quê?! – exclamou Jimmy.

Bundle contou sua história pela segunda vez.

Jimmy ouviu como se aquilo fosse um pesadelo.

– O velho Ronny... baleado – murmurou ele. – Mas como é possível?

Sentou-se na ponta de uma cadeira, pensou por um ou dois minutos e então falou, com uma voz baixa e tranquila:

– Acho que eu deveria contar uma coisa a vocês.

– Pode falar – disse Bundle para encorajá-lo.

– Foi no dia em que Gerry Wade morreu. Quando estávamos indo lhe dar a notícia – ele acenou para Loraine. – No carro, Ronny me disse alguma coisa. Ou melhor, tentou me dizer alguma coisa. Ele queria me contar algo e até começou a falar, mas depois disse que talvez não devesse por causa de um juramento.

– Um juramento? – perguntou Loraine, pensativa.

– Foi o que ele disse. Não insisti mais depois disso, é claro. Mas ele estava estranho... muito estranho... durante o caminho todo. Ele parecia estar suspeitando de... bem, de um crime. Achei até que ele comentaria isso com o médico. Mas não, ele não disse nada. Então imaginei que tinha me enganado. E depois, com todas as provas encontradas... Bem, o caso me pareceu ser muito simples. Então achei que minhas suspeitas deviam ser infundadas mesmo.

— Mas você acha que Ronny ainda desconfiava de algo? – perguntou Bundle.

Jimmy acenou com a cabeça.

— É o que eu acho agora. Enfim, nenhum de nós nunca mais o viu depois disso. Acho que ele estava investigando sozinho... Tentando descobrir a verdade por trás da morte de Gerry, e digo mais, acho que ele *chegou* a descobrir. Foi por isso que os canalhas o atacaram. E, depois de tudo, ele tentou me alertar, mas só conseguiu pôr essas duas palavras para fora.

— Seven Dials – disse Bundle, sentindo um leve arrepio.

— Seven Dials – repetiu Jimmy, sério. – Enfim, pelo menos temos essa pista agora.

Bundle virou-se para Loraine.

— Você ia me dizer alguma coisa...

— Ah, sim! Primeiro, sobre a carta – ela virou-se para Jimmy. – Gerry me deixou uma carta. Lady Eileen...

— Bundle.

— Bundle a encontrou – ela então explicou toda a história em algumas palavras.

Jimmy a ouviu, muito interessado. Ele não sabia nada sobre essa carta. Loraine tirou-a da bolsa e entregou-a a ele. Ele leu a carta e então olhou para a jovem.

— Bem, é com isso que você pode nos ajudar. O que Gerry queria que você esquecesse?

Loraine franziu as sobrancelhas com certa perplexidade.

— Não lembro bem agora. Abri uma carta de Gerry por acidente. Viera escrita em um papel barato, disso eu me lembro, e tinha uma caligrafia horrível. Vi um endereço de Seven Dials no cabeçalho. Percebi que a carta não era para mim, então a guardei de volta no envelope sem ler.

— Tem certeza? – perguntou Jimmy, gentilmente.

Loraine riu pela primeira vez.

— Sei o que você está pensando, e admito que toda mulher é curiosa. Mas acontece que essa carta nem parecia ser interessante. Era só uma lista com nomes e datas.

— Nomes e datas – disse Jimmy, pensativo.

— Gerry pareceu não se importar muito – continuou Loraine. – Ele deu risada. Ele me perguntou se eu já tinha ouvido falar da máfia e depois comentou que seria curioso se surgisse um grupo como a máfia na Inglaterra... Mas que esse tipo de grupo não combinava muito com os ingleses. "Nossos criminosos", disse ele, "não são lá muito inspirados".

Jimmy juntou os lábios e soltou um assovio.

– Acho que estou começando a entender – disse ele. – Seven Dials deve servir de base para algum grupo secreto. Como dizia a carta, no começo, ele achou que era só uma brincadeira. Mas está claro que não era nenhuma brincadeira... Ele mesmo disse isso. E tem mais outra coisa: o quanto ele insistiu para que você esquecesse o que ele disse. Só existe uma explicação para isso... Se esse grupo suspeitasse de que você sabia alguma coisa sobre eles, você também correria perigo. Gerald se deu conta disso e ficou muito preocupado... com você – ele fez uma pausa e então voltou a falar, baixinho: – Inclusive acho que todos nós estaremos correndo perigo... se levarmos isso adiante.

– "Se"?! – exclamou Bundle, indignada.

– Estou falando por vocês duas. Para mim, é diferente. O pobre Ronny era meu amigo – ele olhou para Bundle. – Você já fez a sua parte. Você me passou a mensagem que ele queria me mandar. Agora, pelo amor de Deus, fique fora disso. Você e Loraine.

Bundle olhou para a outra jovem, à espera de sua reação. Ela mesma já havia se decidido, mas preferiu não demonstrar isso ainda. Não queria arrastar Loraine Wade para uma situação perigosa.

Mas o rosto de Loraine incendiou-se na mesma hora de indignação.

– Nem pensar! Você acha mesmo que vou desistir disso assim... depois de terem matado Gerry... meu querido Gerry, o melhor, mais amado e gentil irmão que uma garota poderia ter? A única pessoa no mundo todo com quem eu podia contar?

Jimmy limpou a garganta, desconcertado.

Loraine era uma jovem fantástica, pensou ele, simplesmente fantástica.

– Calma, escute – disse ele, sem jeito. – Você não devia dizer isso. Que está sozinha no mundo assim... Isso é uma besteira. Você tem muitos amigos... que fariam de tudo para ajudar você. Não é verdade?

Era bem provável que fosse, sim, pois Loraine ficou vermelha de repente e, para disfarçar sua confusão, começou a falar com uma voz nervosa.

– Não, está decidido – disse ela. – Eu vou ajudar. Ninguém vai me impedir.

– Eu também vou, é claro – disse Bundle.

As duas olharam para Jimmy.

– Sim – disse ele, devagar. – Sim, eu entendo – elas olharam para ele, esperando sua próxima reação. – Só não sei por onde vamos começar.

CAPÍTULO 9

Planos

As palavras de Jimmy levaram a discussão para uma esfera mais prática.

– Bom, na verdade, não sabemos lá muita coisa – disse ele. – Só temos as palavras, "Seven Dials". E eu nem sei direito onde Seven Dials fica. Mas, enfim, não podemos vasculhar o distrito inteiro, casa por casa.

– Podemos, sim – disse Bundle.

– Bem, talvez até possamos... mas não tenho certeza. Imagino que seja uma área muito povoada. E não seria nada muito sutil.

A palavra lembrou-o da jovem Soquete e o fez sorrir.

– Fora isso, é claro, sabemos do trecho na estrada onde Ronny foi baleado. Poderíamos investigar por lá. Mas a polícia já deve estar fazendo isso, e com muito mais competência do que nós.

– O que eu gosto em você é esse seu jeito alegre e otimista – disse Bundle, sarcástica.

– Não ligue para ela, Jimmy – disse Loraine, baixinho. – Continue.

– Tenha calma – disse Jimmy a Bundle. – Todos os melhores detetives analisam seus casos assim, eliminando partes desnecessárias e improdutivas da investigação. Mas já vou chegar à terceira pista... a morte de Gerald. Sabemos agora que ele foi assassinado... Aliás, vocês duas acreditam nisso, não?

– Sim – disse Loraine.

– Sim – disse Bundle.

– Ótimo. Eu também. Bem, acho que, com isso, podemos até ter alguma chance. Afinal, se Gerry não tomou o cloral por conta própria, alguém deve ter entrado em seu quarto e colocado o remédio lá... diluído no copo d'água, para que ele bebesse ao acordar. E depois, é claro, deixou sua caixa, ampola, ou seja lá o quê, vazia para trás. Vocês concordam com isso?

– S-sim – disse Bundle devagar. – Mas...

– Calma. E essa pessoa já devia estar dentro da casa. Não teria como ser alguém de fora.

– Não – concordou Bundle, mais rápido dessa vez.

– Muito bem. Certo, isso limita bastante as possibilidades. Primeiro, imagino que muitos dos seus funcionários sejam quase que da família... São pessoas da sua confiança, digo.

– Sim – disse Bundle. – Praticamente todos os funcionários ficaram quando alugamos a casa. Os principais ainda estão todos lá... Mas, claro, houve algumas mudanças entre os criados.

– Exato... É bem nesse ponto que quero chegar. *Você* – disse ele, falando com Bundle – precisa investigar tudo isso. Descubra quando novos funcionários foram contratados... Como um novo zelador, por exemplo.

– Um dos zeladores é novo. John é o nome dele.

– Bem, pergunte sobre John. E sobre qualquer outro que tenha chegado há pouco tempo.

– Imagino que deva ter sido algum empregado mesmo – disse Bundle, devagar. – Mas e se foi um dos convidados?

– Não vejo como isso seria possível.

– Quem estava lá, exatamente?

– Bem, havia três garotas... Nancy, Helen e Soquete...

– Soquete Daventry? Eu a conheço.

– Acho que sim. É uma garota que vive dizendo que tudo é sutil.

– É essa mesma. Acho que sutil é sua palavra favorita.

– Fora elas, estávamos Gerry Wade, eu, Bill Eversleigh e Ronny. E, é claro, sir Oswald e lady Coote. Ah! E Pongo.

– Quem é Pongo?

– Um rapaz chamado Bateman... Secretário do velho Coote. Um sujeito meio sério, mas muito correto. Estudei com ele.

– Nenhum deles me parece muito suspeito – comentou Loraine.

– Não, não mesmo – disse Bundle. – Como você falou, vamos ter que investigar entre os empregados. Aliás, será que aquele despertador que foi jogado pela janela teve algo a ver com essa história?

– Um despertador foi jogado pela janela? – disse Jimmy, pensativo. Essa era a primeira que vez que ele ouvia falar sobre esse assunto.

– Sim. Não imagino como isso poderia ter alguma ligação com o caso – disse Bundle. – Mas, enfim, é estranho. Parece não fazer sentido algum.

– Eu me lembro... – disse Jimmy, devagar. – Eu entrei para... para ver o pobre Gerry e vi os despertadores enfileirados em cima da lareira. E me lembro de ter visto apenas sete... não oito deles.

Ele estremeceu de repente e depois se explicou.

– Desculpem. Não sei por quê, mas esses despertadores sempre me deram calafrios. Eu às vezes até sonho com eles. Odiaria entrar naquele quarto no escuro e vê-los enfileirados lá.

– Você não conseguiria ver nada se estivesse escuro – disse Bundle, sendo prática. – A não ser que os relógios fossem luminosos... Ah! – de repente, ela ficou boquiaberta e com o rosto corado. – Mas é claro! *Seven Dials!*

Os outros olharam para ela, confusos, mas ela insistiu com ainda mais veemência.

– *Seven Dials!* Os sete relógios devem ser alguma referência a isso! Não pode ser mera coincidência.

Seguiu-se uma pausa.

Empolgada, Bundle começou a interrogar Jimmy.

– Quem comprou os despertadores?

– Todos nós juntos.

– Quem teve a ideia?

– Todos nós juntos.

– Que besteira, alguém deve ter pensado nela primeiro.

– Não foi assim. Nós estávamos discutindo o que fazer para acordar Gerry, então Pongo sugeriu usar um despertador, mas alguém disse que apenas um não adiantaria nada, e então outra pessoa, Bill Eversleigh, acho, respondeu, "Por que não usar vários então?". Todos nós gostamos da ideia e saímos para comprá-los. Pegamos um aparelho para cada e um a mais para Pongo e outro para lady Coote... por pura generosidade nossa. Não foi nada premeditado... Foi tudo por mero acaso.

Bundle não disse nada, mas não se convenceu.

Jimmy continuou a recontar o caso passo a passo.

– Acho que podemos ter certeza de alguns fatos. Pelo visto, existe, sim, um grupo secreto, com certas semelhanças à máfia. Gerry Wade tomou conhecimento disso. A princípio, ele achou que era só uma brincadeira... Um absurdo, por assim dizer. Ele não acreditou que isso poderia ser perigoso. Mas, depois, alguma coisa o convenceu do contrário, e ele passou a levar esse assunto a sério. Imagino que ele deva ter dito algo a Ronny Devereux. Enfim, quando ele foi morto, Ronny desconfiou, e ele já devia saber o bastante para acabar levando o mesmo fim. O nosso azar é que precisamos começar praticamente do zero. Nós não sabemos nada do que eles dois sabiam.

– Talvez isso seja uma vantagem – disse Loraine, friamente. – Ninguém vai suspeitar de nós, então estaremos a salvo.

– Gostaria de ter certeza disso – disse Jimmy, preocupado. – Sabe, Loraine, o próprio Gerry não queria você envolvida nessa história. Será que não seria melhor você...?

– Não, nem pensar – disse Loraine. – Não vou voltar a esse assunto. Seria só perda de tempo.

Ao ouvir a palavra "tempo", os olhos de Jimmy ergueram-se até o relógio na parede, e ele soltou uma exclamação de espanto. Em seguida, levantou-se e abriu a porta.

– Stevens!

– Pois não, senhor?

– Já é quase hora do almoço, Stevens. Você poderia cuidar disso?

– Imaginei mesmo que seria necessário, senhor. Já fiz todos os preparativos de acordo.

— Esse homem é fantástico — disse Jimmy enquanto voltava, soltando um suspiro de alívio. — Puro cérebro, sabe. Puro cérebro. Ele faz cursos por correspondência. Às vezes fico até pensando se eu não deveria fazer alguns também.

— Não seja bobo — disse Loraine.

Stevens abriu a porta e começou a trazer uma rebuscada refeição. Primeiro, um omelete, seguido por codornas e, por fim, um levíssimo suflê.

— Por que os homens vivem tão bem quando são solteiros? — comentou Loraine, com um ar trágico. — Por que eles são tão mais bem tratados do que nós?

— Ah, mas que besteira! — disse Jimmy. — Digo, não é verdade. Como poderia ser? Eu muitas vezes acho que...

Ele gaguejou e não terminou. Loraine ficou vermelha de novo.

De repente, Bundle soltou uma exclamação e os outros dois se espantaram.

— Mas que idiota! — disse Bundle. — Que imbecil. Eu mesma, digo. Sabia que estava me esquecendo de alguma coisa.

— O que foi?

— Você conhece o Olhudo? George Lomax, digo?

— Já ouvi falar, sim — disse Jimmy. — Bill e Ronny falam muito dele.

— Bem, o Olhudo vai dar algum tipo de festa, um encontro político no próximo final de semana... e recebeu uma carta de alerta que veio de Seven Dials.

— Quê?! — exclamou Jimmy, inclinando-se para frente, todo empolgado. — Sério?

— Sério. Ele contou ao meu pai. O que acha que isso significa?

Jimmy acomodou-se de volta na cadeira, raciocinando rápido e com todo cuidado. Suas palavras seguintes foram sucintas e diretas.

— Alguma coisa vai acontecer nessa festa — disse ele.

— É o que eu acho — concordou Bundle.

— Tudo se encaixa — disse Jimmy, quase contente.

Virou-se para Loraine.

— Que idade você tinha durante a guerra? — perguntou ele, de repente.

— Nove... não, oito.

— E Gerry, imagino eu, devia ter uns vinte. A maioria dos rapazes dessa idade lutou na guerra. Mas Gerry, não.

— Não — disse Loraine, depois de pensar um pouco. — Não, Gerry não foi soldado. Não sei por quê.

— Eu sei por quê — disse Jimmy. — Ou ao menos tenho um bom palpite. Ele esteve fora da Inglaterra de 1915 a 1918. Tomei o cuidado de investigar isso. E, ao que parece, ninguém sabe ao certo por onde ele andou. Mas acho que ele foi para a Alemanha.

As bochechas de Loraine ficaram vermelhas. Ela olhou para Jimmy, admirada.

– Como você é inteligente.

– Ele falava alemão muito bem, não falava?

– Ah, sim, como um nativo.

– Aposto que tenho razão. Escutem, vocês duas. Gerry Wade trabalhava no Ministério de Relações Exteriores. Ele parecia ser um simpático pateta, perdoem-me a expressão, mas vocês sabem do que estou falando, como Bill Eversleigh e Ronny Devereux. Um burocrata ornamental do gabinete. Mas, no fundo, ele era muito diferente. Acho que Gerry Wade era um profissional de verdade. Afinal, dizem que nós temos os melhores agentes do mundo. Acho que Gerry Wade era um oficial de alto escalão do serviço secreto. E isso explica tudo! Eu me lembro de comentar por acaso naquela última noite em Chimneys que Gerry não podia ser tão bobo como parecia.

– Tudo bem, e se você tiver razão? – perguntou Bundle, sendo prática como sempre.

– Então a coisa é mais séria do que pensamos. Essa história de Seven Dials não é só um caso de polícia... É algo internacional. Uma coisa é certa: alguém precisa ir a essa festa de Lomax.

Bundle fez uma leve careta.

– Eu conheço bem o velho George... Mas ele não gosta de mim. Ele nunca cogitaria me convidar para um evento desses. Ainda assim, eu poderia...

Ela não terminou a frase, perdida em seus pensamentos.

– Será que *eu* conseguiria falar com Bill? – perguntou Jimmy. – Ele é o braço direito do Olhudo, então com certeza deve ir à festa. Ele poderia dar um jeito de me levar junto.

– Não vejo por que não – disse Bundle. – Mas você vai ter que conversar com Bill e fazer com que ele diga as coisas certas. Ele é incapaz de pensar sozinho.

– O que você sugere? – perguntou Jimmy, humildemente.

– Ah, é muito fácil! Bill só precisa apresentar você como um jovem rico... interessado em política, querendo entrar para o parlamento. George vai cair na mesma hora. Você sabe como são esses tipos políticos, sempre à procura de novos jovens endinheirados. Quanto mais rico Bill disser que você é, mais fáceis vão ficar as coisas.

– Desde que ele não me faça parecer um Rothschild, tudo bem – disse Jimmy.

– Acho que isso já resolveria a questão. Vou jantar com Bill amanhã à noite, e acho que consigo uma lista dos convidados. Isso será muito útil.

– É uma pena que você não possa ir também – disse Jimmy. – Mas, enfim, acho que é melhor mesmo.

— Não sei, talvez eu até consiga – disse Bundle. – O Olhudo me odeia... Mas existem outros meios.

Bundle ficou pensativa.

— Mas e eu? – perguntou Loraine, com uma voz baixinha e tímida.

— Você não vai participar disso – rebateu Jimmy. – Entende? Afinal, nós precisamos ter alguém de fora para... hã...

— Para o quê? – perguntou Loraine.

Jimmy desistiu de continuar e apelou para Bundle.

— Escute – disse ele. – É melhor Loraine não se envolver nisso, não é?

— Acho que sim, com certeza.

— Fica para outra vez – disse Jimmy, educadamente.

— E imagino que não haverá outra vez, certo? – rebateu Loraine.

— Ah, acho que haverá, sim. Sem dúvida.

— Entendi. Então eu só volto para casa e... fico esperando?

— Isso – disse Jimmy, muito aliviado. – Que bom que você entendeu.

— Veja bem – explicou Bundle. – Se nós três aparecêssemos lá assim, de repente, seria muito suspeito. E justificar a sua presença em especial seria muito difícil. Você entende, não?

— Ah, sim – disse Loraine.

— Então está resolvido... Você não faz nada – disse Jimmy.

— Certo, eu não faço nada – concordou Loraine submissa.

Bundle olhou para ela, desconfiada de repente. A tranquilidade com que Loraine estava aceitando tudo não lhe parecia nada natural. Loraine virou-se para ela também. Seus olhos eram azuis e sinceros, e encontraram os de Bundle sem qualquer hesitação. Esse tipo de reação não deixou Bundle muito satisfeita. Ela achou essa repentina postura submissa de Loraine Wade altamente suspeita.

CAPÍTULO 10

Bundle vai à Scotland Yard

Quanto à conversa anterior, é preciso notar que cada um dos três participantes teve, por assim dizer, certas reservas. A máxima "nem tudo é o que parece" é muito verdadeira.

Poderíamos questionar, por exemplo, se Loraine Wade foi totalmente sincera quanto aos motivos que a levaram a procurar Jimmy Thesiger.

Da mesma forma, Jimmy Thesiger vinha fazendo vários planos para a festa de George Lomax, embora não tivesse a menor intenção de revelá-los para, digamos, Bundle.

E a própria Bundle também já havia arquitetado um grandioso esquema que pretendia colocar em execução imediata, mas a respeito do qual não havia comentado absolutamente nada com ninguém.

Assim que deixou a casa de Jimmy Thesiger, ela foi até a Scotland Yard, onde pediu para falar com o superintendente Battle.

O superintendente Battle era um homem de grande eminência, que se dedicava quase que apenas a casos delicados de natureza política. A investigação de um desses casos o havia levado a Chimneys, quatro anos atrás, e Bundle contava com que ele se lembrasse disso.

Após uma breve espera, ela foi levada através de vários corredores até o gabinete particular do superintendente. Battle era um sujeito estoico de rosto inexpressivo. Parecia ser um completo idiota, e lembrava mais um porteiro do que um detetive.

Estava parado junto à janela quando ela entrou, olhando com um ar vazio para alguns pardais lá fora.

– Boa tarde, lady Eileen – disse ele. – Sente-se, por favor.

– Obrigada – disse Bundle. – Imaginei que talvez não fosse se lembrar de mim.

– Claro que me lembro – disse Battle. – Faz parte do meu trabalho – completou ele.

– Ah, claro! – disse Bundle, sem muito ânimo.

– E como posso ajudá-la? – perguntou o superintendente.

Bundle foi direto ao assunto.

– Sempre ouvi dizer que vocês da Scotland Yard têm listas de grupos secretos e coisas assim que operam em Londres.

– Nós tentamos nos manter atualizados – disse o superintendente Battle, cuidadoso.

– Imagino que muitos deles na verdade nem sejam perigosos.

– Nós seguimos uma regra muito eficaz para isso – disse Battle. – Quanto mais se fala, menos se faz. É surpreendente o quanto esse simples conceito funciona.

– E ouvi dizer que muitas vezes vocês não interferem nesses grupos. É verdade?

Battle acenou com a cabeça.

– Claro. Não há problema algum se alguns sujeitos querem se apresentar como Irmãos da Liberdade e se encontram em um porão para falar sobre grandes massacres... Isso não faz mal a eles, nem a você e, se eles algum dia causarem qualquer problema, nós saberemos onde encontrá-los.

– Mas às vezes, imagino eu – disse Bundle, devagar –, um grupo específico pode ser mais perigoso do que se imagina, não?

– É muito pouco provável – disse Battle.

– Mas seria *possível* – insistiu Bundle.

– Ah, sim, *possível* até seria – admitiu o superintendente.

Seguiu-se um instante de silêncio. Em seguida, Bundle disse baixinho:

– Superintendente Battle, o senhor poderia me passar uma lista dos grupos secretos com base em Seven Dials?

O superintendente Battle gabava-se de nunca ter sido visto demonstrando qualquer tipo de emoção. Mas Bundle poderia jurar que, por um breve instante, suas pálpebras estremeceram. Ele ficou surpreso. Por um breve instante, apenas. Mas logo em seguida voltou ao estoicismo de sempre.

– Tecnicamente falando, lady Eileen, Seven Dials é um lugar que já nem existe mais.

– Não?

– Não. Quase tudo por lá foi demolido e reconstruído. Costumava ser uma região menos favorecida, mas hoje aquela é uma parte respeitável e valorizada da cidade. Está longe de ser um lugar romântico, onde alguém poderia investigar misteriosas sociedades secretas.

– Ah, é? – disse Bundle, um tanto surpresa.

– Mas, enfim, gostaria de saber o que despertou seu interesse pela região, lady Eileen.

– Preciso mesmo lhe contar?

– Bom, facilitaria muito as coisas saber com o que estamos lidando, por assim dizer.

Bundle hesitou por um instante.

– Um homem levou um tiro – disse ela, devagar. – Eu achei que tinha o atropelado.

– O sr. Ronald Devereux?

– Sim, o senhor já deve saber, é claro. Por que não saiu nada nos jornais?

– A senhorita quer mesmo saber, lady Eileen?

– Sim, por favor.

– Bem, nós só pensamos que seria bom esperar um dia para a poeira baixar... Entende? O caso sairá nos jornais amanhã.

– Ah, sim! – Bundle olhou para ele, intrigada.

O que estaria se escondendo por trás daquele rosto impassível? Ele encarava o assassinato de Ronald Devereux como um crime qualquer ou um caso incomum?

— Ele mencionou Seven Dials pouco antes de morrer — disse Bundle, devagar.

— Ah, obrigado — disse Battle. — Vou tomar nota disso.

Ele escreveu algumas palavras em um caderninho à sua frente.

Bundle decidiu mudar de assunto.

— Soube que o sr. Lomax veio procurá-lo ontem para discutir uma carta de ameaças que recebeu.

— É verdade.

— E essa carta veio de Seven Dials?

— Sim, era o que dizia no cabeçalho, se não me engano.

Bundle sentiu-se como se estivesse batendo em vão em uma porta trancada.

— Se me permite um conselho, lady Eileen...

— Já sei o que o senhor vai falar.

— Se eu fosse a senhorita, voltaria para casa e... bem, não pensaria mais nesse assunto.

— E deixaria tudo por sua conta, imagino?

— Bem... — disse o superintendente Battle. — Afinal, nós somos profissionais.

— E eu sou só uma amadora? Sim, mas o senhor está se esquecendo de uma coisa... Por mais que eu não tenha os mesmos conhecimentos e habilidades que vocês, tenho uma vantagem. Posso investigar o caso sem que ninguém desconfie de nada.

Para Bundle, o superintendente pareceu ficar um tanto surpreso, como se a força de suas palavras tivesse lhe causado certo impacto.

— Mas é claro... — disse Bundle. — Se o senhor não puder me dar essa lista dos grupos secretos...

— Ah, eu nunca disse isso! Vou lhe passar uma lista com todas as informações.

Ele foi até a porta, pôs a cabeça para fora, gritou alguma coisa e depois voltou para sua cadeira. Bundle, talvez sem motivo para tanto, ficou perplexa. A facilidade com que conseguira o que queria lhe pareceu deveras suspeita. Battle estava olhando para ela agora com uma expressão tranquila.

— O senhor se lembra da morte do sr. Gerald Wade? — perguntou ela, de repente.

— Foi na sua casa, não foi? Devido a uma overdose de remédio para dormir.

— A irmã dele me disse que ele nunca tomou nada para dormir.

— Ah, é? — disse o superintendente. — Você ficaria surpresa com o quanto as irmãs não sabem sobre os próprios irmãos.

Bundle ficou perplexa de novo. Sem dizer mais nada, ela só esperou, até que um homem apareceu, trazendo uma folha de papel batida à máquina que entregou ao superintendente.

— Aqui está — disse Battle, quando o homem se retirou. — Os Irmãos de São Sebastião. Os Caçadores de Lobos. Os Camaradas da Paz. O Clube dos Companheiros. Os Amigos da Opressão. Os Filhos de Moscou. Os Partidários do Estandarte Vermelho. Os Arenques. Os Defensores dos Oprimidos... E mais uma meia dúzia de outros.

Entregou o papel a Bundle, com uma piscadela.

— O senhor só está me dando essa lista porque sabe que ela não vai me servir de nada — disse Bundle. — Está querendo que eu desista do caso?

— É o que eu acharia melhor, sim — disse Battle. — Veja bem... Se a senhorita começar a se intrometer com todos esses grupos... Bem, isso nos trará muitos problemas.

— Para me proteger, você diz?

— Sim, para proteger a senhorita, lady Eileen.

Bundle levantou-se, sem saber ao certo como agir em seguida. Pelo menos por enquanto o superintendente Battle estava no comando da situação. Mas ela então lembrou-se de um leve deslize, no qual baseou um último apelo.

— Agora há pouco, comentei que uma amadora poderia ter certas vantagens sobre um profissional. E o senhor não negou, pois é um homem honesto, superintendente Battle. O senhor sabia que eu estava certa.

— Continue... — disse Battle, seco.

— O senhor me deixou ajudá-lo em Chimneys. Por que não quer minha ajuda agora?

Battle pareceu ruminar a questão. Encorajada pelo silêncio dele, Bundle continuou.

— O senhor já me conhece muito bem, superintendente Battle. Eu me envolvo nas coisas. Sou uma enxerida. Não quero atrapalhar seu trabalho, nem fazer nada que vocês já estejam fazendo e possam fazer muito melhor. Mas se uma amadora pode ter seu papel, deixe-me ajudar.

Após outra pausa, o superintendente Battle disse baixinho:

— A senhorita se expressou muito bem, lady Eileen. Mas vou lhe dizer uma coisa. Essa sua proposta é perigosa. E se estou dizendo isso, acredite, é porque ela é perigosa *mesmo*.

— Entendi isso — disse Bundle. — Não sou nenhuma boba.

— Não — disse o superintendente Battle. — Nunca conheci jovem menos boba do que a senhorita. O que posso fazer, lady Eileen, é o seguinte. Vou lhe dar apenas uma pequena pista. E só vou fazer isso porque nunca tive lá muito apreço pelo velho ditado de que "o seguro morreu de velho". Para mim, metade dessas pessoas que vivem com medo de atravessar a rua merecia é ser atropelada mesmo, para não ficar mais no caminho. Elas não servem para nada.

Ver esse discurso tão radical saindo dos lábios sempre contidos do superintendente Battle deixou Bundle surpresa.

– Qual era mesmo a pista que o senhor ia me dar? – perguntou ela, por fim.

– Conhece o sr. Eversleigh, não?

– Se conheço Bill? Ah, sim, claro. Mas o quê...

– Acho que o sr. Bill Eversleigh poderá responder todas as suas perguntas sobre Seven Dials.

– Bill sabe dessa história? *Bill?*

– Não foi o que falei. Longe disso. Mas acho que, sendo uma jovem tão sagaz como é, a senhorita poderá conseguir dele as informações que procura. Enfim... – disse o superintendente Battle com firmeza. – Sobre isso, não vou dizer mais nem uma palavra.

CAPÍTULO 11

Um jantar com Bill

Bundle saiu para o encontro com Bill, na noite seguinte, cheia de expectativa.

Bill a recebeu com grande empolgação.

"Bill é *mesmo* um sujeito muito gentil", pensou Bundle consigo mesma. "Como um cão grande e desengonçado que abana o rabo quando fica contente ao lhe ver."

O cachorrão passou a soltar vários ganidos na forma de comentários e novidades.

– Você está linda, Bundle. Mal tenho palavras para dizer o quanto estou feliz em vê-la. Pedi uma porção de ostras... Você gosta de ostras, não gosta? Enfim, como vão as coisas? O que você andou fazendo para passar tanto tempo fora assim? Aproveitou bastante?

– Não, que nada – disse Bundle. – Foi um tédio. Vi só um monte de coronéis velhos e doentes se arrastando embaixo do sol, e velhotas solteiras cuidando de bibliotecas e igrejas.

– Eu gosto mesmo é da Inglaterra – disse Bill. – Não ligo muito para essa história de viagens... A não ser para a Suíça. A Suíça é um belo país. Acho que vou para lá neste Natal. Quer ir comigo?

— Vou pensar, prometo – disse Bundle. – E você, o que anda fazendo da vida, Bill?

Foi uma pergunta precipitada, que Bundle fez apenas para ser educada e como introdução para abordar os assuntos de que de fato queria tratar. No entanto, foi também justamente a abertura que Bill estava esperando.

— Era disso mesmo que eu queria lhe falar. Você é muito inteligente, Bundle, e queria um conselho seu. Já ouviu falar daquele musical, "Danado"?

— Sim.

— Bem, vou lhe falar, é uma das coisas mais depravadas que já vi. Meu Deus, como esse povo do teatro é! Tem uma garota... uma jovem americana... um espetáculo de mulher...

Bundle perdeu o ânimo. As histórias sobre os casos de Bill eram sempre intermináveis... Ele começava a falar, falar e não parava mais.

— Essa garota, ela se chama Babe St. Maur...

— Onde ela arrumou esse nome? – perguntou Bundle, sarcástica.

Bill respondeu sem entender a indireta.

— Foi numa coleção de biografias. Ela abriu o livro e pôs o dedo no meio de uma página qualquer. Interessante, não é? O nome de família verdadeiro dela é Goldschmidt, ou Abrameier... alguma coisa complicada assim.

— Ah, é complicado mesmo – concordou Bundle.

— Bom, acho Babe St. Maur muito bonito. E ela é musculosa, tem um corpo lindo. Foi uma das oito garotas que...

— Bill – disse Bundle, desesperada. – Eu falei com Jimmy Thesiger ontem cedo.

— Ah, o bom e velho Jimmy – disse Bill. – Enfim, como eu dizia, Babe é uma garota muito esperta. Todo mundo precisa ser hoje em dia. Ela é mais inteligente do que a maioria desse povo do teatro. Se você quer se dar bem na vida, precisa saber se impor, é o que Babe sempre diz. E, olha, ela merece. Ela é ótima atriz... É incrível o quanto aquela garota sabe atuar. Ela só não se destacou muito em "Danado"... Acabou se perdendo entre aquele bando de outras jovens bonitas. Então sugeri que ela deveria tentar uma peça mais séria... Talvez um drama, como "A segunda sra. Tanqueray", alguma coisa assim, sabe? Mas ela deu risada.

— Você tem visto Jimmy?

— Falei com ele hoje cedo. Vejamos, onde eu estava mesmo? Ah, sim, ainda não cheguei à parte do problema. E sério, foi só por inveja... pura inveja e rancor. A outra garota não chegava nem aos pés de Babe, e sabia muito bem disso. Então ela foi pelas costas de Babe e...

Bundle resignou-se ao inevitável e ouviu toda a história sobre as infelizes circunstâncias que culminaram no corte sumário de Babe St. Maur do elenco de "Danado", coisa que levou um bom tempo. Quando Bill por fim parou para respirar e ouvir palavras de solidariedade, Bundle disse:

– Você tem razão, Bill, foi uma grande pena. Deve haver muita inveja nesse meio...

– Essa é uma praga que assola o mundo do teatro inteiro.

– Deve ser. Mas, escute, Jimmy por acaso comentou com você se iria à festa em Wyvern Abbey na semana que vem?

Pela primeira vez, Bill deu atenção ao que Bundle estava dizendo.

– Bem, ele ficou tentando me convencer a passar uma conversa fiada no Olhudo. De que ele agora quer entrar para o partido conservador. Mas, sabe, Bundle, isso é arriscado demais.

– Por quê? – disse Bundle. – Se George *descobrir* que é só uma farsa, não vai culpar você. Basta dizer que você não sabia de nada.

– Mas não é só por isso – disse Bill. – Digo, é arriscado demais para o próprio Jimmy. Quando ele menos perceber, vai estar lá para os lados de Tooting East, tendo que beijar crianças e fazer discursos. Você não imagina o quanto o Olhudo é um sujeito insistente e empolgado com essas coisas.

– Vamos ter que correr esse risco – disse Bundle. – Jimmy sabe se cuidar bem.

– Você não conhece o Olhudo – insistiu Bill.

– Quem vai a essa festa, Bill? É um evento muito especial?

– Ah, só os trastes de sempre. Como a sra. Macatta, por exemplo.

– A deputada?

– Sim, sabe? A que vive falando de assistência social, campanhas pela qualidade do leite, proteção às crianças, coisas assim. Imagine o pobre Jimmy tendo que ouvir esse tipo de conversa.

– Jimmy que se vire. Quem mais vai estar lá?

– Bom, tem também uma mulher da Hungria, que eles chamam de Jovem Húngara. Uma condessa de um nome impronunciável. Ela é simpática...

Ele engoliu em seco, meio encabulado, e Bundle percebeu que estava esfarelando o pão com um ar nervoso.

– Jovem e bonita? – sugeriu ela, com delicadeza.

– Ah, sim, claro.

– Não sabia que George tinha uma queda por esse tipo de coisa.

– Ah, não tem, não. Ela comanda o departamento de nutrição infantil em Budapeste... ou algum lugar assim. Então, é claro que ela e a sra. Macatta têm muito para conversar.

– Quem mais?

– Sir Stanley Digby...

– O ministro da Aeronáutica?

— Sim, e seu secretário, Terence O'Rourke. Ele é um tanto moleque, aliás... Ou ao menos era, nos tempos em que voava. E um camarada alemão de dar nojo, Herr Eberhard. Não sei quem ele é direito, mas todos andam falando muito sobre ele. Acabei tendo que levá-lo duas vezes para almoçar e, nossa, Bundle, esse sujeito é complicado mesmo. Ele não é como os outros tipos lá da embaixada, que são todos muito decentes. Esse camarada faz um estardalhaço chupando sopa da colher e come ervilhas com faca. Além disso, o infeliz vive roendo as unhas... Até ficar com os dedos em carne viva.

— Que horror.

— Não é mesmo? Parece que ele é inventor... ou alguma coisa assim. Bem, acho que é só isso. Ah, sim, claro, e sir Oswald Coote.

— E lady Coote?

— Sim, acho que ela também irá.

Bundle passou alguns minutos calada, perdida em seus pensamentos. A lista feita por Bill era interessante, mas ela não tinha tempo para pensar em todas as hipóteses agora. Precisava ir direto ao próximo assunto.

— Bill — disse ela. — Que história toda é essa sobre Seven Dials?

Bill ficou totalmente sem graça. Começou a piscar, evitando os olhos de Bundle.

— Não sei do que você está falando — disse ele.

— Ah, por favor — rebateu Bundle. — Já me disseram que você sabe de tudo.

— De tudo o quê?

Essa era uma pergunta difícil. Mas Bundle manteve-se firme.

— Não entendo o que você está querendo esconder — reclamou ela.

— Não estou querendo esconder nada. Quase ninguém mais vai lá. Foi só uma moda que já passou.

Isso a deixou intrigada.

— A gente fica desatualizada mesmo quando viaja — disse Bundle, chateada.

— Ah, você não perdeu grande coisa — disse Bill. — Todo mundo só ia lá para dizer que foi. Era um tédio, na verdade. E, meu Deus, *ninguém* aguenta comer tanto peixe frito.

— Do que você está falando?

— Do Clube Seven Dials, oras — disse Bill, surpreso. — Não era de lá que você estava falando?

— Não sabia que tinha esse nome — disse Bundle.

— Antigamente, era um distrito bem pobre, perto da Tottenham Court. O lugar inteiro agora já foi derrubado e reconstruído. Mas o Clube Seven Dials ainda mantém a atmosfera antiga de sempre. Aquela coisa, peixe com fritas, uma miséria só. É um lugar parecido com East End, mas muito conveniente para se passar a noite depois de se ver uma peça.

— É uma boate, imagino – disse Bundle. – Para se dançar e tudo mais.

— Isso mesmo. O público é bem variado. Não é um lugar nada fino. Com artistas, sabe como é, várias mulheres estranhas e um ou outro da nossa laia. Já ouvi muitas histórias sobre lá, mas acho que é só bobagem, coisas que inventam para dar fama ao lugar.

— Certo – disse Bundle. – Vamos lá hoje à noite, então.

— Ah, não há por quê – disse Bill, voltando a ficar sem jeito. – Já falei, o lugar morreu. Ninguém mais vai lá.

— Bem, mas nós vamos, sim.

— Você não vai gostar de lá, Bundle. É sério.

— Você vai me levar ao Clube Seven Dials hoje e ponto final, Bill. E posso saber por que você está tão relutante assim?

— Eu? Relutante?

— Mas é claro. Qual é o grande segredo?

— Grande segredo?

— Pare de repetir tudo o que eu falo. Você só está fazendo isso para ganhar tempo.

— Não é isso – disse Bill, indignado. – É só que...

— O quê? Sei que tem alguma coisa aí. Você nunca consegue me esconder nada.

— Não tenho nada para esconder. É só que...

— Pois bem?

— É uma longa história... Enfim, levei Babe St. Maur até lá uma noite...

— Ah, Babe St. Maur de novo!

— Qual o problema?

— Eu não sabia que isso tinha a ver com ela... – disse Bundle, disfarçando um bocejo.

— Como disse, eu levei Babe até lá. Ela queria comer uma lagosta. Então eu peguei uma lagosta e...

A história continuou... Até a lagosta por fim ser desmembrada em uma disputa entre Bill e um desconhecido qualquer, e então Bundle voltou a prestar atenção no que ele dizia.

— Entendi – disse ela. – Então houve uma briga?

— Sim, mas a lagosta era *minha*. Eu paguei por ela, então tinha todo o direito de...

— Ah, sim, claro que tinha – disse Bundle, apressada. – Tenho certeza de que ninguém mais se lembra disso agora. E eu nunca gostei muito de lagosta mesmo. Então, vamos lá.

– E se formos presos numa batida de polícia? Eles têm uma sala no andar de cima, onde jogam bacará.

– Nesse caso, ligo para o meu pai, ele paga a fiança e pronto. Vamos logo, Bill.

Bill ainda parecia um tanto relutante, mas Bundle se manteve firme e, pouco depois, eles já estavam em um táxi a caminho do clube.

Chegando lá, o lugar era bem parecido com o que ela imaginava: uma casa alta, em uma rua estreita, no número 14 da Hunstanton Street. Ela anotou o endereço.

Um homem de rosto estranhamente familiar abriu a porta para eles. Bundle teve a impressão de que ele se espantou um pouco ao vê-la, mas o sujeito cumprimentou Bill com todo o respeito ao reconhecê-lo. Era um homem alto, de cabelos claros e um rosto meio fraco e anêmico, com olhos desconfiados. Bundle ficou tentando entender onde poderia tê-lo visto antes.

Bill deixara o acanhamento de lado e agora já parecia estar gostando bastante de fazer as apresentações da casa. Eles dançaram no porão, que era todo cheio de fumaça – tanto que só se via as pessoas através de uma névoa azulada. O cheiro de peixe frito era quase insuportável.

As paredes eram enfeitadas com desenhos a carvão, alguns até muito bonitos. O público era extremamente variado. Estrangeiros imponentes, judeus opulentos, uma ou outra pessoa mais elegante e várias moças adeptas da profissão mais antiga do mundo.

Pouco depois, Bill levou Bundle ao andar de cima, onde o homem de rosto pálido estava de vigia, analisando com olhos de lince todos aqueles que entravam no salão de jogos. Então, de repente, Bundle se deu conta de onde o conhecia.

– Mas é claro – disse ela. – Como sou boba. É Alfred, um dos nossos ex-empregados de Chimneys. Como vai, Alfred?

– Muito bem, obrigado, senhorita.

– Quando você saiu de Chimneys, Alfred? Foi muito antes de nós voltarmos?

– Saí há mais ou menos um mês, senhorita. Recebi uma proposta para melhorar de vida, e achei que seria uma pena não aproveitar.

– Imagino que devam lhe pagar muito bem aqui – comentou Bundle.

– Pagam mesmo, senhorita.

Bundle entrou no salão, um lugar que lhe pareceu revelar a verdadeira essência do clube. As apostas ali eram altas, ela percebeu isso de imediato, e as pessoas reunidas em volta das duas mesas eram apostadores inveterados, todos com olhos atentos, ar irritado e tomados pela febre da jogatina.

Os dois passaram uma meia hora por lá, até que Bill começou a ficar inquieto.

– Vamos sair daqui, Bundle, vamos lá dançar.

Bundle concordou. Não havia nada de mais ali. Eles desceram de novo e dançaram mais meia hora, comeram peixe com fritas e depois Bundle disse que queria ir embora.

– Mas está tão cedo – protestou Bill.

– Imagine. Não está, não. E, enfim, tenho um longo dia pela frente amanhã.

– O que você vai fazer?

– Isso depende – disse Bundle, com um ar misterioso. – Mas lhe garanto uma coisa, Bill. Não vou ficar parada, não.

– Você nunca fica mesmo – disse o sr. Eversleigh.

CAPÍTULO 12

Inquérito em Chimneys

Bundle claramente não havia herdado o temperamento do pai, cuja principal característica era uma absoluta e completa inércia. Já Bundle, como Bill Eversleigh havia bem comentado, nunca conseguia ficar parada.

Na manhã seguinte, Bundle acordou cheia de energia. Tinha três planos distintos para pôr em prática naquele dia, e se deu conta de que precisaria enfrentar certas limitações de tempo e espaço.

Por sorte, ela não padecia do mesmo mal que Gerry Wade, Ronny Devereux e Jimmy Thesiger – o de não conseguir acordar cedo. O próprio sir Oswald Coote jamais conseguiria recriminá-la nesse sentido. Às oito e meia, Bundle já havia tomado o café e estava a caminho de Chimneys em seu Hispano.

O pai pareceu ficar contente ao vê-la.

– Nunca sei quando você vai aparecer – disse ele. – Mas pelo menos isso me poupou um telefonema, coisa que odeio. O coronel Melrose veio aqui ontem para falar sobre o inquérito.

O coronel Melrose era o chefe de polícia local, um velho amigo de lorde Caterham.

– Pela morte de Ronny Devereux, o senhor diz? Quando vai ser?

– Amanhã. Ao meio-dia. Melrose vai lhe ligar. Por ter encontrado o corpo, você terá que prestar depoimento, mas ele disse que não precisa se preocupar.

– Por que eu me preocuparia?

– Bem, sabe como é... – disse lorde Caterham, explicando-se. – Melrose é um sujeito meio antiquado.

– Ao meio-dia – disse Bundle. – Ótimo. Prometo aparecer, se ainda estiver viva, claro.

– Ora, e por que não estaria?

– Nunca se sabe – disse Bundle. – É o estresse da vida moderna... Como dizem os jornais.

– O que me lembra de que George Lomax me convidou para a festa em Wyvern Abbey no final de semana que vem. E eu recusei, é claro.

– É bom mesmo – disse Bundle. – Não quero o senhor envolvido em confusão.

– Por quê? Deve haver alguma confusão? – perguntou lorde Caterham, interessado de repente.

– Bem... Com aquela carta de ameaça e tudo mais, sabe como é – disse Bundle.

– Talvez George acabe sendo assassinado – disse lorde Caterham, esperançoso. – O que você acha, Bundle? Talvez seja melhor eu ir, sim.

– Acalme esses seus instintos sanguinários e fique tranquilo em casa – disse Bundle. – Vou falar com a sra. Howell.

A sra. Howell era a governanta da casa, a nobre senhora ofegante que causava tanto terror no coração de lady Coote. Mas ela não assustava Bundle, a quem, aliás, sempre tratou apenas por senhorita, um velho hábito dos tempos em que Bundle vivia em Chimneys e ainda era só uma criança travessa de pernas compridas, antes de seu pai receber o título de lorde.

– Olá, Howell querida – disse Bundle. – Vamos tomar uma bela caneca de chocolate quente juntas, pois quero ouvir todas as novidades da casa.

Ela conseguiu o que queria sem grande dificuldade, fazendo as seguintes notas mentais:

"Duas cozinheiras novas, moças do vilarejo, nada de muito suspeito. Uma terceira criada nova – sobrinha da criada-chefe. Tudo em ordem também. Howell deve ter infernizado a pobre lady Coote. Aposto que sim."

– Nunca achei que algum dia veria estranhos morando em Chimneys, srta. Bundle.

– Ah, a gente precisa se adaptar aos tempos! – disse Bundle. – Já se dê por contente se nunca vir este lugar ser transformado em um conjunto de apartamentos de luxo com uma bela área de lazer.

A sra. Howell sentiu um calafrio em sua reacionária espinha aristocrática.

– Eu nunca conheci sir Oswald Coote – comentou Bundle.

— Sir Oswald é sem dúvida um homem muito inteligente – disse a sra. Howell, com um ar distante. Bundle entendeu que sir Oswald não era muito bem quisto por seus criados. – Claro, era o sr. Bateman quem cuidava de tudo – continuou a governanta. – Ele é muito competente, muito competente mesmo, e sabe como as coisas devem ser feitas.

Bundle desviou o rumo da conversa para a morte de Gerald Wade. A sra. Howell estava mais do que disposta a discutir o assunto e soltou uma torrente de exclamações pesarosas sobre o pobre jovem, mas Bundle não conseguiu descobrir nada de novo. Em seguida, ela dispensou a sra. Howell e voltou ao andar de baixo, onde chamou Tredwell.

— Tredwell, quando Alfred foi embora?

— Há cerca de um mês, milady.

— Por que ele saiu?

— Foi por vontade própria, milady. Pelo que sei, ele foi para Londres. Eu não tinha nada para reclamar do seu trabalho. De todo modo, acho que a senhorita ficará bastante satisfeita com John, o novo empregado. Ele parece ser competente e está muito disposto a fazer seu melhor.

— De onde ele veio?

— Ele tinha referências excelentes, milady. Seu último patrão foi lorde Mount Vernon.

— Entendo – disse Bundle, pensativa.

Ela lembrou que lorde Mount Vernon estava fazendo um safári no leste da África no momento.

— Qual é o sobrenome dele, Tredwell?

— Bower, milady.

Tredwell esperou ainda mais alguns instantes e, ao ver que Bundle já havia terminado, deixou a sala em silêncio. Bundle continuou lá, perdida em seus pensamentos.

John havia aberto a porta para Bundle naquele mesmo dia, quando ela chegou, e deixara uma forte impressão nela, ainda que ela não soubesse dizer bem por quê. Parecia ser o empregado perfeito, bem treinado e com um rosto inexpressivo. Tinha apenas, talvez, uma postura um tanto mais militar do que a maioria dos outros empregados e a parte de trás da cabeça com um formato meio estranho.

No entanto, esses detalhes, como Bundle veio a concluir, não eram muito relevantes para o caso. Ela sentou-se com a testa franzida em frente a um caderninho. Estava com um lápis na mão e ficou rabiscando, distraída, o nome Bower várias e várias vezes no papel.

De repente, uma ideia veio à sua cabeça e ela parou na mesma hora, olhando para aquela palavra. Em seguida, ela chamou Tredwell de novo.

– Tredwell, como se escreve Bower?
– B-A-U-E-R, milady.
– Esse sobrenome não é inglês.
– Imagino que seja algo de origem suíça, milady.
– Ah, sim! É só isso, Tredwell, obrigada.

Origem suíça? Não, alemã! Aquele porte militar, a parte de trás da cabeça chapada. E ele tinha chegado a Chimneys duas semanas antes da morte de Gerry Wade.

Bundle levantou-se. Ela já tinha feito tudo o que podia por ali. Agora, era hora de entrar em ação! Foi atrás de seu pai.

– Estou saindo de novo – disse ela. – Preciso falar com a tia Marcia.
– Marcia? – rebateu lorde Caterham, com uma voz cheia de espanto. – Pobre menina, quem lhe forçou a isso?
– Na verdade, desta vez estou indo por vontade própria mesmo – disse Bundle.

Lorde Caterham olhou para ela, intrigado.

A ideia de que alguém pudesse ter um interesse genuíno em ver sua detestável cunhada lhe parecia um tanto incompreensível. Marcia, a marquesa de Caterham e viúva de Henry, seu falecido irmão, tinha uma personalidade muito forte. Lorde Caterham admitia que ela havia sido uma esposa admirável para Henry e que, se não fosse por ela, seria muito provável que ele nunca tivesse chegado ao cargo de ministro de Relações Exteriores. Por outro lado, ele também sempre vira a morte de Henry como uma misericordiosa libertação de seu casamento.

Para ele, era como se Bundle estivesse prestes a enfiar a cabeça na boca de um leão por pura imprudência.

– Ah, é? – disse ele. – Bom, eu não faria isso. Você não sabe no que pode dar.
– Bom, eu sei no que quero que dê – disse Bundle. – Sei me cuidar, papai, não se preocupe comigo.

Lorde Caterham soltou um suspiro e se acomodou melhor na poltrona, voltando à sua leitura do *Field*. Um ou dois minutos depois, Bundle enfiou a cabeça para dentro da sala de repente mais uma vez.

– Desculpe – disse ela. – Mas tem mais uma coisa que eu queria lhe perguntar. O que sir Oswald Coote é?
– Eu já lhe falei... Um rolo compressor humano.
– Sim, mas não estou falando disso. Digo, como ele ganha a vida? Vendendo botões de calça, camas de latão ou o quê?
– Ah, entendi. Ele trabalha com aço. Aço e ferro. Tem uma fundição imensa, ou seja lá como isso se chama, na Inglaterra. Agora já não administra

mais tudo pessoalmente, é claro. É uma empresa, ou um grupo de empresas, aliás. Ele me nomeou como diretor de uma delas. Foi um ótimo negócio para mim... Só preciso ir uma ou duas vezes por ano até um daqueles hotéis na cidade... na Cannon ou na Liverpool Street... e ficar sentado em volta de uma mesa, toda cheia de caderninhos. Depois, o próprio Coote ou algum outro camarada metido a esperto faz uma apresentação e mostra um punhado de gráficos, mas, por sorte, você nem precisa prestar atenção... E vou lhe falar, na maioria das vezes eles acabam servindo um belo almoço.

Sem interesse pelos almoços de lorde Caterham, Bundle foi embora antes mesmo que ele terminasse de falar. Durante a viagem de volta a Londres, ela tentou juntar as peças que tinha da melhor forma possível.

A seu ver, siderurgia e bem-estar infantil não combinavam muito. Então, o representante de um desses dois interesses deveria ter sido convidado só para fazer número – provavelmente o segundo. A sra. Macatta e a condessa húngara poderiam ser descartadas. Elas deviam estar lá apenas como camuflagem. Não, o pivô da coisa toda parecia ser o desinteressante Herr Eberhard. Ele não aparentava ser o tipo de homem que George Lomax em geral convidaria para um evento como esse. Bill comentara que ele era um inventor. Além disso, havia também o ministro da Aeronáutica e sir Oswald Coote, que trabalhava com aço. De alguma forma, isso parecia fazer sentido.

Como continuar especulando seria inútil, Bundle abandonou essa linha de raciocínio e concentrou-se em sua iminente conversa com lady Caterham.

Ela morava em um enorme casarão lúgubre em uma das regiões mais ricas de Londres. Por dentro, o lugar cheirava a cera, alpiste e flores meio apodrecidas. Lady Caterham era uma mulher grande – em todos os sentidos. Em vez de amplas, suas proporções eram majestosas. Tinha um enorme nariz fino, usava um pincenê de ouro e seu lábio superior era marcado pela penugem de um levíssimo bigode.

Ficou um tanto surpresa ao ver a sobrinha, mas logo ofereceu a ela sua bochecha gelada, que Bundle prontamente beijou.

– Mas que prazer inesperado, Eileen – disse ela, sem entusiasmo algum, na verdade.

– Nós acabamos de voltar, tia Marcia.

– Eu sei. Como está seu pai? Como sempre?

Seu tom tinha um ar de desprezo. Não tinha grande apreço por Alastair Edward Brent, o nono marquês de Caterham. Ela o chamaria de "simplório", se conhecesse esse termo.

– Papai anda muito bem. Está em Chimneys agora.

– Claro. Sabe, Eileen, eu nunca aprovei a ideia de alugar aquela mansão. Chimneys é em vários sentidos um monumento histórico. Não é nada que possa ser negociado assim.

— Deve ter sido um lugar fantástico na época do tio Henry – disse Bundle, soltando um leve suspiro.

— Henry sabia bem de suas responsabilidades – disse a viúva do mesmo.

— Fico imaginando as pessoas que já passaram por lá – continuou Bundle, empolgada. – Todos os principais estadistas da Europa.

Lady Caterham suspirou.

— Posso garantir que não foram poucas as vezes que aquele lugar foi palco de momentos históricos – comentou ela. – Se o seu pai ao menos...

Ela balançou a cabeça, com um ar triste.

— Papai acha política um tédio – disse Bundle. – Por mais que eu ache esse um dos assuntos mais fascinantes do mundo. Ainda mais quando visto por dentro.

Ela fez essa declaração completamente falsa sobre si mesma sem sequer ficar vermelha. Sua tia olhou-a com certa surpresa.

— Fico feliz em ouvir isso – disse ela. – Sempre imaginei, Eileen, que você não ligasse para nada além dessa tal busca moderna pelo prazer.

— Antes, até que sim – disse Bundle.

— A verdade é que você ainda é muito jovem – disse lady Caterham, pensativa. – Mas se souber usar seus privilégios e se casar bem, ainda pode se tornar uma das grandes figuras políticas de apoio da atualidade.

Bundle ficou um pouco alarmada, temendo que sua tia pudesse querer lhe apresentar um marido adequado naquele exato momento.

— Mas eu me sinto uma boba – disse Bundle. – Por saber tão pouco, digo.

— Isso pode ser facilmente resolvido – rebateu lady Caterham. – Tenho aqui inúmeros livros que posso lhe emprestar.

— Obrigada, tia Marcia – disse Bundle, e então partiu logo em seguida para sua segunda linha de ataque.

— A senhora conhece a sra. Macatta, tia Marcia?

— Mas é claro que conheço. É uma mulher admirável e muito inteligente. Devo dizer que, em geral, não defendo a presença de mulheres no parlamento. Acho que elas podem exercer sua influência com estratégias mais femininas – ela parou, sem dúvida para se lembrar da estratégia feminina com a qual forçou seu relutante marido a entrar para a arena política e chegar ao vasto sucesso que coroou seus esforços. – Mas os tempos mudam. E o que a sra. Macatta faz hoje de fato presta um serviço inestimável para todas as mulheres. É a obra de uma mulher de verdade. Você deveria conhecê-la, é claro.

Bundle soltou um leve suspiro desanimado.

— Ela foi convidada para uma festa na casa de George Lomax na semana que vem. Ele também chamou o papai, que recusou, é claro, mas ele nunca pensou em me convidar. Por achar que sou boba demais, imagino.

Lady Caterham deu-se conta de que sua sobrinha havia evoluído muito mesmo. Teria ela passado por algum romance malfadado? Para lady Caterham, um romance malfadado podia fazer muito bem para as jovens, às vezes. Isso as fazia levar a vida mais a sério.

– Talvez George Lomax só não tenha percebido o quanto você... digamos, cresceu. Não se preocupe, Eileen querida, vou trocar algumas palavras com ele.

– Ele não gosta de mim – disse Bundle. – Sei que não vai me convidar.

– Que bobagem – disse lady Caterham. – Vou fazer questão de que a convide. Conheço Lomax desde que era deste tamanho – disse ela, mostrando uma altura bem pouco provável. – Ficará muito contente em me fazer um favor. E de certo verá por si mesmo o quanto é crucial que as jovens da nossa classe se interessem pelo bem do seu próprio país hoje.

Bundle quase exclamou "Ótimo!", mas se conteve.

– Vou pegar alguns livros para você agora – disse lady Caterham, levantando-se e, em seguida, soltando um grito estridente: – Senhorita Connor!

Uma assistente impecável, com uma expressão assustada, veio correndo. Lady Caterham deu várias instruções a ela. Pouco depois, Bundle já estava voltando para Brook Street, levando com ela um carregamento inteiro da literatura mais intragável possível.

Seu próximo passo foi ligar para Jimmy Thesiger, que a atendeu todo empolgado.

– Consegui! – disse ele. – Mas foi difícil convencer Bill. Ele meteu naquela cabeça dura dele que me sentiria feito um cordeirinho no meio de um bando de lobos na festa. Mas, depois, acabou entendendo. Arrumei uma papelada imensa para estudar. Relatórios do governo e documentos oficiais, coisas assim. Uma chatice só... Mas tenho que me esforçar. Você já ouviu falar sobre a disputa de fronteiras em Santa Fé?

– Nunca – disse Bundle.

– Bom, estou tendo bastante dificuldade com isso. A coisa durou vários anos e foi muito complexa. Esse vai ser meu assunto para a festa. Hoje em dia, a gente precisa se especializar.

– Voltei para casa com um monte desse tipo de coisa também – disse Bundle. – Uns livros que a tia Marcia me deu.

– Sua tia quem?

– Minha tia Marcia, a cunhada do meu pai. Ela é muito ligada em política. Aliás, ela vai dar um jeito de me conseguir um convite para a festa de George.

– Sério? Digo, que ótimo – seguiu-se uma pausa, e então Jimmy disse: – Escute, será que a gente deveria contar para Loraine que...?

– Acho melhor não.
– Talvez ela não goste de ficar fora disso. E ela realmente deveria ficar fora disso.
– Sim.
– Porque, enfim, não podemos deixar aquela menina correr nenhum perigo!

Bundle percebeu que o sr. Thesiger não tinha lá muito tato. A possibilidade de *ela mesma* correr algum perigo não parecia incomodá-lo em nada.

– Ainda está na linha? – perguntou Jimmy.
– Sim, eu estava só pensando.
– Entendi. Escute, você vai participar do inquérito amanhã?
– Vou, e você?
– Sim. Aliás, o assunto saiu nos jornais da tarde. Mas escondido num canto. É estranho... Achei que fariam um belo estardalhaço.
– Pois é... Eu também.
– Bom – disse Jimmy. – É melhor eu voltar ao trabalho. Acabei de chegar à parte em que a Bolívia mandou uma carta para o nosso governo.
– Acho que é melhor eu começar minha parte também – disse Bundle.
– Vai varar a noite nisso?
– Acho que sim. E você?
– Ah, provavelmente sim. Boa noite.

Ambos estavam mentindo da forma mais deslavada possível. Jimmy Thesiger sabia muito bem que havia convidado Loraine Wade para jantar com ele.

Bundle, por sua vez, logo depois de desligar o telefone, vestiu várias roupas comuns que, na verdade, pertenciam à sua criada. E assim que terminou deixou sua casa a pé, pensando se a melhor maneira de se chegar a Seven Dials seria de ônibus ou de metrô.

CAPÍTULO 13

O Clube Seven Dials

Bundle chegou ao número 14 da Hunstanton Street por volta das seis da tarde. Àquela hora, como ela já bem havia imaginado, o Clube Seven Dials estava deserto. O objetivo de Bundle era simples: encontrar seu ex-funcionário, Alfred. Ela estava convencida de que, se conseguisse falar com ele, o resto seria fácil. Bundle tinha um jeito simples e firme de falar com empregados.

Era um método que raras vezes falhava, e ela não via motivo algum para falhar agora.

A única coisa da qual não tinha certeza era quantas pessoas estariam nas premissas do clube no momento. Naturalmente, ela pretendia fazer sua visita da forma mais sigilosa possível.

Apesar da hesitação quanto à melhor estratégia de ataque, seu problema foi resolvido sem grandes dificuldades. A porta do número 14 se abriu, e o próprio Alfred apareceu.

– Boa tarde, Alfred – disse Bundle, contente.

Alfred ficou surpreso.

– Ah, boa tarde, milady! Eu... eu quase não a reconheci.

Agradecendo mentalmente às roupas de sua criada, Bundle foi direto ao assunto.

– Preciso falar com você, Alfred. Onde podemos conversar?

– Bom... na verdade, milady... não sei... Esta não é uma das melhores partes da cidade... Então não sei muito bem se...

Bundle o interrompeu.

– Quem está no clube agora?

– No momento, ninguém, milady.

– Então vamos entrar.

Alfred pegou uma chave e abriu a porta. Bundle passou. Confuso e acanhado, Alfred logo a seguiu. Bundle sentou-se e olhou bem nos olhos do encabulado Alfred.

– Você sabe que seu trabalho aqui é totalmente ilegal, imagino – disse ela, sem rodeios.

Desconcertado, Alfred remexeu-se no lugar.

– É verdade, nós já levamos duas batidas da polícia aqui – admitiu. – Mas nada de comprometedor foi encontrado, graças à impecável organização do sr. Mosgorovsky.

– Não me refiro apenas à jogatina – disse Bundle. – Há mais do que isso acontecendo por aqui... Talvez muito mais do que você imagina. Vou lhe fazer uma pergunta direta, Alfred, e gostaria de uma resposta sincera, por favor. *Quanto lhe ofereceram para deixar seu trabalho em Chimneys?*

Alfred olhou para o teto duas vezes, como se estivesse buscando inspiração, engoliu em seco três ou quatro vezes e então seguiu pelo caminho já esperado de uma personalidade fraca perante outra mais forte.

– Foi o seguinte, milady. Certo dia, o sr. Mosgorovsky e alguns outros senhores foram visitar Chimneys. O sr. Tredwell estava um tanto indisposto... com uma unha encravada, se não me engano... então acabei tendo que recebê--los. Ao fim da visita, o sr. Mosgorovsky ficou por lá para descansar um pouco e, depois de me dar uma bela gorjeta, começou a conversar comigo.

– Certo – disse Bundle, encorajando-o a continuar.

– Bom, para encurtar a história – disse Alfred, acelerando de repente sua narrativa –, ele então me ofereceu cem libras para pedir demissão naquele exato instante e vir para cá, cuidar deste clube. Ele queria alguém acostumado a lidar com famílias de alto nível... para dar um tom melhor ao lugar aqui, como ele disse. Enfim, achei que recusar uma oferta dessas seria abusar da sorte... Isso sem falar no salário. O que recebo aqui é quase o triplo do que ganhava antes.

– Cem libras – disse Bundle. – Isso é muito dinheiro, Alfred. E não lhe disseram nada sobre quem iria preencher seu lugar em Chimneys?

– Eu me opus um tanto à ideia de sair assim de repente, milady. Cheguei a dizer que isso seria estranho e talvez pudesse causar algum inconveniente. Mas o sr. Mosgorovsky conhecia um rapaz... Um sujeito com boas referências que poderia assumir meu lugar no mesmo dia. Então o indiquei para o sr. Tredwell e tudo se resolveu sem problemas.

Bundle acenou com a cabeça. Suas próprias suspeitas haviam se confirmado e tudo correra de acordo com o que ela havia imaginado. Ela então fez outra pergunta.

– Quem é o sr. Mosgorovsky?

– O dono deste clube. É um camarada russo. E muito inteligente também.

Bundle abandonou sua investigação por um instante e mudou de assunto.

– Cem libras é mesmo uma soma muito grande, Alfred.

– Sim, a maior que já recebi, milady – disse Alfred, com toda a sinceridade.

– Você nunca suspeitou de nada de errado por aqui?

– Como assim, milady?

– Não me refiro à jogatina. Estou falando de coisas muito mais sérias. Você não quer ser preso, quer?

– Ah, meu Deus! Do que milady está falando?

– Fui à Scotland Yard anteontem – disse Bundle, com firmeza. – Fiquei sabendo de certas coisas muito intrigantes por lá. Quero que você me ajude, Alfred, e, se me ajudar, enfim... Caso algo aconteça, farei o possível para defender você.

– Claro, é só falar, será um prazer, milady. Digo, eu a ajudaria de qualquer jeito.

– Bem, primeiro, quero averiguar este clube de cima a baixo – disse Bundle.

Acompanhada pelo confuso e assustado Alfred, ela realizou uma minuciosa investigação pelo lugar. Nada chamou sua atenção até ela chegar ao salão de jogos, onde Bundle reparou em uma discreta porta em um canto da sala. Essa porta estava trancada.

Alfred prontamente explicou por quê.

– É uma rota de fuga, milady. Do outro lado, há outra sala e uma porta que dá para uma escada, que desce até a rua de trás. É por onde os clientes saem quando há uma batida.

– E a polícia não desconfia?

– A porta dos fundos é disfarçada, milady. Parece ser um armário qualquer.

Bundle sentiu uma onda de empolgação.

– Preciso ver isso – disse ela.

Alfred balançou a cabeça.

– Não é possível, milady. Só o sr. Mosgorovsky tem a chave.

– Bem, há outras chaves por aqui – disse Bundle.

Ela percebeu que a fechadura era muito simples e provavelmente poderia ser aberta sem problemas pela chave de alguma outra porta. Ainda que um tanto desconcertado, Alfred acatou a ordem de procurar as possíveis candidatas.

Depois de quatro tentativas, Bundle conseguiu. Girou a chave, abriu a porta e entrou.

Deparou-se com uma pequena sala lúgubre. Uma mesa comprida ocupava o centro do espaço, com cadeiras em volta. Não havia mais nada na sala, além de dois armários embutidos na parede, um de cada lado da lareira. Alfred apontou para um deles com a cabeça.

– É aquele ali – explicou ele.

Bundle tentou abrir o armário, mas a porta estava trancada, e ela logo percebeu que essa fechadura era muito diferente da anterior. Era de um tipo mais complexo que só se abriria com a própria chave.

– É muito engenhoso – comentou Alfred. – Quando a gente abre, parece um armário mesmo. Com prateleiras, alguns livros e tudo mais. Ninguém nem desconfia, mas, se você tocar no ponto certo, o fundo inteiro se abre.

Bundle havia se virado e estava inspecionando a sala, com um ar pensativo. A primeira coisa que chamou sua atenção foi que a porta pela qual eles tinham entrado havia sido revestida com uma camada de tecido. Ela devia ser à prova de som. Em seguida, seus olhos pararam nas cadeiras. Havia sete delas, três de cada lado e uma um tanto mais imponente na ponta da mesa.

Os olhos de Bundle brilharam. Ela havia encontrado o que procurava. Devia ser ali que a organização secreta se reunia. O lugar era quase perfeitamente planejado. Tudo parecia muito inocente – você poderia simplesmente chegar ali pelo salão de jogos, ou usar a entrada secreta – e quaisquer medidas em termos de sigilo ou precaução poderiam ser explicadas sem nenhum problema pela jogatina ilegal que acontecia na sala ao lado.

Distraída, enquanto ruminava esses pensamentos, ela passou um dedo pelo mármore da prateleira sobre a lareira. Alfred viu isso e interpretou mal seu gesto.

– A senhorita não vai encontrar nenhuma sujeira aí – disse ele. – O sr. Mosgorovsky me mandou limpar esta sala hoje cedo, e eu espanei tudo enquanto ele esperava.

– Ah... – disse Bundle, concentrada. – Hoje cedo, é?

– É bom fazer uma faxina às vezes – disse Alfred. – Por mais que esta sala na verdade nunca seja usada.

Em seguida, ela teve uma epifania.

– Alfred – disse Bundle. – Você precisa encontrar um lugar para eu me esconder aqui.

Alfred olhou para ela em desalento.

– Mas é impossível, milady. Vou arrumar encrenca e acabar sendo demitido.

– Você vai perder o emprego de qualquer jeito se for preso – disse Bundle, sem meias palavras. – Mas, na verdade, você nem precisa se preocupar, ninguém vai saber de nada.

– E, enfim, não tem nem onde – reclamou Alfred. – Veja por si mesma, milady, se não acredita em mim.

Bundle foi forçada a admitir que era um forte argumento. Mas ela era uma autêntica aventureira.

– Que besteira – disse ela, determinada. – *Tem* que haver algum lugar.

– Mas não há – queixou-se Alfred.

A sala de fato não era nem um pouco propícia para que alguém se escondesse. Persianas encardidas cobriam as janelas sujas, e não havia cortina. O peitoril da janela do lado de fora, conforme Bundle examinou, tinha só dez centímetros de largura! Por dentro, a sala só tinha a mesa, as cadeiras e os armários.

O outro armário estava com a chave na fechadura. Bundle foi até lá e o abriu. Ali dentro, encontrou prateleiras tomadas por uma estranha coleção de copos e potes de cerâmica.

– São só coisas que ninguém nunca usa – explicou Alfred. – Pode ver por si mesma, milady, nem um gato conseguiria se esconder aqui.

Mas Bundle estava examinando as prateleiras.

– Este material é bem frágil – disse ela. – Escute aqui, Alfred, você não tem nenhum armário lá embaixo onde poderia guardar todas estas tralhas aqui? É claro que tem! Ótimo. Então vá buscar uma bandeja e comece logo a descer tudo isso. Rápido... Não há tempo a perder.

– Não posso, milady. E está ficando tarde. Os cozinheiros já estão para chegar.

– O sr. Mosgo sei lá o que só vai aparecer por aqui mais tarde, não vai?

– Ele nunca chega muito antes da meia-noite. Mas por favor, milady...

– Chega de conversa, Alfred – disse Bundle. – Pegue uma bandeja. Se você ficar aqui discutindo comigo, aí *sim* irá arrumar encrenca.

Balançando as mãos ao lado do corpo de tão nervoso, Alfred desceu. Em seguida, voltou com uma bandeja e, já ciente de que seus protestos eram inúteis, começou a trabalhar com uma surpreendente energia que só o medo poderia trazer.

Como Bundle tinha visto, as prateleiras eram removíveis. Ela as desencaixou, colocou-as de lado contra a parede e entrou no armário.

– Hm... – disse ela. – É bem estreito aqui. Vou ficar apertada. Feche a porta devagar, Alfred... Isso. Sim, vai dar certo. Agora, quero uma verruma.

– Uma verruma, milady?

– Foi o que eu disse.

– Não sei se...

– Que besteira, vocês devem ter uma verruma aqui... Talvez até uma pua. Se não tiverem, você vai ter que sair e comprar para mim, então é melhor tentar encontrar o que pedi.

Alfred desceu e voltou com uma respeitável coleção de ferramentas.

Bundle pegou a que queria e começou, com toda agilidade e eficiência, a abrir um pequeno buraco na porta na altura de seu olho. Ela furou a madeira por fora, para ficar menos perceptível, e não fez nada muito grande, para não chamar a atenção.

– Pronto, isso já vai bastar – disse ela, por fim.

– Ah, mas, milady, milady...

– Pois não?

– Mas eles vão encontrá-la... se abrirem a porta.

– Ninguém vai abrir essa porta – disse Bundle. – Porque você vai trancá-la e guardar a chave.

– E se o sr. Mosgorovsky me pedir a chave?

– Diga a ele que você a perdeu – rebateu Bundle. – Mas ninguém vai se importar com este armário... Ele só está aqui para ninguém desconfiar do outro com a passagem secreta. Agora vamos logo, Alfred, alguém pode aparecer a qualquer momento. Tranque-me aqui, leve a chave e só volte para me soltar quando todo mundo já tiver ido embora.

– A senhorita vai passar mal, milady. A senhorita vai desmaiar...

– Não vou desmaiar coisa nenhuma – disse Bundle.

– Mas você bem que poderia me trazer um coquetel. Acho que vou precisar. Depois, tranque a sala, não se esqueça, e ponha todas as chaves que você pegou de volta no lugar. E Alfred... não se preocupe. Lembre-se, se qualquer coisa der errado, vou intervir por você.

"Bom, então é isso", pensou Bundle consigo mesma depois que Alfred, após ter trazido seu coquetel, por fim se retirou.

Bundle estava despreocupada, a não ser pela chance de que Alfred fraquejasse e acabasse entregando-a. Mas ela sabia que o instinto de autopreservação do rapaz era forte demais para isso. Sua própria experiência de trabalho ali o ajudaria a esconder qualquer emoção sob a máscara de um funcionário bem treinado.

Uma única coisa a preocupava. A interpretação que ela havia feito sobre a faxina da sala naquela manhã poderia estar equivocada. Se esse fosse o caso... Espremida no armário, Bundle resignou-se a suspirar. A perspectiva de passar horas e horas ali à toa não era nada interessante.

CAPÍTULO 14

A reunião secreta

Seria melhor descrever o mais rápido possível o martírio das quatro horas seguintes. Bundle logo ficou muito desconfortável. Ela supôs que a reunião aconteceria, se de fato fosse ocorrer, durante o horário de maior movimento do clube – provavelmente entre a meia-noite e as duas da manhã.

Ela tinha acabado de pensar que já deviam ser pelo menos seis da manhã quando um som muito bem-vindo chegou aos seus ouvidos, o som de uma porta sendo destrancada.

Pouco depois, as luzes se acenderam. Um burburinho de vozes, que ela ouviu por um ou dois minutos, como ondas quebrando ao longe no mar, parou tão rápido como começou, e então Bundle escutou um ferrolho sendo fechado. Alguém claramente tinha vindo do salão de jogos ao lado, e Bundle ficou impressionada com o quanto aquela porta comunicante acolchoada de fato isolava bem o som.

Logo depois, o visitante entrou em seu campo de visão – que era, sim, bem limitado, mas cumpria seu propósito. Um homem alto, forte e de ombros largos, com uma longa barba escura. Bundle lembrou-se de tê-lo visto em uma das mesas de bacará na noite anterior.

Então esse era o misterioso patrão de Alfred, o dono do clube, o sinistro sr. Mosgorovsky. O coração de Bundle disparou, empolgado. Ela tinha tão pouco a ver com seu pai que não estava mais nem se importando agora com o quão desconfortável era sua posição.

O russo passou alguns minutos parado junto à mesa, acariciando a barba.

Em seguida, ele tirou um relógio do bolso e viu as horas. Acenando com a cabeça como se estivesse satisfeito, ele enfiou a mão no bolso de novo e, enquanto pegava algo que Bundle não conseguiu ver o que era, saiu de seu campo de visão.

Quando reapareceu, Bundle mal conseguiu conter uma exclamação de espanto.

Seu rosto agora estava coberto por uma máscara – mas não era uma máscara comum, na forma de um rosto. Era apenas algo que pendia sobre suas feições como uma cortina, com dois buracos para os olhos. A máscara era redonda e trazia o desenho de um relógio, com os ponteiros marcando seis horas.

"Os Sete Relógios!", pensou Bundle consigo mesma.

Logo depois, um novo som irrompeu – sete batidas abafadas.

Mosgorovsky foi até onde Bundle sabia ficar a porta do outro armário.

Ela ouviu um estalo metálico e então saudações em uma língua estrangeira.

Em seguida, pôde ver os recém-chegados.

Eles também estavam usando máscaras de relógio, mas seus ponteiros marcavam horários distintos – quatro e cinco, respectivamente. Os dois homens estavam bem vestidos – mas com uma diferença. O primeiro era um jovem esbelto e elegante, com roupas de gala de primeiríssima linha. Pela delicadeza de seus movimentos, parecia ser um estrangeiro, e não um britânico. Já o outro poderia ser descrito como um sujeito forte e magro. Suas roupas o serviam bem, mas não mais do que isso, e Bundle desconfiou de sua nacionalidade antes mesmo de ouvir sua voz.

– Parece que fomos os primeiros a chegar para nossa reunião.

Era uma voz agradável, com um leve sotaque americano e um quê de irlandês.

Com um tom britânico firme, mas um tanto afetado, o jovem elegante disse:

– Não foi nada fácil sair hoje. As coisas nem sempre acontecem como a gente espera. Não sou meu próprio patrão, como o número quatro aqui.

Bundle tentou adivinhar a nacionalidade do rapaz. Até então, ela tinha imaginado que ele poderia ser francês, mas seu sotaque negava essa hipótese. Talvez ele fosse austríaco, pensou ela, ou húngaro, ou até mesmo russo.

O americano foi até o outro lado da mesa, e Bundle ouviu uma cadeira ser puxada.

– A uma hora está indo muito bem – disse ele. – Parabéns pela coragem de se arriscar.

O cinco horas encolheu os ombros.

– Quem não se arrisca... – ele não terminou a frase.

Sete batidas irromperam de novo, e Mosgorovsky foi até a porta secreta.

Bundle passou alguns instantes sem ouvir nada muito distinto, pois o grupo inteiro estava fora de vista, mas logo depois, ouviu a voz do russo barbudo se erguer.

– Vamos dar início aos trabalhos, então?

Ele contornou a mesa e sentou-se ao lado da cadeira maior na ponta, ficando assim bem de frente para o armário onde Bundle estava. O elegante cinco horas acomodou-se à sua direita. O terceiro assento da fileira ficava fora do alcance de Bundle, mas o americano, o número quatro, passou pelo seu campo de visão logo antes de se sentar.

Do lado mais próximo do armário, Bundle só podia ver duas cadeiras e, enquanto espiava, a mão de alguém encostou a segunda – a do meio, na verdade – contra a mesa. Em seguida, de repente, um dos recém-chegados passou pelo armário e sentou-se de frente para Mosgorovsky. Seja lá quem se sentou ali, ficou bem de costas para Bundle – costas essas que chamaram muito sua atenção, pois eram as costas de uma belíssima mulher, com um vestido bastante decotado.

Foi ela quem falou primeiro. Sua voz era melodiosa, marcada por um sotaque estrangeiro e um tom muito sedutor. Ela estava olhando para a cadeira vazia na ponta da mesa.

– Por onde anda o número sete? – perguntou ela. – Será que ainda conseguiremos vê-lo algum dia, meus amigos?

– Essa foi boa – disse o americano. – Boa mesmo! Esse tal sete horas... já estou até começando a achar que ele nem existe.

– Eu não o aconselharia a pensar assim, meu amigo – disse o russo, cordialmente.

Todos se calaram – com um silêncio um tanto desconfortável. Bundle sentiu a tensão.

Ela ainda estava olhando, fascinada, para as lindas costas à sua frente. Uma pequena pinta escura logo abaixo do ombro direito enfatizava a alvura de sua pele. Era a primeira vez que Bundle via uma personificação das "belas aventureiras" das quais tanto se lia nos romances. Estava certa de que essa mulher devia ter um rosto lindo – um rosto moreno de traços eslavos e olhos intensos.

Bundle foi despertada de seus devaneios pela voz do russo, que parecia estar comandando a reunião.

– Vamos ao trabalho então? Primeiro, nosso companheiro ausente, o número dois!

Ele apontou com um floreio esquisito para a cadeira encostada na mesa ao lado da mulher, gesto esse que todos os presentes imitaram, virando-se para a cadeira também.

– Gostaria que o número dois estivesse aqui conosco hoje – continuou ele. – Há muito a ser feito. Complicações inesperadas sugiram.

– Vocês já receberam o relatório dele? – perguntou o americano.

– Até agora, nada – seguiu-se uma pausa. – Não consigo entender.

– Será que ele pode... ter sido extraviado?

– Bom... é possível.

– Então, em outras palavras, estamos em perigo – disse o cinco horas, baixinho.

Ele pronunciou essa palavra com um ar delicado, mas também satisfeito. O russo acenou com a cabeça, concordando enfaticamente.

– Sim, estamos em perigo. Estão sabendo demais sobre nós... Sobre este lugar. Conheço várias pessoas que já desconfiam de nós – e então acrescentou, com frieza: – Elas precisam ser silenciadas.

Bundle sentiu um leve arrepio percorrer a espinha. Se fosse descoberta, será que eles a silenciariam também? Em seguida, uma palavra de repente chamou sua atenção.

– Mas, então, nada foi encontrado em Chimneys?

Mosgorovsky balançou a cabeça.

– Nada.

De repente, o número cinco inclinou-se sobre a mesa.

– Concordo com Anna. Onde está o nosso presidente... o número sete? Foi ele quem nos convocou aqui. Por que nós nunca o vemos?

– O número sete tem seus próprios métodos de trabalho – disse o russo.

– É o que você sempre diz.

– E digo mais – continuou Mosgorovsky. – Tenho pena do homem, ou da mulher, que tentar enfrentá-lo.

Um silêncio desconfortável tomou a sala.

– Enfim, precisamos continuar – disse Mosgorovsky, baixinho. – Número três, você trouxe as plantas de Wyvern Abbey?

Bundle aguçou os ouvidos. Até agora, ela não tinha visto, nem ouvido nada do número três. Mas assim que o ouviu, logo identificou sua origem. Ele falava com a voz baixa, tranquila e indistinta de um inglês muito bem-educado.

– Estou com elas aqui, senhor.

Alguns papéis foram abertos sobre a mesa. Todos se inclinaram para frente. Em seguida, Mosgorovsky ergueu a cabeça de novo.

– E a lista de convidados?

– Aqui.

O russo leu os nomes.

– Sir Stanley Digby. Sr. Terence O'Rourke. Sir Oswald e Lady Coote. Sr. Bateman. Condessa Anna Radzky. Sra. Macatta. Sr. James Thesiger... – ele parou e então perguntou com um ar confuso: – Quem é esse sr. James Thesiger?

O americano deu risada.

– Acho que você não precisa se preocupar com ele. É só um jovem pateta qualquer.

O russo continuou lendo.

– Herr Eberhard e o sr. Eversleigh completam a lista.

"Sério?", pensou Bundle consigo mesma. "Mas e aquela doce jovem, lady Eileen Brent?"

– Sim, acho que não temos com o que nos preocupar – disse Mosgorovsky. Ele olhou para os outros. – Imagino que já não haja mais nenhuma dúvida quanto ao valor da invenção de Eberhard.

O três horas respondeu com um lacônico tom inglês.

– Nenhuma.

– Em termos comerciais, aquilo deve valer milhões – disse o russo. – E no cenário das relações internacionais... Bem, vocês conhecem bem a ganância das nações.

Bundle teve a impressão de que ele estava com um sorriso sombrio por trás da máscara.

– Sim – continuou ele. – É uma mina de ouro.

– Que vale muito bem algumas vidas – disse o número cinco, com um ar cínico, e então deu risada.

– Mas vocês sabem como são esses inventores – disse o americano. – Às vezes, essas coisas acabam nem funcionando.

– Um homem como sir Oswald Coote nunca se enganaria – disse Mosgorovsky.

– Falando como um aviador, a ideia me parece bem possível – disse o número cinco. – O projeto vem sendo discutido há anos... e só precisava mesmo de um gênio como Eberhard para ser concretizado.

– Bom – disse Mosgorovsky. – Acho que não precisamos discutir mais nada. Vocês todos já viram as plantas. Acho que não há como melhorar nosso plano original. Aliás, ouvi dizer que uma carta de Gerald Wade foi encontrada... Uma carta que menciona esta organização. Quem a encontrou?

— A filha do lorde Cunningham... lady Eileen Brent.
— Bauer devia ter cuidado disso – disse Mosgorovsky. – Foi um descuido dele. Para quem era essa carta?
— Para a irmã dele, creio eu – disse o número três.
— É um problema – disse Mosgorovsky. – Mas não podemos fazer mais nada agora. O inquérito sobre a morte de Ronald Devereux será amanhã. Imagino que todas as providências em relação a isso já tenham sido tomadas, certo?
— Relatos de que jovens locais estavam praticando tiro na região já foram espalhados por toda parte – disse o americano.
— Isso deve ser o bastante. Creio que não haja mais nada a ser discutido. Mas acho que devemos todos parabenizar nossa querida uma hora e desejá-la boa sorte no papel que irá fazer.
— Um viva! – exclamou o número cinco. – Viva Anna!
Todos ergueram as mãos com o mesmo gesto que Bundle havia visto antes.
— Viva Anna!
A uma hora aceitou as saudações com um gesto tipicamente estrangeiro. Em seguida, ela levantou-se e os outros fizeram o mesmo. Pela primeira vez, Bundle conseguiu ver o número três enquanto se aproximava para ajudar Anna a vestir seu casaco – um homem alto e corpulento.
Em seguida, o grupo retirou-se pela porta secreta. Mosgorovsky a segurou para que todos passassem. Ele esperou alguns instantes, e então Bundle o ouviu puxar o ferrolho da outra porta e sair por ela, depois de apagar as luzes.
Só duas horas depois o pálido e ansioso Alfred apareceu para libertar Bundle. Ela quase caiu em seus braços, e ele precisou segurá-la.
— Não é nada! – exclamou Bundle. – É só uma câimbra, relaxe. Pronto, só preciso me sentar.
— Ah, meu Deus, milady, deve ter sido horrível.
— Imagine – disse Bundle. – Foi perfeito. Não vá entrar em pânico agora que tudo já passou. As coisas poderiam ter acabado mal, mas graças a Deus não aconteceu nada.
— Graças a Deus mesmo, milady. Passei a noite inteira muito nervoso. Esses sujeitos são estranhos, sabe?
— Muito estranhos mesmo – disse Bundle, massageando com força seus braços e pernas. – Aliás, esse é o tipo de gente que eu até hoje sempre achei que só existia nos livros. Mas, enfim, vivendo e aprendendo, Alfred.

CAPÍTULO 15

O inquérito

Bundle chegou em casa lá pelas seis da manhã. Às nove e meia, já acordada e vestida, ela ligou para Jimmy Thesiger.

A rapidez com que ele atendeu a deixou um tanto surpresa, até ele explicar que estava de saída para comparecer ao inquérito.

– Eu também estou indo – disse Bundle. – E tenho muitas coisas para lhe contar.

– Bem, posso lhe dar uma carona para conversarmos no caminho. Que tal?

– Tudo bem. Mas venha logo, porque você vai ter que me levar até Chimneys. O chefe de polícia ficou de me pegar lá.

– Por quê?

– Porque ele é gentil – disse Bundle.

– Eu também sou – disse Jimmy. – Muito gentil, aliás.

– Ah, você é um pateta, isso sim – disse Bundle. – Foi o que eu ouvi ontem à noite.

– De quem?

– Para ser bem exata... de um judeu russo. Não, digo, foi um...

No entanto, um protesto indignado afogou suas palavras.

– Olha, posso ser um pateta – reclamou Jimmy. – Talvez até seja mesmo, mas não vou deixar nenhum judeu russo ficar falando isso por aí. O que você fez ontem à noite, Bundle?

– Era disso que eu ia lhe falar – disse Bundle. – Mas, por enquanto, até mais.

Ela se despediu com um ar misterioso que deixou Jimmy agradavelmente intrigado. Ele tinha um grande respeito pelas habilidades de Bundle, por mais que não nutrisse qualquer tipo de interesse romântico por ela.

"Ela aprontou alguma coisa", pensou ele, enquanto tomava às pressas um último gole de café. "Pode apostar, ela aprontou alguma coisa."

Vinte minutos depois, seu pequeno carro de dois lugares parou em frente à casa na Brook Street, de onde Bundle, que estava à sua espera, desceu a escada correndo. Em geral, Jimmy não era sujeito muito observador, mas reparou que Bundle estava com olheiras e parecia não ter dormido muito bem na noite anterior.

– Muito bem – disse ele, enquanto dirigia pelos subúrbios. – Que tipo de traquinagem você andou aprontando?

– Eu vou contar tudo – disse Bundle. – Mas não me interrompa até eu terminar.

A história era meio longa, e Jimmy precisou de muito esforço para continuar concentrado na estrada e não causar nenhum acidente. Quando Bundle terminou, ele soltou um suspiro – e então virou-se para ela, com um olhar penetrante.

– Bundle?

– Sim?

– Escute aqui, você está brincando comigo?

– Como assim?

– Sinto muito – desculpou-se Jimmy. – Mas essa história me parece muito estranha... É tudo meio irreal, sabe?

– Sim, eu sei – disse Bundle, compreensiva.

– Parece impossível demais – disse Jimmy, seguindo sua linha de raciocínio. – Uma bela estrangeira, uma sociedade secreta internacional, esse misterioso número sete, que ninguém sabe quem é... Já li esse tipo de coisa centenas de vezes nos livros.

– Claro. Eu também. Mas não é por isso que não pode ser verdade.

– Bem, sim, imagino que não.

– Afinal, a ficção se baseia na realidade. Digo, se essas coisas não acontecessem na vida real, ninguém pensaria nelas.

– Sim, faz sentido – concordou Jimmy. – Ainda assim, sinto que preciso me beliscar para ver se estou mesmo acordado.

– Eu também pensei a mesma coisa.

Jimmy soltou um profundo suspiro.

– Acho que estamos acordados. Vejamos, um russo, um americano, um inglês... um austríaco, ou talvez húngaro... e uma mulher que pode ser de qualquer nacionalidade... talvez russa, ou polonesa... É um grupo bastante diversificado.

– E um alemão – disse Bundle. – Você se esqueceu do alemão.

– Ah... – disse Jimmy, hesitante. – Você acha que...?

– O número dois, o que faltou à reunião, é Bauer... nosso empregado. Isso me pareceu bem claro pelo que eles disseram sobre um relatório que não foi entregue... Por mais que eu não consiga imaginar o que haja para ser relatado sobre Chimneys.

– Deve ter algo a ver com a morte de Gerry Wade – disse Jimmy. – Há alguma coisa por trás disso que ainda não sabemos. Eles mencionaram Bauer pelo próprio nome, você disse?

Bundle acenou com a cabeça.

– Eles o culparam por não ter encontrado aquela carta antes de mim.

– Bem, acho que está bem claro mesmo, então. Não há como negar. Peço que me perdoe por ter duvidado um pouco a princípio, Bundle... É que, enfim, essa é uma história muito estranha. E pelo que você disse eles sabem que vou estar em Wyvern Abbey semana que vem, é isso?

– Sim, foi então que o americano... foi ele, não o russo... disse que eles não precisavam se preocupar com você... Porque você era só um pateta qualquer.

– Ah! – exclamou Jimmy. Ele cravou o pé no acelerador com força, e o carro disparou pelas ruas. – Ainda bem que você me contou. Isso me dá um interesse pessoal, por assim dizer, pelo caso.

Ele passou um ou dois minutos calados e então voltou a falar:

– Você disse que o inventor alemão se chamava Eberhard?

– Sim. Por quê?

– Espere um pouco. Estou me lembrando de uma coisa. Eberhard, Eberhard... Sim, tenho certeza de que era esse nome mesmo.

– O que foi?

– Eberhard era um sujeito que estava tentando patentear uma invenção para vender. Não sei dizer bem o que era porque não tenho o conhecimento específico para explicar... Mas era algo capaz de deixar um cabo comum tão resistente como uma barra de aço. Eberhard trabalhava com aviões, e essa sua invenção reduziria tanto o peso das peças que praticamente revolucionaria a indústria aeronáutica... Em termos de custo, eu digo. Pelo que sei, ele ofereceu a ideia ao governo alemão, mas eles não se interessaram, dizendo que o projeto tinha alguma falha óbvia... Mas parece que foram bem grosseiros. Ele voltou ao trabalho e resolveu esse problema, seja lá qual fosse, mas ficou ofendido com a postura dos alemães e se recusou a deixar que eles ficassem com sua invenção. Sempre achei que essa história toda devia ser só uma bobagem, mas agora... Parece que faz sentido.

– É isso! – disse Bundle, empolgada. – Acho que você tem razão, Jimmy. Eberhard deve ter oferecido sua invenção para o nosso governo. Eles pediram, ou querem pedir a opinião especializada de sir Oswald Coote, talvez em uma reunião extraoficial na festa em Wyvern Abbey, com sir Oswald, George, o ministro da Aeronáutica e Eberhard. Acho que Eberhard irá mostrar a eles seus planos, documentos, ou seja lá como se chama isso...

– Fórmula – sugeriu Jimmy. – Acho que "fórmula" é uma boa palavra.

– Sim, ele estará com sua fórmula, que os Sete Relógios estão planejando roubar. Eu me lembro de ouvir o russo dizendo que ela valia milhões.

– Imagino que valha mesmo – disse Jimmy.

– Além de algumas vidas... Foi o que o outro homem disse.

– Bem, parece que já custou – disse Jimmy, com um ar sombrio. – Como prova esse maldito inquérito de hoje. Bundle, você tem certeza de que Ronny não disse mais nada?

— Não – respondeu Bundle. – Só aquilo mesmo. *Seven Dials. Avise... Jimmy Thesiger.* Isso foi tudo o que ele conseguiu dizer, pobre coitado.

— Do que será que ele sabia? – disse Jimmy. – Mas uma coisa é certa. Acho que o seu empregado, Bauer, com certeza foi o responsável pela morte de Gerry. Sabe, Bundle...

— Sim?

— Bom, só estou meio preocupado. Nunca se sabe quem pode ser a próxima vítima! Uma jovem como você não deveria se envolver nesse tipo de coisa.

Bundle não conseguiu conter um sorriso. Ela se deu conta do quanto Jimmy havia levado um bom tempo para passar a tratá-la da mesma forma que Loraine Wade.

— É bem mais provável que seja você do que eu – comentou ela, bem-humorada.

— Tomara – disse Jimmy. – Mas bem que esses canalhas podiam sofrer algumas baixas para variar, não acha? Acordei me sentindo um tanto sanguinário hoje. Diga-me, Bundle, você acha que conseguiria reconhecer alguma dessas pessoas se as visse?

Bundle hesitou.

— Acho que talvez o número cinco – disse ela por fim. – Ele tem um jeito estranho de falar... meio perverso e sibilante... Acho que o reconheceria, sim.

— E o inglês?

Bundle balançou a cabeça.

— Esse foi o que eu menos vi... só de relance... e ele tem uma voz muito comum. Sei que é um homem bem corpulento, mas só isso.

— Tem a mulher também, é claro – continuou Jimmy. – Talvez seja mais fácil com ela. Mas acho pouco provável que você a veja de novo. Imagino que faça trabalhos mais sujos, como sair com ministros do gabinete para arrancar segredos de Estado depois de alguns drinques. Pelo menos é assim que acontece nos livros. Mas, enfim, não sei, o único sujeito assim que conheço só bebe água morna com umas gotinhas de limão.

— Claro, veja George Lomax, por exemplo. Você consegue imaginá-lo saindo com uma linda estrangeira para tomar uns drinques? – disse Bundle, dando risada.

Jimmy concordou com a crítica.

— E quanto ao camarada misterioso... o número sete? – continuou Jimmy. – Você não imagina quem ele poderia ser?

— Não faço ideia.

— Bem, pelo menos de acordo com os livros, deve ser alguém que todos nós conhecemos. E se fosse o próprio George Lomax?

Bundle balançou a cabeça, relutante.

– Em um livro, seria perfeito – concordou ela. – Mas conhecendo o Olhudo... – ela não resistiu e soltou uma gargalhada. – O Olhudo comandando uma organização criminosa! – exclamou ela. – Não seria incrível?

Jimmy concordou que seria mesmo. A conversa entre os dois levou um certo tempo, e ele acabou desacelerando sem querer uma ou duas vezes. Eles chegaram a Chimneys e encontraram o coronel Melrose já à espera. Jimmy foi apresentado a ele, e os três então foram juntos para o inquérito.

Como o coronel Melrose havia previsto, foi tudo muito simples. Bundle depôs. O médico também. Foram apresentados relatos de que jovens estavam treinando tiro na área naquele dia. E a investigação chegou então ao veredito de uma morte acidental.

Após o inquérito, o coronel Melrose ofereceu-se para levar Bundle de volta a Chimneys, e Jimmy Thesiger voltou para Londres.

Apesar de sua aparente postura descontraída, a história de Bundle o havia impressionado muito. Ele juntou os lábios, com um ar pensativo.

– Ronny, meu velho – murmurou ele. – Vou mostrar a eles do que sou capaz. É uma pena que você não esteja aqui para ver.

Em seguida, outro pensamento passou pela sua cabeça. Loraine! Estaria ela em perigo?

Após um ou dois minutos de hesitação, pegou o telefone e ligou para ela.

– Sou eu, Jimmy. Imaginei que você iria gostar de saber o resultado do inquérito. Morte acidental.

– Ah, mas...

– Pois é, mas acho que há algo a mais por trás disso. O legista foi influenciado. Alguém está trabalhando para acobertar tudo. Escute, Loraine...

– Sim?

– Escute. Há... há algo estranho acontecendo. Tome muito cuidado, promete? Pelo meu próprio bem.

Ele pôde ouvir o aflito tom de espanto que irrompeu na voz da moça.

– Jimmy... Mas então quem deve estar correndo perigo... *é você*.

Ele deu risada.

– Ah, não tem problema. Sou como um gato, tenho minhas sete vidas. Até mais, minha jovem.

Após desligar, ele passou ainda mais um ou dois minutos perdido em seus pensamentos. Em seguida, chamou Stevens.

– Será que você poderia sair para me comprar um revólver, Stevens?

– Um revólver, senhor? – fazendo jus ao seu treinamento, Stevens não revelou nenhum sinal de surpresa. – De que tipo de revólver o senhor precisa?

— Do tipo que você mete o dedo no gatilho e ele continua disparando até você tirar.

— Um automático, então, senhor.

— Isso – disse Jimmy. – Um automático. De preferência um de cano azul... se você e o homem da loja souberem o que é isso. É que, nos livros americanos, o herói sempre anda com um revólver automático de cano azul no bolso de trás das calças.

Stevens permitiu-se abrir um pequeno sorriso discreto.

— A maioria dos americanos que conheço costuma andar com algo muito diferente no bolso de trás das calças, senhor – comentou ele.

Jimmy Thesiger deu risada.

CAPÍTULO 16

Final de semana em Wyvern Abbey

Bundle chegou a Wyvern Abbey bem a tempo para o chá na tarde de sexta-feira. George Lomax recebeu-a com grande solicitude.

— Minha querida Eileen – disse ele. – Mas que prazer vê-la aqui. Peço que me perdoe por não tê-la convidado quando falei com seu pai, mas para dizer a verdade nunca nem imaginei que este tipo de evento poderia lhe interessar. Fiquei... hã... surpreso e... hã... encantado quando lady Caterham me falou sobre o seu... hã... interesse por... hã... política.

— Eu queria muito vir – disse Bundle com um ar modesto e inocente.

— A sra. Macatta só chegará com o último trem – explicou George. – Ela participou de uma reunião em Manchester ontem à noite. Você conhece Thesiger? Ele é muito jovem, mas tem um conhecimento invejável sobre política externa. Pela sua aparência, ninguém nem suspeitaria.

— Já conheço o sr. Thesiger, sim – disse Bundle, e então apertou com toda a solenidade a mão de Jimmy, que ela percebeu ter repartido seus cabelos ao meio em uma tentativa de parecer um pouco mais sério.

— Escute – disse Jimmy, com uma voz urgente e baixa, assim que George se retirou. – Não fique zangada, mas contei a Bill sobre nossa missão aqui.

— Bill? – indagou Bundle irritada.

— Enfim, é que Bill é um dos nossos, sabe? – disse Jimmy. – Ronny era amigo dele, e Gerry também.

— Ah, eu sei – disse Bundle.

— Mas você se incomodou? Peço desculpas.

— Bill é um bom sujeito, é claro. Não é por isso – disse Bundle. – Mas ele... Bem, Bill vive metendo os pés pelas mãos.

— Ele não tem uma mente lá muito ágil, não é? – comentou Jimmy. – Mas você está se esquecendo de uma coisa... Bill é um sujeito bem forte. E estou achando que ter alguém assim do nosso lado poderia vir muito a calhar aqui.

— Talvez você tenha razão. Como ele reagiu?

— Ele demorou um bocado para entender, mas... Digo, tive que explicar tudo várias vezes. Mas depois de repetir a história com muita paciência e palavras bem simples consegui enfiar os fatos naquela cabeça dura dele. E, claro, ele agora está com a gente até a morte, por assim dizer.

George reapareceu de repente.

— Preciso apresentá-la a algumas pessoas, Eileen. Sir Stanley Digby... lady Eileen Brent. Sr. O'Rourke – o ministro da Aeronáutica era um homem baixinho, rechonchudo e sorridente, e o sr. O'Rourke, um jovem alto de belos olhos azuis e um típico rosto irlandês, cumprimentou Bundle com entusiasmo.

— E eu achando que esse seria apenas mais um evento político chato como sempre – murmurou ele com um ar galante.

— Ah, pare – disse Bundle. – Estou aqui pela política... Só pela política.

— Imagino que já conheça sir Oswald Coote e lady Coote – continuou George.

— Na verdade, nunca fomos apresentados – disse Bundle, sorrindo, enquanto aplaudia mentalmente as habilidades descritivas de seu pai.

Sir Oswald apertou sua mão com tanta força que ela até fez uma leve careta.

Lady Coote, após cumprimentá-la sem muito entusiasmo, virou-se para Jimmy Thesiger com uma expressão que poderia até ser descrita como alegre. Apesar do seu repreensível hábito de sempre se atrasar para o café, lady Coote nutria grande afeição por esse simpático jovem de rosto corado. Seu impecável ar de bom moço a fascinava. Ela acalentava um desejo maternal de curá-lo de seus maus hábitos e transformá-lo em um incansável trabalhador. Por outro lado, ela nunca havia parado para pensar se, depois disso, ele continuaria ou não tendo o mesmo charme. Ela começou então a contar a ele sobre um terrível acidente de carro que uma de suas amigas havia sofrido.

— Este é o sr. Bateman – disse George, prontamente, como se quisesse passar logo para assuntos mais importantes.

Um jovem sério de rosto pálido fez uma reverência.

— E agora – continuou George – quero apresentá-la à condessa Radzky.

A condessa Radzky estava conversando com o sr. Bateman. Reclinada bem para trás em um sofá, com as pernas cruzadas de uma forma um tanto ousada, fumava um cigarro com uma imensa piteira cravejada de turquesas.

Bundle achou que aquela era uma das mulheres mais lindas que já havia visto. Tinha enormes olhos azuis, cabelos negros como carvão, uma pele aveludada, o nariz meio achatado de uma escrava e um corpo esguio e curvilíneo. Seus lábios ostentavam um tom vermelho que jamais devia ter sido visto antes em Wyvern Abbey, Bundle tinha certeza.

– Essa é a sra. Macatta, não? – disse ela empolgada.

Assim que George respondeu negativamente e apresentou Bundle, a condessa cumprimentou-a com um distraído aceno de cabeça e logo retomou sua conversa com o sisudo sr. Bateman.

Bundle ouviu a voz de Jimmy em seu ouvido dizer:

– Pongo é fascinado por essa bela escrava – disse ele. – Patético, não é? Enfim, venha, vamos tomar um chá.

Eles então voltaram para perto de sir Oswald Coote.

– Aquela sua mansão, Chimneys, é fantástica – comentou o grande homem.

– Fico feliz que tenha gostado – respondeu Bundle, sem jeito.

– Só está precisando de um novo encanamento – disse sir Oswald. – Para modernizar, sabe?

Ele passou mais um ou dois minutos ruminando sobre o assunto.

– Vou alugar a mansão do duque de Alton agora. Por três anos. Só enquanto continuo procurando uma para comprar. Imagino que seu pai não venderia Chimneys mesmo se quisesse, não é?

Bundle quase perdeu o fôlego. Ela teve uma visão assustadora de uma Inglaterra povoada por inúmeros Coote, em inúmeras casas como Chimneys – todas adaptadas com um sistema de encanamento novinho em folha, é claro.

Ela sentiu um repentino e profundo rompante de indignação, que depois logo admitiu ser absurdo. Afinal, bastava uma breve comparação entre lorde Caterham e sir Oswald Coote para saber quem levaria a melhor. Sir Oswald tinha uma daquelas personalidades fortes que pareciam fazer com que todos à sua volta perdessem o brilho. Ele era, como lorde Caterham havia descrito, um rolo compressor humano. Ainda sim, em vários sentidos, sir Oswald era um sujeito simplório. A não ser pelo seu ramo específico de conhecimento e sua notável impetuosidade, ele parecia ser um homem deveras ignorante. Lorde Caterham tinha capacidade e gostava de apreciar uma centena de pequenas minúcias da vida que, para sir Oswald, não passavam de um livro fechado.

Enquanto se deixava levar por essas reflexões, Bundle continuou a conversar com grande empolgação. Ficou sabendo que Herr Eberhard havia chegado, mas estava repousando devido a uma forte dor de cabeça. Quem contou a ela foi o sr. O'Rourke, que por fim achou um espaço ao seu lado e de lá não saiu mais.

Depois de tudo, Bundle subiu para se trocar com uma agradável sensação de expectativa, temperada apenas por um quê de nervosismo sempre que ela pensava na iminente chegada da sra. Macatta. Bundle pressentia que a conversa com ela não seria nada muito agradável.

Seu primeiro choque veio quando desceu, trajando um discreto vestido preto de renda, e passou pelo saguão. Havia um empregado ali – ou ao menos um homem vestido como tal. No entanto, sua figura corpulenta não se adequava muito bem ao disfarce. Bundle parou e olhou para ele.

– Superintendente Battle? – indagou ela.

– Sou eu mesmo, lady Eileen.

– Ah! – exclamou Bundle, confusa. – O senhor está aqui para... para...?

– Para ficar de olho nas coisas.

– Entendi.

– Aquela carta de alerta, sabe... – disse o superintendente. – Ela deixou o sr. Lomax muito preocupado, e ele só se acalmou quando me comprometi a vigiar o evento pessoalmente.

– Mas o senhor não acha que...? – arriscou Bundle.

A última coisa que Bundle queria era sugerir ao superintendente que seu disfarce não era dos melhores. Era como se ele estivesse com uma placa dizendo "oficial de polícia" bem na testa e, para Bundle, nem o criminoso mais distraído do mundo não entraria em alerta logo ao vê-lo.

– Acha que alguém pode me *reconhecer*? – disse o superintendente, inabalado, dando uma distinta ênfase à última palavra.

– Não, é só que... Bem, sim – admitiu Bundle.

Algo que talvez pudesse ser compreendido como um sorriso se abriu no impassível rosto do superintendente Battle.

– Assim já ficam em alerta, não é? Bom, lady Eileen, por que não?

– De fato, por que não? – repetiu Bundle, sentindo-se meio boba.

O superintendente Battle acenou com a cabeça devagar.

– Não queremos que nada de desagradável aconteça, não é mesmo? – disse ele. – Não quero fazer nada engenhoso demais... Só deixar claro para qualquer figurão mal-intencionado que possa estar por aqui que... Bem, só deixar claro que há alguém de olho neles, por assim dizer.

Bundle olhou para ele, admirada. De fato, a repentina aparição de um personagem tão renomado como o superintendente Battle poderia causar um efeito inibidor em qualquer plano maligno e em seus mentores.

– Ser engenhoso demais é um grande erro – insistiu em repetir o superintendente Battle. – O importante é só que não aconteça nada de desagradável neste final de semana.

Bundle seguiu adiante, pensando em quantos outros convidados haviam reconhecido ou acabariam reconhecendo o famoso detetive da Scotland Yard ali. Ela então encontrou George na sala de visitas, com uma sobrancelha erguida e um envelope na mão.

– É uma grande pena – disse ele. – Recebi um telegrama da sra. Macatta, dizendo que ela não poderá mais vir. Seus filhos estão com caxumba.

O coração de Bundle bateu aliviado.

– Sinto muito, ainda mais por sua causa, Eileen – disse George, gentilmente. – Sei o quanto estava ansiosa para conhecê-la. A condessa também ficará muito decepcionada.

– Ah, não tem problema – disse Bundle. – Seria péssimo se ela viesse e acabasse me passando caxumba.

– Seria terrível mesmo – concordou George. – Mas imagino que essa doença não seja transmitida assim. Na verdade, estou certo de que a sra. Macatta nunca correria esse tipo de risco. Ela é uma mulher corretíssima, muito dedicada às responsabilidades com a comunidade. Em tempos de crise nacional como os de hoje, precisamos todos levar em conta que... – sentindo-se à beira de embarcar em um discurso, George conteve-se. – Mas, enfim, podemos falar sobre isso outra hora – disse ele. – Por sorte, não há pressa no seu caso. Já a condessa, infelizmente, está em nossas terras apenas de passagem.

– Ela é húngara, não é? – perguntou Bundle, que estava curiosa em relação à condessa.

– Sim. Imagino que já tenha ouvido falar do partido da Juventude Húngara. A condessa é uma de suas líderes. É uma mulher muito rica, ficou viúva ainda moça, e vem usando sua fortuna e seus talentos a serviço da sociedade, dedicando-se com especial afinco à questão da mortalidade infantil... que é um grande problema na Hungria atualmente. Eu... ah! Aqui está Herr Eberhard.

O inventor alemão era mais jovem do que Bundle havia imaginado, e não devia ter mais do que 33 ou 34 anos. Ele tinha um jeito grosseiro e desajeitado. No entanto, como pessoa, não era desagradável. Seus olhos azuis eram mais tímidos do que dissimulados e, pelo menos para Bundle, seus trejeitos mais inconvenientes, como o hábito descrito por Bill de roer as unhas, pareciam advir mais de seu nervosismo do que de qualquer outra coisa. Era magro e fraco, com um ar anêmico e delicado.

Com palavras truncadas, ele conversou sem muito jeito com Bundle, e os dois receberam com alívio uma interrupção do descontraído sr. O'Rourke. Em seguida, Bill apareceu esbaforido – não haveria palavra melhor para descrevê-lo, que chegou estabanado como um cachorro – e logo parou ao lado de Bundle. Ele parecia perplexo e incomodado.

– Olá, Bundle. Só soube agora que você tinha chegado. Tive que passar a tarde inteira trabalhando sem parar, senão teria lhe cumprimentado antes.

– As questões de Estado estão complicadas hoje, então? – comentou O'Rourke, com um ar compreensivo.

Bill soltou um grunhido.

– Não sei como é seu chefe – disse ele, irritado. – Parece ser um gordinho camarada. Mas o Olhudo é impossível. Com ele, é só trabalho, trabalho e trabalho, de sol a sol. Tudo o que eu faço está errado, e tudo o que eu ainda não fiz, precisa ser feito.

– Mas que ladainha – comentou Jimmy, que tinha acabado de chegar.

Bill olhou para ele com um ar de reprovação.

– Ninguém sabe o tipo de coisa que eu tenho que aguentar – disse ele, frustrado.

– Andou fazendo sala para a condessa, então, é? – disse Jimmy. – Pobre Bill, isso deve ter sido horrível para um sujeito que odeia tanto as mulheres como você, não é mesmo?

– Como assim? – perguntou Bundle.

– Depois do chá, a condessa pediu a Bill para levá-la a conhecer o lugar – disse Jimmy, abrindo um sorriso malicioso.

– Bem, eu não tinha como recusar, tinha? – disse Bill, com o rosto corado.

Bundle ficou um pouco incomodada. Ela conhecia bem até demais as fraquezas do sr. William Eversleigh ao charme feminino. Nas mãos de uma mulher como a condessa, Bill teria se derretido todo. Ela se perguntou mais uma vez se Jimmy Thesiger deveria mesmo ter envolvido Bill nessa história.

– A condessa é uma mulher encantadora – disse Bill. – E muito inteligente. Vocês precisavam ter ouvido todas as perguntas que ela me fez enquanto eu mostrava o lugar a ela.

– Que tipo de pergunta? – questionou Bundle, de repente.

Bill foi vago em sua resposta.

– Ah, não me lembro bem... Sobre a história da mansão. Sobre os móveis antigos. E... ah, enfim, sobre todo tipo de coisa.

Naquele instante, a condessa entrou na sala. Ela parecia um tanto ofegante e estava linda, com um vestido justo e preto de veludo. Bundle percebeu como Bill correu na mesma hora para perto dela. O circunspecto jovem de óculos logo se juntou a ele.

– Bill e Pongo estão caidinhos por ela – comentou Jimmy Thesiger, dando risada.

Bundle, no entanto, não achou tanta graça assim nisso.

CAPÍTULO 17

Após o jantar

George não era afeito a inovações. Wyvern Abbey não tinha sequer um sistema de aquecimento central. Em decorrência disso, quando as mulheres chegaram à sala de visitas após o jantar, a temperatura do local estava totalmente inadequada ao que seria necessário pelas roupas de gala modernas. O fogo que ardia atrás da grade de aço da bela lareira as atraiu como um ímã, e as três aninharam-se ali em volta.

— Brrrrrrrrr! — soltou a condessa, com seu belo e exótico sotaque estrangeiro.

— O tempo anda esfriando — disse lady Coote, cobrindo melhor seus largos ombros com um medonho xale florido.

— Por que diabos George não aquece direito esta casa? — perguntou Bundle.

— Vocês, ingleses, nunca se preocupam com isso — disse a condessa.

Ela pegou sua longa piteira e começou a fumar.

— Essa lareira é antiquada — disse lady Coote. — O calor sobe pela chaminé em vez de aquecer a sala.

— Ah! — exclamou a condessa.

Houve uma pausa. A condessa estava tão entediada com sua companhia que a conversa se tornou truncada

— É engraçado pensar que justo os filhos da sra. Macatta acabaram pegando caxumba — disse lady Coote, quebrando o silêncio. — Enfim, não que isso seja engraçado, mas...

— O que é caxumba? — perguntou a condessa.

Bundle e lady Coote começaram a falar ao mesmo tempo, até que por fim, juntas, as duas conseguiram explicar.

— Imagino que as crianças húngaras também tenham isso, não? — perguntou lady Coote.

— Hã? — rebateu a condessa.

— As crianças na Hungria. Elas não têm caxumba?

— Não sei — disse a condessa. — Como eu iria saber?

Lady Coote olhou para ela, um tanto surpresa.

— Mas a senhora não trabalha com...?

— Ah, sim! — a condessa descruzou as pernas, tirou a piteira da boca e desatou a falar. — Tenho histórias terríveis para contar — disse ela. — Das coisas que já vi. É inacreditável. Vocês nem imaginam!

E ela não estava exagerando. A condessa narrou relatos com fluência e vívidos detalhes. Cenas incríveis de fome e miséria foram pintadas para sua plateia. Ela falou sobre a situação de Budapeste logo após a guerra e descreveu suas vicissitudes desde então até o presente. Ela falava com um ar dramático, mas também lembrava um pouco uma vitrola, pensou Bundle. Depois de ligada, ela só recitava o que sabia. Até de repente parar.

Lady Coote ficou muito impressionada – quanto a isso, não havia dúvida –, com a boca meio aberta e seus enormes olhos melancólicos e escuros fixos na condessa. De tempo em tempo, ela a interrompia com algum comentário.

– Uma prima minha perdeu três filhos num incêndio. Não é terrível?

A condessa não dava atenção a ela e só continuava suas histórias. Até que, por fim, parou de falar tão de repente como havia começado.

– Bom, então é isso! – disse ela. – Como eu disse, nós até temos dinheiro... mas nada de organização. O que nos falta é organização.

Lady Coote soltou um suspiro.

– Meu marido sempre diz que nada pode ser feito sem métodos rígidos. Ele atribui todo o seu próprio sucesso a isso. Ele diz que nunca teria conseguido nada na vida sem pensar assim.

Ela suspirou de novo. De repente, veio à sua cabeça a imagem fugidia de um sir Oswald que nunca conseguiu nada na vida. Um sir Oswald que não tivesse perdido, em sua essência, os atributos daquele alegre jovem que trabalhava na bicicletaria. Só por um instante, ela pensou no quanto sua vida poderia ter sido mais feliz caso sir Oswald *não* seguisse métodos rígidos.

Em seguida, por uma associação de ideias bem compreensível, ela virou-se para Bundle.

– Diga-me, lady Eileen, a senhorita gosta daquele seu jardineiro-chefe? – perguntou ela.

– MacDonald? Bem... – Bundle hesitou. – Não sei se alguém poderia dizer que *gosta* de MacDonald – explicou ela, meio sem jeito. – Mas ele é um jardineiro de primeira.

– Ah, eu sei que é! – disse lady Coote.

– Você só precisa colocá-lo em seu devido lugar – disse Bundle.

– Imagino que sim – disse lady Coote.

Ela olhou com inveja para Bundle, que parecia saber pôr MacDonald em seu devido lugar com tanta facilidade.

– Eu adoraria ter um lindo jardim de luxo – disse a condessa, com um ar sonhador.

Bundle começou a responder, mas então foi interrompida. Jimmy Thesiger entrou na sala e dirigiu-se a ela, usando um estranho tom urgente de voz.

– Escute, você pode vir dar uma olhada naquelas gravuras agora? Estão lhe esperando.

Bundle deixou a sala às pressas, com Jimmy logo atrás.

– Que gravuras? – perguntou ela, enquanto a porta da sala se fechava atrás dos dois.

– Não tem gravura nenhuma – disse Jimmy. – Só precisei inventar alguma coisa para chamar você. Vamos, Bill está nos esperando na biblioteca. Não tem ninguém lá.

Bill estava andando de um lado para o outro pela biblioteca, claramente perturbado.

– Escutem aqui – soltou ele. – Não gostei nada disso.

– Disso o quê?

– De você ter se envolvido nessa história. Aposto que vai dar alguma confusão e aí...

Ele olhou para ela com um patético ar aflito que deu a Bundle uma calorosa sensação de carinho.

– É melhor ela ficar fora disso, não é, Jimmy? – disse ele, apelando ao amigo.

– Foi o que eu falei – rebateu Jimmy.

– Meu Deus, Bundle. Sabe como é... Alguém pode se machucar.

Bundle virou-se para Jimmy.

– O que você contou a ele?

– Ah, tudo.

– Ainda não consegui assimilar essa história direito – confessou Bill. – De você ter ido até aquele lugar em Seven Dials e tudo mais – ele olhou para ela com um ar descontente. – Sério, Bundle, é melhor não.

– É melhor não o quê?

– Você se meter nesse tipo de coisa.

– Por que não? – perguntou Bundle. – É empolgante.

– Ah, sim... É empolgante. Mas pode ser muito perigoso. Veja só o que aconteceu com o pobre Ronny.

– Eu sei – disse Bundle. – E se não fosse pelo seu amigo Ronny acho que eu nunca teria "me metido", como você disse, nesse tipo de coisa. Mas agora já estou aqui. E não adianta nada você ficar reclamando.

– Sei que você é de muita confiança, Bundle, mas...

– Dispense os elogios. Vamos logo aos planos.

Para seu alívio, Bill concordou com a sugestão.

– Você tinha razão – disse ele. – Eberhard trouxe algum tipo de fórmula com ele. Ou melhor, ela está com sir Oswald agora. Eles a testaram na fábrica dele... Em grande sigilo e tudo mais. Eberhard foi até lá com ele. Estão reunidos no escritório agora... cuidando dos detalhes práticos, por assim dizer.

– Quanto tempo sir Stanley Digby vai passar aqui? – perguntou Jimmy.

– Ele vai voltar para a cidade amanhã.

– Hm... – disse Jimmy. – Então uma coisa é certa. Se sir Stanley for levar a fórmula com ele, caso alguma coisa estranha vá mesmo acontecer por aqui, será hoje à noite.

– Imagino que sim.

– Só pode ser. O que é ótimo, porque reduz as possibilidades. Mas eles vão precisar ser muito cuidadosos. Temos que planejar tudo. Primeiro, onde estará essa tal fórmula hoje à noite? Com Eberhard ou com sir Oswald Coote?

– Com nenhum dos dois. Pelo que sei, ela será entregue ao ministro da Aeronáutica hoje, para que ele a leve à cidade amanhã. Nesse caso, ela estará com O'Rourke. Com certeza.

– Bom, então só nos resta uma saída. Se alguém for mesmo tentar surrupiar esses papéis, é melhor passarmos a noite inteira de vigia, meu amigo Bill.

Bundle abriu a boca para protestar, mas fechou-a sem dizer nada.

– Aliás – continuou Jimmy. – Aquele sujeito disfarçado de funcionário da Harrods no saguão por acaso é o nosso velho amigo metido a detetive Lestrade da Scotland Yard?

– Brilhante, meu caro Watson – disse Bill.

– Acho que estamos invadindo um pouco o território dele aqui – comentou Jimmy.

– Não temos outra escolha – disse Bill. – Não se quisermos levar isso até o fim.

– Então está combinado – disse Jimmy. – Vamos dividir a noite em dois turnos?

Bundle voltou a abrir a boca, e mais uma vez fechou-a sem dizer nada.

– Claro – concordou Bill. – Quem fica com o primeiro?

– Vamos tirar no cara ou coroa?

– Pode ser.

– Tudo bem. Vamos lá. Cara, você vai primeiro e eu depois. E coroa, vice-versa.

Bill acenou a cabeça. A moeda foi lançada. Jimmy curvou-se para ver o resultado.

– Coroa – disse ele.

– Droga – reclamou Bill. – Você fica com o primeiro turno então, que deve ser o mais divertido.

– Ah, nunca se sabe – disse Jimmy. – Criminosos são muito imprevisíveis. A que horas devo acordar você? Lá pelas três?

– Acho que está bom.

E então Bundle por fim se manifestou:

— E *eu* faço o quê? – perguntou ela.
— Nada. Só vá para a cama e durma.
— Ah! – exclamou Bundle. – Isso não é muito empolgante.
— Nunca se sabe – repetiu Jimmy, brincando. – Talvez você acabe sendo assassinada durante o sono enquanto Bill e eu escapamos ilesos.
— Bem, é sempre uma possibilidade. Sabe, Jimmy, eu não gostei nada daquela condessa. Ela me pareceu muito estranha.
— Que besteira! – rebateu Bill. – Aquela mulher está acima de qualquer suspeita.
— Como você sabe? – perguntou Bundle.
— Sabendo, ora. Um sujeito da embaixada húngara me garantiu que ela era de confiança.
— Ah! – exclamou Bundle, um tanto espantada pelo fervor na resposta de Bill.
— Vocês, mulheres, são todas iguais – resmungou Bill. – Só porque ela é bonita...

Bundle conhecia muito bem essa injusta linha de raciocínio masculina.

— Enfim, só não vá abrir seu coração na orelhinha rosada dela – disse Bundle. – Vou dormir. Eu já estava mais do que cheia daquela conversa na sala, e não vou voltar lá, não.

Ela se retirou. Bill olhou para Jimmy.

— Ah, a boa velha Bundle – disse ele. – Estava com medo de que ela pudesse nos dar problemas. Você sabe como ela adora se envolver em tudo. Mas acho que ela aceitou tudo muito bem.

— Eu também. – concordou Jimmy. – Fiquei surpreso.

— Ela tem bom senso. Sabe reconhecer os limites das coisas. Mas escute, será que nós não deveríamos estar armados? Quem se mete nesse tipo de coisa em geral tem alguma arma.

— Eu trouxe um revólver automático de cano azul – disse Jimmy, com certo orgulho. – É bem pesado e assusta bastante. Você pode pegá-lo emprestado quando precisar.

Bill olhou para ele com uma mistura de respeito e inveja.

— De onde você tirou a ideia de arrumar uma arma? – perguntou ele.

— Não sei – disse Jimmy, casualmente. – Só achei que seria bom.

— Espero só que a gente não acabe atirando na pessoa errada – disse Bill, parecendo um tanto apreensivo.

— Isso seria péssimo – disse o sr. Thesiger, com um ar sério.

CAPÍTULO 18

As aventuras de Jimmy

A partir daqui, nossa narrativa precisa ser dividida em três porções separadas e distintas. A noite acabou sendo agitada, e cada um dos três envolvidos a assistiu do seu próprio ponto de vista.

Vamos começar pelo simpático e cativante jovem Jimmy Thesiger, no momento em que trocou suas últimas palavras de boa noite com seu companheiro de conspiração, Bill Eversleigh.

– Não se esqueça, três da manhã. Se você ainda estiver vivo, isso é – disse Bill, e então acenou com a cabeça gentilmente.

– Posso até ser um pateta – disse Jimmy, lembrando-se com rancor do comentário que Bundle disse ter ouvido –, mas nem de longe tanto quanto pareço.

– Foi isso o que você falou sobre Gerry Wade – disse Bill, devagar. – Está lembrado? E naquela mesma noite, ele...

– Cale a boca, seu idiota – disse ele. – Você não tem *nenhum* tato?

– É claro que tenho – disse Bill. – Sou um jovem diplomata. Todo diplomata tem tato.

– Ah! – rebateu Jimmy. – Então você ainda tem muito a aprender.

– Ainda estou incomodado com Bundle – disse Bill, voltando de repente ao assunto de antes. – Imaginei que lidar com ela seria... bem, difícil. Mas ela melhorou. Melhorou muito.

– Foi o que o seu chefe estava comentando – concordou Jimmy. – Ele disse que ficou muito surpreso com ela.

– Só acho que Bundle exagerou um pouco na encenação – disse Bill. – Mas o Olhudo é tão burro que engole qualquer coisa. Enfim, boa noite. Talvez seja meio difícil me acordar para o meu turno... Mas não desista.

– Difícil vai ser se você tiver o mesmo fim que Gerry Wade – brincou Jimmy.

Bill olhou para ele com um ar de reprovação.

– Por que diabos você está me dizendo uma coisa dessas? – esbravejou ele.

– Foi você quem começou – disse Jimmy. – Agora vá dormir, vá.

Mas Bill não saiu do lugar. Continuou parado, remexendo-se com um ar inquieto.

– Escute – disse ele.

– Que foi?

— O que eu quis dizer é... bem, você vai ficar bem, não vai? A gente só estava brincando, mas quando penso no pobre Gerry... e no pobre Ronny...

Aflito, Jimmy olhou para ele. Bill era um daqueles tipos que sem dúvida alguma só tinha as melhores intenções, mas os resultados de seus esforços nunca eram muito animadores.

— Estou vendo que vou ter que lhe apresentar o Leopold – disse ele.

Ele enfiou a mão no bolso do terno azul-escuro que tinha acabado de vestir e pegou algo para mostrar a Bill.

— Um genuíno revólver automático de cano azul – disse ele, com certo orgulho.

— Não... – disse Bill. – É sério mesmo?

Ele ficou claramente impressionado.

— Foi meu mordomo Stevens quem o comprou para mim. Está bem lubrificado e com todos os mecanismos em ordem. Basta apertar o gatilho, e Leopold faz o resto.

— Ah! – exclamou Bill. – Escute, Jimmy...

— Diga.

— Tome cuidado. Digo, não me saia atirando com essa coisa por aí a torto e a direito. Vai que o velho Digby é sonâmbulo, e você acaba o acertando sem querer.

— Não se preocupe – disse Jimmy. – Agora que comprei o Leopold, quero fazer valer meu dinheiro, é claro, mas prometo conter meus instintos sanguinários.

— Enfim, boa noite – disse Bill pela décima quarta vez, e então por fim foi embora.

Jimmy ficou sozinho para fazer sua vigília.

Sir Stanley Digby estava ficando em um quarto na ponta da ala oeste. De um lado, havia um banheiro, e do outro, uma porta que se comunicava com outro quarto menor, esse ocupado pelo sr. Terence O'Rourke. As portas desses três cômodos davam para um pequeno corredor. A tarefa do vigilante de plantão era simples. Uma cadeira posicionada com toda discrição à sombra de um armário de carvalho, onde o corredor desembocava na galeria principal, oferecia um ponto de observação perfeito. Não havia nenhuma outra forma de acesso à ala oeste, e ninguém poderia entrar ou sair de lá sem ser visto. Uma lâmpada ainda estava ligada.

Jimmy acomodou-se na cadeira, cruzou as pernas e ficou de vigília, com Leopold a postos sobre seu joelho.

Ele olhou para o relógio. Eram vinte para a uma – apenas uma hora após todos terem ido dormir. O silêncio era absoluto, a não ser pelo distante tique-taque de um relógio qualquer.

Por um ou outro motivo, Jimmy incomodou-se com esse barulho. Aquilo o lembrava de certas coisas. De Gerald Wade... E daqueles sete relógios tiquetaqueando sobre a lareira... Quem os teria colocado ali, e por quê? Ele estremeceu.

Era sinistro ficar de vigia assim. Não era à toa que as pessoas viam coisas nas sessões de espiritismo. O escuro deixa você fragilizado – pronto para pular ao ouvir o menor barulho. E pensamentos nada agradáveis começam a passar pela sua mente.

Ronny Devereux! Ronny Devereux e Gerry Wade! Ambos jovens, ambos cheios de vida e energia; rapazes comuns, alegres e saudáveis. E agora, onde eles estavam? Sob a terra úmida... sendo devorados por vermes... Urgh! Por que não conseguia tirar esses pensamentos horríveis da cabeça?

Olhou para o relógio de novo. Ainda era só uma e vinte. O tempo parecia se arrastar.

Bundle, mas que garota espetacular! Imagine só, ter a coragem e a ousadia de se meter no meio daquele lugar em Seven Dials. Por que ele mesmo não tivera a coragem e a iniciativa de pensar nisso antes? Talvez por ser uma ideia *fantástica* demais.

O número sete. Quem diabos seria o número sete? E se ele estivesse em Wyvern Abbey naquele exato instante? Talvez sob o disfarce de um empregado. Ele não poderia, é claro, ser um dos convidados. Não, isso seria impossível. Por outro lado, aquela história inteira era impossível. Se ele não confiasse tanto em Bundle – bem, ele só teria achado que ela havia inventado tudo.

Ele bocejou. Era estranho se sentir com sono, mas tão tenso ao mesmo tempo. Olhou de novo para o relógio. Dez para as duas. Pelo menos o tempo estava passando.

E então, de repente, ele prendeu a respiração e inclinou-se para frente em alerta. Ele tinha ouvido um barulho.

Minutos se passaram... e ele ouviu de novo. O rangido de uma tábua... mas aquilo viera de algum lugar lá embaixo. Mais uma vez! Um leve rangido sinistro. Alguém estava se esgueirando pela casa.

Jimmy levantou-se sem fazer barulho e então foi com todo cuidado até o topo da escada. Tudo parecia estar em silêncio. Ainda assim, ele tinha plena certeza de que havia ouvido aqueles passos furtivos. Não foi só sua imaginação.

Bem devagar e com muita cautela, ele desceu a escada, segurando Leopold firme em sua mão. Nenhum som rompia o silêncio no grande saguão. Se o que ele ouviu viera mesmo de algum lugar logo abaixo de onde estava, aquele rangido abafado devia ter vindo da biblioteca.

Jimmy foi até a porta da sala, atento a qualquer ruído, mas não ouviu nada. Em seguida, escancarou a porta de repente e acendeu as luzes.

Nada! A enorme sala foi invadida pela luz. Mas estava vazia.

Jimmy franziu a testa.

– Mas eu poderia jurar que... – murmurou ele para si mesmo.

A biblioteca era enorme e tinha três portas de vidro que davam acesso ao terraço. Jimmy cruzou a sala. A porta do meio estava sem o trinco.

Ele abriu-a e saiu para o terraço, olhando para os dois lados noite afora. Nada!

– Parece tudo normal – murmurou ele. – Mas ainda assim...

Passou mais um instante ali, perdido em seus pensamentos, depois voltou à biblioteca. Atravessou a sala, trancou a porta da entrada e guardou a chave no bolso. Em seguida, apagou a luz e esperou mais um minuto, com os ouvidos atentos, e então se esgueirou até a porta aberta e parou à sua frente, com Leopold a postos na mão.

Teria ele ouvido ou não um leve ruído de passos no terraço? Não... foi só sua imaginação. Ele apertou bem os dedos em volta de Leopold e continuou à escuta...

Ao longe, um carrilhão bateu duas horas da manhã.

CAPÍTULO 19

As aventuras de Bundle

Bundle Brent era uma jovem inteligente – e também de imaginação fértil. Ela já havia previsto que Bill, se não Jimmy, seria contra seu envolvimento nos possíveis riscos daquela noite. Bundle não pretendia perder tempo discutindo. Ela havia arquitetado seus próprios planos e tomado suas próprias iniciativas. Uma breve olhada pela janela de seu quarto pouco antes do jantar a deixou mais do que contente. Ela sabia que as paredes cinzentas de Wyvern Abbey eram adornadas com uma farta camada de trepadeiras, mas a vegetação em volta da parte externa de sua janela parecia ser ainda mais resistente, e poderia ser escalada sem problema algum por alguém com seus dotes atléticos.

No fundo, ela não tinha nada contra os planos de Bill e Jimmy. Mas, em sua opinião, eles eram limitados demais. Ela não fez nenhuma crítica a eles, pois pretendia resolver isso sozinha. Em resumo, enquanto Jimmy e Bill estivessem de vigia dentro da casa, Bundle planejava dedicar sua atenção à área externa.

Bundle deleitou-se ao pensar em sua própria aparente submissão ao insignificante papel a ela atribuído, embora ainda se perguntasse com desprezo como poderia ter sido tão fácil enganar aqueles dois homens. Bill, é claro, nunca fora muito famoso pelo seu brilhantismo. Por outro lado, ele sabia, ou deveria saber como Bundle era. E ela achava que Jimmy Thesiger, mesmo a tendo conhecido há pouco tempo, a havia subestimado ao pensar que poderia descartá-la de forma tão simples e sumária.

Assim que chegou à privacidade de seu quarto, Bundle logo entrou em ação. Primeiro, tirou o vestido de noite e as outras poucas vestes que usava por baixo, e então começou tudo de novo a partir da estaca zero, por assim dizer. Bundle não havia trazido sua criada com ela, e fizera sua própria mala. Caso contrário, a francesa poderia ter ficado intrigada ao ver que a patroa estava levando um par de calças de montaria, mas nenhum outro equipamento de equitação.

Agora, já com as calças de montaria, sapatos com sola de borracha e um pulôver escuro, Bundle estava pronta para tudo. Checou as horas. Ainda era só meia-noite e meia. Cedo demais. Seja lá o que fosse acontecer, ainda iria demorar algum tempo. Seria preciso esperar até que todos os ocupantes da casa fossem dormir. Uma e meia da manhã foi o horário determinado por Bundle para o início de suas operações.

Ela apagou a luz e sentou-se ao lado da janela para esperar. Na hora estipulada em ponto, levantou-se, abriu a janela e passou a perna para fora. A noite estava linda, fria e tranquila, e o céu estrelado, mas sem lua.

Bundle não teve problemas para descer. Ela e as duas irmãs viviam correndo pelos jardins de Chimneys quando crianças e conseguiam escalar qualquer parede como gatos. Bundle desceu até o canteiro de flores, um tanto ofegante, mas sem nenhum arranhão.

Fez uma pausa para organizar seus planos. Sabia que os quartos onde o ministro da Aeronáutica e seu secretário estavam hospedados ficavam na ala oeste; ou seja, na outra ponta da casa em relação a onde Bundle encontrava-se agora. Ao longo das fachadas sul e oeste, estendia-se um terraço que desembocava contra um pomar cercado.

Bundle saiu do canteiro de flores e dobrou uma esquina da casa, chegando ao começo do terraço na fachada sul, e então seguiu em frente, esgueirando-se em absoluto silêncio, sempre em meio às sombras. No entanto, ao chegar à segunda esquina, levou um susto, pois havia ali um homem, com a clara intenção de bloquear seu caminho.

Logo em seguida, ela o reconheceu.

– Superintendente Battle! Que susto o senhor me deu!

– É para isso mesmo que estou aqui – disse o superintendente, satisfeito.

Bundle olhou para ele. Como sempre, ela percebeu o quanto aquele homem não era nada discreto. Ele era imenso, corpulento e chamava muito a atenção, com sua inconfundível postura britânica. Mas de uma coisa Bundle tinha certeza. O superintendente Battle não era nada bobo.

– O que o senhor está fazendo aqui? – perguntou ela, ainda sussurrando.

– Só cuidando para que ninguém que não deveria apareça por aqui – disse Battle.

– Ah! – exclamou Bundle, um tanto surpresa.

– Como a senhorita, por exemplo, lady Eileen. Imagino que não seja do seu costume sair para caminhar a esta hora da noite assim.

– O senhor está me dizendo para voltar? – perguntou ela devagar.

O superintendente Battle acenou com a cabeça, concordando.

– A senhorita é muito inteligente, lady Eileen. É exatamente isso o que estou dizendo. A senhorita... hã... saiu por uma porta ou pela janela?

– Pela janela. Foi muito fácil descer pelas trepadeiras.

Pensativo, o superintendente olhou para a parede.

– Ah, sim – disse ele. – Imagino que sim.

– E o senhor quer que eu volte? – perguntou Bundle. – Desculpe. Eu só queria ir até o outro terraço.

– Talvez a senhorita não seja a única a querer isso – disse Battle.

– Seria impossível não ver o senhor aqui – retrucou Bundle, com certa maldade.

No entanto, o superintendente reagiu com um ar satisfeito.

– É o que espero – disse ele. – *Nada de confusão*. Esse é o meu lema. E se me permite um conselho, lady Eileen, acho que é hora de a senhorita voltar para a cama.

A firmeza no tom dele não permitiu qualquer protesto. Um tanto cabisbaixa, Bundle refez seus passos. Quando já estava subindo pelas trepadeiras, uma ideia de repente passou pela sua cabeça, e ela quase caiu ao se distrair.

Será que *ela* estaria entre os suspeitos para o superintendente Battle?

Ela havia percebido sinais... Sim, com certeza ela havia percebido sinais em sua postura que poderiam dar isso a entender. Ela não conseguiu conter o riso enquanto voltava ao quarto pela janela. Imagine só, o velho superintendente desconfiando justo *dela*!

Embora tivesse seguido até então as ordens de Battle de voltar ao seu quarto, Bundle não tinha a menor intenção de deitar-se para dormir. Tampouco achava que era isso o que Battle de fato esperava. Ele não era um homem conhecido por esperar pelo impossível. E ficar parada enquanto coisas perigosas e empolgantes poderiam estar acontecendo seria completamente impossível para Bundle.

Ela olhou para o relógio. Eram dez para as duas. Após um breve instante de hesitação, abriu a porta com todo o cuidado. Silêncio absoluto. Tudo parecia estar tranquilo. Ela então saiu para o corredor sem fazer nenhum barulho.

Em certo momento, ela parou, achando ter ouvido uma tábua ranger em algum lugar, mas depois convenceu-se de que não tinha sido nada e seguiu em frente. Ela agora estava no corredor principal, a caminho da ala oeste. Chegou a uma intersecção e espiou com cuidado pelo canto da parede – e então arregalou os olhos, surpresa.

O posto de vigia estava vazio. Jimmy Thesiger não estava lá.

Bundle ficou completamente espantada. O que teria acontecido? Por que Jimmy deixaria seu posto? O que aquilo significava?

Naquele instante, ela ouviu um relógio bater duas horas.

Ela ainda estava parada, tentando decidir o que fazer, quando seu coração de repente deu um pulo e depois pareceu congelar. *A maçaneta da porta no quarto de Terence O'Rourke estava girando lentamente.*

Bundle ficou observando, fascinada. Mas a porta não se abriu. Em vez disso, a maçaneta só voltou bem devagar à sua posição original. O que isso queria dizer?

De repente, Bundle tomou uma decisão. Por algum motivo desconhecido, Jimmy havia abandonado seu posto. Ela precisava falar com Bill.

Com todo cuidado, Bundle voltou às pressas pelo mesmo caminho que tinha feito e então invadiu sem nenhuma cerimônia o quarto de Bill.

– Bill, acorde! Vamos, acorde logo! – sussurrou ela com grande urgência, mas não teve resposta alguma. – Bill! – murmurou Bundle.

Já sem paciência, ela acendeu as luzes, e então ficou embasbacada.

O quarto estava vazio, e ninguém havia sequer deitado na cama.

Então onde estaria Bill?

De repente, ela percebeu uma coisa. *Aquele não era o quarto de Bill.* A delicada camisola jogada sobre a cadeira, as coisas de mulher espalhadas pela cômoda, um vestido de veludo preto esquecido em cima da poltrona – claro, na pressa, ela havia se confundido de porta. Aquele era o quarto da condessa Radzky.

Mas *onde* estaria a condessa, então?

Enquanto Bundle se fazia essa pergunta, o silêncio da noite foi rompido de repente por um barulho inconfundível.

O clamor viera do andar de baixo. Em um instante, Bundle saiu correndo do quarto da condessa e desceu a escada. Os sons vinham da biblioteca – um violento alarido de cadeiras sendo jogadas no chão.

Bundle tentou em vão abrir a porta da biblioteca, que estava trancada, mas pôde ouvir com clareza o estardalhaço do lado de dentro – vozes ofegantes e baques, impropérios nos mais diversos tons, e estrondos aqui e ali quando alguma peça mais leve de mobília era esmagada em meio à batalha.

E por fim, com estampidos sinistros e distintos, quebrando de uma vez por todas o resto da paz que ainda havia naquela noite, dois tiros foram disparados em rápida sucessão.

CAPÍTULO 20

As aventuras de Loraine

Loraine Wade sentou-se na cama e acendeu a luz. Eram exatamente dez para a uma. Ela tinha ido dormir cedo – às nove e meia. Como dominava a invejável arte de conseguir acordar sozinha no horário desejado, pôde aproveitar algumas boas horas de sono revigorante.

Havia dois cães dormindo em seu quarto, e um deles ergueu a cabeça e olhou para ela, com um ar intrigado.

– Quieto, Lurcher – disse Loraine, e o obediente animal então abaixou a cabeça e ficou observando-a entre suas pestanas felpudas.

É verdade que Bundle chegou a suspeitar da postura submissa de Loraine Wade, mas esse breve instante de desconfiança passou, e Loraine pareceu-lhe ser uma jovem muito sensata e estar disposta a não se envolver em toda aquela história.

Ainda assim, quem analisasse melhor seu rosto veria muita força em seus traços frágeis, mas determinados, e em seus lábios capazes de se fechar com grande firmeza.

Loraine levantou-se e vestiu um casaco e uma saia de lã. Em um dos bolsos da blusa, pôs uma lanterna. Em seguida, abriu a gaveta da cômoda e pegou uma pequena pistola com cabo de marfim – que quase parecia um brinquedo – comprada na Harrods, no dia anterior, e estava muito contente com a arma.

Deu uma última olhada pelo quarto para ver se havia se esquecido de alguma coisa, e então o cachorro maior levantou-se e veio até ela, fitando-a com olhos pidões e abanando o rabo.

– Não, Lurcher. Você não pode ir. A mamãe não pode levar você. Agora, fique aqui e se comporte.

Ela deu um beijo na cabeça do cachorro, fez com que ele se deitasse de novo no tapete e então saiu do quarto sem fazer barulho, fechando a porta logo em seguida.

Loraine deixou a casa por uma porta lateral e foi até a garagem, onde seu pequeno carro de dois lugares estava à espera. Desceu a leve rampa da entrada em silêncio, sem ligar o motor até já estar a certa distância da casa. Em seguida, olhou para o relógio de pulso e pisou fundo no acelerador.

Parou o carro em um lugar previamente marcado, junto a um buraco em uma cerca, pelo qual poderia passar sem problemas. Alguns minutos depois, apenas um pouco enlameada, Loraine já estava dentro do terreno de Wyvern Abbey.

Com todo o cuidado possível, dirigiu-se à imponente mansão coberta de trepadeiras. Ao longe, um carrilhão bateu duas horas da manhã.

O coração de Loraine acelerou conforme aproximava-se do terraço. Não havia mais ninguém à vista – nenhum sinal de vida em parte alguma. Tudo parecia tranquilo e silencioso. Ela chegou ao terraço e ficou parada, olhando para os lados.

De repente, sem o menor aviso, uma coisa caiu no chão com um baque, quase aos seus pés. Loraine abaixou-se para pegar. Era um pacote mal embrulhado em papel pardo. Loraine então olhou para cima.

Havia uma janela aberta bem sobre sua cabeça e, enquanto ela olhava, uma perna passou para fora e um homem começou a descer pelas trepadeiras.

Loraine não esperou mais nada e saiu correndo na mesma hora, ainda com o pacote nas mãos.

De repente, o estardalhaço de uma briga irrompeu atrás dela.

– Me largue! – gritou uma voz rouca.

– Ah, é isso o que você quer, é?

Loraine continuou correndo, sem ver para onde, em pânico, dobrou uma esquina da casa e chegou ao terraço... E deu de cara com os sólidos braços de um homem enorme.

– Pronto, pronto – disse o superintendente Battle, gentilmente.

Loraine ainda mal conseguia falar.

– Ah, rápido! Rápido! Eles estão se matando! Por favor, rápido!

O estampido seco de um tiro de revólver cortou a noite... seguido por outro.

O superintendente Battle saiu correndo, e Loraine o seguiu. Os dois contornaram a casa e então chegaram à porta da biblioteca no terraço, que estava aberta.

Battle inclinou-se e acendeu uma lanterna. Loraine estava logo atrás, espiando sobre seu ombro. Ela soltou um leve soluço aflito.

Bem na soleira da porta, estava caído Jimmy Thesiger, sobre o que parecia ser uma poça de sangue. Seu braço direito pendia em uma posição estranha.

Loraine soltou um grito agudo.

– Ele está morto – gritou ela. – Ah, Jimmy... Jimmy... ele está morto!

– Calma, calma – disse o superintendente Battle, para tranquilizá-la. – Não fique assim. Ele não está morto, tenho certeza. Veja se você consegue encontrar o interruptor e acenda a luz.

Loraine o obedeceu. Ela cambaleou pela sala, encontrou o interruptor ao lado da porta e o acionou. A luz inundou a sala. O superintendente Battle suspirou aliviado.

– Está tudo bem... Ele só levou um tiro no braço direito e desmaiou pela perda de sangue. Venha aqui e me ajude com ele.

Alguém bateu à porta da biblioteca. Vozes irromperam, perguntando coisas, discutindo, exigindo explicações.

Confusa, Loraine olhou para a porta.

– Será que eu...?

– Não há pressa – disse Battle. – Já vamos deixá-los entrar. Agora, venha aqui e me dê uma ajuda.

Obediente, Loraine foi até ele. O superintendente havia pegado um grande lenço limpo e o estava usando para fazer um curativo no braço do homem. Loraine o ajudou.

– Ele vai ficar bem – disse o superintendente. – Não se preocupe. Esses sujeitos têm mais vidas do que um gato. Não foi nem a perda de sangue o que o apagou. Ele deve ter batido a cabeça no chão quando caiu.

Pelo lado de fora, as batidas na porta retumbavam cada vez mais alto. A enfurecida voz de George Lomax irrompeu alta e distinta:

– Quem está aí? Abra já essa porta!

O superintendente Battle suspirou.

– Acho que é melhor mesmo – disse ele. – É uma pena.

Seus olhos dardejaram pela sala, assimilando a cena. Havia um revólver automático caído ao lado de Jimmy. O superintendente pegou-o com delicadeza e o examinou. Soltou um grunhido e o deixou sobre uma mesa. Em seguida, atravessou a biblioteca e abriu a porta.

Várias pessoas invadiram a sala, quase todas falando ao mesmo tempo. George Lomax, gaguejando uma série de palavras inconformadas que se recusavam a sair com a devida fluência, exclamou:

– O... o... que é isso? Ah, é o senhor, superintendente! O que houve? Escute... o que foi... o que foi que houve?

– Meu Deus! Jimmy, meu velho! – disse Bill Eversleigh, vendo o amigo caído no chão.

– Pobre rapaz! – gritou lady Coote, envolta em uma resplandecente camisola púrpura, e então passou pelo superintendente Battle e prostrou-se sobre Jimmy com um ar maternal.

– Loraine! – disse Bundle.

– *Gott im Himmel!* – exclamou Herr Eberhard, e outras palavras da mesma natureza.

– Meu Deus, o que foi isso? – indagou sir Stanley Digby

– Vejam só quanto sangue! – berrou uma criada, e então soltou um grito empolgado.

– Minha nossa! – exclamou um empregado.

– Parem, isso é inaceitável! – disse o mordomo, com muito mais firmeza em sua voz do que seria de se esperar, dispersando a criadagem.

– Não seria melhor pedir para que algumas dessas pessoas se retirem, senhor? – disse o prestativo sr. Rupert Bateman a George.

Só então todos respiraram fundo.

– É inacreditável! – exclamou George Lomax. – O que foi que *aconteceu*, Battle? – Battle olhou bem para ele, e então George recobrou sua postura contida de sempre. – Certo... – disse ele, indo até a porta. – Peço que todos voltem para a cama, por favor. Houve um... hã...

– Um pequeno incidente – disse o superintendente Battle, tranquilo.

– Um... hã... um incidente. Agradeceria muito se todos pudessem voltar para a cama.

No entanto, todos pareciam pouco dispostos a atender seu pedido.

– Lady Coote, por favor...

– O pobre rapaz... – disse lady Coote, com um tom maternal.

Ela levantou-se com grande relutância. Ao fazer isso, Jimmy acordou e sentou-se no chão.

– Oi! – disse ele, sem muito jeito. – O que está acontecendo?

Olhou à sua volta, meio perdido por um instante, e então compreendeu a situação.

– Vocês o pegaram? – perguntou ele, ansioso.

– Quem?

– O homem. O que desceu pelas trepadeiras. Eu estava perto da porta ali. Eu o agarrei, e depois não paramos mais até...

– Foi um daqueles malditos gatunos assassinos – disse lady Coote. – Pobre rapaz!

Jimmy estava olhando à sua volta.

– Bom... parece que nós... hã... fizemos uma bela bagunça aqui. O sujeito era forte feito um touro, e nós acabamos quebrando várias coisas.

As condições da sala serviam como uma prova incontestável disso. Tudo o que havia de frágil em um raio de quatro metros à sua volta que poderia ser quebrado havia sido destruído.

– E o que foi que aconteceu então?

Mas Jimmy continuava olhando para os lados, à procura de alguma coisa.

– Onde está Leopold? O belo automático de cano azul?

Battle apontou para o revólver sobre a mesa.

– Ele é seu, sr. Thesiger?

– Isso mesmo. Esse é o pequeno Leopold. Quantos tiros foram disparados?

– Apenas um.

Jimmy reagiu com um ar contrariado.

– Mas que decepção, Leopold – murmurou ele. – Acho que não puxei o gatilho direito, ou então teria disparado várias vezes.

– Quem atirou primeiro?

– Na verdade, fui eu – disse Jimmy. – O homem conseguiu se soltar de mim uma hora de repente. Eu o vi indo até a porta, e meti o dedo no Leopold para atirar. Ele se virou e disparou contra mim, e então... Bem, acho que foi depois disso que apaguei.

Ele coçou a cabeça, um tanto cabisbaixo.

Mas, de repente, sir Stanley Digby entrou em alerta.

– Você disse que ele desceu pelas trepadeiras? Meu Deus, Lomax, você acha que eles conseguiram levar o que queriam?

Ele saiu correndo da sala. Por algum estranho motivo, ninguém disse mais nada durante sua ausência. Após alguns minutos, sir Stanley voltou. Seu rosto gorducho e arredondado estava pálido feito um fantasma.

– Meu Deus, Battle – disse ele. – Eles levaram tudo. O'Rourke está dormindo feito uma pedra... Parece que foi dopado. Não consegui acordá-lo. E os papéis sumiram.

CAPÍTULO 21

A recuperação da fórmula

– *Der liebe Gott!* – sussurrou Herr Eberhard.

Seu rosto estava completamente pálido.

George disparou um olhar soberbo de reprovação para Battle.

– É verdade, Battle? Eu deixei tudo aos seus cuidados.

A fachada pétrea do superintendente continuou inabalável. Nenhum músculo sequer se mexeu em seu rosto.

– Até os melhores sofrem suas derrotas, senhor – disse ele, baixinho.

– Então quer dizer... que o documento foi roubado mesmo?

Mas para a surpresa de todos o superintendente balançou a cabeça.

– Não, não, sr. Lomax. A situação não é tão grave como o senhor pensa. Está tudo bem. Mas o crédito não é meu. Agradeça a esta jovem aqui.

Ele apontou para Loraine, que olhou para ele, surpresa.

Battle foi até ela e pegou com delicadeza o embrulho de papel pardo que ela ainda estava segurando sem nem se dar conta.

– Acho que o senhor encontrará o que procura nesse pacote – disse ele.

Sir Stanley Digby, sendo mais ágil do que George, tomou o pacote de suas mãos e o abriu, e então analisou seu conteúdo. Um suspiro de alívio escapou de seus lábios, e ele enxugou a testa. Herr Eberhard pegou o valioso fruto de seu cérebro e o abraçou junto ao peito, disparando uma torrente de palavras em alemão.

Sir Stanley virou-se para Loraine, apertando sua mão calorosamente.

– Minha cara, devemos eterna gratidão à senhorita – disse ele.

– Sim, de fato – disse George. – Mas eu... hã...

Ele hesitou, perplexo, olhando para aquela jovem que nunca havia visto antes. Loraine disparou um olhar aflito para Jimmy, que veio ao seu resgate.

– Hã... essa é a senhorita Wade – explicou Jimmy. – A irmã de Gerald Wade.

– Ah, sim – disse George, apertando calorosamente a mão da garota. – Minha querida srta. Wade, devo expressar minha profunda gratidão pela sua ajuda. Mas confesso que não...

Por delicadeza, ele fez uma pausa, e quatro dos presentes sentiram que explicar a situação não seria nada muito simples. O superintendente Battle então entrou em cena.

– Talvez seja melhor deixar isso para depois, senhor – sugeriu ele, delicadamente.

O prestativo sr. Bateman desviou ainda mais o assunto.

– Não seria prudente que alguém fosse ver se O'Rourke está bem? Talvez até chamar um médico, senhor?

– Claro – disse George. – Claro. Que negligência de nossa parte não ter pensado nisso antes – ele olhou para Bill. – Ligue para o dr. Cartwright. Peça para que ele venha até aqui. Se possível, explique a ele que o caso exige... hã... máxima discrição.

Bill retirou-se para cumprir sua tarefa.

– Vou subir com você, Digby – disse George. – Talvez possamos fazer alguma coisa... tomar certas medidas, enfim... enquanto esperamos o médico chegar.

Virou-se com um ar aflito para Rupert Bateman. A eficiência sempre se faz notar. Era Pongo quem de fato estava no comando da situação.

– Quer que eu suba com o senhor?

George aceitou a oferta com alívio. Aquele sim, pensou ele, era um sujeito com quem se podia contar. Foi tomado pela profunda confiança na eficiência do sr. Bateman que todos os que conheciam aquele formidável jovem sentiam.

Os três se retiraram juntos da sala. Lady Coote murmurou baixinho, com pesar:

– Pobre rapaz. Talvez eu possa fazer alguma coisa... – e saiu às pressas atrás deles.

– Essa mulher tem um espírito muito maternal – observou o superintendente, pensativo. – Muito maternal mesmo. Onde será que...

Três pares de olhos intrigados viraram-se para ele.

– Onde será que está sir Oswald Coote? – disse o superintendente Battle, devagar.

– Ah! – exclamou Loraine. – O senhor acha que ele foi assassinado?

Battle balançou a cabeça para ela, com um ar reprovador.

– Não seja tão dramática assim – disse ele. – Não, acho apenas que...

Ele parou de repente, inclinando a cabeça de lado, à escuta – com uma de suas enormes mãos erguidas, pedindo silêncio.

Em seguida, todos ouviram o que os sentidos mais aguçados de Battle captaram primeiro. Passos que vinham do terraço lá fora, ecoando claramente, sem nenhuma discrição. Pouco depois, surgiu na porta uma figura corpulenta que parou ali, encarando a todos e parecendo emanar um estranho quê de domínio sobre a situação.

Era sir Oswald, que então olhou lentamente de rosto em rosto, assimilando os detalhes da cena. Jimmy, com seu braço envolto em uma atadura improvisada; Bundle, em seu traje um tanto incomum; Loraine, que ele não conhecia. Seus olhos por fim pararam no superintendente Battle, e ele falou com uma voz alta e firme:

– O que está acontecendo aqui, inspetor?

– Houve uma tentativa de roubo, senhor.

– *Tentativa*, é?

– Graças a esta jovem aqui, a srta. Wade, os ladrões não conseguiram levar nada.

– Ah! – exclamou ele, encerrando sua observação. – Mas e quanto a *isto aqui*, o que o senhor me diz?

Ele mostrou então uma pequena pistola Mauser, segurando-a com cuidado pelo cabo.

– Onde o senhor encontrou isso, sir Oswald?

– No gramado lá fora. Imagino que algum dos ladrões deixou-a cair enquanto fugia. Eu a peguei com bastante cuidado, caso o senhor queira examiná-la à procura de digitais.

– O senhor pensa em tudo, sir Oswald – disse Battle.

Ele pegou a pistola, manuseando-a com o mesmo cuidado, e colocou-a sobre a mesa ao lado do revólver Colt de Jimmy.

– Mas agora tenha a gentileza de me explicar o que aconteceu – disse sir Oswald.

O superintendente Battle fez um breve resumo dos eventos da noite. Sir Oswald franziu a testa, pensativo.

– Certo – disse ele, firme. – Depois de ferir e nocautear o sr. Thesiger, o homem saiu correndo e fugiu, deixando sua pistola cair no meio do caminho. O que eu não entendo é por que ninguém o perseguiu.

– Porque foi só quando ouvimos a história do sr. Thesiger que soubemos o que houve – explicou o superintendente Battle, impassível.

– O senhor... hã... não o viu nem de relance fugindo quando chegou ao terraço?

– Não, acho que não o peguei por uma questão de segundos. A noite está escura sem lua e, depois de deixar o terraço, seria impossível vê-lo. Ele deve ter saído correndo assim que atirou.

– Hm – disse sir Oswald. – Ainda acho que uma busca deveria ter sido feita. Alguém poderia ter sido destacado para...

– Tenho três homens de vigia lá fora – murmurou o superintendente.

– Ah! – exclamou sir Oswald, um tanto surpreso.

– Eles receberam ordens para deter qualquer um que tentasse deixar a área.

– E mesmo assim... não pegaram ninguém?

– E mesmo assim não pegaram ninguém – concordou Battle, com um ar sério.

Sir Oswald olhou-o como se algo em suas palavras tivesse o intrigado.

– O senhor está me dizendo tudo o que sabe, superintendente Battle? – perguntou ele, com firmeza.

– Sim, sir Oswald... Tudo o que *sei*. Já o que penso, é outra história. Porque posso estar pensando em coisas bem curiosas... Mas enquanto o pensamento não resulta em algo concreto é melhor não comentar nada.

– Ainda assim – disse sir Oswald, devagar –, eu gostaria de saber no que o senhor está pensando, superintendente Battle.

– Primeiro, senhor, penso que este lugar tem trepadeiras demais... Com licença, tem uma folhinha aqui no seu casaco... Sim, trepadeiras demais nas paredes. Isso complica as coisas.

Sir Oswald olhou bem para ele, mas qualquer resposta que poderia estar passando pela sua cabeça foi interrompida pela chegada de Rupert Bateman.

– Ah, aí está o senhor, Sir Oswald. Ainda bem. Lady Coote acabou de sentir sua falta... e já estava achando que o senhor havia sido morto pelos ladrões. Acho que é melhor o senhor ir falar com ela agora mesmo, sir Oswald. Ela está muito preocupada.

– Maria é uma mulher muito boba – disse sir Oswald. – Por que alguém me mataria? Vamos lá então, Bateman.

Ele deixou a sala com seu secretário.

– Esse jovem é muito eficiente – disse Battle, olhando para eles enquanto se retiravam. – Qual é o nome dele mesmo? Bateman?

Jimmy acenou a cabeça.

– Bateman... Rupert Bateman – disse ele. – Seu apelido é Pongo. Estudei com ele.

– É mesmo? Mas que interessante, sr. Thesiger. E o que o senhor achava dele na época?

– Ah, ele sempre foi esse mesmo tonto.

– Um tonto? Não é o que eu imaginaria – comentou Battle.

– Ah, o senhor sabe o que quero dizer. É claro que ele não era um tonto de verdade. Ele era muito inteligente e vivia estudando. Mas era muito sério. Sem nenhum senso de humor.

– Ah! – exclamou o superintendente Battle. – Que pena. Homens sem senso de humor costumam se levar a sério demais... e acabam arrumando confusão.

– Não consigo imaginar Pongo se metendo em confusão – disse Jimmy. – Ele vem se saindo muito bem... Ganhou a confiança do velho Coote e parece que não vai mais perder o cargo para ninguém.

– Superintendente Battle – interrompeu Bundle.

– Sim, lady Eileen?

– O senhor não achou muito estranho sir Oswald não ter explicado o que estava fazendo no jardim no meio da noite?

– Ah! – exclamou Battle. – Sir Oswald é um grande homem... e grandes homens não dão explicações a menos que alguém as exija. Apressar-se para oferecer explicações e desculpas é sempre um sinal de fraqueza. Sir Oswald sabe disso tão bem como eu. Ele nunca apareceria se justificando... não ele. Ele só entrou em cena e jogou a batata-quente para *mim*. Sir Oswald é um grande homem.

As palavras do superintendente revelaram tamanha admiração que Bundle nem disse mais nada.

– Mas enfim... – disse o superintendente Battle, olhando ao seu redor e dando uma leve piscadela. – Agora que estamos todos reunidos e mais calmos... *eu* gostaria de saber como a srta. Wade conseguiu chegar tão rápido aqui.

– Ela deveria é estar envergonhada – disse Jimmy. – Por ter nos enganado assim.

– Por que só eu iria ficar de fora disso tudo? – rebateu Loraine, com um ar dramático. – Essa nunca foi minha intenção... não, mesmo desde aquele primeiro dia na sua casa, quando vocês dois me explicaram que seria melhor para mim só ficar quieta em casa e longe do perigo. Eu não disse nada, mas decidi que não iria aceitar isso, não.

– Bem que desconfiei – disse Bundle. – Você se convenceu rápido demais. Imaginei mesmo que você deveria estar tramando alguma coisa.

– Achei que você tinha sido é muito sensata – disse Jimmy Thesiger.

– Mas é claro, meu querido Jimmy – disse Loraine. – Foi muito fácil enganar você.

– Obrigado pela gentileza – disse Jimmy. – Enfim, continue, não se importe comigo.

– Quando você me ligou e disse que algo perigoso poderia acontecer, só fiquei ainda mais determinada – explicou Loraine. – Fui até a Harrods e comprei uma pistola. Esta aqui.

Ela sacou uma arma delicada, que o superintendente Battle pegou e examinou.

– É um brinquedinho letal, srta. Wade – disse ele. – A senhorita por acaso... hã... usou-a alguma vez?

– Nunca – disse Loraine. – Mas achei que se estivesse com ela... bem, pelo menos me sentiria mais segura.

– Entendo – disse Battle, sério.

– Eu só queria vir aqui para ver o que estava acontecendo. Deixei meu carro na estrada, pulei a cerca viva e vim andando até o terraço. Eu mal tinha parado no lugar, quando de repente... *pum*! Uma coisa caiu bem aos meus pés. Eu a peguei e então dei uma olhada para ver se entendia o que era aquilo. Foi então que vi um homem descendo pelas trepadeiras e saí correndo.

– Muito bem – disse Battle. – Agora, a senhorita poderia me descrever esse homem?

A jovem balançou a cabeça.

– Estava escuro demais. Acho que era um homem grande... mas só reparei nisso.

– E o senhor, Thesiger? – perguntou Battle, virando-se para ele. – O senhor chegou a lutar com o homem... pode me dizer algo sobre ele?

– Ele era um sujeito bastante truculento... mas é só o que tenho a dizer. Ele soltou alguns grunhidos roucos... quando o agarrei pela garganta. Ele disse, "Me largue, rapaz!", ou algo assim.

– Então era um homem pouco instruído?

– Sim, imagino que sim. Ele falava como tal.

– Ainda não entendi direito a história do pacote – disse Loraine. – Por que ele o jogou lá do alto assim? Será que estava o atrapalhando na hora de descer?

– Não – disse Battle. – Tenho uma teoria bem diferente para isso. Acho que o pacote foi jogado deliberadamente para a senhorita... ou pelo menos é nisso que acredito.

– Para *mim*?

– Bom, digamos que... para a pessoa que o ladrão imaginava estar ali.

– Essa história está ficando muito complicada – disse Jimmy.

– Sr. Thesiger, assim que chegou aqui, o senhor acendeu as luzes?

– Sim.

– E não havia ninguém na sala?

– Ninguém.

– Mas antes o senhor achou ter ouvido alguém andando aqui dentro?

– Sim.

– E depois de ir até a porta do terraço, o senhor apagou a luz de novo e trancou a porta?

Jimmy acenou com a cabeça.

O superintendente Battle olhou atentamente ao seu redor, até parar em um grande biombo de couro espanhol ao lado de uma das estantes de livros.

Com um movimento brusco, ele atravessou a sala e olhou atrás da divisória.

Ele soltou um impropério, que logo trouxe os outros três presentes ao seu lado.

Encolhida ali estava a condessa Radzky, desmaiada no chão.

CAPÍTULO 22

A história da condessa Radzky

A condessa recobrou os sentidos de uma forma muito diferente da de Jimmy Thesiger. Foi uma cena mais demorada e infinitamente mais dramatizada.

"Dramatizada" foi a expressão usada por Bundle, que a socorreu com muito cuidado – resumindo-se em grande parte a jogar água fria sobre o rosto –, e a condessa reagiu de imediato, passando sua mão branca e espantada pela testa enquanto murmurava baixinho.

Foi então que Bill, depois de ter cumprido sua missão de ligar para o médico, entrou às pressas na sala e começou (na opinião de Bundle) a fazer um lamentável papel de idiota.

Debruçou-se sobre a condessa, preocupado e ansioso, e fez uma série de comentários imbecis para ela:

– Calma, condessa. Está tudo bem. Não se preocupe. Não tente falar. Pode lhe fazer mal. Só fique deitada. A senhorita já vai se sentir melhor. Vai passar. É melhor não dizer nada até melhorar. Não se apresse. Apenas fique deitada e feche os olhos. Suas memórias já vão voltar. Tome outro gole de água. Aqui, tome um conhaque. Isso ajuda. Não acha, Bundle, que uma dose de conhaque pode...?

– Pelo amor de Deus, Bill, deixe-a em paz – disse Bundle, seca. – Ela já vai melhorar.

Em seguida, com um hábil gesto, ela aspergiu mais um punhado de água gelada sobre a bela maquiagem no rosto da condessa.

A condessa tomou um susto e endireitou-se, parecendo agora bem mais desperta.

– Ah! – murmurou ela. – Acordei. Sim, já acordei.

– Calma – disse Bill. – Não tente falar até se sentir melhor.

A condessa ajeitou as dobras de sua camisola quase transparente para se cobrir.

– Já estou me lembrando – murmurou ela. – Sim, já estou me lembrando.

Ela olhou para a pequena plateia reunida à sua volta, percebendo talvez certa indiferença nos atentos rostos que a encaravam. Ainda assim, abriu um belo sorriso para o único ali que claramente exibia uma expressão bem diferente.

– Ah, meu bravo cavalheiro inglês – murmurou ela baixinho. – Não se preocupe. Está tudo bem comigo.

– Ah, que bom! Mas tem certeza? – perguntou Bill, ansioso.

– Claro – disse ela, sorrindo em resposta. – Nós, húngaras, temos nervos de aço.

Uma intensa expressão de alívio tomou o rosto de Bill, logo substituída por um ar satisfeito – que deixou Bundle com uma imensa vontade de lhe dar um pontapé.

– Tome um pouco de água – disse ela, seca.

A condessa recusou a água. Jimmy, mais sensível ao sofrimento da donzela, sugeriu um coquetel. A ideia foi bem recebida pela condessa. Depois de tomar a bebida, ela olhou de novo à sua volta, dessa vez com um ar mais atento.

— O que foi que aconteceu? – perguntou ela de repente.

— Era exatamente isso o que estávamos esperando que a senhorita pudesse nos contar – disse o superintendente Battle.

A condessa olhou bem para ele, como se só agora tivesse reparado na presença daquele enorme homem sisudo.

— Eu fui até o seu quarto – disse Bundle. – A cama estava arrumada, e a senhorita não estava lá.

Ela fez uma pausa, encarando com um ar acusatório a condessa, que fechou seus olhos e acenou lentamente com a cabeça.

— Sim, sim. Já me lembrei de tudo. Ah, foi terrível! – ela estremeceu. – Vocês querem que eu conte?

— Por gentileza – disse o superintendente Battle, enquanto Bill o atropelava, falando:

— Só se a senhorita quiser.

A condessa hesitou entre os dois, mas o olhar tranquilo e firme do superintendente Battle venceu a disputa.

— Eu não consegui dormir – começou a explicar a condessa. – Esta casa... ela tem um ar muito opressor. Isso me deixou com os nervos à flor da pele, como vocês dizem. Nesse estado, eu sabia que não adiantaria tentar dormir. Fiquei andando pelo meu quarto. Li um pouco. Mas os livros na minha estante não me interessaram muito. Então pensei em descer até a biblioteca para procurar algo mais do meu gosto.

— O que seria bem natural – disse Bill.

— Muitos fariam o mesmo, imagino – disse Battle.

— Assim que tive essa ideia, saí do meu quarto e desci. A casa estava muito quieta...

— Com licença – interrompeu-a o superintendente. – Mas a senhorita saberia me dizer mais ou menos a que horas foi isso?

— Nunca dou atenção às horas – disse a condessa, com um ar soberbo, e então continuou contando sua história. – A casa estava muito quieta. Se tivesse algum ratinho por aqui, daria até para ouvir seus passos pelo chão. Eu desci a escada... sem fazer nenhum barulho...

— Por quê?

— Porque não queria atrapalhar os outros hóspedes, ora – rebateu a condessa em tom de censura. – Entrei aqui, vim até este canto e comecei a procurar algum livro bom nas estantes.

— Depois de ter acendido a luz, imagino?

— Não, eu não acendi a luz. Eu estava com uma lanterna, sabe? E usei-a para iluminar as prateleiras.

— Ah! – exclamou o superintendente.

– De repente, ouvi alguma coisa – continuou a condessa, dramática. – Um som muito leve. Um passo abafado. Apaguei a lanterna e fiquei escutando. Os passos foram chegando mais perto... Passos sorrateiros e assustadores. Escondi-me atrás do biombo. Pouco depois, a porta se abriu, e alguém acendeu a luz. E então o homem... o ladrão... entrou na biblioteca.

– Sim, mas e... – começou a dizer o sr. Thesiger.

Jimmy sentiu um pé enorme pisando no seu e, ao perceber que o superintendente Battle estava dando um alerta, calou-se.

– Quase morri de medo – continuou a condessa. – Até tentei prender a respiração. O homem esperou um instante, só à escuta. Depois, com aqueles passos sorrateiros e sinistros... – Jimmy abriu a boca mais uma vez para protestar, mas fechou-a de novo. – ...ele foi até a porta do terraço e olhou para fora. Ele passou um ou dois minutos ali, depois voltou, apagou as luzes e trancou a porta. Fiquei apavorada com ele aqui, esgueirando-se pelo escuro. Ah, foi terrível! E se ele tivesse trombado comigo sem me ver? Pouco depois, eu o ouvi indo até a porta do terraço de novo. E então não escutei mais nada. Imaginei que ele tinha saído. Conforme os minutos foram se passando, sem ouvir mais nada, tive ainda mais certeza disso. Tanto que quando eu já estava para acender minha lanterna e sair para investigar... *pum*! começou toda a confusão.

– Como foi?

– Ah, foi terrível! Nunca, nunca vou me esquecer! Dois homens tentando se matar. Ah, foi horrível! Eles rolaram pela sala inteira, empurrando os móveis para todos os lados. Acho que ouvi o grito de uma mulher também... mas não aqui dentro. Em algum lugar lá fora. O criminoso tinha uma voz rouca. Mais grunhia do que falava. Ele ficou gritando "Me largue! Me largue!". O outro homem era um cavalheiro. Tinha uma voz britânica, muito bem educada.

Jimmy pareceu ficar satisfeito.

– Mas ele quase só praguejava – continuou a condessa.

– Claramente um cavalheiro – disse o superintendente Battle.

– Depois, só vi um clarão e ouvi um tiro – prosseguiu a condessa. – A bala acertou a estante ao meu lado. A-acho que foi então que desmaiei.

Ela olhou para Bill, que pegou sua mão e a acariciou.

– Ah, pobrezinha – disse ele. – Que susto você deve ter levado.

"Que idiota", pensou Bundle.

O superintendente Battle foi a passos rápidos e silenciosos até a estante de livros logo à direita do biombo para inspecionar o local. Em seguida, ele se curvou e pegou alguma coisa do chão.

– Não foi uma bala, condessa – disse ele. – Isto é uma cápsula de um projétil. Onde o senhor estava quando disparou, sr. Thesiger?

Jimmy foi até a porta do terraço.

– Pelo que me lembro, acho que foi mais ou menos aqui.

O superintendente Battle posicionou-se no mesmo lugar.

– Sim – concordou ele. – A cápsula vazia voaria para trás, à direita. Era uma bala de calibre .455. No escuro, não me admira que a condessa tenha achado que foi um tiro. A cápsula atingiu a estante a uns trinta centímetros de onde ela estava. Já a bala em si pegou de raspão no batente da porta, e acho que a encontraremos lá fora amanhã... a menos que ela tenha atingido o seu agressor.

Jimmy balançou a cabeça, pesaroso.

– Acho que o Leopold não se saiu tão bem assim – comentou ele, chateado.

A condessa se virou para ele, admirada.

– Seu braço! – exclamou ela. – Está todo enfaixado! Então foi você que...?

Jimmy fez uma reverência de brincadeira para ela.

– Ainda bem que tenho uma voz britânica muito bem educada – disse ele. – E posso lhe garantir que nunca nem sonharia em usar aquele tipo de linguagem se sequer desconfiasse de que havia uma dama na sala.

– Ah, mas eu não entendi quase nada – apressou-se a explicar a condessa. – Até tive uma governanta inglesa quando era mais nova, mas...

– Não é o tipo de coisa que ela a ensinaria – concordou Jimmy. – Imagino que tenham se atido a temas mais simples para aprender, o bê-á-bá de sempre. Sei como é.

– Mas o que houve? – perguntou a condessa. – É isso o que quero saber. Exijo que me contem o que houve.

Seguiu-se um momento de silêncio enquanto todos olhavam para o superintendente Battle.

– É muito simples – disse Battle, tranquilo. – Houve uma tentativa de roubo. Alguns documentos políticos de sir Stanley Digby foram levados. Os ladrões quase conseguiram escapar com os papéis, mas esta jovem aqui – disse ele, apontando para Loraine – frustrou seus planos.

A condessa disparou um olhar para a garota – um olhar um tanto estranho.

– Não me diga – comentou ela, seca.

– Por uma coincidência muito feliz, ela estava lá fora – disse o superintendente Battle, sorrindo.

A condessa soltou um leve suspiro e semicerrou seus olhos de novo.

– É esquisito, mas ainda estou muito fraca – murmurou ela.

– Mas é claro que está – concordou Bill. – Deixe-me ajudá-la a subir até seu quarto. Bundle pode lhe fazer companhia.

– É muita gentileza sua, lady Eileen – disse a condessa. – Mas prefiro ficar sozinha. Já estou bem melhor. Talvez só precise de um pouco de ajuda para subir a escada.

Ela se levantou, aceitou o braço de Bill e, apoiando-se nele, deixou a sala. Bundle seguiu os dois até o saguão, mas a condessa reafirmou – com certa aspereza – que já estava melhor, e ela então não os acompanhou até o andar de cima.

Mas enquanto observava a delicada figura da condessa, apoiada em Bill, subir a escada degrau por degrau, algo de repente chamou sua atenção. A camisola da condessa, como já foi mencionado, era muito fina – um mero véu de *chiffon* laranja. Através do tecido, logo abaixo do seu ombro direito, Bundle pôde ver claramente uma *pequena pinta escura*.

Boquiaberta, Bundle virou-se em um movimento impetuoso para onde o superintendente Battle estava acabando de sair da biblioteca. Jimmy e Loraine já haviam deixado a sala.

– Pronto – disse Battle. – Já tranquei a porta do terraço e deixei um homem de guarda lá fora. E vou trancar esta porta aqui e levar a chave. Amanhã cedo, faremos o que os franceses chamam de "reconstituição do crime". Sim, lady Eileen. O que foi?

– Superintendente Battle, preciso falar com o senhor... imediatamente.

– Bom, claro, eu...

George Lomax apareceu de repente, com o dr. Cartwright ao lado.

– Ah, aí está o senhor, Battle. Creio que ficará aliviado ao saber que não aconteceu nada de grave com O'Rourke.

– Nunca achei que O'Rourke tivesse sofrido algo grave – disse Battle.

– Apliquei uma bela injeção nele – disse o médico. – Ele vai acordar já em perfeito estado amanhã cedo, talvez só com um pouco de dor de cabeça, ou nem isso. Enfim, meu jovem, vamos examinar esse seu ferimento no braço.

– Vamos, enfermeira – disse Jimmy para Loraine. – Venha segurar uma bacia d'água ou a minha mão, testemunhar o sofrimento de um homem forte, sabe como é.

Jimmy, Loraine e o médico saíram juntos, mas Bundle continuou ali para disparar olhares angustiados na direção do superintendente Battle, que estava sendo monopolizado por George.

O superintendente esperou com toda paciência até George fazer uma pausa em meio à sua eloquência, e então aproveitou-se do momento com toda habilidade.

– Será que eu poderia trocar uma palavrinha com sir Stanley em particular? No gabinete no final do corredor.

– Certamente – disse George. – Certamente. Vou chamá-lo agora mesmo.

Ele subiu a escada às pressas de novo. Battle levou Bundle rapidamente até a sala de estar e fechou a porta.

— Pronto, lady Eileen, o que foi?

— Vou explicar o mais rápido que posso... Mas é uma história longa e complicada.

Da forma mais concisa possível, Bundle relatou sua apresentação ao Clube Seven Dials e suas subsequentes aventuras no local. Ao terminar, o superintendente Battle respirou fundo. Pela primeira vez, alguma emoção abalou sua fachada pétrea.

— Fantástico — disse ele. — Fantástico mesmo. Nunca imaginei que isso seria possível... nem mesmo para a senhorita, lady Eileen. Eu não deveria subestimá-la.

— Mas o senhor me deu uma dica, superintendente Battle. O senhor me disse para falar com Bill Eversleigh.

— É perigoso dar dicas a pessoas como a senhorita, lady Eileen. Nunca sequer sonhei que a senhorita pudesse chegar tão longe.

— Bom, não se preocupe, superintendente Battle. Minha vida não está em perigo.

— Ainda não — disse Battle, circunspecto.

Ele parou, com um ar pensativo, revirando as coisas em sua mente.

— Não sei onde o sr. Thesiger estava com a cabeça quando deixou a senhorita correr um risco desses — disse ele.

— Ele só ficou sabendo de tudo depois — explicou Bundle. — Não sou tão boba assim, superintendente Battle. E, enfim, ele estava ocupado cuidando da srta. Wade.

— É mesmo? — disse o superintendente. — Ah! — exclamou ele, dando uma piscadela. — Bom, terei que pedir para o sr. Eversleigh cuidar da senhorita então, lady Eileen.

— Bill? — retrucou Bundle, com desprezo. — Mas, superintendente Battle, o senhor nem ouviu o final da minha história. A mulher que eu vi no clube... Anna, a número um. Pois então, a número um é a condessa Radzky.

Em seguida, ela explicou como reconheceu a pinta da mulher.

Para sua surpresa, o superintendente pareceu hesitar.

— Uma pinta não serve como base para muita coisa, lady Eileen. Duas mulheres podem ter pintas idênticas, não é difícil. A senhorita precisa lembrar que a condessa Radzky é uma figura muito conhecida na Hungria.

— Então essa não é a verdadeira condessa Radzky. Estou lhe dizendo que essa é a mesma mulher que vi lá no clube. E veja só o que aconteceu com ela hoje... como nós a achamos. Não acredito que ela tenha desmaiado de verdade.

– Ah, eu não diria isso, lady Eileen. Ver uma cápsula vazia como aquelas acertando uma estante bem ao seu lado poderia deixar qualquer mulher em pânico.

– Mas o que ela estava fazendo lá na biblioteca? Ninguém desce para procurar um livro com uma lanterna na mão.

Battle coçou a bochecha, parecendo relutante em responder. Ele começou a andar de um lado para o outro pela sala, como se estivesse se decidindo. Por fim, virou-se para Bundle.

– Escute aqui, lady Eileen, eu vou confiar na senhorita. A conduta da condessa *é* de fato suspeita. Sei disso tão bem como a senhorita. É tudo muito suspeito... Mas temos que investigar com cuidado. Não quero nenhuma confusão com as embaixadas. É preciso ter *certeza*.

– Eu entendo. Se o senhor tivesse *certeza*...

– Tem mais uma coisa. Durante a guerra, lady Eileen, houve uma grande comoção sobre a presença de espiões alemães à solta por aqui. Vários espertinhos viviam escrevendo cartas para os jornais a respeito disso. Mas nós ignoramos tudo. Críticas não poderiam nos derrubar. Sempre deixamos os peixes pequenos em paz. Por quê? Porque eram eles quem cedo ou tarde acabavam nos levando *ao figurão... ao homem por trás de tudo.*

– O que o senhor quer dizer?

– Não se preocupe com o que eu quero dizer, lady Eileen. Só tenha uma coisa em mente. *Eu sei de tudo sobre a condessa.* E não quero que mexam com ela. E agora – acrescentou Battle, pesaroso –, tenho que pensar em algo para dizer a sir Stanley Digby.

CAPÍTULO 23

O superintendente Battle assume o comando

Eram dez horas da manhã do dia seguinte. O sol entrava pelas janelas da biblioteca, onde o superintendente Battle vinha trabalhando desde as seis. Atendendo a seu chamado, George Lomax, sir Oswald Coote e Jimmy Thesiger haviam acabado de chegar, depois de recuperarem as energias gastas na véspera com um farto café da manhã. Jimmy estava com uma tipoia no braço, mas não aparentava muitos outros vestígios da luta na noite anterior.

O superintendente olhou para os três com um ar benevolente, como um simpático curador recebendo um grupo de crianças para visitar um museu.

Na mesa ao lado estavam dispostos vários objetos, todos etiquetados. Entre eles, Jimmy reconheceu Leopold.

– Ah, superintendente – disse George. – Estava ansioso para saber sobre seus avanços. O senhor já prendeu o ladrão?

– Isso não será tão fácil, receio eu – disse o superintendente, que não parecia estar nada abalado com seu insucesso nesse sentido.

George Lomax não ficou muito contente. Ele detestava qualquer tipo de perda de tempo.

– Acho que já tenho uma boa ideia de toda a situação – explicou o detetive, e então pegou dois objetos da mesa. – Temos duas balas aqui. A maior é uma de calibre .455, que foi disparada pelo Colt automático do sr. Thesiger. Ela pegou de raspão no batente da porta que dá para o terraço, e eu a achei alojada no tronco daquela árvore lá fora. Já esta menor foi disparada por uma Mauser .25. Depois de atravessar o braço do sr. Thesiger, ela parou nesta poltrona aqui. E quanto à pistola em si...

– Sim? – disse sir Oswald, ansioso. – O senhor achou alguma impressão digital?

Battle balançou a cabeça.

– O homem que a usou estava de luvas – disse ele, devagar.

– Que lástima – disse sir Oswald.

– Um criminoso profissional usaria luvas. Sir Oswald, o senhor por acaso encontrou esta pistola a cerca de vinte metros da escada que sobe ao terraço?

Sir Oswald foi até a porta de vidro.

– Sim, por volta disso mesmo, eu diria.

– Não quero criticá-lo, mas teria sido mais sensato da sua parte tê-la deixada exatamente onde o senhor a encontrou.

– Sinto muito – disse sir Oswald seco.

– Ah, não se preocupe. Consegui reconstituir tudo. Encontrei suas pegadas ali, saindo do jardim lá embaixo, e em um ponto onde o senhor claramente parou e se abaixou, além de uma marca na grama, que é muito intrigante. Aliás, por que o senhor acha que a pistola estava lá?

– Imagino que o ladrão a deixou cair quando fugiu.

Battle balançou a cabeça.

– Creio que não, sir Oswald. Duas evidências apontam contra isso. Primeiro, há apenas uma série de pegadas no gramado ali... as suas próprias.

– Entendi – disse sir Oswald, pensativo.

– O senhor tem certeza disso, Battle? – perguntou George.

– Absoluta, senhor. Há outra série de pegadas no gramado, da srta. Wade, mas elas estão bem mais adiante, à esquerda – ele fez uma pausa, e então continuou. – E tem a marca no chão. A pistola deve ter caído na grama com bastante força. Tudo indica que ela foi arremessada.

– Bom, por que não? – disse sir Oswald. – O homem pode ter fugido pelo caminho de cascalho à esquerda. Ele não deixaria nenhuma pegada nas pedras, e poderia ter jogado a pistola para longe no meio do gramado. Não acha, Lomax?

George concordou, acenando a cabeça.

– É verdade que ele não teria deixado pegadas no cascalho – disse Battle. – Mas pelo formato da marca e pelo jeito como a grama ficou revirada, não acredito que a pistola tenha sido jogada daquela direção. Acho que ela foi arremessada deste terraço aqui.

– Pode ser – disse sir Oswald. – Isso faz alguma diferença, superintendente?

– De fato, Battle – interveio George. – Isso é... hã... relevante mesmo?

– Talvez não, sr. Lomax. Mas é bom apurar todos os detalhes. Agora, gostaria que um dos senhores pegasse esta pistola aqui e a arremessasse. Pode ser o senhor, sir Oswald? Muito obrigado. Vá até a porta do terraço ali. Agora a jogue no meio do gramado.

Sir Oswald o atendeu, jogando a pistola pelo ar com um forte arremesso. Jimmy Thesiger chegou mais perto, muito interessado. O superintendente foi até onde a arma caiu, feito um cão de caça bem treinado.

– Muito bem, senhor. A marca ficou exatamente igual à outra. A não ser pelo fato, aliás, de que o senhor a jogou uns bons dez metros mais longe. Mas é que o senhor é um homem muito forte, não é mesmo, sir Oswald? Com licença, acho que ouvi alguém batendo na porta.

A audição do superintendente devia ser muito mais aguçada do que a dos outros presentes. Ninguém mais havia ouvido nada, mas Battle de fato tinha razão, pois lady Coote estava do lado de fora, com um copo na mão.

– O seu remédio, Oswald – disse ela, entrando na sala. – Você se esqueceu de tomá-lo depois do café.

– Estou muito ocupado, Maria – disse sir Oswald. – Não vou tomar o remédio agora.

– Você nunca tomaria esse remédio se não fosse por mim – disse sua esposa, com uma voz serena, indo até ele. – Você parece até um garotinho malcriado. Agora vamos, tome tudo.

E então, tímido e obediente, o magnata do aço tomou tudo!

Lady Coote abriu um sorriso melancólico e gentil para todos.

– Estou atrapalhando? Os senhores estão muito ocupados? Ah, mas veja só essas armas. São coisas terríveis, barulhentas e assassinas. Ah, Oswald, e pensar que você poderia ter levado um tiro daquele ladrão ontem à noite!

— A senhora deve ter ficado muito preocupada quando deu pela falta dele, lady Coote – disse Battle.

— Na hora, nem pensei nisso – confessou lady Coote. – Com este pobre rapaz aqui – disse ela, apontando para Jimmy – ferido... tudo me pareceu tão terrível, mas tão emocionante também. Foi só quando o sr. Bateman me perguntou onde estava sir Oswald que me lembrei de que ele tinha saído para fazer uma caminhada meia hora antes.

— Estava sem sono, sir Oswald? – perguntou Battle.

— Em geral, durmo muito bem – disse sir Oswald. – Mas devo confessar que eu estava bastante inquieto ontem à noite. Achei que um pouco de ar fresco poderia me fazer bem.

— E o senhor saiu para o terraço por esta porta?

Teria sido só sua imaginação ou sir Oswald hesitara por um instante antes de responder?

— Sim.

— E só de chinelo, ainda – disse lady Coote – Em vez de pôr um sapato de sola grossa. Não sei o que seria da sua saúde sem mim para cuidar de você!

Ela balançou a cabeça, melancólica.

— Maria, se não se importa, poderia nos dar licença? Ainda temos muito a discutir.

— Eu sei, querido, já estou indo.

Lady Coote retirou-se, levando consigo o copo vazio como se fosse um cálice com o qual havia acabado de administrar uma poção letal.

— Enfim, Battle – disse George Lomax. – Parece que está tudo claro. Sim, bem claro. O homem atirou, derrubando o sr. Thesiger, e em seguida arremessou sua arma e fugiu correndo pelo terraço e depois pelo caminho de cascalho.

— Onde ele teria sido pego por um dos meus homens – rebateu Battle.

— Se me permite dizer, Battle, seus homens me parecem ter sido muito negligentes. Eles não viram a srta. Wade chegar. Se eles não a pegaram na entrada, podem muito bem não ter visto o ladrão durante sua fuga.

O superintendente Battle abriu a boca para falar, mas depois pareceu mudar de ideia. Jimmy Thesiger olhou para ele, curioso. Ele teria dado tudo para saber o que estava se passando pela cabeça do superintendente.

— Então deve ter sido um velocista campeão – foi tudo o que o agente da Scotland Yard contentou-se em falar.

— O que o senhor quer dizer, Battle?

— Exatamente isso, sr. Lomax. Eu mesmo cheguei a este terraço nem um minuto depois de ouvir o tiro. E para um homem percorrer toda essa distância vindo na minha direção e depois desviar para o caminho de cascalho antes de eu contornar a casa... Bem, como eu disse, ele devia ser um velocista campeão.

– Acho que estou perdido, Battle. Parece que o senhor tem alguma hipótese própria que eu ainda não consegui... hã... entender. O senhor disse que esse homem não cruzou o gramado, e agora está sugerindo que... bom, o que exatamente o senhor está sugerindo? Que ele também não fugiu pelo caminho de cascalho? Então, em sua opinião... hã... para *onde* ele foi?

Em resposta, o superintendente apontou com o dedão em um eloquente gesto para o alto.

– Hã? – indagou George.

O superintendente deu ainda mais ênfase ao gesto. George ergueu a cabeça e olhou para o teto.

– Lá para cima – disse Battle. – Ele subiu de volta pelas trepadeiras.

– Que besteira, superintendente. O que o senhor está sugerindo é impossível.

– Nem um pouco, senhor. Ele já tinha subido uma vez. Poderia muito bem subir de novo.

– Não digo impossível nesse sentido. Mas se o homem quisesse escapar, nunca voltaria para dentro da casa.

– Seria o lugar mais seguro para ele, sr. Lomax.

– Mas a porta do sr. O'Rourke ainda estava trancada por dentro quando nós chegamos.

– E como vocês entraram lá? Pelo quarto de sir Stanley. Foi o caminho que nosso ladrão fez. Lady Eileen me disse que viu a maçaneta na porta do sr. O'Rourke se mexer. Isso foi quando nosso amigo esteve lá pela primeira vez. Desconfio de que a chave estava sob o travesseiro do sr. O'Rourke. Mas está claro como ele saiu de lá em seguida... foi pela porta entre os dois cômodos, e depois pelo quarto de sir Stanley, que estava vazio, claro. Como todo mundo, sir Stanley estava descendo às pressas até a biblioteca, deixando o caminho livre para o nosso homem.

– E para onde ele foi depois?

O superintendente Battle encolheu seus largos ombros, agora evasivo.

– Há várias opções. Ele poderia entrar num quarto vazio do outro lado da casa e descer pelas trepadeiras de novo... ou sair por uma porta lateral... ou talvez, caso tenha sido um trabalho interno, ele... bem, simplesmente continuou aqui dentro mesmo.

Chocado, George olhou para ele.

– Sinceramente, Battle, eu ficaria... eu ficaria muito chateado se um dos meus próprios empregados... hã... enfim, tenho total confiança neles... eu ficaria muito incomodado em ter que suspeitar de...

– Ninguém está pedindo ao senhor para suspeitar de ninguém, sr. Lomax. Estou apenas apresentando-lhes todas as hipóteses. Talvez não tenha sido um empregado... é bem provável que não.

– Bem, o senhor me deixou incomodado – disse George. – Muito incomodado.

Seus olhos pareceram ficar mais saltados do que nunca.

Para distraí-lo, Jimmy cutucou em um curioso objeto enegrecido sobre a mesa.

– O que é isto? – perguntou ele.

– Essa é a evidência Z – disse Battle. – A última do nosso pequeno lote aqui. Ela é, ou melhor, era uma luva.

Ele a pegou, como uma relíquia calcinada, e a manipulou, cheio de orgulho.

– Onde o senhor a encontrou? – perguntou sir Oswald.

Battle apontou com a cabeça sobre seu ombro.

– Na lareira... quase carbonizada, mas não totalmente. É estranho. Parece que ela foi mastigada por um cachorro.

– Talvez ela seja da srta. Wade – sugeriu Jimmy. – Ela tem vários cães.

O superintendente balançou a cabeça.

– Esta não é uma luva de mulher... não, nem daquelas enormes e folgadas que as moças andam usando hoje em dia. Tente vesti-la, senhor – ele então pôs a peça enegrecida sobre a mão de Jimmy. – Está vendo? Ela é grande demais até para o senhor.

– Essa sua descoberta tem alguma importância? – perguntou sir Oswald seco.

– Nunca se sabe, sir Oswald, o que pode ou não ser importante em casos assim.

Uma batida forte irrompeu na porta, e Bundle entrou na sala.

– Sinto interromper – desculpou-se ela. – Mas meu pai acabou de me telefonar. Ele me pediu para ir embora. Todos estão muito preocupados.

Ela fez uma pausa.

– Prossiga, minha querida Eileen – disse George, incentivando-a ao perceber que ela tinha mais alguma coisa a dizer.

– Eu não queria atrapalhar os senhores... Mas acho que talvez isso tenha algo a ver com toda essa história. Enfim, o que preocupou mais meu pai foi que um dos nossos empregados está desaparecido. Ele saiu ontem à noite e não voltou mais.

– Qual é o nome desse homem? – perguntou sir Oswald, assumindo o interrogatório.

– John Bauer.

– Ele é inglês?

– Parece que ele se apresenta como suíço... Acho que ele é alemão. Mas fala a nossa língua com toda a fluência.

– Ah! – exclamou sir Oswald, puxando o ar, com um longo chiado satisfeito. – E ele está trabalhando em Chimneys há quanto tempo?

– Menos de um mês, só.

Sir Oswald virou-se para os outros dois homens.

– Aí está o nosso homem. Lomax, o senhor sabe tão bem quanto eu que várias potências estrangeiras estão atrás daqueles documentos. Agora lembro bem desse homem... um sujeito alto, forte. Ele chegou umas duas semanas antes de devolvermos a casa. Foi bem inteligente. Por aqui, qualquer empregado novo passaria por uma severa análise, mas em Chimneys, tão longe daqui... – ele não terminou sua frase.

– O senhor acha que esse plano foi preparado com tanta antecedência?

– Por que não? Aquela fórmula vale milhões, Lomax. Bauer com certeza pretendia ter acesso aos meus documentos particulares em Chimneys e descobrir alguma coisa sobre nossos planos. É bem provável que ele tenha algum cúmplice aqui... Alguém que explicou a ele a disposição dos cômodos da casa e tratou de dopar O'Rourke. Mas foi Bauer o homem que a srta. Wade viu descendo pelas trepadeiras... o homem grande e forte.

Ele virou-se para o superintendente Battle.

– Bauer é o homem que o senhor procura, superintendente. E, de um jeito ou de outro, o senhor o deixou escapar por entre os seus dedos.

CAPÍTULO 24

As reflexões de Bundle

Aquilo sem dúvida alguma deixou o superintendente Battle surpreso. Ele ficou coçando o queixo, pensativo.

– Sir Oswald tem razão, Battle – disse George. – Foi ele mesmo. Acha que ainda seria possível capturá-lo?

– Talvez, senhor. O caso de fato me parece... enfim, suspeito. Esse homem pode voltar a aparecer, é claro... em Chimneys, digo.

– Acha mesmo provável?

– Na verdade, não – confessou Battle. – Mas, sim, parece que Bauer é o nosso homem. No entanto, ainda não consigo entender como ele entrou e saiu daqui sem ser visto.

– Eu já expressei minha opinião sobre os seus agentes – disse George. – Acho que são uns incapazes... Não digo isso para culpá-lo, superintendente, mas... – sua pausa foi eloquente.

— Ah, enfim – disse Battle, tranquilo. – Sei das minhas responsabilidades.
Ele balançou a cabeça e suspirou.

— Preciso fazer uma ligação agora. Com licença, senhores. Peço desculpas, sr. Lomax... Sinto que falhei aqui. Mas é um caso intrigante, muito mais do que o senhor imagina.

Em seguida, ele deixou a sala às pressas.

— Vamos para o jardim – disse Bundle a Jimmy. – Quero conversar com você.

Eles saíram juntos pela porta do terraço. Jimmy olhou para o gramado, franzindo a testa.

— O que foi? – perguntou Bundle.

Jimmy explicou a ela como a pistola havia sido jogada ali, e então disse:

— Só queria saber no que Battle estava pensando quando fez o velho Coote arremessar a pistola. Aposto que ele teve alguma ideia. Enfim, a arma caiu uns dez metros mais adiante dessa vez. Sabe, Bundle, Battle é um sujeito muito inteligente.

— Ele é um homem extraordinário – disse Bundle. – Quero lhe contar o que aconteceu ontem à noite.

Ela relatou sua conversa com o superintendente, e Jimmy ouviu-a com toda a atenção.

— Então a condessa é a número um – disse ele, pensativo. – Tudo se encaixa muito bem. O número dois é Bauer... que veio de Chimneys e subiu até o quarto de O'Rourke, sabendo que ele havia sido dopado... pela condessa, de um jeito ou de outro. Pelo combinado, ele jogaria os documentos para a condessa, que estaria à espera lá embaixo, para depois entrar de volta pela biblioteca e subir ao seu quarto. Se Bauer fosse pego tentando escapar, ninguém encontraria nada com ele. Sim, era um belo plano... mas falhou. Logo depois de ter chegado à biblioteca, a condessa me ouviu entrando e se enfiou atrás do biombo. Ela ficou em uma situação bem difícil, porque não tinha como alertar seu cúmplice. O número dois afanou os papéis, olhou pela janela e viu quem ele imaginava ser a condessa, e então jogou o pacote para ela e começou a descer pelas trepadeiras, quando então se deparou com uma desagradável surpresa à sua espera, no caso eu. A condessa deve ter precisado de muita coragem para ficar escondida atrás do biombo. No final das contas, ela até que inventou uma história boa. Pois é, tudo se encaixa muito bem.

— Bem até demais – disse Bundle, com firmeza.

— Hã? – rebateu Jimmy, surpreso.

— E quanto ao número sete? O número sete, que nunca aparece, mas opera tudo entre as sombras. Será que só a condessa e Bauer estavam metidos nisso? Não, não pode ser tão simples. Bauer esteve aqui ontem à noite, sim.

Mas só para o caso de algo dar errado... como de fato deu. Ele foi um bode expiatório... Para desviar toda a atenção do número sete... do chefão.

– Não sei, Bundle – disse Jimmy, ansioso. – Será que você não andou lendo histórias de detetives demais? – Bundle disparou um olhar imponente de reprovação a ele. – Bem – disse Jimmy. – Eu não sou como a Alice, do país das maravilhas. Não consigo pensar em seis coisas impossíveis antes do café da manhã assim.

– Você já tomou café – disse Bundle.

– Ou mesmo depois. Nós temos uma bela hipótese que se encaixa muito bem nos fatos... mas que você se recusa a aceitar, simplesmente porque, como sempre, quer complicar as coisas!

– Sinto muito – disse Bundle –, mas eu ainda tenho quase certeza de que o misterioso número sete deve ser um dos hóspedes da casa.

– O que Bill acha?

– Bill? – rebateu Bundle, seca. – Não adianta falar com ele.

– Ah! – exclamou Jimmy. – Você já falou com ele sobre a condessa? Ele precisa ser avisado. Senão, sabe-se lá Deus o que ele pode sair tagarelando por aí.

– Ele nunca aceitaria ouvir nada contra ela – disse Bundle. – Ele é... ah, um completo idiota. Queria que você desse um jeito de explicar a ele a história da pinta.

– Você está se esquecendo de que não fui eu que fiquei naquele armário – disse Jimmy. – E enfim, prefiro não discutir com Bill a pinta de sua amiguinha. Mas não é possível que ele seja tão tapado a ponto de não entender que tudo se encaixa.

– Não duvido nada – retrucou Bundle, amarga. – Foi um grande erro seu ter contado tudo para ele, Jimmy.

– Sinto muito – disse Jimmy. – Não percebi na hora... Mas, agora, sei que errei. Fui muito bobo, mas enfim, o velho Bill...

– Você sabe como são essas aventureiras – disse Bundle. – Como seduzem os homens.

– Na verdade, não sei, não. Nenhuma nunca tentou me seduzir – disse Jimmy, e então soltou um suspiro.

Seguiu-se um instante de silêncio, enquanto Jimmy analisava a situação. Quanto mais ele pensava naquelas hipóteses, mais elas lhe pareciam absurdas.

– Você falou que Battle pediu para você não mexer com a condessa – por fim disse ele.

– Sim.

– Por achar que pode chegar a outra pessoa por meio dela?

Bundle acenou com a cabeça.

Jimmy franziu a testa enquanto tentava entender as implicações disso. Battle com certeza devia ter alguma ideia muito clara em sua mente.

– Sir Stanley Digby foi até a cidade hoje logo cedo, não foi? – perguntou ele.

– Sim.

– O'Rourke foi com ele?

– Acredito que sim.

– Será que... não, não é possível.

– O quê?

– Será que O'Rourke está envolvido nisso de alguma forma?

– Pode ser – disse Bundle, pensativa. – Ele tem uma personalidade muito forte, como dizem. Não, não me surpreenderia se... ah, para falar a verdade, nada me surpreenderia! Aliás, só há uma pessoa que para mim com certeza não é o número sete.

– Quem?

– O superintendente Battle.

– Ah! Achei que você fosse dizer George Lomax.

– *Psiu...* lá vem ele.

De fato, George estava vindo até eles com sua passada característica. Jimmy inventou uma desculpa e se retirou. George sentou-se ao lado de Bundle.

– Minha querida Eileen, a senhorita precisa mesmo ir embora?

– Bem, parece que meu pai ficou muito preocupado. Acho que é melhor eu voltar para casa e segurar a mão dele.

– Esta mãozinha com certeza irá confortá-lo – disse George, pegando a mão de Bundle e apertando de brincadeira. – Entendo seus motivos, querida Eileen, e a respeito muito por isso. Em tempos de tantas mudanças e crises como estes...

"Lá vai ele", pensou Bundle, desesperada.

– ...em que a vivência em família se tornou algo raro, e todos os velhos valores parecem estar ruindo, nossa classe tem o dever de dar um exemplo e mostrar que ao menos nós não fomos afetados pela vida moderna. Eles nos chamam de conservadores... eu tenho orgulho desse termo... e o uso o tempo todo! Certas coisas *deveriam* ser conservadas... a dignidade, a beleza, a modéstia, a santidade da família, o respeito pelos pais... A quem isso poderia fazer algum mal? Mas, enfim, como eu dizia, minha querida Eileen, eu invejo os privilégios da sua juventude. Ah, a juventude! Que coisa maravilhosa! Que palavra encantadora! E não damos a ela o devido valor até chegarmos a... hã... uma idade mais madura. Devo confessar, minha cara jovem, que até pouco tempo sua leviandade me decepcionava. Mas vejo agora que era tudo apenas a encantadora leveza de uma criança. Hoje, compreendo a beleza séria e profunda de sua inteligência. Caso me permita, adoraria ajudá-la com suas leituras.

— Ah, sim, obrigada — disse Bundle, aflita.

— E nunca mais tenha medo de mim. Fiquei chocado quando lady Caterham me contou que eu a intimidava. Posso lhe garantir que sou uma pessoa muito tranquila.

Ver George sendo modesto deixou Bundle fascinada. George continuou:

— Nunca tenha receio de mim, minha jovem. E não tenha medo de me incomodar. Para mim, será um grande prazer moldar, por assim dizer, sua mente em florescência. Posso ser seu mentor político. Mais do que nunca, nosso partido hoje precisa de jovens com muito talento e charme. Talvez seja seu destino seguir os passos de sua tia, lady Caterham.

Esse terrível prospecto desarmou Bundle. Ela ficou atônita, apenas olhando para George, indefesa. Isso não o abalou... Muito pelo contrário. Sua principal crítica às mulheres era que elas falavam demais. Era raro que ele encontrasse o que George classificaria como uma boa ouvinte. Com um sorriso simpático, ele continuou falando.

— Como uma borboleta, emergindo do casulo. Que bela imagem. Tenho um livro muito interessante sobre economia política aqui. Vou buscá-lo agora para que possa lê-lo em Chimneys. Quando terminar, quero discuti-lo com a senhorita. E não hesite em me escrever se tiver alguma dúvida. Tenho várias obrigações públicas, mas como trabalho muito duro, sempre consigo tempo para atender meus amigos. Enfim, vou procurar o livro.

Ele se retirou. Bundle ficou só observando-o, embasbacada. A aparição inesperada de Bill despertou-a de seu torpor.

— Ei! — disse Bill. — Por que diabos o Olhudo estava segurando sua mão?

— Não era minha mão — disse Bundle, irritada. — Era minha mente em florescência.

— Não seja tonta, Bundle.

— Desculpe, Bill, só fiquei meio preocupada. Você se lembra de dizer que Jimmy estaria correndo um grave perigo aqui?

— E está mesmo — disse Bill. — É muito difícil escapar do Olhudo depois que ele se interessa por você. Jimmy vai acabar sendo engolido antes de sequer perceber onde está.

— Não é Jimmy quem vai ser engolido... sou eu — disse Bundle, nervosa. — Vou ter que conhecer inúmeras sras. Macattas, ler livros de economia política e discutir com George. Sabe-se lá Deus onde isso vai parar!

Bill soltou um assovio.

— Pobre Bundle. Andou exagerando pelo visto, não é?

— Acho que sim. Estou me sentindo tão presa nisso, Bill. É horrível.

— Não se preocupe — consolou-a Bill. — George na verdade não apoia essa ideia de ter mulheres no parlamento, então você não vai precisar subir em nenhum palanque para falar um monte de besteira, nem beijar bebês imundos em Bermondsey. Venha, vamos tomar uma bebida. Já está quase na hora do almoço.

Obediente, Bundle levantou-se e andou a seu lado.

— E eu odeio tanto política — murmurou ela, cabisbaixa.

— É claro que odeia. Como qualquer pessoa sensata. Só gente como o Olhudo e Pongo, que se leva a sério demais, interessa-se por essas coisas. Mas tanto faz — disse Bill, voltando de repente ao assunto de antes. — Enfim, você não deveria deixar o Olhudo pegar na sua mão.

— Por que não? — perguntou Bundle. — Ele me conhece desde pequena.

— Bom, porque eu não gosto.

— Como você é puritano, William... ah, veja só, é o superintendente Battle.

Eles estavam passando por uma porta lateral no corredor, que dava para um depósito. Ali dentro eram guardados tacos de golfe, raquetes de tênis, bolas de boliche e outros artigos usados na vida no campo. O superintendente Battle estava examinando minuciosamente uma coleção de tacos de golfe. Meio tímido, virou-se ao ouvir as palavras de Bundle.

— Está pensando em jogar golfe agora, superintendente Battle?

— Não seria má ideia, lady Eileen. Dizem que nunca é tarde para começar. E tenho uma ótima qualidade que sempre me ajudará em qualquer tipo de jogo.

— Qual? — perguntou Bill.

— Eu não me dou por vencido. Mesmo quando tudo dá errado, levanto e começo de novo!

E então, com um ar determinado, o superintendente Battle saiu do depósito e juntou-se a eles, fechando a porta logo em seguida.

CAPÍTULO 25

Jimmy explica seus planos

Jimmy Thesiger estava deprimido. Evitando George, de quem suspeitava estar querendo pegá-lo para discutir assuntos sérios, ele escapou discretamente logo após o almoço. Devido ao seu agora vasto conhecimento sobre os detalhes da disputa de fronteiras em Santa Fé, ele não tinha a menor intenção de debater o tema no momento.

Pouco depois, justo o que queria aconteceu. Loraine Wade, também sozinha, apareceu andando à sombra em uma das trilhas do jardim. Jimmy logo se aproximou. Os dois caminharam juntos em silêncio por alguns minutos até que Jimmy arriscou-se a falar:

– Loraine?

– Sim?

– Escute, não sou muito bom com esse tipo de coisa... Mas o que você me diz? Por que a gente não se casa logo para podermos viver juntos e felizes para sempre?

Loraine não mostrou qualquer embaraço perante a inesperada proposta. Em vez disso, apenas caiu na gargalhada, jogando a cabeça para trás.

– Não ria de mim assim – disse Jimmy, repreendendo-a.

– Não consegui evitar. Você é tão engraçado.

– Loraine... Você é muito cruel.

– Não sou, não. Sou um amor de menina, como dizem por aí.

– Só se para quem não a conhece... e se deixa enganar por essa sua falsa aparência de fragilidade e decoro.

– Eu gosto dessas palavras complicadas.

– Aprendi tudo nas palavras cruzadas.

– Quanta cultura.

– Loraine, querida, não desvie o assunto. Você aceita ou não?

Loraine ficou séria, assumindo sua característica postura determinada. Sua pequena boca se repuxou, e seu queixinho despontou adiante com um ar agressivo.

– Não, Jimmy. Não enquanto as coisas estiverem assim... Todas ainda sem solução.

– Sei que ainda não conseguimos fazer o que queríamos – concordou Jimmy. – Mas ainda assim... Bem, um capítulo já se encerrou. Os papéis estão em segurança com o ministro da Aeronáutica. O bem triunfou. E, pelo menos por enquanto, nada mais pode ser feito.

– Então... vamos nos casar? – disse Loraine, abrindo um leve sorriso.

– Exato! Essa é a ideia.

Mas Loraine balançou a cabeça de novo.

– Não, Jimmy. Não até essa situação se resolver... Não até eu me sentir segura.

– Você acha que estamos correndo algum perigo?

– E você não?

O angelical rosto corado de Jimmy fechou-se.

– Você tem razão – por fim disse. – Se aquela tal teoria absurda de Bundle estiver certa... e, por mais incrível que pareça, acho mesmo que está... nós só estaremos a salvo depois de acertar as contas com o número sete!

— E os outros?

— Não... os outros não importam. É só o misterioso número sete que me assusta. Porque não sei quem ele é, ou onde posso encontrá-lo.

Loraine estremeceu.

— Ando com medo — disse ela, baixinho. — Desde a morte de Gerry...

— Não precisa ter medo. Você não tem nada a temer. Deixe tudo comigo. Estou falando, Loraine... *Ainda vou pegar o número sete*. Assim que o acharmos... Bem, acho que não vamos ter muitos problemas com os outros membros da gangue, seja lá quem forem eles.

— Isso *se* você o pegar... Mas e se ele pegar você antes?

— Impossível — disse Jimmy, alegre. — Sou esperto demais. Sempre confie em si mesmo... esse é o meu lema.

— Só de pensar no que poderia ter acontecido ontem à noite... — Loraine estremeceu.

— Tudo bem, mas não aconteceu nada — disse Jimmy. — Nós dois estamos aqui, sãos e salvos... Por mais que meu braço na verdade esteja bem dolorido, tenho que admitir.

— Pobrezinho.

— Ah, não há nada de errado em sofrer por uma boa causa. E com os meus ferimentos e meu jeito simpático acabei conquistando de vez lady Coote.

— E você acha isso importante?

— Tenho uma ideia que pode ser útil.

— Você está com algum plano na cabeça, Jimmy. O que é?

— Um herói nunca revela seus planos — disse Jimmy, firme. — Preciso maturá-los em silêncio.

— Você é um idiota, Jimmy.

— Eu sei, eu sei. É o que todo mundo diz. Mas eu lhe garanto, Loraine, meu cérebro não para de trabalhar aqui dentro. E quanto a você? Tem algum plano?

— Bundle sugeriu que eu voltasse com ela para passar um tempo em Chimneys.

— Excelente — disse Jimmy, aprovando a ideia. — Não poderia ser melhor. Eu queria mesmo que alguém ficasse de olho em Bundle. Nunca se sabe que maluquice ela pode inventar de fazer. Ela é tão imprevisível. E o pior é que sempre se sai bem. Vou lhe falar, não é nada fácil impedir que ela se meta em confusão.

— Bill poderia cuidar dela — sugeriu Loraine.

— Bill já está ocupado com outras coisas.

— Não me venha com essa — disse Loraine.

— Como assim? E a condessa? Ele está maluco por ela.

Loraine continuou a balançar a cabeça.

– Ainda não entendi direito essa história. Mas Bill não está interessado na condessa... E sim em Bundle. Hoje cedo, Bill estava conversando comigo quando o sr. Lomax apareceu e sentou-se com Bundle. Ele pegou na mão dela, ou alguma coisa assim, e Bill saiu correndo... feito um foguete.

– Que gosto estranho certas pessoas têm – comentou o sr. Thesiger. – Não sei como alguém poderia estar conversando com você e se interessar por alguma outra coisa. Mas você me pegou de surpresa agora, Loraine. Eu poderia apostar que o paspalho do Bill estava caidinho pela bela estrangeira. É o que Bundle acha, pelo menos.

– Bundle pode até achar – disse Loraine. – Mas acredite em mim, Jimmy, a coisa não é bem assim.

– Então qual é o seu grande plano?

– Não acha que Bill pode estar bancando o detetive por conta própria também?

– Bill? Ele é tapado demais para isso.

– Não sei, não. Quando um sujeito simples e bruto feito Bill decide agir por baixo dos panos, ninguém desconfia.

– O que o deixaria livre para fazer o que quisesse. Sim, faz sentido. Mas, por outro lado, eu nunca esperaria isso de Bill. Ele parece estar totalmente dominado pelos encantos da condessa. Sabe, acho que você está errada, Loraine. A condessa é uma mulher linda... Mas não faz meu tipo, é claro – apressou-se em explicar o sr. Thesiger. – E o velho Bill sempre teve um coração muito volúvel.

Loraine balançou a cabeça, ainda cética.

– Bom – disse Jimmy. – Tanto faz, também. Parece que chegamos a um certo acordo. Volte com Bundle para Chimneys e, pelo amor de Deus, não deixe que ela vá bisbilhotar naquele clube em Seven Dials de novo. Senão, sabe-se lá o que pode acontecer.

Loraine acenou com a cabeça.

– E agora – disse Jimmy – acho melhor eu ir trocar uma palavrinha com lady Coote.

Lady Coote estava sentada em um banco no jardim, fazendo bordado. A imagem era a de uma jovem desconsolada e meio disforme, chorando sobre uma urna.

Ela abriu espaço para Jimmy sentar-se ao seu lado, e ele, como o jovem educado que era, prontamente elogiou o trabalho.

– Você gostou? – disse lady Coote, contente. – Foi minha tia Selina quem começou, uma semana antes de morrer. Câncer no fígado, pobrezinha.

– Que terrível – disse Jimmy.

– E como está seu braço?

– Ah, já está bem melhor. Só incomoda um pouco, sabe como é.

– Você precisa tomar cuidado – disse lady Coote, em tom de alerta. – Sua ferida pode inflamar... E, se isso acontecer, você pode até perder o braço inteiro.

– Ah, nossa! Espero que não.

– Só estou avisando – disse lady Coote.

– Onde a senhora está morando agora? – perguntou o sr. Thesiger. – Na cidade... ou em algum outro lugar?

Como já sabia muito bem a resposta, ele fez essa pergunta com um notável ar inocente.

Lady Coote soltou um suspiro profundo.

– Sir Oswald alugou a casa do duque de Alton. Letherbury. Sabe onde fica?

– Sim, sim. É um lugar de primeira, não é?

– Ah, não sei – disse lady Coote. – A casa é imensa e sinistra, sabe? Cheia de retratos de pessoas sisudas. Acho as obras desses tais velhos mestres da pintura muito deprimentes. Você precisava ver a casinha onde nós morávamos em Yorkshire, sr. Thesiger. Quando sir Oswald era só o sr. Coote ainda. Ela tinha uma entrada simpática e uma sala de estar aconchegante, com uma lareira... E um papel de parede branco listrado, com frisos de glicínias que eu mesma escolhi, sim, eu me lembro. Listras de cetim, sabe? Não de tafetá. Sempre achei muito mais bonito. Não batia muito sol na sala de jantar, mas com um belo papel de parede vermelho e uma porção daqueles quadros engraçados com cenas de caça... Ah, o lugar ficava alegre feito uma festa de natal.

Em meio à empolgação com as reminiscências, lady Coote acabou deixando cair vários dos seus pequenos novelos de lã, que Jimmy pegou prontamente do chão.

– Obrigada, meu querido – disse lady Coote. – Agora, do que eu estava falando? Ah... sobre casas... Sim, eu adoro uma casa bem alegre. E preparar a decoração é um belo passatempo.

– Imagino que sir Oswald um dia ainda irá comprar a própria casa – disse Jimmy. – E então a senhora poderá deixá-la como gosta.

Lady Coote balançou a cabeça, melancólica.

– Sir Oswald quer contratar uma decoradora... E você sabe o que isso quer dizer.

– Ah, mas eles com certeza iriam consultá-la!

– Com certeza será uma dessas mansões grandiosas... cheias de antiguidades. Aposto que iriam desprezar tudo o que acho agradável e aconchegante. Não que sir Oswald não tenha se sentido confortável e satisfeito em todas as suas casas, e ouso dizer que seus gostos continuam os mesmos por baixo daquela fachada. Mas, agora, ele só quer saber do melhor do melhor! Ele se deu muito bem na vida, e é natural que queira ter uma casa para mostrar isso, mas às vezes fico me perguntando onde isso vai acabar.

Jimmy olhou-a com um ar compreensivo.

– É como um cavalo desembestado – disse lady Coote. – Mete o freio entre os dentes e sai correndo. Com sir Oswald, é a mesma coisa. Segue sempre em frente, em frente, até não poder mais. É um dos homens mais ricos da Inglaterra... Mas isso o deixa satisfeito? Não, ele ainda quer mais. Ele quer ser... Bem, nem sei mais o que ele quer ser! Vou lhe falar, às vezes isso até me assusta!

– Como aquele explorador persa – disse Jimmy. – Que vivia pelos mares em busca de novos mundos para conquistar.

Lady Coote acenou com a cabeça para concordar, mesmo sem saber muito bem do que Jimmy estava falando.

– Eu às vezes só me pergunto... será que a saúde dele vai aguentar? – disse ela, chorosa. – Se ele ficar inválido... com todas as ideias que tem... Ah, não gosto nem de pensar.

– Ele me parece ter uma saúde de ferro – disse Jimmy, para consolá-la.

– Ele está com alguma coisa na cabeça – disse lady Coote. – Está preocupado. Eu *sei* que está.

– Preocupado com o quê?

– Não sei. Talvez seja algum problema na fábrica. É um grande conforto para ele poder contar com o sr. Bateman. Mas que jovem dedicado... e tão correto.

– Sim, muito correto – concordou Jimmy.

– Oswald confia muito no sr. Bateman. Ele diz que o sr. Bateman sempre tem razão.

– Esse era um dos piores defeitos dele anos atrás – disse Jimmy, nostálgico.

Lady Coote pareceu ficar um pouco intrigada.

– Aquele final de semana que passei com vocês foi muito bom – disse Jimmy. – Digo, teria sido muito bom, não fosse pela infelicidade do pobre Gerry ter batido as botas. As meninas eram muito simpáticas.

– Acho essas jovens muito estranhas – disse lady Coote. – Não são nada românticas. Ora, no meu tempo de noivado eu bordava lenços com meus próprios cabelos para sir Oswald.

– É mesmo? – perguntou Jimmy. – Que incrível. Mas acho que as garotas não têm os cabelos compridos o bastante para fazer isso hoje em dia.

— Isso é verdade – admitiu lady Coote. – Mas, ah, não é só isso. Certa vez, quando eu era garota, um dos meus... bem, dos meus namorados... pegou um punhado de cascalho do chão, e uma menina que estava comigo me disse na mesma hora que aquilo era como um tesouro para ele, só porque eu tinha pisado ali. Achei isso tão bonito. Mas, depois, acabei descobrindo que ele estava fazendo um curso de mineralogia... ou seria geologia?... em uma escola técnica. Mas achei a ideia bonita... Como roubar o lenço de uma menina para guardar com carinho... Todo esse tipo de coisa, sabe?

— Mas e se a menina quisesse assoar o nariz depois? – comentou o prático sr. Thesiger.

Lady Coote deixou seu bordado no colo e olhou-o com um ar penetrante, mas gentil.

— Ora, vamos... – disse ela. – Seu coração não bate mais forte por nenhuma moça? Por nenhuma jovem para quem você gostaria de trabalhar e dar uma bela casa?

Jimmy ficou vermelho, sem saber o que dizer.

— Achei que você tinha se dado tão bem com uma daquelas jovens em Chimneys... Vera Daventry.

— Soquete?

— Sim, é o apelido dela – admitiu lady Coote. – Não entendo por quê. Não é bonito.

— Ah, ela é ótima – disse Jimmy. – Adoraria reencontrá-la.

— Ela vai passar o próximo final de semana conosco novamente.

— É mesmo? – disse Jimmy, tentando injetar o máximo possível de empolgação nessas duas palavras.

— Sim. Você... você gostaria de ir também?

— *Adoraria* – disse Jimmy, animado. – Muito obrigado, lady Coote.

Reiterando seus calorosos agradecimentos, ele se retirou.

Em seguida, sir Oswald aproximou-se da esposa.

— Com o que aquele jovem insolente estava importunando-a? – resmungou ele. – Não suporto aquele sujeito.

— Ele é um bom rapaz – disse lady Coote. – E tão valente. Veja só como ele foi ferido ontem à noite.

— Sim, metendo-se onde não devia.

— Acho que você está sendo muito injusto, Oswald.

— Ele nunca trabalhou de verdade na vida. É um autêntico vagabundo, isso sim. Nunca seria ninguém na vida se tivesse que se virar por conta própria.

— Você deve ter molhado os pés na grama ontem à noite – disse lady Coote. – Espero que não pegue uma pneumonia. Freddie Richards morreu disso esses dias. Minha nossa, Oswald, fico toda arrepiada só de pensar em você andando por aí com um criminoso à solta pela casa. Ele poderia ter atirado em você. Aliás, convidei o sr. Thesiger para passar o próximo final de semana com a gente.

— Nem pensar — disse sir Oswald. — Não vou receber aquele moleque na minha casa. Entendeu bem, Maria?

— Por que não?

— Isso é assunto meu.

— Sinto muito, querido — disse lady Coote, tranquila. — Mas agora já o convidei, então não posso fazer nada. Oswald, você pode pegar aquele novelo de lã ali no chão para mim?

Sir Oswald a atendeu, com um ar emburrado. Ele olhou para a esposa, mas então hesitou. Lady Coote estava trabalhando com toda calma em seu bordado.

— Faço questão de não receber Thesiger na minha casa — por fim disse ele. — Bateman me contou muitas coisas sobre ele. Os dois estudaram juntos.

— O que o sr. Bateman disse?

— Nada de bom. Na verdade, até me disse para ter muito cuidado com ele.

— Ah, é mesmo? — disse lady Coote, pensativa.

— E eu respeito muito a opinião de Bateman. Nunca o vi se enganar.

— Minha nossa — disse lady Coote. — Mas que confusão acabei fazendo. É claro que eu nunca o teria convidado se soubesse disso. Você deveria ter me contado antes, Oswald. Agora já é tarde demais.

Ela começou a recolher suas coisas com todo o cuidado. Sir Oswald olhou para ela, abriu a boca como se fosse falar, mas então apenas encolheu os ombros. Em seguida, acompanhou-a de volta até a casa. Lady Coote, andando na frente, estava com um levíssimo sorriso no rosto. Ela adorava seu marido, mas também adorava — de uma maneira velada, discreta e muito feminina — impor sua própria vontade.

CAPÍTULO 26

Em grande parte sobre golfe

— Aquela sua amiga é muito simpática, Bundle — disse lorde Caterham.

Loraine já estava em Chimneys há quase uma semana e havia conquistado a estima de seu anfitrião — em grande parte pela sua encantadora facilidade em aprender a manejar um taco de golfe.

Entediado pelo inverno em terras estrangeiras, lorde Caterham decidira dedicar-se ao golfe. Ele era um péssimo jogador e, por isso mesmo, desenvolveu uma profunda paixão pelo esporte, e agora passava a maioria de suas manhãs praticando tacadas contra diversos arbustos e moitas — ou, melhor dizendo, tentando acertar a bola enquanto arrancava enormes tufos do belo gramado, para o desespero de MacDonald.

— Temos que preparar um campo — disse lorde Caterham, dirigindo-se a uma margarida. — Um belo campinho para podermos jogar. Mas, enfim, dê só uma olhada, Bundle. Basta curvar o joelho direito, puxar o taco para trás, mantendo a cabeça sempre firme, e usar os quadris.

Com a forte tacada, a bola rolou pelo gramado até desaparecer em meio às profundezas insondáveis de um imenso canteiro de azaleia.

— Estranho... — disse lorde Caterham. — O que será que fiz de errado? Como eu dizia, Bundle, aquela sua amiga é muito simpática. Acho que estou despertando um belo interesse nela pelo esporte. Ela deu umas tacadas ótimas hoje cedo... Quase tão boas como as minhas, aliás.

Lorde Caterham deu outra tacada torta e arrancou um imenso tufo da grama. MacDonald, que passava por ali, pegou-o e colocou-o de volta no lugar com uma pisada firme. O olhar que dirigiu a lorde Caterham teria feito qualquer pessoa a não ser um golfista inveterado querer enfiar-se no chão e sumir.

— Se MacDonald destratou os Coote, como muito desconfio — disse Bundle —, ele está recebendo o que bem merece agora.

— Por que eu não faria o que bem quero com meu próprio jardim? — redarguiu seu pai. — MacDonald deveria estar é empolgado com meus avanços no jogo... Os escoceses são grandes fãs do golfe.

— Pobre papai — disse Bundle. — O senhor nunca vai ser um golfista... Mas enfim, pelo menos isso o impede de se meter em confusão.

— Como não? — rebateu lorde Caterham. — Esses dias mesmo fiz o sexto buraco em cinco tacadas. Meu instrutor ficou muito surpreso quando contei.

— Não me diga — comentou Bundle.

— Aliás, falando nos Coote, sir Oswald joga muito bem... Muito bem mesmo. Seu estilo não é dos mais bonitos... meio rígido demais. Mas não perde uma tacada. Agora, é incrível como é teimoso... Não se dá por vencido nem quando a bola para a quinze centímetros do buraco! Faz você ir até o fim toda vez. Desse tipo de coisa eu não gosto.

— Ele me parece o tipo de homem que gosta de ter certeza das coisas — disse Bundle.

— Vai contra o espírito do jogo — disse seu pai. — E ele não se interessa nem um pouco pela teoria da coisa. Agora, aquele jovem secretário dele, Bateman, é bem diferente. É da parte teórica que ele gosta. Eu estava tendo dificuldades com meu taco de madeira e ele me explicou que era só por eu estar exagerando na força do braço direito, e até desenvolveu uma teoria muito interessante. No golfe, o braço esquerdo é crucial... é o que de fato conta. Ele disse que é canhoto quando joga tênis, mas prefere tacos comuns no golfe, porque é aí que seu braço esquerdo faz a diferença.

– Então ele joga muito bem? – perguntou Bundle.

– Na verdade, não – confessou lorde Caterham. – Mas ele podia estar só tendo um dia ruim. Entendo muito da teoria e acho que isso ajuda muito. Ah! Viu essa, Bundle? A bola passou bem por cima das azáleas. Uma tacada perfeita! Ah, se eu conseguisse bater assim toda vez... Sim, Tredwell, o que houve?

Tredwell havia chegado ali e dirigiu-se a Bundle.

– O sr. Thesiger deseja falar-lhe ao telefone, milady.

Bundle disparou a toda velocidade até a casa, gritando pelo nome de Loraine no caminho. Loraine chegou ao seu lado bem quando ela estava pegando o telefone.

– Alô, é você, Jimmy?

– Oi. Como vai?

– Muito bem, mas meio entediada.

– Como está Loraine?

– Ela está bem. Está aqui do meu lado. Quer falar com ela?

– Daqui a pouco. Tenho muitas novidades. Primeiro, vou passar o final de semana com os Coote – disse ele, satisfeito. – Agora, escute aqui, Bundle, você por acaso sabe como posso arranjar uma chave mestra?

– Não tenho a menor ideia. Por que você precisaria de uma chave mestra para visitar os Coote?

– Bem, só achei que poderia ser útil. Você não sabe onde se compra esse tipo de coisa?

– Acho melhor perguntar isso para algum arrombador amigo seu.

– Eu sei, Bundle, eu sei. Infelizmente, não tenho nenhum. Só imaginei que talvez seu engenhoso cérebro pudesse encontrar uma solução para o problema. Mas acho que vou precisar recorrer ao velho Stevens, como sempre. Ele logo vai começar a ter umas ideias estranhas sobre mim... Primeiro, um revólver automático de cano azul... Agora, uma chave mestra. Ele vai acabar achando que entrei para o mundo do crime.

– Jimmy? – disse Bundle.

– Diga.

– Escute aqui... Tome cuidado. Digo, se sir Oswald descobrir que você está bisbilhotando pela casa com uma chave mestra... Enfim, acho que ele pode ser bem desagradável quando quer.

— Já vejo até as manchetes, "Jovem bem-apessoado no banco dos réus"! Tudo bem, vou tomar cuidado. Na verdade, é de Pongo que tenho medo. Vive se esgueirando sem fazer barulho com aqueles pés chatos. Nunca se sabe quando ele está por perto. E sempre gostou de se meter onde não é chamado. Mas confie no jovem herói aqui.

— Bem, eu só queria poder estar lá com Loraine para cuidar de você.

— Obrigado, enfermeira. Mas, na verdade, eu tenho um plano.

— Qual?

— Será que você e Loraine não poderiam dar um jeito de enguiçar seu carro por perto de Letherbury amanhã cedo? Não é muito longe daí, é?

— Uns sessenta quilômetros. Não é nada.

— Imaginei que não seria mesmo... para você! Mas tome cuidado com Loraine. Gosto muito dela. Então... apareçam lá pelo meio-dia e meia.

— Para eles nos convidarem para o almoço?

— Essa é a ideia. Fora isso, Bundle, encontrei aquela garota ontem, Soquete, e sabe o que descobri? Que Terence O'Rourke vai passar o final de semana lá também!

— Jimmy, você acha que ele...?

— Bem... Sabe como é, suspeite de todos. É o que dizem. Aquele sujeito é um maluco, e muito ousado. Não me surpreenderia se ele fosse o líder de uma sociedade secreta. Ele e a condessa podem estar metidos nisso juntos. Ele esteve na Hungria ano passado.

— Mas ele poderia roubar a fórmula quando bem quisesse.

— Muito pelo contrário. Ele precisaria agir no momento certo para não levantar suspeitas. A ideia de que talvez ele tenha subido pelas trepadeiras para se esconder na própria cama... bem, é genial. Agora, escute bem. Depois de conversar um pouco com lady Coote, você e Loraine vão ter que dar um jeito de pegar O'Rourke e Pongo e mantê-los ocupados até a hora do almoço. Entendeu? Não deve ser difícil para duas garotas tão bonitas como vocês.

— Quantos elogios, Jimmy.

— É só a mais pura verdade.

— Enfim, acho que já entendi tudo. Quer falar com Loraine agora?

Bundle passou o telefone para ela e então retirou-se educadamente da sala.

CAPÍTULO 27

Aventura noturna

Jimmy Thesiger chegou em uma ensolarada tarde de outono a Letherbury, onde foi recebido pela simpatia de lady Coote e pelo desprezo de sir Oswald. Sabendo que o olhar casamenteiro de lady Coote o acompanhava, Jimmy se esforçou para ser o mais gentil possível com Soquete Daventry.

O'Rourke já estava lá, e de excelente humor, mas disposto a ser discreto e evasivo quanto aos misteriosos eventos ocorridos em Wyvern Abbey, sobre os quais Soquete o questionava sem parar. No entanto, sua reticência ganhou um novo tom... Ele passou a exagerar a história de uma forma tão estapafúrdia que ninguém jamais conseguiria entender o que de fato aconteceu.

– Quatro homens de máscara armados? É mesmo? – perguntou Soquete, toda séria.

– Ah, agora me lembrei! Havia uma meia dúzia deles tentando me segurar e me forçar a engolir aquele remédio. Na hora, imaginei que fosse veneno, é claro, e que seria o meu fim.

– E o que foi roubado, ou o que tentaram roubar?

– Nada menos do que as joias da coroa russa, que foram trazidas pelo sr. Lomax em segredo para serem guardadas no Banco da Inglaterra.

– Mas que mentiroso você é – retrucou Soquete, com frieza.

– Mentiroso, eu? Pois saiba que as joias foram trazidas em um avião pilotado pelo meu melhor amigo. Essa história que estou lhe contando é secreta. Pergunte a Jimmy Thesiger se não acredita em mim. Não que eu confie em qualquer coisa que ele diga, é claro...

– É verdade que George Lomax desceu do quarto sem dentadura? – perguntou Soquete. – É isso o que eu quero saber.

– Foram encontrados dois revólveres – disse lady Coote. – Essas coisas são horríveis. Eu mesma vi. Foi um milagre esse rapaz não ter sido morto.

– Ah, vaso ruim não quebra – disse Jimmy.

– Ouvi dizer que havia uma condessa russa de beleza muito sutil por lá – disse Soquete. – E que ela conquistou o coração de Bill.

– Ela nos contou histórias terríveis de Budapeste – disse lady Coote. – Nunca vou me esquecer. Oswald, nós deveríamos fazer uma doação para aquela gente.

Sir Oswald soltou um grunhido.

– Vou tomar nota disso, lady Coote – disse Rupert Bateman.

– Obrigada, sr. Bateman. Sinto que deveríamos fazer algo em agradecimento. Não sei como sir Oswald não morreu baleado... ou mesmo de pneumonia.

– Não seja boba, Maria – retrucou sir Oswald.

– Sempre tive pavor desses gatunos – disse lady Coote.

– Mas que sorte ficar cara a cara com um! Deve ter sido tão empolgante! – murmurou Soquete.

– Não mesmo. Foi é dolorido – disse Jimmy, dando um tapinha no braço direito.

– Como está seu braço, meu pobre rapaz? – perguntou lady Coote.

– Ah, já estou bem melhor. Só tem sido um estorvo ter que fazer tudo com a outra mão. Não consigo fazer nada com a esquerda.

– Todas as crianças deveriam ser criadas como ambidestras – disse sir Oswald.

– Ah! – exclamou Soquete, um tanto surpresa. – Como os sapos?

– Não, esses são anfíbios – disse o sr. Bateman. – Ambidestro é quem consegue usar bem as duas mãos.

– Ah! – disse Soquete, olhando admirada para sir Oswald. – O senhor consegue?

– É claro. Sei escrever com as duas mãos.

– Mas não com as duas ao mesmo tempo?

– Isso não seria nada prático – rebateu sir Oswald, seco.

– Não mesmo – disse Soquete, pensativa. – Acho que seria meio sutil demais.

– Agora, nos órgãos do governo, bem que seria ótimo se sua mão direita não soubesse o que a esquerda faz – comentou o sr. O'Rourke.

– O senhor sabe usar as duas mãos?

– Nem um pouco. Sou a pessoa mais destra que conheço.

– Mas o senhor dá as cartas com a esquerda – disse o observador Bateman. – Percebi isso outra noite.

– Ah, mas isso é muito diferente – rebateu o sr. O'Rourke com naturalidade.

Uma batida lúgubre de um gongo irrompeu, e todos subiram para trocar de roupa antes do jantar.

Após a refeição, sir Oswald e lady Coote ficaram jogando bridge contra o sr. Bateman e o sr. O'Rourke, enquanto Jimmy passava a noite flertando com Soquete. Enquanto retirava-se para dormir, as últimas palavras que Jimmy ouviu foram de sir Oswald, falando para a esposa:

– Você nunca vai aprender a jogar direito, Maria.

Ao que ela respondeu:

– Eu sei, querido. É o que você sempre diz. E você deve mais uma libra ao sr. O'Rourke, Oswald. Não se esqueça.

Cerca de duas horas depois, Jimmy esgueirou-se sem fazer barulho (ou assim ele esperava, pelo menos) escada abaixo. Passou rapidamente pela sala de jantar e então foi até o escritório de sir Oswald. Chegando lá, após um ou dois minutos à escuta em alerta, entrou em ação. A maioria das gavetas da escrivaninha estava trancada, mas Jimmy logo resolveu isso com um aramezinho dobrado em um formato estranho. Uma a uma, todas as gavetas acabaram sendo abertas por ele.

Ele averiguou metodicamente gaveta por gaveta, tomando cuidado para pôr tudo de volta no lugar como havia encontrado. De tempos em tempos, ele parava, pensando ter escutado algum som ao longe, mas depois continuava, sem se abalar.

Concluído o exame da última gaveta, Jimmy agora sabia – ou deveria saber, caso tivesse prestado atenção – de vários detalhes interessantes sobre a produção de aço; mas não encontrou o que procurava – uma referência ao invento de Herr Eberhard ou qualquer coisa que pudesse dar alguma pista sobre a identidade do misterioso número sete. Mas talvez ele nem contasse com isso mesmo. Era apenas uma chance remota, que ele decidiu tentar, mas sem grandes esperanças, a não ser por um possível golpe de sorte.

Puxou as gavetas para certificar-se de que todas estavam trancadas. Conhecia bem o imenso detalhismo de Rupert Bateman e deu uma olhada pela sala à sua volta para ter certeza de que não havia deixado nenhum sinal incriminador de sua presença.

– Bem, é isso – murmurou para si mesmo. – Não há nada aqui. Talvez eu dê mais sorte amanhã cedo... Se as meninas seguirem o combinado.

Ele saiu do escritório, fechou a porta e então a trancou. Por um instante, imaginou ter ouvido um ruído próximo, mas concluiu que havia se enganado. Voltou tateando em silêncio as paredes até o saguão principal. A luz que entrava pelas altas janelas abauladas era tênue, mas o suficiente para que pudesse subir as escadas sem tropeçar em nada.

Ouviu um ruído abafado de novo – dessa vez, teve absoluta certeza, sem sombra de dúvida. Não estava sozinho no saguão. Havia mais alguém ali, esgueirando-se como ele. Seu coração disparou de repente.

Com um movimento brusco, ele saltou até o interruptor mais próximo e acendeu as luzes. O clarão repentino deixou-o piscando, mas ele conseguiu enxergar tudo à sua volta. A menos de quatro passos dele, estava Rupert Bateman.

– Meu Deus, Pongo – esbravejou Jimmy. – Que susto você me deu! Por que estava se esgueirando assim pelo escuro?

– Eu ouvi um barulho – explicou o sr. Bateman, sério. – Pensei que fosse um ladrão e então desci para averiguar.

Pensativo, Jimmy olhou para os sapatos de sola de borracha do sr. Bateman.

– Você pensa em tudo mesmo, Pongo – disse ele, brincando. – Veio até armado.

Seus olhos pararam no volume que despontava no bolso do amigo.

– É melhor assim. Nunca se sabe o que pode acontecer.

– Ainda bem que você não atirou – disse Jimmy. – Estou meio cansado de levar tiros.

– Eu bem que poderia – disse o sr. Bateman.

– Mas teria sido contra a lei – argumentou Jimmy. – Você precisa ter certeza de que o sujeito invadiu mesmo a casa, sabe, antes de apontar sua arma para alguém. Nunca tire conclusões precipitadas. Senão, ainda teria que explicar por que atirou num hóspede inocente como eu.

– Aliás, por que você desceu aqui?

– Eu estava com fome – disse Jimmy. – Queria comer um biscoito.

– Tem uma lata de biscoitos ao lado da sua cama – disse Rupert Bateman, olhando para Jimmy atentamente através de seus óculos com aro de chifre.

– Ah, mas foi aí que a criadagem falhou, meu amigo. Eu encontrei mesmo uma lata com uma etiqueta dizendo: "Biscoitos para Hóspedes Famintos". Mas quando o hóspede faminto aqui a abriu... não achou nada! Então resolvi descer até a sala de jantar.

Em seguida, com um sorriso gentil e inocente, Jimmy sacou um punhado de biscoitos do bolso do roupão.

Seguiu-se uma pausa entre os dois.

– E agora acho que vou voltar para a cama – disse Jimmy. – Boa noite, Pongo.

Fingindo total naturalidade, ele subiu a escada. Rupert Bateman o seguiu. Na porta de seu quarto, Jimmy parou, como se fosse se despedir mais uma vez.

– Muito estranha essa história dos biscoitos – disse o sr. Bateman. – Será que eu...

– É claro, amigo, veja você mesmo.

O sr. Bateman atravessou o quarto, abriu a lata de biscoitos e viu que estava vazia.

– Que descuido – murmurou ele. – Bem, boa noite.

Ele se retirou. Jimmy sentou-se na borda da cama e passou um instante em alerta, à escuta.

– Essa foi por pouco – murmurou para si mesmo. – Como Pongo é desconfiado. Parece que nunca dorme. E que hábito desagradável esse de andar armado por aí.

Levantou-se e abriu uma gaveta da cômoda. Sob um emaranhado de gravatas, havia ali uma pilha de biscoitos.

– Bem, não tem outro jeito – disse Jimmy. – Agora vou ter que comer essas porcarias. Aposto que Pongo vai querer bisbilhotar tudo aqui amanhã de novo.

Soltando um suspiro, ele então sentou-se para comer os biscoitos, mesmo sem estar com a menor fome.

CAPÍTULO 28

Suspeitas

Ao meio-dia, conforme o combinado, Bundle e Loraine entraram pelos portões da casa, tendo deixado o Hispano em uma oficina adjacente.

Lady Coote recebeu as duas jovens com surpresa, mas também grande prazer, e logo convidou-as para almoçar.

O'Rourke, que estava acomodado em uma imensa poltrona, logo se pôs a conversar todo animado com Loraine, que ao mesmo tempo tentava acompanhar a complexa explicação técnica de Bundle sobre os problemas mecânicos que haviam acometido seu carro.

– Mas aí nós pensamos: ainda bem que essa lata velha resolveu enguiçar justo aqui! – concluiu Bundle. – Da última vez que isso aconteceu, foi num domingo e num lugar chamado Cantãozinho da Colina. E, vou lhe falar, o cafundó fazia jus ao próprio nome.

– Seria um ótimo nome para um filme – comentou O'Rourke.

– Berço de uma simples donzela do campo – sugeriu Soquete.

– Mas, escutem, onde está o sr. Thesiger? – perguntou lady Coote.

– Acho que na sala de bilhar – disse Soquete. – Vou chamá-lo.

Ela se retirou e, logo depois, Rupert Bateman apareceu, com seu ar preocupado e sério de sempre.

– Pois não, lady Coote? Thesiger disse que a senhora estava me procurando. Como está, lady Eileen...?

Ele desviou para cumprimentar as duas jovens, e Loraine logo entrou em ação.

– Ah, sr. Bateman! Que bom vê-lo aqui. Não era o senhor que estava me falando uma vez sobre o que fazer quando um cachorro machuca as patas?

O secretário balançou a cabeça.

– Deve ter sido outra pessoa, srta. Wade. Mas, na verdade, eu por acaso sei que...

— Mas que incrível — interrompeu Loraine. — O senhor entende de tudo!

— É preciso dominar bem os conhecimentos modernos — disse o sr. Bateman, todo sério. — Agora, quanto às patas do seu cachorro...

Terence O'Rourke murmurou baixinho para Bundle:

— É esse o tipo de gente que escreve aquelas colunas de curiosidades nos jornais. "Nem todos sabem, mas para manter o brilho da grade da lareira é preciso...", "O besouro-ovelha é um dos insetos mais interessantes do mundo animal", "As tradições matrimoniais das tribos nativas irlandesas". Essas coisas assim, sabe?

— Sim, é o que chamam de cultura geral.

— E quer coisa pior do que isso? — disse o sr. O'Rourke, e então completou, com um ar resoluto. — Graças a Deus, tive uma boa educação e hoje não entendo absolutamente nada sobre qualquer assunto que seja.

— Vejo que a senhora tem um campinho de golfe ali — disse Bundle a lady Coote.

— Quer ir lá ver melhor, lady Eileen? — sugeriu O'Rourke.

— Vamos desafiar esses dois — disse Bundle. — Loraine, o sr. O'Rourke e eu queremos disputar uma partida de golfe contra você e o sr. Bateman.

— Pode ir jogar, sr. Bateman — disse lady Coote, percebendo a hesitação do secretário. — Estou certa de que sir Oswald não vai precisar do senhor.

Os quatro então retiraram-se em direção ao gramado.

— Viu como fui esperta? — sussurrou Bundle para Loraine. — Ponto para a delicadeza feminina.

A partida acabou pouco antes da uma da tarde, sendo vencida por Bateman e Loraine.

— Bem, parceira, acho que irá concordar comigo que nós jogamos com mais classe — comentou o sr. O'Rourke, que ficara um pouco mais para trás com Bundle. — O velho Pongo é cuidadoso demais... Nunca corre risco algum. Mas comigo é tudo ou nada. É um belo lema para se levar a vida, não acha, lady Eileen?

— Isso nunca o colocou em confusão? — perguntou Bundle, rindo.

— Claro que sim. Milhões de vezes. Mas continuo firme. Acabar com Terence O'Rourke não é tão fácil assim.

Logo em seguida, Jimmy Thesiger apareceu, contornando a casa.

— Bundle, mas que bela surpresa! — exclamou ele.

— Você perdeu a chance de competir no nosso Torneio de Outono — disse O'Rourke.

— Saí para dar uma volta — disse Jimmy. — Como essas duas apareceram aqui?

— Viemos andando — disse Bundle. — O Hispano enguiçou no meio da estrada.

Ela então explicou as circunstâncias do problema, e Jimmy ouviu-a com toda a atenção.

– Que azar – comentou ele. – Se o conserto for demorado, posso levar vocês de volta no meu carro depois do almoço.

Um gongo soou pouco depois, e todos entraram na casa. Bundle ficou observando Jimmy de longe, pensando ter percebido um estranho tom triunfante em sua voz, e teve a sensação de que tudo havia dado certo.

Após o almoço, despediram-se cordialmente de lady Coote, e Jimmy ofereceu-se para levá-las até a oficina em seu carro. Assim que se afastaram da casa, as duas moças perguntaram ao mesmo tempo:

– E então?

Jimmy decidiu se fazer de desentendido.

– E então? – insistiram elas.

– Ah, estou muito bem, obrigado. Só com uma leve indigestão por ter comido biscoitos demais.

– Como assim? O que aconteceu?

– Vou explicar. Minha dedicação à nossa causa me fez comer mais biscoitos do que eu deveria. Mas seu herói titubeou? Não, é claro que não.

– Por favor, Jimmy – resmungou Loraine, e ele mudou de tom.

– O que vocês querem saber?

– Ah, tudo! Nós nos saímos bem? Conseguimos entreter Pongo e Terence O'Rourke com a partida de golfe tempo o bastante?

– Bem, parabéns por terem conseguido cuidar de Pongo. O'Rourke não deve ter criado problema...Mas com Pongo é diferente. Só há uma palavra para descrever aquele sujeito... uma que aprendi nas palavras cruzadas do *Sunday Newsbag* de semana passada. Uma palavra de onze letras para algo que está em todos os lugares ao mesmo tempo. Onipresente. Isso descreve bem o velho Pongo. Não importa para onde você vá, acaba dando de cara com ele... E o pior é que você nunca consegue ouvi-lo se aproximando.

– Acha que ele é perigoso?

– Perigoso? É claro que não. Imagine só, Pongo sendo perigoso. Ele é um tapado. Mas, como acabei de dizer, é um tapado onipresente. Parece até que ele nem precisa dormir como nós, reles mortais. Na verdade, para ser bem sincero, aquele sujeito é um grande estorvo.

Em seguida, com um ar um tanto aflito, Jimmy relatou os eventos da noite anterior.

Bundle não se mostrou muito compreensiva.

– Bem, não sei o que você queria encontrar lá também, bisbilhotando as coisas.

— O número sete – disse Jimmy, seco. – É o que eu quero. Encontrar o número sete.

— E você achou que iria encontrá-lo na casa dos Coote?

— Achei que talvez pudesse encontrar alguma pista.

— E não achou?

— Ontem à noite, não...

— Mas e hoje cedo? – perguntou Loraine, interrompendo-os de repente. – Jimmy, você descobriu alguma coisa hoje cedo. Estou vendo isso no seu rosto.

— Bom, talvez não seja nada. Mas durante meu passeio...

— Que não o levou para muito longe, imagino.

— Por incrível que pareça, não. Na verdade, acabei nem saindo da casa. Bem, como eu dizia, não sei se é algo que possa nos ajudar. Mas encontrei isto aqui.

Com a agilidade de um ilusionista, pegou um pequeno frasco e jogou-o para as garotas. O recipiente estava cheio de um pó branco.

— O que você acha que é isto? – perguntou Bundle.

— Um pó branco cristalino – disse Jimmy. – E para qualquer bom leitor de histórias de detetives essas palavras devem sugerir algo muito familiar. Mas, claro, se isso for só algum novo tipo de dentifrício, vou ficar muito decepcionado.

— Onde você encontrou isso? – perguntou Bundle.

— Ah, esse é um segredinho meu! – disse Jimmy.

Depois disso, ele não revelou mais nada, apesar de todos os pedidos e insultos.

— Bem, a oficina fica aqui – disse ele. – Só nos resta torcer para que não tenham feito nenhum absurdo com seu belo Hispano.

O mecânico apresentou uma conta no valor de cinco xelins e fez comentários vagos sobre alguns parafusos soltos. Bundle pagou-o com um sorriso gentil no rosto.

— Como deve ser bom ganhar dinheiro para não fazer nada – murmurou ela para Jimmy.

Os três pararam na estrada por um instante, em silêncio, avaliando a situação.

— Ah! – disse Bundle, de repente.

— O que foi?

— Tinha uma coisa que eu queria lhe perguntar... e quase me esqueci. Você se lembra da luva que o superintendente Battle encontrou... aquela que estava meio queimada?

— Sim.

– Você não disse que ele a pôs na sua mão?
– Sim... ela ficou larga em mim. O que prova que quem a estava usando era um homem grande e corpulento.
– Não é disso que estou falando. Pouco importa o tamanho da luva. George e sir Oswald estavam lá também, não estavam?
– Sim.
– E ele poderia ter pedido para qualquer um deles experimentar a luva, não?
– Sim, é claro...
– Mas não pediu. Ele escolheu você. Não entende o que isso quer dizer, Jimmy?
O sr. Thesiger olhou bem para ela.
– Sinto muito, Bundle. Talvez meu cérebro não esteja funcionando lá tão bem como deveria, mas não tenho a menor ideia do que você está falando.
– Você não entendeu também, Loraine?
Loraine olhou para ela com um ar intrigado, mas balançou a cabeça.
– Isso quer dizer alguma coisa?
– É claro que sim. Não é óbvio? Jimmy estava com uma tipoia no braço direito.
– Minha nossa, Bundle – disse Jimmy, devagar. – Pensando bem... foi meio estranho mesmo. Porque era uma luva da mão esquerda, sabe? Mas Battle não comentou nada.
– Ele não iria querer dar atenção a esse detalhe. Pedindo para você experimentá-la, tudo passaria despercebido, e ele falou sobre o tamanho só para despistar ainda mais. Mas sem dúvida alguma, isso significa que o homem que baleou você estava com a pistola na mão *esquerda*.
– Então temos que procurar um canhoto – disse Loraine, pensativa.
– Sim, e digo mais. Era isso o que Battle estava fazendo com aqueles tacos de golfe. Ele estava procurando um canhoto.
– Nossa! – exclamou Jimmy, de repente.
– O que foi?
– Bom, talvez não seja nada importante, mas é curioso.
Ele recontou a conversa do dia anterior.
– Então sir Oswald é ambidestro? – perguntou Bundle.
– Sim. E agora lembrei que naquela noite em Chimneys... sabe, na noite em que Gerry Wade morreu... eu estava vendo o jogo de bridge e reparei sem dar muita atenção que era estranho o jeito como uma pessoa estava dando as cartas... E então entendi que era porque ela usava a mão esquerda. E, claro, deve ter sido sir Oswald.
Os três se entreolharam. Loraine balançou a cabeça.

– Um homem como sir Oswald Coote? Impossível. O que ele teria a ganhar com isso?

– Parece absurdo – disse Jimmy. – Mas ainda assim...

– O número sete tem seus próprios métodos de trabalho – citou Bundle, baixinho. – E se na verdade foi assim que sir Oswald fez sua fortuna?

– Mas por que encenar toda aquela farsa em Wyvern Abbey se ele estava com a fórmula em sua própria fábrica o tempo todo?

– Talvez haja alguma explicação – disse Loraine. – Como o que você falou sobre o sr. O'Rourke. As suspeitas precisariam ser desviadas para recair sobre outra pessoa.

Bundle acenou com a cabeça, empolgada.

– Tudo se encaixa. As suspeitas recaíram sobre Bauer e a condessa. E quem sonharia em desconfiar de sir Oswald Coote?

– Talvez Battle – sugeriu Jimmy.

Uma memória foi reavivada no cérebro de Bundle. *O superintendente Battle tirando uma folhinha de trepadeira do paletó do milionário.*

Estaria Battle suspeitando dele desde o começo?

CAPÍTULO 29

O intrigante comportamento de George Lomax

– O sr. Lomax está aqui, milord.

Lorde Caterham levou um grande susto, pois, absorto que estava nas minúcias do que não fazer com seu pulso esquerdo, acabou não ouvindo os passos do mordomo sobre a grama macia. Ele olhou para Tredwell com um ar mais aflito do que irritado.

– Tredwell, eu não lhe avisei durante o café que estaria muito ocupado esta manhã?

– Sim, milord, mas...

– Volte e diga ao sr. Lomax que você se enganou, que eu saí para o vilarejo, que estou de cama com gota ou então, se nada disso adiantar, diga logo que morri.

– Milord, o sr. Lomax já o viu aqui enquanto subia de carro pela entrada.

Lorde Caterham soltou um profundo suspiro.

– Está certo. Tudo bem, Tredwell, já estou indo.

Como lhe era bem característico, lorde Caterham sempre era mais simpático quanto pior estava seu humor. Ele recebeu George com uma impressionante cordialidade.

– Meu caro amigo, meu caro amigo. É um prazer vê-lo aqui. Um grande prazer. Sente-se. Aceita uma bebida? Ora, ora, mas que esplêndido!

Depois de fazer George se acomodar em uma enorme poltrona, lorde Caterham sentou-se de frente para ele, piscando os olhos, com um ar ansioso.

– Eu precisava muito falar com você – disse George.

– Ah! – exclamou lorde Caterham, aflito, e seu coração disparou enquanto sua mente listava às pressas todas as temíveis implicações que poderiam estar por trás daquela simples frase.

– *Muito* mesmo – insistiu George, com grande ênfase.

O coração de lorde Caterham acelerou um pouco mais. Pelo visto, o que estava por vir seria muito pior do que qualquer coisa que ele havia imaginado.

– Pode falar – disse ele, em uma brava tentativa de parecer tranquilo.

– Eileen está em casa?

Lorde Caterham ficou aliviado, mas também um tanto surpreso.

– Sim, sim – disse ele. – Bundle está aqui. Com aquela amiga dela... a jovem Wade. É uma garota simpática... *muito* simpática. Um dia, ainda vai ser uma grande golfista. Ela tem uma bela tacada...

Ele havia desatado a falar quando George o interrompeu bruscamente:

– Que bom que Eileen está em casa. Será que posso conversar com ela?

– Mas é claro, meu amigo, claro – lorde Caterham ainda estava deveras surpreso, mas também muito aliviado. – Se não for lhe entediar.

– De maneira alguma – disse George. – Aliás, Caterham, se me permite dizer, acho que você ainda não percebeu o quanto Eileen cresceu. Ela não é mais uma criança. Já é uma mulher e, com todo o respeito, uma mulher muito encantadora e talentosa. O homem que conseguir conquistar seu coração será um sujeito de muita sorte. De muita sorte mesmo.

– Ah, creio que sim – disse lorde Caterham. – Mas ela é muito agitada, sabe? Nunca consegue parar quieta no lugar por muito tempo. No entanto, imagino que talvez os rapazes não se incomodem com esse tipo de coisa hoje em dia.

– Isso só mostra que ela não se deixa estagnar. Eileen é muito inteligente, Caterham. É ambiciosa. Interessa-se pelos temas cotidianos e analisa-os com seu ágil e sagaz intelecto.

Lorde Caterham olhou para o amigo e pensou que George estava começando a manifestar os sintomas daquilo que muitos chamavam de "o estresse da vida moderna", pois a descrição que fazia de Bundle lhe parecia absurdamente inverossímil.

– Você está se sentindo bem? – perguntou ele, preocupado.

George desdenhou da pergunta com um gesto impaciente.

— Talvez, Caterham, você já tenha alguma vaga ideia do meu propósito com esta minha visita aqui hoje. Não sou do tipo de homem que assume novas responsabilidades sem ponderação. Tenho uma boa noção, imagino eu, da importância do meu cargo. Venho pensando nesse assunto com grande afinco e seriedade. O casamento, ainda mais na minha idade, não é algo que possa ser feito sem antes atentar a todos os devidos... hã... detalhes. Igualdade de berço, gostos parecidos, boa compatibilidade em geral, as mesmas crenças religiosas... Tudo isso é necessário, e os prós e contras precisam ser avaliados e levados em conta. Tenho condições de oferecer à minha esposa uma posição considerável na sociedade. Eileen saberá muito bem fazer jus a essa posição. Ela é preparada para isso por berço e por criação, e seu invejável intelecto e aguçado senso político só poderão ajudar na minha carreira, para nosso benefício mútuo. Sei muito bem, Caterham, que há uma certa... hã... diferença de idade entre nós dois. Mas posso garantir-lhe que me sinto cheio de vida... em plena saúde. É até bom que o marido seja mais velho. E Eileen é muito madura... Um homem de mais idade será mais adequado para ela do que algum rapagão qualquer sem a devida experiência ou cultura. Asseguro-lhe, meu caro Caterham, que vou cuidar bem da... hã... delicada juventude de sua filha. Saberei como cuidar dela e... hã... apreciá-la. Afinal, ver o desabrochar de uma flor tão linda assim... é um imenso privilégio! E pensar que nunca nem percebi...

Ele balançou a cabeça, arrependido, e então lorde Caterham, ainda bastante confuso, mas percebendo a dificuldade em sua voz, disse:

— Entendi... Mas, ah, meu caro amigo, que ideia é essa de se casar com Bundle?

— Vejo que ficou surpreso. Imagino que possa lhe parecer um tanto repentino. Mas tenho então sua permissão para falar com ela?

— Ah, sim – disse lorde Caterham. – Se é o que você quer... É claro que lhe dou minha permissão. Mas escute, Lomax, eu não faria isso se fosse você. Acharia melhor voltar para casa e repensar o assunto direito. Contar até dez. Esse tipo de coisa. Porque é sempre uma pena pedir a mão de alguém e depois se arrepender.

— Sei que está me dizendo isso com as melhores intenções, Caterham, ainda que de uma forma um tanto estranha, devo confessar. Mas estou decidido a ir até o fim. Será que posso falar com Eileen?

— Bem, não é da minha conta – logo disse lorde Caterham. – Eileen sabe o que faz. Se ela aparecesse amanhã dizendo que iria se casar com nosso chofer, eu não faria qualquer objeção. É assim que as coisas são hoje em dia. Seus filhos podem transformar sua vida em um inferno se você não baixar a cabeça para tudo o que eles querem. Sempre digo a Bundle, "Faça o que você bem quiser, mas não me amole", e no fundo ela em geral até que se comporta muito bem.

George levantou-se, determinado a seguir seu objetivo.

– Onde posso encontrá-la?

– Bem, na verdade, não sei – disse lorde Caterham, distraído. – Deve estar por aí. Como acabei de dizer, ela nunca para quieta no lugar por muito tempo. Ela não descansa.

– E imagino que a srta. Wade esteja com ela, não? Na verdade, Caterham, acho que seria melhor se você pudesse chamar seu mordomo e pedir para que ele a encontre e diga que quero conversar um pouco com ela.

Lorde Caterham então apertou sua campainha.

– Olá, Tredwell – disse ele, quando o mordomo apareceu. – Você poderia me fazer o favor de encontrar milady? E diga a ela que o sr. Lomax está aqui esperando para falar com ela na sala de visitas.

– Sim, milord.

Tredwell retirou-se. George pegou a mão de Caterham e apertou-a com entusiasmo, para grande desconforto do lorde.

– Muito obrigado – disse ele. – Espero trazer-lhe boas novas em breve.

Em seguida, retirou-se às pressas.

– Ora, ora – disse lorde Caterham. – Ora, ora! – e após uma longa pausa, por fim disse: – O *que* será que Bundle andou aprontando?

A porta voltou a se abrir.

– O sr. Eversleigh está aqui, milord.

Assim que Bill entrou correndo, lorde Caterham pegou-lhe a mão e disse, com ar sério:

– Olá, Bill. Imagino que esteja aqui à procura de Lomax. Escute, se você quer fazer uma boa ação, corra até a sala de visitas e diga a ele que o gabinete ligou, convocando uma reunião de última hora, ou enfim, só tire-o de lá de algum jeito. Não seria justo deixar o pobre infeliz fazer papel de idiota só por causa das brincadeiras de uma garota boba.

– Não vim atrás do Olhudo, não – disse Bill. – Nem sabia que ele estava aqui. É com Bundle que quero falar. Ela está por aqui?

– Você não vai poder falar com ela – disse lorde Caterham. – Não agora, pelo menos. George está com ela.

– Tudo bem... Mas isso importa?

– Acho que sim – disse lorde Caterham. – Ele deve estar gaguejando sem parar neste exato momento, e é melhor não fazermos nada para piorar a situação.

– Mas o que ele está dizendo?

— Só Deus sabe – disse lorde Caterham. – Muita besteira, imagino. Nunca fale demais, esse sempre foi meu lema. Só pegue a mão da garota e deixe tudo acontecer naturalmente.

Bill olhou bem para ele.

— Mas escute, senhor, estou com pressa. Preciso falar com Bundle...

— Bem, acho que você não precisará esperar muito. Confesso que estou até contente por você estar aqui comigo... Imagino que Lomax irá insistir em voltar para conversar comigo depois.

— Depois do quê? O que Lomax está fazendo?

— Fale baixo – disse lorde Caterham. – Ele está fazendo um pedido.

— Um pedido? Um pedido de quê?

— De casamento. Para Bundle. Não me pergunte por quê. Acho que ele está chegando ao que chamam por aí de idade perigosa. Não consigo pensar em outra explicação.

— Ele está pedindo a mão de Bundle? Mas que sacana. E com a idade que tem!

O rosto de Bill ficou corado.

— Ele disse que está em plena saúde – disse lorde Caterham, cauteloso.

— Ele? Ora, ele está é decrépito... senil! Eu... – Bill acabou engasgando.

— Nem um pouco – rebateu lorde Caterham, tranquilo. – Ele é cinco anos mais jovem do que eu.

— Mas que cara de pau! O Olhudo atrás de Bundle! De uma moça como Bundle! O senhor não deveria ter permitido uma coisa dessas.

— Nunca interfiro nesses assuntos – disse lorde Caterham.

— O senhor deveria ter dito o que pensa sobre ele.

— Infelizmente, a civilização moderna não permite isso – queixou-se lorde Caterham. – Agora, na idade da pedra seria diferente... Mas, enfim, acho que de qualquer forma eu não teria como fazer nada... Sendo tão baixinho assim.

— Bundle! Bundle! Ora, eu nunca ousei pedir Bundle em casamento só por saber que ela riria da minha cara. E George... Aquele pilantra nojento, velho tratante hipócrita sem nenhum escrúpulo... Um arrogante peçonhento da pior espécie...

— Prossiga – disse lorde Caterham. – Estou adorando.

— Meu Deus! – exclamou Bill, com um ar sincero e emocionado. – Escute, preciso ir.

— Não, não vá. Prefiro que fique. Além do mais, você quer falar com Bundle.

— Agora não. Depois dessa história, até já me esqueci do que ia falar. O senhor por acaso sabe onde Jimmy Thesiger está? Soube que ele estava na casa dos Coote. Será que ainda está lá?

— Acho que ele voltou para a cidade ontem. Bundle e Loraine estiveram por lá no sábado. Agora, se você puder esperar...

Mas Bill balançou a cabeça com veemência e saiu correndo. Lorde Caterham foi na ponta dos pés até o saguão, pegou um chapéu e saiu às pressas pela porta lateral. Ao longe, avistou Bill indo embora a toda velocidade em seu carro.

— Esse jovem ainda vai sofrer um acidente – pensou ele.

No entanto, Bill chegou a Londres sem qualquer contratempo e então parou seu carro na Praça St. James. Em seguida, foi até onde Jimmy Thesiger morava, e encontrou-o em casa.

— Oi, Bill. Nossa, o que foi? Você não está com uma cara muito boa.

— Estou preocupado – disse Bill. – Eu já estava, aliás, mas aí outra coisa aconteceu e me deixou ainda pior.

— Ah! – exclamou Jimmy. – Mas que coisa! Mas o que houve? Posso ajudar?

Bill não respondeu, apenas ficou olhando para o tapete com um ar tão confuso e perturbado que despertou a curiosidade de Jimmy.

— O que aconteceu de tão grave assim, William? – perguntou ele, com cuidado.

— Uma coisa muito estranha. Não consigo entender.

— Tem a ver com o assunto de Seven Dials?

— Sim... Tem a ver com Seven Dials. Recebi uma carta hoje cedo.

— Uma carta? Que tipo de carta?

— Uma carta dos testamenteiros de Ronny Devereux.

— Minha nossa! Depois de todo esse tempo!

— Ao que parece, ele deixou algumas instruções. Se ele morresse de forma repentina, um envelope lacrado deveria ser entregue a mim exatamente duas semanas após sua morte.

— E foi isso o que você recebeu?

— Sim.

— E você o abriu?

— Sim.

— Bem... E o que havia dentro?

Bill olhou para ele com um ar tão estranho e confuso que Jimmy ficou espantado.

— Escute aqui – disse ele. – Recomponha-se, meu caro. Parece que seja lá o que houve deixou-o mesmo abalado. Venha, tome uma bebida.

Ele preparou uma dose de uísque com soda e entregou-a para Bill, que bebeu sem discutir. No entanto, seu rosto não perdeu a expressão aturdida de antes.

— É o que a carta dizia — explicou ele. — Eu simplesmente não consigo acreditar.

— Ah, que bobagem — disse Jimmy. — Você precisa aprender a acreditar em seis coisas impossíveis antes do café. Eu sempre faço isso. Enfim, quero ouvir tudo. Espere só um minuto.

Ele saiu da sala.

— Stevens!

— Pois não, senhor?

— Você poderia ir me comprar uns cigarros? Os meus acabaram.

— É claro, senhor.

Jimmy esperou até ouvir a porta da frente se fechar, e então voltou para a sala. Bill estava acabando de deixar seu copo vazio sobre a mesa. Ele parecia melhor, mais calmo e recomposto.

— Muito bem — disse Jimmy. — Pedi que Stevens saísse para termos mais privacidade. Agora, vai me contar tudo ou não?

— É inacreditável demais.

— Então só pode ser verdade. Vamos, fale logo.

Bill respirou fundo.

— Eu vou falar. Vou lhe contar tudo.

CAPÍTULO 30

Um chamado urgente

Loraine, que estava brincando com um lindo cachorrinho, ficou deveras surpresa quando Bundle reapareceu após vinte minutos, toda esbaforida e com uma expressão perplexa no rosto.

— Nossa — disse Bundle, afundando em uma espreguiçadeira do jardim. — Nossa!

— Qual é o problema? — perguntou Loraine, olhando com um ar intrigado para ela.

— O problema é George... George Lomax.

— O que ele fez?

— Pediu-me em casamento. Foi terrível. Ele não parava de tremer e gaguejar, mas foi até o fim... Acho que tirou tudo de algum livro. Não pude fazer nada. Ah, e como odeio homens que gaguejam! E, infelizmente, não soube o que dizer.

— Bom, mas imagino que você já saiba se quer ou não.

– É claro que não vou me casar com um aparvalhado feito George. O que estou dizendo é que não soube qual seria a resposta educada correta para a situação. Só consegui dizer, "Não, obrigada". Eu deveria ter inventado alguma coisa sobre o quanto me sentia lisonjeada por aquela honra e tal e tal. Mas fiquei tão abalada que acabei saindo correndo da sala no final.

– Francamente, Bundle, isso não é a sua cara.

– Bem, nunca imaginei que isso fosse me acontecer. George... sempre achei que ele me odiasse... e acho que odiava mesmo. E tudo porque resolvi fingir interesse pelo assunto favorito desse homem. Você precisava ouvir as asneiras que George falou sobre minha jovem mente e o prazer que seria ajudar a moldá-la. Minha mente! Se George soubesse de um quarto de tudo que estava se passando pela minha cabeça, desmaiaria de horror!

Loraine deu risada. Ela não conseguiu evitar.

– Ah, eu sei que a culpa é minha. Eu me expus a isso. Veja só, lá está meu pai, tentando se esconder entre as azáleas. Oi, papai!

Lorde Caterham veio até a filha, com uma expressão envergonhada.

– Lomax já foi embora, é? – perguntou ele, forçando um ar simpático.

– Mas que bela encrenca o senhor me arrumou – disse Bundle. – George me disse que o senhor deu a ele todo o seu consentimento e aprovação.

– Bem – disse lorde Caterham. – O que você esperava que eu dissesse? Aliás, eu não falei isso, nem nada parecido.

– Bem que desconfiei – disse Bundle. – Imaginei que George tivesse acuado o senhor em algum canto até deixá-lo tão desconcertado que só conseguiu acenar com a cabeça para ir embora.

– Foi exatamente isso o que aconteceu. Como ele reagiu? Muito mal?

– Não esperei para ver – disse Bundle. – Acho que fui um tanto abrupta ao me retirar.

– Ah, bom – disse lorde Caterham. – Talvez seja melhor assim. Graças a Deus, acho que, depois dessa, ele não vai mais me aparecer de repente assim como vem fazendo para me dar dor de cabeça. Como dizem, há males que vêm para bem. Você viu meus tacos por aí?

– Acho que umas tacadas me acalmariam os nervos mesmo – disse Bundle. – Desafio você para uma partida valendo seis pence, Loraine.

Os três passaram uma hora muito agradável e então voltaram para casa de ótimo humor. Ao entrarem, encontraram um bilhete sobre a mesa do saguão.

– O sr. Lomax lhe deixou esse recado, milord – explicou Tredwell. – Ele ficou muito chateado quando soube que o senhor havia saído.

Lorde Caterham abriu o papel. Em seguida, soltou um impropério aflito e virou-se para a filha. Tredwell retirou-se.

– Francamente, Bundle, acho que você deveria ter sido mais clara.
– Como assim?
– Bem, leia isto aqui.
Bundle pegou o bilhete e o leu.

"*Meu querido Caterham – senti muito por não ter lhe encontrado em casa. Achei que havia deixado claro que gostaria de revê-lo depois de minha conversa com Eileen. Ela, como a inocente jovem que é, nem desconfiava dos meus sentimentos por ela. Receio eu que tenha ficado um tanto espantada demais. Mas não tenho motivos para apressá-la de forma alguma. Foi encantador ver seu rostinho jovial confuso, e agora nutro um apreço ainda maior por ela, pois apreciei muito seu delicado recato. Devo dar tempo a ela para acostumar-se à ideia. O próprio fato de ter ficado confusa já mostra que ela não me vê com indiferença, e não tenho dúvidas de que por fim conquistarei seu coração.*
Acredite em mim, caro Caterham.
Do seu sincero amigo,

George Lomax."

– Ora – disse Bundle. – Mas onde já se viu?
Ela estava sem palavras.
– Esse homem deve estar louco – disse lorde Caterham. – Ninguém poderia escrever essas coisas sobre você sem estar com algum problema na cabeça, Bundle. Pobre homem, pobre homem. Mas que persistência! Não me admira ter chegado ao gabinete. Seria bem feito para ele se de fato se casasse com você, Bundle.

O telefone tocou, e Bundle correu para atender. Pouco depois, George e seu pedido de casamento já haviam ficado para trás, e Bundle chamou Loraine, com um ar empolgado. Lorde Caterham retirou-se para o seu escritório.

– É Jimmy – disse Bundle. – E ele está muito animado com alguma coisa.

– Ainda bem que consegui falar com você – disse a voz de Jimmy. – Não há tempo a perder. Loraine está aí também?

– Sim, ela está aqui.

– Escute então, não tenho tempo para explicar tudo... na verdade, não posso falar pelo telefone. Mas Bill veio aqui e me contou a história mais incrível do mundo. Se for verdade... Bem, se for verdade será o maior furo jornalístico do século. Agora, ouça bem, preciso que você me faça o seguinte. Venham para Londres agora mesmo, vocês duas. Parem seu carro em algum lugar e sigam direto para o Clube Seven Dials. Chegando lá, acha que consegue se livrar daquele tal empregado?

— De Alfred? Claro. Deixe comigo.

— Ótimo. Livrem-se dele e fiquem esperando até eu e Bill chegarmos. Não apareçam nas janelas, mas, assim que aparecermos, abram logo a porta. Entendido?

— Sim.

— Então é isso. E ah, Bundle, não diga a ninguém que você está vindo para cá. Invente alguma desculpa. Só diga que vai levar Loraine para casa. Que tal?

— Perfeito. Nossa, Jimmy, estou até arrepiada!

— E talvez seja bom preparar seu testamento antes de sair.

— Parece cada vez melhor! Só queria saber do que tudo isso se trata.

— Você já vai descobrir assim que nos encontrarmos. Mas já lhe adianto uma coisa, nós vamos preparar uma bela de uma surpresa para o número sete!

Bundle desligou o telefone, virou-se para Loraine e fez um breve resumo da conversa. Loraine subiu correndo as escadas e guardou suas coisas às pressas, enquanto Bundle enfiava a cabeça dentro do escritório de seu pai.

— Vou levar Loraine para casa, papai.

— Por quê? Nem sabia que ela iria embora hoje.

— Pediram para ela voltar – disse Bundle, sendo vaga. – Acabaram de ligar. Até mais.

— Escute, Bundle, espere um instante. Quando você volta?

— Não sei. Não precisa me esperar.

Com essa despedida nada cerimoniosa, Bundle subiu correndo as escadas, pôs um chapéu, vestiu seu casaco de pele e ficou pronta para sair. Ela já havia pedido para trazerem seu Hispano.

A viagem até Londres transcorreu sem incidentes, a não ser pelos solavancos provocados pela direção ousada de Bundle. Elas deixaram o carro em um estacionamento e foram direto até o Clube Seven Dials.

Alfred abriu a porta para elas. Bundle passou por ele sem cerimônia alguma, e Loraine a seguiu.

— Feche a porta, Alfred – disse Bundle. – Escute, eu vim aqui para lhe fazer um favor. A polícia está atrás de você.

— Ah, milady!

Alfred ficou branco feito giz.

— Vim avisá-lo porque você me fez um favor aquela outra noite – continuou Bundle, às pressas. – Foi decretada uma ordem de prisão contra o sr. Mosgorovsky, e é melhor você dar o fora daqui o quanto antes. Se não encontrarem você, não terão como incriminá-lo. Pegue aqui dez libras e fuja logo para algum lugar.

Três minutos depois, o confuso e apavorado Alfred deixou o clube no número 14 da Hunstanton Street com uma única coisa em mente – nunca mais voltar.

– Acho que isso já está resolvido – disse Bundle, satisfeita.

– Mas você precisava mesmo ter sido tão... drástica? – murmurou Loraine.

– É mais seguro assim – disse Bundle. – Não sei qual é o plano de Jimmy e Bill, mas é melhor que Alfred não volte de repente para estragar tudo. Olhe só, lá estão eles. Bem, até que vieram rápido. Aposto que estavam na esquina, só esperando Alfred ir embora. Desça lá e abra a porta para eles, Loraine.

Loraine fez o que Bundle pediu. Jimmy Thesiger desceu do banco do motorista.

– Fique esperando aqui, Bill – disse ele. – Toque a buzina se achar que alguém está de olho no clube.

Corado e eufórico, ele subiu os degraus da entrada às pressas e bateu a porta ao passar.

– Olá, Bundle, aí está você. Bem, vamos entrar em ação. Onde está a chave da sala onde você ficou da última vez?

– Era uma das chaves que ficam lá embaixo. É melhor pegarmos o molho todo.

– Muito bem então, mas seja rápida. O tempo é curto.

Encontrar a chave foi fácil, e os três então abriram a porta acolchoada e entraram. A sala continuava exatamente como Bundle havia visto antes, com suas sete cadeiras dispostas em volta da mesa. Jimmy analisou a sala em silêncio durante alguns instantes. Em seguida, seus olhos focaram-se nos armários.

– Em qual armário você se escondeu, Bundle?

– Naquele ali.

Jimmy foi até o armário indicado e abriu a porta. Suas prateleiras continuavam cobertas pela mesma coleção de copos e potes.

– Vamos ter que tirar todas essas coisas daqui – murmurou ele. – Desça e chame Bill, Loraine. Ele não precisa mais ficar de vigia lá fora.

Loraine retirou-se às pressas.

– O que você vai fazer? – perguntou Bundle, impaciente.

Jimmy estava de joelhos, tentando espiar pela fresta na porta do outro armário.

– Assim que Bill chegar, eu explico tudo. Isto foi trabalho do pessoal dele... E um ótimo trabalho, por sinal. Nossa... por que Loraine está subindo as escadas assim? Parece até que está fugindo de um touro desembestado.

Loraine de fato estava correndo escada acima. Ela chegou de repente à sala, com o rosto pálido e os olhos cheios de horror.

– Bill... Bill... Ah, Bundle... Bill!
– O que tem Bill?
Jimmy pegou-a pelo ombro.
– Pelo amor de Deus, Loraine, o que aconteceu?
Loraine ainda estava atônita.
– Bill... Acho que ele está morto... Ele ainda está no carro... mas sem conseguir se mexer, nem falar. Ele está morto, tenho certeza.
Jimmy praguejou baixinho e disparou rumo à escada, seguido de perto por Bundle, com seu coração acelerado e tomada por uma terrível e crescente sensação de angústia.
– Bill... Morto? Ah, não! Não, não! Isso, não. Por favor, meu Deus... Isso, não!
Ela e Jimmy chegaram juntos ao carro, com Loraine logo atrás.
Jimmy espiou pela janela. Bill continuava sentado como antes, reclinado para trás. Mas seus olhos estavam fechados, e ele não se mexeu, mesmo quando Jimmy puxou seu braço.
– Eu não entendo – murmurou Jimmy. – Mas ele não está morto. Anime-se, Bundle. Escute aqui, nós temos que levá-lo lá para o clube. E rezar para que nenhum policial apareça. Se alguém perguntar, ele é só um amigo nosso que passou mal e estamos levando lá para dentro.
Juntos, os três carregaram Bill sem grande dificuldade e sem atrair muita atenção, a não ser por um senhor de barba, que com um ar compadecido disse:
– Parece que esse aí exagerou um pouco, hein? – e então acenou com a cabeça, como quem sabe do que fala.
– Vamos levá-lo até a saleta lá embaixo – disse Jimmy. – Lá tem um sofá.
Eles o levaram em segurança até o sofá, e então Bundle ajoelhou-se ao seu lado, pegando seu pulso inerte na mão.
– Ele ainda está vivo – disse ela. – O que *houve* com ele?
– Ele estava ótimo quando eu saí do carro – disse Jimmy. – Será que o apagaram com uma injeção? Seria muito fácil... bastaria uma picadinha, enquanto alguém perguntava as horas, por exemplo. Só resta uma coisa a fazer. Preciso chamar um médico. Fiquem aqui e cuidem dele.
Ele disparou até a porta, mas então parou.
– Escutem... Não há por que ter medo. Mas é melhor deixar meu revólver com vocês. Enfim... só para garantir. Volto assim que puder.
Ele deixou a arma em cima de uma mesinha ao lado do sofá e então retirou-se às pressas. Elas ouviram a porta da frente ser fechada depois que ele saiu.

Não parecia haver mais ninguém no clube agora. As duas ficaram paradas ao lado de Bill. Bundle ainda estava medindo seu pulso, que estava disparado e irregular.

– Eu só queria poder fazer alguma coisa – murmurou ela para Loraine. – Que situação horrível.

Loraine acenou com a cabeça.

– Pois é. Parece que Jimmy saiu há uma eternidade, mas não faz nem dois minutos.

– Não paro de ouvir barulhos – disse Bundle. – Passos e tábuas rangendo lá em cima... Mas sei que é só minha imaginação.

– Por que será que Jimmy nos deixou o revólver? – indagou Loraine. – Não devemos estar correndo nenhum perigo.

– Se eles pegaram Bill... – disse Bundle, mas não terminou a frase.

Loraine estremeceu.

– Eu sei... Mas nós estamos aqui dentro do clube. Ninguém teria como entrar sem que a gente percebesse. E, enfim, nós temos um revólver.

Bundle voltou a se concentrar em Bill.

– Queria saber como ajudar. Café quente, talvez? Às vezes, é bom para acordar.

– Eu trouxe sais de cheiro na minha bolsa – disse Loraine. – E um pouco de conhaque. Onde ela foi parar? Ah, devo tê-la deixado na saleta lá de cima.

– Eu vou lá pegar – disse Bundle. – Talvez isso ajude.

Ela subiu correndo as escadas, cruzou o salão de jogos e entrou pela porta aberta na sala de reuniões. A bolsa de Loraine estava em cima da mesa.

Enquanto erguia a mão para pegá-la, Bundle ouviu um barulho. Escondido atrás da porta, um homem estava a postos com um saco cheio de areia em punho. Antes que Bundle pudesse se virar, ele a acertou.

Com um leve gemido, Bundle tombou inconsciente no chão.

CAPÍTULO 31

Os sete relógios

Pouco a pouco, Bundle recobrou os sentidos. A princípio, tudo o que ela pôde perceber foi uma densa escuridão que não parava de girar e uma violenta dor latejante. Esse breu era cortado por alguns sons. Uma voz que ela conhecia muito bem repetindo as mesmas palavras várias e várias vezes.

A escuridão desacelerou, e Bundle então percebeu que aquela dor claramente emanava de sua própria cabeça. Agora mais consciente, ela conseguiu entender o que a voz dizia.

– Minha querida Bundle. Ah, minha querida Bundle. Você morreu. Sei que morreu. Ah, minha querida. Bundle, minha querida Bundle. Como amo você. Bundle... querida... querida...

Bundle continuou imóvel, de olhos fechados, mas agora já totalmente desperta, sentiu os braços de Bill firmes à sua volta.

– Bundle, querida... Ah, minha querida Bundle. Ah, meu amor. Ah, Bundle... Bundle! O que vou fazer? Ah, minha querida... Minha Bundle... Minha doce e amada Bundle. Ah, meu Deus, o que vou fazer? Eu matei você! Eu matei você!

Com relutância, muita relutância, Bundle abriu a boca:

– Não me matou, não, seu idiota – disse ela.

Bill ficou boquiaberto, completamente embasbacado.

– Bundle... você está viva!

– É claro que estou viva.

– Há quanto tempo você está... Digo, quando você acordou?

– Uns cinco minutos atrás.

– Por que você não abriu os olhos... ou disse alguma coisa?

– Porque não quis. Eu estava gostando.

– Gostando?

– Sim. De ouvir todas as coisas que você estava falando. Duvido que consiga dizê-las tão bem de novo. Você ficaria tímido demais.

Bill ficou vermelho feito um pimentão.

– Bundle... então você gostou mesmo? Porque é verdade, sou apaixonado por você. E há anos. Só nunca tive a coragem de me declarar.

– Seu bobo – disse Bundle. – Por quê?

– Achei que você iria rir de mim. Digo... você é muito inteligente e tudo mais... Aposto que ainda vai se casar com algum figurão.

– Como George Lomax? – sugeriu Bundle.

– Não digo um idiota pedante feito o Olhudo. Mas um sujeito de primeira mesmo, que seja digno de você... Por mais que eu ache isso muito difícil de encontrar – disse Bill.

– Você é um amor, Bill.

– Mas é sério, Bundle? Você acha que aceitaria? Digo, acha mesmo que iria querer?

– Querer o quê?

– Casar-se comigo. Sei que sou um pateta... Mas eu amo você, Bundle. Posso ser como um cachorro, um escravo, ou seja lá o que você quiser.

— Você parece um cachorro mesmo – disse Bundle. – Adoro cachorros. Eles são tão amigos, fiéis e carinhosos. Acho que talvez eu aceite, sim, me casar com você, Bill... Fazendo um belo esforço, sabe?

A reação de Bill a isso foi soltar Bundle e afastar-se de repente. Ele olhou para ela com um ar maravilhado no rosto.

— Bundle... Você está brincando?

— Não adianta – disse Bundle. – Pelo visto, vou ter que desmaiar de novo.

— Bundle... minha querida – Bill abraçou-a de novo, tremendo sem parar. – Bundle... Você está falando sério... mesmo? Você não imagina o quanto eu te amo.

— Ah, Bill – disse Bundle.

Seria desnecessário descrever em detalhes a conversa que houve em seguida, já que tudo se resumiu em grande parte a repetições.

— Então você me ama mesmo? – perguntou Bill, incrédulo, pela vigésima vez enquanto por fim a soltava.

— Sim... sim... sim. Mas agora vamos com calma. Minha cabeça ainda está doendo, e você quase me matou esmagada. Preciso me recuperar. Onde estamos e o que aconteceu?

Pela primeira vez, Bundle começou a assimilar o ambiente à sua volta. Ela percebeu que eles estavam na sala secreta, e que a porta à prova de som estava fechada, talvez trancada. Então, eles estavam presos!

Bundle voltou a se concentrar em Bill. Totalmente alheio à sua pergunta, ele ainda estava olhando para ela, com um ar apaixonado.

— Bill, querido, acorde – disse Bundle. – Temos que sair daqui.

— Hã? – disse Bill. – O quê? Ah, sim. Sem problemas. Não vai ser difícil.

— Você só diz isso porque está apaixonado – disse Bundle. – Eu mesma também estou me sentindo assim. Como se tudo fosse fácil e possível.

— Mas é claro que é – disse Bill. – Agora que sei que você gosta de mim...

— Pare – pediu Bundle. – Se entrarmos de novo nesse assunto, nunca vamos sair daqui. Agora, controle-se e comece a pensar direito, ou posso muito bem mudar de ideia.

— Não vou deixar – disse Bill. – Acha mesmo que depois de tudo o que você me disse eu seria bobo o bastante para permitir que você me escape?

— Bem, você não me coagiria a nada contra minha vontade, espero – disse Bundle, com toda a pompa.

— Acha que não? – rebateu Bill. – Experimente só e você vai ver.

— Você é mesmo um amor, Bill. Meu medo era só que você fosse submisso demais, mas estou vendo que isso não será um problema. Daqui a pouco, já vai estar até me dando ordens. Ah, nossa, estamos entrando nessa história de novo! Agora, escute, Bill. Temos que sair daqui.

– Já disse, vai ser fácil. Eu vou...

Obediente, ele se calou ao sentir Bundle apertar sua mão. Ela estava inclinada para frente, à escuta. Sim, ela não havia se enganado. Um som de passos vinha da sala ao lado. Alguém pôs a chave na fechadura e a girou. Bundle prendeu a respiração. Seria Jimmy, tentando salvá-los... ou alguma outra pessoa?

A porta se abriu e então o sr. Mosgorovsky apareceu, com sua barba escura.

Na mesma hora, Bill deu um passo adiante, entrando na frente de Bundle.

– Escute aqui – disse ele. – Quero conversar com você a sós.

O russo não respondeu de imediato. Ele só ficou parado, sorrindo em silêncio enquanto passava os dedos pela sua longa barba escura e sedosa.

– Então é assim – por fim disse ele. – Muito bem. Por gentileza, peço que a senhorita me acompanhe.

– Está tudo bem, Bundle – disse Bill. – Deixe comigo. Pode ir com ele. Ninguém vai lhe fazer nada de mal. Eu sei o que estou fazendo.

Obediente, Bundle levantou-se. Aquele tom firme na voz de Bill era uma novidade para ela. Ele parecia estar totalmente seguro de si mesmo e confiante em sua capacidade de enfrentar a situação. Bundle perguntou-se vagamente que trunfo Bill teria – ou pensava ter – na manga.

Ela saiu da sala, passando pelo russo. Ele fechou e trancou a porta, e então a seguiu.

– Por aqui, sim? – disse.

Ele apontou para a escada, e ela então subiu até o outro andar. Em seguida, Bundle foi levada até um pequeno quarto bagunçado, que imaginou ser o de Alfred.

– Espere aqui em silêncio, por favor. Não faça nenhum barulho – disse Mosgorovsky.

Ele então se retirou, fechando e trancando a porta ao sair.

Bundle sentou-se em uma cadeira. Sua cabeça estava doendo muito, e ela mal conseguia raciocinar direito. Bill parecia estar no controle da situação. Cedo ou tarde, concluiu ela, alguém viria tirá-la dali.

Os minutos se passaram. O relógio de Bundle havia parado, mas, pelo que ela imaginava, já devia fazer mais de uma hora desde que o russo a deixara ali. O que estava acontecendo? Aliás, o que *havia* acontecido?

Por fim, ela ouviu passos na escada. Era Mosgorovsky de novo. Ele então dirigiu-se a ela com um tom muito formal.

– Lady Eileen Brent, peço que desça para uma reunião de emergência com a Sociedade dos Sete Relógios. Por favor, venha comigo.

Ele desceu a escada, e Bundle o seguiu. Ele abriu a porta da sala secreta, Bundle entrou e então ficou boquiaberta de surpresa.

Ela estava presenciando pela segunda vez o que havia visto apenas de relance antes pelo buraco na porta do armário. As figuras mascaradas em suas cadeiras ao redor da mesa. Enquanto ela continuava ali, espantada, Mosgorovsky tomou seu lugar, ajeitando sua máscara de relógio.

No entanto, desta vez, a cadeira na ponta da mesa estava ocupada, com o número sete em seu lugar.

O coração de Bundle disparou. Ela estava ao pé da mesa, de frente para ele, com os olhos fixos naquela máscara que imitava um relógio cobrindo seu rosto.

Ele nem se mexeu, e Bundle pôde sentir que emanava uma estranha imponência. Sua imobilidade não era nenhum sinal de fraqueza, e Bundle desejou com todas as suas forças, e quase histeria, que ele se manifestasse, fizesse algum sinal, algum gesto, em vez de apenas ficar sentado ali, como uma imensa aranha no meio de sua teia, esperando implacável por sua presa.

Ela estremeceu, e então Mosgorovsky levantou-se. Sua voz suave, aveludada e firme, por algum estranho motivo, pareceu-lhe distante.

– Lady Eileen, a senhorita presenciou uma reunião desta sociedade sem ser convidada. Assim sendo, será preciso que se identifique e esclareça seus objetivos e ambições. O lugar do duas horas, como pode perceber, está vazio. É esse o lugar que lhe oferecemos.

Bundle ficou boquiaberta. Aquilo parecia um pesadelo fantástico. Seria mesmo possível que ela, Bundle Brent, estivesse sendo convidada para ingressar em uma sociedade secreta? Se a mesma proposta tivesse sido feita a Bill, teria ele recusado com indignação?

– Não posso fazer isso – disse ela, seca.

– Não responda sem pensar.

Ela imaginou que Mosgorovsky, por baixo de sua máscara de relógio, devia estar com um largo sorriso entre sua barba.

– A senhorita ainda não sabe o que está recusando, Lady Eileen.

– Acho que posso imaginar, sim – disse Bundle.

– Pode mesmo?

Era a voz do sete horas, que despertou uma vaga lembrança no cérebro de Bundle. Ela já não conhecia aquela voz?

Bem devagar, o número sete levou a mão até seu rosto e começou a soltar sua máscara.

Bundle prendeu a respiração. Finalmente... Ela iria descobrir *quem* ele era.

A máscara caiu.

E então, Bundle deparou com o rosto estoico e pétreo do superintendente Battle.

CAPÍTULO 32

Bundle fica perplexa

— Isso mesmo – disse Battle, enquanto Mosgorovsky levantava-se e vinha até Bundle. – Pegue uma cadeira para ela. Percebo que ficou um pouco chocada.

Bundle afundou na cadeira, sentindo seu corpo mole e fragilizado pela surpresa. Battle continuou falando com um tom baixo e tranquilo, que lhe era bem característico.

— A senhorita não esperava me ver aqui, lady Eileen. Assim como alguns dos outros em volta desta mesa também não. O sr. Mosgorovsky tem sido meu assistente, por assim dizer. Ele sempre esteve a par de tudo. Mas a maior parte dos outros vinha recebendo ordens dele sem saber de nada.

Bundle continuou calada. Ela estava, de forma nada característica, totalmente atônita.

Compreensivo, Battle acenou a cabeça para ela, como se entendesse sua perplexidade.

— Antes de tudo, lady Eileen, receio que será preciso deixar alguns dos seus preconceitos de lado. Sobre esta sociedade, por exemplo. Sei que é algo bastante comum de se ver nos livros... Uma organização secreta de criminosos, liderada por um misterioso malfeitor que ninguém nunca viu. Grupos assim podem até existir na vida real, mas só posso dizer que nunca vi nada parecido, apesar de toda a minha experiência. Ainda assim, há muito romantismo neste mundo, lady Eileen. As pessoas, em especial os jovens, gostam de ler sobre essas coisas, e gostam mais ainda de *fazê-las*. Agora, vou lhe apresentar um respeitável grupo de amadores que fez um trabalho impecável para o meu departamento, um trabalho que ninguém mais poderia ter feito. Se alguns recorreram a estratégias um tanto melodramáticas... Bem, afinal, por que não o fariam? Eles se dispuseram a enfrentar perigos reais... dos piores imagináveis... e só fizeram isso pelos seguintes motivos: pelo amor ao risco... o que, para mim, é uma coisa muito saudável nos tempos de hoje, em que todos são tão cautelosos... e também por um desejo sincero de servir seu país. E agora vou apresentá-los à senhorita, lady Eileen. Primeiro, temos o sr. Mosgorovsky, que a senhorita já deve ter conhecido, por assim dizer. Como sabe, ele administra este clube e várias outras coisas também. Ele é nosso agente secreto anticomunista mais valioso aqui na Inglaterra. O número cinco é o conde Andras, da embaixada húngara, um amigo muito próximo e querido do finado Gerald Wade. O número quatro é o sr. Hayward Phelps, um jornalista norte-americano, que nutre grande simpatia pelos ingleses e tem um faro extraordinário para "grandes furos". Já o número três...

Ele parou, sorrindo, e Bundle então se deparou, embasbacada, com o tímido e sorridente rosto de Bill Eversleigh.

– Quanto ao número dois – continuou Battle, com uma voz mais séria –, só tenho uma cadeira vazia para mostrar. Esse era o lugar do sr. Ronald Devereux, um jovem cavalheiro muito corajoso que morreu pelo seu país com grande honra. Já o número um... Bem, o número um era o sr. Gerald Wade, outro cavalheiro de grande bravura que morreu da mesma forma. Seu lugar foi ocupado, não sem certas preocupações da minha parte, por uma jovem... uma jovem que provou estar à altura de seu posto e vem sendo de grande ajuda para nós.

Por fim, a número um tirou sua máscara, e Bundle viu, sem grande surpresa, o lindo rosto moreno da condessa Radzky.

– Eu bem que deveria ter percebido que esse seu ar de linda aventureira não era mesmo o de uma condessa – lastimou-se Bundle.

– Mas você ainda nem sabe da melhor parte – disse Bill. – *Bundle, esta aqui é Babe St. Maur...* Você se lembra do que falei sobre ela? Que era uma atriz de primeira? E agora isso está comprovado.

– De fato – disse a srta. Maur, com seu forte sotaque estrangeiro nasalado. – Mas não mereço tanto crédito assim, já que meus pais vieram mesmo daquela parte da Europa... Então não foi nada muito difícil para mim. Mas, nossa, eu quase me entreguei uma hora em Wyvern Abbey, tentando falar sobre jardins – ela fez uma pausa, e então disse de repente: – Mas... mas não foi só pela diversão. Eu estava noiva de Rony, e quando ele morreu... Bem, eu só senti que precisava fazer alguma coisa para encontrar o canalha que o matou. Foi só isso.

– Nossa, estou tão surpresa – disse Bundle. – As aparências enganam mesmo.

– É muito simples, lady Eileen – disse o superintendente Battle. – Tudo começou com alguns jovens em busca de fortes emoções. O sr. Wade foi o primeiro a me procurar. Ele sugeriu a criação de um grupo de agentes amadores, por assim dizer, para trabalhar em pequenas missões secretas. Eu o alertei que poderia ser perigoso... Mas ele não pareceu se incomodar. Deixei bem claro a ele que todos os envolvidos deveriam ter plena consciência disso. Mas, como seria de se esperar, isso não inibiu nenhum dos amigos do sr. Wade. E então a história começou.

– Mas qual era o objetivo disso tudo? – perguntou Bundle.

– Nós queríamos pegar um certo homem... E muito. Não era um bandido qualquer. Ele trabalhava no ramo do sr. Wade, um sujeito como o famoso personagem Raffles, mas muito mais perigoso do que Raffles foi ou poderia ser. Ele só se interessava por coisas importantes, coisas de nível internacional. Duas invenções secretas de grande valor já haviam sido roubadas antes, e por alguém que claramente dispunha de informações internas. Nossos agentes profissionais tentaram capturá-lo... e falharam. Então, os amadores entraram em cena... e conseguiram.

– Conseguiram?

– Sim... Mas não foi tão simples. O homem era perigoso. Fez duas vítimas e fugiu. Mas os Sete Relógios não se abalaram. E como eu disse, eles conseguiram. Graças ao sr. Eversleigh, o homem por fim foi pego em flagrante.

– Quem era? – perguntou Bundle. – Alguém que eu conheço?

– Você o conhece muito bem, lady Eileen. Seu nome é Jimmy Thesiger, e ele foi preso hoje à tarde.

CAPÍTULO 33

Battle explica

O superintendente Battle então começou a explicar, falando com uma voz suave e tranquila.

– Eu mesmo levei muito tempo para desconfiar dele. O primeiro indício que percebi foi quando soube das últimas palavras do sr. Devereux. Naturalmente, a senhorita entendeu que o sr. Devereux estava tentando avisar o sr. Thesiger sobre algo em Seven Dials, a base do nosso grupo, os Sete Relógios. É o que poderia parecer a princípio. Mas eu sabia que não devia ser isso, claro. O que o sr. Devereux queria era avisar os Sete Relógios... sobre alguma coisa a respeito do sr. Jimmy Thesiger. O que parecia impossível, já que o sr. Devereux e o sr. Thesiger eram amigos. Mas então me lembrei de outra coisa... Que esses roubos deviam ter sido praticados por alguém com acesso a informações privilegiadas. Alguém que, se não trabalhasse no próprio Ministério das Relações Exteriores, ao menos estaria a par de todas as conversas internas. Em seguida, tive grande dificuldade para entender de onde o sr. Thesiger tirava seu dinheiro. Apesar da modesta herança deixada pelo pai, ele levava um estilo de vida muito opulento. De onde vinha todo esse dinheiro, então? Eu sabia que o sr. Wade andava muito empolgado com alguma coisa que havia descoberto, e confiante de estar na pista certa. Ele não chegou a confidenciar a ninguém qual pista era essa, mas comentou com o sr. Devereux que estava prestes a chegar a uma conclusão final. Isso foi pouco antes dos dois terem ido passar aquele final de semana em Chimneys. Como já sabe, o sr. Wade morreu lá... Aparentemente, por uma overdose de sonífero.

Parecia ser um caso muito simples, mas o sr. Devereux nunca aceitou essa explicação. Ele estava convencido de que alguém muito sagaz naquela casa havia se livrado do sr. Wade por algum motivo, e que essa pessoa na verdade deveria ser o criminoso que todos procuravam. Ele chegou inclusive, acho eu, a quase dizer isso ao sr. Thesiger, pois com certeza não desconfiava do amigo àquela altura. Mas algo o impediu. E foi então que ele fez uma coisa muito curiosa. Ele arrumou os sete relógios em cima da lareira e jogou o oitavo pela janela. Isso foi um jeito de dizer que os Sete Relógios iriam vingar a morte daquele seu membro... E ele então ficou de olho, só esperando para ver se alguém reagiria de forma estranha ou mostraria algum sinal de perturbação.

– Então foi Jimmy Thesiger quem envenenou Gerry Wade?

– Sim, ele pôs o veneno em um copo de uísque com soda que o sr. Wade tomou antes de subir para o quarto. Foi por isso que ele já estava sonolento quando escreveu a carta para a srta. Wade.

– Então Bauer, o empregado, não teve nada a ver com o caso? – perguntou Bundle.

– Bauer era um dos nossos agentes, lady Eileen. Como já esperávamos que nosso gatuno estivesse atrás da invenção de Herr Eberhard, Bauer infiltrou-se na casa para vigiar tudo por nós. Mas ele não pôde fazer muita coisa. Como eu disse, o sr. Thesiger não teve nenhuma dificuldade para administrar a dose letal de veneno no copo. Mais à noite, quando todos estavam dormindo, uma garrafa, um copo e um frasco vazio de cloral foram deixados ao lado da cama do sr. Wade pelo sr. Thesiger. Àquela altura, o sr. Wade estava inconsciente, e seus dedos devem ter sido usados para deixar digitais no copo e na garrafa, caso alguém desconfiasse de algo depois. Não sei bem que tipo de efeito os sete relógios dispostos sobre a lareira causaram no sr. Thesiger. Ele claramente não comentou nada com o sr. Devereux. Ainda assim, acho que essa cena lhe rendeu algumas noites maldormidas. E imagino que ele tenha ficado muito atento aos movimentos do sr. Devereux a partir de então. Nós não sabemos exatamente o que aconteceu depois. Ninguém teve muitas notícias do sr. Devereux após a morte do sr. Wade. Mas está bem claro que ele continuou seguindo a mesma pista encontrada pelo sr. Wade, e chegou à mesma conclusão... Ou seja, que o sr. Thesiger era o criminoso. E imagino que ele tenha sido traído da mesma forma, aliás.

– Como assim?

– Pela srta. Loraine Wade. O sr. Wade a adorava, creio até que pretendia casar-se com ela, e sem dúvida contou a ela mais do que deveria. No entanto, a srta. Loraine Wade era apaixonada de corpo e alma pelo sr. Thesiger. Ela faria qualquer coisa que ele pedisse. E repassou tudo o que ouviu para ele. Tempos depois, da mesma forma, o sr. Devereux afeiçoou-se por ela, e deve tê-la alertado sobre o sr. Thesiger. Então foi a vez do sr. Devereux ser silenciado... E ele morreu tentando avisar os Sete Relógios que seu assassino foi o sr. Thesiger.

– Que terrível! – exclamou Bundle. – Se eu soubesse...

– Bem, era algo muito improvável. Aliás, eu mesmo mal consegui acreditar. Mas, depois, houve o caso em Wyvern Abbey. A senhorita deve se lembrar do quanto foi uma situação tensa... Em especial para o sr. Eversleigh aqui. Você e o sr. Thesiger não desgrudavam um do outro. O sr. Eversleigh já havia se constrangido com sua insistência para conhecer este lugar e, quando soube que a senhorita havia presenciado uma de nossas reuniões, ficou atônito.

O superintendente fez uma pausa e um brilho reluziu em seus olhos.

– Eu também fiquei, lady Eileen – continuou Battle. – Nunca imaginei que algo assim seria possível. Foi uma grande surpresa, admito. Mas, enfim, isso deixou o sr. Eversleigh com um dilema. Ele não teria como revelar o segredo dos Sete Relógios à senhorita sem ao mesmo tempo alertar o sr. Thesiger... O que seria inadmissível. Mas a história convinha muito ao sr. Thesiger, é claro, pois dava a ele um motivo legítimo para ser convidado a Wyvern Abbey, o que facilitaria tudo para ele. Devo dizer que os Sete Relógios já haviam enviado uma carta de alerta ao sr. Lomax, só para garantir que ele procurasse minha ajuda, o que também me daria uma justificativa perfeita para estar presente. Como deve se lembrar, não disfarcei minha presença de forma alguma.

Os olhos do superintendente voltaram a reluzir.

– Enfim, ao que parecia, o sr. Eversleigh e o sr. Thesiger iriam dividir a noite em dois turnos de vigia. Mas, na verdade, o sr. Eversleigh e a srta. St. Maur cuidaram disso. Ela estava de guarda junto à porta da biblioteca para o terraço quando ouviu o sr. Thesiger vindo, e teve que se esconder atrás daquele biombo. E aqui a sagacidade do sr. Thesiger ficou clara. Até certo ponto, a história que ele me contou era de fato verdadeira, e devo admitir que, depois de ouvir sobre a luta e tudo mais, cheguei a ficar balançado... E comecei a me perguntar se ele estaria mesmo por trás dos roubos, ou se estávamos no caminho errado. Havia uma ou duas evidências que apontavam para uma direção totalmente contrária, e confesso que fiquei bastante confuso, até que uma coisa de repente fez tudo se encaixar. Eu encontrei aquela luva queimada na lareira, com as marcas de dentes... e então... Bem, tive certeza de que estava certo o tempo todo. Mas, admito, ele foi muito esperto.

– O que aconteceu então? – disse Bundle. – Quem era o outro homem na biblioteca?

– Não havia nenhum outro homem. Escute, e vou explicar como acabei reconstruindo a história toda no final. Primeiro, o sr. Thesiger e a srta. Wade eram cúmplices. E haviam marcado um encontro para uma determinada hora. A srta. Wade chegou com seu carro, pulou a cerca e foi até a casa. Ela tinha uma desculpa perfeita caso alguém a parasse... E que ela depois de fato usou. Mas ela chegou sem problemas ao terraço logo depois das duas da manhã. Agora, é preciso dizer que ela foi vista, sim. Meus agentes a avistaram, mas tinham ordens para não deter ninguém que tentasse entrar... apenas quem tentasse sair. Eu queria descobrir o máximo possível. A srta. Wade chegou ao terraço, então um pacote caiu aos seus pés e ela o pegou. Ela viu um homem descendo pelas trepadeiras e saiu correndo. E o que houve depois? A luta... seguida pelos tiros, o que faria todos virem correndo até a biblioteca, para que a srta. Loraine Wade pudesse fugir a salvo com a fórmula em suas mãos. Mas as coisas não foram bem assim. A srta. Wade deu de cara comigo. E então, o jogo virou. Ela não estava mais no ataque, mas sim na defesa, e contou sua história, que parecia verdadeira e plausível. Então chegamos ao sr. Thesiger. Uma coisa me chamou a atenção de imediato. Um tiro no braço não conseguiria deixá-lo inconsciente. Ou ele havia caído e batido a cabeça... ou, na verdade, nunca desmaiara. Depois, ouvimos a história da srta. St. Maur, que batia perfeitamente com a do sr. Thesiger... Mas um detalhe ainda me intrigou. A srta. St. Maur disse que, depois que as luzes foram apagadas e o sr. Thesiger foi até a porta do terraço, ele ficou tão em silêncio que ela chegou a achar que ele havia saído de lá. Agora, se houvesse mais alguém ali dentro, seria impossível não ouvir pelo menos sua respiração. O que sustentava a ideia de que o sr. Thesiger de fato *havia* saído. E o que ele fez então? Subiu pelas trepadeiras até o quarto do sr. O'Rourke... que teve seu uísque com soda envenenado antes de dormir. Ele então pegou os papéis, jogou-os para a moça no jardim, desceu pelas trepadeiras de volta e... começou a encenar uma luta. O que não é muito difícil, na verdade. Basta apenas derrubar algumas mesas, tropeçar pelos cantos, falar usando a própria voz e depois um grunhido forçado. E então, para o toque final, os dois tiros. Primeiro, seu próprio Colt automático, comprado sem nenhum segredo um dia antes, dispara contra um ladrão imaginário. Em seguida, com sua mão esquerda enluvada, ele saca de seu bolso uma pequena pistola Mauser e atira contra seu próprio braço. Ele arremessa a arma pela janela, tira a luva com os dentes e a joga na lareira. Quando cheguei, ele estava caído no chão, desmaiado.

Bundle respirou fundo.

– Mas o senhor não percebeu tudo isso na hora, percebeu?

– Não, não percebi. Fiquei tão surpreso quanto todos. Foi só muito depois que consegui encaixar todas as peças. Encontrar a luva foi o primeiro passo. Depois, fiz sir Oswald arremessar a pistola pela janela. Ela caiu bem mais longe de onde a Mauser foi encontrada. Mas é claro que um homem destro não conseguiria arremessar com a mesma força usando sua mão esquerda. No entanto, tudo ainda era só uma suspeita... uma tênue suspeita, aliás. Mas uma coisa chamou minha atenção. Os papéis haviam sido claramente jogados para que alguém os pegasse. Se a srta. Wade estava lá por mero acaso, quem seria esse alguém? E, é claro, para quem não sabia de nada, essa pergunta poderia ser facilmente respondida... a condessa. Mas nisso eu tinha uma vantagem. *Eu sabia que a condessa era inocente.* O que podemos deduzir então? Bem, que os papéis foram pegos pela pessoa para a qual foram jogados. E quanto mais eu pensava sobre o assunto, mais me parecia uma coincidência extraordinária demais o fato de a srta. Wade ter aparecido por ali justo naquele exato instante.

– Deve ser sido muito difícil para o senhor quando eu o procurei dizendo que suspeitava da condessa.

– Foi mesmo, lady Eileen. Precisei dizer algo para despistá-la. E foi muito difícil para o sr. Eversleigh aqui, ao ver a srta. St. Maur recobrar os sentidos, sem saber o que ela poderia falar.

– Agora entendo o nervosismo de Bill – disse Bundle. – E por que ele insistiu tanto para que ela não falasse nada até se sentir melhor.

– Ah, pobre Bill – disse a srta. St. Maur. – O coitadinho teve que improvisar... e foi ficando cada vez mais perdido.

– Bem, então estávamos assim – disse o superintendente Battle. – Eu suspeitava do sr. Thesiger... mas não tinha nenhuma prova concreta. Por outro lado, ele estava em alerta, porque já sabia mais ou menos que estava enfrentando os Sete Relógios... Mas ele queria muito saber quem era o número sete. Ele conseguiu ser convidado para passar aquele final de semana na casa dos Coote, imaginando que sir Oswald Coote era o número sete.

– Eu também desconfiei de sir Oswald – disse Bundle. – Ainda mais depois que ele voltou do jardim aquela noite.

– Nunca suspeitei dele – disse Battle. – Mas não me incomodo em dizer que cheguei, *sim*, a desconfiar daquele jovem, o secretário dele.

– De Pongo? – perguntou Bill. – Do velho Pongo, sério?

– Sim, sr. Eversleigh, do velho Pongo, como diz. Ele é um sujeito muito competente e que poderia fazer qualquer coisa se assim quisesse. Até certo ponto, só cheguei a pensar nisso porque foi ele quem deixou os relógios no quarto do sr. Wade aquela noite. Teria sido muito fácil para ele colocar a garrafa e o copo ao lado da cama. Além disso, ele é canhoto, e aquela luva poderia tê-lo incriminado... se não fosse por um detalhe...

– Qual?

– As marcas de dentes... Só um homem com a mão direita incapacitada precisaria usar os dentes para arrancar uma luva da esquerda.

— Então Pongo foi descartado.

— Então Pongo foi descartado, exato. Imagino que o sr. Bateman ficaria muito surpreso se soubesse que chegou a estar entre os suspeitos.

— Com certeza – concordou Bill. – Um sujeito tão sério... e tapado feito Pongo. Como o senhor pôde achar que...

— Bem, se formos pensar assim, o sr. Thesiger poderia muito bem ser descrito como um jovem pateta desmiolado sem a menor capacidade mental. Um dos dois estava fingindo. Quando concluí que era o sr. Thesiger, pedi a opinião do sr. Bateman sobre ele. E então descobri que o sr. Bateman sempre teve muitas ressalvas em relação o sr. Thesiger e muitas vezes comentava sobre isso com sir Oswald.

— É estranho, mas Pongo sempre tem razão – disse Bill. – É de dar nos nervos.

— Bem, como eu dizia – continuou o superintendente Battle –, o sr. Thesiger já estava em alerta, assustado com a história dos Sete Relógios e sem saber de onde poderia vir o perigo. E se o pegamos no final de tudo, foi só graças ao sr. Eversleigh. Ele sabia o que estava enfrentando e arriscou sua vida sem medo. Mas nunca imaginou que a senhorita acabaria se envolvendo na história, lady Eileen.

— Meu Deus, não mesmo – disse Bill, emocionado.

— Ele foi até a casa do sr. Thesiger com uma história na manga – continuou Battle. – A ideia era dar a entender que certos papéis do sr. Devereux haviam chegado às suas mãos e que eles de alguma forma incriminavam o sr. Thesiger. Naturalmente, como um amigo sincero, o sr. Eversleigh foi correndo até lá, certo de que o sr. Thesiger teria alguma explicação. Se tivéssemos razão, nossa aposta era que o sr. Thesiger tentaria eliminar o sr. Eversleigh, e até já sabíamos como ele faria isso. Com toda a certeza, o sr. Thesiger lhe ofereceria um uísque com soda. E quando o sr. Thesiger deixou a sala por alguns instantes, o sr. Eversleigh esvaziou seu copo em um vaso sobre a lareira, mas depois precisou fingir, é claro, que o veneno estava fazendo efeito. Ele sabia que seu efeito seria lento, não repentino. Ele então começou a contar sua história, e o sr. Thesiger a princípio negou, indignado, mas assim que percebeu, ou imaginou perceber, os efeitos da droga, admitiu tudo e disse ao sr. Eversleigh que ele era sua terceira vítima. Quando o sr. Eversleigh já estava quase inconsciente, o sr. Thesiger levou-o até o carro e o ajudou a entrar. A capota estava erguida. Ele já devia ter ligado para a senhorita, sem que o sr. Eversleigh notasse. Ele lhe deu uma sugestão muito inteligente para sair. Bastaria a senhorita dizer que estava indo levar a srta. Wade para casa. E a senhorita não comentou com ninguém o que havia falado com ele. Depois, quando seu corpo fosse encontrado aqui, a srta. Wade juraria que a senhorita a havia deixado em casa e então viera para cá com a intenção de entrar sozinha neste clube. O sr. Eversleigh continuou com seu papel, fingindo estar inconsciente. E assim que os dois rapazes saíram de Jermyn Street, um dos meus agentes entrou naquela casa e encontrou o uísque envenenado, contendo hidrocloreto de morfina bastante para matar dois homens. Enquanto isso, o carro onde eles estavam foi seguido. O sr. Thesiger deixou a cidade e foi até um conhecido campo de golfe, onde se exibiu durante alguns minutos, comentando que queria jogar. Isso, é claro, foi só para criar um álibi, caso ele viesse a precisar. Ele deixou seu carro com o sr. Eversleigh um pouco mais adiante, na estrada. E depois, voltou para a cidade, até o Clube Seven Dials. Assim que viu Alfred saindo, veio até a porta, conversando com o sr. Eversleigh, caso a senhorita estivesse ouvindo, e então entrou e fez toda aquela encenação. Quando fingiu sair para chamar um médico, ele na verdade só bateu a porta, esgueirou-se escada acima de volta e escondeu-se atrás da porta desta sala, para onde a srta. Wade depois a mandaria, usando alguma desculpa. O sr. Eversleigh, é claro, ficou horrorizado ao vê-la, mas achou melhor continuar interpretando seu papel. Ele sabia que nosso pessoal estava de olho em tudo e concluiu que a senhorita não estava correndo nenhum perigo imediato. Afinal, ele sempre poderia "acordar" a qualquer instante. Quando o sr. Thesiger deixou seu revólver sobre a mesa e fingiu deixar o clube, tudo pareceu ficar mais tranquilo do que nunca. Já quanto ao que aconteceu em seguida... – ele fez uma pausa, olhando para Bill. – Bem, talvez seja melhor que o senhor explique isso.

– Eu ainda estava naquele maldito sofá – disse Bill. – Só tentando fazer cara de morto, mas cada vez mais e mais ansioso. Então escutei alguém descer correndo pela escada, e Loraine levantou-se e foi até a porta. Ouvi a voz de Thesiger, mas não entendi o que ele falou. Só Loraine dizendo, "Fique tranquilo... deu tudo certo". Depois, ele disse, "Ajude-me a levá-lo lá para cima. Vai ser meio difícil, mas quero deixar os dois lá... como uma bela surpresinha para o tal número sete". Não entendi direito essa conversa, mas eles conseguiram me levar para cima de um jeito ou de outro. E foi difícil *mesmo*. Fiz de tudo para ser um belo peso morto. Eles me deixaram aqui, e depois ouvi Loraine dizer, "Tem certeza de que está tudo certo? Ela não vai acordar mesmo?", e Jimmy, aquele maldito canalha, disse, "Relaxe. Eu a acertei com toda a minha força". Eles saíram e trancaram a porta, e então abri os olhos e vi você. Meu Deus, Bundle, acho nunca fiquei tão desesperado na vida. Achei que você estava morta.

– Acho que meu chapéu me salvou – disse Bundle.

– Em parte – disse o superintendente Battle. – Mas agradeça também ao ferimento no braço do sr. Thesiger. Ele mesmo não se deu conta... mas acertou-a apenas com metade de sua força habitual. Ainda assim, a falha foi nossa. Nós não a protegemos como bem deveríamos, lady Eileen... o que é a grande mácula no histórico desta operação.

– Sou muito forte – disse Bundle. – E muito sortuda também. Só não me conformo ao pensar que Loraine estava envolvida nisso. Ela era uma jovem tão simpática.

– Ah! – exclamou o superintendente. – A tal assassina de Pentonville também era, e matou cinco crianças. Não podemos julgar ninguém pelas aparências. Ela tem sangue ruim... seu pai já foi preso várias vezes.

– Vocês a prenderam também?

O superintendente Battle acenou com a cabeça.

– Acredito que ela não será condenada à forca... Os jurados sempre têm o coração mole. Mas acho que o jovem Thesiger não terá a mesma sorte, o que é muito bem feito. Nunca conheci um criminoso tão vil e depravado como ele. Mas agora – acrescentou ele –, se sua cabeça não estiver doendo demais, lady Eileen, que tal celebrarmos um pouco? Há um ótimo restaurante logo aqui na esquina.

Bundle aceitou o convite de bom grado.

– Estou faminta, superintendente Battle – disse ela e então olhou à sua volta. – Além disso, preciso conhecer melhor meus colegas.

– Os Sete Relógios! – exclamou Bill. – Viva! Nós precisamos é tomar um champanhe. Servem champanhe nesse restaurante, Battle?

– Creio que o senhor não terá do que se queixar, Bill. Deixe comigo.

– Superintendente Battle, o senhor é um homem fantástico – disse Bundle. – Pena que já é casado. Sendo assim, acho que vou ter que me consolar com Bill mesmo.

CAPÍTULO 34

Lorde Caterham aprova a decisão

– Papai – disse Bundle. – Tenho uma ótima notícia. O senhor vai me perder.

– Que bobagem – disse lorde Caterham. – Não venha me dizer que você pegou aquela tal tuberculose galopante, está com o coração fraco, ou algo assim, porque não vou acreditar.

– Não vou morrer – explicou Bundle. – Vou me casar.

– Dá quase na mesma – disse lorde Caterham. – Imagino que agora vou precisar ir ao seu casamento, todo vestido com roupas apertadas e desconfortáveis, para entregar você ao noivo. E Lomax é capaz até de querer me beijar na sacristia.

– Deus me livre! Acha mesmo que vou me casar com George? – esbravejou Bundle.

– Bem, foi o que me pareceu da última vez que eu a vi – disse seu pai. – Ontem pela manhã, sabe?

– Vou me casar com um homem cem vezes melhor do que George – disse Bundle.

– Claro, espero que sim – disse lorde Caterham. – Mas nunca se sabe. Acho que você não sabe julgar muito bem o caráter das pessoas, Bundle. Você me disse que aquele jovem Thesiger era um pateta qualquer, mas, pelo que soube, parece que ele era um dos maiores criminosos da história. Só é uma pena que não o conheci. Estava pensando em escrever minhas memórias em breve... com um capítulo especial sobre os assassinos que já encontrei... e, por um mero descuido, nem cheguei a conhecer esse rapaz.

– Não seja bobo – disse Bundle. – O senhor sabe que nunca se daria ao trabalho de escrever suas memórias, nem qualquer outra coisa, aliás.

– Não seria eu o autor, na verdade – disse lorde Caterham. – Acho que nunca ninguém fez isso. Mas conheci uma jovem incrível outro dia que trabalha com isso. Ela reúne o material e depois cuida de tudo sozinha.

– E o que o senhor vai fazer?

– Ah, só passar uma meia hora por dia contando a ela algumas histórias. Nada mais do que isso – após uma breve pausa, lorde Caterham disse: – Era uma jovem muito bonita... tranquila e compreensiva.

– Papai – disse Bundle. – Estou percebendo que o senhor vai arrumar muita confusão sem mim por aqui.

– Cada um arruma as confusões que melhor lhe convêm – disse lorde Caterham. Ele já estava saindo, quando se virou para trás e disse por cima do ombro: – Aliás, Bundle, com *quem* você vai se casar?

– Estava só esperando mesmo para ver quando o senhor me perguntaria – disse Bundle. – Vou me casar com Bill Eversleigh.

O velho egocêntrico pensou na resposta por um instante e então acenou com a cabeça, com um ar satisfeito.

– Ótimo – disse ele. – Ele joga golfe, não joga? Eu e ele podemos formar uma dupla para o Torneio de Outono.

SOBRE A AUTORA

Agatha Christie (1890-1976) é a autora mais publicada de todos os tempos, superada apenas por Shakespeare e pela Bíblia. Em uma carreira que durou mais de cinquenta anos, escreveu 66 romances de mistério, 163 contos, dezenove peças, uma série de poemas, dois livros autobiográficos, além de seis romances sob o pseudônimo de Mary Westmacott. Dois dos personagens que criou, o engenhoso detetive belga Hercule Poirot e a irrepreensível e implacável Miss Jane Marple, tornaram-se mundialmente famosos. Os livros da autora venderam mais de dois bilhões de exemplares em inglês, e sua obra foi traduzida para mais de cinquenta línguas. Grande parte da sua produção literária foi adaptada com sucesso para o teatro, o cinema e a tevê. *A ratoeira*, de sua autoria, é a peça que mais tempo ficou em cartaz, desde sua estreia, em Londres, em 1952. A autora colecionou diversos prêmios ainda em vida, e sua obra conquistou uma imensa legião de fãs. Ela é a única escritora de mistério a alcançar também fama internacional como dramaturga e foi a primeira pessoa a ser homenageada com o Grandmaster Award, em 1954, concedido pela prestigiosa associação Mystery Writers of America. Em 1971, recebeu o título de Dama da Ordem do Império Britânico.

Agatha Mary Clarissa Miller nasceu em 15 de setembro de 1890 em Torquay, Inglaterra. Seu pai, Frederick, era um americano extrovertido que trabalhava como corretor da Bolsa, e sua mãe, Clara, era uma inglesa tímida. Agatha, a caçula de três irmãos, estudou basicamente em casa, com tutores. Também teve aulas de canto e piano, mas devido ao temperamento introvertido não seguiu carreira artística. O pai de Agatha morreu quando ela tinha onze anos, o que a aproximou da mãe, com quem fez várias viagens. A paixão por conhecer o mundo acompanharia a escritora até o final da vida.

Em 1912, Agatha conheceu Archibald Christie, seu primeiro esposo, um aviador. Eles se casaram na véspera do Natal de 1914 e tiveram uma única filha, Rosalind, em 1919. A carreira literária de Agatha – uma fã dos livros de suspense do escritor inglês Graham Greene – começou depois que sua irmã a desafiou a escrever um romance. Passaram-se alguns anos até que o primeiro livro da escritora fosse publicado. *O misterioso caso de Styles* (1920), escrito próximo ao fim da Primeira Guerra Mundial, teve uma boa acolhida da crítica. Nesse romance aconteceu a primeira aparição de Hercule Poirot, o detetive que estava destinado a se tornar o personagem mais popular da ficção policial desde Sherlock Holmes. Protagonista de 33 romances e mais de cinquenta contos da autora, o detetive belga foi o único personagem a ter o obituário publicado pelo *The New York Times*.

Em 1926, dois acontecimentos marcaram a vida de Agatha Christie: a sua mãe morreu, e Archie a deixou por outra mulher. É dessa época também um dos fatos mais nebulosos da biografia da autora: logo depois da separação, ela ficou desaparecida durante onze dias. Entre as hipóteses figuram um surto de amnésia, um choque nervoso e até uma grande jogada publicitária. Também em 1926, a autora escreveu sua obra-prima, *O assassinato de Roger Ackroyd*. Este foi seu primeiro livro a ser adaptado para o teatro – sob o nome *Álibi* – e a fazer um estrondoso sucesso nos teatros ingleses. Em 1927, Miss Marple estreou como personagem no conto "O Clube das Terças-Feiras".

Em uma de suas viagens ao Oriente Médio, Agatha conheceu o arqueólogo Max Mallowan, com quem se casou em 1930. A escritora passou a acompanhar o marido em expedições arqueológicas e nessas viagens colheu material para seus livros, muitas vezes ambientados em cenários exóticos. Após uma carreira de sucesso, Agatha Christie morreu em 12 de janeiro de 1976.

Livros de Agatha Christie publicados pela **L&PM** EDITORES

O homem do terno marrom
O segredo de Chimneys
O mistério dos sete relógios
O misterioso sr. Quin
O mistério Sittaford
O cão da morte
Por que não pediram a Evans?
O detetive Parker Pyne
É fácil matar
Hora Zero
E no final a morte
Um brinde de cianureto
Testemunha de acusação e outras histórias
A Casa Torta
Aventura em Bagdá
Um destino ignorado
A teia da aranha (com Charles Osborne)
Punição para a inocência
O Cavalo Amarelo
Noite sem fim
Passageiro para Frankfurt
A mina de ouro e outras histórias

MEMÓRIAS
Autobiografia

MISTÉRIOS DE HERCULE POIROT
Os Quatro Grandes
O mistério do Trem Azul
A Casa do Penhasco
Treze à mesa
Assassinato no Expresso Oriente
Tragédia em três atos
Morte nas nuvens
Os crimes ABC
Morte na Mesopotâmia
Cartas na mesa
Assassinato no beco
Poirot perde uma cliente
Morte no Nilo
Encontro com a morte
O Natal de Poirot
Cipreste triste

Uma dose mortal
Morte na praia
A Mansão Hollow
Os trabalhos de Hércules
Seguindo a correnteza
A morte da sra. McGinty
Depois do funeral
Morte na rua Hickory
A extravagância do morto
Um gato entre os pombos
A aventura do pudim de Natal
A terceira moça
A noite das bruxas
Os elefantes não esquecem
Os primeiros casos de Poirot
Cai o pano: o último caso de Poirot
Poirot e o mistério da arca espanhola
e outras histórias
Poirot sempre espera e outras histórias

MISTÉRIOS DE MISS MARPLE
Assassinato na casa do pastor
Os treze problemas
Um corpo na biblioteca
A mão misteriosa
Convite para um homicídio
Um passe de mágica
Um punhado de centeio
Testemunha ocular do crime
A maldição do espelho
Mistério no Caribe
O caso do Hotel Bertram
Nêmesis
Um crime adormecido
Os últimos casos de Miss Marple

MISTÉRIOS DE TOMMY & TUPPENCE
O adversário secreto
Sócios no crime
M ou N?
Um pressentimento funesto
Portal do destino

Romances de Mary Westmacott
Entre dois amores
Retrato inacabado
Ausência na primavera
O conflito
Filha é filha
O fardo

Teatro
Akhenaton
Testemunha de acusação e outras peças
E não sobrou nenhum e outras peças

ANTOLOGIAS DE ROMANCES E CONTOS

Mistérios dos anos 20
Mistérios dos anos 30
Mistérios dos anos 40
Mistérios dos anos 50
Mistérios dos anos 60
Miss Marple: todos os romances v. 1
Poirot: Os crimes perfeitos
Poirot: Quatro casos clássicos

GRAPHIC NOVEL

O adversário secreto
Assassinato no Expresso Oriente
Um corpo na biblioteca

lepmeditores

www.lpm.com.br
o site que conta tudo

Impresso na BMF Gráfica e Editora
2020